btb
Aus Freude am Lesen

btb

HONORÉ DE BALZAC

Die Menschliche Komödie

XII

HONORÉ DE BALZAC

Die Menschliche Komödie

Gesamtausgabe in zwölf Bänden mit Anmerkungen und biographischen Notizen über die Romangestalten

Herausgegeben und eingeleitet von Ernst Sander

HONORÉ DE BALZAC

Louis Lambert
Die kleinen Nöte des Ehelebens

u. a.

btb

Diese Ausgabe folgt der von Balzac bestimmten Anordnung der ›Comédie humaine‹

Umwelthinweis:
Alle bedruckten Materialien dieses Buches sind chlorfrei und umweltschonend.

btb Taschenbücher erscheinen im Goldmann Verlag, einem Unternehmen der Verlagsgruppe Bertelsmann.

1. Auflage
Genehmigte Taschenbuchausgabe Dezember 1998

Unveränderter Nachdruck der Goldmann-Gesamtausgabe in zwölf Bänden
Umschlaggestaltung: Design Team München
Umschlagmotiv: John Singer Sargent »Im Jardin de Luxembourg«
KR · Herstellung: Augustin Wiesbeck
Made in Germany
ISBN 3-442-72451-1

INHALT

PHILOSOPHISCHE STUDIEN

ANALYTISCHE STUDIEN

Philosophische Studien

Katharina von Medici

Übertragung von Ernst Sander

Balzacs Werk über Katharina von Medici, ein Versuch der Rechtfertigung jener Königin, setzt sich aus vier zu unterschiedlichen Zeiten konzipierten und entstandenen Teilen zusammen, nämlich der Einleitung (›Introduction‹), einem an Einzelheiten reichen Essay über Katharina, in dem Balzac sich als Historiker versucht; dem Ersten Teil ›Der calvinistische Märtyrer‹ (›Le Martyr calviniste‹), von Balzac als Novelle bezeichnet, aber weit eher als Roman anzusehen; dem Zweiten Teil ›Das vertrauliche Geständnis der Brüder Ruggieri‹ (›La Confidence des Ruggieri‹), entstanden im November und Dezember 1836, und dem epilogischen Dritten Teil ›Die beiden Träume‹ (›Les deux Rêves‹), geschrieben in Paris im Januar 1828.

Jener Dritte Teil, der älteste, ist der erstgedruckte; er erschien am 8. Mai 1830 in ›La Mode‹, wurde im Dezember des gleichen Jahrs unter dem Titel ›Le petit Souper‹ in der ›Revue des deux Mondes‹, am 15. März 1831 in ›Le Voleur‹ nachgedruckt und wurde danach unter dem ursprünglichen Titel in den III. Band der ›Romans et Contes philosophiques‹ aufgenommen. Eine neue Ausgabe erschien mit dem Entstehungsdatum 1837 im XII. Band der ›Philosophischen Studien‹; sie bildet dort den dritten Teil des noch unvollständigen Gesamtwerks, das ursprünglich ›Catherine de Médicis expliquée‹ (›Deutung der Katharina von Medici‹) betitelt war.

Der Zweite Teil, ›La Confidence des Ruggieri‹, erschien erstmals am 4., 11. und 18. Dezember 1836 und am 22. Januar 1837 in der ›Revue de Paris‹, und zwar unter dem Titel ›Le Secret des Ruggieri‹. Ursprünglich hatte die Novelle ein Theaterstück ›Marie Touchet‹ werden sollen. Am 30. September 1836 schrieb Balzac an Mme Hanska, der Text sei innerhalb einer einzigen Nacht entstanden. Das ist eine Übertreibung; in jener Nacht entstand lediglich eine Skizze, die dann, Balzacs Arbeitsmethode entsprechend, auf den Korrekturfahnen erweitert und umgestaltet wurde. 1837 bildete die Novelle den XIII. Band der ›Philosophischen Studien‹, und 1843, in zweiter Auflage, den Zweiten Teil von ›Catherine de Médicis expliquée‹.

Der seit langem unter dem Titel ›Le Fils du Pelletier‹ (›Der Sohn des Kürschners‹) angekündigte Erste Teil wurde erstmals vom 23. März bis zum 4. April 1841 unter dem Titel ›Les Lecamus‹ (›Die Lecamus‹) in ›Le Siècle‹ veröffentlicht; als Motto war ihm ein Zitat aus ›Louis Lambert‹ vorangestellt worden: »Der Fanatismus und alle Gefühle sind lebendige Kräfte.« Balzac hat sich zu diesem Werk durch Mérimées ›Chronique du Règne de Charles IX‹ inspirieren lassen, in stärkerem Maße jedoch noch durch ein anonym erschienenes Werk seines Schulkameraden Albert Germeau, des natürlichen Sohns des Kanzlers Pasquier; Germeau wurde später Präfekt des Départements Moselle. Es handelt sich um eine dialogisierte historische Szene ›La Réforme en 1560 ou le Tumulte d'Amboise‹. Als Balzac Germeau ein Dedikationsstück seiner ›Katharina von Medici‹ übersandte, schloß er die Widmung mit den Worten: »Sie werden leicht Ihr Eigentum erkennen; alle Kronen haben gestohlene Diamanten, wenn ich mich hätte gehen lassen, würde ich Ihnen alles genommen haben.« – Mit der Widmung an Pastoret versehen und nunmehr ›Le Martyr calviniste‹ betitelt sowie mit der bislang unveröffentlichten ›Einleitung‹ versehen, bildete die Novelle 1843 den Ersten Teil von ›Catherine de Médicis expliquée‹.

1846 wurde der ›Einleitung‹ und den beiden ersten Teilen ein Dritter Teil ›Die beiden Träume‹ hinzugefügt, der die politische Lehre des Ganzen enthielt, eine Apologie der Staatsraison, die Katharina in den Mund gelegt wurde; so konnte sie Robespierre als ihren Nachfolger bezeichnen. In jenem Jahr wurde das Gesamtwerk unter den gegenwärtigen Titeln und der endgültigen Einteilung in die ›Philosophischen Studien‹ der ›Menschlichen Komödie‹ eingegliedert.

Was nun die ›Einleitung‹, die historische Studie über Katharina, betrifft, so ist sie kurz vor der berühmten ›Vorrede‹ zur ›Menschlichen Komödie‹ niedergeschrieben worden. Balzacs These, Katharina von Medici habe stets frei von Fanatismus um der Einheit des Staates willen gehandelt, ist historisch unhaltbar und eher als eine Bekundung von Balzacs politischer Einstellung zu bewerten; Balzac neigte gegen Ende seines Lebens einem strengen Absolutismus zu.

Der Widmungsempfänger, der Graf, später Marquis Amédée de Pastoret (1791–1857), Mitglied der »Académie des Beaux-Arts« und in verschiedenen Staatsstellungen tätig, hatte 1828 anonym in Balzacs Druckerei in der Rue Visconti (siehe den ersten Band dieser Ausgabe) ein historisches Werk drucken lassen. Pastoret war Legitimist wie Balzac und lehnte den Eid auf die Juli-Monarchie ab. 1852 jedoch schloß er sich, obwohl Administrator der Güter des Grafen von Chambord (des Sohnes der Herzogin von Berry und Prätendenten der legitimistischen Partei), an das Zweite Kaiserreich an und wurde Senator.

Fast durchweg heißt es, die Gelehrten ergingen sich in Paradoxen, wenn sie, betroffen ob eines historischen Irrtums, diesen zu berichtigen suchen; allein für jeden, der sich gründlich mit der neueren Geschichte befaßt, steht fest, daß die Historiker privilegierte Lügner sind, die ihre Federn populären Anschauungen leihen, gerade wie heutzutage die Mehrzahl der Zeitungen nur die Meinung ihrer Leser wiedergibt.

Historische Unabhängigkeit hat sehr viel weniger den Laien als den Mönchen zur Zierde gereicht. Von den Benediktinern[1], auf die Frankreich stolz sein kann, sind uns, was die Geschichtsschreibung betrifft, die reinsten aller Erleuchtungen zuteil geworden, vorausgesetzt freilich, daß die Interessen der Mönche nicht im Spiel waren. Daher sind denn auch von der Mitte des achtzehnten Jahrhunderts an große, gelehrte Streiter aufgestanden, die, betroffen ob der Notwendigkeit, die von den Historikern gutgeheißenen volkstümlichen Irrtümer zu berichtigen, bemerkenswerte Arbeiten veröffentlicht haben. Auf diese Weise hat Monsieur de Launoy[2], genannt »der Heiligenjäger«, einen erbarmungslosen Krieg gegen die von der Kirche eingeschmuggelten Heiligen geführt. Ebenso setzten die Nacheiferer der Benediktiner, die viel zu wenig bekannten Mitglieder der »Akademie der Inschriften und schönen Wissenschaften«, bei dunklen Punkten der Historie mit ihren Denkschriften an, diesen Wunderwerken an Geduld, Gelehrsamkeit und Logik. So ließ Voltaire in einer unglücklichen Anteilnahme voll trauriger Leidenschaft häufig das Licht seines Geistes auf historische Vorurteile fallen[3]. Diderot nahm in dieser Absicht ein allzu langes Buch über einen Zeitabschnitt der römischen Kaisergeschichte in Angriff[4]. Ohne die Französische Revolution hätte die auf die Historie angewandte *Kritik* vielleicht die Grundelemente einer guten wahren Geschichte Frankreichs vorbereiten können, deren Beweisstücke seit so langer Zeit von unseren großen Benediktinern gesammelt worden waren. Ludwig XVI., ein gerecht urteilender Geist, hat selber das englische Werk übersetzt, durch das Walpole versucht hat, Richard III.[5] zu verdeutlichen, mit dem das letzte Jahrhundert sich so stark beschäftigt hat.

Wie nun aber werden so berühmte Persönlichkeiten wie Könige oder Königinnen, wie nun aber werden so bedeutsame Persönlichkeiten wie große Heerführer zum Gegenstand des Abscheus oder des Spottes? Die Hälfte der Welt schwankt zwischen dem Gassenhauer auf Marlborough[6] und der englischen Geschichte, gerade wie man zwischen der Geschichte und dem Volksglauben über Karl IX.[7] schwankt. Zu allen Zeiten, da große Kämpfe zwischen den Massen und der Regierungsmacht ausgefochten wurden, hat das Volk sich eine *ogerhafte*[8] Persönlichkeit geschaffen, sofern es erlaubt ist, ein Wort zu wagen, um einen richtigen Begriff zu umreißen. So hätte es in unserer Zeit ohne das ›Mémorial de Sainte-Hélène‹[9], ohne die Kontroversen zwischen den Royalisten und Bonapartisten fast an einem Haar gehangen, daß der Charakter Napoleons verkannt worden wäre. Hätte es einige Abbés de Pradt[10] und ein paar Zeitungsartikel mehr gegeben, und Napoleon wäre von einem Kaiser zu einem Oger geworden. Wie verbreitet der Irrtum sich, und wie gewinnt er an Glaubwürdigkeit? Dieses Mysterium vollzieht sich vor unsern Augen, ohne daß wir uns dessen bewußt würden. Kein Mensch ahnt, wie sehr die Buchdruckerkunst sowohl dem Neid, der sich an hochstehende und wohlerzogene Menschen knüpft, als auch den volkstümlichen Scherzen, die ein großes historisches Geschehnis ins Gegenteil verkehren, Dauerhaftigkeit verliehen hat. So ist in ganz Frankreich der Name des Fürsten von Polignac den schlechten Pferden beigelegt worden, auf die man lospeitscht. Und wer weiß, was die Zukunft über den Staatsstreich des Fürsten von Polignac denken wird[11]? Infolge eines launischen Einfalls Shakespeares, und vielleicht gar um einer Rache wie derjenigen Beaumarchais' an Bergasse (Begearss)[12] willen, ist Falstaff in England der Typus des Lächerlichen; allein schon sein Name reizt zum Lachen. Er ist der König der Clowns. Anstatt über die Maßen beleibt, dümmlich verliebt, eitel, der Trunksucht ergeben, alt und ein Schürzenjäger zu sein, war Falstaff eine der bedeutendsten Persönlichkeiten seines Jahrhunderts, Ritter des Hosenbandordens[13] und Inhaber einer hohen Kommandostelle. Bei der Thronbesteigung Heinrichs V. war Sir Falstaff höchstens vierunddreißig Jahre alt. Dieser General, der sich in der Schlacht bei Azincourt[14] ausgezeichnet und den Herzog von Alençon gefangengenommen hatte, nahm 1420 das tapfer verteidigte Montereau[15]. Schließlich schlug er unter Heinrich VI.

zehntausend Franzosen mit fünfzehnhundert erschöpften, halb verhungerten Soldaten! Soviel über den Krieg. Wenn wir von dort aus zur Literatur überschwenken, so gilt bei uns Rabelais[16], ein nüchterner Mann, der nur Wasser trank, für einen Liebhaber guter, reichlicher Tafelgenüsse und notorischen Zecher. Tausend lächerliche Geschichten sind über den Autor eines der schönsten Bücher der französischen Literatur im Schwange, den ›Pantagruel‹. Aretino[17], der Freund Tizians und der Voltaire seines Jahrhunderts, steht in unsern Tagen in einem Ruf, der seinen Werken und seinem Charakter völlig widerspricht und der ihm geistige Lasterhaftigkeit im Einklang mit den Schriften jenes Jahrhunderts einträgt, da das Tolldreiste in Ehren stand, da Königinnen und Kardinäle Erzählungen schrieben, die heute als unzüchtig gelten. Beispiele dieser Art würden sich bis ins Unendliche vermehren lassen. In Frankreich, und zwar im gewichtigsten Teil der neueren Geschichte, hat keine Frau, abgesehen von Brunhild[18] oder Fredegunde[19], mehr unter volkstümlichen Irrtümern zu leiden gehabt als Katharina von Medici, während Maria von Medici[20], deren gesamtes Tun Frankreich zum Nachteil gereicht hat, der Schande entgeht, die ihren Namen eigentlich bedecken müßte. Maria hat die von Heinrich IV. gesammelten Schätze vergeudet, sie hat sich niemals von dem Vorwurf reingewaschen, um die Ermordung des Königs gewußt zu haben, ihr Geliebter war d'Epernon[21], der Ravaillacs[22] Dolchstich nicht pariert und diesen Mann seit langem gekannt hat; sie hat ihren Sohn gezwungen, sie aus Frankreich zu verbannen, wo sie die Revolten ihres andern Sohnes Gaston[23] ermuntert hatte; schließlich war Richelieus Sieg über sie am »Tag der Genasführten« nur der Unterbreitung der geheimgehaltenen, den Tod Heinrichs IV. betreffenden Dokumente durch den Kardinal an den König zu verdanken. Im Gegensatz dazu hat Katharina von Medici die Krone Frankreichs gerettet; sie hat die königliche Autorität unter Gegebenheiten aufrechterhalten, denen mehr als *ein* großer Fürst erlegen wäre. Sie hatte es mit Aufwieglern und Ehrgeizlingen wie den Guisen[24] und dem Haus Bourbon[25] zu tun, mit Männern wie den beiden Kardinälen von Lothringen[26] und den beiden Balafrés[27], der Königin Jeanne d'Albret[28], Heinrich IV.[29], dem Kronfeldherrn de Montmorency[30], Calvin[31], den Colignys[32] und Théodore de Bèze[33]; und so hat sie die seltensten Eigenschaften, die kostbarsten Gaben des Staatsmannes unter dem Spottfeuer der calvinistischen Presse entfalten müssen. Das sind Tatsachen, die ganz bestimmt unbestreitbar sind. Daher erscheint für denjenigen, der die Geschichte Frankreichs im sechzehnten Jahrhundert durchforscht, die Gestalt der Katharina von Medici wie die eines großen Königs. Sind die Verleumdungen erst einmal durch mühselig aus den Widersprüchen der Schmähschriften und falschen Anekdoten ausgesonderte Tatsachen zerstreut, so findet alles seine Erklärung zum Ruhm dieser außerordentlichen Frau, die keiner der Schwächen ihres Geschlechts teilhaftig war, die inmitten der Liebschaften des galantesten Hofes Europas keusch lebte und die es ungeachtet ihrer Knappheit an Geldmitteln verstanden hat, bewundernswerte Bauten zu errichten, als habe sie die Verluste wettmachen wollen, die die Verwüstungen der Calvinisten verursacht hatten; denn diese haben der Kunst ebenso viele Wunden geschlagen wie dem Staatskörper. Katharina stand eingezwängt zwischen Fürsten[34], die die Erben Karls des Großen zu sein behaupteten, und einem aufrührerischen jüngeren Zweig, der den Verrat des Kronfeldherrn von Bourbon[35] unter dem Thron begraben wollte; sie war genötigt, eine Ketzerei zu bekämpfen, die drauf und dran war, die Monarchie zu verschlingen; sie hatte keine Freunde; sie gewahrte Verrat bei den Häuptern der katholischen Partei, und in der calvinistischen witterte sie die Republik; da hat sie sich der gefährlichsten, aber in der Politik verläßlichsten Waffe bedient, der Verschlagenheit! Sie beschloß, jeweils mit der Partei zusammenzuspielen, die den Untergang des Hauses Valois wollte, den Bourbonen, die nach der Krone strebten, sowie allen Reformierten, den Radikalen jener Zeit, die von einer unmöglichen Republik träumten wie diejenigen der heutigen Zeitläufte, die indessen nichts zu reformieren haben. Daher haben, solange sie lebte, die Valois[36] den Thron behalten. Der große Thou[37] hat den Wert dieser Frau richtig erkannt, als er bei der Nachricht von ihrem Tod ausrief: »Keine Frau, das Königtum ist jetzt gestorben!« Katharina hatte tatsächlich im höchsten Maß das Bewußtsein des Königtums besessen; daher hat sie es mit bewundernswerter Tapferkeit und Beharrlichkeit verteidigt. Die Vorwürfe, die die calvinistischen Schriftsteller ihr gemacht haben, gereichen ihr offensichtlich zum Ruhm; einzig um ihrer Triumphe willen hat sie sie sich zugezogen. Konnte man anders triumphieren als durch List? Darin ist das ganze Problem enthalten. Was die Gewalttätigkeit betrifft, so rührt dieses Mittel an einen der umstrittensten Punkte der Politik; er ist in unserer Zeit auf dem Platz gelöst worden, wo man einen großen Steinblock aus Ägypten[38] aufgerichtet hat, um den Königsmord[39] in Vergessenheit geraten zu lassen und das Emblem des gegenwärtigen Systems materialistischer Politik, die uns regiert, darzubieten; er ist in Les Carmes und in der Abbaye[40] gelöst worden; er ist auf den Stufen von Saint-Roch[41] gelöst worden; er ist vor dem Louvre nochmals durch das Volk gegen den König gelöst worden, wie er seither durch La Fayettes beste der Republiken[42] gegen den republikanischen Aufstand von Saint-Merri[43] und in der Rue Transnonnain[44] gelöst worden ist. Jede legitime oder illegitime Macht muß sich verteidigen, wenn sie angegriffen wird; aber seltsamerweise gilt dort, wo das Volk bei seinem Sieg über den Adel heroisiert wird, die Regierung in ihrem Zweikampf mit dem Volk als Mörderin. Wenn sie schließlich nach ihrem Aufruf zur Gewaltanwendung unterliegt, gilt sie als schwachsinnig. Die gegenwärtige Regierung wird sich durch zwei Gesetze vor ebendem Übel zu retten versuchen, das Karl X. befiel und dessen jener Fürst sich durch zwei Kabinettsordres entledigen wollte. Wird das nicht bitterer Hohn sein? Ist es der Regierung erlaubt, List wider List einzusetzen? Darf sie diejenigen umbringen, die sie umbringen wollen? Die Metzeleien der Revolution entsprechen denjenigen der Bartholomäusnacht. Das König gewordene Volk hat gegen den Adel und den König unternommen, was König und Adel gegen die Aufrührer des sechzehnten Jahrhunderts unternommen haben. So besitzen denn die Volksschriftsteller, die nur zu gut wissen, daß bei ähnlicher Gelegenheit das Volk abermals genauso handeln würde, keinen Entschuldigungsgrund, wenn sie Katharina von Medici und Karl IX. tadeln. Jede Macht oder Regierung, wie Casimir Périer[45] gesagt hat, als er erfuhr, was Macht sein könne, ist eine permanente Verschwörung. Man bewundert die gesellschaftskritischen Maximen, die kühne Schriftsteller veröffentlichen; warum dann die Mißgunst, die sich in Frankreich an soziale Wahrheiten heftet, wenn sie kühn proklamiert werden? Diese Frage erklärt an sich schon alle historischen Irrtümer. Man wende die Lösung dieser Frage auf die zerstörerischen Doktrinen an, die den Leidenschaften des Volkes schmeicheln, und auf die konservativen Doktrinen, die die ungezügelten oder wahnwitzigen Unternehmungen des Volkes unterdrücken; dann nämlich wird man den Grund für die Unpopularität wie für die Popularität gewisser Persönlichkeiten finden. Laubardemont[46] und Laffemas[47] hatten sich, wie gewisse Zeitgenossen, der Verteidigung der Regierung geweiht, an die sie glaubten. Soldaten oder Richter, beide gehorchten einem Königtum. D'Orthez[48] würde heute abgesetzt werden, weil er die Befehle des Ministeriums mißverstanden hätte, aber Karl IX. ließ ihm die Regierung seiner Provinz. Die Macht aller rechnet mit niemandem; die Macht eines einzelnen ist genötigt, mit den Untertanen zu rechnen, mit den großen wie mit den kleinen.

Katharina wie Philipp II.[49] und der Herzog von Alba[50], wie die Guisen und der Kardinal Granvelle[51] haben die Zukunft erkannt, die die Reformation Europa vorbehalten hatte. Sie haben die Monarchien, die Religion, die Regierungsmacht wanken sehen! Katharina hat alsbald in der Verborgenheit des Arbeitszimmers der Könige von Frankreich ein Todesurteil gegen den Geist der Forschung niedergeschrieben, der die neuzeitliche Gesellschaft bedrohte, ein Urteil, das Ludwig XIV. schließlich vollstreckt hat. Die Aufhebung des Edikts von Nantes[52] war eine unglückliche Maßnahme um der Aufreizung Europas gegen Ludwig XIV. willen. Zu einer anderen Zeit hätten England, Holland und das Reich nicht bei sich die französischen Verbannten und in Frankreich die Revolte unterstützt.

Warum soll man in unseren Tagen der majestätischen Gegnerin der unfruchtbarsten aller Ketzereien die Größe absprechen, die sie sich gerade aus ihrem Kampf erworben hat? Die Calvinisten haben viel gegen Karls IX. Kriegslist geschrieben; aber man durcheile doch Frankreich! Beim Anblick der Ruinen so vieler schöner, zerstörter Kirchen, beim Ermessen der riesigen Wunden, die von den Religionsstreitern dem sozialen Körper geschlagen worden sind, beim Vernehmen, welche Fülle an Rache sie genommen haben, beim Bejammern all des Unglücks, das der Individualismus mit sich gebracht hat, diese Wunde des heutigen Frankreich, deren Ursprung bereits in den Fragen der Gewissensfreiheit beruhte, für die sie eingetreten waren, fragt man sich noch, auf welcher Seite die Henker zu finden sind? Es gibt, wie Katharina im dritten Teil dieser Studie sagt, »unglücklicherweise zu allen Zeiten heuchlerische Schriftsteller, die bereit sind, zweihundert Schurken zu beweinen, die im passenden Augenblick getötet worden sind.« Cäsar, der versuchte, den Senat Catilinas Partei gegenüber milde zu stimmen, hätte vielleicht Cicero besiegt, wenn er Zeitungen und eine Opposition zur Verfügung gehabt hätte[53].

Eine andere Erwägung erklärt Katharinas Mißkredit bei den Historikern und in der Volksüberlieferung. Die Opposition ist in Frankreich stets protestantisch gewesen, weil ihre Politik immer nur in der *Negation* bestanden hat; sie hat Theorien der Lutheraner, Calvinisten und Protestanten über die schrecklichen Worte Freiheit, Duldsamkeit, Fortschritt und Philosophie geerbt. Zwei Jahrhunderte sind von den Opponenten der Regierungsmacht dazu verwendet worden, die zweifelhafte Doktrin der freien Entscheidung aufzustellen. Zwei weitere Jahrhunderte wurden dazu verwandt, den ersten Folgesatz[54] der freien Entscheidung, die Gewissensfreiheit, zu entwickeln. Unser Jahrhundert versucht, den zweiten einzuführen, nämlich die politische Freiheit.

Katharina und die Kirche hockten zwischen bereits durchmessenen und noch zu durchmessenden Gefilden und haben das heilsame Grundgesetz der modernen Gesellschaft, *una fides, unus dominus*[55], proklamiert, indem sie von ihrem Recht über Leben und Tod der Neuerer Gebrauch machten. Wenn Katharina auch besiegt worden ist, die folgenden Jahrhunderte haben ihr recht gegeben. Das Ergebnis der freien Entscheidung, der religiösen und der politischen Freiheit (die wir nicht mit der bürgerlichen Freiheit verwechseln wollen) ist das heutige Frankreich. Was aber hat es auf sich mit dem Frankreich von 1840? Es ist ein ausschließlich mit materiellen Belangen beschäftigtes Land ohne Patriotismus, ohne Gewissen, in dem die Regierung kraftlos ist, in dem die Wahl, die Frucht der freien Entscheidung und politischen Freiheit, nur Mittelmäßigkeiten nach oben hilft, in dem die brutale Gewalt gegen die Gewalttätigkeiten des Volkes zu etwas Notwendigem geworden ist, und in dem die Diskussion, die sich auf die geringsten Dinge erstreckt, jede Tätigkeit des politischen Körpers erstickt; in dem das Geld alle Fragen beherrscht und in dem der Individualismus, das grausige Ergebnis der die Familie unterdrückenden Erbteilung bis ins Unendliche, alles verschlingen wird, sogar die Nation; denn diese wird der Egoismus eines Tages der Invasion ausliefern. Man wird sich sagen: »Warum nicht den Zaren?« wie man sich gesagt hat: »Warum nicht den Herzog von Orléans[56]?« Man legt keinen Wert auf große Dinge; aber in fünfzig Jahren wird man auf überhaupt nichts mehr Wert legen.

Auf diese Weise hat nach Katharina und nach allen, die einer wohlgeordneten Gesellschaft anhängen, der soziale Mensch, der Untertan, nicht das Recht zur freien Entscheidung und darf sich weder laut zum Dogma der Gewissensfreiheit bekennen noch politische Freiheit haben. Aber da keine Gesellschaft ohne Garantien existieren kann, die den Untertanen gegen den Herrscher gegeben werden, ergeben sich daraus für den Untertanen Freiheiten, die indessen Beschränkungen unterworfen sind. *Die Freiheit,* nein; *Freiheiten* jedoch, ja. Nämlich begrenzte und gekennzeichnete Freiheiten. Das ist der Natur der Dinge konform. So steht es ganz bestimmt außerhalb der menschlichen Macht, die Freiheit des Denkens zu verhindern, und kein Herrscher kann dem Geld etwas anhaben. Die großen Politiker, die in diesem langen Kampf (er hat fünf Jahrhunderte gedauert) besiegt worden sind, haben ihren Untertanen große Freiheiten zuerkannt; aber sie haben ihnen weder die Freiheit zugestanden, Gedanken gegen die bestehende Gesellschaftsordnung zu veröffentlichen, noch die unbeschränkte Freiheit des Einzelmenschen. Für sie sind in der Politik »Untertan« und »frei« zwei Begriffe, die einander widersprechen, gerade wie Bürger, *die alle gleich sind,* einen Unsinn darstellen, den die Natur zu jeder Stunde Lügen straft. Die Notwendigkeit einer Religion, die Notwendigkeit der Regierungsmacht anerkennen und den Untertanen das Recht lassen, die Religion zu leugnen, ihren Kult anzugreifen, sich der Ausübung der Regierungsmacht zu widersetzen durch den öffentlichen Ausdruck des mitteilbaren und übermittelten Gedankens, das heißt eine Unmöglichkeit bejahen, die die Katholiken des sechzehnten Jahrhunderts nicht zulassen wollten. Ach, der Sieg des Calvinismus wird Frankreich noch weit mehr kosten, als er bis heute gekostet hat; denn die religiösen, politischen, humanitären, egalitären usw. Sekten von heutzutage sind der Teufelsschwanz des Calvinismus; und angesichts der Fehler der Regierung, ihrer Verachtung der Intelligenz, ihrer Vorliebe für die materiellen Belange, an denen sie Halt suchen will und die die trügerischsten aller Hilfsmittel, zumindest einer von der göttlichen Vorsehung gewollten Hilfe, sind, wird der Geist der Zerstörung abermals den Sieg über den Geist der Bewahrung davontragen. Die Angreifer, die nichts zu verlieren und alles zu gewinnen haben, verständigen sich untereinander auf bewundernswerte Weise, wogegen ihre reichen Gegner kein Opfer weder an Geld noch an Eigenliebe bringen wollen, um sich Verteidiger zuzugesellen.

Die Buchdruckerkunst kam der von den Waldensern[57] und den Albigensern[58] begonnenen Opposition zu Hilfe. Als der menschliche Gedanke, anstatt sich zu kondensieren, wie er es hätte tun müssen, um in der mitteilbarsten Form zu bleiben, sich in eine Fülle von Gewandungen gekleidet hatte und das Volk selber geworden war, anstatt gewissermaßen auf göttliche Weise *axiomatisch* zu bleiben, gab es zweierlei Massen zu bekämpfen, nämlich die Masse der Ideen und die Masse der Menschen. Die königliche Macht ist in diesem Kampf unterlegen, und wir wohnen in Frankreich heutzutage ihrer Verquickung mit Elementen bei, die sie schwierig, um nicht zu sagen unmöglich machen. Die Macht ist eine *Aktion*, und das auf Wahl beruhende Prinzip eine *Diskussion*. Bei einer Diskussion in Permanenz ist keine Politik durchführbar. Daher müssen wir die Frau für sehr groß halten, die es verstanden hat, diese Zukunft zu erraten, und die sie so tapfer bekämpft hat. Wenn das Haus Bourbon dem Haus Valois hat nachfolgen können, wenn es die Krone griffbereit vorgefunden hat, so hat es das Katharina von Medici verdankt. Nimmt man an, der zweite Balafré[59] sei am Leben geblieben: so stark der Béarner[60] auch gewesen sein möge, es ist zweifelhaft, ob er die Krone an sich gerafft hätte, vor allem, wenn man bedenkt, wie teuer der Herzog von Mayenne[61] und die Reste der Guisenpartei sie ihm verkauft haben. Die notwendigen Mittel, deren Katharina sich bedient hat, die sich den Tod Franz' II.[62] und Karls IX. hat vorwerfen müssen, die beide im rechten Augenblick starben, um sie zu retten, sind nicht, man beachte das, der Gegenstand der Anklagen der calvinistischen und modernen Schriftsteller! Wenn keineswegs eine Vergiftung erfolgt ist, wie ernsthafte Schriftsteller ausgesagt haben, dann haben doch verbrecherischere Kombinationen stattgehabt; es steht unzweifelhaft fest, daß sie Paré[63] daran gehindert hat, den ersteren zu retten, und daß sie an dem anderen einen langen moralischen Mord beging. Der schnelle Tod Franz' II. und der so klüglich herbeigeführte Karls IX. schadeten den calvinistischen Interessen nicht; die Ursachen dieser beiden Geschehnisse lagen in der höheren Sphäre und sind weder von den Schriftstellern noch vom Volk jener Zeit geargwöhnt worden; nur von Leuten wie de Thou[64] und l'Hospital[65], von den überlegensten Geistern also, sind sie erraten worden, oder von den Häuptern der beiden Parteien, die die Krone begehrten oder sie verteidigten und die dergleichen Mittel für notwendig hielten. Das Volk wieder befaßte sich seltsamerweise mit Katharinas Sitten. Man kennt die Anekdote von dem Soldaten, der sich während der Besprechung Katharinas und Heinrichs IV. im Wachthaus des Schlosses zu Tours eine Gans briet und dabei ein Lied sang, in dem die Königin durch einen Vergleich mit der Mündung der Kanone stärksten Kalibers, die die Calvinisten besaßen, beleidigt wurde. Heinrich IV. zog den Degen, um den Soldaten zu töten; Katharina hielt ihn zurück und begnügte sich damit, dem Beleidiger zuzurufen: »He, die Gans schenkt dir Katharina!« Wenn die Hinrichtungen zu Amboise[66] Katharina zugeschoben wurden, wenn die Calvinisten aus dieser überlegenen Frau die verantwortliche Urheberin all der unvermeidlichen Unglücksfälle dieses Ringens machten, so ging es ihr dabei wie später Robespierre, über den das letzte Wort noch nicht gesprochen worden ist. Katharina wurde übrigens für ihre Bevorzugung des Herzogs von Anjou[67], dem sie ihre beiden ältesten Söhne so wohlfeil verkaufte, grausam bestraft. Heinrich III. war, wie alle verwöhnten Kinder, seiner Mutter gegenüber zu völliger Gleichgültigkeit gelangt und stürzte sich aus freien Stücken in die Ausschweifungen, die aus ihm das machten, was seine Mutter aus Karl IX. gemacht hatte, nämlich einen Ehemann ohne Sohn und einen König ohne Erben. Unglücklicherweise starb der Herzog von Alençon, Katharinas letztes männliches Kind, und natürlich unternahm Katharina unerhörte Anstrengungen, um die Leidenschaften ihres Sohnes zu bekämpfen. Die Geschichtsschreibung hat die Erinnerung an das Nachtmahl mit den nackten Frauen bewahrt, das bei der Rückkehr aus Polen[68] in der Galerie von Chenonceaux gegeben wurde, das aber Heinrich III. nicht von seinen üblen Gewohnheiten abbrachte. Das letzte Wort dieser großen Königin hat ihre Politik zusammengefaßt; diese ist übrigens so konform mit dem gesunden Menschenverstand, daß wir sehen werden, wie alle Kabinette sie unter ähnlichen Umständen in die Praxis umsetzen. – *»Gut geschnitten, mein Sohn«*, sagte sie, als Heinrich III. an ihr Sterbebett trat, um ihr zu vermelden, daß der Feind der Krone zu Tode gebracht worden sei, *»aber jetzt muß wieder zusammengenäht werden.«* Auf diese Weise wies sie darauf hin, daß der Thron sich schleunigst mit dem Hause Lothringen[69] versöhnen und sich seiner bedienen müsse, da das das einzige Mittel war, die Auswirkungen des Hasses der Guisen zu vereiteln, indem ihnen neue Hoffnung gegeben wurde, den König einzuwickeln; aber diese beharrliche List der Frau und der Italienerin, die sie stets angewandt hatte, war unvereinbar mit dem Wollustleben Heinrichs III. Als die große Mutter *(mater castrorum*[70]*)* gestorben war, starb auch die Politik der Valois hin.

Ehe der Autor dieser Studie sich daranmachte, die Geschichte der Sitten und ihrer Auswirkungen zu schreiben, hatte er sich geduldig und mit peinlicher Sorgfalt mit den wichtigsten Regierungen der Geschichte Frankreichs befaßt, mit dem Streit der Burgunder und der Armagnacs[71], dem der Guisen und der Valois, von denen jeder ein Jahrhundert einnahm. Es war seine Absicht, eine pittoreske Geschichte Frankreichs zu schreiben. Isabeau von Bayern[72], Katharina und Maria von Medici, diese drei Frauen nehmen darin einen riesigen Raum ein, herrschen vom vierzehnten bis zum siebzehnten Jahrhundert und laufen auf Ludwig XIV. hinaus. Von diesen drei Königinnen ist Katharina die interessanteste und bedeutendste. Sie übte eine männliche Herrschaft aus, die weder durch die schrecklichen Liebschaften der Isabeau noch durch die noch schrecklicheren, wenngleich weniger bekannten der Maria von Medici entehrt wurde. Isabeau hat die Engländer gegen ihren Sohn nach Frankreich gerufen und ihren Schwager, den Herzog von Orléans, geliebt, und danach Boisbourdon[73]. Das Konto der Maria von Medici ist noch schwerer belastet. Keine von beiden besaß politisches Genie. Bei diesen Studien und Parallelen ist der Autor von der Größe Katharinas überzeugt worden; dadurch, daß er sich in die immer aufs neue erstehenden Schwierigkeiten ihrer Lage einweihte, hat er erkannt, in welchem Maße die Historiker, die sämtlich von den Protestanten beeinflußt sind, ungerecht gegenüber dieser Königin waren; davon übriggeblieben sind ihm die drei hier vorgelegten Skizzen, in denen einige irrige Meinungen über sie, über die Persönlichkeiten ihrer Umgebung und über die Gegebenheiten ihrer Zeit bekämpft werden. Wenn diese Arbeit sich unter den ›Philosophischen Studien‹ befindet, so geschieht das, weil sie den Geist einer Epoche aufzeigt und weil man darin klar und deutlich den Einfluß des Denkens wahrnimmt. Aber vor dem Betreten der politischen Arena, in der Katharina handgemein mit den beiden größten Schwierigkeiten ihrer Laufbahn wird, ist es notwendig, ein paar knappe Angaben über ihr früheres Leben zu machen, und zwar unter dem Gesichtspunkt einer unparteiischen Kritik, damit man nahezu den gesamten Verlauf dieses weiten, königlichen Daseins bis zu dem Augenblick erfaßt, da der erste Teil dieser Studie beginnt.

Niemals, zu keiner Zeit, in keinem Land und in keiner Herrscherfamilie hat es mehr Verachtung für die *Legitimität* gegeben als in dem berühmten Haus der Medici (Méditschi)[74], dessen Name in Frankreich Médicis ausgesprochen wird. Man hatte dort über die Macht die gleiche Doktrin, zu der sich heute Rußland bekennt: jedes Oberhaupt, an das der Thron gelangt, wird das wahre, das legitime. Mirabeau[75] hatte recht, wenn er sagte: »Es hat in meiner Familie nur *eine* Mesalliance gegeben, und das ist die mit den Medici.« Denn trotz der Bemühungen der bezahlten Genealogen steht fest, daß die Medici vor Averardo de' Medici, dem Gonfaloniere[76] von Florenz im Jahre 1314, schlichte, sehr reich gewordene Florentiner Kaufleute waren. Die erste Persönlichkeit dieser Familie, die eine wichtige Stellung in der Geschichte der berühmten toskanischen Republik einzunehmen beginnt, war Salvestro de' Medici; er ist 1378 Gonfaloniere geworden. Dieser Salvestro hatte zwei Söhne, Cosimo und Lorenzo de' Medici.

Von Cosimo stammen ab Lorenzo der Prächtige, der Herzog von Nemours[77], der Herzog von Urbino[77a], Katharinas Vater, Papst Leo X., Papst Clemens VII. und Alessandro, nicht Herzog von Florenz, wie immer gesagt wird, sondern Herzog *della città di Penna*[78], ein von Papst Clemens VII. verliehener Titel, der ihm den Weg zum Titel eines Großherzogs von Toskana ebnen sollte.

Von Lorenzo stammen ab der »Florentiner Brutus« Lorenzino[79], der den Herzog Alessandro ermordete, Cosimo, der erste Großherzog, sowie alle Beherrscher der Toskana bis 1737, dem Jahre, da das Haus erlosch.

Aber keiner dieser beiden Zweige, weder der Cosimos noch der Lorenzos, regierte in gerader Linie, bis zu dem Augenblick, da die vom Vater der Maria von Medici bezwungene Toskana es erlebte, daß ihre Großherzöge einander auf natürliche Weise nachfolgten. So war Alessandro de' Medici, derjenige, der den Titel *duca della città di Penna* trug und der von Lorenzino ermordet wurde, Sohn des Herzogs von Urbino, des Vaters der Katharina, und einer maurischen Sklavin. Daher hatte Lorenzino, Lorenzos legitimer Sohn, zwiefach das Recht, Alessandro zu ermorden, einmal als den Usurpator in seiner Familie und alsdann als den Bedrücker der Stadt. Manche Historiker glauben sogar, Alessandro sei der Sohn Clemens' VII. gewesen. Was diesen Bastard als Oberhaupt der Republik und der Familie Medici anerkannt sein ließ, war seine Ehe mit Margarethe von Österreich, einer natürlichen Tochter Kaiser Karls V.

Francesco de' Medici, der Gatte der Bianca Capello[80], nahm als Sohn ein Kind aus dem Volk an, das diese berühmte Venezianerin gekauft hatte, und seltsamerweise beließ Ferdinand, als er Francesco nachfolgte, dieses unterschobene Kind in seinen Rechten. Dieses Kind, Don Antonio de' Medici genannt, wurde vier Regierungen lang als zur Familie gehörig betrachtet, erwarb sich die Zuneigung eines jeden, leistete der Familie wichtige Dienste und wurde allgemein betrauert.

Fast alle ersten Medici hatten natürliche Kinder, deren Schicksal stets glänzend gewesen ist. So war der Kardinal Giulio de' Medici, der unter dem Namen Clemens VII. Papst wurde, der illegitime Sohn Giulianos I. Der Kardinal Ippolito de' Medici war gleichfalls ein Bastard; es hat wenig daran gefehlt, daß er Papst und Oberhaupt der Familie wurde.

Einige Anekdotenverfertiger wollen, der Herzog von Urbino, Katharinas Vater, habe zu ihr gesagt: »*A figlia d'inganno non manca mai figliolanza*« (ein kluges Mädchen weiß stets Kinder zu bekommen), und zwar im Zusammenhang mit einer gewissen körperlichen Mißbildung, mit der Heinrich, der zweite Sohn Franz' I., ihr Verlobter, behaftet war. Nun aber ist Lorenzo II. de' Medici, der Vater Katharinas, der 1518 in zweiter Ehe Madeleine de la Tour-d'Auvergne[81] geheiratet hatte, am 28. April 1519 gestorben, einige Tage nach seiner Gattin, deren Tod durch die Geburt ihrer Tochter Katharina verursacht worden war. So war denn Katharina, gleich nachdem sie das Licht der Welt erblickt hatte, zur Doppelwaise geworden. Daher rühren die seltsamen Abenteuer ihrer Kindheit, die verquickt war mit den blutigen Kämpfen der Florentiner, die ihre Freiheit wiedererobern wollten, gegen die Medici, die über Florenz zu herrschen trachteten und dabei so umsichtig zu Werke gingen, daß Katharinas Vater den Titel eines Herzogs von Urbino trug. Beim Tod Lorenzos, des Vaters der Katharina, war das legitime Oberhaupt des Hauses Medici Papst Leo X., der Florenz durch den illegitimen Sohn Giulianos, Giulio de' Medici, damals Kardinal, regieren ließ. Leo X. war Katharinas Großonkel, und jener Kardinal Giulio, der Clemens VII. wurde, war lediglich ihr Onkel »zur linken Hand«. Eben das führte dazu, daß Brantôme[82] diesen Papst so launig »einen Onkel durch Unsere liebe Frau« zu nennen pflegte. Während der Belagerung von Florenz, die die Medici unternahmen, um wieder hineinzugelangen, wollte die republikanische Partei, nicht zufrieden damit, die neunjährige Katharina in ein Kloster gesperrt zu haben, nachdem sie sie ihres gesamten Besitzes beraubt hatte, sie auf den Vorschlag eines gewissen Battista Cei[83] hin zwischen zwei Zinnen dem Geschützfeuer aussetzen. Bernardo Castiglione[84] ging bei der Beratung mit dem Ziel, die Sache zum Abschluß zu bringen, noch weiter; er war der Ansicht, man dürfe Katharina keinesfalls dem Papst zurückgeben, der sie erbeten hatte, sondern müsse sie den Soldaten ausliefern, damit sie sie entehrten. Man sieht, daß alle Volksrevolutionen einander ähneln. Katharinas Politik, die die königliche Macht so sehr begünstigte, könnte von solcherlei Auftritten, die eine neunjährige Italienerin vollauf zu begreifen vermochte, angeregt worden sein.

Die Erhöhung Alessandros de' Medici, zu der der Bastard Clemens VII. soviel beigetragen hat, hatte als Hauptgrund sicherlich ebenjene Illegitimität und ferner die Liebe Kaiser Karls V. zu seiner berühmten Bastardin Margarethe. So wurden der Papst und der Kaiser vom gleichen Gefühl angeregt. Zu jener Zeit beherrschte Venedig den Welthandel, und Rom hatte die moralische Weltherrschaft inne; Italien regierte nach wie vor durch die Dichter, die Heerführer und die dort geborenen Staatsmänner. Weder vorher noch nachher hat man in einem Land eine so merkwürdige, eine so überreiche Versammlung genialer Männer erlebt. Es gab damals deren so viele, daß die kleinsten Fürsten hochstehende Männer waren. Italien barst vor Talent, vor Kühnheit, Wissenschaft, Poesie, Reichtum und Galanterie, obwohl es durch beständige innere Kriege zerrissen wurde und obwohl es der Treffpunkt sämtlicher Eroberer war, die einander seine schönsten Gegenden streitig machten. Wenn die Männer so stark sind, scheuen sie sich nicht vor dem Eingeständnis ihrer Schwäche. Daher rührt sicherlich jenes Goldene Zeitalter der Bastarde. Übrigens muß man den illegitimen Kindern des Hauses Medici Gerechtigkeit widerfahren lassen; sie waren mit glühendem Eifer auf den Ruhm und die Vermehrung des Besitzes und der Macht jener Familie bedacht. Als daher der Herzog *della città di Penna,* der Sohn der Maurin, als Tyrann von Florenz eingesetzt wurde, machte er sich die Anteilnahme Papst Clemens' VII. für die Tochter Lorenzos II., die damals elf Jahre alt war, sogleich zu eigen.

Wenn man sich mit dem Gang der Geschehnisse und dem Verhalten der Menschen in jenem merkwürdigen sechzehnten Jahrhundert befaßt, darf man niemals vergessen, daß die Politik damals als Grundelement eine ständige Abgefeimtheit erforderte, die bei allen Charakteren die aufrechte Haltung, die Breitschultrigkeit zerstörte, die die Phantasie von hervorragenden Persönlichkeiten verlangt. Vor allem deswegen muß Katharina freigesprochen werden. Dieser Hinweis spricht all den banalen und wahnwitzigen Anklagen der Schriftsteller der Reformation das Urteil. Es war die Blütezeit jener Politik, deren Gesetzbuch von Macchiavelli[85] wie von Spinoza[86], von Hobbes[87] wie von Montesquieu[88] geschrieben worden ist; denn der Dialog zwischen Sulla und Eukrates[89] enthält Montesquieus wahre Gedanken; seine Verbindungen mit der Partei der Enzyklopädisten erlaubten ihm nicht, sie auf andere Weise zu entwickeln. Diese Grundsätze bilden heute die geheime Moral aller Kabinette, in denen die Pläne zu irgendeiner weitgespannten Herrschaftsausübung angezettelt werden. Wir in Frankreich haben Napoleon getadelt, als er Gebrauch von dem italienischen Genie machte, das er *in cute*[90] hatte und dessen Kombinationen nicht immer erfolgreich gewesen sind; aber Kaiser Karl V., Katharina, Philipp II. und Julius II. würden sich in Sachen Spaniens nicht anders verhalten haben[91]. In der Zeit, da Katharina geboren wurde, würde die Geschichte, wenn man sie unter dem Gesichtspunkt der Redlichkeit betrachtete, wie ein unmöglicher Roman anmuten. Kaiser Karl V. war gezwungen, den Katholizismus in Anbetracht der Angriffe Luthers zu stützen, der dadurch, daß er die Tiara[92] bedrohte, den Thron bedrohte; aber er läßt Rom belagern und hält Clemens VII. gefangen. Ebenjener Clemens VII., der keinen grimmigeren Feind als Kaiser Karl V. hat, macht ihm den Hof, um Alessandro de' Medici in Florenz einsetzen zu können, und Karl V. gibt diesem Bastard seine Tochter. Sobald Alessandro auf festen Füßen steht, versucht er gemeinsam mit Clemens, Karl V. dadurch zu schaden, daß er sich verwandtschaftlich mit Franz I. verbündet, und zwar mittels Katharina von Medici, und beide versprechen ihm, ihm bei der Wiedereroberung Italiens zu helfen. Lorenzino de' Medici macht sich zum Genossen und Schmeichler Herzog Alessandros bei dessen Ausschweifungen, um ihn ermorden zu können. Filippo Strozzi[93], eine der größten Seelen jener Zeit, empfand vor diesem Mord so hohe Achtung, daß er schwor, jeder seiner Söhne solle eine der Töchter des Mörders heiraten, und jeder Sohn erfüllte fromm das Gelöbnis des Vaters, als jeder von ihnen unter der Protektion Katharinas glänzende Ehen schließen konnte;

denn der eine wurde der Nacheiferer Dorias[94], der andere Marschall von Frankreich[95]. Cosimo de' Medici, der Nachfolger Alessandros, mit dem er in keiner Weise verwandt war, rächte den Tod jenes Tyrannen aufs grausamste nach zwölf Jahren beharrlichen Wartens, in denen sein Haß stets von gleicher Lebendigkeit gegen Leute war, die ihn letztlich an die Macht gebracht hatten. Im Augenblick seiner Berufung zur Herrschaft war er achtzehn Jahre alt; seine erste Handlung bestand darin, daß er die Rechte der legitimen Söhne Alessandros für null und nichtig erklären ließ, trotz seines Bestrebens, Alessandro zu rächen . . .! Karl V. bestätigte die Enterbung seines Enkels und erkannte Cosimo anstelle von Alessandros Sohn an. Der Kardinal Cibò[96] hatte Cosimo auf den Thron gebracht; Cosimo verbannte ihn auf der Stelle. Deswegen klagte der Kardinal Cibò denn auch sofort seine Kreatur, ebenjenen Cosimo, der der erste Großherzog[97] wurde, an, er habe den Sohn Alessandros vergiften lassen wollen. Dieser Großherzog war ebenso eifersüchtig auf seine Macht bedacht wie Karl V. auf die seine; gerade wie der Kaiser dankte er zu Gunsten seines Sohnes Francesco ab, nachdem er seinen anderen Sohn Don Garcias hatte umbringen lassen, um den Tod des Kardinals Giovanni de' Medici zu rächen, den Garcias ermordet hatte. Cosimo I. und sein Sohn Francesco, die mit Leib und Seele dem Hause Frankreich hätten ergeben sein müssen, der einzigen Macht, die sie hätte stützen können, wurden die Diener Karls V. und Philipps II. und folglich die heimlichen, feigen und perfiden Feinde der Katharina von Medici, die doch einer der Ruhmestitel ihrer Familie war. Das sind die wichtigsten unter den widerspruchsvollen und unlogischen Zügen, den Schurkereien und finstern Intrigen allein des Hauses Medici. Kann man sich auf Grund dieser Skizze ein Bild von den übrigen Fürsten Italiens und Europas machen? Alle Gesandten Cosimos I. an den französischen Hof hatten in ihren Geheiminstruktionen den Befehl, Strozzi zu vergiften, den Verwandten der Königin Katharina, wenn er sich dort befinden sollte. Karl V. hat drei Gesandte Franz' I. ermorden lassen.

Es geschah Anfang Oktober 1553, als der Herzog *della città di Penna* von Florenz nach Livorno aufbrach, begleitet von der einzigen Erbin Lorenzos II., Katharina von Medici. Der Herzog und die Prinzessin von Florenz, denn das war der Titel, mit dem das damals vierzehnjährige Mädchen bezeichnet wurde, verließen die Stadt mit einer ansehnlichen Schar von Dienern, Offizieren und Sekretären; vor ihnen her zogen Bewaffnete, und eine Reitereskorte folgte ihnen. Noch wußte die junge Prinzessin nichts von ihrem Schicksal, bis auf den Umstand, daß der Papst in Livorno eine Zusammenkunft mit dem Herzog Alessandro haben werde; aber ihr Onkel Filippo Strozzi enthüllte ihr bald die Zukunft, die ihr zugedacht war.

Filippo Strozzi hatte Clarissa de' Medici geheiratet, die Blutsschwester Lorenzos de' Medici, des Herzogs von Urbino und Vaters der Katharina; aber jene Ehe, die ebensosehr geschlossen worden war, um für die Sache der Medici eine der festesten Stützen der Volkspartei zu gewinnen, als die Zurückberufung der damals verbannten Medici in die Wege zu leiten, hatte diesen rauhen Kriegsmann niemals zu ändern vermocht, der, weil er sie geschlossen hatte, von seiner Partei verfolgt wurde. Trotz der zur Schau getragenen Wandlung seiner Lebensführung, die durch jene Ehe ein wenig beherrschter geworden war, blieb er der Volkspartei treu und erklärte sich gegen die Medici, sobald er deren Plan witterte, Florenz zu unterwerfen. Dieser große Mann lehnte sogar das Anerbieten eines Fürstentums ab, das Leo X. ihm machte. Filippo Strozzi war in diesem Augenblick das Opfer der Politik der Medici, die so schwankend in ihren Mitteln, aber so starr in ihrem Ziel war. Nachdem er mit Clemens VII. die Leiden der Gefangenschaft geteilt[98], als er, von den Colonnas überrumpelt, sich in die Engelsburg geflüchtet hatte, wurde er von Clemens VII. als Geisel ausgeliefert und nach Neapel gebracht. Da der Papst, als er frei war, rauh über seine Feinde herfiel, bestand für Strozzi die Gefahr, sein Leben einzubüßen, und er mußte eine riesige Summe zahlen, um aus dem Gefängnis zu entkommen, wo er streng bewacht worden war. Als er frei war, kam er durch einen Anfall von Gutmütigkeit, wie sie einem Ehrenmann etwas Natürliches ist, auf den naiven Gedanken, sich bei Clemens VII. einzufinden, der sich vielleicht der Hoffnung hingegeben hatte, sich seiner entledigt zu haben. Der Papst mußte sich seines Verhaltens so sehr schämen, daß er Strozzi den übelsten Empfang bereitete. So hatte denn Strozzi schon in sehr jungen Jahren die Lehrzeit des unglücklichen Lebens eines in der Politik redlichen Mannes angetreten, dessen Gewissen sich nicht den Willkürlichkeiten der Ereignisse leiht, dessen Taten nur das Wohlgefallen der Tugend finden, und der somit von allen verfolgt wird, vom Volk, weil er sich dessen blinden Leidenschaften entgegenstemmt, und von der Macht, weil er deren Usurpation widerstrebt. Das Leben dieser großen Bürger ist ein Martyrium, bei dem ihnen nur die starke Stimme ihres Gewissens und das heroische Gefühl ihrer sozialen Pflicht helfen, die ihnen in jeder Hinsicht ihr Verhalten vorschreibt. Im Stadtstaat Florenz gab es viele Männer, die ebenso groß waren wie Strozzi, und ebenso vollkommen wie ihre Widersacher in der Partei der Medici, obwohl sie durch deren Florentiner List besiegt wurden. Gibt es denn Bewundernswürdigeres bei der Verschwörung der Pazzi[99] als das Verhalten des Oberhaupts jenes Hauses, dessen Handelsbeziehungen riesig waren, und der alle seine Rechnungen in Asien, der Levante und Europa beglich, ehe er an die Durchführung seines großen Vorhabens ging, damit, falls er unterlag, seine Geschäftsfreunde nichts einbüßten. Daher ist die Geschichte der Festigung des Hauses Medici im vierzehnten und fünfzehnten Jahrhundert eine der schönsten, die noch zu schreiben übrigbleibt, wenngleich schon große Begabungen damit begonnen haben. Es handelt sich dabei nicht um die Geschichte einer Republik, noch um die einer Gesellschaft, noch um die einer besonderen Kultur, sondern um die Geschichte des *politischen Menschen*, um die ewige Geschichte der Politik, diejenige der Usurpatoren und der Eroberer. Bei seiner Rückkehr nach Florenz stellte Filippo Strozzi dort die alte Regierungsform wieder her und ließ aus ihr Ippolito de' Medici, ebenfalls einen Bastard, und jenen Alessandro hervorgehen, mit dem er in diesem Augenblick unterwegs war. Er war damals entsetzt über den Wankelmut des Volks, und da er die Rache Clemens' VII. fürchtete, machte er sich daran, ein riesiges Handelshaus zu kontrollieren, das er in Lyon besaß und das mit eigenen Bankiers in Venedig, Rom, Frankreich und Spanien korrespondierte. Wie seltsam! Diese Männer, die die Last der Staatsgeschäfte und die eines ständigen Kampfes mit den Medici ertrugen, ganz abgesehen von den Kämpfen mit ihrer eigenen Partei, nahmen auch die Bürde des Handels und dessen Spekulationen auf sich, die des Bankwesens und seiner Komplikationen, die die ungemeine Vielzahl der Geldsorten und deren Fälschungen damals sehr viel schwieriger machte, als sie es heute sind. (Der Name Bankier rührt von der Bank her, auf der sie saßen und die ihnen dazu diente, die Gold- und Silberstücke klingen zu lassen.) Filippo fand in dem Tod seiner Frau, die er sehr geliebt hatte, den Vorwand, den Forderungen der republikanischen Partei nachzugeben, deren Polizeigewalt in allen Republiken um so schrecklicher wird, als jedermann sich im Namen der Freiheit, die alles rechtfertigt, zu Spitzeldiensten hergibt. Filippo war erst in dem Augenblick nach Florenz zurückgekehrt, da Florenz gezwungen war, das Joch Alessandros auf sich zu nehmen; aber zuvor hatte er Papst Clemens VII. aufgesucht, um dessen Angelegenheiten es hinlänglich gut bestellt war, um seine Einstellung gegenüber Filippo zu ändern. Im Augenblick ihres Triumphs bedurften die Medici so sehr eines Mannes wie Strozzi, und sei es nur, um Alessandros Thronbesteigung in die Wege zu leiten, daß Clemens ihn zu bestimmen verstand, einen Sitz im Rat des Bastards einzunehmen, der mit der Bedrückung der Stadt beginnen wollte, und Filippo hatte das Diplom eines Senators entgegengenommen. Wie Seneca[100] und Burrhus[101] in der Umgebung Neros hatte er indessen zweieinhalb Jahre lang die Anfänge der Tyrannei beobachtet. Er sah sich in diesem Augenblick so sehr dem Mißtrauen der Volkspartei ausgesetzt und war den Medici, denen er widerstrebte, so verdächtig, daß er zu jener Zeit eine Katastrophe vorhersah. Daher faßte er, sowie er von Herzog Alessandro von den Unterhandlungen über eine Eheschließung Katharinas mit einem Sohn des Königs von Frankreich vernommen hatte, die vielleicht in Livorno zum Abschluß kommen sollten, wo die Unterhändler zusammenzutreffen beabsichtigten, den Entschluß, nach Frankreich überzusiedeln und sich dem Glück seiner Nichte anzubefehlen, die eines Vormunds bedurfte. Alessandro war entzückt, einen Mann loszuwerden, der sich bei den Händeln in Florenz als so wenig entgegenkommend bezeigt hatte; er unterstützte diesen Entschluß, der ihm einen Mord ersparte, und gab Strozzi den Rat, sich an die Spitze von Katharinas Hofstaat zu stellen. Tatsächlich hatten die Medici nämlich, um den französischen Hof zu blenden, die Gefolgschaft derjenigen, die sie höchst unzutreffend als »die Prinzessin von Florenz« bezeichneten und die auch »die kleine Herzogin von Urbino« hieß, glanzvoll zusammengestellt. Das Geleit, an dessen Spitze Herzog Alessandro, Katharina und Strozzi einherzogen, bestand aus mehr als tausend Personen, ungerechnet die Eskorte und die Diener; und als das Ende am Tor von Florenz war, durchzog die Spitze bereits das erste Dorf weit draußen vor der Stadt, dasjenige, wo heute Strohhüte geflochten werden. Im Volk war bereits gemunkelt worden, Katharina solle einen Sohn Franz' I. heiraten; aber das war bislang nur ein Gerücht gewesen; es nahm in den Augen der Toskana durch den triumphalen Zug von Florenz nach Livorno feste Gestalt an. Nach den Vorbereitungen, deren es bedurft hatte, ahnte Katharina, daß es sich um ihre Verheiratung handeln werde, und ihr Onkel enthüllte ihr die zu früh geborenen Pläne ihrer ehrgeizigen Familie, die für sie die Hand des Dauphin[102] gewollt hatte. Herzog Alessandro hoffte noch immer, daß es dem Herzog von Albany[103] gelingen würde, den Entschluß des Königs von Frankreich zum Wanken zu bringen, der sich zwar die Unterstützung der Medici in Italien erkaufen, ihnen aber nur den Herzog von Orléans[104] überlassen wollte. Diese Kleinlichkeit ließ Frankreich Italien verlieren und verhinderte nicht, daß Katharina Königin wurde.

Jener Herzog von Albany, Sohn Alexander Stuarts, Bruder König Jakobs II. von Schottland, hatte Anne de la Tour-de-Boulogne geheiratet, die Schwester der Madeleine de la Tour-de-Boulogne, der Mutter Katharinas; er war also ihr Onkel mütterlicherseits. Durch ihre Mutter war Katharina so reich und mit so vielen Familien verwandt; denn seltsamerweise war Diane de Poitiers, ihre Rivalin, zugleich ihre Kusine. Jean de Poitiers, Dianes Vater, hatte als Mutter Jeanne de la-Tour-de-Boulogne, die Tante der Herzogin von Urbino; und ebenso war Katharina mit ihrer Schwiegertochter Maria Stuart verwandt.

Katharina erfuhr jetzt, daß ihre Mitgift in Bargeld hunderttausend Dukaten betragen würde. Der Dukaten war ein Goldstück von der Größe eines unserer früheren Louis, aber nur halb so dick. Auf diese Weise stellen also hunderttausend Dukaten jener Zeit, wenn man dem hohen Wert des Goldes Rechnung trägt, heute ungefähr sechs Millionen dar, da der gegenwärtige

Dukaten fast zwölf Francs gilt. Man kann sich ein Urteil über die Bedeutung des Bankhauses bilden, das Filippo Strozzi in Lyon innehatte, da es seinem Geschäftsführer in jener Stadt oblag, jene zwölfhunderttausend Francs in Gold zu liefern. Die Grafschaften Auvergne und Lauranguais[105] sollten überdies durch Katharina als Mitgift eingebracht werden; der Papst schenkte ihr weitere hunderttausend Dukaten in Kleinodien, Edelsteinen und sonstigen Hochzeitsgaben, zu denen Herzog Alessandro noch beitrug.

Bei der Ankunft in Livorno mußte die noch so junge Katharina durch die außerordentliche Pracht geschmeichelt sein, die Papst Clemens VII., ihr Onkel durch Unsere liebe Frau, damals das Oberhaupt des Hauses Medici, entfaltet hatte, um den französischen Hof auszustechen. Er war bereits auf einer seiner Galeeren angelangt; sie war gänzlich mit karmesinrotem Atlas ausgeschlagen, mit Goldfransen verziert und mit einem Zeltdach aus Goldbrokat bedeckt. Jene Galeere, deren Ausschmückung an die zwanzigtausend Dukaten gekostet hatte, enthielt mehrere für die Zukünftige Heinrichs von Frankreich bestimmte Kabinen, die sämtlich mit den üppigsten Raritäten möbliert waren, die die Medici hatten auftreiben können. Die prächtig gekleideten Ruderknechte und die Besatzung hatten als Kapitän einen Prior des Rhodeser Ritterordens. Das Gefolge des Papstes befand sich auf drei weiteren Galeeren. Die Galeeren des Herzogs von Albany, die neben derjenigen Clemens' VII. ankerten, bildeten mit dieser eine recht ansehnliche Flottille. Herzog Alessandro stellte die Würdenträger aus Katharinas Gefolge dem Papst vor, mit dem er eine Geheimbesprechung hatte; wahrscheinlich hat er ihm bei dieser Gelegenheit den Grafen Sebastiano Montecuccoli[106] vorgestellt, der unlängst ein wenig unvermittelt, wie es hieß, aus dem Dienst des Kaisers ausgeschieden war, sowie seine beiden Generale Antonio de Leyva[107] und Ferdinand von Gonzaga[108]. Bestand zwischen den beiden Bastarden Giulio und Alessandro ein Vorsatz, den Herzog von Orléans zum Dauphin zu machen? Welches war die Belohnung, die dem Grafen Sebastiano de Montecuccoli, der, ehe er in den Dienst Kaiser Karls V. getreten war, Medizin studiert hatte, versprochen wurde? Darüber schweigt die Geschichtsschreibung sich aus. Wir werden übrigens sehen, in welche Nebelwolken jenes Geschehnis gehüllt ist. Das Dunkel ist so groß, daß jüngst erst ernste und gewissenhafte Historiker die Unschuld Montecuccolis geltend gemacht haben.

Katharina erfuhr jetzt offiziell aus dem Mund des Papstes, welche Eheschließung ihr bestimmt sei. Der Herzog von Albany hatte nur durchsetzen können, und zwar mit großer Mühe, daß der König von Frankreich sein Versprechen hielt, Katharina die Hand seines zweiten Sohnes zu geben. Daher war die Ungeduld Clemens' so groß, daher hatte er solche Angst, seine Pläne zunichte werden zu sehen, sei es durch eine Machenschaft des Kaisers, sei es durch die Verachtung von seiten Frankreichs, wo die Grafen des Königreichs diese Heirat mit scheelen Blicken betrachteten, daß er auf der Stelle an Bord ging und nach Marseille segelte. Dort langte er gegen Ende Oktober 1533 an. Trotz seiner Reichtümer wurde das Haus Medici vom Haus Frankreich überblendet. Um zu zeigen, wie weit jene Bankiers ihren Luxus treiben konnten, bestand das Nadelgeld, das der Papst in die Hochzeitsbörse gesteckt hatte, aus Goldmedaillen von unschätzbarem historischem Wert, da sie damals bereits Unika waren. Aber Franz I., der Glanzentfaltung und Feste schätzte, tat sich bei dieser Gelegenheit besonders hervor. Die Hochzeitsfeierlichkeiten Heinrichs von Valois und Katharinas dauerten vierunddreißig Tage. Es erübrigt sich völlig, die aus allen Geschichtswerken über die Provence und Marseille bekannten Einzelheiten gelegentlich dieser berühmten Zusammenkunft zwischen dem Papst und dem König von Frankreich zu wiederholen; sie wurde eingeleitet durch den Scherz des Herzogs von Albany[109] über die Pflicht zu fasten; das war ein humoristisches Quiproquo, von dem Brantôme berichtet hat, über das der Hof sich höchlichst ergötzte und das die Tonart der Sitten jener Zeit aufzeigt. Obgleich Heinrich von Valois nur zwanzig Tage älter als Katharina von Medici war, verlangte der Papst, daß die beiden Kinder noch am Tage ihrer Hochzeitsfeier die Ehe vollzögen, so sehr fürchtete er die Ausflüchte der Politik und die zu jener Zeit üblichen Listen. Clemens, der, wie die Geschichtsschreibung aussagt, Beweise für den Vollzug der Ehe haben wollte, blieb eigens vierunddreißig Tage in Marseille in der Hoffnung, daß seine junge Verwandte sichtbare Beweise darbieten würde; denn Katharina war mit vierzehn Jahren mannbar. Sicherlich geschah es, als er sie vor seiner Abreise ausfragte, daß er, um sie zu trösten, die berühmten Worte aussprach, die Katharinas Vater zugeschoben worden sind: »*A figlia d'inganno, non manca mai la figliolanza.*« Einem klugen Mädchen wird es nie an Nachwuchs mangeln.

Über die Unfruchtbarkeit Katharinas, die zehn Jahre währte, sind die seltsamsten Vermutungen angestellt worden. Wenigen Leuten ist heute bekannt, daß mehrere medizinische Traktate bezüglich dieser Eigentümlichkeit so unanständige Unterstellungen enthalten, daß sie nicht mehr berichtet werden können. Man kann sie übrigens im Bayle[110], Artikel Fernel[111], nachlesen. Daran kann man die befremdlichen Verleumdungen ermessen, die noch heutzutage auf jener Königin lasten, deren sämtliche Handlungen entstellt worden sind. Die Ursache ihrer Unfruchtbarkeit lag einzig bei Heinrich II. Es hätte der Hinweis genügt, daß zu einer Zeit, da es keinem Fürsten etwas ausmachte, Bastarde zu haben, Diane de Poitiers, die sehr viel mehr als die legitime Gattin begünstigt wurde, keine Kinder gehabt hat. Es gibt in der Chirurgie nichts Bekannteres als den Körperfehler Heinrichs II., der übrigens durch den Scherz der Hofdamen erklärt worden ist, die ihn zum Abbé von Saint-Victor[112] zu einer Zeit machen konnten, da die französische Sprache die gleichen Privilegien wie die lateinische besaß. Sobald der Fürst sich der Operation unterzogen hatte, wurde Katharina elfmal schwanger und gebar zehn Kinder. Es ist ein Glück für Frankreich, daß Heinrich II. gewartet hat. Hätte er Kinder von Diane gehabt, so würde die Politik sich auf seltsame Weise kompliziert haben. Als die Operation vorgenommen wurde, war die Herzogin von Valentinois[113] bereits in die zweite Jugend der Frauen gelangt. Allein schon dieser Hinweis beweist, daß die Geschichte der Katharina von Medici gänzlich neu geschrieben werden, und daß, nach einem sehr tiefen Ausspruch Napoleons, die Geschichte Frankreichs entweder einen Band oder deren tausend umfassen müßte.

Der Aufenthalt Papst Clemens' VII. in Marseille gibt, wenn man das Verhalten Kaiser Karls V. mit demjenigen des Königs von Frankreich vergleicht, dem König eine ungeheure Überlegenheit über den Kaiser, wie übrigens in allen Dingen. Nachstehend folge eine kurze Darstellung jener Begegnung aus der Feder eines Zeitgenossen.

»Nachdem Seine Heiligkeit der Papst zu dem Palast geführt worden war, von dem ich berichtet habe, daß er für ihn jenseits des Hafens vorbereitet worden sei, zog sich jeder in seine Unterkunft zurück, bis zum folgenden Tage, da besagte Heiligkeit sich zum Einzug anschickte. Derselbe vollzog sich unter großer Prunkentfaltung und Pracht, er saß auf einem Stuhl, den zwei Männer auf den Schultern trugen, und war in seine päpstlichen Gewänder gekleidet, bis auf die Tiara; vor ihm her schritt ein weißer Zelter, auf dem das Sakrament des Altars ruhte, und besagter Zelter wurde geführt von zwei Männern zu Fuß in sehr guter Tracht an Zügeln von weißer Seide. Danach folgten alle Kardinäle in ihrer Gewandung, reitend auf ihren pontifikalen Maultieren, und die Frau Herzogin von Urbino in großer Pracht, begleitet von einer großen Zahl von Damen und Edelleuten, in gleicher Zahl aus Frankreich und aus Italien. Als in dieser Begleitung der Heilige Vater an die für seine Unterkunft bereitete Stätte kam, zog jedermann sich zurück; und dies alles war befohlen und durchgeführt worden ohne die mindeste Unordnung noch Tumult. Während nun aber der Papst seinen Einzug hielt, kam der König über das Wasser in einer Fregatte heran und bezog die Stätte, die der Papst verlassen hatte, um von dort aus am folgenden Tag als allerchristlichster König dem Heiligen Vater seine Ehrerbietung zu bezeigen . . .

Nachdem der König sich vorbereitet hatte, brach er auf, um sich nach dem Palast zu begeben, wo der Papst weilte, begleitet von den Fürsten seines Geblüts, wie Monseigneur dem Herzog von Vendôme (dem Vater des Viztum von Chartres), dem Grafen de Saint-Pol, den Herren von Montpensier und La Roche-sur-Yon, dem Herzog von Nemours, Bruder des Herzogs von Savoyen, der an besagter Stätte starb, dem Herzog von Albany und mehreren andern, soviel Grafen und Baronen wie Edelherren, und es weilte stets beim König der edle Herr von Montmorency, sein Großmeister. Als der König am Palast angelangt war, wurde er vom Papst und dem gesamten Kardinalskollegium empfangen, das im päpstlichen Konsistorium versammelt war, und zwar sehr freundlich und herzlich. Als das geschehen war, zog jedermann sich nach der ihm zugewiesenen Stätte zurück, und der König nahm mehrere Kardinäle mit sich, um sie festlich zu bewirten, unter anderm den Kardinal von Medici, den Neffen des Papstes, einen sehr prächtigen und gut begleiteten Herrn. Am andern Tag begannen die von Seiner Heiligkeit und dem König dazu Befohlenen sich zu versammeln, um über die Dinge zu verhandeln, um deretwillen die Zusammenkunft stattfand. An erster Stelle wurden die Glaubensdinge behandelt und eine Bulle verkündet, um das Ketzerwesen zu unterdrücken und zu verhindern, daß die Dinge nicht in noch größeren Brand gerieten als ohnehin schon. Alsdann wurde die Eheschließung des Herzogs von Orléans, des zweiten Sohns des Königs, mit Katharina von Medici beschlossen, Herzogin von Urbino, Nichte Seiner Heiligkeit, unter den gleichen oder ähnlichen Bedingungen, wie sie ehedem dem Herzog von Albany vorgeschlagen worden waren. Besagte Eheschließung wurde unter großer Prachtentfaltung vollzogen, und es vermählte sie Unser Heiliger Vater (das ist ein Italianismus, der sich im Französischen nicht eingebürgert hat. Man sagte damals in Frankreich wie in Italien, dieser habe sich mit jener vermählt, um zu sagen, er habe sie geheiratet). Nachdem jene Heirat also vollzogen war, hielt der Heilige Vater ein Konsistorium ab, bei dem er aus Ehrerbietung vor dem König vier Kardinäle ernannte, als da sind der Kardinal Le Vesseur, zuvor Bischof von Lisieux und Großalmosenier, der Kardinal von Bourbogne aus dem Haus de la Chambre, Muttersbruder des Herzogs von Albany, der Kardinal von Châtillon aus dem Hause de Coligny, Neffe des Sire de Montmorency, und der Kardinal von Givry.«

Als Strozzi im Dabeisein des Hofs die Mitgift übergab, gewahrte er bei den französischen Edelherren nur geringes Erstaunen; sie sagten ziemlich laut, das sei für eine Mesalliance recht wenig. (Was würden sie heutzutage gesagt haben?) Da antwortete der Kardinal Ippolito: »Ihr seid also über die geheimen Abmachungen Eures Königs schlecht unterrichtet. Seine Heiligkeit verpflichtet sich, Frankreich drei Perlen von unschätzbarem Wert zu schenken: Genua, Mailand und Neapel.« Der Papst ließ den Grafen Sebastiano Montecuccoli sich dem französischen Hofe selber vorstellen, dem er seine Dienste anbot, wobei er sich über Antonio de Leyva und Ferdinand Gonzaga beschwerte, was bewirkte, daß er angenommen wurde. Montecuccoli gehörte keineswegs der Gefolgschaft Katharinas an, die gänzlich aus Franzosen und Französinnen bestand, denn auf Grund eines Gesetzes der Monarchie, dessen Befolgung vom Papst mit der größten Freude betrachtet wurde, war Katharina vor der Eheschließung durch Patentbriefe als Französin naturalisiert worden. Montecuccoli als Spanier wurde zunächst dem Hofstaat der Königin zugeteilt, der Schwester Kaiser Karls V. Dann wechselte er einige Zeit danach in der Eigenschaft als Mundschenk in den Dienst des Dauphins über.

Am Hof Franz' I. kam die Herzogin von Orléans sich völlig verloren vor. Ihr junger Gatte hatte sich in Diane de Poitiers verliebt, die freilich, was die Abkunft betrifft, mit Katharina wetteifern konnte und sich für eine größere Dame als jene hielt. Den Vorrang vor der Tochter der Medici hatten die Königin Eleonore, die Schwester Karls V., und die Herzogin d'Etampes[114] inne, die durch ihre Heirat mit dem Oberhaupt des Hauses de Brosse[115] eine der mächtigsten und mit den höchsten Titeln versehenen Frauen Frankreichs war. Ihre Tante, die Herzogin von Albany, die Königin von Navarra[116], die Herzogin von Guise, die Herzogin von Vendôme, die Gattin des Kronfeldherrn und mehrere andere ebenso hochstehende Damen überblendeten durch ihre Abkunft und durch ihre Rechte ebenso wie durch ihre Machtstellung am prunkvollsten Hof, den je ein König von Frankreich, Ludwig XIV. nicht ausgenommen, geführt hat, die Tochter eines Florentiner Krämergeschlechts, die viel erlauchter und reicher durch das Haus de la Tour-de-Boulogne als durch ihr eigenes Haus Medici war.

Die Stellung seiner Nichte war so schlecht und so schwierig, daß der Republikaner Filippo Strozzi, da er gänzlich außerstande war, sie inmitten so entgegengesetzter Interessen zu leiten, sie schon im Verlauf des ersten Jahres verließ; überdies wurde er durch den Tod Clemens' VII. nach Italien zurückgerufen. Wenn man bedenkt, daß Katharina kaum fünfzehn Jahre zählte, war ihr Verhalten ein Musterbild an Klugheit; sie schloß sich sehr eng an den König, ihren Schwiegervater, an, von dessen Seite sie so selten wie nur möglich wich; sie folgte ihm zu Pferde, auf die Jagd und in den Krieg. Ihre abgöttische Liebe zu Franz I. rettete das Haus Medici vor jedem Argwohn bei der Vergiftung des Dauphin. Katharina befand sich damals, wie auch der Herzog von Orléans, im Quartier des Königs in der Provence; denn Frankreich wurde alsbald durch Karl V., den Schwager des Königs, überfallen. Der ganze Hof war auf dem Schauplatz der Hochzeitsfreuden verblieben, der zu dem eines der grausamsten Kriege geworden war. Als Karl V. in die Flucht geschlagen war und die Knochen seiner Armee in der Provence zurückgelassen hatte, kehrte der Dauphin auf der Rhône nach Lyon zurück; er verweilte dort, um in Tournon zu übernachten, und unternahm zum Zeitvertreib ein paar kräftige Körperübungen, wie sie seine und seines Bruders nahezu einzige Erziehung gebildet hatten, infolge ihrer Gefangenschaft als Geiseln. Der Prinz war sehr erhitzt, es war August; er beging die Unklugheit, ein Glas Wasser zu verlangen; Montecuccoli reichte es ihm mit Eis. Der Dauphin starb fast auf der Stelle[116a]. Franz I. hatte seinen Sohn sehr geliebt. Der Dauphin war, nach allen Historikern, ein vollendeter Fürst. Der verzweifelte Vater gab dem gegen Montecuccoli eingeleiteten Prozeß den größten Glanz; er beauftragte damit die gelehrtesten Richter der Zeit. Nachdem der Graf die ersten Grade der Foltern heroisch überstanden hatte, ohne etwas zu gestehen, machte er Geständnisse, in die er beständig den Kaiser und dessen beide Feldherrn Antonio de Leyva und Ferdinand Gonzaga hineinzog. Der Prozeß befriedigte Franz I. in keiner Weise. Nach dem Bericht eines Augenzeugen[117] tat der König das Folgende.

»Der König ließ zu Lyon alle Fürsten seines Geblüts, alle Ritter seines Ordens und andere hohe Persönlichkeiten seines Königreichs sich versammeln; den Legaten und Nuntius des Papstes, die Kardinäle, die sich an seinem Hof befanden, auch die Gesandten von England, Schottland, Portugal, Venedig, Ferrara und andere; dazu alle ausländischen Fürsten und großen Herren, aus Italien wie aus Deutschland, die zu jener Zeit an seinem Hof verweilten, wie den Herzog von Württemberg[118], einen Deutschen; die Herzöge von Somma, Arianna und Atria; den Fürsten von Melfi[119] (er hatte Katharina heiraten wollen) und den Neapolitaner Stigliano; den edlen Herrn Ippolito d'Este; den Marchese von Vigevano[120] aus dem Hause Trivulzio, einen Mailänder; den edlen Herrn Giovanni Paolo de Cere, einen Römer; den edlen Herrn Cesare Fregoso[121], einen Genueser; den edlen Herrn Annibale de Gonzaga[122], einen Mantuaner, und andere in sehr großer Zahl. Als selbige sich versammelt hatten, ließ er in ihrer aller Gegenwart von vorn bis hinten die Prozeßakten gegen den unglücklichen Mann verlesen, der den hochseligen Herrn Dauphin vergiftet hatte, mitsamt den Verhören, Geständnissen, Gegenüberstellungen und den andern Formalitäten, wie sie bei Kriminalprozessen üblich sind, weil er nicht wollte, daß das Urteil vollstreckt würde, ohne daß alle Anwesenden ihre Meinung über diesen ungeheuerlichen und jämmerlichen Fall kundgetan hätten.«

Die Treue, die Opferwilligkeit und Geschicklichkeit des Grafen Montecuccoli können als außergewöhnlich in einer Zeit anmuten, da jedermann, sogar die Minister, über das geringste Ereignis redet, das man antippt; aber damals fanden die Fürsten getreue Diener oder wußten sie sich auszuwählen. Man begegnete damals monarchistischen Moreys[123], weil es damals Treu und Glauben gab. Man verlange niemals Großes von den *Interessen,* weil die Interessen sich wandeln können; aber man erwarte alles von den Gefühlen, vom religiösen Glauben, von dem monarchistischen Glauben und dem patriotischen Glauben. Allein schon diese drei Glaubenssätze erzeugten Gestalten wie Berthelier[124] in Genf, Sydney[125] und Strafford[126] in England, die Mörder Thomas Bekketts[127], Montecuccoli, Jacques Coeur[128] und Jeanne d'Arc, wie Richelieu[129] und Danton[130], Bonchamps[131], Talmont[132] und auch Clément[133], Chabot[134] usw. Kaiser Karl V. bediente sich der höchsten Persönlichkeiten zur Durchführung der Morde an drei Gesandten Franz' I. Ein Jahr später ermordete Lorenzino, Katharinas echter Vetter, den Herzog Alessandro, nachdem er sich drei Jahre lang verstellt hatte, und zwar unter Umständen, die ihm den Beinamen des Florentiner Brutus eingetragen haben. Der hohe Rang der Persönlichkeiten gebot den Mordanschlägen so wenig Einhalt, daß weder der Tod Leos X. noch der Clemens' VII. als natürlich erschienen sind. Mariana[135], der Chronist Philipps II., scherzt nahezu bei der Vermeldung der Vergiftung der Königin von Spanien, als er schreibt: »Zum Ruhme des spanischen Throns hat Gott die Blindheit der Ärzte zugelassen, die

die Königin auf Wassersucht behandelten« (sie war schwanger). Als König Heinrich II. sich eine üble Nachrede erlaubte, die einen Degenhieb verdiente, fand sich La Châteignerie bereit, ihn entgegenzunehmen[136]. Zu jener Zeit wurde den Fürsten und Fürstinnen ihr Essen in mit Vorhängeschlössern versehenen Gefäßen serviert, deren Schlüssel sie selber aufbewahrten. Daher das »Schlüsselrecht«, eine Ehre, die erst unter Ludwig XIV. aufhörte.

Der Dauphin starb auf dieselbe Weise vergiftet und vielleicht an demselben Gift, das unter Ludwig XIV. bei »Madame«[137] seinen Dienst tat. Papst Clemens VII. war seit zwei Jahren tot; Herzog Alessandro war tief in seine Ausschweifungen verstrickt und schien kein Interesse an der Rangerhöhung des Herzogs von Orléans zu haben. Die siebzehnjährige, ihren Schwiegervater bewundernde Katharina war zur Zeit des Geschehnisses bei diesem; einzig Kaiser Karl V. scheint Interesse an diesem Tod gehabt zu haben, denn Franz I. hatte seinem Sohn ein Ehebündnis zugedacht, das Frankreich vergrößern sollte. Die Geständnisse des Grafen wurden also sehr geschickt mit den Leidenschaften und mit der Politik des Augenblicks begründet; Karl V. war geflohen, nachdem er seine Heere zusammen mit seinem Glück, seinem Ruf und seinen Herrschaftshoffnungen in der Provence begraben gesehen hatte. Man beachte, daß, wenn die Folter einem Unschuldigen Geständnisse entrissen hatte, Franz I. ihm die Freiheit gab, inmitten einer eindrucksvollen Versammlung und angesichts von Leuten zu sprechen, bei denen die Unschuld einige Aussichten auf ihren Triumph besaß. Der König, der die Wahrheit wollte, suchte sie guten Glaubens.

Trotz ihrer glänzenden Zukunft erfuhr Katharinas Stellung bei Hofe durch den Tod des Dauphins keinerlei Veränderung; ihre Unfruchtbarkeit ließ für den Fall, daß ihr Gemahl den Thron besteigen würde, eine Scheidung voraussehen. Der Dauphin stand im Bann der Diane de Poitiers. Diane wagte es, mit Madame d'Etampes zu rivalisieren. Daher verdoppelte Katharina ihre Bemühungen und Schmeicheleien gegenüber ihrem Schwiegervater; sie sah ein, daß nur bei ihm für sie ein Halt bestehe. Die ersten zehn Jahre Katharinas waren also von den immer aufs neue sich erhebenden Kümmernissen erfüllt, die ihre beständig zerstörten Hoffnungen auf Schwangerschaft ihr schufen, sowie von den verdrießlichen Begleitumständen ihrer Nebenbuhlerschaft mit Diane. Man stelle sich vor, wie das Leben einer Prinzessin beschaffen sein mußte, die von einer eifersüchtigen Rivalin überwacht wurde, einer Rivalin, die sich auf eine sehr große Partei, die katholische, und auf zwei mächtige Ehebündnisse stützte, die die Seneschallin[138] dadurch schloß, daß sie ihre beiden Töchter verheiratete, die eine an Robert de La Mark, Herzog von Bouillon, Fürst von Sedan[139], die andere an Claude von Lothringen, Herzog von Aumale[140].

Katharina stand wie verloren zwischen der Partei der Madame d'Etampes und der Partei der Seneschallin (das war während der Regierung Franz' I. Dianes Titel), die den Hof und die Politik zwischen diesen beiden Todfeindinnen spalteten; sie versuchte, gleichzeitig die Freundin der Herzogin d'Etampes und die Freundin der Diane de Poitiers zu sein. Die eine so große Königin werden sollte, spielte die Rolle der Dienerin. Auf diese Weise machte sie die Lehrzeit jener doppelgesichtigen Politik durch, die das Geheimnis ihres Lebens bildet. Die *Königin* stand später zwischen den Katholiken und den Calvinisten, wie die *Frau* zehn Jahre lang zwischen Madame d'Etampes und Madame de Poitiers gestanden hatte. Sie bekam Einblick in die Widersprüche der französischen Politik: Franz I. unterstützte Calvin und die Lutheraner, um Karl V. Schwierigkeiten zu bereiten. Als er dann unter der Hand und geduldig die Reformation in Deutschland begünstigt und den Aufenthalt Calvins am Hof von Navarra geduldet hatte, wütete er mit maßloser Strenge gegen sie. Katharina sah also diesen Hof und die Damen dieses Hofes mit dem Feuer der Ketzerei spielen; Diane stand mit den Guisen einzig und allein an der Spitze der katholischen Partei, weil die Herzogin d'Etampes Calvin und die Protestanten unterstützte. Das war die politische Erziehung dieser Königin, die im Kabinett des Königs von Frankreich die Irrtümer des Hauses Medici feststellte. Der Dauphin wirkte seinem Vater in allen Dingen entgegen; er war ein schlechter Sohn. Er vergaß die grausamste, aber auch gültigste Maxime des Königtums, nämlich das Wissen, daß die Throne solidarisch sind, und daß der Sohn, der etwa zu Lebzeiten seines Vaters Opposition macht, dessen Politik weiterführen muß, wenn er den Thron bestiegen hat. Spinoza, ein nicht minder tiefer Politiker als großer Philosoph, hat gesagt, falls ein König einem andern durch einen Aufstand oder ein Attentat folgt: »Wenn der neue König seinen Thron sichern und sein Leben schützen will, muß er soviel Eifer bezeigen, den Tod seines Vorgängers zu rächen, daß niemanden mehr die Lust überkommt, eine ähnliche Untat zu begehen. Aber um ihn auf würdige Weise zu rächen, genügt es nicht, das Blut seiner Untertanen zu vergießen, sondern er muß auch die Maximen dessen billigen, an dessen Stelle er getreten ist; er muß in der Regierung die gleiche Marschroute innehalten.« Die Anwendung dieser Maxime hat den Medici Florenz eingetragen. Cosimo I., der Nachfolger Herzog Alessandros, ließ nach elf Jahren den Florentiner Brutus in Venedig ermorden und hat, wie wir bereits erwähnt haben, die Strozzi unaufhörlich verfolgt. Daß er diese Maxime vergaß, gedieh Ludwig XVI. zum Untergang. Dieser König hat gegen alle Prinzipien des Regierens dadurch verstoßen, daß er die von seinem Großvater unterdrückten Parlamentsgerichte wiederherstellte. Ludwig XV. hatte vollauf richtig gesehen. Die Parlamentsgerichte, zumal das Pariser, waren zur Hälfte an den Wirren schuldig, die die Einberufung der Generalstände erforderlich machten. Der Fehler Ludwigs XV. bestand darin, daß er, indem er jene Schranke niederriß, die den Thron vom Volk trennte, sie nicht durch eine stärkere ersetzte; kurzum, indem er nicht an die Stelle der Parlamentsgerichte eine starke Konstitution der Provinzen hatte treten lassen. Dort hätte das Heilmittel für das Kranken der Monarchie gelegen, dort hätte sich das Votum für Steuern, deren Regulierung und eine langsame Billigung der dem Regime der Monarchie notwendigen Reformen gefunden.

Das erste, was Heinrich II. tat, war, sein Vertrauen dem Kronfeldherrn de Montmorency zu schenken, den in Ungnade zu belassen sein Vater ihm eingeschärft hatte. Der Kronfeldherr de Montmorency war mit Diane de Poitiers, mit der er sich eng liiert hatte, Herr und Meister des Staats. Somit war Katharina noch weniger glücklich und weniger mächtig, als sie Königin von Frankreich geworden, denn als sie es als Dauphine gewesen war. Zunächst bekam sie von 1543 an zehn Jahre lang alljährlich ein

Kind und war also während dei Zeitspanne, die die letzten Regierungsjahre Franz' I. und fast die ganze Regierung Heinrichs II. umfaßt, vollauf mit ihren Mutterpflichten beschäftigt. Es ist unmöglich, in dieser ständigen Fruchtbarkeit nicht den Einfluß einer Rivalin zu erblicken, die sich auf diese Weise der legitimen Gattin entledigen wollte. Diese Unmenschlichkeit weiblicher Politik muß einer der Beschwerdegründe Katharinas gegen Diane gewesen sein. Auf solcherlei Weise war diese überlegene Frau von den Staatsgeschäften ausgeschlossen; sie verbrachte ihre Zeit damit, die Interessen aller Leute am Hof und aller sich dort bildenden Parteien zu beobachten. Sämtliche Italiener, die ihr gefolgt waren, erregten den heftigsten Argwohn. Nach Montecuccolis Hinrichtung wurden der Kronfeldherr de Montmorency, Diane und die meisten der gewitzten Politiker von Mißtrauen gegen die Medici geplagt; doch Franz I. hatte es stets zurückgewiesen. Daher sahen sich die Gondi, die Birago, die Strozzi, die Ruggieri, die Sardini, kurz alle, die als »die Italiener« bezeichnet wurden, alle, die in Katharinas Gefolge hergekommen waren, in die Notwendigkeit versetzt, ungeheure Hilfskräfte der Klugheit, der scharfsinnigen Politik und des Mutes zu entfalten, um unter der drückenden Ungnade, die auf ihnen lastete, am Hof zu verbleiben. Während der Herrschaft der Diane de Poitiers ging Katharinas Willfährigkeit gegenüber Diane so weit, daß geschickte Leute darin den Beweis für jene tiefgründige Verstellung erblickt haben würden, die die Menschen, die Geschehnisse sowie das Verhalten Heinrichs II. Katharina zu bekunden nötigten. Man ist zu weit gegangen, wenn man behauptete, sie habe nie auf ihre Rechte weder als Gattin noch als Königin gepocht. Vor allem untersagte ihr das Gefühl ihrer Würde, das Katharina im höchsten Maß besaß, das zu verlangen, was die Historiker die Rechte der Gattin zu nennen pflegen. Die elf Schwangerschaften und die zehn Kinder Katharinas erklären zur Genüge das Verhalten Heinrichs II.; die Schwangerschaften seiner Frau ließen ihm die Freiheit, seine Zeit mit Diane de Poitiers zu verbringen. Aber der König ließ es gewiß an nichts fehlen, was er sich selbst schuldig war; er ließ für die Königin einen »Einzug« veranstalten, der aller derjenigen würdig war, die bislang für ihre Krönung als Königin stattgefunden hatten. Die Register des Parlamentsgerichts und die des Rechnungshofes vermelden, daß diese beiden großen Körperschaften Katharina außerhalb von Paris bis Saint-Lazare[141] entgegenzogen. Hier möge überdies ein Auszug aus Dutillets[142] Schilderung folgen.

»Es war in Saint-Lazare eine Tribüne errichtet worden, auf der sich ein Thron befand, den Dutillet als einen ›Prunkstuhl‹ bezeichnet. Darauf nahm Katharina Platz, gekleidet in eine Schaube oder eine Art kurzen Hermelinmantel, bedeckt mit Edelsteinen, einem Unterkleid mit dem königlichen Mantel, auf dem Kopf eine reich mit Diamanten und Perlen verzierte Krone und gestützt auf die Marschallin de la Mark, ihre Ehrendame. Rings um sie her *standen* die Prinzen von Geblüt und andere reich gekleidete Fürstlichkeiten und Edelherren mit dem Kanzler von Frankreich, der eine Robe aus Goldbrokatmustern auf karmesinrotem* Grunde trug. Vor der Königin auf derselben Tribüne saßen in zwei Reihen zwölf Herzoginnen oder Gräfinnen, gekleidet in Hermelinschauben, Untergewänder, Mäntel und Reife, also Herzoginnen- oder Gräfinnenkronen. Es waren die Herzoginnen von Estouteville, Montpensier, und zwar die ältere und die junge, die Fürstin de la Roche-sur-Yon; die Herzoginnen von Guise, von Nivernois, von Aumale, von Valentinois (Diane de Poitiers), Mademoiselle, die legitimierte Bastardin von Frankreich (Titel von des Königs Tochter, Diane, die Herzogin von Castro-Farnese und dann Herzogin von Montmorency-Damville wurde), die Frau Kronfeldherrin und Mademoiselle de Nemours, ohne die anderen jungen Damen, die dort nicht Platz gefunden hatten. Die vier Parlamentsgerichtspräsidenten, einige andere dem Hofstaat Angehörende und der Schreiber Dutillet stiegen auf die Tribüne, beugten ein Knie zur Erde und erwiesen ihre Reverenzen; alsdann hielt der erste Präsident Lizet[143] eine Rede auf die Königin. Der Kanzler beugte ein Knie zur Erde und antwortete. Um drei Uhr nachmittags hielt sie ihren Einzug in einer offenen Sänfte, Madame Marguerite von Frankreich[144] saß ihr gegenüber, neben der Sänfte schritten die Kardinäle von Amboise, von Châtillon, von Boulogne und von Lenoncourt im

* Das Wort »cramoisi« bedeutet nicht ausschließlich die rote Farbe, sondern zugleich die Vollkommenheit der Färberei (siehe Rabelais). (Anmerkung Balzacs)

Chorhemd. Sie stieg vor der Kirche Notre-Dame aus und wurde von der Geistlichkeit empfangen. Nach ihrer Andacht wurde sie durch die Rue de la Calandre[145] ins Palais geleitet, wo im großen Saal das Königsmahl vorbereitet worden war. Sie saß dort in der Mitte des Marmortisches unter einem mit goldenen Lilien übersäten Samtbaldachin.«

An dieser Stelle ist es angebracht, einer der irrigen volkstümlichen Meinungen den Garaus zu machen, die manche Leute wiederholen, übrigens nach Sauval[146]. Es ist behauptet worden, Heinrich II. habe das Übergehen des Schicklichen so weit getrieben, daß er die Initialen seiner Geliebten auf den Bauwerken anbrachte, die er auf Katharinas Anraten hin mit so viel Pracht vollendete oder begann. Aber das Doppelinitial, das man am Louvre erblickt, straft täglich diejenigen Lügen, die so wenig scharfsichtig sind, daß sie den Albernheiten Bestand leihen, die grundlos unsere Könige und Königinnen entehren. Das H von Heinrich und das angefügte verdoppelte C von Catherine scheinen zugleich zwei D für Diane zu bilden. Dieses zufällige Zusammentreffen hat sicherlich Heinrich II. Spaß gemacht; aber es stimmt deswegen nicht minder, daß das königliche Initial offiziell die Anfangsbuchstaben des Königs und der Königin enthielt. Und das ist so gewiß, daß dieses Initial noch heute auf der Säule der Halle au Blé (Kornhalle) existiert, die von Katharina allein erbaut worden ist. Überdies kann man das gleiche Initial in den Gewölben von Saint-Denis[147] auf dem Grabmal sehen, das Katharina sich zu ihren Lebzeiten neben demjenigen Heinrichs II. hat errichten lassen; sie ist darauf nach der Natur von dem Bildhauer dargestellt worden, dem sie Modell gesessen hat[148].

Bei einer feierlichen Gelegenheit, nämlich als er am 25. März 1552 zu seinem Feldzug nach Deutschland aufbrach, erklärte Heinrich II. Katharina zur Regentin während seiner Abwesenheit und ebenso für den Fall seines Todes. Katharinas bitterster Feind, der Autor des ›Discours merveilleux sur les départements de Catherine II‹[149], gibt zu, daß sie sich dieser Regierung zum allgemeinen Lob unterzogen hat und daß der König mit ihrer Verwaltung zufrieden war. Heinrich II. bekam stets zur rechten Zeit Männer und Geld. Mit einem Wort, nach dem verhängnisvollen Tag von Saint-Quentin[150] erlangte Katharina von den Parisern beträchtliche Summen, die sie nach Compiègne sandte, wo der König sich befand.

In der Politik unternahm Katharina unerhörte Anstrengungen, um ein wenig Einfluß zu gewinnen. Sie war geschickt genug, den unter Heinrich II. allmächtigen Kronfeldherrn für ihre Interessen einzusetzen. Man kennt die schreckliche Antwort, die der von Montmorency gequälte König gab. Diese Antwort war das Ergebnis der guten Ratschläge, die Katharina in den spärlichen Augenblicken gab, da sie sich mit dem König allein befand; dann legte sie ihm die Florentiner Politik dar, die darin bestand, die Großen des Königreichs gegeneinander auszuspielen und auf deren Überbleibseln die königliche Autorität zu errichten, was das System Ludwigs XI. gewesen war; es wurde später durch sie und Richelieu fortgesetzt. Heinrich II., der nur mit Dianes und des Kronfeldherrn Augen sah, war ein gänzlich feudaler König und der Freund der großen Geschlechter seines Königreichs.

Nach dem vergeblichen Versuch, den der Kronfeldherr zu ihren Gunsten unternommen hatte und der in das Jahr 1556 zurückverlegt werden muß, umschmeichelte Katharina sehr die Guisen und faßte den Plan, diese von Dianes Partei loszulösen, um sie gegen den Kronfeldherrn auszuspielen. Leider jedoch waren Diane und der Kronfeldherr ebenso energisch gegen die Protestanten eingestellt wie die Guisen. Es gab also in ihrer beider Kampf nicht die Gereiztheit, die ihm die religiöse Frage hätte zuteil werden lassen. Zudem bot Diane den Plänen der Königin dadurch Trotz, daß sie mit den Guisen kokettierte und ihre Tochter dem Herzog von Aumale gab. Sie ging so weit, daß manche Autoren behaupten, sie habe dem galanten Kardinal von Lothringen mehr als ihre Wohlgeneigtheit bezeigt. Die Satiriker jener Zeit haben über dieses Thema folgenden Vierzeiler auf Heinrich II. gemacht:

Wenn Ihr Euch gängeln laßt, o Sire, und kneten stracks,
Wie es Diane will, der Kardinal begehrt,*

* Der Kardinal von Lothringen (Anmerkung Balzacs)

Euch schmelzen, formen laßt, und nochmals schmelzen, hört:
Ja, Sire, dann seid Ihr nur, dann seid Ihr nur noch Wachs[151].

Es ist unmöglich, die Bekundungen des Schmerzes und die Zurschaustellung der Trauer Katharinas beim Tode Heinrichs II.[152] für aufrichtig zu halten. Gerade weil der König durch eine unwandelbare Leidenschaft an Diane de Poitiers gefesselt war, hatte Katharina die Rolle einer vernachlässigten Frau spielen müssen, die ihren Gatten innig liebt; aber wie alle intelligenten Frauen beharrte sie in ihrer Verstellung und sprach nie anders als voller Zärtlichkeit von Heinrich II. Diane hat, wie man weiß, ihr Leben lang Trauer um ihren Gatten Monsieur de Brézé getragen. Ihre Farben waren weiß und schwarz; der König hatte sie bei dem Turnier getragen, das ihm den Tod brachte. Katharina ahmte sicherlich ihre Rivalin nach, als sie während ihres ganzen Lebens um Heinrich II. Trauerkleider trug. Sie handelte gegenüber Diane de Poitiers mit einer vollendeten Perfidie, die die Historiker unbeachtet gelassen haben. Beim Tod des Königs geriet die Herzogin völlig in Ungnade und wurde vom Kronfeldherrn, einem Mann, der schlechter als sein Ruf war, schändlich im Stich gelassen. Diane ließ der Königin ihre Herrschaft und ihr Schloß Chenonceaux anbieten. Da sagte Katharina in Gegenwart von Zeugen: »Ich kann nicht vergessen, daß sie das Entzücken meines geliebten Heinrich war; ich schäme mich, dies Geschenk anzunehmen; ich will ihr als Gegengabe ein Gut geben, und ich schlage ihr Chaumont-sur-Loire vor[153].« Tatsächlich wurde der Tauschakt 1559 zu Blois vollzogen. Diane, deren Schwiegersöhne die Herzöge von Aumale und Bouillon waren, welch letzterer damals souveräner Fürst war, behielt ihr ganzes Vermögen und starb in Frieden im Jahre 1566, sechsundsechzig Jahre alt. Sie war also neunzehn Jahre älter als Heinrich II. gewesen. Diese Daten, die der Historiker, der sich gegen Ende des letzten Jahrhunderts mit ihr befaßte, von ihrem Epitaph abgeschrieben hat, bringen Licht in mancherlei historische Schwierigkeiten; denn viele Historiker geben ihr bei der Verurteilung ihres Vaters im Jahre 1523 die einen vierzig Jahre, die andern sechzehn. Sie war damals also vierundzwanzig. Nachdem wir alles gelesen haben, was für und gegen ihr Verhalten gegenüber

Franz I. zu dem Zeitpunkt spricht, da das Haus Poitiers sich in so großer Gefahr befand, möchten wir nichts behaupten noch irgend etwas bestreiten. Dies ist eine der Stellen, die in der Historie dunkel bleiben. Aus dem, was heutzutage geschieht, können wir ersehen, daß die Geschichte bereits in dem Augenblick, da sie geschieht, gefälscht wird. Katharina, die große Hoffnungen auf das Alter ihrer Rivalin gründete, hatte mehrmals versucht, sie zu stürzen. Es war ein stummer, schrecklicher Kampf. Eines Tages war Katharina nahe daran, ihre Hoffnungen erfüllt zu sehen. Als im Jahre 1554 Madame Diane erkrankte, bat sie den König, während der Zeit ihrer Rekonvaleszenz nach Saint-Germain zu gehen. Diese große Liebeskünstlerin wollte nicht inmitten der den Ärzten notwendigen Zurüstungen noch ohne den Glanz der Toilette gesehen werden. Zum Empfang des Königs bei dessen Rückkehr ließ Katharina ein prächtiges Ballett aufführen, bei dem sechs junge Mädchen ihm eine Anzahl von Versen aufsagen sollten. Unter jenen sechs Mädchen hatte sie Miss Fleming[154] ausgewählt, eine Verwandte ihres Onkels, des Herzogs von Albany, die denkbar schönste Person, blond und hellhäutig; alsdann eine ihrer Verwandten, Clarissa Strozzi[155], eine wundervolle Italienerin mit prächtigem schwarzem Haar und Händen von seltener Schönheit; Mademoiselle Lewiston, Ehrendame der Maria Stuart, Maria Stuart selber, Madame Elisabeth von Frankreich[156], die die so unglückliche Königin von Spanien wurde, und Madame Claude[157]. Elisabeth war damals neun Jahre, Claude acht, Maria Stuart zwölf. Offenbar hatte die Königin Clarissa Strozzi und Miss Fleming hervorheben und sie ohne Rivalinnen dem König zur Wahl stellen wollen. Der König widerstrebte keineswegs; er liebte Miss Fleming und hatte von ihr einen natürlichen Sohn, Heinrich von Valois, Graf von Angoulême, Großprior von Frankreich. Aber Dianes Ansehen und Einfluß wurden dadurch nicht erschüttert. Wie später Madame de Pompadour Ludwig XV., verzieh die Herzogin von Valentinois. Aber von welcher Liebe kündet dieser Versuch bei Katharina? Ist es die Liebe zur Macht oder die Liebe zum Gatten? Das mögen die Frauen entscheiden.

Es wird heute viel von der Pressefreiheit geredet; aber schwerlich läßt sich vorstellen, wie weit sie in den Anfängen der Buchdruckerkunst getrieben wurde. Man weiß freilich, daß Aretino, der Voltaire seiner Zeit, die Könige erzittern ließ, und Kaiser Karl V. an erster Stelle. Aber man weiß vielleicht nicht, wie weit die Kühnheit der Pamphletisten ging. Schloß Chenonceaux war Diane aufgedrungen, nicht geschenkt worden; sie war angefleht worden, es anzunehmen, um eine der grauenhaftesten Publikationen vergessen zu machen, die je gegen eine Frau gerichtet worden ist und die erkennen läßt, wie heftig der Krieg zwischen ihr und Madame d'Etampes war. Im Jahre 1537, als sie achtunddreißig war, hatte ein aus der Champagne stammender Dichter namens Jean Vouté[158] eine Sammlung lateinischer Gedichte veröffentlicht, in der sich drei gegen sie gerichtete Epigramme finden. Man muß schon glauben, daß der Dichter einen Rückhalt an hoher Gönnerschaft hatte; denn seiner Sammlung ist eine Lobrede auf ihn von Salmon Macrin[159] vorangestellt, dem ersten Kammerdiener des Königs. Hier die einzige heutzutage zitierbare Stelle jener Epigramme, die betitelt waren: *In pictaviam, anum aulicam.* (Gegen die Poitiers, ein altes Weib bei Hofe.)

... Non trahit esca praedam[160].

»Ein gemalter Köder lockt kein Wild an«, sagt der Dichter, nachdem er ihr gesagt hatte, sie schminke ihr Gesicht, und sie kaufe ihre Zähne und ihr Haar. »Und du würdest«, sagt er, »das Allerfeinste von dem kaufen, was die Frau ausmacht, ohne daß du etwas von deinem Liebhaber erlangen würdest; denn dazu muß man am Leben sein, und du bist tot.«

Diese bei Simon de Colines[161] gedruckte Sammlung war ... einem Bischof gewidmet, nämlich François Bohier, dem Bruder desjenigen, der, um seine Geltung bei Hofe zu retten und sein Vergehen zu sühnen, bei der Thronbesteigung Heinrichs II. das von seinem Vater Thomas Bohier erbaute Schloß Chenonceaux[162] der Krone schenkte; Thomas Bohier war unter vier Königen Staatsrat gewesen: Ludwig XI., Karl VIII., Ludwig XII. und Franz I. Was waren die gegen Madame de Pompadour und gegen Marie-Antoinette veröffentlichten Schmähschriften gegen Verse, von denen man sagen könnte, Martial[163] habe sie geschrieben? Jener Vouté sollte schlimm enden. Auf diese Weise also kosteten Gut und Schloß Chenonceaux Diane lediglich das Verzeihen einer Beleidigung, das ohnehin vom Evangelium befohlen worden war? Weil sie von keiner Jury dekretiert wurde, waren die der Presse auferlegten Bußen etwas härter als die heutigen.

Die zu Witwen gewordenen französischen Königinnen mußten vierzig Tage lang im Schlafzimmer des Königs verbleiben, ohne anderes Licht als das von Kerzen; erst nach der Bestattung des Königs durften sie es verlassen. Dieser unverletzliche Brauch war Katharina sehr entgegen; sie befürchtete Intrigen und fand Mittel und Wege, sich ihm zu entziehen. Und zwar auf folgende Weise. Als der Kardinal von Lothringen eines Tages (in jener Zeit und in diesem Augenblick!) am frühen Morgen das Haus der »Schönen Römerin« verließ[164], einer berühmten Kurtisane der Zeit Heinrichs II., die in der Rue Culture-Sainte-Catherine[165] wohnte, wurde er von einer Schar von Wüstlingen mißhandelt. »Weswegen Seine sehr erstaunte Heiligkeit«, sagt Henri Estienne, »verlauten ließ, die Ketzer stellten ihm Hinterhalte«; und eben deshalb siedelte der Hof von Paris nach Saint-Germain über. Die Königin wollte ihren Sohn, den König, nicht verlassen und begab sich ebenfalls nach dort.

Die Thronbesteigung Franz' II., der Zeitpunkt, zu dem Katharina die Macht zu ergreifen glaubte, gedieh zu einem Augenblick der Enttäuschung, der grausam die sechsundzwanzig Jahre der Leiden krönte, die sie bereits am französischen Hof verbracht hatte. Jetzt bemächtigten sich die Guisen mit unglaublicher Kühnheit der Macht. Der Herzog von Guise wurde an die Spitze des Heers gestellt, und der Kronfeldherr fiel in Ungnade; der Kardinal hatte das Finanzwesen und den Klerus. Katharina begann ihre politische Laufbahn mit einer der Tragödien, die zwar nicht das Aufsehen der andern erregte, aber dennoch die scheußlichste war, und die sie wohl an die gräßlichen Erschütterungen ihres Lebens gewöhnt hat. Obwohl sie dem Anschein nach in gutem Einvernehmen mit den Guisen stand, versuchte sie ihren Triumph dadurch zu sichern, daß sie sich auf das Haus Bourbon stützte. Sei es, daß Katharina, nachdem sie vergeblich die gewaltsamsten Mittel versucht, sich der Eifersucht hatte bedienen wollen, um den König wieder an sich zu ziehen; sei es, daß es sie, die nunmehr in ihre zweite Jugend Gelangte, grausam dünkte, die Liebe nicht zu kennen, jedenfalls hatte sie einem Edelherrn aus königlichem Blut, François von Vendôme, das lebhafteste Interesse bezeigt; er war der Sohn des Louis von Vendôme (das war das Haus, aus dem das Haus Bourbon hervorgegangen ist), der Viztum von Chartres[166] war, unter welchem Namen er in der Geschichte bekannt ist. Der heimliche Haß, den Katharina gegen Diane hegte, offenbarte sich bei vielen Gelegenheiten, denen die von politischen Belangen voreingenommenen Historiker keinerlei Aufmerksamkeit geschenkt haben. Die Zuneigung Katharinas für den Viztum ergab sich aus einer Beleidigung, die dieser junge Herr der Favoritin angetan hatte. Diane wollte für ihre Töchter die schönsten Ehebündnisse; sie gehörten übrigens dem höchsten Adel des Königreichs an. Sie erstrebte vor allem die Ehre einer Heirat mit dem französischen Königshaus; dieses seinerseits bot die Hand ihrer zweiten Tochter, die später Herzogin von Aumale wurde, dem Viztum an, den die sehr weise Politik Franz' I. in Armut gehalten hatte. Tatsächlich hatte Franz I., als der Viztum von Chartres und der Fürst von Condé an den Hof gekommen waren, ihnen *was* gegeben? Das Hofamt als gewöhnliche Kammerherrn mit zwölfhundert Talern Gehalt; das also, was er sämtlichen Edelleuten verlieh. Obgleich Diane de Poitiers riesige Reichtümer, ein schönes Kronamt und die Gunst des Königs anbot, lehnte der Viztum ab. Dann heiratete dieser bereits aufsässige Bourbone Jeanne, die Tochter des Barons d'Estissac[167], von der er keine Kinder bekam. Dieser Zug von Stolz empfahl den Viztum natürlich Katharina, die ihn mit betonter Gunst empfing und sich aus ihm einen ergebenen Freund schuf. Die Historiker haben den letzten Herzog von Montmorency[168], der zu Toulouse enthauptet wurde, mit dem Viztum von Chartres verglichen, um der Kunst, zu gefallen, der Leistung und des Talents willen. Heinrich II. bezeigte sich nicht eifersüchtig; er schien nicht zu vermuten, daß eine Königin von Frankreich gegen das verstoßen könne, was sie sich schuldig war, oder daß eine Medici vergäße, welche Ehre ein Valois ihr angetan hatte. Als die Königin mit dem Viztum kokettierte, heißt es, war sie seit der Geburt ihres letzten Kindes vom König so gut wie verlassen. Es diente also zu nichts, da der Fürst, als er zu Tode kam, die Farben der Diane de Poitiers getragen hatte.

Beim Tod des Königs war die Königin also in einen Liebeshandel mit dem Viztum verstrickt, und das war eine Lage, die vollauf den Sitten der Zeit entsprach; denn damals war die Liebe gleichzeitig ritterlich und schlug so über die Stränge, daß die edelsten Taten dabei etwas ebenso Natürliches waren wie die am meisten zu tadelnden; die Sache ist nur die, daß die Historiker, wie stets, den Fehler begangen haben, die Ausnahme für die Regel zu halten. Die vier Söhne Heinrichs II. haben nichts getan, um die Lage der Bourbonen zu verbessern, die samt und sonders über die Maßen arm und zudem mit Verachtung ob des Verrats des Kronfeldherrn[169] überschüttet waren, trotz der Gründe, die diesen zum Verlassen des Königsreichs gezwungen hatten. Der Viztum von Chartres, der für den ersten Fürsten von Condé das war, was Richelieu für Mazarin wurde, nämlich sein Vater in der Politik, sein Vorbild und überdies sein Lehrmeister in der Galanterie, verbarg den maßlosen Ehrgeiz seines Hauses unter zur Schau getragener Leichtfertigkeit. Er war außerstande, gegen die Guises, die Montmorencys, die schottischen Fürstlichkeiten, die Kardinäle, die Bouillons anzukämpfen, und so zeichnete er sich durch sein verbindliches Verhalten, seine Umgangsformen und seinen Geist aus, was alles ihm die Gunst der bezauberndsten Frauen und das Herz derjenigen eintrug, an die er schwerlich dachte. Er war einer der bevorzugten Männer, deren Verführungskraft unwiderstehlich war und der der Liebe die Mittel zur Aufrechterhaltung seines Ranges dankte. Die Bourbonen würden sich nicht wie Jarnac über die Schmähwerke de La Châtaigneraies[170] geärgert haben; sie nahmen überaus willfährig Ländereien und Schlösser von seiten ihrer Geliebten entgegen; ein Beweis dafür ist der Fürst von Condé, der sich von der Frau Marschallin von Saint-André[171] das Gut Saint-Valery schenken ließ.

Während der ersten zwanzig Trauertage nach dem Tod Heinrichs II. erfuhr die Lage des Viztum also eine jähe Änderung. Als Gegenstand der Aufmerksamkeiten der Königin-Mutter, der er den Hof machte, wie man ihn einer Königin machen konnte, nämlich in aller Heimlichkeit, schien er dazu ausersehen, eine Rolle zu spielen, und tatsächlich hatte Katharina beschlossen, sich seiner zu bedienen. Der Prinz empfing von ihr Briefe für den Fürsten von Condé[172], in denen sie die Notwendigkeit eines

Bündnisses mit ihm gegen die Guisen darlegte. Als die Guisen von dieser Intrige erfuhren, drangen sie in das Schlafzimmer der Königin ein, um von ihr den Befehl zu erpressen, den Viztum in die Bastille zu sperren, und Katharina befand sich in der harten Notwendigkeit, gehorchen zu müssen. Der Viztum starb nach einigen Monaten der Gefangenschaft an dem Tag, da er das Gefängnis verließ, einige Zeit vor der Verschwörung von Amboise[173]. Das war das Ergebnis der ersten und einzigen Liebschaft, die Katharina von Medici je gehabt hat. Die protestantischen Schriftsteller haben gesagt, die Königin habe den Viztum vergiften lassen, um das Geheimnis von ihrer beider Liebeshandel dem Grab anzuvertrauen ...! Das waren die Lehrjahre dieser Frau für die Ausübung der königlichen Macht.

ERSTER TEIL

Der calvinistische Märtyrer

Heutzutage wissen nur wenige Leute, wie einfach die Wohnstätten der Pariser Bürger im vierzehnten Jahrhundert waren, wie schlicht ihre Lebensführung war. Vielleicht ist diese Schlichtheit im Tun und Denken die Ursache der Größe jenes alten Bürgertums gewesen, das ganz bestimmt groß, treu und nobel war, mehr vielleicht als die heutige Bourgeoisie; seine Geschichte ist noch zu schreiben; sie beansprucht einen Mann von Genie und wartet seiner. Diese Erwägung entsprang der Eingebung durch ein wenig bekanntes Geschehnis, das den Hintergrund dieser Studie bildet, die eine der bemerkenswertesten in der Geschichte des Bürgertums sein dürfte; nach dieser Erzählung wird, was der Autor dachte, sicher in aller Munde sein. Wäre es das erstemal, daß in der Historie die Folgerung den Tatsachen vorhergeht?

Im Jahre 1560 säumten die Häuser der Rue de la Vieille-Pelleterie[174] das linke Seine-Ufer zwischen dem Pont Notre-Dame und dem Pont-au-Change. Der öffentliche Weg mitsamt den Häusern beanspruchte lediglich den Raum, der vom Fahrdamm des heutigen Quais eingenommen wird. Jedes der unmittelbar über der Seine gelegenen Häuser erlaubte den Bewohnern, auf hölzernen oder steinernen Treppen, die von starken Eisengittern oder mit Nägeln beschlagenen Holztüren versperrt waren, zum Fluß hinabzusteigen. Wie diejenigen Venedigs besaßen jene Häuser eine Tür zum festen Land und eine Wasserpforte. Zu der Zeit, da diese Skizze veröffentlicht wird, existiert nur noch ein einziges Haus dieser Art, das an das alte Paris erinnern könnte, und auch dieses wird bald verschwinden; es liegt an der Ecke des Petit-Pont, gerade gegenüber dem Pförtnerhaus des Hôtel-Dieu[175]. Ehedem bot jede Wohnstatt nach der Flußseite zu die absonderliche Physiognomie dar, die ihr entweder durch das Gewerbe des Mieters und dessen Lebensgewohnheiten oder durch die Eigenart der Bauweise von den Hausbesitzern aufgeprägt worden war, um die Seine zu benutzen oder zu mißbrauchen. Auf den Brücken waren, fast sämtlich eng aneinandergedrängt, mehr Mühlen gebaut, als die Erfordernisse der Schiffahrt es zulassen konnten, und so bestand die Seine in Paris aus ebensoviel in sich abgeschlossenen Wasserbecken wie Brücken. Manche Wasserbecken jenes alten Paris hätten der Malerei kostbare Farbtöne dargeboten. Welch einen Wald mögen die gekreuzten Balken dargestellt haben, die die Mühlen, ihre riesigen Schützen und ihre Räder stützten! Welch sonderbare Effekte die Stützbalken, die dazu dienten, die Häuser über den Fluß vorkragen zu lassen! Leider gab es damals noch keine Genremalerei, und die Stecherkunst stand erst in den Anfängen; so sind wir also des kuriosen Anblicks verlustig gegangen, wie ihn heutzutage noch, freilich im Kleinen, manche Provinzstädte darbieten, wo die Flüsse noch mit Holzhäusern gerändert sind und wo, wie in Vendôme, die mit langen Wasserpflanzen bewachsenen Becken durch große Gitter abgeteilt sind, um die einzelnen Grundstücke, die sich auf beiden Ufern erstrecken, voneinander zu trennen.

Der Name dieser jetzt auf dem Stadtplan ausgelöschten Straße weist zur Genüge darauf hin, welcher Handel dort betrieben wurde. Zu jener Zeit waren die Kaufleute, die demselben Beruf oblagen, weit davon entfernt, sich über die Stadt zu verteilen, sie hockten zusammen und schützten einander so gegenseitig. Sozial waren sie durch die Zunft zusammengeschlossen, die ihre Zahl beschränkte, und überdies waren sie durch die Kirche zu einer Bruderschaft verbunden. Auf diese Weise behaupteten sich die Preise. Überdies waren die Meister noch nicht die Ausbeutungsobjekte ihrer Arbeiter und gehorchten nicht deren Launen, wie sie es heute tun; im Gegenteil, sie sorgten für sie, sie machten sie zu ihren Kindern und weihten sie in die Finessen der Arbeit ein. Um Meister zu werden, mußte ein Geselle damals ein Meisterwerk schaffen, und dieses wurde stets dem Heiligen dargebracht, in dessen Schutz die Bruderschaft stand. Werdet ihr zu sagen wagen, der Mangel an Wettstreiten habe das Gefühl für Vollkommenheit geraubt, die Schönheit des Hervorgebrachten gehindert, ihr, deren Bewunderung der Werke alter Meisterschaft den neuen Beruf des Antiquitätenhändlers hat entstehen lassen?

Im fünfzehnten und sechzehnten Jahrhundert bildete der Pelzhandel eins der blühendsten Gewerbe. Die Schwierigkeit bei der Beschaffung der Pelze, die aus dem Norden stammten und lange, gefährliche Reisen überstehen mußten, brachte es mit sich, daß die Erzeugnisse der Kürschnerei maßlos hoch im Preis standen. Damals wie heute reizte der hohe Preis zum Verbrauch; denn die Eitelkeit kennt keine Hemmungen. In Frankreich und in den übrigen Königreichen behielten nicht nur strenge Verordnungen das Tragen von Pelzwerk dem Adel vor, was die Rolle des Hermelins in alten Wappen bezeugt, sondern überdies durften gewisse seltene Pelzarten, wie das Grauwerk, das sicherlich der kaiserliche Zobel[176] war, nur von Königen, Herzögen und Edelherren getragen werden, die mit ganz bestimmten Hofämtern bekleidet waren. Man unterschied zwischen großem und kleinem Grauwerk. Dieser Ausdruck ist seit hundert Jahren so sehr außer Gebrauch geraten, daß in einer Unzahl von Ausgaben der Märchen Perraults[177] Aschenbrödels berühmter Pantoffel, der ganz sicher aus »kleinem Grauwerk« war, als aus Glas[178] bestehend geschildert wird. Unlängst war einer unserer erlauchtesten Dichter[179] genötigt, die richtige Schreibweise jenes Wortes zur Belehrung seiner Kollegen, der Journalisten, wiederherzustellen, als er über ›Cenerentola‹[180] berichtete, in welchem Werk der symbolische Pantoffel durch einen Ring ersetzt worden ist, der nichts bedeutet. Natürlich wurden die Verordnungen über das Tragen von Pelzen zur größten Freude der Kürschner in einem fort übertreten. Der hohe Preis der Stoffe und des Pelzwerks machten damals ein Bekleidungsstück zu einem der dauerhaften Dinge, zu denen auch die Möbelstücke, die Waffen, die Einzelheiten des kraftvollen Lebens im fünfzehnten Jahrhundert gehörten. Eine adlige Dame, ein Edelherr, jeder reiche Mann wie jeder Bürger, alle besaßen höchstens zwei Kleidungsstücke für jede Jahreszeit, und diese hielten ihr Leben lang und noch darüber hinaus. Jene Kleider wurden an die Kinder vererbt. Deswegen war in den Ehekontrakten die Klausel bezüglich der Waffen und Kleidungsstücke, die heute fast überflüssig ist, des geringen Wertes der ständig erneuerten Garderobe wegen, zu jener Zeit von ungemeiner Wichtigkeit. Der hohe Preis hatte die Solidität mit sich gebracht. Die Toilette einer Dame stellte ein enormes Kapital dar; sie zählte im Hause, sie wurde in jene riesigen Truhen und Schränke eingepfercht, die die Zimmerdecken unserer modernen Wohnungen bedrohen. Das Festgewand einer Frau von 1840 wäre das Négligé einer großen Dame von 1540 gewesen. Die Entdeckung Amerikas, die Leichtigkeit der Transporte, der Untergang gesellschaftlicher Standesunterschiede, der den Untergang offensichtlicher Vornehmheit angebahnt hat, all das hat heutzutage die Kürschnerei auf das zurückgedrängt, was sie gegenwärtig ist, nämlich so gut wie nichts. Der Gegenstand, den ein Kürschner heute, wie ehedem, für zwanzig Francs verkauft, ist der Geldentwertung gefolgt; früher galt der Franc mehr als zwanzig heutige Francs. Die Kleinbürgerin, die Kurtisane, die ihre Umhänge mit Marderfell säumt, weiß nicht, daß im Jahre 1440 ein übelwollender Stadthäscher sie ohne Verzug arretiert und dem Richter am Châtelet[181] vorgeführt hätte. Die auf Hermelin so erpichten Engländerinnen wissen nicht, daß ehemals lediglich die Königinnen, die Herzoginnen und die Kanzler von Frankreich dieses königliche Pelzwerk tragen durften. Es gibt heute mehrere geadelte Familien, deren eigentlicher Name Pelletier oder Lepelletier lautet, und deren Ursprung offenbar auf eine reiche Kürschnerei zurückgeht, denn die meisten bürgerlichen Namen sind zunächst Berufsbezeichnungen oder Beinamen gewesen.

Diese Abschweifung erklärt nicht nur die langen Streitigkeiten über den Vorrang, den die Bruderschaft der Tuchmacher zwei Jahrhunderte lang mit der Bruderschaft der Kürschner und der Kurzwarenhändler führte (jede von ihnen wollte, als die beträchtlichste in Paris, an erster Stelle stehen), sondern überdies die Bedeutsamkeit des Sieur Lecamus[182], eines Kürschners, der durch die Kundschaft zweier Königinnen, der Katharina von Medici und der Maria Stuart, und derjenigen des Parlamentsgerichts geehrt wurde, seit zwanzig Jahren der Syndikus seiner Zunft war und in eben jener Straße wohnte.

Lecamus' Haus war eins der drei, die die drei Ecken der Straßenkreuzung unterhalb des Pont-au-Change bildeten; heute ist davon nur noch der Turm des Palais-de-Justice übriggeblieben, der die vierte Ecke bildete. An dem Winkel jenes Hauses, das an der Ecke des Pont-au-Change und der heute Quai-aux-Fleurs genannten Uferstraße gelegen war, hatte der Baumeister einen vorspringenden Zierat für eine Madonna angebracht, die, ohne

Unterlaß von Kerzen beleuchtet, in der schönen Jahreszeit mit echten Blumensträußen und mit künstlichen Blumen im Winter geschmückt wurde. Nach der Rue du Pont[183] wie nach der Rue de la Vieille-Pelleterie hin wurde das Haus von hölzernen Pfeilern gestützt. Alte Häuser der von Kaufleuten bewohnten Stadtviertel boten unter jenen Pfeilern einen Laubengang dar, unter dem die Passanten im Trockenen und auf einem Boden einherwandeln konnten, der durch den festgetretenen Schmutz, den sie hineinbrachten, zwar hart, aber ziemlich holprig geworden war. In allen Städten Frankreichs werden diese überdeckten Gänge »die Lauben« genannt, welchen Gattungsnamen man die Bezeichnung des Handelszweigs hinzufügte, wie Marktlauben, Metzgerlauben. Diese überdeckten Gänge, die durch die so schwankende, regnerische Pariser Atmosphäre bedingt wurden und die der Stadt ihr charakteristisches Aussehen gaben, sind gänzlich verschwunden. Gerade wie nur noch ein einziges, unmittelbar am Fluß gelegenes Haus existiert, gibt es nur noch ein kaum hundert Fuß langes Stück der alten Marktlauben; es sind die letzten, die der Zeit widerstanden haben; zudem wird binnen kurzem auch dieser Überrest des düsteren Labyrinths, das das alte Paris bildete, abgebrochen werden. Freilich, das Vorhandensein dieser Trümmer des Mittelalters verträgt sich nicht mit der prunkenden Großartigkeit des modernen Paris. Daher neigen diese Bemerkungen weniger dazu, den Fragmenten der alten Innenstadt nachzutrauern, als ihre Schilderung durch die letzten sichtbaren Beweise zu weihen, die nahe daran sind, in Staub zu zerfallen, und Nachsicht für Schilderungen zu erbitten, die für eine dem gegenwärtigen Jahrhundert auf dem Fuße folgende Zukunft kostbar sein dürften.

Die Wände jenes Hauses waren aus mit Schieferplatten verkleidetem Holz erbaut worden. Die Zwischenräume zwischen jedem Holzbalken hatte man, wie es noch in manchen alten Provinzstädten zu sehen ist, mit Ziegelsteinen ausgefüllt, durch deren unterschiedliche Dicke ein Muster gebildet wurde, das man »Ungarische Spitze« nennt. Die Bänke der Fenster und deren Stürze bestanden gleichfalls aus Holz und waren mit reichem Schnitzwerk versehen, gerade wie der Eckpfeiler, der oberhalb der Madonna aufragte, und wie die Pfeiler der Auslage des Ladens. Jedes Fenster, jeder Hauptbalken, der die Stockwerke voneinander schied, bot Arabesken aus phantastischen Menschen- oder Tiergestalten dar, die verschnörkeltem Laubwerk eingefügt waren. Nach der Straßen- wie nach der Flußseite zu war das Haus mit einem Dach bedeckt, das wie zwei aneinandergelehnte Spielkarten aussah und auf solcherlei Weise einen Giebel nach der Straße und einen Giebel nach dem Wasser hin bildete. Das Dach sprang vor wie dasjenige eines Schweizerhauses, und zwar etwas übertrieben weit, damit auch das zweite Stockwerk nach außen eine mit Balustern geschmückte Galerie hatte; darauf konnte die Bürgersfrau im Trockenen lustwandeln und dabei die ganze Straße oder das Seinebecken überblicken, das zwischen den beiden Brücken und den beiden Häuserreihen lag. Die am Fluß gelegenen Häuser besaßen damals einen hohen Wert. Zu jener Zeit waren das System der Kanalisation und der Wasserleitungen noch zu schaffen; es gab vorerst nur die Abflüsse längs der Wälle, die Aubriol[184] vollendet hat, der erste Mann von hoher Begabung und mächtigem Willen, der unter Karl V.[185] an die Schaffung gesunder Lebensbedingungen in Paris gedacht hat. Die Häuser, die wie das des Lecamus gelegen waren, fanden im Fluß gleichzeitig das lebensnotwendige Wasser und den natürlichen Abfluß des Regenwassers und der Abwässer des Haushalts. Die riesigen Arbeiten, die die Vorsteher der Kaufmannschaft auf diesem Gebiet zu leisten hatten, waren noch nicht getan worden. Heute erinnern sich nur noch die Vierzigjährigen der Schlünde, von denen die Abwässer in der Rue Montmartre, der Rue du Temple usw. verschlungen wurden. Diese entsetzlichen, klaffenden Mäuler waren in jenen alten Zeiten eine ungeheure Wohltat. Ihr Platz wird sicherlich für ewige Zeiten durch eine unvermittelte Erhöhung des Fahrdamms an der Stelle markiert sein, wo sie sich aufgetan hatten; das ist abermals eine archäologische Einzelheit, die in zweihundert Jahren für den Historiker etwas Unerklärliches darstellen dürfte. Eines Tages, um das Jahr 1816, wurde ein kleines Mädchen, das einer Schauspielerin des »Ambigu« deren Diamanten für eine Königinnenrolle überbrachte, von einem Platzregen überrascht und so unglücklich in den Abflußschlund der Rue de Temple gezogen, daß sie ohne die Hilfeleistung eines Vorübergehenden, dem ihr Geschrei nahegegangen war, darin verschwunden wäre; aber sie hatte die Diamanten losgelassen; sie wurden in einem Einsteigeloch wiedergefunden. Dieses Geschehnis erregte großes Aufsehen; es gab den Forderungen nach Abschaffung jener Verschlinger von Wasser und kleinen Mädchen Gewicht. Diese seltsamen, fünf Fuß hohen Konstruktionen waren mit mehr oder weniger beweglichen Gittern oder Rosten versehen, die zur Überflutung der Keller führten, wenn der durch starken Regen erzeugte künstliche Fluß vor dem mit den Abfällen verstopften Gitter haltmachte, die die Anlieger oftmals zu beseitigen vergaßen.

Die Auslage von Sieur Lecamus' Laden war zwar sichtbar, aber mit einem bleigefaßten Glasfenster versehen, durch das die Örtlichkeit sehr dunkel wurde. Das Pelzwerk wurde reichen Leuten ins Haus gebracht. Was diejenigen betraf, die zum Einkaufen zu dem Kürschner kamen, so wurde ihnen die Ware bei Tageslicht zwischen den Pfeilern gezeigt, die sämtlich, es muß gesagt werden, tagsüber von Tischen und auf Hockern sitzenden Handlungsgehilfen versperrt wurden, wie man es noch vor fünfzehn Jahren unter den Marktlauben sehen konnte. Von diesen vorgeschobenen Sitzgelegenheiten aus sprachen die Handlungsgehilfen, die männlichen und weiblichen Lehrlinge miteinander, stellten sich Fragen und gaben Antworten und riefen die Vorübergehenden an, Geflogenheiten, aus denen der große Walter Scott in ›The Fortunes of Nigel‹[186] Nutzen gezogen hat. Das Firmenschild, das einen Hermelin darstellte, hing draußen, wie noch heutzutage die Schilder mancher Dorfgasthäuser, und zwar an einem durchbrochen gearbeiteten Arm aus vergoldetem Schmiedeeisen. Oberhalb des Hermelins stand auf der einen Seite zu lesen:

LECAMUS,
Kürschner
der Frau Königin und des Königs, unseres Herrn

und auf der andern:

der Frau Königin-Mutter
und der Herren vom Parlamentsgericht.

Die Worte »der Frau Königin-Mutter« waren erst unlängst hinzugefügt worden. Die Vergoldung war neu. Diese Abänderung wies auf die kürzlich erfolgte Umwälzung hin, die der jähe, gewaltsame Tod Heinrichs II. hervorgerufen hatte; sie hatte am Hof viel Glück zunichte gemacht; mit ihr begann dasjenige der Guisen.

Der Raum hinter dem Laden ging auf den Fluß hinaus. In diesem Raum hielten sich für gewöhnlich der hochachtbare Bürger und seine Frau, Mademoiselle Lecamus, auf. In jenen Zeiten besaß die Frau eines Mannes, der nicht von Adel war, nicht das Recht auf den Titel »Dame«; aber die Frauen der Pariser Bürger hatten das Recht auf den Titel »Demoiselle«, der Privilegien wegen, die ihren Ehemännern von mehreren Königen, denen sie wichtige Dienste geleistet hatten, gewährt und bestätigt worden waren. Zwischen diesem Hinterzimmer und dem Ladenraum wand sich eine Holzschraube, eine Art Wendeltreppe empor, auf der man zu den oberen Stockwerken hinaufstieg, wo sich die großen Lagerräume und die Wohnung des alten Ehepaars befanden, sowie zu den durch Luken erhellten Speicherräumen, wo die Kinder, die Magd, die Lehrlinge und die Handelsgehilfen wohnten.

Die Anhäufung von Familien, Hausbediensteten und Lehrlingen, das bißchen Raum, den jeder im Hausinnern innehatte, wo die Lehrlinge sämtlich in einer großen Kammer unterm Dach schliefen, erklärt sowohl, welch riesige Bevölkerungsmasse damals in Paris auf einem Zehntel des Terrains der heutigen Stadt zusammengepfercht war, als auch alle bizarren Einzelzüge des Privatlebens im Mittelalter und die Listen der Liebe, die, möge es den ernsthaften Historikern nicht mißfallen, nur bei den Erzählern aufzufinden sind und die ohne diese verlorengegangen wären. Zu jener Zeit bewohnte beispielsweise ein sehr großer Herr wie der Admiral de Coligny in Paris drei Zimmer, und sein Gefolge war in einem benachbarten Gasthof untergebracht. Es gab damals in Paris noch keine fünfzig »Hôtels«, das heißt Stadtpalais, die regierenden Fürsten oder großen Vasallen gehörten, deren Lebenshaltung derjenigen der größten Souveräne Deutschlands, wie etwa des Herzogs von Bayern oder des Kurfürsten von Sachsen, überlegen war.

Die Küche im Haus Lecamus befand sich unterhalb des Zimmers hinter dem Laden nach dem Fluß hinaus. Sie hatte eine Glastür, die auf eine Art eisernen Balkon führte, von wo aus die Köchin mittels eines Eimers Wasser schöpfen und wo die Wäsche des Hauses gebleicht werden konnte. Der Raum hinter dem Laden war also zugleich Eßzimmer, Arbeitsraum und Wohngemach des Kaufherrn. In diesem wichtigen Raum, der stets mit reichem Getäfel versehen und mit einem Kunstwerk, einer Truhe oder einem Schrank geschmückt war, vollzog sich das Leben des Kaufherrn; dort fanden nach der Arbeit die fröhlichen Abendmahlzeiten statt, dort die geheimen Verhandlungen über die politischen Belange der Bürgerschaft und des Königtums. Die gefürchteten Pariser Zünfte konnten damals hunderttausend Mann bewaffnen. Daher wurden zu jener Zeit die Beschlüsse der Kaufleute von ihren Hausbediensteten, ihren Handelsgehilfen, ihren Lehrlingen und ihren Arbeitern unterstützt. Die Bürger besaßen im Vorsteher der Kaufmannschaft ein Oberhaupt, das sie befehligte, und im Hôtel-de-Ville, dem Rathaus, ein Palais, in dem sich zu versammeln sie das Recht hatten. In diesem berühmten »Sprechsaal der Bürger« fanden die feierlichen Beratungen statt. Ohne die beständigen Opfer, die den ihrer Geldverluste und der Hungersnot müden Zünften den Krieg unerträglich gemacht hatten, würde Heinrich IV., dieser endlich König gewordene Aufwiegler, vielleicht niemals in Paris eingezogen sein. Jetzt wird sich jeder leicht das Aussehen jenes Winkels des alten Paris ausmalen können, wo heute die Brücke und der Quai sich winden, wo die Bäume am Quai-aux-Fleurs aufragen, und wo aus jener Zeit nichts mehr vorhanden ist als der hohe, berühmte Turm des Justizpalastes, von dem aus das Zeichen für die Bartholomäus-Nacht gegeben worden ist[187]. Wie seltsam! Eins der am Fuß jenes Turms, der damals von hölzernen Krambuden umgeben war, gelegenen Häuser, das des Lecamus, sollte eins der Geschehnisse entstehen sehen, die jene Nacht der Metzeleien anbahnten, die leider dem Calvinismus mehr zum Vorteil als zum Unheil gereicht hat.

Zu dem Zeitpunkt, da diese Geschichte einsetzt, hatte die Kühnheit der neuen religiösen Lehren Paris in Gärung versetzt. Ein Schotte namens Stuart[188] hatte unlängst den Präsidenten

Minard[189] ermordet, dasjenige der Mitglieder des Parlamentsgerichts, dem die öffentliche Meinung den größten Schuldanteil an der Hinrichtung des Rats Anne Du Bourg[190] zuschrieb, der auf dem Grève-Platz verbrannt worden war, nach dem »Couturier« (dem Schneider) des verstorbenen Königs, den Heinrich II. und Diane de Poitiers in ihrem Dabeisein der peinlichen Frage unterworfen hatten. Paris wurde so überwacht, daß die Häscher die Vorübergehenden zwangen, vor der Madonna zu beten, um die Ketzer zu entdecken, die sich nur widerwillig dazu bereitfanden oder sogar diese ihren Auffassungen widersprechende Handlung verweigerten. Die beiden Häscher, die an der Ecke von Lecamus' Haus gestanden hatten, waren gerade abgezogen; und so hatte Christophe, der Sohn des Kürschners, der neuerdings heftig verdächtigt wurde, er wolle dem Katholizismus abtrünnig werden, das Haus verlassen können, ohne befürchten zu müssen, daß sie ihn das Standbild der heiligen Jungfrau anbeten ließen. Es war im April des Jahres 1560, und die Dunkelheit brach herein; also trugen die Lehrlinge, als sie nur noch wenige Leute unter den Lauben zur Rechten und Linken der Straße hindurchgehen sahen, die als Muster ausgelegten Waren hinein, damit Laden und Haus verschlossen werden konnten. Christophe Lecamus, ein feuriger junger Mann von zweiundzwanzig Jahren, stand auf der Türschwelle und war dem Anschein nach damit beschäftigt, die Lehrlinge zu beaufsichtigen.

»Monsieur«, sagte einer von diesen zu Christophe und zeigte ihm einen Mann, der mit unentschlossener Miene unter dem Laubengang auf und ab schritt, »das ist vielleicht ein Dieb oder ein Spitzel; auf keinen Fall jedoch kann dieser Lumpenkerl ein anständiger Mensch sein; hätte er mit uns etwas Geschäftliches zu besprechen, so würde er uns frei und offen angesprochen haben, anstatt herumzustreichen, wie er es tut... Und diese Fratze!« sagte er und äffte den Unbekannten nach. »Wie er die Nase in den Mantel steckt! Und diese gelben Augen! Und diese Hungerleidermiene!«

Als der solchermaßen von dem Lehrling geschilderte Unbekannte Christophe allein vor seiner Ladentür stehen sah, verließ er rasch die Laube gegenüber, wo er sich ergangen hatte, überquerte die Straße, kam unter die Pfeiler von Lecamus' Haus, und als er an dem Laden entlangging, ehe die Lehrlinge wiederkamen, um die Tür- und Fensterladen zu schließen, redete er den jungen Mann an.

»Ich bin Chandieu[191]«, sagte er.

Als Christophe den Namen eines der berühmtesten Prediger und opferwilligsten Schauspieler in der schrecklichen Tragödie, die Reformation genannt, vernahm, erbebte er, wie ein getreuer Bauer beim Erkennen seines verkleideten Königs erbebt sein würde.

»Vielleicht wollt Ihr Euch Pelze anschauen? Obgleich es fast dunkel ist, will ich selber sie Euch zeigen«, sagte Christophe, der die Lehrlinge, die er hinter sich hörte, auf eine falsche Fährte leiten wollte.

Durch eine Geste lud er den Prediger zum Eintreten ein; doch dieser antwortete, er wolle sich lieber hier draußen mit ihm unterhalten, und so holte Christophe seine Mütze und folgte dem Schüler Calvins.

Obwohl Chandieu, der geheime Bevollmächtigte Théodore de Bèzes und Calvins, die beide von Genf aus die französische Reformation leiteten, durch ein Edikt verbannt worden war, kam und ging er und trotzte der grausamen Todesstrafe, zu der das Parlamentsgericht im Einvernehmen mit Kirche und Königtum, um ein furchtbares Exempel zu statuieren, eins seiner Mitglieder, den berühmten Anne Du Bourg, verurteilt hatte. Jener Prediger, der einen Kapitän, einen der besten Soldaten des Admirals de Coligny, zum Bruder hatte, war einer der Arme, mit denen Calvin zu Beginn der damals dem Auflodern nahen, zweiundzwanzig Jahre währenden Religionskriege Frankreich aufrührte. Dieser Prediger ist eins der heimlichen Räderwerke, die am besten die riesigen Auswirkungen der Reformation zu erklären vermögen. Chandieu ließ Christophe durch einen unterirdischen Gang, ähnlich dem Marions-Bogen, der vor zehn Jahren zugeschüttet worden ist, zum Seineufer hinabsteigen. Dieser zwischen dem Haus des Lecamus und dem Nachbarhaus befindliche Durchgang führte unter der Rue de la Vieille-Pelleterie hindurch und hieß Pont-aux-Fourreurs. Er diente nämlich den Färbern der Innenstadt zum Waschen ihrer Garne, ihrer Seiden und Stoffe. Dort lag ein kleines Boot, das von einem einzigen

Schiffer bewacht und gerudert wurde. Im Bug stand ein sehr schlicht gekleideter Unbekannter von kleinem Wuchs. Im Handumdrehen war das Boot mitten auf der Seine; der Schiffer lenkte es unter einen der Holzbogen des Pont-au-Change, wo er es behend an einem Eisenring festmachte. Bislang hatte keiner ein Wort laut werden lassen.

»Hier können wir ohne Scheu sprechen, es sind weder Spitzel noch Verräter da«, sagte Chandieu und blickte die beiden Unbekannten an. »Seid Ihr von dem Opferwillen erfüllt, der die Märtyrer beseelen muß? Seid Ihr bereit, um unserer heiligen Sache willen alles zu erdulden? Habt Ihr Angst vor den Martern, die der Schneider des verstorbenen Königs und der Rat Du Bourg haben erleiden müssen, und die der meisten von uns warten?« fragte er Christophe und wandte ihm ein strahlendes Antlitz zu.

»Ich will mich zum Evangelium bekennen«, antwortete Lecamus schlicht und schaute nach den Fenstern des Raums hinter dem Laden hin.

Die häusliche Lampe stand auf dem Tisch, wo sein Vater sicherlich seine Geschäftsbücher durchblätterte; sie gemahnte ihn durch ihr Licht an die Freuden der Familie und das friedliche Leben, auf das er verzichtet hatte. Es war eine schnelle, aber alles umfassende Vision. Der Jüngling überblickte dieses Stadtviertel voll bürgerlicher Harmonie, in dem seine glückliche Kindheit verflossen war, wo Babette Lallier wohnte, seine Verlobte, wo alles ihm ein freundliches, erfülltes Dasein verhieß; er sah die Vergangenheit, er sah seine Zukunft, und er hatte alles geopfert oder zumindest alles aufs Spiel gesetzt. So waren die Männer jener Zeit.

»Laßt uns nicht weitergehen«, sagte der ungestüme Schiffer, »wir erkennen ihn als einen unserer *Heiligen* an! Wenn der Schotte den Stoß nicht geführt hätte, so würde *er* den infamen Präsidenten Minard getötet haben.«

»Ja«, sagte Lecamus. »Mein Leben gehört der Kirche, und ich gebe es mit Freuden für den Triumph der Reformation; über die habe ich ernstlich nachgesonnen. Ich weiß, was wir für das Glück der Völker unternehmen. In zwei Worten: der Papismus treibt zum Zölibat, und die Reformation treibt zur Familie. Es wird

Zeit, Frankreich von seinen Mönchen zu entlausen und deren Güter der Krone zurückzuerstatten; sie wird sie früher oder später der Bürgerschaft verkaufen. Wir wollen zu sterben wissen für unsere Kinder und um unsere Familien eines Tages frei und glücklich zu machen.«

Das Antlitz des jungen Enthusiasten, das Chandieus, das des Schiffers und das des auf der Bank sitzenden Unbekannten wurden vom letzten Schein der Abenddämmerung erhellt; sie stellten ein Bild dar, das um so eher beschrieben werden muß, als jene Beschreibung die ganze Historie jener Zeit enthält, sofern es stimmt, daß es gewissen Menschen gegeben ist, den Geist ihres Jahrhunderts in sich zusammenzufassen.

Die in Deutschland von Luther, in Schottland von John Knox[192], in Frankreich von Calvin versuchte religiöse Reform bemächtigte sich zumal der unteren Volksklassen; diese hatte der Gedanke durchdrungen. Die großen Herren unterstützten jene Bewegung lediglich, um Interessen zu dienen, die der religiösen Sache fremd waren. Diesen verschiedenartigen Parteien gesellten sich Abenteurer zu, verarmte Edelleute und jüngere Söhne, denen alle Wirren gleich recht waren. Aber bei den Handwerkern und den Handelsleuten war der Glaube ehrlich und beruhte auf Berechnung. Die armen Leute schlossen sich sogleich einer Religion an, die dem Staat die Kirchengüter zurückerstattete und die Klöster aufhob; die den kirchlichen Würdenträgern ihre ungeheuren Einkünfte entzog. Der gesamte Handelsstand kalkulierte das Ersprießliche dieses religiösen Eingriffs und weihte sich ihm mit Leib, Seele und Geldbeutel. Aber bei den jungen Menschen des französischen Bürgertums begegnete die Predigt der edlen Neigung zu Opfern jeglicher Art, von der die Jugend beseelt ist; ihr ist Selbstsucht etwas Unbekanntes. Hervorragende Männer, scharfsichtige Geister, wie sie sich stets im Schoß der Massen finden, witterten die Republik in der Reformation und wollten in ganz Europa die Regierungsform der Vereinigten Provinzen errichten, die in ihrem Ringen mit der größten Macht jenes Zeitalters endlich triumphiert hatten, nämlich dem von Philipp II. beherrschten und in den Niederlanden durch den Herzog von Alba repräsentierten Spanien. François Hotman[193] plante damals sein berühmtes Buch, in dem jener Plan auftaucht und das dann in Frankreich den Sauerteig dieser Ideen bildet; abermals in Bewegung gesetzt wurden sie durch die Liga, dann unterdrückt von Richelieu und Ludwig XIV.; aber mit den Nationalökonomen, den Enzyklopädisten erscheinen sie aufs neue unter Ludwig XV.; und unter Ludwig XVI. gelangen sie zum Ausbruch, stets gefördert von den jüngeren Zweigen, vom Haus Orléans im Jahre 1789 wie vom Haus Bourbon im Jahre 1589. Wer Prüfung sagt, sagt Revolte. Jede Revolte nun aber ist entweder der Mantel, unter dem sich ein Fürst verbirgt, oder sie stellt die Windeln einer neuen Herrschaftsform dar. Das Haus Bourbon, die jüngeren Söhne der Valois regten sich im Hintergrund der Reformation. In dem Augenblick, da das Boot unter dem Bogen des Pont-au-Change schwamm, war die Frage durch den Ehrgeiz der Guisen, die mit den Bourbonen wetteiferten, seltsam kompliziert geworden; dadurch konnte die Krone, repräsentiert durch Katharina von Medici, dreißig Jahre lang den Kampf durchhalten, indem sie sie gegeneinander ausspielte, wogegen später die Krone, anstatt von mehreren Händen hin und her gezerrt zu werden, sich ohne Schranke vor dem Volk befand; denn Richelieu und Ludwig XIV. hatten die Schranke beseitigt, die der Adel bildete, Ludwig XV. die der Parlamentsgerichte. Steht ein König ganz allein dem Volk gegenüber, wie Ludwig XVI. es seiner Zeit tat, so wird er stets unterliegen.

Christophe Lecamus verkörperte trefflich den feurigen, opferwilligen Teil des Volks; sein bleiches Gesicht hatte die herbe, warme Hautfarbe, die für manche blonde Menschen bezeichnend ist; sein Haar spiegelte ins Messinggelb; seine graublauen Augen funkelten; einzig in ihnen tat sich seine schöne Seele kund; denn sein schlicht geschnittenes Gesicht überdeckte nicht das Unregelmäßige seiner annähernd dreieckigen Form durch jene adlige Miene, die hochstehende Menschen aufsetzen, und seine niedrige Stirn zeugte von großer Energie. Das Leben schien seinen Antrieb nur seiner etwas eingefallenen Brust zu entnehmen. Christophe war eher nervös als sanguinisch und bot den Blicken eine geäderte, magere, aber harte Körperlichkeit dar. Seine spitze Nase verriet eine volksmäßige Gewitztheit, gerade wie seine Züge von einer Intelligenz kündeten, die imstande war, sich auf einen Punkt der Kreislinie zu konzentrieren, ohne die Fähigkeit zu besitzen, den ganzen Kreisumfang zu ermessen. Seine Augen, deren kaum mit einem hellen Flaum bedeckte Brauenbögen vorsprangen wie ein Wetterdach, wurden kräftig von einem blaßblauen Streifen umgeben, der an der Nasenwurzel leuchtend weiß war, was nahezu immer auf eine ungemeine Begeisterungsfähigkeit schließen läßt. Christophe war sehr wohl das Volk, das sich aufopfert, das kämpft und sich täuschen läßt; das geistig genug ist, um eine Idee zu begreifen und ihr zu dienen, zu edel, um Nutzen daraus zu ziehen, und zu großherzig, um sich zu verkaufen.

Neben Lecamus' einzigem Sohn war Chandieu, dieser glühende, braunhaarige, durch Nachtwachen abgemagerte Prediger mit der gelben Gesichtsfarbe, der kämpferischen Stirn, dem beredten Mund, den braunen, lodernden Augen und dem kurzen, vorspringenden Kinn sehr wohl das Abbild jenes christlichen Glaubens, der der Reformation so viele fanatische und ehrliche Pastoren eingetragen hat, deren Geist und Mut die Völker entflammte. Der Adjutant Calvins und Théodores de Bèze hob sich wunderbar von dem Kürschnerssohn ab. Er stellte die lebendige Ursache dar, deren Wirkung sich in Christophe kundtat. Nicht anders hätte man sich das antreibende Feuer der Volksmaschinerie vorgestellt.

Der Schiffer, ein ungestümer, von der frischen Luft gebräunter Mann, der vom Tau der Nächte und den Gluten des Tages geformt worden war, mit geschlossenem Mund, den schnellen, knappen Bewegungen, den gelben Augen, die hungrig waren wie die der Geier, und dem schwarzen Kraushaar verkörperte trefflich den Abenteurer, der alles an eine Sache setzt wie ein Spieler sein ganzes Vermögen auf eine Karte. Alles an ihm zeugte von schrecklichen Leidenschaften, von einer Kühnheit, die vor nichts zurückschreckt. Seine kräftig ausgeprägte Muskulatur war gleichermaßen zum Schweigen und zum Reden geschaffen. Sein Gesichtsausdruck war mehr kühn als edel. Seine schmale, indessen aufgestülpte Nase trachtete nach Kampf. Er wirkte behend und geschickt. Zu jeder Zeit hätte man ihn für das Oberhaupt einer Partei gehalten. Hätte es keine Reformation gegeben, so würde er Pizarro[194], Fernando Cortez[195] oder Morgan der Vertilger[196], irgendeine gewalttätige Energie gewesen sein.

Der auf einer Bank sitzende, in seinen Umhang gehüllte Unbekannte gehörte sichtlich der höchsten Klasse der Gesellschaft an. Die Feinheit seiner Leibwäsche, der Schnitt, Stoff und Duft seiner Kleidung, die Form und das Leder seiner Handschuhe wiesen auf einen Hofmann hin, gerade wie seine Haltung, sein Stolz, seine Ruhe und sein Blick auf einen Kriegsmann. Sein Anblick wirkte zunächst beunruhigend und forderte zum Respekt heraus. Man achtet stets einen Mann, der sich selber achtet. Zwar war er klein und bucklig, aber sein Gehaben glich seine Mißgestalt im Nu aus. War das Eis einmal gebrochen, bezeigte er den Frohsinn der Entschlußkraft und eine unbeschreibliche Lebendigkeit, die ihn liebenswert machte. Er hatte die blauen Augen, die Adlernase des Hauses Navarra und den spanischen Schnitt des ausgeprägten Gesichts, das zum Typus der Bourbonenkönige werden sollte.

Durch ein paar Worte gewann die Szene gewaltige Bedeutung.

»Wohlan«, sagte Chandieu, als der junge Lecamus gerade seinen Satz beendet hatte, »der Ruderer hier ist La Renaudie[197], und das dort ist Monseigneur der Prinz von Condé«, fügte er hinzu und deutete auf den kleinen Buckligen.

Auf diese Weise repräsentierten jene vier Männer die Gläubigkeit des Volkes, die Klugheit des Wortes, die Hand des Kriegers und das im Dunkel verborgene Königtum.

»Jetzt sollt Ihr wissen, was wir von Euch erwarten«, fuhr der Prediger nach einer Pause fort, die er dem Erstaunen des jungen Lecamus eingeräumt hatte. »Damit Ihr keinem Irrtum anheimfallt, sind wir genötigt, Euch in die bedeutsamsten Geheimnisse der Reformation einzuweihen.«

Der Prinz und La Renaudie setzten die Äußerung des Predigers durch eine Geste fort, nachdem dieser verstummt war, um den Prinzen selber sprechen zu lassen, wenn diesem der Sinn danach stand. Wie alle Großen, die sich in Komplotte eingelassen haben und deren Verhaltensweise es ist, sich erst im entscheidenden Augenblick zu zeigen, hatte der Prinz Schweigen bewahrt, und zwar nicht aus Feigheit; er war unter solchen Umständen die Seele der Verschwörung, schreckte vor keiner Gefahr zurück und riskierte den Kopf; aber aus einer gewissen königlichen Würde heraus überließ er die Darlegung jenes Unternehmens dem Prediger und begnügte sich damit, eingehend das neue Werkzeug zu mustern, dessen man sich bedienen mußte.

»Mein Sohn«, sagte Chandieu in der Ausdrucksweise der Hugenotten, »wir wollen der Römischen Hure eine erste Schlacht liefern. In ein paar Tagen werden unsere Milizen entweder auf den Schafotten sterben, oder die Guisen sind tot. Bald werden nämlich der König und die beiden Königinnen in unserer Macht sein. Es ist der erste Griff unserer Religion zu den Waffen in Frankreich, und Frankreich wird sie erst wieder niederlegen, wenn alles erobert worden ist; Ihr seht, es handelt sich um die Nation und nicht um das Königreich. Die meisten Großen des Königreichs sehen, wozu der Kardinal von Lothringen und sein Bruder, der Herzog, gelangen wollen. Unter dem Vorwand, die katholische Religion zu verteidigen, will das Haus Lothringen die Krone Frankreichs als sein väterliches Erbteil fordern. Dadurch, daß es sich auf die Kirche stützt, hat es sich eine furchtbare Verbündete geschaffen; es hat die Mönche als Helfer, als Genossen, als Spitzel. Es wirft sich zum Vormund des Thrones auf, den es usurpieren will, zur Schützerin des Hauses Valois, das es auslöschen will. Wenn wir uns von uns aus entschließen, die Waffen zu erheben, so geschieht das, weil es sich gleichzeitig um die Freiheiten des Volkes und um die Interessen des Adels handelt; beide sind bedroht. Wir wollen schon in den Anfängen eine Partei ersticken, die ebenso hassenswert ist wie die der Bourguignons[198], die ehemals Paris und Frankreich in Feuer und Blut getaucht haben. Es hat eines Ludwigs XI. bedurft, um den Streit der Bourguignons mit der Krone zu beenden; aber heute wird ein Prinz von Condé die Lothringer daran zu hindern wissen, ihn von neuem zu beginnen. Dies ist kein Bürgerkrieg, sondern ein Zweikampf zwischen den Guisen und der Reformation, ein Zweikampf auf Leben und Tod; wir werden ihre Köpfe fallen lassen, oder sie lassen die unseren fallen.«

»Wohlgesprochen!« rief der Prinz.

»Unter dieser Verquickung von Umständen, Christophe«, fuhr La Renaudie fort, »wollen wir nichts außer acht lassen, was unsere Partei vergrößern könnte; denn es gibt innerhalb der Reformation eine Partei, die Partei der verletzten Interessen, der den Lothringern geopferten Adligen, der alten Feldhauptleute, denen man in Fontainebleau so übel mitgespielt hat; von dort hat der Kardinal sie verbannt, dadurch nämlich, daß er Galgen errichten ließ, an denen diejenigen aufgehängt werden sollten, die vom König Geld für die von ihnen Gemusterten und den rückständigen Sold verlangten.«

»Das, mein Sohn«, sprach Chandieu weiter, als er bei Christophe eine Art Erschrecken wahrnahm, »das zwingt uns, mittels der Waffen statt mittels der Überzeugung und des Märtyrertums zu triumphieren. Die Königin-Mutter ist drauf und dran, auf unsere Anschauungen einzugehen; nicht etwa, daß sie abschwören wollte, so weit ist es mit ihr noch nicht gekommen; doch vielleicht wird sie durch unsern Triumph dazu genötigt werden. Wie dem auch sei, gedemütigt und verzweifelt wie sie ist, die Macht, die sie nach dem Tod des Königs auszuüben gehofft hatte, in die Hände der Guisen übergehen zu sehen, erschreckt über die Herrschaft, die die junge Königin Maria[199], die Nichte der Lothringer und deren Bundesgenossin, ausübt, muß die Königin Katharina geneigt sein, ihre Hilfe den Fürsten und Edelherren zu leihen, die einen Handstreich wagen wollen, um sie zu befreien. Obwohl dem Anschein nach den Guisen ergeben, die sie haßt, wünscht sie in diesem Augenblick deren Untergang und wird sich unserer gegen sie bedienen; Monseigneur jedoch wird sich ihrer gegen alle bedienen. Die Königin-Mutter wird ihre Zustimmung zu unserem Vorhaben geben. Wir werden den Kronfeldherrn auf unserer Seite haben; Monseigneur hat ihn unlängst in Chantilly aufgesucht; aber er will sich nur auf den Befehl seines Herrn hin regen. Als Monseigneurs Oheim wird er ihn niemals in schlimmer Lage sitzenlassen, und dieser großherzige Prinz zögert nicht, sich in die Gefahr zu stürzen, um Anne de Montmorency zur Entscheidung zu zwingen. Alles ist bereit, und wir haben die Blicke auf Euch gerichtet, um der Königin Katharina unsern Bündnisvertrag, die Pläne der Edikte und die Grundzüge der neuen Regierung zu überbringen. Der Hof ist in Blois. Viele der Unsern sind dort; aber die sind unsere künftigen Häupter ... Und gleich Monseigneur«, sagte er und deutete auf den Prinzen, »dürfen sie nie in Verdacht geraten: Wir alle müssen uns für sie opfern. Die Königin-Mutter und unsere Freunde werden so peinlich genau überwacht, daß es unmöglich ist, als

Mittelsmann eine bekannte Person von einiger Wichtigkeit zu gebrauchen; sie würde sogleich beargwöhnt werden und könnte nicht die Verbindung mit Madame Katharina aufnehmen. Gott schuldet uns in diesem Augenblick den Hirten David und dessen Schleuder, um den Goliath Guise anzugreifen. Euer Vater, zu seinem Unglück ein guter Katholik, ist der Kürschner der beiden Königinnen; er hat ihnen immer irgendeinen Putz zu liefern; setzt bei ihm durch, daß er Euch an den Hof schickt. Ihr werdet keinerlei Argwohn erwecken und die Königin Katharina durch nichts kompromittieren. Alle unsere Häupter könnten mit ihrem Kopf eine Unvorsichtigkeit bezahlen, die glauben lassen würde, es bestehe ein geheimes Einverständnis zwischen der Königin-Mutter und ihnen. Dort, wo die Großen, wenn sie ertappt sind, die Blicke auf sich lenken, bleibt ein Kleiner wie Ihr unangetastet. Seht, die Guisen verfügen über so viele Spitzel, daß wir nichts als den Fluß gehabt haben, um ohne Furcht miteinander reden zu können. Ihr, mein Sohn, seid jetzt wie eine Schildwache, die verpflichtet ist, auf ihrem Posten zu sterben. Denn Ihr müßt wissen: Werdet Ihr erwischt, so lassen wir Euch samt und sonders im Stich; wir werden Euch, wenn es sein muß, mit Schimpf und Schande bedecken. Notfalls werden wir sagen, Ihr seiet eine Kreatur der Guisen, und sie hätten Euch diese Rolle spielen lassen, um uns den Untergang zu bereiten. Auf diese Weise fordern wir von Euch ein uneingeschränktes Opfer.«

»Solltet Ihr umkommen«, sagte der Prinz von Condé, »so verpfände ich mein Edelmannswort, daß Eure Familie dem Hause Navarra heilig sein wird; ich werde sie in meinem Herzen tragen und ihr in allen Dingen helfen.«

»Dieses Wort, mein Prinz, genügt bereits«, entgegnete Christophe, ohne zu bedenken, daß dieser Aufrührer ein Gaskogner war. »Wir leben in einer Zeit, da jeder seine Pflicht tun muß.«

»So spricht ein echter Hugenotte. Wenn alle unsere Männer so wären«, sagte La Renaudie und legte Christophe eine Hand auf die Schulter, »so würden wir morgen die Herren sein.«

»Junger Mann«, fuhr der Prinz fort, »ich hatte Euch zeigen wollen, daß, wenn Chandieu predigt, wenn der Edelmann gewappnet ist, der Fürst kämpft. So sind bei dieser heißen Partie alle Einsätze gleich.«

»Hört«, sagte La Renaudie, »ich werde Euch die Dokumente erst in Beaugency aushändigen, denn sie dürfen während der langen Reise nicht gefährdet werden. Ihr werdet mich am Hafen finden; mein Gesicht, meine Stimme, meine Kleidung werden so verändert sein, daß Ihr mich schwerlich wiedererkennen könnt. Aber ich werde Euch fragen: ›Seid Ihr ein Guépin[200]?‹, und dann müßt Ihr antworten: ›Euch zu Diensten‹. Was die Durchführung betrifft, so stehen Euch folgende Mittel zur Verfügung. In der ›Schäumenden Pinte‹ bei Saint-Germain-l'Auxerrois findet Ihr ein Pferd vor. Ihr müßt dort nach Jean-le-Breton fragen; der wird Euch dann in den Stall führen und Euch dasjenige meiner Reitpferde geben, das dafür bekannt ist, daß es seine dreißig Meilen in acht Stunden zurücklegt. Verlaßt die Stadt durch die Porte de Bussy; Breton hat einen Paß für mich, nehmt ihn für Euch, macht, daß Ihr wegkommt, und umreitet die Städte. Dann könnt Ihr bei Tagesanbruch in Orléans sein.«

»Und das Pferd?« fragte der junge Lecamus.

»Das wird nicht vor Orléans krepieren«, entgegnete La Renaudie. »Stellt es beim Eingang des Faubourg Bannier unter, denn die Stadttore sind gut bewacht, und es darf kein Argwohn erweckt werden. Es liegt bei Euch, Freund, Eure Rolle gut zu spielen. Denkt Euch irgendeine Fabel aus, die Euch am geeignetsten dünkt, um an das dritte Haus links nach dem Betreten von Orléans zu gelangen; es gehört einem gewissen Tourillon, einem Handschuhmacher. Ihr klopft dreimal an die Tür und ruft: ›Im Dienst der Herren von Guise!‹. Der Mann ist dem Anschein nach ein tollwütiger Anhänger der Guisen, und nur wir wissen, daß er zu den Unsrigen gehört; er wird Euch einen ergebenen Flußschiffer geben, ebenfalls ein Guisenanhänger, seines Schlages selbstverständlich. Geht ungesäumt zum Hafen hinunter; dort besteigt ein grün gestrichenes Boot mit weißem Bordrand. Sicherlich werdet Ihr morgen mittag in Beaugency landen. Dort lasse ich Euch ein Boot vorfinden, auf dem Ihr ungefährdet nach Blois hinüberfahren könnt. Unsere Feinde, die Guisen, überwachen die Loire nicht, sondern nur die Häfen. So könnt Ihr die Königin im Lauf des morgigen Tages oder des übernächsten sehen.«

»Eure Worte sind hier eingeritzt«, sagte Christophe und zeigte auf seine Stirn.

Chandieu umarmte seinen Sohn mit seltsamem religiösem Überschwang; er war stolz auf ihn.

»Möge Gott über dich wachen!« sagte er und deutete auf den Sonnenuntergang hin, der die alten, schindelbedeckten Dächer rötete und seinen Schein durch den Wald der Balken und Pfähle gleiten ließ, zwischen denen die Wasser brodelten.

»Ihr seid von der Rasse des alten Jacques Bonhomme[201]!« sagte La Renaudie zu Christophe und drückte ihm die Hand.

»Wir werden einander wiedersehen, *Monsieur*[202]«, sagte der Prinz zu ihm und vollführte dabei eine Geste von unendlicher Anmut, der beinahe etwas Freundschaftliches innewohnte.

Mit einem Riemenschlag setzte La Renaudie den jungen Verschwörer auf einer Stufe der Treppe ab, die zu seinem Vaterhaus hinaufführte, und dann verschwand das Boot sogleich unter dem Bogen des Pont-au-Change.

Christophe rüttelte an dem Eisengitter, das die Treppe nach dem Fluß hin versperrte, und rief; Mademoiselle Lecamus hörte ihn, öffnete eins der Fenster des hinter dem Laden gelegenen Raums und fragte ihn, wie er dort hingelangt sei. Christophe antwortete, ihn friere, und er müsse zunächst erst einmal eingelassen werden.

»Herr«, sagte die Burgunderin, »Ihr habt durch die Straßentür das Haus verlassen, und durch die Wasserpforte kommt Ihr wieder herein? Euer Vater wird schön böse sein!«

Christophe war noch ganz betaumelt durch eine Vertrauensbekundung, die ihn kurz zuvor in Verbindung mit dem Prinzen von Condé, La Renaudie und Chandieu gebracht hatte, aber noch erschütterter ob des vorgeahnten Schauspiels eines unmittelbar bevorstehenden Bürgerkriegs; er gab keine Antwort und stieg hastig von der Küche aus in das hinter dem Laden gelegene Zimmer hinauf; aber bei seinem Anblick konnte seine Mutter, eine eifrige Katholikin, ihren Zorn nicht zurückhalten.

»Ich wette, die drei Männer, mit denen du dich da unten unterhalten hast, waren Ref ...«, sagte sie.

»Schweig, Frau«, sagte sogleich der vorsichtige, weißhaarige Greis, der in einem dicken Buch blätterte. – »Ihr Faulpelze«, fuhr er fort und wandte sich dabei an drei junge Burschen, die seit langem mit ihrem Nachtmahl fertig waren, »worauf wartet ihr noch, um schlafen zu gehen? Es ist acht Uhr, und ihr müßt um fünf Uhr morgens aufstehen. Überdies habt ihr noch dem Präsidenten de Thou sein Barett und seine Robe zu überbringen. Geht alle drei hin und nehmt eure Stöcke und eure Rapiere mit. Dann seid ihr wenigstens gerüstet, wenn ihr Taugenichtsen begegnet, wie ihr selber es seid.«

»Muß nicht auch die Hermelinschaube überbracht werden, die die junge Königin bestellt hat und die im Hôtel de Soissons abgegeben werden soll, wo ein Eilbote nach Blois und für die Königin-Mutter wartet?« fragte einer der Handlungsgehilfen.

»Nein«, sagte der Syndikus, »die Rechnung der Königin Katharina beläuft sich auf dreitausend Taler, und die müßten doch schließlich zu bekommen sein; ich plane, nach Blois zu reisen.«

»Vater, ich dulde es nicht, daß Ihr bei Euerm Alter und bei diesem Wetter Euch den Beschwernissen der Landstraßen aussetzt. Ich bin zweiundzwanzig Jahre alt; Ihr könnt mich dazu gebrauchen«, sagte Christophe und lugte nach der Kiste, in der sich die Schaube befinden mußte.

»Seid ihr an der Bank festgelötet?« rief der alte Herr den Lehrlingen zu; sie langten hastig nach ihren Rapieren, ihren Mänteln und Monsieur de Thous Pelzwerk.

Am folgenden Tage sollte nämlich das Parlamentsgericht im Justizpalast diesen berühmten Mann als Präsidenten erhalten; er hatte das Todesurteil des Rats Du Bourg unterzeichnet und sollte, noch ehe das Jahr zu Ende ging, den Prinzen von Condé richten.

»Burgunderin«, sagte der alte Mann, »geht zu meinem Gevatter Lallier und fragt ihn, ob er mit uns zur Nacht speisen wolle; er kann den Wein liefern; für die Kost sorgen wir; aber vor allem sagt, er solle seine Tochter mitbringen.«

Der Syndikus der Kürschnerzunft war ein schöner, sechzigjähriger Greis mit weißem Haar und breiter, erkahlter Stirn. Seit vierzig Jahren war er Hofkürschner, hatte alle Umwälzungen während der Regierung Franz' I. miterlebt und hatte sich trotz der Rivalitäten der Frauen sein königliches Patent erhalten. Er hatte der Ankunft der jungen Katharina von Medici bei Hofe beigewohnt, sie war damals kaum fünfzehn Jahre alt gewesen; er hatte beobachtet, wie sie sich vor der Herzogin von Etampes, der Geliebten ihres Schwiegervaters, und vor der Herzogin von

Valentinois, der Geliebten ihres Mannes, des hochseligen Königs, hatte ducken müssen. Aber der Kürschner hatte sich gut aus diesen seltsamen Phasen herausgezogen, bei denen die Hoflieferanten so oft in die Ungnade der Geliebten verwickelt worden waren. Seine Klugheit kam seinem Vermögen gleich. Er verharrte in übertriebener Demut. Nie war er dem Hochmut in die Schlinge geraten. Dieser Kaufmann hatte sich so klein gemacht, sich so sanftmütig, so gefällig, so arm bezeigt, daß bei Hofe, vor den Prinzessinnen, den Königinnen und Favoritinnen diese Bescheidenheit und seine Biederkeit ihm das Firmenschild seines Hauses bewahrt hatten. Ein solches Verhalten ließ notwendigerweise auf einen klugen, scharfsichtigen Menschen schließen. So demütig er außerhalb wirkte, so sehr war er daheim zum Despoten geworden; dort war er unbeschränkt Herr. Bei seinen Kollegen stand er in hohen Ehren; dadurch, daß er seit langem in seinem Handelszweig die erste Stelle einnahm, genoß er gewaltige Achtung. Überdies erwies er gern Gefälligkeiten, und unter diesen war eine der glanzvollsten die Unterstützung, die er geraume Zeit hindurch dem berühmtesten Chirurgen des sechzehnten Jahrhunderts, Ambroise Paré[203], gewährt hatte; dieser hatte es ihm zu verdanken, daß er sich seinen Studien hatte widmen können. Bei allen Schwierigkeiten, die sich unter Kaufleuten einstellten, bezeigte Lecamus sich konziliant. Daher festigte die allgemeine Achtung seine Stellung unter seinesgleichen, wie sein zur Schau getragener Charakter ihm die Gunst des Hofes erhielt. Nachdem er sich in seiner Gemeinde eifrig um die Ehrenstellung eines Kirchenvorstands bemüht hatte, tat er alles Erforderliche, um sich beim Pfarrer von Saint-Pierre-aux-Boeufs im guten Geruch der Frömmigkeit zu erhalten; der Pfarrer hielt ihn für einen der Männer in Paris, die der katholischen Religion am tiefsten ergeben waren. Deswegen wurde er bei der Einberufung der Generalstände durch den Einfluß der Pariser Pfarrer, der zu jener Zeit ungeheuer groß war, einstimmig zum Vertreter des dritten Standes gewählt. Dieser Greis war einer der heimlich von tiefem Ehrgeiz Erfüllten, die sich fünfzig Jahre lang vor jedermann bücken, die von Posten zu Posten aufsteigen, ohne daß man wüßte, wie sie dazu gelangt sind, aber dann geruhsam dort sitzen, wo niemand, nicht einmal der Kühnsten einer, zu Beginn seines Lebens als Ziel hinzublicken gewagt hätte; so groß war die Entfernung, so viele Abgründe waren zu überschreiten, in die man doch hätte hineinkollern können! Lecamus, der über ein riesiges Vermögen verfügte, von dem niemand wußte, wollte keinerlei Gefahr laufen und bereitete seinem Sohn eine glänzende Zukunft vor. Anstatt jenen persönlichen Ehrgeiz zu hegen, der oftmals die Zukunft der Gegenwart opfert, besaß er Familienehrgeiz, ein Gefühl, das heutzutage in Vergessenheit geraten und durch die dumme Verfügung unserer Gesetze über die Erbfolge erstickt worden ist. Lecamus sah sich in der Person seines Enkels als ersten Präsidenten des Pariser Parlamentsgerichts.

Christophe, das Patenkind des berühmten Historikers de Thou, hatte die solideste Erziehung erhalten; doch diese hatte ihn zum Zweifel und zur Nachprüfung geführt, was beides sich der Studenten und der Fakultäten der Universität bemächtigt hatte. Gegenwärtig lag Christophe seinen Studien ob, um als Advokat aufzutreten; das war die erste Stufe zum Richteramt. Der alte Kürschner spielte, was seinen Sohn betraf, den Unschlüssigen; bald schien es, als wolle er Christophe zu seinem Nachfolger, bald, als wolle er einen Advokaten aus ihm machen; tatsächlich jedoch erstrebte er für seinen Sohn eine Stellung als Rat am Parlamentsgericht. Dieser Kaufmann wollte die Familie Lecamus zum Rang der alten, berühmten Pariser Bürgerfamilien erheben, aus denen die Pasquier, die Molé, die Miron, die Séguier, Lamoignon, Dutillet, Lecoigneux, Lescalopier, die Goix, die Arnauld, die berühmten Schöffen und großen Vorsteher der Kaufmannschaft hervorgegangen sind, unter denen der Thron so viele Verteidiger gefunden hat. Damit Christophe eines Tages seinen Rang würde behaupten können, wollte er ihn daher mit der Tochter des reichsten Goldschmieds der Innenstadt, seines Gevatters Lallier, verheiraten, dessen Neffe Heinrich IV. später die Schlüssel der Stadt Paris überreichen sollte[204]. Der am tiefsten im Herzen dieses Bürgers eingewurzelte Plan war es, die Hälfte seines Vermögens und die Hälfte desjenigen des Goldschmieds dazu zu verwenden, ein großes, schönes herrschaftliches Gut zu erwerben, was in jenen Zeiten ein langwieriges, schwieriges Unterfangen war. Allein dieser tiefe Politiker kannte seine Zeit zu gut, um die großen Bewegungen zu verkennen, die sich vorbereiteten, und er sah gut und sah richtig, als er die Teilung des Königreichs in zwei Lager voraussah. Die unnützen Hinrichtungen auf der Place de l'Estrapade, die Verbrennung des Schneiders Heinrichs II. und unlängst die des Rats Anne Du Bourg, die augenblickliche strafbare Nachsicht der großen Herren sowie diejenige einer Favoritin unter der Regierung Franz' I. mit den Reformierten waren schreckliche Indizien. Der Kürschner war entschlossen, was auch geschehen mochte, katholisch, königstreu und Anhänger der Parlamentsgerichte zu bleiben; aber heimlich war es ihm ganz recht, daß sein Sohn der Reformation angehörte. Er wußte, daß er reich genug sei, um Christophe freizukaufen, wenn dieser sich allzusehr kompromittiert haben sollte; ferner konnte sein Sohn für den Fall, daß Frankreich calvinistisch wurde, seine Familie bei einem jener wütenden Pariser Volksaufstände retten, deren Erinnerung in der Bürgerschaft fortlebte, und die sie unter vier Regierungen aufs neue beginnen sollte. Aber gerade wie Ludwig XI. sprach der alte Kürschner solcherlei Gedanken nur sich selbst gegenüber aus; seine Hintergründigkeit ging so weit, daß er sogar seine Frau und seinen Sohn täuschte. Seit langem war diese gravitätische Persönlichkeit das Oberhaupt des reichsten und am dichtesten besiedelten Pariser Stadtviertels, des in der Mitte gelegenen, unter dem Titel eines Viertelsmeisters[205], welcher Titel fünfzehn Jahre später so berühmt werden sollte. Der Sieur Lecamus ging in Tuch gekleidet wie alle vorsichtigen Bürger, die den Verfügungen wider den Aufwand gehorchten; (auf den Titel »Sieur«, den König Karl V. den Pariser Bürgern zugestanden hatte, legte er großen Wert; jener Titel erlaubte ihnen, herrschaftliche Güter zu kaufen und ihre Frauen mit der schönen Bezeichnung »Demoiselle« zu benennen;) der Sieur Lecamus trug weder eine goldene Kette noch Seidengewänder, sondern ein solides Wams mit dicken, schwarz angelaufenen Silberknöpfen, faltige Hosen, die bis über das Knie reichten, und Lederschuhe mit Spangen. Sein Hemd aus feinem Leinen bauschte sich gehörig, der Mode der Zeit entsprechend, aus seinem halb offenen Leibrock und seinen Kniehosen heraus. Obgleich der Schein der Lampe voll auf das schöne, breite Gesicht des Greises fiel, war es Christophe unmöglich, die Gedanken zu erraten, die unter der kräftigen, holländischen Hautfarbe seines alten Vaters begraben lagen; aber dennoch durchschaute er allen Vorteil, den der Greis aus seiner Neigung für die hübsche Babette Lallier ziehen wollte. Daher lächelte Christophe als ein Mensch, der seinen Entschluß gefaßt hatte, bitter, als er hörte, wie seine Zukünftige eingeladen wurde.

Als die Burgunderin mit den Lehrlingen hinausgegangen war, musterte der alte Lecamus seine Frau und bekundete dabei seinen ganzen festen, unbedingten Charakter.

»Du wirst nicht eher zufrieden sein, als bis du mit deiner verdammten Zunge diesen Jungen an den Galgen gebracht hast!« sagte er mit strenger Stimme.

»Lieber sähe ich ihn hingerichtet und gerettet als lebendig und als Hugenotten«, sagte sie mit düsterer Miene. »Zu denken, daß ein Kind, das ich neun Monate lang in meinem Schoß beherbergt habe, kein guter Katholik ist und von Colas' Kuh ißt[206], daß es für alle Ewigkeit zur Hölle fahren wird!«

Sie fing an zu weinen.

»Du dumme alte Person«, sagte der Kürschner zu ihr, »laß ihn doch leben, und sei es nur, damit er sich bekehrt! Du hast im Dabeisein unserer Lehrlinge etwas geäußert, das dazu führen könnte, daß Feuer an unser Haus gelegt wird und wir dann braten wie die Flöhe in den Strohsäcken.«

Die Mutter bekreuzigte sich, setzte sich und blieb stumm.

»Jetzt aber zu dir«, sagte der Biedermann und bedachte den Sohn mit einem richterlichen Blick, »erkläre mir, was du da auf dem Wasser zu suchen hattest mit ... Komm hierher, daß ich mit dir sprechen kann«, sagte er, packte den Sohn beim Arm und zog ihn zu sich, »... mit dem Prinzen Condé«, flüsterte er Christophe zu, der zusammenzuckte. – »Glaubst du, der Hofkürschner kenne nicht sämtliche Gesichter? Und glaubst du, ich wüßte nicht, was gespielt wird? Monseigneur der Großmeister hat Befehl gegeben, Truppen nach Amboise zu führen. Truppen aus Paris abzuziehen und sie nach Amboise zu schicken, wenn der Hof in Blois ist, sie über Chartres und Vendôme marschieren zu lassen, anstatt die Landstraße nach Orléans einzuschlagen, ist dir das klar? Es wird dort zu Wirren kommen. Wenn die Königinnen ihre Schauben haben wollen, müssen sie sie sich holen lassen. Vielleicht hat der Prinz von Condé beschlossen, die Herren von

Guise umzubringen, die ihrerseits vielleicht daran denken, sich seiner zu entledigen. Der Prinz wird, um sich zu verteidigen, sich der Hugenotten bedienen. Was soll bei all dem Wirrwarr der Sohn eines Kürschners? Wenn du erst verheiratet, wenn du Advokat am Parlamentsgericht bist, dann wirst du genauso klug sein wie dein Vater. Um der neuen Religion anzugehören, muß ein Kürschnerssohn warten, bis alle Welt sich zu ihr bekennt. Ich verdamme die Reformatoren nicht, das ist nicht meines Amtes; aber der Hof ist katholisch, die beiden Königinnen sind katholisch, das Parlamentsgericht ist katholisch; wir beliefern sie, also müssen auch wir katholisch sein. Du gehst nicht von hier weg, Christophe, oder ich stecke dich zum Präsidenten de Thou, deinem Paten, und der wird dich dann Tag und Nacht bei sich behalten und dich Papier schwärzen lassen, statt daß du dir die Seele in der Küche dieser verdammten Genfer schwärzen läßt.«

»Vater«, sagte Christophe und stützte sich auf die Lehne des Stuhls, auf dem der Alte saß, »schickt mich doch nach Blois, laßt mich der Königin Maria die Schaube überbringen und von der Königin-Mutter unser Geld fordern, denn sonst bin ich verloren! Und Ihr hängt doch an mir.«

»Verloren?« entgegnete der Greis, ohne das mindeste Erstaunen zu bekunden. »Wenn du hierbleibst, gehst du schwerlich verloren; ich werde dich stets wiederfinden.«

»Ich werde umgebracht.«

»Wie das?«

»Die glühendsten Hugenotten haben ihre Blicke auf mich gelenkt, damit ich ihnen in irgend etwas zu Diensten bin, und wenn ich nicht durchführe, was ich versprochen habe, werden sie mich am hellen, lichten Tag umbringen, auf offener Straße, wie Minard umgebracht worden ist. Doch wenn Ihr mich in Euern geschäftlichen Angelegenheiten an den Hof schickt, könnte ich mich vielleicht gleichermaßen nach beiden Seiten rechtfertigen. Entweder habe ich Erfolg, ohne die mindeste Gefahr zu laufen, und erobere mir auf diese Weise eine schöne Stellung in der Partei, oder aber, wenn die Gefahr allzu groß sein sollte, ich erledige nur Eure Geschäfte.«

Der Vater sprang auf, als bestehe sein Sessel aus rotglühendem Eisen.

»Frau«, sagte er, »laß uns allein und wache darüber, daß wir ganz allein bleiben, Christophe und ich.«

Als Mademoiselle Lecamus das Zimmer verlassen hatte, faßte der Kürschner den Sohn an einem Rockknopf und zog ihn in die Ecke des Raums, die nach der Brücke hin vorsprang.

»Christophe«, flüsterte er ihm in die Ohrmuschel, wie zuvor, als er den Prinzen Condé erwähnt hatte, »sei Hugenotte, wenn du dieser lasterhaften Neigung frönst, aber sei es mit Umsicht, in der Herzenstiefe und nicht so, daß in der ganzen Stadtgegend mit dem Finger auf dich gezeigt wird. Was du mir eben gestanden hast, beweist mir, wieviel Vertrauen die Oberhäupter in dich setzen. Was sollst du nun also bei Hofe tun?«

»Das wüßte ich Euch nicht zu sagen«, antwortete Christophe, »nicht einmal ich selber weiß es vorerst.«

»Hm! Hm!« machte der alte Mann und blickte den Sohn an, »der Schelm will seinem Vater etwas weismachen; er wird es weit bringen. – Gut also«, fuhr er mit gesenkter Stimme fort, »du gehst nicht an den Hof, um den Herren von Guise oder dem kleinen König, unserm Herrn, oder der kleinen Königin Maria Annäherungsversuche zu überbringen. Alle diese Herzen sind katholisch; aber ich möchte beschwören, daß die Italienerin etwas gegen die Schottin und gegen die Lothringer im Schilde führt; ich kenne sie: Sie hatte ein wütendes Verlangen, mit Hand anzulegen! Der hochselige König hat sie so gefürchtet, daß er getan hat wie die Goldschmiede, er hat den Diamanten gegen den Diamanten benutzt, eine Frau gegen die andere eingesetzt. Daher rührt der Haß der Königin Katharina gegen die arme Herzogin von Valentinois; sie hat ihr das schöne Schloß Chenonceaux weggenommen. Ohne den Herrn Kronfeldherrn wäre die Herzogin zumindest erdrosselt worden ... Laß die Finger davon, mein Sohn, begib dich nicht in die Hände dieser Italienerin; sie hat nur im Gehirn Leidenschaft und ist also eine schlechte Art von Frau! Ja, was zu tun man dich an den Hof schickt, wird dir vielleicht arge Kopfschmerzen bereiten«, rief der Vater, als er sah, daß Christophe sich anschickte, zu antworten. »Mein Junge, ich habe Pläne für deine Zukunft; du würdest sie nicht dadurch stören, daß du dich der Königin Katharina nützlich erwiesest; aber, bei unserm Heiland, riskiere nicht deinen Kopf! Die Herren von

Guise würden ihn dir abschlagen, wie die Burgunderin von einer Kohlrübe die Blätter abschneidet; denn die Leute, die sich deiner bedienen, werden dich gänzlich verleugnen.«

»Das weiß ich, Vater.«

»So klug bist du also? Du weißt es und nimmst dennoch die Gefahr auf dich?«

»Ja, Vater.«

»Bei diesem und jenem«, rief der Vater und schloß den Sohn in die Arme, »wir können uns verständigen, du bist deines Vaters würdig. Mein Junge, du wirst die Zierde der Familie werden, und ich sehe ein, daß dein alter Vater dir gegenüber offen sein kann. Aber sei nicht mehr Hugenotte als die Herren de Coligny! Zieh nicht den Degen, du sollst ein Mann der Schreibfeder sein, verbleib also in deiner künftigen Rolle als Jurist. Komm, sag mir nichts, ehe du nicht Erfolg gehabt hast. Hast du mir vier Tage nach deiner Ankunft in Blois keine Nachricht zukommen lassen, so wird dies Stillschweigen mir sagen, daß du dich in Gefahr befindest. Dann wird der Greis kommen und den Jüngling retten. Ich habe nicht zweiunddreißig Jahre lang Pelzwerk verkauft, ohne die Kehrseite der Hofgewänder zu kennen. Ich besitze etwas, das mir alle Türen öffnet.«

Christophe machte große Augen, als er den Vater so reden körte; allein er fürchtete eine väterliche Falle und schwieg.

»Gut also. Stellt die Rechnung auf, schreibt einen Brief an die Königin, ich will auf der Stelle aufbrechen, denn sonst könnte das größte Unglück geschehen.«

»Aufbrechen? Aber wie denn?«

»Ich erstehe ein Pferd. Schreibt, im Namen Gottes!«

»Heda, Mutter! Gib deinem Sohn Geld«, rief der Kürschner seiner Frau zu.

Die Mutter kam wieder herein, lief an ihre Truhe und gab Christophe eine Börse; gerührt küßte er die alte Frau.

»Die Rechnung war schon fertig«, sagte der Vater, »hier ist sie. Jetzt will ich den Brief schreiben.«

Christophe nahm die Rechnung und steckte sie in die Tasche.

»Aber du mußt wenigstens mit uns zur Nacht essen«, sagte der biedere Alte. »In dieser äußersten Notlage müßt ihr die Ringe wechseln, Lalliers Tochter und du.«

»Gut, ich will sie holen gehen«, rief Christophe.

Der junge Mensch mißtraute dem Wankelmut seines Vaters; er kannte dessen Charakter noch nicht zur Genüge; er ging in seine Schlafkammer hinauf, zog sich um, nahm ein Felleisen, schlich sich hinab, legte es auf einen Ladentisch, und ebenso sein Rapier und seinen Mantel.

»Was zum Teufel tust du da?« fragte der Vater, als er ihn hörte.

Christophe trat auf den alten Mann zu und küßte ihn auf beide Wangen.

»Ich will nicht, daß meine Reisevorbereitungen bemerkt werden; ich habe alles unter einen Ladentisch gelegt«, flüsterte er ihm zu.

»Hier hast du den Brief«, sagte der Vater.

Christophe nahm das Papier und verließ das Haus, als wolle er die junge Nachbarin holen.

Eine kurze Weile nach dem Fortgehen Christophes kamen Gevatter Lallier und seine Tochter; ihnen folgte eine Magd, die drei Flaschen alten Wein trug.

»Ja, aber, wo ist denn Christophe?« fragten die beiden alten Leute.

»Christophe?« rief Babette. »Den haben wir nicht gesehen.«

»Mein Sohn ist doch ein dreister Schelm! Er führt mich hinters Licht, wie wenn ich ein Unbärtiger sei. Gevatter, was steht uns bevor? Wir leben in einer Zeit, da die Söhne klüger sind als die Väter.«

»Aber das ganze Stadtviertel erzählt sich doch seit langem von ihm, er esse mit von Colas' Kuh«, sagte Lallier.

»Was das betrifft, da müßt ihr für ihn eintreten«, sagte der Kürschner zu dem Goldschmied, »die Jugend ist närrisch, sie läuft allem Neuen nach; aber Babette wird ihn schon zur Ruhe bringen; sie stellt etwas noch Neueres als Calvin dar.«

Babette lächelte; sie liebte Christophe und war empört über alles, was wider ihn geredet wurde. Sie war ein Mädchen vom alten Bürgerschlag und unter den Augen einer Mutter aufgewachsen, die nie von ihr gewichen war; ihr Gehaben war sanft und rechtschaffen wie ihr Antlitz; sie war in graue, gut abgestimmte Wollstoffe gekleidet; ihr schlicht gefältelter Halskragen hob sich durch seine Weiße von ihrer Kleidung ab; sie trug eine braune Samthaube, die wie ein Kinderkäppchen aussah; aber es war mit Rüschen und Zacken aus bräunlicher Gaze verziert, oder, anders ausgedrückt, von der Farbe der Gerberlohe; sie hingen zu beiden Seiten ihres Gesichts hernieder. Obwohl sie blond und hellhäutig wie eine Blondine war, wirkte sie durchtrieben und klug, wobei sie stets versuchte, ihre Schalkhaftigkeit unter der Miene eines ehrbar erzogenen Mädchens zu verbergen. Solange die beiden Mägde kamen und gingen, das Tischtuch auflegten und die Krüge, die großen Zinnteller und die Bestecke, blieben der Goldschmied und seine Tochter sowie der Kürschner und seine Frau vor dem hohen Kamin mit den Behängen aus rotem Sergestoff mit schwarzen Fransen stehen und redeten Nichtigkeiten. Babette mochte fragen, was sie wollte, wo Christophe stekken möge; die Eltern des jungen Hugenotten gaben ausweichende Antworten; doch als die beiden Familien bei Tisch saßen und die Mägde in der Küche waren, sagte Lecamus zu seiner künftigen Schwiegertochter: »Christophe ist unterwegs zum Königshof.«

»Nach Blois also! Und eine solche Reise tritt er an, ohne sich von mir zu verabschieden!« sagte sie.

»Die Sache war eilig«, sagte die alte Mutter.

»Gevatter«, sagte der Kürschner und griff das unterbrochene Gespräch wieder auf, »wir bekommen Zank und Streit in Frankreich; die Reformierten regen sich.«

»Wenn sie triumphieren, dann erst nach schweren Kriegen, und derweile gehts dem Handel schlecht«, sagte Lallier; er war außerstande, sich über die kaufmännische Sphäre zu erheben.

»Mein Vater, der das Ende der Kämpfe zwischen den Bourguignons und den Armagnacs erlebt hat, hat mir erzählt, unsere Familie habe sie nur unbeschadet überstanden, weil der eine seiner Großväter, der Vater seiner Mutter, ein Goix gewesen sei, einer der berühmten Metzger der Markthalle, die zu den Bourguignons hielten, und weil der andere, ein Lecamus, von der Partei der Armagnacs gewesen sei; im Dabeisein anderer schienen sie sich die Haut vom Leib reißen zu wollen, aber im Familienkreis waren sie ein Herz und eine Seele. Deswegen wollen wir versuchen, Christophe zu retten; vielleicht wird dann bei Gelegenheit er uns retten.«

»Ihr seid ein schlauer Fuchs, Gevatter«, sagte der Goldschmied.

»Nein!« antwortete Lecamus. »Das Bürgertum muß an sich selber denken, das Volk und der Adel wollen ihm gleichermaßen was anhaben. Die Pariser Bürgerschaft flößt aller Welt Angst ein, ausgenommen dem König, der weiß, daß sie seine Freundin ist.«

»Ihr, der Ihr so weise seid und so vielerlei Dinge gesehen habt«, bat Babette schüchtern, »erklärt mir doch bitte, was die Reformierten wollen.«

»Sagt uns das, Gevatter«, rief der Goldschmied. »Ich habe den Schneider des hochseligen Königs gekannt und ihn für einen Mann von einfachen Sitten ohne große Gaben gehalten; er war gewissermaßen wie Ihr, man hätte ihm die Hostie ohne Beichte gegeben, und dennoch steckte er tief in dieser neuen Religion, er, dessen beide Ohren einige hunderttausend Taler wert waren. Er mußte also im Besitz von Geheimnissen gewesen sein, die er hätte enthüllen können, da der König und die Herzogin von Valentinois seiner Folterung beigewohnt haben.«

»Und welch grausiger Folterung!« sagte der Kürschner. »Die Reformation, ihr Freunde«, fuhr er mit gesenkter Stimme fort, »würde den irdischen Besitz der Kirche an die Bürgerschaft gelangen lassen. Sind die kirchlichen Privilegien erst einmal abgeschafft, so werden die Reformierten verlangen, daß Adel und Bürgerschaft, was die Steuern betrifft, gleich sind, und daß nur der König über allen steht, sofern man einen König im Staat beläßt«.

»Den Thron abschaffen«, rief Lallier.

»Na, Gevatter«, sagte Lecamus, »in den Niederlanden regieren die Bürger sich selber durch Schöffen, die ihresgleichen sind, und diese wählen aus ihrer Runde für eine bestimmte Zeit ein Oberhaupt.«

»Beim lebendigen Gott, Gevatter, man sollte alle diese schönen Dinge durchführen und katholisch bleiben«, rief der Goldschmied.

»Wir sind zu alt, um den Triumph der Pariser Bürgerschaft zu erleben, aber triumphieren wird sie, Gevatter! Kommt Zeit, kommt Rat! Ach, der König wird sich auf sie stützen müssen, um Widerstand zu leisten, und wir haben unsere Unterstützung stets mit gutem Gewinn verkauft. Schließlich sind doch das letztemal alle Bürger geadelt, und es ist ihnen erlaubt worden, herrschaftliche Güter zu kaufen und deren Namen zu tragen, ohne daß es dazu ausdrücklicher Patente des Königs bedarf. Ihr seid wie ich von der Frauenseite her der Enkel der Goix; sind wir nicht genausoviel wert wie die Edelherren?«

Die Bemerkung erschreckte den Goldschmied und die beiden Frauen so sehr, daß ihr tiefes Schweigen folgte. Die Gärstoffe von 1789 stachelten bereits Lecamus' Blut an; er war noch nicht so alt, als daß er die bürgerlichen Kühnheiten der Liga[207] nicht hätte miterleben können.

»Geht Euer Geschäft gut, trotz dieses Durcheinanders?« fragte Lallier die Lecamus.

»Das schafft stets Beeinträchtigungen«, antwortete sie.

»Daher habe ich große Lust, aus meinem Sohn einen Advokaten zu machen«, sagte Lecamus, »denn Rechtshändel werfen immer was ab.«

Fortan beschränkte die Unterhaltung sich auf das Gebiet der Gemeinplätze, zur größten Freude des Goldschmieds, der nichts für politische Wirren oder für gedankliche Kühnheiten übrig hatte.

Die Gestade der Loire von Blois bis Angers sind der Gegenstand der Bevorzugung der beiden letzten Zweige des Königsgeschlechtes gewesen, die den Thron vor dem Hause Bourbon innehatten. Dieses schöne Becken verdient die Ehre, die ihm die Könige erwiesen haben, so sehr, daß hier folgen möge, was unlängst einer unserer elegantesten Schriftsteller[208] darüber gesagt hat.

»Es gibt in Frankreich eine Provinz, der man nie genug Bewunderung zollen kann. Dufterfüllt wie Italien, überblüht wie die Ufer des Guadalquivir und zudem schön durch ihre eigenartigen Züge, ist sie ganz und gar Französin und immer Französin gewesen, abweichend von unsern nördlichen Provinzen, die durch den Kontakt mit Deutschland bastardisiert worden sind, und unsern südlichen Provinzen, die im Konkubinat mit den Mauren, den Spaniern und allen Völkern gelebt haben, denen der Sinn danach stand; und diese reinblütige, keusche, tapfere und loyale Provinz ist die Touraine! Dort findet sich das historische Frankreich! Die Auvergne ist die Auvergne, die Languedoc ist nichts als die Languedoc; aber die Touraine ist Frankreich, und für uns ist der am meisten nationale Strom die Loire, die die Touraine durchfließt. Daher darf man sich nicht über die Fülle der Baudenkmäler in den Départements wundern, die den Namen und die Ableitungen des Namens Loire übernommen haben. Bei jedem Schritt, den man in diesem Land der Bezauberungen tut, entdeckt man ein Bild, dessen Bordüre ein Fluß oder ein ruhiges Oval ist, das in seinen flüssigen Tiefen ein Schloß, dessen Türme, dessen Wald, dessen Wasserkünste spiegelt. Es konnte nicht ausbleiben, daß dort, wo das Königtum mit Vorliebe wohnte, wo es so lange Hof gehalten hat, sich auch die großen Vermögen, die durch Abkunft und Leistung Ausgezeichneten ansiedelten, und daß sie sich dort Schlösser errichteten, die groß sind wie sie selber.«

Ist es nicht unbegreiflich, daß das Königtum nicht dem Rat folgte, den Ludwig XI. indirekt gab, und nicht Tours zur Hauptstadt des Königreichs gemacht hat? Ohne große Kosten hätte dort die Loire befahrbar für Handelsschiffe und leichte Kriegsschiffe gemacht werden können. Dort wäre die Regierung geschützt vor allen Handstreichen einer Invasion gewesen. Die Städte des Nordens hätten dann nicht so viel Geld für ihre Befestigungen gefordert, die für sich allein schon so kostspielig waren wie aller Aufwand von Versailles. Wenn Ludwig XIV. auf den Rat Vaubans[209], der ihm seine Residenz in Mont-Louis[210] zwischen der Loire und dem Cher hatte erbauen wollen, gehört hätte, würde die Revolution von 1789 vielleicht nicht stattgefunden haben. Jene schönen Ufer tragen also von Stätte zu Stätte die Merkmale königlicher Liebe. Die Schlösser von Chambord, Blois, Amboise, Chenonceaux, Chaumont und Plessis-lès-Tours, alle, die die Geliebten unserer Könige, die die Finanzleute und die Edelherren sich in Véretz, Azay-le-Rideau, Ussé, Villandry, Valençay, Chanteloup und Duretal erbauen ließen, von denen einige verschwunden sind, allein von denen die meisten noch stehen, sind köstliche Baudenkmäler, in denen die Wunder jenes von der literarischen Sekte der Mittelaltler so schlecht verstandenen Zeitalters atmen. Unter all diesen Schlössern ist das von Blois, wo sich damals der Hof befand, eins derjenigen, denen die Prachtliebe der Orléans und der Valois ihr glänzendstes Gepräge geliehen hat, und das eigenartigste für die Historiker, die Altertumsliebhaber und die Katholiken. Es stand damals völlig abgesondert da. Die von starken, mit Türmen versehenen Mauern umgürtete Stadt erstreckte sich unterhalb der Burg; denn jenes Schloß diente tatsächlich zugleich als Festung und als Lusthaus. Unterhalb der Stadt, deren eng aneinandergedrängte Häuser mit den blauen Dächern sich damals wie heute noch von der Loire bis zum Kamm des Hügels erstreckten, der das rechte Flußufer beherrscht, befindet sich ein dreieckiges Plateau, das im Westen von einem heute bedeutungslosen Bach durchschnitten wird, weil er nämlich unter der Stadt hindurchfließt; der indessen im fünfzehnten Jahrhundert, wie die Historiker sagen, eine ziemlich beträchtliche Schlucht bildete, und von der ein tiefer Hohlweg übriggeblieben ist, fast ein Abgrund zwischen der Vorstadt und dem Schloß.

Auf ebenjenem Plateau mit seiner Doppellage nach Norden und Süden bauten sich die Grafen von Blois im Architekturstil des zwölften Jahrhunderts eine Burg, in der die berüchtigten Thibault der Betrüger[211], Thibault der Alte und andere einen berühmten Hof hielten. In der reinen Feudalzeit, als der König nur *primus inter pares*[212] war, nach dem schönen Ausspruch eines Königs von Polen, führten die Grafen der Champagne, die Grafen von Blois, die von Anjou, die einfachen normannischen Barone und die Herzöge der Bretagne den Lebensstil von Souveränen und gaben den stolzesten Reichen Könige. Die Plantagenets von Anjou, die Lusignans des Poitou, die Roberts von der Normandie erzeugten durch ihre Kühnheit Königsgeschlechter, und manchmal lehnten schlichte Ritter wie du Glaicquin[213] den Purpur ab und gaben dem Schwert des Kronfeldherrn den Vorzug. Als die Krone die Grafschaft Blois mit ihrem Herrschaftsbereich vereinigt hatte, baute Ludwig XII., der diese Stätte gern hatte, vielleicht, um von Plessis unseligen Andenkens fern zu sein, in der Doppellage nach Osten und Westen hin ein Wohngebäude, das das Schloß der Grafen von Blois mit den Resten der alten Bauten vereinigte, von denen heutzutage nur noch der riesige Saal erhalten geblieben ist, in dem unter Heinrich III. die Generalstände tagten. Ehe Franz I. sich in Chambord verliebte, wollte er das Schloß vollenden, indem er zwei weitere Flügel hinzufügte, wodurch das Viereck vollkommene Gestalt gewonnen hätte; aber Chambord ließ ihn sich von Blois abwenden; er ließ dort lediglich ein Wohngebäude errichten, das für seine Zeit und seine Enkel das ganze Schloß bildete. Jenes dritte von Franz I. erbaute Schloß ist ausgedehnter und reicher an Zierat als der Louvre, den Heinrich II. ins Leben rief. Es ist das Phantastischste, was der sogenannte Renaissance-Baustil geschaffen hat. In einer Zeit, da eine eifersüchtige Architektur herrschte und da man sich um das Mittelalter nicht kümmerte, in einer Zeit, da die Literatur noch nicht so eng wie heutzutage mit der bildenden Kunst verbunden war, hat La Fontaine in seiner biederen Sprache über das Schloß von Blois gesagt: »Was Franz I. da hat bauen lassen, befriedigte mich, wenn ich es von außen betrachtete, mehr als alles übrige: es gibt dort eine Fülle kleiner Galerien, kleiner Fenster, kleiner Balkons, kleiner Zierate ohne Regelmäßigkeit und ohne Ordnung; das alles bringt etwas Großes zuwege, das mir recht sehr gefällt.«

Das Schloß von Blois hatte also das Verdienst, drei verschiedene Stile der Architektur, drei Zeitalter, drei Systeme und drei Herrschaften zu verkörpern. Daher gibt es vielleicht keine königliche Wohnstatt, die in dieser Hinsicht mit dem Schloß von Blois vergleichbar wäre. Dies gewaltige Bauwerk bietet innerhalb eines und desselben Mauerkranzes, innerhalb eines und desselben Hofs ein vollkommenes und genaues Abbild der großen Sichtbarmachung der Sitten und des Lebens der Nationen dar, die den Namen Architektur führt. In dem Augenblick, da Christophe an den Königshof eilte, bot der Teil des Schlosses, der heute von dem vierten Palastbau eingenommen wird, den sich dort siebzig Jahre später Gaston[214], der rebellische Bruder Ludwigs XIII., errichtete, ein Gesamt von Blumenrabatten und hängenden Gärten dar, in das sich die steinernen Verzahnungen und die unvollendeten Türme des Schloßbaus Franz' I. malerisch mischten. Jene Gartenanlagen standen durch eine Brücke von begeisternder Kühnheit, deren Abbruch miterlebt zu haben die bejahrten Einwohner von Blois sich recht wohl noch erinnern, mit einem Blumenparterre in Verbindung, das sich auf der andern Seite des Schlosses erhob und das durch die Bodenbeschaffenheit auf gleicher Höhe sich befand. Die im Gefolge der Königin Anne de

Bretagne[215] befindlichen Edelleute oder die aus jener Provinz Gekommenen, die etwas von ihr erbitten, mit ihr unterhandeln oder sie über das Schicksal der Bretagne aufklären wollten, warteten dort den Zeitpunkt ihrer Audienzen, ihres Levers oder ihres Spaziergangs ab. Daher hat die Historie jenem Parterre den Namen »Hühnerstange der Bretonen« gegeben; es ist heute der Obstgarten einiger Bürger und bildet einen Vorsprung zur Place des Jésuites[216] hin. Jener Platz gehörte damals zu den Gartenanlagen dieser schönen Residenz; sie hatte obere und untere Gärten. Noch heute sieht man ziemlich weit von der Place des Jésuites entfernt einen von Katharina von Medici gebauten Pavillon; dort hatte sie, gemäß den Historikern von Blois, ihre warmen Bäder angelegt. Diese Einzelheit erlaubt, die sehr unregelmäßige Anlage der Gärten zu rekonstruieren; sie stiegen und senkten sich den Wellen des Bodens entsprechend, der rings um das Schloß herum überaus bewegt ist; das macht seine Stärke aus und verursachte, wie man sehen wird, dem Herzog von Guise Verlegenheiten. In die Gärten gelangte man durch innere und äußere Galerien; die wichtigste hieß, ihrer Ausschmückung wegen, die Hirschgalerie. Diese Galerie endete bei der prächtigen Treppe, die sicherlich die Anregung zu der berühmten Doppeltreppe in Chambord gegeben hat und die von Stockwerk zu Stockwerk zu den Wohngemächern führte. Obgleich La Fontaine den Schloßbau Franz' I. demjenigen Ludwigs XII. vorgezogen hat, wird die Schlichtheit des Schlosses des guten Königs wahren Künstlern ebenso gefallen, wie sie die Prachtentfaltung des ritterlichen Königs bewundern werden. Die Eleganz der beiden Treppen, die sich an den beiden äußersten Enden des Schlosses Ludwigs XII. befinden, die feinen, originellen Skulpturen, die dort in reichem Maße vorhanden waren und die die Zeit zernagt hat, deren Reste indessen Liebhaber des Altertums noch immer entzücken, alles, bis auf die fast klösterliche Verteilung der Wohngemächer, enthüllt eine große Schlichtheit der Sitten. Offenbar gab es damals noch keinen »Hof«, und er hatte noch nicht die Entwicklung genommen, die Franz I. und Katharina von Medici ihm zuteil werden lassen sollten, sehr zum Nachteil der feudalen Gepflogenheiten. Beim Bewundern der Mehrzahl der Tribünen, der Kapitelle einiger Säulen und gewisser Figurinen von erlesener

Zartheit muß man sich unbedingt vorstellen, daß Michel Colombe[217], der große Bildhauer, der Michelangelo der Bretagne, dort seiner Königin Anna zu Gefallen geweilt habe; er hat sie am Grabmal ihres Vaters, des letzten Herzogs der Bretagne, unsterblich gemacht.

Was La Fontaine auch darüber gesagt haben möge, nichts ist grandioser als die Wohnstatt des prunkliebenden Franz' I. Dank irgendeiner brutalen Gleichgültigkeit, vielleicht der Vergessenheit, in die sie geraten waren, bieten uns die Gemächer, die damals Katherina von Medici und ihr Sohn Franz II. innehatten, noch heutzutage in den Hauptzügen ihre damalige Ausstattung dar. Daher kann der Historiker sich dort die tragischen Szenen des Dramas der Reformation vor Augen führen, darin der Doppelkampf der Guisen und der Bourbonen gegen die Valois einen der kompliziertesten Akte bildet; es fand dort seine Lösung.

Das Schloß Franz' I. erdrückt durch seine imposante Masse völlig die schlichte Wohnstatt Ludwigs XII. Nach der Seite der unteren Gärten hin, also nach der heutigen Place des Jésuites, ist das Schloß fast doppelt so hoch als nach der Hofseite zu. Das Erdgeschoß, wo sich die berühmten Galerien befanden, bildet also nach der Gartenseite hin das zweite Stockwerk. So ist also das erste, dasjenige, wo damals die Königin Katharina wohnte, das dritte, und die königlichen Gemächer befinden sich im vierten oberhalb der unteren Gärten, die zu jener Zeit von den Fundamenten durch tiefe Wassergräben getrennt waren. Das vom Hofe aus ohnehin schon kolossal wirkende Schloß nahm sich somit gigantisch aus, wenn man es unten von dem Platz aus betrachtet, wie La Fontaine es sah; dieser gesteht, er habe weder den Hof noch die Gemächer betreten. Von der Place des Jésuites aus wirkt alles klein. Die Balkons, auf denen man sich ergeht, die wunderbar ausgestalteten Galerien, die gemeißelten Fenster, deren Nischen so geräumig sind wie Boudoirs und die damals auch als solche dienten, ähneln den gemalten Phantasieprodukten der Dekorationen unserer modernen Opern, wenn die Maler Märchenpaläste darstellen. Aber im Hof, obgleich die drei Stockwerke über dem Erdgeschoß noch immer so hoch sind wie der Pavillon de l'Horloge der Tuilerien[218], lassen sich die unendlichen Feinheiten der Architektur in aller Behaglichkeit wahrnehmen und entzücken die erstaunten Blicke. Dieses Bauwerk, in dem die prunkvollen Hofhaltungen der Katharina von Medici und der Maria Stuart ihren Sitz hatten, wird durch einen sechseckigen Turm unterteilt, in dessen Gehäuse sich eine steinerne Treppe emporwindet, ein maurischer Einfall, ausgeführt von Riesen, ausgearbeitet von Zwergen; er verleiht dieser Fassade etwas Traumhaftes. Die Tribünen der Treppe bilden eine Spirale mit viereckigen Abteilungen, die an den fünf Mauerflächen jenes Turms haftet und von Zwischenraum zu Zwischenraum quer sich hindurchziehende Mauervorsprünge abzeichnet, die innen und außen von gemeißeltem Arabeskenwerk überzogen sind. Man kann diese schwindelerregende Schöpfung von genial erfundenen und feinen Einzelheiten voller Wunder, die den Steinen Sprache leihen, nur mit den reichen, tief eingeschnitzten Elfenbeinarbeiten aus China oder Dieppe[219] vergleichen. Kurzum, der Stein ähnelt dort einer mit gedrehter Seide übersponnenen Spitze. Die Blumen, die Gestalten von Menschen oder Tieren steigen längs der Rippen auf, vervielfachen sich von Stufe zu Stufe und krönen diesen Turm mit einem Gewölbeschlußstein, auf dem die Meißel der Kunst des sechzehnten Jahrhunderts mit den naiven Bildschnitzern gerungen haben, die fünfzig Jahre zuvor die Gewölbeschlußsteine der beiden Treppen im Schloß Ludwigs XII. plastisch gestaltet hatten. Wie geblendet man angesichts dieser mit unermüdlicher Weitschweifigkeit immer aufs Neue entstehenden Formen auch sein möge, man merkt, daß es Franz I. für Blois ebenso an Geldmitteln gemangelt hat wie Ludwig XIV. für Versailles. Mehr als eine Gestalt zeigt ihr hübsches, feines Köpfchen, das aus einem kaum grob zugehauenen Block herausspringt. Mehr als eine phantastische Rosette ist lediglich durch ein paar Meißelhiebe in dem im Stich gelassenen Stein angedeutet worden; jetzt läßt die Feuchtigkeit darauf ihre grünlichen Schimmelpilze wachsen. An der Fassade bietet neben dem Spitzenwerk des einen Fensters das benachbarte seine von der Zeit ausgezackte Steinmasse dar; sie hat es auf ihre Art gemeißelt. Es besteht dort sogar für die weniger künstlerisch begabten und die weniger geübten Augen ein entzückender Gegensatz zwischen dieser Fassade, wo die Wunder sprudeln, und der inneren Fassade des Schlosses Ludwigs XII., das aus dem Erdgeschoß mit einigen Arkaden von hauchhafter Leichtigkeit, gestützt von kleinen Säulen, die unten auf eleganten Tribünen ruhen, und aus zwei Stockwerken besteht, deren Fensterumrahmungen mit reizvoller Nüchternheit gemeißelt worden sind. Unter den Arkaden erstreckt sich eine Galerie, deren Mauern Freskomalereien darbieten und deren Decke auf die gleiche Weise ausgemalt war, denn noch heute findet man einige Spuren dieser Pracht, die von Italien entlehnt worden ist und die von den Feldzügen unserer Könige, denen das Herzogtum Mailand gehörte, kündet. Gegenüber dem Schloß Franz' I. befand sich damals die Kapelle der Grafen von Blois; ihre Fassade harmonierte fast mit der Architektur der Wohnstatt Ludwigs XII. Kein Gemälde würde die majestätische Festigkeit dieser drei Baukörper schildern können, und trotz der Dissonanz des Schmuckwerks diente das machtvolle, starke Königtum, das die Größe seiner Befürchtungen durch die Größe seiner Vorsichtsmaßnahmen bekundete, als Bindeglied zwischen diesen drei Bauwerken verschiedenen Charakters, von denen zwei sich an den riesigen Saal der Generalstände anlehnen; er ist geräumig und hoch wie eine Kirche. Wirklich, weder die Schlichtheit noch die Kraft des bürgerlichen Lebens, die zu Beginn dieser Geschichte geschildert worden sind und bei denen die Kunst immer vorhanden war, ermangelten dieser königlichen Wohnstatt. Blois war sehr wohl das fruchtbare und glänzende Thema, auf das die Bürgerschaft und das Feudalwesen, das Geld und der Adel so viele lebendige Entsprechungen in den Städten und in den Landsitzen gegeben haben. Man würde sich die Wohnung des Fürsten, der über das Paris des sechzehnten Jahrhunderts herrschte, nicht anders gewünscht haben. Der Reichtum der Gewänder der Edelherren, der Luxus der Prunkkleider der Damen mußten auf das wunderbarste mit dem schmuckhaften Aussehen dieser so seltsam bearbeiteten Steine harmonieren. Wenn der König von Frankreich von Stockwerk zu Stockwerk die herrliche Treppe seines Schlosses Blois hinanstieg, so gewahrte er eine größere Strecke jener schönen Loire, die ihm dort Neuigkeiten aus seinem gesamten Königreich zuträgt; sie teilt es in zwei einander die Stirn bietende und beinahe miteinander rivalisierende Hälften. Wenn Franz I., anstatt sich in einer toten, düsteren Ebene und nur zwei Meilen von dort entfernt niederzulassen, Chambord als Zusatz zu jenem Schloß und an der Stelle erbaut hätte, wo sich damals die Gartenanlagen erstreckten, auf denen Gaston sein Palais errichtete, so würde Versailles nie existiert haben und Blois wäre notwendigerweise die Hauptstadt Frankreichs geworden. Vier Valois und Katharina von Medici haben ihre großen Vermögen an das Schloß Franz' I. in Blois verschwendet; wer indessen würde nicht erraten, wie vergeuderisch dort die Krone gewesen ist, wenn er die mächtigen Scheidemauern des Innern, das Rückgrat dieses Schlosses, bewundert, in denen sowohl tiefe Alkoven als auch Geheimtreppen und kleine Gelasse sich finden; jene Scheidemauern, die Säle von der Größe des Ratssaals, desjenigen der Wachen und die königlichen Gemächer umschließen; heute haust darin in aller Bequemlichkeit eine Infanterie-Kompanie. Auch wenn der Besucher zunächst nicht begreifen sollte, daß die Wunder des Innern denen des Äußern einmal entsprochen haben, würden die Reste des Arbeitszimmers der Katharina von Medici, in das Christophe geführt werden sollte, zur Genüge die Eleganz der Kunst bezeugen, die diese Gemächer mit belebtem Figurenwerk bevölkert hat, wo Salamander[220] inmitten von Blumen funkelten, wo die Palette des sechzehnten Jahrhunderts die düstersten Nebenausgänge mit ihren glänzendsten Malereien ausstattete. In jenem Arbeitskabinett vermag der mit Sehvermögen Begabte noch heutzutage die Spuren der Vorliebe für Verschwendung wahrzunehmen, die Katharina aus Italien mitgebracht hat; denn die Fürstinnen ihres Hauses liebten es, nach dem reizenden Ausdruck des bereits zitierten Autors[221], in den Schlössern Frankreichs das Gold anzubringen, das ihre Vorfahren durch Handelsunternehmungen verdient hatten, und ihren Reichtum auf den Wänden königlicher Säle zu bekräftigen.

Die Königin-Mutter bewohnte im ersten Stock die Gemächer der Königin Claude de France[222], der Gemahlin Franz' I.; dort sind nach wie vor die delikaten, plastischen doppelten C zu sehen, begleitet von Sinnbildern von vollkommener Weiße, Schwänen und Lilien, was besagen sollte: *candidior candidis*, weißer als die weißesten Dinge; das war der Wappenspruch jener Königin, deren Name wie der Katharinas mit einem C begann; er paßte ebensogut auf die Tochter Ludwigs XII. wie auf die

Mutter der letzten Valois; denn trotz der Heftigkeit der calvinistischen Verleumdungen hat kein Argwohn die Treue befleckt, die Katharina von Medici Heinrich II. gehalten hat.

Offenbar hat die Königin-Mutter, die noch mit zwei Kindern zarten Alters belastet war (dem Sohn, der später Herzog von Alençon wurde, und der Tochter Marguerite[223], der späteren Gemahlin König Heinrichs IV.; Karl IX. nannte sich Margot), das ganze erste Stockwerk nötig gehabt.

König Franz II. und Königin Maria Stuart hatten im zweiten Stock die königlichen Gemächer inne, die Franz I. gehört hatten und diejenigen Heinrichs III. werden sollten. Die königliche Wohnung, geradeso wie die von der Königin-Mutter übernommene, wird in der ganzen Länge des Schlosses und in jedem Stockwerk durch jene berühmte, etwa vier Fuß dicke Scheidemauer in zwei Teile geteilt, an die sich die mächtigen Mauern anlehnen, die die Räume untereinander abteilen. Auf diese Weise bilden im ersten wie im zweiten Stockwerk die Wohnungen zwei deutlich unterscheidbare Teile. Der nach der Hofseite zu vom Südlicht erhellte Teil diente zum Empfang und für Staatsgeschäfte, während, um vor der Hitze zu schützen, die Wohnräume über den nach Norden gelegenen Teil verteilt waren; er bildet die prächtige Fassade mit Balkons und Galerien, und man hat von dort aus freien Blick über die Landschaft des Vendômois, die Hühnerstange der Bretonen und die Befestigungsgräben der Stadt; jene Seite ist die einzige, von der unser großer Fabeldichter, der gute La Fontaine, gesprochen hat.

Das Schloß Franz' I. wurde damals durch einen riesigen, erst begonnenen Turm abgeschlossen; er sollte dazu dienen, den kolossalen Winkel zu betonen, den der Palast dadurch beschrieben haben würde, daß er sich um sich selbst drehte; Gaston hat ihm später die Flanken geöffnet, um seinen Palast daran anstücken zu können; aber er hat sein Werk nicht vollendet, und der Turm ist als Ruine stehengeblieben. Dieser königliche Donjon diente damals als Gefängnis oder als Burgverlies, wie die volkstümliche Überlieferung zu sagen pflegt. Durcheilt man heute die Säle dieses herrlichen Schlosses, die für die Kunst wie für die Historie gleichermaßen kostbar sind, welcher Dichter würde dann nicht von tausendfachem Bedauern gepackt werden oder tieftraurig um Frankreichs willen sein, wenn er sieht, daß die köstlichen Arabesken in Katharinas Kabinett mit Kalk übertüncht und fast vernichtet sind, und zwar, auf Befehl des Kommandanten der Kaserne (diese königliche Wohnstatt ist eine Kaserne)[224] seit der Cholera[225]. Das Holzgetäfel im Kabinett der Katharina von Medici, von dem bald die Rede sein wird, ist der letzte Überrest des reichen Mobiliars, das fünf kunstsinnige Könige zuammengestellt hatten. Wenn man dieses Labyrinth von Schlafzimmern, Sälen, Treppen und Türmen durchwandert, kann man sich mit entsetzlicher Gewißheit sagen: Hier hat Maria Stuart um der Guisen willen ihren Gatten liebkost. Dort haben die Guisen Katharina beleidigt. Später fiel an dieser Stelle der zweite Balafré unter den Streichen der Rächer der Krone[226]. Ein Jahrhundert zuvor hatte Ludwig XII. seinem Freund, dem Kardinal von Amboise[227], von diesem Fenster aus einen Wink gegeben, zu kommen. Auf diesem Balkon wurde d'Epernon[228], Ravaillacs[229] Komplize, von der Königin Maria von Medici[230] empfangen, die, wie es heißt, von dem geplanten Königsmord wußte und ihn vollbringen ließ! In der Kapelle, in der die Verlobung Heinrichs IV. mit Marguerite von Valois eingesegnet wurde, stellt das Regiment sein Schuhzeug her. Dieses wundervolle Bauwerk, an dem so viele Stile lebendig werden, in dem so große Dinge geschehen sind, befindet sich in einem Zustand der Erniedrigung, der Frankreich zur Schande gereicht. Welch ein Schmerz ist es für alle, die die Baudenkmäler des alten Frankreich lieben, zu wissen, daß es mit diesen beredten Steinen bald so gehen wird wie mit der Ecke der Rue de la Vieille-Pelleterie: vielleicht werden sie nur noch auf diesen Buchseiten existieren!

Es ist erforderlich, darauf hinzuweisen, daß die Guisen, um den Königshof besser überwachen zu können, obwohl sie in der Stadt ein ihnen gehörendes, heute noch vorhandenes Palais besaßen, die Erlaubnis erlangt hatten, über den Gemächern König Ludwigs XII. in den Giebelgemächern des zweiten Stockwerks zu wohnen, die später die Herzogin von Nemours[231] innehaben sollte.

Der junge König Franz II. und die junge Königin Maria Stuart waren ineinander verliebt wie sechzehnjährige Kinder, und das waren sie ja auch; sie waren während eines rauhen Winters Hals über Kopf vom Schloß zu Saint-Germain, von dem der Herzog von Guise meinte, es sei zu leicht zu überrumpeln, in die Art Festung gebracht worden, die das Schloß von Blois damals darstellte, da es nach drei Seiten hin durch steile Felswände isoliert war und da sein Eingang sich wunderbar leicht verteidigen ließ. Die Guisen, die Oheime der Königin, hatten gewichtige Gründe, nicht in Paris zu wohnen und den Königshof in einem Schloß festzuhalten, dessen Befestigungswerke leicht überwacht und verteidigt werden konnten. Es hatte sich um den Thron ein Kampf zwischen dem Haus Lothringen und dem Haus Valois angesponnen, der in ebenjenem Schloß erst nach achtundzwanzig Jahren, nämlich 1588, beendet wurde, als Heinrich III. unter den Augen seiner zu jener Zeit tief gedemütigten Mutter den Kühnsten aller Guisen, den zweiten Balafré, fallen hörte, den Sohn des ersten Balafré, durch den Katharina von Medici damals hinters Licht geführt, gefangengehalten, bespitzelt und bedroht wurde.

Das schöne Schloß Blois war für Katharina das engste Gefängnis. Beim Tod ihres Gemahls, durch den sie stets am Gängelband geführt worden war, hatte sie zu regieren gehofft; doch es war das Gegenteil geschehen, sie hatte es erlebt, daß sie von Fremden, deren höfliche Umgangsformen tausendmal brutaler wirkten als die von Kerkermeistern, in Sklaverei gehalten wurde. Keiner ihrer Schritte konnte geheim bleiben. Diejenigen ihrer Ehrendamen, die ihr ergeben waren, hatten entweder den Guisen ergebene Liebhaber oder wurden von Argusaugen bewacht. Im Grunde besaßen in jener Zeit die Liebesleidenschaften das Absonderliche, das ihnen stets der mächtige Antagonismus zweier entgegengesetzter Interessen im Staat leihen wird. Die Galanterie, die für Katharina zu so vielem dienlich war, war auch eins der Mittel der Guisen. So hatte der Prinz von Condé, das oberste Haupt der Reformation, als Freundin die Marschallin de Saint-André[232], deren Ehemann für den Großmeister[233] durch Himmel und Hölle ging. Der Kardinal, dem die Affäre mit dem Viztum von Chartres bewiesen hatte, daß Katharina mehr unbesiegt als unbesieglich war, machte ihr den Hof. Das Spiel aller Leidenschaften machte also dasjenige der Politik auf befremdliche Weise noch komplizierter; sie machte daraus ein doppeltes

Schachspiel, bei dem das Herz und der Kopf eines Mannes beobachtet werden mußten, damit deutlich wurde, ob bei Gelegenheit nicht das eine den andern Lügen strafte. Obwohl Katharina von Medici sich ständig in der Gesellschaft des Kardinals von Lothringen oder des Herzogs von Guise befand, die ihr beide mißtrauten, war ihre erbittertste und geschickteste Feindin ihre Schwiegertochter, die Königin Maria, eine kleine Blondine, boshaft wie ein Kammerkätzchen, stolz wie eine drei Kronen tragende Stuart, gebildet wie ein alter Gelehrter, mutwillig wie eine Klosterschülerin, in ihren Gatten verliebt wie eine Kurtisane in ihren Liebhaber, ihrem Oheim, den sie bewunderte, ergeben, und glücklich darüber, daß König Franz, wobei sie half, die gute Meinung teilte, die sie von den beiden hegte. Stets ist eine Schwiegermutter eine Persönlichkeit, die von der Schwiegertochter nicht allzusehr geschätzt wird, zumal wenn sie eine Krone getragen hat und sie auch weiterhin tragen will, was die unvorsichtige Katharina sich nur allzusehr hatte anmerken lassen. Ihre frühere Lage, als Diane de Poitiers über König Heinrich II. geherrscht hatte, war erträglicher gewesen; damals hatte sie wenigstens die einer Königin gebührende Ehre des Respekts des Hofstaats genossen, während jetzt der Herzog und der Kardinal, die einzig ihre Kreaturen um sich hatten, sich anscheinend ein Vergnügen daraus machten, sie zu demütigen; die von Höflingen gewissermaßen eingesperrte Katharina empfing nicht etwa Tag für Tag, sondern sogar Stunde um Stunde Hiebe, die ihr Selbstgefühl verletzten; denn die Guisen eiferten, ihr gegenüber das Verhalten beizubehalten, dessen der verstorbene König sich bedient hatte.

Die sechsunddreißig Unheilsjahre, die Frankreich verheerten, haben vielleicht mit der Szene begonnen, in der der Sohn des Kürschners der beiden Königinnen die gefährlichste aller Rollen übernommen hatte, jene, die aus ihm die Hauptgestalt dieser Studie machte. Die Gefahr, in die dieser glaubenseifrige Reformierte geraten sollte, wurde an ebenjenem Vormittag offensichtlich, da er den Hafen von Beaugency verließ, versehen mit kostbaren Dokumenten, die die höchsten Häupter des Adels gefährdeten, und sich zusammen mit einem durchtriebenen Parteigänger, dem unermüdlichen La Renaudie, der vor ihm an den Hafen gekommen war, nach Blois einschiffte.

Während das Fährboot, auf dem Christophe sich befand, von einem leichten Ostwind getrieben die Loire hinabfuhr, erwogen der berühmte Kardinal Karl von Lothringen und der zweite Herzog von Guise, einer der größten Kriegsmänner jener Zeit, wie zwei Adler auf der Spitze eines Felsens ihre Lage und hielten klüglich Umschau, ehe sie den großen Schlag führten, durch den sie zum erstenmal versuchten, zu Amboise der Reformation in Frankreich den Garaus zu machen; zwölf Jahre später, am 24. August 1572[234], wurde er in Paris abermals unternommen.

In der Nacht waren drei Edelherren, die eine große Rolle im Drama der zwölf Jahre spielten, die diesem gleichermaßen von den Guisen und den Reformierten angezettelten Doppelkomplott folgten, mit verhängten Zügeln angelangt und hatten ihre halbtoten Pferde an der Ausfallpforte des Schlosses zurückgelassen, die von gänzlich dem Herzog von Guise, dem Abgott der Kriegsleute, ergebenen Offizieren und Soldaten bewacht wurde.

Jetzt möge ein Wort über jenen großen Mann eingefügt werden, und zwar ein Wort, das vor allem darlegt, was die Ursachen seines Glückes waren.

Seine Mutter war Antoinette von Bourbon, die Großtante Heinrichs IV. Wozu dienen verwandtschaftliche Bindungen? In diesem Augenblick trachtete er nach dem Kopf seines Vetters, des Prinzen von Condé. Seine Nichte war Maria Stuart. Seine Frau war Anna, die Tochter des Herzogs von Ferrara. Der Groß-Kronfeldherr Anne de Montmorency schrieb an den Herzog von Guise: »Monseigneur«, wie an einen König, und schloß mit: »Euer sehr ergebener Diener«. Guise, der Großmeister der königlichen Haustruppen, antwortete ihm: »Herr Kronfeldherr«, und signierte, wie für das Parlamentsgericht: »Euer sehr guter Freund«.

Was nun den Kardinal betrifft, der als »der transalpine Papst« bezeichnet und von Estienne[235] »Seine Heiligkeit« genannt wurde, so hatte er die gesamte klösterliche Kirche Frankreichs für sich und unterhandelte mit dem Heiligen Vater von gleich zu gleich. Er war eitel auf seine Beredsamkeit, einer der klügsten Theologen seiner Zeit, und er überwachte gleichzeitig Frankreich und Italien durch drei religiöse Orden, die ihm unbedingt ergeben, die Tag und Nacht für ihn tätig waren und ihm als Spitzel und Ratgeber dienten.

Diese wenigen Worte erklären, bis zu welcher Machthöhe der Kardinal und der Herzog gelangt waren. Ungeachtet ihres Reichtums und der Einkünfte durch ihre Hofämter waren sie durch und durch uneigennützig oder so heftig von der Strömung ihrer Politik mitgerissen, aber auch so großherzig, daß beide in Schulden geraten waren; aber sicherlich auf Caesars Art. Als daher Heinrich III. den zweiten Balafré, der ihn so sehr bedroht, hatte niedermachen lassen, war das Haus Guise, wie es nicht anders sein konnte, ruiniert. Die ein Jahrhundert lang gemachten Ausgaben, um sich der Krone zu bemächtigen, erklären die Erniedrigung, in der jenes Haus sich unter Ludwig XIII. und Ludwig XIV. befand, als der plötzliche Tod Madames[236] ganz Europa die schändliche Rolle kundtat, zu der ein »Chevalier de Lorraine«[237] abgesunken war. Der Kardinal und der Herzog behaupteten, die Erben der abgesetzten Karolinger zu sein, und handelten deswegen hinsichtlich der Katharina von Medici, der Schwiegermutter ihrer Nichte, auf höchst vermessene Weise. Die Herzogin von Guise ersparte Katharina keine Kränkung. Jene Herzogin war eine Este, und Katharina war eine Medici, die Tochter hochgekommener Florentiner Kaufleute, deren Familie die Herrscher Europas noch nicht in ihre königliche Bruderschaft aufgenommen hatten. Daher hatte Franz I. die Heirat seines Sohnes mit einer Medici als eine Mesalliance betrachtet und ihr nur zugestimmt, weil er nicht glaubte, jener Sohn könne jemals Dauphin werden. Das erklärt seine Wut, als der Dauphin durch den Florentiner Montecuccoli[238] durch Gift ermordet wurde. Die Este lehnten es ab, die Medici als italienische Fürsten anzuerkennen. Jene ehemaligen Kaufherrn wollten nämlich zu jener Zeit das unmögliche Problem eines von republikanischen Einrichtungen umgebenen Throns lösen. Der Titel Großherzog wurde erst sehr viel später den Medici durch Philipp II., König von Spanien, gewährt[239]; sie hatten ihn dadurch erkauft, daß sie ihre Wohltäterin Frankreich verrieten, und durch eine knechtische Anhänglichkeit an den spanischen Hof, der ihnen unter der Hand in Italien entgegenarbeitete.

»Nur seine Feinde darf man hätscheln!« Dieser große Ausspruch Katharinas scheint die politische Grundregel dieser Kaufmannsfamilie gewesen zu sein, der es erst in dem Augenblick an großen Männern fehlte, als ihr Geschick sich ins Große wendete, und die ein wenig gar zu früh der Entartung anheimfiel, durch die die Königsgeschlechter und die großen Adelsfamilien zu enden pflegen.

Drei Generationen hindurch hat es einen Lothringer gegeben, der ein Kriegsmann, und einen Lothringer, der ein Mann der Kirche gewesen ist; aber was nicht minder ungewöhnlich ist, der Mann der Kirche wies stets, wie es damals das Antlitz des Kardinals zeigte, eine Ähnlichkeit mit den Zügen des Ximenes[240] auf, dem auch der Kardinal Richelieu ähnlich gesehen hat. Jene fünf Kardinäle haben sämtlich ein zugleich verschlagenes und furchtbares Gesicht gehabt, während das Antlitz des Kriegsmanns den Typus des Basken und des Gebirglers darstellte, wie er sich auch in den Zügen Heinrichs IV. fand; nur durchzog die des Vaters und des Sohns die gleiche Narbe, ohne ihnen indessen das Liebenswürdige und Leutselige zu rauben, wodurch sie die Soldaten ebenso hinrissen wie durch ihre Tapferkeit.

Es ist nicht unnütz, zu berichten, wo und wie der Großmeister jene Verwundung erhielt; denn er wurde durch die Kühnheit einer der Gestalten dieses Dramas geheilt, durch Ambroise Paré, den dem Syndikus der Kürschner so sehr Verpflichteten. Bei der Belagerung von Calais[241] wurde das Gesicht des Herzogs von einer Seite bis zur anderen von dem Stoß einer Lanze durchbohrt, deren Stumpf, nachdem er es unterhalb des rechten Auges durchstoßen hatte, bis unterhalb des linken Ohrs in den Nacken gedrungen und im Gesicht steckengeblieben war. Der Herzog lag inmitten einer allgemeinen Verzweiflung in seinem Zelt und würde ohne das beherzte Eingreifen und den Opferwillen Ambroise Parés gestorben sein. – »Der Herzog ist nicht tot, Ihr Herren«, sagte Ambroise und blickte die Umstehenden an, die in Tränen zerschmolzen. »Aber er wird bald sterben«, sagte er und nahm sich zusammen, »wenn ich es nicht wagte, ihn zu behandeln wie diesen und jenen, und dessen will ich mich erkühnen, im vollen Bewußtsein dessen, was mir widerfahren könnte. Seht her!« Er stellte den linken Fuß auf die Brust des Herzogs, packte das Holz der Lanze mit den Fingernägeln, rüttelte es immer mehr und zog das Eisen schließlich aus dem Kopf, als hätte es sich um ein Ding und nicht um einen Menschen gehandelt. Zwar heilte er den Fürsten durch eine so kühne Behandlung, aber er konnte nicht verhindern, daß ihm im Antlitz jene schreckliche Narbe verblieb, von der sein Spitzname herrührte. Aus ähnlicher Ursache wurde jener Spitzname auch derjenige seines Sohns.

Die beiden großen lothringischen Fürsten waren völlig die Herren und Meister des Königs Franz II., den seine Frau durch ein Übermaß an gegenseitiger Liebe beherrschte, woraus sie ihren Nutzen zu ziehen wußten; sie waren damals in Frankreich die Regierenden und hatten am Hof keinen anderen Feind als Katharina von Medici. Daher haben nie größere Politiker ein verbisseneres Spiel gespielt. Die beiderseitige Lage der ehrgeizigen Witwe Heinrichs II. und des ehrgeizigen Hauses Lothringen wurde gewissermaßen deutlich durch den Platz, den sie auf der Schloßterrasse an dem Vormittag innehatten, da Christophe anlangen sollte. Die Königin-Mutter, die eine ungemeine Zuneigung zu den Guisen heuchelte, hatte um Mitteilung der Neuigkeiten gebeten, die die drei Edelherren mitgebracht hatten; sie waren aus verschiedenen Gegenden des Königreichs gekommen; aber sie hatte die Kränkung auf sich nehmen müssen, vom Kardinal höflich verabschiedet zu werden. Sie wandelte am äußersten Ende der Blumenrabatten auf und ab, auf der nach der Loire zu gelegenen Seite, wo sie für ihren Astrologen Ruggieri[242] ein Observatorium hatte errichten lassen, das dort noch heute zu sehen ist und von wo aus man die Landschaft dieses wundervollen Tals zu überblicken vermag. Die beiden lothringischen Fürsten befanden sich auf der entgegengesetzten Seite, die auf das Vendômois blickt und von wo aus man den oberen Teil der Stadt, die Hühnerstange der Bretonen und die Ausfallpforte des Schlosses überschauen kann. Katharina hatte die beiden Brüder durch ein zur Schau getragenes Mißvergnügen getäuscht und hinters Licht geführt; denn sie war nur zu froh, mit einem der in aller Hast angekommenen Edelleute sprechen zu können, ihrem heimlichen Vertrauensmann, der kühn ein Doppelspiel spielte, aber sicherlich dafür gut belohnt wurde. Dieser Edelmann war Chiverni[243]; dem Anschein nach ging er für den Kardinal von Lothringen durchs Feuer, in Wirklichkeit aber stand er in Katharinas Diensten. Katharina besaß in den beiden Gondi[244], ihren Kreaturen, zwei weitere ihr ergebene Edelleute; aber diese beiden Florentiner waren den Guisen allzu verdächtig, als daß sie sie hätte nach außerhalb schicken können; daher behielt sie sie am Hofe, wo jedes ihrer Worte, jeder ihrer Schritte genau beobachtet wurde, aber wo die beiden gleichermaßen die Guisen genau beobachteten und Katharina berieten. Diese beiden Florentiner unterstützten in der Partei der Königin-Mutter einen anderen Italiener, Birague[245], einen geschickten Piemontesen, der, wie Chiverni, die Königin-Mutter verlassen zu haben schien, um sich den Guisen anzuschließen, der diese in ihren Unternehmungen bestärkte und sie gleichzeitig für Katharina bespitzelte. Chiverni war aus Ecouen und aus Paris gekommen. Der als letzter Angelangte war Saint-André[246]; er war Marschall von Frankreich und wurde eine so große Persönlichkeit, daß die Guisen, deren Kreatur er war, ihn zum dritten Mann des Triumvirats machten, das sie im folgenden Jahr gegen Katharina bildeten. Noch vor ihnen war der Erbauer des Schlosses Duretal[247], Vieilleville[248], der um seiner Ergebenheit für die Guisen willen ebenfalls zum Marschall ernannt wurde, heimlich gelandet und noch heimlicher wieder abgereist, ohne daß jemand das Geheimnis der Mission durchschaut hätte, mit der er vom Großmeister betraut worden war. Was Saint-André betraf, so war er kurz zuvor mit Maßnahmen betraut worden, die ergriffen werden sollten, um alle Reformierten bewaffnet nach Amboise zu locken; das war nach einem Kriegsrat geschehen, den der Kardinal von Lothringen, der Herzog von Guise, Birague, Chiverni, Vieilleville und Saint-André gehalten hatten. Wenn die beiden Häupter des Hauses Lothringen Birague benutzten, so muß man glauben, daß sie sehr auf ihre Kräfte bauten, weil sie ja wußten, daß er ein Anhänger der Königin-Mutter war; aber vielleicht hatten sie ihn auch bei sich behalten, um in die geheimen Pläne ihrer Rivalin einzudringen, aus dem gleichen Grund also, aus dem sie ihn bei ihnen belassen hatte. In jenem merkwürdigen Zeitalter war die Doppelrolle einiger Politiker beiden Parteien, die sich ihrer bedienten, bekannt, und sie waren wie Karten in den Händen der Spieler; die Partie wurde vom klügsten und geschicktesten gewonnen. Die beiden Brüder waren während jener Ratssitzung von undurchdringlicher Verschwiegenheit gewesen. Katharinas Gespräch mit ihren Freunden dürfte vollauf das Thema der Beratung klarmachen, die die Guisen gegen Mittag unter freiem Himmel in jenen hängenden Gärten abgehalten hatten; es war, als hätten alle Angst gehabt, innerhalb der Mauern des Schlosses von Blois zu sprechen.

Unter dem Vorwand, das Observatorium besichtigen zu wollen, das für ihre Astrologen erbaut wurde, war die Königin-Mutter mit den beiden Gondi vom Morgen an auf und ab geschritten und hatte mit besorgten und neugierigen Blicken die feindliche Gruppe beobachtet, als Chiverni zu ihr getreten war. Sie fand sich gerade an der Terrassenecke gegenüber der Kirche Saint-Nicolas, und dort brauchte sie keine Indiskretion zu scheuen. Die Mauer ist dort ebenso hoch wie die Kirchtürme, und die Guisen pflegten stets an der andern Ecke jener Terrasse zu beratschlagen, am Fuß des begonnenen Donjon, wobei sie zwischen der Hühnerstange der Bretonen und der Galerie auf der Brücke hin und her gingen, die das Blumenparterre, die Galerie und die Hühnerstange verband. Auf dem Grund dieser Schlucht befand sich niemand. Chiverni nahm die Hand der Königin-Mutter, um sie zu küssen, und steckte ihr dabei ein Briefchen zu, ohne daß die beiden Italiener es gesehen hätten. Katharina wandte sich schnell ab, ging in den Winkel der Brüstung und las das Folgende:

»Ihr seid mächtig genug, um das Gleichgewicht zwischen den Großen herzustellen und sie einander bekämpfen zu lassen, je nachdem es Euch dienlich ist; Ihr habt Euer Haus voller Könige und braucht weder die Lothringer noch die Bourbonen zu fürchten, wenn Ihr sie beide gegeneinander ausspielt; denn beide wollen Euren Söhnen die Krone rauben. Seid Herrin und nicht Hörige Eurer Ratgeber, gängelt also die einen durch die andern, denn sonst gelangt das Königreich vom Schlimmen zum Schlimmsten, und es könnte zu schweren Kriegen kommen.

L'Hospital[249].«

Die Königin schob den Brief in ihren Ausschnitt und gelobte sich, ihn zu verbrennen, sobald sie allein sei.

»Wann habt Ihr ihn gesehen?« fragte sie Chiverni.

»Als ich vom Kronfeldherrn kam, in Melun; dort kam er mit

der Herzogin von Berry[250] durch; die wollte er eiligst wieder nach Savoyen bringen, um nach hier zurückzukehren und den Kanzler Olivier[251] aufzuklären, der übrigens von den Lothringern zum Narren gehalten wird. Monsieur de L'Hospital hat sich entschlossen, Eure Interessen zu den seinen zu machen, als er merkte, welchem Ziel die Herren von Guise zusteuern. Daher wird er sich höchlichst beeilen, wieder herzukommen, um Euch im Rat seine Stimme zu geben.«

»Meint er es ehrlich?« fragte Katharina. »Ihr wißt, wenn die Lothringer ihn in den Staatsrat eintreten ließen, so nur, um sie dort herrschen zu lassen.«

»L'Hospital ist zu sehr Franzose von altem Schrot und Korn, um nicht offen und ehrlich zu sein«, sagte Chiverni. »Überdies stellt sein Brief eine ziemlich große Verpflichtung dar.«

»Was antwortet der Kronfeldherr den Lothringern?«

»Er bezeichnet sich als den Diener des Königs und werde dessen Befehle abwarten. Auf diese Antwort hin will der Kardinal, um jeden Widerstand zu vermeiden, die Ernennung seines Bruders zum Verweser des Königreichs beantragen.«

»Jetzt schon!« sagte Katharina erschrocken. »Hat Monsieur de L'Hospital Euch noch einen andern Rat für mich gegeben?«

»Er hat mir gesagt, daß einzig Ihr, Madame, Euch zwischen die Krone und die Herren von Guise stellen könntet.«

»Ja, meint er denn, ich könne mich der Hugenotten als spanischer Reiter[252] bedienen?«

»Oh, Madame«, rief Chiverni, den soviel tiefe Einsicht überraschte, »es ist nicht unsere Absicht gewesen, Euch solcherlei Schwierigkeiten auszusetzen.«

»Hat er gewußt, in welcher Lage ich bin?« fragte sie ruhig.

»Annähernd. Er findet, Ihr hättet einen schlechten Handel getätigt, als Ihr nach dem Tod des hochseligen Königs Eurerseits die Brocken aus Madame Dianes Ruin annahmt. Die Herren von Guise haben geglaubt, sie seien der Königin gegenüber quitt, wenn sie die Frau zufriedenstellten.«

»Ja«, sagte die Königin und blickte die beiden Gondi an, »ich habe damals einen großen Fehler begangen.«

»Einen Fehler, wie ihn die Götter begehen«, entgegnete Carlo de' Gondi.

»Ihr Herren«, sagte die Königin, »wenn ich offen zu den Reformierten übergehe, werde ich die Sklavin einer Partei.«

»Madame«, erwiderte Chiverni lebhaft, »ich stimme Euch nachdrücklich zu; deren muß man sich bedienen, aber nicht ihnen dienen.«

»Obwohl, für den Augenblick, dort Eure Stütze sein möge«, sagte Carlo de' Gondi, »wollen wir uns nicht verhehlen, daß Erfolg und Niederlage gleichermaßen gefährlich sind.«

»Ich weiß es!« sagte die Königin. »Ein falscher Schritt wäre ein Vorwand, den die Guisen schleunigst aufgreifen würden, um sich meiner zu entledigen!«

»Könnte die Nichte eines Papstes, die Mutter von vier Valois, eine Königin von Frankreich, die Witwe des eifrigsten Hugenottenverfolgers, eine italienische Katholikin, die Tante Leos X. sich der Reformation anschließen?« fragte Carlo de' Gondi.

»Aber«, antwortete ihm Alberto, »hieße, die Guisen unterstützen, nicht, die Hände einer Usurpation leihen? Ihr habt es mit einem Haus zu tun, das in dem Ringen zwischen Katholizismus und Reform eine Krone gewahrt, die zu nehmen es gilt. Man könnte sich auf die Reformierten stützen, ohne den Glauben zu wechseln.«

»Bedenkt, Madame, daß Euer eigenes Haus, das völlig dem König von Frankreich ergeben sein müßte, gegenwärtig die Dienerin des Königs von Spanien ist«, sagte Chiverni. »Es würde morgen für die Reformation sein, wenn die Reformation aus dem Herzog von Florenz einen König zu machen vermöchte.«

»Ich bin ziemlich geneigt, für eine kurze Weile den Hugenotten die Hand zu reichen«, sagte Katharina, »und geschähe es auch nur, um mich an diesem Krieger, diesem Priester und dieser Frau zu rächen!« Mit einem Italienerinnenblick deutete sie der Reihe nach auf den Herzog, den Kardinal und das Stockwerk des Schlosses, in dem sich die Gemächer ihres Sohns und der Maria Stuart befanden. – »Dies Trio hat mir die Zügel des Staats, auf die ich lange gewartet habe und die jene Alte an meiner Statt gehalten hat, aus den Händen genommen«, entgegnete sie. Sie nickte nach der Loire hin und deutete damit auf Chenonceaux, das Schloß, das sie unlängst mit Diane de Poitiers gegen das von Chaumont getauscht hatte. – »*Ma*«[253], sagte sie auf

Italienisch, »wie es scheint, sind die Genfer Beffchenträger[254] nicht klug genug, sich an mich zu wenden! Aus Gewissensgründen kann ich nicht von mir aus zu ihnen gehen. Keiner von Euch dürfte sich erkühnen, ihnen irgendwelche Botschaften zu übermitteln!« Sie stampfte mit dem Fuß auf. – »Ich hatte gehofft, Ihr hättet in Ecouen dem Buckligen begegnen können; er ist klug«, sagte sie zu Chiverni.

»Er war dort, Madame«, sagte Chiverni, »aber er hat den Kronfeldherrn nicht bestimmen können, sich ihm anzuschließen; Monsieur de Montmorency möchte zwar die Guisen stürzen, die ihn in Ungnade haben fallen lassen; aber er will der Ketzerei nicht helfen.«

»Wer, Ihr Herren, wird die Einzelwillen brechen, die das Königtum hindern? Beim wahrhaftigen Gott, man müßte die Großen die einen durch die andern vernichten, wie Ludwig XI. es getan hat, der größte Eurer Könige. Es gibt in diesem Königreich vier oder fünf Parteien, und die schwächste ist die meiner Söhne.«

»Die Reformation ist eine Idee«, sagte Carlo de' Gondi, »und die Parteien, die Ludwig XI. zerschlagen hat, waren nur Interessengemeinschaften.«

»Auch hinter den Ideen stehen stets Interessen«, entgegnete Chiverni; »unter Ludwig XI. hieß der Leitgedanke: große Lehen ...«

»Macht aus der Ketzerei ein Beil!« sagte Alberto de' Gondi, »dann fiele das Odium der Hinrichtungen nicht auf Euch.«

»Ach«, rief die Königin, »ich weiß nichts von den Kräften und Plänen jener Leute; ich kann mit ihnen durch keinen verläßlichen Mittelsmann in Verbindung treten. Würde ich bei irgendeiner Machenschaft dieser Art ertappt, sei es durch die Königin, die kein Auge von mir läßt, als sei ich ein Kind in der Wiege, sei es durch jene beiden Kerkermeister, die niemanden ins Schloß lassen, so würde ich aus dem Königreich verbannt und mit einer schrecklichen, von einem rasenden Guisenanhänger befehligten Eskorte nach Florenz zurückgebracht werden! Dafür danke ich, Ihr Freunde! Oh, liebe Schwiegertochter, ich wünsche Euch, Ihr möchtet eines Tags im eigenen Hause eine Gefangene sein; dann werdet Ihr wissen, was Ihr mich leiden laßt.«

»Ihre Pläne!« rief Chiverni aus. »Der Großmeister und der Kardinal kennen sie; aber diese beiden Füchse rücken nicht damit heraus; bringen Sie es fertig, Madame, sie sie äußern zu lassen, dann will ich mich für Euch aufopfern und mich mit dem Prinzen von Condé verständigen.«

»Welchen ihrer Entschlüsse haben die beiden nicht vor Euch geheimhalten können?« fragte die Königin und wies auf die Brüder.

»Monsieur de Vieilleville und Monsieur de Saint-André kommen her, um Befehle zu empfangen, die uns unbekannt sind; aber es scheint, daß der Großmeister seine besten Truppen auf dem linken Ufer zusammenzieht. In ein paar Tagen werdet Ihr in Amboise sein. Der Großmeister ist auf diese Terrasse gekommen, um die Lage zu prüfen, und er ist nicht der Ansicht, daß Blois für seine geheimen Pläne geeignet sei. Was will er nun eigentlich?« fragte Chiverni und zeigte auf das Schloß umgebende Schluchten. »In keinem Platz könnte der Hof vor einem Handstreich sicherer sein als hier.«

»Dankt ab oder übernehmt die Regierung«, flüsterte Alberto der Königin zu, die in Nachdenken verharrt hatte.

Ein schrecklicher Ausdruck verhaltener Wut glitt über das schöne, elfenbeinerne Antlitz der Königin; sie war noch keine vierzig Jahre alt und lebte seit sechsundzwanzig Jahren machtlos am französischen Hof, sie, die seit ihrer Ankunft dort die erste Rolle hatte spielen wollen. In der Sprache Dantes kam folgender furchtbare Satz von ihren Lippen: – »Nichts soll geschehen, solange dieser Sohn lebt! – Seine kleine Frau behext ihn«, fügte sie nach einer Pause hinzu.

Katharinas Ausruf war ihr durch eine seltsame Prophezeiung eingeflößt worden, die ihr wenige Tage zuvor auf Schloß Chaumont am andern Ufer der Loire gemacht worden war; dorthin war sie von ihrem Astrologen Ruggieri geführt worden, um eine berühmte Hellseherin über das Leben ihrer vier Kinder zu befragen; jene Wahrsagerin war in aller Heimlichkeit durch Nostradamus[255] dorthin gebracht worden, das Haupt der Ärzte, die in jenem großen sechzehnten Jahrhundert wie die Ruggieri, wie Cardanus[256], Paracelsus[257] und viele andere den okkulten Wissenschaften anhingen. Jene Frau, deren Lebenslauf der

Geschichtsschreibung entgangen ist, hatte die Regierungszeit Franz' II. auf ein Jahr bemessen.

»Eure Meinung über all dieses?« fragte Katharina Chiverni.

»Es wird zum Kampfe kommen«, antwortete der vorsichtige und kluge Edelmann. »Der König von Navarra . . .«

»Ach, sagt lieber die Königin!« entgegnete Katharina.

»Richtig, die Königin«, sagte Chiverni lächelnd; »sie hat den Reformierten als Oberhaupt den Prinzen von Condé gegeben; in seiner Eigenschaft als jüngerer Sohn kann er alles wagen; daher redet der Herr Kardinal davon, ihn hierher zu beordern.«

»So möge er kommen«, rief die Königin, »dann bin ich gerettet!«

Auf diese Weise hatten die Häupter der großen Bewegung der Reformation in Frankreich sehr wohl in Katharina eine Bundesgenossin gewittert.

»Das Amüsante dabei ist«, rief die Königin, »daß die Bourbonen die Hugenotten nasführen, und die Herren Calvin, de Bèze und einige andere die Bourbonen; aber werden wir stark genug sein, die Hugenotten, Bourbonen und die Guisen zu nasführen? Angesichts dieser drei Gegner ist es wohl verstattet, sich den Puls zu fühlen!« sagte sie.

»Sie haben nicht den König für sich«, antwortete ihr Alberto, »Ihr werdet stets triumphieren, da Ihr den König für Euch habt.«

»*Maladetta Maria*[258]*!*« stieß Katharina zwischen den Zähnen hervor.

»Die Lothringer denken bereits daran, Euch der Zuneigung der Bürgerschaft zu berauben«, sagte Birague.

Die Hoffnung, die Krone zu erlangen, war bei den beiden Oberhäuptern der rührigen Familie Guise nicht das Ergebnis eines vorbedachten Plans; weder Plan noch Hoffnung wären irgendwie gerechtfertigt gewesen; lediglich die Umstände hatten ihnen Mut gemacht. Die beiden Kardinäle und die beiden Balafrés waren zufällig vier ehrgeizige Männer und an Talenten allen sie umgebenden Politikern überlegen. Daher konnte jene Familie nur durch Heinrich IV. niedergeschlagen werden, einen in der großen Schule, deren Lehrer Katharina und die Guisen waren, erzogenen Rebellen, der aus allen Lehren der beiden Nutzen zog.

Gegenwärtig waren jene beiden Männer die Schiedsrichter der seit Heinrich VIII.[259] in England unternommenen größten Revolution, die je in Europa versucht worden war und die die Folge der Erfindung der Buchdruckerkunst gewesen ist. Als Gegner der Reformation und im Besitz der Macht wollten sie das Ketzertum ersticken; aber wenn auch ihr Gegner Calvin weniger berühmt war als Luther, so war er doch stärker als Luther. Calvin sah damals dort, wo Luther lediglich das Dogma gesehen hatte, die Regierungsmacht. Dort, wo der fette, Bier trinkende und verliebte Deutsche sich mit dem Teufel zankte und ihm sein Tintenfaß ins Gesicht warf, entwarf der Picarde, ein kränklicher Junggeselle[260], Feldzugspläne, leitete Kämpfe, bewaffnete Fürsten und wiegelte ganze Völker dadurch auf, daß er republikanische Doktrinen in das Herz der Bürgerkreise säte, um seine ständigen Niederlagen auf den Schlachtfeldern durch neue Fortschritte im Geistesleben der Nationen auszugleichen.

Der Kardinal von Lothringen und der Herzog von Guise wußten genauso gut wie Philipp II. und der Herzog von Alba, wo es auf die Monarchie abgesehen war und welch enges Bündnis zwischen dem Katholizismus und dem Königtum bestand. Kaiser Karl V. war trunken, weil er zu tief in den Becher Karls des Großen geblickt hatte, und glaubte allzusehr an die Stärke seiner Monarchie, indem er meinte, die Welt mit Soliman[261] teilen zu können; er hatte zunächst nicht gespürt, daß sein Kopf verletzt worden war; und als der Kardinal Granvelle[262] ihn die Größe der Wunde sehen ließ, dankte er ab[263]. Die Guisen hatten nur einen einzigen Gedanken, den nämlich, der Ketzerei mit einem Schlag den Garaus zu machen. Diesen Schlag versuchten sie zum erstenmal in Amboise und ließen ihn zum zweitenmal in der Bartholomäus-Nacht versuchen, diesmal im Einvernehmen mit Katharina von Medici, die durch die Flammen von zwölf Kriegsjahren und zumal durch das bedeutungsschwere Wort »Republik« erleuchtet worden war, das später von den Schriftstellern der Reform ausgesprochen und gedruckt wurde, aber bereits von Lecamus geahnt worden war, diesem Typus des Pariser Bürgertums. Die beiden Fürsten standen kurz davor, einen mörderischen Schlag gegen das Herz des Adels zu führen, um diesen gleich zu Beginn von einer religiösen Partei zu trennen, durch deren Triumph er alles verloren hätte; sie wurden vollends einig über die Art und Weise, wie sie ihren Staatsstreich dem König unterbreiten wollten, während Katharina sich mit ihren vier Ratgebern unterhielt.

»Jeanne d'Albret[264] hat genau gewußt, was sie tat, als sie sich zur Schutzherrin der Hugenotten machte! Sie hat in der Reformation einen Sturmbock, den sie trefflich einzusetzen versteht!« sagte der Großmeister; er wußte die Tiefe der Pläne der Königin von Navarra zu ermessen.

Jeanne d'Albret besaß tatsächlich einen der klügsten Köpfe ihrer Zeit.

»Théodore de Bèze ist in Nérac; zuvor hat er Calvins Befehle entgegengenommen.«

»Was für Männer diese Bürger zu finden wissen!« rief der Großmeister.

»Ja, auf unserer Seite haben wir keinen Mann vom Schlage dieses La Renaudie«, rief der Kardinal; »der ist ein wahrer Catilina[265].«

»Dergleichen Männer handeln immer nur für sich selber«, antwortete der Herzog. »Hatte ich La Renaudie nicht durchschaut? Ich habe ihn mit Gunstbezeigungen überhäuft, ich habe ihn nach seiner Verurteilung durch das burgundische Parlamentsgericht entweichen lassen; ich habe die Revision seines Prozesses durchgesetzt, so daß er ins Königreich zurückkehren durfte; ich gedachte, alles für ihn zu tun, wogegen er eine teuflische Verschwörung gegen uns anzettelte. Der durchtriebene Bursche hat die Protestanten Deutschlands mit den Ketzern Frankreichs dadurch vereinigt, daß er die Schwierigkeiten ausglich, die in bezug auf das Dogma zwischen Luther und Calvin entstanden waren. Er hat die mißzufriedenen großen Herrn mit der Reformpartei vereinigt, ohne sie den Katholizismus offen abschwören zu lassen. Seit dem letzten Jahr hat er dreißig Truppenführer für sich gehabt! Überall war er zu gleicher Zeit, in Lyon, in der Languedoc, in Nantes! Schließlich hat er jenes Gutachten aufsetzen lassen, das in ganz Deutschland kolportiert wird, jenes Gutachten, in dem die Theologen erklären, man könne auf die Gewalt zurückgreifen, um den König der Beherrschung durch uns zu entziehen, und ebenjenes Gutachten wird von Stadt zu Stadt verbreitet.

Man möge ihn überall suchen, finden tut man ihn nirgendwo! Dabei habe ich ihm nichts als Gutes erwiesen! Man wird ihn abtun müssen wie einen Köter, oder versuchen, ihm eine goldene Brücke zu bauen, damit er in unser Haus eintritt.«

»Die Bretagne, die Languedoc, das ganze Königreich ist bearbeitet worden, uns einen Todesstreich zu versetzen«, sagte der Kardinal. »Nach dem gestrigen Fest habe ich den Rest der Nacht damit verbracht, sämtliche Berichte zu lesen, die mir meine Mönche geschickt haben; aber kompromittiert haben sich nur arme Edelleute und Handwerker, Menschen, bei denen es gleichgültig ist, ob man sie hängen oder am Leben läßt. Die Colignys und Condé treten noch nicht in Erscheinung, obwohl sie die Fäden dieser Verschwörung halten.«

»Daher habe ich«, sagte der Herzog, »seit dieser Advokat, dieser Avenelles[266], die Lunte verkauft hat, zu Braguelonne gesagt, er solle die Verschwörer ruhig weitermachen lassen; sie hegen keinerlei Mißtrauen, sie glauben uns zu überrumpeln; vielleicht werden ihre Häupter dann kenntlich. Ich würde dazu raten, daß wir uns achtundvierzig Stunden lang besiegen lassen ...«

»Das wäre eine halbe Stunde zu lange«, sagte der Kardinal erschrocken.

»Da sieht man, wie beherzt du bist«, antwortete der Balafré.

Der Kardinal entgegnete, ohne aufzufahren: »Ob der Prinz von Condé kompromittiert ist oder nicht, wenn wir sicher sind, daß er das Haupt ist, dann wollen wir diesen Kopf abschlagen, dann haben wir Ruhe. Für dieses Geschäft brauchen wir nicht so sehr Soldaten wie Richter, und an Richtern wird es nie fehlen. Stets ist der Sieg beim Parlamentsgericht sicherer als auf dem Schlachtfeld, und er kostet weniger.«

»Dem stimme ich gern zu«, antwortete der Herzog; »aber glaubst du, daß der Prinz von Condé mächtig genug ist, daß er denen, die uns diesen ersten Angriff liefern wollen, soviel Mut einflößt? Gibt es nicht auch noch ...«

»Den König von Navarra«, sagte der Kardinal.

»Eine Null, die zu mir mit abgezogenem Hut spricht!« antwortete der Herzog. »Verdunkeln die Koketterien der Florentinerin dir etwa den Blick ...?«

»Oh, daran habe ich bereits gedacht!« sagte der Priester. »Wenn ich wünsche, mich in einen galanten Handel mit ihr zu verstricken, geschieht es dann nicht, um in der Tiefe ihres Herzens zu lesen?«

»Sie hat kein Herz«, entgegnete der Herzog lebhaft. »Sie ist noch ehrgeiziger als wir.«

»Du bist ein wackerer Kriegsmann«, sagte der Kardinal zu seinem Bruder, »aber glaub mir, unser beider Gewandungen stehen einander sehr nahe; ich habe sie durch Maria überwachen lassen, ehe du daran dachtest, sie zu beargwöhnen. Katharina besitzt weniger Religion, als sich in meinem Schuh findet. Wenn sie nicht die Seele der Verschwörung ist, so liegt das nicht daran, daß sie nicht gewünscht hätte, es zu sein; aber wir wollen sie nach ihrem Verhalten beurteilen und sehen, wie sie uns unterstützen wird. Bis zum heutigen Tag bin ich mir gewiß, daß sie nicht die mindeste Verbindung zu den Ketzern hat.«

»Es wird Zeit, dem König und der Königin-Mutter, die von nichts weiß, alles zu unterbreiten«, sagte der Herzog, »und das ist der einzige Beweis ihrer Unschuld; vielleicht wird der letzte Augenblick abgewartet, um sie mit den Möglichkeiten eines Erfolges zu blenden. La Renaudie dürfte aus meinen Maßnahmen erkannt haben, daß wir gewarnt worden sind. Heute nacht hat Nemours den Abteilungen der Reformierten folgen müssen, die auf Schleichwegen angelangt sind, und die Verschworenen werden gezwungen sein, uns in Amboise anzugreifen, in das ich sie alle hineinlassen will. Hier«, sagte er und deutete, wie Chiverni es vorhin getan hatte, auf die Schluchten, über denen das Schloß von Blois gelegen ist, »würden wir einen Ansturm ohne Ergebnis zu bestehen haben, die Hugenotten könnten nach ihrem Ermessen kommen und wieder abziehen. Blois ist ein Saal mit vier Eingängen, während Amboise ein Sack ist.«

»Ich weiche nicht von der Florentinerin«, sagte der Kardinal.

»Wir haben einen Fehler begangen«, fuhr der Herzog fort und vergnügte sich damit, seinen Dolch in die Luft zu werfen und ihn am Stichblatt wieder aufzufangen, »wir hätten mit ihr verfahren müssen wie mit den Hugenotten, nämlich ihr Bewegungsfreiheit geben und sie auf frischer Tat ertappen.«

Der Kardinal schaute ihn an und schüttelte den Kopf.

»Was mag Pardaillan[267] von uns wollen?« fragte der Großmeister, als er jenen jungen Edelmann auf die Terrasse kommen sah, der später durch seinen Zusammenstoß mit La Renaudie und durch ihrer beider Tod berühmt geworden ist.

»Monseigneur, am Tor ist ein Mann, den der Kürschner der Königin hergeschickt hat; er sagt, er habe ihr einen Hermelinputz zu überbringen; darf er eingelassen werden?«

»Ja, richtig, eine Schaube, davon hat sie gestern gesprochen«, entgegnete der Kardinal. »Laßt diesen Ladenschwengel durch; sie wird den Pelz auf der Fahrt längs der Loire nötig haben.«

»Von wo ist er denn gekommen, daß er nicht am Schloßtor festgehalten worden ist?« fragte der Großmeister.

»Ich weiß es nicht«, antwortete Pardaillan.

»Das werde ich ihn bei der Königin fragen«, sagte sich der Balafré. »Er soll im Saal der Wachen das Lever abwarten. Ist er jung, Pardaillan?«

»Ja, Monseigneur; er gibt sich für Lecamus' Sohn aus.«

»Lecamus ist ein guter Katholik«, sagte der Kardinal; er war, genau wie der Großmeister, mit Caesars Gedächtnis begabt. »Der Pfarrer von Saint-Pierre-aux-Boeufs[268] verläßt sich auf ihn, er ist nämlich Viertelsmeister in der Stadtgegend um den Justizpalast.«

»Laß dennoch den Sohn mit dem Hauptmann der Schottengarde plaudern«, sagte der Großmeister und betonte dies Zeitwort, so daß es einen leicht verständlichen Sinn erhielt. »Aber Ambroise ist ja im Schloß; durch ihn können wir erfahren, ob er tatsächlich der Sohn des Lecamus ist; dem ist er nämlich von früher her verpflichtet. Laß Ambroise Paré kommen.«

In ebenjenem Augenblick trat die Königin Katharina allein auf die beiden Brüder zu, und diese beeilten sich, ihr entgegenzugehen und ihr eine Ehrfurcht zu bezeigen, in der die Italienerin nur ständige Ironie erblickte.

»Ihr Herren«, sagte sie, »werdet Ihr geruhen, mir anzuvertrauen, was sich vorbereitet? Oder steht die Witwe Eures ehemaligen Gebieters in Eurer Schätzung den Herren Vieilleville, Birague und Chiverni nach?«

»Madame«, antwortete der Kardinal galanten Tons, »unsere Pflicht als Männer, vor derjenigen als Politiker, besteht darin,

Damen nicht durch falsche Gerüchte zu erschrecken. Aber heute vormittag findet eine Besprechung über die Staatsgeschäfte statt. Ihr werdet meinen Bruder entschuldigen, weil er begonnen hat, rein militärische Befehle zu geben, die Euch vorenthalten werden müssen; es sind wichtige Dinge zu entscheiden. Wenn es Euch genehm ist, gehen wir zum Lever des Königs und der Königin; die Stunde naht.«

»Aber was geht denn vor, Herr Großmeister?« fragte Katharina und tat, als sei sie erschrocken.

»Die Reformation, Madame, ist keine Ketzerei mehr, sondern eine Partei, die bewaffnet anrücken und Euch den König entreißen will.«

Katharina, der Kardinal, der Herzog und die Edelleute bewegten sich alsbald auf die Treppe zu, und zwar durch die Galerie, in der sich die Höflinge drängten, die nicht das Recht zum Betreten der Gemächer besaßen und Spalier bildeten.

Gondi, der, während Katharina mit den beiden lothringischen Fürsten gesprochen, diese beobachtet hatte, flüsterte der Königin-Mutter in gutem Toskanisch die Worte zu, die sprichwörtlich werden sollten und die eins der Gesichter dieses großen königlichen Charakters verdeutlichen: *»Odiate e aspettate!«* (Hasset und wartet!)

Pardaillan, der dem Wachtoffizier am Pförtnergebäude des Schlosses den Befehl überbringen sollte, den Gehilfen des Kürschners der Königin passieren zu lassen, fand Christophe Mund und Nase aufsperrend an der Vorhalle stehen; er war damit beschäftigt, die Fassade anzuschauen, die dem guten König Ludwig XII. zu verdanken ist und an der sich damals in größerer Zahl als heute, sofern man nach dem urteilen darf, was davon auf uns gekommen ist, groteske Skulpturen befanden. So bemerken die Schaulustigen eine kleine weibliche Gestalt, die in das Kapitell einer der Säulen des Tors gemeißelt ist, den Rock hochhebt und spöttisch das,

Was Brunel der Marphisa zeigte[269],

einen dicken Mönch sehen läßt, der auf dem Kapitell der entsprechenden Säule an der andern Seite der Umrahmung jenes Tors hockt, über dem damals eine Statue Ludwigs XII. stand.

Mehrere in diesem Stil gehaltene, leider der Zerstörung anheimgefallene Fensterrahmen[270] jener Fassade belustigten Christophe oder schienen ihn zu belustigen; die Arkebusiere der Wache hatten bereits Scherze auf ihn niederregnen lassen.

»Der würde sich nur zu gern da einquartieren«, sagte der Gefreite und streichelte die Arkebusenladungen, die alle wie Zukkerbrote geformt waren und ihm am Bandelier baumelten.

»He, Pariser!« sagte ein Soldat, »soviel von dergleichen Dingen auf einmal hast du wohl noch nie gesehen!«

»Er erkennt den guten König Ludwig XII.«, sagte ein anderer.

Christophe tat, als höre er nicht, und bemühte sich, sein Staunen noch zu übertreiben, so daß seine dümmliche Haltung vor der Wachstube in den Augen Pardaillans ein vortrefflicher Passierschein wurde.

»Die Königin hat sich noch nicht erhoben«, sagte der junge Hauptmann, »komm und erwarte sie im Saal der Schloßwache.«

Christophe folgte Pardaillan recht langsam. Absichtlich tat er, als bewundere er die hübsche, als Arkade gestaltete Galerie, in der unter der Regierung Ludwigs XII. die Höflinge bei schlechtem Wetter die Stunde der Empfänge im Trockenen abgewartet hatten; jetzt befanden sich darin einige Edelleute aus dem Gefolge der Guisen; denn die noch heutzutage gut erhaltene Treppe, die zu deren Gemächern führte, endet in jener Galerie in einem Turm, den seine baukünstlerische Gestaltung der Bewunderung der Schaulustigen empfiehlt.

»Heda, bist du etwa hergekommen, um Bildhauerstudien zu machen?« rief Pardaillan, als er sah, daß Lecamus vor den hübschen Skulpturen der äußeren Tribünen stehenblieb, die die Säulen jeder Arkade verbinden oder, wenn man will, trennen.

Christophe folgte dem jungen Hauptmann zur Ehrentreppe, nicht ohne den fast maurischen Turm mit einem hingerissenen Blick betrachtet zu haben. Der Schloßhof stand an diesem schönen Vormittag voller Ordonnanz-Hauptleute und Edelherren, die in Gruppen plauderten und deren glänzende Kleidung diese Stätte belebte, welche die über die damals noch neue Fassade verteilten architektonischen Wunder ohnehin schon zu etwas so Glänzendem machten.

»Geh dort hinein«, sagte Pardaillan zu Lecamus und bedeutete ihm durch einen Wink, ihm durch die mit Schnitzwerk verzierte Holztür des zweiten Stockwerks zu folgen; der Türhüter öffnete sie, als er Pardaillan erkannte.

Jeder vermag sich Christophes Staunen beim Betreten jenes damals so weitläufigen Saals der Schloßwachen vorzustellen, den heute ein militärischer Geistesblitz durch eine Zwischenwand[271] geteilt hat, um daraus zwei Korporalschaftsstuben zu machen; er nimmt nämlich im zweiten Stock beim König wie im ersten bei der Königin-Mutter ein Drittel der Fassade nach der Hofseite hin ein; denn er erhält sein Licht durch zwei Fenster zur Linken und zwei Fenster zur Rechten des Turms, in dem die berühmte Treppe sich emporwindet[272]. Der junge Hauptmann schritt auf die Tür des Schlafgemachs des Königspaars zu, die in diesen geräumigen Saal führte, und sagte zu einem der beiden Pagen vom Dienst, er möge Madame d'Ayelle[273], eine der Kammerfrauen der Königin, benachrichtigen, daß der Kürschner mit ihren Schauben im Saal sei.

Auf einen Wink Pardaillans stellte sich Christophe neben einen Offizier; dieser saß auf einem Schemel vor einem Kamin, der so groß wie der Laden von Christophes Vater war und sich am einen Ende des riesigen Saals befand, gegenüber genau demselben Kamin am andern Ende. Er plauderte mit jenem Leutnant und fand schließlich dessen Interesse, als er ihm von den Nöten des Handels erzählte. Christophe wirkte so durch und durch als Kaufmann, daß der Offizier diese Meinung den Hauptmann der Schottengarde teilen ließ, der vom Schloßhof heraufgekommen war, um Christophe auszufragen, wobei er ihn verstohlen und sorgfältig musterte.

So gut Christophe Lecamus auch vorbereitet sein mochte, er konnte dennoch nicht die kalte Wildheit der Interessen begreifen, in die hinein Chandieu ihn geschoben hatte. Für einen Beobachter, der das Geheimnis jener Szene gekannt hätte, wie der Historiker es heutzutage kennt, wäre Grund genug zum Erbeben beim Anblick dieses jungen Menschen vorhanden gewesen, der Hoffnung zweier Familien, der sich zwischen jene beiden mächtigen, erbarmungslosen Triebwerke, Katharina und die Guisen, gewagt hatte. Aber gibt es denn viele Mutige, die die Ausdehnung ihrer Gefahren ermessen? Aus der Art und Weise, wie der Hafen von Blois, die Stadt und das Schloß bewacht wurden, war Christophe darauf gefaßt, überall Fallen und Spione vorzufinden, und so hatte er sich entschlossen, die Gewichtigkeit seiner Sendung und seine innerliche Spannung mit dem nichtigen, kaufmännischen Augenschein zu tarnen, den er vor den Augen des jungen Pardaillan, des Wachtoffiziers und des Hauptmanns zur Schau getragen hatte.

Das Hin und Her, das in einem Königsschloß die Stunde des Levers begleitet, begann sich zu bekunden. Die Edelleute, deren Pferde und Pagen oder Reitknechte im äußeren Hof des Schlosses zurückgeblieben waren, denn niemand, den König und die Königin ausgenommen, hatte das Recht, den inneren Hof zu Pferde zu betreten, stiegen gruppenweise die prächtige Treppe hinan und erfüllten den großen Saal mit den beiden Kaminen, dessen starke Balken heute nicht mehr ihre Verzierungen aufweisen; häßliche, rote, kleine viereckige Fliesen ersetzen dort die reichen Mosaiken der Fußböden; damals jedoch verkleideten die Gobelins der Krone die dicken, heute mit Kalk beworfenen Mauern, und nach Herzenslust erstrahlten dort die Künste jener in den Annalen der Menschheit einzig dastehenden Epoche. Reformierte und Katholiken kamen ebensosehr, um Neuigkeiten zu erfahren und die Gesichter zu mustern, wie um dem König ihre Aufwartung zu machen. Das Übermaß der Liebe Franz' II. zu Maria Stuart, der sich weder die Guisen noch die Königin-Mutter entgegenstemmten, und das politische Entgegenkommen, zu dem Maria Stuart sich hergab, hatten dem König alle Macht genommen; daher kannte er, obwohl siebzehn Jahre alt, vom Königtum nur dessen Freuden und von der Ehe nur die Wollüste einer ersten Leidenschaft. Im Grunde huldigte jeder nur der Königin Maria, deren Onkel, dem Kardinal von Lothringen, und dem Großmeister.

Jenes Gewoge vollzog sich vor Christophes Augen; mit verständlicher Neugier beobachtete er die Ankunft jeder Persönlichkeit. Ein prächtiger Türvorhang, an dessen beiden Seiten zwei Pagen und zwei Wachen der Schottenkompanie standen, die an jenem Tage Dienst hatten, zeigte ihm, daß dort der Eingang zu dem königlichen Schlafgemach sei, das dem Sohn des gegenwärtigen Großmeisters, dem zweiten Balafré, so verhängnisvoll werden sollte; er verröchelte zu Füßen des Bettes, das jetzt Maria Stuart und Franz II. innehatten. Die Ehrendamen der Königin umstanden den Kamin gegenüber demjenigen, wo Christophe noch immer mit dem Hauptmann der Wache plauderte. Durch seine Lage war jener zweite Kamin der »Ehrenkamin«, weil er nämlich in die dicke Mauer des Ratssaals[274] zwischen der Tür des königlichen Schlafgemachs und derjenigen des Ratssaals eingebaut worden ist, so daß die Damen und die Edelherren, die das Recht hatten, sich dort aufzuhalten, an einer Stelle standen, wo der König und die Königinnen vorüberschreiten mußten. Die Höflinge waren sich gewiß, Katharina zu sehen, denn deren Ehrendamen, die Trauer trugen wie der gesamte Hof, kamen aus den Gemächern der Königin-Mutter herauf, geführt von der Gräfin de' Fieschi[275], und nahmen ihren Platz an der Seite des Ratssaals ein, gegenüber den Damen der jungen Königin, die von der Herzogin von Guise[276] hergeleitet worden waren und an der gegenüberliegenden Seite standen, nach dem königlichen Schlafgemach hin. Zwischen diesen jungen Damen, die den ersten Familien des Königreichs angehörten, ließen die Höflinge einen Raum von ein paar Schritten, den zu überschreiten nur die größten Herren die Erlaubnis besaßen. Die Gräfin de' Fieschi und die Herzogin von Guise saßen, wozu ihre Hofämter sie berechtigten, inmitten dieser adligen Mädchen, die samt und sonders standen. Einer der ersten, der sich diesen beiden so gefährlichen Scharen zugesellte, war der Herzog von Orléans, der Bruder des Königs, der aus seinen darüber gelegenen Gemächern heruntergekommen war und den Monsieur de Cypierre, sein Erzieher, begleitete. Der junge Fürst, der, noch ehe das Jahr zu Ende ging, unter dem Namen Karl IX. herrschen sollte, war damals zehn Jahre alt und von ungemeiner Schüchternheit. Der Herzog von Anjou und der Herzog von Alençon, seine beiden Brüder, sowie die Prinzessin Marguerite, die später die Gemahlin Heinrichs IV. wurde, waren noch zu jung, um bei Hofe zu erscheinen; sie waren unter der Obhut ihrer Mutter in deren Gemächern geblieben. Der Herzog von Orléans war der Mode der Zeit entsprechend prächtig gekleidet; er trug seidene Kniehosen, einen bis zum Knie reichenden Überrock aus Goldbrokat mit schwarzem Blumenmuster und einen kleinen, bestickten Samtmantel, alles völlig in Schwarz (er trug noch Trauer um den König, seinen Vater); er begrüßte die beiden Ehrendamen und blieb bei den jungen Damen seiner Mutter stehen. Schon jetzt war er von Abneigung gegen die Anhänger des Hauses Guise erfüllt; er beantwortete die Worte der Herzogin kühl und stützte dabei den Arm auf die hohe Rückenlehne des Stuhls der Gräfin de' Fieschi. Sein Erzieher, einer der schönsten Charaktere jener Zeit, Monsieur de Cypierre[277], blieb hinter ihm stehen wie ein trophäenartiger Waffenaufbau. Amyot[278], in schlichter Abbé-Soutane, begleitete den Prinzen ebenfalls; er war bereits sein Lehrer, wie er derjenige der drei anderen Prinzen wurde, deren Zuneigung ihm so nützlich werden sollte. Zwischen dem Ehrenkamin und demjenigen, vor dem sich am Ende jenes Saals der Wachen deren Hauptmann, ein paar Höflinge und der seinen Karton tragende Christophe aufgestellt hatten, ging der Kanzler Olivier, der Gönner und Vorgänger de L'Hospitals, gekleidet, wie es die Kanzler von Frankreich von je gewesen sind, mit dem Kardinal von Tournon[279] auf und ab, der unlängst aus Rom gekommen war; die beiden tauschten ein paar geflüsterte Sätze aus inmitten der allgemeinen Aufmerksamkeit, die ihnen die längs der Mauer aufgereihten Edelherren zollten; jene Mauer trennt den Saal vom Schlafgemach des Königs und wirkte jetzt wie ein lebender Gobelin vor dem üppig gewebten Gobelin mit den tausend Gestalten. Ungeachtet des Ernstes der Umstände bot der Hof den Anblick, den alle Höfe in allen Ländern zu allen Zeiten auch in den größten Gefahren bieten; Höflinge, die von gleichgültigen Dingen sprechen und an gewichtige Dinge denken, die scherzen und dabei die Gesichter mustern und sich inmitten der blutigsten Katastrophen mit der Liebe und Eheschließungen mit Erbinnen befassen.

»Was haltet Ihr von dem gestrigen Fest?« fragte Bourdeilles, Herr von Brantôme[280], und trat an Mademoiselle de Piennes[281], eine der jungen Damen der Königin-Mutter, heran.

»Die Herren du Baëf[282] und du Bellay[283] haben sich nur Schönes einfallen lassen«, sagte sie und deutete auf die beiden Festordner, die ein paar Schritte entfernt standen ... »Ich habe es abscheulich geschmacklos gefunden«, fügte sie leise hinzu.

»Hattet Ihr etwa keine Rolle?« fragte Mademoiselle de Lewiston[284] von der andern Seite her.

»Was lesen Sie da, Madame?« fragte Amyot die Gräfin de' Fieschi.

» ›Amadis von Gallien‹, von dem edlen Herrn des Essarts, Bevollmächtigtem der Artillerie des Königs[285].«

»Ein bezauberndes Werk«, sagte die schöne junge Dame, die später, als sie Ehrendame der Königin Marguerite von Navarra geworden war, unter dem Namen »La Fosseuse[286]« so berühmt geworden ist.

»Der Stil ist in seiner Form etwas Neues«, sagte Amyot. »Würdet Ihr diese Barbarismen übernehmen?« fügte er hinzu und blickte Brantôme an.

»Den Damen gefällt er, da ist nichts zu machen!« rief Brantôme und ging zu Madame von Guise hinüber; sie hielt Boccaccios ›Berühmte Damen[287]‹ in der Hand. »Es müssen darin Damen Ihres Hauses erwähnt worden sein, Madame«, sagte er. »Aber der Sieur Boccaccio hat unrecht getan, nicht unser Zeitgenosse zu sein; er hätte eine Fülle von Themen zur Vervollständigung seiner Bände gefunden . . .«

»Wie geschickt dieser Monsieur de Brantôme ist«, sagte die schöne Mademoiselle de Limeuil[288] zur Gräfin de' Fieschi, »erst hat er sich uns zugesellt, aber jetzt wird er im Lager der Guisen bleiben.«

»Pst!« machte Madame de' Fieschi und blickte die schöne Limeuil an. »Kümmert Euch um das, was Euch selber betrifft . . .«

Das junge Mädchen wandte die Augen der Tür zu. Sie erwartete Sardini[289], einen adligen Italiener, mit dem die Königin-Mutter, ihre Verwandte, sie später verheiratete, nach dem Zwischenfall, der ihr im Toilette-Kabinett Katharinas zustieß, und der ihr die Ehre eintrug, als Hebamme eine Königin zu haben.

»Beim heiligen Alipantin[290], Mademoiselle d'Avila kommt mir jeden Morgen hübscher vor«, sagte der Staatssekretär Monsieur de Robertet[291] und begrüßte die Gruppe der Königin-Mutter.

Das Kommen des Staatssekretärs, der genau das war, was heute ein Minister ist, erregte keinerlei Aufsehen.

»Wenn dem so ist, Monsieur, dann leiht mir doch die Schmähschrift gegen die Herren von Guise; ich weiß, daß sie Euch geliehen worden ist«, sagte Mademoiselle d'Avila zu Robertet.

»Ich habe sie nicht mehr«, antwortete der Sekretär, ging hinüber und begrüßte Madame von Guise.

»Ich habe sie«, sagte der Graf de Gramont[292], »aber ich gebe sie Euch nur unter *einer* Bedingung . . .«

»Ihr stellt Bedingungen . . .? Pfui!« sagte Madame de' Fieschi.

»Ihr wißt ja gar nicht, was ich will«, antwortete Gramont.

»Oh, das läßt sich erraten«, sagte die Limeuil.

Der italienische Brauch, die Damen so zu nennen wie die Bauern ihre Frauen, die Soundso, war damals am französischen Hof Mode.

»Da irrt Ihr Euch«, entgegnete lebhaft der Graf, »es handelt sich lediglich darum, Mademoiselle de Matha[293], einem der Mädchen vom andern Gestade, einen Brief meines Vetters de Jarnac[294] zu übergeben.«

»Kompromittiert mir meine Mädchen nicht«, sagte die Gräfin de' Fieschi, »ich selber will ihn aushändigen!«

»Wißt Ihr, was in Flandern vor sich geht?« fragte Madame de' Fieschi den Kardinal von Tournon. »Es scheint, daß Monsieur d'Egmont[295] etwas ganz Neues unternimmt.«

»Er und der Prinz von Oranien«, entgegnete Cypierre und vollführte ein bezeichnendes Achselzucken.

»Der Herzog von Alba und der Kardinal Granvelle gehen hin, nicht wahr?« fragte Amyot den Kardinal von Tournon, der düster und sorgenvoll zwischen den beiden Gruppen verharrte, nachdem er sein Gespräch mit dem Kanzler abgeschlossen hatte.

»Glücklicherweise herrscht bei uns Ruhe, und wir brauchen die Ketzerei nur auf der Bühne zu besiegen«, sagte der junge Herzog von Orléans; er spielte damit auf die Rolle an, die er am Vorabend innegehabt hatte, diejenige eines Ritters, der eine Hydra zähmte, auf deren Stirn das Wort »Reformation« geschrieben stand.

Katharina von Medici, hierin im Einvernehmen mit ihrer Schwiegertochter, hatte in dem großen Saal, der später den Ständen von Blois eingeräumt wurde, und in dem, wie bereits gesagt, das Schloß Franz' I. und dasjenige Ludwigs XII. zusammenstießen, einen Theaterraum herrichten lassen.

Der Kardinal gab keine Antwort und nahm seinen Gang in der Mitte des Saals wieder auf; er unterhielt sich dabei leise mit Monsieur de Robertet und dem Kanzler. Sehr viele Menschen wissen nicht, mit welchen Schwierigkeiten die seither zu Ministerien gewordenen Staatssekretariate in ihren Anfangszeiten zu kämpfen hatten und welche Mühe es die Könige von Frankreich gekostet hat, sie zu schaffen. Zu jener Zeit war ein Staatssekretär wie Robertet schlicht und einfach eine Schreibkraft; er zählte kaum in der Schar der Fürsten und Großen, die die Staatsangelegenheiten entschieden. An ministeriellen Funktionen gab es damals lediglich die des Oberintendanten der Finanzen, des Kanzlers und des Siegelbewahrers[296]. Einen Platz in ihrem Staatsrat gaben die Könige durch Patentbriefe denjenigen ihrer Untertanen, deren Meinungen sie für die Führung der öffentlichen Angelegenheiten nützlich dünkten. Man ließ zum Rat einen Kammerpräsidenten des Parlamentsgerichts, einen Bischof, einen Günstling ohne Titel zu. Gehörte der Untertan einmal dem Staatsrat an, so befestigte er seine Stellung darin, daß er sich mit Kronämtern bekleiden ließ, mit denen Befugnisse verbunden waren, etwa mit Statthalterschaften, mit dem Degen des Kronfeldherrn, der Großmeisterschaft des Geschützwesens, dem Marschallstab, der Stellung eines Generalobersten einer militärischen Einheit, eines Großadmirals, dem Generalkapitanat der Galeeren oder auch mit einem Hofamt wie dem des Großmeisters der königlichen Haustruppen, das damals der Herzog von Guise innehatte.

»Glaubt Ihr, daß der Herzog von Nemours Françoise heiratet?« fragte Madame de Guise den Lehrer des Herzogs von Orléans.

»Ach, Madame«, antwortete er, »ich kenne mich nur im Latein aus.«

Diese Antwort ließ alle, die in Hörweite standen, lächeln. In jenem Augenblick war die Verführung der Françoise de Rohan[297] durch den Herzog von Nemours das Thema aller Gespräche; aber da der Herzog von Nemours der Vetter Franz' II. war und durch seine Mutter zweifach mit dem Hause Valois verwandt, betrachteten die Guisen ihn mehr als verführt denn als Verführer. Dennoch war die Geltung des Hauses Rohan so groß, daß nach der Regierung Franz' II. der Herzog von Nemours zum Verlassen Frankreichs genötigt wurde, eines Prozesses wegen, den die Rohans gegen ihn angestrengt hatten und der durch die Geltung der Guisen auf einen Vergleich hinauslief. Seine Eheschließung mit der Herzogin von Guise nach Poltrots[298] Mordtat vermag die Frage zu erklären, die die Herzogin an Amyot gerichtet hatte; sie enthüllte die Nebenbuhlerschaft, die zwischen Mademoiselle de Rohan und der Herzogin sicherlich bestanden hat.

»Aber seht Euch mal die Gruppe der Mißzufriedenen da drüben an«, sagte der Graf von Gramont und deutete auf die Herren de Coligny, den Kardinal de Châtillon[299], Damville, Thoret, Méru[300] und mehrere andere Edelleute, die im Verdacht standen, mit der Reformation zu tun zu haben; sie hielten sich sämtlich an der anderen Kaminseite zwischen zwei Fenstern auf.

»Die Hugenotten regen sich«, sagte Cypierre. »Wir wissen, daß Théodore de Bèze in Nérac ist; er will bei der Königin von Navarra durchsetzen, daß sie sich für die Reformation erklärt und öffentlich abschwört«, fügte er hinzu und blickte den Landeshauptmann von Orléans an, der auch der Kanzler der Königin von Navarra war und den Hof bespitzelte.

»Sie wird es tun!« antwortete der Landeshauptmann von Orléans trocken.

Diese Persönlichkeit, der Jacques Coeur[301] von Orléans, einer der reichsten Bürger jener Zeit, hieß Groslot[302] und vertrat die Interessen der Jeanne d'Albret am französischen Hof.

»Glaubt Ihr das tatsächlich?« fragte der Kanzler von Frankreich den Kanzler von Navarra und schätzte die Tragweite der Behauptung Groslots ab.

»Wißt Ihr denn nicht«, fragte der reiche Mann aus Orléans, »daß diese Königin von einer Frau nichts als das Geschlecht hat? Sie geht gänzlich in männlichen Dingen auf, sie besitzt einen ausgeprägten Sinn für die großen Staatsdinge und ein unbesiegliches Herz gegenüber großen Mißgeschicken[303].«

»Herr Kardinal«, sagte der Kanzler Olivier zu Monsieur de Tournon, der Groslot zugehört hatte, »was haltet Ihr von solcher Kühnheit?«

»Die Königin von Navarra hat wohlgetan, sich als Kanzler

einen Mann zu erwählen, bei dem das Haus Lothringen Anleihen machen kann und der dem König sein Stadtpalais anbietet, wenn davon die Rede ist, nach Orléans zu gehen«, antwortete der Kardinal.

Jetzt schauten der Kanzler und der Kardinal einander an, wagten indessen nicht, sich ihre Gedanken mitzuteilen; aber Robertet verlieh ihnen für sie Ausdruck, denn er hielt es für erforderlich, mehr Ergebenheit für die Guisen zu bezeigen als jene großen Persönlichkeiten, zumal da er ja unter ihnen stand.

»Es ist ein großes Unglück, daß das Haus Navarra, anstatt der Religion seiner Väter abzuschwören, nicht dem Geist der Rache und der Rebellion abschwört, den ihm der Kronfeldherr von Bourbon[304] eingeflößt hat. Wir werden abermals die Fehden der Armagnacs und der Burgunder[305] erleben.«

»Nein«, sagte Groslot, »denn in dem Kardinal von Lothringen steckt etwas von Ludwig XI.«

»Und auch in der Königin Katharina«, entgegnete Robertet.

In diesem Augenblick durchschritt Madame d'Ayelle, die Lieblingskammerfrau der Königin Maria Stuart, den Saal und ging auf das Schlafgemach der Königin zu. Das Kommen und Gehen der Kammerfrau rief einige Bewegung hervor.

»Wir können bald hineingehen«, sagte Madame de' Fieschi.

»Das glaube ich nicht«, antwortete Madame de Guise. »Ihre Majetäten werden herauskommen; es soll ja großer Staatsrat gehalten werden.«

Die d'Ayelle schlüpfte in das königliche Schlafgemach, nachdem sie an der Tür gekratzt hatte; das war eine respektvolle Form, die Katharina von Medici erfunden hatte und die vom französischen Hof übernommen worden war.

»Was für Wetter ist heute, liebe d'Ayelle?« fragte Königin Maria, als sich ihr hellhäutiges, frisches Gesicht außerhalb des Bettes zeigte, dessen Vorhänge sich bewegten.

»Ach, Madame . . .«

»Was ist dir denn, d'Ayelle? Man könnte meinen, die Häscher seien hinter dir her.«

»Oh, Madame, schläft der König noch?«

»Ja.«

»Wir müssen das Schloß verlassen, und der Herr Kardinal hat

mich gebeten, es Euch zu sagen, damit Ihr den König dazu geneigt macht.«

»Weißt du, warum, gute d' Ayelle?«

»Die Reformierten wollen Euch entführen ...«

»Ach, diese neue Religion wird mich nicht in Ruhe lassen! Diese Nacht habe ich geträumt, ich sei im Gefängnis, ich, die ich die drei schönsten Kronen der Welt vereinigen soll[306].«

»Deswegen ist es ja nur ein Traum, Madame!«

»Entführt werden ...? Das wäre recht hübsch; aber aus religiösen Gründen und von Ketzern, das ist ein Graus.«

Die Königin hüpfte aus dem Bett und setzte sich vor dem Kamin in einen großen, mit rotem Samt bezogenen Sessel, nachdem die d'Ayelle ihr einen Morgenrock aus schwarzem Samt gereicht hatte; sie raffte ihn um die Taille leicht mit einer Seidenkordel zusammen. Die d'Ayelle zündete das Feuer an, denn die Maimorgen an den Ufern der Loire sind ziemlich kühl.

»Also haben meine Oheime diese Neuigkeiten während der Nacht erhalten?« fragte die Königin die d'Ayelle; sie verkehrte mit ihr ganz zwanglos.

»Seit dem frühen Morgen gehen die Herren von Guise auf der Terrasse auf und ab, um von niemandem belauscht zu werden, und dort haben sie auch die Sendboten empfangen, die von verschiedenen Punkten des Königreichs, wo die Reformierten sich regen, herbeigeeilt sind. Die Frau Königin-Mutter war mit ihren Italienern ebenfalls dort und hat wohl gehofft, sie werde um Rat gefragt werden; aber sie ist zu dieser kleinen Beratung nicht hinzugezogen worden.«

»Da muß sie schön wütend sein!«

»Um so mehr, als in ihr noch ein Zornesrest von gestern war. Es heißt, sie sei mißgestimmt gewesen, als sie Eure Majetät in dem Gewand aus gesponnenen Goldfäden und dem hübschen lohfarbenen Kreppschleier erscheinen sah ...«

»Geh jetzt, gute d'Ayelle, der König erwacht. Niemand soll uns stören, nicht einmal die kleinen Entrées finden statt; es handelt sich um Staatsgeschäfte, und meine Oheime werden uns in Ruhe lassen.«

»Ach, meine liebe Maria, bist du denn schon aufgestanden? Ist es schon heller Tag?« fragte der junge König beim Erwachen.

»Mein Geliebter, während wir schlafen, wachen die schlechten Menschen und wollen uns zwingen, diese schöne Wohnstatt zu verlassen.«

»Was redest du da von schlechten Menschen, Liebste! Hätten wir gestern abend nicht das hübscheste Fest der Welt gefeiert, wären nicht die lateinischen Worte gewesen, die jene Herren in unser Französisch gemischt haben?«

»Ach«, sagte Maria, »das ist eine sehr geschmackvolle Sprache; schon Rabelais hat sie ins rechte Licht gesetzt.«

»Du bist eine Gelehrte, und mich wurmt es, daß ich dich nicht in Versen lobpreisen kann; wäre ich nicht König, so würde ich meinem Bruder den Meister Amyot wieder wegnehmen, bei dem er soviel lernt.«

»Beneidet Euern Bruder um nichts; er schreibt Gedichte, zeigt sie mir und bittet mich, ihm die meinigen zu zeigen. Wirklich, Ihr seid der beste von den vieren, und Ihr werdet ein so guter König sein, wie Ihr ein liebenswerter Liebhaber seid. Vielleicht liebt Euch Eure Mutter gerade deswegen so wenig! Aber seid unbesorgt. Ich, mein liebes Herz, will dich für die ganze Welt lieben.«

»Ich bin nicht soviel wert, daß ich eine so vollkommene Königin lieben dürfte«, sagte der kleine König. »Ich weiß nicht, was mich gestern davon abgehalten hat, dich vor dem ganzen Hof zu küssen, als du den Fackelreigen getanzt hattest! Ich habe klar und deutlich gesehen, daß alle Frauen neben dir wie Mägde wirkten, meine schöne Maria ...«

»Dafür, daß Ihr nur in Prosa redet, sprecht Ihr zum Entzükken, mein Geliebter; aber es spricht aus Euch ja auch die Liebe. Und Ihr wißt ja nur zu gut, daß ich Euch genauso lieben würde, wenn Ihr nichts als ein armer kleiner Page wäret, und daß es dennoch nichts Köstlicheres gibt, als sich sagen zu können: Mein Geliebter ist König.«

»Ach, der hübsche Arm! Warum müssen wir uns ankleiden? Ich mag so gern mit den Fingern durch dein weiches Haar fahren und seine weichen Kringel durcheinanderbringen. Ach, Geliebte, laß deine Frauen nicht mehr diesen weißen Hals und diesen niedlichen Rücken küssen, duldet es nicht mehr! Es ist schon zuviel, daß Schottlands Nebel darüber hinweggeglitten sind.«

»Wollt Ihr Euch nicht mal mein geliebtes Heimatland anschauen? Die Schotten werden Euch liebgewinnen, und dort wird es keinen Aufruhr geben wie hier.«

»Wer stiftet denn Aufruhr in unserem Königreich?« fragte Franz von Valois, schlug sein Gewand übereinander und nahm Maria Stuart aufs Knie.

»Oh, dies alles ist sicherlich sehr hübsch«, sagte sie und entzog dem König ihre Wange. »Aber Ihr habt zu regieren, ich bitt' Euch, meine süße Majestät.«

»Was sprichst du von regieren? Ich will heute morgen ...«

»Muß man sagen, ›ich will‹, wenn man alles kann? So spricht weder ein König noch ein Liebhaber. Aber nicht darum handelt es sich jetzt, laß es. Wir haben etwas Wichtiges zu erledigen.«

»Ach«, sagte der König, »es ist lange her, daß wir etwas zu tun hatten. Ist es was Amüsantes?«

»Nein«, sagte Maria, »es handelt sich darum, daß wir umziehen müssen.«

»Ich wette, Geliebte, daß Ihr einen Eurer Oheime gesehen habt; die regeln alles so gut, daß ich mit meinen siebzehn Jahren wie ein König dastehe, der untätig ist. Im Grunde weiß ich nicht, warum ich nach meinem ersten Staatsrat auch an den übrigen teilgenommen habe! Die beiden könnten dort alles ebensogut erledigen, wenn sie eine Krone auf meinen Sessel legten; ich sehe lediglich durch ihre Augen und entscheide blindlings.«

»Oh, Monsieur«, rief die Königin und sprang von den Knien des Königs herunter, wobei sie eine leicht verärgerte Miene aufsetzte, »es ist gesagt worden, Ihr brauchtet mir in dieser Hinsicht nicht die mindeste Not mehr zu machen, und meine Oheime würden die königliche Macht für das Glück Eures Volkes ausüben. Ist dein Volk etwa nett? Wenn du es ganz allein regieren wolltest, so würde es dich verschlucken wie eine Erdbeere. Es bedarf der Kriegsleute, eines rauhen Herrn und der Hände in eisernen Handschuhen; wogegen du ein reizender Junge bist, den ich so liebe, wie er ist, den ich, wäre er anders, nicht lieben würde, habt Ihr verstanden, Monsieur?« fragte sie und küßte die Stirn dieses Knaben, der, wie es schien, gegen diese Rede hatte aufbegehren wollen und den diese Liebesbezeigung besänftigte.

»Ach, wenn sie nicht Eure Oheime wären!« rief Franz II.

»Dieser Kardinal mißfällt mir gründlich, und wenn er seine leisetreterische Miene aufsetzt und sein unterwürfiges Gehaben annimmt, sich verneigt und zu mir sagt: ›Majestät, hier handelt es sich um die Ehre der Krone und den Glauben Eurer Väter; Eure Majestät sollten so etwas nicht dulden‹, und so weiter, und so weiter ..., dann bin ich überzeugt, daß er lediglich für sein verfluchtes Haus Lothringen arbeitet.«

»Wie gut du ihn nachgeahmt hast!« sagte die Königin. »Aber warum bedient Ihr Euch nicht der Lothringer, um Euch über alles zu unterrichten, was vorgeht, um dann selber zu regieren, wenn Ihr erst wirklich volljährig seid? Ich bin Eure Gattin, und Eure Ehre ist die meine. Wir werden regieren, das glaub nur, mein Liebling! Aber bis zu dem Augenblick, da wir unsern Willen durchsetzen können, wird nicht alles rosig für uns sein! Für einen König gibt es nichts Schwierigeres, als zu regieren! Bin ich etwa Königin? Glaubt Ihr, Eure Mutter kehre für mich nicht alles zum Übel, was meine Oheime an Gutem für den Glanz Eures Thrones tun? Haha, welch ein Unterschied! Meine Oheime sind große Fürsten, Nachkommen Karls des Großen, voller Rücksichtnahme, sie würden für Euch sterben; während diese Mediziner- oder Kaufmannstochter, die durch einen Zufall Königin von Frankreich wurde, zänkisch wie ein Bürgerweib ist, das nicht die Alleinherrschaft im Haus führt. Dieser Italienerin mißfällt es, daß sie hier nicht alles entzweien kann, und so zeigt sie mir jeden Augenblick ihr bleiches, ernstes Gesicht, und dann kneift sie die Lippen zusammen und sagt zu mir: ›Mein Kind, Ihr seid Königin, ich bin nur noch die zweite Dame im Königreich. (Sie platzt vor Wut, verstehst du, mein Liebling?) Aber wäre ich an Eurer Stelle, so würde ich nicht scharlachroten Samt tragen, solange der Hof in Trauer ist, und würde nicht öffentlich mit schlichtem Haar und ohne Edelsteine erscheinen, weil das, was sich für eine schlichte Dame nicht schickt, für eine Königin noch weit weniger angemessen ist. Auch würde ich selber nicht tanzen, sondern mich damit begnügen, dem Tanz zuzuschauen!‹ Das hat sie mir gesagt.«

»Du lieber Gott«, antwortete der König, »ich glaube sie zu hören. Mein Gott, wenn sie wüßte ...«

»Oh, Ihr zittert noch immer vor ihr. Sag, ist sie dir lästig?

Dann schicken wir sie weg. Wahrhaftig, dich hinters Licht zu führen, das ginge noch an, schließlich stammt die gute Dame aus Florenz; aber dir lästig sein ...«

»Im Namen des Himmels, Maria, schweig«, sagte Franz beunruhigt und zugleich zufrieden, »ich möchte nicht, daß du ihr Wohlwollen einbüßtest.«

»Habt keine Furcht, daß sie sich je mit mir überwürfe, mit mir, die ich die drei schönsten Kronen der Welt trage, mein lieber kleiner König«, sagte Maria Stuart. »Wenn sie mich auch aus tausenderlei Gründen haßt, sie hätschelt mich dennoch, um mich von meinen Oheimen loszureißen.«

»Dich hassen ...!«

»Ja, mein Engel, und wenn ich nicht tausend jener Beweise hätte, die die Frauen einander von diesem Gefühl geben, Beweise, deren Boshaftigkeit einzig von ihnen verstanden wird, würde mir ihr ständiger Widerstand gegen unsere lieben Liebesbezeigungen genügen. Ist es meine Schuld, wenn dein Vater Mademoiselle Medici nie hat leiden können? Kurzum, sie mag mich so wenig, daß Ihr habt in Zorn geraten müssen, damit wir nicht jeder ein Gemach für sich selber bekommen haben, hier und in Saint-Germain. Sie hat behauptet, so sei es Brauch bei den Königen und Königinnen Frankreichs. Brauch! Es war der Brauch Eures Vaters, und das ist verständlich. Und was Euern Großvater Franz betrifft, so hatte dieser Biedermann jenen Brauch eingeführt, damit er es bei seinen Liebschaften desto bequemer hatte. Also haltet die Augen offen! Wenn wir von hier fortgehen, darf der Großmeister uns keinesfalls trennen.«

»Wenn wir von hier fortgehen, Maria? Aber ich selber will ja gar nicht dieses hübsche Schloß verlassen; wir sehen von hier aus die Loire und das Land um Blois, haben eine Stadt zu unseren Füßen, den schönsten Himmel der Welt über unsern Häuptern und diese köstlichen Gärten. Wenn ich je von hier fortgehe, dann nur, um mit dir nach Italien zu reisen und die Gemälde Raffaels und Sankt-Peter zu sehen.«

»Und die Orangenhaine? O mein Liebling und König, wenn du wüßtest, welch ein Verlangen deine Maria hat, sich unter Orangenbäumen zu ergehen, die gleichzeitig blühen und Früchte tragen! Ach, vielleicht werde ich sie nie zu sehen bekommen. Ach, ein italienisches Lied unter diesen duftenden Bäumen hören, am Saum eines blauen Meers, unter blauem Himmel, und uns dabei so umschlungen halten!«

»Laß uns aufbrechen«, sagte der König.

»Aufbrechen!« rief der eintretende Großmeister. »Ja, Majestät, es handelt sich darum, Blois zu verlassen. Verzeiht meine Kühnheit; aber die Umstände sind stärker als die Etikette; und ich komme, um Euch inständig zu bitten, einen Kronrat abzuhalten.«

Maria und Franz waren hastig auseinandergefahren, als sie auf diese Weise überrascht wurden, und beider Gesichter hatten den gleichen Ausdruck beleidigter königlicher Majestät.

»Ihr seid ein allzu großer Herr und Meister, Monsieur de Guise«, sagte der junge König und rang seinen Zorn nieder.

»Daß alle Verliebten der Teufel hole!« sagte der Kardinal leise zu Katharina.

»Mein Sohn«, antwortete die Königin-Mutter und trat hinter dem Kardinal hervor, »es handelt sich um die Sicherheit Eurer Person und Eures Königreichs.«

»Das Ketzertum hat gewacht, während Ihr schliefet, Sire«, sagte der Kardinal.

»Zieht Euch in den Saal zurück«, gab der kleine König zurück, »danach halten wir dann Ratssitzung.«

»Madame«, sagte der Großmeister zur Königin, »der Sohn Eures Kürschners bringt Euch Euer Pelzwerk; es kommt Euch für die Reise zustatten, da wir möglicherweise an der Loire entlangfahren. Aber«, sagte er und wandte sich dabei der Königin-Mutter zu, »er möchte auch Euch sprechen, Madame. Während der König sich ankleidet, könnt Ihr und die Königin ihn rasch abfertigen, damit wir durch diese Nebensächlichkeit nicht abgelenkt werden.«

»Gern«, sagte Katharina, dachte indessen dabei: »Wenn er damit rechnet, mich mittels solcher Listen loszuwerden, dann kennt er mich nicht.«

Der Kardinal und der Herzog zogen sich zurück und ließen die beiden Königinnen und den König allein. Als der Großmeister abermals den Saal der Wachen durchschritt, um in den Ratssaal zu gelangen, sagte er zu dem Türhüter, er möge den

Kürschner der Königin zu ihm führen. Christophe sah jenen Türhüter vom einen Ende des Saals bis zum andern auf sich zukommen; seiner Tracht wegen hielt er ihn für eine hochgestellte Persönlichkeit, und sein Herz setzte aus; doch jene beim Näherrücken des kritischen Augenblicks so verständliche Empfindung wurde furchtbar, als der Türhüter, dessen Gang als Ergebnis gehabt hatte, daß die Augen dieser ganzen glänzenden Versammlung sich auf Christophe, dessen armselige Erscheinung und dessen Pakete richteten, zu ihm sagte: »Die erlauchten Herren, der Kardinal von Lothringen und der Großmeister, lassen Euch zu sich entbieten, um mit Euch im Ratssaal zu sprechen.«

Christophe folgte dem Türhüter mit niedergeschlagenen Augen; er blickte erst wieder auf, als er sich in dem riesigen Ratssaal befand, dessen Ausmaße fast dem der Wachen entsprachen. Die beiden lothringischen Fürsten standen allein vor dem prächtigen Kamin, der mit dem Rücken an denjenigen stieß, vor dem sich im Saal der Wachen die Damen der beiden Königinnen aufhielten.

»Du kommst also aus Paris; auf welchem Weg?« fragte der Kardinal Christophe.

»Auf dem Wasserweg, Monseigneur«, antwortete der Reformierte.

»Wie bist du in Blois hineingekommen?« fragte der Großmeister.

»Durch den Hafen, Monseigneur.«

»Hat dich niemand behelligt?« fragte der Herzog; er ließ den jungen Menschen nicht aus den Augen.

»Nein, Monseigneur. Dem ersten Soldaten, der Miene machte, mich festzunehmen, habe ich gesagt, ich käme im Dienst der beiden Königinnen; mein Vater sei deren Kürschner.«

»Was tut und treibt man in Paris?« fragte der Kardinal.

»Es wird noch immer nach dem Urheber des Mordes am Präsidenten Minard gefahndet.«

»Bist du nicht der Sohn des besten Freundes meines Wundarztes?« fragte der Herzog, der sich durch Christophes zur Schau getragene Arglosigkeit täuschen ließ, als dessen Verwirrung sich beschwichtigt hatte.

»Ja, Monseigneur.«

Der Herzog verließ den Saal; mit einer ungestümen Gebärde schob er den Vorhang beiseite, der die Doppeltür des Ratssaals verhüllte, und zeigte sein Gesicht allen dort Versammelten; er suchte unter ihnen nach dem Ersten Wundarzt des Königs. Ambroise, der in einer Ecke stand, spürte jäh den Blick, den der Herzog ihm zuschleuderte, und ging zu ihm hin. Ambroise neigte bereits der reformierten Religion zu; später trat er zu ihr über; allein die Freundschaft der Guisen und der Könige von Frankreich bewahrte ihn vor allem Unheil, von dem die Reformierten betroffen wurden. Der Herzog, der sich Ambroise Paré gegenüber verpflichtet fühlte, da er ihm ja doch sein Leben verdankte, hatte ihn vor ein paar Tagen zum Ersten Wundarzt des Königs ernennen lassen.

»Was wünscht Ihr, Monseigneur?« fragte Ambroise. »Sollte der König etwa krank sein? Fast möchte ich es glauben.«

»Wieso?«

»Die Königin ist zu hübsch«, entgegnete der Wundarzt.

»Soso!« stieß der erstaunte Herzog hervor. »Dennoch handelt es sich nicht darum«, fuhr er nach einer Pause fort. »Ambroise, ich will dich mit einem deiner Freunde zusammenbringen«, sagte er, führte ihn auf die Schwelle des Ratssaals und zeigte ihm Christophe.

»Ja, wahrhaftig, Monseigneur«, rief der Wundarzt und streckte Christophe die Hand entgegen. »Wie geht's deinem Vater, Junge?«

»Gut, Meister Ambroise«, antwortete Christophe.

»Und was hast du hier bei Hofe zu suchen?« fragte der Wundarzt. »Es ist doch nicht deine Aufgabe, Pakete zu überbringen; dein Vater will doch, daß du Rechtsverdreher wirst. Suchst du die Gönnerschaft dieser beiden großen Fürsten, um Advokat zu werden?«

»O mein Gott, ja«, sagte Christophe, »aber auch der Interessen meines Vaters wegen; und wenn Ihr Euch für uns einsetzen könnt, dann tretet auf meine Seite«, sagte er und setzte dabei eine klägliche Miene auf, »um von dem Herrn Großmeister eine Zahlungsanweisung auf die Summen zu erlangen, die meinem Vater geschuldet werden; denn ihm steht das Wasser bis zum Halse ...«

Der Kardinal und der Großmeister blickten einander an und schienen befriedigt.

»Verlaßt uns jetzt«, sagte der Großmeister zu Ambroise und gab ihm einen Wink. »Und Ihr, mein Freund«, sagte er zu Christophe, »erledigt rasch Eure Angelegenheiten und kehrt nach Paris zurück. Mein Sekretär wird Euch einen Geleitsbrief geben, denn, bei Gottes Tod, es wird auf den Landstraßen nicht ganz geheuer sein!«

Keiner der beiden Brüder mutmaßte auch nur im geringsten, was für gewichtige Interessen auf Christophe ruhten, nun sie sich überzeugt hatten, daß er tatsächlich der Sohn des guten Katholiken Lecamus, des Hoflieferanten, und daß er lediglich an den Hof gekommen sei, um auf Bezahlung zu dringen.

»Bring ihn in die Nähe des Schlafgemachs der Königin; sie wird sicherlich nach ihm verlangen«, sagte der Kardinal zu dem Wundarzt und deutete auf Christophe.

Während der Sohn des Kürschners im Ratssaal sein Verhör bestand, war der König in sein Ankleidezimmer gegangen, das durch das an das Schlafzimmer stoßende Kabinett betreten wurde, und hatte die Königin der Gesellschaft ihrer Schwiegermutter überlassen.

Die Königin Katharina stand in der geräumigen Nische des riesigen Fensters und blickte im Bann äußerst trauriger Gedanken auf die Gärten hinaus. Sie hatte es erlebt, daß einer der größten Heerführer dieses Jahrhunderts im Lauf des Vormittags, jetzt eben, unter dem schrecklichen Titel eines Verwesers des Königreichs anstelle ihres Sohns, des Königs von Frankreich, eingesetzt werden sollte. Dieser Gefahr stand sie ganz allein gegenüber, ohne eingreifen zu können, wehrlos. Daher hätte man sie in ihrer Trauerkleidung, die sie seit dem Tod Heinrichs II. nicht abgelegt hatte, mit einer Geistererscheinung vergleichen können, so starr war ihr bleiches Gesicht beim Nachdenken. Ihre schwarzen Augen schwammen in jener Unentschlossenheit, die großen Politikern so sehr zum Vorwurf gemacht wird und die bei diesen gerade von der Weite des Blicks herrührt, mittels derer sie alle Schwierigkeiten umfassen, die einen durch die andern ausgleichen und sozusagen alle Möglichkeiten addieren, ehe sie einen Entschluß fassen. Die Ohren klangen ihr, ihr Blut wallte, und dennoch blieb sie ruhig und würdevoll, als sie die Tiefe des politischen Abgrunds ermaß, die noch größer war als die des wirklichen Abgrunds, der sich zu ihren Füßen erstreckte. Nächst dem Tag der Verhaftung des Viztums von Chartres war dieser der zweite jener Schreckenstage, die sich in so großer Zahl in dem ihr verbleibenden königlichen Leben finden sollten; aber er war auch ihr letzter Fehler in der Schule der Macht. Obwohl das Zepter ihren Händen zu entgleiten schien, wollte sie es ergreifen, und sie ergriff es vermöge jener Willenskraft, die weder durch die Bezeigungen der Geringschätzung seitens ihres Schwiegervaters Franz' I. und dessen Hofes, wo sie nichts gegolten hatte, obwohl sie Dauphine gewesen, geschwächt worden war, noch durch die beständigen Abweisungen durch Heinrich II., noch durch den schrecklichen Widerstand der Diane de Poitiers, ihrer Nebenbuhlerin. Ein Mann hätte diese im Schach stehende Königin nicht begriffen; aber die blonde Maria, die so durchtrieben, so geistvoll, so mädchenhaft und schon so erfahren war, musterte sie aus dem Augenwinkel und tat dabei, als trällere sie eine italienische Melodie vor sich hin, wobei sie sich völlig sorglos gab. Ohne die Stürme des verhaltenen Ehrgeizes zu ahnen, die bei der Florentinerin einen leichten kalten Schweiß ausgelöst hatten, wußte die hübsche Schottin mit dem mutwilligen Gesicht, daß die Rangerhöhung ihres Oheims, des Herzogs von Guise, in Katharina innere Wut erzeugt hatte. Nun aber ergötzte sie nichts in stärkerem Maß, als ihre Schwiegermutter zu bespitzeln; sie sah in ihr eine Intrigantin, eine erniedrigte Emporgekommene, die stets zur Rache bereit war. Das Antlitz der einen war ernst und düster, ein wenig Furcht einflößend, der Fahlheit der Italienerinnen wegen, die tagsüber deren Gesichtsfarbe gelbem Elfenbein ähneln läßt, obwohl es bei Kerzenlicht schimmernd wirkt; während das Antlitz der andern frisch und heiter war. Mit sechzehn Jahren zeigte der Kopf der Maria Stuart jene Hellhäutigkeit der Blonden, die sie so berühmt gemacht hat. Ihr junges, pikantes, so rein geschnittenes Gesicht strahlte jene Kinderbosheit wider, die offen ausgedrückt wurde durch die Regelmäßigkeit ihrer Brauen, die Lebhaftigkeit ihrer Augen und die Schalkhaftigkeit ihres hübschen Mundes. Sie entfaltete damals die Anmut einer jungen Katze, die weder die Gefangenschaft noch der Anblick ihres grausigen Schafotts zu beeinträchtigen vermochten. Jene beiden Königinnen, die eine in der Morgenröte, die andere im Sommer ihres Lebens, bildeten somit damals den denkbar größten Gegensatz. Katharina war eine Eindruck machende Königin, eine undurchschaubare Witwe, die nur eine Leidenschaft besaß, nämlich das Machtverlangen. Maria dagegen war der verkörperte Mutwille, eine unbekümmerte junge Gattin, die aus ihren Kronen Spielzeuge machte. Die eine sah ungeheures Unheil voraus, sie mutmaßte schon jetzt die Ermordung der Guisen, weil sie ahnte, daß diese das einzige Mittel sein würde, Leute zu fällen, die imstande waren, sich über den Thron und das Parlamentsgericht zu erheben; kurzum, sie gewahrte die Blutströme eines langen Kampfes; die andere dagegen ahnte nicht, daß sie einmal das Opfer eines Justizmords werden würde. Eine seltsame Erwägung gab der Italienerin wieder ein wenig Beschwichtigung.

»Nach dem, was die Hexe und Ruggieri gesagt haben, geht diese Regierung zu Ende; meine üble Lage wird nicht von Dauer sein«, dachte sie.

Wie seltsam! Auf diese Weise diente eine heute vergessene okkulte Wissenschaft, die urteilende Astrologie, Katharina damals wie in ihrem ganzen Leben als Halt und Stütze, denn ihr Glaube daran wuchs, als sie sah, daß die Vorhersagen derjenigen, die sich dieser Wissenschaft befleißigten, sich mit minutiöser Genauigkeit erfüllten.

»Ihr seid recht trüb gestimmt, Madame?« fragte Maria Stuart und nahm aus den Händen der d'Ayelle jenes Häubchen entgegen, das ihr auf dem Scheitel festgesetzt wurde und dessen aus reichem Spitzenwerk bestehende Flügel sich um die blonden Haartuffen wanden, die ihre Schläfen rahmten.

Der Pinsel der Maler hat diesen Kopfputz so berühmt gemacht, daß er zum ausschließlichen Eigentum der Königin von Schottland geworden ist, obwohl Katharina ihn für sich erfunden hat, als sie für Heinrich II. Trauerkleidung anlegen mußte; aber sie verstand sich nicht darauf, ihn so gefällig wie ihre Schwiegertochter zu tragen, der er sehr viel besser stand. Dieser Beschwerdepunkt war nicht der geringste zwischen der Königin-Mutter und der jungen Königin.

»Ist das ein Vorwurf, den mir die Königin macht?« fragte Katharina und wandte sich ihrer Schwiegertochter zu.

»Ich schulde Euch Respekt und würde dergleichen nie wagen«, entgegnete boshaft die Schottin und schaute die d'Ayelle an.

Zwischen den beiden Königinnen verharrte die Lieblingskammerfrau starr wie ein Feuerbock; ein billigendes Lächeln hätte sie das Leben kosten können.

»Wie könnte ich fröhlich sein gleich Euch, nachdem ich den hochseligen König verloren habe und es nun erlebe, daß das Königreich meines Sohns drauf und dran ist, in Flammen aufzugehen?«

»Die Politik geht Frauen wenig an«, entgegnete Maria Stuart. »Überdies sind ja meine Oheime da.«

Unter den gegenwärtigen Umständen waren diese beiden Äußerungen zwei vergiftete Pfeile.

»Dann wollen wir uns lieber unsere Pelze anschauen, Madame«, sagte die Italienerin ironisch, »so können wir uns mit dem befassen, was uns wirklich angeht, während Eure Oheime die Angelegenheiten des Königreichs entscheiden.«

»Aber wir müssen doch am Staatsrat teilnehmen, Madame; da sind wir nützlicher, als Ihr glaubt.«

»Wir?« fragte Katharina verwundert. »Aber ich verstehe doch kein Latein.«

»Ihr haltet mich für gelehrt!« sagte Maria Stuart lachend. »Nun, ich schwöre Euch, Madame, daß ich mich augenblicklich mit Studien befasse, um auf der Höhe der Medici zu sein; ich möchte mich eines Tages darauf verstehen, die Wunden des Königreichs zu heilen.«

Dieser boshafte Stich traf Katharina ins Herz; er erinnerte an den Ursprung der Medici, die, wie die einen sagten, von einem Arzt, und nach der Meinung der andern von einem reichen Drogisten abstammten. Sie gab keine Antwort. Die d'Ayelle errötete, als ihre Herrin sie anblickte und nach jenen Beifallsbezeigungen suchte, die alle Welt und sogar Königinnen von unter ihnen Stehenden erwarten, wenn keine Zuschauer zugegen sind.

»Eure liebreizenden Worte, Madame, können leider weder die Wunden des Staates noch diejenigen der Kirche heilen«, antwortete Katharina mit ruhiger, kalter Würde. »Das Wissen und

Können meiner Väter auf diesem Gebiet hat ihnen Throne beschert, wogegen Ihr die Euren einbüßen könntet, wenn Ihr in der Gefahr zu scherzen fortfahrt.«

In diesem Augenblick öffnete die d'Ayelle Christophe die Tür; der Erste Wundarzt selber hatte ihn durch ein Kratzen daran angemeldet.

Der Reformierte wollte Katharinas Antlitz genau anschauen; deswegen bezeigte er eine an einer solchen Stätte nur zu begreifliche Verlegenheit; allein die Lebhaftigkeit der Königin Maria, die auf die Kartons zusprang, um ihre Schaube zu sehen, überraschte ihn.

»Madame«, sagte Christophe und wandte sich an die Florentinerin.

Er wandte der andern Königin und der d'Ayelle den Rücken; er nutzte sogleich die Aufmerksamkeit aus, die jene beiden Damen den Pelzen widmeten, um einen kühnen Streich zu wagen.

»Was wollt Ihr von mir?« fragte Katharina und warf ihm einen durchbohrenden Blick zu.

Christophe hatte den vom Prinzen Condé vorgeschlagenen Vertrag, den Plan der Reformierten und die Einzelheiten über deren Streitkräfte auf seinem Herzen verborgengehalten, zwischen seinem Hemd und seinem Tuchüberrock, aber in die Aufstellung der Schulden gewickelt, die Katharina bei dem Kürschner hatte.

»Madame«, sagte er, »mein Vater befindet sich in entsetzlicher Geldverlegenheit; und wenn Ihr geruht, einen Blick auf Eure Rechnungen zu werfen«, fügte er hinzu, entfaltete das Blatt und legte den Vertrag darauf, »werdet Ihr sehen, daß Eure Majestät ihm sechstausend Taler schulden. Seid so gütig und habt Mitleid mit uns. Seht, Madame!« Damit hielt er ihr den Vertrag hin. »Lest. Dies hier datiert von der Thronbesteigung des hochseligen Königs her.«

Katharina wurde durch die einleitenden Worte des Vertrags geblendet, aber sie verlor nicht den Kopf; hastig rollte sie das Papier zusammen und bewunderte die Kühnheit und die Geistesgegenwart dieses jungen Menschen; nach diesem Meisterstreich hatte sie das Gefühl, sie würde verstanden werden, und sie versetzte ihm mit der Papierrolle einen Klaps auf den Kopf.

»Ihr seid recht ungeschickt, Freundchen, daß Ihr die Rechnung vor den Pelzsachen vorzeigt. Lernt die Frauen kennen! Unsere Rechnungen darf man uns immer erst vorweisen, wenn wir zufriedengestellt sind.«

»Ist das die Regel?« fragte die junge Königin ihre Schwiegermutter; diese gab keine Antwort.

»Ach, Ihr edlen Damen, entschuldigt meinen Vater«, sagte Christophe. »Hätte er kein Geld gebraucht, so würdet Ihr Eure Pelze nicht bekommen haben. Die Städte sind in Waffen, und es ist so gefährlich, die Landstraßen entlangzuziehen, daß es unserer schwierigen Lage bedurft hat, damit ich hierherkam. Niemand als ich hat es wagen wollen.«

»Dieser Bursche ist etwas noch nicht Dagewesenes«, sagte Maria Stuart lächelnd.

Zum Verständnis dieser kleinen, so wichtigen Szene ist es nicht unnütz, darauf hinzuweisen, was eine Schaube ist, nämlich, wie schon das Wort *»surcot«* (*sur cotte,* über dem Rock) anzeigt, eine Art eng anliegender Spenzer, den die Frauen über den Oberkörper ziehen und der sie bis zu den Hüften umhüllt und ihre Gestalt betont. Dieses Kleidungsstück schützte Rücken, Brust und Hals gegen die Kälte. Die Schauben waren innen mit Pelzwerk gefüttert, das nach außen hin den Stoff mit einem mehr oder weniger breiten Saum zierte. Maria Stuart probierte ihre Schaube sogleich an und betrachtete sich dabei in einem großen venezianischen Spiegel, um zu sehen, wie deren Wirkung auf der Rückseite war; auf diese Weise hatte sie ihrer Schwiegermutter die Möglichkeit eingeräumt, die Papiere prüfend anzuschauen, deren Umfang ohne diesen Umstand ihr Mißtrauen erweckt hätte.

»Spricht man je zu den Damen von bestandenen Gefahren, wenn man gesund und munter ist und sie vor sich sieht?« fragte sie und zeigte sich Christophe.

»Oh, Madame, Eure Rechnung habe ich ebenfalls«, sagte er und blickte sie mit gut gespielter Einfalt an.

Ohne das Papierblatt hinzunehmen, maß die junge Königin ihn mit einem Blick, und merkte, ohne jedoch daraus die geringste Folgerung zu ziehen, daß er die Rechnung der Königin Katharina aus dem Rockausschnitt gezogen, wogegen er die ihrige aus seiner Tasche hervorgeholt hatte. Ebensowenig gewahrte sie in den Augen dieses Burschen die Bewunderung, die ihr Anblick sonst bei jedermann zu erregen pflegte; allein sie war so mit ihrer Schaube beschäftigt, daß sie zunächst nicht überlegte, woher jene Gleichgültigkeit rühren könne.

»Nimm, d'Ayelle!« sagte sie zu der Kammerfrau; »du gibst die Rechnung Monsieur de Versailles (Loménie)[307] und bestellst ihm in meinem Namen, er möge sie begleichen.«

»Oh, Madame, wenn Ihr mir nicht eine Anweisung durch den König oder durch Monseigneur den Großmeister unterzeichnen laßt, der hier anwesend ist, wird Euer huldreiches Wort ohne Wirkung bleiben.«

»Ihr seid dreister, als es sich für einen Untertanen ziemt, mein Freund«, sagte Maria Stuart. »Schenkt Ihr den königlichen Worten keinen Glauben?«

Der König erschien in seinen gewirkten Seidenstrümpfen und der Kniehose, dem Beinkleid jener Zeiten, aber ohne Wams und Mantel; er trug einen prunkvollen, samtenen, mit Grauwerk (denn einzig dieses Wort unserer modernen Sprache kann eine Vorstellung von der Morgengewandung des Königs vermitteln) verbrämten Überrock.

»Welcher Schlingel zweifelt an Euerm Wort?« fragte der junge Franz II.; trotz der Entfernung hatte er die letzte Äußerung seiner Gemahlin vernommen.

Die Tür des Kabinetts wurde durch das königliche Bett verdeckt. Jenes Kabinett wurde später »das alte Kabinett[308]« genannt, um es von dem reich mit Malereien ausgestatteten Kabinett zu unterscheiden, das Heinrich III. am andern Ende des Stockwerks einrichten ließ, nach der Seite des Saals der Generalstände hin. Heinrich III. hieß die Mörder sich im alten Kabinett verbergen, und dann ließ er dem Herzog von Guise sagen, er solle ihn dort aufsuchen, während er, als der Mord vollbracht wurde, sich im neuen Kabinett versteckt hielt, aus dem er lediglich herauskam, um jenen kühnen Untertanen verröcheln zu sehen, für den es im Königreich weder Gefängnis noch Tribunal noch Richter noch Gesetze gegeben hatte. Ohne diese grausigen Umstände[309] würde der Historiker heute schwerlich die Bestimmung jener Säle und Kabinette wiedererkennen; sie wimmeln jetzt von Soldaten. Ein Furier[310] schreibt an sein Mädchen an dem gleichen Platz, an dem ehedem Katharina nachgrübelte und sich zu ihrem Kampf mit den Parteien entschloß[311].

»Kommt, mein Freund«, sagte die Königin-Mutter, »ich will dafür sorgen, daß Ihr Euer Geld bekommt. Der Handel muß leben, und sein Hauptnerv ist das Geld.«

»Geht getrost, mein Lieber«, sagte lachend die junge Königin, »meine erlauchte Mutter versteht sich besser als ich auf Handelsgeschäfte.«

Katharina hätte hinausgehen können, ohne auf diese neue Bosheit zu antworten; aber sie glaubte, ihre Gleichgültigkeit möchte einen Argwohn erwecken, und so antwortete sie der Schwiegertochter lebhaft: »Und Ihr, Liebste, auf Liebeshändel.« Dann ging sie hinunter.

»Schließt das alles weg, d'Ayelle, und wir, Monsieur, wollen zum Kronrat gehen«, sagte die junge Königin zum König; sie war begeistert, die schwerwiegende Frage der Verweserschaft des Königreichs in Abwesenheit der Königin-Mutter entscheiden lassen zu können.

Maria Stuart nahm den Arm des Königs. Die d'Ayelle ging als erste hinaus und sagte etwas zu den Pagen, und einer von ihnen, der junge Téligny[312], der in der Bartholomäus-Nacht so elend umkommen sollte, rief: »Der König!«

Beim Vernehmen dieses Rufs nahmen die beiden Arkebusiere Haltung an, und die beiden Pagen schritten voraus nach dem Ratssaal, durch das Spalier der Höflinge und der Ehrendamen der beiden Königinnen. Alle Mitglieder des Rats gruppierten sich jetzt an der Tür jenes Saals, die sich dicht neben der Treppentür befindet. Der Großmeister, der Kardinal und der Kanzler gingen dem jungen Herrscherpaar entgegen; es lächelte einigen der Mädchen zu oder beantwortete die Fragen einiger Höflinge, die ihm vertrauter waren als die andern. Die junge Königin indessen war offenbar ungeduldig; sie zog Franz II. dem riesigen Ratssaal entgegen. Als das schwere Aufstampfen der Arkebusen, das den Fußboden erdröhnen ließ, verkündete, das Paar sei eingetreten, setzten die Pagen ihre Barette wieder auf, und die Privatgespräche der Edelherren über die Wichtigkeit der Dinge, die behandelt werden würden, setzten abermals ein.

»Chiverni ist ausgesandt worden, um den Kronfeldherrn zu holen; aber der ist nicht gekommen«, sagte der eine.

»Keiner der Prinzen von Geblüt ist da«, gab der andere zu bedenken.

»Der Kanzler und Monsieur de Tournon blickten sorgenvoll drein!«

»Der Großmeister hat dem Siegelbewahrer sagen lassen, er müsse unbedingt dem Kronrat beiwohnen; sicherlich kommen ein paar Patentbriefe dabei heraus.«

»Wie? In einem solchen Augenblick bleibt die Königin-Mutter unten in ihren Gemächern?«

»Man wird uns arg zusetzen«, sagte Groslot zum Kardinal von Châtillon.

Kurzum, jeder sagte sein Sprüchlein. Die einen gingen in dem riesengroßen Saal auf und ab, andere umflatterten die Damen der beiden Königinnen, wie wenn es möglich sei, ein paar Worte durch eine drei Fuß dicke Mauer, durch zwei Türen und die dikken Vorhänge, die sie verhüllten, zu vernehmen.

Oben an dem langen, mit blauem Samt bedeckten Tisch, der in der Mitte des Saales stand, saß der König, neben dem die junge Königin in einem Sessel Platz genommen hatte, und wartete auf seine Mutter. Robertet schnitzte sich seine Federn zurecht. Die beiden Kardinäle, der Großmeister, der Kanzler, der Siegelbewahrer, kurzum die ganze Ratsversammlung blickte auf den kleinen König und überlegte, warum er nicht die Weisung zum Platznehmen gebe.

»Soll in Abwesenheit der Frau Königin-Mutter beraten werden?« fragte der Kanzler den jungen König.

Die beiden lothringischen Fürsten schrieben das Fernbleiben Katharinas irgendeiner List ihrer Nichte zu. Durch einen bedeutungsvollen Blick überdies dazu angeregt, fragte der beherzte Kardinal den König: »Ist es der allergnädigste Wille des Königs, daß ohne seine Frau Mutter begonnen werde?«

Ohne es zu wagen, sich deutlich auszudrücken, antwortete Franz II.: »Nehmt Platz, Ihr Herren.«

Der Kardinal verbreitete sich bündig über die Gefahren der Lage. Dieser große Politiker, der bei dieser Gelegenheit eine wunderbare Geschicklichkeit entfaltete, warf unter tiefem Schweigen der Anwesenden die Frage der Verweserschaft auf. Sicherlich verspürte der junge König eine Beklemmung und ahnte, daß seine Mutter Bewußtsein von den Rechten der Krone und Kenntnis von der Gefahr habe, in der seine Machtvollkommenheit sich befand; auf eine unumwundene Frage des Kardinals antwortete er also: »Wir wollen auf die Königin, meine Mutter, warten.«

Die unbegreifliche Verzögerung der Königin Katharina hatte Maria Stuart jäh erleuchtet; in einem einzigen Gedanken faßte sie drei Umstände zusammen, deren sie sich überdeutlich erinnerte. Erstens der Umfang der ihrer Schwiegermutter überreichten Rechnungen; er hatte sie betroffen gemacht, so zerstreut sie auch gewesen war, denn eine Frau, die nichts zu sehen scheint, ist ein Luchs; alsdann die Stelle, wo Christophe sie aufbewahrt hatte, um sie von ihren eigenen Rechnungen zu trennen. »Warum das?« fragte sie sich. Schließlich fiel ihr noch der kalte Blick des jungen Menschen ein, den sie jetzt plötzlich dem Haß der Reformierten gegen die Nichte der Guisen zuschrieb. Eine innere Stimme rief ihr zu: »Sollte er nicht ein Bote der Hugenotten sein?« Wie alle lebhaften Naturen gehorchte sie ihrer ersten Regung und sagte: »Ich selber will meine Mutter holen!« Damit ging sie unvermittelt hinaus, hastete zum größten Erstaunen der Höflinge und der Damen der Treppe zu, stieg zu den Gemächern ihrer Schwiegermutter hinab, durchschritt dort den Saal der Wachen, öffnete mit Diebesbehutsamkeit die Schlafzimmertür, glitt wie ein Geisterschatten über die Teppiche und erblickte sie nirgendwo; sie gedachte, sie in dem prunkvollen Kabinett zu überraschen, das sich zwischen jenem Schlafzimmer und dem Betgemach befand. Man erkennt noch heutzutage genau, wie jenes Betgemach angelegt war; die Sitten jener Zeit hatten ihm im Privatleben die Rolle zuerteilt, die jetzt ein Boudoir spielt.

Wenn man den Zustand der Entwürdigung bedenkt, der die Krone dieses Schloß anheimfallen läßt, mutet es wie ein unerklärlicher Zufall an, daß die wundervollen Schnitzereien in Katharinas Kabinett noch immer existieren; in den zierlichen Ornamenten dieses Getäfels können die Schaubegierigen noch heutzutage die Spuren des italienischen Glanzes wahrnehmen und die Verstecke erkennen, die die Königin-Mutter dort angebracht hatte. Für das Verständnis dessen, was sich dort ereignen sollte, ist sogar eine genaue Beschreibung dieser Kuriositäten notwendig. Jene Wandtäfelung war damals aus etwa hundertachtzig länglichen Füllungen zusammengesetzt, von denen noch etwa hundert vorhanden sind; sie alle bieten dem Blick Arabesken von unterschiedlicher Zeichnung dar, die offenbar von den reizendsten Arabesken Italiens angeregt worden sind. Die Wandtäfelung besteht aus Eichenholz. Das Rot, das sich unter der Kalkschicht findet (sie wurde der Cholera wegen aufgetragen, eine unnütze Vorsichtsmaßregel), läßt hinlänglich darauf schließen, daß der Grund der Füllungen vergoldet gewesen ist. Die Stellen, wo das Beizmittel fehlt, lassen vermuten, daß gewisse Teile des Musters sich farbig, entweder blau, rot oder grün, von der Vergoldung abhoben. Die große Zahl jener Füllungen enthüllt deutlich die Absicht, etwaige Forschungen auf falsche Fährte zu führen; und wenn man daran zweifeln könnte, zeigt der Pförtner des Schlosses, wobei er natürlich Katharinas Andenken dem Abscheu der heute Lebenden überantwortet, den Besuchern unten an jener Täfelung und dicht am Fußboden eine ziemlich plumpe Platte, die angehoben werden kann und unter der sich nach wie vor ein kunstvolles Federwerk befindet. Drückte die Königin auf eine solcherart verborgene Feder, so konnte sie jene einzig ihr bekannten unter den Füllungen öffnen, hinter denen sich in der Mauer ein Versteck befindet, das länglich wie die Füllung, aber mehr oder weniger tief ist. Noch heutzutage würde auch das geübteste Auge nur schwierig unter all diesen Füllungen diejenige herausfinden, die in unsichtbaren Scharnieren niederfallen muß; als jedoch die Augen noch durch die Farben und die Vergoldungen, die geschickt zusammengestellt worden waren, um die Spalten zu tarnen, ergötzt wurden, war es, wie zu glauben nicht schwerfällt, etwas Unmögliches, eine Füllung oder zwei unter diesen zweihundert herauszufinden.

In dem Augenblick, da Maria Stuart die Hand auf die Klinke des ziemlich komplizierten Schlosses jenes Kabinetts legte, hatte die Italienerin, die sich in aller Eile von der Großartigkeit der Pläne des Prinzen de Condé überzeugt hatte, gerade die in der Bodenplatte verborgene Feder spielen lassen, eine der Füllungen war plötzlich in ihren Scharnieren niedergeklappt, und Katharina hatte sich umgewandt, um die Papiere vom Tisch zu nehmen, sie zu verstecken und auf die Sicherheit des ergebenen Sendboten bedacht zu sein, der sie ihr überbracht hatte. Als sie vernahm, wie die Tür geöffnet wurde, ahnte sie, daß einzig die Königin Maria kommen könne, ohne angemeldet worden zu sein.

»Ihr seid verloren«, sagte sie zu Christophe, als sie sich bewußt wurde, daß sie weder die Papiere verstecken noch die Füllung schnell genug schließen konnte, damit das Geheimnis ihres Verstecks unentdeckt bleibe.

Christophe antwortete mit einem erhabenen Blick.

»Povero mio![313]« sagte Katharina, ehe sie ihre Schwiegertochter anblickte. »Verrat, Madame! Ich habe die Beweise«, rief sie. »Laßt den Kardinal und den Herzog kommen. Dieser hier«, sagte sie und wies auf Christophe, »darf nicht entwischen.«

Mit Blitzesschnelle hatte diese geschickte Frau es als unerläßlich erkannt, den armen jungen Menschen preiszugeben: Verstekken konnte sie ihn nicht; ihn davonlaufen zu lassen war unmöglich; und außerdem wäre acht Tage früher dazu noch Zeit gewesen, aber seit heute vormittag wußten die Guisen um das Komplott; sie mußten die Verzeichnisse besitzen, die sie in der Hand hielt, und sie hatten offenbar die Reformierten in eine Falle gelockt. Auf diese Weise war sie nur zu froh, bei ihren Gegnern den Geist erkannt zu haben, den sie ihnen gewünscht hatte; aber die Politik wollte, daß, nun der Braten einmal gerochen war, sie sich daraus ein Verdienst machte. Diese gräßlichen Berechnungen wurden in dem raschen Augenblick angestellt, in dem die junge Königin die Tür öffnete. Eine kurze Weile stand Maria Stuart stumm da. Ihr Blick verlor seine Heiterkeit und nahm jene Scharfsicht an, die der Verdacht den Augen aller Welt verleiht; bei ihr wurde er durch die Schnelligkeit des Übergangs zum Gegenteil furchtbar. Ihre Augen wanderten von Christophe zur Königin-Mutter und von der Königin-Mutter zu Christophe und drückten boshafte Zweifel aus. Dann ergriff sie eine Tischglocke, auf deren Erklingen hin eine der Damen der Königin-Mutter erschien.

»Mademoiselle du Rouet[314], laßt den Hauptmann vom Dienst kommen«, sagte Maria Stuart zu der Ehrendame unter Mißachtung der Etikette; unter den obwaltenden Umständen mußte notwendigerweise dagegen verstoßen werden.

Während die junge Königin diesen Befehl gab, hatte Katharina Christophe gemustert und ihm durch ihren Blick gesagt: »Nur Mut!« Der Reformierte hatte alles durchschaut und antwortete mit einem Blick, der besagen sollte: »Opfert mich, wie *sie* mich opfern!«

»Verlaßt Euch auf mich«, sagte Katharina durch eine Geste. Dann, als ihre Schwiegertochter sich abwandte, versenkte sie sich in die Papiere.

»Ihr gehört der reformierten Religion an?« fragte Maria Stuart Christophe.

»Ja, Madame«, antwortete er.

»Also hatte ich micht nicht getäuscht«, fuhr sie flüsternd fort, als sie in den Augen des Reformierten abermals den gleichen Blick wiederfand, in dem sich Kälte und Haß hinter einem demütigen Ausdruck verbargen.

Plötzlich erschien Pardaillan; die beiden lothringischen Fürsten und der König hatten ihn hergeschickt. Der von Maria Stuart angeforderte Hauptmann folgte jenem jungen Edelmann; er war einer der treuesten Anhänger der Guisen.

»Bestellt in meinem Namen dem König, dem Großmeister und dem Kardinal, sie möchten herkommen, und sagt ihnen, ich würde mich dieser Freiheit schwerlich erkühnen, wenn nicht etwas höchst Gewichtiges geschehen wäre. Geht, Pardaillan – was dich betrifft, Lewiston, so bewache diesen Verräter von Reformiertem«, sagte sie in ihrer Muttersprache zu dem Schotten und deutete auf Christophe.

Bis zum Kommen der Fürsten und des Königs bewahrten die junge Königin und die Königin-Mutter Schweigen. Es war eine grauenvolle Zeitspanne.

Maria Stuart hatte ihrer Schwiegermutter die Rolle aufgedeckt, und zwar in deren ganzer Reichweite, die ihre Oheime sie spielen ließen; ihr gewohntes und ständiges Mißtrauen war zu Tage getreten, und dieses junge Gewissen verspürte alles, was für eine große Königin solcherlei Tun an Entehrendem barg. Katharina ihrerseits hatte sich soeben aus Angst preisgegeben und fürchtete, sich bloßgestellt zu haben; sie zitterte um ihre Zukunft. Jede dieser beiden Frauen, die eine beschämt und zornig, die andere haßerfüllt und ruhig, trat in die Fensternische und lehnte sich an, die eine rechts, die andere links; aber sie gaben ihren Gefühlen in so beredten Blicken Ausdruck, daß sie die Augen niederschlugen und durch beiderseitige Verstellung durch das Fenster den Himmel anschauten. Diese beiden so überlegenen Frauen brachten gegenwärtig nicht mehr an Geist auf als die vulgärsten. Vielleicht ist dem jedesmal so, wenn die Umstände die Menschen überwältigen. Stets gibt es einen Augenblick, da sogar das Genie angesichts großer Katastrophen seine Kleinheit fühlt. Was Christophe betrifft, so war ihm zu Mute wie einem Mann, der in einen Abgrund stürzt. Lewiston, der schottische Hauptmann, belauschte dies Schweigen; mit landsknechthafter Neugier sah er den Sohn des Kürschners und die beiden Königinnen an. Das Eintreten des Königs und seiner beiden Oheime machte dieser peinlichen Situation ein Ende. Der Kardinal trat stracks auf die Königin zu.

»Ich halte alle Fäden der Ketzerverschwörung in der Hand; sie haben mir diesen Jungen geschickt; er hat mir diesen Vertrag und diese Dokumente hier überbracht«, sagte Katharina leise zu ihm.

Während Katharina sich mit dem Kardinal verständigte, flüsterte die Königin Maria dem Großmeister ein paar Worte zu.

»Um was handelt es sich?« fragte der junge König; er stand allein inmitten dieser heftigen, einander widersprechenden Interessen.

»Die Beweise für das, was ich Eurer Majestät sagte, haben nicht auf sich warten lassen«, sagte der Kardinal, der die Papiere an sich genommen hatte.

Der Herzog von Guise nahm seinen Bruder beiseite, unbekümmert, daß er ihn unterbrach, und flüsterte ihm zu: »Durch diesen Streich werde ich Verweser, ohne Widerspruch.«

Ein kluger Blick war die ganze Antwort des Kardinals; auf diese Weise gab er seinem Bruder zu verstehen, daß er bereits alle Vorteile begriffen habe, die sich aus Katharinas schiefer Lage ziehen ließen.

»Wer hat Euch geschickt?« fragte der Herzog Christophe.

»Der Prediger Chandieu«, antwortete er.

»Junger Mann, du lügst!« sagte lebhaft der Kriegsmann. »Es ist der Prinz von Condé!«

»Der Prinz von Condé, Monseigneur?« entgegnete Christophe mit erstaunter Miene. »Dem bin ich niemals begegnet. Ich gehöre zum Justizpalast, ich studiere bei Monsieur de Thou, ich bin sein Sekretär, und er weiß nicht, daß ich der Reformation anhänge. Lediglich den Bitten des Predigers habe ich nachgegeben.«

»Genug«, sagte der Kardinal. »Ruft Monsieur de Robertet«, sagte er zu Lewiston, »dieser junge Kauz ist durchtriebener als alte Politiker; er hat meinen Bruder und mich hinters Licht geführt, uns, die wir ihm die Absolution ohne Beichte gegeben haben würden.«

»Du bist kein Knabe mehr, zum Donnerwetter!« rief der Herzog, »und wir werden mit dir verfahren wie mit einem Mann.«

»Eure erlauchte Mutter hat verlockt werden sollen«, wandte der Kardinal sich an den König; er wollte ihn beiseite ziehen, um ihn für seine Schliche gefügig zu machen.

»Ach!« antwortete die Königin ihrem Sohn mit vorwurfsvoller Miene und hielt ihn zurück, gerade als der Kardinal ihn in das Betgemach führen, wo er ihn seiner gefährlichen Beredsamkeit unterwerfen wollte, »da seht Ihr die Auswirkungen der Lage, in der ich mich befinde: Ich werde für verärgert ob des geringen Einflusses gehalten, den ich auf die Staatsgeschäfte habe, ich, die Mutter von vier Prinzen des Hauses Valois.«

Der junge König wurde aufmerksam. Als Maria Stuart die Stirn des Königs sich in Falten legen sah, führte sie ihn in die Fensternische, wo sie ihm mit süßen Worten schmeichelte; sie wurden leise gesprochen, und es waren sicherlich die gleichen, die sie zuvor beim Aufstehen an ihn gerichtet hatte. Die beiden Brüder lasen derweile die Papiere, die die Königin Katharina ihnen ausgeliefert hatte. Da sie darin Aufschlüsse fanden, die ihren Spitzeln und Monsieur de Braguelongne[315], dem Kriminalleutnant des Châtelet, unbekannt geblieben waren, fühlten sie sich geneigt, an die Aufrichtigkeit Katharinas von Medici zu glauben. Robertet kam und erhielt bezüglich Christophes einige Geheimbefehle. Das junge Werkzeug der Häupter der Reformation wurde jetzt durch vier Wachtsoldaten der Schottenkompanie abgeführt; sie ließen Christophe die Treppe hinabsteigen und überlieferten ihn Monsieur de Montrésor[316], dem Schloßprofossen.

Diese Furcht einflößende Persönlichkeit führte Christophe eigenhändig, von fünf seiner Häscher begleitet, in das Schloßgefängnis; es lag in den Kellergewölben des Turms, der heute eine Ruine ist, und der Pförtner des Schlosses zeigt sie einem und sagt dabei, dort hätten sich die »Verliese« befunden.

Nach einem solchen Geschehnis konnte der Kronrat nur noch eine Scheinhandlung sein. Der König, die junge Königin, der Großmeister und der Kardinal von Lothringen setzten ihn fort und nahmen die besiegte Katharina mit sich; sie ergriff dabei nur das Wort, um die von den Lothringern geforderten Maßnahmen zu billigen. Trotz der schwachen Opposition des Kanzlers Olivier, der einzigen Persönlichkeit, die Äußerungen vernehmen ließ, in denen sich die für die Ausübung seines Amtes nötige Unabhängigkeit andeutet, wurde der Herzog von Guise zum Verweser des Königreichs ernannt. Robertet brachte die Bestallungsurkunden mit einer Schnelligkeit herbei, die eine Dienstbeflissenheit bewies, die man als Mitschuld hätte bezeichnen können. Der König reichte seiner Mutter den Arm, durchschritt abermals den Saal der Wachen und teilte dem Hofstaat mit, daß er bereits anderntags nach Schloß Amboise aufbrechen werde. Diese Residenz war aufgegeben worden, seit Karl VIII. dort auf höchst unfreiwillige Weise dadurch zu Tode gekommen war, daß er gegen die Umrahmung einer Tür stieß, die er meißeln ließ, im Glauben, er könne hindurchgehen, ohne sich unter dem Gerüst bücken zu müssen[317]. Um die Pläne der Guisen zu tarnen, sagte Katharina, sie habe die Absicht, das Schloß Amboise[318] auf Rechnung der Krone zu vollenden, und gleichzeitig solle ihr Schloß Chenonceaux fertiggestellt werden. Aber durch diesen Vorwand ließ sich niemand täuschen, und der Hofstaat war auf große Ereignisse gefaßt.

Christophe hatte etwa zwei Stunden damit hingebracht, sich in der Dunkelheit seines Gefängnisses auszukennen; schließlich war er innegeworden, daß es mit plumpem Holzwerk getäfelt war, das indessen dick genug war, um dieses quadratische Loch zu etwas Gesundem und Bewohnbarem zu machen. Die Tür ähnelte derjenigen eines Schweinestalls; er hatte sich beim Eintreten bücken müssen. Neben dieser Tür ging ein dickes Eisengitter auf eine Art Flur hinaus und spendete etwas Licht und Luft.

Diese Kerkeranlage ähnelte in jeder Hinsicht derjenigen der unterirdischen Gefängnisse Venedigs, was zur Genüge besagt, daß der Baumeister des Schlosses von Blois jener venezianischen Schule angehört hat, die im Mittelalter Europa so viele Baukünstler geliefert hat. Als Christophe diese Kerkerzelle oberhalb der Holzverkleidung untersuchte, stellte er fest, daß die beiden Mauern, die sie nach rechts und links von zwei ähnlichen Kerkerzellen trennte, aus Ziegelsteinen bestand. Er klopfte daran, um deren Dicke zu erkunden, und war einigermaßen überrascht, als er auch auf der andern Seite ein Klopfen vernahm.

»Wer seid Ihr?« fragte ihn sein Nachbar; er sprach mit ihm durch den Flur.

»Christophe Lecamus.«

»Ich«, antwortete die Stimme, »bin der Hauptmann Chandieu[319], der Bruder des Predigers. Letzte Nacht bin ich in Beaugency[320] festgenommen worden; aber zum Glück liegt nichts gegen mich vor.«

»Alles ist entdeckt«, sagte Christophe. »Also seid Ihr dem Schlimmsten entronnen.«

»Wir haben gegenwärtig dreitausend Mann in den Wäldern rings um Vendôme, und alle diese Leute sind entschlossen, die Königin-Mutter und den König, wenn sie unterwegs sind, zu entführen. Zum Glück ist La Renaudie klüger gewesen als ich; er hat sich in Sicherheit gebracht. Ihr hattet uns gerade verlassen, als die Guisenanhänger uns schnappten.«

»Ich kenne La Renaudie doch gar nicht ...«

»Pah! Mein Bruder hat mir alles gesagt«, antwortete der Hauptmann.

Auf diese Äußerung hin setzte Christophe sich auf seine Bank und antwortete auf nichts von alledem mehr, was der angebliche Hauptmann auch sagen mochte; er kannte sich in den Praktiken der Gerichtsleute zur Genüge aus, um zu wissen, wie vorsichtig man in Gefängnissen sein muß. Mitten in der Nacht hörte er, daß die dicken Schlösser der Eisentür, die den Keller versperrte, betätigt wurden; dann sah er den blassen Schein einer Laterne im Flur aufschimmern. Der Großprofoß selber holte Christophe ab. Diese Sorgfalt gegenüber jemandem, den man in seinem Kerker ohne Nahrung gelassen hatte, dünkte Christophe seltsam;

sicher hatte der große Umzug des Hofes verhindert, daß seiner gedacht wurde. Einer der Häscher des Profossen band ihm die Hände mit einem Strick und hielt ihn an jenem Strick fest, bis er in einen der niedrigen Säle des Schlosses Ludwigs XII. gelangt war; jener Saal diente offenbar als Vorzimmer der Wohnung irgendeiner Persönlichkeit. Der Häscher und der Großprofoß ließen ihn sich auf eine Bank setzen, wo der Häscher ihm die Füße fesselte, wie er ihm die Hände gefesselt hatte. Auf ein Zeichen Monsieur de Montrésors hin verschwand der Häscher.

»Jetzt hör mal gut zu, mein Freund«, sagte der Großprofoß zu Christophe und spielte mit der Ordenshalskette; denn trotz der vorgerückten Nachtstunde war diese Persönlichkeit in Hoftracht.

Dieser geringfügige Umstand gab dem Kürschnerssohn viel zu denken. Christophe sah nur zu gut, daß noch nicht alles aus sei. Vorerst handelte es sich schwerlich darum, ihn zu hängen oder zu richten.

»Lieber Freund, du kannst dir grausame Qualen ersparen, wenn du mir hier alles sagst, was du über geheime Verbindungen des Herrn Prinzen von Condé mit der Königin Katharina weißt. Nicht nur, daß dir dann kein Leid geschehen wird, sondern du wirst überdies noch in den Dienst von Monseigneur, dem Verweser des Königreichs, treten; der hat nämlich eine Vorliebe für intelligente Leute, und deine gute Haltung hat auf ihn großen Eindruck gemacht. Die Königin-Mutter wird dann nach Florenz zurückgeschickt, und Monsieur de Condé wird sicherlich vor Gericht gestellt. Auf diese Weise, glaub es mir, müssen die Kleinen sich an die Großen, die da herrschen, anschließen. Sag mir alles; es wird dir zum Guten dienen.«

»Leider, Monsieur«, antwortete Christophe, »habe ich nichts zu sagen; alles, was ich weiß, habe ich den Herren von Guise im Gemach der Königin gestanden. Chandieu hat mich überredet, der Königin-Mutter Papiere zu unterbreiten, wobei er mich hat glauben machen, es handele sich um den Frieden des Königreichs.«

»Den Prinzen von Condé habt Ihr also nie gesehen?«

»Nie«, sagte Christophe.

Daraufhin ließ Monsieur de Montrésor Christophe allein und

ging in ein benachbartes Zimmer. Die Tür, durch die er gekommen war, tat sich gleich danach auf; mehrere Männer gingen hindurch; sie schlossen sie nicht, und im Hof wurden wenig erfreuliche Geräusche vernehmlich. Es wurden Hölzer und Apparate herbeigebracht, die offenbar für die Folterung des Sendboten der Reformierten bestimmt waren. Christophes Neugier fand nur zu bald Stoff zum Nachdenken über die Vorbereitungen, die die Neuankömmlinge im Saal und vor seinen Augen trafen. Zwei schlicht gekleidete, grobschlächtige Knechte folgten den Weisungen eines dicken, kräftigen, stämmigen Mannes, der, als er hereingekommen war, auf Christophe einen Blick geworfen hatte, der wie derjenige eines Menschenfressers auf sein Opfer gewesen war; er hatte ihn gemustert, gewertet und abgeschätzt als ein Kenner der Nerven, ihrer Stärke und ihrer Widerstandskraft. Dieser Mann war der Henker von Blois. Auf mehreren Gängen brachten seine Leute eine Matratze, Hämmer, Holzkeile, Bretter und Dinge, deren Verwendungszweck den armen Jungen, den diese Vorbereitungen betrafen, weder klar noch der Gesundheit zuträglich dünkte; infolge einer schrecklichen, aber unbestimmten Ahnung gefror ihm das Blut in den Adern. In dem Augenblick, da Monsieur de Montrésor wiedererschien, traten zwei weitere Persönlichkeiten ein.

»Na, noch immer nichts fertig?« fragte der Großprofoß, den beide Neugekommenen respektvoll gegrüßt hatten. »Ihr müßt wissen«, sprach er weiter und wandte sich an den dicken Mann und dessen beide Knechte, »daß Monseigneur der Kardinal Euch längst bei der Arbeit glaubt. – Doktor«, fuhr er fort und wandte sich an den einen der zuletzt Gekommenen, »der da ist Euer Mann.« Und er wies auf Christophe.

Der Arzt trat stracks auf den Gefangenen zu, löste dessen Handfesseln und klopfte ihn auf Brust und Rücken. Die Wissenschaft wiederholte mit vollem Ernst die tückische Prüfung, die der Henker vorgenommen hatte. Währenddessen trug ein Diener in der Livree des Hauses Guise mehrere Sessel, einen Tisch und alles herbei, was zum Schreiben erforderlich war.

»Beginnt mit der Protokollaufnahme«, sagte Monsieur de Montrésor und verwies die andere Person an den Tisch; sie war schwarz gekleidet und Gerichtsschreiber. Dann setzte er sich abermals zu Christophe und sagte überaus freundlich zu ihm: »Lieber Freund, als der Kanzler vernahm, Ihr weigertet Euch, auf befriedigende Weise meine Fragen zu beantworten, hat er beschlossen, Ihr solltet der gewöhnlichen und dann der außergewöhnlichen peinlichen Befragung unterworfen werden.«

»Ist er bei guter Gesundheit, und kann er sie aushalten?« fragte der Schreiber den Arzt.

»Ja«, antwortete der Gelehrte, einer der Ärzte des Hauses Lothringen.

»Gut, dann zieht Euch in den Saal hier nebenan zurück; wir lassen Euch jedesmal rufen, wenn es nötig sein sollte, Euch zu konsultieren.«

Der Arzt ging hinaus.

Als Christophes erster Schrecken vorüber war, faßte er wieder Mut: Die Stunde seines Märtyrertums hatte geschlagen. Fortan beobachtete er mit kühler Neugier die Zurüstungen, die der Henker und seine Knechte trafen. Nachdem sie in aller Hast ein Bett aufgeschlagen hatten, richteten die beiden Männer Apparaturen her, die »spanische Stiefel« genannt werden; sie bestanden aus mehreren Brettern, zwischen die jedes der Beine des Delinquenten gelegt wurde; er fühlte sich zwischen kleinen Polstern eingezwängt. Die so behandelten Beine wurden aneinandergerückt. Der Apparat, den die Buchbinder benutzen, um ihre Bände zwischen zwei Brettern zu klemmen, die sie mit Stricken bedienen, vermag einen sehr genauen Begriff von der Art und Weise zu geben, wie jedes Bein des Delinquenten gelagert wurde. Jetzt dürfte jedermann sich die Wirkung ausmalen können, die ein Keil hervorrief, der mit Hammerschlägen zwischen die beiden Apparate getrieben wurde, in die das Bein eingezwängt war und die, selber durch Schnüre zusammengepreßt, nicht nachgaben. Die Keile wurden in der Höhe der Knie und der Fußgelenke eingetrieben, als handele es sich darum, ein Stück Holz zu zerspalten. Die Wahl dieser beiden Stellen, an denen sich kein Fleisch befand und wo folglich der Keil sich auf Kosten der Knochen Platz schaffte, machte diese Folter grausig schmerzhaft. Bei der gewöhnlichen peinlichen Befragung wurden vier Keile eingetrieben, zwei an den Fußgelenken und zwei an den Knien; bei der außergewöhnlichen Befragung jedoch ging man bis zu acht, vorausgesetzt, daß die Ärzte meinten, das Empfindungsvermögen des Angeklagten sei noch nicht erschöpft. Zu jener Zeit wurden die »spanischen Stiefel« auch an den Händen angewandt; aber da die Zeit drängte, hatten der Kardinal, der Verweser und der Kanzler Christophe dieses Verfahren erlassen. Die Protokollaufnahme war eröffnet; der Großprofoß, der mit nachdenklicher Miene auf und ab geschritten war, hatte ein paar Sätze diktiert und Christophe seinen Namen, seine Vornamen, sein Alter und seinen Beruf sagen lassen; danach hatte er ihn gefragt, von wem er die Papiere erhalten hätte, die er der Königin übergeben hatte.

»Vom Prediger Chandieu«, antwortete er.

»Wo hat er sie Euch eingehändigt?«

»Daheim, in Paris.«

»Als er sie Euch übergab, da hat er Euch doch sicherlich gesagt, die Königin-Mutter würde Euch mit Freuden aufnehmen?«

»Nichts dergleichen hat er zu mir gesagt«, antwortete Christophe. »Er hat mich lediglich gebeten, sie der Königin heimlich zu übergeben.«

»Dann seid Ihr also oftmals mit Chandieu zusammengetroffen, da er doch von Eurer Reise unterrichtet war?«

»Nicht durch mich hat der Prediger erfahren, daß ich, wenn ich den beiden Königinnen ihr Pelzwerk überbrächte, gleichzeitig im Auftrag meines Vaters die Summe eintreiben sollte, die die Königin-Mutter ihm schuldete, und ich habe keine Zeit gehabt, ihn zu fragen, durch wen er es erfahren habe.«

»Aber diese Papiere, die Euch ohne Hülle und Siegel übergeben worden waren, enthielten einen Vertrag zwischen den Rebellen und der Königin Katharina; Ihr habt Euch doch bewußt sein müssen, daß sie Euch der Todesstrafe preisgeben, die allen bestimmt ist, die an einer Rebellion teilhaben.«

»Ja.«

»Die Leute, die Euch zu dieser hochverräterischen Handlung überredeten, haben Euch doch sicherlich Belohnungen und die Gönnerschaft der Königin-Mutter versprochen.«

»Ich habe es aus Zuneigung für Chandieu getan, den einzigen, mit dem ich zusammengekommen bin.«

»Ihr beharrt also darauf, daß Ihr nicht mit dem Prinzen von Condé zusammengekommen seid?«

»Ja!«

»Der Prinz von Condé hat Euch also nicht gesagt, die Königin-Mutter sei geneigt, sich seinen Absichten gegen die Herren von Guise zuzugesellen?«

»Ich bin nicht mit ihm zusammengetroffen.«

»Hütet Euch! Einer Eurer Spießgesellen, La Renaudie, ist verhaftet worden. Wie stark er auch sein mochte, er hat der peinlichen Frage, die Eurer wartet, nicht widerstanden und schließlich eingestanden, er habe, wie auch der Prinz, eine Zusammenkunft mit Euch gehabt. Wenn Ihr den Qualen der Befragung entgehen wollt, fordere ich Euch auf, schlicht und einfach die Wahrheit zu sagen. Vielleicht erlangt Ihr auf diese Weise Eure Begnadigung.«

Christophe antwortete, er könne nichts bestätigen, wovon er niemals Kenntnis gehabt, noch sich Komplizen zulegen, wenn er nie welche besessen habe. Beim Vernehmen dieser Worte gab der Großprofoß dem Henker einen Wink und ging wieder in den anstoßenden Raum. Bei diesem Wink legte Christophes Stirn sich in Falten, in einer nervösen Verkrampfung zog er die Brauen zusammen und bereitete sich auf die kommenden Schmerzen vor. Seine Fäuste schlossen sich so heftig zusammen, daß ihm die Fingernägel ins Fleisch drangen, ohne daß er es spürte. Die drei Männer bemächtigten sich seiner, warfen ihn auf das Feldbett und legten ihn darauf so zurecht, daß seine Beine niederhingen. Während ihm der Henker den Körper mit dicken Stricken auf der Bettfläche festschnallte, steckte jeder seiner Gehilfen ihm ein Bein in die »spanischen Stiefel«. Bald wurden die Stricke mittels einer Kurbel straff gespannt, ohne daß dieser Druck dem Reformierten argen Schmerz bereitete. Als auf diese Weise jedes Bein wie in einen Schraubstock festgeklemmt war, ergriff der Henker seinen Hammer und seine Keile und blickte abwechselnd den Delinquenten und den Schreiber an.

»Beharrt Ihr darauf, zu leugnen?« fragte der Schreiber.

»Ich habe die Wahrheit gesagt«, antwortete Christophe.

»Gut, dann fahrt fort«, sagte der Schreiber und schloß die Augen.

Die Stricke wurden mit äußerster Kraft angezogen. Das war vielleicht der schmerzhafteste Augenblick der Folter. Die Fleischteile wurden jäh zusammengepreßt, das Blut flutete gewaltsam in den Oberkörper zurück. Daher konnte der arme Junge heftige Aufschreie nicht zurückhalten; er schien einer Ohnmacht nahe. Der Arzt wurde gerufen. Er fühlte Christophe den Puls und sagte zu dem Henker, er solle mit dem Eintreiben der Keile eine Viertelstunde warten, damit das Blut Zeit habe, sich zu beruhigen, und damit die Schmerzempfindlichkeit sich wieder gänzlich einstelle. Der Schreiber stellte Christophe mildherzig vor, wenn er schon den Anfang der Schmerzen, die seiner unbedingt warteten, so schlecht ertrüge, tue er besser, zu gestehen; doch Christophe antwortete nur mit den Worten: »Der Schneider des Königs! Der Schneider des Königs!«

»Was sollen diese Worte bedeuten?« fragte ihn der Schreiber.

»Nun ich sehe, welcher Marter ich widerstehen muß«, sagte Christophe langsam, weil er Zeit gewinnen und sich erholen wollte, »rufe ich alle meine Kraft herbei und suche sie dadurch zu steigern, daß ich an das Martyrium denke, das um der heiligen Sache der Reformation willen der Schneider des hochseligen Königs hat erdulden müssen; er ist der peinlichen Frage im Dabeisein der Frau Herzogin von Valentinois und des Königs unterzogen worden; ich muß versuchen, seiner würdig zu sein.«

Während der Arzt den Unglücklichen beschwor, nicht zuzulassen, daß man auf außergewöhnliche Mittel zurückgreife, erschienen der Kardinal und der Herzog; sie waren ungeduldig, das Ergebnis des Verhörs zu erfahren, und forderten Christophe auf, ohne Verzug die Wahrheit zu sagen. Der Sohn des Kürschners wiederholte die einzigen Geständnisse, die zu machen er sich getraute und die lediglich Chandieu belasteten. Die beiden Fürsten gaben einen Wink. Auf diesen Wink hin nahmen der Henker und sein erster Gehilfe ihre Hämmer zur Hand, langten sich jeder einen Keil und trieben ihn, der eine zur Rechten, der andere zur Linken, zwischen den beiden Apparaten ein. Der Henker befand sich in der Höhe der Knie, der Gehilfe bei den Füßen, den Fußgelenken. Die Augen der Zeugen dieses grausigen Vorgangs richteten sich auf diejenigen Christophes, der, sicherlich erregt durch die Anwesenheit dieser hochgestellten Persönlichkeiten, ihnen so belebte Blicke zuwarf, daß sie den Glanz einer Flamme annahmen. Bei den beiden nächsten Keilen entfuhr ihm ein entsetzliches Stöhnen. Als er sah, daß jetzt nach den Keilen der außergewöhnlichen Befragung gelangt wurde, verstummte er; aber sein Blick zog sich zu einer so gewaltsamen Starrheit zusammen und durchdrang die beiden edlen Herren, die ihn betrachteten, so, daß der Herzog und der Kardinal genötigt waren, die Augen niederzuschlagen. Die gleiche Niederlage wurde von Philipp dem Schönen[321] erlitten, als er in seinem Dabeisein die Templer der peinlichen Frage durch den Prägestock unterziehen ließ. Diese Folterung bestand darin, daß die Brust des Delinquenten dem Schlag eines der Prägestöcke ausgesetzt wurde, mit denen Münzen geschlagen wurden und die mit einem ledernen Dämpfer überzogen worden waren. Es war darunter ein Ritter[322], dessen Blick sich mit solcher Gewalt auf den König richtete, daß dieser wie in einem Bann die Augen nicht von denen des Gepeinigten loslösen konnte. Beim dritten Schlag mit der Eisenstange ging der König hinaus; er hatte seine Vorladung vor das Tribunal Gottes noch im gleichen Jahr vernommen, vor dem er dann auch erschien. Beim fünften Keil, dem ersten der »außerordentlichen Befragung«, sagte Christophe zum Kardinal: »Monseigneur, kürzt meine Folter ab, sie hat keinen Zweck!«

Der Kardinal und der Herzog gingen wieder in den Saal, und da vernahm Christophe die folgenden, von der Königin Katharina ausgesprochenen Worte: »Macht nur weiter, denn schließlich ist er doch bloß ein Ketzer!«

Sie erachtete es als klug, ihrem Mitschuldigen gegenüber strenger zu wirken als die Henker.

Der sechste und der siebente Keil wurden eingetrieben, ohne daß Christophe wehklagte; sein Antlitz leuchtete in ungemeinem Glanz, der wohl von dem Übermaß an Kraft herrührte, die der angestachelte Fanatismus ihm lieh. Wo, wenn nicht im Gefühl, könnte man den Stützpunkt suchen, der nötig war, um solcherlei Leiden zu widerstehen? Kurzum, Christophe begann zu lächeln, als der Henker nach dem achten Keil langte. Diese grausige Folter hatte jetzt eine Stunde lang gedauert.

Der Schreiber ging den Arzt holen, um zu erfahren, ob der achte Keil eingetrieben werden könne, ohne daß das Leben des

Delinquenten gefährdet wurde. Währenddessen kehrte der Herzog zurück und sah nach Christophe.

»Beim Bauch der Hindin, du bist ein tüchtiger Kerl!« sagte er und neigte sich zu Christophes Ohr nieder. »Ich mag beherzte Leute. Tritt in meinen Dienst, dann wirst du glücklich und reich; meine Gunst pflastert deine zerquetschten Glieder wieder zusammen; ich werde dir keine Feigheit vorschlagen, wie etwa, zu deiner Partei zurückzukehren und uns deren Pläne zu sagen; Verräter finden sich stets, und der Beweis dafür sitzt in den Kerkern von Blois; aber sag mir lediglich, in welchen Beziehungen die Königin-Mutter und der Prinz von Condé stehen.«

»Davon weiß ich nichts, Monseigneur«, rief Lecamus.

Der Arzt kam, untersuchte das Opfer und sagte, es könne auch noch den achten Keil ertragen.

»Treibt ihn ein«, sagte der Kardinal. »Schließlich, wie die Königin gesagt hat, ist er ja nur ein Ketzer«, fügte er hinzu, blickte Christophe an und bedachte ihn mit einem gräßlichen Lächeln.

Langsamen Schrittes kam Katharina aus dem benachbarten Saal, setzte sich vor Christophe und betrachtete ihn mit kalter Miene. Sie war jetzt Gegenstand der Aufmerksamkeit der beiden Brüder, die abwechselnd Katharina und ihren Komplizen musterten. Von dieser feierlichen Prüfung hing die ganze Zukunft der ehrgeizigen Frau ab; sie empfand große Bewunderung für Christophes Mut und blickte ihn streng an; den Guisen jedoch, die sie haßte, lächelte sie zu.

»Also«, sagte sie, »junger Mann, gesteht, daß Ihr mit dem Prinzen von Condé zusammengetroffen seid; dann sollt Ihr reich belohnt werden.«

»Ach, welch ein Gewerbe treibt Ihr, Madame?« rief Christophe; sie tat ihm leid.

Die Königin zuckte zusammen.

»Er beleidigt mich! Wollt Ihr ihn nicht hängen?« fragte sie die beiden Brüder, die nachdenklich dastanden.

»Welch ein Frauenwesen!« rief der Großmeister in der Fensternische und befragte durch einen Blick seinen Bruder.

»Ich bleibe in Frankreich und werde mich schon an ihnen rächen«, dachte die Königin. – »Vorwärts! Er soll gestehen oder sterben!« schrie sie Monsieur de Montrésor an.

Der Großprofoß hatte die Augen abgewendet, die Henker waren beschäftigt, und so konnte Katharina jetzt dem Märtyrer einen Blick zuwerfen, der von niemandem gesehen wurde und der auf Christophe niederfiel wie Tau. Die Augen dieser großen Königin dünkten ihn feucht, und es bildeten sich darin tatsächlich zwei zurückgehaltene und sogleich getrocknete Tränen. Der Keil wurde eingetrieben, eins der Bretter, zwischen die er geschlagen wurde, zerbarst. Christophe ließ seiner Brust einen fürchterlichen Aufschrei entfahren; danach schwieg er und zeigte ein strahlendes Antlitz: Er glaubte zu sterben.

»Soll er doch sterben!« rief der Kardinal, der mit einer gewissen Ironie das letzte Wort der Königin aufgegriffen hatte. »Nein, nein! Wir dürfen diesen Faden nicht zerreißen«, sagte er zum Großprofoß.

Der Herzog und der Kardinal besprachen sich leise.

»Was soll jetzt mit ihm geschehen?« fragte der Henker.

»Schickt ihn ins Gefängnis von Orléans«, sagte der Herzog, »und vor allem«, fuhr er fort, an Monsieur de Montrésor gewandt, »hängt ihn nicht ohne meinen Befehl.«

Die ungemeine Empfindlichkeit, zu der die inneren Organe gelangt waren und die der Widerstand, den der Einsatz aller menschlichen Kräfte erfordert, noch gesteigert hatte, bestand im gleichen Maß in allen Sinnen Christophes. Er allein vernahm folgende Worte, die der Herzog von Guise dem Kardinal zuflüsterte: »Ich verzichte nicht darauf, durch dieses Männlein die Wahrheit zu erfahren.«

Als die beiden Fürsten den Raum verlassen hatten, befreiten die Henker die Beine ihres Delinquenten ohne alle Behutsamkeit.

»Hat man je bei einem Verbrecher eine solche Kraft erlebt?« fragte der Henker seine Gehilfen. »Der durchtriebene Bursche hat den achten Keil ausgehalten; er hätte sterben sollen, denn so verliere ich den Preis für seine Leiche ...«

»Bindet mich los, ohne daß Ihr mir dabei wehtut, Freunde«, sagte der arme Christophe. »Eines Tages werde ich Euch dafür belohnen.«

»Obacht, verfahrt menschlich!« rief der Arzt. »Monseigneur

der Herzog schätzt diesen jungen Mann und hat ihn mir ans Herz gelegt.«

»Ich fahre mit meinen Gehilfen nach Amboise«, sagte der Henker barsch, »sorgt selber für ihn. Außerdem kommt da grade der Kerkermeister.«

Der Henker ging und überließ Christophe den Händen des übertrieben liebenswürdigen Arztes, der ihn, wobei sein künftiger Wächter ihm half, auf ein Bett trug, ihm Fleischbrühe brachte, sie ihn trinken ließ, sich zu ihm setzte, ihm den Puls fühlte und ihm Trostesworte sagte.

»Ihr werdet daran nicht sterben«, sagte er. »Ihr müßt eine innerliche Entschädigung in dem Wissen empfinden, daß Ihr Eure Pflicht getan habt. Die Königin hat mich beauftragt, über Euch zu wachen«, fügte er leise hinzu.

»Die Königin ist sehr gütig«, sagte Christophe; das Übermaß der Leiden hatte in ihm eine wunderbare geistige Hellsicht entwickelt, und nachdem er so große Leiden ertragen hatte, wollte er die Ergebnisse seiner Aufopferung nicht gefährden. »Aber sie hätte mir all diese Schmerzen ersparen können, wenn sie mich nicht meinen Verfolgern ausgeliefert und ihnen selber Geheimnisse gesagt hätte, von denen ich nichts weiß.«

Als der Arzt diese Antwort vernahm, nahm er Barett und Mantel und ließ Christophe liegen; er meinte wohl, aus einem Mann dieses Schlages könne er nichts herausholen. Der Kerkermeister von Blois ließ den armen Jungen von vier Männern auf eine Bahre legen und ihn ins Stadtgefängnis bringen, wo Christophe in jenen tiefen Schlaf fiel, in den, wie es heißt, fast alle Mütter sinken, wenn sie die grausigen Schmerzen der Niederkunft überstanden haben.

Bei der Verlegung des Hofs in das Schloß von Amboise hatten die beiden lothringischen Fürsten nicht gehofft, das Haupt der Reformationspartei dort vorzufinden, nämlich den Prinzen von Condé, den sie durch den König nach dort hatten entbieten lassen, um ihm eine Falle zu stellen. Als Vasall der Krone und als Prinz von Geblüt mußte Condé den Befehlen des Königs gehorchen. Nicht nach Amboise zu kommen, hätte das Verbrechen des Bruchs der Lehnstreue dargestellt. Nun aber waren gegenwärtig Krone, Kronrat, Hof und alle Macht in den Händen des Herzogs von Guise und des Kardinals von Lothringen vereinigt. Der Prinz von Condé bezeigte unter diesen heiklen Gegebenheiten die Entschlossenheit und die Listigkeit, die ihn zum würdigen Vermittler der Jeanne d'Albret und zum tapferen Heerführer der Reformierten machten. Er reiste in der Nachhut der Verschwörer nach Vendôme, um sie im Fall des Erfolgs zu unterstützen. Als diese erste Waffenergreifung durch das kurze Scharmützel beendet worden war, in dem die Blüte des durch Calvin auf Irrwege geratenen Adels umkam, langte der Prinz mit einem Gefolge von fünfzig Edelleuten im Schloß von Amboise an, und zwar am Tag nach jener Affäre, die die kluge Politik der Lothringer »den Tumult von Amboise« genannt hat. Als die Lothringer vom Nahen des Prinzen erfuhren, schickten sie ihm den Marschall de Saint-André mit hundert Reitern entgegen. Bei der Ankunft des Béarners[323] und seiner Eskorte am Schloßtor verweigerte der Marschall den Edelleuten des Prinzen den Eintritt.

»Ihr allein dürft hinein, Monseigneur«, sagten zu dem Prinzen der Kanzler Olivier, der Kardinal von Tournon und Birague; sie standen draußen vor dem Fallgitter.

»Und warum?«

»Ihr steht im Verdacht des Bruchs der Lehnstreue«, antwortete der Kanzler.

Der Prinz, der jetzt sah, daß sein Gefolge vom Herzog von Nemours umzingelt worden war, antwortete ruhig: »Wenn dem so ist, gehe ich allein zu meinem Vetter hinein und beweise ihm meine Unschuld.«

Er saß ab, plauderte mit vollendeter geistiger Ungezwungenheit mit Birague, dem Kardinal von Tournon, dem Kanzler Olivier und dem Herzog von Nemours; er erkundigte sich bei ihnen nach den Einzelheiten des Tumults.

»Monseigneur«, sagte der Herzog von Nemours, »die Rebellen hatten geheime Verbindungen in Amboise. Der Hauptmann La Noue[324] hatte Bewaffnete hineingelassen, die ihnen dieses Tor geöffnet haben; hier sind sie in die Stadt eingedrungen und haben sich zu deren Herrn aufgeworfen ...«

»Das heißt also, Ihr habt ihnen einen Sack aufgemacht«, antwortete der Prinz und blickte dabei Birague an.

»Wären sie durch den Angriff unterstützt worden, den der

Hauptmann Chandieu, der Bruder des Pariser Predigers, auf die Porte des Bons-Hommes hatte unternehmen sollen, so hätten sie Erfolg gehabt«, antwortete der Herzog von Nemours. »Aber durch die Stellung, die der Herzog von Guise mich hatte besetzen lassen, hat der Hauptmann Chandieu mich umgehen müssen, um einem Kampf auszuweichen. Anstatt bei Nacht anzukommen, wie die anderen, ist der Rebell um die Morgendämmerung gekommen, zu der Zeit, da die Truppen des Königs die in die Stadt eingedrungenen Rebellen niedermachten.«

»Und es war ein Reservekorps vorhanden, um das Tor zu nehmen, das ihnen preisgegeben worden war?«

»Dort befand sich der Herr Marschall de Saint-André mit fünfhundert Bewaffneten.«

Der Prinz zollte diesen militärischen Maßnahmen höchstes Lob.

»Um sich so zu verhalten«, sagte er abschließend, »mußte der Verweser die Geheimnisse der Reformierten kennen. Sicherlich sind diese Leute verraten worden.«

Es wurde mit dem Prinzen fortgesetzt strenger verfahren; denn nachdem er, als er in das Schloß eintreten wollte, durch den Kardinal und den Kanzler von den Seinen getrennt worden war, traten sie ihm in den Weg, als er auf die Treppe zuging, die zu den Gemächern des Königs führte.

»Der König hat uns beauftragt, Monseigneur, Euch in Euer Gemach zu führen.«

»Dann bin ich also Gefangener?«

»Wäre das die Absicht des Königs, so würdet Ihr nicht von einem Fürsten der Kirche und von mir begleitet werden«, sagte der Kanzler.

Die beiden Persönlichkeiten führten den Prinzen in ein Gemach, wo ihm Wachen zugeteilt wurden, sozusagen Ehrenwachen, und wo er ein paar Stunden lang allein blieb, ohne daß jemand zu ihm kam. Von seinem Fenster aus erblickte er die Loire und die Felder, die von Amboise bis Tours ein so schönes Becken bilden; und er grübelte über seine Lage nach und fragte sich, was gegen seine Person zu unternehmen die Lothringer wohl wagen würden; da hörte er, wie seine Zimmertür geöffnet wurde, und sah Chicot[325] hereinkommen, den Hofnarren des Königs; dieser hatte früher ihm gehört.

»Es verlautet, du seiest in Ungnade«, sagte der Prinz zu ihm.

»Ihr würdet kaum glauben, wie vernünftig der Hof seit dem Tod König Heinrichs II. geworden ist.«

»Dabei lacht der König doch gern?«

»Welcher? Franz II. oder Franz von Lothringen?«

»Du hast also keine Angst vor dem Herzog, daß du so redest?«

»Deswegen wird er mich schwerlich züchtigen, Monseigneur«, antwortete Chicot lächelnd.

»Und was verschafft mir die Ehre deines Besuchs?«

»Ja, gebührt der Euch nicht rechtens nach Eurer Ankunft? Ich bringe Euch mein Narrenzepter und meine Schellenkappe.«

»Ich kann also nicht hinaus?«

»Versucht es!«

»Und wenn ich hinausgehe?«

»Dann werde ich sagen, Ihr hättet das Spiel gewonnen, indem Ihr wider die Regeln spieltet.«

»Chicot, du machst mir Angst ... Bist du etwa von irgend jemandem geschickt worden, der sich für mich interessiert?«

»Ja!« sagte Chicot durch ein Nicken. Er trat an den Prinzen heran und bedeutete ihm, daß sie beobachtet und belauscht würden.

»Was also hast du mir zu sagen?« fragte der Prinz von Condé.

»Daß einzig Kühnheit Euch aus der Affäre ziehen kann, und dieser Hinweis kommt von der Königin-Mutter«, flüsterte der Narr dem Prinzen zu.

»Sag denen, die dich schicken«, antwortete der Prinz, »daß ich nicht in dieses Schloß gekommen sein würde, wenn ich mir etwas vorzuwerfen oder etwas zu befürchten hätte.«

»Ich eile, diese wackere Antwort zu überbringen«, rief der Narr.

Zwei Stunden danach, um ein Uhr mittags, vor der königlichen Tafel, kamen der Kanzler und der Kardinal von Tournon und holten den Prinzen, um ihn Franz II. vorzustellen, und zwar in der großen Galerie, wo Rat gehalten worden war. Dort, angesichts des gesamten Hofstaats, tat der Prinz von Condé, als sei er über die Frostigkeit erstaunt, mit der der kleine König ihn begrüßte, und er fragte ihn nach deren Ursache.

»Ihr werdet beschuldigt, Vetter«, sagte die Königin-Mutter streng, »mit dem Komplott der Reformierten zu tun zu haben, und Ihr müßt Euch als ein getreuer Untertan und guter Katholik bezeigen, wenn Ihr nicht den Zorn des Königs auf Euer Haus lenken wollt.«

Als der Prinz diese Worte hörte, die Katharina (sie hatte dem König, ihrem Sohn, den Arm gereicht, und zu ihrer Linken stand der Herzog von Guise) inmitten der tiefsten Stille ausgesprochen hatte, trat er drei Schritte zurück, legte mit einer Geste voller Stolz die Hand an den Degen und blickte alle an, die ihn umstanden.

»Die das gesagt haben, Madame«, rief er mit gereizter Stimme, »haben in den Hals hinein gelogen.«

Er warf dem König seinen Handschuh vor die Füße und sagte: »Wer diese Verleumdung bekräftigen will, der möge vortreten.«

Es durchschauerte den gesamten Hof, als man sah, daß der Herzog von Guise seinen Platz verließ; aber anstatt, wie man glaubte, den Handschuh aufzuheben, ging er auf den unerschrokkenen Buckligen zu.

»Wenn Ihr einen Sekundanten braucht, mein Prinz, dann erweist mir die Ehre und nehmt mich«, sagte er. »Ich verbürge mich für Euch, und Ihr werdet den Reformierten zeigen, wie sehr sie sich täuschen, wenn sie Euch als ihr Oberhaupt nehmen wollen ...«

Der Prinz war gezwungen, dem Verweser die Hand zu reichen. Chicot hob den Handschuh auf und gab ihn Monsieur de Condé zurück.

»Lieber Vetter«, sagte der kleine König, »Ihr dürft den Degen nur zur Verteidigung der Krone ziehen; kommt zum Essen!«

Der ob des Tuns seines Bruders überraschte Kardinal von Lothringen führte ihn in seine Gemächer. Der Prinz von Condé war der ärgsten Gefahr entronnen; er bot der Königin Maria Stuart die Hand, um sich in den Saal zu begeben, wo getafelt wurde; doch während er der jungen Königin Schmeicheleien sagte, suchte er zu erkunden, welche Falle ihm jetzt die Politik des Balafré stellte. Der mochte sich den Kopf zerbrechen, soviel er wollte; er durchschaute den Plan des Lothringers erst, als die Königin Maria ihn ihm aufdeckte.

»Es wäre schade gewesen«, sagte sie lachend zu ihm, »einen so geistvollen Kopf fallen zu sehen; gebt Ihr zu, daß mein Oheim großherzig ist?«

»Ja, Madame, denn mein Kopf macht sich nur auf meinen Schultern gut, wenn auch die eine spürbar dicker als die andere ist. Aber hat Euer Oheim wirklich Großherzigkeit bezeigt? Hat er sich nicht ein wohlfeiles Verdienst erworben? Glaubt Ihr, es sei so leicht, gegen einen Prinzen von Geblüt einen Prozeß anzustrengen?«

»Es ist noch nicht alles zu Ende«, entgegnete sie. »Wir werden ja sehen, wie Ihr Euch bei der Hinrichtung der Edelleute verhaltet, mit denen Ihr befreundet seid; der Kronrat hat beschlossen, dabei das größte Gepränge zu entfalten.«

»Ich werde tun«, sagte der Prinz, »was der König tut.«

»Der König, die Königin-Mutter und ich selber nehmen mit dem ganzen Hof und den auswärtigen Gesandten daran teil . . .«

»Dann wird es also ein Fest . . .?« fragte der Prinz ironisch.

»Mehr als das«, sagte die junge Königin, »ein Glaubensakt, ein Akt hoher Politik. Es handelt sich darum, die Edelleute Frankreichs der Krone zu unterwerfen, ihnen ihren Hang zur Parteibildung und zu Umtrieben auszutreiben . . .«

»Ihr werdet ihnen schwerlich ihre kriegerische Stimmung austreiben, indem Ihr ihnen dergleichen Gefahren zeigt, Madame, und Ihr setzt bei diesem Spiel die Krone selber aufs Spiel«, antwortete der Prinz.

Gegen Ende des Mahls, das recht feierlich verlief, hatte die Königin Maria den traurigen Mut, in aller Offenheit das Gespräch auf den Prozeß zu lenken, der zu dieser Stunde gegen die Edelleute geführt wurde, die mit den Waffen in der Hand verhaftet worden waren, und von der Notwendigkeit zu sprechen, bei deren Hinrichtung den größten Prunk zu entfalten.

»Madame«, sagte Franz II., »genügt es für den König von Frankreich nicht, zu wissen, daß das Blut so vieler tapferer Edelleute fließen wird? Muß daraus ein Triumph gemacht werden?«

»Nein, Sire; aber ein Beispiel«, antwortete Katharina.

»Euer Großvater und Euer Vater huldigten der Gewohnheit, der Verbrennung von Ketzern beizuwohnen«, sagte Maria Stuart.

»Die Könige, die vor mir regierten, handelten auf ihre Weise, und ich will auf die meine handeln«, antwortete der König.

»Philipp II.«, entgegnete Katharina, »der doch gewiß ein großer Monarch ist, hat unlängst, als er in den Niederlanden war, einen Glaubensakt bis zu seiner Rückkehr nach Valladolid verschieben lassen.«

Wie denkt Ihr darüber, Vetter?« fragte der König den Prinzen von Condé.

»Sire, Ihr könnt nicht fernbleiben; auch der päpstliche Nuntius und die Gesandten müssen dabeisein. Ich selber werde gern dabeisein, wo doch die Damen an der Festlichkeit teilnehmen . . .«

Der Prinz von Condé hatte auf einen Blick der Katharina von Medici hin tapfer seinen Entschluß gefaßt.

Während der Prinz von Condé das Schloß von Amboise betreten hatte, war der Kürschner der beiden Königinnen von Paris aus ebenfalls dort angelangt; die Unruhe, in die die Ereignisse des Tumults seine Familie und die Familie Lallier versetzt hatten, hatte ihn hergetrieben. Am Schloßtor hatte der Hauptmann, als der Alte sich vorstellte und sagte, er sei der Kürschner der Königin, ihm geantwortet: »Wackerer Mann, wenn du gehängt werden willst, brauchst du nur den Schloßhof zu betreten.« Als er diese Äußerung vernahm, setzte der verzweifelte Vater sich auf eine Schranke und wartete, daß ein Diener einer der beiden Königinnen oder irgendeine Dame vorübergehe, um etwas von seinem Sohn zu hören; aber er saß den ganzen Tag über da, ohne jemanden zu sehen, den er kannte, und so mußte er denn in die Stadt hinübergehen, wo er nicht ohne Mühe in einem Wirtshaus Unterkunft fand, das an dem Platz gelegen war, wo die Hinrichtungen stattfinden sollten. Er mußte jeden Tag einen Franc für ein Zimmer bezahlen, dessen Fenster auf den Platz hinausging. Am folgenden Tag brachte er den Mut auf, von seinem Fenster aus der Hinrichtung der Helfershelfer der Rebellion beizuwohnen, die, als Leute von geringer Bedeutung, dazu verurteilt worden waren, gerädert oder gehängt zu werden. Der Syndikus der Kürschnerzunft war nur zu froh, seinen Sohn nicht unter den Delinquenten zu erblicken. Als die Hinrichtung vollbracht war, stellte er sich dem Gerichtsschreiber in den Weg. Er nannte ihm seinen Namen, drückte ihm eine Börse voller Taler in die Hand und bat ihn dann, nachzuforschen, ob sich bei den drei vorhergegangenen Hinrichtungen ein gewisser Christophe Lecamus befunden habe. Den Schreiber rührten das Gehaben und der Stimmklang dieses verzweifelten Vaters; er nahm ihn mit in seine Wohnung. Nach sorgfältiger Prüfung konnte er dem alten Mann versichern, besagter Christophe habe sich weder unter den bis jetzt Hingerichteten befunden, noch sei er unter denen, die während der folgenden Tage hingerichtet werden sollten.

»Lieber Meister«, sagte der Schreiber zu dem Syndikus, »das Parlamentsgericht hat den Prozeß gegen die in die Angelegenheit verwickelten Edelherren und die Hauptanführer auf sich genommen. Auf diese Weise wird Euer Sohn vielleicht im Schloßgefängnis festgehalten und so bei der prunkvollen Hinrichtung mit an die Reihe kommen, die unsere Herren, der Herzog von Guise und der Kardinal von Lothringen, vorbereiten. Es sollen die Köpfe von siebenundzwanzig Baronen, elf Grafen und sieben Marquis fallen, alles in allem von fünfzig Edelleuten oder Anführern der Reformierten. Da die Gerichtsbarkeit der Grafschaft Touraine nichts mit dem Pariser Parlamentsgericht gemein hat, geht, wenn Ihr unbedingt etwas über Euern Sohn erfahren wollt, zu Monseigneur dem Kanzler Olivier, der auf Befehl des Verwesers des Königreichs bei dem Prozeß vor allem die Hand im Spiel hat.«

Der arme Alte begab sich dreimal zum Kanzler und stand im Schloßhof Schlange zusammen mit einer großen Zahl von Leuten, die für ihre Verwandten Bittgesuche einreichen wollten; aber da die Adelstitel Tragenden den Vorrang vor den Bürgerlichen innehatten, mußte er auf sein Verlangen verzichten, den Kanzler zu sprechen; er sah ihn mehrmals, wie er sein Haus verließ, um sich entweder ins Schloß zu begeben, oder sich dem Ausschuß zuzugesellen, den das Parlamentsgericht ernannt hatte; er durchschritt dabei das Spalier der Bittsteller, das die Wachen hatten bilden lassen, um ihm den Weg freizuhalten. Es war ein Auftritt von grausiger Trostlosigkeit; denn unter den Flehenden befanden sich Frauen, Töchter oder Mütter, ganze in Tränen aufgelöste Familien. Der alte Lecamus gab den Schloßdienern viel Gold und bat sie um Überbringung der Briefe, die er teils an die d'Ayelle, die Kammerfrau der Königin Maria, teils an diejenige der Königin-Mutter geschrieben hatte; aber die Diener steckten zwar die Taler des biederen Mannes ein, die Briefe jedoch übergaben sie auf Befehl des Kardinals dem Großprofoß. Dadurch, daß die lothringischen Fürsten unerhörte Grausamkeit entfalteten, mußten sie Racheakte befürchten, und so haben sie niemals mehr an Vorsichtsmaßnahmen ergriffen als während des Aufenthalts des Hofes in Amboise, so daß weder die wirksamste Bestechung, die durch Gold, noch die eifrigsten Schritte dem Syndikus der Kürschner Aufklärungen über das Schicksal seines Sohns verschafften. Mit düsterer Miene durchschritt er die kleine Stadt und gewahrte die riesigen Vorbereitungen, die der Kardinal für dieses schreckliche Schauspiel treffen ließ, dem auch der Prinz von Condé beiwohnen sollte. Durch die üblichen Mittel wurde die Neugier des Publikums von Paris bis Nantes angestachelt. Gleichzeitig mit dem Sieg des Königs über die Ketzer war die Hinrichtung durch alle Prediger und Pfarrer von der Kanzel aus verkündet worden. Drei elegante Tribünen, deren mittlere noch prunkvoller werden zu sollen schien als die andern, wurden an die Plattform des Schlosses von Amboise angebaut, an deren Fuß die Hinrichtung stattfinden sollte. Rings um jenen Platz wurden aus Brettern stufenweise erhöhte Bänke errichtet, auf denen eine riesige Menschenmenge Platz nahm, die durch die Feierlichkeit, die diesem »Glaubensakt« beigelegt wurde, herbeigelockt worden war. Etwa zehntausend Menschen kampierten während der Nacht vor dem Tage, da dieses grausige Schauspiel stattfinden sollte, draußen auf den Feldern. Die Dächer waren mit Menschen überladen, und der Mietpreis für die Fenster betrug bis zu zehn Francs, was für die damalige Zeit eine riesige Summe war. Der arme Vater hatte, wie man sich denken kann, einen der besten Plätze, um den Schauplatz zu überblicken, auf dem so viele Edelleute umkommen sollten; in der Mitte sah er ein mit schwarzem Tuch bedecktes, geräumiges Schafott aufgebaut werden. Am Morgen des Schicksalstages wurde dorthin der »Eselskopf« gebracht; so wurde der Richtblock genannt, auf den der Verurteilte kniend den Kopf legen mußte, sowie ein mit schwarzem Stoff drapierter Sessel für den Schreiber des Parlamentsgerichts, der den Auftrag hatte, die Edelleute aufzurufen und ihnen ihr Urteil vorzulesen. Der abgesperrte Platz wurde vom Morgen an durch die Schottenkompanie und die Gendarmen der königlichen Haustruppen bewacht, um zu verhindern, daß die Menge vor der Hinrichtung hineinströmte.

Nach einer feierlichen Messe, die im Schloß und in den Kirchen der Stadt gelesen wurde, führte man die Edelherren herbei, die letzten, die von all den Verschworenen übriggeblieben waren[326]. Jene Edelleute, von denen einige die Folter erlitten hatten, wurden sämtlich am Fuß des Schafotts aufgestellt; zu ihnen traten Mönche und versuchten, sie zum Verzicht auf die Lehren Calvins zu bringen; aber keiner von ihnen hörte auf die Stimme dieser Leute, die der Kardinal von Lothringen ihnen zugeteilt hatte; die Edelleute fürchteten wohl, es möchten sich darunter Spitzel des Lothringers befinden. Um der Belästigungen durch ihre Gegenspieler ledig zu werden, stimmten sie einen Psalm an, den Clément Marot[327] in französische Verse gesetzt hatte. Wie man weiß, hatte Calvin angeordnet, es solle in jeder Landessprache zu Gott gebetet werden, und zwar sowohl, weil das vernünftig war, als um den römischen Kultus anzugreifen. Für diejenigen in der Menge, die die Edelleute bedauerten, war es ein erschütterndes Zusammentreffen, als sie sie in dem Augenblick, da der Hof anlangte, folgende Strophe anstimmen hörten:

»Gott sei milde uns und gnädig,
Segen spende seine Güte,
Leuchten möge uns sein Antlitz
In dem Glanze ewigen Lichts.«

Alle Blicke der Reformierten wandten sich ihrem Oberhaupt zu, dem Prinzen von Condé, der in voller Absicht zwischen die Königin Maria und den Herzog von Orléans gesetzt worden war. Die Königin Katharina von Medici befand sich neben ihrem Sohn und hatte zur Linken den Kardinal. Der päpstliche Nuntius stand hinter den Königinnen. Der Verweser des Königreichs saß unten vor der Estrade zu Pferde; bei ihm waren zwei Marschälle von Frankreich und seine Hauptleute. Als der Prinz von Condé erschien, grüßten ihn alle Edelleute, die enthauptet werden sollten und ihn erkannten, und der unverzagte Bucklige erwiderte ihren Gruß.

»Es ist schwierig«, sagte er zum Herzog von Orléans, »Leuten gegenüber, die in den Tod gehen, nicht höflich zu sein.«

Die beiden andern Tribünen füllten sich mit geladenen Gästen, mit Höflingen und den Leuten, die im Dienst des Hofes standen. Kurzum, es war die Welt des Schlosses von Blois, die auf diese Weise von einem Fest zum Hochgericht geeilt war, wie sie später aus dem Freudenleben am Hof mit einer Ungezwungenheit in die Fährnisse des Krieges überwechselte, die bei den Ausländern stets als einer der Antriebe der Politik in Frankreich gelten wird. Der arme Syndikus der Pariser Kürschner empfand innigste Freude, als er seinen Sohn nicht unter den siebenundfünfzig Edelleuten erblickte, die zum Tode verurteilt worden waren. Auf einen Wink des Herzogs von Guise rief der auf dem Schafott sitzende Gerichtsschreiber sogleich mit lauter Stimme: »Jean-Louis-Albéric, Baron de Raunay[328], schuldig der Ketzerei, des Verbrechens der Majestätsbeleidigung und des Anschlags mit bewaffneter Hand gegen die Person des Königs.«

Ein hochgewachsener, schöner Mann bestieg sicheren Fußes das Schafott, verneigte sich vor Volk und Hof und sagte: »Der Urteilsspruch hat gelogen, ich habe Waffen angelegt, um den König von seinen Feinden, den Lothringern, zu befreien!« Er legte das Haupt auf den Block, und es fiel.

Die Reformierten sangen:

»Gott, du hast uns hart erprobet
Und der Prüfung unterzogen
Wie das Silber, das man läutert
Durch des Feuers Glut zur Reinheit.«

»Robert-Jean-René Briquemault, Graf de Villemongis[329], schuldig des Verbrechens der Majestätsbeleidigung und des Anschlags gegen die Person des Königs«, rief der Schreiber.

Der Graf tauchte die Hände in das Blut des Barons de Raunay und sagte: »Möge dieses Blut über die wahren Schuldigen kommen.«

Die Reformierten sangen:

»Herr, du ließest uns gelangen,
Ach, in unserer Feinde Schlingen,
Deine Netze uns umfangen,
Unser Kreuz zum Krümmen zwingen.«

»Gesteht, Herr Nuntius«, sagte der Prinz von Condé, »wenn französische Edelleute sich auf Verschwörungen verstehen, so wissen sie auch zu sterben.«

»Welche Haßgefühle, Schwager«, sagte die Herzogin von Guise zum Kardinal von Lothringen, »lenkt Ihr auf das Haupt unserer Kinder!«

»Dieser Anblick tut mir weh«, sagte der junge König; er war angesichts des vergossenen Bluts erbleicht.

»Pah! Es sind doch nur Rebellen ...!« sagte Katharina von Medici.

Nach wie vor waren die Gesänge zu hören, und nach wie vor das Beil tätig. Schließlich siegte das erhabene Schauspiel der Männer, die singend starben, und zumal der Eindruck, den das fortgesetzte Schwächerwerden des Gesangs auf die Menge machte, über die Furcht, die die Lothringer einflößten.

»Gnade!« rief das Volk wie aus einem Munde, als es nur noch die schwachen Laute eines Edelmanns vernahm, des angesehensten von allen; er war für den letzten Hieb aufgespart worden. Er stand allein am Fuß der kleinen Leiter, auf der zum Schafott hinaufgestiegen wurde, und sang:

»Gott sei gnädig uns und milde,
Segen spende seine Güte,
Leuchten möge uns sein Antlitz
In dem Glanze ewigen Lichts.«

»Nun, Herzog von Nemours«, sagte der Prinz von Condé, der seiner Rolle müde geworden war, »Ihr, dem der Sieg über das Getümmel zu verdanken ist und der Ihr geholfen habt, diese Leute hier festzunehmen, glaubt Ihr Euch nicht verpflichtet, für den dort um Gnade zu bitten? Es ist Castelnau[330]; wie mir gesagt worden ist, hat er Euer Ehrenwort erhalten, ritterlich behandelt zu werden, wenn er sich ergebe ...«

»So hätte ich gewartet, bis er dort stünde, um ihn zu retten?« fragte der Herzog von Nemours, den dieser harte Vorwurf schwer traf.

Der Gerichtsschreiber rief, wohl absichtlich langsam:

»Michel-Jean-Louis, Baron de Castelnau-Chalosse, angeklagt und überführt des Verbrechens der Majestätsbeleidigung und des Anschlags auf die Person des Königs.«

»Nein«, sagte Castelnau stolz, »es dürfte kein Verbrechen sein, sich der Tyrannei und der Thronräuberei widersetzt zu haben, die die Guisen planen!«

Der ermüdete Henker, der eine Bewegung auf der Tribüne wahrgenommen hatte, richtete sein Beil her.

»Herr Baron«, sagte er, »ich möchte Euch nicht leiden lassen, und ein Augenblick länger könnte Euch retten.«

Abermals rief das ganze Volk: »Gnade!«

»Vorwärts«, sagte der König, »Gnade für den armen Castelnau, der den Herzog von Orléans gerettet hat.«

Absichtlich faßte der Kardinal das Wort »Vorwärts« falsch auf. Er gab dem Henker einen Wink, so daß Castelnaus Haupt fiel, als der König ihn begnadigt hatte.

»Dieser, Kardinal, kommt auf Euer Konto«, sagte Katharina.

Am Tag nach dieser grausigen Hinrichtung brach der Prinz von Condé nach Navarra auf.

Dieses Geschehnis erregte in Frankreich und an allen ausländischen Höfen großes Aufsehen; allein die Ströme edlen Bluts, die damals vergossen wurden, verursachten dem Kanzler Olivier einen so großen Schmerz, daß dieser würdige Beamte, der sich endlich des Ziels bewußt wurde, dem die Guisen unter dem Vorwand der Verteidigung des Throns und des Glaubens zusteuerten, sich nicht stark genug fühlte, ihnen die Stirn zu bieten. Obwohl er ihr Geschöpf war, wollte er ihnen nicht seine Pflicht und die Monarchie opfern; er zog sich aus dem Staatsdienst zurück und bezeichnete ihnen L'Hospital[331] als seinen Nachfolger. Als Katharina vernahm, welche Wahl Olivier getroffen hatte, schlug sie Birague[332] als Kanzler vor und betrieb dessen Ernennung mit äußerstem Eifer. Der Kardinal, der nichts von dem Brief wußte, den L'Hospital an Katharina geschrieben hatte, und der ihn nach wie vor dem Haus Lothringen treu glaubte, machte ihn zu Biragues Gegenkandidaten, und die Königin-Mutter ließ ihn sich dem Anschein nach aufdrängen. Von seiner Übernahme des Amtes an ergriff L'Hospital Maßnahmen gegen die Inquisition, die der Kardinal von Lothringen in Frankreich einführen wollte, und arbeitete so geschickt allen antigallikanischen und politischen Bestrebungen der Guisen entgegen, er bezeigte sich als ein so guter Franzose, daß er, um ihn anderen Sinnes zu machen, drei Monate nach seiner Ernennung auf sein Landgut Le Vignay bei Etampes verbannt wurde[333].

Der wackere Lecamus wartete voller Ungeduld, daß der Hof Amboise verlasse; denn er hatte keine Gelegenheit finden können, mit der Königin Maria oder der Königin Katharina zu sprechen, und er hoffte, sich an den Weg stellen zu können, wenn der Hof den Uferdamm entlangziehen würde, um nach Blois zurückzukehren. Der Syndikus verkleidete sich als Bettler, auf die Gefahr hin, als Spitzel festgenommen zu werden, und mittels dieser Tarnung vermochte er sich unter die Armen zu mischen, die die Landstraße säumten. Nach der Abreise des Prinzen von Condé glaubten der Herzog und der Kardinal, den Reformierten Schweigen geboten zu haben, und ließen der Königin-Mutter etwas mehr Freiheit. Lecamus wußte, daß Katharina, anstatt in der Sänfte zu reisen, lieber *à la planchette* zu Pferde stieg; so wurde damals der Steigbügel genannt, der für Katharina oder von Katharina erfunden worden war, die sich das Bein verletzt hatte und ihre Füße auf eine Art samtenen Packsattel stützte, wobei sie sich seitlich auf den Pferderücken setzte und ein Bein in eine bogenförmige Kerbe des Sattels steckte. Da die Königin sehr schöne Beine hatte, wurde ihr vorgeworfen, sie habe diese Mode erfunden, um sie zu zeigen. Auf diese Weise konnte der alte Mann sich den Augen der Katharina von Medici darbieten; doch als sie ihn erkannte, wirkte sie, als gerate sie in Zorn.

»Fort von hier, wackerer Mann, es darf keiner sehen, daß Ihr mit mir redet«, sagte sie mit einer gewissen Ängstlichkeit. »Laßt Euch von den Pariser Gilden zum Abgeordneten bei den Generalständen ernennen, und tretet bei deren Versammlung in Orléans für mich ein; dann werdet Ihr erfahren, woran Ihr Euch bezüglich Eures Sohnes zu halten habt ...«

»Ist er am Leben?« fragte der alte Mann.

»Ach!« stieß die Königin hervor, »ich hoffe es.«

Mit diesem traurigen Ausspruch und dem Geheimnis der Einberufung der Generalstände, das die Königin ihm soeben anvertraut hatte, mußte Lecamus nach Paris zurückkehren.

Ein paar Tage zuvor hatte der Kardinal von Lothringen Enthüllungen über schuldhafte Verfehlungen des Hofs von Navarra erhalten. In Lyon, in Mouvans in der Dauphiné hatten Reformierte unter dem Befehl des wagemutigsten Fürsten des Hauses Bourbon versucht, die Einwohnerschaften aufzuwiegeln. Diese Kühnheit nach den blutigen Hinrichtungen zu Amboise erstaunte die lothringischen Fürsten; sicherlich um der Ketzerei durch Mittel ein Ende zu machen, deren Geheimnis von ihnen gewahrt wurde, hatten sie vorgeschlagen, die Generalstände nach Orléans einzuberufen. Katharina von Medici, die in der Volksvertretung einen Stützpunkt für ihre Politik erblickte, hatte freudig eingewilligt. Der Kardinal, der seine Beute von neuem packen und das Haus Bourbon zu Boden schmettern wollte, berief die Generalstände einzig und allein ein, um den Prinzen von Condé und Antoine von Bourbon, den König von Navarra, den Vater Heinrichs IV., kommen zu lassen; dann nämlich wollte er sich Christophes bedienen, um den Prinzen des Hochverrats zu überführen, sofern es ihm gelang, diesen nochmals in die Gewalt des Königs zu bringen.

Nachdem Christophe zwei Monate im Gefängnis zu Blois verbracht hatte, wurde er eines Morgens mittels einer Bahre, auf Kissen liegend, in ein Flußboot getragen und nach Orléans befördert, wohin ein Westwind ihn trieb. Am Abend langte er an; er wurde in den berühmten Turm Saint-Aignan[334] gebracht. Christophe wußte nicht, was er von der Verlegung halten sollte; er hatte vollauf Zeit, Gedanken über sein Verhalten und seine Zukunft nachzuhängen. Zwei weitere Monate verblieb er auf seinem kärglichen Lager, ohne daß er die Beine bewegen konnte. Seine Knochen waren gebrochen. Als er den Beistand eines Chirurgen aus der Stadt verlangte, antwortete ihm der Kerkermeister, seine ihn betreffenden Weisungen seien so streng, daß er nicht einmal die Sorge, ihn mit Nahrungsmitteln zu versehen, jemand anders übertragen dürfe. Diese Strenge, deren Auswirkung es war, daß sein Hiersein geheim bleibe, verwunderte Christophe: er meinte, er müsse entweder gehängt oder freigelassen werden; von den Geschehnissen zu Amboise ahnte er nichts.

Trotz der geheimen Weisungen, die Katharina von Medici den beiden Häuptern des Hauses Bourbon[335] hatte zukommen lassen, daheim zu bleiben, hatten diese sich entschlossen, sich zu den Generalständen zu begeben, so sicher fühlten sie sich durch die eigenhändigen Briefe des Königs; und als der Hof sich in Orléans niedergelassen hatte, vernahm man nicht ohne Verwunderung durch Groslot, den Kanzler von Navarra, die Ankunft der Fürsten.

Franz II. hatte das Stadtpalais des Kanzlers von Navarra bezogen, der zugleich Landeshauptmann von Orléans war. Jener Groslot, dessen Doppelstellung eine der Absonderlichkeiten jener Zeit war, da die Reformierten im Besitz von Abteien waren, Groslot also, der Jacques Coeur[336] von Orléans, einer der reichsten Bürgerlichen jener Epoche, hat seinen Namen nicht seinem Haus hinterlassen; es wurde später »die Bailliage« genannt, denn sicherlich ist es durch die Krone oder die Provinz von den Erben erworben worden, um darin das Gericht unterzubringen. Dieses reizende Bauwerk ist dem Bürgertum des sechzehnten Jahrhunderts zu verdanken; es ergänzt gut die Geschichte jener Zeiten, da der König, der Adel und das Bürgertum in bezug auf die Anmut, die Eleganz und den Reichtum beim Bau ihrer Wohnstätten wetteiferten, was Varangeville[337] bezeugt, das prächtige Landherrenhaus Angos[338], und das sogenannte Hôtel d'Hercules in Paris[339], das noch heutzutage existiert, wenngleich in einem Zustand, der die Liebhaber des Altertums und die Freunde des Mittelalters zur Verzweiflung treibt. Man kann schwerlich in Orléans gewesen sein, ohne dort auf der Place de l'Etape das Rathaus wahrgenommen zu haben. Jenes Rathaus ist die ehemalige »Statthalterei«, das Stadtpalais Groslots, das berühmteste Haus von Orléans und das am meisten vernachlässigte[340].

Die Reste dieses Stadtpalais verkünden den Augen der Altertumskundigen, wie prächtig es in einem Zeitalter war, da die Bürgerhäuser weit mehr aus Holz denn aus Stein gebaut wurden und da einzig die Edelleute das Recht besaßen, sich »Herrenhäuser«, »manoirs«, errichten zu lassen, welche Bezeichnung etwas besagt. Wenn das Stadtpalais Groslots dem König zu einer Zeit als Wohnstatt gedient hat, da der Hof soviel an Luxus und Pomp entfaltete, muß es damals das größte und glanzvollste Haus in Orléans gewesen sein. Es geschah auf der Place de l'Etape, daß die Guisen und der König die Parade der Bürgergarde abnahmen, der während des Aufenthalts des Königs Monsieur de Cypierre[341] als Anführer gegeben worden war. Zu jener Zeit befand sich die Kathedrale Sainte-Croix (sie wurde später durch Heinrich IV. vollendet, der ein Unterpfand für die Aufrichtigkeit seiner Bekehrung geben wollte) noch im Bau[342], und ihre Umgebung, die mit Steinen bedeckt und durch Holzlager versperrt war, wurde von den Guisen besetzt gehalten; sie hatten sich in dem heute zerstörten Palais des Bischofs einquartiert.

Die Stadt wurde militärisch besetzt, und die von den Lothringern ergriffenen Maßnahmen ließen erkennen, wie wenig Freiheit sie den Generalständen lassen wollten, deren Mitglieder in die Stadt hineinströmten und die Mieten der kleinsten Rumpelkammern maßlos in die Höhe trieben. Daher waren der Hof, die Bürgermiliz, der Adel und die Bürgerschaft auf irgend etwas wie einen Staatsstreich gefaßt, und ihre Erwartung wurde bei der Ankunft der Fürsten von Geblüt nicht getäuscht. Als die beiden Fürsten das Gemach des Königs betraten, nahm der Hof mit Schrecken die Unverschämtheit des Kardinals von Lothringen wahr, der, um seine Ansprüche hochmütig zu bekunden, bedeckten Hauptes dastand, während der König von Navarra barhäuptig vor ihm erschien. In diesem Augenblick schlug Katharina von Medici die Augen nieder, um sich ihren Unwillen nicht anmerken zu lassen. Es kam darauf zu einer feierlichen Auseinandersetzung zwischen dem jungen König und den beiden Häuptern der jüngeren Linie; sie war kurz; denn auf die ersten Worte, die der Prinz von Condé sagte, schloß Franz II. sie mit der furchtbaren Äußerung ab: »Meine Herren Vettern, ich hatte geglaubt, die Angelegenheit zu Amboise sei beendet; dem ist nicht so, und man will uns die Nachsicht, deren wir uns bedient haben, bereuen lassen!«

»Nicht so sehr der König wie die Herren von Guise sprechen zu uns«, entgegnete der Prinz von Condé.

»Adieu, Monsieur«, stieß der kleine König hervor; der Zorn hatte sein Antlitz purpurn gefärbt.

In dem großen Saal wurde dem Prinzen der Weg von den beiden Hauptleuten der Wache versperrt. Als derjenige der französischen Kompanie vortrat, zog der Prinz einen Brief aus seinem Wams und sagte angesichts des ganzen Hofes: »Könnt Ihr mir dies hier vorlesen, Monsieur de Maillé-Brézé[343]?«

»Gern«, sagte der Hauptmann der französischen Kompanie.

»›Lieber Vetter, kommt in aller Sicherheit, ich gebe Euch mein königliches Wort, daß Ihr es könnt. Bedürft Ihr eines Geleitbriefs, so möge Gegenwärtiges Euch dazu dienen.‹«

»Unterzeichnet von wem ...?« fragte der boshafte, beherzte Bucklige.

»Unterzeichnet: Franz«, sagte Maillé.

»Nein, nein«, entgegnete der Prinz, »es steht dort geschrieben: ›Euer guter Vetter und Freund Franz!‹ – Ihr Herren«, rief er den Schotten zu, »ich folge Euch in das Gefängnis, wohin mich zu führen Ihr von seiten des Königs beauftragt worden seid. Es sind in diesem Saal genügend Adlige vorhanden, um zu begreifen, was hier geschieht!«

Das tiefe Schweigen, das im Saal herrschte, hätte die Guisen aufklären müssen; aber gerade Schweigen ist das, worauf die Fürsten am wenigsten hören.

»Monseigneur«, sagte der Kardinal von Tournon, der dem Prinzen gefolgt war, »seit der Angelegenheit zu Amboise habt Ihr in Lyon und zu Mouvans in der Dauphiné Dinge gegen die königliche Autorität unternommen, von denen der König keine Kenntnis gehabt hat, als er Euch solchermaßen schrieb.«

»Schurkereien!« rief lachend der Prinz.

»Ihr habt eine öffentliche Erklärung gegen die Messe und für die Ketzerei erlassen ...«

»In Navarra sind wir die Herren«, sagte der Prinz.

»Ihr wollt sagen: im Béarn[344]? Aber Ihr schuldet der Krone Huldigung«, antwortete der Präsident de Thou.

»Ach, Ihr seid hier, Präsident?« rief der Prinz ironisch. »Seid Ihr mit dem ganzen Parlamentsgericht[345] gekommen?«

Nach dieser Frage warf der Prinz dem Kardinal einen verächtlichen Blick zu und verließ den Saal; er hatte erkannt, daß man seinen Kopf wollte. Als am andern Morgen die Herren de Thou, de Viole[346], d'Espesse[347], der Generalstaatsanwalt Bourdin[348] und der Oberschreiber Dutillet[349] in das Gefängnis traten, forderte er sie nicht zum Platznehmen auf und drückte ihnen sein Bedauern aus, sie mit einer Angelegenheit beauftragt zu sehen, die sie nichts angehe; dann sagte er zu dem Gerichtsschreiber: »Schreibt!« und diktierte das Nachfolgende:

»Ich, Ludwig von Bourbon, Prinz von Condé, Pair des Königreichs, Marquis von Conti, Graf von Soissons, Prinz vom Geblüt Frankreichs, erkläre förmlich, daß ich mich weigere, irgendeine Kommission anzuerkennen, die ernannt worden ist, über mich zu richten, weil ich nämlich in Anbetracht meines Ranges und kraft des Privilegs, das jedes Mitglied des Königshauses innehat, nur vom Parlamentsgericht angeklagt, verhört und verurteilt werden kann, in dem sämtliche Pairs, sämtliche versammelten Kammern und der König auf seinem Richterthron sitzen müssen. – Ihr solltet das besser wissen als andere, Ihr Herren; dies ist alles, was Ihr aus mir herausbekommen werdet. Im übrigen vertraue ich auf mein Recht und auf Gott!«

Ungeachtet des hartnäckigen Schweigens des Prinzen eröffneten die Richter das Prozeßverfahren gegen ihn. Der König von Navarra war in Freiheit, wurde indessen überwacht; sein Gefängnis war größer als das des Prinzen, das war der ganze Unterschied zwischen seiner Lage und derjenigen seines Bruders; denn das Haupt des Prinzen und das seine sollten mit dem gleichen Schlag fallen.

Christophe wurde also auf die Befehle des Kardinals und des Verwesers des Königreichs nur deshalb in aller Heimlichkeit so streng bewacht, um den Richtern einen Beweis der Schuldhaftigkeit des Prinzen zu geben. Die bei La Sague[350], dem Sekretär des Prinzen, beschlagnahmten Briefe waren für Staatsmänner unverständlich und für Richter nicht klar genug. Der Kardinal hatte erwogen, den Prinzen und Christophe von ungefähr einander gegenüberzustellen; Christophe war nicht ohne Absicht in einem untern Raum des Turms von Saint-Aignan untergebracht worden, dessen Fenster auf den Gefängnishof hinausging. Bei jedem Verhör, dem die Richter ihn unterzogen, hatte er sich auf sein System unbedingten Ableugnens beschränkt, wodurch natürlich der Prozeß bis zur Eröffnung der Versammlung der Landstände verlängert wurde.

Lecamus, der nicht verfehlt hatte, sich durch die Pariser Bürgerschaft zum Abgeordneten des Dritten Standes erwählen zu lassen, war ein paar Tage vor der Verhaftung des Prinzen in Orléans angelangt. Er erfuhr diese Nachricht in Etampes; sie verdoppelte seine Besorgnisse, denn er, der einzige, der um die Zusammenkunft des Prinzen und seines Sohnes unter dem Pont-au-Change wußte, war sich klar darüber, daß Christophes Schicksal an das des kühnen Oberhaupts der Reformations-Partei gebunden war. Deshalb beschloß er, sich mit den finstern Interessen zu befassen, die sich seit der Eröffnung der Ständeversammlung am Hofe kreuzten, und ein Mittel zur Rettung seines Sohns ausfindig zu machen. An die Königin Katharina durfte er nicht denken; sie weigerte sich, ihren Kürschner vorzulassen. Keiner der Hofleute, die er zu sehen bekam, gab ihm befriedigende Auskünfte über seinen Sohn, und er war darob so sehr der Verzweiflung anheimgefallen, daß er drauf und dran war, sich unmittelbar an den Kardinal zu wenden, als er erfuhr, Monsieur de Thou, und das ist ein Makel auf dessen Leben, habe sich bereit erklärt, einer der Richter des Prinzen von Condé zu sein. Der Syndikus suchte den Gönner seines Sohns auf und vernahm, Christophe sei noch am Leben, aber ein Gefangener.

Der Handschuhmacher Tourillon, zu dem Christophe von La Renaudie geschickt worden war, hatte dem Sieur Lecamus für die gesamte Dauer der Ständeversammlung ein Zimmer in seinem Haus angeboten. Der Handschuhmacher glaubte, der Kürschner hänge gleich ihm heimlich dem reformierten Bekenntnis an; doch bald sah er ein, daß ein Vater, der um das Leben seines Sohns bangt, nichts mehr von religiösen Haarspaltereien begreift und sich Hals über Kopf an Gottes Brust stürzt, ohne sich um die Schulterbinde zu kümmern, die die Menschen ihm anlegen. Der alte Mann, dessen sämtliche Versuche zurückgewiesen worden waren, ging wie stumpfsinnig durch die Straßen; wider seine Voraussicht war sein Gold ihm zu nichts nütze; Monsieur de Thou hatte ihn gewarnt, daß, wenn er irgendeinen Diener des

Hauses Guise besteche, er lediglich sein Geld vergeuden würde, denn der Herzog und der Kardinal ließen nichts durchsickern, was Christophe betraf. Jener Richter, dessen Ruhm durch die Rolle, die er damals spielte, ein wenig verdunkelt worden ist, hatte versucht, dem trostlosen Vater einige Hoffnung zu machen; aber er selber zitterte so sehr um das Leben seines Patenkindes, daß seine Trostesworte den Vater nur noch mehr beunruhigten. Der alte Mann umschlich das Haus. Innerhalb dreier Monate war er abgemagert. Er setzte seine einzige Hoffnung in die innige Freundschaft, die ihn seit langem mit dem Hippokrates[351] des sechzehnten Jahrhunderts verband. Als Ambroise das Gemach des Königs verließ, hatte er versucht, der Königin Maria ein paar Worte zu sagen; aber bei der Nennung von Christophes Namen hatte die Stuarttochter, die beunruhigt über das ihrer wartende Schicksal war, sofern dem König ein Unglück zustoßen sollte, und die ihn der gelegen kommenden Plötzlichkeit seiner Krankheit wegen von den Reformierten vergiftet glaubte, geantwortet: »Wenn meine Oheime auf mich hörten, würde ein solcher Fanatiker längst gehängt worden sein!« An dem Abend, da diese unheilschwere Antwort Lecamus durch seinen Freund Paré auf der Place de l'Etape übermittelt wurde, kam er halbtot heim, ging in seine Kammer und weigerte sich, zu abend zu essen. Der besorgte Tourillon stieg hinauf, fand den Greis in Tränen vor, und da die alten Augen des armen Kürschners die innere Haut der faltigen, geröteten Lider sehen ließen, glaubte der Handschuhmacher, er weine blutige Tränen.

»Tröstet Euch, lieber Vater«, sagte der Reformierte, »die Bürger von Orléans sind erbost, zu sehen, daß ihre Stadt behandelt wird, als sei sie im Sturm genommen worden und werde von den Soldaten Monsieur de Cypierres bewacht; und wenn das Leben des Prinzen von Condé in Gefahr schweben sollte, würden wir bald den Turm von Saint-Aignan zerstört haben; denn unsere ganze Stadt ist für die Reform und wird sich empören, dessen seid sicher!«

»Wenn man die Lothringer aufhinge, würde ihr Tod mir dann meinen Sohn wiedergeben?« antwortete der Vater in seiner Trostlosigkeit.

In diesem Augenblick wurde verstohlen an Tourillons Tür gepocht; er selber stieg hinab, um zu öffnen. In jenen Zeiten der Wirren traf jeder Hausherr peinlich genaue Sicherheitsmaßnahmen. Tourillon blickte durch das in seiner Haustür angebrachte vergitterte Spähloch und gewahrte einen Fremden, dessen fehlerhafte Aussprache einen Italiener verriet. Jener schwarz gekleidete Mann verlangte um geschäftlicher Angelegenheiten willen Lecamus zu sprechen, und Tourillon ließ ihn ein. Beim Anblick des Ausländers zuckte der Kürschner grausig zusammen; aber der Fremde hatte Zeit gefunden, den Finger auf die Lippen zu legen; da sagte Lecamus, der diese Geste verstanden hatte, zu ihm: »Sicherlich kommt Ihr doch, um mir Pelze anzubieten?«

»Si[352]«, antwortete der Fremde zurückhaltend in italienischer Sprache.

Jene Persönlichkeit war nämlich der berühmte Ruggieri[353], der Astrologe der Königin-Mutter. Tourillon stieg in seine Wohnung hinunter; er erkannte, daß er bei seinem Gast fehl am Platz sei.

»Wo können wir plaudern, ohne befürchten zu müssen, daß wir belauscht würden?« fragte der vorsichtige Florentiner.

»Da müßten wir auf freiem Feld stehen«, antwortete Lecamus. »Aber man wird uns nicht hinauslassen. Ihr wißt ja, wie streng die Tore bewacht werden. Keiner verläßt die Stadt ohne einen Paß von Monsieur de Cypierre, und gehöre er auch, wie ich, den Landständen an. Daher müssen wir alle uns morgen bei unserer Sitzung über diese Freiheitsbeschränkung beschweren.«

»Arbeitet wie ein Maulwurf, aber laßt niemals Eure Pfoten sehen, um was es sich auch handeln möge«, sagte der gewitzte Florentiner. »Der morgige Tag wird sicherlich entscheidend sein. Nach meinen Beobachtungen werdet Ihr morgen oder übermorgen vielleicht Euern Sohn wiederhaben.«

»Möge Gott Euch erhören, Euch, von dem es heißt, Ihr befragtet einzig den Teufel!«

»Kommt doch in meine Behausung«, sagte der Astrologe lächelnd. »Mir ist, um die Sterne zu beobachten, der Turm des Sieur Touchet de Beauvais eingeräumt worden, des Verwalters der Statthalterei, dessen Tochter[354] dem kleinen Herzog von Orléans[355] sehr gefällt. Ich habe der Kleinen das Horoskop gestellt; es zeigt tatsächlich an, daß sie eine große Dame und von einem König geliebt werden wird. Der Statthalter ist ein Schöngeist, er hat eine Schwäche für die Wissenschaften, und bei diesem Biedermann hat die Königin mich einquartiert; er hat soviel Verstand, daß er, während er auf den Regierungsantritt Karls IX. wartet, sich als ein rasender Anhänger der Guisen gebärdet.«

Der Kürschner und der Astrologe begaben sich in das Stadtpalais des Sieur de Beauvais, ohne gesehen oder angehalten zu werden; für den Fall jedoch, daß der Besuch Lecamus' offenkundig werden sollte, rechnete der Florentiner damit, ihm als Vorwand eine astrologische Befragung über Christophes Schicksal zu unterstellen. Als sie oben in dem Türmchen angelangt waren, in dem der Astrologe sein Arbeitskabinett eingerichtet hatte, fragte ihn Lecamus: »Mein Sohn ist also ganz bestimmt am Leben?«

»Noch«, antwortete Ruggieri, »und es handelt sich darum, ihn zu retten. Bedenkt, Ihr Häutehändler, daß ich nicht zwei Liards[356] für Eure Haut geben würde, wenn Euch Euer Leben lang auch nur eine einzige Silbe von dem entschlüpfte, was ich Euch sagen werde.«

»Unnütze Empfehlung, lieber Meister, ich bin seit dem hochseligen König Ludwig XII. Hoflieferant und erlebe jetzt die vierte Regierung.«

»Bald werdet Ihr sagen, die fünfte«, entgegnete Ruggieri.

»Was wißt Ihr von meinem Sohn?«

»Nun, er ist der peinlichen Befragung unterzogen worden.«

»Der arme Junge!« sagte der wackere Mann und hob die Augen zum Himmel auf.

»Seine Knie und Fußgelenke sind ihm ein bißchen angeknackst; aber er hat sich eine königliche Gönnerschaft erworben, die sich über sein ganzes Leben erstrecken wird«, sagte der Florentiner hastig, als er sah, wie tief der Vater erschrak. »Euer kleiner Christophe hat unserer großen Königin Katharina einen Dienst erwiesen. Wenn wir Euern Sohn den Klauen der Lothringer entreißen, werdet Ihr ihn eines Tages als Rat am Parlamentsgericht sehen. Man würde sich dreimal die Knochen zerbrechen lassen, um bei dieser teuren Herrscherin in Gnade zu stehen; sie ist eine hohe Begabung und wird über alle Hindernisse obsiegen! Ich habe das Horoskop des Herzogs von Guise gestellt; in spätestens einem Jahr wird er ermordet werden[357]! Also, Christophe ist mit dem Prinzen von Condé zusammengetroffen ...«

»Ihr, die Ihr die Zukunft kennt, solltet Euch in der Vergangenheit nicht auskennen?«

»Ich verhöre Euch nicht, mein Wackerer, ich unterweise Euch. Wenn nun Euer Sohn, der morgen aufgestellt werden soll, wenn der Prinz vorübergeht, ihn erkennt, oder wenn der Prinz Euern Sohn wiedererkennt, dann fällt Monsieur de Condés Haupt. Weiß Gott, was dann seinen Komplizen widerfahren wird! Doch seid getrost. Weder Euer Sohn noch der Prinz werden dem Tod überantwortet; ich habe ihnen das Horoskop gestellt, sie dürfen am Leben bleiben; aber ich weiß nicht, durch welche Mittel sie sich aus der Affäre ziehen werden. Ohne auf die Verläßlichkeit meiner Berechnungen zu bauen, müssen wir die Sache ordnen. Morgen wird der Prinz durch verläßliche Hand ein Gebetbuch empfangen, in das wir ihm eine Warnung hineinlegen lassen. Gebe Gott, daß Euer Sohn Zurückhaltung bewahrt, denn *er* wird nicht gewarnt werden! Ein einziger Blick des Erkennens muß den Prinzen das Leben kosten. Daher, obwohl die Königin-Mutter allen Grund hat, sich auf Christophes Treue zu verlassen ...«

»Sie ist auf harte Proben gestellt worden!« rief der Kürschner aus.

»So dürft Ihr nicht reden! Glaubt Ihr, die Königin gehe in den Kampf wie zum Tanz? Deshalb wird sie Vorsichtsmaßnahmen treffen, wie wenn die Guisen den Tod des Prinzen beschlossen hätten; und daran tut sie gut, die weise, vorsichtige Königin! Nun aber baut sie darauf, in allen Dingen von Euch unterstützt zu werden. Ihr besitzt einigen Einfluß auf den Dritten Stand; Ihr verkörpert darin die Pariser Zünfte, und wenngleich die Guisenanhänger Euch versprechen könnten, Euern Sohn in Freiheit zu setzen, müßt Ihr versuchen, sie hinters Licht zu führen; hetzt Eure Standesgenossen gegen die Lothringer auf. Fordert die Einsetzung der Königin-Mutter als Regentin; der König von Navarra wird morgen bei der Sitzung der Stände öffentlich seine Zustimmung geben.«

»Aber der König?«

»Der König wird sterben«, antwortete Ruggieri, »ich habe sein Horoskop gestellt. Was die Königin Euch bittet, vor den Ständen für sie zu tun, ist ganz einfach; allein sie erwartet von

Euch einen größeren Dienst. Ihr habt den großen Ambroise Paré bei seinem Studium unterstützt, Ihr seid sein Freund ...«

»Heute ist der Herzog von Guise Ambroise lieber, als ich es bin, und damit hat er recht, er dankt ihm sein Hofamt; aber er ist dem König treu. Deswegen wird er, obwohl er der Reform zuneigt, nicht gegen seine Pflicht verstoßen.«

»Die Pest über alle anständigen Menschen!« rief der Florentiner. »Heute abend hat Ambroise sich gerühmt, er wolle dem kleinen König über den Berg helfen. Wenn der König gesundet, triumphieren die Guisen, die Fürsten müssen sterben, das Haus Bourbon ist erledigt, wir müssen zurück nach Florenz, Euer Sohn wird gehängt, und die Lothringer haben leichtes Spiel mit den andern Sprossen des Königshauses ...«

»Großer Gott!« rief Lecamus aus.

»Schreit nicht so auf; das tut bloß ein Bürgersmann, der nichts vom Hof weiß; begebt Euch lieber sogleich zu Ambroise und sucht aus ihm herauszubekommen, was er zu tun beabsichtigt, um den König zu retten. Wenn irgendeine Gewißheit besteht, kommt Ihr und vertraut mir an, auf welche Operation er so große Stücke hält.«

»Aber ...«, sagte Lecamus.

»Gehorcht blind, mein Lieber, sonst werdet Ihr geblendet.«

»Er hat recht«, dachte der Kürschner und ging zu des Königs Erstem Chirurgen, der in einem Gasthof an der Place du Martroi wohnte.

Zu jener Zeit befand Katharina von Medici sich in einer politischen Lage, die derjenigen glich, in der Christophe sie in Blois angetroffen hatte. Wenn sie sich auch im Kampf fortgebildet, wenn sie ihre hohe Intelligenz bei dieser ersten Niederlage geübt hatte, war ihre Lage, obwohl genau dieselbe, kritischer und gefährlicher als damals bei dem Tumult zu Amboise geworden. Die Ereignisse waren genauso gewachsen wie die Frau. Obwohl Katharina im Gleichschritt mit den beiden lothringischen Fürsten zu marschieren schien, hielt sie die Fäden einer klüglich gegen ihre schrecklichen Bundesgenossen angezettelten Verschwörung in Händen und wartete auf einen geeigneten Augenblick zum Fallenlassen der Maske. Der Kardinal hatte gerade die Gewißheit erlangt, von Katharina getäuscht worden zu sein. Die geschickte

Italienerin hatte im jüngeren Zweig des Königshauses ein Hindernis erblickt, das den Bestrebungen der Guisen entgegengestellt werden konnte; und trotz der Meinung der beiden Gondis, die ihr rieten, sie solle die Guisen sich zu Gewaltmaßnahmen gegen die Bourbonen hinreißen lassen, hatte sie dadurch, daß sie die Königin von Navarra benachrichtigte, den Plan zum Scheitern gebracht, den die Guisen mit Spanien geschmiedet hatten, dieses solle sich des Béarn bemächtigen. Da dieses Staatsgeheimnis nur der Königin-Mutter und den beiden lothringischen Fürsten bekannt gewesen war, waren diese sich jetzt der Doppelzüngigkeit ihrer Bundesgenossin gewiß und wollten sie zurück nach Florenz schicken; und um sich Katharinas Verrats gegenüber dem Staat (das Haus Lothringen war der Staat) zu vergewissern, hatten der Herzog und der Kardinal ihr vor kurzem ihrer beider Plan anvertraut, sich des Königs von Navarra zu entledigen. Die Vorsichtsmaßnahmen, die Antoine von Bourbon sogleich ergriff, bewiesen den beiden Brüdern, daß dieses nur ihnen dreien bekannte Geheimnis von der Königin-Mutter weitergeschwatzt worden war. Sofort warf der Kardinal von Lothringen der Königin-Mutter ihren Treuebruch gegenüber Franz II. vor und bedrohte sie mit einem Verbannungsedikt für den Fall, daß weitere Indiskretionen den Staat in Gefahr brächten. Nunmehr sah Katharina sich in äußerster Not; sie mußte handeln wie ein großer König. Daher gab sie jetzt den Beweis ihrer hohen Befähigung; allein es muß zugegeben werden, daß sie von ihren Intimen sehr gut bedient wurde. L'Hospital ließ der Königin einen Zettel folgenden Inhalts zukommen: »Laßt einen Prinzen von Geblüt durch keine Kommission zum Tod verurteilen; sonst würdet auch Ihr bald beiseite geschafft werden!« Katharina schickte Birague nach le Vignay, um dem Kanzler sagen zu lassen, er solle, wenngleich in Ungnade, zur Versammlung der Generalstände kommen. Noch in derselben Nacht traf Birague drei Meilen von Orléans entfernt mit L'Hospital zusammen, und dieser erklärte sich für die Königin-Mutter. Chiverni, dessen Treue damals mit vollem Recht von den Herren von Guise angezweifelt wurde, war aus Orléans geflüchtet, und durch einen Marsch, der ihn fast das Leben gekostet hätte, hatte er in zehn Stunden Ecouen[358] erreicht. Er unterrichtete den Kronfeldherrn de Montmorency, in welcher Gefahr sein Neffe, der Prinz von Condé, schwebe, und wessen die Lothringer sich erdreisteten. Anne de Montmorency tobte, als er erfuhr, der Prinz habe sein Leben einzig dem plötzlichen Ausbruch der Krankheit verdankt, der Franz II. erlag, und langte mit fünfzehnhundert Reitern und hundert Edelleuten an. Um die Herren von Guise noch mehr zu überraschen, hatte er Paris umgangen und war von Ecouen nach Corbeil und von Corbeil durch das Tal der Essonne nach Pithiviers gezogen.

»Wenn Feldherr gegen Feldherr rückt, bleibt wenig Volk unzerstückt«, hat er gelegentlich dieses kühnen Marsches gesagt.

Anne de Montmorency, der Frankreich gerettet hatte, als Karl V. in die Provence eingefallen war[359], und der Herzog von Guise, der den zweiten Einfall des Kaisers bei Metz[360] zum Stehen gebracht hatte, waren zu jener Zeit tatsächlich die beiden größten Kriegshelden Frankreichs. Katharina hatte den richtigen Augenblick abgewartet, um den Haß des durch die Lothringer in Ungnade gefallenen Kronfeldherrn wieder zu erwecken. Nichtsdestoweniger sprang der Marquis de Simeuse[361], als er von der Ankunft eines so ansehnlichen Truppenkontingentes wie das vom Kronfeldherrn geführte vernahm, zu Pferde, weil er hoffte, den Herzog von Guise noch rechtzeitig benachrichtigen zu können. Die Königin-Mutter war überzeugt davon, daß der Kronfeldherr seinem Neffen zu Hilfe eilen werde, überdies war sie voller Vertrauen, daß der Kanzler der Sache des Königtums ergeben sei, und so hatte sie die Hoffnungen und die Kühnheit der Reformpartei aufs neue belebt. Die Colignys und die Freunde des bedrohten Hauses Bourbon hatten gemeinsame Sache mit den Parteigängern der Königin-Mutter gemacht. Eine Koalition zwischen entgegengesetzten Interessen, die von einem gemeinsamen Feind angegriffen wurden, bildete sich unter der Hand innerhalb der Ständeversammlung, wo unverhohlen davon die Rede war, Katharina zur Regentin des Königreichs zu ernennen, falls Franz II. sterben sollte. Katharina, deren Glaube an die Astrologie ihren Glauben an die Kirche übertraf, hatte gegen ihre Bedränger alles gewagt, als sie sah, daß ihr Sohn mit dem Ablauf der Frist im Sterben lag, die seinem Leben durch die Hellseherin gesetzt worden war, die Nostradamus ihr auf Chaumont zugeführt hatte.

Einige Tage vor dem schrecklichen Ausgang dieser Regierungszeit hatte Franz II. eine Lustfahrt auf der Loire unternehmen wollen, um zu der Stunde, da der Prinz von Condé hingerichtet werden würde, nicht in der Stadt zu sein. Nachdem er das Haupt jenes Prinzen dem Kardinal von Lothringen überlassen hatte, fürchtete er im gleichen Maß einen Aufstand wie die flehentlichen Bitten der Prinzessin von Condé. Gerade als er an Bord gehen wollte, löste einer der frischen Winde, die sich beim Nahen des Winters über der Loire erheben, einen so grausigen Schmerz in seinem Ohr aus, daß er gezwungen war, umzukehren; er legte sich zu Bett und verließ es erst wieder als Toter. Paré behauptete trotz des Widerstreits der Ärzte, die, Chapelain[362] ausgenommen, seine Feinde und Gegenspieler waren, es habe sich im Kopf des Königs ein Eiterherd gebildet, und wenn man den üblen Säften keinen Ausfluß verschaffe, würden die Möglichkeiten des Sterbens von Tag zu Tag größer werden. Trotz der vorgerückten Stunde und des Gesetzes des Licht- und Feuerlöschens, das in dem damals gewissermaßen im Belagerungszustand befindlichen Orléans streng angewendet wurde, brannte Parés Lampe in seinem Fenster, und er studierte; Lecamus rief ihn von der Straße her an, und als er laut seinen Namen genannt hatte, befahl der Chirurg, es solle seinem alten Freund geöffnet werden.

»Du gönnst dir keine Ruhe, Ambroise, und indem du andern wieder zum Leben verhilfst, wirst du das deine vergeuden«, sagte der Kürschner beim Eintreten.

Er sah nämlich den Chirurgen bei aufgeschlagenen Büchern und umherliegenden Instrumenten vor dem Kopf einer frisch begrabenen Leiche sitzen, der vom Kirchhof gestohlen und durchlöchert war.

»Es geht darum, den König zu retten ...«

»Bist du deiner Sache denn ganz gewiß, Ambroise?« rief der Greis erbebend.

»Wie meines Daseins. Der König, lieber alter Gönner, hat üble Säfte, die ihm auf das Gehirn drücken, die es ausfüllen wollen, und die Krisis steht unmittelbar bevor; aber wenn ich ihm den Schädel durchbohre, rechne ich damit, daß die Säfte abfließen und ihm den Kopf freimachen. Ich habe diese Operation schon dreimal durchgeführt; sie ist von einem Piemontesen erfunden worden, und ich habe das Glück gehabt, sie zu vervollkommnen. Die erste habe ich bei der Belagerung von Metz an Monsieur de Piennes[363] gemacht; er hat sie gut überstanden und ist dadurch seither nur noch klüger geworden; er hatte einen Eiterherd, der durch einen Arkebusenschuß in den Kopf entstanden war. Die zweite hat einem Bettler das Leben gerettet; an dem hatte ich den Wert dieser gewagten Operation erproben wollen, zu der Monsieur de Piennes sich bereitgefunden hatte. Die dritte schließlich ist in Paris an einem Edelmann vorgenommen worden, und dem geht es wunderbar. Die Trepanation[364], diese Bezeichnung ist jener Entdeckung gegeben worden, ist erst wenig bekannt. Die Kranken schrecken davor zurück, der Unvollkommenheit des Instruments wegen; aber das habe ich ja verbessert. Ich mache also an dem Kopf hier Versuche, damit morgen an dem des Königs kein Mißgriff geschieht.«

»Du mußt dessen, was du tun willst, sehr sicher sein, denn dein eigener Kopf wäre in Gefahr, falls ...«

»Ich würde um mein Leben wetten, daß er gesundet«, antwortete Ambroise mit der Sicherheit eines genialen Mannes. »Ach, lieber alter Freund, was ist denn schon dabei, wenn man den Kopf mit aller Vorsicht durchlöchert? Tut man dann nicht, was die Soldaten im Krieg jeden Tag tun, und zwar ohne jede Vorsicht?«

»Lieber Junge«, sagte der kühne Bürger, »weißt du, daß den König zu retten bedeutet, Frankreich zugrunde zu richten? Weißt du, daß dies Instrument hier die Krone der Valois auf das Haupt des Lothringers setzen wird, der von sich behauptet, er sei der Erbe Karls des Großen? Weißt du, daß die Chirurgie und die Politik in diesem Augenblick miteinander verfeindet sind? Ja, der Triumph deines Genies ist der Untergang deiner Religion. Wenn die Guisen die Regentschaft behalten, wird das Blut der Reformierten in Strömen fließen. Sei als Staatsbürger größer denn als Chirurg, schlaf morgen bis in den hellen Vormittag hinein und überlaß das Gemach des Königs den Ärzten, die, wenn sie ihn nicht heilen, doch Frankreich heilen werden!«

»Das soll ich tun?« rief Paré aus. »Einen Menschen umkommen lassen, wenn ich ihn retten könnte? Nein, nein, und sollte ich als Anhänger Calvins gehängt werden, ich gehe zu früher

Stunde zu Hofe. Kannst du dir nicht denken, daß ich, wenn ich den König gerettet habe, als einzige Gnade das Leben deines Christophe erbitten will? Es wird sicher einen Augenblick geben, da die Königin Maria mir nichts abschlagen wird.«

»Ach, lieber Freund!« entgegnete Lecamus, »hat der kleine König nicht der Prinzessin die Begnadigung des Prinzen von Condé abgeschlagen? Morde nicht deine Religion dadurch, daß du denjenigen leben läßt, der sterben muß.«

»Du trachtest doch nicht etwa danach, zu erkunden, wie Gott die Zukunft zu gestalten gedenkt?« rief Paré. »Ehrenmänner haben nur *einen* Wahlspruch: Tu, was du tun mußt; komme, was da wolle! So habe ich bei der Belagerung von Calais gehandelt, als ich den Fuß auf das Gesicht des Großmeisters setzte; dabei habe ich riskiert, von allen seinen Freunden, allen seinen Dienstleuten in Stücke gerissen zu werden, und heute bin ich der Chirurg des Königs; kurz und gut, ich gehöre der Reformpartei an und habe dennoch die Herren von Guise zu Freunden. Ich will und werde den König retten!« rief der Chirurg mit dem heiligen Enthusiasmus der Überzeugung, den das Genie verleiht, »und Gott wird Frankreich retten.«

Es wurde heftig an die Haustür geklopft, und ein paar Augenblicke danach übergab ein Diener Ambroises Lecamus einen Zettel; laut las er folgende unheimliche Worte vor:

»›Im Kloster der Rekollekten[365] wird ein Schafott errichtet; morgen soll der Prinz von Condé enthauptet werden.‹«

Ambroise und Lecamus starrten einander an; beide waren im Bann tiefsten Entsetzens.

»Ich will mich dessen vergewissern«, sagte der Kürschner.

Auf dem Platz nahm Ruggieri Lecamus' Arm und fragte ihn nach Ambroises geheimem Mittel zur Rettung des Königs; allein der alte Mann fürchtete eine List und wollte unbedingt das Schafott sehen. Also gingen der Astrologe und der Kürschner gemeinsam zum Rekollektenkloster und fanden dort tatsächlich bei Fackelschein arbeitende Zimmerleute vor.

»Heda, alter Freund«, fragte Lecamus einen Zimmermann, »was für ein Geschäft treibt Ihr denn da?«

»Wir bereiten das Aufknüpfen von Ketzern vor, weil der Aderlaß von Amboise sie nicht geheilt hat«, sagte ein junger Rekollekt, der die Arbeiter beaufsichtigte.

»Monseigneur der Kardinal hat vollauf recht«, sagte der vorsichtige Ruggieri, »aber daheim bei uns tun wir Besseres.«

»Und was tut Ihr?« fragte der Rekollekt.

»Wir verbrennen sie, Bruder.«

Lecamus mußte sich auf den Astrologen stützen; seine Beine wollten ihn nicht tragen; er mußte daran denken, daß sein Sohn morgen an einem dieser Galgen hängen könne. Der arme Greis stand zwischen zwei Wissenschaften, der Astrologie und der Chirurgie, und beide verhießen ihm das Heil seines Sohns, für den offenbar das Schafott errichtet wurde. In der Verworrenheit seiner Gedanken ließ er sich von dem Florentiner kneten wie Teig.

»Nun, mein achtenswerter Grauwerkhändler, was sagt Ihr zu diesen lothringischen Scherzen?« fragte Ruggieri.

»Ach, Ihr wißt doch, daß ich meine Haut geben würde, um die meines Sohns unangetastet zu sehen.«

»Das heißt wie ein Hermelinhändler sprechen«, entgegnete der Italiener; »aber erklärt mir die Operation, die Ambroise am König vorzunehmen gedenkt; dann verbürge ich mich für das Leben Eures Sohns . . .«

»Wahrhaftig?« rief der alte Kürschner.

»Bei was soll ich es Euch schwören . . .?« sagte Ruggieri.

Auf diese Äußerung hin wiederholte der arme Greis seine Unterhaltung mit Ambroise dem Florentiner, und dieser überließ den Vater auf der Straße der Verzweiflung, sobald ihm das Geheimnis des großen Chirurgen ausgeplaudert worden war.

»Was, zum Teufel, mag er vorhaben, dieser Ungläubige?« rief der alte Mann, als er Ruggieri im Laufschritt der Place de l'Etape zueilen sah.

Lecamus wußte nichts von der schrecklichen Szene, die sich um das königliche Bett abgespielt hatte und zum Beweggrund des Befehls geworden war, das Schafott für den Prinzen zu errichten, dessen Verurteilung gewissermaßen wegen unentschuldigten Nichterscheinens vor Gericht erfolgt und dessen Hinrichtung wegen der Erkrankung des Königs verschoben worden war.

Im Saal, auf den Treppen und im Hof der Statthalterei befanden sich lediglich die zum Dienst unbedingt erforderlichen Leute. Die Schar der Höflinge erfüllte das Stadtpalais des Königs von Navarra, dem gemäß den Gesetzen des Königreichs die Regentschaft gebührte. Der französische Adel war zudem durch die Kühnheit der Guisen erschreckt und empfand das Verlangen, sich um das Oberhaupt der jüngeren Linie zu drängen, da er in der Königin-Mutter die Sklavin der Guisen erblickte und deren Italienerinnen-Politik nicht begriff. Antoine von Bourbon durfte, getreu seiner heimlichen Abmachung mit Katharina, erst in dem Augenblick auf die Regentschaft zu ihren Gunsten verzichten, da die Generalstände sich zu dieser Frage geäußert haben würden. Als der Großmeister von einem aus Vorsicht durch die Stadt gemachten Rundgang zurückkam, fand er beim König nur die an sein Glück gebundenen Freunde vor, und diese tiefe Einsamkeit hatte auf ihn Eindruck gemacht. Der Raum, in dem das Bett Franz' II. aufgestellt worden war, stößt an den großen Saal der Statthalterei. Er war damals mit Eichenholz getäfelt. Die Decke bestand aus kleinen, länglichen, geschickt zusammengefügten und bemalten Planken; sie bot blaue Arabesken auf Goldgrund dar; ein Teil davon ist vor bald fünfzig Jahren herausgerissen und von einem Antiquitäten-Liebhaber gesammelt worden. Jenes mit Gobelins behängte Zimmer, auf dessen Fußboden ein Teppich lag, war so düster, daß die angezündeten Wandleuchter darin nur wenig Helligkeit spendeten. Das breite Bett mit seinen vier Säulen und den seidenen Vorhängen ähnelte einer Gruft. An der einen Seite des Bettes, am Kopfende, verweilten die Königin Maria und der Kardinal von Lothringen. Katharina saß in einem Lehnstuhl. Der berühmte Jean Chapelain, der Arzt vom Dienst, der später der Leibarzt Karls IX. wurde, stand am Kamin. Es herrschte tiefstes Schweigen. Der junge König lag mager, bleich und wie verloren in seinen Bettüchern und ließ auf dem Kopfkissen kaum sein ältliches Gesichtchen sehen. Die Herzogin von Guise saß auf einem Hocker und stand der jungen Königin Maria bei, und in der Fensternische neben Katharina belauerte Madame de' Fieschi die Gesten und Blicke der Königin-Mutter; sie wußte um die Gefährlichkeit von deren Lage.

Im Saal nahm trotz der vorgerückten Abendstunde Monsieur

de Cypierre, der Hofmeister des Herzogs von Orléans und jetzt zum Gouverneur der Stadt ernannt, mit den beiden Gondis eine Kaminecke ein. Der Kardinal von Tournon, der sich in dieser kritischen Lage die Interessen der Königin-Mutter zu eigen gemacht, weil er gemerkt hatte, daß er von dem Kardinal von Lothringen, dem er doch als Kirchenfürst gewißlich gleichgestellt war, als ein Untergebener behandelt wurde, plauderte leise mit den Gondis. Die Marschälle de Vieilleville und de Saint-André sowie der Großsiegelbewahrer, der Präsident der Generalstände, unterhielten sich leise über die Gefahren, denen die Guisen ausgesetzt waren.

Der Verweser des Königreichs durchschritt den Saal, überflog ihn mit einem raschen Blick, gewahrte darin den Herzog von Orléans und verneigte sich vor ihm.

»Monseigneur«, sagte er, »dies ist etwas, das Euch die Menschen kennen lehren kann: Der katholische Adel verweilt bei einem ketzerischen Fürsten, im Glauben, die Stände könnten dem Erben des Verräters, den Euer erlauchter Großvater so lange hat gefangenhalten lassen, die Regentschaft übergeben!«

Nach diesen Worten, die eine tiefe Furche im Herzen eines Prinzen ziehen sollten, ging er in das Gemach, wo der junge König weniger schlief als in einen schweren, schlaffen Dämmerzustand versunken dalag. Für gewöhnlich verstand der Herzog von Guise sich darauf, den unheimlichen Anblick seines zernarbten Gesichts durch eine höchst leutselige Miene zu besiegen; allein in diesem Augenblick, nun er das Werkzeug seiner Macht zerbrechen sah, besaß er nicht die Kraft zu lächeln. Der Kardinal, der, als Zivilist, genausoviel Mut besaß wie sein Bruder als Soldat, ging dem Verweser zwei Schritte entgegen.

»Robertet glaubt, der kleine Pinart[366] sei von der Königin-Mutter bestochen worden«, flüsterte er ihm zu und führte ihn in den Saal, »man hat sich seiner zur Bearbeitung der Mitglieder der Stände bedient.«

»Pah, was ist daran gelegen, daß ein Sekretär uns verrät, wenn alles uns verrät!« rief der Verweser. »Die Stadt ist für die Reformation, und wir stehen am Vorabend einer Revolte. Ja, die ›Guépins‹ sind mißzufrieden« fuhr er fort und bezeichnete die Bewohner von Orléans mit ihrem Spitznamen, »und wenn

Paré den König nicht rettet, erleben wir eine schreckliche Schilderhebung. Binnen kurzem werden wir Orléans belagern müssen; es ist ein Hugenotten-Krötenloch.«

»Seit ein paar Monaten«, entgegnete der Kardinal, »beobachte ich diese Italienerin; sie verharrt in tiefer Fühllosigkeit und lauert auf den Tod ihres Sohns, verzeih es ihr Gott! Ich überlege, ob wir nicht gut daran täten, sie zu verhaften, und ebenso den König von Navarra.«

»Es ist schon zuviel, daß wir den Prinzen von Condé im Gefängnis haben!« sagte der Herzog.

Das Hufgeklapper eines mit verhängten Zügeln herangaloppierenden Reiters erscholl vor dem Tor der Statthalterei. Die beiden lothringischen Fürsten traten ans Fenster, und im Schein der Fackeln des Pförtners und der Schildwache, die stets unter dem Torbogen brannten, erkannte der Herzog das berühmte Lothringer-Kreuz, das der Kardinal vor kurzem seine Parteigänger hatte tragen lassen. Er schickte einen der Arkebusiere, die im Vorzimmer waren, hinunter, um zu sagen, der Ankömmling solle eingelassen werden, und ging diesem auf dem Treppenabsatz entgegen, gefolgt von seinem Bruder.

»Was gibt es, lieber Simeuse?« fragte der Herzog mit der bezaubernden Liebenswürdigkeit, die er Kriegsleuten gegenüber zu entfalten pflegte, als er den Kommandanten von Gien vor sich sah.

»Der Kronfeldherr rückt in Pithiviers ein, er hat Ecouen mit fünfzehnhundert Reitern und hundert Edelleuten verlassen ...«

»Sind noch andere dabei?« fragte der Herzog.

»Ja, Monseigneur«, antwortete Simeuse, »alles in allem sind es tausendsechshundert. Manche behaupten, Thoré[367] marschiere mit einem Trupp Fußvolk hinterher. Wenn der Kronfeldherr es sich leistet, auf seinen Sohn zu warten, habt Ihr Zeit, ihn aufs Haupt zu schlagen ...«

»Weiter wißt Ihr nichts? Haben die Gründe dieses bewaffneten Vorgehens sich herumgesprochen?«

»Anne spricht genausowenig wie er schreibt; zieht ihm entgegen, Bruder, während ich ihn mit dem Kopf seines Neffen begrüßen werde«, sagte der Kardinal und gab Befehl, Robertet holen zu lassen.

»Vieilleville!« rief der Herzog dem Marschall zu, der sogleich herbeikam, »der Kronfeldherr hat die Verwegenheit, sich in Waffen einzufinden; wenn ich ihm entgegenrücke, könnt Ihr Euch dann dafür verbürgern, die Stadt im Zaum zu halten?«

»Sobald Ihr sie verlaßt, werden die Bürger zu den Waffen greifen. Und wer kann wissen, was ist, wenn Reiter und Bürger in diesen engen Straßen handgemein werden?« antwortete er.

»Monseigneur«, sagte Robertet, der in aller Hast die Treppe hinaufgestiegen war, »der Kanzler steht vor dem Tor und will hinein; soll ihm geöffnet werden?«

»Öffnet«, sagte der Kardinal von Lothringen. »Kronfeldherr und Kanzler vereint würden zu gefährlich sein; sie müssen getrennt werden. Bei der Wahl L'Hospitals für dieses Amt hat uns die Königin-Mutter gröblich genasführt.«

Robertet gab einem Hauptmann, der unten an der Treppe auf Weisung wartete, ein Zeichen mit dem Kopf und wandte sich dann rasch um, der Befehle des Kardinals gewärtig.

»Monseigneur, ich nehme mir die Freiheit«, sagte er und unternahm eine letzte Bemühung, »darauf hinzuweisen, daß das Urteil vom König und seinem Kronrat gutgeheißen werden muß. Wenn Ihr für einen Prinzen von Geblüt gegen das Gesetz verstoßt, wird es weder für einen Kardinal noch für einen Herzog von Guise geachtet werden.«

»Pinart hat dir den Kopf verdreht, Robertet«, sagte der Kardinal streng. »Weißt du nicht, daß der König das Urteil an dem Tag unterzeichnet hat, da er die Stadt verließ, um es uns vollstrecken zu lassen?«

»Obgleich Ihr halbwegs meinen Kopf verlangt, indem Ihr mich mit diesem Auftrag betraut, der übrigens durch den Profoß der Stadt durchgeführt werden muß, gehe ich hin, Monseigneur.«

Der Großmeister hörte dieses Wortgefecht an, ohne mit der Wimper zu zucken; allein er nahm seinen Bruder beim Arm und führte ihn in eine Ecke des Saals.

»Freilich«, sagte er zu ihm, »haben die Erben Karls des Großen das Recht, eine Krone wieder an sich zu nehmen, die ihrem Haus durch Hugo Capet[368] usurpiert worden ist; aber können sie es? Die Birne ist nicht reif. Unser Neffe liegt im Sterben, und der ganze Hof ist beim König von Navarra.«

»Dem König hat es an Herzhaftigkeit gefehlt. Sonst wäre der Béarner erdolcht worden«, entgegnete der Kardinal, »und mit sämtlichen Prinzen würden wir leichtes Spiel haben.«

»Wir sind hier in schlechter Lage«, sagte der Herzog. »Der Aufruhr der Stadt würde von den Ständen unterstützt werden. Der von uns so sehr begönnerte L'Hospital, dessen Aufstieg die Königin sich widersetzt hat, ist heute gegen uns, und wir bedürfen der Justiz. Heute wird die Königin-Mutter von allzu vielen Leuten unterstützt, als daß wir sie heimschicken könnten ... Außerdem sind noch drei weitere Prinzen vorhanden!«

»Sie ist nicht mehr Mutter, sie ist ganz und gar Königin«, sagte der Kardinal; »daher wäre es meiner Meinung nach der geeignete Augenblick, mit ihr Schluß zu machen. Entschlußkraft und nochmals Entschlußkraft! Das ist mein Rezept.«

Nach diesem Ausspruch kehrte der Kardinal in das Gemach des Königs zurück; der Großmeister folgte ihm. Der Priester ging stracks auf Katharina zu.

»Ihr habt Einblick in die Papiere La Sagues, des Sekretärs des Prinzen von Condé, erhalten; Ihr wißt, daß die Bourbonen Eure Söhne entthronen wollen?« fragte er sie.

»Das alles weiß ich«, antwortete die Italienerin.

»Nun, wollt Ihr also den König von Navarra verhaften lassen?«

»Es gibt«, sagte sie, »einen Verweser des Königreichs.«

In diesem Augenblick klagte Franz II. über heftige Ohrenschmerzen und begann, kläglich zu stöhnen und zu jammern. Der Arzt trat vom Kamin weg, wo er sich gewärmt hatte, und untersuchte den Zustand des Kopfs.

»Nun, Monsieur?« fragte der Großmeister den Leibarzt.

»Ich wage das Anlegen eines Kataplasmas auf mich zu nehmen, damit die Säfte angezogen werden. Meister Ambroise hat versprochen, den König durch eine Operation zu retten; dem würde ich nicht zustimmen.«

»Laßt uns das auf morgen verschieben«, sagte Katharina kühl, »und es sollen alle Ärzte dabeisein; Ihr wißt ja, zu welchen Verleumdungen es beim Tod von Fürsten kommt.«

Sie küßte die Hand des Sohns und zog sich zurück.

»Mit welcher Ruhe diese wagemutige Kaufmannstochter vom Tod des Dauphins zu sprechen pflegt, der doch von Montecuccoli vergiftet worden ist, einem Florentiner aus ihrem Gefolge!« rief die Königin Maria Stuart.

»Maria!« rief der kleine König, »mein Großvater hat ihre Unschuld nie bezweifelt . . .!«

»Läßt sich verhindern, daß diese Frau morgen kommt?« fragte die Königin leise ihre beiden Oheime.

»Was soll aus uns werden, wenn der König stürbe?« antwortete der Kardinal. »Katharina würde uns alle in sein Grab purzeln lassen.«

Auf diese Weise wurde während jener Nacht zwischen Katharina von Medici und dem Hause Lothringen in aller Deutlichkeit die Frage gestellt. Das Nahen des Kanzlers und des Kronfeldherrn ließ auf eine Revolte schließen; der Morgen des folgenden Tages mußte entscheidend sein.

Am andern Morgen langte die Königin-Mutter als erste an. Im Gemach ihres Sohns traf sie lediglich die Königin Maria Stuart an, die bleich und erschöpft war; sie hatte die Nacht im Gebet am Bett hingebracht. Die Herzogin von Guise hatte der Königin Gesellschaft geleistet, und die Ehrendamen hatten sich wieder eingefunden. Der junge König schlief. Weder der Herzog noch der Kardinal waren bis jetzt erschienen. Der Priester, der kühner als der Soldat war, hatte, wie es hieß, in jener letzten Nacht all seine Energie entfaltet, ohne den Herzog zu dem Entschluß zu bringen, sich zum König zu machen. Angesichts der versammelten Generalstände und bedroht von einer dem Kronfeldherrn zu liefernden Schlacht, hatte der Balafré gemeint, die Umstände seien wenig günstig; er hatte sich geweigert, den König von Navarra, die Königin-Mutter, den Kanzler, den Kardinal von Tournon, die Gondis, Ruggieri und Birague verhaften zu lassen, und auf den Aufstand hingewiesen, der die Folge von dergleichen Gewaltmaßnahmen sein würde. Er hatte die Pläne seines Bruders vom Leben Franz' II. abhängig gemacht.

Im Gemach des Königs herrschte tiefstes Schweigen. Begleitet von Madame de' Fieschi trat Katharina an das Bett heran und betrachtete den Sohn mit bewunderungswürdig gespielter Schmerzensmiene. Sie drückte das Taschentuch an die Augen und trat in die Fensternische, in die Madame de' Fieschi ihr einen Sessel gerückt hatte. Von dort aus glitten ihre Augen über den Hof der Statthalterei.

Es war zwischen Katharina und dem Kardinal von Tournon vereinbart worden, daß, wenn der Kronfeldherr glücklich in die Stadt eingedrungen sei, der Kardinal in Begleitung der beiden Gondis kommen solle; für den Fall eines Fehlschlags jedoch solle er allein kommen. Um neun Uhr morgens stiegen die beiden lothringischen Fürsten, gefolgt von ihren Edelherren, die im Wohnzimmer zurückblieben, zum König hinauf; der Hauptmann vom Dienst hatte ihnen gemeldet, gerade sei Ambroise Paré mit Chapelain und drei andern, von Katharina bearbeiteten Ärzten, die alle drei Ambroise haßten, angelangt.

Innerhalb weniger Augenblicke bot der große Saal der Statthalterei völlig den gleichen Anblick wie der Saal der Wachen zu Blois an dem Tag, da der Herzog von Guise zum Verweser des Königreichs ernannt und Christophe der Folter unterworfen worden war, freilich mit dem Unterschied, daß damals Liebe und Freude das königliche Gemach erfüllt, daß die Guisen triumphiert hatten, während jetzt dort Trauer und Tod herrschten und die Lothringer spürten, daß ihnen die Macht aus den Händen glitt. Die Damen der beiden Königinnen bildeten zwei Lager an jeder Seite des großen Kamins, in dem ein mächtiges Feuer flammte. Der Saal stand voller Höflinge. Es hatte sich, wer weiß durch wen, die Nachricht von einem gewagten Einfall Ambroises zur Rettung von des Königs Leben verbreitet und alle Edelleute herbeigelockt, die das Recht innehatten, bei Hofe zu erscheinen. Auf der Außentreppe der Statthalterei und dem Hofplatz standen unruhige Gruppen. Das für den Prinzen gegenüber dem Kloster der Rekollekten errichtete Schafott erregte das Erstaunen des gesamten Adels. Man plauderte mit gesenkter Stimme, und die getauschten Reden stellten, wie zu Blois, dasselbe Gemisch von ernsten, frivolen, leichtfertigen und gewichtigen Äußerungen dar. Man hatte begonnen, sich an die Wirren, die jähen Umschwünge, das Greifen zu den Waffen, die Rebellionen, die großen, plötzlichen Geschehnisse zu gewöhnen, die für die lange Zeitspanne bezeichnend sind, in der trotz der Bemühungen der Königin Katharina das Haus Valois erlosch.

Tiefe Stille herrschte in einer gewissen Entfernung rings um die Tür des Königsgemachs, die von zwei Hellebardenträgern, zwei Pagen und dem Hauptmann der Schottengarde bewacht wurde. Antoine von Bourbon, der in seinem Stadtpalais gefangengehalten wurde, erfuhr dort dadurch, daß er sich allein und verlassen sah, von den Hoffnungen des Hofs und war bestürzt über die Kunde von den während der Nacht getroffenen Zurüstungen für die Hinrichtung seines Bruders.

Vor dem Kamin der Statthalterei stand eine der schönsten und größten Gestalten jener Zeit, der Kanzler de L'Hospital, in seiner roten, mit Hermelin verbrämten Amtsrobe, auf dem Haupt das mörserförmige Barett, dem Privilegium seines Amts entsprechend. Als dieser beherzte Mann in seinen Wohltätern Aufrührer erkannte, hatte er sich die in der Königin-Mutter verkörperten Interessen zu eigen gemacht; und auf die Gefahr hin, seinen Kopf einzubüßen, hatte er sich zu Ecouen mit dem Kronfeldherrn beraten; niemand wagte, ihn dem Nachsinnen zu entreißen, in das er versunken war. Robertet, der Staatssekretär, zwei Marschälle von Frankreich, Vieilleville und Saint-André sowie der Großsiegelbewahrer bildeten vor dem Kanzler eine Gruppe. Nicht, daß die Höflinge geradezu gelacht hätten; aber ihre Reden waren boshaft, zumal diejenigen derer, die nicht zu den Guisen hielten.

Endlich hatte der Kardinal den Schotten Stuart[369] gefaßt, den Mörder des Präsidenten Minard, und zu Tours gegen ihn den Prozeß eröffnet. Gleichermaßen hielt er in den Schlössern von Blois und Tours eine recht stattliche Anzahl von kompromittierten Edelleuten gefangen, um dem Adel eine Art Schrecken einzuflößen; doch dieser ließ sich nicht ins Bockshorn jagen und fand in der Reformation eine Stütze für seinen Hang zur Auflehnung, dessen Wurzel das Gefühl seiner ursprünglichen Gleichrangigkeit mit dem König war. Nun aber hatten die Gefangenen zu Blois Mittel und Wege zum Entweichen gefunden, und durch eine sonderbare Schicksalsfügung hatten die Gefangenen zu Tours das gleiche getan wie die zu Blois.

»Madame«, sagte der Kardinal von Châtillon zu Madame de' Fieschi, »falls jemand sich für die Gefangenen von Tours interessiert, sie schweben in großer Gefahr.«

Als der Kanzler diesen Satz vernahm, wandte er den Kopf den Damen der Königin-Mutter zu.

»Ja, der junge de Vaux[370], der Knappe des Prinzen von Condé, der in Tours festgehalten worden war, hat seiner Flucht einen bitteren Scherz hinzugefügt. Wie es heißt, hat er den Herren von Guise folgendes Witzwort geschrieben: ›Wir haben vom Entweichen Eurer Gefangenen zu Blois vernommen; das hat uns so erbost, daß wir ihnen sogleich nachgelaufen sind; sobald wir sie verhaftet haben, werden wir sie Euch zurückbringen.‹«

Obgleich der Scherz ihm gefiel, blickte der Kanzler Monsieur de Châtillon mit strenger Miene an. In diesem Augenblick wurden im Gemach des Königs Stimmen laut. Die beiden Marschälle, Robertet und der Kanzler traten herzu; es handelte sich ja nicht nur für den König um Leben und Tod; der ganze Hof war in die Gefahr eingeweiht, in der der Kanzler, Katharina und deren Anhänger schwebten. Daher war das jetzt eintretende Schweigen tief. Ambroise hatte den König untersucht, der Augenblick dünkte ihn für seine Operation günstig; wurde sie nicht durchgeführt, so konnte Franz II. von einem Augenblick zum andern sterben. Daher hatte er, als die Herren von Guise eingetreten waren, die Ursachen der Krankheit des Königs erklärt; er hatte dargelegt, daß er ihn in diesem äußersten Fall trepanieren müsse, und er erwartete nun die Weisung der Ärzte.

»Den Kopf meines Sohnes durchbohren wie ein Brett, und noch dazu mit diesem schrecklichen Instrument!« rief Katharina von Medici, »Meister Ambroise, das dulde ich nicht.«

Die Ärzte berieten; aber Katharinas Worte waren so laut gesprochen worden, daß sie, ihrer Absicht entsprechend, auch jenseits der Tür gehört worden waren.

»Aber Madame, wenn es nur noch dies Rettungsmittel gibt?« fragte Maria Stuart schluchzend. – »Ambroise«, rief Katharina, »bedenkt, daß Euer Kopf für den des Königs haftet.«

»Wir widersetzen uns dem Mittel, das Meister Ambroise vorschlägt«, sagten die drei Ärzte. »Der König kann gerettet werden, wenn man ihm ein Heilmittel ins Ohr träufelt, das die üblen Säfte durch diesen Kanal hinausziehen würde.«

Der Großmeister, der Katharinas Antlitz genau gemustert hatte, trat unvermittelt zu ihr und führte sie zur Fensternische.

»Madame«, sagte er zu ihr, »Ihr wollt den Tod Eures Sohns, Ihr steht im Einvernehmen mit unsern Gegnern, und zwar seit Blois. Heute früh hat der Parlamentsgerichtsrat Viole dem Sohn Eures Kürschners gesagt, daß dem Prinzen von Condé der Kopf abgeschlagen werden würde. Der junge Mensch, der während seiner peinlichen Befragung jede Verbindung mit dem Prinzen von Condé abgeleugnet hatte, hat ihm ein Abschiedszeichen gemacht, als er an seinem Kerkerfenster vorübergeschritten ist. Ihr habt der Folterung Eures unglücklichen Komplizen mit königlicher Fühllosigkeit zugeschaut. Heute wollt Ihr Euch der Gesundung Eures ältesten Sohns entgegenstemmen. Ihr würdet uns glauben machen, daß der Tod des Dauphins, der die Krone auf das Haupt des sterbenden Königs gesetzt hat, kein natürlicher Tod gewesen sei, und daß Montecuccoli Euer ...«

»Herr Kanzler!« rief Katharina laut, auf deren Wink hin Madame de' Fieschi die beiden Türflügel geöffnet hatte.

Jetzt sahen die Anwesenden, was im Gemach des Königs vor sich ging: den bleifahlen kleinen König mit erloschenem Antlitz und glanzlosen Augen, aber das Wort »Maria« lallend und die Hand der jungen, weinenden Königin haltend; die Herzogin von Guise, die entsetzt ob Katharinas Kühnheit dastand; die beiden gleichermaßen beunruhigten lothringischen Fürsten an beiden Seiten der Königin-Mutter, entschlossen, diese durch Maillé-Brézé verhaften zu lassen; und schließlich den großen Ambroise Paré, dem der Arzt des Königs assistierte und der seine Instrumente in der Hand hielt, aber nicht wagte, seine Operation durchzuführen, für die große Ruhe ebenso erforderlich war wie die Zustimmung der Ärzte.

»Herr Kanzler«, sagte Katharina, »die Herren von Guise wollen aus eigener Machtvollkommenheit an der Person des Königs eine befremdliche Operation vornehmen lassen; Ambroise erbietet sich, ihm den Kopf zu durchbohren. Ich als Mutter wie als Angehörige des Regentschaftsrats protestiere gegen etwas, das mir das Verbrechen der Majestätsbeleidigung zu sein scheint. Die drei Ärzte sind für eine Injektion, die mich genauso wirksam und weniger gefährlich dünkt als Ambroises barbarisches Verfahren.«

Beim Vernehmen dieser Worte erhob sich ein unheilverkündendes Gemurmel. Der Kardinal ließ den Kanzler eintreten und schloß die Tür.

»Aber ich bin Verweser des Königreichs«, sagte der Herzog von Guise, »und Ihr wißt, Herr Kanzler, daß Ambroise, der Chirurg des Königs, mit seinem Leben bürgt.«

»Ach, so liegen die Dinge!« rief der große Ambroise Paré. »Gut denn, Folgendes habe ich zu tun.« Er breitete die Arme über das Bett aus. »Diese Lagerstatt und der König gehören mir«, fuhr er fort. »Ich werfe mich zum einzigen Herrn und Meister und zum einzigen Verantwortlichen auf; ich kenne die Pflichten meines Amts, ich werde den König ohne die Weisung der Ärzte operieren . . .«

»Rettet ihn!« sagte der Kardinal, »und Ihr sollt der reichste Mann in Frankreich werden.«

»Tut es doch«, sagte Maria Stuart und drückte Ambroises Hand.

»Ich kann nichts verhindern«, sagte der Kanzler, »aber ich muß feststellen, daß die Frau Königin-Mutter protestiert hat.«

»Robertet!« rief der Herzog von Guise.

Als Robertet eingetreten war, deutete der Verweser des Königreichs auf den Kanzler.

»Ihr seid Kanzler von Frankreich anstelle dieses Treubrüchigen«, sagte er zu ihm. »Monsieur de Maillé, führt Monsieur de L'Hospital in das Gefängnis des Prinzen von Condé. Was Euch betrifft, Madame«, sagte er zu Katharina, »so wird Euer Protest nicht entgegengenommen, und Ihr hättet bedenken sollen, daß dergleichen Unternehmungen durch zulängliche Kräfte unterstützt werden müssen. Ich handle als getreuer Untertan und loyaler Diener König Franz' II., meines Herrn. Vorwärts, Ambroise«, fügte er mit einem Blick auf den Chirurgen hinzu.

»Monsieur de Guise«, sagte L'Hospital, »wenn Ihr, sei es gegen den König, sei es gegen den Kanzler von Frankreich, Gewalt anwendet, so bedenkt, daß in diesem Saal genug französischer Adel steht, um Verräter zu verhaften.«

»O Ihr Herren«, rief der große Chirurg, »wenn Ihr mit solcherlei Streitreden fortfahrt, dann könnt Ihr bald rufen: ›Es lebe König Karl IX. . . . !‹ Denn König Franz muß sterben.«

Die äußeren Einflüssen unzugängliche Katharina blickte aus dem Fenster.

»Gut denn, wir werden Gewalt anwenden, um im Gemach des Königs die Herren zu sein«, sagte der Kardinal und wollte die Tür schließen.

Da jedoch durchzuckte den Kardinal ein Schreck, denn er gewahrte, daß das Gebäude der Statthalterei völlig menschenleer war. Der Hofstaat, der vom Sterben des Königs überzeugt war, war zu Antoine von Navarra übergelaufen.

»Aber so fangt doch an«, rief Maria Stuart Ambroise zu. »Ich und Ihr, Herzogin«, sagte sie zu Madame de Guise, »wir werden Euch schützen.«

»Madame«, sagte Ambroise, »mein Eifer hat mich hingerissen, die Ärzte, ausgenommen meinen Freund Chapelain, sind für eine Einfilterung, ich schulde ihnen Gehorsam. Er wäre gerettet worden, wenn ich Leibarzt und Leibchirurg gewesen wäre! Gebt her, Ihr Herren«, sagte er, nahm aus den Händen des Leibarztes eine kleine Spritze entgegen und füllte sie.

»Mein Gott!« sagte Maria Stuart, »ich befehle Euch ...«

»Leider, Madame«, sagte Ambroise, »unterstehe ich diesen Herren hier.«

Die junge Königin stellte sich mit der Großmeisterin zwischen den Chirurgen, die Ärzte und die andern Anwesenden. Der Leibarzt hielt dem König den Kopf, und Ambroise nahm die Einfilterung ins Ohr vor. Die beiden lothringischen Fürsten waren gespannt. Robertet und Monsieur de Maillé standen reglos da. Madame de' Fieschi ging auf ein Zeichen Katharinas hin unbemerkt hinaus. In diesem Augenblick öffnete L'Hospital mit kühnem Entschluß die Tür zum Gemach des Königs.

»Ich komme rechtzeitig«, sagte ein Mann, dessen Schritte im Saal erdröhnt waren und der im Handumdrehen auf der Schwelle des königlichen Gemachs stand. »Haha, Ihr Herren, Ihr wolltet den Kopf meines schönen Neffen, des Prinzen von Condé, zu Boden werfen ...? Aber Ihr habt den Löwen aus seiner Höhle kommen lassen, und jetzt steht er vor Euch!« fügte der Kronfeldherr von Montmorency hinzu. »Ambroise, Ihr werdet nicht mit Euren Instrumenten im Kopf meines Königs herumstöbern! Die Könige Frankreichs lassen sich so nur vom Eisen ihrer Feinde in der Schlacht treffen! Der erste Prinz von Geblüt, Antoine von Bourbon, der Prinz von Condé, die Königin-Mutter, der Kronfeldherr und der Kanzler widersetzen sich dieser Operation.«

Zu Katharinas großer Genugtuung erschienen alsbald der König von Navarra und der Prinz von Condé.

»Was soll das heißen?« fragte der Herzog von Guise und legte die Hand an den Degen.

»In meiner Eigenschaft als Kronfeldherr habe ich die Schildwachen aller Posten ablösen lassen. Bei Gottes Haupt! Ihr seid hier nicht in Feindesland, sollte ich meinen. Der König, unser Herr, ist inmitten seiner Untertanen, und die Stände des Königreiches müssen in aller Freiheit beraten. Ich komme just von dort, Ihr Herren, von den Ständen! Ich habe dort den Protest meines Neffen Condé überbracht; den haben dreihundert Edelleute befreit. Ihr wolltet königliches Blut fließen lassen und den Adel des Königreichs dezimieren. Haha, fortan mißtraue ich allem, was Ihr wollt, Ihr Herrn von Lothringen. Wenn Ihr befehlt, der Kopf des Königs solle aufgemeißelt werden, bei diesem Schwert, das Frankreich unter des Königs Großvater vor Kaiser Karl V. gerettet hat, das wird nicht geschehen ...«

»Um so weniger«, sagte Ambroise Paré, »als jetzt alles vergebens ist; der Eitererguß setzt ein.«

»Eure Herrschaft ist zu Ende, Ihr Herren«, sagte Katharina zu den Lothringern; aus Ambroises Miene ersah sie, daß keine Hoffnung mehr bestand.

»Oh, Madame, Ihr habt Euern Sohn umgebracht«, sagte Maria Stuart zu ihr; wie eine Löwin war sie vom Bett an das Fenster gesprungen, hatte die Florentinerin am Arm gepackt und ihn mit aller Gewalt umklammert.

»Mein Liebchen«, antwortete Katharina und schleuderte ihr einen klugen, kalten Blick zu, in den sie ihren seit sechs Monaten zurückgedämmten Haß einströmen ließ, »Ihr mit den überstarken Liebesbedürfnissen, denen wir diesen Tod verdanken, Ihr werdet fortan in Euerm Schottland regieren, und morgen werdet Ihr abreisen. Jetzt bin ich nämlich Regentin.« Die drei Ärzte hatten der Königin-Mutter ein Zeichen gegeben. – »Ihr Herren«, sagte sie und blickte die Guisen an, »es ist zwischen Monsieur de

Bourbon, den die Stände zum Verweser des Königreichs ernannt haben, und mir vereinbart worden, daß die Führung der Regierungsgeschäfte unsere Sache ist. Kommt Ihr mit mir, Herr Kanzler?«

»Der König ist tot«, sagte der Großmeister, der seine Amtspflichten erfüllen mußte.

»Es lebe König Karl IX.!« riefen die Edelleute, die mit dem König von Navarra, dem Prinzen von Condé und dem Kronfeldherrn gekommen waren.

Die Zeremonien, die beim Tod eines Königs von Frankreich vollzogen werden, fanden gewissermaßen im Leeren statt. Als der Wappenherold nach der offiziellen Verkündung durch den Herzog von Guise dreimal in den Saal rief: »Der König ist tot!«, waren darin nur noch ein paar Leute, die antworteten: »Es lebe der König!«

Die Königin-Mutter, der die Gräfin de' Fieschi den Herzog von Orléans zugeführt hatte, der vor ein paar Augenblicken Karl IX. geworden war, ging hinaus, hielt dabei den Sohn an der Hand, und der gesamte Hofstaat folgte ihr. Einzig die beiden Lothringer, die Herzogin von Guise, Maria Stuart und die d'Ayelle verblieben in dem Gemach, wo Franz II. den letzten Seufzer ausgehaucht hatte; an der Tür standen zwei Wachtposten, die Pagen des Großmeisters, die des Kardinals und ihre Privatsekretäre.

»Es lebe Frankreich!« riefen ein paar Reformierte und ließen damit den ersten Schrei der Opposition erschallen.

Robertet, der alles dem Herzog und dem Kardinal verdankte, schloß sich, erschrocken über deren gescheiterte Pläne und Unternehmungen, heimlich der Königin-Mutter an, der die Gesandten Spaniens, Englands, des deutschen Reichs und Polens auf der Treppe entgegenschritten, unter Führung des Kardinals von Tournon; er hatte sie benachrichtigt, nachdem er sich Katharina im Schloßhof in dem Augenblick gezeigt, da sie gegen Ambroise Parés Operation protestiert hatte.

»Gut denn, die Nachfahren Ludwigs des Überseeischen[371], die Erben Karls von Lothringen[372], haben es an Mut fehlen lassen«, sagte der Kardinal zum Herzog.

»Sie würden nach Lothringen zurückgeschickt worden sein«,

antwortete der Großmeister. »Ich erkläre Euch, Charles, wenn die Krone vor mir läge, würde ich nicht die Hand ausstrecken, um sie an mich zu nehmen. Das soll das Werk meines Sohns sein.«

»Wird er je gleich Euch die Armee und die Kirche für sich haben?«

»Besseres.«

»Und was?«

»Das Volk!«

»Einzig ich weine um diesen armen Jungen, der mich so liebgehabt hat!« sagte Maria Stuart; sie hielt die kalte Hand ihres ersten toten Gatten.

»Durch wen soll nun aufs neue mit der Königin angeknüpft werden?« fragte der Kardinal.

»Wartet, bis sie sich mit den Hugenotten überwirft«, antwortete die Herzogin.

Die Belange des Hauses Bourbon, diejenigen Katharinas, die der Guisen und die der Partei der Reformierten riefen in Orléans eine solche Verwirrung hervor, daß drei Tage später die Leiche des Königs, die völlig vergessen in der Statthalterei gelegen hatte, von niedrigen Dienern auf eine Bahre gelegt und auf einem Planwagen nach Saint-Denis befördert wurde, lediglich vom Bischof von Senlis und zwei Edelleuten begleitet. Als dieser jämmerliche Leichenzug in der kleinen Stadt Etampes anlangte, befestigte ein Diener des Kanzlers de L'Hospital folgende schreckliche Inschrift an dem Karren, die die Geschichtsschreibung überliefert hat: *›Tannegui Duchastel*[373]*, wo bist du? Aber du warst wenigstens Franzose!‹* Das war ein blutiger Vorwurf, der auf Katharina, Maria Stuart und die Lothringer fiel. Welcher Franzose wüßte nicht, daß Tannegui Duchastel dreißigtausend Taler jener Zeit (nach heutigem Geld eine Million) für das Leichenbegängnis Karls VII., des Wohltäters seines Hauses, ausgegeben hat?

Sobald das Geläut der Glocken in Orléans verkündet hatte, Franz II. sei gestorben, und sobald der Kronfeldherr von Montmorency die Tore der Stadt hatte öffnen lassen, stieg Tourillon auf seinen Speicher hinauf und bewegte sich auf ein Versteck zu.

»Na, ist er etwa tot?« rief der Handschuhmacher.

Beim Vernehmen dieser Äußerung stand ein Mann auf und

antwortete: »Zum Dienen bereit!« Das war das Losungswort der Reformierten, die Calvin anhingen.

Jener Mann war Chandieu; Tourillon erzählte ihm, was während jener acht Tage geschehen war, die er den Prediger mit einem Zwölfpfundbrot als einziger Nahrung in seinem Versteck allein gelassen hatte.

»Eile zum Prinzen von Condé, Bruder, bitte ihn um einen Geleitsbrief für mich und mach ein Pferd ausfindig«, rief der Prediger, »ich muß auf der Stelle aufbrechen.«

»Schreibt mir einen Zettel, damit ich vorgelassen werde.«

»Paß auf«, sagte Chandieu, nachdem er ein paar Zeilen zu Papier gebracht hatte, »bitte den König von Navarra um einen Paß; denn unter den jetzigen Umständen muß ich nach Genf eilen.«

Innerhalb zweier Stunden war alles bereit, und der glaubenseifrige Prediger war auf dem Weg nach der Schweiz, begleitet von einem Edelmann des Königs von Navarra, als dessen Sekretär Chandieu gelten sollte und der überdies Instruktionen für die Reformierten der Dauphiné bei sich trug. Dieser plötzliche Aufbruch Chandieus wurde sogleich im Interesse Katharinas ins Werk gesetzt, die, um Zeit zu gewinnen, einen kühnen Vorschlag gemacht hatte, über den Stillschweigen bewahrt wurde. Dieser absonderliche Plan erklärt das so unerwartet zustande gekommene Einvernehmen zwischen ihr und den Häuptern der Reformpartei. Als Bürgschaft für ihre Aufrichtigkeit hatte das durchtriebene Weib einen gewissen Wunsch bekundet, die Streitigkeiten der beiden Kirchen in einer Versammlung auszugleichen, die weder eine Synode noch eine Ratssitzung noch ein Konzil sein konnte und die eines neuen Namens bedurfte, vor allem jedoch der Einwilligung Calvins. Als dieses Geheimnis offenbar wurde, wollen wir nebenbei bemerken, bewirkte es das Bündnis zwischen den Guisen und dem Kronfeldherrn von Montmorency gegen Katharina und den König von Navarra, ein bizarres Bündnis, das in der Geschichtsschreibung unter der Bezeichnung »das Triumvirat« bekannt ist, weil der Marschall de Saint-André der dritte Mann in dieser rein katholischen Koalition wurde, zu der jener seltsame Vorschlag zu einem Kolloquium geführt hatte. Katharinas tiefgründige Politik ist damals von den Guisen richtig beurteilt worden; sie durchschauten, daß der Königin sehr wenig an jener Versammlung gelegen war und daß sie mit ihren Bundesgenossen nur Zeit bis zum Herannahen der Volljährigkeit Karls IX.[374] gewinnen wollte; daher führten sie den Kronfeldherrn hinters Licht, indem sie ihm eine Interessengemeinschaft zwischen den Bourbonen und Katharina vorspiegelten, während Katharina mit ihnen allen ihr Spiel trieb. Wie man sieht, war die Königin innerhalb kurzer Zeit sehr mächtig geworden. Die Vorliebe für Diskussionen und Streitgespräche, die damals herrschte, hatte also jenen Vorschlag auf das seltsamste begünstigt. Katholiken und Reformierte sollten sämtlich nacheinander bei diesem Wort-Turnier glänzen. Und gerade das geschah dann auch. Ist es nicht merkwürdig, daß die Historiker die geschicktesten Kunstgriffe der Königin für Unsicherheiten gehalten haben? Niemals ist Katharina unmittelbarer auf ihr Ziel losgegangen, als wenn sie etwas unternahm, durch das sie sich davon zu entfernen schien. Der König von Navarra, der außerstande war, Katharinas Beweggründe zu verstehen, schickte also schleunigst Chandieu zu Calvin; Chandieu hatte es auf sich genommen, in aller Heimlichkeit die Geschehnisse in Orléans zu beobachten, wo er stündlich entdeckt und ohne Prozeß gehängt werden konnte wie jeder, auf dem ein Verbannungsurteil lastete. Bei der Art und Weise, wie damals Reisen durchgeführt wurden, konnte Chandieu vor Februar in Genf anlangen; die Verhandlungen würden erst im März beendet sein, und die Versammlung konnte tatsächlich erst gegen Anfang Mai 1561 stattfinden. Katharina hatte im Sinne, den Hof und die Parteien mit der Salbung des Königs und seinem ersten großen Gerichtstag im Parlamentsgericht zu ergötzen, bei welcher Gelegenheit L'Hospital und de Thou die Registrierung des Briefs vornehmen sollten, durch den Karl IX. die Verwaltung des Königreichs seiner Mutter anvertraute, im Einvernehmen mit dem Verweser des Königreichs, Antoine von Navarra, dem schwächsten Fürsten jener Zeit!

Ist es nicht eins der absonderlichsten Schauspiele, daß ein ganzes Königreich von dem Ja oder Nein eines französischen Bürgerlichen abhing, der lange Zeit im Dunkel gelebt hatte und jetzt in Genf ansässig war? Der Papst jenseits der Alpen von dem

Genfer Papst in Schach gehalten! Die beiden vor kurzem noch so mächtigen lothringischen Fürsten gelähmt durch dieses vorübergehende Einvernehmen des ersten Fürsten von Geblüt, der Königin-Mutter und Calvins! Ist es nicht eine der fruchtbarsten Lehren, die die Historie den Königen erteilt, eine Lehre, die sie lehrt, die Menschen zu beurteilen, sich schnellstens mit dem Genie zusammenzutun und es überall ausfindig zu machen, wo Gott es erstehen läßt, wie Ludwig XIV. es tat?

Calvin, der gar nicht Calvin, sondern Cauvin hieß, war der Sohn eines Böttchers aus Noyon in der Picardie. Die Heimat Calvins erklärt bis zu einem gewissen Punkt den mit bizarrer Lebhaftigkeit gemischten Starrsinn dieses Schiedsrichters der Geschicke Frankreichs im sechzehnten Jahrhundert. Es gibt nichts Unbekannteres als diesen Mann, der Genf und den Geist dieser Stadt erzeugt hat. Jean-Jacques Rousseau, der wenig historische Kenntnisse besaß, hat nicht die leiseste Ahnung vom Einfluß dieses Mannes auf seine Republik gehabt. Und zunächst besaß ja auch Calvin, der in einem der bescheidensten Häuser der Oberstadt von Genf in der Nähe der protestantischen Kirche Saint-Pierre über einem Schreiner wohnte (erste Ähnlichkeit zwischen ihm und Robespierre), in Genf keine allzu große Autorität. Lange Zeit hindurch wurde seine Macht durch die Genfer auf gehässige Weise eingedämmt. Im sechzehnten Jahrhundert hatte Genf in Farel[375] einen jener berühmten Mitbürger, die in der ganzen Welt und oftmals in Genf selber unbekannt bleiben. Dieser Farel veranlaßte um 1537 Calvin zum Verbleiben in jener Stadt, indem er ihm bewies, sie sei das sicherste Bollwerk einer Reformation von größerer Wirkungskraft als diejenige Luthers. Farel und Calvin erachteten das Luthertum als ein unvollendetes, unzulängliches und für Frankreich wirkungsloses Werk. Genf, das zwischen Italien und Frankreich gelegen und der französischen Sprache unterworfen war, hatte eine wunderbare Lage inne, um Verbindungen mit Deutschland, Italien und Frankreich zu unterhalten. Calvin erkor Genf als Sitz seines geistigen Vermögens und machte es zur Hochburg seiner Ideen.

Auf Farels dringendes Ersuchen hin hatte der Rat der Stadt Genf Calvin im September 1538 ermächtigt, Theologie-Unterricht zu erteilen. Das Predigen überließ Calvin Farel, seinem ersten Schüler, und widmete sich geduldig der Unterweisung in seiner Lehre. Die Autorität, die in seinen letzten Lebensjahren übermächtig wurde, sollte sich unter Schwierigkeiten durchsetzen. Der Agitator stieß auf so ernsthafte Hindernisse, daß er um der Strenge seiner Reformen willen für eine gewisse Zeitspanne aus Genf verbannt wurde. Es gab dort eine Partei von redlichen Leuten, die Wert auf den alten Luxus und die althergebrachten Sitten legten. Doch, wie es stets geschieht, scheuten jene ehrenwerten Leute die Lächerlichkeit, wollten das Ziel ihrer Bestrebungen nicht eingestehen und kämpften um Dinge, die der wahren Frage fremd waren. Calvin wollte, daß man sich bei der Kommunion gesäuerten Brots bediene und daß es keine Festtage mehr gebe, den Sonntag ausgenommen. Diese Neuerungen fanden in Bern und Lausanne Mißbilligung. Es wurde also den Genfern bedeutet, sich dem Ritus der Schweiz anzupassen. Calvin und Farel widerstrebten, ihre »politischen Feinde« beriefen sich auf diesen Zwiespalt, um sie aus Genf zu vertreiben, von wo sie tatsächlich für einige Jahre verbannt wurden. Später wurde Calvin von seiner Herde zurückverlangt und kehrte im Triumph zurück. Solcherlei Verfolgungen gedeihen stets zur Weihe der moralischen Macht, wenn der Schriftsteller zu warten versteht. Auf diese Weise wurde jene Rückkehr zu etwas wie der Epoche dieses Propheten. Die Hinrichtungen setzten ein, und Calvin organisierte seine religiöse Schreckensherrschaft. In dem Augenblick, da dieser Bezähmer wieder erschien, erhielt er das Genfer Bürgerrecht, aber nach einem vierzehnjährigen Aufenthalt gehörte er noch immer nicht dem Rat der Stadt an. Zu dem Zeitpunkt, da Katharina einen Botschafter an ihn absandte, trug dieser König der Ideen keinen anderen Titel als den eines Pastors der Genfer Kirche. Übrigens hat Calvin jährlich nie mehr als hundertfünfzig Francs in barem Geld, fünfzehn Zentner Weizen und zwei Tonnen Wein als Gehalt bezogen. Sein Bruder, ein schlichter Schneider, hatte seinen Laden ein paar Schritte von der Place Saint-Pierre entfernt in der Straße, in der sich heute eine der Genfer Druckereien befindet. Diese Anspruchslosigkeit, die Voltaire, Newton und Bacon fehlt, die aber einen Glanzpunkt im Leben Rabelais', Campanellas[376], Luthers, Vicos[377], Descartes', Malebranches, Spinozas, Loyolas, Kants und Jean-Jacques

Rousseaus[378] darstellt, bildet sie nicht einen prächtigen Rahmen für diese glühenden, erhabenen Gestalten?

Einzig Robespierres ganz ähnliches Dasein kann den Heutigen dasjenige Calvins verständlich machen; dieser gründete seine Macht auf die gleichen Grundlagen und war ebenso grausam und unbedingt wie der Advokat aus Arras[379]. Wie seltsam! Die Picardie hat in Arras und Noyon diese beiden Werkzeuge der Reformation geliefert! Alle, die sich näher mit den Gründen für die von Calvin befohlenen Todesstrafen befassen wollen, werden, natürlich im Verhältnis, das ganze Jahr 1793 in Genf vorfinden. Calvin ließ Jacques Gruet[380] den Kopf abschlagen, »weil er gottlose Briefe geschrieben, unzüchtige Verse verfaßt habe und tätig gewesen sei, kirchliche Weisungen umzustoßen«. Man denke über dieses Urteil nach und frage sich, ob die grausigsten Tyranneien in ihren Ausschreitungen Rechtsgründe darbieten, die auf grausamere Weise grotesk waren. Valentino Gentilis[381], der »wegen unfreiwilliger Ketzerei« zum Tod verurteilt worden war, entrann dem Schafott nur durch eine öffentliche Abbitte, die schimpflicher war als alle von der katholischen Kirche verhängten Bußen. Sieben Jahre vor der Konferenz, die auf die Vorschläge der Königin-Mutter bei Calvin stattfinden sollte, war Miguel Servet[382], ein Franzose, der sich vorübergehend in Genf aufhielt, dort auf die Anklage Calvins hin verhaftet, verhört, verurteilt und bei lebendigem Leibe verbrannt worden, weil er in einem Buch, das in Genf weder geschrieben noch veröffentlicht worden war, »das Mysterium der Dreieinigkeit angegriffen hatte«. Man gedenke der beredten Verteidigungen Jean-Jacques Rousseaus, dessen Buch, das die katholische Religion umstürzte, in Frankreich geschrieben und zwar in Holland veröffentlicht, aber in Paris feilgeboten wurde, lediglich durch die Hand des Henkers verbrannt worden ist, während sein Autor, ein »Ausländer«, nur aus dem Königreich verbannt wurde, wo er versucht hatte, die Grundwahrheiten der Religion und der Regierungsmacht zugrunde zu richten, und man vergleiche das Verhalten des Parlamentsgerichts mit demjenigen des Genfer Tyrannen. Schließlich wurde Bolsec[383] gleichfalls vor Gericht gestellt, »weil er andere Auffassungen als Calvin über die Prädestination gehabt habe«. Man wäge diese Begründung ab und frage sich, ob

Fouquier-Tinville[384] Schlimmeres getan hat. Die wüste religiöse Intoleranz Calvins ist, moralisch betrachtet, kompakter und unversöhnlicher gewesen, als es die wüste politische Intoleranz Robespierres war. Auf einem größeren Schauplatz als Genf hätte Calvin mehr Blut fließen lassen, als es der schreckliche Apostel der politischen angeglichenen katholischen Gleichheit getan hat. Drei Jahrhunderte zuvor hatte ein Mönch, ein Picarde, den gesamten Westen auf den Osten gehetzt. Peter der Einsiedler[385], Calvin und Robespierre, diese drei Picarden sind, jeder mit einem Abstand von dreihundert Jahren, politisch betrachtet, archimedische Hebel gewesen. In jeder Epoche hat ein Gedanke einen Stützpunkt in den Interessen und bei den Menschen gefunden.

Calvin ist also ganz sicher der fast unbekannte Urheber jener trübseligen, Genf genannten Stadt, wo vor zehn Jahren ein Mann auf eine Toreinfahrt der Oberstadt, der ersten, die in Genf gebaut worden war (zuvor hatte es nur mittelgroße Haustüren gegeben), gedeutet und gesagt hat: »Durch dieses Tor hat der Luxus in Genf Einzug gehalten!« Calvin hat dort durch die Strenge seiner Durchführungen und diejenige seiner Lehre das Heuchelwesen eingeführt, das so treffend als »Muckertum« bezeichnet wird. Sittlich leben heißt für die »Mucker«, auf die Künste, die Annehmlichkeiten des Lebens verzichten; erlesen, aber ohne Tafelprunk essen und in aller Heimlichkeit Geld anhäufen, ohne es anders zu genießen, als Calvin seine Macht genoß, durch das Vorstellungsvermögen. Calvin gab allen Bürgern die gleiche düstere Dienstbotentracht und bekleidete damit sein ganzes Leben. Im Konsistorium hatte er ein wahres calvinistisches Inquisitionstribunal geschaffen, das völlig dem Revolutionstribunal Robespierres glich. Das Konsistorium zeigte dem Rat der Stadt die Leute an, die verurteilt werden sollten, und Calvin beherrschte durch das Konsistorium den Rat wie Robespierre den Konvent durch den Jakobiner-Klub. So wurde ein bedeutender Genfer Richter zu zwei Jahren Gefängnis, dem Verlust seines Amtes und zur Aberkennung der Fähigkeit verurteilt, je ein anderes auszuüben, »weil er ein sittenloses Leben führte und sich mit Calvins Feinden verbündet hatte«. In dieser Hinsicht war Calvin ein Gesetzgeber; er hat die strengen, nüchternen, bürgerlichen, erschreckend trübseligen, aber makellosen Sitten geschaffen, die sich bis zum heutigen Tag in Genf erhalten haben, die Vorgängerinnen der englischen Sitten, die in aller Welt als »Puritanismus« bezeichnet werden und die den Cameroniern zu verdanken sind, den Schülern des Cameron[386], eines der von Calvin abstammenden französischen Gelehrten, die Walter Scott so gut geschildert hat! Die Armut eines Mannes, der im wortwörtlichen Sinn Herrscher war, der von Regierung zu Regierung mit den Königen unterhandelte, der von ihnen Schätze und Heere verlangte und der mit vollen Händen aus deren Schatullen für die Armen schöpfte, beweist, daß der Gedanke, wenn er als einziges Mittel zum Herrschen verstanden wird, politische Geizhälse erzeugt, Menschen, die durch das Hirn genießen, Menschen, die, wie die Jesuiten, die Macht um der Macht willen wollen. Pitt, Luther, Calvin, Robespierre, alle diese Harpagons[387] des Herrschens, sterben ohne einen Sou. Das Inventar, das nach Calvins Tod in seiner Wohnung aufgenommen wurde, ist von der Geschichtsschreibung aufbewahrt worden; es ergab, die Bücher eingeschlossen, etwa fünfzig Taler. Dasjenige Luthers hat dieselbe Summe betragen; kurzum, seine Witwe, die berühmte Katharina von Bora, war genötigt, um eine Rente von hundert Talern zu bitten, die ihr von einem deutschen Kurfürsten gewährt wurde. Potemkin[388], Mazarin, Richelieu, diese Männer des Gedankens und der Tat, die alle drei große Reiche geschaffen oder vorbereitet haben, haben jeder dreihundert Millionen hinterlassen. Diese drei hatten ein Herz, liebten die Frauen und die Künste, bauten und eroberten, während alle übrigen sich kein an eine Frau verschwendetes Herzklopfen vorzuwerfen hatten, bis auf Luthers Frau, die schöne Helena dieser Iliade.

Diese kurz zusammenfassende Erklärung war notwendig, um die Stellung Calvins in Genf darzulegen.

In den ersten Februartagen des Jahres 1561, an einem der milden Abende, wie sie zu jener Jahreszeit am Genfer See vorkommen, langten in Pré-l'Evêque, so genannt nach dem ehemaligen Landhaus des vor dreißig Jahren verjagten Bischofs von Genf, zwei Reiter an. Jene beiden Männer, die sicherlich die Genfer Gesetze über das Schließen der Stadttore kannten, eine damals notwendige und heute recht lächerliche Maßnahme, ritten auf die Porte de Rives zu; aber jäh hielten sie ihre Pferde beim Anblick eines etwa fünfzigjährigen Mannes an, der sich, auf den Arm einer Magd gestützt, im Freien ergangen hatte und nun offenbar zurück in die Stadt wollte; jener ziemlich dicke Mann ging langsam und mühselig; nicht ohne Schmerzen, denn er trug abgerundete Schnürschuhe aus schwarzem Samt, setzte er einen Fuß vor den andern.

»Er ist es«, sagte der andere Reiter zu Chandieu, saß ab, übergab die Zügel seinem Gefährten und trat mit ausgebreiteten Armen auf den Spaziergänger zu.

Jener Spaziergänger, der tatsächlich Jean Calvin war, wich zurück, um der Umarmung zu entgehen, und warf den allerstrengsten Blick auf seinen Schüler. Calvin sah mit seinen fünfzig Jahren aus, als sei er siebzig. Er war beleibt und fett und wirkte um so kleiner, als schreckliche Harngriesschmerzen ihn zwangen, gebeugt zu gehen. Jene Schmerzen wurden noch vermannigfacht durch Anfälle einer Gicht übelster Art. Jedermann wäre beim Erblicken dieses fast ebenso breiten wie langen Gesichts zusammengefahren; trotz seiner Rundlichkeit wohnte darin genausowenig Gutartigkeit wie in dem des furchtbaren Heinrichs VIII., dem Calvin sehr ähnlich sah; die Schmerzen, die ihm nie eine Ruhepause ließen, bekundeten sich in zwei tiefen Furchen, die von beiden Seiten der Nase ausgingen, dabei der Richtung seines Schnurrbarts folgten und wie dieser mit einem breiten, grauen Backenbart verschmolzen. Obwohl dieses Gesicht rot und entzündet wie das eines Trinkers war, wies es Stellen auf, an denen die Hautfarbe gelb war; aber ungeachtet der schwarzen Samtkappe, die diesen riesigen Quadratschädel bedeckte, vermochte man eine breite, überaus schön geformte Stirn zu bewundern, unter der zwei braune Augen erfunkelten, die bei Wutanfällen Flammen schleudern mußten. Sei es als Auswirkung seiner Fettleibigkeit, sei es seines kurzen, dicken Halses, sei es seiner durchwachten Nächte und der beständigen Arbeit wegen, Calvins Kopf verkroch sich in den breiten Schultern, was ihn zwang, nur eine kleine Röhrenkrause zu tragen, auf der sein Gesicht zu liegen schien wie das Haupt Johannes des Täufers in einer Schüssel. Zwischen dem Schnurrbart und dem Backenbart war, wie eine

Rose, sein hübscher, beredter, kleiner frischer Mund zu sehen, der mit wunderbarer Vollendung gezeichnet war. Dieses Gesicht wurde durch eine viereckige Nase geteilt; sie fiel durch eine Gebogenheit auf, die in ihrer ganzen Länge herrschte und die an der Spitze bezeichnende Halbflächen hervorrief; sie harmonierten mit großartiger Kraft, die sich in diesem herrscherlichen Kopf ausdrückte. Obgleich in diesen Zügen kaum die wöchentlichen Migränen zu erkennen waren, die Calvin während der Zwischenpausen langsamen Fiebers überkamen, das ihn verzehrte, lieh der Schmerz, der unablässig durch geistige Arbeit und Willenskraft bekämpft wurde, dieser dem Anschein nach blühenden Maske etwas Schreckerregendes, das hinreichend erklärlich durch die Farbe des Fettpolsters war, dem Ergebnis der sitzenden Lebensweise des Geistesarbeiters; es trug die Spuren des ewigen Kampfes dieses kränklichen Temperaments mit einer der stärksten Willenskräfte, die in der Geschichte des menschlichen Geistes bekannt sind. Wenn auch der Mund bezaubernd war, so hatte er dennoch einen grausamen Ausdruck. Die von weitreichenden Plänen befohlene Keuschheit, die von so vielen krankhaften Anlagen gefordert wurde, stand auf diesem Gesicht geschrieben. Es fanden sich Jammer in der Heiterkeit dieser mächtigen Stirn und Schmerz im Blick jener Augen, deren Ruhe erschreckte.

Calvins Tracht ließ seinen Kopf gut hervortreten; denn er trug den berühmten Talar aus schwarzem Tuch, der von einem schwarzen Tuchgürtel mit Messingschnalle zusammengehalten wurde und der die Tracht der calvinistischen Prediger wurde; er ließ den Blick gleichgültig und zwang die Aufmerksamkeit, sich einzig mit dem Gesicht zu befassen.

»Ich habe allzu große Schmerzen, um Euch zu umarmen, Théodore«, sagte Calvin jetzt zu dem eleganten Reiter.

Théodore de Bèze, der damals zweiundvierzig Jahre alt und auf die Forderung Calvins hin seit zwei Jahren Bürger von Genf war, bildete den stärksten Gegensatz zu dem schrecklichen Pastor, den er sich zum Herrn erkoren hatte. Wie alle Bürgerlichen, die zu einer sittlichen, geistig-seelischen Herrschaft aufsteigen, oder wie alle, die soziale Systeme aufgestellt haben, wurde Calvin von Eifersucht verzehrt. Er verabscheute seine Schüler; er wollte nicht, daß jemand seinesgleichen sei; er duldete nicht den leisesten Widerspruch. Indessen waltete zwischen Théodore de Bèze und ihm ein allzu großer Unterschied ob; diesen mit einem angenehmen Gesicht begabten Kavalier, der überaus höflich und es gewohnt war, an den Höfen zu verkehren, fand er all seinen wüsten Janitscharen so unähnlich, daß er sich ihm gegenüber seiner gewöhnlichen Empfindungen entäußerte; er hat ihn nie gemocht, denn dieser rauhe Gesetzgeber wußte nicht das mindeste von Freundschaft; doch da er nicht fürchtete, in Théodore seinen Nachfolger zu erblicken, liebte er es, mit ihm zu spielen, wie Richelieu später mit seinem Kater spielte; er fand ihn geschmeidig und leicht behandelbar. Da er wahrnahm, daß Bèze in all seinen Missionen wunderbar erfolgreich war, schätzte er dieses glatte Werkzeug, für dessen Seele und Lenker er sich hielt; es steht ja nur zu fest, daß auch die ungebärdigsten Menschen nicht ohne den Anschein einer Zuneigung auskommen können. Théodore war Calvins Hätschelkind; der strenge Reformator grollte ihm nicht; er ließ ihm Liederlichkeiten, seine Liebschaften, seine schöne Kleidung und seine elegante Ausdrucksweise hingehen. Vielleicht war Calvin froh, darzutun, daß die Reform voller Anmut mit Hofleuten streiten könne. Théodore de Bèze hatte in Genf das Wohlgefallen an den Künsten, der Literatur, der Dichtung einführen wollen[389], und Calvin hatte sich seine Pläne angehört, ohne seine dicken, grauen Brauen zu runzeln. Auf diese Weise war der Gegensatz von Charakter und Person zwischen diesen beiden berühmten Männern genauso vollständig wie die Unterschiede der geistigen Haltung.

Calvin nahm Chandieus mehr als demütigen Gruß entgegen und erwiderte ihn durch ein leichtes Neigen des Kopfes. Chandieu schlang sich die Zügel der beiden Pferde um den rechten Arm und folgte den beiden großen Männern der Reformation, wobei er sich zur Linken Théodores de Bèze hielt, der an Calvins Seite einherschritt. Calvins Haushälterin lief voraus, um zu verhindern, daß die Porte de Rives geschlossen wurde; sie wies den Hauptmann der Wache darauf hin, der Pastor habe gerade brennende Schmerzen bekommen.

Théodore de Bèze war ein Sohn der Gemeinde Vézelay[390], der ersten, die sich der Eidgenossenschaft angeschlossen hat, und deren seltsame Geschichte von einem der Thierrys[391] geschrieben worden ist. So hat denn sicherlich der Geist des Bürgertums und des Widerstands, der in Vézelay endemisch ist, seinerseits an der großen Revolte der Reformierten in der Person dieses Mannes mitgewirkt, der gewißlich eine der merkwürdigsten Gestalten der Häresie ist.

»Ihr leidet also immer noch Schmerzen?« fragte Théodore Calvin.

»Ein Katholik würde sagen: wie ein Verdammter«, antwortete der Reformator mit der Bitterkeit, die er auch in die beiläufigsten seiner Äußerungen legte. »Ach, mit mir geht es zu Ende, mein Sohn! Und was soll ohne mich aus euch allen werden?«

»Wir werden mittels der Klarheit Eurer Bücher kämpfen!« sagte Chandieu.

Calvin lächelte, sein purpurrotes Gesicht nahm einen liebenswürdigen Ausdruck an, und er bedachte Chandieu mit einem wohlwollenden Blick.

»Nun, bringt Ihr mir Neuigkeiten?« fuhr er fort. »Sind viele der Unsrigen hingemetzelt worden?« fragte er lächelnd und bezeigte eine spöttische Freude, die in seinen braunen Augen auffunkelte.

»Nein«, sagte Chandieu, »alles ist in Frieden.«

»Desto schlimmer, desto schlimmer!« rief Calvin aus. »Jede Befriedung würde ein Übel sein, wenn sie nicht jedesmal eine Falle darstellte. Die Verfolgung bildet unsere Stärke. Wohin würden wir kommen, wenn die Kirche sich der Reform bemächtigte?«

»Aber«, sagte Théodore, »gerade das scheint die Königin-Mutter tun zu wollen.«

»Sie ist dazu sehr wohl imstande«, sagte Calvin. »Ich suche diese Frau zu ergründen ...«

»Von hier aus?« rief Chandieu.

»Gibt es für den Geist Entfernungen?« erwiderte Calvin streng; er erblickte in der Unterbrechung Unehrerbietigkeit. »Katharina verlangt es nach der Macht, und wenn Frauen so etwas vorhaben, besitzen sie weder Ehre noch Treue. Um was handelt es sich?«

»Ja, sie schlägt uns eine Art Konzil vor«, sagte Théodore.

»In der Nähe von Paris?« fragte Calvin barsch.

»Ja!«

»Haha, um so besser!« stieß Calvin hervor.

»Und dort werden wir versuchen, uns zu verständigen und ein öffentliches Protokoll aufzusetzen, durch das die beiden Kirchen zusammengeschmolzen werden.«

»Ach, wenn sie doch den Mut aufbrächte, die französische Kirche von der Kurie zu Rom zu trennen und in Frankreich einen Patriarchen einzusetzen, wie die griechische Kirche ihn hat«, rief der Reformator, dessen Augen bei diesem Gedanken, der ihm erlaubte, einen Thron zu besteigen, aufglänzten. »Aber, mein Sohn, kann die Nichte eines Papstes aufrichtig sein? Sie will nur Zeit gewinnen.«

»Brauchen nicht auch wir Zeit, um unsern Fehlschlag von Amboise wettzumachen und an allen Punkten des Königreichs einen furchtbaren Widerstand zu organisieren?«

»Sie hat die Königin von Schottland heimgeschickt«, sagte Chandieu.

»Eine weniger!« sagte Calvin und durchschritt die Porte de Rives. »Elisabeth von England wird sie für uns im Zaum halten. Zwei benachbarte Königinnen werden sich bald auf dem Kriegsfuß befinden. Die eine ist schön, und die andre ziemlich häßlich, das ist der erste Grund zu Gereiztheiten; überdies besteht die Frage der Illegitimität[392] ...«

Er rieb sich die Hände, und seine Freude wirkte so grimmig, daß es de Bèze durchschauerte; denn er hatte gerade das Blutmeer gewahrt, das sein Meister seit einer Weile vor Augen hatte.

»Die Guisen haben das Haus Bourbon gereizt«, sagte de Bèze nach einer Pause, »in Orléans ist das Tischtuch zwischen ihnen beiden zerschnitten worden.«

»Siehst du«, entgegnete Calvin, »du hast mir nicht geglaubt, als ich dir bei deinem letzten Aufbruch nach Nérac[393] sagte, wir würden schließlich zwischen den beiden Linien des französischen Königshauses einen Kampf auf Leben und Tod entfachen! Kurzum, ich habe in meiner Partei einen Hofstaat, einen König und eine Fürstenfamilie. Meine Lehre hat jetzt ihre Wirkung auf die Massen getan. Die Bürger haben mich verstanden; fortan werden sie die, die zur Messe gehen, die die Mauern ihrer Tempel bemalen und die darin Bilder und Statuen anbringen, als Götzendiener bezeichnen. Ach, für das Volk ist es leichter, Kathedralen und Paläste zu demolieren als über die Rechtfertigung durch den Glauben oder die Allgegenwart zu streiten! Luther war ein Streithammel, ich jedoch bin eine Armee! Er war ein Klugschwätzer, ich aber bin ein System! Kurzum, Kinder, wenn er nur ein Necker war, bin ich ein Recke[394]! Ja, meine Getreuen werden die Kirchen zerbrechen, die Bilder zerstören und aus den Statuen Mühlsteine machen zum Mahlen des Weizens der Völker. Es gibt in den Staaten Körperschaften; ich jedoch will dort nur Individuen haben! Die Körperschaften leisten allzusehr Widerstand und sehen klar, wo die Massen blind sind! Jetzt müssen dieser sich auswirkenden Lehre politische Interessen untermischt werden; die festigen sie und bilden das Material meiner Armeen. Ich habe die Logik wirtschaftlich denkender Geister und das Hirn der Denkenden durch diesen kahlen, entblößten Kult befriedigt, der die Religion und die Welt der Ideen transponiert. Ich habe dem Volk die Vorteile der Unterdrückung der Zeremonien verständlich gemacht. Bei dir, Théodore, liegt es, die Interessen zu gewinnen. Geh darüber nicht hinaus. Jetzt ist alles als Lehre gesagt und getan; es darf kein Jota hinzugefügt werden! Warum befaßt Cameron[395], dieser kleine gasconische Pastor, sich damit, zu schreiben . . .?«

Calvin, Théodore de Bèze und Chandieu stiegen die Straßen der Oberstadt inmitten der Menge hinan, ohne daß die Menge denjenigen, die die Massen in den Städten entfesselten und die Frankreich verheerten, die geringste Aufmerksamkeit zollten! Schweigend schritten sie nach dieser furchtbaren Tirade einher, gelangten auf die kleine Place Saint-Pierre und schritten auf das Haus des Pastors zu. Im zweiten Stock dieses kaum berühmten Hauses, von dem heutzutage in Genf, wo Calvin übrigens kein Denkmal besitzt[396], niemand mehr spricht, bestand seine Wohnung aus drei Zimmern, deren Fußboden und Wandtäfelung aus Fichtenholz bestand und neben denen die Küche und die Kammer der Magd gelegen waren. Wie in den meisten Genfer Bürgerhäusern gelangte man durch die Küche hinein, die nach einem zweifenstrigen Raum führte; er diente als Sprechzimmer, Wohnzimmer und Eßzimmer. Das Arbeitszimmer, in dem sich seit vierzehn Jahren hintereinander der Kampf zwischen Calvins Denken und seinen Schmerzen vollzog, und das Schlafzimmer stießen aneinander. Vier Stühle mit Gobelinbezug, die einen langen, rechteckigen Tisch umstanden, bildeten das ganze Mobiliar des Sprechzimmers. In einer Ecke dieses Raumes stand ein weißer Kachelofen und verbreitete milde Wärme. Eine Täfelung aus ungetünchtem Fichtenholz bekleidete die Wände völlig schmucklos. Auf diese Weise harmonierte die Kahlheit der Stätte mit dem nüchternen, schlichten Leben dieses Reformators.

»Also«, sagte de Bèze beim Eintreten und nahm die kurze Frist wahr, während welcher Chandieu sie allein gelassen hatte, um die Pferde in einem benachbarten Gasthaus unterzustellen, »was muß ich tun? Willigt Ihr in das Kolloquium ein?«

»Freilich«, sagte Calvin. »Ihr, mein Sohn, werdet dort kämpfen. Seid dort scharf und unbedingt. Keiner, weder die Königin noch die Guisen noch ich, wollen dort eine Befriedung entstehen lassen; sie behagt uns nicht. Ich setze Vertrauen in Duplessis-Mornay[397]; dem muß die Hauptrolle gegeben werden. Wir sind allein«, sagte er und warf einen mißtrauischen Blick in die Küche, deren Tür halb offenstand und wo an einer Leine zwei Hemden und ein paar Halskrausen trockneten. »Geh und mach alles zu. – Gut«, fuhr er fort, als Théodore die Türen geschlossen hatte, »der König von Navarra muß dahin gebracht werden, daß er sich mit den Guisen und dem Kronfeldherrn zusammentut; es muß ihm geraten werden, sich von der Königin Katharina von Medici abzuwenden. Wir müssen jeden Vorteil aus der Schwäche dieses erbärmlichen Wichts ziehen. Wenn er der Italienerin den Rücken kehrt und sie sich dieser Stütze beraubt sieht, wird sie sich notgedrungen mit dem Prinzen von Condé und Coligny verbinden. Vielleicht kompromittiert sie dieses Manöver dann so sehr, daß sie uns verbleiben wird ...«

Théodore de Bèze ergriff Calvins Rockzipfel und küßte diesen. »O lieber Meister«, sagte er, »Ihr seid groß!«

»Unseligerweise bin ich ein Sterbender, lieber Théodore. Sollte ich sterben, ohne dich wiederzusehen«, flüsterte er seinem Außenminister zu, »dann sei darauf bedacht, durch einen unserer Märtyrer einen großen Schlag zu führen ...!«

»Ist noch ein zweiter Minard umzubringen?«

»Etwas Besseres als ein Jurist.«

»Ein König?«

»Mehr noch! Einer, der ein König werden will.«

»Der Herzog von Guise!« rief Théodore und ließ sich zu einer Geste hinreißen.

»Allerdings!« rief Calvin, der eine Ablehnung oder eine Regung des Widerstrebens bemerkt zu haben glaubte und nicht gesehen hatte, daß der Prediger Chandieu eingetreten war, »haben wir nicht das Recht, zu schlagen, wie wir geschlagen werden? Ja, im Dunkel und in der Stille? Können wir nicht mit Wunde auf Wunde antworten, mit Tod auf Tod? Rechnen die Katholiken es sich als Sünde an, wenn sie uns Fallen stellen und uns niedermetzeln? Denn damit rechne ich stark! Brennt ihre Kirchen nieder! Vorwärts, Kinder! Wenn Ihr opferwillige junge Männer habt ...«

»Die habe ich«, sagte Chandieu.

»Dann bedient Euch ihrer, als seien sie Kriegsmaschinen! Unser Triumph läßt alle Mittel zu. Der Balafré, dieser furchtbare Krieger, ist gleich mir mehr als ein Einzelmensch, er ist eine Dynastie, wie ich ein System bin; er ist imstande, uns auszulöschen! Also Tod dem Lothringer!«

»Mir wäre ein friedlicher Sieg lieber, der durch die Zeit und die Vernunft herbeigeführt würde«, sagte de Bèze.

»Durch die Zeit?« rief Calvin und warf seinen Stuhl um, »durch die Vernunft? Ja, seid Ihr denn wahnsinnig? Die Vernunft soll eine Eroberung machen? Versteht Ihr denn nichts von Menschen, Ihr, die Ihr mit ihnen umgeht, Ihr Einfaltspinsel? Was meiner Lehre schadet, Ihr dreifacher Tropf, ist, daß sie auf Vernunft gegründet ist! Beim Blitz des heiligen Paulus, beim Degen des Starken, Ihr Kürbiskopf von Théodore, seht Ihr denn nicht, welche Kraft meiner Reform durch die Katastrophe von Amboise zuteil geworden ist? Ideen gedeihen nur, wenn sie mit Blut begossen werden! Die Ermordung des Herzogs von Guise würde der Anlaß zu einer grausigen Verfolgung werden, und eben die rufe ich mit allen meinen Wünschen herbei! Unsere Rückschläge sind uns zu mehr nütze als alle Erfolge! Die Reform verfügt über die Mittel, sich schlagen zu lassen, habt Ihr verstanden, Ihr Taugenichts? Wogegen der Katholizismus verloren ist, wenn wir eine einzige Schlacht gewinnen. Aber was sind denn meine Statthalter ...? Nasse Lappen, aber keine Männer! Zweibeinige Kaldaunen! Getaufte Paviane! O mein Gott, ob du mir noch zehn Lebensjahre schenkst? Sterbe ich zu früh, so ist mit solcherlei Lümmeln die Sache der wahren Religion verloren! Du bist genauso blöd wie Antoine von Navarra! Weg mit dir, laß mich allein, ich will einen besseren Unterhändler! Du bist bloß ein Esel, ein Süßholzraspler, ein Poet, geh und schreib Catullerien, Tibulladen[398], Akrostichen[399]! Hott!«

Die Harngriesschmerzen waren vom Feuer dieses Wutanfalls völlig gebändigt worden. Die Gicht verstummte angesichts dieser schrecklichen Erregung. Calvins Gesicht war purpurn schattiert wie ein Gewitterhimmel. Seine breite Stirn glänzte. Seine Augen flammten. Er ähnelte sich nicht länger. Er überließ sich jener Art wuterfüllter epileptischer Anwandlung, die eine seiner Eigentümlichkeiten war; aber das Schweigen seiner beiden Zuhörer ergriff ihn; er hörte Chandieu zu de Bèze sagen: »Der brennende Dornbusch vom Horeb!«; da setzte sich der Pastor, verstummte und barg das Gesicht in seine beiden gichtknotigen Hände, die ungeachtet ihrer Klobigkeit flatterten.

Ein paar Augenblicke später, noch im Bann der letzten Schauer dieses jähen Sturmstoßes, des Erzeugnisses seines keuschen Lebens, sagte er mit bewegter Stimme zu ihnen: »Meine Laster, die groß an Zahl sind, zu bändigen, kostet mich weniger als die Zähmung meiner Ungeduld! O du wütige Bestie, werde ich deiner nie Herr?« sprach er weiter und schlug sich an die Brust.

»Lieber Meister«, sagte de Bèze mit schmeichlerischer Stimme, ergriff Calvins Hände und küßte sie, »Jupiter donnert zwar, weiß aber auch zu lächeln.«

Calvin musterte seinen Schüler mit besänftigtem Blick und sagte zu ihm: »Versteht mich doch, Ihr Freunde.«

»Ich sehe ein, daß die Hirten der Völker schreckliche Bürde zu tragen haben«, antwortete Théodore. »Euch lastet eine Welt auf den Schultern.«

»Ich«, sagte Chandieu, den der Ausfall des Meisters nachdenklich gestimmt hatte, »habe drei Märtyrer zur Verfügung, auf die wir uns verlassen können. Stuart, der den Präsidenten ermordet hat, ist in Freiheit ...«

»Irrtum!« sagte Calvin sanft und lächelte wie alle großen Männer, die auf ihrem Antlitz schönes Wetter folgen lassen, wie wenn sie sich schämten, daß sie dort ein Gewitter herrschen ließen. »Ich kenne die Menschen. *Einen* Präsidenten ermordet man, aber nicht deren zwei.«

»Muß es denn unbedingt sein?« fragte de Bèze.

»Fängst du schon wieder damit an?« stieß Calvin hervor und blähte die Nasenflügel. »Hört, laßt mich allein, ihr würdet mich abermals in Wut versetzen. Du, Chandieu, geh deines Weges und halte deine Pariser Herde zusammen. Möge Gott euch leiten! Dinah . . .! Leuchtet meinen Freunden.«

»Verstattet Ihr mir nicht, Eure Wangen zu küssen?« fragte Théodore gerührt. »Wer von uns kann wissen, was ihm morgen zustößt? Trotz aller Geleitbriefe können wir festgenommen werden . . .«

»Und *sie* willst du schonen?« fragte Calvin und schloß de Bèze in die Arme. Er nahm Chandieus Hand und sagte zu ihm: »Vor allem keine Hugenotten, keine Reformierte, Calvinisten müßt ihr werden! Sprecht nur vom Calvinismus . . . Ach, das ist kein Ehrgeiz, denn ich bin am Sterben . . . doch alles von Luther muß zerstört werden, sogar die Namen Lutheraner und Luthertum!«

»Aber göttlicher Mann«, rief Chandieu, »solcherlei Ehren verdient Ihr doch!«

»Haltet fest an der Einheitlichkeit der Lehre, laßt fortan nichts prüfen oder neu gestalten. Wir sind verloren, wenn aus unserem Schoß neue Sekten hervorgingen.«

Wir wollen den Geschehnissen dieser Studie vorgreifen und, um mit Théodore de Bèze zu Ende zu kommen, der mit Chandieu nach Paris ging, darauf hinweisen, daß Poltrot[400], der achtzehn Monate später einen Pistolenschuß auf den Herzog von Guise abfeuerte, auf der Folter gestand, er sei durch Théodore de Bèze zu diesem Verbrechen angestiftet worden; dennoch widerrief er dieses Geständnis bei den nachfolgenden Folterungen. Daher hat Bossuet, der alle historischen Erwägungen abgewogen hat, nicht geglaubt, er müsse die Ausheckung dieses Verbrechens Théodore de Bèze zuschreiben. Aber seit Bossuet hat eine dem Anschein nach flüchtige Abhandlung über ein berühmtes Bänkelsängerlied einen Kompilator des achtzehnten Jahrhunderts dazu geführt, zu beweisen, daß das Bänkelsängerlied über den Tod des Herzogs von Guise, das in ganz Frankreich von den Hugenotten gesungen wurde, das Werk Théodore de Bèzes sei, und dann ist bewiesen worden, das berühmte Klagelied über Marlborough sei ein Plagiat desjenigen von Théodore de Bèze. (Siehe Anhang.)

An dem Tag, da Théodore de Bèze und Chandieu in Paris anlangten, war der Hof dorthin aus Reims zurückgekehrt, wo Karl IX. gesalbt worden war. Diese Zeremonie, die Katharina überaus glanzvoll gestaltete und die Gelegenheit zu großartigen Festlichkeiten bot, hatte es ihr ermöglicht, die Häupter aller Parteien um sich zu versammeln. Nachdem sie sämtliche Belange und die Parteien genau geprüft hatte, stand es bei ihr, die Wahl zwischen folgenden Alternativen zu treffen: entweder sie alle aufs neue um den Thron zu scharen, oder sie gegeneinander auszuspielen. Als Katholik durch und durch tadelte der Kronfeldherr von Montmorency, dessen Neffe, der Prinz von Condé, das Haupt der Reformation war und dessen Söhne dieser Glaubensrichtung zuneigten, das Bündnis der Königin-Mutter mit den Reformierten. Die Guisen ihrerseits strebten an, Antoine von Bourbon zu gewinnen, einen Fürsten ohne Charakter, um ihn ihrer Partei einzugliedern, was seine Gemahlin, die Königin von Navarra, die durch de Bèze ins Bild gesetzt worden war, geschehen ließ. Diese Schwierigkeiten machten Katharina betroffen; ihre anhebende Oberherrschaft bedurfte einiger Ruhezeit; daher wartete sie ungeduldig auf die Antwort Calvins, zu dem der Prinz von Condé, der König von Navarra, Coligny, Dandelot[401] und der Kardinal von Châtillon de Bèze und Chandieu geschickt hatten. Inzwischen jedoch war die Königin-Mutter ihrem Versprechen gegenüber dem Prinzen von Condé getreu. Der Kanzler machte dem angestrengten Prozeßverfahren, das ja auch Christophe betraf, dadurch ein Ende, daß er die Angelegenheit vor das Pariser Parlamentsgericht brachte, das das Urteil der Kommission aufhob, indem es erklärte, es sei nicht befugt, über einen Prinzen von Geblüt zu urteilen. Auf Betreiben der Guisen und der Königin-Mutter nahm das Parlamentsgericht den Prozeß von neuem auf. La Sagues Papiere waren Katharina ausgehändigt worden; sie hatte sie verbrannt. Diese Aushändigung war ein erstes Pfand gewesen, das die Guisen unnötigerweise der Königin-Mutter gegeben hatten. Das Parlamentsgericht, das diese entscheidenden Beweise nicht mehr vorfand, setzte den Prinzen wieder in alle seine Rechte, Besitztümer und Ehren ein. Christophe war bereits bei dem Tumult in Orléans anläßlich des Regierungsantritts des Königs befreit worden; jetzt wurde das Verfahren gegen ihn niedergeschlagen, und er wurde auf das Betreiben Monsieur de Thous hin für seine Leiden dadurch entschädigt, daß er als Advokat beim Parlamentsgericht zugelassen wurde.

Das Triumvirat, jene künftige Koalition von Interessen, die durch Katharinas erste Maßnahmen bedroht worden waren, bereitete sich also unter ihren Augen vor. Gerade wie in der Chemie sich die feindlichen Substanzen schließlich beim ersten Stoß trennen, der ihre erzwungene Vereinigung beeinträchtigt, haben in der Politik die Bündnisse einander widerstrebender Interessen nur geringe Dauer. Katharina begriff nur zu gut, daß sie früher oder später auf Guise und den Kronfeldherrn zurückgreifen müsse, um den Hugenotten die Schlacht zu liefern. Jenes Kolloquium, das dem Geltungsdrang der Redner jeder Partei schmeichelte, das der Salbung eine eindrucksvolle Zeremonie nachfolgen lassen und die blutige Spielergesellschaft des begonnenen Religionskriegs ergötzen sollte, war in den Augen der Guisen genauso unnütz wie in denen Katharinas. Die Katholiken verloren dabei, denn die Hugenotten waren drauf und dran, unter dem Vorwand, sie konferierten, ihre Lehre angesichts von ganz Frankreich unter dem Schutz des Königs und seiner Mutter zu verkünden. Der Kardinal von Lothringen, dem Katharina Hoffnung gemacht hatte, daß er dabei die Ketzer durch die Beredsamkeit der Kirchenfürsten schlagen werde, bestimmte seinen Bruder zur Einwilligung. Das bedeutete für die Königin-Mutter gut und gern ein halbes Jahr des Friedens.

Fast hätte ein kleines Geschehnis die Regierungsmacht in Frage gestellt, die Katharina so mühselig errichtet hatte. Folgende von der Geschichtsschreibung bewahrte Szene spielte sich am gleichen Tag ab, da die nach Genf Entsandten in der Rue de Bussy[402] im Stadtpalais Coligny nahe dem Louvre anlangten. Bei der Salbung hatte Karl IX., der seinen Lehrer Amyot[403] sehr schätzte, ihn zum Großalmosenier von Frankreich ernannt. Jene Freundschaft wurde gleichermaßen vom Herzog von Anjou, Heinrich III., ebenfalls einem Schüler Amyots, geteilt. Während der Reise von Reims nach Paris hatte Katharina diese Neuigkeit durch die beiden Gondis erfahren. Sie hatte mit diesem Kronamt gerechnet, um sich in der Kirche eine Stütze zu schaffen und innerhalb ihrer eine Persönlichkeit zu haben, die sich dem Kardinal von Lothringen entgegenstellen ließ; deshalb hatte sie den Kardinal von Tournon damit bekleiden wollen; in ihm gedachte sie, wie in L'Hospital, »eine zweite Krücke« zu finden; tatsächlich hat sie sich dieses Ausdrucks bedient. Bei der Ankunft im Louvre lud sie jenen Lehrer vor. Ihr Zorn war derartig, als sie das ihrer Politik durch den Ehrgeiz dieses emporgekommenen Schustersohns zugefügte Unheil gewahrte, daß sie ihm folgende befremdliche Worte sagte, die von einigen Memoirenschreibern überliefert worden sind: »Was? Ich bringe die Guisen, die Colignys, die Kronfeldherrn, das Haus Navarra und den Prinzen von Condé zum Weichen, und ich soll an der Spitze ein Pfäfflein wie dich haben, das am Bistum Auxerre nicht genug hat?« Amyot entschuldigte sich. Er hatte nämlich nichts erbeten, der König hatte ihn nach eigenem Ermessen mit jenem Hofamt bekleidet, dessen er, ein armer Lehrer, sich als unwürdig erachtete. »Sei überzeugt davon, Meister« (so nannten Karl IX. und Heinrich III. diesen großen Schriftsteller), antwortete ihm Katharina, »daß du keine vierundzwanzig Stunden mehr auf den Beinen bleiben wirst, wenn du deine Schüler nicht anderen Sinnes machst.« Zwischen dem unverblümt angekündigten Tod und dem Verzicht auf das höchste kirchliche Amt der Krone entschloß sich der sehr habgierig gewordene Schusterssohn, dessen Ehrgeiz vielleicht den Kardinalshut erstrebte, dazu, die Sache hinauszuzögern, und verbarg sich in der Abtei Saint-Germain. Als Karl IX. bei seiner ersten Abendmahlzeit Amyot nicht erblickte, fragte er nach ihm. Irgendein Guisenanhänger hat wohl den König von dem unterrichtet, was zwischen Amyot und der Königin-Mutter vorgefallen war. »Was? Weil ich ihn zum Großalmosenier gemacht habe, hat man ihn verschwinden lassen?« sagte er. In der Aufgebrachtheit, die Kinder überkommt, wenn eine ihrer Launen auf Widerstand stößt, ging er zu seiner Mutter. »Madame«, sagte er, als er bei ihr eintrat, »habe ich nicht willfährig den Brief unterzeichnet, um den Ihr mich für das Parlamentsgericht gebeten habt und aufgrund dessen Ihr mein Königreich regiert? Habt Ihr, als Ihr ihn mir vorlegtet, mir nicht versprochen, daß mein Wille der Eure sein solle, und nun erweckt die einzige Gunst, die zu erteilen mir wichtig war, bereits Eure Eifersucht. Der Kanzler spricht davon, mich mit vierzehn Jahren, in drei Jahren also, für großjährig erklären zu lassen, und Ihr wollt mich als ein Kind behandeln ... Ich werde, bei Gott!, König sein, und zwar König, wie mein Vater und mein Großvater es waren!«

Der Tonfall und die Art und Weise, wie diese Worte gesprochen worden waren, enthüllten für Katharina den wahren Charakter ihres Sohns, und sie empfing einen Metzgermesserstich in die Brust. »So spricht er zu mir, die ich ihn zum König gemacht habe!« dachte sie. »Monsieur«, antwortete sie ihm, »der Beruf des Königs ist in Zeiten wie den gegenwärtigen etwas recht Schwieriges, und Ihr kennt noch nicht die Herren, mit denen Ihr es zu tun habt. Ihr werdet nie einen Freund haben, der so aufrichtig und verläßlich wie Eure Mutter ist, und bessere Diener als diejenigen, die sie seit langem an sich gefesselt hat und ohne deren Dienste Ihr heute vielleicht nicht existieren würdet. Vernehmt, die Guisen wollen sich an Euern Thron und an Eure Person heranmachen. Wenn sie mich in einen Sack nähen und in einen Fluß werfen könnten«, sagte sie und deutete auf die Seine, »so würde das heute abend noch geschehen. Diese Lothringer fühlen, daß ich die Löwin bin, die ihre Jungen verteidigt und die ihren dreisten, nach der Krone langenden Händen wehrt. An wen, an was ist Euer Lehrer gebunden? Wo sind seine Verbindungen? Welche Autorität genießt er? Welche Dienste wird er Euch leisten? Welches Gewicht wird sein Wort haben? Anstatt Eure Macht durch einen Balken zu stützen, habt Ihr sie gemindert. Der Kardinal von Lothringen bedroht Euch; er spielt den König und behält vor dem ersten Prinzen von Geblüt den Hut auf dem Kopf; wäre es also nicht dringend erforderlich gewesen, ihm einen andern Kardinal, bekleidet mit einer der seinen überlegenen Macht, entgegenzustellen? Ist Amyot, dieser Schusterjunge, der ihm die Schuhbänder knoten kann, imstande, ihm Trotz zu bieten? Nun, Ihr mögt Amyot, Ihr habt ihn ernannt!

Möge Euer erster Wille geschehen, Monsieur! Doch fragt mich künftig in aller Freundschaft um Rat, wenn Ihr etwas wollt. Beugt Euch der Staatsraison; Euer gesunder Knabenverstand wird sich vielleicht meiner alten Erfahrung beim Entscheiden anpassen, wenn Ihr erst die Schwierigkeiten kennengelernt habt.«

»Ihr werdet mir meinen Meister wiedergeben!« sagte der König, ohne allzusehr auf seine Mutter zu hören; er erblickte in ihrer Antwort lediglich Vorwürfe.

»Ja, Ihr sollt ihn haben«, antwortete sie. »Aber weder er noch auch dieser gewalttätige Cypierre werden Euch das Regieren lehren.«

»Das wird durch Euch geschehen, liebe Mutter«, sagte er; sein Triumph hatte ihn besänftigt, und er legte die drohende, tückische Miene ab, die die Natur seinen Zügen aufgeprägt hatte.

Katharina ließ durch Gondi nach dem neuen Großalmosenier forschen. Als der Florentiner Amyots Zufluchtsstätte entdeckt hatte, und als dem Bischof gesagt worden war, der Höfling sei von der Königin geschickt worden, wurde er vom Schrecken gepackt und wollte die Abtei nicht verlassen. In dieser Notlage war Katharina gezwungen, dem Lehrer eigenhändig in solchen Ausdrücken zu schreiben, daß er wieder zum Vorschein kam und die Zusicherung ihrer Gönnerschaft empfing, freilich unter der Bedingung, daß er, neben Karl IX., ihr blindlings diene.

Als dieser kleine, häusliche Sturm sich beschwichtigt hatte, hielt Katharina, die nach einer Abwesenheit von mehr als einem Jahr in den Louvre zurückgekehrt war, dort mit ihren Intimen eine Beratung ab, wie man sich dem jungen König gegenüber verhalten solle, den Cypierre zu seiner Festigkeit beglückwünscht hatte.

»Was tun?« fragte sie die beiden Gondis, Ruggieri, Birague und Chiverni, der Hofmeister und Kanzler des Herzogs von Anjou geworden war.

»Vor allem«, sagte Birague, »tauscht Cypierre gegen einen andern aus. Der ist kein Hofmann; er würde sich nie Euern Ansichten anpassen und glauben, er komme seinem Amt nach, wenn er Euch entgegenarbeitete.«

»Wem soll ich denn vertrauen?« rief die Königin.

»Einem von uns«, sagte Birague.

»Auf Ehre«, fuhr Gondi fort, »ich verspreche Euch, den König so fügsam zu machen, wie der König von Navarra es ist.«

»Ihr habt den hochseligen König umkommen lassen, um Eure andern Söhne zu retten; gut denn, handelt wie die Großherrn[404] in Konstantinopel, löscht die Zornesausbrüche und die Launen dieses Sohns aus«, sagte Albert de Gondi. »Er hat eine Schwäche für die Künste, für Dichtungen, die Jagd und ein kleines Mädchen, das er in Orléans gesehen hat; das alles genügt wohl, um ihn zu beschäftigen.«

»Dann würdet Ihr also der Erzieher des Königs sein?« fragte Katharina den fähigeren der beiden Gondis.

»Sofern Ihr mir die für einen Erzieher notwendige Machtvollkommenheit geben wolltet; vielleicht müßte ich zum Marschall von Frankreich und zum Herzog ernannt werden. Cypierre ist nicht Manns genug, um auf die Dauer dieses Hofamt innezuhaben. In Zukunft muß der Erzieher eines Königs von Frankreich etwas wie Marschall und Herzog sein . . .«

»Recht hat er«, sagte Birague.

»Poet und Jäger«, sagte Katharina sinnenden Tons.

»Dann werden wir jagen und lieben!« rief Gondi.

»Übrigens«, sagte Chiverni, »könnt Ihr Amyots sicher sein; im Fall des Ungehorsams dürfte er stets Angst vor einem Gifttrank haben, und zusammen mit Gondi haltet Ihr den König stets am Gängelband.«

»Ihr habt Euch darein geschickt, ein Kind zu verlieren, um Eure drei Söhne und die Krone zu retten; jetzt müßt Ihr den Mut aufbringen, diesen Sohn zu ›beschäftigen‹, um das Königreich und vielleicht Euch selber zu retten«, sagte Ruggieri.

»Unlängst hat er mich schwer beleidigt«, sagte Katharina von Medici.

»Er weiß nicht, was alles er Euch schuldig ist; und wenn er es wüßte, würdet Ihr in Gefahr geraten«, antwortete Birague ernst und legte Gewicht auf jedes seiner Worte.

»Einverstanden«, entgegnete Katharina, auf die diese Antwort starken Eindruck machte, »Ihr werdet Erzieher des Königs, Gondi. Der König muß mir für einen der Meinen die Gunstbezeigungen vergelten, die ich grade für diesen Plattfuß von Bischof unterzeichnet habe. Der Kauz hat sich damit um den Kardinalshut gebracht; ja, solange ich lebe, werde ich mich dagegen stemmen, daß der Papst ihn ihm aufs Haupt setzt! Wir wären sehr viel stärker gewesen, hätten wir den Kardinal von Tournon für uns gehabt. Welch ein Terzett wäre das gewesen: der Großalmosenier, L'Hospital und de Thou! Was die Pariser Bürgerschaft betrifft, so plane ich, sie durch meinen Sohn umschmeicheln zu lassen; dann können wir uns auf sie stützen ...«

Und tatsächlich wurde Gondi ein paar Tage später Marschall von Frankreich, Herzog von Retz und Erzieher des Königs.

Gerade als dieser kleine Kronrat zu Ende ging, meldete der Kardinal von Tournon der Königin die Sendboten Calvins; damit sie im Louvre Achtung genössen, hatte der Admiral de Coligny sie begleitet. Sogleich scharte die Königin ihre gefürchteten Ehrendamen um sich und ging in den Empfangssaal hinüber, der von ihrem Gemahl erbaut worden war und der im heutigen Louvre nicht mehr existiert.

Zu jener Zeit befand sich die Louvre-Treppe in der Tour d'Horloge. Katharinas Gemächer lagen in den alten Bauteilen, die zum Teil im Hof des Museums fortbestehen. Die heutige Museumstreppe ist auf dem Baugrund des Ballettsaals errichtet worden. Ein Ballett war damals eine Art dramatischer Lustbarkeit, die vom ganzen Hof gespielt wurde. Die revolutionären Leidenschaften haben, was den Louvre betrifft, dem lächerlichsten Irrtum über Karl IX. Glauben verschafft. Während der Revolution hat ein diesem König, dessen Charakter bis ins Unkenntliche entstellt worden ist, feindlicher Aberglaube aus ihm ein Scheusal gemacht. Chéniers Tragödie[405] ist unter dem starken Eindruck einer an dem Fenster des nach dem Quai zu vorspringenden Gebäudeteils aufgehängten Schrifttafel geschrieben worden. Darauf war folgende Inschrift zu lesen: »Von diesem Fenster aus hat Karl IX. verabscheuungswürdigen Angedenkens auf französische Bürger geschossen.« Es ziemt sich, künftige Geschichtsschreiber und ernsthafte Leute darauf hinzuweisen, daß dieser ganze Teil des Louvre, der beilförmig zum Quai hin vorspringt, heute der alte Louvre genannt wird und den Salon mit dem Louvre durch die Apollo-Galerie und den Louvre mit den Tuilerien durch die Museumssäle verbindet, niemals unter Karl IX.

existiert hat. Der größte Teil des Baugrundes, auf dem die Quaifassade sich erhebt und wo der sogenannte Infantinnen-Garten sich erstreckt, wurde von dem Hôtel de Bourbon[406] eingenommen, das ausgerechnet dem Haus Navarra gehörte. Allein schon die baulichen Gegebenheiten hätten es Karl IX. unmöglich gemacht, aus dem Louvre Heinrichs II. auf ein den Fluß überquerendes Boot voller Hugenotten zu schießen, obwohl er die Seine von den heute zugemauerten Fenstern jenes Louvre aus sehen konnte. Auch wenn die Gelehrten und die Bibliotheken keine Karten besäßen, auf denen der Louvre unter Karl IX. genau eingezeichnet ist, trägt das Bauwerk selber die Widerlegung jenes Irrtums. Sämtliche Könige, die an diesem Riesenwerk mitwirkten, haben niemals versäumt, ihre Initialen oder irgendein Anagramm daran anzubringen. Nun aber trägt dieser ehrwürdige und heute ganz schwarze Teil des Louvre, der auf den sogenannten Infantinnen-Garten blickt und sich auf den Quai vorschiebt, die Initialen Heinrichs III. und Heinrichs IV., die sehr verschieden von denjenigen Heinrichs II. sind; denn dieser vereinigte sein H mit *dem verdoppelten* C von Catherine und machte daraus ein D[407], das oberflächliche Leute täuscht. Heinrich IV. konnte sein Hôtel de Bourbon mit seinen Gärten und Nebengebäuden mit dem Louvrebereich vereinen. Er als erster hatte den Gedanken, den Palast der Katharina von Medici mit dem Louvre durch seine unvollendeten Galerien zu vereinen, deren kostbare Skulpturen arg vernachlässigt sind. Auch wenn weder ein Stadtplan von Paris unter Karl IX. noch die Initialen Heinrichs III. und Heinrichs IV. existierten, würde die Verschiedenheit der Architektur jene Verleumdung grausam Lügen strafen. Die Bogenrundungen mit den kleinen, gewundenen Verzierungen des Hôtel de la Force und jenes Teils des Louvre bezeichnen genau den Übergang der sogenannten Renaissance-Architektur zur Architektur unter Heinrich III., Heinrich IV. und Ludwig XIII. Diese altertumskundliche Abschweifung, die übrigens mit den Schilderungen im Einklang steht, mit denen diese Geschichte beginnt, ermöglicht es, die wahre Physiognomie jenes anderen Viertels von Paris wahrzunehmen, von dem nur noch jener Teil des Louvre fortbesteht, dessen wunderbare Basreliefs von Tag zu Tag mehr in Verfall geraten[408].

Als der Hof erfuhr, die Königin wolle Théodore de Bèze und Chandieu, die durch den Admiral Coligny vorgestellt wurden, eine Audienz erteilen, eilten alle Höflinge, die das Recht zum Betreten des Audienzsaals besaßen, hinein, um Zeugen dieser Zusammenkunft zu sein. Es war gegen sechs Uhr, der Admiral hatte gerade zu Abend gegessen und reinigte sich die Zähne, als er zwischen den beiden Reformierten die Louvre-Treppen hinanstieg. Die Benutzung des Zahnstochers war bei dem Admiral zu einer unwillkürlichen Gewohnheit geworden; er pflegte sich die Zähne mitten in einer Schlacht zu säubern, wenn er daran dachte, den Rückzug anzutreten. »Mißtraut dem Zahnstocher des Admirals, dem Nein des Kronfeldherrn und dem Ja der Katharina«, lautete zu jener Zeit bei Hofe ein Sprichwort. Während der Bartholomäus-Nacht trieb der Pöbel mit Colignys Leiche, die drei Tage zu Montfaucon hängen blieb, grausam Spott, indem er ihr einen grotesken Zahnstocher in den Mund steckte. Die Chronisten haben diesen abscheulichen Scherz aufgezeichnet. Dieses kleine Begebnis inmitten einer großen Katastrophe kennzeichnet übrigens das Pariser Volk, das vollauf die lustige Parodie von Boileaus Vers verdient:

Franzose, Schelm von je, erschuf die Guillotine

Zu allen Zeiten hat der Pariser vor den, während der und nach den schrecklichsten Revolutionen Witze gemacht.

Théodore de Bèze war wie ein Höfling gekleidet; er trug schwarzseidene, eng anliegende Hosen, durchbrochene Schuhe, die Hosen an den Knien gerippt, ein schwarzseidenes Schlitzwams und einen kleinen schwarzen Samtmantel, vom dem sich eine schöne weiße Röhrenkrause abhob. Er hatte eine »Fliege« und einen Schnurbart, führte an der Seite den Degen und hielt in der Hand ein Spazierstöckchen. Wer die Galerien von Versailles durchschlendert oder Odieuvres[409] Sammlungen durchblättert, kennt sein rundliches, fast joviales Gesicht mit den lebhaften Augen, die von einer durch ihre Breite auffallenden Stirn überwölbt werden, dem Merkmal der Schriftsteller und Dichter jener Zeit. De Bèze hatte, was ihm sehr zustatten kam, angenehme Gesichtszüge. Er stach von Coligny ab, dessen finstere, strenge Miene volkstümlich ist, und auch von dem säuerlichen, galligen Chandieu, der die Predigergewandung und die calvinistischen Bäffchen beibehalten hatte. Was heutzutage in der Abgeordnetenkammer vorgeht und sicherlich auch im Konvent vor sich gegangen ist, kann verständlich machen, wieso an jenem Hof und zu jener Zeit die Leute, die sich ein halbes Jahr später bis zum Äußersten bekämpfen und miteinander einen erbitterten Krieg führen sollten, zusammenkommen und höflich miteinander reden und scherzen konnten. Als Coligny den Saal betrat, kamen Birague, der kaltherzig zur Bartholomäus-Nacht raten, und der Kardinal von Lothringen, der seinem Diener Besme empfehlen sollte, den Admiral ja richtig zu treffen, ihm entgegen, und der Piemontese sagte lächelnd zu ihm: »Nun, lieber Admiral, Ihr nehmt es also auf Euch, diese Genfer Herren vorzustellen?«

»Vielleicht werdet Ihr es mir als Verbrechen anrechnen«, antwortete der Admiral spöttisch, »während, wenn es Euch obläge, Ihr es Euch als ein Verdienst anrechnen würdet.«

»Es heißt, der Sieur Calvin sei schwer krank«, sagte der Kardinal von Lothringen zu Théodore de Bèze. »Hoffentlich werden wir nicht verdächtigt, ihm Tränklein eingeflößt zu haben?«

»Oh, Monseigneur, dabei würdet Ihr allzuviel verlieren!« antwortete Théodore de Bèze elegant.

Der Herzog von Guise, der Chandieu gemustert hatte, blickte seinen Bruder und Birague starr an; beide waren ob dieser Äußerung überrascht.

»Beim wahrhaftigen Gott!« rief der Kardinal aus, »in der hohen Politik sind die Ketzer keine Ketzer.«

Um jeder Schwierigkeit auszuweichen, hatte die Königin, die gerade eben gemeldet wurde, sich entschlossen, sich nicht zu setzen. Sie hatte ein Gespräch mit dem Kronfeldherrn begonnen, der lebhaft auf sie einredete, daß es ein Skandal sei, Calvins Sendboten zu empfangen.

»Ihr seht ja, lieber Kronfeldherr, daß wir sie ohne alle Förmlichkeit empfangen.«

»Madame«, sagte der Admiral und trat auf die Königin zu, »dies sind die beiden Lehrer der neuen Religion; sie haben sich mit Calvin verständigt und sind im Besitz seiner Weisungen bezüglich einer Konferenz, auf der die Kirchen Frankreichs ihre abweichenden Meinungen ausgleichen könnten.«

»Dies hier ist Monsieur Théodore de Bèze, den meine Frau sehr hoch schätzt«, sagte der König von Navarra; er mischte sich unvermutet ein und nahm dabei Théodore de Bèze bei der Hand.

»Und dies ist Chandieu!« rief der Prinz von Condé. »›Mein Freund‹, der Herzog von Guise, kennt den Hauptmann[410]«, sagte er und blickte den Balafré an, »vielleicht freut es ihn, den Prediger kennenzulernen.«

Dieser Gascognerscherz brachte den ganzen Hof und sogar Katharina zum Lachen.

»Auf Ehre«, antwortete der Herzog von Guise, »ich bin entzückt, jemanden vor mir zu sehen, der die Menschen so gut auszuwählen und innerhalb ihrer Sphäre zu gebrauchen weiß. Einer der Euern«, sagte er zu dem Prediger, »hat, ohne zu sterben und ohne irgend etwas einzugestehen, den höchsten Grad der peinlichen Frage ausgehalten; ich halte mich für tapfer, aber ich weiß nicht, ob ich sie genauso ertragen würde ...«

»Hm!« stieß Ambroise Paré hervor, »Ihr habt nichts gesagt, als ich Euch vor Calais den Wurfspieß aus dem Gesicht zog ...«

Katharina stand im Mittelpunkt des Halbkreises, der rechts und links von ihren Ehrendamen und Höflingen gebildet wurde; sie bewahrte tiefes Schweigen. Sie blickte die beiden Reformierten prüfend an; sie suchte sie mit ihren schönen schwarzen, klugen Augen zu durchdringen; sie bemühte sich, sie zu ergründen.

»Der eine scheint die Scheide, der andere die Klinge zu sein«, flüsterte Albert de Gondi ihr zu.

»Euer Meister, Ihr Herren«, sagte Katharina, die unwillkürlich lächeln mußte, »hat Euch also freie Hand zum Abhalten einer öffentlichen Konferenz gegeben, bei der Ihr Euch auf das Wort neuer Kirchenväter hin, die der Ruhm unseres Staates sind, bekehren könntet?«

»Wir haben keinen Meister als den Herrn, unsern Gott«, sagte Chandieu.

»Aber Ihr erkennt doch dem König von Frankreich ein wenig Autorität zu?« unterbrach Katharina lächelnd den Prediger.

»Und der König hat sogar sehr viel davon«, sagte de Bèze und verneigte sich.

»Ihr sollt sehen«, entgegnete sie, »meine unterwürfigsten Untertanen werden die Ketzer sein.«

»Ach, Madame!« rief Coligny aus, »welch schönes Königreich würden wir Euch erschaffen! Europa zieht auf befremdliche Weise Vorteil aus unseren Spaltungen. Seit einem halben Jahrhundert hat es immerfort erlebt, daß die eine Hälfte der Franzosen gegen die andere stand.«

»Aber sind wir denn hier, um Wechselgesänge zum Ruhm der Ketzer singen zu hören?« fragte der Kronfeldherr barsch.

»Nein, aber um sie zur Sinnesänderung zu bringen«, flüsterte ihm der Kardinal von Lothringen zu, »und wir möchten versuchen, sie durch ein bißchen Sanftmut anzulocken.«

»Wißt Ihr, was ich unter dem Vater des Königs getan haben würde?« fragte Anne de Montmorency. »Ich hätte den Profoß herbeigerufen, damit er diese beiden Plattfüße kurzerhand am Louvre-Galgen aufhänge.«

»Sagt, Ihr Herren, welche Gelehrten wollt Ihr uns gegenüberstellen?« fragte die Königin; sie hatte dem Kronfeldherrn durch einen Blick Schweigen geboten.

»Duplessis-Mornay und Théodore de Bèze sollen unsere Wortführer sein«, sagte Chandieu.

»Sicherlich wird der Hof nach Schloß Saint-Germain übersiedeln, und da es unangebracht wäre, wenn jenes Kolloquium in der königlichen Residenz stattfände, werden wir es in der kleinen Stadt Poissy abhalten lassen«, antwortete Katharina.

»Werden wir dort in Sicherheit sein, Madame?« fragte Chandieu.

»Oh«, erwiderte die Königin mit einer gewissen Naivität, »Ihr werdet schon Eure Vorsichtsmaßnahmen zu treffen wissen. Der Herr Admiral wird sich darüber mit meinen Vettern Guise und Montmorency ins Einvernehmen setzen.«

»Hol's der Henker!« rief der Kronfeldherr, »ich will damit nichts zu tun haben.«

»Wie fangt Ihr es an, daß Eure Sektierer so charakterfest sind?« fragte die Königin; sie hatte Chandieu ein paar Schritte beiseite geführt. »Der Sohn meines Kürschners ist erhaben gewesen . . .«

»Wir haben den Glauben!« sagte Chandieu.

Der Saal bot jetzt ein Bild belebter Gruppen dar, in denen die Frage jener Versammlung aufgeworfen wurde, die nach der

Äußerung der Königin bereits die Bezeichnung »das Kolloquium von Poissy[411]« angenommen hatte. Katharina blickte Chandieu an und konnte ihm sagen:

»Ja, einen neuen Glauben!«

»Ach, Madame, wäret Ihr nicht verblendet durch Eure Verwandtschaft mit der römischen Kurie, so würdet Ihr erkennen, daß wir auf die wahre Lehre Jesu Christi zurückgreifen; dadurch, daß sie die Gleichheit der Seelen bestätigt, hat sie uns allen auf Erden gleiche Rechte eingeräumt.«

»Glaubt Ihr, Ihr seid Calvin gleich?« fragte die Königin hintersinnig. »Laßt es gut sein, nur in der Kirche sind wir alle gleich. Aber wahrhaftig, Ihr wollt die Bindungen zwischen dem Volk und dem Thron auflösen!« rief Katharina. »Ihr seid nicht nur Ketzer, Ihr lehnt Euch gegen den dem König geschuldeten Gehorsam auf, indem Ihr Euch dem Gehorsam gegenüber dem Papst entzieht!« Sie wandte sich jäh von ihm ab und kehrte zu Théodore de Bèze zurück. »Ich zähle auf Euch, Monsieur«, sagte sie zu ihm, »bei der gewissenhaften Durchführung dieses Kolloquiums. Laßt Euch dafür alle erforderliche Zeit.«

»Ich hatte gemeint«, sagte Chandieu zum Prinzen von Condé, dem König von Navarra und dem Admiral Coligny, »daß die Staatsangelegenheiten ernster behandelt werden würden.«

»Oh, wir alle wissen ganz genau, was wir wollen«, sagte der Prinz von Condé und wechselte einen verständnisvollen Blick mit Théodore de Bèze.

Der Bucklige verabschiedete sich von seinen Anhängern, um sich zu einem Stelldichein zu begeben. Der große Prinz von Condé, dies Parteioberhaupt, war in Liebesdingen einer der glücklichsten Männer des Hofs; die beiden schönsten Frauen jener Zeit machten ihn sich so erbittert streitig, daß die Marschallin von Saint-André, die Gemahlin eines künftigen Triumvirn, ihm ihr schönes Landgut Saint-Valery schenkte, um über die Herzogin von Guise zu triumphieren, die Gemahlin desjenigen, der noch unlängst den Kopf des Prinzen auf einem Schafott hatte fallen lassen wollen, und die, da sie den Herzog von Nemours nicht von seiner Liebelei mit Mademoiselle de Rohan abbringen konnte, einstweilen das Oberhaupt der Reformierten liebte.

»Wie anders geht es hier zu als in Genf!« sagte Chandieu auf dem kleinen Pont du Louvre zu Théodore de Bèze.

»Die hier sind frohsinniger. Daher kann ich mir nicht erklären, warum sie so verräterisch sind!« antwortete de Bèze.

»Einem Verräter muß man mit anderthalb Verrätern begegnen«, flüsterte Chandieu Théodore zu. »Ich habe in Paris ›Heilige‹, auf die ich bauen kann, und ich will aus Calvin einen Propheten machen. Christophe soll uns des gefährlichsten unserer Gegner entledigen.«

»Die Königin-Mutter, für die der arme Teufel die peinliche Frage erlitt, hat ihn bereits ohne die mindesten Schwierigkeiten zum Advokaten am Parlamentsgericht ernennen lassen, und Advokaten sind besser zum Denunzianten als zum Mörder geeignet. Denkt doch an Avenelles[412], der die Geheimnisse unseres ersten Griffs zu den Waffen verkauft hat.«

»Ich kenne Christophe«, sagte Chandieu mit überzeugter Miene und verabschiedete sich von dem Gesandten Genfs.

Ein paar Tage nach dem Empfang der Geheimbotschafter Calvins durch Katharina, gegen das Ende ebenjenes Jahrs, denn damals begann das Jahr mit dem Osterfest, und der heutige Kalender wurde erst unter der neuen Regierung eingeführt, ruhte Christophe noch immer in einem Sessel am Kamin, von wo aus er den Fluß überblicken konnte, in dem großen, braunen Raum, in dem das Familienleben sich abspielte und in dem dieses Drama eingesetzt hatte. Die Füße hatte er auf einen Hocker gelegt. Mademoiselle[413] Lecamus und Babette Lallier hatten gerade die Kompressen erneuert; sie waren mit einem Präparat getränkt, das Ambroise gebracht hatte; diesem hatte Katharina nahegelegt, die Behandlung Christophes zu übernehmen. Nun, da der junge Mensch von seiner Familie zurückerobert worden, war er zum Gegenstand liebevollster Fürsorge geworden. Babette, die dazu von ihrem Vater ermächtigt worden war, kam allmorgendlich und verließ das Haus Lecamus erst am Abend wieder. Christophe, dem die Lehrlinge Bewunderung zollten, hatte im ganzen Stadtviertel Anlaß zu Erzählungen gegeben, die ihn mit einer geheimnisvollen Poesie umgaben. Er hatte die Folter durchlitten, und der berühmte Ambroise Paré setzte all seine Kunst ein, um ihn zu heilen. Was hatte er vollbracht, um auf solcherlei

Weise behandelt zu werden? Weder Christophe noch sein Vater ließen, was das betraf, ein Wort laut werden. Die damals allmächtige Katharina war genauso interessiert daran, zu schweigen, wie der Prinz von Condé. Die Besuche Ambroises, des Chirurgen des Königs und des Hauses Guise, dem die Königin-Mutter und die Lothringer erlaubten, einen Jüngling zu behandeln, der als ein Ketzer galt, verwirrten auf eigenartige Weise dieses Abenteuer, das niemand zu durchschauen vermochte. Zudem kam der Pfarrer von Saint-Pierre-aux-Boeufs zu wiederholten Malen und besuchte den Sohn seines Kirchenvorstehers, und solcherlei Besuche machten die Ursachen des Zustands, in dem Christophe sich befand, noch unerklärlicher.

Der alte Syndikus, dessen Plan feststand, antwortete seinen Kollegen, den Kaufleuten, den Freunden, die ihn auf seinen Sohn anredeten, stets ausweichend: »Ich bin nur zu froh, Gevatter, daß ich ihn gerettet habe! – Hilft eben nichts, man soll den Finger nicht zwischen Tür und Angel stecken. – Mein Sohn hat die Hand an den Scheiterhaufen gelegt und ihm etwas entnommen, das mein Haus hätte in Brand stecken können! – Seine Jugend ist mißbraucht worden, und uns Bürgerlichen erwächst nur Schimpf und Schande, wenn wir bei den Großen aus und ein gehen. – Dies alles bringt mich dahin, aus meinem Jungen einen Mann der Justiz zu machen; die Juristerei wird ihn lehren, seine Taten und seine Worte sorglich zu erwägen. – Die junge Königin, die jetzt in Schottland ist, hat viel Schuld an allem; aber vielleicht ist auch mein Sohn recht unklug gewesen. – Ich habe harte Kümmernisse erlitten. – Vielleicht wird dies alles mich dazu bestimmen, mich aus dem Geschäftsleben zurückzuziehen; ich will nie wieder an den Hof gehen. – Mein Sohn hat jetzt die Nase voll von der Reformation; sie hat ihm Arme und Beine gebrochen. Wohin geriete ich, wenn ich Ambroise nicht hätte?«

Dank dieser Reden und dieses vernünftigen Verhaltens verbreitete sich im Stadtviertel das Gerücht, Christophe esse nicht länger von Colas' Kuh[414]. Jedermann fand es ganz natürlich, daß der alte Syndikus versucht hatte, seinen Sohn ins Parlamentsgericht eintreten zu lassen, und die Besuche des Pfarrers wurden ebenfalls für etwas Selbstverständliches gehalten. Beim Erwägen all des Unglücks, das der Syndikus erlitten hatte, ließ man seinen Ehrgeiz außer Betracht; denn sonst hätte dieser als ungeheuerlich angemutet. Der junge Advokat, der »nonante«[415] Tage, um einen Ausdruck jener Zeit zu gebrauchen, in dem Bett gelegen hatte, das für ihn in dem alten Zimmer aufgeschlagen worden war, hatte erst seit einer Woche wieder aufstehen können und bedurfte zum Gehen nach wie vor zweier Krücken. Babettes Liebe und die Zärtlichkeit seiner Mutter hatten Christophe tief gerührt; doch als die beiden Frauen ihn im Bett liegend vor sich hatten, nahmen sie ihn rauh über die Religion ins Gebet. Der Präsident de Thou stattete seinem Patenkind einen Besuch ab und verhielt sich dabei sehr väterlich. Christophe mußte als Advokat am Parlamentsgericht katholisch sein; er mußte sich eidlich dazu verpflichten; aber der Präsident, der die Rechtgläubigkeit seines Patenkindes nicht anzweifelte, fügte mit ernster Stimme folgende Worte hinzu: »Mein Junge, du bist grausam hart geprüft worden. Ich selber kenne den Grund nicht, um dessen willen die Herren von Guise dich so behandelt haben, und ich lege dir nahe, dich fortan ruhig zu verhalten und dich nicht in die Wirrnisse zu mischen; denn die Gunst der Königin und des Königs wird nie und nimmer den Anstiftern von Stürmen zuteil werden. Du stehst nicht hoch genug, um dem König seine Handlungsweise vorzuschreiben, wie die Herren von Guise es tun. Wenn du eines Tages Rat am Parlamentsgericht werden willst, wirst du dieses edle Amt nur dann erlangen, wenn du dich ernstlich der königlichen Sache verpflichtest.«

Nichtsdestoweniger hatten weder der Besuch des Präsidenten de Thou noch Babettes Verführungskünste noch die inständigen Bitten der Mademoiselle Lecamus, seiner Mutter, den Glauben des Märtyrers der Reformation zum Wanken gebracht. Je mehr Christophe für seine Religion gelitten hatte, desto mehr hielt er an ihr fest.

»Mein Vater wird niemals dulden, daß ich einen Ketzer heirate«, flüsterte Babette ihm zu.

Christophe antwortete lediglich durch Tränen, die das hübsche Mädchen stumm und nachdenklich machten.

Der alte Lecamus wahrte seine Würde als Vater und Syndikus; er behielt seinen Sohn im Auge und sprach wenig. Nun, da der Greis seinen geliebten Christophe zurückerobert hatte, war er fast mißzufrieden mit sich; er bereute, all seine Liebe für diesen einzigen Sohn bezeigt zu haben; aber heimlich bewunderte er ihn. Zu keiner Zeit seines Lebens hat der Syndikus mehr Ränke ins Werk gesetzt, um zu seinem Ziel zu gelangen; er sah nämlich den unter soviel Mühsal gesäten Weizen gereift und wollte die gesamte Ernte einbringen. Ein paar Tage vor dieser Morgenstunde hatte er mit Christophe eine lange Unterredung unter vier Augen gehabt, um die geheime Ursache des Widerstrebens seines Sohns herauszubekommen. Christophe, dem es nicht an Ehrgeiz fehlte, hatte Vertrauen zum Prinzen von Condé. Das edelmütige Versprechen des Prinzen, der damit ganz einfach seinen Beruf als Fürst ausgeübt hatte, stand in sein Herz eingemeißelt; allein er wußte nicht, daß Condé ihn in dem Augenblick, da Christophe ihm durch die Gitterstäbe seines Gefängnisses hindurch damals in Orléans seinen rührenden Abschiedsgruß zugerufen, zu allen Teufeln geschickt und sich dabei gesagt hatte: »Ein Gascogner würde mich verstanden haben!«

Trotz seines Gefühls der Bewunderung für den Prinzen hegte Christophe auch die tiefste Ehrfurcht vor der großen Königin Katharina, die ihm durch einen Blick die Notwendigkeit, ihn zu opfern, erklärt hatte, in der sie sich befand, und die ihm während seiner Marter durch einen weiteren Blick in einer schwachen Träne ein unbegrenztes Versprechen gegeben hatte. In der tiefen Stille der neunzig Tage und Nächte, deren der neue Advokat zu seiner Genesung bedurfte, ließ er die Geschehnisse zu Blois und zu Orléans an sich vorüberziehen. Er wog sozusagen wider seinen Willen die beiden Gönnerschaften gegeneinander ab; er schwankte zwischen der Königin und dem Prinzen. Bestimmt hatte er für die Königin mehr getan als für die Reformation, und bei einem jungen Menschen mußten Herz und Verstand sich jener Königin zuneigen, weniger jenes Unterschieds als ihrer Eigenschaft als Frau wegen. In einer solchen Lage erhofft ein Mann sich stets mehr von einer Frau als von einem Mann.

»Ich habe mich für sie aufgeopfert; was wird sie für mich tun?«

Fast unwillkürlich stellte er sich diese Frage und gedachte dabei des Tonfalls, in dem sie zu ihm gesagt hatte: »Povero mio!« Man kann sich nicht vorstellen, in welchem Maß ein Mann, wenn er allein im Bett liegt und krank ist, selbstisch wird. Alles, sogar die ausschließliche Betreuung, deren Gegenstand er ist, treibt ihn dazu, nur an sich zu denken. Indem Christophe die Verpflichtungen übertrieb, die der Prinz von Condé gegen ihn hätte, erwartete er, mit einem Amt am Hof von Navarra bekleidet zu werden. Dieser halbe Knabe, der noch ein Neuling in der Politik war, vergaß um so mehr die Sorgen und das schnelle Schreiten über Menschen hinweg und durch die Ereignisse hindurch, wovon die Parteihäupter geleitet werden, als er wie in Gewahrsam in diesem alten, braunen Raum lag. Jede Partei ist notwendigerweise undankbar, solange sie im Kampf begriffen ist; und wenn sie siegt, hat sie zu viele Menschen zu belohnen, um es nicht auch weiterhin zu sein. Gemeine Soldaten finden sich mit einer solchen Undankbarkeit ab; aber die Anführer wenden sich gegen den neuen Herrn, neben dem sie so lange als gleichberechtigt einhermarschiert sind. Christophe als der einzige, der noch seiner Leiden gedachte, reihte sich bereits unter die Häupter der Reformation ein, indem er sich zu einem ihrer Märtyrer aufwarf. Lecamus, diesem alten, gerissenen Fuchs von Handelsmann, der so gewitzt und so scharfsinnig war, war es schließlich gelungen, die geheimen Gedanken seines Sohns zu erraten; daher beruhte denn auch alles, was er unternahm, auf dem begreiflichen Schwanken, dem Christophe preisgegeben war.

»Wäre es nicht schön«, hatte er am Abend zuvor im Familienkreis zu Babette gesagt, »die Frau eines Rats am Parlamentsgericht zu sein? Ihr würdet mit ›Madame‹ angeredet werden!«

»Ihr seid toll, Gevatter!« hatte Lallier geantwortet. »Woher wolltet Ihr wohl die zehntausend Taler an Einkünften aus Grundbesitz nehmen, die ein Rat haben muß, und wem würdet Ihr ein Amt abkaufen? Es wäre nötig, daß die Königin-Mutter und Regentin nichts anderes im Kopf hätte, damit Euer Sohn ins Parlamentsgericht käme, und er riecht ein wenig gar zu sehr nach Scheiterhaufenreisig, als daß er dort eingesetzt werden würde.«

»Was würdet Ihr geben, um Eure Tochter als Gattin eines Gerichtsrats zu sehen?«

»Ihr wollt meiner Börse auf den Grund blicken, alter Schlaukopf!« sagte Lallier.

Parlamentsgerichtsrat! Dieses Wort trieb in Christophes Hirn sein Unwesen.

Lange Zeit nach diesem Gespräch blickte Christophe eines Morgens auf den Fluß hinaus, der ihn an die Szene erinnerte, mit der diese Geschichte beginnt, an den Prinzen Condé, La Renaudie, Chandieu und an die Reise nach Blois, an alle seine Hoffnungen kurzum, als der Syndikus neben seinem Sohn Platz nahm und nur schlecht eine freudige Miene hinter vorgespieltem Ernst verbarg.

»Sohn«, sagte er, »nach dem, was zwischen dir und den Häuptern des Tumults zu Amboise geschehen ist, stehen sie so sehr in deiner Schuld, daß deine Zukunft das Haus Navarra etwas angehen müßte.«

»Ja«, sagte Christophe.

»Gut denn«, fuhr der Vater fort, »ich habe unumwunden für dich die Erlaubnis erbeten, ein Amt in der Justiz des Béarn zu kaufen. Unser guter Freund Paré hat es auf sich genommen, die Briefe zu übermitteln, die ich in deinem Namen an den Prinzen von Condé und die Königin Jeanne geschrieben habe. Da, lies die Antwort des Monsieur de Pibrac, des Vizekanzlers von Navarra.«

»Dem Sieur Lecamus, Syndikus der Kürschnerzunft.
Monsieur der Prinz von Condé beauftragt mich, Euch zu sagen, daß er bedauert, nichts für seinen Gefährten im Turm Saint-Aignan tun zu können, dessen er sich erinnert und dem er für den Augenblick eine Stellung als Gendarm in seiner Kompanie anbietet, darin er Gelegenheit haben wird, als der Mann von Herz, der er ist, seinen Weg zu machen.

Die Königin von Navarra wartet auf die Gelegenheit, den Sieur Christophe zu belohnen, und daran wird es nicht fehlen.

Damit, Herr Syndikus, bitten wir Gott, Euch seinen Schutz zu leihen.

Nérac. Pibrac,
Kanzler von Navarra.«

»Nérac, Pibrac, krack!« sagte Babette. »Von Gascognern ist nichts zu erwarten; die denken nur an sich selber.«

Der alte Lecamus schaute den Sohn mit spöttischer Miene an.

»Er schlägt einem armen Jungen, dem um seinetwillen die Knie und die Fußgelenke zerschrottet worden sind, vor, zu Pferde zu steigen!« rief Mademoiselle Lecamus, »welch ein abscheulicher Scherz!«

»Ich sehe dich schwerlich als Rat in Navarra«, sagte der Syndikus der Kürschner.

»Ich wüßte gern, was die Königin Katharina für mich tun würde, wenn ich mich an sie wendete«, sagte der zu Boden geschmetterte Christophe.

»Sie hat dir nichts versprochen«, sagte der alte Handelsmann; »aber ich bin sicher, daß sie nicht ihren Spott mit dir treiben und sich deiner Leiden erinnern würde. Indessen, könnte sie einen Rat am Parlamentsgericht aus einem protestantischen Bürgerlichen machen ...?«

»Aber Christophe hat ja nicht abgeschworen!« rief Babette. »Er kann doch das Geheimnis seiner religiösen Anschauungen für sich behalten.«

»Einem Rat am Pariser Parlamentsgericht gegenüber würde der Prinz von Condé weniger Verachtung bezeigen.«

»Rat, Vater? Ist denn das möglich?«

»Ja, wenn Ihr nicht in Unordnung bringt, was ich für Euch tun will. Dort sitzt mein Gevatter Lallier, und der würde gern zweihunderttausend Francs geben, wenn ich die gleiche Summe für die Erwerbung eines schönen herrschaftlichen Landgutes daransetzte, unter der Bedingung der Weitervererbung von Sohn zu Sohn; jenes Gut würden wir Euch als Mitgift geben.«

»Und ich würde überdies noch etwas für ein Haus in Paris dazulegen«, sagte Lallier.

»Nun, Christophe?« fragte Babette.

»Ihr sprecht ohne die Königin«, antwortete der junge Advokat.

Ein paar Tage nach dieser ziemlich bitteren Enttäuschung überbrachte ein Lehrling Christophe folgenden lakonischen Zettel:

»Chandieu will seinen Sohn sehen.«

»Er soll hereinkommen!« rief Christophe.

»O mein heiliger Märtyrer«, sagte der Prediger, als er den

Advokaten umarmt hatte, »bist du von deinen Schmerzen genesen?«

»Ja, dank Paré!«

»Dank Gott, der dir die Kraft verliehen hat, die Folter zu ertragen! Doch was habe ich gehört? Du hast dich als Advokat anstellen lassen, du hast den Treueid geleistet, du hast die Hure anerkannt, die katholische, apostolische römische Kirche?«

»Mein Vater hat es gewollt.«

»Aber müssen wir denn nicht unsere Väter, unsere Kinder und unsere Frau verlassen um der heiligen Sache des Calvinismus willen, und alles erleiden ...? Ach, Christophe, Calvin, der große Calvin, die ganze Partei, die Welt, die Zukunft bauen auf deinen Mut und die Größe deiner Seele! Wir bedürfen deines Lebens.«

Es ist für den Geist des Menschen überaus bezeichnend, daß sogar der opferwilligste, gerade wenn er sich opfert, sich in den gefährlichsten Krisen stets einen Hoffnungsroman zusammenklaubt. So hatte Christophe, als auf dem Wasser, unter dem Pont-au-Change, der Prinz, der Soldat und der Prediger von ihm gefordert hatten, er solle Katharina jenen Vertrag überbringen, der, wenn er entdeckt würde, den jungen Menschen das Leben kosten mußte, sich auf seinen Verstand, auf den Zufall, auf seine Intelligenz verlassen, und er hatte sich beherzt zwischen die beiden schrecklichen Parteien, die Guisen und Katharina, vorgewagt, wo er fast zermalmt worden wäre. Noch auf der Folter hatte er sich gesagt: »Ich werde mich herauswinden! Es ist ja nur der Schmerz!« Aber bei der brutalen Forderung: »Stirb!«, die an einen jungen Menschen gerichtet wurde, der noch kraftlos, kaum von der Folter genesen war und um so mehr am Leben hing, als er den Tod aus nächster Nähe gesehen hatte, konnte er sich keinerlei Illusionen mehr machen.

Ruhig antwortete Christophe: »Um was handelt es sich?«

»Um tapfer, wie Stuart auf Minard, einen Pistolenschuß abzufeuern.«

»Auf wen?«

»Auf den Herzog von Guise.«

»Ein Mord also?«

»Ein Racheakt! Vergißt du die hundert Edelleute, die zu Amboise auf einunddemselben Schafott hingemetzelt worden sind?

Ein Kind, der kleine d'Aubigny[416], hat beim Anblick dieser Schlächterei gesagt: ›Sie haben Frankreich zerhackt!‹«

»Man muß alle Schläge hinnehmen und keine austeilen, das ist die Religion des Evangeliums«, antwortete Christophe. »Wenn die Katholiken nachgeahmt werden sollen, warum dann die Kirche reformieren?«

»O Christophe, sie haben aus dir einen Advokaten gemacht, und du vernünftelst!« sagte Chandieu.

»Nein, mein Freund«, antwortete der Advokat. »Aber die Prinzipien sind zu undankbar, und Ihr und die Euern werden die Spielzeuge des Hauses Bourbon sein . . .«

»O Christophe, wenn du Calvin gehört hättest, so wüßtest du, daß wir mit ihnen umgehen wie mit Handschuhen . . .! Die Bourbonen sind die Handschuhe, wir sind die Hand.«

»Lest!« sagte Christophe und reichte dem Prediger Pibracs Antwort.

»O mein Sohn, du bist ehrgeizig, du kannst dich nicht mehr opfern . . .! Ich bedaure dich!«

Mit diesem schönen Ausspruch ging Chandieu fort.

Ein paar Tage nach diesem Auftritt saßen Christophe, die Familie Lallier und die Familie Lecamus zu Ehren des Verlöbnisses Babettes und Christophes in dem alten, gebräunten Raum beisammen, in dem Christophe nicht mehr schlief; denn er konnte jetzt Treppen steigen und begann, sich ohne Krücken fortzuschleppen. Es war neun Uhr abends, und Ambroise Paré wurde erwartet. Der Notar der Familie saß vor einem mit Kontrakten übersäten Tisch. Der Kürschner hatte sein Haus und seine Warenlager an seinen ersten Gehilfen verkauft, der sogleich für das Haus vierzigtausend Francs gezahlt und es verpfändet hatte, um für die Bezahlung des Warenlagers bürgen zu können, auf das er bereits zwanzigtausend Francs angezahlt hatte.

Lecamus hatte für seinen Sohn ein prächtiges, von Philibert Delorme[417] erbautes steinernes Haus in der Rue Saint-Pierre-aux-Boeufs erworben und es ihm als Mitgift geschenkt. Überdies hatte der Syndikus seinem Vermögen zweihundertfünfzigtausend Francs entnommen; Lallier hatte das gleiche getan, und es war ein schönes, herrschaftliches, in der Picardie gelegenes Landgut gekauft worden, für das fünfhunderttausend Francs verlangt worden waren. Da ebenjenes Gut zur Lehensfolge der Krone gehörte, waren Patentbriefe, sogenannte »Reskriptionen«, erforderlich, die der König gewährte, und außerdem beträchtliche Kaufs- und Verkaufsgebühren[418]. Deswegen war die Eheschließung bis zur Erlangung jener königlichen Gunst hinausgeschoben worden. Wenn auch die Pariser Bürger sich das Recht zum Kauf herrschaftlicher Güter hatten verleihen lassen, so hatte der Kronrat doch gewisse Einschränkungen bezüglich der Güter gemacht, die der Krone lehnbar waren, und das Gut, das Lecamus seit gut und gern zehn Jahren im Auge hatte, gehörte zu diesen Ausnahmen. Ambroise hatte sich gebrüstet, er werde an ebenjenem Abend die Kabinettsverordnung überbringen. Der alte Lecamus schritt zwischen dem Wohnraum und der Haustür mit einer Ungeduld auf und ab, aus der sich ersehen ließ, wie groß sein Ehrgeiz gewesen war. Endlich langte Ambroise an.

»Alter Freund«, sagte der Chirurg ziemlich außer sich und musterte das Abendessen, »sind deine Tischtücher vorzeigbar? Gut. Oh, schafft mir ja Wachskerzen her! Rasch, rasch! Holt das Schönste hervor, was Ihr besitzt.«

»Was ist denn los?« fragte der Pfarrer von Saint-Pierre-aux-Boeufs.

»Die Königin-Mutter und der junge König kommen und wollen bei Euch zu abend speisen. Die Königin und der König erwarten einen alten Parlamentsgerichtsrat, dessen Amt an Christophe verkauft werden soll, sowie Monsieur de Thou, der den Handel abgeschlossen hat. Tut, als seied Ihr nicht benachrichtigt worden; ich habe mich aus dem Louvre fortgestohlen.«

Im Handumdrehen waren die beiden Familien auf den Beinen. Christophes Mutter und Babettes Tante gingen und kamen mit der Eilfertigkeit überraschter Hausfrauen. Trotz der Verwirrung, die diese Nachricht in der Familienversammlung angerichtet hatte, wurden die Vorbereitungen mit einer Behendigkeit getroffen, die an ein Wunder grenzte. Christophe war verdutzt, überrascht, völlig durcheinander geraten durch eine solche Gunst; er stand sprachlos da und sah alles mechanisch geschehen.

»Die Königin und der König in unserm Haus!« sagte die alte Mutter.

»Die Königin!« echote Babette. »Was soll ich sagen, was tun?«

Nach einer Stunde hatte alles ein anderes Aussehen: Der alte Wohnraum war geschmückt, und der Tisch funkelte und schimmerte. Auf der Straße wurde Pferdegetrappel laut. Der Schein der Fackeln, die von den Reitern der Eskorte getragen wurden, ließ die Bürger der Stadtgegend die Nasen aus den Fenstern stekken. Der Tumult ging schnell vorüber. Unter den Laubengängen verblieben lediglich die Königin-Mutter und ihr Sohn, König Karl IX., der zum Großmeister der Kleiderkammer und zum Erzieher des Königs ernannte Charles de Gondi, Monsieur de Thou, der alte Parlamentsgerichtsrat, der Staatssekretär Pinart[419] und zwei Pagen.

»Ihr wackeren Leute«, sagte die Königin beim Eintreten, »wir, mein Sohn, der König, und ich, kommen, um den Ehekontrakt des Sohns unseres Kürschners zu unterzeichnen; doch nur unter der Bedingung, daß er katholisch bleibt. Man muß Katholik sein, um dem Parlamentsgericht anzugehören; man muß Katholik sein, um ein Gut zu besitzen, das der Krone lehnspflichtig ist; man muß Katholik sein, um am Tisch des Königs Platz zu nehmen; nicht wahr, Pinart?«

Der Staatssekretär erschien und legte die Patentbriefe vor.

»Wenn wir hier nicht samt und sonders Katholiken sind«, sagte der kleine König, »dann wird Pinart alles ins Feuer werfen; aber wir sind doch alle Katholiken, nicht wahr?« fuhr er fort und warf ziemlich stolze Blicke auf die ganze Versammlung.

»Ja, Sire«, sagte Christophe Lecamus, beugte, wenngleich mühsam, das Knie und küßte die Hand, die der junge König ihm hinhielt.

Die Königin Katharina, die gleichfalls Christophe die Hand reichte, zog ihn jäh hoch, führte ihn ein paar Schritte beiseite in einen Winkel und sagte zu ihm: »Also, mein Junge, keine Pfiffigkeiten! Wir spielen offenes Spiel!«

»Ja, Madame«, entgegnete er, ergriffen von der glänzenden Belohnung und der Ehre, die diese dankbare Königin ihm erwies.

»Also gut, mein braver Lecamus, mein Sohn, der König, und ich gestatten Euch, das Amt des Biedermanns Groslay[420], Rat am Parlamentsgericht, hier anwesend, zu erwerben«, sagte die Königin. »Ich hoffe, junger Mann, Ihr werdet dabei in die Fußstapfen Eures Herrn Vorgängers treten.«

De Thou trat vor und sagte: »Ich bürge für ihn, Madame.«

»Gut und schön, dann fertigt die Urkunden aus, Notare«, sagte Pinart.

»Da der König, unser Herr, uns die Gunst erweist, den Ehekontrakt meiner Tochter zu unterzeichnen«, rief Lallier, »bezahle ich den ganzen Preis des Herrensitzes.«

»Die Damen können Platz nehmen«, sagte der junge König voller Anmut. »Als Hochzeitsgabe für die Braut leiste ich mit der Einwilligung meiner Mutter auf meine Rechte Verzicht.«

Der alte Lecamus und Lallier knieten nieder und küßten dem jungen König die Hand.

»Zum Henker, Sire! Wieviel Geld diese Bürger haben!« flüsterte Gondi ihm zu.

Der junge König begann zu lachen.

»Da Eure Herrlichkeiten wohlgelaunt sind«, sagte der alte Lecamus, »geruht Ihr wohl, Euch meinen Nachfolger vorstellen zu lassen und auf ihn das königliche Patent der Belieferung Eurer Häuser zu übertragen?«

»Wir wollen sehen«, sagte der König.

Lecamus ließ seinen Nachfolger, der ganz bleich geworden war, vortreten.

»Wenn meine geliebte Mutter es gestattet, setzen wir uns alle zu Tisch«, sagte der junge König.

Der alte Lecamus war so aufmerksam, dem König einen Silberbecher vorzusetzen, den er von Benvenuto Cellini gelegentlich dessen Aufenthalts in Frankreich im Palais Nesle erhalten hatte und der nicht weniger als zweitausend Taler gekostet hatte.

»O Mutter, die schöne Arbeit!« rief der junge König und hob den Becher am Fuß hoch.

»Der stammt aus Florenz«, antwortete Katharina.

»Verzeiht, Madame«, sagte Lecamus, »er ist in Frankreich von einem Florentiner gefertigt worden. Was aus Florenz stammt, würde der Königin gebühren, aber was in Frankreich entstanden ist, gehört dem König.«

»Ich nehme ihn an, wackerer Mann«, rief Karl IX., »und fortan soll er mein Trinkbecher sein.«

»Er ist schön genug«, sagte die Königin und beschaute dieses Meisterwerk, »um unter die Kronschätze aufgenommen zu werden. – Sagt mir, Meister Ambroise«, fragte die Königin leise ihren Chirurgen und deutete auf Christophe, »habt Ihr ihn gut gepflegt? Wird er gehen können?«

»Fliegen wird er«, sagte der Chirurg lächelnd. »Ach, Ihr habt ihn uns auf raffinierte Weise abtrünnig gemacht.«

»Fällt ein Mönch aus, so stellt die Abtei noch nicht die Arbeit ein«, antwortete die Königin mit jener Unbeschwertheit, die man ihr vorgeworfen hat und die nur an der Oberfläche bestand.

Die Abendmahlzeit verlief heiter; die Königin fand Babette hübsch, und als die große Königin, die sie stets war, steckte sie ihr einen ihrer Diamantringe an den Finger, um den Verlust auszugleichen, den der Becher bei der Familie Lecamus verursacht hatte. König Karl IX., der vielleicht seither allzuviel Geschmack an solcherlei unvermutetem Erscheinen bei seinen Bürgern bezeigte, aß mit gutem Appetit; dann reizte er auf eine Bemerkung seines neuen Erziehers hin, dem es, wie gesagt wurde, oblag, ihn die tugendsamen Unterweisungen Cypierres vergessen zu lassen, den Ersten Präsidenten, den alten, um seine Entlassung eingekommenen Parlamentsgerichtsrat, den Staatssekretär, den Pfarrer, den Notar und die Bürgersleute so ohne alle Umstände zum Trinken auf, daß die Königin Katharina aufbrach, da sie merkte, daß die Heiterkeit drauf und dran war, lärmig zu werden. Als die Königin sich erhob, nahmen Christophe, sein Vater und die beiden Frauen vielkerzige Leuchter und begleiteten sie bis an die Ladentür. Dort wagte Christophe, die Königin an ihrem weiten Ärmel zu zupfen, und gab ihr ein Zeichen, daß er ihr etwas anzuvertrauen habe. Katharina blieb stehen, entließ durch eine Geste den alten Lecamus und die beiden Frauen und fragte Christophe: »Was ist?«

»Wenn Ihr daraus Nutzen ziehen könnt, Madame«, sagte er leise zu der Königin, »dann vernehmt, daß Mörder etwas gegen den Herzog von Guise im Schilde führen ...«

»Du bist ein getreuer Untertan«, sagte Katharina lächelnd, »und ich werde dich nie vergessen.«

Sie streckte ihm ihre um ihrer Schönheit willen so berühmte Hand hin, streifte jedoch vorher den Handschuh ab, was für eine Gunstbezeigung gelten konnte; deswegen wurde Christophe, als er diese anbetenswerte Hand küßte, durch und durch Royalist.

»Sie werden mich also dieses Haudegens entledigen, ohne daß ich dabei einen Finger zu rühren brauche!« dachte sie, als sie ihren Handschuh wieder anzog.

Sie bestieg ihr Maultier und gelangte mit ihren beiden Pagen wieder in den Louvre.

Christophe saß düster da und trank; Ambroises strenges Gesicht warf ihm seine Abtrünnigkeit vor; aber die späteren Ereignisse gaben dem alten Syndikus gewonnenes Spiel. Christophe wäre schwerlich dem Gemetzel der Bartholomäus-Nacht entronnen; sein Vermögen und sein Gutsbesitz hätten die Mörder auf ihn hingewiesen. Die Geschichtsschreibung hat das grausige Schicksal der Frau von Lalliers Nachfolger überliefert, eines schönen Geschöpfes, dessen nackte Leiche drei Tage lang an den Haaren an einem der Balken des Pont-au-Change aufgehängt blieb. Babette hatte damals bei dem Gedanken gezittert, sie hätte gleichermaßen behandelt werden können, wenn Christophe Calvinist geblieben wäre; denn so wurden die Reformierten bald genannt. Calvins Ehrgeiz wurde gestillt, freilich erst nach seinem Tod.

Das war der Ursprung der berühmten Parlamentsrichterfamilie Lecamus[421]. Tallemant des Réaux[422] hat einen Irrtum begangen, als er sie aus der Picardie stammen ließ. Später hatten die Lecamus Interesse daran, sich von der Erwerbung ihres wichtigsten Grundbesitzes an zu datieren, der in jener Landschaft gelegen war. Christophes Sohn, der ihm unter Ludwig XIII. nachfolgte, wurde der Vater jenes reichen Präsidenten Lecamus, der unter Ludwig XIV. das prächtige Stadtpalais baute, das dem Palais Lambert[423] die Bewunderung der Pariser und der Fremden streitig machte, das indessen eins der schönsten Pariser Baudenkmäler ist. Das Stadtpalais Lecamus existiert noch in der Rue de Thorigny, obwohl es während der Revolution geplündert worden ist, als Eigentum de Juignés, des Erzbischofs von Paris. Alle Malereien daran sind damals ausgelöscht worden, und die Alumnate, die seither dort untergebracht worden sind, haben es arg beschädigt. Dieses Palais, das in dem alten Haus in der

Rue de la Pelleterie verdient worden ist, zeigt noch heute die schönen Ergebnisse, die ehedem der Familiengeist zeitigte. Man darf getrost bezweifeln, daß der moderne Individualismus, den die gleichberechtigte Erbteilung erzeugt hat, solcherlei Baudenkmäler errichten wird.

ZWEITER TEIL

Das vertrauliche Geständnis der Brüder Ruggieri

Gegen Ende Oktober 1573, zwischen elf Uhr und Mitternacht saßen zwei aus Florenz stammende Italiener, zwei Brüder, Albert de Gondi, der Marschall von Frankreich, und Charles de Gondi La Tour, der Großmeister der Kleiderkammer König Karls IX., oben auf einem in der Rue Saint-Honoré gelegenen Haus am Rand einer Dachrinne. Die Dachrinne ist jener steinerne Kanal, der sich damals unten an den Dächern befand, um das Regenwasser aufzunehmen; er wurde in bestimmten Entfernungen von langen Wasserspeiern unterbrochen, gemeißelten phantastischen Tiergestalten mit klaffenden Mäulern. Trotz des Eifers, mit dem die heutige Generation die alten Häuser niederreißt, gab es in Paris viele vorspringende Wasserspeier, bis unlängst eine Polizeiverordnung über die Abflußröhren sie hat verschwinden lassen. Nichtsdestoweniger sind noch einige Regenrinnen mit bildhauerischem Schmuck übriggeblieben; sie sind zumal im Herzen des Stadtviertels Saint-Antoine zu sehen; dort hat die Billigkeit der Mieten den Einbau von Wohnungen in die Speicher nicht zugelassen.

Es muß befremdlich anmuten, daß zwei mit so hohen Hofämtern bekleidete Persönlichkeiten auf diese Weise die Gepflogenheiten von Katern ausübten. Aber für denjenigen, der die historischen Schätze jener Zeit durchstöbert, da die Interessen rings um den Thron sich auf so mannigfache Weise kreuzten, daß man die Innenpolitik Frankreichs mit einer Docke durcheinandergeratener Fäden vergleichen könnte, sind jene beiden Florentiner wirkliche Kater und in einer Dachrinne vollauf am Platz. Ihre Ergebenheit gegenüber der Person der Königin-Mutter Katharina von Medici, die die beiden an den französischen Königshof verpflanzt hatte, zwang sie, vor keiner der Folgerungen aus ihrem Eindringen zurückzuweichen. Um jedoch zu erklären, wieso und warum die beiden Höflinge so dahockten, muß man sich eine Szene vergegenwärtigen, die sich unmittelbar zuvor zwei

Schritte von jener Dachrinne entfernt im Louvre ereignet hatte, in dem schönen, braunen Saal, vielleicht dem einzigen, der uns von den Gemächern Heinrichs II. erhalten geblieben ist; dort pflegten die Höflinge nach der Abendmahlzeit den beiden Königinnen und dem König ihre Aufwartung zu machen. In jenem Zeitalter aßen Bürgerliche und große Herren die einen um sechs, die andern um sieben zu Abend; die Freunde der feinen Genüsse jedoch taten es zwischen acht und neun Uhr. Jene Mahlzeit entsprach dem heutigen Nachtessen. Manche Leute glauben zu Unrecht, die Etikette sei von Ludwig XIV. erfunden worden; sie rührt in Frankreich von Katharina von Medici her, und diese hat sie so streng gestaltet, daß der Kronfeldherr Anne de Montmorency größere Mühe gehabt hat, hoch zu Roß in den Louvre-Hof einreiten zu dürfen, als seinen Degen zu erlangen, und dabei war diese unerhörte Auszeichnung ihm lediglich seines hohen Alters wegen zuteil geworden. Die Etikette ist unter den beiden ersten Königen aus dem Haus Bourbon[424] etwas lockerer durchgeführt worden; unter dem großen König jedoch nahm sie eine orientalische Form an; sie entstammte nämlich dem Oströmischen Reich, und dieses hatte sie von Persien übernommen. Im Jahre 1573 besaßen nicht nur wenige Leute das Recht, mit ihrem Gefolge und ihren Fackelträgern den Hof des Louvre zu betreten, wie unter Ludwig XIV. nur Herzöge und Pairs unter dem Peristyl[425] in der Karosse hindurchfahren durften, sondern die Hofwürdenträger, die nach dem Abendessen die Gemächer betraten, waren zu zählen. Der Marschall von Retz[426], der gegenwärtig in seiner Regenrinne Posten stand, hat eines Tages dem Türhüter des Kabinetts tausend Taler damaliger Währung geboten, um Heinrich III. zu einem Zeitpunkt sprechen zu können, da er nicht das Recht dazu besaß. Welch ein Gelächter erregt bei einem wahren Historiker beispielsweise eine Ansicht des Hofes des Schlosses von Blois, in den die Zeichner einen Edelmann zu Pferde hineinstellten! So kam es denn, daß sich zu jener Stunde nur die wichtigsten Persönlichkeiten des Königreichs im Louvre befanden. Die Königin Elisabeth von Österreich[427] und ihre Schwiegermutter Katharina von Medici saßen links vom Kamin. An der anderen Seite heuchelte der tief in seinem Sessel sitzende König eine Apathie, die wohl von der Verdauung herrührte; er hatte wie ein von der Jagd heimgekehrter Fürst gegessen. Vielleicht wollte er sich auch im Dabeisein so vieler Menschen, die seine Gedanken ausspionierten, das Sprechen verkneifen. Die Höflinge standen barhäuptig hinten im Saal. Die einen plauderten leise; die andern beobachteten den König und erwarteten von ihm einen Blick oder ein Wort. Wurde einer von der Königin-Mutter herbeigerufen, so unterhielt er sich ein paar Augenblicke mit ihr. Ein anderer erkühnte sich, Karl IX. anzureden; dieser antwortete durch ein Nicken oder eine kurze Äußerung. Ein deutscher Edelmann, der Graf von Solern[428], stand am Kamin neben der Enkelin Kaiser Karls V., die er nach Frankreich begleitet hatte. Neben dieser jungen Königin saß auf einem Taburett ihre Ehrendame, die Gräfin de' Fieschi, eine geborene Strozzi und mit Katharina verwandt. Die schöne Madame de Sauves[429], eine Nachfahrin des Jacques Coeur[430], nacheinander die Geliebte des Königs von Navarra, des Königs von Polen und des Herzogs von Alençon, war zum Abendessen geladen worden; aber sie mußte stehen, da ihr Gatte nur Staatssekretär war. Die beiden Gondi standen hinter den beiden Damen und plauderten mit ihnen. Sie waren die einzigen, die in dieser trübseligen Versammlung lachten. Gondi, der Herzog von Retz und Kammerherr geworden war, nachdem er den Marschallstab erhalten, ohne je ein Heer befehligt zu haben, war beauftragt gewesen, die Königin in Speyer über den Handschuh zu heiraten[431]. Diese Gunstbezeigung läßt zur Genüge darauf schließen, daß er wie auch sein Bruder zu der kleinen Zahl derjenigen gehörte, denen die beiden Königinnen und der König gewisse Vertraulichkeiten durchgehen ließen. An der Seite des Königs fielen vor allem der Marschall de Tavannes[432], der aus geschäftlichen Gründen an den Hof gekommen war, und Neuville de Villeroi[433] auf, einer der geschicktesten Unterhändler jener Zeit, der die Glücksumstände jenes Hauses begründete; ferner die Herren de Birague und de Chiverni, der eine Vertrauensmann der Königin-Mutter, der andere Kanzler von Anjou und von Polen, der im Wissen um die Vorliebe Katharinas sich an Heinrich III. angeschlossen hatte, jenen Bruder, den Karl IX. als seinen Feind betrachtete; alsdann Strozzi, der Vetter der Königin-Mutter; und schließlich einige Edelherrn, unter denen der alte Kardinal von

Lothringen und dessen Neffe, der junge Herzog von Guise, hervorstachen; beide wurden von Katharina und vom König in einem gewissen Abstand gehalten. Diese beiden Häupter der Heiligen Union, der späteren Liga, die vor ein paar Jahren im Einverständnis mit Spanien gegründet worden war, bekundeten die Unterwürfigkeit jener Diener, die auf Gelegenheit warten, sich zu Herren aufzuwerfen; Katharina und Karl IX. beobachteten einander mit gleicher Aufmerksamkeit.

An jenem Hof, der ebenso düster war wie der Saal, in dem er verweilte, hatte jedermann seine Gründe, traurig oder versonnen zu sein. Die junge Königin stand im Bann der Qualen der Eifersucht und tarnte sie schlecht, indem sie tat, als lächle sie ihrem Gemahl zu; als fromme und anbetungswürdig gute Frau liebte sie ihn leidenschaftlich. Marie Touchet[434], die einzige Geliebte Karls IX. (er blieb ihr ritterlich treu), war seit etwas länger als einem Monat aus Schloß Fayet in der Dauphiné zurückgekehrt, wo sie ihre Niederkunft hinter sich gebracht hatte. Sie hatte Karl IX. den einzigen Sohn mitgebracht, den er je gehabt hat, Karl von Valois, zunächst Graf der Auvergne, dann Herzog von Angoulême. Die arme Königin verspürte außer dem Kummer, zu erleben, daß ihre Rivalin dem König einen Sohn schenkte, während sie selber nur eine Tochter hatte, das Demütigende einer plötzlichen Vernachlässigung. Während des Fernseins seiner Geliebten hatte der König sich seiner Gemahlin mit einem Ungestüm wieder genähert, den die Geschichtsschreibung als eine der Ursachen seines Todes verzeichnet hat. Die Rückkehr der Marie Touchet hatte also die bigotte Österreicherin gelehrt, wie wenig Anteil das Herz an der Liebe ihres Gemahls gehabt hatte. Das war nicht die einzige Enttäuschung, die die junge Königin bei dieser Angelegenheit erlitt; bislang hatte sie Katharina von Medici für ihre Freundin gehalten; jetzt jedoch hatte ihre Schwiegermutter aus politischen Gründen jene Treulosigkeit begünstigt; ihr war es lieber, sich für die Geliebte als für die Frau des Königs einzusetzen. Und zwar aus folgendem Grunde.

Als Karl IX. seine Leidenschaft für Marie Touchet eingestanden, hatte Katharina sich aus Motiven, die sich auf ihr Verlangen nach Oberherrschaft gründeten, als wohlgesonnen bezeigt. Marie Touchet, die in sehr jungen Jahren an den Hof geraten war, langte dort in jenem Lebensabschnitt an, da die schönen Gefühle in Blüte stehen; sie vergötterte den König um seiner selbst willen. Erschrocken über den Abgrund, in den der Ehrgeiz die Herzogin von Valentinois, die unter dem Namen Diane de Poitiers bekannter ist, gestürzt hatte, empfand sie wohl Angst vor der Königin Katharina und zog das Glück dem Glanz vor. Vielleicht meinte sie, daß ein so junges Liebespaar wie der König und sie nicht gegen die Königin-Mutter ankämpfen könne. Überdies war Marie, die einzige Tochter des Sieur de Beauvais und du Quillard, Königlichen Rats und Statthalters der Komturei von Orléans, und also zwischen dem Bürgertum und dem niederen Adel stehend, weder vollkommen adlig noch vollkommen bürgerlich und konnte nicht wissen, welches Ziel der angeborene Ehrgeiz der Damen Pisseleu[435] und Saint-Vallier[436] verfolgte, hochgeborener Mädchen, die für ihre Familien mit den Geheimwaffen der Liebe gekämpft hatten. Marie Touchet, die allein und ohne Familie dastand, ersparte es Katharina von Medici, in der Geliebten ihres Sohns einem Mädchen aus großem Haus zu begegnen, das sich zu ihrer Rivalin aufgeworfen haben würde. Jean Touchet, einer der Schöngeister der Zeit, dem mehrere Dichter Widmungen dargebracht hatten, wollte am Hof nichts darstellen. Marie als ein Mädchen ohne Anhang war ebenso geistreich und gebildet wie schlicht und naiv; ihre Wünsche mußten die königliche Macht unbeeinträchtigt lassen; sie behagte der Königin-Mutter vollauf, und Katharina bezeigte ihr die größte Zuneigung. Tatsächlich ließ Katharina den Sohn, den Marie Touchet im April geboren hatte, durch das Parlamentsgericht anerkennen; sie erlaubte, daß er den Namen Graf der Auvergne trug, und teilte Karl IX. mit, sie werde ihm testamentarisch ihren Privatbesitz, die Grafschaften Auvergne und Lauranguais, hinterlassen. Später hat Marguerite[437], zunächst Königin von Navarra, die Schenkung angefochten, als sie Königin von Frankreich geworden war, und das Parlamentsgericht erklärte sie als nichtig; aber noch später hat Ludwig XIII., aus Respekt vor dem Blut der Valois, den Grafen der Auvergne durch das Herzogtum Angoulême entschädigt. Katharina hatte bereits Marie Touchet, die nichts verlangt hatte, mit der Herrschaft Belleville beschenkt, einem mit keinem Titel verbundenen Gut in der Nähe von Vincennes, wohin die Geliebte sich begab, wenn der König nach der Jagd im Schloß übernachtete. Karl IX. hat in dieser düsteren Festung den größten Teil seiner letzten Tage verbracht, und wie einige Autoren behaupten, hat er dort sein Leben vollendet wie Ludwig XII. das seinige. Obgleich es für einen so ernstlich verliebten Liebhaber nur zu natürlich war, an eine vergötterte Frau weitere Beweise der Liebe zu verschwenden, hatte Katharina, die, als es gegolten hatte, eheliche Untreuen auszulöschen, den König zunächst in das Bett der Königin gestoßen hatte, dann jedoch die Sache der Marie Touchet verfochten, wie eben Frauen für etwas einzutreten wissen, und so hatte sie unlängst den König wieder in die Arme seiner Geliebten zurückgetrieben. Alles, was Karl IX. jenseits der Politik beschäftigte, ging von Katharina aus; übrigens täuschten die guten Absichten, die sie für das Kind bekundete, Karl IX. nur noch eine kurze Weile; er begann in ihr eine Feindin zu erblicken. Die Gründe, die Katharina von Medici sich in dieser Angelegenheit betätigen ließen, entgingen somit den Augen der Doña Isabel, die, nach Brantôme[438], eine der sanftesten Königinnen war, die je regiert haben, die niemandem Übles antat oder Unzufriedenheit bereitete, und die »sogar ihre Stundenbücher im geheimen las«. Doch diese treuherzige Fürstin begann die rings um den Thron klaffenden Abgründe zu gewahren; das war eine grausige Entdeckung, die ihr wohl einige Schwindel verursachen konnte; sie mußte einen noch stärkeren empfunden haben, da sie einer ihrer Ehrendamen, die ihr beim Tod des Königs sagte, wenn sie einen Sohn gehabt hätte, sei sie jetzt Königin-Mutter und Regentin, hat antworten können: »Ach, wir wollen Gott preisen, daß er mir keinen Sohn geschenkt hat. Was wäre geschehen? Der arme Junge wäre ausgeplündert worden, wie man es mit dem König, meinem Gemahl, hat tun wollen, und ich wäre die Ursache davon gewesen. Gott hat Mitleid mit dem Staat gehabt; er hat alles zum Besten gewendet.« Jene Fürstin, deren Porträt Brantôme geschaffen zu haben vermeint, wenn er aussagt, daß sie eine ebenso schöne, zarte und höchst angenehme Gesichtsfarbe gehabt habe wie ihre Hofdamen, und daß sie, obwohl nur mittelgroß, von sehr schönem Wuchs gewesen sei, galt bei Hofe nur sehr wenig; aber da die Lebensumstände des Königs es ihr verstatteten, sich ihrem doppelten Schmerz hinzugeben, verstärkte ihre Haltung noch die düstere Farbe des Gemäldes, das eine junge Königin, die weniger grausam als sie vom Schicksal geschlagen gewesen wäre, hätte aufheitern können. Die fromme Elisabeth bewies zum gegenwärtigen Zeitpunkt, daß die guten Eigenschaften, die den Schimmer der Frauen gewöhnlichen Standes bilden, einer Herrscherin zum Verhängnis gedeihen können. Eine Fürstin, die bei Nacht mit allem andren als mit ihren Stundenbüchern beschäftigt gewesen wäre, würde für Karl IX., der weder an seiner Frau noch an seiner Geliebten einen Halt fand, von nützlicher Hilfe gewesen sein.

Was nun die Königin-Mutter betraf, so beschäftigten sich ihre Gedanken mit dem König, der während des Abendessens eine Wohlgelauntheit hatte erglänzen lassen, von der sie begriff, daß sie erzwungen gewesen war und nur einen gegen sie gefaßten Entschluß hatte tarnen sollen. Jene unvermittelte Heiterkeit stach allzu heftig von der geistigen Anspannung ab, die er mühsam durch seinen Jagdeifer und durch besessene Arbeit in der Schmiede verbarg, wo er Eisen zu ziselieren liebte, als daß Katharina sich dadurch hätte täuschen lassen. Ohne enträtseln zu können, welcher Staatsmann sich zu solchen Unterhandlungen und solchen Vorbereitungen bereit gefunden habe, denn Karl IX. führte die Spitzel seiner Mutter stets auf falsche Fährten, zweifelte Katharina nicht daran, daß er einen Plan wider sie aushecke. Die unvermutete Anwesenheit Tavannes, der gleichzeitig mit Strozzi angelangt war, den sie herbeordert hatte, gab ihr mancherlei zu denken. Kraft ihrer Kombinationsgabe stand Katharina über allen Zufälligkeiten; aber gegen eine plötzliche Gewaltmaßnahme konnte sie nichts ausrichten. Da viele Leute nichts von dem Zustand wissen, in dem sich damals die Staatsangelegenheiten befanden, die durch die verschiedenen, Frankreich aufwühlenden Parteien, deren Häupter Sonderinteressen verfochten, so kompliziert waren, ist es erforderlich, mit wenigen Worten die gefährliche Krise zu schildern, darein die Königin-Mutter verstrickt war. Wenn hier Katharina von Medici in neuem Licht gezeigt wird, so bedeutet das übrigens, in das lebendige Fleisch dieser Geschichte einzudringen. Zwei Wörter verdeutlichen diese Frau, mit der sich näher zu befassen so interessant ist, und deren Einfluß in Frankreich so starke Spuren hinterlassen hat. Diese beiden Wörter lauten »Herrschaft« und »Astrologie«. Katharina von Medici war ausschließlich ehrgeizig, und so hatte sie keine andere Leidenschaft als die zur Macht. Sie war abergläubisch und schicksalsgläubig wie so viele überlegene Menschen; ehrlichen Glauben besaß sie nur an die Geheimwissenschaften. Ohne diese Doppelthematik wird sie stets unverstanden bleiben. Räumt man ihrem Glauben an die Astrologie den Vorrang ein, wird Licht auf die beiden philosophischen Persönlichkeiten dieser Studie fallen.

Es gab einen Mann, auf den Katharina mehr Wert legte als auf ihre Kinder, und dieser Mann war Cosimo Ruggieri; sie hatte ihn in ihrem Hôtel de Soissons untergebracht; sie hatte ihn zu ihrem höchsten Ratgeber gemacht, dem es oblag, ihr zu sagen, ob die Sterne die Ansichten und den Menschenverstand ihrer gewöhnlichen Berater bestätigten. Seltsame Vorkommnisse, die früher geschehen waren, rechtfertigten die Herrschaft, die Ruggieri bis zum letzten Augenblick über seine Herrin ausgeübt hat. Einer der gelehrtesten Männer des sechzehnten Jahrhunderts war gewißlich der Arzt Lorenzos de Medici, Herzogs von Urbino und Vaters der Katharina. Dieser Arzt wurde Ruggiero der Alte genannt *(vecchio Ruggier* und *Roger der Ältere* bei den französischen Autoren, die sich mit Alchemie befaßt haben), um ihn von seinen beiden Söhnen zu unterscheiden, von Lorenzo Ruggiero, der von den kabbalistischen Schriftstellern »der Große« genannt wird, und von Cosimo Ruggiero, Katharinas Astrologen, der ebenfalls von mehreren französischen Historikern »Roger« genannt wird. Der Brauch hat es für richtiger erachtet, sie »Ruggieri« zu nennen, wie ja auch Katharina im Französischen »de Médicis« statt »von Medici« genannt wird. Ruggieri der Alte war also im Hause Medici so angesehen, daß die beiden Herzöge Cosimo und Lorenzo Paten seiner beiden Söhne wurden. Er hat, zusammen mit dem berühmten Mathematiker Bazille[439], Katharinas Geburtshoroskop gestellt, und zwar in seiner Eigenschaft als Mathematiker, Astrologe und Arzt des Hauses Medici; das waren drei Berufe, die häufig miteinander verschmolzen. In jenem Zeitalter wurden die Geheimwissenschaften mit einem Eifer gepflegt, der die ungläubigen Geister unseres so überlegen analytisch eingestellten Jahrhunderts überraschen könnte; vielleicht werden sie in dieser historischen Skizze den Keim der positiven Wissenschaften aufsprießen sehen, die dann im neunzehnten Jahrhundert sich entfalteten, freilich ohne die poetische Größe, die die kühnen Forscher des sechzehnten Jahrhunderts ihnen hatten zuteil werden lassen; denn diese haben, anstatt ein Gewerbe zu treiben, die Kunst gesteigert und das Denken befruchtet. Der allgemeine, ausgedehnte Schutz, den die Herrscher jener Zeit diesen Wissenschaften gewährt haben, wird übrigens gerechtfertigt durch die wunderbaren Schöpfungen der Forscher, die von der Suche nach dem Großen Werk, dem »Stein der Weisen«, ausgingen und dann zu erstaunlichen Ergebnissen gelangt sind. Daher sind die Herrscher zu keiner Zeit gieriger auf diese Geheimnisse erpicht gewesen. Die Fugger[440], in denen die modernen Lucullusse[441] ihre Fürsten anerkennen und die Bankiers ihre Meister, waren ganz bestimmt Rechner, die schwer übers Ohr zu hauen waren; nun, diese so positiven Männer, die die Kapitalien Europas an die Herrscher des sechzehnten Jahrhunderts ausliehen, die genauso verschuldet waren wie die heutigen, diese erlauchten Gastgeber Kaiser Karls V., haben die Schmelzöfen des Paracelsus[442] finanziert. Zu Beginn des sechzehnten Jahrhunderts war Ruggieri der Alte das Haupt der geheimen Universität, aus der Männer wie Cardanus, Nostradamus[443] und Agrippa hervorgegangen sind, die nacheinander die Ärzte der Valois waren, kurzum sämtliche Astronomen, Astrologen und Alchimisten, die zu jener Zeit in der Umgebung der Fürsten der Christenheit auftraten und zumal in Frankreich durch Katharina von Medici willkommen geheißen und begönnert worden sind. In dem Geburtshoroskop, das Bazille und Ruggieri der Alte aufstellten, wurden die wichtigsten Ereignisse in Katharinas Leben mit einer Genauigkeit vorausgesagt, die alle zur Verzweiflung bringt, die die okkulten Wissenschaften ablehnen. Jenes Horoskop hat die Unglücksfälle angekündigt, die während der Belagerung von Florenz ihren Lebensbeginn anzeigten, ihre Heirat mit einem Sprossen des französischen Königshauses, und die unverhoffte Thronbesteigung eben jenes Prinzen, die Geburt ihrer Kinder und deren Anzahl. Drei ihrer Söhne sollten nacheinander König, die beiden Töchter Königinnen werden, und alle sollten ohne Nachkommenschaft sterben. Dieses Horoskop ging so vollkommen in Erfüllung, daß viele Historiker geglaubt haben, es sei erst hernach aufgestellt worden.

Es ist allgemein bekannt, daß Nostradamus in das Schloß Chaumont, wohin Katharina sich nach La Renaudies Verschwörung begab, eine Frau eingeführt hat, die die Gabe besaß, in der Zukunft lesen zu können. Nun aber haben Nostradamus und dessen Freundin unter der Regierung Franz' II., als die Königin ihre vier Söhne in zartem Alter und bei bestem Wohlbefinden sah, also vor der Heirat der Elisabeth von Valois mit Philipp II., dem König von Spanien, vor derjenigen der Marguerite von Valois mit Heinrich von Bourbon, König von Navarra[444], die einzelnen Punkte des berühmten Horoskops bestätigt. Jene Weibsperson war sicherlich mit dem Zweiten Gesicht begabt; sie hat wohl der großen Schule der unermüdlichen Forscher nach dem »Großen Werk« angehört, aber ihr persönliches Leben ist der Geschichtsschreibung entgangen. Sie hat behauptet, der letzte gekrönte Sohn werde durch Mord sterben. Nachdem die Zauberin die Königin vor einen magischen Spiegel gesetzt hatte, auf dessen glatter Fläche ein Rad erschien, auf dessen Zacken sich das Gesicht jedes Sohns abzeichnete, setzte sie das Rad in Bewegung, und die Königin zählte die Umdrehungen, die es machte. Jede Umdrehung bedeutete für jedes Kind ein Regierungsjahr. Heinrich IV. erreichte mit dem Rad zweiundzwanzig Umdrehungen. Jene Frau (aus der einige Autoren einen Mann machen) sagte der erschrockenen Königin, daß Heinrich von Bourbon tatsächlich König von Frankreich werden und jene ganze Zeit über regieren werde. Als Katharina vernahm, der Béarner werde dem letzten ermordeten Valois nachfolgen, weihte sie ihm einen tödlichen Haß. Als sie begierig war, etwas über die Umstände ihres eigenen Todes zu erfahren, wurde ihr gesagt, sie solle sich vor Saint-Germain hüten. Da sie meinte, sie würde im Schloß von Saint-Germain gefangengesetzt werden oder eines gewaltsamen Todes sterben, hat sie es nie wieder betreten, obwohl jenes Schloß, als in der Nähe von Paris gelegen, für ihre Pläne unendlich viel besser geeignet gewesen wäre als alle übrigen, in die sie sich während der Wirren mit dem König flüchtete. Als sie ein paar Tage nach der Ermordung des Herzogs von Guise bei der Ständeversammlung zu Blois erkrankte, fragte sie nach dem Namen des Prälaten, der ihr beistand; da wurde ihr gesagt, er heiße Saint-Germain. »Ich bin des Todes!« schrie sie auf. Sie starb am andern Tage, übrigens nach Vollendung der Lebensjahre, die sämtliche Horoskope ihr gewährt hatten.

Jene Szene, die dem Kardinal von Lothringen bekannt war und die er für Hexenwerk hielt, war heute Wirklichkeit geworden. Franz II. hatte lediglich seine zwei Radumdrehungen lang regiert, und Karl IX. vollendete in diesem Augenblick seine letzte Drehung. Wenn Katharina zu ihrem Sohn Heinrich[445], als dieser nach Polen aufbrach, tatsächlich die seltsamen Worte »Ihr werdet bald wiederkommen!« gesagt hat, so muß man sie ihrem Glauben an die okkulten Wissenschaften zuschreiben, und nicht der Absicht, Karl IX. zu vergiften. Marguerite de France war tatsächlich Königin von Navarra, Elisabeth war Königin von Spanien, und der Herzog von Anjou war König von Polen.

Viele andere Umstände hatten Katharinas Glauben an die okkulten Wissenschaften gestärkt. Am Vorabend des Turniers, bei dem Heinrich II. zu Tode verwundet wurde, hatte Katharina den verhängnisvollen Lanzenstich im Traum gesehen. Ihr astrologischer Beraterkreis, der aus Nostradamus und den beiden Ruggieris bestand, hatte ihr den Tod des Königs vorausgesagt. Die Geschichtsschreibung hat die inständigen Bitten verzeichnet, die Katharina getan hat, um Heinrich II. zu bewegen, nicht in die Schranken zu steigen. Die Voraussage und der durch die Voraussage erzeugte Traum waren Wirklichkeit geworden. Die Memoiren der Zeit berichten eine weitere, nicht minder seltsame Tatsache. Der Eilbote, der den Sieg von Moncontour[446] meldete, traf bei Nacht ein, nachdem er sich so beeilt hatte, daß er drei Pferde zuschanden geritten hatte. Die Königin-Mutter wurde geweckt und sagte: »Ich habe es gewußt.« Tatsächlich hatte die »Alte«, wie Brantôme sagt, den Triumph ihres Sohns und einige Einzelheiten der Schlacht erzählt. Der Astrologe des Hauses Bourbon hat erklärt, daß der jüngste so vieler Prinzen, die vom heiligen Ludwig abstammten, nämlich der Sohn Antoines von Bourbon, König von Frankreich werden würde. Diese von Sully[447] berichtete Voraussage ging genau nach Wortlaut des Horoskops in Erfüllung, was Heinrich IV. zu sagen veranlaßt hat, daß diese Leute letztlich bei ihren Lügen die Wahrheit träfen. Wie dem auch sei, wenn die Mehrzahl der klugen Köpfe jener Zeit an die ausgedehnte Wissenschaft glaubte, die von den Meistern der Astrologie »Magie« und von der Öffentlichkeit »Zauberei« genannt wurde, so wurden sie dazu durch den Erfolg der Horoskope ermächtigt.

Für Cosimo Ruggieri, ihren Mathematiker, ihren Astronomen, ihren Astrologen, ihren Hexenmeister oder Zauberer, wenn man will, hat Katharina die Säule errichten lassen, die sich an die Halle-au-Blé, die Korn-Halle, anlehnte und die den einzigen Überrest darstellt, der vom Hôtel de Soissons geblieben ist. Wie die Beichtväter besaß Cosimo Ruggieri einen mysteriösen Einfluß, und gleich diesen begnügte er sich damit. Übrigens nährte er einen ehrgeizigen Gedanken, der dem landläufigen Ehrgeiz überlegen war. Dieser Mann, den die Romanautoren oder die Dramatiker als einen Taschenspieler schildern, war im Besitz der reichen Abtei Saint-Mahé in der Basse-Bretagne und hatte hohe kirchliche Würden abgelehnt; das Gold, das die abergläubischen Leidenschaften jenes Zeitalters ihm im Übermaß zukommen ließen, genügte für sein geheimes Unternehmen, und die über sein Haupt gebreitete Hand der Königin bewahrte ihn davor, daß ihm auch nur ein Haar gekrümmt wurde.

Was nun den Durst nach Herrschaft betrifft, der Katharina verzehrte, so war ihr Verlangen, die Regierungsgewalt zu erobern, so groß, daß sie, um sie zu ergreifen, sich mit den Guisen verbündete, den Feinden des Throns; und um die Staatszügel in den Händen zu behalten, bediente sie sich aller Mittel und opferte ihre Freunde und sogar ihre Kinder. Diese Frau vermochte nur durch die Intrigen des Regierens zu leben, wie ein Spieler nur durch das Aufregende des Spiels lebt. Obwohl sie Italienerin war und dem wollüstigen Geschlecht der Medici entstammte, haben die Calvinisten, die sie so arg verleumdet haben, bei ihr keinen einzigen Liebhaber ausfindig gemacht. Sie bewunderte die Maxime ›*Teilen, um zu herrschen*‹, und so hatte sie innerhalb von zwölf Jahren gelernt, beständig eine Kraft gegen die andere einzusetzen. Sobald sie die Zügel der Regierungsgeschäfte ergriffen hatte, war sie genötigt, darin die Zwietracht andauern zu lassen, um die Kräfte zweier rivalisierender

Häuser zu neutralisieren und die Krone zu retten. Dieses System war notwendig und hat die Heinrich II. betreffende Weissagung gerechtfertigt. Katharina hat das politische Schaukelspiel erfunden, das seither von allen Fürsten nachgeahmt worden ist, die sich in einer ähnlichen Lage befunden haben, indem sie abwechselnd die Calvinisten gegen die Guisen und die Guisen gegen die Calvinisten ausspielte. Nachdem Katharina die beiden Religionen im Herzen der Nation einander entgegengestellt hatte, stellte sie den Herzog von Anjou Karl IX. gegenüber. Nachdem sie die Dinge gegeneinander gehetzt hatte, hetzte sie die Menschen gegeneinander und behielt dabei die Verknotungen von deren sämtlichen Interessen in der Hand. Aber bei diesem schrecklichen Spiel, das den Kopf eines Ludwigs XI. oder Ludwigs XVIII. erfordert hätte, zieht man unvermeidlich den Haß aller Parteien auf sich und verurteilt sich dazu, stets siegen zu müssen, denn eine einzige verlorene Schlacht macht einem alle Belange zu Feinden, und ferner gelangt man schließlich durch ein stetes Gewinnen dahin, keine Mitspieler mehr zu finden. Der überwiegende Teil der Regierungszeit Karls IX. war der Triumph der Hauspolitik dieser erstaunlichen Frau. Wieviel Geschicklichkeit hatte Katharina aufwenden müssen, um den Oberbefehl über die Armeen dem Herzog von Anjou übertragen zu lassen, und zwar unter einem jungen, tapferen, ruhmbegierigen, begabten, großherzigen König und angesichts des Kronfeldherrn Anne de Montmorency! In den Augen der Politiker Europas hatte der Herzog von Anjou die Ehre der Bartholomäus-Nacht, während auf Karl IX. deren ganzer Schimpf kam. Nachdem sie dem König eine unbegründete, heimliche Eifersucht gegen seinen Bruder eingeflößt hatte, bediente sie sich dieses Gefühls, um in den Intrigen einer brüderlichen Nebenbuhlerschaft die beträchtlichen guten Eigenschaften Karls IX. abzunutzen. Cypierre, der erste Hofmeister, und Amyot, der Lehrer Karls IX., hatten aus ihrem Schüler einen so großen Mann gemacht, sie hatten eine so schöne Regierungszeit vorbereitet, daß die Mutter vom ersten Tag an, da sie fürchtete, die Macht zu verlieren, nachdem sie sie so mühsam erobert hatte, den Sohn zu hassen begann. Auf Grund dieser Gegebenheiten hat die Mehrzahl der Historiker an irgendeine Vorliebe der Königin-Mutter für Heinrich III. geglaubt; aber das Verhalten, das sie in diesem Augenblick bezeigte, beweist die völlige Fühllosigkeit ihres Herzens gegenüber ihren Kindern. Als der Herzog von Anjou aufbrach, um Polen zu regieren, beraubte er sie des Werkzeugs, dessen sie bedurft hatte, um Karl IX. durch jene häuslichen Intrigen in Atem zu halten, die dessen Energie bis dahin neutralisiert hatten, indem sie seinen übersteigerten Gefühlen Nahrung boten. Damals ließ Katharina die Verschwörung La Molles und Coconnas'[448] anzetteln, in die der Herzog von Alençon verstrickt wurde, der, nun er durch die Thronbesteigung seines Bruders Herzog von Anjou geworden war, sich überaus willfährig den Absichten seiner Mutter lieh und dabei einen Ehrgeiz entfaltete, der seine Schwester Marguerite, die Königin von Navarra, anfeuerte. Jene Verschwörung, die damals bis zu dem von Katharina gewollten Punkt gediehen war, hatte zum Ziel, den jungen Herzog und dessen Schwager, den König von Navarra[449], an die Spitze der Calvinisten zu stellen, sich Karls IX. zu bemächtigen und diesen erbenlosen König gefangenzuhalten; dieser würde unter solcherlei Umständen die Krone dem Herzog überlassen, und dessen Absicht war es, in Frankreich den Calvinismus durchzusetzen. Calvin hatte einige Tage vor seinem Tod die Belohnung erhalten, nach der er so lange ehrgeizig gestrebt hatte; er hatte es erlebt, daß die Reformation ihm zu Ehren als »Calvinismus« bezeichnet wurde. Wenn Le Laboureur[450] und die kundigsten Autoren nicht schon bewiesen hätten, daß La Molle und Coconnas, die im nächsten April verhaftet wurden, die Opfer der Politik der Königin-Mutter gewesen sind, so würde, um auf den Gedanken zu kommen, sie habe deren Unternehmen heimlich geleitet, schon allein die Teilnahme Cosimo Ruggieris an dieser Angelegenheit genügen. Dieser Mann, gegen den der König Verdächtigungen und einen Haß hegte, dessen Beweggründe hier zur Genüge erklärt werden sollen, wurde in das Prozeßverfahren verwickelt. Er gab zu, La Molle eine den König darstellende Figur verschafft zu haben, deren Herz von zwei Nadeln durchbohrt worden war. Diese Art von Behexung durch Wachsfigürchen[451] stellte zu jener Zeit ein Verbrechen dar, das mit dem Tod bestraft wurde. Jene Bezeichnung beschließt eine der schönsten höllischen Bildvorstellungen in sich, die der Haß anzunehmen vermag; sie erklärt übrigens wunderbar den magnetischen, schrecklichen Vorgang, den in der Welt des Okkulten ein beständiges Verlangen vollzieht, indem es die auf solcherlei Weise dem Tod geweihte Persönlichkeit umzirkt, deren wächsernes Abbild ohne Unterlaß an die angestrebten Wirkungen erinnerte. Die damalige Justiz meinte mit Recht, daß ein Gedanke, dem man greifbare Gestalt lieh, das Verbrechen der Majestätsbeleidigung darstelle. Karl IX. forderte den Tod des Florentiners; Katharina war mächtiger als er; sie erreichte beim Parlamentsgericht durch den Rat Le Camus[452], daß ihr Astrologe lediglich zur Galeerenstrafe verurteilt wurde. Nach dem Tod des Königs wurde Cosimo Ruggieri durch eine Verordnung Heinrichs III. begnadigt; der König erstattete ihm seine Ehrengehälter zurück und empfing ihn bei Hofe.

Katharina hatte damals auf das Herz ihres Sohns so viele Dolchstiche geführt, daß er zu jener Zeit voller Ungeduld war, das Joch der Mutter abzuschütteln. Seit dem Fernsein der Marie Touchet hatte der nicht durch Liebesdinge beschäftigte Karl IX. es auf sich genommen, alles, was rings um ihn geschah, sorglich zu beobachten. Sehr geschickt hatte er den Leuten, deren er sich sicher zu sein glaubte, Fallen gestellt, um ihre Treue zu erproben. Er hatte die Schritte seiner Mutter überwacht, er hatte ihr die Kenntnisnahme der seinigen verhüllt und sich dabei, um sie zu täuschen, aller Fehler bedient, die sie ihm vermacht hatte. Verzehrt von dem Verlangen, den Abscheu auszulöschen, der in Frankreich durch die Bartholomäus-Nacht entstanden war, befaßte er sich energisch mit den Staatsgeschäften, führte im Kronrat den Vorsitz und ließ es sich angelegen sein, durch geschickt bemessene Handlungen die Zügel der Regierung zu ergreifen. Obwohl die Königin versucht hatte, die Verfügungen ihres Sohns dadurch zu bekämpfen, daß sie alle Mittel der Beeinflussung einsetzte, die ihr die mütterliche Autorität über seinen Geist und die Gewohnheit, ihn zu beherrschen, gaben, gleitet man auf der schiefen Ebene des Mißtrauens so schnell hinab, daß der Sohn bereits beim ersten Sprung viel zu weit landete, um je umkehren zu können. An dem Tag, da die Worte, die seine Mutter zu dem König von Polen gesprochen hatte, ihm hinterbracht wurden, hatte Karl IX. sich gesundheitlich so schlecht befunden, daß grausige Gedanken in ihm aufstiegen, und wenn dergleichen

Verdächte das Herz eines Sohns und Königs überfluten, vermag nichts sie abzuleiten. Tatsächlich ist seine Mutter an seinem Sterbebett genötigt gewesen, ihn zu unterbrechen und auszurufen: »Sagt das nicht, Monsieur!«, als er Heinrich IV. seine Gattin und seine Tochter anvertraute und ihn dadurch als deren Hüter gegen Katharina einsetzen wollte. Zwar hatte es Karl IX. nie an jenem zur Schau getragenen Respekt mangeln lassen, auf den sie stets so erpicht gewesen ist, daß sie die Könige, ihre Söhne stets nur mit »Monsieur« anredete; aber seit einigen Monaten spürte die Königin-Mutter im Verhalten ihres Sohns die schlecht getarnte Ironie einer zurückgehaltenen Rache heraus. Wer indessen Katharina ertappen wollte, der mußte geschickt sein. Sie hielt jene Verschwörung des Herzogs von Alençon und La Molles bereit, um durch eine neue brüderliche Nebenbuhlerschaft die Bemühungen zu vereiteln, die Karl IX. unternahm, um zur Selbständigkeit zu gelangen; die Sache war nur die, daß sie, ehe sie sich ihrer bediente, ein Mißtrauen aus der Welt schaffen wollte, das jede Versöhnung zwischen ihr und ihrem Sohn unmöglich gemacht hätte; denn würde er die Macht einer Mutter überlassen, die fähig war, ihn zu vergiften? Deswegen glaubte sie sich in diesem Augenblick so ernstlich bedroht, daß sie Strozzi herbefohlen hatte, ihren Verwandten, einen um seiner Tatkraft willen bemerkenswerten Soldaten. Sie hatte mit Birague und den Gondis heimliche Winkelkonzile abgehalten, und nie zuvor hatte sie so häufig ihr Orakel im Palais Soissons befragt.

Wenngleich die Gewohnheit, sich zu verstellen, im gleichen Maß wie das Alter Katharina jene Maske einer hochmütigen, asketischen, fahlen und dennoch tiefgründigen, verschwiegenen und inquisitorischen Äbtissin hatten zuteil werden lassen, die für diejenigen so in die Augen sticht, die ihr Bildnis genau betrachtet haben, gewahrten die Höflinge einige Trübungen auf diesem Florentiner Spiegel. Nie hat eine Herrscherin eindrucksvoller gewirkt als diese Frau seit dem Tage, da es ihr gelungen war, nach dem Tod Franz' II. die Guisen in Schach zu halten. Ihre schwarze, auf der Stirn spitz zulaufende Samthaube, denn nie hat sie die Trauer um Heinrich II. abgelegt, saß über ihrem gebieterischen, kalten Gesicht, dem sie übrigens bei Gelegenheit italienische Verführungskünste zuzugesellen verstand, wie eine weibliche Mönchskappe. Sie war so gut gewachsen, daß sie für die Damen die Mode einführte, so zu Pferde zu sitzen, daß sie ihre Beine zeigten; das besagt zur Genüge, daß die ihrigen die vollkommensten der Welt waren. Alle Damen Europas, dem Frankreich seit langem seine Mode aufprägte, saßen jetzt *à la planchette*[453] im Sattel.

Für den, der sich diese große Gestalt vorzustellen vermag, dürfte das Bild, das der Saal darbot, miteins einen grandiosen Anblick darbieten. Die beiden an Geistesgaben, an Schönheit und Gewandung so verschiedenen, dazu beinahe entzweiten Königinnen, die eine naiv und nachdenklich, die andere nachdenklich und ernst wie eine Abstraktion, waren alle beide viel zu sehr mit ihren Gedanken beschäftigt, um während dieser Abendgesellschaft das Losungswort zu geben, das die Höflinge als Anregung erwarteten.

Die tief verborgene Tragödie, die Sohn und Mutter seit einem halben Jahr spielten, war von einigen Höflingen gewittert worden; doch zumal die Italiener hatten sie aufmerksamen Blickes verfolgt, denn sie alle mußten auf der Strecke bleiben, wenn Katharina die Partie verlor. Unter solcherlei Gegebenheiten, und vor allem in einem Augenblick, da der Sohn und die Mutter einander an Durchtriebenheit überboten, mußte vor allem der König die Blicke beschäftigen. Während dieses abendlichen Beisammenseins wirkte Karl IX., der von einer langen Jagd und vorgetäuschten ernsthaften Beschäftigungen erschöpft war, als sei er vierzig Jahre alt. Er war im letzten Stadium der Krankheit angelangt, an der er gestorben ist, und die einige ernstzunehmende Leute zu der Meinung ermächtigt hat, er sei vergiftet worden. Nach de Thou, dem Tacitus der Valois, haben die Chirurgen an der Leiche Karls IX. verdächtige Flecken *(ex causa incognita reperti livores)* gefunden. Die Trauerfeierlichkeiten dieses Fürsten wurden noch nachlässiger durchgeführt als die Franz' II. Karl IX. wurde durch Brantôme und ein paar Bogenschützen der vom Grafen Solern befehligten Leibgarde von Saint-Lazare nach Saint-Denis übergeführt. Dieser Umstand gemeinsam mit dem vermuteten Haß der Mutter wider den Sohn könnte die von de Thou vorgebrachte Anklage bestätigen; und sie sanktioniert die hier vertretene Meinung über die geringe Zuneigung, die Katharina für alle ihre Kinder hegte; das war eine Fühllosigkeit, die ihre Erklärung in ihrem Glauben an die Urteile der Astrologie findet. Heutzutage darf man annehmen, daß Karl IX. eines natürlichen Todes gestorben ist. Seine Ausschweifungen, seine Lebensweise, die gute Entwicklung seiner Fähigkeiten, seine letzten Bemühungen, die Zügel der Regierungsmacht zu ergreifen, seine Lebensgier, der Mißbrauch seiner Kräfte, seine letzten Leiden und letzten Freuden, all das beweist Unparteiischen, daß er an einer Brustkrankheit[454] gestorben ist, einer damals wenig bekannten, unzulänglich beobachteten Krankheit, deren Symptome Karl IX. selber zu dem Glauben veranlassen konnten, er sei vergiftet worden. Das wahre Gift jedoch, das seine Mutter ihm eingeflößt hat, beruhte in den unheilvollen Ratschlägen der ihn umgebenden Höflinge, die bewirkten, daß er seine intellektuellen Kräfte im gleichen Maß vergeudete wie seine physischen; auf diese Weise ist seine Krankheit ausgelöst worden; sie trat nur gelegentlich auf, war jedoch nicht konstitutionell bedingt. Karl IX. zeichnete sich damals mehr als in jedem andern Abschnitt seines Lebens durch eine düstere Majestät aus, wie sie Königen gut geziemt. Die Größe seiner geheimen Gedanken spiegelte sich in seinen Zügen, deren italienische Tönung er seiner Mutter dankte. Jene elfenbeinerne Blässe, die so schön bei künstlichem Licht und so vorteilhaft für den Ausdruck der Schwermut war, ließ nachdrücklich das Feuer seiner schwarz-blauen Augen hervorlodern; sie wurden von schweren Lidern eingezwängt und gewannen so die asketische Klugheit, die die Phantasie vom Blick der Könige fordert, und deren Farbe die Verstellung begünstigte. Karls IX. Augen waren zumal durch die Stellung der hochgezogenen Brauen furchtbar; sie entsprachen einer erkahlten Stirn, und er konnte sie nach Belieben heben oder senken. Er hatte eine breite, lange, an der Spitze verdickte Nase, eine wahre Löwennase; große Ohren, hochblondes Haar, einen beinahe blutroten Mund wie alle Lungenkranken; die Oberlippe war schmal und ironisch, und die Unterlippe voll genug, um die schönsten Eigenschaften des Herzens vermuten zu lassen. Die seiner Stirn, deren Jugendlichkeit durch furchtbare Sorgen zerstört worden war, eingeprägten Falten erregten lebhaftes Interesse; die durch die Zwecklosigkeit der

Bartholomäus-Nacht, einer ihm arglistig entrissenen Maßnahme, ausgelösten Gewissensbisse hatten ihnen mehr als eine hinzugefügt; doch er hatte im Antlitz zwei weitere, die sehr vielsagend für einen Gelehrten gewesen wären, dem ein besonderes Genie erlaubt hätte, die Elemente der modernen Physiologie zu erahnen. Jene beiden Falten erzeugten eine kräftige Furche, die von jedem Backenknochen nach den Mundwinkeln verlief und von den innerlichen Anstrengungen eines Organismus kündete, der erschöpft war, weil er für die Arbeit der Gedanken und die heftigen Lüste des Körpers hatte herhalten müssen. Karl IX. war völlig verbraucht. Wenn die Königin-Mutter ihr Werk betrachtete, mußte sie Gewissensbisse empfinden, sofern die Politik diese nicht bei allen Menschen erstickt, die unter dem Purpur leben. Hätte Katharina gewußt, wie ihre Machenschaften sich auf den Sohn auswirken würden, wäre sie dann vielleicht davor zurückgeschreckt? Welch furchtbarer Anblick! Dieser so kräftige König war gebrechlich geworden, dieser so durch und durch gediegene Kopf war von Zweifeln erfüllt; dieser Mann, in dem der Wille zur Autorität vorgeherrscht hatte, fühlte sich ohne Halt; dieser feste Charakter besaß nur noch wenig Selbstvertrauen. Kriegerische Kraft hatte sich stufenweise in Wildheit, Schweigsamkeit in Verstellung verwandelt; die kultivierte, erlesene Liebe der Valois hatte sich in unstillbare Liebeswut verkehrt. Dieser große verkannte, verdorbene, in den tausend Flächen seiner schönen Seele abgenutzte Mann, ein König ohne Macht, der ein edles Herz und keinen Freund hatte, der von tausenderlei einander widersprechenden Plänen hin und her gezerrt wurde, bot das traurige Bild eines Vierundzwanzigjährigen dar, der von allem enttäuscht und gegen alles mißtrauisch und entschlossen ist, alles aufs Spiel zu setzen, sogar sein Leben. Seit kurzem hatte er seine Mission, seine Macht, seine Hilfsquellen klar erkannt, aber auch die Hindernisse, die seine Mutter der Befriedung des Königreichs entgegenstellte; doch dieses Licht brannte in einer zerbrochenen Laterne.

Zwei Männer, die dieser Fürst so sehr schätzte, daß er den einen vor dem Gemetzel der Bartholomäus-Nacht bewahrte und zu dem andern in dem Augenblick zum Essen ging, da dessen Feinde ihn beschuldigten, den König vergiftet zu haben, nämlich sein Leibarzt Jean Chapelain und sein Leibchirurg Ambroise Paré, die beide von Katharina herbeordert und in aller Hast aus der Provinz herbeigeeilt waren, hatten sich zur Stunde der königlichen Abendaudienz eingefunden. Beide betrachteten ihren Herrn voller Besorgnis; einige Höflinge befragten sie mit gesenkter Stimme, aber die beiden Gelehrten wogen ihre Antworten sorglich ab und verschwiegen das Todesurteil, das sie gefällt hatten. Dann und wann hob der König die schweren Lider und versuchte, seinen Höflingen den Blick zu entziehen, den er auf seine Mutter warf. Plötzlich stand er mit einem Ruck auf und stellte sich vor den Kamin.

»Monsieur de Chiverni«, sagte er, »weshalb behaltet Ihr den Titel eines Kanzlers von Anjou und Polen bei? Steht Ihr in Unserm Dienst oder in dem Unseres Bruders?«

»Ich gehöre ganz und gar Euch, Sire!« antwortete er und verneigte sich.

»Dann kommt morgen, ich beabsichtige, Euch nach Spanien zu schicken; es gehen am Hof von Madrid seltsame Dinge vor, Ihr Herren.«

Der König blickte seine Gemahlin an und ließ sich wieder in seinen Sessel sinken.

»Es gehen überall seltsame Dinge vor«, sagte er leise zu dem Marschall de Tavannes, einem der Günstlinge seiner jungen Jahre.

Er stand auf, führte den Kameraden der Belustigungen seiner Jugend in die in der Ecke jenes Saals gelegene Fensternische und sagte zu ihm: »Ich bedarf deiner; bleib als letzter hier. Ich will wissen, ob du für mich oder gegen mich bist. Spiel nicht den Erstaunten. Ich zerreiße mein Gängelband. Meine Mutter ist die Ursache allen Übels hier. In drei Monaten bin ich tot oder tatsächlich König. Bei deinem Leben, schweig! Nur du, Solern und Villeroi wissen um mein Geheimnis. Wenn etwas ausgeplaudert wird, dann nur durch einen von euch. Dränge dich nicht so an mich; geh und mach meiner Mutter den Hof, sag ihr, ich stürbe, und du trauertest mir nicht nach, weil ich ein armer Tropf sei.«

Karl IX. ging auf und ab, den Arm auf die Schulter seines alten Günstlings gestützt; er schien sich, um die Neugierigen zu täuschen, mit diesem über seine Leiden zu unterhalten; als er dann fürchtete, seine Kälte wirke zu auffällig, begann er, mit den beiden Königinnen zu plaudern, und rief Birague zu ihnen. In diesem Augenblick glitt Pinart, einer der Staatssekretäre, von der Tür aus zu Katharina hin; er schlüpfte dabei wie ein Aal an den Wänden entlang. Er flüsterte der Königin ein paar Worte zu; sie antwortete ihm durch eine bestätigende Geste. Der König fragte seine Mutter nicht, um was es sich handele; nachdem er auf den Hofstaat einen Blick voll furchtbaren Zorns und voll Eifersucht geworfen hatte, nahm er wieder in seinem Sessel Platz und bewahrte Schweigen. Dieses kleine Geschehnis besaß in den Augen sämtlicher Höflinge ungeheures Gewicht. Diese Ausübung der Macht ohne Beteiligung des Königs war wie der Wassertropfen, der das Glas überlaufen läßt. Die Königin Elisabeth und die Gräfin de' Fieschi zogen sich zurück, ohne daß der König es beachtete; doch die Königin-Mutter geleitete ihre Schwiegertochter bis zur Tür. Obwohl das schlechte Einvernehmen zwischen Mutter und Sohn den Gesten, den Blicken und der Haltung Katharinas und Karls IX. großes Interesse hatte zuteil werden lassen, machte ihr kühles Verhalten den Höflingen deutlich, daß sie überflüssig seien; als die junge Königin gegangen war, verließen sie den Saal. Um zehn Uhr waren nur noch ein paar Intime da, die beiden Gondis, Tavannes, der Graf von Solern, Birague und die Königin-Mutter.

Der König verharrte in schwarze Melancholie versunken. Dieses Schweigen wirkte ermüdend. Katharina wirkte verlegen; sie wollte gehen; sie wünschte, daß der König sie hinausgeleite; aber der König verblieb hartnäckig in seiner Gedankenversunkenheit; sie erhob sich, um sich von ihm zu verabschieden, und Karl IX. war genötigt, zu tun wie sie; sie nahm ihn beim Arm, tat ein paar Schritte mit ihn, um sich an sein Ohr zu neigen und ihm zuflüstern zu können:

»Monsieur, ich habe Euch Wichtiges anzuvertrauen.«

Bevor sie ging, hatte die Königin den Herren de Gondi im Spiegel zugeblinzelt, was dem Blick ihres Sohns um so eher entgangen war, als dieser seinerseits dem Grafen von Solern und Villeroi einen Blick heimlichen Einverständnisses zugeworfen hatte. Tavannes stand nachdenklich da.

»Sire«, sagte der Marschall von Retz und ließ sein Nachsinnen hinter sich, »Ihr kommt mir auf eine königliche Weise gelangweilt vor, belustigt Ihr Euch denn gar nicht mehr? Beim leibhaftigen Gott! Wo sind die Zeiten geblieben, da wir uns damit ergötzten, bei Nacht in den Straßen lockere Streiche zu vollführen?«

»Ach, das waren gute Zeiten«, antwortete der König, nicht ohne dabei zu seufzen.

»Warum tut Ihr es nicht auch weiterhin?« fragte Monsieur de Birague, trat zurück und wechselte einen Blick mit den Gondis.

»Ich gedenke jener Zeit nach wie vor mit Freuden«, rief der Marschall von Retz.

»Nur zu gern möchte ich Euch auf den Dächern sehen, Herr Marschall«, sagte Tavannes. – »Verdammter italienischer Kater, möchtest du dir den Hals brechen«, flüsterte er dem König zu.

»Ich weiß nicht, ob Ihr oder ich behender einen Hof oder eine Straße überspringen würdet; aber ich weiß, daß weder der eine noch der andere zu sterben fürchtet«, antwortete der Herzog von Retz.

»Also, Sire, wollt Ihr stromern wie in Eurer Jugend?« fragte der Großmeister der königlichen Kleiderkammer.

So also kam der unglückliche König mit seinen vierundzwanzig Jahren niemandem, nicht einmal seinen Schmeichlern, mehr jung vor. Tavannes und der König dachten wie echte Schulbuben an einige der wohlgelungenen Streiche zurück, die sie in Paris begangen hatten, und so war die Lustpartie bald gut eingeleitet. Die beiden Italiener, die herausgefordert wurden, von Dach zu Dach und von einer Straßenseite zur andern zu springen, wetteten, sie würden dem König folgen. Jeder ging, um Taugenichtskleidung anzulegen. Der Graf von Solern, der mit dem König allein geblieben war, blickte ihn mit erstaunter Miene an. Wenngleich der gute Deutsche von Mitleid ergriffen war und die Lage des Königs von Frankreich durchschaute, auch die verkörperte Treue und Ehre war, hatte er ein langsames Begriffsvermögen. Karl IX. war von feindlich Gesonnenen umgeben, er konnte niemandem vertrauen, nicht einmal seiner Gemahlin, die sich einiger Schwatzhaftigkeiten schuldig gemacht hatte, da sie nicht wußte, daß seine Mutter und seine Diener zu seinen Feinden gehörten; er war nur zu froh, in Monsieur von Solern auf eine Ergebenheit gestoßen zu sein, die ihm volles Vertrauen gestattete. Tavannes und Villeroi wußten nur einen Teil der Geheimnisse des Königs. Einzig der Graf von Solern kannte den Plan in seiner Gänze; überdies war er seinem Herrn dadurch sehr nützlich, daß er über einige verschwiegene und ihm herzlich zugetane Diener verfügte, die blind seinen Weisungen folgten. Monsieur von Solern, der ein Kommando bei den Bogenschützen der Leibgarde innehatte, hatte unter diesen seit ein paar Tagen Männer ausgesiebt, die ausschließlich dem König anhingen, und aus ihnen eine Elite-Kompanie zusammengestellt. Der König hatte an alles gedacht.

»Ja, Solern«, sagte Karl IX., »bedürfen wir nicht eines Vorwands, um die Nacht im Freien zu verbringen? Ich hätte zwar Madame de Belleville[455]; aber dieser hier ist besser, denn meine Mutter könnte wissen, was bei Marie vor sich geht.«

Monsieur von Solern, der dem König folgen mußte, erbat die Erlaubnis, die Straßen mit einigen seiner Deutschen zu durchstreifen, und Karl IX. stimmte zu. Gegen elf Uhr abends machte sich der König, der jetzt in guter Stimmung war, mit seinen drei Höflingen auf den Weg, um das Stadtviertel Saint-Honoré zu durchstöbern.

»Ich möchte mein Liebchen überraschen«, sagte Karl IX. zu Tavannes, als sie die Rue de l'Autruche durchschritten.

Um diese nächtliche Szene denjenigen, denen die Topographie des alten Paris nicht gegenwärtig ist, verständlicher zu machen, ist es erforderlich, anzugeben, wo die Rue de l'Autruche sich befand. Der Louvre Heinrichs II. erstreckte sich inmitten von Trümmern und Häusern. An der Stelle des Flügels, der heute dem Pont-des-Arts gegenüber liegt, lag damals ein Garten. An der Stätte der Kolonnade befanden sich Gräben und eine Zugbrücke, auf der später ein Florentiner, der Marschall d'Ancre[456], ermordet werden sollte. Am Ende jenes Gartens erhoben sich die Türme des Stadtpalais Bourbon, die Wohnstatt der Fürsten jenes Hauses bis zu dem Tage, da der Verrat des großen Kronfeldherrn[457] (der durch die Sequestrierung seiner Güter ruiniert worden war, die Franz I. verfügt hatte, um nicht zwischen seiner Mutter und ihm ein Urteil fällen zu müssen) jenen Prozeß, der für Frankreich so verhängnisvoll wurde, durch die Beschlagnahmung des Besitzes des Kronfeldherrn beendete. Jenes Schloß nun, das nach dem Fluß zu von schöner Wirkung gewesen ist, wurde erst unter Ludwig XIV. abgebrochen. Die Rue de l'Autruche begann an der Rue Saint-Honoré und endete beim Stadtpalais Bourbon am Quai. Jene Straße wird auf einigen alten Stadtplänen Rue d'Autriche (Österreich) genannt, aber auch Rue d'Austruc, und ist wie so viele andere von der Karte verschwunden. Die Rue des Pouliers[458] muß auf dem Bauplatz der Stadtpalais entstanden sein, die sich nach der Rue Saint-Honoré zu befanden. Die Autoren sind sich über die Etymologie dieses Namens nicht einig. Die einen meinen, er rühre von einem Palais Österreich her, das von einer Tochter jenes Herrscherhauses bewohnt gewesen sei, die im vierzehnten Jahrhundert einen französischen Edelmann geheiratet habe. Die andern behaupten, es hätten dort ehemals die königlichen Vogelhäuser gestanden, und eines Tages sei ganz Paris hingelaufen, um sich einen lebendigen Vogel Strauß anzuschauen. Wie dem auch sei, jene gewundene Straße war bemerkenswert durch die Stadtpalais einiger Prinzen von Geblüt, die sich rings um den Louvre angesiedelt hatten. Seit das Königshaus den Faubourg Saint-Antoine verlassen[459], wo es zwei Jahrhunderte lang unterhalb der Bastille Schutz gesucht hatte, um sich im Louvre festzusetzen, wohnten in dessen Nähe viele große Herren. Nun aber hatte das Stadtpalais Bourbon als Gegenstück nach der Rue Saint-Honoré hin das alte Stadtpalais d'Alençon. Jene Wohnstatt der Grafen dieses Namens, der stets in das Leibgedinge einbegriffen ist, gehörte damals dem vierten Sohn Heinrichs II., der später den Titel Herzog von Anjou annahm und unter Heinrich III. gestorben ist, dem er viel zu schaffen gemacht hat. Damals fiel das Leibgedinge an die Krone zurück, und das alte Stadtpalais wurde abgebrochen. Zu jener Zeit bildete das Stadtpalais eines Fürsten ein ausgedehntes Gesamt von Bauten; und um sich eine Vorstellung davon zu machen, muß man den Raum ermessen, den noch heutzutage, im modernen Paris, das Palais Soubise[460] im Marais einnimmt. Ein Stadtpalais umfaßte alle Baulichkeiten, die die Lebensführung jener Großen erforderte; sie dürfte vielen Leuten rätselhaft vorkommen, die heutzutage das armselige Dasein eines Fürsten mitansehen. Es fanden sich riesige Pferdeställe, die Unterkunft der

Ärzte, der Bibliothekare, der Registratoren, der Geistlichkeit, der Schatzmeister, Offiziere, Pagen, der vom Haus des Fürsten besoldeten Diener und ihm verbundenen Knechte. Nach der Rue Saint-Honoré hin stand in einem Garten des Stadtpalais ein hübsches kleines Haus, das die berühmte Herzogin von Alençon[461] sich im Jahre 1520 hatte erbauen lassen, und das seither von Privathäusern umgeben worden ist, die Kaufleute errichtet haben. Darin hatte der König Marie Touchet untergebracht. Wenngleich der Herzog von Alençon damals gegen seinen Bruder eine Verschwörung angezettelt hatte, war er außerstande, sich ihm in diesem Punkt zu widersetzen.

Da der König, um die Rue Saint-Honoré hinabzugehen, die zu jener Zeit den Dieben nur von der Barrière des Sergents an Möglichkeiten bot, an dem Haus seiner Geliebten vorüber mußte, konnte er nicht umhin, dort haltzumachen. Er hielt Ausschau nach irgendeinem glücklichen Zufall, einem verspäteten Bürgersmann, der ausgeplündert, oder der Wache, die verdroschen werden konnte; und so hob der König die Nase nach allen Stockwerken hinauf und schaute zu den erleuchteten Stellen hin, um zu sehen, was dort geschah, oder um Gespräche zu belauschen. Allein er fand seine gute Stadt in einem Zustand bejammernswerter Ruhe. Plötzlich jedoch, als er an das Haus eines berühmten Parfümhändlers namens René[462] gelangte, der den Hof belieferte, schien dem König, als er einen starken Lichtschein wahrnahm, der aus dem höchsten Fenster des Speichers hervorbrach, eine jener jähen Eingebungen zuteil zu werden, die durch früher gemachte Beobachtungen Nahrung erhalten.

Jener Parfümhändler wurde heftig verdächtigt, reiche Oheime zu heilen, wenn sie behaupteten, sie seien krank; der Hof schrieb ihm die Erfindung des berüchtigten »Erb-Elixiers« zu ; er wurde beschuldigt, Jeanne d'Albret vergiftet zu haben, die Mutter Heinrichs IV., die bestattet wurde, ohne daß ihr Kopf geöffnet worden wäre, trotz des formellen Befehls Karls IX., wie ein Zeitgenosse sagt. Seit zwei Monaten war der König auf der Suche nach einer Maßnahme, um die Geheimnisse von Renés Laboratorium erspähen zu können, das Cosimo Ruggieri häufig aufsuchte. Falls sich dort irgend etwas Verdächtiges fände, wollte der König selber ohne irgendwelche Einschaltung der Polizei oder der Justiz, auf die seine Mutter durch Furcht oder Bestechung einwirken würde, gegen ihn vorgehen.

Es steht fest, daß im sechzehnten Jahrhundert und in den ihm vorhergehenden und folgenden Jahren der Giftmord zu einer Vollkommenheit gelangt war, die der modernen Chemie unbekannt und die durch die Geschichtsschreibung bestätigt worden ist. Italien, die Wiege der modernen Wissenschaften, war zu jener Zeit die Erfinderin und Meisterin von solcherlei Geheimnissen; viele von ihnen sind verlorengegangen. Daher rührt der üble Ruf, der zwei Jahrhunderte hintereinander auf den Italienern gelastet hat. Die Romanschriftsteller haben damit so großen Mißbrauch getrieben, daß sie überall, wo sie Italiener auftreten lassen, sie die Rolle von Mördern oder Giftmischern spielen lassen. Wenn Italien sich damals der Herstellung der subtilen Gifte befleißigte, davon manche Historiker sprechen, so müßte eben dadurch seine Überlegenheit in der Toxikologie wie in allen menschlichen Kenntnissen und in den Künsten erkannt werden, in denen es Europa voraus war. Die Verbrechen der Zeit waren nicht die seinigen; es diente den Leidenschaften des Jahrhunderts, wie es wundervolle Bauten errichtete, Armeen befehligte, schöne Fresken malte, Romanzen sang, Königinnen liebte, Königen gefiel, Feste oder Ballette entwarf und die Politik leitete. In Florenz hatte diese gräßliche Kunst einen solchen Hochstand erreicht, daß eine Frau, die mit einem Herzog einen Pfirsich teilte, dadurch, daß sie sich einer goldenen Klinge bediente, die nur an einer Seite vergiftet war, die unverdorbene Hälfte aß und mit der andern den Tod verabreichte. Ein Paar parfümierter Handschuhe infiltrierte durch die Poren eine tödliche Krankheit. Man tat Gift in einen Strauß natürlicher Rosen, deren Duft allein schon zum Tod führte, wenn er einmal eingeatmet wurde. Don Juan d'Austria[463] wurde, so heißt es, durch ein Paar Stiefel vergiftet.

König Karl IX. war also mit vollem Recht neugierig, und jedermann dürfte begreifen, wie sehr die ihn durchwogenden düsteren Ahnungen ihn ungeduldig machen mußten, René am Werk zu überraschen.

Der alte Brunnen an der Ecke der Rue de l'Arbre-Sec[464], der seither neu errichtet worden ist, bot der edlen Schar die erforderlichen Erleichterungen, um auf den First eines neben demjenigen Renés gelegenen Hauses zu gelangen, das der König vorgab, sich einmal näher ansehen zu wollen. Der König, dem seine Gefährten folgten, schickte sich an, über die Dächer zu klettern, zum größten Schrecken einiger Bürger, die durch diese unechten Diebe aufgeweckt worden waren, von denen sie mit spaßigen Schimpfwörtern bedacht wurden; sie belauschten die Streitigkeiten und die Liebesfreuden jedes Haushalts oder begannen mit ein paar Einbrüchen. Als die beiden Italiener Tavannes und den König erblickten, wie sie auf dem Dach neben demjenigen Renés herumkletterten, behauptete der Marschall von Retz, er sei müde, und setzte sich, und sein Bruder blieb bei ihm. »Desto besser«, dachte der König; er war nur zu gern bereit, die ihn Bespitzelnden zurückzulassen. Tavannes machte sich über die beiden Florentiner lustig, die inmitten einer tiefen Stille allein blieben, und zwar an einer Stelle, wo sie lediglich den Himmel über sich und Kater als Zuhörer hatten. Daher nutzten die beiden Italiener die Gelegenheit zum gegenseitigen Austausch von Gedanken aus, die sie an keiner anderen Örtlichkeit der Welt hätten laut werden lassen und die die Geschehnisse des Abends ihnen eingegeben hatten.

»Albert«, sagte der Großmeister zum Marschall, »der König wird über die Königin siegen; wir machen ein schlechtes Geschäft, was unser Glück betrifft, wenn wir uns auch weiterhin an dasjenige Katharinas heften. Sofern wir in dem Augenblick zum König übergingen, da er Stützen gegen seine Mutter und geschickte Männer sucht, die ihm dienen, würden wir nicht davongejagt wie Raubtiere, wenn die Königin-Mutter verbannt, gefangengesetzt oder ermordet wird.«

»Mit solcherlei Gedanken wirst du nicht weit kommen, Charles«, antwortete der Marschall dem Großmeister ernst. »Du wirst deinem König ins Grab folgen, und er hat nicht mehr lange zu leben; er hat sich durch seine Ausschweifungen zugrunde gerichtet; Cosimo Ruggieri hat seinen Tod für das nächste Jahr prophezeit.«

»Der sterbende Keiler hat oftmals den Jäger getötet«, sagte Charles de Gondi. »Die Verschwörung des Herzogs von Alençon, des Königs von Navarra und des Prinzen von Condé, für die sich La Molle und Coconnas einsetzen, ist mehr gefährlich als von Nutzen. Zunächst hat der König von Navarra, den die Königin-Mutter auf frischer Tat ertappen zu können hoffte, Mißtrauen gegen sie geschöpft und läßt die Hände aus dem Spiel. Alsdann gedenken heute alle, die Krone dem Herzog von Alençon aufs Haupt zu setzen, und der wird Calvinist.«

»*Budellone*[465]*!* Siehst du denn nicht, daß diese Verschwörung unserer Königin in Erfahrung zu bringen erlaubt, was die Hugenotten mit dem Herzog von Alençon machen können und was der König mit den Hugenotten machen will? Denn der König unterhandelt mit ihnen; aber um den König ein hölzernes Pferd[466] reiten zu lassen, wird Katharina ihm morgen diese Verschwörung, die seine Pläne neutralisieren dürfte, aufdecken.«

»Ach!« sagte Charles de Gondi, »dadurch, daß sie aus unsern Ratschlägen Nutzen zog, ist sie stärker geworden als wir. Und das ist gut.«

»Gut für den Herzog von Anjou, der lieber König von Frankreich als König von Polen ist und dem ich alles erklären will.«

»Du verreist, Albert?«

»Morgen. Hatte ich nicht den Auftrag, den König von Polen zu begleiten? Ich werde ihn in Venedig einholen, wo die Signoria[467] es auf sich genommen hat, ihn zu amüsieren.«

»Du bist die Vorsicht in Person.«

»*Che bestia*[468]*!* Ich schwöre dir, es besteht für uns nicht die mindeste Gefahr, wenn wir am Hof bleiben. Gäbe es eine, würde ich dann fortgehen? Ich würde bei unserer guten Herrin bleiben.«

»Unserer ›guten‹ Herrin!« sagte der Großmeister. »Sie ist ganz danach geschaffen, ihre Werkzeuge fallenzulassen, wenn sie meint, sie seien ihr zu schwer ...«

»*O coglione*[469]*!* Du willst Soldat sein und fürchtest den Tod? Jedes Handwerk hat seine Pflichten, und wir haben die unseren unserm Glück gegenüber. Heften wir uns an die Könige, den Quell aller irdischen Macht, die Könige, die unsere Familien schützen, erhöhen und bereichern, so müssen wir ihnen die Liebe weihen, die das Herz des Märtyrers für den Himmel entflammt; wir müssen für ihre Sache zu leiden verstehen; wenn sie uns für ihren Thron aufopfern, dann können wir umkommen, denn wir sterben ebenso für uns selber wie für sie; aber unsere Familien gehen nicht unter. *Ecco*[470].«

»Du hast recht, Albert, dir ist das alte Herzogtum Retz verliehen worden.«

»Höre«, fuhr der Herzog von Retz fort. »Die Königin erhofft sich viel von der Geschicklichkeit der Ruggieris, um sich mit ihrem Sohn wieder auszusöhnen. Als unser komischer Vogel sich Renés nicht mehr bedienen wollte, hat die Durchtriebene nur zu gut erraten, auf was die Verdächte ihres Sohns sich richteten. Aber wer weiß, was der König vorhat? Vielleicht gilt sein Schwanken lediglich der Behandlung, die er seiner Mutter zugedacht hat; er haßt sie, das weißt du doch! Er hat etwas von seinen Plänen der Königin erzählt, die Königin hat darüber mit Madame de' Fieschi geschwatzt, Madame de' Fieschi hat alles der Königin-Mutter berichtet, und seither verschließt der König sich vor seiner Frau.«

»Es war auch hohe Zeit«, sagte Charles de Gondi.

»Was tun?« fragte der Marschall.

»Den König mit Liebesdingen beschäftigen«, antwortete der Großmeister; dafür, daß er weniger als sein Bruder zu Katharinas vertrautem Umgang gehörte, war er nicht minder klarsehend.

»Charles, ich habe dich einen schönen Weg machen lassen«, sagte der Bruder ernst zu ihm. »Aber wenn du ebenfalls Herzog werden willst, dann geh für unsere Herrin durch die Hölle; sie wird Königin bleiben; sie ist hier die stärkste. Madame de Sauves[471] ist ständig bei ihr, und der König von Navarra und der Herzog von Alençon sind ständig bei Madame de Sauves; Katharina wird die beiden stets am Gängelband halten, unter dieser Regierung wie unter derjenigen König Heinrichs III. Gott gebe, daß der nicht undankbar sei!«

»Warum?«

»Seine Mutter tut zuviel für ihn.«

»Ach was! Aber ich höre Lärm in der Rue Saint-Honoré«, rief der Großmeister. »Renés Haustür wird geschlossen! Nimmst du nicht die Schritte mehrerer Männer wahr? Die Ruggieris sind verhaftet.«

»Ha, *diavolo*[472]! Das nenne ich Vorsicht. Der König ist nicht seinem gewöhnlichen Ungestüm gefolgt. Aber in welches Gefängnis wird er sie bringen? Wir wollen sehen, was geschieht.«

Die beiden Brüder gelangten in dem Augenblick an die Ecke der Rue de l'Autruche, da der König das Haus seiner Geliebten betrat. Im Schein der Fackel, die der Pförtner hielt, konnten sie Tavannes und die Ruggieris gewahren.

»Nun, Tavannes«, rief der Großmeister und lief auf den Gefährten des Königs zu, der in den Louvre zurückkehren wollte, »was ist Euch zugestoßen?«

»Wir sind mitten in eine Versammlung von Hexenmeistern hineingeraten; zwei von ihnen haben wir festgenommen; sie gehören zu Euren Freunden und können uns wohl zum Nutzen französischer Edelleute erklären, durch welche Mittel Ihr, die Ihr Landesfremde seid, die Hand auf zwei Kronämter gelegt habt«, sagte Tavannes halb lachend, halb ernst.

»Und der König?« fragte der Großmeister als ein Mann, dem die Feindschaft Tavannes' wenig Sorge machte.

»Er bleibt bei seiner Geliebten.«

»Wir sind durch die unbedingteste Treue zu unserm Herrn aufgestiegen, und das ist ein schöner, nobler Weg; auch Ihr habt ihn eingeschlagen, lieber Herzog«, sagte Marschall de Retz.

Schweigend schritten die drei Höflinge einher. Gerade als sie sich verabschiedet hatten, weil jeder seine Diener wiedergefunden hatte, um sich heimgeleiten zu lassen, glitten zwei Männer geschmeidig an den Mauern der Rue de l'Autruche entlang. Diese beiden Männer waren der König und der Graf von Solern; sie gelangten rasch ans Ufer der Seine, und zwar an einer Stelle, wo ein Boot und Ruderer ihrer warteten, die von dem deutschen Edelmann ausgewählt worden waren. Innerhalb weniger Augenblicke hatten beide das andere Ufer erreicht.

»Meine Mutter ist nicht schlafen gegangen«, rief der König. »Sie wird uns sehen, wir haben die Stätte der Zusammenkunft schlecht gewählt.«

»Sie kann meinen, es handele sich um irgendeinen Zweikampf«, antwortete Solern, »und wie soll sie bei dieser Entfernung erkennen, wer wir sind?«

»Ha, möge sie mich doch sehen«, rief Karl IX., »jetzt steht mein Entschluß fest!«

Der König und sein Vertrauensmann sprangen auf die Uferböschung und schritten hastig in Richtung auf den Pré aux Clercs davon. Als sie dort anlangten, stieß der Graf von Solern, der vor dem König hergegangen war, auf einen als Wache aufgestellten Mann, mit dem er ein paar Worte wechselte und der sich zu den Seinen zurückzog. Alsbald verließen zwei Männer, die den Ehrfurchtsbezeigungen nach, die ihnen ihr Wachtposten erwies, Fürsten zu sein schienen, den Platz, an dem sie sich hinter einer schlechten Feldeinfriedung verborgen gehalten hatten, näherten sich dem König und beugten vor ihm das Knie; doch Karl IX. hob sie auf, noch ehe sie den Erdboden berührt hatten, und sagte zu ihnen: »Keine Umstände, hier sind wir alle Edelleute.«

Diesen drei Edelherren gesellte sich ein ehrwürdiger Greis hinzu, den man für den Kanzler de L'Hospital gehalten hätte, wenn dieser nicht im vorhergegangenen Jahr gestorben wäre. Alle vier schritten geschwind von dannen, um sich an den Ort zu begeben, wo ihre Besprechung von den Leuten ihres Gefolges nicht belauscht werden konnte, und Solern folgte ihnen in geringer Entfernung, um über den König zu wachen. Dieser treue Diener gab einem Mißtrauen nach, das Karl IX. mitnichten teilte; er war ein Mann, dem das Leben allzusehr zur Last geworden war. Dieser Edelmann war auf der Seite des Königs der einzige Zeuge der Besprechung, die bald lebhaft wurde.

»Sire«, sagte einer der Gesprächspartner, der Kronfeldherr von Montmorency, »der beste Freund des Königs, Eures Vaters, der zudem dessen sämtliche Geheimnisse kannte, war einer Meinung mit dem Marschall von Saint-André darüber, daß Madame Katharina in einen Sack genäht und in den Fluß hätte geworfen werden müssen. Wäre das geschehen, würden viele wakkere Leute noch am Leben sein.«

»Ich habe genügend Hinrichtungen auf dem Gewissen, Monsieur«, antwortete der König.

»Bedenkt, Sire«, entgegnete die jüngste der vier Persönlichkeiten, »daß auch mitten im Exil die Königin Katharina Mittel und Wege zur Verwirrung der Staatsgeschäfte und Hilfskräfte finden würde. Haben wir nicht alles von den Guisen zu befürchten, die seit neun Jahren den geheimen Plan zu einer ungeheuerlichen katholischen Allianz geschmiedet haben, in den Eure Majestät nicht eingeweiht sind und der Euern Thron bedroht? Diese Allianz ist eine Erfindung Spaniens, das nicht darauf verzichtet, die Pyrenäen zu etwas nicht Vorhandenem zu machen. Sire, der Calvinismus würde Frankreich retten, indem er eine moralische, eine geistige Schranke zwischen ihm und einer Nation aufrichtete, die von der Weltherrschaft träumt. Wenn die Königin-Mutter verbannt wird, dann wird sie sich also auf Spanien und auf die Guisen stützen.«

»Ihr Herren«, sagte der König, »vernehmt, daß, wenn Ihr mir helft und der Friede ohne Mißtrauen herbeigeführt wird, ich es auf mich nehme, jedermann im Königreich zum Erzittern zu bringen. Beim Haupte Gottes und allen Reliquien! Es wird Zeit, daß das Königtum sich wieder erhebt. Merkt es Euch gut, in dieser Hinsicht hat meine Mutter recht, es geht von Euch wie von mir aus. Euer Besitz, Eure Vorteile sind an unsern Thron geknüpft; wenn Ihr die Religion erst habt niederschlagen lassen, dann werden die Hände, derer Ihr Euch bedient, sich gegen den Thron und gegen Euch wenden. Ich nehme es nicht länger wichtig, gegen Ideen mit Waffen zu kämpfen, die sie nicht treffen. Wir wollen abwarten, ob der Protestantismus, wenn wir ihn sich selbst überlassen, Fortschritte machen wird; vor allem jedoch wollen wir abwarten, gegen wen der Geist dieser Faktion sich wenden wird. Der Admiral[473], den Gott in Gnaden aufnehmen wolle, war nicht mein Feind; er hat mir geschworen, er wolle die Revolte innerhalb der geistlichen Welt halten, um in der irdischen Welt einen König als Herrn und Untertanen, die unterwürfig sind, bestehen zu lassen. Ihr Herren, wenn die Sache sich noch innerhalb Eurer Macht befindet, dann gebt das Beispiel, dann helft Eurem Herrscher, Aufwiegler niederzuzwingen, die uns, den einen wie den andern, die Ruhe nehmen. Der Krieg beraubt uns alle unserer Einkünfte und richtet das Königreich zugrunde. Ich bin dieser ständigen Wirren müde, und zwar so sehr, daß ich, wenn es unbedingt notwendig ist, meine Mutter opfern werde. Ich will noch weiter gehen, ich will Protestanten und Katholiken in gleicher Zahl bei mir behalten und sie dem Henkersbeil Ludwigs XI. unterstellen, um sie gleich zu machen. Wenn die Herren von Guise verschwörerisch eine ›Heilige Union‹ planen, die unsere Krone angreift, so soll der Henker seine Arbeit mit ihnen beginnen. Ich bin mir über die Nöte meines Volks klar geworden, und ich bin geneigt, mich tüchtig gegen die Großen ins Zeug zu legen, die dabei sind, unser Königreich dem Elend zu überantworten. Die Gewissen machen mir wenig Sorge; ich will hinfort unterwürfige Untertanen, die unter meinem Willen am Gedeihen des Staats arbeiten. Ihr Herren, ich gebe Euch zehn Tage Zeit, mit den Euern zu unterhandeln, Eure Verschwörungen abzubrechen und zu mir zurückzukehren, zu mir, der ich Euer Vater sein werde. Weigert Ihr Euch, so werdet Ihr große Wandlungen erleben; ich werde mit kleinen Leuten zur Tat schreiten, und die werden sich auf meinen Ruf hin auf die Edelherren stürzen. Ich werde mich nach dem Muster eines Königs umformen, der seinem Königreich dadurch den Frieden zu geben gewußt hat, daß er angesehenere Leute, als Ihr es seid, die ihm Trotz boten, zu Boden schmetterte. Wenn die katholischen Truppen mich im Stich lassen, habe ich meinen Herrn Bruder von Spanien[474], und den werde ich für die bedrohten Throne zu Hilfe rufen; kurzum, wenn mir ein Werkzeug zur Vollstreckung meines Willens mangelt, wird er mir den Herzog von Alba[475] leihen.«

»In diesem Fall, Sire, würden wir die Deutschen haben, um sie Euern Spaniern entgegenzustellen«, antwortete einer der Gesprächspartner.

»Lieber Vetter«, sagte Karl IX. kühl, »meine Gemahlin heißt Elisabeth von Österreich, Eure Hilfstruppen von jener Seite könnten ausbleiben; aber glaubt mir, wir kämpfen besser allein und rufen nicht das Ausland herbei. Ihr seid dem Haß meiner Mutter ausgesetzt, und Ihr steht mir nahe genug, um mir als Sekundant in dem Duell zu dienen, das ich mit ihr ausfechten werde; ja, vernehmt das. Ihr dünkt mich so sehr der Hochachtung wert, daß ich Euch die Würde des Kronfeldherrn anbiete; Ihr werdet mich nicht verraten wie der andere.«

Der Fürst, zu dem Karl IX. gesprochen hatte, ergriff seine Hand, schlug die seine hinein und sagte dabei: »Alle Wetter[476]! Nimm, Bruder, auf daß viel Unrecht vergessen sei. Aber, Sire, der Kopf marschiert nicht ohne den Schwanz, und den unsern nachzuschleppen ist schwierig. Gebt uns mehr als zehn Tage; wir brauchen mindestens einen Monat, um die Unsern zur Vernunft zu bringen. Ist diese Frist verstrichen, werden wir die Herren sein.«

»Einen Monat, es sei. Mein einziger Unterhändler soll Villeroi sein, einzig zu ihm dürft Ihr Vertrauen haben, was man Euch auch anderswo sagen möge.«

»Einen Monat«, sagten die drei Edelherren gleichzeitig, »diese Frist genügt.«

»Ihr Herren, wir sind fünf«, sagte der König, »fünf beherzte Männer. Wenn es Verrat gibt, wissen wir, an wen wir uns zu halten haben.«

Die drei, die an der Besprechung teilgenommen hatten, verabschiedeten sich von Karl IX. mit den Bezeigungen höchster Ehrfurcht; sie küßten ihm die Hand. Als der König über die Seine zurückfuhr, schlug es vom Louvre her vier Uhr. Die Königin Katharina war noch immer nicht schlafen gegangen.

»Meine Mutter wacht nach wie vor«, sagte Karl zu dem Grafen Solern.

»Auch sie hat ihre Schmiedewerkstatt«, sagte der Deutsche

»Lieber Graf, was haltet Ihr von einem König, der genötigt ist, den Verschwörer zu spielen?« fragte Karl IX. voller Bitterkeit nach einer Pause.

»Ich meine, Sire, daß, wenn Ihr erlaubtet, jene Frau ins Wasser zu werfen, wie jener Angehörige der jüngeren Linie gesagt hat, Frankreich bald Ruhe und Frieden haben würde.«

»Ein Muttermord nach der Bartholomäus-Nacht, Graf?« fragte der König. »Nein, nein! Ist meine Mutter gestürzt, wird sie keinen Freund und keinen Parteigänger mehr haben.«

»Dann, Sire«, entgegnete der Graf von Solern, »befehlt mir, sie auf der Stelle zu verhaften und sie aus dem Königreich hinauszugeleiten; denn morgen dürfte sie Euch anderen Sinnes gemacht haben.«

»Gut«, sagte der König. »Kommt mit in meine Schmiedewerkstatt, da kann uns niemand belauschen; übrigens will ich nicht, daß meine Mutter die Gefangennahme der Brüder Ruggieri argwöhnt. Wenn die gute Dame mich hier weiß, wird sie nichts ahnen, und wir können uns über die zu ihrer Verhaftung erforderlichen Maßnahmen verständigen.«

Als der König, dem der Graf von Solern folgte, den im Erdgeschoß gelegenen Raum betrat, in dem sich seine Werkstatt befand, zeigte er ihm lächelnd die Schmiede und alle seine Gerätschaften.

»Ich glaube nicht«, sagte er, »daß unter allen Königen, die Frankreich noch haben wird, sich ein zweiter findet, dem ein solches Handwerk behagt[477]. Aber wenn ich erst wirklich König bin, dann werde ich keine Degen mehr schmieden, sondern dafür sorgen, daß alle zurück in die Scheide gleiten.«

»Sire«, sagte der Graf von Solern, »das ermüdende Ballspiel, Eure Arbeit hier in der Schmiede, die Jagd und, muß ich es sagen, die Freuden der Liebe sind Fahrzeuge, die der Teufel Euch leiht, um Euch schneller nach Saint-Denis[478] zu befördern.«

»Solern!« sagte der König kläglich, »wenn du das Feuer kenntest, das meinem Herzen und meinem Körper mitgegeben worden ist! Nichts kann es löschen. Bist du der Leute sicher, die die Brüder Ruggieri bewachen?«

»Wie meiner selbst.«

»Gut; im Lauf des Tages werde ich meinen Entschluß gefaßt haben. Überlegt die Mittel und Wege der Durchführung; um fünf Uhr werde ich Euch bei Madame de Belleville meine letzten Befehle erteilen.«

Als der erste Schein der Morgenröte mit dem Licht in der Werkstatt kämpfte, hörte der König, den der Graf von Solern allein gelassen hatte, die Tür aufgehen und erblickte seine Mutter; sie hob sich in der Dämmerung ab wie eine Geistererscheinung. Obgleich Karl IX. sehr nervös und beeindruckbar war, erbebte er keineswegs, wiewohl unter den Umständen, in denen er sich befand, diese Erscheinung eine düstere, phantastische Farbtönung hatte.

»Monsieur«, sagte sie zu ihm, »Ihr bringt Euch um ...«

»Ich erfülle die Horoskope«, antwortete er mit bitterem Lächeln. »Aber Ihr, Madame, seid Ihr nicht ebenso früh aufgestanden wie ich?«

»Wir haben beide die Nacht durchwacht, Monsieur, jedoch mit sehr verschiedenen Absichten. Als Ihr auf freiem Feld mit Euren grausamsten Feinden Besprechungen abgehalten und Euch vor Eurer Mutter versteckt habt, unter Beihilfe von Leuten wie Tavannes und den Gondis, unter dem Vorwand, Ihr wolltet die

Stadt durchstreifen, habe ich Eilnachrichten gelesen, die die Beweise einer furchtbaren Verschwörung enthielten, in die Euer Bruder, der Herzog von Alençon, Euer Schwager, der König von Navarra, der Prinz von Condé und die Hälfte der Großen des Königreichs verwickelt sind. Es handelt sich um nichts Geringeres, als sich Eurer Person zu bemächtigen und Euch dadurch der Krone zu berauben. Jene Herren verfügen bereits über fünfzigtausend Mann guter Truppen.«

»Ach!« sagte der König mit ungläubiger Miene.

»Euer Bruder will Hugenotte werden«, fuhr die Königin fort.

»Mein Bruder geht zu den Hugenotten über?« rief Karl und schwang das Eisen, das er in der Hand hielt.

»Ja, der Herzog von Alençon, der im Herzen Hugenotte ist, wird es bald auch nach außen hin sein. Eure Schwester, die Königin von Navarra, empfindet für Euch nur noch ein Restchen von Zuneigung; sie liebt den Herzog von Alençon, sie liebt Bussy[479], sie liebt auch den kleinen La Molle.«

»Welch ein Herz!« rief der König.

»Um groß zu werden, weiß der kleine La Molle nichts besseres«, fuhr die Königin fort, »als Frankreich einen König nach seinem eigenen Maß zu geben. Er soll, so heißt es, Kronfeldherr werden.«

»Diese verdammte Margot!« rief der König. »Das bringt uns nun ihre Eheschließung mit einem Ketzer ein ...«

»Mit einem Ketzer, das würde nichts ausmachen; wohl aber mit dem Oberhaupt Eurer jüngeren Linie, das Ihr trotz meiner Warnung an den Thron herangezogen habt und das am liebsten sähe, wenn Ihr alle Euch untereinander umbrächtet. Das Haus Bourbon ist dem Haus Valois feind; merkt Euch das gut, Monsieur. Jede jüngere Linie muß in der größten Armut gehalten werden, denn sie ist eine geheime Verschwörerin, und es ist Dummheit, ihr Waffen zu geben, wenn sie keine hat, und sie ihr zu belassen, wenn sie welche ergreift. Jeder der jüngeren Linie Angehörende muß außerstande sein, zu schaden, so lautet das Gesetz der Kronen. So halten es die Sultane Asiens. Die Beweise liegen oben in meinem Kabinett, wohin mir zu folgen ich Euch gebeten hatte, als ich gestern abend von Euch ging; aber Ihr hattet andere Pläne im Auge. Wenn wir nicht Ordnung schüfen, würdet Ihr binnen eines Monats das Schicksal Karls des Einfältigen[480] erleiden.«

»In einem Monat!« rief Karl IX.; er war niedergeschmettert durch die Übereinstimmung dieses Datums mit der Frist, die in ebenjener Nacht von den Fürsten erbeten worden war. »In einem Monat sind wir die Herren!« wiederholte er in seinem Inneren deren Worte. »Madame, Ihr habt also Beweise?« fragte er laut.

»Sie sind unwiderleglich, Monsieur, sie stammen von meiner Tochter Marguerite. Sie ist entsetzt über die Möglichkeiten einer solchen wohlberechneten Verbindung, und trotz ihrer zärtlichen Neigung für Euern Bruder Alençon hat der Thron der Valois ihr diesmal mehr am Herzen gelegen als alle ihre Liebschaften. Als Preis für ihre Enthüllungen bittet sie, daß La Molle nichts geschehen möge; aber dieser Lumpenkerl scheint mir ein gefährlicher Schurke zu sein, und wir sollten uns seiner entledigen, und ebenso des Grafen de Coconnas, der Kreatur Eures Bruders Alençon. Was den Prinzen von Condé betrifft, so willigt dieser Knabe[481] in alles ein, vorausgesetzt, daß ich ins Wasser geworfen werde; ich weiß nicht, ob das seine Hochzeitsgabe an mich dafür ist, daß ich ihm seine hübsche Frau verschafft habe. Die Sache ist ernst, Monsieur! Ihr sprecht von Weissagungen ... ich kenne nur eine, und die gibt den Thron der Valois dem Haus Bourbon; wenn wir nicht auf der Hut sind, wird sie Wirklichkeit werden. Zürnt Eurer Schwester nicht; in diesem Zusammenhang hat sie sich gut verhalten. – Mein Sohn«, sagte sie nach einer Pause und lieh ihrer Stimme einen zärtlichen Klang, »viele boshafte Menschen im Sold der Herren von Guise wollen Zwietracht zwischen Euch und mich säen, obwohl wir im Königreich die einzigen sind, deren Interessen in genau der gleichen Richtung verlaufen; vergeßt das nicht. Ich weiß, Ihr macht Euch jetzt die Bartholomäus-Nacht zum Vorwurf; Ihr beschuldigt mich, Euch dazu angestiftet zu haben. Der Katholizismus, Monsieur, muß das Band sein, das Spanien, Frankreich und Italien zusammenhält, drei Länder, die sich durch einen Plan, der heimlich und geschickt befolgt werden muß, mit Hilfe der Zeit unter dem Hause Valois vereinigen können. Entschlagt Euch nicht der Möglichkeiten, indem Ihr das Tau lockert, das diese drei Königreiche im Bereich eines und desselben Glauben zusammenhält. Warum sollten die Valois' und die Medicis nicht zu ihrem Ruhm den Plan Kaiser Karls V. durchführen, Karls V., dem es dazu an Kopf gemangelt hat? Vertreiben wir sie doch in die Neue Welt, wo sie sich auf Unternehmungen eingelassen haben, diese Sprößlinge Johannas der Wahnsinnigen[482]. Die Medicis sind Herren von Florenz und Rom; sie werden Italien für Euch unterjochen; sie werden Euch dort aller Vorteile durch einen Handels- und Bündnisvertrag versichern und zugeben, sie seien Eure Lehnsleute für Piemont, das Herzogtum Mailand und Neapel, wo Ihr Rechte habt. Das, Monsieur, sind die Gründe des Kriegs auf Leben und Tod, den wir gegen die Hugenotten führen. Warum zwingt Ihr uns, Euch diese Dinge zu wiederholen? Karl der Große hat sich geirrt, als er gegen Norden vorstieß. Ja, Frankreich ist ein Körper, dessen Herz im Löwengolf liegt und dessen beide Arme Spanien und Italien sind. So beherrscht man das Mittelmeer, und das ist wie ein Brautkörbchen, in das die Reichtümer des Orients fallen, aus denen die Herren von Venedig heute Nutzen ziehen, Philipp II. zum Trotz. Wenn die Freundschaft der Medicis und Eure Anrechte Euch Italien erhoffen lassen können, werden Kraft oder Ehebündnisse, vielleicht auch eine Erbfolge, Euch Spanien schenken. Kommt, was das betrifft, dem ehrgeizigen Hause Österreich zuvor, dem die Guelfen[483] Italien verkauft haben und das nach wie vor davon träumt, Spanien zu bekommen. Demütigt Österreich, obwohl Eure Gattin jenem Haus entstammt; umarmt es recht kräftig, damit es erstickt; dort sind die Feinde Eures Königreichs, denn von dort kommt den Reformierten Hilfe. Hört nicht auf die Leute, die Gewinne aus unserer Zwietracht ziehen und Euch einen Floh ins Ohr setzen, indem sie mich als Eure Feindin innerhalb der Familie hinstellen. Habe ich Euch etwa gehindert, Erben zu bekommen? Warum beschenkt Eure Geliebte Euch mit einem Sohn, und Eure Gemahlin schenkt Euch eine Tochter? Warum habt Ihr heute nicht drei Erben, die die Hoffnungen so vieler Aufstände an der Wurzel abschneiden würden? Liegt es bei mir, Monsieur, diese Fragen zu beantworten? Wenn Ihr einen Sohn hättet, würde Monsieur d'Alençon dann Verschwörungen anzetteln?«

Als Katharina diese Worte vollendete, ließ sie auf Karl IX.

den Blick verweilen, mit dem der Raubvogel sein Opfer bannt. Die Tochter der Medicis war jetzt auf ihre Weise schön; ihre wahren Gefühle erstrahlten auf ihrem Antlitz, das, ähnlich dem eines Spielers vor dem grünen Tuch, tausend gewaltige Begehrlichkeiten auffunkeln ließ. Karl IX. gewahrte nicht mehr die Mutter eines einzelnen Menschen, sondern eher die Mutter von Heeren und großen Reichen *(mater castrorum)*, als welche sie bezeichnet worden ist. Katharina hatte die Fittiche ihres Genius entfaltet und schwang sich hoch hinauf in die Politik der Medicis und der Valois; sie entwarf die gigantischen Pläne, vor denen ehedem Heinrich II. zurückgeschreckt war und die, nachdem sie durch das Genie der Medicis an Richelieu weitergeleitet worden waren, schriftlich fixiert im Kabinett des Hauses Bourbon liegenblieben. Doch Karl IX., der seine Mutter so umsichtig zu Werke gehen sah, dachte bei sich, daß jene Pläne notwendig sein müßten, und überlegte, zu welchem Zweck sie sie gefaßt habe. Er senkte den Blick; er zögerte; sein Mißtrauen vermochte vor tönenden Phrasen nicht hinzuschwinden. Katharina wunderte sich, wie tief der Argwohn im Herzen ihres Sohns ruhte.

»Nun, Monsieur«, fragte sie, »versteht Ihr mich denn ganz und gar nicht? Was sind wir, Ihr und ich, angesichts der Ewigkeit von Königskronen? Vermutet Ihr bei mir andere Pläne als solche, die uns zum Handeln antreiben müssen, da wir in Sphären wohnen, von denen aus die Reiche beherrscht werden?«

»Madame, ich folge Euch in Euer Kabinett; es muß etwas unternommen werden ...«

»Etwas unternommen!« rief Katharina. »Laßt sie doch ihr Spiel treiben und ertappt sie auf frischer Tat, dann wird die Justiz Euch von ihnen befreien. Um Gottes willen, Monsieur, laßt uns ihnen gute Miene zeigen.«

Die Königin zog sich zurück. Der König blieb eine Weile allein; er war in tiefste Niedergeschlagenheit geglitten.

»Auf welcher Seite liegen die Hinterhalte?« rief er aus. »Wer täuscht mich, sie oder jene? Welche Politik ist die bessere? *Deus discerne causam meam*[484]«, sagte er, Tränen in den Augen. »Das Leben lastet schwer auf mir. Ob auf natürliche oder erzwungene Weise, ich ziehe den Tod diesem widerspruchsvollen Gezerre vor«, fügte er hinzu und tat einen so kräftigen Hammerschlag auf seinen Amboß, daß die Gewölbe des Louvre darob erzitterten. »Mein Gott!« fuhr er fort, als er hinausging und den Himmel betrachtete, »du, für dessen heilige Religion ich kämpfe, gib mir die Klarheit deines Blicks, damit ich, wenn ich die Ruggieris verhöre, das Herz meiner Mutter durchschaue.«

Das kleine Haus, das die Dame de Belleville bewohnte und wo Karl IX. seine Gefangenen untergebracht hatte, war das vorletzte in der Rue de l'Autruche nach der Rue Saint-Honoré hin. Das Straßentor, das zwei kleine Pavillons aus Ziegelstein flankierten, wirkte sehr schlicht in einer Zeit, da die Türen und ihr Zubehör so merkwürdig behandelt wurden. Es bestand aus zwei Pilastern aus in Diamantrustika behauenen Steinen, und die Bogenfüllung stellte eine liegende Frau dar, die ein Füllhorn trug. Die mit mächtigen Eisenbeschlägen verzierte Tür hatte in Augenhöhe ein Guckfenster zur Musterung der Leute, die Einlaß begehrten. Jeder der Pavillons war die Wohnung eines Pförtners. Das über die Maßen willkürliche Liebesverlangen des Königs Karl bedurfte je eines Pförtners für den Tag und für die Nacht. Das Haus hatte einen kleinen Hof, der nach venezianischer Art mit Marmormosaik gepflastert war. Zu jener Zeit gab es noch keine Wagen; die Damen ritten oder wurden in Sänften getragen, und die Höfe der Häuser konnten prächtig sein, ohne daß Pferde oder Wagen sie verdarben. Man muß stets diesen Umstand bedenken, um sich die Enge der Straßen, die geringe Ausdehnung der Höfe und gewisse Einzelheiten der Wohnstätten des fünfzehnten Jahrhunderts zu erklären.

Das Haus bestand nur aus einem Stockwerk über dem Erdgeschoß und wurde von einem gemeißelten Fries gekrönt, auf den sich ein vierflächiges Dach stützte; sein Oberteil bildete eine Plattform. Jenes Dach war von Luken durchbrochen; sie waren mit Giebelfeldern und Simsen geschmückt, die der Meißel irgendeines großen Künstlers zierlich ausgehauen und mit Arabesken bedeckt hatte. Jedes der drei Fenster des ersten Stockwerks fiel gleichfalls durch seine steinernen Stickereien auf; sie wurden durch die Ziegelsteine der Mauern noch betont. Im Erdgeschoß führte eine sehr kunstvoll verzierte Doppelfreitreppe, deren Tribüne sich durch steinernes Schleifenwerk in Gestalt einer liegenden Acht auszeichnete, zu einer Eingangstür im venezianischen

Stil aus Diamantrustikaquadern; diese Art Schmuckwerk fand sich auch an den Fenstern zur Rechten und zur Linken.

Ein entsprechend der Mode jener Zeit eingeteilter und bepflanzter Garten mit einer Überfülle seltener Blumen nahm hinter dem Haus eine ebenso große Fläche wie die des Hofs ein. Eine Rebe überrankte die Mauern. Mitten auf einer Rasenfläche stand eine Silbertanne. Die Beete waren von jener Rasenfläche durch gewundene Wege getrennt; sie führten zu einem kleinen Boskett aus gestutzten Taxusbäumen, das sich im Hintergrund befand. Die mit Mosaiken aus mannigfachen, gut zusammenstimmenden Steinen bekleideten Mauern boten dem Blick zwar plumpe Zeichnungen dar, die indessen durch ihren Reichtum an Farben mit denjenigen der Blumen harmonierten. Die Gartenfassade ähnelte der nach dem Hof zu gelegenen und wies wie diese einen hübschen gemeißelten Balkon auf; er sprang über der Tür vor und verschönte das mittlere Fenster. Auf der Garten- wie auf der Hofseite stieg das Schmuckwerk dieses um ein paar Fuß vorgerückten Fensters bis zu dem Fries empor, so daß es wirkte wie ein kleiner, einer Laterne ähnlicher Pavillon. Die Brüstungen der übrigen Fenster waren mit kostbarem, in den Stein eingelassenem Marmor inkrustiert.

Trotz des erlesenen Geschmacks, von dem dieses Haus zeugte, wirkte es trübselig. Das Tageslicht wurde dort durch die Nachbarhäuser und durch die Dächer des Palais Alençon verdunkelt; sie warfen ihren Schatten über Hof und Garten; überdies herrschte dort tiefe Stille. Aber jene Stille, jenes Halbdunkel und jene Einsamkeit taten der Seele wohl; sie konnte sich dort einem einzigen Gedanken hingeben wie in einem Kreuzgang, wo man sich sammelt, oder einem Lusthaus, wo man der Liebe pflegt.

Wer würde sich jetzt nicht den überfeinerten Luxus dieser Zufluchtsstätte ausmalen können, des einzigen Orts seines Königreichs, wo der vorletzte Valois sein Herz ausschütten, von seinen Schmerzen aussagen, seinen Geschmack an den Künsten entfalten und sich der Poesie hingeben konnte, die er liebte, lauter Neigungen, die im Widerspruch zu den Sorgen standen, die die drückendste aller Königswürden mit sich brachte? Einzig dort wurden seine große Seele und sein hoher Wert in der rechten

Weise gewürdigt; einzig dort konnte er sich ein paar flüchtige Monate lang, die letzten seines Lebens, den Freuden des Vaterseins überlassen, Genüssen, in die er sich mit dem Ungestüm stürzte, den die Ahnung eines schrecklichen, nahen Todes all seinem Tun aufprägte.

Am Nachmittag des folgenden Tages war Marie dabei, ihre Toilette in ihrem Betgemach zu vollenden; dieses bildete das Boudoir jener Zeit. Sie ordnete ein paar Locken ihres schönen, schwarzen Haars, damit dessen Schwall gut zu der neuen Samthaube paßte, und musterte sich aufmerksam in ihrem Spiegel.

»Es ist bald vier Uhr, dieser ewig lange Kronrat ist beendet«, sagte sie sich. »Jacob ist aus dem Louvre zurückgekehrt; dort ist man der großen Zahl der zusammengerufenen Staatsräte und der Dauer der Sitzung wegen in Unruhe. Was mag geschehen sein? Sicherlich ein Unglück. Mein Gott, weiß ›er‹, wie die Seele stumpf wird, wenn man vergeblich wartet? Ob er etwa auf die Jagd gegangen ist? Hat er sich ergötzt, dann wird alles besser gehen. Sehe ich ihn froh, dann vergesse ich, daß ich gelitten habe.«

Sie fuhr mit den Händen an den Hüften entlang, um eine leichte Falte zu glätten, und drehte sich zur Seite, um im Profil zu sehen, wie ihr ihr Kleid stehe; doch da sah sie den König auf dem Ruhebett liegen. Die Teppiche dämpften das Geräusch von Schritten so gut, daß er hatte hineinschleichen können, ohne gehört zu werden.

»Ihr habt mir Angst gemacht«, sagte sie nach einem schnell unterdrückten Aufschrei der Überraschung.

»Hast du an mich gedacht?« fragte der König.

»Wann dächte ich nicht an Euch?« fragte sie und setzte sich zu ihm.

Sie nahm ihm das Barett und den Mantel ab und fuhr ihm mit den Händen durchs Haar, als wolle sie es ihm mit den Fingern kämmen. Karl ließ es geschehen, ohne ihr zu antworten. Verwundert kniete Marie nieder, um das bleiche Antlitz ihres königlichen Herrn genau zu betrachten; jetzt gewahrte sie die Spuren einer grausigen Erschöpfung und einer verzehrenderen Schwermut als alle Melancholien, die sie bereits vertrieben hatte. Sie hielt eine Träne zurück und bewahrte Schweigen, um nicht durch unbedachte Worte Schmerzen anzustacheln, die sie noch nicht kannte. Sie tat, was unter solcherlei Umständen zärtliche Frauen tun; sie küßte die von vorzeitigen Falten durchfurchte Stirn, die eingefallenen Wangen, und versuchte, die Frische ihrer Seele dieser zersorgten Seele dadurch aufzuprägen, daß sie sein Gemüt in sanfte Liebesbezeigungen überzuleiten strebte; allein es gelang ihr nicht. Sie hob den Kopf bis zur Höhe desjenigen des Königs; sie umschlang ihn behutsam mit ihren liebenden Armen; sie schmiegte sich eng an ihn, lehnte das Gesicht an jene schmerzende Brust und lugte nach dem geeigneten Augenblick aus, um diesem niedergeschlagenen Kranken Fragen zu stellen.

»Mein liebster Karl, wollt Ihr nicht Eurer armen, besorgten Freundin die Gedanken sagen, die Eure geliebte Stirn verdunkeln, die Eure schönen roten Lippen erblassen lassen?«

»Ausgenommen Karl den Großen«, sagte er mit dumpfer, hohler Stimme, »haben alle Könige Frankreichs, die den Namen Karl trugen, elend geendet.«

»Pah!« sagte sie. »Und Karl VIII.[485]?«

»Dieser arme Fürst«, entgegnete der König, »hat sich in der Blüte seiner Jahre im Schloß zu Amboise, das er hat verschönern lassen, an einer zu niedrigen Tür den Kopf eingerannt und ist unter entsetzlichen Schmerzen gestorben. Durch seinen Tod ist die Krone an unser Haus gelangt.«

»Karl VII. hat sein Königreich zurückerobert[486].«

»Kleine, er ist dort (der König senkte die Stimme) Hungers gestorben; er hat gefürchtet, vom Dauphin vergiftet zu werden; der hatte bereits des Königs schöne Agnès[487] sterben lassen. Der Vater hat seinen Sohn gefürchtet; heute fürchtet der Sohn seine Mutter!«

»Warum durchwühlt Ihr so die Vergangenheit?« fragte sie und mußte an das furchtbare Leben Karls VI.[488] denken.

»Nichts zu machen, mein Geliebtes. Könige können, ohne ihre Zuflucht zu Wahrsagern zu nehmen, das Los erraten, das ihrer wartet; sie brauchen bloß die Historie zu befragen. Ich bin gegenwärtig damit beschäftigt, dem Schicksal Karls des Einfältigen auszuweichen; der ist seiner Krone beraubt worden und nach siebenjähriger Gefangenschaft im Kerker gestorben.«

»Karl V.[489] hat die Engländer verjagt!« sagte sie siegessicher.

»Nicht er, sondern du Guesclin[490]; denn Karl von Navarra hat ihn vergiftet, und er ist lange hingesiecht.«

»Aber Karl IV.[491]?« fragte sie.

»Der war dreimal verheiratet, ohne Erben zu bekommen, trotz der männlichen Schönheit, die die Söhne Philipps des Schönen auszeichnete. Mit ihm endeten die ersten Valois; die neuen werden ebenso enden; die Königin hat mir bloß eine Tochter geschenkt, und ich werde sterben, ohne sie schwanger zurückzulassen, denn ein Minderjähriger würde das größte Unglück sein, von dem das Königreich heimgesucht werden könnte. Würde mein Sohn überdies am Leben bleiben? Der Name Karl ist von verhängnisvoller Vorbedeutung; Karl der Große hat alles Glück dieses Namens erschöpft. Sollte ich noch einmal König von Frankreich werden, so würde ich davor erzittern, mich Karl X. zu nennen[492].«

»Wer trachtet denn nach deiner Krone?«

»Mein Bruder Alençon konspiriert gegen mich. Überall sehe ich Feinde.«

»Monsieur«, sagte Marie und zog ein anbetungswürdiges Mäulchen, »erzählt mir heiterere Geschichten.«

»Mein geliebtes Kleinod«, entgegnete der König lebhaft, »sag niemals ›Monsieur‹ zu mir, nicht einmal mit lachender Miene; du erinnerst mich dann an meine Mutter; sie verletzt mich unaufhörlich durch diesen Ausdruck; sie scheint mich dadurch der Krone zu berauben. Zum Herzog von Anjou, das heißt zum König von Polen, sagt sie ›mein Sohn‹.«

»Sire«, sagte Marie und faltete die Hände, als bete sie zu Gott, »es gibt ein Königreich, in dem Ihr vergöttert werdet; Eure Majestät erfüllen es mit Ihrem Ruhm und Ihrer Stärke; und dort bedeutet das Wort ›Monsieur‹ ›mein vielgeliebter Herr und Gebieter‹.«

Sie löste die Hände auseinander und zeigte dem König mit einer lieblichen Geste ihr Herz. Diese Worte wurden so schön hinmusiziert, um einen Ausdruck jener Zeit zu gebrauchen, der die Melodien der Liebe andeutet, daß Karl IX. Marie um die Taille faßte, sie mit der für ihn bezeichnenden nervösen Kraft hochhob, sie auf seine Knie setzte und sanft die Stirn an den so kokett geordneten Locken seiner Geliebten rieb. Marie erachtete den Augenblick für günstig; sie wagte einige Küsse, die Karl mehr duldete als entgegennahm; dann sagte sie zwischen zwei Küssen zu ihm: »Wenn meine Diener nicht gelogen haben, bist du gestern die ganze Nacht durch Paris gelaufen wie in den Zeiten, da du als echter jüngerer Sohn dumme Streiche vollführtest.«

»Ja«, sagte der König und schaute gedankenverloren drein.

»Hast du Wachen verprügelt und ein paar gute Bürgersleute ausgeplündert? Was sind das für Leute, die mir zur Bewachung gegeben worden und die so große Verbrecher sind, daß Ihr verboten habt, daß jemand die mindeste Verbindung zu ihnen anknüpft? Nie ist ein Mädchen so streng eingeriegelt worden wie diese Leute; sie haben weder zu trinken noch zu essen bekommen; Solerns Deutsche haben niemanden an die Kammer herangelassen, in die Ihr sie gesperrt habt. Handelt es sich um einen Scherz oder um etwas Ernsthaftes?«

»Ja, gestern abend«, sagte der König und ließ seine Versonnenheit hinter sich, »habe ich mich darangemacht, mit Tavannes und den Gondis über die Dächer zu laufen; ich habe mit den Gefährten meiner früheren Streiche beisammen sein wollen; aber die Beine sind nicht mehr dieselben; wir haben nicht mehr gewagt, die Straßen zu überspringen. Dennoch haben wir zwei Höfe überquert, indem wir uns von einem Dach aufs andere schwangen. Als Tavannes und ich beim letzten Sprung zwei Schritte von hier an einen Giebel gelangt waren und uns an einen Schornstein angeklammert hatten, da haben wir uns gesagt, daß damit jetzt Schluß sein müsse. Wäre jeder von uns allein gewesen, so hätte keiner den Sprung gewagt.«

»Ich wette, daß du als erster gesprungen bist! (Der König lächelte.) Ich weiß, warum du so dein Leben aufs Spiel setzt.«

»Ach, du schöne Hellseherin!«

»Du bist lebensmüde.«

»Zum Henker mit allen Hexenmeistern! Ich werde von ihnen verfolgt«, sagte Karl und setzte wieder eine ernste Miene auf.

»Meine Hexenkunst ist die Liebe«, entgegnete sie lächelnd. »Habe ich seit dem glücklichen Tag, da Ihr mich liebgehabt habt, nicht stets Eure Gedanken erraten? Und wenn Ihr mir verstattet, Euch die Wahrheit zu sagen: Die Gedanken, die Euch heute quälen, sind eines Königs unwürdig.«

»Bin ich denn König?« fragte er bitter.

»Könntet Ihr es nicht sein? Was hat Karl VII. getan, dessen Namen Ihr tragt? Er hat auf seine Geliebte[493] gehört, Monseigneur, und sein Königreich zurückerobert, das von den Engländern verheert wurde wie das Eure es von der Religion wird. Euer letzter Staatsstreich hat Euch den Weg vorgezeichnet, dem gefolgt werden muß. Rottet die Ketzerei aus.«

»Du hast Kriegslisten getadelt«, sagte Karl, »und heute ...«

»Sind sie durchgeführt worden«, antwortete sie. »Übrigens bin ich der Meinung der Madame Katharina, daß es besser wäre, sich selber ihrer zu bedienen, als die Guisen sich ihrer bedienen zu lassen.«

»Karl VII. hatte nur gegen Menschen zu kämpfen; ich jedoch sehe mir Ideen gegenüberstehen«, entgegnete der König. »Menschen kann man töten, nicht aber Worte! Kaiser Karl V. hat darauf verzichtet; sein Sohn Don Philipp erschöpft dabei seine Kräfte; wir Könige gehen dabei alle zugrunde. Auf wen könnte ich mich stützen? Zur Rechten, bei den Katholiken, finde ich die mich bedrohenden Guisen; die Calvinisten zur Linken werden mir niemals den Tod meines armen väterlichen Freundes Coligny verzeihen, und auch nicht das August-Blutbad; und außerdem wollen sie die Throne abschaffen; und vor mir schließlich habe ich meine Mutter ...«

»Verhaftet sie, seid Alleinherrscher«, flüsterte Marie dem König zu.

»Das wollte ich gestern, und heute will ich es nicht mehr. Du hast gut reden.«

»Zwischen der Tochter eines Apothekers und eines Arztes besteht kein so großer Unterschied«, entgegnete Marie Touchet; sie scherzte gern über die ihr fälschlich zugeschriebene Abkunft.

Der König runzelte die Brauen.

»Marie, nimm dir nicht solche Freiheiten heraus! Katharina von Medici ist meine Mutter, und du müßtest zittern ...«

»Und was fürchtet Ihr?«

»Gift!« sagte der König, der schließlich außer sich geraten war.

»Du armer Junge!« rief Marie aus und wehrte ihren Tränen; denn die Verquickung von soviel Kraft und soviel Schwäche erschütterte sie tief. »Ach!« fuhr sie fort, »ihr macht mir Madame Katharina arg verhaßt, und dabei habe ich sie für so gütig gehalten; aber jetzt dünken ihre Gütebezeigungen mich Perfidien. Warum tut sie mir soviel Gutes und Euch soviel Böses an? Während meines Aufenthalts in der Dauphiné habe ich über den Beginn Eurer Regierungszeit viele Dinge erfahren, die Ihr mir verborgen gehalten hattet; mir scheint jetzt, als habe die Königin, Eure Mutter, all Euer Unglück verschuldet.«

»Wieso?« fragte der König, lebhaft bedrängt von seinen Gedanken.

»Frauen, deren Seele und Absichten rein sind, bedienen sich zur Beherrschung der Männer, die sie lieben, der Tugenden; aber Frauen, die nichts Gutes mit ihnen im Sinn haben, beherrschen sie, indem sie sich Stützen in den schlechten Neigungen der Männer suchen; nun aber hat die Königin aus manchen Eurer guten Eigenschaften Laster gemacht und Euch glauben lassen, Eure schlechten Seiten seien Tugenden. War das die Rolle einer Mutter? Seid ein Tyrann auf die Art und Weise Ludwigs XI., flößt tiefes Entsetzen ein; tut wie Don Philipp, verbannt die Italiener, macht Jagd auf die Guisen und beschlagnahmt den Besitz der Calvinisten; steht Ihr allein da, so werdet Ihr Euch erheben und den Thron retten. Der Augenblick ist günstig; Euer Bruder weilt in Polen.«

»In der Politik sind du und ich Kinder«, sagte Karl bitter, »wir verstehen uns nur aufs Lieben. Ach, mein Geliebtes, gestern habe ich an all das gedacht; ich hatte große Dinge vollbringen wollen; pah, meine Mutter hat meine Kartenhäuser umgeblasen. Von weitem betrachtet, zeichnen die Fragen sich säuberlich ab wie Gebirgsketten, und jedermann sagt sich: Ich will mit den Calvinisten fertig werden, ich will die Herren von Guise zur Vernunft bringen, ich mache mich von der römischen Kurie frei, ich stütze mich auf das Volk, auf das Bürgertum; kurzum, von weitem sieht alles einfach aus; aber wenn man die Berge ersteigen will, dann werden in dem Maß, wie man näher an sie herankommt, die Schwierigkeiten größer. Der Calvinismus an sich ist die letzte Sorge der Parteihäupter, und die Herren von Guise, diese besessenen Katholiken, würden die Hände ringen, wenn sie die Calvinisten gänzlich besiegt sähen. Jeder gehorcht vor allem seinen Interessen, und die religiösen Meinungen dienen unersättlichem Ehrgeiz als Tarnung. Die Partei Karls IX. ist die schwächste von allen; die des Königs von Navarra, die des Königs von Polen, die des Herzogs von Alençon, die der Condés, die der Guisen und die meiner Mutter verbinden sich die einen gegen die andern und lassen mich sogar in meinem Kronrat allein. Meine Mutter ist inmitten so vieler Elemente der Verwirrung die stärkste; sie hat mir gerade die Nichtigkeit meiner Pläne nachgewiesen. Wir sind von Untertanen umgeben, die die Justiz verhöhnen. Das Richtbeil Ludwigs XI., von dem du sprichst, das fehlt uns. Das Parlamentsgericht würde weder die Guisen noch den König von Navarra noch die Condés noch meinen Bruder verurteilen; es würde glauben, dann stecke es das Königreich in Brand. Man müßte den Mut haben, der zum Mord erforderlich ist; dahin wird der Thron noch in bezug auf die Vermessenen gelangen, die die Justiz unterdrückt haben; aber wo ließen sich getreue Arme finden? Der heute vormittag abgehaltene Kronrat hat mir Ekel vor allem und jedem eingeflößt; überall Verrat, überall einander widerstrebende Interessen. Ich bin es müde, meine Krone zu tragen; ich will nichts mehr, als in Frieden sterben.«

Und er versank wieder in ein düsteres Brüten.

»Angeekelt von allem und jedem!« wiederholte Marie Touchet schmerzlich und schonte dabei die tiefe Empfindungslosigkeit ihres Geliebten.

Karl befand sich tatsächlich im Bann eines jener völligen Erschöpfungszustände des Geistes und des Körpers, wie sie durch die Überanstrengung aller Fähigkeiten hervorgerufen werden; sie steigern sich noch durch die Entmutigung, wie sie die Größe des Unglücks, die erkannte Unmöglichkeit des Triumphs oder der Anblick der mannigfachen Schwierigkeiten erzeugen, vor denen sogar das Genie zurückschreckt. Die Niedergeschlagenheit des Königs entsprach vollauf der Höhe, zu der sein Mut und seine Ideen sich seit ein paar Monaten emporgeschwungen hatten; doch dann hatte ihn ein Anfall nervöser Melancholie, der durch seine Krankheit hervorgerufen worden war, während des langen, in seinem Kabinett abgehaltenen Kronrats gepackt; Marie sah nur zu gut, daß er sich in einer der Krisen befand, in denen alles schmerzlich und lästig ist, sogar die Liebe; so kniete sie denn auch weiterhin, den Kopf auf den Knien des Königs, und dieser ließ seine Hand in das Haar der Geliebten verwühlt liegen, ohne sich zu bewegen, ohne ein Wort zu sagen, ohne zu seufzen, und so verhielt auch sie sich. Karl IX. war in die Lethargie der Ohnmacht hinabgesunken, und Marie in die Stumpfheit der Verzweiflung einer liebenden Frau, die sich der Grenze gewahr geworden ist, an der die Liebe endet.

So verharrten die beiden Liebenden lange Zeit hindurch in tiefstem Schweigen; es war eine der Stunden, da jedes Nachdenken Wunden schlägt, da das Gewölk eines innerlichen Unwetters sogar die Erinnerungen an das Glück verhüllt. Marie glaubte, sie sei irgendwie an dieser erschreckenden Niedergeschlagenheit mitschuldig. Nicht ohne Erschrecken überlegte sie, ob die Beglückungen sonder Maß, mit denen der König sie überschüttet hatte, und die heftigen Liebesbezeigungen, die zu dämpfen sie in sich nicht die Kraft verspürte, nicht Karls IX. Geist und Körper geschwächt hätten. Als sie ihre Augen, die naß von Tränen waren wie ihr Gesicht, zu ihrem Geliebten aufhob, sah sie in den Augen und auf den farblosen Wangen des Königs ebenfalls Tränen. Dieses Einverständnis, das sie beide bis in den Schmerz hinein vereinte, erschütterte Karl IX. so stark, daß er aus seiner Betäubung auffuhr wie ein Pferd, das die Sporen spürt; er packte Marie um die Taille, und noch ehe sie hätte erraten können, was er wollte, hatte er sie auf das Ruhebett gelegt.

»Ich will nicht länger König sein«, sagte er, »nur noch dein Liebhaber will ich sein und in der Lust alles vergessen! Ich will im Glück sterben, und nicht verzehrt von den Sorgen, die der Thron mit sich bringt.«

Der Tonfall dieser Worte und das Leuchten, das in den eben noch erloschenen Augen Karls IX. schimmerte, bereiteten Marie, anstatt ihr zu gefallen, grausige Qual; sie beschuldigte in diesem Augenblick ihre Liebe der Mitschuld an den Ursachen der Krankheit, an der der König starb.

»Ihr vergeßt Eure Gefangenen«, sagte sie und erhob sich unvermittelt.

»Was gehen mich diese Männer an? Ich stelle es ihnen frei, mich zu ermorden.«

»Sind es denn Mörder?« fragte sie.

»Mach dir ihretwegen keine Sorgen; wir haben sie ja gefaßt, liebes Kind! Beschäftige dich nicht mit ihnen, sondern mit mir; liebst du mich denn nicht?«

»Sire!« rief sie aus.

»Sire«, wiederholte er und ließ aus seinen Augen Funken sprühen, so heftig war die erste Zornesaufwallung, die die unzeitige Respektsbezeigung seiner Geliebten ausgelöst hatte. »Du stehst im Einvernehmen mit meiner Mutter.«

»Mein Gott!« rief Marie, blickte auf das Bild über ihrem Betstuhl und bemühte sich, an diesen zu gelangen, um dort ein Gebet zu sprechen, »gib, daß er mich versteht!«

»Aha!« entgegnete der König mit finsterer Miene, »solltest du dir etwas vorzuwerfen haben?« Dann sah er sie an, die er in seinen Armen hielt, und senkte die Augen in diejenigen seiner Geliebten: »Ich habe von der tollen Leidenschaft reden hören, die ein gewisser d'Entragues für dich empfindet«, sagte er mit verstörter Miene, »und seit der Feldhauptmann Balzac[494], der Großvater dieser Familie, eine Mailänder Visconti geheiratet hat, trauen diese Käuze sich alles zu.«

Marie blickte den König mit einer so stolzen Miene an, daß ihn Scham überkam. In diesem Augenblick wurde das Geschrei des kleinen Karl von Valois, der gerade aufgewacht war und den seine Amme herbeitrug, im Nachbarzimmer vernehmlich.

»Kommt herein, Burgunderin!« sagte Marie, nahm der Amme das Kind ab und brachte es dem König. »Ihr seid noch kindischer als er«, sagte sie, halb zornig, halb beschwichtigt.

»Er ist sehr schön«, sagte Karl IX. und nahm seinen Sohn auf den Arm.

»Ich ganz allein weiß, wie er dir ähnelt«, sagte Marie, »er hat bereits deine Bewegungen und dein Lächeln . . .«

»So klein?« fragte der König lächelnd.

»Nie wollen die Männer so etwas glauben«, sagte sie. »Aber nimm ihn doch, liebster Karl, spiel mit ihm und schau ihn dir an! Sieh, habe ich nicht recht?«

»Wahrhaftig!« rief der König; eine Bewegung des Kindes, die ihn die Miniaturausgabe einer seiner eigenen Gesten dünkte, hatte ihn überrascht.

»Diese hübsche Blume!« sagte die Mutter. »Der wird mich nie verlassen, und nie wird er mir Kummer machen.«

Der König spielte mit seinem Sohn; er ließ ihn hüpfen; er küßte ihn überschwenglich; er bedachte ihn mit den närrischen, unklaren Ausdrücken, den hübschen Klangnachahmungen, wie Mütter und Ammen sie zu erschaffen wissen; seine Stimme klang dabei kindlich; endlich wurde seine Stirn hell; über sein bekümmertes Gesicht breitete sich wieder Freude, und als Marie merkte, daß ihr Geliebter alles vergessen hatte, lehnte sie den Kopf an seine Schulter und flüsterte ihm zu: »Wollt Ihr mir nicht sagen, liebster Karl, warum Ihr mir Mörder zu bewachen gebt, wer jene Männer sind und was Ihr mit ihnen zu tun gedenkt? Kurzum, wohin habt Ihr Euch über die Dächer begeben? Ich will doch hoffen, daß es sich nicht um eine Frau handelt?«

»Du liebst mich nach wie vor gleichermaßen!« sagte der König; das helle Augenstrahlen eines jener fragenden Blicke, die die Frauen bei bestimmten Gelegenheiten zu werfen wissen, hatte ihn überrascht.

»Habt Ihr an mir zweifeln können?« entgegnete sie und ließ zwischen ihren schönen, jungen Lidern sich Tränen bilden.

»Es finden sich Frauen in meinen Abenteuern; doch das sind Hexen. Wo war ich stehengeblieben?«

»›Wir waren zwei Schritte von hier, auf einem Hausgiebel‹«, sagte Marie, »in welcher Straße?«

»In der Rue Saint-Honoré, mein Geliebtes«, sagte der König; er schien sich erholt zu haben, und indem er seine Gedanken wieder aufgriff, wollte er seine Geliebte auf die Szene vorbereiten, die sich in ihrem Haus abspielen sollte. »Als wir gestern dort hindurchgegangen sind, weil wir herumstreunen wollten, wurden meine Augen von einem starken Lichtschein angezogen, der vom Speicher des Hauses ausging, wo René wohnt, der Parfümlieferant und Handschuhmacher meiner Mutter, der deinige und der des Hofes. Ich habe heftige Zweifel an dem, was bei diesem Mann geschieht, und wenn ich vergiftet bin, dann ist das Gift dort bereitet worden.«

»Von morgen an beziehe ich nichts mehr von ihm«, sagte Marie.

»Oh! Du hattest ihn beibehalten, als ich mich von ihm abgewandt hatte«, rief der König. »Hier war mein Leben«, fuhr er mit düsterer Miene fort, »sicherlich hat man mir hier den Tod gegeben.«

»Aber lieber Junge, ich bin doch mit unserm Dauphin eben erst aus der Dauphiné zurückgekommen«, sagte sie lächelnd, »und seit dem Tod der Königin von Navarra hat René mir nichts mehr geliefert ... Sprich weiter; du bist also auf Renés Haus geklettert?«

»Ja«, fuhr der König fort. »Tavannes ist mir gefolgt; im Handumdrehen bin ich an eine Stelle gelangt, von wo aus ich, ohne gesehen zu werden, in das Innere der Satansküche habe schauen und dort Dinge gewahren können, die mich zu den Maßregeln angeregt haben, die ich dann ergriff. Hast du dir niemals die Speicher angeschaut, in die das Haus dieses verdammten Florentiners ausläuft? Die Fenster an der Straßenseite sind stets geschlossen, ausgenommen das letzte, von dem aus man das Palais Soissons und die Säule sehen kann, die meine Mutter für ihren Astrologen Cosimo Ruggieri hat erbauen lassen. In jenen Speichern befinden sich eine Wohnung und eine Galerie, die nur von der Hofseite her ihr Licht erhalten, so daß man, um zu sehen, was da drinnen geschieht, dorthin klimmen muß, wohin zu klettern keinem Menschen in den Kopf kommen kann, nämlich auf die Krone einer hohen Mauer, die an Renés Hausdach endet. Die Leute, die dort ihre Öfen aufgestellt haben, in denen sie den Tod destillieren, haben, um nicht beobachtet zu werden, mit der Feigheit der Pariser gerechnet, aber nicht mit ihrem Karl von Valois. Ich nämlich habe mich in der Dachrinne bis an ein Fenster vorgewagt und mich stehend an dessen Pfosten gepreßt, wobei ich meinen Arm um den Affen schlang, der ihm als Schmuckwerk dient.«

»Und was habt Ihr gesehen, mein Herz?« fragte die erschrokkene Marie.

»Ein Gelaß, in dem Werke der Finsternis hergestellt werden«, antwortete der König. »Das erste, worauf mein Blick fiel, war ein hochgewachsener, auf einem Stuhl sitzender Greis; er trug einen genauso prächtigen weißen Bart wie der alte L'Hospital; gleich ihm war er mit einer schwarzen Samtrobe bekleidet. Auf seine breite, von tiefen Falten durchfurchte Stirn, auf seinen

Kranz weiß gewordenen Haars, auf sein ruhiges, aufmerksames, von durchwachten Nächten und Arbeit bleiches Gesicht fielen die konzentrierten Strahlen einer Lampe, der starkes Licht entströmte. Er teilte seine Aufmerksamkeit zwischen einer alten Handschrift, deren Pergament Jahrhunderte alt sein mußte, und zwei brennenden Öfen, auf denen ketzerische Substanzen kochten. Die Wandtäfelung des Laboratoriums war weder oben noch unten zu sehen, so viele aufgehängte Tiere, Skelette, getrocknete Pflanzen, Mineralien und andere Dinge bedeckten die Wände; hier Bücher, Destillierkolben, Truhen und Schränke voller Geräte für Magie und Astrologie; dort Horoskope, Phiolen, behexte Wachsfiguren und vielleicht auch Gifte, die er René liefert, um die Gastfreundschaft und den Schutz zu bezahlen, die der Handschuhmacher meiner Mutter ihm spendet. Tavannes und ich sind durch den Anblick dieses Teufelsarsenals gepackt worden, das kannst du mir glauben; denn beim bloßen Hinsehen gerät man in einen Zauberbann, und wäre es nicht mein Amt, König von Frankreich zu sein, so würde ich es mit der Angst bekommen haben. ›Zittere du für uns beide!‹ habe ich zu Tavannes gesagt. Allein Tavannes Augen waren durch das mysteriöseste aller Schauspiele verführt worden. Neben dem Greis lag auf einem Ruhebett ein Mädchen von der seltsamsten Schönheit, elegant und lang wie eine Natter, weiß wie ein Hermelin, fahl wie eine Tote und reglos wie eine Statue. Vielleicht war es eine frisch aus einem Grab geholte Frau, die zu irgendeinem Experiment dienen sollte; denn uns schien, als sei sie noch vom Leichentuch umhüllt; ihre Augen waren starr, und atmen habe ich sie nicht sehen. Der merkwürdige alte Kauz zollte ihr nicht die mindeste Aufmerksamkeit; ich betrachtete ihn so begierig, daß sein Geist, wie ich glaube, in mich eingegangen ist; je länger ich ihn anschaute, desto mehr habe ich schließlich seinen so lebendigen, so tiefen, trotz der Vereisung durch das Alter so kühnen Blick bewundert; und auch jenen von Gedanken bewegten Mund, die einem Verlangen entströmten, das einzigartig wirkte, und der dennoch von tausend Rillen durchfurcht blieb. Alles an diesem Mann zeugte von einer Hoffnung, die durch nichts entmutigt und durch nichts gehemmt wird. Seine Haltung, die in ihrer Reglosigkeit von Erschauern durchzittert wurde; jene so zarten

Umrisse, die von einer Leidenschaft durchwühlt wurden, wie sie die Handhabung eines Bildhauermeißels leistet, jene Gedankenarbeit, die sich auf einen verbrecherischen oder wissenschaftlichen Versuch bezieht, jene auf der Fährte der Natur forschende Intelligenz, die von dieser besiegt und gebeugt worden war, ohne unter der Last ihrer Kühnheit, auf die sie nicht verzichtet, zerbrochen zu sein, jener Kühnheit, die die Schöpfung mit dem Feuer bedroht, das sie von ihr erhält ... all das hat mich eine kurze Weile bestrickt. Mich hat jener Greis königlicher gedünkt als ich es bin; denn sein Blick umfaßte die Welt und beherrschte sie. Ich habe beschlossen, fortan keine Degen mehr zu schmieden; ich will über Abgründen schweben, wie jener Greis es tut; sein Wissen ist mir als ein unantastbares Königtum erschienen. Kurzum, ich glaube an die okkulten Wissenschaften.«

»Ihr, der älteste Sohn, der Rächer der heiligen katholischen, apostolischen und römischen Kirche?« fragte Marie.

»Ja, ich!«

»Was ist Euch denn widerfahren? Sprecht weiter, ich will Euretwegen Angst haben, und Ihr werdet Mut haben um meinetwillen.«

»Der Greis warf einen Blick auf seine Wanduhr und erhob sich«, fuhr der König fort; »er ist hinausgegangen, auf welchem Weg, das weiß ich nicht; aber ich habe gehört, wie das nach der Rue Saint-Honoré zu gelegene Fenster geöffnet wurde. Bald ist ein Licht aufgestrahlt, dann habe ich auf der Säule des Palais Soissons ein anderes Licht erblickt, das dem des Greises antwortete, und das es uns ermöglicht hat, oben auf der Säule Cosimo Ruggieri zu gewahren. ›Aha, sie verständigen sich!‹ habe ich zu Tavannes gesagt; er fand fortan alles entsetzlich verdächtig, und er teilte meine Meinung, daß wir uns dieser beiden Männer bemächtigen und ohne Verzug ihre monströse Werkstatt durchsuchen lassen müßten. Aber bevor wir zu einer allgemeinen Beschlagnahme schritten, haben wir sehen wollen, was jetzt geschehen würde. Nach einer Viertelstunde hat die Tür des Laboratoriums sich aufgetan, und Cosimo Ruggieri, der Ratgeber meiner Mutter, der Brunnen ohne Boden, von dem alle Hofgeheimnisse verschlungen werden, den die Frauen um Hilfe gegen ihre Ehemänner und gegen ihre Liebhaber, den die Liebhaber und die

Ehemänner um Hilfe gegen ihre Ungetreuen bitten, der Handel mit der Zukunft wie auch mit der Vergangenheit treibt und aus allen Händen empfängt, der Horoskope verkauft und dafür gilt, daß er alles wisse, dieser halbe Satan ist eingetreten und hat dabei zu dem Greise gesagt: ›Guten Tag, Bruder!‹ Er hat eine abscheuliche, kleine, zahnlose, bucklige, verkrümmte Alte mitgebracht, die verrenkt war wie ein phantastisches Götzenbild, nur viel gräßlicher; sie war verrunzelt wie ein alter Apfel; ihre Haut war safranfarben; ihr Kinn schnappte nach ihrer Nase; ihr Mund war ein kaum angedeuteter Strich; ihre Augen glichen den schwarzen Punkten auf einem Würfel; ihre Stirn drückte Bitterkeit aus; ihr Haar glitt in grauen Strähnen unter einer schmutzigen Haube hervor; sie stützte sich beim Gehen auf eine Krücke; sie roch nach Scheiterhaufen und Hexenkunst; sie machte uns Angst; denn weder Tavannes noch ich hielten sie für ein natürliches Weibwesen; Gott hat die Frauen nicht so furchterregend geschaffen wie diese. Sie setzte sich auf einen Schemel neben die hübsche weiße Natter; in die hatte Tavannes sich verschossen. Die beiden Brüder ließen die Alte wie die Junge völlig unbeachtet; in ihrem Beieinander bildeten sie ein schauerliches Paar. Auf der einen Seite das Leben im Tod, auf der anderen der Tod im Leben.«

»Mein liebenswerter Dichter!« rief Marie und küßte den König.

» ›Guten Tag, Cosimo‹, hat der alte Alchimist seinem Bruder geantwortet. Und beide haben zu dem Ofen hingeblickt. ›Welche Kraft hat der Mond heute?‹ hat der Alte Cosimo gefragt. – ›Aber *caro* Lorenzo‹, hat meiner Mutter Astrologe geantwortet, ›die Septemberflut ist noch nicht vorüber; man kann bei einer solchen Wirrnis nichts wissen.‹ – ›Was sagt uns der *Orient* heute abend?‹ – ›Er hat gerade‹, hat Cosimo geantwortet, ›eine schöpferische Kraft in der Luft entdeckt, die der Erde alles zurückerstattet, was sie ihr nimmt; daraus folgert er gleich uns, daß alles hienieden das Produkt einer langsamen Umwandlung ist, und daß alle Verschiedenheiten nur Formen von ein und derselben Substanz darstellen.‹ – ›Eben das hat mein Vorgänger gedacht‹, hat Lorenzo geantwortet. ›Heute morgen sagte mir Bernard Palissy[495], die Metalle seien das Ergebnis einer Zusammendrückung, und das Feuer, das alles teile, vereinige auch alles; das Feuer besitze sowohl die Kraft zum Komprimieren wie auch zum Trennen. Es steckt Genie in diesem wackern Mann.‹ Obgleich ich so stand, daß ich nicht gesehen werden konnte, sagte Cosimo und ergriff dabei die Hand der jungen Toten: ›Es ist jemand ganz in der Nähe! – Wer ist es?‹ fragte er. ›Der König!‹ sagte sie. Ich habe mich gezeigt und an die Scheibe geklopft, Ruggieri hat mir das Fenster geöffnet, und ich bin in diese Höllenküche gesprungen, Tavannes mir nach. ›Ja, der König‹, sagte ich zu den beiden Florentinern, von denen wir meinten, sie seien von Entsetzen gepackt. ›Trotz Eurer Öfen und Eurer Bücher, Eurer Hexen und Eurer Wissenschaft habt Ihr meinen Besuch nicht zu erraten verstanden. Ich bin recht froh, den berühmten Lorenzo Ruggieri vor mir zu sehen, von dem meine Mutter, die Königin, auf so geheimnistuerische Weise spricht‹, sagte ich zu dem Greis; er stand auf und verneigte sich. ›Ihr haltet Euch ohne meine Einwilligung im Königreich auf, mein Guter. Für wen arbeitet Ihr hier, Ihr, die Ihr vom Vater auf den Sohn, im Innersten des Hauses Medici lebt? Hört mich an! Ihr schöpft aus soviel Geldsäckeln, daß Habgierige seit langem des Goldes übersatt wären; Ihr seid zu abgefeimte Leute, als daß Ihr Euch unklugerweise auf verbrecherische Wege einlassen würdet; aber Ihr dürft Euch nicht länger unbesonnen in diese Küche stürzen; habt Ihr etwa geheime Pläne, Ihr, die weder das Gold noch die Macht befriedigt? Wem dient Ihr? Gott oder dem Teufel? Was stellt Ihr hier her? Ich will die ganze Wahrheit; ich bin Manns genug, sie zu vernehmen und das Geheimnis Eurer Unternehmungen zu wahren, so tadelnswert sie auch sein könnten. Also sagt mir alles unverhohlen. Wenn Ihr mich hinters Licht führt, wird streng mit Euch verfahren werden. Ob Ihr nun Heiden oder Christen, Calvinisten oder Mohammedaner seid, Ihr habt mein königliches Wort, ungestraft das Königreich verlassen zu können, falls Ihr Euch nur ein paar kleine Sünden vorzuwerfen habt. Kurzum, ich lasse Euch die verbleibenden Stunden dieser Nacht und den Vormittag des morgigen Tags zu Eurer Gewissensprüfung, denn Ihr seid meine Gefangenen, und Ihr werdet mir an einen Ort folgen, wo Ihr bewacht werdet wie Schätze.‹ Bevor die beiden Florentiner sich meinem Befehl fügten, haben sie einander durch einen klugen Blick befragt, und Lorenzo Ruggieri hat mir gesagt, ich dürfe mir gewiß sein, daß keine Folter ihnen ihre Geheimnisse zu entreißen vermöge; trotz ihrer augenscheinlichen Schwäche besäßen weder Schmerz noch menschliche Gefühle Macht über sie; einzig Vertrauen könne ihre Lippen aussprechen lassen, was ihrer beider Denken enthalte. Ich dürfe mich nicht wundern, daß sie im gegenwärtigen Augenblick mit einem König, der lediglich Gott als über ihm stehend anerkenne, von gleich zu gleich unterhandelten; denn ihrer beider Denken hänge ebenfalls nur von Gott ab. Sie verlangten somit von mir das gleiche Vertrauen, wie sie es mir gewähren würden. Dann aber haben sie mich, ehe sie sich verpflichteten, mir ohne Hintergedanken zu antworten, gebeten, meine linke Hand in die Hand des jungen Mädchens zu legen, das dort war, und meine rechte in die Hand der Alten. Da ich ihnen keinen Anlaß geben wollte, zu meinen, ich fürchtete irgendwelche Hexerei, streckte ich die Hände aus; Lorenzo nahm die rechte, Cosimo die linke, und jeder von ihnen legte sie in die Hand jeder der beiden Frauen, so daß ich dastand wie Jesus-Christus zwischen seinen beiden Schächern. Während der ganzen Zeit beschauten die beiden Hexen prüfend meine Hände; Cosimo hielt mir einen Spiegel vor und bat mich, mich darin zu beschauen, und sein Bruder sprach mit den beiden Frauen in einer unbekannten Sprache. Weder Tavannes noch ich konnten den Sinn irgendeines Satzes erfassen. Ehe jene Leute hierhergebracht wurden, haben wir alle Ausgänge jenes Laboratoriums versiegelt; Tavannes hat es auf sich genommen, es bis zu dem Augenblick zu bewachen, da auf meinen ausdrücklichen Befehl Bernard Palissy und Chapelain, mein Arzt, sich dahin begeben hätten, um eine genaue Untersuchung aller Drogen durchzuführen, die sich dort befinden und die dort hergestellt werden. Damit die beiden Teufelskerle nichts von den Nachforschungen ahnten, die in ihrer Küche angestellt werden, und um sie daran zu hindern, mit wem auch immer in der Außenwelt in Verbindung zu treten, denn sie hätten sich ja mit meiner Mutter ins Einvernehmen setzen können, habe ich sie heimlich bei dir gefangengesetzt, und zwar bewacht von Solerns Deutschen, und die sind den besten Kerkermauern gleichwertig. René selber wird in seiner Kammer bei offner Tür von Solerns

Knappen bewacht, und ebenso die beiden Hexen. Jetzt aber, meine geliebte Liebste, nun ich die Schlüssel der Kabbala, die Könige von Tunis[496], die Häupter der Hexenzunft, die Fürsten der Zigeuner, die Herren der Zukunft, die Erben aller berühmten und berüchtigten Wahrsager in meiner Gewalt habe, will ich in dir lesen, dein Herz kennenlernen; endlich werden wir erfahren, was uns bevorsteht!«

»Ich bin sehr froh, wenn sie mein Herz entblößt zeigen können«, sagte Marie, ohne irgendwelche Furcht zu bekunden.

»Ich weiß, warum die Zauberer dich nicht erschrecken: auch du kannst behexen.«

»Mögt Ihr nicht einen von diesen Pfirsichen?« antwortete sie und bot ihm die schönen Früchte auf einem silbervergoldeten Teller dar. »Seht diese Trauben, diese Birnen; ich selber habe sie in Vincennes gepflückt.«

»Dann will ich also davon essen; es ist kein anderes Gift darin als Liebestränke von deiner Hand.«

»Du solltest viel Obst essen, Karl; das würde dir das Blut erfrischen; du verbrennst es durch allzuviele Gewaltmittel.«

»Müßte ich dich nicht auch seltener liebend umfangen?«

»Vielleicht«, sagte sie. »Wenn das, was du gern tust, dir schadete, und ... das habe ich geglaubt!, dann würde ich aus meinem Herzen die Kraft schöpfen, es dir zu verweigern. Ich vergöttere Karl noch mehr als ich den König liebe, und ich will, daß der Mensch ohne die Qualen lebe, die ihn traurig stimmen.«

»Die Königswürde verdirbt mich.«

»Freilich«, sagte sie. »Wenn du nur ein armer Fürst wärst wie dein Schwager, der König von Navarra, dieser kleine Schürzenjäger ohne Geld und Gut, der nichts als ein jämmerliches Königreich in Spanien besitzt, das er nie betreten wird, und das Béarn in Frankreich, das kaum soviel abwirft, daß er davon leben könnte, dann wäre ich glücklich, weit glücklicher, wie wenn ich wirklich Königin von Frankreich wäre.«

»Aber bist du denn nicht mehr als die Königin? Sie hat den König Karl nur zum Wohl des Königreichs; denn ist die Königin nicht ein Bestandteil der Politik?«

Marie lächelte, zog ein niedliches Mäulchen und sagte: »Man weiß es, Sire. Aber ist mein Sonett fertig?«

»Liebe Kleine, Verse zu schreiben ist ebenso schwierig wie der Erlaß von Edikten zur Befriedung; die deinen werde ich bald vollendet haben. Mein Gott, wie leicht ist mir hier das Leben; am liebsten bliebe ich immer hier. Aber wir müssen ja die beiden Florentiner verhören. Beim Haupt Gottes und allen Reliquien, ich fand, es sei gerade genug an einem Ruggieri im Königreich, und nun haben wir ihrer zwei. Hör, mein liebes Geliebtes, es fehlt dir nicht an Geist, du würdest einen vortrefflichen Polizeioffizier abgeben, denn du witterst alles ...«

»Aber, Sire, wir Frauen mutmaßen alles, was wir fürchten, und für uns ist das Mögliche Wahrheit: darin besteht, kurz gesagt, unser ganzer Scharfsinn.«

»Gut, also hilf mir, diese beiden Männer zu ergründen. Gegenwärtig hängen alle meine Entschlüsse von diesem Verhör ab. Sind sie schuldlos, sind sie schuldig? Hinter ihnen steht meine Mutter.«

»Ich höre auf der Wendeltreppe Jacobs Stimme«, sagte Marie.

Jacob war der Lieblingsdiener des Königs, derjenige, der ihn bei allen seinen Lustausflügen begleitete; er wollte fragen, ob es seinem Herrn genehm sei, mit den beiden Gefangenen zu sprechen.

Auf ein bestätigendes Nicken hin gab die Herrin des Hauses ein paar Weisungen.

»Jacob«, sagte sie, »weist jedermann aus dem Haus, bis auf die Amme und den Herrn Dauphin d'Auvergne[497]; sie können bleiben. Was Euch betrifft, so verbleibt im unteren Saal; aber vor allem müßt Ihr die Fenster schließen, im Salon die Vorhänge zuziehen und Kerzen anzünden.«

Die Ungeduld des Königs war so groß, daß er sich während dieser Zurüstungen auf einen Sessel vor einem hohen, weißen Marmorkamin setzte, in dem ein helles Feuer schimmerte; seine hübsche Geliebte nahm neben ihm Platz. Über dem Kamin hing statt eines Spiegels ein Bildnis des Königs in einem roten Samtrahmen. Karl IX. stützte die Ellbogen auf die Armlehnen des Sessels, um die beiden Florentiner besser betrachten zu können.

Als die Laden geschlossen und die Vorhänge zugezogen waren, zündete Jacob die Kerzen eines mehrarmigen Leuchters an, einer Art Kandelaber aus getriebenem Silber, und stellte ihn auf einen

Tisch, an den die beiden Florentiner sich setzen sollten; sie konnten dann das Werk des Benvenuto Cellini, ihres Landsmannes, erkennen. Jetzt erfunkelte die reiche Ausstattung dieses Raums, der im Geschmack Karls IX. eingerichtet war. Besser als bei Tageslicht sah man das Braunrot des Gobelins. Die köstlich gearbeiteten Möbel reflektierten in den Kehlen ihres Ebenholzes das Licht der Kerzen und des Kaminfeuers. Die zurückhaltend verteilten Vergoldungen glänzten hier und dort auf wie Augen und belebten die braune Farbe, die in dieser Heimstatt der Liebe vorherrschte.

Jacob klopfte zweimal, und auf eine Zustimmung hin ließ er die beiden Florentiner eintreten. Marie Touchet geriet sogleich in den Bann des Hoheitsvollen, das Lorenzo der Beachtung durch Große wie Kleine anempfahl. Dieser asketische Greis, dessen Silberbart durch einen schwarzen Pelzmantel noch mehr hervorgehoben wurde, hatte eine Stirn, die einer Marmorkuppel glich. Sein strenges Antlitz, daraus zwei schwarze Augen scharfe Flammen sprühten, vermittelte ein Erschauern, wie es ein Genie ausströmt, das aus seiner tiefen Einsamkeit hervorgetreten ist und eine desto stärkere Wirkung ausübt, als seine Kraft nicht durch die Berührung mit Menschen abgestumpft worden ist. Man hätte ihn mit dem Eisen einer unbenützten Klinge vergleichen können.

Was nun Cosimo Ruggieri betrifft, so trug er die Höflingsgewandung jener Zeit. Marie gab dem König ein Zeichen, um ihm zu sagen, daß er bei seinem Bericht nichts übertrieben, und um ihm dafür zu danken, daß er ihr diesen außergewöhnlichen Mann vorgeführt habe.

»Wie gern hätte ich auch die Hexen gesehen«, flüsterte sie dem König zu.

Karl IX. war wieder nachdenklich geworden; er antwortete nicht, sondern wischte sorgfältig ein paar Brotkrumen weg, die an seinem Wams und seinen Kniehosen hafteten.

»Eure Wissenschaft kann nichts gegen den Himmel ausrichten noch die Sonne zwingen, zu erscheinen, Ihr Herren aus Florenz«, sagte der König und deutete auf die Vorhänge, die der grauen Pariser Atmosphäre wegen geschlossen worden waren. »Es fehlt an Licht.«

»Unsere Wissenschaft, Sire, kann uns nach unserm Belieben

einen Himmel erschaffen«, sagte Lorenzo Ruggieri. »Für denjenigen, der in einem Laboratorium am Feuer der Schmelzöfen arbeitet, ist immer schönes Wetter.«

»Das stimmt«, sagte der König. »Also, Vater«, sagte er und bediente sich seines gewohnten Ausdrucks beim Umgang mit Greisen, »erklärt uns jetzt in aller Deutlichkeit den Gegenstand Eurer Forschungen«.

»Wer bürgt uns für Straflosigkeit?«

»Das Wort des Königs«, antwortete Karl IX.; seine Neugier war durch diese Frage aufs lebhafteste erregt worden.

Lorenzo Ruggieri schien zu zögern, und Karl IX. rief: »Was hindert Euch? Wir sind allein.«

»Ist der König von Frankreich anwesend?« fragte der große Greis.

Karl IX. dachte kurz nach und antwortete dann: »Nein.«

»Und wird er auch nicht kommen?« fragte Lorenzo noch.

»Nein«, antwortete Karl IX. und unterdrückte eine Zornesregung.

Der Ehrfurcht erheischende Greis zog einen Stuhl heran und setzte sich; Cosimo staunte über diese Kühnheit und wagte nicht, zu tun wie sein Bruder.

Karl IX. sagte mit abgründiger Ironie: »Der König ist nicht anwesend, Monsieur; aber Ihr seid bei einer Dame und hättet deren Erlaubnis abwarten sollen.«

»Der, den Ihr hier vor Euch seht, Madame«, sagte da der große Greis, »steht genauso hoch über den Königen wie die Könige über ihren Untertanen, und Ihr werdet mich höflich finden, sobald Ihr meine Macht kennengelernt habt.«

Als Karl und Marie diese mit italienischer Emphase gesprochenen Worte vernahmen, blickten sie einander und alsdann Cosimo an; dieser hielt die Augen auf den Bruder gerichtet und schien sich zu fragen: »Wie wird er sich aus der üblen Lage ziehen, in der wir uns befinden?«

Im Grunde konnte nur eine einzige Person die Größe und die tiefe Klugheit von Lorenzo Ruggieris einleitenden Worten verstehen, und das waren weder der König noch dessen junge Geliebte, auf die der Greis den Zauberbann seiner Kühnheit geworfen hatte, sondern es war der durchtriebene Cosimo Ruggieri.

Obgleich der Astrologe den geschicktesten Leuten am Hof und vielleicht gar seiner Gönnerin Katharina von Medici überlegen war, erkannte er seinen Bruder Lorenzo als seinen Herrn und Meister an.

In der Einsamkeit vergraben, hatte dieser alte Gelehrte sich ein Urteil über die Herrscher gebildet; sie waren nahezu alle verstumpft durch das ständige Hin und Her der Politik, deren Krisen in jenem Zeitalter so jäh, so heftig, so hitzig und so unvorhergesehen waren; er kannte ihre Langeweile, ihren Überdruß vor allem und jedem; er wußte, mit welchem Eifer sie das Seltsame, das Neue, das Absonderliche verfolgten; und zumal, wie sehr sie es liebten, sich in den Bereichen des Geistigen zu bewegen, um dem steten Ringen mit Menschen und Ereignissen aus dem Weg zu gehen. Denjenigen, die die Politik bis zur Neige ausgekostet haben, bleibt nur das reine Denken: das hatte Kaiser Karl V. durch seine Abdankung bewiesen. Karl IX., der Sonette und Degen schmiedete, um sich den verzehrenden Staatsgeschäften eines Jahrhunderts zu entziehen, in dem der Thron nicht minder fragwürdig war als der König; der vom Königtum nur die Sorgen kannte, nicht aber die Freuden, mußte durch die wagemutige Verneinung seiner Macht, deren Lorenzo sich soeben erkühnt hatte, nachdrücklich aufgerüttelt werden. Gottlosigkeit überraschte nicht weiter in einer Zeit, da der Katholizismus so gewalttätig geprüft wurde; aber der Umsturz jedweder Religion als Basis der wahnwitzigen Versuche einer geheimnisvollen Kunst mußte den König aufs heftigste betroffen machen und ihn seinen düsteren Voreingenommenheiten entreißen. Ferner war eine Eroberung, bei der es sich um den ganzen Menschen handelte, ein Unterfangen, das in den Augen der Ruggieris jedes andere Interesse zu etwas Belanglosem machen mußte. Von dieser Auffassung, zu der den König zu bringen es galt, hing ein wichtiger Freispruch ab, den die beiden Brüder nicht erbitten konnten, der indessen erlangt werden mußte! Das Wesentliche war, Karl IX. dahin zu bringen, daß er seine Verdächte vergaß; er mußte auf irgendeine Idee gehetzt werden.

Die beiden Italiener wußten nur zu gut, daß der Einsatz bei dieser seltsamen Partie ihr eigenes Leben war; daher bildeten die zugleich demütigen und stolzen Blicke, die sie mit den scharfsichtigen und argwöhnischen Maries und des Königs wechselten, bereits eine Szene für sich.

»Sire«, sagte Lorenzo Ruggieri, »Ihr habt von mir die Wahrheit gefordert; aber um sie Euch völlig nackt zu zeigen, muß ich Euch den vorgeblichen Brunnen, den Abgrund ausloten lassen, dem sie entsteigen wird. Der Edelmann, der Dichter möge uns die Worte verzeihen, die der älteste Sohn der Kirche[498] für Gotteslästerungen halten könnte! Ich glaube nicht, daß Gott sich mit den menschlichen Dingen befaßt ...«

Obwohl Karl IX. fest entschlossen gewesen war, eine königliche Unbeweglichkeit zu bewahren, konnte er eine überraschte Geste nicht unterdrücken.

»Ohne diese Überzeugung würde ich keinen Glauben an das wundersame Werk aufbringen, dem ich mich geweiht habe; aber um es weiter zu betreiben, muß man daran glauben; und wenn der Finger Gottes alle Dinge leitet, bin ich ein Narr. Möge der König es denn wissen! Es handelt sich darum, einen Sieg über den gegenwärtigen Gang der menschlichen Natur zu erringen. Ich bin Alchimist, Sire. Aber glaubt nicht, wie der Pöbel, ich trachtete danach, Gold zu machen! Die Bereitung von Gold ist nicht das Ziel, sondern ein Nebenumstand unserer Forschungen; denn sonst würde unser Versuch nicht das Große Werk, der Stein der Weisen heißen! Das Große Werk ist etwas Kühneres als die Goldmacherei. Wenn ich also Gottes Gegenwart in der Materie zuließe, würde auf meine Stimme hin die Flamme der seit Jahrhunderten brennenden Schmelzöfen morgen erlöschen. Aber das unmittelbare Wirken Gottes leugnen heißt nicht, Gott leugnen; täuscht Euch darin nicht. Wir stellen den Urheber aller Dinge noch weit höher, als die Religionen ihn erniedrigen. Klagt nicht diejenigen des Atheismus an, die die Unsterblichkeit wollen. Luzifers Beispiel folgend, sind wir eifersüchtig auf Gott, und Eifersucht bestätigt eine heftige Liebe! Obwohl diese Doktrin die Grundlage unserer Lehre darstellt, sind nicht alle Adepten von ihr durchdrungen. Cosimo«, sagte der Greis und deutete auf seinen Bruder, »Cosimo ist fromm; er bezahlt Messen für die Ruhe der Seele unseres Vaters, und er hört sie an. Der Astrolog Eurer Mutter glaubt an die Göttlichkeit Christi, an die Unbefleckte Empfängnis, an die Transsubstantiation; er glaubt an den päpstlichen Ablaß, an die Hölle; er glaubt an eine Unendlichkeit von Dingen ... Seine Stunde ist noch nicht gekommen! Ich habe nämlich sein Horoskop gestellt; fast hundertjährig wird er sterben: Er muß noch zwei Regierungen hindurch leben und die Ermordung zweier Könige Frankreichs erleben ...«

»Und das werden sein?« fragte der König.

»Der letzte Valois und der erste der Bourbonen«, antwortete Lorenzo. »Aber Cosimo wird meine Meinungen teilen. Im Grunde ist es unmöglich, Alchimist und Katholik zu sein, Glauben an die Gewaltherrschaft des Menschen über die Materie und an Herrschergewalt des Geistes zu haben.«

»Cosimo wird als Hundertjähriger sterben?« fragte der König und ließ sich zu seinem Furcht einflößenden Runzeln der Brauen hinreißen.

»Ja, Sire«, antwortete Lorenzo selbstherrlich, »er wird friedlich und in seinem Bett sterben.«

»Wenn Ihr die Macht besitzt, den Augenblick Eures Todes vorauszusehen, wie kann Euch dann das Ergebnis unbekannt sein, das Eure Forschungen haben werden?« fragte der König.

Karl IX. begann mit triumphierender Miene zu lächeln und blickte dabei Marie Touchet an.

Die beiden Brüder wechselten einen schnellen, erfreuten Blick. »Er interessiert sich für die Alchimie«, dachten sie jetzt, »wir sind gerettet!«

»Unsere Voraussagen stützen sich auf den gegenwärtigen Zustand der Beziehungen zwischen den Menschen und der Natur; doch es geht ja gerade darum, diese Beziehungen gänzlich umzugestalten«, antwortete Lorenzo.

Der König verharrte in Nachdenken.

»Aber wenn Ihr Euch gewiß seid, zu sterben, dann seid Ihr doch Eurer Niederlage gewiß«, entgegnete Karl IX.

»Wie es auch unsere Vorgänger waren!« antwortete Lorenzo, hob die Hand und ließ sie mit einer emphatischen und feierlichen Geste niederfallen, die dem Hochflug seines Denkens entsprach. »Aber Euer Geist hat bereits den Sprung bis ans Ende der Laufbahn vollführt; er muß auf unserer Fährte umkehren, Sire! Wenn Ihr nicht das Gelände kennt, auf dem unser Bauwerk errichtet worden ist, könntet Ihr uns sagen, es werde zusammenbrechen, und Ihr müßtet die Wissenschaft, die von Jahrhundert zu Jahrhundert von den größten der Menschen betrieben worden ist, beurteilen, wie der Pöbel sie beurteilt.«

Der König tat eine zustimmende Geste.

»Ich meine also, diese Erde gehöre dem Menschen, er sei ihr Herr und er könne sich alle ihre Kräfte aneignen, und alle Substanzen. Der Mensch ist keine unmittelbar aus Gottes Händen hervorgegangene Schöpfung, sondern eine Folgeerscheinung des Prinzips, das in die Unendlichkeit des Äthers gesät worden ist, des Äthers, darin Tausende von Geschöpfen hervorgebracht werden, von denen keins von Stern zu Stern dem andern gleicht, weil dort die Lebensbedingungen verschieden sind. Ja, Sire, die subtile Bewegung, die wir das Leben nennen, hat ihren Ursprung jenseits der sichtbaren Welten; die Schöpfungen teilen es sich nach Maßgabe der Umwelten, in denen sie sich befinden, und die geringsten Wesen haben daran Anteil, indem sie auf eigene Kosten und Gefahr soviel davon übernehmen, wie sie nur nehmen können; bei ihnen liegt es, sich gegen den Tod zu wehren. Darin ist die gesamte Alchemie enthalten. Wenn der Mensch, das vollkommenste Tier dieses Globus, in sich einen Teil Gottes trüge, würde er nicht umkommen; aber er kommt nun mal um. Um aus dieser Schwierigkeit herauszukommen, haben Sokrates und seine Schule die Seele erfunden. Ich, der Nachfolger so vieler großer, unbekannter Könige, die in dieser Wissenschaft geherrscht haben, ich bin für die alten Theorien und gegen die neuen; ich bin für die Umwandlung der Materie, die ich sehe, und gegen die unmögliche Ewigkeit einer Seele, die ich nicht sehe. Ich erkenne die Welt der Seele nicht an. Wenn jene Welt existierte, würden die Substanzen, deren herrliche Vereinigung Euren Körper erzeugt und die bei Madame so strahlend hervortreten, sich nach Euerm Tod nicht sublimieren, um getrennt jede in ihr Fach zurückzukehren, Wasser zu Wasser, Feuer zu Feuer, Metall zu Metall, wie, wenn meine Steinkohle verbrannt ist, ihre Elemente wieder zu ihren ursprünglichen Molekülen geworden sind. Wenn Ihr behauptet, irgend etwas überlebe uns, so sind das nicht wir; denn alles, was das gegenwärtige Ich ist, geht unter! Nun aber ist es das gegenwärtige Ich, das ich über die für sein Leben festgesetzte Frist hinaus fortsetzen will; die gegenwärtige Umwandlung ist es, der ich eine längere Dauer verschaffen will. Wie? Die Bäume leben jahrhundertelang, und die Menschen sollen nur Jahre leben, während die einen passiv und die anderen aktiv sind; während die einen stumm und reglos sind und die anderen sprechen und gehen? Hienieden soll keine Schöpfung der unsern überlegen sein, weder an Macht noch an Dauer. Wir haben bereits unsere Sinne erweitert, wir blicken in die Gestirne! Wir müssen unser Leben ausdehnen können! Ich räume dem Leben vor der Macht den Vorrang ein. Wozu dient die Macht, wenn uns das Leben entgleitet? Ein vernünftiger Mensch darf keine andere Beschäftigung haben als zu erforschen, nicht, ob es ein anderes Leben gebe, sondern das Geheimnis, auf dem seine gegenwärtige Form beruht, um es nach seinem Belieben fortdauern zu lassen! Das ist das Verlangen, das mir das Haar gebleicht hat; aber ich schreite unerschrocken durch die Finsternisse und führe die Intelligenzen in den Kampf, die meinen Glauben teilen. Eines Tages wird das Leben unser sein!«

»Aber wie?« rief der König und sprang auf.

»Da die Vorbedingung unseres Glaubens darin besteht, zu glauben, daß die Welt dem Menschen gehört, muß mir dieser Punkt zugestanden werden«, sagte Lorenzo.

»Gut, es sei«, antwortete der ungeduldige Karl von Valois; er war bereits gefesselt.

»Nun, Sire, wenn man Gott aus dieser Welt ausschließt, was bleibt dann? Der Mensch! Wollen wir jetzt unsern Bereich genauer ins Auge fassen? Die materielle Macht ist aus Elementen zusammengesetzt, diese Elemente an sich sind Prinzipien. Diese Prinzipien lösen sich in ein einziges auf, das mit Bewegung begabt ist. Die Zahl Drei ist die Formel der Schöpfung: die Materie, die Bewegung, das Produkt.«

»Und der Beweis? Haltet hier inne«, rief der König.

»Seht Ihr denn seine Auswirkungen nicht?« antwortete Lorenzo. »Wir haben in unsern Schmelztiegeln der Feuerprobe die Eichel unterworfen, aus der ein Eichbaum hervorgehen muß, und ebenso den Embryo, aus dem ein Mensch entstehen muß; aus dieser geringen Substanz hat sich ein reines Prinzip ergeben, dem sich eine Kraft hinzugesellen mußte, irgendeine Bewegung. Muß dieses Prinzip mangels eines Schöpfers nicht an sich schon die einander überlagernden Formen annehmen, die unsere Welt darstellen? Denn das Phänomen des Lebens ist überall das gleiche. Ja, für die Metalle wie für die Lebewesen, für die Pflanzen wie für die Menschen beginnt das Leben mit einem nicht wahrnehmbaren Embryo, der sich aus sich selbst entwickelt. Es gibt ein Urprinzip! Wir wollen es an dem Punkt anpacken, wo es auf sich selber einwirkt, wo es eins, wo es Prinzip ist, bevor es Geschöpf wird, wo es Ursache ist, ehe es Wirkung wird; dann werden wir es als etwas Absolutes sehen, ohne Gestalt, befähigt, alle Formen anzunehmen, die wir es annehmen sehen. Wenn wir diesem atomistischen Partikelchen gegenüberstehen und seine Bewegung an deren Ausgangspunkt erfaßt haben, erkennen wir deren Gesetz; fortan besitzen wir die Macht, ihm die Form aufzuerlegen, die uns unter allen, die wir an ihm gewahren, am ehesten behagt; dann besitzen wir das Gold, um die Welt zu haben, und wir erschaffen uns Jahrhunderte des Lebens, um sie zu genießen. Das ist es, wonach mein Volk und ich forschen. Alle unsere Kräfte und unser gesamtes Denken werden bei dieser Forschung eingesetzt; nichts lenkt uns davon ab. Eine an eine andere Leidenschaft verschwendete Stunde würde uns ein Diebstahl an unserer Größe dünken! Wenn Ihr niemals einen Eurer Hunde dabei ertappt habt, daß er das Wild und dessen den Hunden zustehenden Teil vergaß, dann ist mir niemals einer der mir geduldig Untertänigen begegnet, der sich durch eine Frau oder ein gieriges Interesse hätte verlocken lassen. Wenn der Adept Gold und Macht will, so rührt dieser Hunger von unsern Bedürfnissen her: Er rafft ein Vermögen an sich, wie der dürstende Hund im Laufen ein wenig Wasser aufleckt, weil seine Öfen einen Diamanten zum Schmelzen oder Goldbarren zum Zerpulvern haben wollen. Jedem einzelnen seine Arbeit! Dieser erforscht das Geheimnis der pflanzlichen Natur, er beobachtet das langsame Leben der Pflanzen, er notiert die Gleichheit der Bewegung in allen Arten und die Gleichheit der Ernährung; er entdeckt, daß es überall der Sonne, der Luft und des Wassers bedarf, um zu befruchten und zu nähren. Jener untersucht das Blut der Tiere. Ein anderer studiert die Gesetze der allgemeinen Bewegung und deren Zusammenhänge mit den Umwälzungen am Himmelsgewölbe. Nahezu alle sind hartnäckig erpicht darauf, die unlenksame Natur des Metalls zu bekämpfen, denn wenn wir in allen Dingen mehrere Prinzipien finden, dann finden wir auch, daß sämtliche Metalle in ihren geringsten Teilen einander ähnlich sind. Daher rührt der allgemeine Irrtum über unsere Arbeiten. Schaut Euch doch all diese geduldigen, diese unermüdlichen Ringer an; immerfort werden sie besiegt, und immer aufs Neue treten sie zum Kampf an! Die Menschheit, Sire, ist hinter uns, wie der Piqueur hinter Eurer Meute! Sie ruft uns zu: ›Beeilt euch! Laßt nichts außer acht! Opfert alles, sogar einen Menschen, ihr, die ihr euch selbst opfert! Beeilt euch! Schlagt dem Tod, meinem Feind, den Kopf und den Arm ab!‹ Ja, Sire, uns feuert ein Gefühl an, das das Glück künftiger Generationen in sich beschließt. Wir haben eine Unzahl von Männern, und von was für Männern, begraben, die bei diesem Vorgehen gestorben sind. Betreten wir diese Laufbahn, können wir nicht für uns selber arbeiten; wir können umkommen, ohne das Geheimnis entdeckt zu haben! Und welch einen Tod stirbt, wer nicht an ein Leben im Jenseits glaubt! Wir sind glorreiche Märtyrer, wir haben die Selbstsucht des gesamten Menschengeschlechts in unserm Herzen, wir leben in unsern Nachfolgern. Im Weiterschreiten werden wir Geheimnisse entdecken, mit denen wir die mechanischen und die freien Künste beschenken. Unsern Schmelztiegeln entquellen Erleuchtungen, die den vollkommensten Industriegesellschaften Waffen leihen. Aus unsern Retorten ist das Schießpulver hervorgegangen; wir werden den Blitz erobern. In unsern hartnäckigen Nachtwachen bereiten sich politische Umwälzungen vor.«

»Sollte das wirklich möglich sein?« rief der König und reckte sich abermals in seinem Sessel auf.

»Warum denn nicht?« fragte der Großmeister der neuen Templer. »*Tradidit mundum disputationibus*[499]! Gott hat uns die Welt preisgegeben. Vernehmt es noch einmal: Hienieden ist der Mensch Herr, und die Materie ist sein Eigentum. Alle Kräfte, alle Mittel stehen zu seiner Verfügung. Wer oder was hat uns geschaffen? Eine Bewegung. Welche Macht läßt das Leben in uns dauern? Jene Bewegung; warum sollte die Wissenschaft sich ihrer nicht bemächtigen? Nichts hienieden geht verloren; nichts entrinnt unserm Planeten und fließt nach anderswo ab; denn sonst würden die Sterne aufeinanderfallen; daher befinden sich die

Wasser der Sintflut in ihren Prinzipien dort, ohne daß von ihnen ein einziger Tropfen verlustig gegangen wäre. Rings um uns, unterhalb unserer, oberhalb unserer befinden sich also die Elemente, aus denen die unzähligen Millionen von Menschen hervorgegangen sind, die die Erde vor und nach der Sintflut überwimmelt haben. Um was handelt es sich? Um die Entdeckung der Kraft, die veruneinigt; wir dagegen wollen diejenige entdecken, die vereinigt. Wir sind das Produkt einer offenbaren Geschicklichkeit. Als die Wasser unsere Erdkugel bedeckt haben, sind daraus Menschen hervorgegangen, die die Grundelemente ihres Lebens in der Hülle der Erde, in der Luft und in ihrer Nahrung gefunden haben. Die Erde und die Luft besitzen also das Prinzip der menschlichen Wandlungsfähigkeit; sie vollziehen sich vor unseren Augen und mit dem, was wir vor Augen haben; also können wir dieses Geheimnis entdecken, wenn wir die Mühsal dieser Forschung nicht auf *einen* Menschen beschränken, sondern wenn wir ihr für die Dauer die Menschheit selber anbefehlen. Wir sind also handgemein mit der Materie geworden, an die ich glaube, und die ich, der Großmeister des Ordens, durchdringen will. Christoph Columbus hat dem König von Spanien eine Welt geschenkt; ich jedoch suche ein ewiges Volk für den König von Frankreich! Ich stehe jenseits der entrücktesten Grenze, die uns von der Kenntnis der Dinge trennt, ein geduldiger Beobachter der Atome; ich zerstöre die Formen, ich trenne die Bande jeder Verbindung; ich ahme den Tod nach, um das Leben nachahmen zu können! Kurzum, ich poche unablässig an die Pforte der Schöpfung, und ich werde bis zu meinem letzten Tag daran pochen. Wenn ich gestorben bin, wird mein Hammer in andere, gleichermaßen unermüdliche Hände übergehen, gerade wie unbekannte Giganten ihn mir übergaben. Fabelhafte, unverstandene Bilder, wie die des Prometheus, des Ixion, des Adonis, des Pan und anderer, die den religiösen Glaubensrichtungen in allen Ländern und zu allen Zeiten angehören, verkünden uns, daß diese Hoffnung mit den Geschlechtern der Menschen geboren wird. Chaldäa, Indien, Persien, Ägypten, Griechenland und die Mauren haben die Religion der Magier, die höchste der okkulten Wissenschaften, einander überliefert; sie verwahrt die Frucht der nächtlichen Arbeit jeder Generation. Darin bestand das Verbindende der großen, majestätischen Einrichtung des Templer-Ordens. Indem einer Eurer Vorgänger, Sire, die Templer verbrannte, hat er nur Menschen verbrannt; die Geheimnisse sind uns verblieben. Der Wiederaufbau des Tempels ist das Losungswort einer unbekannten Nation, einer Rasse unerschrokkener Forscher, die alle dem Orient des Lebens zugewandt sind, und alle Brüder, alle unzertrennlich, alle durch eine Idee vereinigt und mit dem Siegel der Arbeit gezeichnet. Ich bin der Herrscher dieses Volks, der Erste durch Wahl und nicht durch Geburt. Ich leite sie alle dem Wesensgehalt des Lebens zu! Großmeister, Rosenkreuzer, Gefährten, Adepten, wir alle folgen dem unwahrnehmbaren Molekül, das unsere Schmelzöfen flieht, das sich nach wie vor unsern Augen entzieht; aber wir werden uns noch stärkere Augen erschaffen als die uns von der Natur geschenkten; wir werden zum Ur-Atom gelangen, zu dem Urkörperchen-Element, nach dem alle Weisen so beharrlich geforscht haben, alle, die uns bei dieser erhabenen Jagd vorausgegangen sind. Sire, wenn ein Mann zu Pferd über diesen Abgrund setzt, und wenn er über Taucher befiehlt, die so wagemutig wie meine Brüder sind, dann wirken alle übrigen menschlichen Interessen recht klein; daher sind wir nicht gefährlich. Religiöse Wortklauberei und politische Debatten liegen uns fern; darüber sind wir hinaus. Wenn man mit der Natur kämpft, läßt man sich nicht dazu herab, ein paar Menschen beim Kragen zu packen. Überdies ist in unserer Wissenschaft jedes Ergebnis abschätzbar; wir können alle Wirkungen bemessen und sie voraussagen; während alle Berechnungen, auf die die Menschen und deren Interessen sich einlassen, schwankend sind. Wir werden den Diamanten unserm Schmelzofen überantworten; wir werden Diamanten, werden Gold schaffen! Wir werden, wie es einer der Unsern in Barcelona getan hat, Schiffe mit einem bißchen Wasser und Feuer in Betrieb setzen[500]! Wir werden uns ohne den Wind behelfen; wir werden den Wind, das Licht schaffen und das Antlitz der Reiche durch neue Gewerbe erneuern! Aber wir werden uns nie dazu herablassen, einen Thron zu besteigen, um von ihm durch die Völker hinab in den Höllenpfuhl gestoßen zu werden!«

Trotz seines Verlangens, sich nicht durch Florentiner Listen überrumpeln zu lassen, war der König, und mit ihm seine naive Geliebte, bereits gepackt und von den Weitschweifigkeiten und Gewundenheiten dieser prunkenden Scharlatansberedsamkeit umgarnt worden. Aus den Augen der beiden Liebenden sprach das Geblendetsein, das ihnen die Aussicht auf die ihnen dargebotenen geheimnisvollen Reichtümer verursacht hatte; sie gewahrten etwas wie eine Flucht unterirdischer Gemächer, die von arbeitenden Gnomen erfüllt waren. Die ungeduldigen Regungen der Begierde verflüchtigten das Mißtrauen des Argwohns.

»Aber dann«, rief der König, »seid ihr ja große Politiker, die uns aufklären könnten.«

»Nein, Sire«, sagte Lorenzo harmlos.

»Warum nicht«? fragte der König.

»Sire, es ist niemandem gegeben, vorauszusehen, was sich aus einer Ansammlung von mehreren tausend Menschen zu ergeben vermag; wir können sagen, was ein Einzelmensch tun wird, wie lange er lebt, ob er glücklich oder unglücklich sein wird; aber wir können nicht sagen, was mehrere vereinte Willensrichtungen zuwege bringen werden, und die Berechnung der schwankenden Bewegungen ihrer Interessen ist noch schwieriger, denn die Interessen sind die Summe aus Menschen und Dingen; wir können lediglich in der Einsamkeit das Gesamt der Zukunft gewahren. Der Protestantismus, der Euch verschlingt, wird seinerseits von seinen eigenen materiellen Konsequenzen verschlungen werden; aus diesen werden, wenn ihre Zeit gekommen ist, Theorien. Heutzutage hat Europa es auf die Religionen abgesehen; morgen wird es das Königtum angreifen.«

»Dann also war die Bartholomäus-Nacht eine große Eingebung ...?«

»Ja, Sire, denn wenn das Volk triumphiert, wird es seine eigene Bartholomäus-Nacht veranstalten! Sind Religion und Königtum zu Boden geschlagen worden, wird das Volk sich an die Großen heranmachen, und nach den Großen kommen die Reichen dran. Kurzum, wenn Europa nichts mehr als eine Menschenherde ohne Haltung und Ansehen ist, weil ohne Führungskräfte, dann wird es von grobschlächtigen Eroberern verheert werden. Schon zwanzigmal hat die Welt dies Schauspiel geboten, und Europa beginnt damit von neuem. Die Ideen verschlingen die Jahrhunderte, wie die Menschen von ihren Leidenschaften verschlungen werden. Ist der Einzelmensch geheilt, so wird vielleicht die Menschheit genesen. Die Wissenschaft ist die Seele der Menschheit; wir sind ihre Oberpriester; und wer sich mit der Seele beschäftigt, der macht sich wenig Sorgen um den Leib.«

»Wie ist es um euch bestellt?« fragte der König.

»Wir rücken langsam vor, aber wir verlieren keine unserer Eroberungen.«

»Dann seid Ihr also der König der Hexenmeister?« fragte der König; er war gereizt, angesichts dieses Mannes so wenig zu bedeuten.

Der gebieterisch wirkende Großmeister warf auf Karl IX. einen Blick, der ihn wie ein Blitzstrahl traf.

»Ihr seid der König der Menschen, und ich bin der König der Ideen«, antwortete der Großmeister. »Wenn es übrigens wirkliche Hexenmeister gäbe, würdet Ihr sie nicht verbrannt haben«, fügte er mit einem Anhauch von Ironie hinzu. »Auch wir haben unsere Märtyrer.«

»Aber mit welchen Mitteln«, fuhr der König fort, »könnt Ihr Horoskope stellen? Wie habt Ihr wissen können, daß der Mann, der gestern vor Euerm Fenster erschien, der König von Frankreich sei? Welche Macht hat einem der Euern verstattet, meiner Mutter das Schicksal ihrer drei Söhne vorauszusagen? Könnt Ihr, der Großmeister des Ordens, der die Welt umgestalten will, könnt Ihr mir sagen, was die Königin, meine Mutter, in diesem Augenblick denkt?«

»Ja, Sire.«

Diese Antwort war herausgefahren, ehe Cosimo seinen Bruder am Pelzmantel gezupft hatte, um ihm Schweigen zu gebieten.

»Wißt Ihr, warum mein Bruder, der König von Polen, heimkehrt?«

»Ja, Sire.«

»Warum?«

»Um Euern Platz einzunehmen.«

»Unsere bittersten Feinde sind unsere Verwandten«, rief der König; er war wütend aufgesprungen und durchmaß mit großen Schritten den Saal. »Könige haben weder Brüder noch Söhne noch eine Mutter. Coligny hatte recht: meine Henker sitzen nicht in den protestantischen Bethäusern, sondern im Louvre. Ihr seid Betrüger oder Königsmörder! Jacob, ruft Solern.«

»Sire«, sagte Marie Touchet, »die Brüder Ruggieri haben Euer Edelmannswort. Ihr habt vom Baum der Erkenntnis kosten wollen; beklagt Euch nicht, daß seine Frucht bitter schmeckt.«

Der König lächelte und drückte damit bittere Verachtung aus; ihm kam sein irdisches Königtum klein vor angesichts des unermeßlichen geistigen Königtums des alten Lorenzo Ruggieri. Karl IX. brachte es kaum fertig, Frankreich zu regieren; der Großmeister der Rosenkreuzer gebot einer intelligenten und unterworfenen Welt.

»Sprecht offen, ich verpfände Euch mein Wort als Edelmann, daß Eure Antwort, auch falls sie das Eingeständnis furchtbarer Verbrechen sein würde, betrachtet wird, als sei sie nie ausgesprochen worden«, fuhr der König fort. »Befaßt Ihr Euch mit Giften?«

»Um zu erkennen, was Leben schafft, muß man auch wissen, was sterben läßt.«

»Seid Ihr im Besitz des Geheimnisses mehrerer Gifte?«

»Ja, Sire; aber in der Theorie und nicht in der Praxis; wir kennen sie zwar, machen aber keinen Gebrauch davon.«

»Hat meine Mutter von Euch je Gift verlangt?« fragte der König keuchend.

»Sire«, antwortete Lorenzo, »die Königin Katharina ist zu geschickt, um solcherlei Mittel anzuwenden. Sie weiß, daß der Herrscher, der sich des Gifts bedient, durch Gift umkommt; die Borgias[501], und ebenso Bianca[502], die Großherzogin von Toskana, bieten ein berüchtigtes Beispiel für die Gefahren dar, die dergleichen elende Hilfsmittel darstellen. Am Hof bleibt nichts verborgen. Einen armen Teufel kann man ohne weiteres töten; welchen Zweck hätte es also, ihn zu vergiften? Aber wenn man sich an Leute heranmacht, die im Blickpunkt stehen, gibt es da auch nur eine einzige Möglichkeit der Geheimhaltung? Auf Coligny habt weder Ihr noch die Königin schießen können, noch haben es die Guisen vermocht. Darüber sind sich alle klar gewesen. Glaubt nur, in der Politik bedient man sich keine zweimal ungestraft des Gifts. Fürsten haben stets Nachfolger. Was nun aber die Kleinen betrifft, wenn sie, wie Luther, durch die Macht der Ideen zu Herrschern werden, so tötet man ihre Doktrinen nicht, indem man sich deren Verfechter entledigt. Die Königin stammt aus Florenz; sie weiß, daß Gift nur die Waffe persönlicher Rache sein kann. Mein Bruder, der seit ihrer Ankunft in Frankreich nicht von ihrer Seite gewichen ist, weiß, welchen Kummer Madame Diane[503] ihr bereitet hat; es ist ihr jedoch nie in den Sinn gekommen, sie vergiften zu lassen, wenngleich sie es hätte tun können; was hätte dann der König, Euer Vater, gesagt? Niemals ist eine Frau mehr im Recht gewesen, und nie der Straflosigkeit sicherer. Madame de Valentinois[504] lebt noch immer.«

»Und die Behexungen durch Wachsfigürchen?« fuhr der König fort.

»Sire«, sagte Cosimo, »diese Dinge sind wirklich so harmlos, daß wir uns dazu hergeben, um blinden Leidenschaften genugzutun, wie die Ärzte, die eingebildeten Kranken Pillen aus Brotkrumen verabfolgen. Eine verzweifelte Frau glaubt, wenn sie das Herz eines Wachsbildnisses durchbohre, dann lenke sie das Unglück auf das Haupt des Treulosen, den jenes Bildnis darstellt. Da ist nichts zu machen; das sind Steuern, die wir erheben!«

»Der Papst verkauft ja auch Ablaß«, sagte Lorenzo Ruggieri lächelnd.

»Hat meine Mutter solche Behexungen durchgeführt?«

»Wozu sollten untaugliche Mittel jemandem dienen, der alles vermag?«

»Könnte die Königin Katharina Euch in diesem Augenblick retten?« fragte der König mit düsterer Miene.

»Aber wir sind ja gar nicht in Gefahr, Sire«, antwortete Lorenzo Ruggieri ruhig. »Noch ehe ich dies Haus betreten hatte, habe ich gewußt, daß ich es heil und gesund verlassen würde, gerade wie ich um die üblen Absichten weiß, die der König in ein paar Tagen wider meinen Bruder hegen wird; doch wenn er irgendeine Gefahr läuft, wird er über sie triumphieren. Der König regiert zwar durch das Schwert, aber auch durch die Gerechtigkeit!« fügte er hinzu und spielte auf die berühmte Medaille an, die für Karl IX. geprägt worden war[505].

»Ihr wißt alles; ich werde bald sterben, und so ist es gut«, fuhr der König fort; er verbarg seinen Zorn hinter fiebernder Ungeduld. »Aber wie wird mein Bruder umkommen, der, nach Eurer Voraussage, König Heinrich III. werden soll?«

»Gewaltsamen Todes[506].«

»Und Monsieur d'Alençon?«

»Er wird nicht regieren.«

»Dann also kommt Heinrich von Bourbon[507] zur Regierung?«

»Ja, Sire.«

»Und wie wird er umkommen?«

»Gewaltsamen Todes[508].«

»Und wenn ich tot bin, was wird dann aus Madame?« fragte der König und deutete auf Marie Touchet.

»Madame de Belleville wird heiraten, Sire.«

»Ihr seid Betrüger; schickt sie weg, Sire!« sagte Marie Touchet.

»Mein Geliebtes, die Ruggieris haben mein Edelmannswort«, entgegnete der König lächelnd. »Wird Marie Kinder bekommen?«

»Ja, Sire; Madame wird über achtzig Jahre alt werden.«

»Müssen sie immer noch gehängt werden?« fragte der König seine Geliebte. »Und mein Sohn, der Graf der Auvergne?« fragte der König und ging ihn holen.

»Warum habt Ihr ihm gesagt, ich würde heiraten?« fragte Marie Touchet die beiden Brüder während der kurzen Frist, da sie allein waren.

»Madame«, antwortete Lorenzo würdevoll, »der König hat uns aufgefordert, die Wahrheit zu sagen; da sagen wir sie.«

»So ist es also wahr?« fragte sie.

»So wahr, wie es wahr ist, daß der Gouverneur von Orléans Euch bis zur Kopflosigkeit liebt.«

»Aber ich liebe ihn doch nicht die Spur«, rief sie aus.

»Dem ist so, Madame«, sagte Lorenzo, »aber Euer Horoskop versichert, Ihr würdet den Mann heiraten, der Euch gegenwärtig liebt.«

»Hättet Ihr nicht um meinetwillen ein bißchen lügen können?« fragte sie lächelnd. »Der König glaubt nämlich an Eure Weissagungen!«

»Ist es nicht auch nötig, daß er an unsere Unschuld glaubt?«

fragte Cosimo und warf der Favoritin einen listigen Blick zu. »Die Maßnahmen, die der König uns gegenüber ergriffen hat, haben uns während der Zeit, die wir in Euerm Kerker verbrachten, Anlaß zu der Vermutung gegeben, die okkulten Wissenschaften seien ihm gegenüber verleumdet worden.«

»Seid unbesorgt«, antwortete Marie. »Ich kenne ihn; sein Mißtrauen hat sich verflüchtigt.«

»Wir sind unschuldig«, entgegnete der hochgewachsene Greis stolz.

»Desto besser«, sagte Marie, »denn der König läßt in diesem Augenblick Euer Laboratorium, Eure Schmelzöfen und Eure Phiolen durch Fachleute untersuchen.«

Lächelnd blickten die beiden Brüder einander an. Marie Touchet hielt dieses Lächeln für einen Spott der Unschuld; dabei bedeutete es: »Ihr armen Tröpfe, glaubt ihr etwa, wenn wir Gifte herzustellen wüßten, wir verstünden uns nicht darauf, sie zu verstecken?«

»Wo sind die Leute des Königs?« fragte Cosimo.

»Bei René«, antwortete Marie.

Cosimo und Lorenzo warfen einander einen Blick zu, durch den sie dem gleichen Gedanken Ausdruck gaben: »Das Palais de Soissons[509] ist unverletzlich!«

Der König hatte seinen Argwohn so völlig vergessen, daß er, als er seinen Sohn holte und als Jacob ihn anhielt, um ihm einen Brief auszuhändigen, den Chapelain geschickt hatte, diesen in der Gewißheit öffnete, darin zu finden, was sein Arzt ihm bezüglich der Durchsuchung des Laboratoriums zu melden habe, nämlich daß alles darin Befindliche einzig alchimistische Untersuchungen betreffe.

»Wird sein Leben glücklich sein?« fragte der König und zeigte seinen Sohn den beiden Alchimisten.

»Das geht Cosimo an«, sagte Lorenzo und deutete auf seinen Bruder.

Cosimo nahm die Hand des Kindes und betrachtete sie höchst aufmerksam.

»Monsieur«, sagte Karl IX. zu dem Greis, »wenn Ihr den Geist verneint, um an die Möglichkeit dessen, was Ihr unternehmt, zu glauben, dann erklärt mir, wie Ihr an dem zu zweifeln vermögt, was Eure Macht ausmacht. Der Gedanke, den Ihr ausmerzen wollt, ist die Fackel, die Euren Forschungen Licht spendet. Haha, heißt das nicht, sich bewegen und die Bewegung leugnen?« rief der König und blickte triumphierend seine Geliebte an, weil er befriedigt war, dieses Argument gefunden zu haben.

»Der Gedanke«, antwortete Lorenzo Ruggieri, »ist die Betätigung eines inneren Sinnes, gerade wie die Fähigkeit, mehrere Gegenstände zu sehen und ihre Dimensionen und Farben wahrzunehmen, eine Wirkung unseres Sehvermögens ist. Das hat nichts mit dem zu schaffen, was von einem jenseitigen Leben behauptet wird. Der Gedanke ist eine Fähigkeit, die sogar schon zu unseren Lebzeiten mit den Kräften aufhört, die sie hervorbringen.«

»Ihr seid folgerichtig«, sagte der König überrascht. »Aber die Alchimie ist eine atheistische Wissenschaft.«

»Eine materialistische, Sire, und das ist ganz etwas anderes. Der Materialismus ist die Folge indischer Lehren, die durch die Isis-Mysterien nach Chaldäa und Ägypten weitergeleitet und nach Griechenland durch Pythagoras gebracht worden sind; der war einer der Halbgötter der Menschheit; seine Verwandlungslehre ist die Mathematik des Materialismus, das lebendige Gesetz seiner Phasen. Zu jeder der verschiedenen Schöpfungen, die zusammen die irdische Schöpfung bilden, gehört die Macht, die Bewegung zu verzögern, die die eine in die andere hinüberreißt.«

»Dann also ist die Alchimie die Wissenschaft der Wissenschaften!« rief Karl IX. begeistert. »Ich will Euch am Werk sehen ...«

»Wann immer Ihr wollt, Sire; Ihr werdet nicht ungeduldiger sein als die Königin, Eure Mutter ...«

»Ach, deswegen schätzt sie Euch so sehr«, rief der König aus.

»Seit länger als einem Jahrhundert schützt das Haus Medici heimlich unsere Forschungen.«

»Sire«, sagte Cosimo, »dieser Knabe wird fast hundert Jahre leben; er wird Widerwärtigkeiten begegnen, aber glücklich und geehrt sein, da in seinen Adern das Blut der Valois' strömt ...«

»Ich werde Euch aufsuchen, Ihr Herren«, sagte der König; er war wieder bei Laune. »Ihr könnt das Haus verlassen.«

Die beiden Brüder verneigten sich vor Marie und Karl IX. und zogen sich zurück. Gravitätisch stiegen sie die Stufen hinab, ohne einander anzublicken oder miteinander zu sprechen; sie schauten nicht mal zu den Fenstern hinauf, als sie im Hof waren, in der Gewißheit, des Königs Auge spähe ihnen nach; tatsächlich gewahrten sie Karl IX. am Fenster, als sie sich seitwärts wandten, um das Straßentor zu durchschreiten. Als der Alchimist und der Astrologe auf die Rue de l'Autruche gelangt waren, blickten sie nach vorn und zurück, um zu sehen, ob ihnen jemand folge oder sie erwarte; sie gingen bis zu den Festungsgräben des Louvre, ohne miteinander ein Wort zu sprechen; dort indessen, nun sie allein waren, sagte Lorenzo im Florentinisch jener Zeit zu Cosimo: *»Affé d'iddio! Come le abbiamo infinocchiato!«* (»Donnerwetter, den haben wir schön eingewickelt!«)

»Gran mercè! A lui sta di spartogiarsi!« (»Möge es ihm gut bekommen! Es liegt bei ihm, sich wieder herauszuwickeln!«), sagte Cosimo. »Hoffentlich vergilt die Königin mir Gleiches mit Gleichem; wir haben ihr trefflich in die Hände gearbeitet.«

Ein paar Tage nach dieser Szene, die Marie Touchet gleichermaßen betroffen gemacht hatte wie den König, während eines der Augenbicke, da der Geist sich irgendwie durch die Überfülle der Lust vom Körper gelöst hat, rief Marie aus: »Karl, über Lorenzo Ruggieri bin ich mir völlig klar; aber Cosimo hat nichts gesagt!«

»So ist es«, sagte der König, überrascht von dieser plötzlichen Erleuchtung; »es war in ihren Reden genausoviel Wahres wie Falsches. Diese Italiener sind glatt und geschmeidig wie die Seide, die sie herstellen.«

Dieser Argwohn erklärt den Haß, den der König Cosimo gegenüber bezeigte, als die Verschwörung La Molles und Coconnas' vor Gericht kam; da er in ihm einen der Anstifter jenes Unternehmens erkannte, glaubte er, er sei von den beiden Italienern hinters Licht geführt worden; denn es wurde ihm bewiesen, daß der Astrologe seiner Mutter sich nicht ausschließlich mit den Sternen, dem Schießpulver und dem reinen Atom beschäftigt hatte. Lorenzo hatte das Königreich verlassen.

Trotz der Ungläubigkeit, die viele Leute diesen Dingen bezeigen, haben die Ereignisse, die dieser Szene folgten, die von den Ruggieris erteilten Orakelsprüche bestätigt. Der König starb drei Monate später.

Der Graf de Gondi folgte Karl IX. ins Grab, wie es ihm sein Bruder, der Marschall de Retz, der Freund der Ruggieris, der an deren Weissagungen glaubte, gesagt hatte.

Marie Touchet heiratete Charles de Balzac, Marquis d'Entragues, Gouverneur von Orléans, von dem sie zwei Töchter bekam. Die berühmteste dieser Töchter, die Stiefschwester des Grafen von Auvergne, wurde die Geliebte Heinrichs IV. und wollte zur Zeit der Verschwörung Birons[510] das Haus Bourbon vom Thron treiben und ihn ihren Bruder besteigen lassen.

Der Graf von Auvergne war Herzog von Angoulême geworden und erlebte noch die Regierung Ludwigs XIV. Er schlug auf seinen Besitzungen Münzen und verminderte dabei den Feingehalt des Goldes; aber Ludwig XIV. ließ ihn gewähren, soviel Achtung hegte er vor dem Blut der Valois.

Cosimo Ruggieri lebte noch unter Ludwig XIII.; er erlebte den Sturz des Hauses Medici[511] in Frankreich und den Sturz der Concinis[512]. Die Geschichtsschreibung hat Sorge getragen, zu verzeichnen, er sei als Atheist, also als Materialist, gestorben.

Die Marquise d'Entragues ist über achtzig Jahre alt geworden.

Lorenzo und Cosimo hatten als Schüler den vielgenannten Grafen von Saint-Germain[513], der soviel Aufsehen unter Ludwig XV. erregt hat. Dieser berühmte Alchimist wurde nicht weniger als hundertunddreißig Jahre alt, welches Alter manche Biographen der Marion Delorme[514] zuschreiben. Der Graf konnte durch die Ruggieris die Einzelheiten über die Bartholomäus-Nacht und die Regierung der Valois erfahren haben, bei denen eine Rolle gespielt zu haben er sich gefiel, indem er sie in der Ichform erzählte. Der Graf von Saint-Germain ist der letzte der Alchimisten, die diese Wissenschaft am besten erklärt haben. Die in dieser Studie dargelegte kabbalistische Lehre rührt von dieser mysteriösen Persönlichkeit her.

Wie seltsam! Drei Menschenleben, das des Greises, von dem diese Auskünfte herrühren, das des Grafen von Saint-Germain und das des Cosimo Ruggieri, genügen, um die europäische Geschichte von Franz I. bis Napoleon zu umfassen! Es bedarf nur fünfzig ihresgleichen, um bis zur ersten bekannten Periode der Welt hinabzusteigen. »Was bedeuten schon fünfzig Generationen für das Studium der Geheimnisse des Lebens?« hat der Graf von Saint-Germain gesagt.

Die beiden Träume

Baudard de Saint-James[515], der Marinerendant, war im Jahre 1786 unter den Pariser Finanzmännern derjenige, dessen Luxus die Beachtung der Stadt gefunden und mancherlei Geschwätz gezeitigt hatte. Er ließ zu jener Zeit in Neuilly seine berühmte ›Folie‹[516] erbauen, und seine Frau kaufte für die Bekränzung ihres Betthimmels eine Federgarnitur[517], deren Preis die Königin entsetzte. Es war damals sehr viel leichter als heute, sich in Mode zu bringen und ganz Paris zu veranlassen, sich mit jemandem zu befassen; dazu genügte oftmals ein witziger oder geistvoller Ausspruch oder die Laune einer Frau.

Baudard besaß das prächtige Stadtpalais an der Place Vendôme, das der Generalsteuerpächter Dangé[518] unlängst gezwungenermaßen verlassen hatte. Jener berühmte Epikureer war gerade gestorben, und am Tage seines Begräbnisses hatte Monsieur de Bièvre[519], sein intimer Freund, dadurch Stoff zum Lachen gegeben, daß er sagte, »jetzt könne man ungefährdet über die Place Vendôme gehen«. Diese Anspielung auf das höllische Glücksspiel, das im Haus des Verstorbenen gespielt worden war, bildete dessen ganze Leichenrede. Das Palais ist das der »Chancellerie[520]« gegenüberliegende.

Um Baudards Lebensgeschichte rasch abzutun, sei gesagt, daß er ein armer Kerl war; er machte einen Konkurs von vierzehn Millionen nach demjenigen des Fürsten von Guéménée[521]. Die Ungeschicklichkeit, die er dadurch beging, daß er der durchlauchtigen Pleite nicht zuvorkam, war der Grund, daß, um mich Lebrun-Pindares[522] Ausdruck zu bedienen, von ihm fortan nicht mehr die Rede war. Wie Bourvalais[523], Bouret[524] und so viele andere ist er in einer Dachkammer gestorben.

Es war der Ehrgeiz der Madame de Saint-James, in ihrem Haus lediglich Leute von Rang und Namen zu empfangen; das ist eine alte, immer wieder neue Lächerlichkeit. Für sie waren die Präsidenten des Parlamentsgerichts bereits etwas recht Geringes; sie wollte in ihren Räumen Leute mit Adelstiteln sehen, die wenigstens Zutritt zu den großen Empfängen in Versailles hatten. Es hieße lügen, wollte man behaupten, es hätten bei der Finanzmannsgattin viele »Cordons bleus[525]« verkehrt; aber es ist gewiß, daß es ihr gelungen war, die Gunst und die Achtung einiger Mitglieder der Familie Rohan zu erlangen, wie in der Folgezeit der allzu berühmte Halsbandprozeß bewiesen hat.

Eines Abends, es war, wie ich glaube, im August 1786, war ich höchlichst überrascht, als ich im Salon dieser Rendantin, die so heikel in bezug auf den Nachweis des Adels war, zwei neuen Gesichtern begegnete, die mich leidlich schlechte Gesellschaft dünkten. In einer Fensternische, in die ich mich absichtlich zurückgezogen hatte, trat sie zu mir.

»Sagen Sie mir doch bitte«, sagte ich zu ihr und deutete mit einem fragenden Blick auf einen der Unbekannten, »was für eine Sorte Mensch ist denn der da? Wie kommt so einer in Ihr Haus?«

»Ein reizender Mensch!«

»Betrachten Sie ihn etwa durch das Prisma der Liebe, oder irre ich mich?«

»Sie irren sich nicht«, entgegnete sie lachend; »er ist abstoßend häßlich, aber er hat mir den größten Dienst erwiesen, den eine Frau von einem Mann erhalten kann.«

Da ich sie boshaft anschaute, beeilte sie sich, hinzuzufügen: »Er hat mich radikal von den abscheulichen roten Flecken geheilt, die mir die Haut finnig machten und mich wie ein Bauernweib aussehen ließen.«

Mißgelaunt zuckte ich die Achseln.

»Ein Scharlatan ist er«, rief ich.

»Nein«, antwortete sie, »er ist Pagenchirurg; er hat viel Geist, das schwöre ich Ihnen, und überdies schreibt er. Er ist ein gelehrter Physiker[526]«.

»Na, wenn sein Stil so ist wie sein Gesicht!« erwiderte ich lächelnd. »Und der andre?«

»Welcher andre?«

»Der kleine, gezierte, betont säuberliche, geschniegelte Herr da, der so sauertöpfisch dreinschaut?«

»Ach, das ist ein Mann von ziemlich guter Herkunft«, sagte sie. »Er stammt aus irgendeiner Provinz ... ja, richtig, aus dem

Artois; er ist beauftragt, eine Angelegenheit zu Ende zu führen, die den Kardinal betrifft, und Seine Eminenz persönlich hat ihn meinem Mann neulich vorgestellt. Alle beide haben meinen Mann zum Schiedsrichter gewählt. Dadurch hat der Provinzler ja nun nicht eben Geist bezeigt; aber was sind das auch für törichte Leute, die diesem Mann da einen Prozeß anvertrauen? Er ist sanft wie ein Lamm und schüchtern wie ein Mädchen; Seine Eminenz ist zu ihm sehr gütig[527].«

»Um was handelt es sich denn?«

»Um dreihunderttausend Francs«, sagte sie.

»Dann ist er also Advokat?« entgegnete ich und fuhr ein bißchen zurück.

»Ja«, sagte sie.

Einigermaßen verwirrt ob dieses demütigenden Eingeständnisses, nahm Madame Baudard ihren Platz am Pharao-Tisch wieder ein.

Alle Partien waren vollständig. Ich hatte weder etwas zu tun noch zu sagen; ich hatte gerade zweitausend Taler an Monsieur de Laval[528] verloren, mit dem ich mich bei einem Freudenmädchen getroffen hatte. Ich warf mich auf eine »Duchesse[529]«, die neben dem Kamin stand. Wenn es je auf dieser Erde einen über die Maßen verdutzten Menschen gegeben hat, dann war sicherlich ich es, als ich auf der andern Seite der Kaminumrahmung den Generalkontrolleur[530] gewahrte. Monsieur de Calonne[531] wirkte schläfrig, oder er gab sich einer der Grübeleien hin, durch die die Staatsmänner tyrannisiert werden. Als ich den gerade zu mir getretenen Beaumarchais[532] durch eine Handbewegung auf den Minister hinwies, erklärte mir Figaros Vater dieses Mysterium, ohne dabei ein Wort zu verlieren. Abwechselnd deutete er auf meinen eigenen Kopf und denjenigen Baudards, und zwar mit einer ziemlich boshaften Geste, die darin bestand, daß er gegen uns zwei Finger ausstreckte und die andern geschlossen hielt. Meine erste Regung war, aufzustehen und Calonne etwas Bissiges zu sagen; ich blieb jedoch sitzen, erstens, weil ich diesem Günstling einen Streich zu spielen gedachte, und zweitens, weil Beaumarchais mich vertraulich mit der Hand festgehalten hatte.

»Was wünschen Sie?« fragte ich ihn.

Er zwinkerte, um mich auf den Kontrolleur hinzuweisen.

»Wecken Sie ihn nicht auf«, sagte er mit gesenkter Stimme zu mir. »Ein Glück, daß er schläft.«

»Aber Schlafmützigkeit ist doch ebenfalls ein Finanzplan«, entgegnete ich.

»Freilich«, antwortete uns der Staatsmann, der einzig aus der Bewegung der Lippen unsere Äußerungen erraten hatte, »und Gott gebe, daß wir noch lange schlafen können; dann käme es nicht zu dem Erwachen, das Sie erleben werden!«

»Monseigneur«, sagte der Dramatiker, »ich habe eine Dankesschuld an Sie abzutragen.« – »Und wofür?«

»Monsieur de Mirabeau[533] ist nach Berlin gereist. Ich weiß nicht, ob wir in dieser Wasser-Geschichte[534] nicht beide ertrunken wären.«

»Sie haben zuviel *mémoire*[535] und nicht genug Dankbarkeit«, erwiderte trocken der Minister; es ärgerte ihn, daß eins seiner Geheimnisse in meinem Dabeisein ausgeplaudert wurde.

»Das könnte sein«, sagte Beaumarchais pikiert und ins lebendige Fleisch getroffen, »aber ich besitze Millionen, die vollauf Rechnungen begleichen können[536].«

Calonne tat, als verstehe er nicht.

Um halb ein Uhr nachts wurde mit den Spielpartien aufgehört. Man ging zu Tische. Wir waren zehn Personen, Baudard und seine Frau, der Generalkontrolleur, Beaumarchais, die beiden Unbekannten, zwei hübsche Damen, deren Namen verschwiegen werden müssen, und ein Generalsteuerpächter, der, wie ich glaube, Lavoisier[537] hieß. Von den dreißig Personen, die ich bei meinem Kommen im Salon vorgefunden hatte, waren nur diese zehn Tischgäste geblieben. Zudem nahmen die beiden »komischen Kerle« am Abendessen erst auf die inständigen Bitten der Madame de Saint-James hin teil; sie glaubte wohl, sie könne sich bei dem einen ihrer Schuld entledigen, indem sie ihm zu essen gab, und den andern hatte sie vielleicht ihrem Gatten zu Gefallen eingeladen, dem sie, ich weiß nicht genau, warum, um den Bart ging. Alles in allem war Monsieur de Calonne eine Macht, und wenn jemand Grund gehabt hätte, erbost zu sein, so wäre ich es gewesen.

Das Abendessen begann todlangweilig. Jene beiden Leute und der Generalsteuerpächter störten uns. Ich gab Beaumarchais ein

Zeichen, um ihm zu sagen, er solle den zu seiner Rechten sitzenden Äskulap-Jünger betrunken machen, und gleichzeitig gab ich ihm zu verstehen, ich wolle den Advokaten auf mich nehmen. Da uns zu unserer Belustigung lediglich dieses Mittel übrigblieb, und da dieses uns von seiten jener beiden Männer Ungehörigkeiten versprach, über die wir uns schon im voraus amüsierten, zollte Monsieur de Calonne meinem Plan ein Lächeln. Innerhalb zweier Sekunden waren die drei Damen in unsere bacchische Verschwörung einbezogen. Sie verpflichteten sich durch sehr bezeichnendes Äugeln, dabei ihre Rolle zu spielen, und mehr als einmal krönte der Sillery[538]-Wein die Gläser mit seinem silbrigen Schaum. Bei dem Chirurgen ging die Sache sehr leicht vonstatten; aber beim zweiten Glas, das ich meinem Nachbarn einschenken wollte, sagte dieser mit der kalten Höflichkeit eines Wucherers, er trinke nicht mehr.

In diesem Augenblick hatte Madame de Saint-James im zufälligen Verlauf der Unterhaltung das Gespräch auf das Thema der wunderbaren Abendessen des Grafen de Cagliostro[539] gebracht, die der Kardinal von Rohan zu veranstalten pflegte. Ich hatte nicht genau auf das gehört, was die Dame des Hauses sagte; denn seit der Antwort, die er mir gegeben, hatte ich mit unbezwinglicher Neugier das zarte, bleiche Gesicht meines Nachbarn betrachtet; sein hervorstechender Zug war eine zugleich stumpfe und spitze Nase, die ihn dann und wann einem Spürhund ähneln ließ. Unvermittelt, als er Madame de Saint-James lauschte, die sich mit Monsieur de Calonne kabbelte, färbten sich seine Wangen.

»Aber ich versichere Ihnen, Monsieur, daß ich die Königin Cleopatra gesehen habe«, sagte sie mit gebieterischer Miene.

»Das glaube ich, Madame«, antwortete mein Nachbar. »Ich selber habe mit Katharina von Medici gesprochen.«

»Aber, aber!« sagte Monsieur de Calonne.

Was der kleine Provinzler gesagt hatte, war mit einer Stimme gesprochen worden, die eine unerklärliche Resonanz besaß, wenn es erlaubt ist, diesen Ausdruck der Physik zu entlehnen. Die plötzliche Klarheit der Intonation bei einem Mann, der bislang nur sehr wenig, immer ganz leise und in denkbar gepflegtem Tonfall gesprochen hatte, überraschte uns in hohem Maß.

»Aber er tut ja den Mund auf«, rief der Chirurg, den Beaumarchais in einen befriedigenden Zustand versetzt hatte.

»Sicher hat sein Nachbar bei ihm auf irgendeinen Knopf gedrückt«, antwortete der Satiriker.

Mein Nachbar errötete ein wenig, als er diese Worte vernahm, obwohl sie nur geflüstert worden waren.

»Und wie war die hochselige Königin?« fragte Calonne.

»Ich möchte nicht behaupten, die Person, mit der ich gestern zu Abend gegessen habe, sei Katharina von Medici selber gewesen. Solch ein Wunder muß einen Christen ebenso wie einen Philosophen ganz einfach als unmöglich bedünken«, entgegnete der Advokat, stützte sich mit den Fingerspitzen leicht auf die Tischplatte und lehnte sich dabei auf seinen Stuhl zurück, wie wenn er lange zu sprechen gedenke. »Nichtsdestoweniger kann ich beschwören, jene Frau habe Katharina von Medici so sehr geähnelt, als seien die beiden Schwestern gewesen. Die ich sah, trug ein schwarzes Samtkleid, das völlig demjenigen glich, mit dem die Königin auf dem Porträt bekleidet ist, das der König besitzt; ihr Kopf war mit der charakteristischen Samthaube bedeckt; und schließlich hatte sie die bleifahle Gesichtsfarbe und die Züge, die Ihnen bekannt sind. Ich habe nicht umhin gekonnt, Seiner Eminenz meine Überraschung zu bekunden. Die Schnelligkeit der Beschwörung ist mir um so wunderbarer erschienen, als der Herr Graf de Cagliostro den Namen der Person, der mich gegenüber zu befinden ich gewünscht, nicht hatte erraten können. Ich war ganz bestürzt. Die Magie des Schauspiels einer Abendmahlzeit, bei der berühmte Frauen vergangener Zeiten erschienen, beraubte mich aller Geistesgegenwart. Ich lauschte, ohne eine Frage zu wagen. Als ich gegen Mitternacht den Schlingen dieses Zauberstücks entschlüpfte, zweifelte ich nahezu an mir selbst. Allein dies ganze Wunder hat mich vollauf natürlich im Vergleich zu der seltsamen Halluzination gedünkt, die ich danach noch erleiden mußte. Ich weiß nicht, durch welche Worte ich Ihnen den Zustand meiner Sinne zu schildern vermöchte. Ich erkläre lediglich aufrichtigen Herzens, daß es mich nicht mehr wundert, wenn es ehedem Seelen gegeben hat, die schwach oder stark genug waren, an die Geheimnisse der Magie und an die

Macht des Bösen Geistes zu glauben. Was mich betrifft, so erachte ich, bis ich umfassender unterrichtet bin, die Erscheinungen für möglich, von denen Cardanus[540] und einige andere Thaumaturgen[541] gesprochen haben.«

Diese mit unglaubwürdiger Beredsamkeit vorgebrachten Worte waren so geartet, daß sie bei allen Gästen eine ungemeine Neugier erweckten. Daher wandten unsere Blicke sich dem Redner zu, und wir saßen reglos da. Einzig unsere Augen kündeten dadurch von Leben, daß sie den Kerzenschimmer der hohen Leuchter reflektierten. Je länger wir den Unbekannten anschauten, desto mehr kam es uns vor, als sähen wir die Poren seines Gesichts und zumal diejenigen seiner Stirn das innere Gefühl durchsickern lassen, das ihn durchdrang. Dieser dem Anschein nach kalte, steifleinene Mann schien einen heimlichen Glutherd in sich zu bergen, dessen Lodern sich auf uns auswirkte.

»Ich weiß nicht«, fuhr er fort, »ob die beschworene Gestalt sich unsichtbar gemacht hat und mir gefolgt ist; aber sobald mein Kopf auf meinem Bett ruhte, sah ich Katharinas großen Schatten sich vor mir erheben. Instinktiv fühlte ich mich in einer leuchtenden Sphäre; denn meine mit unerträglicher Starrheit auf die Königin gerichteten Augen sahen einzig sie. Plötzlich neigte sie sich zu mir ...«

Bei diesen Worten ließen die Damen sich eine einmütige Regung der Neugier entschlüpfen.

»Aber nun weiß ich nicht«, sprach der Advokat weiter, »ob ich fortfahren soll; denn obwohl ich zu dem Glauben neige, es sei nur ein Traum gewesen, ist das, was mir zu sagen übrigbleibt, etwas sehr Ernstes.«

»Handelt es sich um die Religion?« fragte Beaumarchais.

»Oder sollte es etwas Indezentes sein?« frage Calonne. »Unsere Damen würden es Ihnen verzeihen.«

»Es handelt sich um Regierungsdinge«, antwortete der Advokat.

»Dann sprechen Sie getrost«, entgegnete der Minister. »Voltaire, Diderot und Konsorten haben zur Genüge mit der Erziehung unserer Ohren begonnen.«

Der Kontrolleur war sehr aufmerksam geworden, und die neben ihm sitzende Madame de Genlis[542] beunruhigt. Der Provinzler zögerte noch. Da sagte Beaumarchais lebhaft zu ihm: »Aber erzählen Sie doch weiter, Herr Anwalt! Wissen Sie etwa nicht, daß die Völker, wenn ihnen die Gesetze zu wenig Freiheit lassen, sich auf dem Gebiet der Sitten schadlos halten . . ?«

Also begann der Tischgast.

»Sei es, daß gewisse Gedanken mir unbewußt in meiner Seele goren, sei es, daß ich von einer unbekannten Macht dazu angetrieben wurde, sagte ich zu ihr: ›Oh, Madame, Sie haben ein sehr großes Verbrechen begangen.‹ – ›Welches?‹ fragte sie mit ernster Stimme. – ›Das, zu dem das Zeichen am 24. August von der Glocke des Palais[543] gegeben wurde.‹ Sie lächelte verächtlich, und auf ihren bleifahlen Wangen zeichneten sich ein paar tiefe Falten ab. – ›Ihr nennt das ein Verbrechen‹, antwortete sie, ›und dabei war es nur ein Unglück. Da das schlecht geleitete Unternehmen mißlungen ist, ergab sich daraus für Frankreich, für Europa und für die katholische Kirche nicht das Gute, das wir uns davon versprochen hatten. Es half eben nichts. Die Befehle sind schlecht durchgeführt worden. Wir haben nicht so viele Montlucs[544] gefunden, wie es ihrer bedurft hätte. Schwerlich wird die Nachwelt uns den Mangel an Nachrichtenmitteln anrechnen, der uns daran gehindert hat, unserm Werk die Einheitlichkeit der Durchführung zuteil werden zu lassen, die für große Staatsstreiche erforderlich ist: das war das Unglück! Wäre am 25. August auch nicht der Schatten eines Hugenotten übriggeblieben, so würde ich bis in die weitest entfernte Nachwelt hinein als ein schönes Abbild der Vorsehung dastehen. Wie oft haben mich nicht die klarsehenden Seelen Sixtus' V.[545], Richelieus[546] und Bossuets[547] heimlich beschuldigt, mit meinem Unternehmen gescheitert zu sein, wenn ich schon gewagt hatte, es mir auszudenken! Ist nicht gerade deswegen mein Tod von soviel Klagen begleitet worden . . .? Dreißig Jahre nach der Bartholomäus-Nacht hat die Krankheit noch angedauert; sie hatte bereits in Frankreich zehnmal mehr an edlem Blut verströmen lassen, als am 26. August 1572 noch hätte vergossen werden müssen. Die Aufhebung des Edikts von Nantes[548], der zu Ehren ihr habt Denkmünzen schlagen lassen, hat mehr an Tränen, Blut und Geld gekostet, hat in Frankreich mehr an Wohlstand umgebracht als drei Bartholomäus-Nächte. Le Tellier[549] hat mit einem Federstrich das Dekret zu vollziehen verstanden, das der Thron heimlich seit meinen Lebzeiten erlassen hatte; am 25. August 1572 ist jene ungeheure Hinrichtung notwendig gewesen; aber am 25. August 1685 war sie unnütz. Unter dem zweiten Sohn Heinrichs von Valois war die Ketzerei kaum schwanger; unter dem zweiten Sohn Heinrichs von Bourbon hatte diese fruchtbare Mutter ihren Laich über das ganze Universum verbreitet. Ihr beschuldigt mich eines Verbrechens, und dem Sohn Annas von Österreich[550] errichtet ihr Denkmäler! Dabei haben er und ich dasselbe versucht; er hat Erfolg gehabt, ich bin gescheitert; aber Ludwig XIV. hat die Protestanten waffenlos vorgefunden; unter meiner Regierung dagegen hatten sie mächtige Armeen, Staatsmänner, Heerführer, und zudem Deutschland hinter sich.‹

Bei diesen langsam gesprochenen Worten verspürte ich etwas wie ein innerliches Erschauern. Ich vermeinte, den Blutdunst ich weiß nicht welcher Opfer zu atmen. Katharina war größer geworden. Sie stand da wie ein böser Genius, und mir schien, als wolle sie in mein Gewissen eindringen, um sich dort niederzulassen.«

»Das hat er tatsächlich geträumt«, sagte Beaumarchais. »Erfunden hat er es bestimmt nicht.«

»›Meine Vernunft ist durcheinandergeraten‹, sagte ich zur Königin. ›Sie beglückwünschen sich zu einer Handlung, die drei Generationen verdammen, brandmarken und ...‹ – ›Fügt dem hinzu‹, fuhr sie fort, ›daß alle schreibenden Federn mir gegenüber ungerechter gewesen sind als meine Zeitgenossen. Keine einzige hat meine Verteidigung übernommen. Ich, die ich reich und Herrscherin war, bin des Ehrgeizes beschuldigt worden. Man hat mich der Grausamkeit bezichtigt, und dabei habe ich nur zwei abgeschlagene Köpfe auf dem Gewissen. Und für die unparteiischsten Geister bilde ich vielleicht nach wie vor ein großes Rätsel. Glaubt Ihr denn, ich sei von Haßgefühlen beherrscht gewesen, ich hätte nichts als Rache und Wut geschnaubt?‹ Sie lächelte mitleidig. ›Ich war ruhig und kaltblütig wie die Vernunft selber. Ich habe die Hugenotten ohne Mitleid verurteilt, aber auch ohne Zorn; sie waren die angefaulte Orange in meinem Fruchtkorb. Wäre ich Königin von England gewesen, so hätte ich genauso die Katholiken gerichtet, wenn sie aufrührerisch gewesen wären. Damit unsere Macht zu jener Zeit einiges Leben besaß, bedurfte der Staat eines einzigen Gottes, eines einzigen Glaubens, eines einzigen Herrn. Zu meinem Glück habe ich meine Rechtfertigung in einem Ausspruch geprägt. Als Birague mir fälschlich meldete, die Schlacht bei Dreux[551] sei verloren, habe ich ausgerufen: *Gut, dann gehen wir morgen in die protestantische Kirche!* Haß gegen die Verfechter der Reform? Ich habe sie sehr geachtet und sie nicht die Spur gekannt. Wenn ich Abneigung gegen einige Politiker verspürt habe, dann gegen den feigen Kardinal von Lothringen und gegen dessen Bruder, einen verschlagenen, brutalen Soldaten; sie haben mich beide bespitzeln lassen. Die beiden waren die Feinde meiner Söhne; sie wollten ihnen die Krone entreißen; ich hatte sie tagtäglich vor Augen; sie waren mir lästig. Hätten wir die Bartholomäus-Nacht nicht veranstaltet, so wäre sie von den Guisen mit Hilfe von Rom und dessen Mönchen durchgeführt worden. Die Liga[552], die erst stark geworden ist, als ich alt war, hätte bereits 1573 begonnen.‹ – ›Aber, Madame, warum haben Sie nicht (entschuldigen Sie meinen Freimut), anstatt jenen schrecklichen Massenmord anzuordnen, die ausgedehnten Hilfsmittel Ihrer Politik eingesetzt, um den Reformierten die weisen Institutionen zu geben, die die Regierung Heinrichs IV. so ruhmvoll und so friedlich gemacht haben?‹ Abermals lächelte sie, zuckte die Achseln, und ihre tiefen Falten gaben ihrem Antlitz den Ausdruck einer von Bitterkeit erfüllten Ironie. – ›Die Völker‹, sagte sie, ›bedürfen nach den erbittertsten Kämpfen der Ruhe; das ist das Geheimnis jener Regierungszeit. Aber Heinrich IV. hat zwei Fehler begangen, die sich nicht wieder ausgleichen ließen: Er durfte weder dem Protestantismus abschwören noch Frankreich katholisch lassen, nachdem er selber es geworden war. Er allein hat sich in der Lage befunden, das Antlitz Frankreichs zu wandeln, ohne daß es zu Erschütterungen gekommen wäre. Entweder keine Stola oder keine Predigt! Das hätte er denken müssen. Innerhalb einer Regierung zwei feindliche Prinzipien bestehen zu lassen, ohne daß etwas sie ausbalanciert, das ist ein Königsverbrechen; auf diese Weise werden Revolutionen gesät. Gott allein kommt es zu, in seinem Werk das Gute und das Böse ohne Unterlaß gegenwärtig sein zu lassen. Aber vielleicht war diese Sentenz den Hintergründen der Politik

Heinrichs IV. eingeschrieben, und vielleicht hat sie seinen Tod verursacht. Es ist unmöglich, daß Sully[553] keinen begehrlichen Blick auf die unermeßlichen Güter des Klerus geworfen hätte, die übrigens der Klerus nicht einmal ungeteilt besaß, da ja doch der Adel mindestens zwei Drittel ihrer Einkünfte vergeudete. Sully, der Reformierte, hat ebenfalls Abteien besessen.‹ Sie hielt inne und schien nachzudenken. – ›Aber‹, fuhr sie fort, ›bedenkt Ihr wohl, daß Ihr die Nichte eines Papstes um Aufklärung über ihren Katholizismus bittet?‹ Abermals hielt sie inne. ›Nach alledem wäre ich bereitwillig Calvinistin geworden‹, fügte sie mit einer sorglosen Geste hinzu. ›Sollten die überlegenen Männer Eures Jahrhunderts noch immer glauben, die Religion habe etwas in diesem Prozeß zu bedeuten gehabt, dem gewaltigsten unter allen, die Europa je zu beurteilen hatte, in dieser weit ausgreifenden Revolution, die durch kleine Ursachen verzögert worden ist, Ursachen, die sie nicht daran hindern werden, über die Welt hinwegzurollen, da ich sie nicht erstickt habe? Eine Revolution‹, sagte sie und warf mir einen tiefen Blick zu, ›die noch immer auf dem Marsch ist, und die du vollenden könntest. Ja, *du*, der du mir zuhörst!‹ Mich durchschauerte es. — ›Wie? Noch immer hat niemand durchschaut, daß die alten Interessen und die neuen Interessen Rom und Luther als Banner ergriffen hatten? Wie? Ludwig IX.[554] hat, um einem ganz ähnlichen Kampf auszuweichen, dadurch, daß er eine Menschenmasse, die hundertmal so groß war als die von mir zum Tod verdammte, mit sich fortriß und sie in den Sandwüsten Ägyptens umkommen ließ, sich den Beinamen *der Heilige* verdient, und ich? – Ich nämlich‹, sagte sie, ›bin gescheitert.‹ Sie neigte das Haupt und verharrte eine Weile in Schweigen. Ich sah keine Königin mehr vor mir, sondern eher eine jener alten Druidinnen, die Menschen opferten und die Seiten der Zukunft aufzublättern wußten, indem sie die Belehrungen der Vergangenheit wieder ans Licht zogen. Bald jedoch erhob sie ihr königliches, majestätisches Antlitz aufs neue. ›Luther und Calvin haben das Augenmerk aller Bürger auf die Mißbräuche der katholischen Kirche gerichtet und dadurch in Europa einen Geist der Forschung entstehen lassen, der die Völker dahin bringen mußte, alles prüfen zu wollen. Prüfung nun aber führt zum Zweifel. Statt eines allen Gesellschaftsschichten notwendigen Glaubens schleppten sie eine wissensbegierige, mit Hämmern bewaffnete, auf Ruinen erpichte Philosophie nach sich und in die Ferne. Aus dem Schoß der Ketzerei erhob sich glänzend mit ihren Erleuchtungen die Wissenschaft. Es handelte sich weit weniger um eine Reform innerhalb der Kirche als um die unbegrenzte Freiheit des Menschen, und die ist der Tod jeder Regierungsmacht. Das habe ich gesehen. Das Ergebnis der Erfolge, die die Reformierten in ihrem Kampf gegen das Priestertum errangen, das besser bewaffnet war und mehr an Furcht einflößte als die Krone, war der Ruin der monarchischen Macht, die Ludwig XI. unter so großen Kosten auf den Trümmern des Feudalismus errichtet hatte. Es handelte sich um nichts Geringeres als um die Vernichtung der Kirche und des Königtums, auf deren Trümmern sämtliche Bourgeoisien der Welt paktieren wollten. Somit war dieses Ringen ein Kampf auf Leben und Tod zwischen den neuen Planungen und den alten Gesetzen, den alten Glaubenslehren. Die Katholiken waren der Ausdruck der materiellen Interessen des Königtums, des Adels und des Klerus. Es war ein Zweikampf bis zum Äußersten zwischen zwei Giganten; leider war die Bartholomäus-Nacht bloß eine Verwundung. Vergeßt nicht, daß man, um in einem gelegenen Augenblick ein paar Tropfen Blutes zu sparen, es später in Strömen vergießen läßt. Die über einer Nation schwebende Intelligenz kann *ein* Unglück nicht vermeiden, dasjenige nämlich, keine Gleichwertigen mehr zu finden, um gut beurteilt zu werden, wenn sie der Wucht eines Ereignisses erlegen ist. Die mir gleichen, sind selten, die Dummen sind in der Mehrzahl; alles findet durch diese beiden Behauptungen seine Erklärung. Wenn mein Name in Frankreich Abscheu erregt, so müssen die mittelmäßigen Geister dafür verantwortlich gemacht werden; denn diese bilden dort die Masse aller Generationen. In den großen Krisen, die ich durchgemacht habe, hieß regieren nicht, Audienzen erteilen, Paraden abnehmen und Kabinettsbefehle unterzeichnen. Ich habe Fehler begehen können, ich war nur eine Frau. Aber warum hat sich damals kein Mann gefunden, der über seinem Jahrhundert stand? Der Herzog von Alba war eine eherne Seele; Philipp II. war vor katholischer Gläubigkeit verstumpft; Heinrich IV. ein Soldat, Spieler und Wüstling; der Admiral555 ein starrköpfiger Systematiker. Ludwig XI. ist zu früh, Richelieu zu spät gekommen. Ob ich für tugendhaft oder verbrecherisch gehalten werde, ob man mir die Bartholomäus-Nacht in die Schuhe schiebt oder nicht, ich nehme die Bürde auf mich; ich werde zwischen jenen beiden großen Männern das sichtbare Glied einer unbekannten Kette bleiben. Eines Tages werden zu Paradoxen neigende Schriftsteller sich fragen, ob die Völker nicht etwa den Namen *Henker* an die Opfer vergeudet haben. Es dürfte nicht nur *einmal* geschehen sein, daß die Menschheit es vorzieht, lieber einen Gott zu opfern als sich selber anzuklagen. Ihr alle seid geneigt, um zweihundert rechtzeitig geopferter Bauernlümmel willen die Tränen zu vergießen, die ihr den Mißgeschicken einer Generation, eines Jahrhunderts oder einer Welt verweigert. Kurzum, ihr vergeßt, daß die politische Freiheit, die Ruhe einer Nation und sogar die Wissenschaft Geschenke darstellen, für die das Schicksal im voraus Blutzölle erhebt!‹ – ›Könnten die Nationen nicht eines Tages um einen billigeren Preis glücklich sein?‹ rief ich mit Tränen in den Augen aus. – ›Wahrheiten steigen aus ihren Schachttiefen nur heraus, um Blutbäder zu nehmen; dadurch erfrischen sie sich. Hat sich etwa sogar das Christentum, der Inbegriff aller Wahrheit, da es von Gott kommt, ohne Märtyrer behauptet? Ist nicht in Strömen Blut geflossen? Wird es nicht immer und ewig fließen? Du wirst es erfahren, du, der du einer der Maurer des sozialen, von den Aposteln begonnenen Bauwerks sein sollst. Solange du deine Wasserwaage über den Köpfen hin und her schiebst, wird man dir Beifall zollen; aber wenn du zur Maurerkelle greifen willst, wirst du umgebracht werden.‹ – Blut! Blut! Dieses Wort hallte in meinen Ohren wider wie Geläut. – ›Sie meinen also‹, sagte ich, ›der Protestantismus habe das Recht besessen, durch Gründe zu überreden zu suchen gleich Ihnen?‹ Katharina war verschwunden, wie wenn ein Windhauch das übernatürliche Licht ausgeblasen hätte, das mir verstattet hatte, jene Gestalt zu erblicken, deren Ausmaße gigantisch geworden waren. Plötzlich gewahrte ich in mir einen Teil meines Ichs, der sich die wüsten Lehren einverleibt hatte, die von jener Italienerin dargelegt worden waren. Ich erwachte schweißnaß, weinend, und zwar in dem Augenblick, da meine siegreiche Vernunft mir mit sanfter Stimme sagte, daß es weder einem König noch sogar einer Nation gezieme, solche eines Volks von Atheisten würdige Prinzipien anzuwenden.«

»Und wie sollen Monarchien gerettet werden, die am Zusammenstürzen sind?« fragte Beaumarchais.

»Es gibt einen Gott, Monsieur«, entgegnete mein Tischgenosse.

»Somit«, fuhr Monsieur de Calonne mit der für ihn charakteristischen, unglaublichen Leichtfertigkeit fort, »bleibt uns das Hilfsmittel, uns gemäß dem Evangelium Bossuets für die Werkzeuge Gottes zu halten.«

Sobald die Damen sich bewußt geworden waren, daß die Sache auf ein Gespräch zwischen der Königin und dem Advokaten hinauslief, hatten sie zu tuscheln begonnen. Ich habe nämlich die Sätzchen mit Ausrufungszeichen ausgelassen, die sie in die Rede des Advokaten hineinwarfen. Allein Äußerungen wie:

»Sterbenslangweilig ist er! – Ja, meine Liebe, wann hört er nun endlich auf?« sind an mein Ohr gedrungen.

Als der Unbekannte zu sprechen aufhörte, verstummten die Damen. Monsieur Baudard schlief. Der halb betrunkene Chirurg, Lavoisier, Beaumarchais und ich hatten allein aufmerksam gelauscht; Monsieur de Calonne hatte mit seiner Tischdame gescherzt. Es lag etwas Feierliches in diesem kurzen Schweigen. Der Kerzenschimmer schien mir eine magische Tönung angenommen zu haben. Ein und dasselbe Gefühl hatte uns mit geheimnisvollen Banden an jenen Mann geknüpft, der, was mich betrifft, mir die unerklärlichen Auswirkungen des Fanatismus begreiflich gemacht hatte. Es bedurfte nichts Geringeren als der dumpfen, hohlklingenden Stimme von Beaumarchais' Tischgenossen, um uns aufzuwecken.

»Und ich habe ebenfalls geträumt«, rief er.

Jetzt faßte ich den Chirurgen eingehender ins Auge, und ich verspürte irgendwie ein Gefühl des Grauens. Seine erdige Gesichtsfarbe, seine zugleich gemeinen und großen Züge boten einen genauen Ausdruck dessen dar, was Sie mir erlauben mögen, als ›den Pöbel‹ zu bezeichnen. Ein paar bläuliche und schwarze Blatternarben waren über sein Gesicht gesät wie Schmutzspritzer, und seine Augen schleuderten unheilverkündende Flammen. Dies Gesicht wirkte düsterer, als es vielleicht war; das rührte von der schneeigen Masse seiner gepuderten Frisur her.

»Dieser Mensch muß mehr als nur einen Patienten begraben«, sagte ich zu meinem Nachbarn.

»Nicht mal meinen Hund würde ich ihm anvertrauen«, antwortete er.

»Unwillkürlich hasse ich ihn.«

»Und *ich* verachte ihn.«

»Und dabei ist das doch ungerecht!« entgegnete ich.

»Ach, du lieber Himmel, übermorgen kann er genauso berühmt sein wie der Schauspieler Volange[556]«, erwiderte der Unbekannte.

Monsieur de Calonne deutete mit einer Geste auf den Chirurgen, die uns zu sagen schien: »Der wird wahrscheinlich amüsant werden.«

»Haben Sie etwa ebenfalls von einer Königin geträumt?« fragte ihn Beaumarchais.

»Nein, von einem Volk habe ich geträumt«, antwortete er mit einer Emphase, die uns lachen machte. »Ich behandelte damals gerade einen Patienten, dem ich am Morgen nach meinem Traum den Schenkel amputieren sollte ...«

»Und da haben Sie im Schenkel Ihres Patienten das Volk gefunden?« fragte Monsieur de Calonne.

»Genauso war es«, antwortete der Chirurg.

»Wie ergötzlich er ist!« rief die Gräfin de Genlis.

»Ich war ziemlich verdutzt«, sagte der Redner, ohne sich durch die Zwischenrufe in Verlegenheit bringen zu lassen, und steckte beide Hände in die Hosentaschen, »in jenem Schenkel etwas zu finden, mit dem sich reden ließ. Ich besaß die eigentümliche Fähigkeit, in meinen Patienten hineinzuschlüpfen. Als ich mich zum erstenmal unter seiner Haut befand, fiel mein Blick auf eine wunderbare Menge kleiner Wesen, die sich regten, Gedanken hatten und Einwendungen machten. Die einen lebten im Körper jenes Mannes, die andern in seinem Denken. Seine Gedanken waren Wesen, die entstanden, heranwuchsen und starben; sie waren krank, frohgemut, gesund, traurig und hatten mit einem Wort sämtlich besondere Gesichter; sie bekämpften einander oder taten miteinander schön. Manche Gedanken schwangen sich ins Freie und lebten in der geistigen Welt. Ich begriff plötzlich, daß es zwei Welten gebe, das sichtbare und das unsichtbare All; daß die Erde, wie der Mensch, einen Körper und eine Seele habe. Die Natur erhellte sich mir, und ich erkannte ihre Unermeßlichkeit im Wahrnehmen des Ozeans von Wesen, die in Massen und Einzelarten überall verbreitet waren und eine einzige und gleiche, belebte Materie bildeten, von den Marmorarten bis hinauf zu Gott. Ein prächtiges Schauspiel! Kurz und gut, in meinem Patienten war ein Universum vorhanden. Als ich mein Operationsmesser mitten in seinen brandigen Schenkel stieß, habe ich Tausende dieser Tiere totgemacht. – Sie lachen, meine Dame, weil Sie vernehmen, daß Sie Tieren ausgeliefert sind ...«

»Bitte keine Anzüglichkeiten«, sagte Monsieur de Calonne. »Sprechen Sie von sich und Ihrem Patienten.«

»Mein durch das Geschrei seiner Aufgußtiere[557] erweckter Mann wollte meine Operation unterbrechen; aber ich machte ruhig weiter und sagte ihm, bösartige Tiere seien bereits daran, ihm die Knochen zu zernagen. Er vollführte eine Bewegung des Widerstrebens, er begriff nicht, daß das, was ich unternahm, zu seinem Besten geschehe, und mein Operationsmesser fuhr mir in die Rippen ...«

»Er ist blöd«, sagte Lavoisier.

»Nein, sternhagelvoll«, antwortete Beaumarchais.

»Oh, oh«, rief Baudard, der aufwachte, »mir ist das Bein eingeschlafen.«

»Monsieur«, sagte seine Frau zu ihm, »Ihre Tiere sind abgestorben.«

»Dieser Mann ist zu etwas berufen«, rief mein Nachbar; er hatte den Chirurgen, während dieser sprach, unerschütterlich angestarrt.

»Es verhält sich zu dem, was der Herr da geträumt hat«, fuhr der häßliche Tischgast fort, »wie die Tat zum Wort, wie der Körper zur Seele.«

Aber seine schwere Zunge verhedderte sich; er brachte nur noch undeutliche Worte hervor. Zu unserm Glück geriet die Unterhaltung wieder auf andere Bahnen. Nach einer halben Stunde hatten wir den Pagenchirurgen vergessen; er war eingenickt. Es goß in Strömen, als wir von Tisch aufstanden.

»Der Advokat ist nicht dumm«, sagte ich zu Beaumarchais.

»Ach, er ist plump und kaltschnäuzig. Aber Sie sehen, die Provinz birgt nach wie vor gute Leute, die die politischen Theorien und die französische Geschichte ernst nehmen. Das ist ein Sauerteig, der gären wird.«

»Haben Sie Ihren Wagen da?« fragte mich Madame de Saint-James.

»Nein«, antwortete ich ihr trocken. »Ich habe nicht gewußt, daß ich ihn heute abend brauchen würde. Wünschen Sie etwa, daß ich den Kontrolleur heimführe? Sollte er *en polisson* zu Ihnen gekommen sein?«

Dieser Modeausdruck diente dazu, einen Menschen zu bezeichnen, der, als Kutscher gekleidet, seinen eigenen Wagen nach Marly[558] lenkte. Madame de Saint-James rauschte von dannen, bestellte den Wagen ihres Mannes und nahm den Advokaten beiseite.

»Monsieur de Robespierre, bitte tun Sie mir den Gefallen und setzen Sie Monsieur Marat vor seinem Hause ab; er ist außerstande, sich auf den Beinen zu halten.«

»Nur zu gern, Madame«, antwortete Monsieur de Robespierre galant, »ich wollte, Sie hätten mir etwas Schwierigeres befohlen.«

Anhang

Balzac veröffentlichte als Anhang seines Werks über Katharina von Medici nachstehende Ballade über das Leichenbegängnis des ermordeten Herzogs von Guise. Er bemerkt dazu, das Beste daran sei sicherlich die Melodie gewesen, die leider nicht auffindbar war. Daß Théodore de Bèze der Verfasser gewesen sei, ist umstritten. Das Lied soll damals im Munde aller Hugenotten gewesen sein. Eine Übersetzung vermöchte den burlesken Reiz schwerlich wiederzugeben. Die Verse sind in keiner deutschen Übertragung der ›Katharina von Medici‹ enthalten. Sie werden auf Seite 225 unserer Ausgabe erwähnt.

LE CONVOI DU DUC DE GUISE

Qui veut ouïr chanson? (*bis*)
C'est du grand duc de Guise;
Et bon, bon, bon, bon,
Di, dan, di, dan, bon,
C'est du grand duc de Guise!

(Ce dernier vers se parlait et se disait sans doute comiquement.)

Qui est mort et enterré.

Qui est mort et enterré. (*bis*)
Aux quatre coins du poële,
Et bon, etc.,

Quatre gentilshomm's y avoit.

Quatre gentilshomm's y avoit. (*bis*)
L'un portoit son grand casque,
Et bon, etc.,

Et l'autre ses pistolets.

Et l'autre ses pistolets. (*bis*)
Et l'autre son épée,
Et bon, etc.,

Qui tant d'hugu'nots a tués.

Qui tant d'hugu'nots a tués. (*bis*)
Venoit le quatrième,
Et bon, etc.,

Qui étoit le plus dolent.

Qui étoit le plus dolent; (*bis*)
Après venoient les pages,
Et bon, etc.,

Et les valets de pied.

Et les valets de pied, (*bis*)
A vecque de grands crêpes,
Et bon, etc.,

Et des souliers cirés.

Et des souliers cirés, (*bis*)
Et des beaux bas d'estaime,
Et bon, etc.,

Et des culottes de piau.

Et des culottes de piau. (*bis*)
La cérémonie faite,
Et bon, etc.,

Chacun s'alla coucher.

Chacun, s'alla coucher, (*bis*)
Les uns avec leurs femmes,
Et bon, etc.,

Et les autres tout seul.

Anmerkungen

Katharina von Medici

1 Nach der Regel des heiligen Benedikt von Nursia (480–543) lebender Mönchsorden, dessen erstes Kloster 529 auf dem Monte Cassino bei Neapel gegründet wurde, von wo er sich vom 6. Jahrhundert an ausbreitete und mittels seiner berühmten Schulen, den Hauptbildungsanstalten für das damalige Abendland, Christentum und Kultur verbreitete, unter geistiger Selbständigkeit und Zurückhaltung von den Fürstenhöfen und politischen Intrigen.

2 Der Abbé Jean de Launoy (1603–1678), ein normannischer Theologe und Freund des großen Antoine Arnaud, des Verteidigers der Jansenisten gegen die Jesuiten, fand bei seinen Kritiken der hagiographischen Legenden den stärksten Widerhall, als er sich gegen die Tradition wandte, nach der die Provence durch Lazarus, Martha und Magdalena zum Christentum bekehrt worden sein sollte.

3 Balzacs Urteil über Voltaire ist hier, wie stets, ungerecht; denn Voltaire ist der Schöpfer einer erzählenden, dramatisch aufgebauten, künstlerischen Geschichtsschreibung, die dokumentarisch unterbaut worden und frei von dogmatischer Metaphysik ist.

4 ›Essai sur les Règnes de Claude et de Néron‹ (1778).

5 Horace Walpole (1717–1797), der Sohn des bedeutendsten Staatsmanns und Ministers Robert Walpole und Freund der Mme de Deffand, veröffentlichte 1768 seine ›Historische Zweifel über Leben und Regierung Richards III.‹. Ludwigs XVI. Übertragung des kleinen Werks erschien erst 1800. Richard III. (König 1483–85), Held der berühmten Tragödie Shakespeares, scheint tatsächlich von der Geschichtsschreibung allzu schwarz dargestellt worden zu sein.

6 John Churchill, Herzog von Marlborough (1650–1722), englischer Feldherr und Staatsmann, mit Prinz Eugen Sieger bei Höchstedt (Blenheim) 1704 und 1709 bei Malplaquet, Held eines burlesken Volksliedes ›Marlborough s'en va-t-en guerre‹.

7 Karl IX. (1550–1574), zweiter Sohn Heinrichs II. und der Katharina von Medici, regierte unter der Vormundschaft seiner Mutter bis 1563. Seine Regierungszeit war von Religionskriegen erfüllt. Er gab das Zeichen zur Bartholomäus-Nacht.

8 Oger (abgeleitet von hongre, Ungar), Märchengestalt eines menschenfresserischen Riesen.

9 Tagebuch von Emmanuel, Grafen de Las Casas (1766–1842), über seine auf Sankt Helena mit Napoleon geführten Gespräche (1823).

10 Dominique Dufour de Pradt (1759–1837), Typus des diplomatischen und politischen Priesters zu Beginn des 19. Jahrhunderts. Er war während des Konsulats aus der Emigration zurückgekehrt und 1805 durch Napoleon als Bischof von Poitiers eingesetzt worden. Die Dienste, die Pradt 1808 dem Kaiser bei den Verhandlungen zu Bayonne erwies, wo die Abdankung der spanischen Bourbonen durchgesetzt wurde, trugen ihm das Erzbistum Mecheln ein. Dennoch fiel er gegen Ende des Kaiserreichs in Ungnade. Nach dem Einmarsch der Alliierten blieb er in Frankreich und wurde von Ludwig XVIII. zum Großkanzler der Ehrenlegion ernannt. 1816 trat er als Erzbischof zurück und betätigte sich lebhaft in der liberalen Opposition, zunächst als Publizist, dann als Abgeordneter. Er war eine große Begabung, aber kein großer Charakter.

11 Fürst Armand de Polignac (1780–1847) war am 8. August 1829 Außenminister, und am 17. November des gleichen Jahres Ministerpräsident geworden. Er führte eine gegenrevolutionäre, ultraroyalistische Regierung und plante eine Aufhebung der Verfassung. Nach den Wahlen vom Juli 1830, die der Opposition 270 Abgeordnete gegen nur 145 regierungstreue eintrugen, beschlossen König Karl X. und Polignac eine »leichte Kursabweichung« der Regierung durch den Erlaß von vier Ordonnanzen (Kabinettsordres). Die erste hob die Pressefreiheit auf; die zweite erklärte die Kammer als aufgelöst; die dritte führte ein neues Wahlgesetz ein; die vierte berief für den September zu neuen Wahlen. Der Widerstand der Pariser gegen diese Ordonnanzen führte am 26. Juli zum Ausbruch der Revolution, die Karl X. den Thron kostete.

12 Nicolas Bergasse (1750–1832) war Advokat und Publizist in Lyon; es gelang ihm 1787, Beaumarchais in die Affäre des Bankiers Kormann einzubeziehen. (Einzelheiten darüber in jeder Beaumarchais-Biographie.) Aus dieser Affäre ging Beaumarchais nicht so glanzvoll und glücklich hervor wie aus der Affäre Goëzman. Daher rächte er sich durch einen Seitenhieb auf Bergasse. In ›La Mère coupable‹ (der Fortsetzung von ›Le Mariage de Figaro‹) stellte er Bergasse in der Gestalt des Begearss als einen abscheulichen irischen Tartüff dar, den zu entlarven Figaro schließlich gelingt.

13 Order of the Garter, von Eduard III. 1350 gestifteter höchster

englischer Orden, nur für regierende Fürsten und Engländer aus dem Hochadel.

14 Sieg der Engländer über die Franzosen 1415.

15 Im Département Seine-et-Marne, am Zusammenfluß der Seine und der Yonne.

16 François Rabelais (1494–1553), Benediktiner, Arzt und als Humanist und Dichter eine der bedeutendsten Gestalten der französischen Frührenaissance, Schöpfer des Romans ›Pantagruel‹.

17 Pietro Aretino (1492–1556), von dunkler, vielleicht aber auch adliger Abkunft, vielfach in Skandale verwickelt, gefürchteter Satiriker seiner Briefe wegen, in denen er Skandalgeschichten erzählte, dabei großherzig und freimütig von Charakter. Seine teils sehr obszönen Schriften sind im Stilistischen frisch und unkonventionell, dabei witzig und ausgelassen. Nach seinem eigenen Wort erhob er von denen Tribute, die der Welt Tribute auferlegen. Er führte ein großes Haus und hatte große Freunde, was für diese wie für ihn spricht.

18 Brunehault oder Brunhild (534–613), Königin von Austrasien, Gemahlin Sigeberts, intelligent und energisch, führte mit Fredegunde von Neustrien einen furchtbaren Krieg, deren Sohn Clotar II. die fast Achtzigjährige an den Schweif seines Pferdes binden und zu Tode schleifen ließ.

19 Frédégonde oder Fredegunde (um 545–597), dunkler Herkunft, schön und ehrgeizig, scheute vor keinem Mittel zurück, Gemahlin Chilperichs I., Königs von Neustrien, zu werden. Ihr Leben ist eine Kette von Morden.

20 Heinrichs IV. Gemahlin (1573–1642). Nach der Ermordung des Königs Regentin, entließ dessen Minister, vertraute dem Abenteurer Concini, der unter dem Namen Marschall d'Ancre bekannt ist, und blieb bis zu dessen Ermordung 1617 allmächtig. Um ihren Einfluß auf ihren Sohn, den jungen Ludwig XIII., weiterhin auszuüben, drängte sie ihm ihren Almosenier Richelieu als Premierminister auf und versuchte vergeblich, sich seiner wieder zu entledigen. Nach der »Journée des Dupes« mußte Maria in die Verbannung gehen. Sie starb in Köln. Ihr Leben wurde von Rubens in einer Folge von 21 Monumentalgemälden verherrlicht, einer Mischung von Allegorie und Historie. Die Bilder sind im Louvre.

21 Jean-Louis de Nogaret de La Valette, Herzog von Epernon (1554–1642), einer der »Mignons« Heinrichs III., Geliebter der Maria von Medici.

22 François Ravaillac (1578–1610), ehemaliger Mönch, der Mörder Heinrichs IV.

23 Jüngerer Bruder (1608–1660) Ludwigs XIII., charakterschwach, kleinmütig; intrigant, von mäßigen Geistesgaben.

24 Französische Herzogsfamilie, Nebenzweig des Hauses Lothringen, mit dem Königshaus verwandt.

25 Verschiedene, untereinander und mit dem Königshaus verwandte Herzogsgeschlechter.

26 Aus dem Hause Guise: Jean von Lothringen (1498–1550), jüngerer Bruder Claudes von Lothringen; und Charles (1524–1574), Bruder François' von Lothringen.

27 Frz.: Schmarrengesicht: Beiname der Herzöge Franz I. und Heinrich I. aus dem Hause Guise, ihrer schweren, im Krieg davongetragenen Gesichtsverletzungen wegen.

28 Königin von Navarra (1528–1572), Mutter Heinrichs IV.

29 Sohn des Antoine de Bourbon und der Jeanne d'Albret, geboren 1553, König von Frankreich 1589–1610. Nähere Angaben in allen Nachschlagewerken.

30 Anne I. (1493–1567), Kronfeldherr, Ratgeber Franz' I. und Heinrichs II. (»Anne« ist im Französischen ein männlicher und weiblicher Vorname.)

31 Jean Calvin (1509–1564). Über diesen Reformator verbreitet sich Balzac ausführlich; es sei auf die Nachschlagewerke verwiesen.

32 Gaspard de Coligny (1519–1572), Admiral, Haupt der französischen Protestanten, eins der ersten Opfer der Bartholomäus-Nacht, und dessen Bruder François de Coligny (1521–1569).

33 Théodore de Bèze (1519–1605), Schüler Calvins und dessen Nachfolger in Genf.

34 Den Guisen.

35 Der Kronfeldherr (Connétable) Charles von Bourbon (1490–1527) hatte tapfer bei Marignano (1515) gekämpft, war aber dann, nach Streitigkeiten mit Louise von Savoyen, der Mutter Franz' I., zu Kaiser Karl V. übergegangen und hatte gegen Frankreich gekämpft. Er fiel bei der Belagerung Roms (Sacco di Roma).

36 Von den Kapetingern abstammendes Geschlecht, das 1328 mit Philipp VI. den französischen Thron bestieg. Es gibt mehrere Linien.

37 Balzac hat Christophe de Thou (1508–1583), den Ersten Präsidenten des Pariser Parlamentsgerichts, mit dessen Sohn Jacques-

Auguste (1553–1617), dem großen Historiker, verwechselt, den er übrigens zum Paten seines Helden Christophe Lecamus macht. Das ist unmöglich, da Jacques-Auguste fünfzehn Jahre nach Christophe Lecamus geboren wurde.

38 Den Obelisken von Luksor, der am 25. Oktober 1836 auf der Place de la Concorde errichtet wurde.

39 Die Hinrichtung Ludwigs XVI.

40 Hauptschauplätze der Septembermorde von 1792.

41 Hier wurde am 13. Vendémiaire des Jahres IV (5. Oktober 1795) eine Hauptstellung der gegen den Konvent vorgehenden Royalisten durch Bonapartes Artillerie zusammengeschossen.

42 Es steht nicht fest, ob die Formel »Die beste der Republiken« tatsächlich am 7. August 1830 von La Fayette ausgesprochen worden ist, als er im Palais-Royal den Herzog Louis-Philippe von Orléans vorstellte, der durch den Patriarchen der liberalen Ideen als Bürgerkönig eingesetzt werden sollte. Aber die Formel findet sich in einem Rapport der provisorisch mit der Verwaltung der Stadt Paris betrauten Commission Municipale an den König.

43 Bei den Bestattungsfeierlichkeiten des ehemaligen kaiserlichen Generals Maximilien Lamarque (1770–1832), des oppositionellen Abgeordneten unter der Restauration und der Juli-Monarchie, die am 5. Juni 1832 stattfanden, kam es zu einem Aufstand, der seit dem Tod Casimir Périers gebrodelt hatte. Er begann am Pont d'Austerlitz beim Vorbeizug des Kondukts und breitete sich rasch über die gesamte Pariser Osthälfte aus. Trotz dieses ersten Erfolgs weigerten sich die Häupter der Republikaner, zumal Carrel, die Führung zu übernehmen. Daraufhin setzte die Regierung die Nationalgarde ein. Der letzte Widerstand wurde am 6. Juni im Kloster Saint-Merri geleistet, das von 120 Insurgenten unter der Führung eines jungen Arbeiters verteidigt wurde. Balzac schildert jene Kämpfe in ›Die Geheimnisse der Fürstin von Cadignan‹.

44 Anfang April 1834 war in Lyon ein von der »Gesellschaft für Menschenrechte« geschürter Aufstand ausgebrochen, der vom 9. bis 12. April niedergeschlagen wurde. Die Pariser Republikaner, durch ihr Wort gebunden, erhoben sich ebenfalls, am Sonntag, dem 13. April. In zahlreichen Straßen, so auch in der Rue Transnonain, wurden Barrikaden errichtet. 40 000 Mann reguläre Truppen wurden eingesetzt. Am nächsten Tag war der Aufstand niedergeschlagen. Nach Beendigung der Kämpfe massakrierte eine Sektion Infanterie eine Handvoll Aufständischer sowie Frauen und Kin-

der in dem Haus Nr. 12 der Rue Transnonnain. Daumier machte jene Episode durch eine Lithographie unsterblich.

45 Casimir-Pierre Périer (1777–1832), reicher Bankier und Politiker, Abgeordneter von Paris und Angehöriger der liberalen Opposition unter der Restauration, wurde 1831 Innenminister, unterdrückte energisch die Aufstände in Paris und Lyon, unterstützte Belgien, als es sich von Holland freimachte, und hemmte die Österreicher durch die Expedition nach Ancona. Er starb an der Cholera.

46 Jean-Martin de Laubardemont (1590–1653), Staatsrat, einer der verabscheuungswürdigsten Vollstrecker der Rachemaßnahmen des Kardinals Richelieu. Er war Vorsitzender der Kommission, die Urbain Grandier auf den Scheiterhaufen schickte, und Richter in derjenigen, die Cinq-Mars und de Thou zum Tode verurteilte.

47 Isaac de Laffemas, Sieur de Humont († 1657), Staatsrat, Zivilleutnant der Pariser Gerichtsbarkeit, der Unterdrückungspolitik Richelieus ergeben. Er ist durch seine Zeitgenossen und später zumal durch Victor Hugo in ›Marion Delorme‹ verunglimpft worden.

48 Henri d'Aspremont, Vicomte d'Orthez, war Gouverneur von Bayonne, als er, bei der Durchführung der Bartholomäusnacht, vom König den Befehl erhielt, die dortigen Hugenotten niederzumachen, was er stolz abgelehnt haben soll. Jene Antwort ist durch Meyerbeers Oper ›Die Hugenotten‹ berühmt geworden; sie scheint jedoch apokryph zu sein, denn die Dokumente bezeugen, daß d'Orthez gegen die Hugenotten in seinem Herrschaftsbereich hart vorgegangen ist.

49 Philipp II. (1527–1598), König von Spanien, Sohn Kaiser Karls V.

50 Ferdinand Alvarez von Toledo, Herzog von Alba (1508–1582), spanischer Feldherr und Staatsmann, drückte u. a. den Aufstand der Niederlande mit blutiger Strenge nieder; er ließ 18 000 Menschen hinrichten.

51 Antoine Granvelle (1517–1586), Kardinal, Minister Karls V. und Philipps II., Statthalter der Niederlande. (Vgl. Anm. 262.)

52 Das 1598 von Heinrich IV. erlassene Edikt gab den Calvinisten Religionsfreiheit, nur nicht am Hof und in Paris. Es wurde 1685 von Ludwig XIV. aufgehoben.

53 Nach Ciceros berühmter Rede im Senat am 7. November 63 v. Chr. wurde Catilina geächtet, verließ Rom und fiel im Februar 62 v. Chr. bei Pistoja.

54 Korollarium.

55 Lat.: Ein Glaube, ein Herrscher.

56 Bei der Juli-Revolution von 1830.

57 Sektierer in der Provence, wahrscheinlich benannt nach dem Gründer der Sekte, Petrus Valdus (12. Jahrhundert). Die Sekte zeichnete sich durch betonte Sittenreinheit aus. Sie wurde z. T. durch Franz I. ausgetilgt. In Italien gibt es nach wie vor Waldenser-Kirchen.

58 Albigenser oder Katharer, religiöse Sekte, die sich im 12. Jahrhundert in Südfrankreich um Albi bildete und gegen die Papst Innozenz III. 1209 einen Kreuzzug befahl, der zu einem blutigen Gemetzel gedieh und mit der Ausrottung der Albigenser endete; er ist eins der übelsten Kapitel der Kirchengeschichte.

59 Herzog Heinrich von Guise, 1588 in Schloß Blois auf Befehl König Heinrichs III. ermordet. (Vgl. Anm. 226.)

60 Der König von Navarra, der spätere Heinrich IV.

61 Karl von Lothringen, Herzog von Mayenne (1554–1611), Bruder Heinrichs von Guise, nach dessen Tod Haupt der Liga. Er wurde mehrmals von Heinrich IV. besiegt und unterwarf sich 1595.

62 Ältester Sohn Heinrichs II. (1544–1560; 1559 König) und der Katharina von Medici, verheiratet mit Maria Stuart, der Nichte der Guisen, unter deren Einfluß er stand; sie unterdrückten 1560 grausam die Verschwörung von Amboise.

63 Ambroise Paré (um 1510–1590), Arzt Heinrichs II., Franz' II., Karls IX. und Heinrichs III. Er erfand das Abbinden der Arterien bei Operationen.

64 Siehe Anmerkung 37.

65 Michel de L'Hospital (1507–1573), Rat am Pariser Parlamentsgericht, Gesandter beim Tridentiner Konzil, Oberintendant der Finanzen und 1560 Kanzler von Frankreich. Er versuchte, den religiösen Streitigkeiten und dem Blutvergießen Einhalt zu gebieten, und trat für Freiheit und Gleichheit ein. Die Guisen haßten ihn, und er mußte 1568 den Hof verlassen.

66 Ein hugenottischer Edelmann La Renaudie hatte 1560 in der Bretagne eine Anzahl von Glaubensgenossen gesammelt, mit denen er in kleinen Gruppen nach Blois aufbrach, um vom König Glaubensfreiheit zu erbitten, vielleicht aber auch, um sich der anticalvinistischen Guisen zu bemächtigen. Die Verschwörung wurde entdeckt, der Hof flüchtete nach Amboise, wo ein grausiges Gericht über die Verschwörer gehalten wurde. Balzac schildert es im ersten Teil seines Werkes eingehend.

67 Titel Heinrichs III. vor seiner Thronbesteigung; dann derjenige seines Bruders Franz, der zunächst Herzog von Alençon hieß.

68 Der spätere Heinrich III. war zum König von Polen gewählt worden, kehrte aber nach dem Tod seines Bruders Karl IX. nach Frankreich zurück. Er war homosexuell und einer der schlechtesten Könige Frankreichs.

69 Also den Guisen.

70 Lat.: Mutter der Heere.

71 Die Armagnacs waren die Partei des Herzogs von Orléans, deren Kämpfe gegen die Partei des Herzogs von Burgund unter Karl VI. und Karl VII. Frankreich verheerten. Der Vertrag von Arras von 1435 schloß sie ab.

72 Gemahlin des geisteskranken Karls VI.

73 Liebhaber der Isabeau von Bayern während der Geisteskrankheit Karls VI. in Vincennes. Als der König in einem lichten Augenblick davon erfuhr, ließ er Boisbourdon hinrichten (1417) und schickte die Königin nach Tours in die Verbannung.

74 Von Balzac in phonetischer Schreibung beigefügt.

75 Honoré-Gabriel, Marquis de Mirabeau (1749–1791), Volkswirtschaftler und Politiker, nach wirrem, unstetem Leben aus dem Adel ausgestoßen, 1789 in die Generalstände gewählt, Abgeordneter von Aix, Verfechter einer konstitutionellen Monarchie, glänzendster Redner der Revolution; er starb, als Anklage gegen ihn erhoben werden sollte, mit dem Hof paktiert zu haben. (Vgl. Anm. 533.)

76 Bannerherr, oberste Magistratsperson in den italienischen Stadtrepubliken.

77 Giuliano de' Medici, Sohn Lorenzos des Prächtigen und Urenkel Cosimos des Großen, heiratete Philiberte von Savoyen und wurde vom König von Frankreich zum Herzog von Nemours ernannt. Sein natürlicher Sohn ist der Kardinal Ippolito de' Medici.

77a Lorenzo II. de' Medici, geb. 1492, wurde 1516 von seinem Oheim, dem Papst Leo X., zum Herzog von Urbino ernannt.

78 Florenz hat den Medici keinen Titel zuerkannt. Herzogin der Stadt Penna war die Gemahlin Alessandros de' Medici; den Herzogstitel verlieh ihm Kaiser Karl V.

79 Der Held von Alfred de Mussets Tragödie ›Lorenzaccio‹ (1834).

80 Bianca Capello entstammte einer venezianischen Patrizierfamilie und ließ sich mit fünfzehn Jahren von einem armen Bankangestellten namens Pietro Bonaventuri entführen; das Liebespaar floh

nach Florenz. Sie fanden bald die Gönnerschaft des Großherzogs Francesco (1541–1587); Bianca wurde dessen Geliebte, erst uneingestanden, dann offiziell. Um sich von dem Fürsten, der verheiratet war, heiraten zu lassen, schreckte Bianca vor keiner Heuchelei, keinem Verbrechen zurück, sei es Mord oder Kindesunterschiebung. Die Eheschließung gelang ihr 1578, zunächst heimlich, aber im folgenden Jahr bestieg sie den Thron. Acht Jahre später wurden der Großherzog und sie bei einem Fest ermordet.

81 Irrtum Balzacs: Es handelt sich um Madeleine de la Tour de Boulogne.

82 Pierre de Bourdeilles, Seigneur de Brantôme (1540–1614), kämpfte gegen die Hugenotten und die Türken. Schriftstellerische Hauptwerke, nachdem er durch einen Sturz vom Pferd Invalide geworden war: ›Vie des Dames illustres‹ und ›Vie des Dames galantes‹, überdies mehr kulturhistorisch als literarisch wichtige, an Skandalgeschichten reiche Memoiren.

83 Er war einer der »arrabiati« (wütenden Radikalen) von Florenz. Nach einer andern Version soll er gefordert haben, Katharina müsse nackt an die Mauern gebunden werden. Er wurde am 21. November 1530 gehängt.

84 Oberhaupt der »ostinati« in Florenz.

85 Niccolò di Bernardo dei Machiavelli (1469–1527), Florentiner Staatsmann, Historiker und Dichter, zeigte in seinem Werk ›Il principe‹ (›Der Fürst‹), wie unbeschränkte Fürstenmacht, durch die allein Italien zu retten sei, ohne Rücksicht auf Moral durch Klugheit und Folgerichtigkeit gegründet und erhalten werden könne.

86 Baruch Spinoza (1632–1677), einer der Begründer der modernen Philosophie und Wissenschaft. Seine Lehre enthält sein Werk ›Die Ethik‹ (1677). Spinoza war Pantheist und Determinist; er erkennt dem menschlichen Handeln nur einen geringen Teil an Freiheit zu. Seine politischen Ideen werden in dem ›Tractatus theologico-politicus‹ und einem unvollendet gebliebenen ›Tractatus politicus‹ dargelegt.

87 Thomas Hobbes (1588–1679), englischer Philosoph, Mathematiklehrer Karls II.; 1642 schrieb er seine ›Elementa philosophica seu politica de Cive‹, die bereits 1649 ins Französische übersetzt wurden. Er bekannte sich zum absolutistischen Staatsideal, unter Ausschaltung der Begriffe »Seele« und »Gott«, da er voraussetzte, daß der Mensch von Natur egoistisch und asozial sei, so daß nur ein

totalitärer Staat die Fähigkeit besitze, den »Krieg aller gegen alle« zu beenden. Unter dem Eindruck von Cromwells Diktatur mäßigte er später seine Einstellung.

88 Charles-Louis de Secondat, Baron de la Brède und de Montesquieu (1689–1755), Schriftsteller, Rechts-, Geschichts- und Staatsphilosoph, Begründer des historischen Denkens, ausgehend von der konkreten Wirklichkeit. Sein Hauptwerk ist ›L'Esprit des Lois‹ (1748), worin er die Theorie von der Teilung der Staatsgewalt in Legislative, Exekutive und Judikative aufstellt. Seine Reformvorschläge zeugen von tiefer Achtung vor dem Menschen.

89 Montesquieus ›Dialogue de Sylla et d'Eucrate‹ erschien erstmals im Februar 1745 im ›Mercure de France‹. Er stellt ein Supplement zu ›Grandeur et Décadence des Romains‹ dar.

90 Lat.: In der Haut, in sich.

91 Bei seinem Eingreifen 1808.

92 Die päpstliche Krone.

93 Filippo (Giambattista) Strozzi (1488–1538), Florentiner Staatsmann, Gegner der Medici.

94 Leone Strozzi (1515–1554), Admiral von Frankreich, als solcher von Balzac als Nacheiferer des großen Genueser Admirals Andrea Doria (1466–1560) bezeichnet, der abwechselnd die Flotte Franz' I. und Karls V. befehligte.

95 Pietro Strozzi, Marschall von Frankreich, fiel 1558 bei der Belagerung von Thionville (Diedenhofen).

96 Innocente Cylo (1491–1550), Kardinal, Sohn der Maddalena de' Medici. 1513 von Leo X. zum Kardinal-Diakon erhoben.

97 Cosimo I. (1519–1574) befestigte durch kluge, aber gewissenlose Politik die Monarchie in Florenz, war ein Freund der Künste und Wissenschaften, gründete die Florentiner Akademie und wurde 1569 von Papst Pius V. zum Großherzog von Toskana ernannt.

98 Giulio de' Medici, seit 1523 unter dem Namen Clemens VII. Papst, durchlebte 1527 die Belagerung Roms durch den Kronfeldherrn Karl von Bourbon (siehe Anmerkung 35), der die Heere Karls V. befehligte, und mußte sich schließlich seinem Feinde Pompeo Colonna ergeben, der ihm kurz darauf die Freiheit wiedergab.

99 Die Pazzi waren eine ghibellinisch und republikanisch eingestellte Florentiner Familie, berühmt durch ihre Verschwörung gegen die Medici, die unter dramatischen Umständen am 26. April 1478

scheiterte. Machiavelli berichtet eingehend in seiner ›Geschichte der Stadt Florenz‹ darüber.

100 Lucius Annäus Seneca (2–65), Philosoph und Dichter, Erzieher und Ratgeber Neros, wegen angeblicher Beteiligung an der Verschwörung des Piso zum Tode verurteilt, beging Selbstmord durch Öffnung der Pulsadern.

101 Afranius Burrhus, Befehlshaber der Leibwache Neros († 62).

102 Franz von Frankreich, ältester Sohn Franz' I., starb am 9. August 1536 zu Tournon im Alter von achtzehn Jahren.

103 John Stuart, Herzog von Albany (1481–1536), Regent von Schottland.

104 Zweitältester Sohn Franz' I.

105 Kleine Landschaft in der Languedoc in den gegenwärtigen Départements Tarn und Haute-Garonne.

106 Balzac schreibt den Namen »Montecuculli«. Der Graf wurde 1536 angeklagt, den Dauphin François, dessen Mundschenk er war, vergiftet zu haben, und wurde, obwohl nicht der mindeste Beweis erbracht werden konnte, hingerichtet.

107 Antonio de Leyva (Balzac schreibt den Namen »de Lèves«) (1480–1536), spanischer Heerführer, Besieger Franz' I. in der Schlacht bei Pavia 1525, Gouverneur von Mailand, begleitete Karl V. 1536 in die Provence.

108 Ferdinand von Gonzaga (1507–1557), einer der besten Feldherrn seiner Zeit, befehligte die Truppen Karls V.

109 Brantôme erzählt die Geschichte folgendermaßen: John Stuart, Herzog von Albany, war mit den Medici durch seine Heirat mit Anne de la Tour-de-Boulogne, Gräfin der Auvergne, verwandtschaftlich verbunden. In dieser Eigenschaft wurde er beauftragt, Clemens VII. (Giulio de' Medici) die Bittschrift dreier Damen zu überreichen, die um Dispens vom Fasten baten, weil sie ohne das »Fleisch« an den verbotenen Tagen nicht auskamen. Er formulierte den Antrag so, daß der Papst verstand, daß jene Damen, »versucht von den Stacheln des Fleisches«, um die Erlaubnis bäten, dessen verbotene Freuden zu kosten. »Wie?« sagte der Papst zu den drei Damen, »ich soll Ihnen ›il peccato di lussuria‹ (die Sünde der Wollust) gewähren? Da fiele ich ja der Verdammnis anheim! Also kann ich es nicht tun.« Die Damen erröteten über und über, und es kostete sie große Mühe, dem Heiligen Vater verständlich zu machen, daß sie die Opfer eines schlechten Scherzes geworden seien. Und sie erhielten den Dispens vom Fasten.

110 Pierre Bayle (1647–1706), Autor des ›Dictionnaire historique‹.

111 Jean Fernel (1497–1558), Arzt, Gelehrter und Astronom. Er war der erste Arzt Heinrichs II., dessen Sterilität auf einer Hypospadie beruhte; nach deren Operation bekam Katharina in elf Schwangerschaften zehn Kinder.

112 Hierüber möge man bei Sainte-Beuve, ›Causeries du Lundi‹, XII, 39, nachlesen, oder bei Brantôme ›Sur la Reine ... Catherine de Médicis‹ (Edition Lalanne, Band VII, Seite 341), wo der Scherz der Hofdamen erklärt wird.

113 Diane de Poitiers. Sie war fast zwanzig Jahre älter als Heinrich II.

114 Anne de Pisseleu d'Heilly, Herzogin von Etampes (1508–1580), Geliebte Franz' I.

115 Alte, von den Grafen von Limoges abstammende Familie. 1536 war ihr Oberhaupt Jean de Brosse, der Ehemann der Anne de Pisseleu. Der König ernannte ihn zum Grafen d'Etampes und erhob jene Grafschaft später zum Herzogtum.

116 Jeanne d'Albret, die Mutter Heinrichs IV.

116a An einem Herzschlag, nicht an Gift.

117 Es handelt sich um Martin bzw. Guillaume du Bellay (1491–1543), einen der besten Feldherrn Franz' I., in dessen ›Mémoires‹ sich Balzacs Bericht wortwörtlich findet. Er ist ein Vetter des Dichters Joachim du Bellay, der der »Pléiade« angehörte. (Vgl. Anm. 283.)

118 Herzog Christoph von Württemberg (1515–1568).

119 Ser Gianni Caraccioli (1487–1550), Fürst von Melfi, Herzog von Verona, Marschall von Frankreich. Beim Feldzug Karls VIII. (1495) schloß er sich den Franzosen an, kehrte sich wieder von ihnen ab, wurde 1528 von Lautrec in Melfi gefangengenommen und nach Frankreich gebracht, trat in die Dienste Franz' I. und diente ihm treu.

120 Pomponio Trivulzio, Marchese de Vigevano, war zur Zeit des Prozesses gegen Montecuccoli Gouverneur von Lyon.

121 Die Fregoso waren eine der vier großen Genueser Familien, die durch eigenes Verdienst ins Patriziat gelangten.

122 Annibale Gonzaga, Graf von Lanivolareck. Die Gonzaga waren eine fürstliche Familie, die von 1328 bis 1708 in Mantua regierte.

123 Pierre Morey, Träger der Medaille für die Juli-Tage, war Mitglied der »Gesellschaft für Menschenrechte«. Nach Fieschis Attentat auf Louis-Philippe (28. Juli 1835) wurde er als dessen Komplize angeklagt. Seine Schuld bestand lediglich darin, daß er

Fieschi 1834, mehrere Monate vor dem Attentat, beherbergt hatte. Dennoch wurde er zum Tod verurteilt und bewahrte noch auf dem Schafott eine unerschütterliche, ruhige Gelassenheit.

124 Philibert Berthelier (nicht Berthereau, wie Balzac schreibt) (1470–1519), Richter in Genf, verteidigte seine Vaterstadt tapfer gegen Herzog Karl III. von Savoyen. Nach der Eroberung der Stadt lehnte er es ab, sich zu verstecken oder zu fliehen; er wurde zum Tode verurteilt und gehängt.

125 Algernon Sidney (1622–1682), republikanisch gesonnener Gegner Cromwells, ging nach der Restauration durch Karl II. freiwillig ins Exil. 1678 war er Parlamentsmitglied, wurde durch Jeffries in die Verschwörung von Rie-House verwickelt und enthauptet.

126 Thomas Wentworth, Graf von Strafford (1593–1641), englischer Staatsmann, unterstützte mit Bischof Laud die autoritäre Politik Karls I., wurde Befehlshaber der Truppen in Irland, vom »Langen Parlament« des Hochverrats angeklagt und enthauptet.

127 Thomas Beckett (1118–1170), Erzbischof von Canterbury und Primas von England, verteidigte heftig die Vorrechte der Kirche dem König gegenüber. Er wurde am 29. Dezember 1170 von vier Edelleuten am Altar ermordet und 1172 kanonisiert.

128 Jacques Coeur (1395–1456), reicher Handelsherr in Bourges, Finanzverwalter Karls VII., wurde auf ein Komplott seiner Gegner hin verbannt. Ludwig XI. ließ ihn rehabilitieren. Sein schönes Stadthaus in Bourges ist jetzt Museum.

129 Der große Kardinal-Minister Ludwigs XIII.

130 Georges-Jacques Danton (1759–1794), einer der größten Staatsmänner der Revolution; guillotiniert.

131 Charles-Melchior Artus, Marquis de Bonchamps (1760–1793), in der Schlacht bei Cholet schwer verwundet; er starb am Tage, nachdem er 4000 republikanische Gefangene begnadigt hatte.

132 Antoine-Philippe de la Trémoille, Fürst von Talmont, royalistischer Kavallerie-General, nahm ruhmreichen Anteil an den ersten Vendéer-Kriegen. Er wurde bei Fougères gefangengenommen und 1794 in Laval enthauptet.

133 Jacques Clément (1567–1589), der Mörder Heinrichs III.

134 François Chabot (1759–1794), ehemaliger Kapuziner, Mitglied des Konvents, zweideutig von Charakter, guillotiniert.

135 Juan de Mariana (1537–1624), spanischer Jesuit, Chronist Philipps II.

136 Guy Chabot, Baron de Jarnac († nach 1572), hatte eines Tages bei Hofe erklärt, einzig die »liberalités« (großzügige Geschenke, aber auch sexuelle Freizügigkeiten) seiner Schwiegermutter erlaubten ihm seine Lebenshaltung. Der Ausspruch ließ zwei Deutungen zu. Heinrich II. griff ihn an und interpretierte ihn gegen Jarnac. Die königliche Äußerung kam bei Hofe in Umlauf. François de Vivonne, Sire de la Châteignerie, nahm sie auf seine Kappe, als Jarnac nach dem Urheber fragte. Es kam 1547 zum Duell, und Jarnac fällte seinen Gegner durch einen Hieb von links nach rechts ins Kniegelenk.

137 »Madame« war der Hoftitel der Gemahlin des ältesten Bruders des Königs. In diesem Falle dürfte Henriette-Anna von England (1644–1670) gemeint sein, die Tochter Karls I. und Gemahlin des Herzogs Philippe von Orléans. Daß die jung Gestorbene vergiftet worden sei, ist unwahrscheinlich. Ihre Leichenrede hielt Bossuet; sie gilt noch heute als ein Meisterwerk.

138 Diane de Poitiers war die Witwe des Louis de Brézé, Seneschalls der Normandie; sie wurde deswegen bei Hofe »die Seneschallin« genannt.

139 Robert IV. de La Mark, Herzog von Bouillon (1491–1537), Marschall von Frankreich, nahm Karl V. das Herzogtum Bouillon ab.

140 Claude II. von Lothringen, Herzog von Aumale (1526–1579). Jüngerer Bruder des Herzogs Franz von Guise. Heinrich II. hatte 1547 die Grafschaft Aumale zum Herzogtum erhoben.

141 Dieses ehemalige Leprosenheim, das 1515 der Obhut der Domherrn von Saint-Victor anvertraut worden war, ist heute ein Frauengefängnis.

142 Jean Dutillet, Seigneur de la Boissière († 1570), ist einer der Vorläufer der Erforschung der Nationalgeschichte; seine historischen Werke dienen noch heute als Quellen und werden zitiert. Ihnen scheint Balzacs Wiedergabe nicht zu entstammen; das Original ist vielmehr eine 1549 anonym erschienene Flugschrift, die sich in der Pariser Nationalbiliothek befindet.

143 Pierre Lizet (1482–1554), seit 1529 erster Präsident des Pariser Parlamentsgerichts; er machte sich durch seine Protestantenverfolgungen verhaßt und mußte 1550 zurücktreten.

144 Tochter Franz' I. (1523–1574), Gemahlin von Philibert-Emmanuel, Herzog von Savoyen.

145 Jene Straße auf der Ile de la Cité verlief parallel zum Quai du Marché-Neuf von der Rue de la Juiverie nahe dem Vorhof von

Notre-Dame zur Rue de la Barillerie, dem heutigen Boulevard du Palais. Sie verschwand beim Bau der Kaserne der Garde républicaine.

146 Henri Sauval (um 1620–1670) ist einer der Ahnherrn der wissenschaftlichen französischen Geschichtsschreibung.

147 Die Basilika von Saint-Denis ist die Gruftkirche der frz. Könige.

148 Beide Grabmäler wurden zwischen 1570 und 1573 nach den unter der Leitung Primaticcios von Ponce Jacquio und Frémin Roussel hergestellten Zeichnungen geschaffen; die meisterlichen Skulpturen stammen von Germain Pilon (1537–1590).

149 ›Trefflicher Diskurs über den üblen Lebenswandel Katharinas II.‹ Der Verfasser dieser gegen die Zarin gerichteten Schmähschrift konnte nicht nachgewiesen werden.

150 1557 wurde Saint-Quentin nach einer denkwürdigen Belagerung von den spanischen Truppen unter Herzog Philibert-Emmanuel von Savoyen im Sturm genommen.

151 *Sire, si vous laissez, comme Charles désire,*
Comme Diane veut, par trop vous gouverner,
Fondre, pétrir, mollir, refondre, retourner,
Sire, vous n'êtes plus, vous n'êtes plus que cire.

Das boshafte Wortspiel »Sire« (Majestät) und »cire« (Wachs) läßt sich im Deutschen nicht wiedergeben.

152 Der König starb 1559 nach einem Lanzenstich ins Auge bei einem Turnier.

153 Schloß Chaumont ist sehr viel kleiner und weniger prächtig als Chenonceaux. Diane hat es dort nicht lange ausgehalten; sie hat sich auf ihr Schloß Anet zurückgezogen und ist dort sieben Jahre später gestorben.

154 Lady Joan Fleming, natürliche Tochter Jakobs IV. von Schottland, 1547 Witwe Lord Malcolm Flemings, kam 1548 als Ehrendame der Maria Stuart an den französischen Hof.

155 Gattin des Giambattista, genannt Filippo Strozzi, Schwester Lorenzos II. de' Medici.

156 1545–1568, Tochter Heinrichs II. und der Katharina von Medici, Gemahlin Philipps II. von Spanien.

157 Drittes Kind Heinrichs II. und der Katharina von Medici; sie heiratete 1558 Karl III., Herzog von Lothringen (1547–1575).

158 Jean Visagier († 1542), neulateinischer französischer Dichter, dessen latinisierter Name Vulteius Rhemenis falsch in Vouté rück-

übersetzt wurde, veröffentlichte mehrere Sammlungen von Epigrammen, die ›Hendekasyllaben‹. Er wurde ermordet.

159 Jean-Salmon Macrin (1490–1557), genannt »der französische Horaz«, neulateinischer Dichter, Sekretär des Antoine Bouhier, des Kardinal-Erzbischofs von Bourges, dann durch Protektion des Kardinals du Bellay Kammerdiener Franz' I.

160 Lat.: Der Köder lockt die Beute nicht an.

161 Drucker des 16. Jahrhunderts, Teilhaber und Nachfolger des Henri Estienne (1531–1598), des großen Hellenisten, der der Sohn des großen Latinisten, Druckers und Verlegers Robert Estienne (1503–1559) war.

162 Schloß Chenonceaux wurde 1513–1521 durch den Schatzkämmerer Thomas Bohier und zumal dessen Gattin Catherine Briçonnet erbaut. Als Thomas 1524 starb, ergab eine Nachprüfung der Finanzen durch Franz II., daß Bohier dem Staatsschatz viel Geld schuldete, worauf sein Sohn das Schloß dem König überließ.

163 Marcus Valerius Martialis (40 – um 100), kam unter Nero nach Rom, Dichter witziger, obszöner und serviler Epigramme.

164 Von ihr und der nachfolgend gestreiften Episode erzählt Balzac ausführlich in seinem Roman ›Das verstoßene Kind‹.

165 Heute Rue de Sévigné.

166 François de Vendôme, Viztum von Chartres, war in die Verschwörung von Amboise verwickelt und starb kurz nach seiner Freilassung. Er war ein Onkel mütterlicherseits der »Princesse de Clèves«, der Heldin des berühmten Romans (1678) der Marie-Madeleine de La Fayette (1634–1693).

167 Haupt einer Adelsfamilie des Périgord.

168 Heinrich II., Herzog von Montmorency (1595–1632), bezahlte die Revolte, die er in der Languedoc, deren Gouverneur er war, zugunsten des Herzogs Gaston von Orléans, des jüngeren Bruders Ludwigs XIII., angezettelt hatte, mit dem Leben. Sein prunkvolles Grabmal befindet sich in Moulins.

169 Hier ist nicht Anne de Montmorency, sondern der Connétable Charles de Bourbon gemeint.

170 Balzac schreibt den Namen weiter oben »Chateigneraie«. Beide Formen sind üblich.

171 Marguerite de Lustrac, Marschallin von Saint-André, heiratete 1544 Jacques d'Albon de Saint-André (1512–1562), Marschall von Frankreich und eins der Häupter der katholischen Partei.

172 Erfindung Balzacs.

173 Falsch: der Viztum starb *nach* der Niederwerfung der Verschwörung von Amboise, in die er verwickelt gewesen war.

174 Die »Alte Kürschnerstraße« wurde später Rue de la Pelleterie genannt; sie verband die Rue de la Barillerie mit der Rue de la Lanterne und verlief parallel zur Seine, etwa dort, wo sich heute am Quai aux Fleurs das Handelsgericht (Tribunal du Commerce) erhebt.

175 Das auf der Ile de la Cité, gegenüber Notre-Dame gelegene älteste Pariser Krankenhaus, gegründet im 8. Jahrhundert vom heiligen Landri. Der heutige Bau wurde 1868–1878 errichtet.

176 Balzac begeht hier Irrtümer. Das »Grauwerk« war der Pelz des nordischen grauen Eichhörnchens, und der Zobel stammt von einer sibirischen Marderart.

177 Charles Perrault (1628–1703), der Bruder des Arztes und Architekten Claude Perrault (1613–1688), des Erbauers der Louvre-Kolonnade und des Observatoire, schrieb, neben historischen Werken, vor allem Märchen, die ihn unsterblich gemacht haben und zu »Volksmärchen« wurden.

178 Durch den annähernden Gleichklang von *»vair«* (Grauwerk) und *»verre«* (Glas).

179 Nicht nachweisbar.

180 ›Aschenbrödel‹, Oper von Rossini, Erstaufführung in Rom 1817, in Paris 1822.

181 Es gab im alten Paris das Grand und das Petit Châtelet, zwei Festungen. Das erstere wurde 1802 abgebrochen und lag am rechten Seineufer gegenüber dem Pont-de-Change. Es war der Sitz der Kriminal-Gerichtsbarkeit. Das zweite, am linken Ufer, gegenüber dem Petit-Pont, diente als Gefängnis.

182 Lecamus oder Le Camus ist eine historische, von Balzac stark zur Romanfigur umgewandelte Gestalt; er war tatsächlich Kürschner der Königin-Mutter, war indessen bereits 1560 gestorben, zur Zeit der Verschwörung von Amboise.

183 Balzac hat sicherlich die Rue de la Barillerie gemeint, an deren Ecke er Lecamus' Haus stehen läßt.

184 Hugues Aubriol († 1382), Vorsteher der Pariser Kaufmannschaft unter Karl V., ließ sich die Schaffung großer Wegebauten angelegen sein; er baute den Petit-Pont, den Pont Saint-Michel, ferner das Petit-Châtelet (siehe Anmerkung 181) und die Bastille.

185 Karl V., der Weise, Sohn Johanns des Guten, bestieg 1364 den Thron und herrschte unter mancherlei Kämpfen, Reformen und Förderungen der Wissenschaft (Gründung der ersten National-Bibliothek) bis 1380.

186 Walter Scotts Roman ›Nigels Abenteuer‹ erschien 1822.

187 Wahrscheinlicher ist, daß jenes Zeichen durch die Glocke von Saint-Germain-l'Auxerrois gegeben wurde.

188 Robert Stuart, genannt der Schotte, ermordete 1560 den Präsidenten Minard.

189 Minard (1505?–1559), Präsident des Parlamentsgerichts, machte sich verhaßt durch seine Verfolgung der Protestanten.

190 Anne Du Bourg (1521–1559), Rat am Pariser Parlamentsgericht im Jahr 1557, vertrat vor Heinrich II. die Sache der Calvinisten und wurde 1559 als Ketzer lebendig verbrannt.

191 Nicht »Chaudieu«, wie Balzac schreibt. Antoine de Chandieu, Herr auf La Roche-Chandieu (1534–1591), calvinistischer Prediger, war einer der besten Schüler des Théodore de Bèze gewesen. Er hatte bereits im Châtelet gefangen gesessen und war durch die Gunst Antoines von Bourbon, Königs von Navarra (und Vaters des späteren Heinrichs IV.) befreit worden, worauf er 1559 der Leiter der ersten hugenottischen Synode in Paris wurde. Nach der Verschwörung von Amboise wollte Katharina von Medici ihn verhören und ließ ihn rufen, aber Chandieu entwich. 1562 führte er den Vorsitz der Synode von Orléans. 1582 mußte er nach Genf flüchten, von wo der König von Navarra, der künftige Heinrich IV., ihn 1587 anforderte, um sein Almosenier zu werden. Drei Jahre später starb Chandieu in Genf, wo er Professor des Hebräischen war.

192 John Knox (1505–1572), schottischer Reformator, Lehrer der Theologie und scholastischen Philosophie an der Akademie St. Andrews, geriet 1547 in französische Gefangenschaft und wurde Galeerensklave. 1551 wurde er Kaplan Eduards VI. von England. Er setzte die Abschaffung der Heiligenverehrung und der Transsubstantiationslehre durch, floh nach der Thronbesteigung Marias der Katholischen nach Genf zu Calvin und kehrte 1555 nach Schottland zurück, wo er für die Reformation wirkte. Seit 1556 war er wieder Prediger in Genf; die schottischen Bischöfe verurteilten ihn in Abwesenheit zum Feuertod. 1559 kehrte er nach Schottland zurück und bewirkte 1560 durch einen Volksaufstand die Einführung der Presbyterialkirche in Schottland. Als gewal-

tiger Redner hatte er großen Einfluß; er betrieb die Absetzung der Maria Stuart.

193 François Hotman (1524–1590) (Balzac schreibt »Jean Hotoman«), französischer Altertumsforscher, Jurist und politischer Philosoph, bekannte sich früh zur Reformation und nahm an der Verschwörung von Amboise teil. Antoine von Bourbon, König von Navarra, und der Kanzler Michel de L'Hospital zogen ihn aus der Schlinge. Er wurde Professor in Bourges, dann in Genf, und starb in Basel.

194 Francisco Pizarro (1475–1541), der Eroberer von Peru, treulos, unerhört grausam und brutal. Er wurde von den Freunden seines Gegners Almaro, den er hatte hinrichten lassen, ermordet.

195 Fernando Cortez (1485–1547), der Eroberer von Mexiko und Entdecker Kaliforniens.

196 Einer der berühmtesten englischen Freibeuter des 17. Jahrhunderts, der mit nicht minder kühnen französischen Freibeutern einen Kaperkrieg gegen die Spanier führte.

197 Jean-Godefroid de Barry, Seigneur de La Renaudie († 1560), Edelmann aus dem Périgord, eins der Häupter der Verschwörung von Amboise; er geriet am 18. März 1560 in einen Hinterhalt und fiel. Die Verschwörung wurde durch den Advokaten Pierre des Avenelles verraten, bei dem La Renaudie übernachtet hatte.

198 Die Partei des Herzogs von Burgund, die Gegner der Armagnacs, der Partei des Herzogs von Orléans. Die Kämpfe beider zerfleischten Frankreich unter Karl VI. und Karl VII. und endeten erst 1435 durch den Vertrag von Arras.

199 Maria Stuart.

200 Spitzname der Bewohner von Orléans.

201 So wurden früher die französischen Bauern genannt; im weiteren Sinne galt die Bezeichnung für das gesamte französische Volk.

202 Aus Höflichkeit redet der Prinz den jungen Christophe mit »Monsieur« an, welche Bezeichnung ihm als einem Bürgerlichen damals nicht zustand.

203 Ambroise Paré (um 1517–1590), Leibarzt von sieben französischen Königen. Zur Zeit der Bartholomäus-Nacht war er noch Calvinist; Karl IX. rettete ihn, indem er ihn im Louvre versteckte. (Siehe auch Anmerkung 63.)

204 Der Name Lallier findet sich nicht in den Verzeichnissen der Vorsteher der Pariser Kaufmannschaft. Wohl aber war ein Lhuillier unter Heinrich IV. Vorsteher der Kaufmannschaft und der Rechnungskammer und hat dem König die Schlüssel der Stadt überreicht.

205 Ein die Polizeiaufsicht über ein Stadtviertel führender Bürger.

206 Colas Pannier war ein Bürger aus Bionne; seine Kuh war in eine protestantische Kirche geraten, was zu einem großen Skandal führte; ihr Fleisch wurde an die Gläubigen verteilt, wie eine katholische Farce berichtet. »Von Colas' Kuh essen« war ein Volksausdruck für protestantisch sein.

207 Gemeint ist hier die »Heilige Liga«, die 1576 vom Herzog von Guise gegründete katholische Partei, deren zur Schau getragenes Ziel es war, den katholischen Glauben gegen die Calvinisten zu verteidigen, die aber in Wahrheit Heinrich III. stürzen und den Herzog von Guise auf den Thron erheben wollte.

208 In der Ausgabe seiner ›Katharina von Medici‹ von 1845 nennt Balzac den Namen jenes Schriftstellers und den Titel seines Werks. Es handelt sich um das 1839 erschienene Buch ›Les Tourelles, Histoire des Châteaux en France‹ von Léon Gozlan (1803–1866). Gozlan, Romanautor und Dramatiker, war mit Balzac befreundet und hat unter dem Titel ›Balzac en pantoufles‹ amüsante Erinnerungen an ihn veröffentlicht.

209 Sébastien le Prestre, Marquis de Vauban (1633–1707), Marschall von Frankreich, der große Festungsbaumeister Ludwigs XIV.

210 Montlouis, berühmtes Weindorf östlich von Tours.

211 Thibault le Tricheur († um 978), Graf von Blois und Chartres Thibault le Vieux ist nicht nachweisbar.

212 Lat.: der Erste unter Gleichen.

213 Villon nannte ihn »Claquin, den guten Bretonen«. Die heutige Schreibweise seines Namens ist du Guesclin. Bertrand du Guesclin (um 1320–1380), Kronfeldherr von Frankreich, einer der bedeutendsten Heerführer seiner Zeit, zumal in den Kämpfen gegen Spanien und England. König Karl V. wollte ihn in der Königsgruft von Saint-Denis bestatten lassen. Seine von tiefer Gelehrsamkeit zeugende Biographie schrieb 1876 Siméon Luce.

214 Gaston von Orléans (1608–1660), mäßig begabt, kleinmütig, charakterlos, nahm an allen Komplotten gegen Richelieu teil. Nach dem Tod seines Bruders Generalleutnant des Königreichs.

215 Anne de Bretagne (1477–1514), Tochter Herzog Franz' II. von der Bretagne, heiratete 1491 König Karl VIII. und 1499 Ludwig XII. Sie brachte Frankreich als Mitgift die Bretagne ein.

216 Heute Place du Château.

217 Michel Colombe (1431?–1513?) ist der Schöpfer des prächtigen

Grabmals Franz' II., Herzogs der Bretagne, in der Kathedrale von Nantes.

218 Ehemals in der Mitte der Tuilerien, die bei dem Kommunarden-Aufstand im Frühjahr 1871 niedergebrannt wurden.

219 Das Museum von Dieppe in der Normandie enthält eine unvergleichliche Sammlung von mittelalterlichen Elfenbeinschnitzereien.

220 Der Salamander war das Wappentier Franz' I. und wurde bei den Bauten des Königs häufig als schmückendes Element verwendet.

221 Es handelt sich um Balzacs Freund Léon Gozlan.

222 Claude de France (1499–1524), Tochter Ludwigs XII. und der Anne de Bretagne. Ludwig XII. war der Vetter Franz' I. Anne de Bretagne war in erster Ehe mit König Karl VIII. vermählt.

223 Die letzte Valois (1553–1615). Sie lebte ausschweifend und wurde 1599 geschieden. Sie hat Memoiren und Gedichte hinterlassen.

224 Das Schloß ist heute Museum.

225 Die erste große Cholera-Epidemie in Europa dauerte von 1831 bis 1838.

226 Herzog Heinrich von Guise, das Haupt der Liga, in Paris allmächtig, vom König von Spanien unterstützt, zwang 1588 Heinrich III., die ihm völlig ergebenen Landstände abermals einzuberufen, um den König abzusetzen. Diesem blieb nichts übrig, als sich des Herzogs durch Mord zu entledigen. Der Mord fand am Morgen des 23. Dezember 1588 statt. Der Bruder des Herzogs, der Kardinal von Lothringen, wurde tags darauf ermordet. Die Leichen wurden verbrannt; ihre Asche wurde in die Loire gestreut.

227 Georges, Kardinal von Amboise (1460–1510), Minister Ludwigs XII.

228 Siehe Anmerkung 21.

229 Siehe Anmerkung 22.

230 Maria von Medici (1573–1642). Ihre Mitwisserschaft um die Ermordung Heinrichs IV. ist umstritten.

231 In erster Ehe Gemahlin des Herzogs Franz von Guise, in zweiter Ehe diejenige Jakobs von Savoyen.

232 Siehe Anmerkung 171.

233 Der Großmeister der königlichen Haustruppen war Franz von Lothringen, Herzog von Guise.

234 Das Datum der Bartholomäus-Nacht.

235 Heinrich II. Estienne (1528–1598), bedeutender Gräzist, Autor des ›Thesaurus linguae Graecae‹. Er war Protestant.

236 Henriette-Anne von England (1644–1670), Tochter Karls I. von England, Gemahlin Philipps von Orléans, des Bruders Ludwigs XIV. Daß sie vergiftet worden sei, ist strittig.

237 Philipp von Lothringen-Armagnac (1643–1702), genannt der Chevalier von Lothringen.

238 Für jenen von den Zeitgenossen behaupteten Giftmord fehlt jeder Beweis. Dennoch wurde Montecuccoli hingerichtet.

239 Die Ernennung Cosimos I. zum Großherzog erfolgte 1569 durch Papst Pius V.

240 Kardinal Francisco Ximenes (1436–1517), spanischer Staatsmann, Großinquisitor.

241 1558.

242 Cosimo Ruggieri († 1615), Sohn des »Vecchio Ruggieri«, eines italienischen Alchimisten und Leibarztes von Katharinas Vater, begleitete Katharina an den französischen Hof als Astrologe. Er war der Italienisch-Lehrer des Herzogs von Alençon, wurde in die Verschwörung der »Mißzufriedenen« verwickelt und 1574 auf die Galeeren geschickt. Nachdem Katharina ihn in Gnaden wieder aufgenommen hatte, starb er 1615; er war Atheist. Sein älterer Bruder Lorenzo gehörte gleichfalls zu Katharinas Hofstaat.

243 Philippe-Hurault, Graf de Chiverni (1528–1599), von Katharina mit mehreren Missionen betrauter Beamter, ebenso geschickt wie bestechlich.

244 Die Brüder Gondi waren Söhne des Antonio Gondi, entstammten einer reichen Florentiner Familie und waren im Gefolge Katharinas an den französischen Hof gekommen.

245 René de Birague (1506–1583), Mailänder, Vertrauter der Katharina von Medici, 1570 Justizminister, 1573 Kanzler, 1578 Kardinal. Er gilt als einer der Anstifter der Bartholomäus-Nacht. Der Name ist sicherlich französisiert worden und lautete ursprünglich Birago.

246 Siehe Anmerkung 171.

247 In der Nähe von Angers, am Loir.

248 François de Scépeaux, Sire de Vieilleville, Graf de Duretal (1510 bis 1571), zahlreicher hervorragender Waffentaten wegen 1562 zum Marschall von Frankreich ernannt. Einer der Unterhändler beim Vertrag von Cateau-Cambrésis (1559, zwischen Heinrich II. und Philipp II. von Spanien. Jener Vertrag schloß die Italien-Kriege ab und gab Frankreich die drei Bistümer Metz, Toul und Verdun).

249 Siehe Anmerkung 65.

250 Sicherlich ist Marguerite de France (1523–1574) gemeint, die Tochter Franz' I., der ihr Bruder Heinrich II. 1550 das Herzogtum Berry gegeben hatte und die am 9. Juli 1559 den Herzog Emanuel-Philibert von Savoyen geheiratet hatte.

251 François Olivier (1487–1560), Kanzler von Frankreich unter Franz I. und Heinrich II.

252 3–5 Meter lange, vierkantige Balken, durch die kreuzweise 1,5 Meter lange, zugespitzte Latten gesteckt werden. Sie dienten als Sperre von Eingängen, Hohlwegen usw. Zuerst von den Spaniern in Friesland verwendet. Heute mit Stacheldraht durchzogen und in Drahtverhauen benutzt.

253 Ital.: aber.

254 Faltenkragen und Beffchen gehören zur Tracht der evangelischen Geistlichen. Genf als Sitz Calvins war gewissermaßen die Hauptstadt der Reformierten.

255 Michel de Notre-Dame, genannt Nostradamus (1503–1566), Arzt und Astrologe, glaubte sich befähigt, die Zukunft vorauszusehen. Er hat seine Prophezeiungen in einem Band Vierzeiler niedergeschrieben, der großen Widerhall fand und lange volkstümlich geblieben ist.

256 Geronimo Cardano (1501–1576), Arzt, Mathematiker und Philosoph. Ein echter Gelehrter, obwohl der Astrologie ergeben. Seine medizinischen und zumal seine mathematischen Werke sind seinen philosophischen überlegen.

257 Aurelius Theophrastus Bombastus von Hohenheim, genannt Paracelsus (1493–1541), Chemiker, Arzt und Philosoph; heftiger Polemiker, der mit der traditionellen Medizin aufräumte und zumal der Chirurgie neue Wege eröffnete. Er verquickte seine experimentelle Wissenschaft mit astrologischen Anschauungen, was seinen Schülern erlaubte, seine Schriften zu interpolieren und vielerlei Absurditäten hineinzumischen.

258 Ital.: Diese verfluchte Maria! (Maria Stuart).

259 Heinrich VIII. sagte sich 1533 vom Papst los, als dieser sich weigerte, die Ehe des Königs mit Katharina von Aragonien zu trennen, machte sich zum Oberhaupt der anglikanischen Kirche und legte 1539 deren Lehre in sechs Artikeln fest.

260 Im Jahre 1560 war Calvin nicht Junggeselle, sondern, seit 1549, Witwer.

261 Soliman II. (1496–1566), Sultan, 1520 Nachfolger Selims I., unterwarf das aufständische Syrien, befestigte seine Herrschaft über Ägypten, eroberte 1521 Semlin und Belgrad, 1522 Rhodos, schlug 1526 die Ungarn bei Mohács, nahm 1529 Ofen, belagerte vergeblich Wien, führte bis 1540 Krieg gegen Venedig, dann gegen Persien und Kaiser Karl V. und Ferdinand I. in Ungarn und zur See, eroberte 1566 die Insel Chios und starb am 5. September 1566 vor Szigeth in Ungarn.

262 Antoine Perrenot de Granvelle (1517–1586), meist Granvella genannt, Erzbischof von Mecheln, dann von Besançon, und Kardinal, wurde Kanzler und erster Minister unter Kaiser Karl V., dann unter Philipp II., Vizekönig der Niederlande, wo er trotz seiner Strenge nichts gegen die aufständischen Reformierten auszurichten vermochte. Danach wurde er zum Vizekönig von Neapel ernannt.

263 Karl V. dankte 1556 ab und zog sich in das Kloster San Yuste zurück.

264 Königin von Navarra (1528–1572), Mutter Heinrichs IV.

265 Lucius Sergius Catilina (um 108–62 v. Chr.) entstammte einer verarmten Patrizier-Familie, beteiligte sich an Sullas Proskriptionen, wurde 68 Prätor, verwaltete 67 die Provinz Afrika, wurde wegen Erpressung von der Bewerbung um das Konsulat zurückgewiesen und zettelte daraufhin eine Verschwörung zum Umsturz der Verfassung an. Am 7. November 63 klagte Cicero ihn in heftiger Rede vor dem Senat an, worauf Catilina Rom verließ, geächtet wurde und im Februar 62 vor Pistoja fiel.

266 Die Lunte, mit der damals ein Geschütz zur Entladung gebracht wurde. – Avenelles, bei dem La Renaudie wohnte, verriet die Verschwörung an Milet, den Sekretär des Herzogs von Guise, und erhielt dafür 12 000 Francs und ein Richteramt in Lothringen.

267 Antoine-Hector de Gonduin, Chevalier de Pardaillan, war Hauptmann in der Kompanie des Marschalls de Saint-André und wurde am 18. März 1560 durch La Renaudie bei einem Gefecht in einem Wald bei Amboise getötet; der dabei schwer verwundete La Renaudie starb kurz darauf.

268 Jene Kirche lag auf der Ile de la Cité in der Rue Saint-Pierre-aux-Boeufs, der heutigen Rue d'Arcole. Sie entstammte dem 12. Jahrhundert und wurde 1837 abgerissen.

269 Vielleicht eine Anspielung auf eine Szene im ›Orlando furioso‹ des Ariost, wenngleich in diesem Epos zwar Marfisa, aber kein Brunello vorkommt. Die Verszeile könnte von La Fontaine sein.

270 Unübersetzbares Wortspiel mit croisées = Fensterrahmen und croisées = Kreuzungen, Verkupplungen.

271 Jene Wand ist inzwischen wieder beseitigt worden.

272 Der berühmte Turm mit der stufenlosen Treppe ist unter Franz I. gebaut worden und diente zu festlichen Empfängen. Er ist eine architektonische Meisterleistung der Renaissance-Baukunst und überreich an schmückenden Elementen.

273 Victoire d'Ayelle, Tochter des Francesco d'Ayala, eines nach Frankreich geflüchteten neapolitanischen Edelmanns. Sie gehörte in Wahrheit der Spitzelschar der Königin-Mutter an.

274 Im Jahr 1560 bestand noch die heute fehlende Wand zwischen dem Ratssaal und dem Saal der Schloßwache.

275 Geborene Alfonsina Strozzi, Ehrendame der Maria Medici.

276 Geborene Anna von Este (1531–1607), Tochter des Herzogs Ercole II. von Ferrara und der Renée de France. Sie hatte von François von Guise zwei Söhne, Henri (den zweiten Balafré) und Charles, Herzog von Mayenne. In zweiter Ehe heiratete sie 1563 Jacques von Savoyen, Herzog von Nemours.

277 Philibert de Marcilly, Seigneur de Cypierre, Leutnant und Statthalter des Fürsten von La Roche-sur-Yon, wurde 1560 zum Gouverneur und zum Erzieher Karls IX. ernannt; er starb 1565.

278 Jacques Amyot (1513–1593), Übersetzer des Plutarch und des Longus, Lehrer, dann Großalmosenier Karls IX. und Heinrichs III., Bischof von Auxerre. Einer der Schöpfer der schönen Sprache des 16. Jahrhunderts.

279 François, Kardinal von Tournon (1489–1562), 1530 zum Kardinal erhoben; Staatsmann; er leitete 1561 das Kolloquium von Poissy zwischen Katholiken und Protestanten, das ergebnislos blieb.

280 Siehe Anmerkung 82.

281 Jeanne de Halluin, Demoiselle de Piennes (geb. um 1536), Ehrendame der Katharina von Medici, umworben von François de Montmorency. Heinrich II. verhinderte die Heirat. Sie vermählte sich 1557 mit Florimond de Robertet, Seigneur d'Alluye, Staatsminister Heinrichs II.

282 Jean-Antoine du Baëf (1532–1589), einer der Dichter der »Plejade«, neben Ronsard, mit dem er befreundet war, deren gelehrtester Vertreter. Er veranlaßte Karl IX. zur Gründung einer Akademie für Dichtung und Musik.

283 Joachim Du Bellay (1522–1560), Dichter der »Plejade«, Studien-

genosse Ronsards und Baëfs. Meister des Sonetts in der Nachfolge Petrarcas.

284 Tochter des einer schottischen Familie angehörenden Hauptmanns Lewiston; jener Familie entstammte auch Lady Fleming.

285 Der Versroman ›Amadis de Gaule‹ war ein spanischer Ritterroman, eine Nachahmung der französischen ›Romans de la Table-Ronde‹. Nicolas Herberay des Essarts veröffentlichte 1540–1548 die Übersetzung der ersten 8 Bücher. Der Stoff ist 1887 von Arthur Graf Gobineau abermals gestaltet worden.

286 Françoise de Montmorency (1566–?). Eine der vielen Geliebten Heinrichs IV. Ihr Vater war der Baron de Fosseux; daher ihr Spitzname »La Fosseuse«, das »Gräbermädchen«. Balzac hatte eine Schwäche für diesen Namen; bereits 1833 hatte er ihn einer der weiblichen Gestalten des Romans ›Der Landarzt‹ gegeben; in seinen Briefen bezeichnete er damit die Frau seines Freundes Charles de Bernard.

287 ›De claris mulieribus‹ (1356–1364).

288 Isabeau de Limeuil, Ehrendame der Katharina von Medici, aus der Familie Turennes, Geliebte des Prinzen von Condé.

289 Scipio Sardini, Baron von Chaumont-sur-Loire, Bankier, heiratete Mlle de Limeuil, als der Prinz von Condé sie verlassen hatte.

290 Unbekannt; vermutlich ein Scherz Balzacs.

291 Siehe Anmerkung 281.

292 Gemeint ist sicher Philibert de Gramont († 1580), Graf de Guiche, Stiefbruder des Marschalls dieses Namens, beharrlicher, geschickter Spieler.

293 Nicht nachweisbar; sie gehört der berühmten »fliegenden Schwadron« der Katharina von Medici an.

294 Guy Chabot, Baron de Jarnac († nach 1572), berühmt durch sein Duell mit La Châtaignerie 1547, aus dem er als Sieger hervorging. Er fiel in einem anderen Duell.

295 Der Held von Goethes Drama, am 5. Juni 1568 in Brüssel hingerichtet.

296 Alter Titel des Justizministers.

297 Françoise de Rohan, Dame de La Garnache (1535–1591), Ehrendame der Katharina von Medici. Der Herzog von Nemours, der sie hatte heiraten wollen, setzte beim Papst eine Lösung des Verlöbnisses durch. Ihrer beider Sohn, der Fürst von Genevois, wurde Nemours-La Garnache genannt. Heinrich III. erhob zu seinen Gunsten die Herrschaft Loudun zum Herzogtum.

298 Jean Poltrot de Méré (1537–1563), Mörder des Herzogs von Guise.

299 Der Admiral de Coligny und dessen älterer Bruder Odet de Coligny (1515–1571), Kardinal von Châtillon, Erzbischof von Toulouse; der Admiral galt als das Haupt der reformierten Kirche in Frankreich.

300 Damville, Thoré und Méru waren drei jüngere Söhne des Kronfeldherrn Anne de Montmorency und machten bei verschiedenen Gelegenheiten gemeinsame Sache mit den protestantischen Faktionen. Henri de Montmorency, Graf de Damville, wurde nach seinem Vater Marschall von Frankreich, später Kronfeldherr. Guillaume de Thoré führte die vom Herzog von Guise bei Dormans geschlagenen deutschen Reiter nach Deutschland zurück. Charles de Méru (Balzac schreibt: Moret) wurde Admiral von Frankreich.

301 Siehe Anmerkung 128.

302 Jacques Groslot (1481?–1552) war tatsächlich Landeshauptmann von Orléans und Kanzler der Marguerite, der Schwester Franz' I. und Herzogin-Witwe von Alençon; sie heiratete in zweiter Ehe Henri d'Albret, König von Navarra. Deswegen machte ihn Balzac wohl zum »Kanzler von Navarra«. Sein 1552 erbautes Stadtpalais ist heute das Rathaus von Orléans. An der Unterhaltung im Jahre 1560, in die Balzac ihn einbezieht, hat er freilich nicht teilnehmen können, da er bereits 1552 gestorben war.

303 Bezieht sich auf Jeanne d'Albret, die Mutter Heinrichs IV.

304 Anspielung auf den zu Karl V. übergegangenen Kronfeldherrn, der 1527 bei der Belagerung von Rom fiel. Balzac erwähnt ihn häufig.

305 Siehe Anmerkung 198.

306 Die Kronen Frankreichs, Schottlands und Englands.

307 Martial de Loménie, Seigneur de Versailles, Schreiber des Kronrats, in der Bartholomäus-Nacht umgekommen.

308 Das »alte Kabinett« war in dem nordwestlichen Teil des Schlosses gelegen, der im 17. Jahrhundert bei der Erbauung des Flügels Gastons von Orléans abgebrochen wurde.

309 Die Ermordung des zweiten Balafré, des Herzogs Heinrich von Guise, fand am 23. Dezember 1588 statt. Die näheren Umstände werden auf Grund eines zeitgenössischen Berichts in dem Michelin-Führer »Schlösser an der Loire« geschildert. (Vgl. Anm. 226.)

310 Mit der Beschaffung der Verpflegung und des Pferdefutters betrauter Unteroffizier bei kleineren Truppeneinheiten.

311 Es sei nochmals betont, daß das Schloß heute würdig wiederhergestellt und Museum ist.

312 Charles de Téligny war der Schwiegersohn des Admirals Coligny und wurde mit diesem zusammen 1572 in der Bartholomäus-Nacht umgebracht. Er wurde auf Téligny bestattet; 1617 wurden auf Befehl des Bischofs von Castres seine Überreste ausgegraben und in den Fluß geworfen.

313 Ital.: Armer Junge!

314 Louise de La Béraudière de l'Isle-Rouet, genannt »die schöne Rouet«, Schwester des Louis de La Béraudière, Ehrendame der Katharina von Medici und von dieser in ihrem Testament bedacht, heiratete Louis de Medaillan, Seigneur de Lesparre, Baron d'Estissac, und in zweiter Ehe Robert de Combault, Seigneur d'Arcis-sur-Aube. Sie wird in den Briefen der Katharina von Medici erwähnt.

315 Martin, Chevalier de Braguelongne (1495–1569), Rat, später, seit 1551, Zivil- und Kriminal-Leutnant am Châtelet, dem Sitz der Gerichtsbarkeit der Stadt Paris.

316 Wahrscheinlich ein Nachkomme des Imbert de Batarnoy, der, nach Balzac, Sire de Montrésor und de Bridoré sowie einer der Vertrauten Ludwigs XI. und Karls VIII. war.

317 Der König holte am 7. April 1498 am Frühnachmittag die Königin ab, um einem Ballspiel im Schloßgarten beizuwohnen. Auf dem Wege dorthin stieß er mit der Stirn gegen die Umrahmung einer niedrigen Tür, verspürte zunächst keine Folgen, schaute plaudernd dem Spiel zu und sank plötzlich ohnmächtig um. Er starb kurz vor Mitternacht.

318 Die Ursprünge des Schlosses Amboise reichen in die gallo-romanische Zeit zurück; im 11. Jahrhundert bestand auf jener Anhöhe bereits eine Burg, die Ludwig XI. ausbaute und zur Residenz der Königin Charlotte machte. Hier wurde Karl VIII. geboren. Dieser ließ 1492 mit dem Bau des Schlosses beginnen, der sehr schnell durchgeführt wurde; so entstand eine der größten und schönsten Königsresidenzen Frankreichs. Zumal die Gärten im italienischen Stil waren berühmt. Die Glanzzeit von Amboise fiel in die Regierungsjahre Franz' I., der Leonardo da Vinci an seinen Hof zog. Die blutige Niederwerfung der »Verschwörung von Amboise«, die Balzac in seinem Roman schildert, führte dazu, daß das Schloß von den Königen gemieden wurde. Zusammen mit Blois kam es in den Besitz Gastons von Orléans, des aufrühreri-

schen Bruders Ludwigs XIII. Nach dessen Tod fiel es an die Krone zurück. Jetzt wurde es Staatsgefängnis. Später ging es unter Ludwig XV. an den Herzog von Choiseul über. Durch die Revolution wurde es enteignet. Napoleon überließ es Roger Ducas, einem ehemaligen Mitglied des Direktoriums. Da es diesem an Mitteln für den Unterhalt des riesigen Bauwerks gebrach, wurden etwa vier Fünftel abgebrochen. Der erhalten gebliebene Teil befindet sich im Besitz des Hauses Bourbon-Orléans. Er ist der Öffentlichkeit zugänglich.

319 Bertrand de la Roche-Chandieu, älterer Bruder des »Predigers«, führte in der Morgenfrühe des 15. März 1560 den Angriff der Verschwörer gegen eins der Tore von Amboise. Im Gegensatz zu Balzacs Darstellung wurde er nicht verhaftet.

320 In der Nähe von Orléans, an der Loire.

321 Philipp IV., der Schöne (1268–1314), König von Frankreich, darf nicht mit dem Erzherzog Philipp dem Schönen (1478–1506), dem Sohn Kaiser Maximilians und der Maria von Burgund, verwechselt werden. Philipp IV. versuchte, Flandern zu erobern, befand sich in steten Geldverlegenheiten, denen er durch Erpressungen abzuhelfen versuchte, geriet durch seine Besteuerung des Klerus in Konflikt mit dem Papst, zwang Clemens V. zur Übersiedelung nach Avignon, hob 1307 mit dessen Genehmigung den Templerorden auf und beschlagnahmte dessen Güter. Unter schweren, z. T. die Sittlichkeit (Homosexualität) betreffenden Anklagen setzte eine grausame Verfolgung ein, die in der Kirchengeschichte nur in der Ausrottung der Albigenser (ab 1209) ein Gegenstück hat. Am 12. Mai 1310 ließ Philipp IV. 54 Ritter verbrennen.

322 Bezieht sich auf den Tod des Templer-Großmeisters Moley am 18. März 1314. Der König starb am 29. November des gleichen Jahres.

323 Béarn mit der Hauptstadt Pau ist ein altes französisches Land am Fuß der Pyrenäen, das damals zum Königreich Navarra gehörte. Unter Ludwig XIII. wurde es 1620 mit Frankreich vereinigt.

324 François de La Noue (1531–1591), genannt »Eisenarm«, hugenottischer Hauptmann. In Wirklichkeit hat er keinen Anteil an der Verschwörung von Amboise gehabt.

325 Antoine-Henri d'Angleretz, genannt Chicot († 1592). Er war nicht der Hofnarr Franz' II., sondern ab 1578 derjenige Heinrichs III. Also konnte er in dieser Eigenschaft nicht schon 1560 in Amboise

sein. Balzac hat diesen Irrtum übrigens aus seiner Quelle übernommen. Chicot war ein Edelmann aus der Gascogne und um seiner Witzworte und seiner Possen willen berühmt. Alexandre Dumas Père hat ihn durch seine Romane volkstümlich gemacht.

326 Die Vergeltung für den »Tumult von Amboise« stellt ein Vorspiel zur Bartholomäus-Nacht dar. Teils wurden die Verschwörer am großen Balkon des Schlosses oder an den Zinnen der Mauern aufgehängt, teils wurden sie in Säcke genäht und in der Loire ertränkt. Die Edelleute wurden gevierteilt oder enthauptet. Daß Katharina von Medici, Franz II. und Maria Stuart bei den Hinrichtungen zuschauten, ist historisch.

327 Clément Marot (1496–1544), bedeutender Lyriker, Sohn des Chronisten und Hofdichters Jean Marot (1465–1526), wurde am Hof der Königin Anne de Bretagne erzogen, war Hofdichter Franz' I., nahm an der Schlacht bei Pavia (1525) teil, geriet in den Verdacht, Anhänger des Calvinismus zu sein, wurde gerichtlich verfolgt und mußte fliehen, zunächst zur Königin von Navarra, dann zur Herzogin von Ferrara und schließlich nach Venedig. Nach einem öffentlichen Widerruf konnte er 1536 wieder an den Hof zurückkehren, geriet jedoch 1542 durch seine Umdichtung der Psalmen in französische Choralstrophen abermals in Verdacht, floh nach Genf, wo er sich den Zorn des Konsistoriums, der kirchlichen Regierung Calvins, zuzog, und flüchtete nach Savoyen und Piemont. Er starb in Turin. Calvin übernahm seine Psalmenübertragungen als Kirchenlieder.

328 Sohn eines ehemaligen Hofmeisters des Königs von Navarra.

329 Über ihn ist nichts Näheres bekannt; er wird erwähnt in L. Romier ›La Conjuration d'Amboise‹.

330 Charles de Castelnau-Tursan, Baron de Castelnau, Chalosse, Mirecourt, Buans usw., Gatte der Hélène, Vetter des Antoine von Bourbon und dessen Bruders Louis de Condé, eins der Häupter der Verschwörung von Amboise. Er wurde trotz der Versprechungen des Herzogs von Guise hingerichtet.

331 Siehe Anmerkung 65.

332 Siehe Anmerkung 245.

333 Endgültig gestürzt wurde L'Hospital erst 1568.

334 Gemeint ist sicherlich der Turm der 1509 geweihten, in den Religionskriegen fast gänzlich zerstörten Kirche Saint-Aignan, sofern Balzac nicht die in der Nähe jener Kirche gelegene Tour

Neuve meint, einen Überrest der Stadtmauer aus der Zeit der Jungfrau von Orléans auf gallo-römischen Fundamenten.

335 Der König Antoine von Navarra und der Prinz von Condé.

336 Siehe Anmerkung 301.

337 In der Nähe von Nancy.

338 Jean Ango oder Angot (1480–1551), reicher Reeder in Dieppe, der die Seerüstungen Franz' I. gegen England unterstützte.

339 Vor 1355 für den Grafen von Sanierre erbaut. Reste in Nr. 5 und Nr. 7 der Rue des Grands-Augustins erhalten.

340 Seither renoviert und mehrfach umgebaut. Die Versammlung der Generalstände 1560 fand in einem Zelt vor dem Rathaus statt.

341 Siehe Anmerkung 277.

342 Die Bauzeit der Kathedrale St.-Croix in Orléans erstreckte sich vom 13. bis in die ersten Jahrzehnte des 16. Jahrhunderts. 1567 wurde sie teilweise von den Reformierten zerstört. Heinrich IV. ließ sie zum Dank für die ihm von der Stadt erwiesene Treue wieder aufbauen; die Arbeiten dauerten bis ins 19. Jahrhundert. Damals wurden die romanischen Türme durch neugotische ersetzt.

343 Feldhauptmann Arthur de Maillé-Brézé, Befehlshaber der Leibwache Heinrichs II., war 1548 nach Schottland gesandt worden, um Maria Stuart, die Verlobte des Dauphin, abzuholen.

344 Im Jahre 1511 hatte Ferdinand der Katholische den südlich der Pyrenäen gelegenen Teil des Königreichs Navarra Jean d'Albret weggenommen, so daß dieses im wesentlichen nur noch aus der Grafschaft Béarn (Hauptstadt Pau) bestand. Das erklärt de Thous Antwort.

345 Das Pariser Parlamentsgericht hatte sich bei den Reformierten durch harte Urteile gegen Ketzer, wie den Gerichtsrat Anne du Bourg und den Schneider Heinrichs II., besonders verhaßt gemacht.

346 Guillaume de Viole war Parlamentsgerichtsrat und wird nur in zeitgenössischen Chroniken beiläufig erwähnt.

347 Nicht nachweisbar.

348 Es handelt sich wahrscheinlich um Jacques Bourdin († 1567), der unter Heinrich II. und seinen beiden Nachfolgern Staatssekretär und dann Sekretär der Finanzen war.

349 Jean Dutillet, Seigneur de La Boissière († 1570), wird in zeitgenössischen Chroniken erwähnt. Balzac, der den Namen Du Tillet schreibt, leiht ihn seiner Gestalt Ferdinand du Tillet, dem betrü-

gerischen Gehilfen César Birotteaus, späteren Bankiers-Kollegen Nucingens und Gatten der Marie-Eugénie de Granville, der in mehreren Werken der ›Menschlichen Komödie‹ auftritt. (Siehe auch Anmerkung 142.)

350 Jacques La Sague, der Kurier des Prinzen von Condé, wurde am 26. August 1560 bei Etampes abgefangen. Es wurden bei ihm Papiere vorgefunden, die den Prinzen, seinen älteren Bruder Antoine, König von Navarra, und den Viztum von Chartres kompromittierten. Näheres bei Lucien Romier ›La Conspiration d'Amboise‹.

351 Berühmtester Arzt des klassischen Altertums (460–364 v. Chr.).

352 Ital.: Ja.

353 Siehe Anmerkung 242.

354 Marie Touchet wurde die lebenslange Geliebte Karls IX. Sie gehörte dem reformierten Bekenntnis an und heiratete nach dem Tod des Königs François de Balzac, Marquis d'Entragues. Dieser Ehe entsproß Henriette d'Entragues, die Geliebte Heinrichs IV.

355 Der spätere Karl IX.

356 Ehedem kleine Kupfermünze im Wert von 1/4 Sou.

357 Herzog Franz von Guise wurde am 18. Februar 1563 vor Orléans von dem protestantischen Edelmann Poltrot de Méré erschossen.

358 Im Département Seine-et-Oise, bei Pontoise; das dortige Schloß wurde 1540–1555 für den Kronfeldherrn Anne de Montmorency erbaut.

359 1524–1536.

360 1555.

361 Wahrscheinlich von Balzac erfundene Gestalt; der Name Simeuse findet sich in keinem zeitgenössischen Bericht.

362 Jean Chapelain, Arzt Franz' I., Heinrichs II., Franz' II. und Karls IX. Er starb 1569 am Fleckfieber bei der Belagerung von Saint-Jean-d'Angély.

363 Charles de Halluin, Seigneur de Piennes, Pair von Frankreich, Gouverneur von Metz, ist tatsächlich 1555 von Ambroise Paré operiert worden. Der Arzt schildert jene Operation in einem seiner Werke, die bereits 1604 in deutscher Sprache erschienen.

364 Balzac schreibt nicht »trépanation«, sondern »trépan«, was nicht den Vorgang der Operation, sondern das Instrument bezeichnet, mit dem sie vorgenommen wird, nämlich den Schädelbohrer.

365 Franziskaner strengster Observanz.

366 Claude Pinart, Seigneur de Cramail († 1605), Sekretär des Marschalls de Saint-André, dann der Katharina von Medici. 1570 Staatssekretär.

367 Guillaume de Montmorency, Seigneur de Thoré, einer der jüngeren Söhne des Kronfeldherrn Anne de Montmorency.

368 Hugo Capet wurde am 3. Juli 987 in Noyon durch Wahl der Großen nach dem Tod des Karolingers Ludwig V. zum König erhoben und schlug seine Residenz in Paris auf.

369 Robert Stuart, genannt der Schotte, hatte 1559 den Präsidenten des Parlamentsgerichts Minard auf offener Straße erschossen, um den Märtyrertod des wegen Ketzerei lebendig verbrannten Parlamentsrats Anne Du Bourg zu rächen.

370 Knappe des Prinzen von Condé, auf Befehl Franz' II. verhaftet, weil er kurz nach der Verschwörung von Amboise die Flucht des Jean de la Ferrière begünstigt hatte.

371 Ludwig IV. der Überseeische, d'Outremer oder Transmarinus, (921–954), Sohn Karls des Einfältigen, führte seinen Beinamen, weil er in England erzogen worden war. Er regierte seit 936 und hatte heftige Kämpfe mit dem Grafen von Paris und den Normannen zu bestehen.

372 Unklar; denn die Brüder François (der Herzog) und Charles (der Kardinal) von Guise waren die Söhne Claudes von Lothringen, des ersten Herzogs von Guise (1496–1550).

373 Heerführer, Marschall von Guyenne unter Karl VII. (1370–1458).

374 Karl IX. war am 27. Juni 1550 geboren worden, beim Tod seines Bruders Franz' II. also zehn Jahre alt.

375 Guillaume Farel (1489–1565), Reformator der Schweiz, seit 1534 in Genf, wo er der Reformation zum Sieg verhalf, 1539 ausgewiesen, lebte fortan auf Missionsreisen.

376 Thomas (eigentlich Giovan Domenico) Campanella (1568–1639), Dominikanermönch und Philosoph, in Kalabrien geboren, wurde seiner freisinnigen Lehre wegen 1599 durch die spanische Regierung Neapels 26 Jahre lang gefangengehalten, auf Verlangen des Papstes Urban VIII. diesem ausgeliefert und 1629 freigelassen. Er schrieb über Philosophie, Naturwissenschaft, Astronomie, Astrologie, Medizin, Theologie, Moral und Staatswissenschaft. Herder hat einige seiner ›Poesie filosofiche‹ (›Philosophische Dichtungen‹) als »Seufzer eines gefesselten Prometheus aus seiner Kaukasushöhle« in ›Adrastea‹ übersetzt. Campanella

war ein zugleich sensualistischer und mystischer Philosoph, der die Theorie eines theokratischen und sozialistischen Staates aufstellte.

377 Giovanni Battista Vico (1668–1744), Begründer der Geschichtsphilosophie. Sein Hauptwerk ›Principii di una scienza nuova d'intorno alla commune natura delle nazioni‹ wurde 1822 ins Deutsche, 1827 durch Michelet ins Französische übersetzt; seine Lehre wurde von den Saint-Simonisten aufgegriffen.

378 Rousseaus »Bedürfnislosigkeit« ist Legende.

379 Robespierre wurde am 6. Mai 1758 in Arras geboren.

380 Jacques Gruet, lutherischer Theologe, hatte Drohungen gegen Calvin ausgestoßen und wurde 1547 in Genf enthauptet.

381 Giovanni Valentino Gentilis (1520–1566), berühmter italienischer Ketzer, Fortsetzer der Lehren des Arian, wurde aus Italien vertrieben und floh nach Genf.

382 Die Verbrennung Servets (der übrigens Spanier und nicht Franzose war) erfolgte am 27. Oktober 1553; sie war ein persönlicher Racheakt Calvins.

383 Jérôme-Hermés Bolsec († 1585?), dessen Namen Balzac »Bolsée« schreibt, französischer Arzt und Theologe, war Karmeliter, trat zum Protestantismus über, wurde durch Calvin aus Genf vertrieben und kehrte zur alten Kirche zurück.

384 Antoine-Quentin Fouquier-Tinville (1747–1795), der berüchtigte Öffentliche Ankläger unter der Schreckensherrschaft.

385 Peter von Amiens, genannt der Einsiedler, pilgerte 1093 nach Jerusalem, durchzog dann Frankreich und andere Länder und rief zum Kampf um die Befreiung des Heiligen Landes auf, brach 1095 an der Spitze eines ungeordneten Heerhaufens auf, der durch die Türken teils in Ungarn und Serbien, teils in Kleinasien vernichtet wurde, und schloß sich danach Gottfried von Bouillon an. Er starb 1115 in dem von ihm gegründeten Kloster Huy an der Maas, bei Lüttich.

386 John Cameron (1580–1626), schottischer protestantischer Theologe, also nicht Franzose, wie Balzac meint. Er kam 1600 nach Frankreich.

387 Hauptgestalt in Molières Komödie ›Der Geizige‹ (1668).

388 Gregor Alexandrowitsch, Fürst Potemkin (1736–1791), russischer Feldmarschall, wurde als Gardeunteroffizier der Geliebte der Zarin Katharina II., der Großen, und damit Nachfolger des Grafen Orlow. Seine männliche Schönheit und seine Gewalttätigkeit im-

ponierten der Kaiserin, die ihn zum absoluten Beherrscher ihres Herzens und des Reichs machte. Kaiser Joseph II. erhob den klugen und tatkräftigen, wenngleich skrupellosen Mann 1776 zum deutschen Reichsfürsten. Er eroberte 1783 die Krim; daß er die Kaiserin dort durch trügerische Bilder von Dörfern getäuscht haben soll, ist Legende. 1788 erstürmte er Otschakow.

389 Er selber war neulateinischer Dichter, was seine ›Poemata‹ beweisen, die, was ihre Anregung durch die Antike betrifft, den ›Juvenalia‹ des Marc-Antoine de Muret (1526–1585) nicht nachstehen.

390 In Vézelay predigte der heilige Bernhard 1147 den Zweiten Kreuzzug. Die Abteikirche Sainte-Madeleine ist um ihres plastischen Schmucks willen berühmt.

391 Die Historiker Augustin (1795–1856) und Amédée Thierry (1797 bis 1873).

392 Gemäß dem kanonischen Recht war Elisabeth die im Ehebruch gezeugte Tochter Heinrichs VIII. und der Anna Boleyn, da ihr Vater Anna noch bei Lebzeiten seiner verstoßenen Gemahlin Katharina von Aragon, der Schwester Kaiser Karls V., geheiratet hatte.

393 Arrondissement-Hauptstadt im Département Lot-et-Garonne, an der Baïse. Dort hielt Jeanne d'Albret für gewöhnlich Hof.

394 Unübersetzbares Wortspiel mit »taquin« = Necksüchtiger, Zanksüchtiger, und »Tarquin« = Tarquinius. (Sicherlich ist Tarquinius Priscus, 615–578 v. Chr., König von Rom, gemeint, der Sohn des Korinthers Demaratos, der nach Tarquinii in Etrurien geflohen war, von dort mit seiner Gemahlin Tanaquil nach Rom übersiedelte, von König Ancus Marcius zum Vormund von dessen Söhnen eingesetzt wurde, den Thron usurpierte, die römischen Kloaken erbaute und dadurch die in der Niederung gelegene Stadt trockenlegte, ferner das Forum und einen Tempel auf dem Kapitol errichtete und von den Söhnen des Ancus Marcius ermordet worden sein soll. Vgl. Bachofen, ›Die Sage von Tanaquil‹.)

395 Siehe Anmerkung 386.

396 1917 wurde in Genf auf der Terrasse La Treille im Park an der Promenade des Bastions das betont übergewaltige Reformations-Denkmal fertiggestellt. Vor einer hohen, über 100 m langen Mauer stehen die überlebensgroßen Statuen der Reformatoren, als Hauptgestalt Calvin, neben ihm Guillaume Farel und Théodore de Bèze, ferner John Knox; während Luther nur eine bescheidene Nebenstellung einnimmt. In Reliefs ist die Geschichte der calvinistischen

Reformation dargestellt. – In der protestantischen Hauptkirche Saint-Pierre wird der Kirchenstuhl Calvins gezeigt.

397 Philippe de Mornay, Seigneur du Plessis-Marly (1549–1623), war eine der bedeutendsten Persönlichkeiten der protestantischen Partei; er trug den Spitznamen »der Hugenotten-Papst«. Er war der Freund Colignys und später des Königs von Navarra und veröffentlichte 1598 ein »Traité de l'Institution de l'Eucharistie«, der zu der berühmten Konferenz von Fontainebleau führte (4. Mai 1600), bei der die protestantische Partei eine bemerkenswerte Niederlage erlitt.

398 Verse im Stil des Catull und Tibull.

399 Gedichte, bei denen die Anfangs-, gelegentlich auch die Endbuchstaben der einzelnen Verse, aneinandergereiht, einen Namen oder eine Sentenz ergeben.

400 Siehe Anmerkung 357.

401 François de Coligny, genannt Dandelot (1521–1569), jüngerer Bruder des Admirals, einer der eifrigsten Verteidiger der Reformation.

402 Es handelt sich um die Rue de Béthisy, aus der Balzac irrtümlicherweise eine »Rue de Bussy« gemacht hat. Sie führte von der Rue des Bourdonnais zur Rue de la Monnaie und wurde 1851 bei der großen Sanierung von Paris beseitigt. Das Palais Coligny existiert nicht mehr.

403 Siehe Anmerkung 278.

404 Titel des Sultans.

405 Es handelt sich nicht um ein Werk André Chéniers, sondern um ein solches seines jüngeren Bruders Marie-Joseph Chénier (1764 bis 1811), das 1789 veröffentlicht wurde.

406 In den Louvre einbezogen und nicht mit dem Palais-Bourbon zu verwechseln (der heutigen Abgeordneten-Kammer), mit dessen Bau erst 1722 begonnen wurde.

407 Anspielung auf das D der Diane de Poitiers, der Geliebten des Königs. Siehe das von Balzac im Einleitungsteil darüber Gesagte.

408 Der Leser, den diese Schilderung etwa verwirrt, sei darauf hingewiesen, daß zu Balzacs Zeiten der Louvre ein gänzlich anderes Aussehen als heute hatte, da große Teile erst unter Napoleon III neu errichtet oder umgebaut worden sind. Zudem erstreckten sich zwischen den beiden Westflügeln die unter Katharina von Medici, Heinrich IV. und Ludwig XIV. erbauten Tuilerien, die dem Kommune-Aufstand von 1871 zum Opfer fielen.

409 Michel Odieuvre (um 1690–1756), Maler und Kupferstich-Händler, ließ eine Folge von 600 Porträtstichen für die Sammlung ›L'Europe illustre‹ von Dreux du Radier anfertigen.

410 Den mehrfach erwähnten Bruder des Predigers Chandieu.

411 Poissy, die Geburtsstadt Ludwigs des Heiligen, liegt im Département Seine-et-Oise, in der Nähe von Versailles. Das Kolloquium zwischen Katholiken und Protestanten, das 1561 auf den Wunsch des Kanzlers L'Hospital einberufen worden war, endete ohne Ergebnis. Die Hauptwortführer waren Théodore de Bèze und der Kardinal von Lothringen.

412 Der Advokat Avenelles verriet die Verschwörung von Amboise.

413 Es sei daran erinnert, daß die Bürgerfrauen damals mit »Mademoiselle« bezeichnet wurden; es handelt sich also um Christophes Mutter.

414 Siehe Anmerkung 206.

415 Neunzig. Balzac bedient sich des altertümlichen Ausdrucks statt quatre-vingt-dix.

416 Théodore Agrippa d'Aubigné (1552–1630), Waffengefährte Heinrichs IV., glühender Calvinist, Autor mehrerer historischer Werke und satirischer Romane, Großvater der Madame de Maintenon. Er war acht Jahre alt, als er jenen Ausspruch tat.

417 Französischer Baumeister (1515–1577).

418 Jene Gebühren waren ein Grundzins, der bei jedem Wechsel des Eigentümers, sei es durch Vererbung oder Verpachtung, von den Vasallen an den Lehnsherrn gezahlt werden mußte.

419 Claude Pinart († 1605), Seigneur de Cramail, Sekretär des Marschalls de Saint-André, dann Sekretär Katharinas, seit 1570 Staatssekretär; also erst mehrere Jahre nach dieser Szene.

420 Wahrscheinlich erfundene Gestalt.

421 Das Stadtpalais Lecamus existiert noch heute in der Rue de Thorigny Nr. 5. Es hat verschiedentlich den Besitzer gewechselt. Gegen Ende des Zweiten Kaiserreichs wurde die Ecole Centrale darin untergebracht.

422 Gédéon Tallemant des Réaux (1619—1692), schrieb ›Historiettes‹, boshafte und bisweilen zynische, aber getreue Schilderungen der Gesellschaft seiner Zeit.

423 Auf der Ile Saint-Louis, Rue St.-Louis Nr. 2.

424 Heinrich IV. und Ludwig XIII.

425 Die berühmte Säulenfassade mit der Durchfahrt in der Mitte. Sie besteht aus 28 gekuppelten korinthischen Säulen und wurde 1665 bis 1674 nach dem Entwurf des Arztes und Architekten Claude Perrault (1613—1688) erbaut, des Bruders des Märchendichters Charles Perrault (1628—1703).

426 Albert de Gondi.

427 Enkelin Karls V., Tochter des Kaisers Maximilian II. Sie lebte von 1554—1592.

428 Der Begleiter der künftigen Gemahlin Karls IX. war (nach P. Champion, ›Enfance d'Henri III‹, Seite 285) ein Graf de Soleure. Weshalb Balzac den Namen »Solern« schreibt und den Grafen zu einem Deutschen macht, ist unbekannt – es geschah vielleicht im Zusammenhang mit dem Umstand, daß Elisabeth die Tochter Kaiser Maximilians II. war. Überdies klingt der Name Solern an »Zollern« an, was zu der Verwechslung geführt haben könnte.

429 Charlotte de Beaune-Samblancay (1551—1613), Hofdame der Katharina von Medici, vermählt mit Simon de Fizes, Baron de Sauves († 1579), seit 1567 Staatssekretär. Nach seinem Tode vermählte sie sich mit dem Marquis de Noirmoutiers.

430 Siehe Anmerkung 128.

431 Als Stellvertreter des Königs; ein auch in späterer Zeit noch durchgeführter Brauch.

432 Gaspard de Saulx-Tavannes (1509—1573), Marschall von Frankreich.

433 Nicolas de Neuville, Seigneur de Villeroi (1542—1617), hielt sich unter Heinrich IV. und bis in die Anfangsjahre Ludwigs XIII.

434 Siehe Anmerkung 354.

435 Die altadlige, aber verarmte Familie Pisseleu kam durch Anne, genannt »la Demoiselle d'Heilly«, Herzogin von Etampes, die Geliebte Franz' I., wieder hoch.

436 Der Familie Saint-Vallier entstammt Diane de Poitiers.

437 Die berüchtigte »Königin Margot«, erste Gemahlin Heinrichs IV., der sich von ihr scheiden ließ und Maria von Medici heiratete.

438 Siehe Anmerkung 82.

439 Wahrscheinlich Anspielung auf den Alchimisten Basile Valentin, der im Mittelalter gelebt haben soll.

440 Reiches, später fürstliches und gräfliches Bankiers- und Kaufmannsgeschlecht im bayerischen Schwaben, zumal in Augsburg,

das den Kaisern Maximilian und Karl V. häufig große Geldsummen geliehen hat.

441 Lucius Licinius Lucullus († um 56 v. Chr.), bedeutender römischer Feldherr, lebte, als er sich 66 v. Chr. von den Staatsgeschäften zurückgezogen hatte, in verschwenderischem Luxus, der bis heute sprichwörtlich geblieben ist. Er brachte überdies den Kirschbaum nach Europa.

442 Siehe Anmerkung 257.

443 Über diese beiden siehe die Anmerkungen 255, 256.

444 Der spätere Heinrich IV.

445 Heinrich III., damals Herzog von Anjou, war zum König von Polen gewählt worden, als der Tod seines Bruders Karl IX. ihn nach Frankreich zurückrief.

446 1569, Sieg des Herzogs von Anjou, des späteren Heinrichs III., über Coligny.

447 Maximilien de Béthune, Herzog von Sully (1559—1641), der große Minister, Freund und Kampfgenosse Heinrichs IV.

448 Joseph-Boniface, Graf de La Molle (1530—1574), war mit seinem Freund Annibal de Coconat oder de Coconnas in die sogenannte Verschwörung der »Mißzufriedenen« verwickelt; beide wurden 1574 hingerichtet.

449 Den künftigen Heinrich IV.

450 Jean le Laboureur (1623—1675), Historiker, ist der Autor mehrerer gelehrter Werke und der Herausgeber der Memoiren Castelnaus.

451 Die französische Bezeichnung für diesen Vorgang heißt »envoûter«, welches Zeitwort zugleich »überwölben« bedeutet.

452 Wohl den Christophe des ersten Teils.

453 Mit zwei Steigbügeln am Damensattel.

454 Alte Bezeichnung für Lungenschwindsucht.

455 Hoftitel der Marie Touchet.

456 Concini, Günstling und erster Minister der Maria von Medici, 1617 von dem Hauptmann der Leibgarde Vitry ermordet.

457 Karl III., Herzog und Kronfeldherr von Bourbon (1484—1527), hatte sich 1515 bei Marignano ausgezeichnet, geriet in Zwistigkeiten mit Louise von Savoyen (1476—1531), der Mutter Franz' I., ging zu Kaiser Karl V. über und fiel bei der Belagerung von Rom.

458 Der Durchbruch jener Straße ist nicht, wie Balzac es glaubt,

später als derjenige der Rue de l'Autriche erfolgt; denn die Rue des Poulins hat bereits um 1205 bestanden.

459 Heinrich II. war der letzte König, der in Les Tournelles, im Stadtviertel Sainte-Antoine, residiert hat. König Karl V. hatte dort das Palais Saint-Paul neben der Kirche dieses Namens erbauen lassen und es zur königlichen Residenz erhoben, als er den Louvre verlassen hatte. Karl VII. verließ das Palais Saint-Paul um des Palais Les Tournelles willen, das an der anderen Seite der Rue Saint-Antoine gelegen war, auf der heutigen Stätte der Place Royale (Place des Vosges); der Herzog von Bedford hatte es vergrößern lassen. Jenes Palais ließ Katharina von Medici nach dem Turnier von 1559 abbrechen, das unter seinen Mauern stattgefunden und Heinrich II. das Leben gekostet hatte.

460 Das heutige Staatsarchiv.

461 Marguerite d'Angoulême (1492—1549), genannt »die Marguerite der Margueriten«, Tochter Karls von Orléans, Grafen von Angoulême, und der Louise von Savoyen; ältere Schwester Franz' I., 1509 mit dem Herzog von Alençon vermählt, 1525 Witwe; 1527 mit Heinrich d'Albret von Navarra vermählt. Humanistin; Dichterin des ›Heptameron‹.

462 Es handelt sich auch hier um eine historische Persönlichkeit, nämlich um Renato Bianchi (genannt René Bianque), den Parfümlieferanten der Katharina von Medici. Er hatte seinen Laden auf dem Pont Saint-Michel. Er wird in Katharinas Briefen und mehreren zeitgenössischen und neueren historischen Werken erwähnt.

463 Don Juan d'Austria (1547–1578), natürlicher Sohn Kaiser Karls V., Sieger in der Seeschlacht bei Lepanto 1571, eroberte 1573 Tunis, 1576 Statthalter der Niederlande, deren Aufstand er nicht beschwichtigen konnte. Er starb vor Namur. Ob durch Gift, ist unerwiesen.

464 Jener von Franz I. an der Ecke der Rue de l'Arbre-Sec und der Rue Saint-Honoré errichtete Brunnen wurde unter Ludwig XVI. »in besserem Stil« neu gestaltet. Sein plastischer Schmuck wird Louis-Simon Boizot (1743–1809) zugeschrieben.

465 Ital.: Eingeweide-Beschauer, Wahrsager.

466 Anspielung auf eine berühmte Szene in Cervantes' ›Don Quijote‹.

467 Der Hohe Rat von Venedig.

468 Ital. etwa: Wie dumm du doch bist!

469 Ital.: O du Dummkopf!

470 Ital.: Da hast du's!

471 Siehe Anmerkung 429.

472 Ital.: Zum Teufel!

473 Der in der Bartholomäus-Nacht ermordete Coligny.

474 Philipp II.

475 Der Herzog von Alba war der Grausamkeit wegen berüchtigt, die er bei der Bekämpfung des Aufstands der Niederlande bezeigt hatte.

476 »Ventre-saint-gris!« Der in Frankreich allgemein bekannte Lieblingsfluch Heinrichs IV. Der von Balzac nicht näher bezeichnete Sprecher wird durch diesen Fluch als der König von Navarra kenntlich.

477 Ludwigs XVI. Lieblingsbeschäftigung war das Schlosserhandwerk.

478 Die Basilika von Saint-Denis war seit Ludwig dem Heiligen († 1270) die Gruftkirche der französischen Könige.

479 Louis de Clermont de Bussy d'Amboise (1549–1579), Günstling des Herzogs von Anjou, berüchtigt um seiner Duelle und seiner Liebesabenteuer willen.

480 Karl III., der Einfältige (879–929), König von Frankreich von 898–923; Sohn des Karolingers Ludwigs des Stammlers, regierte unter fortwährenden Kämpfen mit den aufständischen Großen; er starb 929 im Kerker.

481 Im Jahre 1574 war Heinrich I., Prinz von Condé, der Sohn Ludwigs I. von Condé (der bislang eine bedeutende Rolle in Balzacs ›Katharina von Medici‹ gespielt hat und 1569 bei Jarnac gefallen war) achtzehn Jahre alt. Er war einer der »drei Heinriche« des Kriegs von 1585–1587.

482 Königin von Kastilien 1504–1555 (geb. 1479), Gemahlin des Erzherzogs Philipp des Schönen, Mutter Kaiser Karls V.

483 Parteinahme für die Anhänger des Papsttums und die Gegner der deutschen Kaiser in Italien, abgeleitet vom italienischen Namen des Fürstengeschlechts der Welfen und dessen Kämpfe und Widerstreite mit den Hohenstaufen.

484 Lat.: Gott, entwirre meine Sache, entscheide du.

485 Karl VIII. (König von 1483–1498), schlug den aufständischen Adel unter dem Herzog von Orléans 1488 bei Saint-Aubin-du-Cormier, heiratete 1491 Anne de Bretagne und vereinigte dieses Herzogtum mit der Krone und besetzte für einige Zeit Neapel.

486 Mit Hilfe der Jungfrau von Orléans gegen die Engländer.

487 Agnès Sorel.

488 Karl VI. (1368–1422), der »Vielgeliebte«, regierte zunächst unter der Vormundschaft seiner Oheime, die den Staatsschatz vergeudeten und durch neue Steuern einen Aufstand hervorriefen, und ersetzte die Oheime durch alte Berater seines Vaters, deren kluge Verwaltung ihm den Beinamen »der Vielgeliebte« eintrug, wurde dann aber wahnsinnig. Sein Königreich wurde durch die Kämpfe der Bourguignons und der Armagnacs zerrissen; die infame Isabeau von Bayern, die Regentin, überantwortete es durch den Vertrag von Troyes (1420) fast gänzlich den Engländern, den Siegern von Azincourt.

489 König Karl V. (1337–1380), »der Weise«, Sohn Johanns des Guten, seit 1364 König, säuberte das Königreich von den marodierenden Soldatenbanden *(Grandes Compagnies)* und nahm den Engländern fast alle Provinzen ab, die sie erobert hatten. Seine Politik und seine innerpolitischen Maßnahmen waren klug; er förderte die Universitäten und gründete die erste National-Bibliothek. Auch als Bauherr tat er sich hervor.

490 Bertrand du Guesclin (1320–1380), Kronfeldherr, einer der größten Kriegshelden Frankreichs, alter bretonischer Familie entstammend, von Balzac häufig erwähnt. Er wurde auf Verlangen König Karls V. in der Königsgruft von Saint-Denis bestattet.

491 Karl IV. (1294–1328), genannt »der Schöne«, dritter Sohn Philipps des Schönen, der letzte Kapetinger.

492 Anspielung auf die Juli-Revolution von 1830, durch die Karl X. verjagt wurde.

493 Agnès Sorel.

494 Man weiß (siehe den ersten Band dieser Ausgabe, Seite 12 f.), daß Honoré de Balzac sich wider besseres Wissen rühmte, dem Adelsgeschlecht der Balzac d'Entragues zu entstammen, dem auch der Dichter und Schriftsteller J.-L. Guez de Balzac (1597–1654) angehörte. – Der erwähnte Feldhauptmann Pierre de Balzac war vermählt mit Anne Malet, der Tochter eines Großadmirals von Frankreich, die weitläufig von den Viscontis abstammte; ihr Großvater Jean Malet hatte Marie de Montauban geheiratet, deren Vater Guillaume wiederum der Gemahl der Bonne de Visconti war. Der Enkel des Pierre de Balzac, Marquis d'Entragues, hieß in Wirklichkeit François, Seigneur d'Entraigues, einem Dörfchen in der Limagne, und nicht Marquis d'Entragues. Der echte Marquis, Entraguet, war einer der »Mignons« Heinrichs III. und François' Onkel. François (oder Charles) de Balzac heiratete nach

dem Tod Karls IX. tatsächlich Marie Touchet in zweiter Ehe; von seinen beiden Töchtern wurde die eine die Geliebte des Marschalls von Bassompierre, die andere, die Marquise de Verneuil, die Geliebte Heinrichs IV.

495 Bernard Palissy, nicht »de« Palissy, wie Balzac schreibt, (um 1510 bis 1589 oder 1590), Töpfer, Emailleur, Schriftsteller und Gelehrter, einer der Schöpfer der künstlerischen Keramik in Frankreich, berühmt durch seine Fayencen mit plastischem Schmuck, zumeist naturalistisch gestalteten Reptilien und Amphibien, verbrannte bei seinen Versuchen das gesamte Holzwerk seines Hauses, sogar die Fußböden. 1589 wurde er als Hugenotte verhaftet und in die Bastille gebracht, wo er bald danach gestorben sein muß. Es sind ihm auch Entdeckungen auf dem Gebiet der Mineralogie und Chemie zu verdanken. Seine keramischen Werke finden sich in allen größeren Museen.

496 Balzac schreibt *»les rois de Thune«:* das was die Schreibweise von Tunis im Altfranzösischen. Als »Könige von Tunis« wurden alle Hexer, Bettler und Vagabunden bezeichnet. In diesem Sinn gebraucht auch Victor Hugo jene Benennung im Kapitel ›Der zerbrochene Krug‹ in ›Notre-Dame de Paris‹.

497 Ihren kleinen Sohn.

498 Einer der Titel des Königs von Frankreich.

499 Lat.: Er hat die Welt den Untersuchungen preisgegeben.

500 Es handelt sich um den französischen Ingenieur Salomon de Caus (um 1576–1626). Sein Schicksal hat Balzac als Stoff für ein Schauspiel ›Les ressources de Quinola‹ gedient. De Caus hat die Ausnutzung des Dampfs als Triebkraft entdeckt.

501 Papst Alexander VI. Borgia starb am 18. August 1503 an Gift, das er für seine Gäste bestimmt hatte und aus Versehen selber trank; sein gleichfalls vergifteter Sohn Cesare Borgia genas.

502 Bianca Capello; siehe Anmerkung 80.

503 Diane de Poitiers, die Geliebte Heinrichs II.

504 Diane de Poitiers trug den Titel Herzogin von Valentinois.

505 Auf welche Medaille Balzac hier anspielt, ist ungewiß; zum Gedenken an den 24. August 1572, die Bartholomäus-Nacht, sind mindestens drei geprägt worden, die des Königs Gerechtigkeit hervorhoben.

506 Heinrich III., der letzte Valois, wurde am 1. August 1589 von dem Dominikanermönch Jacques Clément, einem fanatischen Anhänger der Liga, ermordet.

507 Heinrich IV. war zuvor König von Navarra.

508 Heinrich IV. wurde am 14. Mai 1610 von François Ravaillac ermordet.

509 Dort hatte Cosimo Ruggieri sein Observatorium.

510 Charles, Herzog von Biron (geb. 1562), Marschall von Frankreich, hatte sich unerschrocken für die Sache Heinrichs IV. eingesetzt; er war tapfer, aber ehrgeizig und gewissenlos und vor allem geldgierig. Da er sich für unzulänglich belohnt hielt, konspirierte er mit dem Herzog von Savoyen und mit Spanien gegen Frankreich, wurde zum Tode verurteilt und am 31. Juli 1602 im Hof der Bastille enthauptet.

511 Maria von Medici, zweite Gemahlin Heinrichs IV. und nach dessen Tod Regentin für den minderjährigen Ludwig XIII., wurde 1631 durch Richelieu verbannt.

512 Concini, Marschall d'Ancre, italienischer Abenteurer, Günstling der Maria von Medici, Minister Ludwigs XIII., unfähig und habgierig, wurde 1617 ermordet; seine Frau, unter deren Einfluß er gestanden hatte, wurde als Hexe verbrannt.

513 »Graf von Saint-Germain« war das Pseudonym einer geheimnisvollen, sehr intelligenten, sehr geistvollen und sehr reichen Persönlichkeit, die zwischen 1750 und 1780 ganz Europa beunruhigte. Wer er war, ist noch immer unbekannt; er scheint der Sohn der Maria-Anna von Neuenburg, der Gemahlin Karls II. von Spanien, der Heldin von Victor Hugos ›Ruy-Blas‹, und des Bankiers Adamero gewesen zu sein, eines portugiesischen Juden, den die Gunst der Königin zum Minister erhoben hatte. Der Graf von Saint-Germain verbrachte zehn Jahre, von 1750–1760, in Frankreich. Er hatte die Allüren eines großen Herrn, war reich, großherzig und ehrenhaft, liebte es indessen, die menschliche Leichtgläubigkeit auszubeuten. Seine Beziehungen zur Freimaurerei und zu der Sekte der Illuminaten, sein stets jugendliches Aussehen, seine erstaunlichen Geschichtskenntnisse, sein Gedächtnis und seine Phantasie erlaubten ihm, viele Einfältige glauben zu machen, er lebe ewig. Gern behauptete er, er habe Heinrich IV., Kaiser Karl V. und Franz I. gekannt. Er ging sogar so weit, den Zeitgenossen der heiligen Anna zu spielen. Seine Auslandsbeziehungen und seine Welt- und Menschenkenntnis verschafften ihm Einfluß sogar auf Ludwig XV., der ihn in der Geheimpolitik gebraucht zu haben scheint, die er ohne Wissen seines Außenministers Chriseul führte. 1760 verließ Saint-Ger-

main Frankreich, um England, Rußland und Deutschland zu bereisen, wo er in Eckernförde gestorben ist.

514 Marion Delorme (1611–1650), berühmt durch ihre Schönheit und ihre galanten Abenteuer, Heldin eines Dramas von Victor Hugo (1831).

515 Historische Gestalt, Lebensdaten nicht nachweisbar. Der ›Almanach Royal pour 1785‹ gibt an, Baudard habe seit 1782 an der »Place Louis-le-Grand«, der heutigen Place Vendôme, gewohnt.

516 Elegantes, ländliches Lusthaus.

517 Jene Betthimmelkronen bestanden zumeist aus Straußenfedern.

518 Nicht nachweisbar; im ›Almanach Royal pour 1786‹ nicht unter den Steuerpächtern aufgeführt.

519 Nicolas Maréchal (1747–1789), genannt der Marquis de Bièvre, Enkel des Leibchirurgen Ludwigs XVI. Gehörte anfangs als »Mousquetaire« der königlichen Leibwache an und widmete sich dann der Literatur; seine Komödie ›*Le Séducteur*‹ wurde 1783 im Théâtre-Français gespielt. Berühmt geblieben ist er durch seine Witzworte und Wortspiele, die erstmals 1800 unter dem Titel ›Bièvriana‹ gesammelt erschienen.

520 Die ehemalige Staatskanzlei, das heutige Justizministerium.

521 Henri-Louis-Marie de Rohan, Fürst von Guéménée (1745–1807?), Brigadegeneral, Großkämmerer Ludwigs XVI. 1775, Neffe des Kardinals de Rohan, des Helden und Genasführten der »Halsband-Affäre«, machte 1782 einen Konkurs, bei dem es um 33 Millionen ging. Er emigrierte und starb in Deutschland, ohne daß die näheren Umstände bekannt wären.

522 Ponce-Denis Ecouchard, genannt Lebrun (1729–1807), Lyriker, fügte seinem Namen bescheidentlich denjenigen Pindars an.

523 Paul Poisson de Bourvalais († 1719), Sohn eines Lakaien, kam durch Heereslieferungen zu Vermögen; sein Gönner war der Minister Pontchartrin. Er bekleidete sechs hohe Finanzämter und war ein Mann von Tatkraft, Fähigkeit und Würde. Sein Stadtpalais an der Place Vendôme ist das heutige Justizministerium. Er starb im Elend.

524 Etienne-Michel Bouret, Generalsteuerpächter gegen Ende der Regierung Ludwigs XV., einer der raubgierigsten Finanzmänner seiner Zeit, zugleich aber einer der nichtigsten und plumpsten Emporkömmlinge, trotz der Lobhudeleien von Schriftstellern, die er bezahlte, wie später Necker es tat. Er war von niedrigster Herkunft, besaß mehr als 40 Millionen und starb im Elend.

525 Das blaue Schulterband war das Abzeichen der Ritter des Heiligen-Geist-Ordens, der 1578 von Heinrich III. gestiftet, 1791 durch die Nationalversammlung abgeschafft, 1814 durch die Restauration wiederhergestellt und nach der Juli-Revolution von 1830 endgültig abgeschafft worden war.

526 Es handelt sich um Jean-Paul Marat (1744–1793), der, zunächst Arzt in Paris und Autor philosophischer und physikalischer Schriften, beim Ausbruch der Revolution sich zu einem wüsten Demagogen und schamlosen Denunzianten entwickelte. Er gab die Zeitung ›L'Ami du Peuple‹ heraus. Er gilt als Miturheber der Septembermorde, war Mitglied des Konvents, forderte Massenhinrichtungen, wütete in dem Prozeß gegen den König, beseitigte die Girondisten, wurde von Charlotte Corday in der Badewanne erdolcht. Eine der unsaubersten Gestalten der Revolution. Übrigens war er nicht Pagen-Chirurg, wie Balzac angibt, sondern wurde 1779 der Arzt des Personals der Reitställe des Grafen von Artois, des späteren Karls X.

527 Balzac führt mit dieser Gestalt Maximilien-Marie-Isidore de Robespierre (1758–1794) ein, der, in Arras geboren, zunächst dort Advokat war. Balzac schreibt den Namen, wie stets, »Roberspierre«.

528 Wahrscheinlich Mathieu-Jean-Félicité, Herzog von Montmorency-Laval (1767–1827).

529 Ruhebett mit Lehne.

530 Finanzminister.

531 Charles-Alexandre de Calonne (1734–1802), den ein gelehrter Kenner wie Allonville als den einzigen wahren Minister bezeichnet, den Ludwig XVI. gehabt habe, ist von den Zeitgenossen und zumal der nachrevolutionären Geschichtsschreibung (und auch von Balzac) ungerecht behandelt worden. Immerhin hat er eine gleichmäßigere Verteilung der Steuern gefordert, ohne sich durchsetzen zu können. 1787 wurde er ungnädig entlassen; sein Nachfolger wurde sein Vorgänger Necker, der als »Bürgerlicher« die Sympathie weiter Kreise besaß. Calonne ging außer Landes und richtete sich zugrunde, indem er die emigrierten Fürsten unterstützte. Er war ein hochbegabter, glänzender Lebemann und eben deswegen verhaßt. Über ihn vgl. Pierre Jolly ›Calonne‹ (Paris 1949, Verlag Plon).

532 Pierre-Augustin Caron de Beaumarchais (1732–1799), Dramatiker, Sohn eines Uhrmachers, anfangs selber Uhrmacher, hochbegabter

Harfenspieler, Lehrer der Töchter Ludwigs XV., bereicherte sich durch Handelsspekulationen, kämpfte in mehreren Prozessen mit Geist und Ausdauer gegen die Ungerechtigkeiten einer bestochenen Justiz, schrieb ›Mémoires‹ (Prozeßpamphlete) gegen den Parlamentsgerichtsrat Goëzman sowie die Bühnenwerke ›Der Barbier von Sevilla‹ (1775) und ›Der tolle Tag oder Figaros Hochzeit‹ (1784), schlagkräftige Satiren gegen die Mißbräuche der Zeit, und wurde einer der wirksamsten geistigen Vorkämpfer der Revolution, bei der er durch politische Spekulationen sein Vermögen verlor. Er ließ auf eigene Kosten in Kehl die erste Gesamtausgabe der Werke Voltaires drucken. Seine Biographie schrieb Anton Bettelheim (1911).

533 Honoré-Gabriel de Mirabeau (1749–1791), der größte Redner der Revolution, in seiner Jugend seines zügellosen Lebens wegen auf Veranlassung seines Vaters mehrfach gefangengesetzt, entfloh 1776 mit seiner Geliebten Sophie de Ruffey, der jungen Gattin des 80-jährigen Marquis de Monnier, nach Holland, wurde ausgeliefert, in Vincennes in strenge Haft genommen, aber 1780 freigelassen. Er griff die Finanzverwaltung Calonnes ungestüm an, ging 1784 nach England, 1785 nach Berlin und wurde 1789 als Vertreter des Dritten Standes von der Stadt Marseille in die Generalstände entsandt. Er protestierte kühn und ungestüm gegen die befohlene Auflösung der Nationalversammlung, suchte dann aber eine konstitutionelle Monarchie zu retten, ohne das Mißtrauen des Hofs überwinden zu können. Er starb, als er unter der Beschuldigung, mit dem Hof paktiert zu haben, verhaftet werden sollte.

534 Beaumarchais war Geschäftsteilhaber der Gebrüder Perier zwecks Baues einer Feuerlöschpumpe in Chaillot geworden, deren letzte Reste erst zu Beginn des 20. Jahrhunderts beseitigt worden sind. Sie lag am Quai Debilly, in der Nähe der Place d'Alma. Jene Pumpanlage sollte verschiedene Stadtviertel von Paris mit Wasser versehen. Die Aktien standen zunächst unter pari, erfuhren aber 1785 eine jähe Hausse. Die Baisse-Spekulanten hetzten Mirabeau gegen das Unternehmen auf, und es entstand eine heftige persönliche Polemik zwischen ihm und Beaumarchais, der sich schließlich aus dem Unternehmen zurückzog.

535 Wortspiel mit »mémoire« = Gedächtnis und »mémoire« = Memorandum; Anspielung auf Beaumarchais' Prozeßpamphlete.

536 Anspielung auf die französische Staatsschuld, deren Calonne vergeblich Herr zu werden versuchte.

537 Der große Chemiker Antoine-Laurent Lavoisier (1743–1794), der

mit der Begründung, »Frankreich brauche keine Gelehrten«, die Guillotine besteigen mußte, da er zugleich Generalsteuerpächter gewesen war. Er ist einer der Begründer der neueren Chemie.

538 Dorf an der Marne in der Gegend von Reims, berühmt um seiner Rebberge willen.

539 Alexander, Graf Cagliostro (1743–1795), bekannter Abenteurer, eigentlich Giuseppe Balsamo, lernte im Kloster der Barmherzigen Brüder zu Cartagirone die okkulten Wissenschaften und Geheimmittel kennen, bereiste mit einem angeblichen Weisen Altotas Griechenland, Ägypten und Vorderasien, trat als Arzt, Naturforscher, Alchimist, Freimaurer und Geisterbeschwörer erst in Italien, dann in Deutschland, Mitau, Warschau, Petersburg, London und Paris auf, wo er in die Halsbandgeschichte verwickelt wurde, nachdem er durch zahllose Schwindeleien das Vertrauen hochgestellter Persönlichkeiten gewonnen hatte, kam vorübergehend in die Bastille, wurde dann in Rom gefangengesetzt und zum Tode verurteilt, aber begnadigt, und starb als Gefangener auf Fort San Leon. Goethe hat ihn zur Hauptgestalt seines Schauspiels ›Der Groß-kophta‹ gemacht. Seine in Paris veröffentlichten Memoiren sind eine Fälschung. Seine frühere Anhängerin, die Gräfin Elisa von der Recke, hat später in einer Schrift seine in Mitau begangenen Schwindeleien enthüllt.

540 Geronimo Cardano (1501–1576), berühmter italienischer Gelehrter, zumal Physiker, erwarb sich um die Algebra Verdienste durch die sogenannte Cardanische Regel zur Auflösung von Gleichungen dritten Grades; deren eigentlicher Erfinder ist jedoch Tartaglia gewesen, dem Cardano sie durch eidliches Versprechen der Verschwiegenheit entlockt und die er dann in seiner ›Ars magna‹ bekanntgemacht hat. Die erste Gesamtausgabe seiner Schriften erschien 1663. (Siehe auch Anmerkung 256.)

541 Wundertäter.

542 Stéphanie Ducrest de Saint-Aubin, Gräfin de Genlis (1746–1830), Literatin von unermüdlicher Fruchtbarkeit, Verfasserin von Theaterstücken und Jugenderzählungen mit pädagogischer Tendenz. 1770 Ehrendame der Herzogin von Chartres, Erzieherin der Kinder Philippe-Egalités und also auch des künftigen Königs Louis-Philippe, emigrierte während der Revolution bis 1802; Napoleon setzte sie zur Inspektorin der Volksschulen ein.

543 Das Zeichen zur Bartholomäus-Nacht wurde nicht von der Louvre-Glocke, sondern von der Turmglocke der dem Louvre gegenüber gelegenen Kirche St. Germain-l'Auxerrois gegeben.

544 Blaise de Montluc (1508–1579), Marschall von Frankreich, grausamer Verfolger der Hugenotten.

545 Sixtus V., Papst von 1585–1590, reformierte die Mönchsorden und griff zur Zeit der Thronbesteigung Heinrichs IV. aktiv in die französischen Religionsstreitigkeiten ein. Er hat die Peterskuppel erbauen lassen.

546 Der große Kardinal (1585–1642), Minister Ludwigs XIII., bekämpfte u. a. besonders energisch die Hugenotten (Belagerungen von La Rochelle und Montauban).

547 Jacques-Bénigne Bossuet (1627–1704), Bischof von Condom, später von Meaux, berühmter Kanzelredner, Lehrer des Dauphin, großer Historiker, zumal durch ein Werk über die protestantischen Kirchen; Bekämpfer des Quietismus in der Person Fénélons.

548 Das Edikt von Nantes, das Heinrich IV. 1598 erlassen und das den Calvinisten, ausgenommen am Pariser Hof, Religionsfreiheit gewährt hatte, wurde 1685 durch Ludwig XIV. aufgehoben, was zur Auswanderung einer großen Zahl von Protestanten führte.

549 Michel Le Tellier (1603–1685), Kanzler und Justizminister unter Ludwig XIV., hatte namhaften Anteil an der Aufhebung des Edikts von Nantes. Er darf nicht mit dem gleichnamigen Jesuiten-Pater (1643–1719) verwechselt werden, dem letzten Beichtvater Ludwigs XIV.

550 Die Mutter (1601–1666) Ludwigs XIV., während dessen Minderjährigkeit sie mit Mazarin die Regentschaft führte.

551 Im Département Eure-et-Loir an der Blaisse, einem Nebenfluß der Eure. Dort besiegte 1562 Herzog Franz von Guise die Protestanten.

552 Siehe Anmerkung 207.

553 Siehe Anmerkung 447.

554 Ludwig IX. oder der Heilige (1215–1270) unternahm den 8. und letzten Kreuzzug, durch den er Tunis erobern und christianisieren wollte, starb aber, kurz nachdem er bei Karthago gelandet war, an der Pest.

555 Coligny.

556 Volange, Sohn eines Notars aus Nantes, trat 1779 im Theater »Les Variétés amusantes« in der Rolle des Einfaltspinsels Janot in einer Komödie von Dorvigny auf und hatte damit so großen Erfolg, daß der König ihn nach Versailles berief, was den Schauspieler ermutigte, im folgenden Jahr in der »Comédie Italienne«

zu spielen, wo er ebenfalls große Erfolge hatte. Allein es wurde gegen ihn intrigiert, und so war er so vernünftig, an das Boulevard-Theater zurückzukehren. Er kam zu Vermögen, starb indessen im Elend.

557 Infusorien, in Heuaufgüssen u. a. auftretende Einzeller, im 17. Jahrhundert durch Leeuwenhoek entdeckt.

558 Marly-le-Roi, im Département Seine-et-Oise, nahe der Seine. Ludwig XIV. hatte dort ein prächtiges Schloß, das während der Revolution zerstört worden ist. Aus diesem Schloß stammen die beiden Rossebändiger am Eingang der Champs-Elysées, Werke von Guillaume Coustou (1677–1746), die 1794 dorthin gebracht wurden.

Biographische Notizen über die Romangestalten

Katharina von Medici

Die Gestalten aus ›Katharina von Medici‹ treten in der ›Menschlichen Komödie‹ nicht wieder auf.

Das Lebenselixier

Übertragung von Ernst Sander

Die Erstveröffentlichung der Novelle ›L'Elixir de longue vie‹ erfolgte am 24. Oktober 1830 in der ›Revue de Paris‹; die erste Buchausgabe erschien im September 1831 als III. Band der ›Romans et Contes philosophiques‹ in der ›Revue de Paris‹ mit dem Datum »Paris, Oktober 1830«. 1835 wurde sie als Band V in die ›Etudes philosophiques‹ aufgenommen. 1846 wurde sie dem II. Band der ›Etudes philosophiques‹ der ›Menschlichen Komödie‹ eingegliedert, »dem Leser« gewidmet und mit einer Vorrede versehen, die in dieser Ausgabe nicht wiedergegeben worden ist.

Eine ein wenig unklare Stelle jener Vorrede legt die Vermutung nahe, daß Balzac zu dem Titel seiner Novelle durch denjenigen von E. T. A. Hoffmanns Roman ›Die Elixiere des Teufels‹ angeregt worden ist. Die Werke Hoffmanns waren zu jener Zeit in Frankreich in zahlreichen Übersetzungen verbreitet und erfreuten sich großer Beliebtheit; sie galten als typisch deutsch. Andererseits weiß man, daß Balzacs Vater sich mit der Herstellung eines ein langes Leben verbürgenden Elixiers befaßt hat. Der Autor war bestrebt, in der Hauptgestalt einen Typus zu schildern, der gleichzeitig Molières ›Don Juan‹, Goethes ›Faust‹, Byrons ›Manfred‹ und Maturins[1] ›Melmoth‹ ist, wie Balzac selber in der Novelle (Seite 417) angibt.

An einem Winterabend bewirtete Don Juan Belvidero in einem prunkvollen Palazzo zu Ferrara einen Prinzen aus dem Haus Este. Zu jener Zeit war ein Fest ein wundervolles Schauspiel, das einzig fürstlicher Reichtum oder die Macht eines großen Herrn zu geben vermochte. Rings um einen von duftenden Kerzen beleuchteten Tisch tauschten sieben fröhliche Frauen anmutige Bemerkungen aus; sie saßen zwischen köstlichen Meisterwerken, deren weißer Marmor sich von den roten Stuckwänden und den üppigen türkischen Teppichen abhob. Sie waren in Atlas gekleidet; ihr Goldgeschmeide funkelte; sie waren mit Edelsteinen überladen, die weniger blitzten als ihre Augen; alle erzählten von rückhaltlosen Liebesleidenschaften, die indessen mannigfach geartet waren wie ihre Schönheit. Sie unterschieden sich voneinander weder durch ihre Ausdrucksweise noch durch ihre Gedanken: Die Miene, ein Blick, ein paar Handbewegungen oder die Betonung dienten ihren Worten als leichtfertige, unzüchtige, schwermütige oder spöttelnde Erläuterungen.

Die eine schien zu sagen: »Meine Schönheit weiß das vereiste Herz von Greisen aufs neue zu erwärmen.«

Die andere: »Ich liege am liebsten auf Kissen und gedenke trunken derer, die mich vergöttern.«

Eine dritte war bei solcherlei Festen ein Neuling und wollte erröten: »Im Grund meines Herzens verspüre ich einen Gewissensbiß!« sagte sie. »Ich bin Katholikin und fürchte die Hölle. Aber ich liebe euch so sehr, oh, so sehr, so sehr, daß ich für euch die Ewigkeit opfern könnte.«

Die vierte leerte einen Becher Chios-Wein und rief: »Der Frohsinn soll leben! Mit jeder Morgenröte trete ich ein neues Dasein an! Vergessen ist das Vergangene, ich bin noch berauscht von den Bestürmungen des Vortags, und so schöpfe ich allabendlich ein Leben im Glück aus, ein Leben voller Liebe!«

Die neben Belvidero sitzende Dame schaute ihn mit flammenden Blicken an. Stumm hatte sie dagesessen. »Ich würde mich auf keinen Bravo verlassen, um meinen Liebhaber umzubringen, wenn er mich verlassen sollte!« Dann hatte sie gelacht, aber ihre verkrampfte Hand hatte ein wundervoll ziseliertes goldenes Konfektdöschen zerdrückt.

»Wann wirst du Großherzog?« fragte die sechste den Prinzen mit einem Ausdruck mörderischer Freude in den Zähnen, und in den Augen bacchantischen Taumel.

»Und du, wann endlich wird dein Vater sterben?« fragte lachend die siebente und warf mit einer ob ihrer Mutwilligkeit berauschenden Geste Don Juan ihr Sträußchen zu. Sie war ein harmloses junges Mädchen, das es gewohnt war, mit allen heiligen Dingen sein Spiel zu treiben.

»Ach, redet mir nicht davon«, rief der junge, schöne Don Juan Belvidero, »es gibt in der Welt nur *einen* unsterblichen Vater, und das Unglück will, daß ich ihn habe!«

Die sieben Kurtisanen von Ferrara, Don Juans Freunde und

sogar der Prinz stießen einen Entsetzensschrei aus. Zweihundert Jahre später, unter Ludwig XV., würden Leute von Geschmack über diesen witzigen Einfall gelacht haben. Aber vielleicht besaßen die Seelen zu Beginn einer Orgie noch allzuviel Hellsicht? Vielleicht war trotz des Kerzenschimmers, des Aufschreis der Leidenschaften, des Anblicks der goldenen und silbernen Gefäße, trotz der Augenweide entzückendster Frauen in der Tiefe der Herzen noch ein wenig von der Scham vor den menschlichen und göttlichen Dingen vorhanden, die so lange kämpft, bis die Orgie sie in den letzten Fluten eines feurigen Weins ertränkt hat? Dennoch waren die Blumen bereits zerknittert, die Augen waren immer mehr verblödet, und die Trunkenheit war, nach Rabelais' Ausdruck, bis in die Sandalen geglitten. In diesem Augenblick der Stille tat sich eine Tür auf, und wie bei Belsazars Festmahl tat Gott sich kund; er erschien mit den Zügen eines alten, weißhaarigen Dieners, der zitternd einherschritt und die Brauen zusammenzog; mit bekümmerter Miene trat er ein, sein Blick ließ die Kränze welken, machte die silbervergoldeten Becher stumpf, nahm den Fruchtpyramiden, dem Fest, dem Purpur der erstaunten Gesichter den Glanz und den von weißen Frauenarmen eingedrückten Kissen die Farbe; kurzum, er breitete einen Trauerflor über all diese Ausgelassenheit, als er mit hohler Stimme folgende düstere Worte sprach: »Herr, Euer Vater liegt im Sterben.«

Don Juan stand auf und vollführte zu seinen Gästen hin eine Handbewegung, die etwa gedeutet werden konnte als: »Entschuldigt mich, so etwas kommt nicht alle Tage vor.«

Überrascht der Tod eines Vaters nicht oftmals junge Menschen inmitten der Freuden des Lebens und der tollen Einfälle einer Orgie? Der Tod ist in seinen Launen genauso jäh wie eine Kurtisane in den Bezeigungen ihrer Verachtung; allein er ist verläßlicher; nie hat er jemanden betrogen.

Als Don Juan die Saaltür geschlossen hatte und eine lange, ebenso kalte wie dunkle Galerie durchschritt, bemühte er sich zum Annehmen einer theatralischen Haltung; denn im Erwägen seiner Rolle als Sohn hatte er mit der Serviette auch seine Freude weggeworfen. Die Nacht war pechschwarz. Der schweigende Diener, der den jungen Herrn nach einem Sterbezimmer führte, leuchtete seinem Herrn recht unzulänglich, so daß der Tod, dem

Kälte, Schweigen und Dunkelheit sich helfend zugesellten, vielleicht durch eine Rückwirkung der Trunkenheit in die Seele dieses Verschwenders ein paar fragende Gedanken träufeln konnte; er überdachte sein Leben und wurde nachdenklich wie jemand, der einen Prozeß führt und sich auf dem Weg zum Tribunal befindet.

Bartolomeo Belvidero, Don Juans Vater, war ein neunzigjähriger Greis, der den größeren Teil seines Lebens mit der Planung und Durchführung von Handelsgeschäften hingebracht hatte. Oftmals hatte er die talismanischen Länder des Orients durchquert; er hatte unermeßliche Reichtümer und Kenntnisse erworben, die, wie er sagte, noch kostbarer waren als Gold und Diamanten, um die er sich fortan kaum noch kümmerte. »Ich ziehe einen Zahn einem Rubin vor, und die Macht dem Wissen«, rief er bisweilen lächelnd aus. Dieser gute Vater hörte gern zu, wenn Don Juan ihm einen Jugendstreich erzählte; er versah ihn mit Gold und sagte spöttischen Tons: »Mein lieber Junge, mach nur Dummheiten, an denen du wirklich Spaß hast.« Er war der einzige Greis, der beim Anblick eines jungen Menschen Freude verspürte; durch das Anschauen einer so glühenden Lebenskraft täuschte er sich über seine eigene Hinfälligkeit hinweg. Als Sechzigjähriger hatte Belvidero sich in einen Engel an Sanftmut und Schönheit verliebt. Die einzige Frucht dieser späten, vergänglichen Neigung war Don Juan gewesen. Seit fünfzehn Jahren beklagte der Biedere den Verlust seiner geliebten Juana. Seine zahlreichen Diener und sein Sohn schrieben diesem Schmerz des alten Mannes die seltsamen Gewohnheiten zu, die er angenommen hatte. Bartolomeo hatte sich in den unbehaglichsten Flügel seines Palazzo zurückgezogen und verließ ihn nur sehr selten; sogar Don Juan durfte die Gemächer seines Vaters nicht betreten, ohne die Erlaubnis dazu erhalten zu haben. Wenn dieser freiwillige Anachoret den Palazzo oder die Straßen von Ferrara durchschritt, schien er etwas zu suchen, das ihm ermangelte; völlig versonnen, unentschlossen, in sich verstrickt ging er einher wie jemand, der mit einem Gedanken oder einer Erinnerung auf dem Kriegsfuß steht. Während der junge Herr üppige Feste gab und der Palazzo von den Ausbrüchen seiner Freude widerhallte, während in den Höfen Pferde stampften und die Pagen auf den

Treppenstufen beim Würfelspiel miteinander stritten, aß Bartolomeo täglich sieben Unzen Brot und trank Wasser. Wenn er ein wenig Geflügel forderte, so nur, um einem schwarzen Pudel, seinem getreuen Begleiter, die Knochen zu geben. Niemals beschwerte er sich über den Lärm. Wenn während seiner Krankheit Hörnerschall und Hundegebell ihn im Schlaf überraschten, begnügte er sich damit, zu sagen: »Ach, Don Juan kommt heim!« Nie hat auf dieser Erde ein bequemerer und nachsichtigerer Vater gelebt; deswegen hatte der junge Belvidero, der es gewohnt war, ihn ohne alle Förmlichkeit zu behandeln, sämtliche Fehler verwöhnter Kinder; er ging mit Bartolomeo um wie eine launische Kurtisane mit einem bejahrten Liebhaber; die sich eine Unverschämtheit durch ein Lächeln verzeihen läßt, die ihre Wohlgelauntheit verkauft und den Liebesvollzug über sich ergehen läßt. Indem Don Juan das Bild seiner jungen Jahre in Gedanken wiedererstehen ließ, wurde er sich bewußt, daß er schwerlich behaupten könne, sein Vater habe es je an Güte fehlen lassen. Nun er die Galerie durchmaß, verspürte er im tiefsten Innern das Nagen eines Gewissensbisses, und er war nahe daran, Belvidero zu verzeihen, daß dieser so lange gelebt hatte. Er gelangte wieder zu frommen Sohnesgefühlen, wie ein Dieb im Genuß einer gut entwendeten Million zum anständigen Menschen wird. Bald durchquerte der junge Herr die hohen, kühlen Räume, aus denen die Wohnstatt seines Vaters bestand. Nachdem er die Wirkungen einer feuchten Atmosphäre verspürt, eine stickige Luft und den ranzigen Duft geatmet hatte, den alte Gobelins und staubbedeckte Schränke ausströmen, befand er sich in dem altertümlichen Schlafgemach des Greises vor einem Übelkeit erregenden Bett neben einem fast erloschenen Kamin. Eine auf einem altfränkischen Tisch stehende Lampe warf in unregelmäßigen Zeiträumen mehr oder minder starke Lichtflecken auf das Bett und ließ auf diese Weise das Antlitz des Greises unter stets gewandeltem Aussehen erscheinen. Die Kälte pfiff durch die schlecht geschlossenen Fenster, und der an die Scheiben peitschende Schnee erzeugte ein dumpfes Geräusch. Dies alles bildete einen so heftigen Gegensatz zu der Szenerie, die Don Juan soeben hinter sich gelassen hatte, daß er ein Schaudern nicht unterdrücken konnte. Als er an das Bett herantrat, überlief es ihn kalt. Denn ein Windstoß hatte die Kerzen zum heftigen Aufflackern gebracht, und das Licht beleuchtete jäh das Haupt seines Vaters; seine Züge waren entstellt, die eng an den Knochen haftende Haut hatte grünliche Farbtöne, die die Weiße des Kopfkissens, auf dem der alte Mann ruhte, noch grausiger machte; der schmerzverzerrte, halb offene, zahnlose Mund entließ Seufzer, deren unheilverkündende Stärke durch das Heulen des Sturmwinds untermalt wurde. Trotz dieser Merkmale der Auflösung strahlte über diesem Kopf eine unglaubliche Willensstärke. Hier kämpfte ein überlegener Geist gegen den Tod an. Die durch die Krankheit eingesunkenen Augen hatten eine seltsame Festigkeit bewahrt. Es war, als trachte Bartolomeo danach, durch seinen Blick, den eines Sterbenden, einen Feind zu töten, der am Fußende des Bettes hockte. Dieser kalte, starre Blick war um so erschreckender, als der Kopf in einer Reglosigkeit verharrte, die derjenigen der Schädel glich, wie sie bei Ärzten auf einem Tisch liegen. Der Körper zeichnete sich unter den Bettüchern deutlich ab; es war zu sehen, daß die Gliedmaßen des Greises die gleiche Starrheit aufwiesen. Alles war tot, bis auf die Augen. Die dem Mund entweichenden Töne schließlich hatten etwas Mechanisches. Don Juan empfand eine gewisse Scham, an das Bett seines sterbenden Vaters zu treten und ein Kurtisanensträußchen an der Brust zu tragen, das die Wohlgerüche eines Fests und die Düfte des Weins mit sich brachte.

»Du hast dich vergnügt!« rief der Greis, als er den Sohn sah.

Im gleichen Augenblick übertönte die reine, leichte Stimme einer Sängerin, die die Gäste bezauberte, verstärkt durch die Akkorde einer Viola, auf der sie sich begleitete, das Heulen des Orkans und scholl bis in das Trauergemach hinein. Don Juan wollte nichts von dieser wüsten Bestätigung hören, die seinem Vater zuteil geworden war.

Bartolomeo sagte: »Ich zürne dir deswegen nicht, mein Kind.«

Diese von Milde erfüllte Äußerung versetzte Don Juan einen Stich ins Herz; er verzieh seinem Vater diese schmerzende Güte nicht.

»Wie durchbohrt das mein Gewissen, Vater!« sagte er heuchlerisch.

»Armer Juanino«, entgegnete der Sterbende mit dumpfer

Stimme, »nicht wahr, ich bin dir gegenüber stets so sanftmütig gewesen, daß du meinen Tod nicht wünschen könntest?«

»Oh!« rief Don Juan aus, »wenn es doch möglich wäre, Euch das Leben dadurch zurückzuersetzen, daß ich einen Teil des meinen spendete!« (»Dergleichen läßt sich stets sagen«, dachte der Verschwender, »das ist, als böte ich meiner Geliebten die ganze Welt an!«) Kaum hatte er das zu Ende gedacht, als der alte Pudel bellte. Diese verstehende Stimme ließ Don Juan erbeben; er glaubte sich von dem Hund durchschaut.

»Ich habe ja gewußt, mein Sohn, daß ich mich auf dich würde verlassen können«, rief der Sterbende. »Ich werde am Leben bleiben. Laß nur, du wirst zufrieden sein. Ich werde leben, ohne dir auch nur einen einzigen der Tage zu rauben, die dein sind.«

»Er phantasiert«, sagte sich Don Juan. Dann fügte er laut hinzu: »Ja, mein geliebter Vater, freilich werdet Ihr leben, genauso wie ich, denn Euer Bild wird ohne Unterlaß in meinem Herzen sein.«

»Nicht um jenes Leben handelt es sich«, sagte der alte Edelmann und raffte seine Kräfte zusammen, um sich aufzurichten; denn es überkam ihn ein Argwohn, wie er sich nur auf dem Lager Sterbender erhebt. »Hör, mein Sohn«, fuhr er mit durch diese letzte Anstrengung ermatteter Stimme fort, »ich habe genauso wenig Lust zu sterben, wie du auf Geliebte, Wein, Pferde, Falken, Hunde und Gold verzichten willst.«

»Das glaube ich gern«, dachte da der Sohn, kniete am Lager nieder und küßte eine der leichenhaften Hände Bartolomeos. »Aber«, sprach er laut weiter, »Vater, lieber Vater, wir müssen uns dem Willen Gottes beugen.«

»Gott bin ich selber«, brummelte der Greis vor sich hin.

»Lästert nicht«, rief der junge Herr, als er die drohende Miene sah, die seines Vaters Züge annahmen. »Hütet Euch davor, Ihr habt die letzte Ölung empfangen, und ich würde untröstlich sein, wenn ich Euch im Stand der Sünde sterben sähe.«

»Willst du mir wohl zuhören!« rief der Sterbende zähneknirschend.

Don Juan verstummte. Grausige Stille herrschte. Durch das schwerfällige Zischen des Schnees schollen nach wie vor die Akkorde der Viola und die köstliche Stimme her, schwach wie ein anhebender Tag. Der Sterbende lächelte.

»Ich danke dir, daß du Sängerinnen eingeladen, daß du Musik hinzugezogen hast! Ein Fest, junge, schöne, weißhäutige Frauen mit schwarzem Haar! Alle Freuden des Lebens, heiß sie bleiben, ich will neugeboren werden.«

»Der Fieberwahn ist auf seinem Höhepunkt«, dachte Don Juan.

»Ich habe ein Mittel zur Neubelebung entdeckt. Paß auf! Such im Tischschubfach nach; du kannst es dadurch öffnen, daß du auf eine durch die Griffkralle verborgene Feder drückst.«

»Das habe ich getan, Vater.«

»Gut so; nimm ein Fläschchen aus Bergkristall heraus.«

»Hier hast du es.«

»Zwanzig Jahre habe ich gebraucht, bis ...« In diesem Augenblick fühlte der Greis sein Ende nahen; er raffte all seine Lebenskraft zusammen und sagte: »Sobald ich den letzten Seufzer getan habe, mußt du mich ganz und gar mit diesem Wasser einreiben; dann erstehe ich von neuem.«

»Es ist nur recht wenig darin«, entgegnete der junge Herr.

Zwar konnte Bartolomeo nicht mehr sprechen, doch er besaß noch die Fähigkeit zu hören und zu sehen; auf jene Bemerkung hin wandte sein Kopf sich mit einer Bewegung von erschreckender Jäheit Don Juan zu; sein Hals blieb verdreht wie derjenige eines Marmorbildes, das der Gedanke des Bildhauers dazu verurteilt hat, nach der Seite zu blicken; seine größer gewordenen Augen hatten eine abscheuliche Starre angenommen. Er war tot, gestorben beim Einbüßen seiner einzigen, seiner letzten Selbsttäuschung. Er hatte eine Zuflucht im Herzen seines Sohnes gesucht und ein noch tieferes Grab vorgefunden, als die Menschen es für gewöhnlich ihren Toten höhlen. Daher hatte sein Haar sich vor Schrekken gesträubt, und sein verkrampfter Blick war nach wie vor sprechend. Es war ein Vater, der sich voll Grimm aus der Gruft erhob und Gott um Rache bat!

»Sieh da, jetzt ist es mit dem guten Alten aus«, rief Don Juan.

Er hatte es eilig gehabt, das mysteriöse Kristallgefäß ans Licht der Lampe zu halten, so, wie ein Trinker am Ende eines Mahls seine Flasche prüft, und so hatte er seines Vaters Auge nicht erlöschen sehen. Mit klaffendem Maul starrte der Hund abwechselnd auf seinen toten Herrn und das Elixier, gerade wie Don Juan abwechselnd auf seinen Vater und die Phiole schaute. Die Lampe warf flackernden Schein. Die Stille war tief, die Viola verstummt. Belvidero zuckte zusammen im Glauben, er habe seinen Vater sich bewegen sehen. Der starre Ausdruck der anklagenden Augen jagte ihm Furcht ein; er schloß sie, wie er in einer Herbstnacht eine windgerüttelte Jalousie niedergeschoben haben würde. Reglos stand er da, in eine Welt von Gedanken versunken. Plötzlich unterbrach ein schrilles Geräusch, wie das Knirschen einer verrosteten Feder, jene Stille. Fast hätte der erschrokkene Don Juan das Fläschchen fallen lassen. Ein Schweiß, der kälter war als die Stahlklinge eines Dolchs, entquoll seinen Poren. Ein bemalter Holzhahn sprang aus einer Wanduhr und krähte dreimal. Es war einer der klug erdachten Mechanismen, durch die die Gelehrten jener Zeit sich um ihrer Arbeiten willen zu bestimmter Stunde wecken ließen. Schon rötete der anhebende Tag die Fenster. Zehn Stunden hatte Don Juan mit Grübeleien hingebracht. Getreulicher als er hatte die alte Uhr ihre Pflichten gegenüber Bartolomeo erfüllt. Jener Mechanismus bestand aus Holz, Rollen, Schnüren und Räderwerk, während er selber den dem Menschen eigenen, ein Herz genannten Mechanismus besaß. Um sich nicht der Gefahr auszusetzen, noch mehr von der geheimnisvollen Flüssigkeit einzubüßen, legte der skeptische Don Juan sie wieder in das Schubfach des kleinen, altfränkischen Tischs. In diesem feierlichen Augenblick vernahm er in den Galerien dumpfen Lärm: Es waren verworrene Stimmen, unterdrücktes Gelächter, leichte Schritte, Seidengeraschel, kurzum die Geräusche einer fröhlichen Schar, die versucht, sich zu sammeln. Die Tür ging auf, und der Prinz, Don Juans Freunde, die sieben Kurtisanen und die Sängerinnen erschienen in der grotesken Unordnung, in der sich Tänzerinnen befinden, die das Morgenlicht überrascht, wenn die Sonne mit dem verblassenden Schein der Kerzen kämpft. Sie alle waren gekommen, um dem jungen Erben das übliche Beileid auszudrücken.

»Oh! Oh! Sollte der arme Don Juan diesen Todesfall etwa ernst genommen haben?« fragte der Prinz leise die Brambilla.

»Na, sein Vater war doch ein recht guter Mensch«, antwortete sie.

Freilich hatten die nächtlichen Grübeleien den Zügen Don Juans einen so auffälligen Ausdruck aufgeprägt, daß er jene Gruppe zum Verstummen brachte. Die Herren standen reglos da. Die Frauen, deren Lippen der Wein trocken gemacht hatte und deren Wangen durch Küsse Flecken aufwiesen, waren niedergekniet und hatten zu beten begonnen. Don Juan vermochte einem Erbeben nicht zu wehren, als er wahrnahm, wie all dieser Glanz, all diese Freude, das Lachen, die Lieder, die Jugend, die Schönheit und Macht, wie das ganze Gestalt gewordene Leben sich so angesichts des Todes erniedrigte. Aber in diesem anbetungswürdigen Italien paarten Laster und Frömmigkeit sich damals so gut, daß die Frömmigkeit dort ein Laster und das Laster eine Religion waren! Der Prinz drückte überschwenglich Don Juans Hand; als dann alle Gesichter gleichzeitig die nämliche Grimasse aufgesetzt hatten, die ein Gemisch aus Kümmernis und Gleichgültigkeit war, verschwand jene Phantasmagorie, und der Raum blieb leer. Das war ein rechtes Abbild des Lebens! Beim Hinabsteigen der Treppenstufen sagte der Prinz zur Rivabarella: »Ha, wer hätte geglaubt, Don Juans Zuchtlosigkeit sei nur Prahlerei? Er liebt seinen Vater!«

»Ist Euch der schwarze Hund aufgefallen?« fragte die Brambilla.

»Jetzt ist er über die Maßen reich«, entgegnete seufzend Bianca Cavatolino.

»Was kümmert mich das?« fragte die Varoneserin[2], die nämlich, die das Konfektdöschen zerdrückt hatte.

»Wieso kümmert dich das nicht?« rief der Herzog. »Mit seinen Talern ist er ebenso Fürst wie ich.«

Zunächst hatte Don Juan, den tausend Gedanken durchwogten, zwischen mehreren Entschlüssen geschwankt. Nachdem er den von seinem Vater angehäuften Schatz zu Rate gezogen hatte, kehrte er am Abend in das Sterbezimmer zurück, die Seele schwanger von grausigem Egoismus. Er fand in dem Gemach die gesamte Dienerschaft seines Hauses vor; sie war damit beschäftigt, den Zierat des Paradebetts zusammenzutragen, auf dem der »hochselige Herr« anderntags aufgebahrt werden sollte, und zwar in einem prunkvollen Trauergemach; das war ein seltsames Schauspiel, das ganz Ferrara bewundern sollte. Don Juan gab ein Zeichen, und alle seine Leute hielten verdutzt und zitternd inne.

»Laßt mich hier allein«, sagte er mit veränderter Stimme, »ihr dürft erst in dem Augenblick wieder hereinkommen, da ich hinausgegangen bin.«

Als die Schritte des alten Dieners, der als letzter fortgegangen war, nur noch schwach auf den Fliesen hallten, schloß Don Juan hastig die Tür, und nun er sicher war, allein zu sein, rief er: »Jetzt wollen wir es versuchen!«

Bartolomeos Leiche lag auf einem langen Tisch. Um allen Augen den widerwärtigen Anblick eines Leichnams zu entziehen, den ein Übermaß von Abgelebtheit und Magerkeit einem Skelett ähneln ließ, hatten die Balsamierer über den Körper ein Tuch gebreitet, das ihn bis auf den Kopf verhüllte. Diese mumienähnliche Gestalt ruhte mitten im Zimmer; und das seinem Stoff entsprechend weiche Tuch zeichnete deren Formen von ungefähr, aber scharf, steif und hager ab. Das Antlitz war bereits von breiten, violetten Flecken gezeichnet, die auf die Notwendigkeit hinwiesen, rasch mit der Einbalsamierung zu Ende zu kommen. Trotz des Skeptizismus, mit dem Don Juan gewappnet war, zitterte er beim Öffnen der magischen Kristallphiole. Als er dicht an das Haupt gelangt war, mußte er sogar einen Augenblick warten, so bebte er. Allein dieser junge Mensch war schon beizeiten aufs trefflichste durch die Sitten eines zügellosen Hofs verdorben worden; eine des Herzogs von Urbino[3] würdige Erwägung gab ihm also einen Mut, der ein heftiges Gefühl der Neugier anstachelte; es hatte sogar den Anschein, als habe der Böse ihm die folgenden Worte eingeflüstert, die in seinem Herzen widerhallten: »Beträufle ihm ein Auge!« Er nahm einen Lappen, und nachdem er diesen knausrig mit der kostbaren Flüssigkeit angefeuchtet hatte, fuhr er damit leicht über das rechte Lid der Leiche. Das Auge öffnete sich.

»Siehe da!« sagte Don Juan und umklammerte das Fläschchen in seiner Hand, wie man im Traum den Zweig festhält, an dem man über einem Abgrund hängt.

Er erblickte ein lebensvolles Auge, ein Kinderauge in einem Totenschädel, das Licht zitterte darin in etwas jugendlich Flüssigem! Und im Schutz schöner schwarzer Wimpern funkelte es wie jene einzigartigen Schimmer, die der Wanderer an Winterabenden in einer öden Landschaft gewahrt. Dieses flammende Auge schien sich auf Don Juan stürzen zu wollen, und es dachte, klagte an, verdammte, drohte, richtete, sprach; es schrie, es stach. Alle menschlichen Eigenschaften regten sich darin. Es waren die zärtlichen Flehrufe, ein Königszorn, dann die Liebe eines jungen Mädchens, das seinen Henker um Gnade bittet; und schließlich der tiefe Blick, den ein Mensch auf die Menschen wirft, wenn er die letzte Stufe des Schafotts besteigt. Es strahlte soviel Leben aus diesem Lebensfragment, daß Don Juan erschrocken zurückwich; er ging im Zimmer auf und ab, ohne zu wagen, dieses Auge anzuschauen, das er abermals auf den Bodendielen, auf den Gobelins erblickte. Das Zimmer war übersät von Pünktchen voller Feuer, Leben und Verstehen. Überall funkelten Augen und strebten begierig zu ihm hin!

»Er würde nochmals gut und gern hundert Jahre gelebt haben«, rief er unwillkürlich aus, als ein teuflischer Einfluß ihn wieder zu seinem Vater hatte hintreten und jenen glimmenden Funken hatte betrachten lassen.

Plötzlich schloß sich das mit Verständnis begabte Lid und öffnete sich wieder jäh wie dasjenige einer Frau, die einwilligt. Hätte eine Stimme gerufen: »Ja!«, so wäre Don Juan darob nicht tiefer erschrocken gewesen.

»Was tun?« dachte er. Er brachte den Mut zu dem Versuch auf, jenes weiße Lid zu schließen. Es war vergebliche Mühe.

»Es ausstechen? Aber das wäre vielleicht Vatermord?« fragte er sich.

»Allerdings«, sagte das Auge mit einem Zwinkern von erstaunlicher Ironie.

»Haha!« rief Don Juan aus, »dahinter steckt Hexenwerk«, und er beugte sich über das Auge, um es auszudrücken. Über die hohle Wange der Leiche rollte eine dicke Träne und fiel auf Belvideros Hand.

»Sie ist heiß«, rief er und setzte sich.

Dieser Kampf hatte ihn erschöpft, als habe er, wie Jakob, mit einem Engel gerungen.

Schließlich stand er auf und sagte sich: »Wenn nur kein Blut fließt!« Dann raffte er alles zusammen, wessen es bedarf, um feige zu sein, und zerquetschte das Auge, indem er es mit einem Lappen hineindrückte, aber ohne hinzuschauen. Ein unerwartetes, aber furchtbares Ächzen wurde vernehmlich. Der arme Pudel verreckte heulend.

»Ob er es gewußt hat?« dachte Don Juan und blickte nieder auf das treue Tier.

Don Juan Belvidero galt als ein ehrfurchtsvoller Sohn. Er errichtete über dem Grab seines Vaters ein weißes Marmordenkmal und vertraute die Ausführung der Gestalten den berühmtesten Künstlern der Zeit an. Vollkommen ruhig war er erst an dem Tag, da die Statue des Vaters, vor der Pieta kniend, ihr riesiges Gewicht dieser Gruft aufdrückte, worin er die einzige Gewissensregung begraben hatte, die je sein Herz in Minuten körperlicher Mattigkeit gestreift. Als Don Juan die Bestandsaufnahme der ungeheuren Reichtümer durchführte, die der alte Orientreisende angehäuft hatte, wurde er geizig; mußte er nicht zwei Menschenleben mit Geld versehen? Sein tiefsinnig forschender Blick durchdrang das Leitprinzip des sozialen Lebens und erfaßte die Welt um so besser, als er sie durch ein Grab hindurch wahrnahm. Er analysierte die Menschen und Dinge, um ein für allemal mit der Vergangenheit fertig zu werden, die sich in der Historie darstellte; mit der Gegenwart, die durch das Gesetz verkörpert wurde, und mit der Zukunft, die die Religion entschleierte. Er nahm die Seele und die Materie, warf sie in einen Schmelztiegel und fand darin nichts, und fortan wurde er DON JUAN!

Als Herr und Meister über die Illusionen stürzte er sich, jung und schön, ins Leben; er verachtete die Welt, allein er bemächtigte sich ihrer. Sein Glück konnte nicht in der bürgerlichen Glückseligkeit bestehen, die an einem regelmäßig wiederkehrenden Milchbrei Genüge findet, an einer sanften Wärmflasche im Winter, an einer Lampe bei Nacht und an neuen Pantoffeln alle Vierteljahre. Nein, er packte das Dasein wie ein nach einer Nuß langender Affe, und ohne viel damit herumzuspielen, schälte er klüglich die vulgären Umhüllungen der Frucht ab, um deren schmackhaften Kern zu untersuchen. Das Poetische und die erhabenen Überschwänge der menschlichen Leidenschaft reichten ihm nicht einmal bis zum Spann. Er beging nicht den Fehler jener Mächtigen, die sich bisweilen einbilden, daß kleine Seelen den großen glauben, und dann versuchen, die hohen Zukunftsgedanken gegen das Kleingeld unserer Leibrentengedanken einzutauschen. Zwar hätte er, wie sie, mit den Füßen auf der Erde und dem Haupt in den Himmelsweiten einherwandeln können; doch weit lieber saß er da und trocknete unter seinen Küssen mehr als eine zärtliche, junge, duftende Frauenlippe; denn wie der Tod verschlang er dort, wo er vorüberging, alles ohne Scham; er wollte eine Liebe, die besitzt, eine orientalische Liebe mit lange währenden und leicht zu erlangenden Lüsten. Da er in der Frau lediglich »die Frau« liebte, schuf er sich aus der Ironie eine seiner Seele gemäße Haltung. Wenn seine Geliebten sich eines Bettes bedienten, um sich in den Himmel aufzuschwingen, wo sie in berauschende Ekstase versanken, so folgte Don Juan ihnen dorthin so ernst, mitteilsam und aufrichtig, wie es ein deutscher Student zu sein vermag. Jedoch er sagte ICH, wenn seine Geliebte von Sinnen und außer sich sagte WIR! Bewundernswert verstand er sich darauf, sich von einer Frau hinreißen zu lassen. Stets war er stark genug, um sie glauben zu machen, er zittere wie ein Gymnasiast, der beim Ball seine erste Tänzerin fragt: »Tanzen Sie gern?« Aber er verstand sich auch darauf, bei Gelegenheit loszubrüllen, seinen gefürchteten Degen zu ziehen und Komture niederzustechen. In seiner Schlichtheit lag Spott und in seinen Tränen Gelächter; denn stets vermochte er zu weinen wie eine Frau, wenn sie zu ihrem Mann sagt: »Schenk mir einen Wagen, oder ich sterbe an der Schwindsucht.« Für Kaufleute ist die Welt ein Warenballen oder ein Stapel im Umlauf befindlicher Wechsel; für die meisten jungen Menschen ist sie eine Frau; für manche Geister ein Salon, eine Clique, eine Wohngegend oder eine Stadt; für Don Juan war das Universum er selber! Als ein Musterbild der Eleganz und des Adels und von verführerischer Geistigkeit ließ er seine Lebensbarke an allen Gestaden anlegen; doch indem er sich leiten ließ, fuhr er nur dorthin, wohin er geführt werden wollte. Je mehr er lebte, desto mehr zweifelte er. Beim Prüfen der Menschen ahnte er oft, daß Mut Waghalsigkeit sei, Klugheit Feigherzigkeit, Edelmut Verschlagenheit, Gerechtigkeit ein Verbrechen, Zartgefühl eine Albernheit, Redlichkeit Berechnung; und durch eine seltsame

Schicksalsfügung wurde er sich bewußt, daß die wahrhaft redlichen, zartfühlenden, gerechten, großherzigen, klugen und tapferen Leute unter den Menschen keinerlei Achtung genossen. »Welch frostiger Scherz!« sagte er sich. »Er stammt von keinem Gott.« Und nun er auf eine bessere Welt verzichtet hatte, lüftete er nie mehr den Hut, wenn er jenen Namen aussprechen hörte, und betrachtete die steinernen Heiligen in den Kirchen einzig als Kunstwerke. Da er den Mechanismus der menschlichen Gesellschaft durchschaut hatte, rannte er auch nicht mehr allzusehr gegen Vorurteile an, denn er verfügte ja nicht über soviel Macht wie der Henker; vielmehr drehte und wendete er die sozialen Gesetze mit der Eleganz und dem Geist, die so gut in der Szene mit Monsieur Dimanche wiedergegeben worden sind.[4] Er war tatsächlich der Typus von Molières ›Don Juan‹, Goethes ›Faust‹, Byrons ›Manfred‹ und Maturins ›Melmoth‹. Das sind große Sinnbilder, die von den größten Genies Europas skizziert worden sind, und denen Mozarts Akkorde so wenig fehlen sollten wie vielleicht die Leier Rossinis! Schreckliche Sinnbilder, die das dem Menschen innewohnende Prinzip des Bösen verewigt, und von denen ein paar Kopien von Jahrhundert zu Jahrhundert feststellbar sind, sei es, daß dieser Typus in Unterhandlungen mit den Menschen eintritt und in Mirabeau Gestalt annimmt; sei es, daß er sich damit begnügt, schweigend zu handeln wie Bonaparte; oder das Universum in einer Ironie zusammenzuballen wie der göttliche Rabelais; oder daß er über die Menschen lacht, anstatt über die Dinge zu spotten wie der Marschall von Richelieu; und vielleicht noch besser, daß er sich gleichzeitig über Menschen und Dinge lustig macht wie unser berühmtester Gesandter.[5] Aber das tiefe Genie Don Juan Belvideros faßte schon im voraus all diese Genies zusammen. Er trieb mit allen sein Spiel. Sein Leben war ein Gespött, das Menschen, Dinge, Einrichtungen und Ideen umfaßte. Was die Ewigkeit betraf, so hatte er eine halbe Stunde lang vertraulich mit Papst Julius II. geplaudert und am Ende dieser Unterhaltung lachend zu ihm gesagt: »Wenn denn schon unbedingt eine Wahl getroffen werden muß, möchte ich lieber an Gott als an den Teufel glauben; die mit der Güte vereinte Macht bietet stets mehr an Hilfsquellen dar als der Geist des Bösen deren besitzt.«

»Ja, aber Gott will, daß man in dieser Welt Buße tue . . .«

»Denkt Ihr denn immerfort an Euern Ablaß?« hatte Belvidero geantwortet. »Meinetwegen; ich habe, um die Sünden meines ersten Lebens zu bereuen, ein ganzes zweites Dasein in Reserve.«

»Ach so, wenn du das Alter auf diese Weise auffaßt«, hatte der Papst ausgerufen, »dann riskierst du, heiliggesprochen zu werden.«

»Nachdem Ihr zum Papst gekrönt worden seid, kann man alles glauben.«

Und sie waren gegangen und hatten den Arbeitern zugeschaut, die damit beschäftigt waren, die riesige, dem heiligen Petrus geweihte Basilika zu erbauen.

»Sankt Peter ist der geniale Mann, der uns in unsere zwiefache Macht eingesetzt hat«, hatte der Papst zu Don Juan gesagt, »er verdient dieses Denkmal. Aber in mancher Nacht denke ich, daß eine Sintflut dies alles auslöschen wird, und dann heißt es, von vorn beginnen . . .«

Don Juan und der Papst hatten zu lachen begonnen; sie hatten einander verstanden. Ein Dummkopf wäre anderntags mit Julius II. zu Raffael oder in die köstliche Villa Madama gegangen, um sich dort zu ergötzen; Belvidero jedoch hat ihn das Pontifikal-Hochamt vollziehen sehen, um sich in seinen Zweifeln bestätigt zu fühlen. In einer schwachen, schwärmerischen Stunde hätte della Rovere[6] sich verleugnen und die »Apokalypse« kommentieren können.

Diese Legende ist nicht eingefügt worden, um denjenigen Material zu liefern, die Werke über das Leben Don Juans schreiben möchten; sie soll dazu dienen, ehrenwerten Leuten zu beweisen, daß Belvidero nicht bei seinem Zweikampf mit einem steinernen Gebilde umgekommen ist, wie manche Lithographen es glauben machen wollen. Als Don Juan Belvidero das sechzigste Lebensjahr erreicht hatte, ließ er sich in Spanien nieder. Dort heiratete er auf seine alten Tage eine junge, entzückende Andalusierin. Aber aus Berechnung wurde er weder ein guter Vater noch ein guter Gatte. Er hatte beobachtet, daß wir am zärtlichsten immer nur von Frauen geliebt werden, an die wir kaum je denken. Doña Elvira war im tiefsten Andalusien von einer alten Tante fromm aufgezogen worden, und zwar in einem Schloß, das ein paar Meilen von San Lucar entfernt lag; sie war ganz Opferwille und ganz Anmut. Don Juan hatte gewittert, daß dieses junge Mädchen eine Frau sein würde, die lange gegen eine Liebesleidenschaft ankämpfte, ehe sie ihr nachgab; also hoffte er, sie bis zu seinem Tod tugendhaft zu erhalten. Das war ein ernstgemeinter Scherz, eine Schachpartie, die während seiner alten Tage zu spielen er sich vorbehalten wollte. Don Juan war gewitzt durch alle Fehler, die sein Vater Bartolomeo begangen hatte; er beschloß, auch die geringsten Betätigungen seines Alters dem Gelingen des Dramas dienstbar zu machen, das sich auf seinem Sterbelager vollziehen sollte. So ließ er denn den größten Teil seiner Reichtümer in den Kellergewölben seines Palazzo zu Ferrara ruhen, wohin er sich nur selten begab. Was nun aber die andere Hälfte seines Vermögens betraf, so wurde sie in Leibrenten angelegt, um seine Frau und seine Kinder an der Dauer seines Lebens zu interessieren; das war ein Gaunerstreich, den sein Vater hätte vollführen müssen; allein diese macchiavellistische Spekulation war für ihn nicht etwa notwendig. Der junge Filippo Belvidero, sein Sohn, wurde ein ebenso gewissenhaft frommer Spanier wie sein Vater ein gottloser war, gemäß dem Sprichwort: Geizige Väter bekommen verschwenderische Söhne. Der Abt von San Lucar wurde von Don Juan dazu ausersehen, die Gewissen der Herzogin von Belvidero und Filippos zu leiten. Dieser Geistliche war ein frommer Mann von gutem Aussehen, wunderbar proportioniertem Körperbau, schönen schwarzen Augen, einem Tiberius-Kopf, der abgezehrt vom Fasten, bleich von Kasteiungen war; täglich litt er unter Versuchungen wie alle Einsiedler. Vielleicht hoffte der alte Herr, er könne noch einen Mönch umbringen, ehe er seinen ersten Lebenspakt beendet habe. Aber sei es, daß der Abbé ebenso willensstark war wie Don Juan selber, oder sei es, daß Doña Elvira mehr an Klugheit oder Tugend besaß, als Spanien den Frauen zugesteht, Don Juan war genötigt, seine letzten Tage wie ein alter Landpfarrer hinzubringen, ohne daß es in seinem Haus zu einem Ärgernis gekommen wäre. Hin und wieder machte er sich den Spaß, seinen Sohn oder seine Frau bei einer Versäumnis ihrer religiösen Pflichten zu ertappen; er bestand nämlich gebieterisch darauf, daß sie alles befolgten, was die römische Kurie den Gläubigen auferlegt hat. Kurzum, er war niemals so glücklich, als wenn er den galanten Abt von San Lucar, Doña Elvira und Filippo beim Erörtern eines Gewissensfalls belauschte. Jedoch trotz der verschwenderischen Sorgfalt, die der edle Herr Don Juan Belvidero seiner Person angedeihen ließ, nahten die Tage der Altersschwäche; mit jenem Alter der Körperschmerzen kamen die Aufschreie der Impotenz, Schreie, die um so herzzerreißender waren, je üppiger die Erinnerungen an seine schäumende Jugend und seine wollustreiche Mannesreife ihn dünkten. Dieser Mann, bei dem der letzte Grad der Spottsucht darin bestanden hatte, andere zum Glauben an Gesetze und Grundsätze zu veranlassen, über die er selber sich lustig machte, schlief abends über einem »Vielleicht« ein! Dieses Musterbild des guten Tons, dieser Herzog, der so kraftvoll bei einer Orgie, so prächtig an den Höfen, so anmutsvoll gegenüber den Frauen gewesen war, deren Herzen er geknickt hatte wie ein Bauer Weidenruten, dieser Mann von Genie litt an einer hartnäckigen Verschleimung, an einem widerwärtigen Hüftnervschmerz, einer brutalen Gicht. Er erlebte es, daß ihm die Zähne ausfielen, wie wenn am Ende unserer Abendgesellschaft die weißesten, die am besten geschmückten Damen eine nach der andern vondannen gehen und den Salon öde und kahl zurücklassen. Schließlich zitterten seine kühnen Hände, seine schlanken Beine wankten, und eines Abends drückte ihm der Schlaganfall mit seinen kralligen, eiskalten Händen die Kehle zu. Von diesem verhängnisvollen Tag an wurde er sauertöpfisch und hart. Er warf seiner Frau und seinem Sohn deren Aufopferung vor und behauptete bisweilen, ihre rührende, zartfühlende Fürsorge werde einzig so zärtlich verschwendet, weil er sein ganzes Vermögen in Leibrenten angelegt habe. Dann vergossen Elvira und Filippo bittere Tränen und verdoppelten ihre Liebesbezeigungen gegenüber dem boshaften alten Mann, dessen geborstene Stimme einen herzlichen Klang bekam, wenn er zu ihnen sagte: »Ihr Freunde, meine gute Frau, nicht wahr, ihr verzeiht mir? Ich quäle euch ein wenig. Ach, großer Gott! Wie bedienst du dich meiner, um diese beiden himmlischen Geschöpfe zu prüfen? Ich, der ich ihrer beider Freude sein müßte, bin ihre Geißel.« Auf diese Weise kettete er sie an seine Lagerstatt und ließ sie ganze Monate der Ungeduld und der Grausamkeit durch eine Stunde vergessen, da er die immer neuen Schätze seiner Anmut und einer geheuchelten Zärtlichkeit entfaltete. Das war ein überlegtes väterliches Verhalten, das ihm unendlich viel besser gelang als dasjenige, das ehedem sein Vater ihm gegenüber angewandt hatte. Schließlich gelangte er in ein Krankheitsstadium, daß, wenn er zu Bett gebracht wurde, mit ihm verfahren werden mußte wie mit einer Feluke, die in eine gefährliche Meerenge einläuft. Dann kam der Todestag heran. Dieser glänzende Skeptiker, dessen Verstand allein der grausigsten aller Zerstörungen standgehalten hatte, sah sich zwischen einem Arzt und einem Beichtvater, Leuten, die er am wenigsten leiden konnte. Doch beiden gegenüber verhielt er sich jovial. Gab es für ihn nicht ein funkelndes Licht hinter dem Vorhang des Künftigen? Auf jener Leinwand, die für die andern bleiern, für ihn jedoch durchsichtig war, tummelten sich wie Schattenbilder die unbeschwerten, die entzückenden Wonnen der Jugend.

Es geschah an einem schönen Sommerabend, daß Don Juan das Nahen des Todes verspürte. Der Himmel Spaniens war von wundervoller Reinheit; die Orangenbäume durchdufteten die Luft, die Sterne träufelten helle, kühne Lichtschimmer, die Natur schien ihm verläßliche Unterpfänder seiner Auferstehung zu geben; ein frommer, gehorsamer Sohn betrachtete ihn voller Liebe und Ehrfurcht. Gegen elf Uhr wünschte er, mit diesem treuherzigen Wesen allein zu bleiben.

»Filippo«, sagte er mit einer zärtlichen und liebevollen Stimme zu ihm, daß der Jüngling erbebte und vor Glück weinte. Nie hatte dieser unerbittliche Vater den Namen »Filippo« so ausgesprochen. »Hör mich an, mein Sohn«, fuhr der Sterbende fort. »Ich bin ein großer Sünder. Deswegen habe ich mein ganzes Leben lang an den Tod gedacht. Ehedem bin ich der Freund des großen Papstes Julius' II. gewesen. Dieser erlauchte Pontifex fürchtete, daß die maßlose Erregbarkeit meiner Sinne mich zwischen dem Augenblick, da ich aushauchen würde, und demjenigen, da ich die letzte Ölung empfangen hätte, eine Todsünde begehen ließe; da hat er mir eine Phiole geschenkt, darin sich ein geweihtes Wasser befindet, das einstmals aus Felsen in der Wüste hervorgesprudelt ist. Ich habe diese Vergeudung kirchlichen Guts geheimgehalten; aber ich bin ermächtigt worden, dieses Geheimnis meinem Sohn *in articulo mortis*[7] zu enthüllen. Ihr werdet jene Phiole im Schubfach des altfränkischen Tischs finden, der nie vom Kopfende meines Betts weggerückt worden ist . . . Auch Euch kann das kostbare Kristallfläschchen noch von Nutzen sein, mein vielgeliebter Filippo. Schwört Ihr mir bei Eurem ewigen Heil, meine Weisungen pünktlich durchzuführen?«

Filippo blickte seinen Vater an. Don Juan kannte sich nur zu gut im Ausdruck menschlicher Gefühle aus, um nicht friedlich im Vertrauen auf einen solchen Blick zu sterben, wie sein Vater beim Durchschauen des seinigen in Verzweiflung gestorben war.

»Du hättest einen andern Vater verdient«, fuhr Don Juan fort. »Ich wage es, dir zu gestehen, mein Sohn, daß ich in dem Augenblick, da der ehrwürdige Abt von San Lucar mir die Letzte Ölung reichte, an die Unvereinbarkeit zweier Mächte gedacht habe, die so weitreichend sind wie die des Teufels und die Gottes.«

»Oh, lieber Vater!«

»Und ich habe mir gesagt, daß, wenn Satan seinen Frieden schließt, er, sofern er nicht als ein großer Übeltäter gelten will, die Begnadigung seiner Anhänger fordern müßte. Dieser Gedanke verfolgt mich. Ich würde also zur Hölle fahren, mein Sohn, wenn du meinen letzten Willen nicht erfülltest.«

»Oh, sagt ihn mir schnell, lieber Vater!«

»Sobald ich die Augen geschlossen habe«, fuhr Don Juan fort, »also vielleicht schon in ein paar Minuten, mußt du meinen Körper nehmen, wenn er noch ganz warm ist, und ihn auf einem Tisch mitten in diesem Zimmer ausstrecken. Dann mußt du die Lampe dort auslöschen; das Licht der Sterne muß dir genügen. Darauf entledigst du mich meiner Kleider; und während du mehrmals ein *Pater* und ein *Ave* sprichst und deine Seele zu Gott erhebst, mußt du sorglich mit jenem geweihten Wasser zunächst meine Augen, meine Lippen und den ganzen Kopf befeuchten, und dann nacheinander die Gliedmaßen und den Körper; aber, mein geliebter Sohn, die Macht Gottes ist so groß, daß du dich über nichts wundern darfst!«

Hier fügte Don Juan, der den Tod nahen fühlte, mit schrecklicher Stimme hinzu: »Halt das Fläschchen gut fest.« Dann verschied er sanft in den Armen eines Sohns, dessen Tränen im Übermaß über das ironische, fahle Gesicht rannen.

Es war etwa Mitternacht, als Don Filippo Belvidero die Leiche seines Vaters auf den Tisch legte. Nachdem er die drohende Stirn und das graue Haar geküßt hatte, löschte er die Lampe aus. Das sanfte Licht des hellen Monds, dessen bizarre Reflexe die Landschaft überleuchteten, gestattete es dem frommen Filippo, undeutlich die Leiche seines Vaters zu erkennen; sie war wie etwas Weißes inmitten des Dunkels. Der Jüngling durchtränkte einen Lappen mit der Flüssigkeit, versenkte sich ins Gebet und salbte getreulich inmitten tiefer Stille das ihm heilige Haupt. Zwar vernahm er ein nicht zu beschreibendes Brausen, aber er schrieb es dem Spiel des Windes in den Baumwipfeln zu. Als er den rechten Arm benetzt hatte, fühlte er, wie sein Hals von einem jungen, kräftigen Arm umschlungen wurde, dem Arm seines Vaters! Er stieß einen gellenden Schrei aus und ließ die Phiole fallen; sie zerbrach. Die Flüssigkeit verdunstete. Die Dienerschaft des Schlosses kam mit Fackeln herbeigeeilt. Jener Schrei hatte sie erschreckt und überrascht, wie wenn die Posaune des Jüngsten Gerichts das Weltall erschüttert hätte. Im Handumdrehen war das Zimmer mit Menschen erfüllt. Die bebende Menge gewahrte den ohnmächtigen Don Filippo, der indessen von dem seinen Hals umschlingenden mächtigen Arm seines Vaters gehalten wurde. Dann, und das war etwas Übernatürliches, erblickten die Anwesenden den Kopf Don Juans, und dieser war so jung und so schön wie der des Antinous[8]; es war ein Kopf mit schwarzem Haar, glänzenden Augen und scharlachrotem Mund, er schwankte auf erschreckende Weise hin und her, ohne das Skelett bewegen zu können, dem er angehörte. Ein alter Diener schrie auf: »Ein Wunder!« Und all diese Spanier wiederholten: »Ein Wunder!« Doña Elvira war allzu fromm, um an die Wunder der Magie zu glauben; sie ließ den Abt von San Lucar holen. Als der Prior mit eigenen Augen das Wunder betrachtete, beschloß er, als Mann von Geist und als Abt daraus Nutzen zu ziehen; er verlangte ja nichts Besseres, als seine Einkünfte zu steigern. Sogleich erklärte er, der edle Don Juan würde unfehlbar heiliggesprochen werden; er kündigte an, die Feier der Apotheose müsse in seinem Kloster stattfinden; dieses solle, so sagte er, fortan »San Juan de Lucar« heißen. Bei diesen Worten schnitt der Kopf eine drollige Grimasse.

Das Wohlgefallen der Spanier an dergleichen Feierlichkeiten ist so bekannt, daß man sich unschwer den religiösen Zauberspuk vorstellen kann, mit dem die Abtei San Lucar die Überführung des »hochseligen Don Juan Belvidero« in ihre Kirche beging. Ein paar Tage nach dem Tod des erlauchten Edelmanns wurde das Wunder seiner unvollkommenen Auferstehung in einem Umkreis von mehr als fünfzig Meilen rings um San Lucar so munter von Dorf zu Dorf weitererzählt, daß es bereits eine Komödie war, die Neugierigen auf den Landstraßen zu betrachten; sie kamen von allen Seiten, herbeigelockt durch ein *Te Deum*, das bei Kerzenschimmer gesungen wurde. Das Kloster San Lucar, eine ehemalige Moschee, ein wundervolles, von den Mauren errichtetes Bauwerk, dessen Gewölbe seit dreihundert Jahren den Namen Jesu-Christi vernahmen, der an die Stelle desjenigen Allahs getreten war, konnte die herbeigeströmte Menge, die der Feierlichkeit beiwohnen wollte, nicht fassen. Dicht gedrängt wie Ameisen umstanden Hidalgos in Samtmänteln, mit ihren guten Degen bewaffnet, die Pfeiler, ohne Platz zum Beugen ihrer Knie zu finden, die sich einzig dort beugten. Reizende Bäuerinnen, deren weite Oberröcke verliebte Formen abzeichneten, gaben weißhaarigen Greisen den Arm. Junge Leute mit feurigen Augen standen neben alten, schmuckbehangenen Frauen. Ferner hatten sich vor Wohlbehagen zitternde Paare eingefunden, neugierige Bräute, die von ihren Liebhabern hingeführt worden waren; Neuvermählte; Kinder, die einander ängstlich an den Händen hielten. Es war eine buntfarbene Welt glänzender Gegensätze, blumenbeladen, farbig durchwirkt; sie vollführte einen verhaltenen Lärm im Schweigen der Nacht. Die breiten Pforten der Kirche taten sich auf. Die zu spät Gekommenen und draußen Gebliebenen sahen in der Ferne durch die drei offenen Portale eine Szene, von der die nebelhaften Dekorationen unserer modernen Opern nur eine schwache Vorstellung zu geben vermögen. Fromme und Sünder, die es eilig hatten, die Gnade eines neuen Heiligen zu erlangen, zündeten zu dessen Ehren Tausende von Kerzen in jener weitläufigen Kirche an, eigennützige Lichter, die dem Bauwerk einen zauberhaften Anblick liehen. Die dunklen

Arkaden, die Säulen und deren Kapitelle, die tiefen, von Gold und Silber schimmernden Kapellen, die Galerien, die sarazenischen Zacken, die zartesten Einzelzüge dieser zarten Bildhauerkunst hoben sich in jener überschwenglichen Lichtfülle ab wie die launischen Gestalten, die sich in einem rotglühenden Kohlenbecken bilden. Es war ein Ozean von Flammen, im Hintergrund der Kirche überstrahlt vom vergoldeten Chor, in dem sich der Hauptaltar erhob; seine Glorie hätte mit der einer aufgehenden Sonne wetteifern können. Wirklich, der Glanz der goldenen Lampen, der vielarmigen Silberleuchter, der Banner, der Quasten, der Heiligen und der Weihbilder verblaßte vor dem Sargschrein, in dem Don Juan lag. Die Leiche des Gottlosen funkelte und strahlte von Edelsteinen, Blumen, Kristallen, Diamanten, Federn, die weiß waren wie die Fittiche eines Seraphs; sie hatte auf dem Altar die Stelle eines Christusbilds eingenommen. Rings um sie her schimmerten zahlreiche Kerzen und schwangen flammende Wogen in die Lüfte. Der gute Abt von San Lucar, geschmückt mit den priesterlichen Gewändern, auf dem Haupt die mit kostbaren Steinen verzierte Mitra, im Chorhemd, mit goldenem Krummstab, saß, als Gebieter des Chors, auf einem fürstlichen Prunksessel inmitten seiner Geistlichkeit; sie bestand aus leidenschaftslosen, silberhaarigen Greisen, gekleidet in feine Meßhemden; sie umgaben ihn wie die heiligen Bekenner, die die Maler um den Ewigen scharen. Der Leiter der Chorsänger und die Würdenträger des Kapitels im Schmuck der glänzenden Insignien ihrer kirchlichen Eitelkeit kamen und gingen, umhüllt von Weihrauchwolken, wie Sterne, die am Firmament kreisen. Als die Stunde des Triumphs gekommen war, erweckten die Glocken den Widerhall des offenen Landes, und die ungeheure Schar schleuderte Gott den ersten Lobesschrei entgegen, mit dem das *Te Deum* anhebt. Ein erhabener Anruf! Es waren reine, schwerelose Stimmen, Stimmen verzückter Frauen, untermischt mit den ernsten, kraftvollen Stimmen der Männer, Tausende so mächtiger Stimmen, daß die Orgel trotz des Gedröhns ihrer Pfeifen das Gesamt nicht übertönte. Einzig die schrillen Töne der jungen Stimmen der Chorknaben und die breiten Töne einiger Bässe ließen anmutige Gedanken entstehen und malten die Kindheit und die Kraft in diesem bezaubernden Konzert menschlicher Stimmen, die im Gefühl der Liebe zusammenschmolzen.

»Te Deum laudamus!«

Aus der Tiefe dieser Kathedrale, die dunkel war von knienden Frauen und Männern, stieg dieser Gesang auf wie ein Licht, das plötzlich in der Nacht aufglänzt, und die Stille wurde unterbrochen wie durch einen Donnerschlag. Die Stimmen stiegen zusammen mit den Weihrauchwolken auf, die jetzt durchscheinende, bläuliche Wolken über die phantastischen Wunder der Architektur warfen. Alles war Reichtum, Duft, Licht und Melodie. Gerade als diese Musik der Liebe und der Dankbarkeit sich dem Altar entgegenschwang, antwortete Don Juan, der zu höflich war, um nicht zu danken, und zu geistreich, um keinen Spaß zu verstehen, durch ein grausiges Auflachen und spreizte sich in seinem Schrein. Aber da der Teufel ihn an die Möglichkeit denken ließ, er könne für einen gewöhnlichen Menschen gehalten werden, für einen Heiligen, einen Bonifacius, einen Pantaleone, störte er diese Liebesmelodie durch ein Geheul, dem sich tausend Stimmen der Hölle zugesellten. Die Erde segnete, der Himmel fluchte. Der Kirchenbau erzitterte darob auf seinen alten Fundamenten.

»Te Deum laudamus!« sang die Gemeinde.

»Geht alle zum Teufel, stumpfsinnige Bestien, die ihr seid! Gott, Gott! *Carajos demoniis*[9], ihr Tiere, wie blöd seid ihr mit euerm Gott-Greis!«

Und eine Sturzflut von Flüchen ergoß sich wie ein glühender Lavastrom bei einem Ausbruch des Vesuvs.

»Deus sabaoth! Sabaoth!« schrien die Christen.

»Ihr beleidigt die Majestät der Hölle!« antwortete Don Juan mit zähneknirschendem Mund.

Bald konnte der lebendige Arm aus dem Schrein hinauslangen und bedrohte die Gemeinde mit Gesten der Verzweiflung und der Ironie.

»Der Heilige segnet uns«, sagten die alten Weiber, die Kinder und die Verlobten, leichtgläubige Leute.

So wird man oft getäuscht, wenn man anbetend verehrt. Der Überlegene spottet derer, die ihm Komplimente machen, und bisweilen macht er denen Komplimente, deren er in tiefstem Herzensgrund spottet.

Als der vor dem Altar kniende Abt sang: »*»Sancte Johannes, ora pro nobis!«*, hörte er ziemlich deutlich: *»O coglione.«*[10]

»Was geschieht denn da oben?« rief der Subprior, als er den Schrein sich bewegen sah.

»Der Heilige spielt den Teufel«, antwortete der Abt.

Da löste der lebendige Kopf sich mit einem Ruck von dem nicht mehr lebenden Körper und fiel auf den gelben Schädel des Messe haltenden Priesters.

»Gedenke Doña Elviras«, schrie der Kopf und verbiß sich in den des Abtes.

Dieser stieß einen so gräßlichen Schrei aus, daß die Zeremonie gestört wurde. Alle Priester stürzten herbei und umringten ihren Oberherrn.

»Du Narr, sag doch, gibt es einen Gott?« schrie die Stimme, als der ins Gehirn gebissene Abt verschied.

Anmerkungen

Das Lebenselixier

1 Charles-Robert Maturin (1782–1824), irischer Romanschriftsteller und Dramatiker, Geistlicher, befreundet mit Scott und Byron, ein Klassiker des »Schauerromans«. Sein Hauptwerk ist ›Melmoth the Wanderer‹, ausgezeichnet durch einen vorzüglichen Stil. Balzac schrieb zu diesem Roman eine Art Fortsetzung in ›Melmoths Aussöhnung‹.

2 Balzac schreibt »Varonèse«, was entweder ein Druckfehler für »Véronèse« ist oder eine Ableitung aus dem Namen des Dorfes Varone zwischen Riva und Arco am Gardasee, berühmt durch einen Wasserfall in einer düsteren Klamm.

3 Lorenzo II. Medici (1492–1519), Vater der Katharina von Medici, 1516 von Papst Leo X. zum Herzog von Urbino ernannt.

4 Molière, ›Le Festin de pierre‹, IV, 3 und 4.

5 Der Fürst Talleyrand.

6 Familienname Julius' II.

7 Lat.: In meiner Todesstunde.

8 Bithynischer Sklave, Lustknabe des Kaisers Hadrian, stürzte sich, wohl um sich für seinen Herrn zu opfern, in den Nil. Hadrian benannte nach ihm ein Sternbild. Seine jugendliche Schönheit wurde sprichwörtlich. Es sind zahlreiche antike Statuen des Antinous von etwas weichlicher Schönheit erhalten.

9 Span.: Zum Teufel mit den bösen Geistern!

10 Ital.: O du Dummkopf!

Biographische Notizen über die Romangestalten

Das Lebenselixier

Die Gestalten der Novelle ›Das Lebenselixier‹ treten in der ›Menschlichen Komödie‹ nicht wieder auf.

Die Verbannten

Übertragung von Ernst Sander

Seiner Angabe nach hat Balzac die Novelle ›Les Proscrits‹ im Oktober 1831 geschrieben; sie wurde indessen bereits am 1. Mai 1831 in der ›Revue de Paris‹ vorabgedruckt, und zwar in drei Kapitel eingeteilt (Le Sergent de Ville; Le Docteur en Théologie; Le Poète). Im September des gleichen Jahres erfolgte die erste Buchausgabe im III. Band der ›Romans et Contes philosophiques‹. Mit der Widmung »Almae Sorori« (»Der segenspendenden Schwester«) an Laure Surville versehen und mit ›Louis Lambert‹ und ›Séraphîta‹ vereint, bildeten jene drei Kapitel im Februar 1836 das ›Livre mystique‹. 1840 wurden sie, ohne die Widmung, zusammen mit ›Massimilla Doni‹, ›Gambara‹ und ›Séraphîta‹ als ›Livre des douleurs‹ in der 4. Lieferung der ›Etudes philosophiques‹ zusammengefaßt. 1846 wurde die Novelle, jetzt wieder mit der Widmung an die Schwester Laure und ohne die Kapiteleinteilung, dem XIV. Band der ›Menschlichen Komödie‹ eingegliedert.

Im Jahre 1308 gab es auf dem »Terrain«[1], das oberhalb der Cité hinter der Kirche Notre-Dame aus Anschwemmungen und den Sandbänken der Seine entstanden ist, nur wenige Häuser. Der erste, der es wagte, sich auf diesem von häufigen Überschwemmungen heimgesuchten Stück Strand ein Haus zu erbauen, war ein Häscher[2] der Stadt Paris, der den Herren vom Kapitel Notre-Dame ein paar unbedeutende Dienste geleistet hatte; zur Belohnung hatte der Bischof ihm fünfundzwanzig Ruten Landes verpachtet und ihm jeden Zins und alle Abgaben für seine dortigen Bauvorhaben erlassen. Sieben Jahre vor dem Tag, da diese Geschichte beginnt, hatte somit Joseph Tirechair[3], einer der rauhesten Pariser Büttel, wie sein Name beweist, dank seines Anteils an den Bußen, die er für in den Straßen der Cité begangene Delikte eintrieb, sein Haus am Seine-Ufer erbaut, und zwar am äußersten Ende der Rue du Port-Saint-Landry[4]. Um die am

Hafen gelagerten Güter vor jeder Beschädigung zu bewahren, hatte die Stadt eine Art Schutzwall aus Mauerwerk errichten lassen, der noch auf einem der alten Pariser Stadtpläne zu sehen ist; er schützte das Pfahlwerk des Hafens dadurch, daß er an der Spitze des »Terrains« die Kräfte der Fluten und der Treibeismassen brach; daraus hatte der Häscher Nutzen für die Anlage seines Hauses gezogen, so daß man, um hineinzugelangen, mehrere Stufen hinaufsteigen mußte. Gleich allen Häusern jener Zeit wurde auch jene Wohnstatt von einem Spitzdach überragt; es bildete über der Fassade die obere Hälfte einer Raute. Zum Bedauern der Geschichtsschreiber gibt es nur noch wenige Beispiele für solcherlei Dächer in Paris. Eine runde Öffnung erhellte den Speicher, wo die Frau des Häschers die Wäsche des Kapitels zu trocknen pflegte, denn sie genoß die Ehre, für Notre-Dame zu waschen, was gewiß keine unbedeutende Betätigung war. Im ersten Stock waren zwei Kammern, die in guten und schlechten Jahren jedes für vierzig Pariser Sous an Fremde vermietet wurden; das war ein übertrieben hoher Preis, der übrigens durch den Luxus gerechtfertigt wurde, den Tirechair bei ihrer Ausstattung hatte obwalten lassen. Flandrische Gobelins schmückten die Wände, ein großes Bett mit einem Umhang aus grüner Serge, denjenigen der Bauern ähnlich, war stattlich mit Matratzen versehen und mit guten Laken aus feiner Leinwand bezogen. Jedes Gelaß hatte seinen Wärmer[5], eine Art Ofen, dessen Beschreibung sich erübrigt. Der von den Lehrmädchen der Madame Tirechair sorgfältig gepflegte Fußboden glänzte wie das Holz eines Reliquienschreins. Anstatt der Schemel hatten die Mieter als Sitzgelegenheit große, kirchenstuhlartige, geschnitzte Sessel aus Nußbaumholz, die sicherlich der Plünderung irgendeines Schlosses entstammten. Zwei mit Zinn inkrustierte Truhen, ein Tisch mit gewundenen Säulen vervollständigten ein Mobiliar, das der vornehmsten Bannerherren, die ihre Geschäfte nach Paris führten, würdig gewesen wäre. Die Glasfenster der beiden Zimmer gingen auf den Fluß hinaus. Aus dem einen hätte man nur die Ufer der Seine und die drei unbebauten Inseln sehen können, deren beide erste später vereinigt worden sind und die heutige Ile Saint-Louis bilden; die dritte war die Ile Louviers[6]. Aus dem andern hätte man durch eine Lücke des Hafens Saint-Landry das Stadtviertel Grève, den Pont Notre-Dame mit seinen Häusern[7] und die hohen Türme des Louvre gewahrt, die unlängst von Philippe-Auguste[8] erbaut worden waren und das schäbige, armselige Paris beherrschten, das der Phantasie der modernen Dichter so viele falsche Wunder vorspiegelt.[9] Der Unterteil von Tirechairs Haus, um uns eines damals im Schwang befindlichen Ausdrucks zu bedienen, bestand aus einem großen Raum, in dem seine Frau arbeitete; um in ihre Zimmer zu gelangen, mußten die Mieter dort hindurchgehen und dann eine Treppe hinaufsteigen, die wie die einer Mühle war. Dahinter befanden sich die Küche und das Schlafzimmer; beide hatten einen Ausblick nach der Seine hin. Ein dem Fluß abgewonnenes Gärtchen breitete am Fuß dieser bescheidenen Wohnstatt seine Grünkohlbeete, seine Zwiebeln und ein paar Rosenbüsche aus, die von eine Art Hecke bildenden Pfählen geschützt wurden. Eine aus Holz und Lehm gezimmerte Hütte diente einem großen Hund als Unterkunft, dem für dieses einzeln stehende Haus notwendigen Wächter. Bei dieser Hütte begann eine Einfriedigung, in der Hühner gackerten; ihre Eier wurden an die Domherrn verkauft. Hier und dort auf dem je nach den Launen der Pariser Witterung schlammigen oder trokkenen »Terrain« erhoben sich einige kleine, beständig vom Wind gepeitschte, gepeinigte oder von den Spaziergängern beschädigte Bäume, lebenskräftige Weiden, Binsen und hohes Gras. Das Grundstück, die Seine, der Hafen und das Haus wurden im Westen von der gewaltigen Basilika Notre-Dame umrahmt, die, nach dem Belieben der Sonne, ihren kalten Schatten auf diesen Erdenwinkel warf. Damals wie heute gab es in Paris keine einsamere Stätte, keine feierlichere und schwermütigere Gegend. Einzig die laute Stimme der Wasser, der Gesang der Priester oder das Pfeifen des Windes waren etwas Störendes in dieser Art Lustwäldchen, wo sich mitunter verliebte Pärchen an Land setzen ließen, um einander ihre Geheimnisse anzuvertrauen, wenn die Gottesdienste die dem Kapitel Angehörenden in der Kirche festhielten.

An einem Aprilabend des Jahres 1308 kam Tirechair außergewöhnlich mißgelaunt nach Hause. Seit drei Tagen hatte er auf dem öffentlichen Weg alles in bester Ordnung vorgefunden. In seiner Eigenschaft als Mann der Polizei ärgerte ihn nichts so sehr, als zu sehen, daß er überflüssig sei. Grimmig warf er seine Hellebarde beiseite und brummte undeutliche Worte vor sich hin, während er sich seines halb roten, halb blauen Wamses entledigte und einen schäbigen Ziegenhaarrock anzog. Dann nahm er ein Stück Brot aus der Lade, strich Butter darauf, setzte sich auf eine Bank, musterte seine weißgekalkten vier Wände, zählte die Balken seiner Zimmerdecke, beäugte sein häusliches Handwerkszeug, das an Nägeln hing, fluchte über eine Sorgfalt, die ihm nichts zu sagen übrigließ, und schaute seiner Frau zu, die kein Wort sagte, während sie die Meßhemden und Chorgewänder der Sakristei bügelte.

»Bei meinem Seelenheil«, sagte er, um ein Gespräch anzuspinnen, »ich weiß nicht, Jacqueline, wo du deine Lehrmädchen auffischst. Die da zum Beispiel«, fügte er hinzu und deutete auf eine Arbeiterin, die ziemlich ungeschickt eine Altardecke zusammenfaltete, »tatsächlich, je mehr ich sie ansehe, desto mehr meine ich, sie ähnele einer in ihren Körper Vernarrten und nicht einer wakkeren, derben Landmagd. Weiße Hände wie eine Dame hat sie! Weiß der Himmel, ich glaube, ihr Haar riecht nach Parfüm! Und ihre Achselbänder sind feiner als die einer Königin. Beim doppelt gehörnten Mohammed, die Dinge hier wollen mir nicht gefallen.«

Die Arbeiterin wurde rot und schielte zu Jacqueline mit einer Miene hin, in der sich ein Gemisch von Furcht und Stolz ausdrückte. Die Waschfrau beantwortete diesen Blick mit einem Lächeln, unterbrach ihre Arbeit und sagte mit spitzer Stimme zu ihrem Mann: »Das ist denn doch! Mach mich bloß nicht ungeduldig! Willst du mir etwa Hinterhältigkeiten vorwerfen? Trotte übers Straßenpflaster, soviel du willst, aber steck nicht die Nase in das, was hier vorgeht, außer wenn es sich darum handelt, in Ruhe und Frieden zu schlafen, deinen Wein zu trinken und zu essen, was ich dir auf den Tisch stelle; sonst nehme ich es nicht länger auf mich, dich froh und gesund zu erhalten. Suche mir einer jemanden in der ganzen Stadt, der glücklicher ist als dieser Alte da!« fügte sie hinzu und schnitt ihm eine vorwurfsvolle Grimasse. »Er hat Geld im Säckel, ein eigenes Haus an der Seine, eine verläßliche Hellebarde an der einen Seite, eine ehrsame Frau an der andern, eine Wohnung, die so sauber und schmuck wie mein Augapfel ist; und so einer beklagt sich wie ein Pilger, der die Kränke[10] hat!«

»Haha!« entgegnete der Häscher, »glaubst du, Jacqueline, ich hätte Lust zu erleben, daß mein Haus niedergerissen, meine Hellebarde einem andern gegeben und meine Frau an den Schandpfahl gebunden wird?«

Jacqueline und die zierliche Arbeiterin erbleichten.

»Rück doch mit der Sprache heraus«, erwiderte lebhaft die Waschfrau, »und laß sehen, was du in deinem Sack hast. Ich merke nur zu gut, mein Junge, daß du seit ein paar Tagen dummes Zeug in deinem armseligen Gehirn herumschleppst. Also vorwärts, haspele mir deinen Rosenkranz herunter. Du mußt ein arger Feigling sein, wenn du ein bißchen Zank fürchtest, wo du doch die Hellebarde im Sprechraum der Bürgerschaft[11] trägst und unter dem Schutz des Kapitels stehst. Die Domherren würden über das Kirchspiel das Interdikt verhängen, wenn Jacqueline sich bei ihnen über den leisesten Schimpf beschwerte.«

Mit diesen Worten ging sie stracks auf den Häscher zu und packte ihn beim Arm: »Komm doch«, sprach sie weiter, ließ ihn aufstehen und führte ihn zu den Treppenstufen.

Als sie am Flußufer in ihrem Gärtchen standen, blickte Jacqueline ihren Mann mit spöttischer Miene an: »Vernimm, alter Tagedieb, wenn jene schöne Dame unser Haus verläßt, wandert ein Goldstück in unsern Spartopf.«

»Oh! Oh!« stieß der Büttel hervor und stand nachdenklich und mundtot vor seiner Frau da. Doch bald fuhr er fort: »Erledigt sind wir dennoch. Warum kommt diese Frau zu uns?«

»Sie besucht den hübschen kleinen Gelehrten, den wir da oben wohnen haben«, entgegnete Jacqueline und zeigte auf die Kammer, die einen Ausblick auf die weite Fläche der Seine hatte.

»Verflucht und zugenäht!« rief der Häscher. »Für ein paar elende Taler richtest du mich zugrunde, Jacqueline. Ist das ein Gewerbe, mit dem die wackere, keusche Frau eines Büttels sich abgeben darf? Aber wenn jene Dame auch Gräfin oder Baronin sein möge, sie würde uns nicht aus der Falle herausholen, in die wir früher oder später geraten müssen! Hätten wir nicht einen mächtigen, tödlich beleidigten Ehemann gegen uns? Denn, zum Henker, sie ist sehr schön.«

»Unsinn, sie ist Witwe, du elender Dummkopf! Wie kannst du es wagen, deine Frau der Schmutzigkeit und der Dummheit zu bezichtigen? Noch nie hat jene Dame mit unserm netten Gelehrten gesprochen; sie begnügt sich damit, ihn zu sehen und an ihn zu denken. Der arme Junge! Ohne sie wäre er längst Hungers gestorben, denn sie ist gewissermaßen seine Mutter. Und er, der Engel? Es ist ebenso leicht, ihn hinters Licht zu führen wie ein neugeborenes Kind zu wiegen. Er glaubt, seine paar Kröten reichten nach wie vor, und dabei hat er sie seit einem halben Jahr schon zweimal aufgegessen.«

»Weib«, antwortete der Häscher ernst und zeigte ihr die Place de Grève[12], »weißt du noch, daß wir von hier aus das Feuer gesehen haben, in dem neulich die Dänin[13] geröstet worden ist?«

»Na, und?« fragte Jacqueline erschrocken.

»Ja, und!« entgegnete Tirechair. »Die beiden Fremden, die wir beherbergen, haben ebenfalls Brandgeruch. Man kann weder auf das Kapitel, eine Gräfin noch auf Protektion bauen. Bald ist Ostern, das Jahr ist um, da müssen unsere Gäste vor die Tür gesetzt werden, und zwar schleunigst. Willst du einen Büttel Galgenvögel zu erkennen lehren? Unsere beiden Gäste haben mit der Porratte Umgang gehabt, der Ketzerin aus Dänemark oder Norwegen, deren letzten Schrei du von hier aus gehört hast. Das war ein beherztes Teufelsweib; sie hat auf dem Scheiterhaufen nicht mit der Wimper gezuckt, was überreichlich ihr intimes Verhältnis mit dem Teufel beweist: Ich habe sie gesehen, wie ich dich vor mir sehe; sie predigte den Dabeistehenden noch etwas vor, sagte, sie sei im Himmel und sehe Gott. Na ja, seit jenem Tag habe ich nicht mehr ruhig im Bett gelegen. Der über uns schlafende Herr ist sicherlich mehr Hexenmeister als Christ. Bei meinem Bütteltum! Mich überläuft es kalt, wenn dieser Alte an mir vorübergeht; keine Nacht schläft er; wenn ich aufwache, hallt seine Stimme wie Glockengedröhn, und ich höre ihn in der Sprache der Hölle seine Beschwörungen machen; hast du ihn je ein anständiges Stück Brot oder eine Fouace[14] essen sehen, die die Hand eines katholischen Bäckers gefertigt hat? Seine braune Haut hat das Höllenfeuer verbrannt und dunkel getönt. Herrgott im Himmel, seine Augen üben einen Zauberbann aus wie die der Schlangen! Jacqueline, ich will diese beiden Männer nicht im Haus haben. Ich lebe dem Gericht allzunahe, um nicht zu wissen, daß man unter keinen Umständen etwas mit ihnen zu schaffen haben darf. Du mußt unsere beiden Mieter vor die Tür setzen: Den Alten, weil er mir verdächtig vorkommt, und den Jungen, weil er gar zu niedlich ist. Beide erwecken den Anschein, als hätten sie nichts mit Christenmenschen zu tun; sie leben bestimmt nicht, wie wir leben; der Kleine betrachtet immerfort den Mond, die Sterne und die Wolken wie ein Hexenmeister, der nach der Stunde ausschaut, da er seinen Besen besteigen kann; und der andere Duckmäuser bedient sich sicherlich des armen Jungen für irgendwelche Zauberstücke. Meine Spelunke liegt ohnehin über dem Fluß; mir genügt dieser Grund für ein Unglück, ohne daß ich auch noch das Feuer des Himmels oder die Liebe einer Gräfin darauf zu ziehen brauchte. Ich habe gesprochen. Jetzt murre du nicht.«

Ungeachtet des Despotismus, den Jacqueline im Haus ausübte, stand sie verdutzt da, als sie die donnernde Anklagerede des Häschers wider ihre beiden Gäste hörte. Unwillkürlich blickte sie gerade zum Fenster des Zimmers hinauf, in dem der alte Mann wohnte, und sie zuckte vor Entsetzen zusammen, als sie dort plötzlich dessen düsteres, melancholisches Gesicht und den tiefen Blick gewahrte, die den Büttel hatten erbeben lassen, so sehr er es auch gewohnt sein mußte, Verbrecher zu sehen.

Zu jener Zeit zitterten alle, Kleine und Große, Geistliche und Laien bei dem Gedanken an eine übernatürliche Macht. Das Wort »Magie« besaß die gleiche Gewalt wie der Aussatz, Gefühle zu zerstören, gesellige Bindungen zu zerbrechen und in den edelmütigsten Herzen das Mitleid zu Eis erstarren zu lassen. Der Frau des Häschers fiel unversehens ein, daß sie ihre beiden Gäste niemals wie andere Menschenwesen habe handeln sehen. Obgleich die Stimme des Jüngeren weich und melodisch war wie Flötentöne, vernahm sie sie so selten, daß sie versucht war, sie für die Auswirkung von Zauberei zu halten. Wenn sie sich die seltsame Schönheit dieses weißen und rosigen Gesichts vorstellte, wenn sie sich im Rückdenken jenes blonde Haar und das feuchte Aufglänzen jenes Blicks vergegenwärtigte, vermeinte sie darin die Künste Satans zu erkennen. Es fiel ihr ein, daß sie bisweilen tagelang auch nicht das leiseste Geräusch bei den beiden Fremden gehört habe. Wo mochten sie während dieser langen Stunden weilen? Mit einmal fiel ihr eine Fülle der seltsamsten Umstände ein. Sie wurde völlig von Furcht überwältigt und wollte einen Beweis der Zauberei in der Liebe erblicken, die die reiche Dame jenem jungen Godefroid entgegenbrachte, einem armen Waisenknaben, der von Flandern nach Paris gekommen war, um an der Universität zu studieren. Rasch fuhr sie mit der Hand in eine ihrer Taschen und entnahm ihr hastig vier in Tours geprägte Münzen, große Weißpfennige, und besah die Geldstücke mit einem Gefühl des Geizes, darein sich Angst mischte.

»Es ist doch nicht etwa falsches Geld?« fragte sie und zeigte ihrem Mann die Silberstücke. »Ferner«, fügte sie hinzu, »wie können wir sie aus dem Haus werfen, nachdem wir die Miete für das nächste Jahr im voraus erhalten haben?«

»Frag den Dechanten des Kapitels um Rat«, antwortete der Büttel. »Liegt es nicht bei ihm, uns zu sagen, wie wir uns ungewöhnlichen Menschenwesen gegenüber zu verhalten haben?«

»Ach ja, recht ungewöhnlichen«, rief Jacqueline aus. »Welch eine Arglist! Herzukommen und sich im Schoß von Notre-Dame einzunisten! Aber«, sprach sie weiter, »warum sollte man nicht, ehe der Dechant um Rat gefragt wird, jene adlige, würdige Dame vor der Gefahr warnen, die sie läuft?«

Nach diesen Worten gingen Jacqueline und der Häscher, der sich deswegen keine grauen Haare hatte wachsen lassen, zurück ins Haus. Tirechair als in den Kniffen und Pfiffen seines Berufs gealterter Mann tat, als halte er die Unbekannte für eine echte Arbeiterin; doch diese zur Schau getragene Gleichgültigkeit ließ die Scheu eines Höflings durchblicken, der ein königliches Inkognito respektiert. In diesem Augenblick schlug es vom Turm von Saint-Denis-du-Pas[15] sechs Uhr, einer kleinen Kirche zwischen Notre-Dame und dem Hafen Saint-Landry, der ältesten in Paris auf der gleichen Stelle erbauten Kathedrale, wo, wie die Chroniken aussagen, der heilige Dionysius auf den Rost gelegt worden war. Sogleich flog der Stundenschlag von Glockenturm zu Glockenturm über die ganze Cité. Plötzlich erhob sich verworrenes Geschrei am linken Ufer der Seine hinter Notre-Dame, dort, wo es von den Schulen der Universität wimmelte. Auf dieses Zeichen hin begann Jacquelines bejahrter Gast sich in seinem

Zimmer zu regen. Der Häscher, seine Frau und die Unbekannte hörten das ungestüme Öffnen und Zuwerfen einer Tür und das Hallen des schweren Schritts des Fremden auf den Stufen der Binnentreppe. Die Verdächtigungen des Büttels liehen der Erscheinung dieser Persönlichkeit ein so hohes Interesse, daß sein Gesicht wie auch dasjenige Jacquelines unversehens einen absonderlichen Ausdruck annahmen, der die Dame heftig bewegte. Da die Unbekannte, wie alle Liebenden, das Erschrecken des Paars auf ihren Schützling bezog, wartete sie mit einer gewissen Unruhe auf das Geschehnis, das die Furcht ihrer angeblichen Dienstherrschaft angekündigt hatte.

Der Fremde blieb eine kurze Weile auf der Türschwelle stehen und musterte die drei Leute, die sich in dem großen Raum befanden; er schien darin nach seinem Gefährten zu suchen. Der Blick, den er hineinwarf, hatte zwar etwas Sorgloses, allein er verwirrte die Herzen. Es wäre wirklich für jedermann, und sogar für den Mutigsten, unmöglich gewesen, nicht einzugestehen, daß die Natur diesem dem Anschein nach übernatürlichen Wesen gewaltige Kräfte zugeteilt habe. Obwohl seine Augen ziemlich tief eingesunken unter den großen, von den Brauen gebildeten Bögen lagen, wirkten sie wie die eines Milans, weil sie in so breite Lider eingefügt und von einem so tiefschwarzen Ring umsäumt waren, der sich oben auf seiner Wange abzeichnete, daß die Augäpfel herauszuspringen schienen. Dieses magische Auge hatte etwas unbestimmt Despotisches und Durchdringendes, das die Seele durch einen schweren, gedankenträchtigen Blick packte, einen glänzenden, hellen Blick wie der der Schlangen oder der Vögel; allein es war ein Blick, der betäubte, der durch die schnelle Übermittlung eines ungeheuren Unglücks oder einer übermenschlichen Macht zermalmte. Alles harmonierte mit diesem Blick aus Blei und Feuer, der starr und beweglich, streng und ruhig war. Zwar schienen in diesem großen Adlerauge die irdischen Regungen irgendwie ausgelöscht; aber das magere, trockene Gesicht wies zugleich die Spuren unseliger Leidenschaften und großer, durchlebter Ereignisse auf. Die Nase fiel steil ab und verlängerte sich so, daß erst die Nasenflügel ihr Halt zu gebieten schienen. Die Gesichtsknochen wurden nachdrücklich durch die geraden langen Falten betont, die die fleischlosen Wangen durchhöhlten. Alles, was in seinem Gesicht eine Vertiefung bildete, wirkte düster. Man hätte von dem Bett eines Bergstroms sprechen können, bei dem die Gewalt der hindurchgeflossenen Fluten durch die Tiefe der Furchen bestätigt wurde, die von einem grausigen, ewig währenden Kampf zeugten. Gleich den Spuren, die die Ruder eines Bootes auf den Wassern hinterlassen, betonten die breiten Falten, die von beiden Seiten seiner Nase ausgingen, kräftig sein Antlitz und gaben seinem Mund, der fest und ohne Schweifungen war, einen Charakter von bitterer Traurigkeit. Oberhalb des Orkans, der sich auf diesem Antlitz abzeichnete, erhob sich seine ruhige Stirn mit einer gewissen Kühnheit und krönte es wie eine Marmorkuppel. Der Fremde bewahrte jene unerschrockene, ernste Haltung, die des Unglücks gewohnte Menschen bezeigen, Menschen, die von der Natur dazu geschaffen worden sind, gleichmütig den wütenden Massen zu trotzen und großen Gefahren ins Auge zu schauen. Er schien sich in einer nur ihm gehörenden Sphäre zu bewegen, von der aus er über der Menschheit schwebte. Gerade wie sein Blick besaß seine Gestik eine unwiderstehliche Macht; seine fleischlosen Hände waren die eines Kriegers; man mußte die Augen niederschlagen, wenn die seinen sich hineintauchten, und gleichermaßen mußte man zittern, wenn sein Wort oder seine Gebärde einen in der Seele traf. Wenn er einherschritt, umgab ihn eine schweigende Majestät, die es mit sich brachte, daß man ihn für einen Despoten ohne Leibwache, für einen Gott ohne Strahlenkranz hielt. Seine Kleidung fügte den Gedanken, die das Seltsame seines Verhaltens oder seiner Züge auslöste, ein übriges hinzu. Seele, Körper und Gewand bildeten auf diese Weise einen Einklang, der auch die kälteste Phantasie beeindrucken mußte. Er trug eine Art ärmellosen Chorhemds aus schwarzem Tuch, das vorn zusammengerafft war und bis zur halben Beinhöhe herabfiel; es ließ ihm, da ohne Kragen, den Hals frei. Auf dem Kopf hatte er eine Samtkappe ähnlich derjenigen eines Priesters; sie zog eine Kreislinie oberhalb seiner Stirn, und es lugte darunter kein einziges Haar hervor. Es war ein Gewand strengster Trauer, das düsterste, das ein Mann anzulegen vermochte. Ohne ein langes Schwert, das an einem Ledergurt an seiner Seite hing und das man durch einen Schlitz des schwarzen Überrocks gewahrte, würde ein Geistlicher ihn wie einen Bruder gegrüßt haben. Obwohl er mittleren Wuchses war, wirkte er groß; wenn man ihm jedoch ins Antlitz schaute, war er gigantisch.

»Die Stunde hat geschlagen, das Boot wartet, kommt Ihr nicht?«

Auf diese in schlechtem Französisch gesprochenen Worte hin, die in der Stille jedoch ohne weiteres verständlich waren, wurde im Nebenzimmer ein leises Geräusch vernehmlich, und der junge Mensch kam mit vogelhafter Schnelligkeit herab. Als Godefroid erschien, färbte das Antlitz der Dame sich purpurn; sie zitterte, bebte und verhüllte es mit ihren weißen Händen. Jede Frau würde diese innere Bewegung beim Betrachten eines etwa zwanzigjährigen Mannes geteilt haben, dessen Wuchs und Körperformen indessen so schmächtig waren, daß man auf den ersten Blick gemeint hätte, einen Knaben oder irgendein verkleidetes Mädchen vor sich zu haben. Sein schwarzes Barett, einer Mütze ähnlich, wie die Basken sie zu tragen pflegen, ließ eine schneeweiße Stirn sehen, auf der Anmut und Unschuld mit einer göttlichen Lieblichkeit leuchteten, die der Widerschein einer von Gläubigkeit erfüllten Seele war. Die Phantasie der Dichter hätte darauf wohl nach jenem Stern gesucht, den – ich weiß nicht in welchem Märchen – die Patenfee, auf Bitten der Mutter, der Stirn ihres wie Moses den Wellen ausgelieferten Kindes aufprägt. Liebe atmeten die unzähligen blonden Locken, die ihm auf die Schultern niederfielen. Sein Hals, ein wahrer Schwanenhals, war weiß und von wundervoller Rundung. Seine lebensvollen, klaren blauen Augen schienen den Himmel zu spiegeln. Seine Gesichtszüge und der Schnitt seiner Stirn waren von einer Vollendung, einer Zartheit, die einen Maler entzückt hätten. Die höchste Schönheit, die in Frauenantlitzen unversiegbare Gefühlswallungen in uns auslöst, die erlesene Reinheit der Linien, die leuchtende Aureole, die anbetungswürdige Züge überlagerte, vermählten sich mit männlichen Tönungen, die zu einer noch knabenhaften Kraft köstliche Gegensätze bildeten. Mit einem Wort, es war eins jener melodischen Gesichter, die, auch wenn sie stumm sind, zu uns sprechen und uns anziehen; nichtsdestoweniger hätte man, wenn man es mit ein wenig Aufmerksamkeit betrachtete, darin vielleicht eine gewisse Welkheit wahrgenommen, die ein großer

Gedanke oder die Leidenschaft aufprägt, und zwar in einem matten Grün, das ihn einem jungen, in der Sonne sich entfaltenden Blatt ähneln ließ. Daher war kein Gegensatz jäher und lebhafter als derjenige, den das Nebeneinander dieser beiden Menschenwesen darbot. Es war einem, als sehe man einen schwachen Strauch in der Höhlung einer alten Weide wachsen, die von der Zeit hart mitgenommen, vom Blitz gespalten und altersschwach ist, einer jener hoheitsvollen Weiden, wie die Maler sie bewundern; das furchtsame Sträuchlein sucht darin Schutz vor Gewitterstürmen. Der eine war ein Gott, der andere ein Engel; dieser der Dichter, der fühlt; jener der Dichter, der vermittelt; ein leidender Prophet, ein Levit im Gebet. Beide gingen schweigend vorüber.

»Habt Ihr gemerkt, wie er ihn hergepfiffen hat?« rief der Stadtbüttel, als der Schritt der beiden Fremdlinge auf dem Strandkies nicht mehr vernehmlich war. »Ist es nicht ein Teufel mit seinem Pagen?«

»Uff!« antwortete Jacqueline, »mir ist die Luft weggeblieben. Nie zuvor hatte ich unsere Gäste so aufmerksam betrachtet. Für uns Frauen ist es ein Unglück, daß der Böse ein so nettes, nobles Aussehen annehmen kann!«

»Ja, bespreng ihn mit Weihwasser«, rief Tirechair, »und dann wirst du sehen, wie er sich in eine Kröte verwandelt. Ich will alles der Behörde melden.«

Als die Dame diesen Ausruf vernahm, erwachte sie aus der Gedankenverlorenheit, in der sie versunken gewesen war, und blickte den Häscher an, der seinen blauen und roten Rock anzog.

»Wohin wollt Ihr eilen?« fragte sie.

»Die Justiz benachrichtigen, daß wir Hexenmeister beherbergen, wenn auch mit äußerstem Widerstreben.«

Die Unbekannte begann zu lächeln.

»Ich bin die Gräfin Mahaut«, sagte sie und erhob sich mit einer Würde, die den Büttel ganz verdutzt machte. »Hütet Euch, Euern Gästen auch nur die leiseste Ungelegenheit zu bereiten. Ehrt vor allem den Alten; ich bin ihm beim König, Euerm Gebieter, begegnet, und der hat ihn höflich empfangen; Ihr wärt schlecht beraten, wenn Ihr ihm das geringste Hindernis bereiten würdet. Was meinen Aufenthalt in Euerm Haus betrifft, so laßt kein Wort darüber verlauten, wenn Euch das Leben lieb ist.«

Die Gräfin verstummte und versank abermals in tiefes Sinnen. Doch bald hob sie wieder den Kopf, gab Jacqueline ein Zeichen, und beide stiegen in Godefroids Zimmer hinauf. Die schöne Gräfin schaute sich das Bett an, die prunkhaften Holzstühle, die Truhe, die Wandbehänge, und zwar beglückt wie ein Verbannter, der bei der Heimkehr die eng aneinander gescharten Dächer seiner Geburtsstadt betrachtet, wenn er am Fuß eines Hügels sitzt.

»Wenn du mich nicht getäuscht hast«, sagte sie zu Jacqueline, »verspreche ich dir hundert Taler in Gold.«

»Seht, Madame«, antwortete die Zimmerwirtin, »der arme Engel ist ohne Mißtrauen; dies ist sein ganzes Gut!«

Mit diesen Worten öffnete Jacqueline ein Tischschubfach und zeigte ein paar Pergamente.

»O du grundgütiger Gott!« rief die Gräfin und ergriff einen Vertrag, der plötzlich ihre Aufmerksamkeit erregt hatte und auf dem sie las: *»Gothofredus Comes Gantinuus* (Godefroid, Graf von Gent)«.

Sie ließ das Pergament fallen, fuhr sich mit der Hand über die Stirn, fühlte sich wohl bloßgestellt, daß sie ihre Erschütterung Jacqueline hatte sehen lassen, und nahm wieder eine kühle Haltung an.

»Ich bin zufrieden!« sagte sie.

Dann ging sie hinab und verließ das Haus. Der Häscher und seine Frau traten auf die Türschwelle und sahen sie den Weg zum Hafen einschlagen. Dort lag ein Boot vertäut. Als das Scharren der Schritte der Gräfin vernehmlich wurde, erhob sich unvermittelt ein Schiffer, half der schönen Arbeiterin beim Niedersitzen auf einer Bank und legte sich in die Riemen, daß das Boot wie eine Schwalbe seineabwärts flog.

»Wie dumm du doch bist!« sagte Jacqueline und schlug dem Büttel vertraulich auf die Schulter. »Morgen früh haben wir hundert Goldtaler verdient.«

»Ich beherberge ebenso ungern große Herrn wie Hexenmeister. Ich weiß nicht, wer von beiden uns schneller an den Galgen bringt«, antwortete Tirechair und langte sich seine Hellebarde.

»Ich mache jetzt«, fuhr er fort, »meine Runde durch Champfleuri[16]. Ach, daß doch Gott uns schütze und mich einer Gälin begegnen ließe, die heute abend ihre Goldringe angesteckt hat, damit sie im Dunkel leuchtet wie ein Glühwurm[17]!«

Die allein im Haus gebliebene Jacqueline stieg eiligst in das Zimmer des unbekannten großen Herrn hinauf; sie wollte versuchen, dort irgendwelche Auskünfte über diese mysteriöse Angelegenheit aufzustöbern. Wie jene Gelehrten, die sich unendliche Mühe geben, die klaren und einfachen Prinzipien der Natur zu komplizieren, hatte sie sich bereits einen ungestalten Roman zusammengeschmiedet, der das Zusammentreffen jener drei Persönlichkeiten unter ihrem ärmlichen Dach erklären sollte. Sie durchwühlte die Truhe, untersuchte alles, vermochte indessen nichts Ungewöhnliches zu entdecken. Sie erblickte auf dem Tisch lediglich ein Schreibzeug und ein paar Pergamentblätter; aber da sie nicht zu lesen verstand, konnte dieser Fund sie nichts lehren. Ein weibliches Gefühl führte sie nochmals in das Zimmer des schönen Jünglings, von dessen Fenster aus sie ihre beiden Gäste die Seine im Boot des Fährmanns überqueren sah.

»Wie zwei Bildsäulen sind sie«, sagte sie sich. »Siehe da, sie gehen an der Rue du Fouarre[18] an Land. Wie behend doch der hübsche kleine Kerl ist! Er ist an Land gehüpft wie ein Dompfaff. Neben ihm wirkt der Alte wie ein steinerner Heiliger an der Kathedrale. Sie gehen zur ehemaligen Schule der Vier Nationen[19]. Da! Jetzt sehe ich sie nicht mehr. – Hier lebt er also, der arme Cherubim!« fuhr sie fort und betrachtete die Möbel im Zimmer. »Wie galant und angenehm er doch ist! Ach, diese Edelleute, die sind doch aus anderem Stoff als wir geschaffen!«

Und Jacqueline ging wieder nach unten, nachdem sie mit der Hand über die Bettdecke gefahren war, die Truhe abgestaubt und sich seit einem halben Jahr zum hundertstenmal gefragt hatte: »Womit, zum Teufel, verbringt er nur den lieben langen Tag? Er kann doch nicht immer nur den blauen Himmel und die Sterne anschauen, die Gott da droben aufgehängt hat wie Laternen. Der liebe Junge hat Kummer. Aber warum sprechen der alte Magister und er fast nie miteinander?« Dann verwirrte sie sich in ihren Gedanken; sie verwirrten sich in ihrem Weiberhirn wie eine Garndocke.

Der Greis und der Jüngling waren in eine der Schulen hineingegangen, die zu jener Zeit die Rue du Fouarre so berühmt in Europa gemacht hatten. Der erlauchte Sigier[20], der bedeutendste Doktor der mystischen Theologie an der Pariser Universität, bestieg gerade sein Katheder, als die beiden Mieter Jacquelines in der alten Ecole des Quatre-Nations einen großen, niedrigen Raum betreten hatten, der in gleicher Höhe mit der Straße lag. Die kalten Bodenfliesen waren mit frischem Stroh belegt, auf das sich eine ansehnliche Schar von Studenten mit einem Knie stützte, während sie auf dem andern die Stegreifrede des Meisters mit Hilfe jener Abkürzungen mitstenographierte[21], die die modernen Entzifferer zur Verzweiflung treiben. Der Saal war gedrängt voll, und zwar nicht nur von Schülern, sondern auch von den vornehmsten Männern der Geistlichkeit, des Hofes und der Gerichtsbarkeit. Es befanden sich ausländische Gelehrte darunter, Adlige und reiche Bürger. Dort waren jene breiten Gesichter, jene vorspringenden Stirnen, jene ehrwürdigen Bärte anzutreffen, die uns beim Erblicken von mittelalterlichen Bildnissen etwas wie ein Gefühl der Frömmigkeit gegenüber unsern Vorfahren einflößen. Hagere Gesichter mit glänzenden, tiefliegenden Augen, überragt von Schädeln, die in den Mühen einer ohnmächtigen Scholastik, der Lieblingsleidenschaft jenes Jahrhunderts, gelb geworden waren, hoben sich von jungen, glühenden Köpfen ab, von ernsten Männern, von Kriegergesichtern, von den kupferroten Backen einiger Finanzleute. Jene Vorlesungen, jene Abhandlungen, jene Thesen, die von den glänzendsten Genies des dreizehnten und vierzehnten Jahrhunderts gehalten wurden, erregten die Begeisterung unserer Vorväter; sie waren deren Stierkämpfe, deren italienische Opern, deren Tragödie, deren große Tänzer, kurzum, deren gesamtes Theater. Die Mysterienspiele kamen erst nach diesen geistig-geistlichen Kämpfen, aus denen vielleicht die französische dramatische Literatur hervorgegangen ist. Eine beredte Inspiration, die das Anziehende der geschickt gehandhabten menschlichen Stimme, die Subtilitäten der Beredsamkeit und kühne Forschungen in den Geheimnissen Gottes wieder vereinigte, tat damals aller Neugier genug, erregte die Seelen und stellte das Schauspiel jener Zeit dar. Die Theologie faßte nicht nur die Wissenschaften zusammen, sie war die Wissenschaft an sich, wie es ehedem bei den Griechen die Grammatik gewesen ist, und sie bot denjenigen eine fruchtbare Zukunft dar, die sich in solcherlei Duellen auszeichneten, bei denen die Redner mit dem Geist Gottes rangen wie Jakob. Die Gesandtschaften, die Schiedssprüche zwischen den Herrschern, die Kanzlerschaften, die kirchlichen Würden hatten Männer inne, deren Worte in den theologischen Kontroversen geschärft worden waren. Das Katheder war die Tribüne des Zeitalters. Dieses System blieb bis zu dem Tag am Leben, da Rabelais der Zungendrescherei durch seine schrecklichen Spöttereien den Garaus machte, wie Cervantes durch eine geschriebene Komödie dem Rittertum den Todesstoß versetzte.

Um dieses außerordentliche Jahrhundert und den Geist zu verstehen, der ihm die heute unbekannten, wenngleich gewaltigen Meisterwerke diktierte, kurzum, um sich alles darin, sogar seine Barbarei, zu erklären, genügt es, sich eingehend mit der Verfassung der Universität Paris zu beschäftigen und das damals in Kraft befindliche absonderliche Lehrsystem zu überprüfen. Die Theologie zerfiel in zwei Fakultäten, die der *Theologie* im eigentlichen Sinn, und die der *Kirchensatzungen.* Die theologische Fakultät hatte drei Sektionen: die Scholastik, die Kanonik und die Mystik. Es wäre langweilig, die Befugnisse dieser verschiedenen Teile der Wissenschaft zu erklären, da nur einer davon, die Mystik, Gegenstand dieser Studie ist. Die *mystische Theologie* umfaßte das Gesamt der *göttlichen Offenbarungen* und die Erklärung der *Geheimnisse,* der *Mysterien.* Dieser Zweig der alten Theologie ist heimlich unter uns in Ehren geblieben. Jakob Boehme[22], Swedenborg[23], Martinez Pasqualis[24], Saint-Martin[25], Molinos[26], die Damen Guyon[27], Bourignon[28] und Krüdener[29], die große Sekte der Ekstatiker[30] und die der Illuminaten[31] haben in unterschiedlichen Epochen würdig die Lehren jener Wissenschaft bewahrt, deren Anfang etwas Erschreckendes und Gigantisches hat. Heute wie in den Zeiten des Doktors Sigier handelt es sich darum, dem Menschen Flügel zu geben, um in das Heiligtum einzudringen, darin Gott sich unsern Blicken verbirgt.

Diese Abschweifung war zum Verständnis der Szene notwendig, der der Greis und der Jüngling, die vom Terrain bei Notre-Dame gekommen waren, jetzt beiwohnten; ferner dürfte sie diese

Studie, die gewisse vorschnelle Beurteiler der Lüge und der Übertreibung zeihen könnten, vor allen Vorwürfen schützen.

Der Doktor Sigier war hochgewachsen und stand im besten Mannesalter. Seine Züge, die durch die Annalen der Universität vor der Vergessenheit bewahrt worden sind, boten frappante Ähnlichkeiten mit denjenigen Mirabeaus dar. Seinem Gesicht war das Siegel einer ungestümen, feurigen, erschreckenden Beredsamkeit aufgeprägt. Der Doktor trug auf der Stirn die Merkmale religiöser Frömmigkeit und glühenden Glaubens, die seinem Doppelgänger freilich fehlten. Zudem besaß seine Stimme einen überzeugenden Wohllaut, eine glänzende, einschmeichelnde Klangfarbe.

In diesem Augenblick färbte das Licht, das die aus kleinen, bleigefaßten Scheiben bestehenden Fenster knausrig verbreiteten, jene Versammlung mit launischen Tönungen, weil es da und dort durch die Mischung von Helle und Düsternis kräftige Kontraste schuf. Hier funkelten in dunklen Winkeln Augen; dort schien schwarzes Haar über in Schatten getauchten Gesichtern aufzuleuchten; ferner wirkten mehrere kahle Schädel, die einen schwachen Kranz weißen Haars bewahrt hatten, über der Menge wie von Mondschein versilberte Mauerzinnen. Alle dem Doktor zugewandten Köpfe verharrten stumm in Ungeduld. Die monotonen Stimmen der andern Professoren, deren Schulen in der Nähe gelegen waren, hallten in der stillen Straße wider wie das Rauschen von Meereswogen. Die Schritte der beiden Unbekannten, die gerade angelangt waren, erregten allgemeine Aufmerksamkeit. Doktor Sigier, der just das Wort hatte ergreifen wollen, sah den majestätischen Greis stehen, suchte ihm mit den Augen einen Platz, und da er keinen fand, so groß war die Menge, stieg er hinab, trat mit ehrfurchtsvoller Miene auf ihn zu, ließ ihn sich auf die Stufen des Katheders setzen und bot ihm dazu einen Schemel an. Die Versammelten begrüßten diese Gunstbezeigung mit einem langen, beifälligen Gemurmel; sie hatten in dem Greis den Helden einer bewunderungswürdigen These erkannt, die unlängst in der Sorbonne verfochten worden war. Der Unbekannte warf auf das Auditorium, über dem er erhaben saß, jenen tiefen Blick, aus dem eine ganze Dichtung des Leidens sprach, und diejenigen, die er damit traf, empfanden ein unerklärliches Erschauern. Der Knabe, der dem Greis gefolgt war, hatte sich auf eine der Stufen gesetzt und lehnte sich in einer entzückenden Haltung der Anmut und der Kümmernis an das Katheder. Die Stille wurde tief; die Türschwelle, sogar die Straße wurde innerhalb weniger Augenblicke von einer Fülle von Schülern verstopft, die den übrigen Hörsälen entströmt waren.

Der Doktor Sigier sollte in einer letzten Darlegung die Theorien zusammenfassen, die er in den vorhergegangenen Vorlesungen über die Auferstehung, über Himmel und Hölle aufgestellt hatte. Seine seltsame Lehre entsprach den Sympathien des Zeitalters und befriedigte das maßlose Verlangen nach dem Wunderbaren, das die Menschen in allen Weltaltern gequält hat. Jene Bemühung des Menschen, eine Unendlichkeit zu erfassen, die ohne Unterlaß seinen gebrechlichen Händen entgleitet, dieser letzte Kampf des Denkens mit sich selbst war ein würdiges Vollbringen einer Versammlung, in der alle Leuchten des Jahrhunderts glänzten, in der vielleicht die am weitesten schweifende unter allen menschlichen Vorstellungskräften funkelte. Zunächst erinnerte der Doktor auf schlichte Weise, mit sanfter Stimme und ohne Emphase an die jüngst dargelegten Hauptpunkte.

»Kein geistiges Wesen, keine Intelligenz war je einer andern gleich. Besaß der Mensch das Recht, von seinem Schöpfer Rechenschaft über die Ungleichheit der einem jeden verliehenen geistigen Kräfte zu verlangen? Mußte man nicht, ohne unversehens in die Absichten Gottes eindringen zu wollen, als Tatsache anerkennen, daß infolge ihrer allgemeinen Unähnlichkeiten die Intelligenzen in große Sphären eingeteilt seien? Gibt es nicht von der Sphäre an, wo die geringste Intelligenz schimmert, bis zu der am meisten durchscheinenden, in der die Seelen den Weg gewahren, auf dem sie zu Gott gelangen können, eine wirkliche Stufenleiter der Geistigkeit? Haben die einundderselben Sphäre angehörenden Geister einander nicht von je brüderlich in der Seele, im Leiblichen, im Denken und im Gefühl verstanden?«

Von da an entwickelte der Doktor wundervolle Theorien bezüglich der Sympathien. In biblischer Sprache erklärte er die Phänomene der Liebe, die instinktiven Abneigungen, die lebhaften Anziehungen, die die Gesetze des Raums verleugnen, die plötzlichen Kohäsionen von Seelen, die einander wiederzuerkennen scheinen. Was die verschiedenen Grade der Stärke betrifft, die unsern Zuneigungen innewohnen, so fand er eine Lösung dafür in dem mehr oder weniger vom Mittelpunkt entfernten Platz, den die Wesen innerhalb der ihnen zugehörigen Kreise innehaben. Er enthüllte auf mathematische Weise einen großen Gottesgedanken in der Koordinierung der unterschiedlichen menschlichen Sphären. Im Menschen, sagte er, hätten jene Sphären eine vermittelnde Welt zwischen der Intelligenz des Viehs und der Intelligenz der Engel geschaffen. Nach ihm nährte das *göttliche* Wort das *geistig-geistliche* Wort; das *geistig-geistliche* Wort nährte das *beseelte* Wort, das *beseelte* Wort nährte das *animalische* Wort, das *animalische* Wort nährte das *vegetalische* Wort, und das *vegetalische* Wort war Ausdruck des Lebens des *sterilen* Worts. Die aufeinanderfolgenden Verwandlungen der Schmetterlingspuppe, die Gott auf diese Weise unseren Seelen auferlegt habe, und die Art infusorischen Lebens, das sich von einer Zone zur andern immer lebendiger, immer geistiger, immer hellseherischer rege, entwickele verworren, oder vielleicht bezulänglich wundersam für seine unerfahrenen Zuhörer, die Bewegung, die der Allerhöchste der Natur habe zuteil werden lassen. Mit Hilfe zahlreicher den heiligen Schriften entlehnter Abschnitte, deren er sich bediente, um sich selber zu kommentieren, um durch faßbare Bilder abstrakte Gedankengänge auszudrücken, die ihm fehlten, schwang er den Geist Gottes wie eine Fackel durch die Tiefen der Schöpfung, und zwar mit der ihm eigenen Beredsamkeit, deren Betonungen um die Überzeugung seines Auditoriums warben. Indem er dieses geheimnisschwere System in allen seinen Folgerungen darlegte, gab er den Schlüssel zu allen Symbolen, rechtfertigte er die Berufungen, die besonderen Begabungen, die menschlichen Genies und Talente. Plötzlich wurde er aus Instinkt zum Physiologen und erstattete Bericht über die auf Menschengesichtern sich zeigenden Tierähnlichkeiten durch uranfängliche Analogien und durch die aufsteigende Bewegung der Schöpfung. Er ließ die Lauschenden dem Spiel der Natur beiwohnen; er wies den Mineralien, der Pflanze, dem Tier eine Sendung, eine Zukunft zu. Die Bibel in der Hand, gestand er, nachdem er die Materie vergeistigt und den Geist materialisiert, nachdem er den Willen Gottes in alles hatte eingehen lassen und Achtung auch für seine geringsten Werke geboten hatte, die Möglichkeit zu, durch den Glauben von einer Sphäre in die andere zu gelangen.

Das war der erste Teil seines Vortrags; er wandte darin die Lehre durch geschickte Abschweifungen auf das Feudalsystem an. Die religiöse und profane Poesie, die sprunghafte Beredsamkeit der Zeit hatten eine breite Laufbahn in dieser riesigen Theorie, in der alle philosophischen Systeme des klassischen Altertums verschmolzen waren, aus denen jedoch der Doktor sie geklärt, gereinigt und verwandelt wieder hatte hervorgehen lassen. Die falschen Dogmen von den zwei Prinzipien und diejenigen des Pantheismus zerfielen unter seinem Wort, das die göttliche Einheit verkündete und dadurch Gott und seinen Engeln die Kenntnis der Endzwecke überließ, deren Mittel so herrlich vor den Augen des Menschen aufglänzten. Gewappnet mit Beweisen, durch die er die materielle Welt erklärte, erbaute der Doktor Sigier eine geistige Welt, deren stufenweise erhobene Sphären uns von Gott schieden, wie die Pflanze von uns Menschen durch eine Unendlichkeit zu durchschreitender Kreise entfernt ist. Er bevölkerte den Himmel, die Gestirne, die Planeten und die Sonne. Im Namen des heiligen Paulus bekleidete er die Menschen mit einer neuen Macht; es wurde ihnen verstattet, von Welt zu Welt emporzusteigen bis an die Quelle des ewigen Lebens. Jakobs mystische Leiter war zugleich die religiöse Formel dieses göttlichen Geheimnisses und der traditionelle Beweis der Tatsache. Er schweifte durch die Raumesweiten und nahm die begeisterten Seelen auf den Fittichen seines Worts mit sich; er machte seinen Zuhörern das Unendliche dadurch spürbar, daß er sie in den himmlischen Ozean eintauchte. So erklärte der Doktor logisch die Hölle durch andere Kreise, die in umgekehrter Ordnung zu den glänzenden Sphären gelagert waren, die zu Gott hin strebten, Sphären, in denen Schmerz und Finsternisse an die Stelle des Lichts und des Geistes getreten waren. Die Qualen wirkten genauso selbstverständlich wie die Entzückungen. Die Vergleichspunkte bestanden in den Übergängen des menschlichen Lebens, in seinen verschiedenen Atmosphären von Schmerz und Intelligenz. Auf diese Weise wurden die ungewöhnlichsten Fabeleien von der Hölle und vom Fegefeuer auf natürliche Weise realisiert. Er deduzierte bewundernswürdig die fundamentalen Gründe unserer Tugenden. Der fromme Mensch, der in Armut einherwandelt, der stolz auf sein Gewissen ist, immer in Frieden mit sich selbst lebt und darauf beharrt, daß er sich in seinem Herzen nicht belügt, trotz des steten Erblickens des triumphierenden Lasters, war ein gestrafter, gefallener Engel, der sich seines Ursprungs erinnerte, seine Belohnung ahnte, seine Aufgabe erfüllte und seiner schönen Sendung nachkam. Die erhabenen Entsagungen des Christentums erschienen jetzt in ihrer ganzen Glorie. Er stellte die Märtyrer auf lodernde Scheiterhaufen und entkleidete sie fast ihrer Verdienste, indem er sie ihrer Leiden entkleidete. Er zeigte den *inneren* Engel in den Himmelsweiten auf, während der *äußere* Mensch vom Eisen der Henker zerbrochen wurde. Er schilderte, er ließ an gewissen himmlischen Merkmalen Engel inmitten der Menschen erkennen. Dann entriß er dem Mutterschoß des Verstehens den wahren Sinn des Wortes Sturz oder Fall, das sich in allen Sprachen wiederfindet. Dann übernahm er die fruchtbarsten Überlieferungen, um unsern wahren Ursprung zu beweisen. Mit Klarsicht erklärte er die Leidenschaft aller Menschen, sich zu erheben, aufzusteigen; das sei ein instinktiver Ehrgeiz, eine ständige Enthüllung unseres Geschicks. Mit einem Blick umfaßte er das gesamte Weltall und schilderte die Substanz Gottes, der wie ein riesiger Strom, geschwellt bis an die Ufer, vom Mittelpunkt zu den äußersten Grenzen, von den äußersten Grenzen zum Mittelpunkt fließe. Die Natur sei etwas Einmaliges und Kompaktes. Im dem Augenschein nach unscheinbarsten Werk wie in dem ausgedehntesten gehorche alles diesem Gesetz. Alles Geschaffene reproduziere davon im Kleinen ein genaues Abbild, sei es der Saft der Pflanze, sei es das Blut des Menschen, sei es die Bahn der Gestirne. Er häufte Beweis auf Beweis und gab seinen Gedanken stets durch ein Bild von melodischer Poesie Gestalt. Übrigens kam er kühn etwaigen Einwänden zuvor. So zerschmetterte er selber durch beredte Fragestellungen die Monumente unserer Wissenschaften und die überflüssigen Wiederholungen der Menschen, zu deren Aufstellung die Gesellschaft die Elemente der irdischen Welt verwende. Er fragte, ob unsere Kriege, all unser Unglück, unsere Verderbtheiten die große Bewegung zu hemmen vermöchten, die Gott allen Welten aufgeprägt habe? Er machte die menschliche Ohnmacht dadurch lächerlich, daß er unsere überall erloschenen Bemühungen aufzeigte. Er beschwor die Manen von Tyrus, Karthago und Babylon; er befahl Babel, befahl Jerusalem, vor Gericht zu erscheinen; er suchte darin, ohne sie zu finden, die vergänglichen Spuren des kulturbringenden Pflugs. Die Menschheit schwankte über die Welt hin wie ein Schiff, dessen Kielwasser unter der ruhigen Oberfläche des Ozeans verschwindet.

Das waren die Grundgedanken der Rede, die der Doktor Sigier gehalten, Gedanken, die er in die mystische Sprache und das zu jener Zeit übliche, bizarre Latein gekleidet hatte. Die Heilige Schrift, die er sich zum Spezialstudium erkoren, hatte ihm das Rüstzeug geliefert, in dem er in seinem Jahrhundert auftrat, um dessen Fortschreiten zu beschleunigen. Wie durch einen Mantel verhüllte er seine Kühnheit durch ein großes Wissen, und seine Philosophie durch die Untadeligkeit seiner Lebensgewohnheiten. Nachdem er seine Zuhörerschaft Gott von Angesicht zu Angesicht hatte erschauen lassen, nachdem er die Welt an einen Gedanken geknüpft und den der Welt zugrundeliegenden Gedanken fast entschleiert hatte, musterte er jetzt die unter Herzklopfen schweigende Versammlung und befragte den Fremden durch einen Blick. Sicherlich hatte die Anwesenheit dieses seltsamen Wesens ihn angestachelt; er fügte folgende Worte hinzu, die jetzt frei waren von dem verderbten Latein des Mittelalters:

»Woraus könnte der Mensch eurer Meinung nach seine fruchtbaren Wahrheiten entnehmen, wenn nicht unmittelbar aus dem Schoß Gottes? Wer bin ich? Der schwache Mittler einer einzigen Zeile, die der mächtigste der Apostel uns vermacht hat, einer einzigen Zeile unter tausend gleichermaßen lichtstrahlenden. Früher als wir alle hat der heilige Paulus gesagt: ›*In Deo vivimus, movemur et sumus.*‹ (In Gott leben, weben und sind wir.) Heute, da wir weniger gläubig und an Wissen reicher, oder weniger gebildet und ungläubiger sind, würden wir den Apostel fragen, wozu denn diese Bewegung gut sei? Wohin dieses in Zonen aufgeteilte Leben führe? Was diese Intelligenz nütze, die bei den verworrenen Wahrnehmungen des Marmors beginne, und von Sphäre zu Sphäre bis zum Menschen, bis zum Engel, bis zu Gott fortschreite? Wo denn die Quelle sei, wo das Meer? Ob das Leben, wenn es durch die Welten und die Sterne, durch die Materie und den Geist hindurch zu Gott gelangt sei, wieder zu einem andern Ziel hinabsteigen müsse? Ihr möchtet das Universum von beiden Seiten zugleich sehen. Ihr würdet den Herrscher vergöttern unter der Bedingung, daß ihr euch ein Weilchen auf seinen Thron setzen dürftet. Wahnwitzige, die wir sind! Wir sprechen den intelligentesten Tieren die Gabe ab, unsere Gedanken und den Zweck unserer Handlungen zu verstehen; wir sind mitleidlos gegenüber den Geschöpfen der niederen Sphären; wir verjagen sie aus unserer Welt; wir leugnen ihre Fähigkeit, das menschliche Denken zu erraten, und dabei möchten wir die höchsten aller Ideen kennen, die Idee der Idee! Wohlan, so geht! Brecht auf! Steigt durch den Glauben von Himmelskörper zu Himmelskörper; durchfliegt die Raumesweiten! Das Denken, die Liebe und der Glaube sind die geheimnisvollen Schlüssel dazu. Überschreitet die Kreise, gelangt zum Thron! Gott ist milder als ihr; er hat seinen Tempel allem geöffnet, was er geschaffen hat. Aber vergeßt nicht das Beispiel des Moses! Zieht die Schuhe aus, ehe ihr das Heiligtum betretet, reinigt euch von allem Schmutz, entledigt euch völlig eures Körpers, weil ihr sonst verzehrt werden würdet; denn Gott . . . Gott ist das Licht!«

Gerade als der Doktor Sigier mit glühendem Gesicht und erhobener Hand dieses große Wort ausgesprochen hatte, drang ein Sonnenstrahl durch ein offenes Fenster und ließ wie durch Magie eine glänzende Quelle hervorschießen, einen langen, dreikantigen Goldstreif, der die Versammelten umhüllte wie eine Schärpe. Alle Hände klatschten ineinander, denn die Anwesenden hielten diese Auswirkung der untergehenden Sonne für ein Wunder. Ein einmütiger Ruf erscholl: *»Vivat! Vivat!«* Der Himmel selber schien Beifall zu spenden. Godefroid, den Ehrfurcht gepackt hatte, blickte abwechselnd den Greis und den Doktor Sigier an, die leise miteinander sprachen.

»Ruhm dem Meister!« sagte der Fremde.

»Was bedeutet vergänglicher Ruhm?« antwortete Sigier.

»Ich möchte meine Dankbarkeit verewigen«, entgegnete der Greis.

»Nun, wie wäre es mit einer Zeile von Euch?« erwiderte der Doktor. »Das hieße, mir menschliche Unsterblichkeit verleihen.«[32]

»Wie kann man geben, was man nicht hat?« rief der Unbekannte.

Begleitet von der Menge, die ihren Schritten nachdrängte wie Höflinge ihren Königen, wobei sie zwischen sich und jenen drei Persönlichkeiten einen respektvollen Abstand ließ, schritten Godefroid, der Greis und Sigier dem schlammigen Ufer entgegen, wo es zu jener Zeit noch keine Häuser gab, und wo der Fährmann ihrer wartete. Der Doktor und der Fremde unterhielten sich weder auf Latein noch auf Französisch; sie sprachen voller Ernst eine unbekannte Sprache. Abwechselnd deuteten ihre Hände auf die Himmelsweiten und auf die Erde. Mehr als einmal geleitete Siger, dem die Windungen des Ufers vertraut waren, den Greis mit besonderer Sorgfalt auf die schmalen Planken zu, die wie Brücken über den Schmutz gelegt worden waren; neugierig beobachtete sie die Menge, und manche Schüler beneideten den jungen Knaben um das Vorrecht, den beiden Beherrschern des Worts folgen zu dürfen. Schließlich verneigte der Doktor sich vor dem Greis und sah das Boot des Fährmanns abfahren.

Gerade als das Boot auf die weite Fläche der Seine hinausglitt und seine Ruderstöße der Seele mitteilte, durchdrang die Sonne die Wolken wie eine am Horizont auflodernde Feuersbrunst, ergoß Lichtströme über das Gefilde, färbte mit seinen roten Farbtönen, seinen braunen Reflexen die Firste der Schieferdächer und die Strohdächer, säumte die Türme Philipp-Augustes mit Glut, überflutete den Himmel, tönte die Fluten, ließ das Gras erglänzen und erweckte die schon halb eingeschlafenen Insekten. Die lange Lichtgarbe setzte die Wolken in Brand. Es war wie der letzte Vers des täglichen Lobgesangs. Jedes Herz mußte erbeben, so erhaben war jetzt die Natur. Als der Fremde dieses Schauspiel betrachtet hatte, waren seine Lider von der schwächsten aller menschlichen Tränen feucht geworden. Auch Godefroid weinte; seine zitternde Hand begegnete derjenigen des Greises, der sich umwandte und ihn seine Erschütterung sehen ließ; aber wohl um seine Manneswürde zu wahren, die er bloßgestellt glaubte, sagte er mit tiefer Stimme zu ihm: »Ich beweine mein Vaterland; ich bin verbannt! Jüngling, zu ebendieser Stund habe ich meine Heimatstadt verlassen. Dort jedoch kommen zu dieser Stunde die Glühwürmchen aus ihren zerbrechlichen Behausungen hervor und hängen sich wie Diamanten an die Blätter der Gladiolen. Zu dieser Stunde erhebt sich der Abendwind, der lieblich ist wie die lieblichste Poesie, aus einem lichtdurchtränkten Tal und haucht würzige Düfte aus. Am Horizont habe ich eine goldene Stadt erblickt, gleich dem himmlischen Jerusalem, eine Stadt, deren Name meinem Munde nicht entgleiten darf. Auch dort schlängelt sich ein Fluß hin. Jene Stadt und ihre Bauten, jener Fluß, dessen bestrickende Fernblicke, dessen bläuliche Wasserteppiche miteinander verschmolzen, sich vereinten, sich lösten in einem harmonischen Kampf, der mein Auge erquickte und mir Liebe einflößte, wo sind sie? Zu dieser Stunde nahmen die Fluten unter dem Sonnenuntergangshimmel phantastische Tönungen an und gestalteten sich zu launischen Bildern. Die Sterne filterten ein schmeichelndes Licht, der Mond spannte überall seine anmutigen Fallstricke; er gab den Bäumen, den Farben, den Formen ein anderes Leben; er vermannigfachte die schimmernden Wasser, die stummen Hügel, die beredten Bauwerke. Die Stadt sprach und funkelte; sie, ja, sie hat mich zurückgerufen! Rauchsäulen stiegen neben antiken Säulen auf, deren Marmor weiß im Schoß der Nacht leuchtete; noch immer zeichneten sich die Linien des Horizonts durch die Abenddünste hindurch ab; alles war Harmonie und Geheimnis. Die Natur sagte mir nicht Lebewohl; sie wollte mich behalten. Ach, sie hat mir alles bedeutet: Mutter und Kind, Gattin und Ruhm! Sogar die Glocken haben damals meine Ächtung beweint. O wunderbarer Heimatboden! Er ist genauso schön wie der Himmel! Seit jener Stunde ist das All für mich zum Kerker geworden. Geliebte Vaterstadt, warum hast du mich verbannt? – Doch ich werde darob triumphieren!« rief er und stieß dieses Wort mit einer solchen Überzeugung aus, und mit einem so schallenden Tonfall, daß der Fährmann zusammenzuckte, weil er das Geschmetter einer Trompete zu vernehmen glaubte.

Der Greis stand in prophetischer Haltung da, schaute in die Lüfte gen Süden und deutete durch die Raumesweiten auf seine Heimat. Die asketische Blässe seines Gesichts war der Röte des Triumphs gewichen; seine Augen funkelten; er war erhaben wie ein Löwe, der die Mähne sträubt.

»Und du, armer Junge?« fuhr er fort und blickte Godefroid

an, dessen Wangen ein Rosenkranz glänzender Tropfen säumte, »hast du gleich mir das Leben auf blutigen Buchseiten studiert? Warum weinst du? Was kannst du in deinem Alter betrauern?«

»Ach!« sagte Godefroid, »ich trauere einer Heimat nach, die schöner als alle Vaterländer der Erde ist, einer Heimat, die ich nie gesehen habe und deren ich mich dennoch erinnere. Oh, könnte ich doch die Raumesweiten in vollem Flug durchmessen, ich würde hineilen . . .«

»Wohin?« fragte der Verbannte.

»Nach dort oben«, antwortete der Knabe.

Als er diesen Ausspruch vernahm, zuckte der Fremde zusammen, ließ seinen schweren Blick auf dem Jüngling verweilen und hieß ihn schweigen. Beide tauschten Rede und Gegenrede durch unerklärliche Seelenergüsse und lauschten ihren Wünschen im Schoße fruchtbarer Stille; sie schweiften brüderlich einher wie zwei Tauben, die den Himmel mit dem gleichen Flügelschlag durcheilen, bis zu dem Augenblick, da das Boot, als es den Sand des »Terrains« berührte, sie aus ihrer tiefen Traumversunkenheit riß. Beide schritten in ihre Gedanken eingewühlt stumm auf das Haus des Häschers zu.

»Also glaubt dieser arme Kleine«, sprach der große Fremde zu sich selbst, »er sei ein aus dem Himmel verbannter Engel? Und wer unter uns andern besäße das Recht, ihm die Augen zu öffnen? Ich etwa? Ich, der ich so oft durch eine Zaubermacht mich über die Erde hinausgeschwungen habe? Ich, der ich Gott angehöre? Ich, der ich mir selbst ein Geheimnis bin? Habe ich nicht den schönsten der Engel in diesem Erdenschmutz leben sehen? Ist dieser Knabe also mehr oder weniger von Sinnen als ich? Hat er einen kühneren Schritt in den Glauben hinein getan? Er ist gläubig; sicherlich wird sein Glaube ihn auf einen Lichtpfad führen gleich dem, auf dem ich wandle. Allein er ist schön wie ein Engel; ist er nicht zu schwach, um solcherlei harte Kämpfe zu überstehen?«

Eingeschüchtert durch die Gegenwart seines Gefährten, dessen Donnerstimme ihm seine eigenen Gedanken ausdrückte wie der Blitz den Willen des Himmels vermittelt, begnügte der Knabe sich damit, die Sterne mit den Augen eines Liebenden zu betrachten. Überschüttet von einem Übermaß des Empfindungsvermögens, das ihm das Herz zermalmte, fühlte er sich schwach und furchtsam wie eine Mücke im strömenden Sonnenlicht. Sigers Stimme hatte ihnen beiden auf himmlische Weise die Geheimnisse der geistigen Welt klargemacht; der große Greis mußte sie aufs neue mit Glorie umkleiden; der Knabe spürte jene Geheimnisse in seinem Innern, ohne irgend etwas davon in Worte fassen zu können; alle drei bildeten sie die lebendigen Sinnbilder der Wissenschaft, der Dichtkunst und des Gefühls.

Als sie in der Unterkunft angelangt waren, schloß der Fremde sich in seinem Zimmer ein, steckte seine Eingebungen spendende Lampe an und überantwortete sich dem schrecklichen Dämon der Arbeit; er verlangte der Stille Worte ab, dem Dunkel Gedanken. Godefroid hatte sich an sein Fenster gesetzt und betrachtete bald den Widerschein des Monds auf den Wassern, bald sann er über die Geheimnisse des Himmels nach. Er gab sich einer der ihm vertrauten Verzückungen hin; er schweifte von Sphäre zu Sphäre, von einer Vision zur andern; er lauschte und glaubte dumpfes Gemurmel und Engelsstimmen zu vernehmen; er sah oder glaubte ein göttliches Leuchten zu sehen, in dessen Schoß er sich verlor, wobei er versuchte, zu jenem fernen Punkt zu gelangen, dem Quell alles Lichtes, dem Urgrund aller Harmonie. Bald beschwichtigte sich der laute Pariser Lärm, den die Wasser der Seine verstärkt hatten; oben in den Häusern verloschen eins nach dem andern die Lichter; Schweigen herrschte in seiner vollen Weite, und die weiträumige Stadt entschlummerte wie ein müder Riese. Es schlug Mitternacht. Das leiseste Geräusch, der Fall eines Blattes oder der Flug einer Dohle, die sich auf den Firsten von Notre-Dame einen anderen Platz suchte, hätten jetzt den Geist des Fremden auf die Erde zurückgerufen, hätten den Knaben die himmlischen Höhen aufgeben lassen, zu denen seine Seele sich auf den Fittichen der Verzückung emporgeschwungen hatte. Da hörte der Greis zu seinem Schrecken im Nachbarzimmer ein Ächzen, das sich mit dem Sturz eines schweren Körpers vermischte; das erfahrene Ohr des Verbannten erkannte darin den einer Leiche.[33] Er hastete hinaus, trat in Godefroids Zimmer, sah ihn wie eine ungestalte Masse daliegen und gewahrte einen langen Strick um seinen Hals, der sich am Boden hinschlängelte. Als er ihn entknotet hatte, schlug der Knabe die Augen auf.

»Wo bin ich?« fragte er mit einem frohen Ausdruck.

»Daheim«, sagte der Greis und musterte verdutzt Godefroids Hals und den Nagel, an dem der Strick befestigt worden war und der sich noch an dessen Ende befand.

»Im Himmel«, antwortete der Knabe mit lieblicher Stimme.

»Nein, auf Erden!« erwiderte der Greis.

Godefroid trat in den Lichtgürtel, den der Mond quer durch das Zimmer zog, dessen Fenster offenstand; er sah die flimmernde Seine wieder, die Weiden und das Gras auf dem Terrain. Wolkiger Dunst erhob sich über den Wassern wie ein Rauchbaldachin. Bei diesem für ihn trostlosen Anblick faltete er die Hände auf der Brust und nahm eine Haltung der Verzweiflung ein; der Greis trat zu ihm hin; auf seinem Antlitz zeichnete sich Erstaunen ab.

»Habt Ihr Euch umbringen wollen?« fragte er.

»Ja«, antwortete Godefroid und duldete es, daß der Fremde ihm mehrmals mit den Händen über den Hals fuhr, um die Stelle zu prüfen, wo die Gewalt des Strickes sich ausgewirkt hatte.

Trotz der leichten Quetschungen hatte der Jüngling wohl Schmerzen verspürt. Der Greis mutmaßte, daß der Nagel sogleich dem Gewicht des Körpers nachgegeben habe und daß der verhängnisvolle Versuch mit einem gefahrlosen Sturz geendet habe.

»Warum, lieber Junge, habt Ihr zu sterben versucht?«

»Ach!« antwortete Godefroid und wehrte nicht länger den Tränen, die seinen Augen entrollten, »ich habe eine Stimme von droben vernommen! Sie hat mich beim Namen gerufen! Das hat sie noch nie getan; aber diesmal hat sie mich in den Himmel geladen! Oh, wie süß diese Stimme ist! – Da ich mich nicht in die Himmelshöhen aufschwingen konnte«, fügte er mit einer naiven Geste hinzu, »habe ich, um zu Gott zu gelangen, den einzigen Weg eingeschlagen, den wir haben.«

»O Kind, du erhabenes Kind!« rief der Greis, umschlang Godefroid mit den Armen und drückte ihn begeistert ans Herz. »Du bist ein Dichter, du weißt unerschrocken den Sturmwind zu besteigen! Dein Dichten verbleibt in deinem Herzen! Deine lebendigen, deine glühenden Gedanken, deine Schöpfungen wandern und wachsen in deiner Seele. Hör, gib deine Ideen nicht der

Gemeinheit preis! Sei Altar, Opfer und Priester zugleich! Du kennst die Himmelsweiten, nicht wahr? Du hast die Myriaden weißgefiederter Engel mit den goldenen Sistren gesehen, die alle gleichmäßigen Fluges dem Thron entgegenstreben, und du hast oftmals ihre Fittiche bewundert, die unter Gottes Stimme sich regen wie die harmonischen Waldwipfel im Sturm. Oh, wie schön doch der grenzenlose Raum ist, nicht wahr?«

Krampfhaft drückte der Greis Godefroids Hand, und beide betrachteten das Firmament, dessen Sterne zärtliche Dichtungen zu ergießen schienen; sie vernahmen sie.

»Oh! Gott schauen«, rief Godefroid leise.

»Kind!« entgegnete plötzlich der Greis mit strenger Stimme, »hast du denn so rasch die heiligen Lehren unseres guten Meisters, des Doktors Siger, vergessen? Um heimzukehren, du in deine himmlische, ich in meine irdische Heimat, müssen wir da nicht der Stimme Gottes gehorchen? Wir wollen schicksalsergeben die rauhen Pfade wandern, die sein mächtiger Finger uns vorgezeichnet hat. Erzitterst du nicht ob der Gefahr, der du dich aussetztest? Wärest du ohne Befehl gekommen, hättest du vor der Zeit gesagt: ›Hier bin ich!‹, würdest du da nicht zurückgefallen sein in eine Welt, die minder als die ist, in der deine Seele heute flattert? Armer, verirrter Cherubim, müßtest du Gott nicht lobpreisen, daß er dich in einer Sphäre hat leben lassen, wo du nur himmlische Akkorde vernimmst? Bist du nicht rein wie ein Diamant, schön wie eine Blume? Ach, wenn du, gleich mir, nur die Stadt der Schmerzen kenntest! Dadurch, daß ich sie durchwanderte, hat sich mir das Herz abgenutzt. Oh, in Gräbern zu wühlen, um ihnen grausige Geheimnisse abzuverlangen; blutbesudelte Hände zu trocknen, sie alle Nächte zu zählen, sie zu betrachten, wenn sie sich zu mir erheben und um eine Verzeihung flehen, die ich nicht gewähren kann; sich die Krampfzuckungen des Mörders und die letzten Schreie seines Opfers einzuprägen; schreckeinflößende Geräusche und gräßliches Schweigen zu hören; das Schweigen eines Vaters, der seine toten Söhne verschlingt; das Lachen der Verdammten zu befragen; nach menschlichen Formen unter farblosen Massen zu suchen, die das Verbrechen zerwalzt und zerschrottet hat; Worte zu vernehmen, die lebendige Menschen nicht hören ohne zu sterben; immerfort

Tote zu beschwören, um sie immerfort vor Gericht zu fordern und zu verurteilen, ist das etwa ein Leben?«

»Haltet ein!« rief Godefroid, »ich könnte Euch sonst nicht länger anblicken und Euch lauschen! Meine Vernunft verwirrt, mein Blick trübt sich. Ihr entfacht in mir ein Feuer, das mich verzehrt.«

»Indessen muß ich fortfahren«, versetzte der Greis und schüttelte seine Hand mit einer Bewegung, die auf den Jüngling wirkte wie ein Zauberbann.

Für eine kurze Weile richtete der Fremde seine großen, erloschenen, matten Augen starr auf Godefroid; dann streckte er den Finger gegen den Erdboden aus, und es war, als sehe man dort auf sein Geheiß einen Abgrund aufklaffen. Er stand da, beleuchtet vom unbestimmten Widerschein des Monds, der seine Stirn erglänzen ließ, von der etwas ausstrahlte wie Sonnenlicht. Hatte anfangs ein fast verächtlicher Ausdruck sich in den düsteren Falten seines Antlitzes verloren, so gewann sein Blick bald jene Stetigkeit, die auf das Vorhandensein eines den gewöhnlichen Sehorganen unsichtbaren Gegenstands hinzuweisen scheint. Gewiß betrachteten seine Augen jetzt die fernen Bilder, mit denen das Grab uns aufwartet. Niemals zuvor vielleicht hatte dieser Mann so grandios gewirkt. Ein schrecklicher Kampf durchrüttelte seine Seele und wirkte sich auf sein Äußeres aus; und so kräftig er zu sein schien, er neigte sich wie ein Grashalm unter der Brise, die von Gewittern kündet. Godefroid verharrte stumm, reglos und gebannt; eine undeutbare Macht hielt ihn dort fest, wo er stand; und wie wenn uns unser Aufmerken uns selbst entreißt, wie etwa beim Anblick einer Feuersbrunst oder einer Schlacht, verspürte er den eigenen Körper nicht mehr.

»Willst du, daß ich dir das Schicksal offenbare, dem du entgegengingst, armer Engel der Liebe? So vernimm denn! Es ist mir verstattet worden, die unermeßlichen Räume zu sehen, die Schluchten ohne Ende, die alles Menschenwerk verschlingen, das uferlose Meer, in das unser großer Strom von Menschen und Engeln sich ergießt. Als ich die Bereiche der ewigen Martern durchwanderte, bin ich vor dem Tod durch den Mantel eines Unsterblichen bewahrt geblieben, jenes Kleid des dem Genie gebührenden Ruhms, das die Jahrhunderte einander weiterreichen, ich, der Armselige! Als ich die Gefilde des Lichts durchschritt, darin die Glücklichen sich drängen, da hat die Liebe einer Frau, haben die Fittiche eines Engels mich beschirmt; an ihrem Herzen habe ich die unaussprechlichen Wonnen auskosten können, deren innige Umarmung für uns Sterbliche noch gefährlicher ist als alle Ängste der schlechten Welt. Beim Vollenden meiner Pilgerfahrt durch die düstern Regionen der Unterwelt war ich von Schmerz zu Schmerz gelangt, von Verbrechen zu Verbrechen, von Strafe zu Strafe, von trotzigem Schweigen zu herzzerreißenden Aufschreien über dem obersten Schlund zu den Kreisen der Hölle. Schon erblickte ich in der Ferne die Helle des Paradieses, das in unermeßlicher Weite leuchtete; ich war im Dunkel, jedoch an den Grenzen des Lichts. Ich flog, von meinem Geleiter getragen, fortgerissen von einer Macht, derjenigen vergleichbar, die uns während unserer Träume in die Sphären entrückt, die den Augen des Körpers unsichtbar sind. Der Strahlenglanz, der unsere Stirnen umrundete, ließ auf unserm Weg die Schatten entfliehen wie unfaßbaren Staub. Fern von uns warfen die Sonnen aller Weltsysteme kaum das schwache Licht der Glühwürmchen meiner Heimat. Ich war dabei, jene Luftgefilde zu erreichen, wo auf das Paradies zu die Lichtmassen sich vervielfachen, wo man den Azur leicht durchschneidet, wo die Unzahl der Welten sprießt wie Blumen auf einer Wiese. Dort, auf der letzten Kreislinie, die noch den Phantomen gehörte, die ich hinter mir gelassen hatte wie Kümmernisse, die man vergessen will, erblickte ich einen großen Schatten. Aufgereckt und in der Haltung eines Glühenden verschlang jene Seele mit dem Blick die Raumesweiten, doch ihre Füße verharrten durch die Macht Gottes auf dem letzten Punkt jener Linie, wo sie ohne Unterlaß die schmerzliche Spannung durchlitt, durch die wir unsere Kräfte zusammenraffen, wenn wir zum Anlauf ansetzen wie Vögel, die davonfliegen wollen. Ich erkannte einen Menschen wieder; er sah uns nicht an, er hörte uns nicht; alle seine Muskeln zitterten und lechzten; in jedem Zeitbruchteil schien er, ohne einen einzigen Schritt zu tun, die Mühsal zu empfinden, die das Durchschreiten der Unendlichkeit kostete, die ihn von dem Paradies trennte, darein sein Blick unablässig tauchte und darin er ein geliebtes Bild zu erblicken vermeinte. Auf der letzten Höllenpforte wie auf der ersten las ich einen Ausdruck der Verzweiflung im Hoffen. Der Unselige war so gräßlich durch irgendeine Kraft zerschmettert, daß sein Schmerz mir in die Knochen drang und mich zu Eis erstarren ließ. Ich flüchtete mich zu meinem Geleiter, dessen Schutz mich dem Frieden und dem Schweigen wiedergab. Gleich einer Mutter, deren scharfes Auge den Milan in den Lüften gewahrt oder ihn dort erahnt, stieß der Schatten einen Freudenschrei aus. Wir schauten dorthin, wohin er schaute, und wir sahen in den Abgründen des Lichts hoch über unsern Häuptern etwas wie einen Saphir schweben. Dieser leuchtende Stern kam mit der Geschwindigkeit eines Strahls der Sonne herab, wenn sie am Morgen über dem Horizont erscheint und wenn ihre ersten Schimmer flüchtig über unsere Erde gleiten. Der *Glanz* wurde deutlicher und stärker; bald gewahrte ich die glorreiche Wolke, in deren Schoß die Engel wandeln, eine Art glänzenden, von ihrer göttlichen Substanz ausgehauchten Rauches, aus dem hier und dort Flammenzungen loderten. Ein edles Haupt, dessen Glanz unmöglich zu ertragen ist, ohne mit dem Mantel, dem Lorbeer, der Palme, dem Attribut der Machtvollkommenheiten, bekleidet zu sein, erhob sich über jener Wolke, die weiß und rein wie Schnee war. Es war ein Licht im Licht! Seine zitternden Fittiche säten blendende Schwingungen in die Sphären, durch die es schweifte wie der Blick Gottes durch die Welten. Endlich sah ich den Erzengel in seiner Glorie! Der Schmelz ewiger Schönheit, der die Engel des Geistes schmückt, schimmerte in ihm. In der einen Hand hielt er einen grünen Palmzweig, und in der andern ein Flammenschwert; den Palmzweig, um damit den Schatten zu schmücken, dem verziehen worden war; das Schwert, um mit einer einzigen Geste die gesamte Hölle zurückzutreiben. Bei seinem Nahen atmeten wir die Düfte des Himmels, die niederrieselten wie Tau. In dem Bereich, in dem der Engel verblieb, nahm die Luft die Farbe der Opale an und wogte in Wallungen, deren Antrieb von ihm ausging. Er langte an, musterte den Schatten und sagte zu ihm: ›Erst morgen!‹ Dann wandte er sich mit einer anmutigen Bewegung wieder dem Himmel zu, spreitete seine Fittiche, durchquerte die Sphären, wie ein Schiff die Fluten spaltet und dabei kaum die Verbannten, die an ödem Gestade ausgesetzt worden sind, seine weißen Segel sehen läßt.

Der Schatten stieß grausame Schreie aus, die die Verdammten erwiderten, von dem Kreis an, der am tiefsten in die Unermeßlichkeit der Welten des Schmerzes eingerammt war, bis zu dem friedlicheren, an dessen Oberfläche wir weilten. Die grimmigste aller Peinen hatte alle andern angerufen. Das Geschrei wurde verstärkt durch das Brüllen eines Feuermeers, das etwas wie den Untergrund zu dem furchtbaren Zusammenklang unzähliger leidender Seelen bildete. Plötzlich nahm der Schatten seinen Flug mitten durch die *città dolente*[34] und stieg von seinem Platz hinab bis zur wahren Tiefe der Hölle; jäh stieg er wieder aufwärts, tauchte abermals in die unendlichen Kreise ein, durcheilte sie in jeder Richtung wie ein Geier, der zum erstenmal in einen Flugkäfig gesetzt worden ist und sich in fruchtlosen Anstrengungen erschöpft. Der Schatten war ermächtigt, so umherzuirren, und er konnte die Zonen der Hölle durchqueren, die eisigen, die stinkenden, die glühend heißen, ohne an ihren Leiden teilzuhaben; er glitt in dieser Unermeßlichkeit einher wie ein Sonnenstrahl, der sich Licht inmitten der Dunkelheit schafft. »Gott hat keine Strafe über ihn verhängt«, sagte mir der Meister; »aber keine der Seelen, deren Qualen du nacheinander mitangesehen hast, möchte ihre Marter gegen die Hoffnung tauschen, in der diese Seele schmachtet.« In diesem Augenblick kehrte der Schatten zurück, getrieben von einer unwiderstehlichen Kraft, die ihn dazu verdammte, am Rand der Höllen zu verschmachten. Mein göttlicher Geleiter, der meine Neugierde erriet, berührte mit seinem Palmzweig den Unseligen, der vielleicht damit beschäftigt war, das Jahrhundert der Pein zu ermessen, das zwischen diesem Augenblick und jenem immer entschwindenden »Morgen« lag. Der Schatten bebte und warf uns einen Blick zu, der alle Tränen enthielt, die er schon vergossen hatte. »Wollt ihr mein Unglück kennenlernen?« fragte er mit trauriger Stimme. »Oh, ich erzähle es euch nur zu gern. Ich bin hier, Teresa ist dort oben, das sagt alles. Auf Erden waren wir glücklich, waren wir stets vereint. Als ich meine geliebte Teresa Donati zum erstenmal erblickte, war sie zehn Jahre alt. Da haben wir einander geliebt, ohne zu wissen, was Liebe ist. Unser beider Leben war nur ein einziges Leben: Ich erbleichte bei ihrem Erbleichen, ich war glücklich ob ihrer Freude; gemeinsam gaben wir uns dem Zauber hin, zu denken und zu fühlen, und eins vom andern lernten wir die Liebe. In Cremona wurden wir vermählt, nie haben wir unsere Lippen ohne den Perlenschmuck des Lächelns gekannt; stets haben unsere Augen gestrahlt; unser Haar trennte sich von dem des andern so wenig wie unsere Wünsche; immer lehnten, wenn wir lasen, unsere Köpfe aneinander, immer gingen wir gleichen Schrittes. Das Leben war ein langer Kuß, unser Haus eine Lagerstatt. Eines Tages erblaßte Teresa und sagte zum erstenmal: ›Ich verspüre Schmerzen!‹ Und ich verspürte keine Schmerzen! Sie stand nicht mehr auf. Ohne daß ich starb, sah ich, wie ihre schönen Züge sich wandelten, wie ihr goldnes Haar ihr wehzutun begann. Um mir ihre Leiden zu verhehlen, lächelte sie; aber ich las sie im Azur ihrer Augen, deren leisestes Beben ich zu deuten vermochte. Als ihre Lippen erblaßten, sagte sie zu mir: ›Honorino, ich liebe dich!‹ Dann hat sie noch einmal meine Hand mit ihren Händen gedrückt, als der Tod sie zu Eis erstarren ließ. Da habe ich mich umgebracht, auf daß sie nicht allein im Bett der Gruft unter dem marmornen Leichentuch liege. Teresa ist dort oben, ich bin hier. Ich habe sie nicht verlassen wollen, Gott hat uns getrennt; warum hatte er uns dann auf Erden vereinigt? Eifersüchtig ist er. Sicherlich ist das Paradies von dem Tage an, da Teresa hineingelangte, schöner geworden. Seht ihr sie? Sie ist traurig in ihrem Glück, ich bin nicht bei ihr! Das Paradies muß für sie sehr öd und leer sein.‹ – ›Meister‹, sagte ich schluchzend, denn ich gedachte meiner eigenen Liebschaften, ›wird dieser in dem Augenblick, da er sich das Paradies einzig um Gottes willen wünscht, nicht erlöst sein?‹ Der Vater der Dichtkunst neigte sanft das Haupt zum Zeichen der Zustimmung. Wir schritten vondannen und zerteilten die Lüfte, ohne mehr Geräusch zu machen als die Vögel, die, wie es bisweilen geschieht, über unsere Köpfe hinweghuschen, wenn wir im Schatten eines Baumes liegen. Vergebens hätten wir versucht, den Unseligen daran zu hindern, so zu lästern. Eine der Nöte der Engel der Finsternisse ist es, daß sie nie das Licht sehen, auch wenn sie davon umgeben sind. Jener würde unsere Worte nicht verstanden haben.«

Da scholl in der Stille der rasche Tritt mehrerer Pferde auf; der Hund schlug an, die scheltende Stimme des Büttels antwortete ihm; Reiter saßen ab, pochten an die Tür, und plötzlich erhob sich Lärm mit der Heftigkeit eines unerwarteten Ausbruchs. Die beiden Verbannten, die beiden Dichter fielen aus der vollen Höhe, die uns vom Himmel trennt, auf die Erde zurück. Das schmerzliche Zerbrechen durch diesen Sturz rann wie ein anderes Blut durch ihre Adern, aber zischend, und durchrollte sie mit scharfen, glühenden Stacheln. Für sie war der Schmerz etwas wie ein elektrischer Schlag. Der schwere, dröhnende Schritt eines Gewappneten, dessen Schwert, dessen Panzer und Sporen eisern klirrten, hallte auf der Stiege; alsbald erschien ein Krieger vor dem überraschten Fremden.

»Wir können heim nach Florenz«, sagte jener Mann, dessen ungefüge Stimme sanft klang, als er diese italienischen Worte sprach.

»Was sagst du da?« fragte der große Greis.

»Die *Weißen*[35] triumphieren!«

»Irrst du dich nicht?« entgegnete der Dichter.

»Nein, lieber Dante!«, antwortete der Soldat, in dessen kriegerischer Stimme der Schauer der Schlachten und der Siegesfreude mitschwang.

»Nach Florenz! Nach Florenz! O mein Florenz!« rief Dante Alighieri glühend; er war aufgesprungen, blickte in die Lüfte, glaubte, Italien zu sehen, und wurde gigantisch.

»Und ich? Wann werde ich im Himmel sein?« fragte Godefroid, der, ein Knie auf den Erdboden gebeugt, zu dem unsterblichen Dichter aufblickte wie ein Engel angesichts des Allerheiligsten.

»Komm nach Florenz«, sagte Dante zu ihm, und seine Stimme klang voller Mitleid. »Glaub es nur, wenn du seine liebliche Landschaft von der Höhe von Fiesole aus erblickst, wirst du glauben, du seiest im Paradies.«

Der Soldat begann zu lächeln. Zum ersten, vielleicht zum einzigen Mal atmete das düstere, Furcht einflößende Antlitz Dantes etwas wie Freude; seine Augen und seine Stirn waren Ausdruck der Schilderungen der Glückseligkeit, die er so überschwenglich in seinem ›Paradies‹ verschwendet hat. Es war ihm vielleicht, als höre er Beatrices Stimme. Da wurden der leichte Schritt einer Frau und das Rascheln eines Kleides in der Stille vernehmlich. Just spendete die Morgenröte ihren ersten hellen Schein. Die schöne Gräfin Mahaut trat ein und eilte auf Godefroid zu.

»Komm, mein Kind, mein Sohn! Jetzt ist es mir verstattet, mich zu dir zu bekennen. Deine Geburt ist anerkannt, deine Rechte stehen unter dem Schutz des Königs von Frankreich, und du wirst ein Paradies im Herzen deiner Mutter finden.«

»Ich erkenne die Stimme des Himmels wieder!« rief der entzückte Knabe.[36]

Dieser Ausruf erweckte Dante; er schaute zu dem Jüngling hin, den die Arme der Gräfin umfingen; er verabschiedete sich von beiden durch einen Blick und ließ seinen Gefährten an der mütterlichen Brust.

»Auf jetzt!« rief er mit Donnerstimme. »Tod den Guelfen!«[37]

Anmerkungen

Die Verbannten

1 Das »*Terrain*« oder »*Terrail*« war im 14. Jahrhundert ein Platz, der hinter Notre-Dame auf der Stätte gelegen war, die heute der Square Notre-Dame einnimmt. Dort stand auch die berühmt-berüchtigte, heute verschwundene »*Morgue*«, das Leichenschauhaus. Im Jahre 1258 führte der Platz den Namen »*La Motte aux Papelards*«.

2 Gerichtsbüttel.

3 Etwa: Fleischzerrer.

4 Jene Straße lag im 14. Jahrhundert zwischen der noch bestehenden Rue du Chantre und der Rue Saint-Landry, die der heutigen Rue de Arcole hat weichen müssen. Im 16. Jahrhundert hatte sie den Namen Rue Basse-des-Ursins angenommen; seit 1881 heißt sie Rue des Ursins, welche Bezeichnung sie heute noch führt.

5 *Chauffe-doux:* ein Kästchen mit Glut und warmer Asche, mittelalterliches Heizgerät für Häuser und zumal Kirchen.

6 Sie wurde im Jahre 1843 mit dem rechten Seine-Ufer vereinigt und bildet den heutigen Quai Henri IV.

7 Im Mittelalter trugen alle Pariser Brücken kleine Häuser mit Verkaufsläden, wie noch heute der Ponte Vecchio zu Florenz.

8 Philippe II. Auguste (1165–1223), König von Frankreich. Die Grundrisse jener Türme sind heute auf dem Pflaster der »Cour Carrée« markiert.

9 Sicherlich eine Anspielung auf Victor Hugos 1831 erschienenen Roman ›Notre-Dame de Paris‹.

10 Feu Saint-Antoine, Sankt-Antonius-Feuer: Hautkrankheit, die im 11. Jahrhundert große Verheerungen in Frankreich anrichtete, wahrscheinlich brandiger Rotlauf.

11 »Parloir aux bourgeois« – die Stätte, wo sich die Verwaltungsbeamten der Stadt Paris versammelten. Alte Bezeichnung für das heutige »Hôtel de Ville«, das Rathaus.

12 Dort fanden die Hinrichtungen statt.

13 Wahrscheinlich von Balzac erfundene Gestalt.

14 Brotfladen aus feinstem Mehl, in der Asche gebacken.

15 Balzac irrt, was die Lage jener Kirche betrifft; sie lag auf dem »Terrain« hinter dem Chor der Kathedrale nach Osten hin. Es gab in

der Cité noch eine weitere demselben Heiligen geweihte Kirche, Saint-Denis-de-la-Charte; sie lag am Pont Notre-Dame zwischen der Rue de la Lanterne und der Rue de Glatigny, dort etwa, wo sich heutzutage ein Teil des linken Flügels des Hôtel-Dieu befindet. – Der Tradition nach hat der heilige Dionysius nicht, wie Balzac behauptet, den Märtyrertod des heiligen Laurentius erlitten, sondern ist enthauptet worden.

16 Die Rue de Champfleuri lag nahe dem Louvre zwischen der Rue Saint-Honoré und der Rue de Beauvais. Dort wohnten die öffentlichen Dirnen. Um der Nachbarschaft der Louvre-Bibliothek willen nahm sie 1806 den Namen Rue de la Bibliothèque an. Sie verschwand 1854 gleichzeitig mit der Rue de Beauvais, die 1806 zur Place de l'Oratoire geworden war, als die Rue de Rivoli verlängert wurde.

17 Die unteren Volksschichten wie die Prostituierten durften im Mittelalter auf der Straße keinen Schmuck tragen; Tirechair hofft also auf einen Fang.

18 Fouarre, feurre, im mittelalterlichen Latein *fodrum, foderum*, deutsch Futter, bezeichnet das Stroh, auf das sich die Schüler des Collège des Quatre-Nations beim Anhören der Vorlesungen setzten. Die Rue de Fouarre am linken Seine-Ufer war eine enge Straße, die von der Rue Galande zur Rue de la Bûcherie führte.

Die wackere Jacqueline hat von ihrem Beobachtungsposten am rechten Seinearm schwerlich sehen können, wie ihre beiden Gäste an der Rue de Fouarre, von der sie durch Notre-Dame und den linken Seinearm getrennt war, an Land gingen.

19 Die Fakultät der freien Künste (Grammatik, Literatur und Philosophie) bildete Gemeinschaften, »Nationen« (Landsmannschaften) genannt, auf die sich die Schüler ihrem Ursprungsland nach verteilten. Die »Vier Nationen« waren Normandie, Picardie, Deutschland und Frankreich. Sie wohnten sämtlich in der Rue de Fouarre.

20 Siger von Brabant oder Sigier von Courtrai war Lehrer der Theologie in Paris und arbeitete zusammen mit Robert Sorbon an der Gründung der Sorbonne mit. Nachdem er, gegen den heiligen Thomas von Aquin und andere Theologen, die Bettelmönchs-Orden bekämpft hatte, wurde er 1277 vom Bischof von Paris verurteilt und vor das Inquisitions-Tribunal von Frankreich geladen. Sigier begab sich 1278 nach Rom, um deswegen an die päpstliche Autorität zu appellieren, wurde jedoch zu lebenslänglicher Haft verurteilt. Es wird angenommen, daß er zwischen 1282 und 1284 in einem Gefängnis zu Orvieto eines gewaltsamen Todes gestorben

ist; er hat also nicht im Jahre 1308, in das Balzac seine Novelle verlegt, in Paris lehren können. Dante preist ihn im ›Paradies‹, Vers 132–138:

»Und dann, daß rück zu mir der Kreis geschlossen,
Schau diesen Geist, der drangvoll mochte klagen,
Daß säumig ihm zum Tod die Tage flossen.
Sieh hier das ewige Licht Sigeri tagen,
Der einst am Strohmarkt in der Hörer Runde
Verhaßter Wahrheit Schlüsse vorgetragen.«

(Übersetzung von August Vezin, Herder-Verlag)

Sicherlich hat diese Stelle aus der »Göttlichen Komödie« Balzac dazu angeregt, Siger und Dante in Paris zusammentreffen zu lassen. Freilich war Dante (dessen Aufenthalt in Paris um 1308 bestritten ist; er geht auf einen Hinweis des in Paris geborenen Boccaccio in dessen Dante-Biographie zurück) damals kein »Greis«, sondern ein Mann von 43 Jahren. Es muß ferner darauf hingewiesen werden, daß es 1831, in dem Jahr der Niederschrift der Novelle »Die Verbannten«, keine Ausgabe der Schriften des Siger von Brabant gab; Dantes Verse (s. o.) reichen nicht hin, Sigers Philosophie zu deuten, wie Balzac sie darlegt. Ohne auf die Einzelheiten einzugehen, darf vermutet werden, daß Balzac, der ja in Beziehungen zu den Verehrern des »unbekannten Philosophen« Louis-Claude de Saint-Martin (1743–1803) stand, sich des Gedankengutes dieses Mystikers und Gegners des heiligen Thomas von Aquin bedient hat.

21 Die Stenographie ist nicht etwa eine Erfindung des 19. Jahrhunderts, sondern war bereits im alten Rom bekannt; Tiro, ein Freigelassener Ciceros, hat sie ausgebildet.

22 Jakob Boehme (1575–1624), »Philosophus Teutonicus«, Theosoph und Mystiker, von Beruf Schuhmacher in Görlitz, verkündete in zahlreichen Schriften, daß das Hervortreten der Kreatur aus der Einheit des göttlichen Wesens durch mystische Erleuchtung geschaut werden könne. Er wurde von der Geistlichkeit verfolgt, von seinen Mitbürgern für einen verwirrten Enthusiasten und Phantasten gehalten. Im Grunde projizierte er seine persönlichen Erlebnisse in die Schöpfung, »die er unter dem Bilde eines Coitus mit allen psychischen und physischen Komponenten« darstellt (Lange-Eichbaum). Er litt wahrscheinlich an einer paranoiden Form der Schizophrenie.

23 Emanuel Swedenborg (1688–1772), schwedischer Theosoph, Sohn eines protestantischen Bischofs, zunächst Assessor beim Bergwerkskollegium, 1719 in den Adelsstand erhoben, unternahm Reisen

durch Deutschland, Holland, Frankreich, England und Italien, gab 1747 seine Stellung auf und widmete sich theosophischen Spekulationen. Er rühmte sich, Halluzinationen und Visionen zu haben und in unmittelbarem Verkehr mit Geistern und abgeschiedenen Seelen zu stehen sowie Offenbarungen zu erhalten (Vgl. Kant, ›Träume eines Geistersehers‹, Ed. Voss, 1838, S. 80–81). Nach Jaspers schizophren; nach Kurth schwerer Psychopath.

24 Portugiesischer Jude, Oberhaupt der Sekte der Illuminaten oder Martinisten (1715–1779).

25 Siehe Anmerkung 20 am Ende.

26 Miguel de Molinos (um 1627–1696), spanischer Mystiker und Theologe, dessen Werke den Keim des Quietismus enthalten, der Lehre, daß die Vollkommenheit in völliger Passivität der Seele bestehe. Seine Lehre wurde von der Kirche verurteilt; Molinos starb in Klosterhaft.

27 Jeanne-Marie Bouvières de la Mothe-Guyon (1648–1717), französische Mystikerin, trat für das »innere Gebet« ein; Vollkommenheit war für sie ein dauernder Zustand der Vereinigung mit Gott durch Betrachtung und Liebe bei Gleichgültigkeit gegen alle zeitlichen und ewigen Güter. Sie war zweimal in Haft. Fénélon verteidigte sie gegen Bossuet.

28 Antoinette Bourignon (1616–1680), flämische Visionärin und Mystikerin, krankte an Verfolgungswahn.

29 Barbara-Juliane von Krüdener (1764–1824), geb. von Vietinghoff, 1783 mit dem Freiherrn v. K. verheiratet, wurde 1796 geschieden, lebte leichtfertig in Riga, Petersburg (Leningrad) und Paris, neigte dem Pietismus zu, hielt in Paris und Basel Konventikel in ihrem Haus, wurde 1818 über die russische Grenze abgeschoben. Sie schrieb den Roman »Valérie« und hatte starken Einfluß auf Zar Alexander I.

30 Keine organisierte Sekte im eigentlichen Sinn, vielmehr Anhänger der Entrückung durch mystische Gottesliebe im Gefolge der heiligen Theresia von Avila und des Johannes vom Kreuz.

31 Als Illuminaten (»Erleuchtete«) werden die Angehörigen einiger Geheimgesellschaften in Spanien, Frankreich und Belgien im 17. und 18. Jahrhundert bezeichnet. – Der »Illuminaten-Orden« wurde 1776 in Ingolstadt von Adam Weishaupt gegründet und war ein gegen die Jesuiten gerichteter, aber nach dem Muster der Jesuiten organisierter Männerverein zur Förderung politischer und religiöser Aufklärung. 1785 aufgehoben.

32 Anspielung auf die in Anmerkung 20 zitierten Dante-Zeilen.

33 Sicherlich Anspielung auf den berühmten Vers Dantes, »Hölle« V, 142:

E caddi come corpo morto cade.
Und ich fiel hin, als fiele eine Leiche.

34 »Die Stadt der Schmerzen«, Dante, ›Hölle‹, III, 1.

35 Die politische Partei in Florenz, der Dante angehörte.

36 Dieser Satz findet sich nicht in der Edition Conard, wohl aber in der Edition de la Pléiade.

37 Parteiname der Anhänger des Papsttums und der Gegner der Kaiser in Italien. – In Wirklichkeit ist Dante nie nach Florenz zurückgekehrt.

Biographische Notizen über die Romangestalten

Die Verbannten

Die Gestalten der Novelle ›Die Verbannten‹ treten in der ›Menschlichen Komödie‹ nicht wieder auf.

Louis Lambert

Übertragung von Ernst Sander

Keins seiner Werke, und nicht einmal ›Séraphîta‹, hat Balzac so sehr geliebt wie ›Louis Lambert‹; an keins hat er größere Mühe gewandt – es sind 27 verschiedene Fassungen des Textes festgestellt worden. Die erste wurde im Juli 1832 auf Schloß Saché abgeschlossen und trug die berühmte Widmung »Et nunc et semper dilectae dicatum« an Madame de Berny; sie war betitelt ›Notice biographique sur Louis Lambert‹, erschien im Oktober 1832 in den ›Nouveaux Contes philosophiques‹ und wurde, entgegen den hochgespannten Erwartungen des Autors, weder von der Presse noch vom Publikum zur Kenntnis genommen. Schon im November desselben Jahres arbeitete Balzac den Roman um und veranstaltete eine Sonderausgabe unter dem Titel: ›Histoire intellectuelle de Louis Lambert‹, die im Februar 1833 erschien; ihr war als Motto vorangestellt worden: »Au Génie, les Nuées du sanctuaire, à Dieu seul, la Clarté. Louis Lambert« (»Dem Genie die Dunstwolken des Heiligtums, Gott allein die Klarheit«). Dieser Ausgabe war Lamberts ›Traité de la volonté‹ (›Abhandlung über den Willen‹) beigefügt. Weitere Umarbeitungen folgten; die nächste Ausgabe des Romans, bereichert um den ›Brief an den Onkel‹, der schon am 23. August 1835 in der ›Revue de Paris‹ veröffentlicht worden war, erschien gegen Ende jenes Jahres im ›Livre mystique‹, das überdies ›Les Proscrits‹ (›Die Verbannten‹) und ›Séraphîta‹ enthielt; der ›Histoire intellectuelle de Louis Lambert‹ waren in dieser Ausgabe die ›Pensées de Louis Lambert‹ angefügt. Der Roman erschien nochmals im September 1836 in der zweiten Lieferung der ›Etudes philosophiques‹; eine weitere Ausgabe, zusammen mit ›Séraphîta‹, wurde 1842 veröffentlicht. 1846 ging ›Louis Lambert‹ in den III. Band der ›Philosophischen Studien‹ der ›Menschlichen Komödie‹ ein.

Louis Lambert wurde im Jahre 1797 zu Montoire[1], einer Kleinstadt des Vendômois[2], geboren, wo sein Vater eine unbedeutende Gerberei betrieb und aus ihm seinen Nachfolger zu machen gedachte; aber die Anlagen, die er schon frühzeitig für die Gelehrsamkeit zeigte, machten den Vater andern Sinnes. Übrigens hatten der Gerber und seine Frau Louis so herzlich lieb, wie man eben einen einzigen Sohn liebt, und legten ihm nichts in den Weg. Das Alte und das Neue Testament waren Louis in die Hände gefallen, als er fünf Jahre zählte; und dieses Buch, in dem so viele Bücher enthalten sind, hatte sein Schicksal bestimmt. Vermochte die kindliche Einbildungskraft bereits die geheimnisvolle Tiefe der Heiligen Schrift zu verstehen, konnte sie bereits dem Heiligen Geist auf seinem Flug durch die Welten folgen, berauschte sie sich lediglich an den romantischen Verlockungen, an denen jene orientalischen Dichtungen so überreich sind, oder stand diese Seele in ihrer jungen Unschuld schon im Einklang mit der religiösen Erhabenheit, die göttliche Hände in dieses Buch ausgeschüttet haben? Für einige Leser wird unsere Erzählung diese Fragen lösen. *Ein* Ergebnis hatte diese erste Lektüre der Bibel: Louis unternahm Rundgänge durch ganz Montoire, bettelte um Bücher und bekam sie vermöge jener Verführungskünste, deren Geheimnis nur Kinder kennen, denen niemand zu widerstehen vermag. Auf diese Weise befleißigte er sich, ohne daß jemand ihn dabei leitete, der Aneignung von Wissen und Bildung und gelangte in sein zehntes Lebensjahr. Zu jener Zeit waren Ersatzmänner für den Militärdienst etwas Seltenes; mehrere reiche Familien sicherten sie sich schon im voraus, um bei der Auslosung damit versehen zu sein. Das geringe Vermögen der armen Gerbersleute erlaubte es ihnen nicht, für ihren Sohn einen Ersatzmann zu kaufen; so sahen sie im geistlichen Stand das einzige Mittel, das das Gesetz ihnen ließ, ihn vor der Aushebung zu bewahren, und sie schickten ihn im Jahre 1807 zu seinem Onkel mütterlicherseits, der Pfarrer in Mer war, einer anderen kleinen Stadt an der Loire in der Nähe von Blois. Dieser Entschluß befriedigte gleichzeitig Louis' Hang zur Wissenschaft und das Verlangen seiner Eltern, ihn nicht den abscheulichen Zufällen des Krieges preiszugeben; überdies gaben sein Fleiß und seine geistige Frühreife Hoffnung, er werde im Dienst der Kirche sein Glück machen. Er blieb etwa drei Jahre bei seinem Onkel, einem alten, leidlich gebildeten Oratorianer, und verließ ihn zu Beginn des Jahres 1811, um in das Collège zu Vendôme[3] einzutreten, in das er auf Veranlassung der Madame de Staël[4] aufgenommen wurde; sie trug auch die Kosten seines Unterhalts.

Lambert verdankte die Gönnerschaft dieser berühmten Frau dem Zufall oder wohl der Vorsehung, die dem hilflos dastehenden Genie stets die Wege zu ebnen weiß. Für uns indessen, deren Blicke stets an der Oberfläche der menschlichen Dinge innehalten, scheinen solcherlei Schicksalsfügungen, für die uns das Leben der großen Männer so viele Beispiele darbietet, lediglich das Ergebnis eines rein physischen Phänomens zu sein; und für die Mehrzahl der Biographen erhebt sich das Haupt eines genialen Menschen über die Massen wie eine schöne Pflanze, die auf den Feldern durch ihren Leuchtglanz die Augen des Botanikers auf sich lenkt. Dieser Vergleich könnte auch auf das Abenteuer Louis Lamberts angewendet werden; er hatte, wie stets, die Zeit, die sein Onkel ihm für seine Ferien zugestand, im Vaterhaus verbracht; aber anstatt sich, wie Schuljungen es zu tun pflegen, den Freuden des *farniente*[5] hinzugeben, die uns in jedem Alter verlocken, versah er sich schon am frühen Morgen mit Brot und Büchern; dann ging er fort und las und grübelte im tiefen Walde, um sich den Ermahnungen seiner Mutter zu entziehen, die eine so anhaltende Beschäftigung mit Leserei für gefährlich hielt. Bemerkenswerter mütterlicher Instinkt! Von dieser Zeit an war das Lesen bei Louis zu einer Art Hunger geworden, den nichts zu stillen vermochte; er verschlang Bücher jeglicher Gattung und nährte sich unterschiedslos von religiösen, geschichtlichen, philosophischen und naturwissenschaftlichen Werken. Er hat mir gesagt, er habe unglaubliche Wonnen beim Lesen von Wörterbüchern empfunden, wenn er keine anderen Schriftwerke zur Hand hatte, und ich habe ihm gern geglaubt. Welcher Schuljunge hätte nicht mitunter Freude an der Suche nach dem möglichen Sinn eines unbekannten Substantivs gehabt? Die Analyse eines Worts, dessen Physiognomie, dessen Geschichte boten Lambert Gelegenheit zu langen Grübeleien. Aber es war nicht das instinktive Nachsinnen, mittels dessen ein Knabe sich an die Phänomene des Lebens gewöhnt und sich an die geistigen oder physischen Wahrnehmungen heranwagt, was ein unwillkürliches Bildungsstreben ist, das späterhin sowohl im Verständnis wie im Charakter seine Früchte trägt; nein, Louis erfaßte die Tatsachen, er erklärte sie, nachdem er gleichzeitig ihren Ursprung und ihr Ende mit der Scharfsicht eines Wilden erforscht hatte. Daher konnte er durch eins der erschreckenden Spiele, in denen die Natur sich bisweilen gefällt und das die Anomalie seiner Existenz bewies, schon im Alter von vierzehn Jahren mit Leichtigkeit Ideen äußern, deren Tiefe sich mir erst lange Zeit nachher enthüllt hat.

»Oftmals«, so hat er mir gesagt, wenn er von dem erzählte, was er gelesen hatte, »habe ich köstliche Reisen gemacht, wenn ich mich auf einem Wort in die Abgründe der Vergangenheit einschiffte wie ein Insekt, das sich auf einen Grashalm hockt und sich von einem Strom treiben läßt. Von Griechenland aus brach ich auf, gelangte nach Rom und durchquerte die Weite der neueren Zeitalter. Was für ein schönes Buch könnte man nicht dadurch zustande bringen, daß man das Leben und die Abenteuer eines Wortes erzählte? Sicherlich hat es mannigfache Eindrücke von den Geschehnissen erhalten, denen es gedient hat; entsprechend den Örtlichkeiten hat es unterschiedliche Ideen erweckt; aber ist es nicht etwas noch Größeres, es unter dem dreifachen Gesichtspunkt der Seele, des Körpers und der Bewegung zu betrachten? Schaut man es unabhängig von seinen Funktionen, seinen Wirkungen und seinem Tun an, ergibt sich dann nicht etwas, das einen in einen Ozean von Reflexionen stürzt? Erhalten die meisten Wörter nicht ihre Farbtönung durch die Idee, die sie äußerlich darstellen? Welchem Genie verdanken wir sie? Wenn es einer großen Intelligenz zur Erschaffung eines Worts bedarf, welches Alter hat dann die menschliche Sprache? Die Zusammenstellung der Lettern, ihre Formen, das Aussehen, das sie einem Wort geben, das alles zeichnet genau, dem Charakter jedes Volks entsprechend, unbekannte Wesenheiten, deren Erinnerung in uns ist. Wer wird uns je auf philosophische Weise den Übergang von der sinnlichen Wahrnehmung zum Gedanken erklären, vom Gedanken zum Wort, vom Wort zu dessen hieroglyphischen Ausdruck, von dem Hieroglyphen zum Alphabet, vom Alphabet zur schriftlich fixierten Beredsamkeit, deren Schönheit in einer Folge von Bildern besteht, die von den Rhetoren geordnet worden und die wie die Hieroglyphen des Denkens sind? Die antike Schilderung menschlicher Gedanken, dargestellt in zoologischen Formen, sollte sie nicht die ersten Zeichen bestimmt haben, deren der Orient sich bedient hat, um seine

Sprachen niederzuschreiben? Sollte sie dann nicht mittels der Überlieferung einige Spuren in unsern modernen Sprachen hinterlassen haben, die sich doch sämtlich in die Trümmer des Urwortes der Nationen geteilt haben, jenes majestätischen, feierlichen Wortes, dessen Majestät, dessen Feierlichkeit im gleichen Maß abnehmen, wie die Gesellschaft altert; dessen Nachhall, der in der hebräischen Bibel so klangvoll ist und in Griechenland noch so schön, im Fortschreiten unserer aufeinanderfolgenden Kulturen immer schwächer wird? Verdanken wir jenem Geist früherer Zeiten die Mysterien, die jedes menschliche Wort birgt? Ist in dem Wort »wahr« nicht eine gewisse phantastische Redlichkeit vorhanden? Findet sich nicht in dem kurzen Laut, den es beansprucht, ein unbestimmtes Bild der keuschen Nacktheit, der Schlichtheit des Wahren in jedem Ding? Diese eine Silbe atmet eine unerklärliche Frische und Kühle. Ich habe als Beispiel die Formel eines abstrakten Begriffs genommen, da ich das Problem nicht durch ein Wort erklären wollte, das es allzuleicht verständlich machen würde, wie etwa das Wort »Flug«, bei dem alles zu den Sinnen spricht. Ist es denn letztlich nicht mit jedem Wort so? Alle sind von einer lebendigen Kraft geprägt worden, die sie von der Seele erhalten und die sie zurückerstatten durch die Geheimnisse einer wunderbaren Wirkung und Gegenwirkung zwischen dem Wort und dem Gedanken. Könnte man nicht von einem Liebhaber sprechen, der den Lippen seiner Geliebten genauso viel Liebe entnimmt wie er ihnen spendet? Allein schon durch ihre Physiognomie beleben die Wörter in unserm Gehirn die Geschöpfe, denen sie als Gewandung dienen. Wie alle Wesen haben sie nur eine einzige Stätte, wo ihre Eigenheiten sich voll auswirken und entwickeln können. Aber dieses Thema beschließt vielleicht in sich eine ganze Wissenschaft!« Und er zuckte die Achseln, als wolle er zu mir sagen: »Wir sind gleichzeitig zu groß und zu klein!«

Louis' leidenschaftliches Leseverlangen war übrigens trefflich gestillt worden. Der Pfarrer von Mer besaß etwa zwei- bis dreitausend Bände. Dieser Reichtum entstammte den Plünderungen, die während der Revolution in den Abteien und Schlössern der Umgegend begangen worden waren. In seiner Eigenschaft als vereidigter Priester[6] hatte der biedere Mann die besten Werke aus den kostbaren Sammlungen auswählen dürfen, die damals nach Gewicht verkauft wurden. Innerhalb von drei Jahren hatte Louis sich den Wesensgehalt derjenigen Bücher zu eigen gemacht, die in der Bibliothek seines Onkels würdig waren, gelesen zu werden. Die Absorption von Ideen durch Lektüre war bei ihm zu einem seltsamen Phänomen geworden; sein Auge erfaßte sieben bis acht Zeilen auf einmal, und sein Geist würdigte deren Sinn mit einer Geschwindigkeit, die derjenigen seines Blicks gleichkam; oft genügte ihm sogar in einem Satz bloß ein Wort zur Erfassung seines Gehalts. Sein Gedächtnis war erstaunlich. Mit derselben Treue erinnerte er sich angelesener Gedanken wie derjenigen, zu denen eigenes Nachdenken oder ein Gespräch ihn angeregt hatten. Kurzum, er besaß ein Gedächtnis für alles und jedes, für Örtlichkeiten, Namen, Wörter, Dinge und Gesichter. Nicht allein, daß er sich der Gegenstände je seinem Willen entsprechend erinnerte; er sah sie auch in sich selbst in der Stellung, Beleuchtung und Färbung wie in dem Augenblick, da er sie wahrgenommen hatte. Diese Fähigkeit bezeigte sich gleichermaßen bei den unfaßbarsten Vorgängen der lebendigen Fassungskraft. Er erinnerte sich, wie er es ausdrückte, nicht nur der Lagerung der Gedanken in dem Buch, dem er sie entnommen hatte, sondern auch der Zustände seiner Seele in entlegenen Zeiten. Durch eine unerhörte Bevorzugung konnte sein Gedächtnis ihm also die Fortschritte und das ganze Leben seines Geistes nachzeichnen, vom ältesten ihm zuteil gewordenen Gedanken bis zum letzterschlossenen, vom verworrensten bis zum hellsichtigsten. Sein schon von jung auf an den schwierigen Mechanismus der Konzentration menschlicher Kräfte gewohntes Gehirn schöpfte aus diesem reichen Vorratslager eine Menge Bilder von wunderbarer Wirklichkeit und Frische, von denen es sich während der Dauer seiner durchsichtigen Kontemplationen nährte.

»Wenn ich es will«, sagte er mir in seiner Ausdrucksweise, der die Schätze der Erinnerungen eine frühreife Originalität verliehen hatten, »ziehe ich über meine Augen einen Schleier. Unvermittelt gehe ich in mich selber ein, und dort finde ich eine dunkle Kammer, wo die zufälligen Vorgänge der Natur sich sogleich in einer reineren Form darstellen als in derjenigen, in der sie zunächst meinen äußeren Sinneswahrnehmungen erschienen.«

Als er zwölf Jahre alt war, hatte seine von dem beständigen Training seiner Fähigkeiten angestachelte Phantasie sich in einem Maß entwickelt, daß sie es ihm ermöglichte, sich von Dingen, die er einzig durch Lektüre in sich aufgenommen hatte, so genaue Vorstellungen zu formen, daß das seiner Seele eingeprägte Bild nicht lebendiger hätte sein können, wenn er sie wirklich gesehen hätte; sei es, daß er dabei durch Analogieschlüsse vorging, sei es, daß er gewissermaßen mit dem »zweiten Gesicht« begabt war, mittels dessen er die Natur erfaßte.

»Als ich die Schilderung der Schlacht bei Austerlitz las«, sagte er mir eines Tages, »habe ich alles, was dabei geschah, vor mir gesehen. Die Salven der Geschütze, die Schreie der Kämpfenden haben in meinen Ohren widergehallt und mein Inneres aufgewühlt; ich habe den Pulverdampf gerochen, das Getrappel der Pferde und die Stimmen der Menschen gehört; ich habe die Ebene angestaunt, auf der bewaffnete Völker aufeinanderstießen, als hätte ich auf der Höhe des Santon gestanden. Der Anblick hat auf mich so erschreckend gewirkt wie eine Stelle aus der Apokalypse.«

Wenn er auf diese Weise alle seine Kräfte beim Lesen einsetzte, verlor er irgendwie das Bewußtsein, körperlich am Leben zu sein, und existierte nur noch durch das allmächtige Spiel seiner inneren Organe, deren Reichweite sich über die Maßen ausgedehnt hatte; er ließ, wie er sich ausdrückte, *den Raum hinter sich zurück*. Aber ich will nichts im voraus über die intellektuellen Phasen seines Lebens aussagen. Wider meinen Willen habe ich bereits in die Ordnung eingegriffen, in der ich die Geschichte dieses Mannes entrollen muß, der sein gesamtes Tun in sein Denken verlegte wie andere ihr ganzes Leben ins Tun.

Eine große Neigung zog ihn zu den Werken der Mystiker hin. *»Abyssus abyssum«*[7], pflegte er zu mir zu sagen. »Unser Geist ist ein Abgrund, der sich in Abgründen wohlgefällt. Ob wir nun Knaben, Männer oder Greise sind, uns reizen stets Mysterien, unter welcher Form sie sich auch immer darbieten mögen.« Diese Vorliebe gedieh ihm zum Verhängnis, falls es erlaubt ist, sein Leben nach den üblichen Regeln und Gesetzen zu beurteilen und das Glück anderer mit dem Maßstab des unsern oder nach den gesellschaftlichen Vorurteilen zu messen. Dieses Gefallen an den Dingen des Himmels, was ein weiterer Ausdruck ist, den er häufig gebrauchte, diese *»mens divinior«*[8] war vielleicht dem Einfluß entsprungen, der auf seinen Geist durch die ersten, bei seinem Onkel gelesenen Bücher ausgeübt wurde. Die heilige Therese[9] und Madame Guyon[10] bildeten für ihn die Fortsetzung der Bibel, bekamen die Erstlingsopfer seiner entwickelten Intelligenz und gewöhnten ihn an jene lebhaften Reaktionen der Seele, deren Ekstase gleichzeitig Mittel und Ziel ist. Dieses Studium, dieser Hang erhoben sein Herz, läuterten es, veredelten es, spendeten ihm das Verlangen nach der Gottesnatur und lehrten ihn fast weiblich-zarte Empfindungen, wie sie großen Männern angeboren sind; vielleicht ist deren Erhabenheit lediglich das die Frau auszeichnende Verlangen nach Hingabe, freilich übertragen auf die großen Dinge. Dank solcherlei ersten Eindrücken blieb Louis im Collège rein. Diese edle Unberührtheit der Sinne hatte notwendigerweise zur Folge, daß die Wärme seines Bluts stärker wurde und daß seine Denkfähigkeit wuchs.

Die Baronin de Staël, die auf vierzig Meilen von Paris verbannt worden war, verbrachte mehrere Monate ihres Exils auf einem in der Nähe von Vendôme gelegenen Gut. Als sie eines Tages spazierenging, stieß sie am Parkzaun auf den Gerberssohn, der, fast zerlumpt, in ein Buch vertieft dasaß. Jenes Buch war eine Übersetzung von ›Himmel und Hölle‹[11]. Zu jener Zeit waren Saint-Martin[12], de Gence[13] und ein paar andere französische Schriftsteller, die Hälfte davon deutschen Ursprungs, nahezu die einzigen im französischen Kaiserreich, die den Namen Swedenborg kannten. Die erstaunte Madame de Staël griff nach dem Buch mit der Schroffheit, die sie in alle ihre an Verhöre grenzenden Fragen, ihre Blicke und Gesten zu legen beliebte; dann schaute sie Lambert scharf an und fragte ihn: »Verstehst du denn das?« »Beten Sie zu Gott?« fragte der Knabe. »Nun … freilich.«

»Und verstehen Sie ihn?«

Die Baronin stand eine kurze Weile sprachlos da; dann setzte sie sich neben Lambert und fing an, mit ihm zu plaudern. Unglücklicherweise ist mein Gedächtnis, obwohl überaus umfassend, weit davon entfernt, so getreu zu sein, wie das meines Kameraden es war, und abgesehen von den einleitenden Worten habe ich von dieser Unterhaltung alles vergessen. Jene Begegnung war so geartet, daß sie Madame de Staël tief betroffen machte; nach ihrer Rückkehr ins Schloß sprach sie wenig davon, obwohl ihr Mitteilungsbedürfnis zur Geschwätzigkeit entartet war; aber es schien sie innerlich stark zu beschäftigen. Die einzige noch lebende Person, die die Erinnerung an dieses Abenteuer bewahrt hat und die ich ausgefragt habe, um die wenigen Worte zu sammeln, die Madame de Staël damals entschlüpft sind, fand nur unter Schwierigkeiten in ihrem Gedächtnis die Äußerung wieder, die die Baronin in bezug auf Lambert getan hat: *»Der ist ein wahrer Seher.«* Louis hat in den Augen der Weltleute keinesfalls die schönen Hoffnungen gerechtfertigt, die er in seiner Gönnerin erweckt hatte. Die flüchtige Anteilnahme, die sich auf ihn richtete, wurde daher als eine Weiberlaune betrachtet, als einer der wunderlichen Einfälle, wie sie Künstlernaturen eigentümlich sind. Madame de Staël hatte Louis Lambert dem Kaiser und der Kirche entreißen wollen, um ihn dem edlen Geschick zurückzuerstatten, das, wie sie sagte, seiner wartete; denn sie hatte aus ihm bereits einen neuen, aus den Wassern geretteten Moses gemacht. Bevor sie abreiste, beauftragte sie einen ihrer Freunde, Monsieur de Corbigny[14], der damals in Blois Präfekt war, zur angemessenen Zeit ihren Mosesknaben auf das Collège zu Vendôme zu schicken; dann vergaß sie ihn wahrscheinlich. Lambert war als Vierzehnjähriger zu Beginn des Jahres 1811 dort eingetreten und mußte das Collège gegen Ende 1814 verlassen, nachdem er die Oberprima absolviert hatte. Ich bezweifle, daß er während dieser Zeit jemals das geringste Erinnerungszeichen von seiten seiner Wohltäterin bekommen hat, sofern es überhaupt eine Wohltat war, drei Jahre lang den Unterhalt für einen Knaben zu bezahlen, ohne an seine Zukunft zu denken, nachdem man ihn von einer Laufbahn abgelenkt hatte, in der er vielleicht das Glück gefunden hätte. Die Zeitumstände und der Charakter Louis Lamberts können Madame de Staël, sowohl was ihre Sorglosigkeit als auch was ihren Edelmut betrifft, in vollem Umfang freisprechen. Die Persönlichkeit, die von ihr erkoren worden war, um als Mittelsmann in ihren Beziehungen zu dem Knaben zu dienen, verließ Blois in dem Augenblick, da dieser vom Collège abging. Die damals hereinbrechenden politischen Ereignisse rechtfertigen zulänglich die Gleichgültigkeit jener Persönlichkeit gegenüber dem Schützling der Baronin. Die Verfasserin von ›Corinne‹ hörte nichts mehr von ihrem Mosesknaben. Die hundert Louis, die sie Monsieur de Corbigny gegeben hatte, der, wie ich glaube, seinerseits 1812 starb, waren keine so beträchtliche Summe, um in Madame de Staël Erinnerungen wach zu rufen; ihre überspannte Seele hatte nun ihren Weideplatz wiedergefunden, und ihre gesamten Interessen wurden während der Umschwünge der Jahre 1814 und 1815 lebhaft beansprucht. Louis Lambert war zu jener Zeit zu arm und zu stolz, um sich nochmals an seine durch Europa reisende Wohltäterin zu wenden. Nichtsdestoweniger wanderte er von Blois nach Paris in der Absicht, sie aufzusuchen, und langte unglücklicherweise gerade an dem Tag an, da die Baronin starb[15]. Zwei von Lambert geschriebene Briefe waren unbeantwortet geblieben. Die Erinnerung an die guten Absichten der Madame de Staël für Louis hat also nur in ein paar jungen Gedächtnissen fortgedauert, die, wie das meine, durch das Wundersame dieser Geschichte stark erschüttert worden sind. Man muß in unserem Collège gewesen sein, um sowohl die Wirkung zu verstehen, die für gewöhnlich die Ankündigung, es komme »ein Neuer«, auf unsere Gemüter machte, als auch den besonderen Eindruck, den das Abenteuer Lamberts uns verursachen mußte.

An dieser Stelle sind einige Aufschlüsse über die Grundgesetze unseres Instituts erforderlich, das ehedem halb militärisch, halb kirchlich geleitet wurde, um das neue Leben zu verdeutlichen, das Lambert dort führen sollte. Vor der Revolution besaß der Orden der Oratorianer, der sich, wie derjenige der Jesuiten, dem öffentlichen Erziehungswesen gewidmet hatte und ihm in mehreren Anstalten oblag, mehrere Niederlassungen in der Provinz; die berühmteste darunter waren die Collèges in Vendôme, in Tournon, in La Flèche, in Pont-le-Voy, in Sorrèze und in Juilly. In dem zu Vendôme und ebenso in den andern wurde, wie ich glaube, eine gewisse Anzahl von Kadetten erzogen, die dazu bestimmt waren, im Heer zu dienen. Die Abschaffung der kirchlichen Lehrkörper durch ein Dekret des Konvents hat nur sehr wenig Einfluß auf das Institut zu Vendôme gehabt. Als die erste Krise vorüber war, bezog das Collège wieder seine Baulichkeiten;

einige Oratorianer, die sich in der Umgebung zerstreut hatten, kehrten zurück und stellten es von neuem her, unter Beibehaltung der alten Regel, der Gewohnheiten, der Gebräuche und Sitten, die jenem Collège eine Physiognomie gegeben hatten; ich kann sie in nichts mit dem Charakter der andern Gymnasien vergleichen, die ich nach meinem Fortgang von Vendôme besucht habe. Das Collège lag mitten in der Stadt an dem Flüßchen Loir, das seine Bauten umspült; es bildet einen weitläufigen, sorglich abgeschlossenen Komplex, in dem die für ein Institut dieser Art notwendigen Anlagen zusammengepfercht sind: eine Kapelle, ein Theater, eine Krankenabteilung, eine Bücherei, Gärten und Wasserläufe. Dieses Collège, die berühmteste Erziehungsstätte der Provinzen Mittelfrankreichs, besuchen Schüler aus diesem Landesteil und aus unseren Kolonien. Somit gestattet die Entfernung es den Eltern nicht, häufig hinzukommen und ihre Kinder zu besuchen. Überdies untersagte die Schulordnung, daß die Ferien außerhalb des Internats verbracht wurden. Waren die Schüler einmal in das Collège eingetreten, so verließen sie es erst wieder nach Abschluß ihrer Schulzeit. Abgesehen von den Spaziergängen vor den Toren der Anstalt unter Leitung der Patres war alles so berechnet worden, daß dieses Haus die Vorteile klösterlicher Disziplin besaß. Zu meiner Zeit war der »Zuchtmeister« noch eine lebendige Erinnerung, und die klassische Ledergeißel spielte noch in allen Ehren ihre furchtbare Rolle. Die ehedem von der Gesellschaft Jesu ausgeheckten Bestrafungen, die eine so erschrekkende Wirkung auf das Geistig-Seelische wie auf den Körper hatten, gehörten der Unveränderlichkeit des alten Programms an. Die Briefe an die Eltern waren an gewissen Tagen genauso obligatorisch wie die Beichte. Auf diese Weise waren unsere Sünden wie unsere Gefühle streng geregelt. Alles trug die Prägung mönchischer Einförmigkeit. Neben anderen Überbleibseln des alten Instituts erinnere ich mich der Inspektion, der wir uns jeden Sonntag unterziehen mußten. Wir traten in Galauniform an wie Soldaten und erwarteten die beiden Inspektoren, die, gefolgt von den Lieferanten und den Lehrern, uns unter dem dreifachen Gesichtspunkt des Anzugs, der Hygiene und der Moral untersuchten.

Die zwei- oder dreihundert Schüler, die das Collège unterbringen konnte, waren, dem alten Brauch entsprechend, in vier Sektionen eingeteilt: die »Kleinsten«, die »Kleinen«, die »Mittleren« und die »Großen«. Die Abteilung der Kleinsten umfaßte die Klassen, die als die achte und siebente bezeichnet werden; die der Kleinen die sechste, fünfte und vierte; die der Mittleren die dritte und zweite; die der Großen endlich die Unterprima, die Oberprima und diejenigen Schüler, die sich mit höherer Mathematik, Physik und Chemie beschäftigten. Jedes dieser besonderen Collèges besaß sein eigenes Gebäude, seine Klassenräume und seinen Hof in einem großen, gemeinsamen Terrain, wohin die Ausgänge der Unterrichtsräume führten, die alle an das Refektorium[16] grenzten. Dieses Refektorium, das eines alten Mönchsordens würdig war, faßte sämtliche Schüler. Im Gegensatz zu der Regel anderer Lehranstalten durften wir beim Essen sprechen; das war eine Oratorianer-Duldsamkeit, die es uns gestattete, je nach unserem Geschmack die Speisen auszutauschen. Dieser gastronomische Handel ist beständig eine der größten Freuden unseres Collège-Lebens geblieben. Wenn ein Mittlerer, der am Kopfende des Tisches saß, lieber eine Portion gelbe Erbsen als seinen Nachtisch, denn es gab einen Nachtisch, haben wollte, so ging folgender Vorschlag von Mund zu Mund: »Ein Nachtisch gegen Erbsen!«, bis ein Leckermaul ihn angenommen hatte; dann schickte dieses seine Portion Erbsen weiter; sie ging von Hand zu Hand bis zu dem Bittsteller, dessen Nachtisch auf demselben Weg anlangte. Niemals gab es einen Irrtum. Wenn mehrere gleichgeartete Forderungen erhoben wurden, trug jede ihre Nummer, und dann hieß es: »Erste Erbsen für ersten Nachtisch.« Die Tische waren lang, unser ständiger Tauschhandel erhielt daran alles in Bewegung; und wir redeten, wir aßen, wir betätigten uns mit beispielloser Lebhaftigkeit. Daher boten das Geschwätz von dreihundert jungen Menschen, das Kommen und Gehen der Diener, die damit beschäftigt waren, die Teller zu wechseln, die Gerichte aufzutragen, das Brot zu reichen, und die Beaufsichtigung durch die Direktoren aus dem Refektorium zu Vendôme ein in seiner Art einzigartiges Schauspiel dar, das die Besucher immer wieder in Erstaunen setzte.

Um uns unser Leben, das aller Verbindung mit der Außenwelt beraubt und von allen Liebesbezeigungen durch die Familie abgeschnitten war, angenehmer zu gestalten, hatten die Patres uns erlaubt, Tauben zu halten und Gärten anzulegen. Unsere zwei- bis dreihundert Taubenschläge, an die tausend Tauben, die rings an der uns einschließenden Mauer nisteten, und etwa dreißig Gärten bildeten einen noch seltsameren Anblick, als derjenige unserer Mahlzeiten es war. Allein es würde allzu langweilig werden, die Eigentümlichkeiten zu schildern, die das Collège zu Vendôme zu einer ganz besonderen Anstalt machen, und zu etwas Fruchtbarem in der Erinnerung aller, deren Kindheit sich dort abgespielt hat. Wer von uns gedächte nicht noch immer voller Entzücken, trotz der Bitternisse des Lernenmüssens, der Absonderlichkeiten dieses Klosterlebens? Da war das Naschzeug, das während unserer Spaziergänge unter der Hand gekauft wurde, da war die Erlaubnis zum Kartenspielen und zu Theateraufführungen während der Ferien, ein kleines, gegenseitiges Sichausplündern und Freiheiten, was alles durch unsere Abgeschlossenheit unerläßlich geworden war; dann noch unsere Militärmusik, die letzte Spur, die die Kadetten hinterlassen hatten; unsere Akademie, unser Kaplan, die Patres, die uns unterrichteten; und alsdann die besonderen, verbotenen oder erlaubten Spiele: unsere Reiterei auf Stelzen, die langen Glitschbahnen, die im Winter angelegt wurden, der Lärm unserer altmodischen Schuhe mit Holzsohlen, und vor allem das Einkaufen, das durch die Verkaufsbude eingeführt worden war, die sich im Innern unserer Höfe befand. Diese Bude wurde von einer Art Faktotum geführt, von dem groß und klein laut Prospekt folgende Dinge beziehen konnten: Schachteln, Stelzen, Werkzeuge, Ringeltauben, Rauhfußtauben, Meßbücher (ein selten verkaufter Artikel), Taschenmesser, Papier, Schreibfedern, Bleistifte, Tinte in allen Farben, Bälle und Murmeln; kurzum, eine ganze Welt von Dingen, die kindliches Verlangen verlockten; sie umfaßte schlechthin alles, von der Brühe der Tauben, die wir schlachten mußten, bis zu den Steinguttöpfen, in denen wir den Reis unseres Abendessens für das Frühstück des nächsten Tages aufbewahrten. Wer von uns ist ein so armseliger Mensch, daß er das Herzklopfen beim Anblick dieses Ladens vergessen haben könnte, der zeitweise am Sonntag während der Pause geöffnet war und wohin wir der Reihe nach gingen, um den Betrag auszugeben, der uns ausgehändigt worden war; wobei jedoch die Kargheit der uns von den Eltern für unsere kleinen Freuden bewilligten Summe uns nötigte, eine Wahl zwischen all den Dingen zu treffen, die eine so lebhafte Verführungskraft auf unsere Seelen ausübten? Ob wohl die junge Gattin, der während der ersten holden Tage ihr Ehemann jährlich zwölfmal eine Börse voller Geldstücke übergibt, als hübsches Budget für ihre kleinen Wünsche, je von soviel mannigfachen Anschaffungen geträumt hat, deren jede die ganze Summe verschlingt, wie wir uns deswegen am Vorabend der ersten Sonntage des Monats den Kopf zerbrachen? Für sechs Francs besaßen wir eine Nacht hindurch die Gesamtheit der Güter der unerschöpflichen Verkaufsbude! Und während der Messe stimmten wir keinen Antwortgesang an, der nicht unsere heimlichen Berechnungen durcheinandergebracht hätte. Wer von uns kann sich entsinnen, ein paar Sous übriggehabt zu haben, die er am zweiten Sonntag hätte ausgeben können? Kurzum, wer hat nicht im voraus den sozialen Gesetzen gehorcht und die Parias bedauert, ihnen geholfen und sie verachtet, die der Geiz oder die elterliche Notlage ohne Geld gelassen hatten?

Wer sich die Abgeschlossenheit dieses großen Collège mit seinen klösterlichen Baulichkeiten inmitten einer Kleinstadt vorzustellen vermag und die vier Parks, in denen wir dem Alter nach untergebracht waren, der wird sich gewiß eine Vorstellung von dem Interesse machen können, das die Ankunft eines »Neuen« für uns bilden mußte, der wie ein Passagier war, der unvermittelt auf ein Schiff kommt. Niemals ist eine bei Hofe vorgestellte junge Herzogin so boshaft kritisiert worden, wie der neue Ankömmling von allen Schülern seiner Abteilung. Jene Schmeichler, welche mit den beiden Patres, die im wöchentlichen Wechsel auf uns aufpaßten, zu reden pflegten, vernahmen gewöhnlich als erste von dem gerade diensthabenden Pater während der Abendpause vor dem Gebet die authentischen Worte: »Morgen bekommt ihr einen Neuen!« Dann durchhallte plötzlich der Ruf: »Ein Neuer! Ein Neuer!« die Höfe. Alle eilten wir herbei und scharten uns um den Aufsichtführenden, der alsbald nachdrücklich ausgefragt wurde. Woher er komme? Wie er heiße? In welche Klasse er kommen solle? Usw.

Louis Lamberts Ankunft war der Inhalt eines Märchens, das

›Tausendundeiner Nacht‹ würdig gewesen wäre. Ich war damals in der Vierten bei den Kleinen. Als Aufseher hatten wir zwei Männer, denen wir traditionsgemäß die Bezeichnung »Patres« gegeben hatten, obwohl sie Laien waren. Zu meiner Zeit gab es in Vendôme nur noch drei wirkliche Oratorianer, denen jener Titel rechtmäßig gebührte; im Jahre 1814 haben sie das Collège verlassen, das sich unmerklich säkularisiert hatte, um sich an die Altäre einiger ländlicher Pfarreien zu flüchten, wie es ja auch der Pfarrer von Mer getan hatte. Pater Haugoult, der diese Woche die Aufsicht führte, war ein recht wackerer Mann, aber er entbehrte der höheren Bildung; es fehlte ihm an dem so notwendigen Takt, um die charakterlichen Unterschiede der Knaben zu unterscheiden und ihnen die Strafe jeweils ihren Kräften entsprechend zu bemessen. Pater Haugoult fing also an, recht willfährig von all den seltsamen Geschehnissen zu erzählen, die uns am nächsten Tag den ungewöhnlichsten aller Neuen bescheren sollten. Alles Spielen hörte auf der Stelle auf. Sämtliche Kleinen kamen stillschweigend herbeigelaufen, um dem Abenteuer dieses Louis Lambert zu lauschen, der wie ein Meteorstein von Madame de Staël in einem Waldwinkel gefunden worden war. Monsieur Haugoult mußte uns erklären, wer Madame de Staël sei: An jenem Abend schien sie mir zehn Fuß groß zu sein; seither habe ich Corinnes Bildnis gesehen, auf dem Gérard sie so groß und so schön dargestellt hat; aber leider übertraf die von meiner Phantasie erträumte ideale Frau sie so sehr, daß die wirkliche Madame de Staël in meiner Vorstellung beständig verloren hat, sogar nach der Lektüre des durch und durch männlichen Buches mit dem Titel ›De l'Allemagne‹.[17] Aber Lambert war damals ein noch ganz anderes Wunder. Nach einer entsprechenden Prüfung hätte Monsieur Mareschal, der Studienleiter, gezögert, sagte Pater Haugoult, ihn den Großen einzugliedern. Louis' Lücken im Latein hätten es mit sich gebracht, daß er in die vierte Klasse geschickt worden sei; aber sicherlich werde er jedes Jahr eine Klasse überspringen; ausnahmsweise solle er in die Akademie aufgenommen werden. *»Proh pudor!«*[18] Es sollte uns also die Ehre zuteil werden, unter den Kleinen einen mit dem roten Bändchen dekorierten Frack zu haben, das die Akademiker von

Vendôme trugen. Den Akademikern waren auffallende Vorrechte zuerteilt worden; sie aßen oft am Tisch des Direktors und hielten jedes Jahr zwei literarische Sitzungen ab, denen wir beiwohnten, um ihre Werke anzuhören. Ein Akademiker war die Miniaturausgabe eines großen Mannes. Wenn jeder »Vendômien« ehrlich sein will, wird er eingestehen, daß später ein wirkliches Akademie-Mitglied der wirklichen *Académie française* ihm als etwas weit weniger Erstaunliches erschienen ist als dieser Wunderknabe, der durch das Ordenskreuz und das ehrfurchtgebietende rote Bändchen ausgezeichnet worden war, die Insignien unserer Akademie. Es war sehr schwierig, dieser glorreichen Körperschaft anzugehören, ehe man in die zweite Klasse aufgerückt war, denn die Akademiker mußten während der Ferien jeden Donnerstag öffentliche Sitzungen abhalten und uns Erzählungen in Vers oder Prosa, Episteln, Traktate, Tragödien und Komödien vorlesen; Arbeiten, denen die Intelligenz der unteren Klassen nicht gewachsen war. Ich habe lange die Erinnerung an eine Erzählung mit dem Titel ›Der grüne Esel‹ bewahrt, die, wie ich glaube, das hervorstechendste Werk dieser unbekannten Akademie gewesen ist. Ein »Viertklaßler« sollte der Akademie angehören! Dieser vierzehnjährige Junge, der bereits ein Dichter war, den Madame de Staël schätzte, ein künftiges Genie, wie Pater Haugoult uns sagte, sollte also einer der unsern sein; ein Hexenmeister, ein Bube, der einen Aufsatz oder eine Übersetzung machen konnte, während wir zum Unterricht gerufen werden würden, und der seine Aufgaben lernte, indem er sie ein einziges Mal durchlas. Louis Lambert brachte alle unsere Vorstellungen durcheinander. Ferner fachten die Neugier des Paters Haugoult und seine spürbare Ungeduld, den Neuen zu sehen, unsere entflammte Phantasie noch mehr an. »Wenn er Tauben hat, bekommt er keinen Schlag. Es ist kein Platz mehr. Nichts zu machen«, sagte einer von uns, der seither ein großer Landwirt geworden ist. »Neben wen er wohl gesetzt werden wird?« fragte ein anderer. »Oh, ich möchte schon sein ›*faisant*‹ sein!« rief ein Überschwenglicher. In unserer Schuljungensprache stellte der Ausdruck *»faisant«* (er bedeutet übrigens »Kamerad« oder »Kumpel«) eine eigentümliche Prägung dar, die schwierig zu übersetzen ist. Er bedeutete brüderliches

Teilen der Freuden und Leiden unseres kindlichen Lebens, ein enges Miteinander voller Kabbeleien und Versöhnungen, einen offensiven und defensiven Bündnispakt. Wie sonderbar! In meiner ganzen Schulzeit habe ich es nie erlebt, daß Brüder »faisants« gewesen wären. Wenn der Mensch nur von Gefühlen lebt, glaubt er vielleicht, sein Leben ärmer zu machen, wenn er eine gefundene Zuneigung mit einer naturgegebenen vermischt.

Der Eindruck, den die Reden des Paters Haugoult an jenem Abend auf mich machten, ist einer der stärksten meiner Kindheit, und ich kann ihn nur mit der Lektüre des ›Robinson Crusoe‹[19] vergleichen. Ich verdanke sogar in späterer Zeit der Erinnerung an diese wundersamen Empfindungen eine vielleicht neue Beobachtung über die unterschiedlichen Wirkungen, die die Wörter in jedem Auffassungsvermögen hervorrufen. Das Wort stellt nichts Absolutes dar; wir wirken mehr auf das Wort ein, als es auf uns einwirkt; seine Kraft hängt von den Bildvorstellungen ab, die wir erworben haben und die wir darin gruppieren; aber die eingehende Beschäftigung mit diesem Phänomen erfordert ausgiebige Darlegungen, die hier unangebracht sind. Da ich nicht schlafen konnte, führte ich eine lange Unterhaltung mit meinem Schlafsaalnachbarn über das ungewöhnliche Menschenwesen, das wir vom nächsten Tag an unter uns haben sollten. Dieser Nachbar wurde später Offizier und ist heute ein Schriftsteller mit hohen philosophischen Anschauungen; er hieß Barchou de Penhoën[20], hat weder seine Bestimmung noch den Zufall Lügen gestraft, der in ein und derselben Klasse, auf derselben Bank und unter demselben Dach die beiden einzigen Vendôme-Schüler vereinigte, von denen Vendôme noch heute sprechen hört; denn in dem Augenblick, da dies Buch veröffentlicht wurde, war unser Kamerad Dufaure[21] noch nicht in das öffentliche Leben, ins Parlament, eingetreten. Der neuerliche Übersetzer Fichtes, der Interpret und Freund Ballanches[22] war damals bereits, wie auch ich, mit metaphysischen Fragen beschäftigt; er hat oftmals mit mir über Gott, uns Menschen und die Natur gefaselt. Damals hat er dem Pyrrhonismus[23] zugeneigt. Er war eifersüchtig darauf bedacht, sich in seiner Rolle zu behaupten, und leugnete Lamberts Fähigkeiten; ich dagegen, der kürzlich die ›Wunderkinder‹[24] gelesen hatte, überschüttete ihn mit Beweisen und zitierte ihm den kleinen Montcalm[25], Pico della Mirandola[26], Pascal[27], kurzum, alle frühreifen Gehirne und berühmten Anomalien in der Geschichte des menschlichen Geistes, die Vorgänger Lamberts. Ich selber war damals ein leidenschaftlicher Leser. Da mein Vater den innigen Wunsch hegte, mich auf der *Ecole Polytechnique*[28] zu sehen, bezahlte er für mich Privatstunden in Mathematik. Mein Repetitor, der Bibliothekar des Collège, ließ mich Bücher entnehmen, ohne groß darauf zu achten, was ich aus der Bibliothek heraustrug, einer ruhigen Stätte, wohin er mich während der Pausen kommen ließ, um mir seine Nachhilfestunden zu erteilen. Wie ich glaube, war er entweder untüchtig oder in irgendein ernstes Vorhaben vertieft; denn er erlaubte mir willfährig, während der Wiederholungsstunden zu lesen, und arbeitete selber an irgend etwas. Somit beklagte ich mich kraft eines stillschweigenden Übereinkommens zwischen uns beiden keineswegs darüber, daß ich nichts lernte, und er überging mein Entleihen von Büchern mit Stillschweigen. Hingerissen von dieser unzeitigen Leidenschaft vernachlässigte ich meine Schulaufgaben und schrieb stattdessen Dichtungen, die sicherlich zu geringen Hoffnungen Anlaß boten, wenn ich sie nach dem holprigen Vers beurteile, der unter meinen Kameraden berühmt geworden ist und mit dem ein Epos über die Inkas begann:

»O Inka! O unglück-seliger König du!«

Zur Verhöhnung meiner Versuche erhielt ich den Spitznamen »Poet«; aber die Spöttereien besserten mich nicht. Ich betätigte mich auch weiterhin als Verseschmied, trotz des weisen Rats des Monsieur Mareschal, unseres Direktors, der mich von einer unseligerweise tief eingewurzelten Manie dadurch zu heilen versuchte, daß er mir in einer Art Fabel von den Mißgeschicken einer Grasmücke erzählte, die aus dem Nest fiel, als sie hatte fliegen wollen, ehe ihr die Flügel gewachsen waren. Ich fuhr mit meiner Leserei fort; ich wurde der unbeteiligtste, der faulste, der versonnenste Schüler in der Abteilung der Kleinen und folglich der am häufigsten bestrafte. Diese autobiographische Abschweifung soll die Art und Weise der Grübeleien verständlich machen, von denen ich um die Zeit von Lamberts Ankunft bedrängt wurde. Ich war damals zwölf Jahre alt. Von vornherein empfand ich eine unbestimmte Sympathie für einen Jungen, mit dem ich im Temperament einige Ähnlichkeit besaß. Ich sollte also einem Gefährten in meinem Sinnieren und meinen Meditationen begegnen. Ohne noch zu wissen, was Ruhm sei, fand ich es rühmlich, der Kamerad eines Jungen zu sein, dessen Unsterblichkeit von Madame de Staël feierlich verkündet worden war. Louis Lambert dünkte mich ein Gigant.

Endlich brach der so sehr erwartete nächste Tag an. Kurz vor dem Mittagessen hörten wir im stillen Hof den doppelten Schritt von Monsieur Mareschal und dem Neuen. Sogleich wandten alle Köpfe sich der Klassentür zu. Pater Haugoult, der alle Folterqualen unserer Neugier teilte, ließ uns nicht den Pfeifton vernehmen, durch den er unserm Getuschel Schweigen gebot und uns zurück an die Arbeit rief. Jetzt sahen wir den berühmten Neuen; Monsieur Mareschal hielt ihn an der Hand. Der Aufsichtführende stieg von seinem Katheder herunter, und, wie die Etikette es gebot, sagte der Direktor feierlich: »Monsieur, ich bringe hier Monsieur Louis Lambert. Sie sollen ihn mit den Schülern der vierten Klasse zusammensetzen; von morgen an nimmt er am Unterricht teil.« Dann besprach er sich leise mit dem Aufsichtführenden und fragte dann laut: »Wohin wollen Sie ihn setzen?« Es wäre ungerecht gewesen, einen von uns um des Neuen willen von seinem Platz zu verdrängen, und da nur ein einziges Pult frei war, kam Louis Lambert daran zu sitzen, neben mir, der ich zuletzt in die Klasse gekommen war. Trotz der Zeit, die wir noch Arbeitsstunde hatten, standen wir alle auf und musterten Louis Lambert. Monsieur Mareschal hörte unser Getuschel, sah, daß wir aufsässig waren und sagte mit der Güte, die ihn uns besonders lieb machte: »Seid wenigstens artig und stört die andern Klassen nicht.«

Diese Äußerung gab uns schon einige Zeit vor der Essensstunde frei, und wir umringten Lambert, während Monsieur Mareschal mit Pater Haugoult im Hof auf und ab ging. Wir waren etwa achtzig kleine Teufelskerle und dreist wie Raubvögel. Obwohl wir samt und sonders dieses grausame Noviziat durchgemacht hatten, ersparten wir einem Neuen niemals das spöttische Auslachen, die Fragen, die Frechheiten, die bei solcherlei Gelegenheiten einander folgten zur Beschämung des Neophyten, der auf diese Weise in bezug auf Lebensart, Körperkraft und Charakter untersucht wurde. Lambert, der entweder völlig gelassen oder gänzlich verdutzt war, antwortete auf keine unserer Fragen. Da sagte einer von uns, Louis entstamme sicherlich der Schule des Pythagoras. Allgemeines Gelächter erscholl. Für seine gesamte Schulzeit hatte der Neue den Spitznamen »Pythagoras« erhalten. Allein der durchdringende Blick Lamberts, die Verachtung für unsere Kindereien, die sich auf seinem Gesicht abzeichnete und die zur Artung seines Geistes in einem Mißverhältnis stand, die zwanglose Haltung, in der er verharrte, seine Körperkraft, die offenbar seinem Alter entsprach, nötigten auch den übelsten Burschen unter uns einen gewissen Respekt ab. Ich jedoch stand dicht vor ihm und befaßte mich damit, ihn stumm zu mustern.

Louis war ein magerer, schmächtiger Junge, vier und einen halben Fuß groß; sein verbranntes Gesicht, seine von der Sonne gebräunten Hände schienen von einer Muskelkraft zu künden, die er dennoch eigentlich nicht besaß. Daher gewahrten wir zwei Monate nach seinem Eintritt ins Collège, als der Aufenthalt im Klassenraum ihn seine fast pflanzenhafte Farbe hatte verlieren lassen, daß er blaß und hellhäutig wie eine Frau geworden war. Sein Kopf war merkwürdig dick. Sein Haar, von schönem Schwarz und üppig gelockt, lieh seiner Stirn eine unbeschreibliche Anmut; ihr Ausmaß hatte etwas Ungewöhnliches, sogar für uns, die wir, wie sich denken läßt, keine Ahnung von den Prognosen der Phrenologie[29] hatten, einer Wissenschaft, die damals noch in der Wiege lag. Die Schönheit seiner phrophetischen Stirn rührte vor allem von dem ungemein reinen Schwung der beiden Brauenbögen her, unter denen seine dunklen Augen blitzten; jene Bögen wirkten wie aus Alabaster geschnitzt, und ihre Linien, etwas seltsam Reizvolles, verliefen in vollkommener Parallelität, wodurch sie an der Nasenwurzel zusammenstießen. Aber es war schwierig, sich über sein Gesicht Gedanken zu machen, das übrigens sehr unregelmäßig war, wenn man seine Augen wahrnahm, deren Blick eine wunderbare Mannigfaltigkeit des Ausdrucks besaßen und von einer Seele untermalt zu sein schienen. Sein Blick war bald klar und erstaunlich durchdringend, bald von himmlischer Sanftheit; aber wenn er sich seinen Betrachtungen hingab, wurde er stumpf und sozusagen farblos. Dann ähnelte sein Auge einem Glasfenster, aus dem die Sonne plötzlich gewichen war, nachdem sie es durchleuchtet hatte. Mit seiner Kraft und seinem Organ war es wie mit seinem Blick; dieselbe Unbeweglichkeit, dieselben launischen Schwankungen. Seine Stimme klang weich wie die Stimme einer Frau, die sich ein Geständnis entgleiten läßt; auch war sie bisweilen bemüht, unbeholfen, holprig, wenn man sich dieser Wörter bedienen darf, um neue Wirkungen zu schildern. Was nun seine Kraft anbelangt, so war er für gewöhnlich außerstande, die Anstrengungen der harmlosesten Spiele zu ertragen; er wirkte dann schwächlich, beinahe gebrechlich. Doch als während der ersten Tage seines Noviziats einer unserer Matadoren über diese krankhafte Zartheit gespottet hatte, die ihn ungeeignet für die im Collège gängigen ungestümen Leibesübungen machte, hatte Lambert mit beiden Händen einen unserer Tische, an dem zwölf große Pulte in zwei Reihen schräg gestellt befestigt waren, am Ende gepackt, sich gegen das Katheder des Aufsichtführenden gestemmt, den Tisch mit den Füßen festgehalten, die er auf die untere Querleiste gesetzt hatte, und gesagt: »Kommt jetzt zu zehn Mann und versucht, ihn zu bewegen!« Ich bin dabei gewesen, ich kann diese merkwürdige Kraftbekundung bezeugen; es war unmöglich, ihm den Tisch zu entreißen. Lambert besaß die Fähigkeit, in gewissen Augenblicken außerordentliche Kräfte herbeizurufen und sie auf einen bestimmten Punkt zu konzentrieren, um sie sich auswirken zu lassen. Aber die Buben, die es genau wie ausgewachsene Männer gewohnt sind, alles nach ihrem ersten Eindruck zu beurteilen, befaßten sich mit Louis nur während der ersten Tage nach seiner Ankunft; und da hat er völlig die Voraussagen der Madame de Staël Lügen gestraft, weil er keins der Wunder vollbrachte, die wir von ihm erwartet hatten.

Nach einem Probequartal galt Louis für einen recht durchschnittlichen Schüler. Somit war ich der einzige, dem es verstattet war, Einblick in diese erhabene, und warum soll ich nicht sagen göttliche, Seele zu gewinnen. Gibt es etwas, das Gott näher wäre als das Genie in einem Kinderherzen? Die Gleichartigkeit unserer Neigungen und unserer Gedanken machte uns zu Freunden und *»Faisants«*. Unsere Verbrüderung wurde so eng, daß meine Kameraden unsere Namen zusammenfügten; keiner wurde ohne den andern ausgesprochen; und um einen von uns herbeizurufen, schrien sie: »Poet-und-Pythagoras!« Andere Namen hatten als

Beispiel für eine solche quasi »Ehe« gedient. So bin ich denn zwei Jahre lang der Schulfreund des armen Louis Lambert geblieben, und mein Leben war während jener Zeitspanne zur Genüge eng mit dem seinen verknüpft, so daß es mir möglich ist, die Geschichte seiner geistigen Entwicklung zu schreiben.

Lange Zeit hindurch habe ich nichts von der Poesie und den Schätzen gewußt, die im Herzen und hinter der Stirn meines Kameraden verborgen lagen. Ich habe erst dreißig Jahre alt werden, meine Beobachtungen haben reifen und sich verdichten müssen, bis ein heftiger Lichtstrahl sie abermals beleuchtete, damit ich die Reichweite der Phänomene begriff, deren ahnungsloser Zeuge ich damals gewesen bin; ich habe sie genossen, ohne mir ihre Größe noch ihr Zustandekommen zu erklären; ich habe sogar ihrer manche vergessen und erinnere mich nur der auffälligsten; doch heute hat mein Gedächtnis sie koordiniert, und ich bin in die Geheimnisse dieses fruchtbaren Kopfs eingedrungen, indem ich mich in die köstlichen Tage unserer jungen Freundschaft zurückversetzte. Einzig die Zeit hat mich also den Sinn der Geschehnisse und Tatsachen erkennen lassen, an denen dieses unbekannte Leben überreich war, wie dasjenige so vieler anderer Menschen auch, die um der Wissenschaft willen untergegangen sind. Daher ist diese Geschichte im Ausdrücken und Würdigen der Dinge voller rein geistiger Anachronismen, die ihr jedoch in dem, was sie interessant macht, vielleicht nicht zum Schaden gereichen werden.

Während der ersten Monate seines Verweilens in Vendôme fiel Louis einer Krankheit anheim, deren Symptome dem Auge der uns Überwachenden unwahrnehmbar blieben, und die notwendigerweise die Weiterentwicklung seiner hohen Fähigkeiten hemmte. Er war an frische Landluft gewöhnt gewesen, an die Zwanglosigkeit einer dem Zufall überlassenen Erziehung, zudem verhätschelt durch die zärtliche Fürsorge eines alten Mannes, der ihn herzlich lieb hatte; er hatte immer nur im Sonnenschein seinen Gedanken nachgehangen, und so fiel es ihm recht schwer, sich der Schulregel zu beugen, in Reih und Glied zu marschieren, zwischen den vier Wänden eines Raums zu leben, in dem achtzig junge Leute schweigend auf Holzbänken saßen, jeder vor seinem Pult. Seine Sinne besaßen eine Vollkommenheit, die ihnen eine erlesene Empfindlichkeit lieh, und so litt alles in ihm an diesem gemeinsamen Leben. Die Ausdünstungen, die die Luft verdarben, dazu der Geruch eines stets unsauberen Klassenzimmers, in dem die Überbleibsel unseres Mittagessens oder unserer Vespermahlzeit herumlagen, beleidigten seinen Geruchssinn, jenen Sinn, der in unmittelbarerer Beziehung als die andern zum Zerebralsystem steht und daher, wenn er gestört wird, unmerkliche Erschütterungen in den Denkorganen herbeiführen muß. Außer diesen Ursachen für die verdorbene Luft gab es in unseren Schlafsälen Verschläge, in die jeder seine kleinen Beutestücke hineinlegte, die für die Festtage geschlachteten Tauben oder die im Refektorium entwendeten Gerichte. Überdies befand sich in jedem unserer Säle ein riesiger Stein, auf dem immer zwei Eimer voll Wasser standen, eine Art Schwemme, in der wir allmorgendlich abwechselnd in Gegenwart der Lehrer das Gesicht abspülen und die Hände waschen mußten. Von dort aus gingen wir zu einem Tisch hinüber, wo Frauen uns kämmten und puderten. Da unsere Lokalität nur einmal am Tag, ehe wir aufstanden, gereinigt wurde, blieb sie stets unsauber. Ferner wurde trotz der Zahl der Fenster und der Höhe der Tür die Luft darin durch die Ausdünstungen der Waschstätte, durch das Kämmen, durch die Verschläge, durch die tausenderlei Betätigungen jedes Schülers andauernd verdorben, ganz abgesehen von unsern achtzig zusammengepferchten Körpern. Dieser gewisse »Internats-Humus«, in den sich ohne Unterlaß der Schmutz mischte, den wir von den Höfen hereinbrachten, bildete einen Misthaufen von unerträglichem Gestank. Das Entbehren reiner, dufterfüllter Luft der Felder, darin er bislang gelebt hatte, die Änderung seiner Gewohnheiten, die Schulzucht, all das stimmte Lambert traurig. Immerfort stützte er den Kopf in die linke Hand und stemmte den Arm mit dem Ellbogen auf sein Pult; so verbrachte er die Unterrichtsstunden und schaute auf das Blattwerk der Bäume im Hof oder in die Wolken am Himmel; er schien sich mit seinen Aufgaben zu befassen; aber wenn dann der Aufsichtführende sah, daß seine Schreibfeder sich nicht bewegte oder daß die Seite weiß geblieben war, rief er ihm zu: »Lambert, Sie tun ja nichts!« Dieses »Sie tun ja nichts« war ein Nadelstich, der Louis innerlich verwundete. Dann erlebte er nie die Entspannung der Freistunden; da nämlich mußte er »Pensen« schreiben. Das Pensum, eine Strafarbeit, deren Art je nach den Gepflogenheiten in allen Collèges verschieden ist, bestand in Vendôme in einer gewissen Zahl von Zeilen, die während der Freistunden abgeschrieben werden mußte. Wir beide, Lambert und ich, wurden dermaßen mit »Pensen« überschüttet, daß wir in den zwei Jahren unserer Freundschaft keine sechs Tage der Freiheit gehabt haben. Ohne die Bücher, die wir der Bibliothek entnahmen und die unser Gehirn am Leben erhielten, hätte diese Art Dasein zu unserer völligen Verblödung geführt. Mangel an körperlicher Betätigung ist für Kinder verhängnisvoll. Die Gewohnheit, zu repräsentieren, die Personen aus königlichem Haus schon von Jugend auf sich aneignen, verändert merklich, so heißt es, deren Konstitution, sofern sie diese standesbedingte Schädigung nicht durch die Lebensweise des Schlachtfelds oder die Anstrengungen bei der Jagd ausgleichen. Wenn allein schon die Vorschriften der Etikette und der höfischen Gepflogenheiten auf das Rückenmark einen solchen Einfluß haben, daß sie das Becken der Könige verweiblichen, ihre Gehirnfasern erschlaffen und auf diese Weise zur Entartung der Rasse beitragen, welch tiefe, sei es physische, sei es geistige, Schädigungen muß da erst die dauernde Entziehung von frischer Luft, von Bewegung, von Frohsinn bei den Schülern verursachen? Daher sollte das in den Unterrichtsanstalten herrschende Bestrafungssystem die Aufmerksamkeit der mit der öffentlichen Erziehung betrauten Behörden auf sich lenken, falls sich dort denkende Köpfe finden, die nicht ausschließlich an sich selber denken.

Wir zogen uns Strafarbeiten auf tausenderlei Weise zu. Unser Gedächtnis war so gut, daß wir unsere Aufgaben niemals lernten. Für uns genügte es, die französischen und lateinischen Stücke oder die aus der Grammatik von unsern Kameraden aufsagen zu hören; dann konnten wir sie unsererseits wiederholen; aber wenn das Pech es wollte, daß der Lehrer sich einfallen ließ, außer der Reihe zu verfahren und uns als erste zu fragen, dann wußten wir oft nicht einmal, um was es sich bei der Aufgabe handelte, und dann kam es trotz unserer geschicktesten Entschuldigungen zu einem »Pensum«. Zudem warteten wir mit der Erledigung unserer Aufgaben stets bis zum letzten Augenblick. Hatten wir ein Buch, das wir zu Ende lesen wollten, waren wir in eine Grübelei versunken, so geriet die Aufgabe in Vergessenheit; abermals ein Grund für eine Strafarbeit! Wie oft sind nicht unsere Übersetzungen erst während der Zeit geschrieben worden, da der Primus, der damit beauftragt war, sie vor Beginn des Unterrichts einzusammeln, begann, von jedem die seinige einzufordern! Zu den seelischen Schwierigkeiten, die Lambert bei der Eingewöhnung ins Collège begegneten, kam noch eine nicht minder harte Lehrzeit, die wir alle hatten durchmachen müssen, nämlich die der körperlichen Schmerzen, die in den verschiedensten Arten auftraten. Bei Kindern beansprucht die Zartheit der Haut peinliche Sorgfalt, vor allem im Winter, wo die Rangen aus tausenderlei Gründen beständig aus der Eiseskälte eines schmutzigen Hofs in die warme Temperatur der Klassenzimmer überwechseln müssen. Daher wurden sie aus Mangel an mütterlicher Fürsorge, die den Kleinen und Kleinsten fehlte, von Frostbeulen und Rissen in der Haut heimgesucht, die so weh taten, daß diese Übel ein besonderes Verbinden während des Mittagessens nötig machten; das jedoch wurde in Anbetracht der großen Zahl der schmerzenden Hände, Füße und Hacken nur sehr unvollkommen vorgenommen. Viele Jungen waren übrigens genötigt, das Übel dem Heilmittel vorzuziehen; hatten sie nicht häufig die Wahl zwischen noch zu beendenden Schularbeiten, den Freuden der Schlitterbahn und dem Abnehmen eines Verbands, der nachlässig angelegt und noch nachlässiger getragen worden war? Ferner hatte die Collège-Gepflogenheit es in Mode gebracht, sich über die armen Schwächlinge lustig zu machen, die zum Verbinden gingen, und es wurde zum Sport, ihnen die Lappen abzureißen, die die Krankenschwester ihnen um die Hände gewickelt hatte. So kam es, daß im Winter mehrere von uns mit ihren halb abgestorbenen, völlig von Schmerzen zernagten Fingern und Füßen kaum dazu aufgelegt waren, zu arbeiten, weil sie litten, und dann bestraft wurden, weil sie nicht arbeiteten. Der Pater war oft genug durch unsere geheuchelten Krankheiten hinters Licht geführt worden; er maß wirklichen Leiden keine Bedeutung bei. Gegen Zahlung des Pensionspreises wurden die Schüler gänzlich auf Kosten des Collèges unterhalten. Es war bei der Verwaltung üblich, einen Handel für Schuhzeug und Bekleidung abzuschließen; daher die wöchentliche Inspektion, von der ich bereits gesprochen habe. Diese Einrichtung war etwas Vortreffliches für den Verwalter, aber sie hatte stets traurige Ergebnisse für die Verwalteten. Wehe dem Kleinen, der der schlechten Angewohnheit huldigte, sich die Hacken schief zu laufen, sich die Stiefel zu zerreißen oder vor der Zeit die Sohlen abzunutzen, sei es durch einen schlechten Gang, sei es, daß er sie durch das Verlangen nach Bewegung, das Jungen empfinden, während der Schulstunden durchscheuerte! Der Betreffende konnte dann den ganzen Winter hindurch nicht ohne große Qualen an den Spaziergängen teilnehmen; denn erstens wurden die Schmerzen seiner Frostbeulen so grausig, als habe er einen Gichtanfall; und zweitens gingen die Schnallen oder Schnürbänder, die den Schuh festhalten sollten, auf, oder die schiefgetretenen Hacken hinderten das verdammte Schuhzeug, an den Füßen des Jungen fest anzusitzen; so mußte er denn seine Schuhe auf vereisten Wegen mühselig nachziehen, oder sie dem Lehmboden des Vendômois streitig machen; ferner drangen Wasser und Schnee durch eine unbemerkt geplatzte Naht oder durch einen schlecht aufgesetzten Flicken ein, und der Fuß schwoll an. Auf sechzig Jungen kamen nicht zehn, die ohne eine besondere Marter ihres Weges gingen; trotzdem folgten sie alle dem Gros der Truppe, mitgezogen vom Marsch, wie die Menschen im Leben durch das Leben vorwärtsgestoßen werden. Wie oft hat ein mutiger Junge nicht vor Wut geweint und dennoch einen Rest von Energie aufgebracht, um trotz der Schmerzen loszuziehen oder um in seinen Stall zurückzukehren; so sehr scheut die in jenem Alter noch unbefleckte Seele sowohl das Ausgelachtwerden wie das Mitleid, was zwei Formen des Spottes sind. Schon im Collège wie in der Gesellschaft verachtet der Starke den Schwachen, ohne zu wissen, worin wahre Kraft besteht. Aber das war noch gar nichts! Wir hatten keine Handschuhe. Wenn zufällig die Eltern, die Krankenschwester oder der Direktor den Zartesten unter uns welche geben ließen, legten die Witzbolde oder die Großen in der Klasse die Handschuhe auf den Ofen und amüsierten sich damit, sie auszudörren und einlaufen zu lassen; und wenn die Handschuhe den Spähern entgingen, wurden sie feucht und schrumpften aus Mangel an Pflege zusammen. Es gab keine tragbaren Handschuhe. Sie galten als ein Privileg, und Jungen wollen untereinander gleich sein.

Diese verschiedenen Arten von Schmerzen stürmten auf Louis Lambert ein. Wie alle dem Nachdenken ergebenen Menschen, die in der Reglosigkeit ihrer Grübeleien sich irgendeine mechanische Bewegung angewöhnen, huldigte er der Manie, mit seinen Schuhen hin und her zu rutschen, und so machte er sie binnen kurzer Zeit entzwei. Die mädchenhaft zarte Haut seines Gesichts, seiner Ohren, seiner Lippen barsten bei der geringsten Kälte. Seine weißen, weichen Hände wurden rot und schwollen gleichmäßig an. Immerfort hatte er einen Schnupfen. So war Louis von Leiden eingehüllt, bis er sein Leben den in Vendôme herrschenden Sitten angepaßt hatte. Auf die Dauer machte ihn die grausame Erfahrung der Schmerzen klug; er gewann die Kraft, an sein »Gelumpe« zu denken, um mich eines Schuljungenausdrucks zu bedienen. Er mußte auf seinen Verschlag Obacht geben, auf sein Pult, auf seine Garderobe, sein Schuhzeug; er durfte sich weder seine Tinte, noch seine Bücher, noch seine Hefte, noch seine Schreibfedern klauen lassen; kurzum, er mußte an die unzähligen Einzelheiten unseres kindlichen Daseins denken, mit denen sich jene egoistischen Durchschnittsgeister mit solcher Genauigkeit befassen, die dann unfehlbar den Preis für Ordnung oder gutes Verhalten davontragen, aber die ein Junge zu vernachlässigen pflegt, der eine Zukunft hat, der unter dem Joch einer fast göttlichen Phantasie sich liebevoll dem reißenden Strom seiner Gedanken überläßt. Doch das ist noch nicht alles. Es besteht ein unaufhörlicher Kampf zwischen Lehrern und Schülern, ein Kampf ohne Waffenstillstand, dem im Gesellschaftsleben nichts vergleichbar ist, außer etwa der Kampf der Opposition gegen das Ministerium in einer parlamentarischen Regierung. Aber die Journalisten und die Redner der Opposition sind vielleicht weniger schnell bei der Hand, aus einem Vorteil Nutzen zu ziehen, weniger hart, ein Unrecht anzuprangern, weniger bitter in ihrem Spott, als Jungen gegenüber den Leuten, die beauftragt sind, sie zu schulmeistern. Bei diesem Beruf würde sogar Engeln der Geduldsfaden reißen. Man darf also einem armen, schlecht bezahlten und demgemäß wenig auf klares Durchschauen der Sachlage erpichten Studienaufseher nicht allzusehr grollen, wenn er bisweilen ungerecht ist oder aufbraust. Immerfort wird er von einer Vielzahl spöttischer Blicke umlauert, ist er von

Fallen umstellt, und so rächt er sich dann und wann für Blößen, die er sich gibt, an Jungen, die sie nur allzu schnell wahrnehmen.

Ausgenommen die großen Übeltaten, für die es andere Züchtigungen gab, war in Vendôme die Zuchtrute die *ultima ratio Patrum*[30]. Für vergessene Arbeiten, schlecht gelernte Lektionen, für gewöhnliche Mutwilligkeiten genügte das »Pensum«; aber das gekränkte Selbstgefühl sprach beim Lehrer durch die Zuchtrute. Unter den physischen Leiden, die wir ertragen mußten, schmerzte am heftigsten dieser etwa zwei Finger dicke Lederriemen, der mit aller Kraft und allem Zorn des Aufsichtführenden auf unsere schwachen Hände niedersauste. Um diese klassische Strafe entgegenzunehmen, mußte der Schuldige mitten im Klassenraum niederknien. Man mußte von seiner Bank aufstehen, sich vor dem Katheder auf die Knie niederlassen und die neugierigen und oft spöttischen Blicke der Kameraden ertragen. Für zarte Seelen waren diese Vorbereitungen also eine doppelte Marter, vergleichbar der Fahrt vom Justizpalast zum Grève-Platz, die ehedem der Verurteilte zum Schafott zurücklegen mußte. Je nach dem Charakter heulten die einen und vergossen vor oder nach der Züchtigung heiße Tränen; andere nahmen den Schmerz mit stoischer Miene hin; aber während sie ihm entgegensahen, konnten auch die Stärksten kaum ein Krampfzucken im Gesicht unterdrücken. Louis Lambert wurde mit Hieben überschüttet, und er verdankte sie einer Eigenart seiner Natur, deren Existenz ihm lange Zeit unbekannt blieb. Wenn er jäh durch das »Sie tun ja nichts!« des Aufsichtführenden aus einem Gedankengang herausgerissen wurde, geschah es ihm oftmals, daß er, zunächst ohne sein Wissen, jenem Mann einen Blick zuwarf, der von irgendeiner wüsten Verachtung erfüllt und mit Gedanken geladen war wie eine Leydener Flasche[31] mit Elektrizität. Dieser verstohlene Blick versetzte dem Lehrer sicherlich einen elektrischen Schlag; er fühlte sich durch diese stumme Bosheit verletzt und wollte dem Schüler dieses Augenblitzen austreiben. Als der Pater sich zum erstenmal über dieses verachtende Auffunkeln entrüstete, das ihn traf wie ein Wetterstrahl, sagte er folgenden Satz, den ich nie vergessen habe: »Wenn Sie mich nochmal so ansehen, Lambert, bekommen Sie eine Tracht Prügel!« Bei diesen Worten reckten sich alle Nasen in die Luft, und alle Augen spähten abwechselnd zu dem Lehrer und zu Louis hin. Der Verweis war so dumm, daß der Junge den Pater mit einem Blick bedachte, der wie ein Blitz war. Daraus ergab sich zwischen dem Aufsichtführenden und Lambert ein Streit, der sich in einer gewissen Menge von Hieben entlud. So wurde ihm die zwingende Macht seines Auges enthüllt.

Dieser arme Dichter mit seiner nervösen Konstitution, der oft hysterischen Launen unterworfen war wie eine Frau, beherrscht von einer chronischen Melancholie, völlig krank an seinem Genie wie ein junges Mädchen es an der Liebe ist, die sie herbeiruft und die sie nicht kennt; dieser so starke und so schwache Knabe, den Corinne aus seinen schönen ländlichen Gefilden verpflanzt hatte, damit er in die Gußform eines Collège hineinkam, darin jeder Geist trotz seiner Reichweite, jeder Körper trotz seines Temperaments sich der Regel und der Uniform anpassen muß wie Gold sich unter den Schlägen des Prägstocks zu Münzen rundet; Louis Lambert litt mithin an all den Stellen, wo der Schmerz über die Seele und den Leib die Oberhand innehat. Wie ein Sträfling an die Bank seines Schulpults gefesselt, mit der Zuchtrute verprügelt, von der Krankheit geschlagen, in all seinen Sinnen angegriffen, in einen Gürtel von Schmerzen hineingepreßt, zwang ihn alles, seine äußere Hülle den tausend Tyranneien des Collège preiszugeben. Wie die Märtyrer, die inmitten ihrer Folterqualen lächelten, flüchtete er sich in den Himmel, den sein Denken ihm auftat. Vielleicht half ihm dieses ganz nach innen gerichtete Leben, ihn andeutungsweise die Mysterien erschauen zu lassen, an die er so innig glaubte!

Unsere Unabhängigkeit, unsere unerlaubten Beschäftigungen, unser augenscheinliches Nichtstun, die Stumpfheit, in der wir verblieben, unsere ständigen Bestrafungen, unser Widerwille gegen die Schulaufgaben und die Strafarbeiten, das alles trug uns unbestritten den Ruf ein, wir seien faule, unverbesserliche Buben. Unsere Lehrer verachteten uns, und gleichermaßen gerieten wir in den schauerlichsten Mißkredit bei unsern Kameraden, vor denen wir geheimhielten, womit wir uns unter der Hand beschäftigten, weil wir ihren Spott scheuten. Diese doppelte Mißachtung, die uns die Patres zu Unrecht entgegenbrachten, war bei unsern Mitschülern ein ganz natürliches Gefühl. Wir konnten weder

Ball spielen noch wettlaufen, noch auf Stelzen einherspazieren. An den Tagen des Straferlasses oder wenn wir zufällig einen freien Augenblick erlangt hatten, nahmen wir an keiner der im Collège üblichen Vergnügungen teil. Die Freuden unserer Kameraden waren uns fremd; wir blieben allein und hockten trübsinnig unter irgendeinem Baum im Hof. »Poet-und-Pythagoras« bildeten also eine Ausnahme und führten ein Leben außerhalb der Gemeinschaft. Der durchdringende Instinkt und das empfindliche Selbstgefühl der Schüler ließen sie in uns Geister wittern, die den ihrigen entweder überlegen oder unterlegen waren. Daraus ergab sich bei den einen Haß gegen unser stummes Aristokratentum, und bei den andern Verachtung wegen unserer Unbrauchbarkeit. Diese Gefühle gingen unter uns ohne unser Wissen um; vielleicht bin ich mir erst heute darüber klar geworden. Wir lebten also wie zwei in der Ecke des Raums, wo unsere Pulte standen, zusammengeduckte Mäuse, gleichermaßen dort ängstlich zurückgehalten während der Unterrichtsstunden und während der Pausen. Diese Ausnahmestellung mußte uns mit den Jungen unserer Abteilung in Kriegszustand versetzen. Wir wurden fast immer vergessen, und so blieben wir ruhig dort, fast glücklich, wie zwei Pflanzengebilde, wie zwei Ornamente, ohne die die Harmonie des Raums unvollkommen gewesen wäre. Doch manchmal beteiligten uns die streitsüchtigsten unter unseren Kameraden, um mißbräuchlicherweise ihre Stärke zu bekunden, und wir antworteten mit einer Verachtung, die häufig Prügel auf »Poet-und-Pythagoras« herabregnen ließ.

Lamberts Heimweh dauerte mehrere Monate. Ich kenne nichts, das die Schwermut zu schildern vermöchte, der er anheimfiel. Louis hat mir die Freude an vielen Meisterwerken verdorben. Da wir beide die Rolle des ›Aussätzigen im Tal von Aosta‹[32] gespielt, hatten wir die Gefühle ausgekostet, die in dem Buch de Maistres Ausdruck gefunden haben, ehe wir sie, durch diese beredte Feder ins Wort übertragen, selber lasen. Nun aber kann ein Dichtwerk zwar die Erinnerungen an die Kindheit wieder wachrufen, aber es wird nie mit Erfolg gegen sie ankämpfen. Durch die Seufzer Lamberts habe ich Hymnen der Traurigkeit kennengelernt, die sehr viel ergreifender waren als die schönsten Stellen im ›Werther‹. Aber vielleicht gibt es keinen Vergleich zwischen den

Leiden, die eine von unsern Gesetzen zu Recht oder zu Unrecht verworfene Liebesleidenschaft verursacht, und den Schmerzen, die ein armer Junge empfindet, der sich nach dem Glänzen der Sonne, dem Tau der Täler und nach der Freiheit sehnt. Werther ist der Sklave eines Begehrens, Louis Lambert war durch und durch eine versklavte Seele. Bei gleicher Veranlagung muß das rührendste oder auf die echteste Sehnsucht gegründete Gefühl, weil sie beide die reinsten sind, die Klage des Genies übertreffen Nachdem Louis lange dagesessen und nachdenklich das Laubwerk einer der Linden im Hof betrachtet hatte, tat er mir gegenüber eine Äußerung, aber diese Äußerung kündete von einer grenzenlosen Traumverlorenheit.

»Zu meinem Glück«, rief er eines Tages aus, »gibt es gute Augenblicke; dann ist mir, als seien die Wände des Klassenzimmers eingestürzt, und ich sei draußen in den Feldern! Welch eine Lust ist es, sich dem Zug seines Denkens zu überlassen wie ein Vogel seinem Flug! – Warum ist die grüne Farbe so ausgiebig in der Natur vorhanden?« fragte er mich. »Warum gibt es in ihr so wenig grade Linien? Warum wendet der Mensch in seinen Werken so selten Kurven an? Warum hat er allein das Gefühl für die gerade Linie?«

Diese Äußerungen kündeten von einer langen Reise durch die Raumesweiten. Sicherlich hatte er ganze Landschaften wiedergesehen oder aufs neue Waldesduft geatmet. Er war eine lebendige, erhabene Elegie, immer schweigsam und resigniert, immer leidend, ohne sagen zu können: »Ich leide!« Dieser Adler, der die Welt als Atzungsstätte wollte, befand sich zwischen vier engen, schmutzigen Mauern; deswegen wurde sein Leben ein Leben in Ideen, und zwar im weitesten Sinn des Wortes. Louis war voll Verachtung für die fast nutzlose Paukerei, zu der wir verdammt waren, und so zog er seines luftigen Weges, völlig losgelöst von den Dingen, die uns umgaben. Indem ich dem Nachahmungstrieb gehorchte, der die Kinder beherrscht, versuchte ich, mein Leben dem seinen anzugleichen. Louis flößte mir um so mehr seine Leidenschaft für jene Art Dämmerzustand ein, in den tiefes Nachsinnen den Körper taucht, als ich jünger und eindrucksfähiger war. Wie ein Liebespaar gewöhnten wir uns daran, gemeinsam zu denken und unsere Sinniererereien einander mitzuteilen. Seine intuitiven Sinnesempfindungen hatten damals bereits jene »Schärfe«, die den geistigen Wahrnehmungen großer Dichter eigentümlich sein muß und diese oftmals dem Wahnsinn nahebringt.

»Fühlst du wie ich«, fragte er mich eines Tages, »wie sich in dir wider deinen Willen wunderliche Schmerzzustände anbahnen? Wenn ich zum Beispiel lebhaft an die Wirkung denke, die die Klinge meines Taschenmessers hervorrufen würde, wenn sie mir ins Fleisch dränge, so empfinde ich dabei plötzlich einen schrillen Schmerz, als ob ich mich tatsächlich geschnitten hätte; es fehlt bloß noch das Blut. Und dieses Gefühl kommt so überraschend wie ein jähes Geräusch, das eine tiefe Stille unterbricht. Kann ein Gedanke physische Schmerzen erzeugen . . .? Na? Was sagst du dazu?«

Wenn er solcherlei subtilen Gedankengängen Ausdruck gegeben hatte, versanken wir beide in naives Nachsinnen. Wir machten uns daran, in uns selbst den nicht zu beschreibenden Phänomenen der Entstehung des Gedankens nachzuforschen; Lambert hoffte, sie in ihren geringsten Phasen zu erfassen, um eines Tages diesen unbekannten Vorgang einmal beschreiben zu können. Dann aber, nach Diskussionen, in die sich oftmals Kindisches mischte, loderte ein Blick aus Lamberts flammenden Augen; er drückte mir die Hand, und aus seiner Seele kam ein Wort, durch das er alles zusammenzufassen trachtete.

»Denken ist Sehen!« sagte er eines Tages zu mir, hingerissen von einem unserer Dispute über den Ursprung unserer inneren Bildung. »Alles menschliche Wissen beruht auf Deduktion, und die ist eine langsame Schau, durch die man von der Ursache zur Wirkung hinabsteigt, und von der Wirkung zur Ursache hinauf; oder, weitergreifend ausgedrückt, alle Poesie wie jedes Kunstwerk geht aus einem schnellen Erschauen der Dinge hervor.«

Er war Spiritualist; aber ich wagte es, ihm zu widersprechen, indem ich mich mit seinen eigenen Beobachtungen wappnete, um die Intelligenz als rein physisches Produkt zu betrachten. Wir hatten alle beide recht. Vielleicht drücken die beiden Wörter Materialismus und Spiritualismus die beiden Seiten ein und derselben Gegebenheit aus. Sein Sichbefassen mit der Substanz des Gedankens ließ ihn mit einer Art Stolz das entbehrungsreiche

Leben auf sich nehmen, zu dem uns sowohl unsere Faulheit als auch unsere Verachtung für die Schulaufgaben verdammten. Er hatte ein gewisses Bewußtsein seines Wertes, und das stützte ihn bei seinen geistigen Arbeiten. Mit welchem Entzücken verspürte ich die Einwirkung seiner Seele auf die meine! Wie oft sind wir auf unserer Bank sitzengeblieben, beide damit beschäftigt, ein Buch zu lesen; dabei vergaßen wir einander gegenseitig, ohne uns zu verlassen; wir wußten, daß wir beieinander seien, beide in einen Ozean von Gedanken getaucht wie zwei Fische, die in denselben Wassern schwimmen! Dem Anschein nach war unser Leben also völlig vegetativ; dabei existierten wir in Wahrheit durch das Herz und das Hirn. Gefühle und Gedanken waren die einzigen Ereignisse in unserem Schuljungendasein.

Lambert hat auf meine Phantasie einen Einfluß ausgeübt, den ich noch heute verspüre. Begierig lauschte ich seinen Erzählungen; sie waren von dem Wunderbaren durchtränkt, das Kinder wie Erwachsene voller Entzücken die Geschichten verschlingen läßt, in denen das Wahre die absurdesten Formen vorspiegelt. Seine Leidenschaft für alles Mystische und die naturgegebene Leichtgläubigkeit junger Jahre brachten uns oftmals dahin, vom Himmel und der Hölle zu sprechen. Louis hat damals dadurch, daß er mir Swedenborg erklärte, versucht, mich seinen Glauben an die Engel[33] teilen zu lassen. Auch in seinen irrigsten Gedankengängen fanden sich immer noch erstaunliche Bemerkungen über die Macht des Menschen, und eben jene Bemerkungen liehen dem, was er sagte, jenen Anschein der Wahrheit, ohne den in keiner Kunst etwas vollbracht werden kann. Der romantische Endzweck, mit dem er das menschliche Schicksal ausstattete, war so geartet, der Neigung zu schmeicheln, die jungfräuliche Phantasiekräfte dazu treibt, sich dem Glauben oder dem Aberglauben preiszugeben. Erzeugen die Völker nicht in ihrer Jugend ihre Dogmen, ihre Idole? Und sind die übernatürlichen Wesen, vor denen sie zittern und beben, nicht die Personifikationen ihrer ins Große gesteigerten Gefühle und Bedürfnisse? Was mir heute noch von den poesieerfüllten Unterhaltungen im Gedächtnis verblieben ist, die wir, Lambert und ich, über den schwedischen Propheten führten, dessen Werke ich seither aus Neugier gelesen habe, läßt sich in dem Nachfolgenden kurz zusammenfassen.

Es soll in uns zwei verschiedenartige Geschöpfe geben. Nach Swedenborg würde der Engel das Individuum sein, bei dem es dem inneren Wesen gelungen ist, über das äußere Wesen zu triumphieren. Will ein Mensch seiner Engels-Berufung gehorchen, sobald das Denken ihm seine Doppelexistenz aufzeigt, so muß er danach streben, die erlesene Engels-Natur zu nähren, die in ihm ist. Wenn er dagegen mangels der Fähigkeit, die unsichtbaren Dinge seiner Bestimmung zu erschauen, die körperlichen Betätigungen vorherrschen läßt, anstatt sein geistiges Leben zu stärken, gehen alle seine Kräfte in das Spiel seiner äußeren Sinne über, und der Engel geht langsam durch diese Materialisation der beiden Naturen zugrunde. Im gegenteiligen Fall, wenn der Mensch sein Inneres mit den ihm eigenen Essenzen nährt, siegt die Seele über die Materie und strebt danach, sich von ihr zu trennen. Wenn ihrer beider Trennung in der Form geschieht, die wir als den Tod bezeichnen, bleibt der Engel, der genügend Kraft besitzt, sich von seiner Hülle freizumachen, und beginnt sein wahres Leben. Die unendlichen Individualitäten, die die Menschen voneinander unterscheiden, können nur durch diese Doppelexistenz ihre Erklärung finden; sie machen sie verständlich und beweisen sie. Tatsächlich müßte der Abstand, der zwischen einem Menschen, dessen untätiger Geist ihn zu offenbarer Stumpfsinnigkeit verdammt, und einem Menschen herrscht, den die Betätigung seiner inneren Schau mit irgendeiner Kraft begabt hat, uns vermuten lassen, daß zwischen Leuten von Genie und den übrigen Menschenwesen die gleiche Kluft besteht, die die Blinden und die Sehenden scheidet. Dieser Gedanke, der die Schöpfung unendlich erweitert, verleiht irgendwie den Schlüssel zum Himmel. Die Geschöpfe, die hienieden dem Anschein nach ein Gemisch sind, werden droben gemäß der Vollkommenheit ihres »inneren Seins« in unterschiedliche Sphären eingeteilt, deren Bräuche und Sprache einander fremd sind. Wenn irgendein Bewohner der niederen Sphären in einen höheren Kreis gelangt, ohne dessen würdig zu sein, so ist es in der unsichtbaren Welt wie in der wirklichen, er versteht nicht nur nicht die Gebräuche und die Reden, sondern überdies lähmt sein Vorhandensein dort die Stimmen und die Herzen. Dante hat in seiner ›Göttlichen Komödie‹ vielleicht eine leichte Intuition jener Sphären gehabt, die in der Welt der

Schmerzen beginnen und sich in einer kreisförmigen Bewegung bis zum Himmel erheben. Die Lehre Swedenborgs würde also das Werk eines hellsichtigen Geistes sein, der die unzähligen Phänomene registriert hätte, durch die die Engel sich inmitten der Menschen offenbaren.

Diese Lehre, die kurz zusammenzufassen ich mich heute bemühe, indem ich ihr einen logischen Sinn gebe, ist mir von Lambert mit allen Verlockungen des Geheimnisvollen dargeboten worden, eingehüllt in die Ausdrucksweise der dem Mystographen eigentümlichen Phraseologie: eine dunkle Diktion voller Abstraktionen und von der gleichen eindringlichen Wirkung auf das Gehirn wie gewisse Bücher von Jakob Boehme[34], Swedenborg oder der Madame Guyon[35], deren bannende Lektüre Phantasiebilder von der gleichen Vielfalt entstehen läßt, wie es vielleicht die durch Opiumgenuß ausgelösten Träume sind. Lambert hat mir so seltsame mystische Begebenheiten erzählt, er hat damit so lebhaft auf meine Phantasie eingewirkt, daß er mir Schwindelanfälle verursacht hat. Dennoch habe ich mich nur zu gern in diese geheimnisvolle, den Sinnen unwahrnehmbare Welt versenkt, in der zu leben jedem gefällt, sei es, daß er sie sich in der unbestimmten Form des künftigen Lebens vorstellt, sei es, daß er sie in die mächtigen Formen der Fabel kleidet. Diese heftigen Reaktionen der Seele auf sich selber unterrichteten mich unbewußt über deren Kraft und gewöhnten mich an das Arbeiten des Denkvermögens.

Was nun Lambert betrifft, so erklärte er alles durch sein System von den Engeln. Für ihn war die reine Liebe, die Liebe, wie man sie sich in jungen Jahren erträumt, das Zusammentreffen zweier engelhafter Naturen. Daher glich nichts dem glühenden Verlangen, mit dem er wünschte, einer Engel-Frau zu begegnen. Ja, wer müßte denn mehr als er Liebe einflößen und empfinden? Wenn etwas die Vorstellung von einer erlesenen Sensibilität zu vermitteln vermochte, war es dann nicht das liebenswürdige, gütige Naturell, das sich in seinen Gefühlen, seinen Worten, seinem Tun und seinen geringsten Gesten ausprägte, kurzum, in der innigen Gemeinsamkeit, die uns miteinander verknüpfte und der wir dadurch Ausdruck verliehen, daß wir uns »Faisants« nannten? Es gab keinen Unterschied zwischen dem, was von ihm, und dem, was von mir kam. Wir ahmten gegenseitig unsere Handschriften nach, damit einer von uns ganz allein die Schulaufgaben für beide machen konnte. Wenn einer von uns beiden ein Buch zu Ende zu lesen hatte, das wir dem Mathematiklehrer zurückgeben mußten, dann konnte er es ohne Unterbrechung lesen, weil dann der eine in aller Hast die Aufgabe und die Strafarbeit des andern machte. Wir entledigten uns unserer Schularbeiten wie einer unserer Ruhe auferlegten Steuer. Wenn mein Gedächtnis mich nicht im Stich läßt, waren die Aufgaben, falls Lambert sie anfertigte, von auffälliger Überlegenheit. Aber da wir beide für Schwachköpfe galten, zergliederte der Lehrer unsere Arbeiten stets unter dem Obwalten eines verhängnisvollen Vorurteils und benutzte sie sogar, um unsere Kameraden damit zu amüsieren. Ich erinnere mich, daß eines Nachmittags am Schluß des Unterrichts, der von zwei bis vier gedauert hatte, der Lehrer sich einer Übersetzung Lamberts bemächtigte. Der Text begann mit: *»Caius Gracchus, vir nobilis«*. Louis hatte die Worte übersetzt mit: »Caius Gracchus hatte ein edles Herz.«

»Wo sehen Sie etwas von ›Herz‹ in ›nobilis‹?« fragte der Lehrer barsch.

Und alle lachten, während Lambert den Lehrer mit stumpfsinniger Miene anschaute.

»Was würde die Frau Baronin de Staël sagen, wenn sie erführe, daß Sie das Wort, das ›von edler Rasse, von patrizischer Herkunft‹ bedeutet, völlig widersinnig übersetzt haben?«

»Sie würde sagen, daß Sie ein Rindvieh sind«, sagte ich halblaut.

»Monsieur Poet, Sie werden sich für acht Tage in den Karzer begeben«, entgegnete der Lehrer, der mich unglücklicherweise gehört hatte.

Lambert warf mir einen Blick von unaussprechlicher Zärtlichkeit zu und wiederholte langsam: *»Vir nobilis!«* Madame de Staël hatte teilweise Lamberts Unglück verschuldet. Bei jeder Gelegenheit warfen Lehrer und Schüler ihm diesen Namen an den Kopf, sei es aus Ironie, sei es als Vorwurf. Louis tat schleunigst das seine, um ebenfalls in den Karzer zu kommen, weil er mir Gesellschaft leisten wollte. Dort hatten wir mehr Freiheit als anderswo; wir konnten tagelang in der Stille der Schlafsäle miteinander reden, wo jeder Schüler eine Nische von sechs Quadratfuß besaß, deren Trennwände oben Eisenstangen hatten und deren Gittertüren jeden Abend geschlossen und jeden Morgen geöffnet wurden, und zwar unter den Augen des Paters, der beauftragt war, unser Aufstehen und Schlafengehen zu überwachen. Das Knarren dieser Türen, die mit eigenartiger Pünktlichkeit von den Schlafsaaldienern gehandhabt wurden, war abermals eine der Besonderheiten jenes Collège. Die so beschaffenen Alkoven dienten uns als Karzer, und dort wurden wir bisweilen für ganze Monate eingeschlossen. Die in den Käfig gesperrten Schüler unterstanden dem strengen Auge des Präfekten; das war eine Art Sittenrichter, der zu bestimmten Stunden oder unversehens leichten Schrittes herankam, um herauszufinden, ob wir plauderten, anstatt unsere Strafarbeit zu machen. Aber die auf die Treppe gestreuten Nußschalen oder unser feines Gehör ließen uns fast stets sein Kommen voraussehen, und so konnten wir uns ungestört unseren Lieblingsthemen widmen. Da uns indessen das Lesen verboten war, wurden die Stunden im Karzer zumeist metaphysischen Diskussionen gewidmet oder dem Erzählen irgendwelcher kurioser Geschehnisse im Zusammenhang mit den Phänomenen des Denkens.

Eines der ungewöhnlichsten Begebnisse ist sicherlich das, was ich jetzt erzählen werde, nicht nur, weil es Lambert betrifft, sondern auch, weil es vielleicht sein Geschick als Wissenschaftler bestimmt hat. Gemäß den Schulsatzungen waren der Sonntag und der Donnerstag unsere freien Tage; aber die Gottesdienste, denen wir überaus pünktlich beiwohnten, füllten den Sonntag so sehr aus, daß wir den Donnerstag als unsern einzigen Feiertag betrachteten. Nach dem Anhören der Messe hatten wir Muße genug, um auf langen Spaziergängen die Gefilde rings um Vendôme zu durchstreifen. Der Herrensitz Rochambeau war das beliebteste Ziel unserer Ausflüge, vielleicht, weil er so weit entfernt lag. Die Kleinen unternahmen nur selten eine so ermüdende Wanderung; nichtsdestoweniger schlugen ihnen die Aufsichtführenden ein- oder zweimal im Jahr den Ausflug nach Rochambeau als Belohnung vor. Im Jahre 1812, gegen Frühlingsende, sollten wir zum erstenmal hingehen. Der Wunsch, das berühmte Schloß Rochambeau zu sehen, dessen Besitzer die

Schüler manchmal mit Milchspeisen bedachte, hatte uns alle artig gemacht. Somit stand dem Ausflug nichts entgegen. Weder Lambert noch ich kannten das hübsche Tal des Loir, in dem jene Besitzung erbaut worden war. Daher waren seine Phantasie und die meine am Vorabend jener Wanderung, die im Collège eine traditionelle Freude auslöste, überaus beschäftigt. Den ganzen Abend sprachen wir davon und nahmen uns vor, das Geld, das wir im Widerspruch zu den Vendômer Satzungen besaßen, in Obst oder Milchspeisen anzulegen. Am andern Tag brachen wir nach dem Essen um halb eins auf, alle mit einem würfelförmigen Stück Brot versehen, das uns im voraus als Vesper zugeteilt worden war. Dann zogen wir munter wie die Schwalben gruppenweise dem berühmten Schloß entgegen, mit einem Eifer, der uns zunächst keinerlei Ermüdung spüren ließ. Als wir auf dem Hügel angelangt waren, von dem aus wir das auf halber Höhe gelegene Schloß und das gewundene Tal sehen konnten, in dem der Fluß glitzert und sich durch ein anmutig ausgezacktes Wiesengelände schlängelt, eine wundervolle Landschaft, eine von denen, der die lebhaften Empfindungen der Jugend oder die der Liebe soviel Reize aufgeprägt haben, daß man sie später niemals wieder aufsuchen darf, sagte Louis Lambert zu mir: »Aber dies alles habe ich ja letzte Nacht im Traum gesehen!« Er erkannte die Baumgruppe wieder, unter der wir standen, und die Verteilung des Laubwerks, die Färbung der Wasserläufe, die Türmchen des Schlosses, die Bodenwellen, die Ferne, kurzum, alle Einzelheiten der Gegend, die er zum erstenmal wahrnahm. Wir waren beide Kinder; zumindest ich mit meinen dreizehn Jahren; denn Louis mit seinen fünfzehn konnte schon die Tiefe eines genialen Mannes haben; aber wir waren zu jener Zeit alle beide außerstande, auch in den geringsten Dingen unseres Freundschaftslebens zu lügen. Wenn überdies Lambert durch die Allgewalt seines Denkens die Bedeutsamkeit der Tatsachen vorausempfand, war er doch weit davon entfernt, von vornherein deren ganze Tragweite zu ermessen; daher war er denn auch über diese zunächst ganz erstaunt. Ich fragte ihn, ob er nicht etwa in seiner Kindheit einmal nach Rochambeau gekommen sei, und meine Frage machte ihn betroffen; aber nachdem er sein Erinnerungsvermögen zu Rate gezogen hatte, antwortete er mir verneinend. Dieses Geschehnis, für das sich vielleicht Analogien in den Phänomenen des Schlafs vieler Menschen finden lassen, dürfte die frühe Begabung Lamberts verständlich machen; tatsächlich hat er sich darauf verstanden, daraus ein ganzes System abzuleiten, nämlich dadurch, daß er, wie Cuvier[36] es auf einem andern Gebiet tat, sich eines Gedankenfragments bemächtigte und daraus eine ganze Schöpfung rekonstruierte.

Wir hatten uns in diesem Augenblick beide unter eine alte, abgestorbene Eiche gesetzt; da sagte Louis nach einer Weile des Nachdenkens zu mir: »Wenn die Landschaft nicht zu mir gekommen ist, was zu denken ungereimt wäre, dann bin ich also zu ihr hingegangen. Wenn ich hier gewesen bin, während ich in meinem Alkoven schlief, stellt diese Tatsache dann nicht eine völlige Trennung zwischen meinem Körper und meinem inneren Wesen dar? Bestätigt sie nicht irgendeine bewegende Fähigkeit des Geistes oder das Vorhandensein von Auswirkungen, die denjenigen der Bewegungsfähigkeit des Körpers gleichwertig sind? Wenn nun aber mein Geist und mein Körper sich während des Schlafs voneinander haben trennen können, warum brächte ich es dann nicht gleichermaßen fertig, sie im Wachen voneinander zu scheiden? Ich gewahre keine Zwischenglieder zwischen diesen beiden Annahmen. Aber wir wollen noch weiter gehen und die Einzelheiten durchdringen. Entweder haben diese Tatsachen sich durch die Macht einer Fähigkeit vollzogen, die ein zweites Wesen in Tätigkeit setzt, dem mein Körper als Hülle dient, da ich ja doch in meinem Alkoven gewesen bin und dennoch diese Landschaft gesehen habe, was viele Systeme umstößt; oder diese Tatsachen haben sich entweder in einem Nervenzentrum ereignet, dessen Bezeichnung erst noch gefunden werden muß und darin sich die Gefühle regen, oder in dem Gehirnzentrum, darin sich die Gedanken regen. Diese letztere Hypothese wirft befremdliche Fragen auf. Ich bin gewandert, ich habe gesehen, ich habe gehört. Bewegung ist unvorstellbar ohne den Raum; der Ton wirkt sich nur in Winkeln und auf Oberflächen aus, und Farbe entsteht nur durch das Licht. Wenn ich bei Nacht mit geschlossenen Augen in mir selbst farbige Dinge gesehen, wenn ich in der absolutesten Stille Geräusche gehört habe, und zwar ohne die erforderlichen Vorbedingungen, damit der Ton sich bildet, wenn ich in der vollkommensten Reglosigkeit Raumesweiten durchschritten habe, dann müßten wir innere Fähigkeiten haben, die unabhängig von den äußeren physikalischen Gesetzen sind. Dann wäre die materielle Natur durchdringbar durch den Geist. Wie kommt es, daß die Menschen bislang so wenig über die Vorgänge des Schlafs nachgedacht haben, die doch ein doppeltes Leben im Menschen andeuten? Sollte in diesem Phänomen nicht eine neue Wissenschaft enthalten sein?« fügte er hinzu und schlug sich heftig an die Stirn. »Wenn es nicht der Ausgangspunkt einer Wissenschaft ist, so kündet es doch gewißlich von gewaltigen Kräften im Menschen; zumindest zeigt es die häufige Uneinigkeit unserer beiden Naturen an, eine Tatsache, die ich seit langem umkreise. Ich habe also endlich einen Beweis für die Überlegenheit gefunden, die unsere verborgenen Sinne über unsere offenbaren Sinne hinaushebt! *Homo duplex!*[37] Aber«, fuhr er nach einer Pause fort und vollführte dabei unwillkürlich eine zweiflerische Geste, »vielleicht gibt es gar nicht zwei Naturen in uns? Vielleicht sind wir ganz einfach mit intimen, der Vervollkommnung fähigen Qualitäten begabt, deren Ursprung, deren Entwicklungen in uns Phänomene der Aktivität, der Durchdringung, der visionären Schau hervorrufen, die noch unbeobachtet sind. In unserer Liebe zum Wunderbaren, einer durch unsern Hochmut erzeugten Leidenschaft, dürften wir diese Effekte in poetische Schöpfungen verwandelt haben, weil wir sie nicht verstanden. Es ist so bequem, das Unbegreifliche zu vergöttlichen! Ach, ich gestehe, ich würde weinen, wenn ich meine Illusionen verlöre. Ich hatte es nötig, an eine Doppelnatur und an Swedenborgs Engel zu glauben! Wird diese neue Wissenschaft sie uns also umbringen? Ja, die Prüfung unserer unbekannten Eigenschaften schließt eine dem Anschein nach materialistische Wissenschaft ein, denn ›der Geist‹ benutzt, zerteilt und belebt die Substanz; aber er zerstört sie nicht.«

Nachdenklich, halb und halb traurig saß er da. Vielleicht sah er in seinen Jugendträumen Windeln, die er nun bald würde abstreifen müssen.

»Sehen und Hörenkönnen«, sagte er und lachte über seinen Ausdruck, »sind die Futterale eines wunderbaren Werkzeugs.«

Stets, wenn er zu mir von Himmel und Hölle sprach, pflegte er die Natur als die große Meisterin zu betrachten; aber wenn er jene letzten, an Wissen schwangeren Worte hervorstieß, schwebte er kühner denn je über der Landschaft, und seine Stirn schien mir unter den Bemühungen des Genies bersten zu wollen; seine Kräfte, die man, bis es einen neuen Ausdruck dafür gibt, »geistig« nennen muß, schienen aus den Organen herauszusprühen, die dazu bestimmt sind, sie zu äußern; seine Augen schleuderten die Gedanken wie Wurfspieße; seine erhobene Hand, seine stummen, bebenden Lippen sprachen; sein brennender Blick strahlte; sein Kopf endlich, der zu schwer oder zu ermattet durch einen allzu heftigen Überschwang war, sank ihm auf die Brust. Dieser Knabe, dieser Riese beugte sich, ergriff meine Hand, drückte sie in die seine, die feucht war, so sehr fieberte er im Forschen nach der Wahrheit; dann sagte er nach einer Pause zu mir: »Ich werde berühmt! – Aber du ebenfalls«, fügte er rasch hinzu. »Wir werden beide die Chemiker des Willens sein.«

Erlesenes Herz! Ich erkannte seine Überlegenheit an, aber er hütete sich sorglich, sie mich je fühlen zu lassen. Er teilte die Schätze seines Denkens mit mir; er maß mir bei seinen Entdekkungen Wert bei und überließ mir meine gebrechlichen Gedanken als Eigentum. Stets war er voller Anmut wie eine liebende Frau; er besaß alle Schamhaftigkeiten des Gefühls, alle Zartheiten der Seele, die das Leben so gut und so leicht ertragbar machen.

Gleich am nächsten Tag begann er ein Werk, das er ›Traktat über den Willen‹ betitelte; seine Gedankengänge änderten häufig dessen Plan und Methode; aber das an jenem feierlichen Tag Geschehene wurde sicherlich der Keim davon, gerade wie die elektrische Empfindung, die Mesmer[38] immer verspürte, wenn ein Diener an ihn herantrat, der Ursprung seiner Entdeckungen auf dem Gebiet des Magnetismus wurde, einer Wissenschaft, die ehedem in der Tiefe der Mysterien der Isis, von Delphi, in der Höhle des Trophonius[39] verborgen waren, und die dieser wunderbare Mann wiedergefunden hat, dicht hinter Lavater[40], dem Vorgänger Galls[41]. Lamberts Ideen wurden durch diese plötzliche Erleuchtung geklärt und nahmen ausgedehntere Proportionen an; er schied aus seinen Funden weit auseinanderliegende

Wahrheiten aus und verband sie wieder miteinander; dann verschmolz er seine Gruppe wie ein Gießer. Nach einem halben Jahr ausdauernden Fleißes erregten Lamberts Arbeiten die Neugierde unserer Kameraden und wurden zum Gegenstand grausamer Spöttereien, die einen üblen Ausgang haben sollten. Eines Tages wiegelte einer unserer Quälgeister, der unbedingt unsere Manuskripte sehen wollte, einige unserer Tyrannen auf und bemächtigte sich mit Gewalt einer Kassette, in der dieser Schatz lag, den Lambert und ich mit unerhörtem Mut verteidigten. Der Kasten war verschlossen, es war unsern Angreifern unmöglich, ihn zu öffnen; aber sie versuchten, ihn im Kampfgetümmel zu zerbrechen, was eine schwarze Bosheit war, die uns lautes Geschrei ausstoßen ließ. Ein paar Kameraden, die Gerechtigkeitsgefühl beseelte oder die unser heroischer Widerstand betroffen machte, rieten, man solle uns in Ruhe lassen, wobei sie uns mit einem anmaßenden Mitleid überschütteten. Plötzlich fuhr Pater Haugoult, den der Schlachtenlärm herbeigelockt hatte, barsch dazwischen und erkundigte sich nach dem Grund des Streites. Unsere Gegner hatten uns von unsern Strafarbeiten abgehalten; der Aufseher setzte sich für seine Sklaven ein. Um sich zu entschuldigen, enthüllten unsere Angreifer die Existenz der Manuskripte. Der schreckliche Haugoult befahl uns, ihm die Kassette auszuhändigen; wenn wir widerstrebten, könne er sie aufbrechen lassen; Lambert lieferte ihm den Schlüssel aus, der Aufseher nahm die Papiere, blätterte sie durch, steckte sie ein und sagte zu uns: »Das also sind die Dummheiten, um derentwillen ihr eure Schularbeiten vernachlässigt!« Aus Lamberts Augen fielen dicke Tränen; ebenso sehr das Bewußtsein seiner geistigen Überlegenheit wie die unverdiente Kränkung und der Verrat, die über ihn hereingebrochen waren, hatten sie ihm entpreßt. Wir warfen unsern Anklägern einen vorwurfsvollen Blick zu; hatten sie uns nicht an den gemeinsamen Feind verkauft? Wenn sie uns schon, nach Schuljungenrecht, verprügelt hatten, hätten sie da nicht über unser Vergehen Schweigen bewahren müssen? Daher empfanden sie für eine Weile einige Scham über ihre Feigheit. Wahrscheinlich hat Pater Haugoult den ›Traktat über den Willen‹ an einen Vendômer Krämer verschachert, ohne die Bedeutung der wissenschaftlichen Schätze zu kennen, deren nicht zum Aufsprießen gekommene Keime von ahnungslosen Händen vergeudet wurden.

Ein halbes Jahr danach ging ich vom Collège ab. Ich weiß also nicht, ob Lambert, den unsere Trennung in tiefe Melancholie tauchte, seine Arbeit aufs neue begonnen hat. Im Gedanken an die Katastrophe, die Louis' Buch widerfahren war, habe ich mich in dem Werk, mit dem diese ›Studien‹ beginnen[42], für ein fiktives Werk des in Wahrheit von Lambert erfundenen Titels bedient und den Namen einer Frau, die ihm teuer war, einem jungen, aufopferungswilligen Mädchen gegeben; aber diese Entlehnung ist nicht die einzige, die ich an ihm begangen habe; sein Charakter, seine Betätigungen sind mir bei diesem Werk sehr von Nutzen gewesen, dessen Gegenstand ich irgendwie der Erinnerung an unsere jungen Meditationen verdanke. Jetzt ist diese Geschichte hier dazu bestimmt, einen bescheidenen Gedenkstein zu errichten, der von dem Leben desjenigen Kunde gibt, der mir all sein Gut vermacht hat, nämlich seine Gedanken. In jener Knabenarbeit hat Lambert Mannesgedanken niedergelegt. Als ich zehn Jahre später Gelehrten begegnete, die sich ernstlich mit den Phänomenen befaßten, die uns betroffen gemacht haben und die Lambert so wundervoll analysiert hat, begriff ich die Bedeutsamkeit seiner Arbeiten, die ich schon wie ein kindliches Spiel vergessen hatte. Ich habe also mehrere Monate damit hingebracht, um mich der Hauptentdeckungen meines armen Kameraden zu entsinnen. Nun ich sie in meinen Erinnerungen wiederum gesammelt habe, kann ich versichern, daß er vom Jahre 1812 an in seinem Traktat mehrere wichtige Fakten aufgestellt, erraten und zur Diskussion gestellt hat, deren Beweise, wie er mir gesagt hat, früher oder später erbracht werden würden. Seine philosophischen Spekulationen hätten ihn sicherlich der Zahl der großen Denker eingereiht, wie sie von Zeit zu Zeit unter den Menschen erschienen sind, um ihnen in völliger Nacktheit die Grundprinzipien einer künftigen Wissenschaft zu enthüllen, deren Wurzeln langsam wachsen und die eines Tages schöne Früchte in den Bereichen der Intelligenz tragen. So hat ein armer Handwerker, Bernard[43], der sich damit beschäftigte, das Erdreich zu durchwühlen, um das Geheimnis des Emails zu finden, im sechzehnten Jahrhundert mit der unfehlbaren Autorität des Genies geologische Tatsachen behauptet, deren Darlegung heutzutage den Ruhm Buffons[44] und Cuviers bildet. Ich glaube, eine Vorstellung von Lamberts Traktat durch dessen wichtigste Sätze darbieten zu können, die seine Grundlage darstellen; aber ich werde sie, wider meinen Willen, der Ideen entblößen, in die er sie gehüllt hatte und die seinen unentbehrlichen Geleitzug bilden. Da ich einen andern Weg als den seinen gegangen bin, habe ich von seinen Forschungen nur das aufgenommen, was meinem System am ehesten von Nutzen war; also weiß ich nicht, ob ich, sein Schüler, seine Gedanken getreulich übersetzen werde, nachdem ich sie mir auf eine Weise assimiliert habe, die ihnen die Färbung der meinen leiht.

Für neue Ideen sind neue Wortprägungen oder aber eine erweiterte, umfassendere, besser umrissene Anwendung der alten Wörter erforderlich; Lambert hatte also, um die Grundzüge seines Systems auszudrücken, einige banale Wörter gewählt, die bereits obenhin seinen Gedanken entsprachen. Das Wort *Wille* diente zur Bezeichnung des *Milieus,* in dem der *Gedanke* seine Entwicklungen vollzieht; oder, in einer weniger abstrakten Ausdrucksweise, die gesammelte Kraft, durch die der Mensch aus sich heraus die Handlungen reproduzieren kann, aus denen sein äußeres Leben sich zusammensetzt. Die *Volition,* das *Wollen,* ein Wort, das wir den Reflexionen Lockes[45] verdanken, drückte den Akt aus, durch den der Mensch seinen *Willen* praktisch betätigt. Das Wort *Denken,* für ihn das wesentliche Produkt des *Willens,* bezeichnet also auch das *Milieu,* in dem die *Ideen* entstehen, denen er als Substanz dient. Die *Idee,* eine Bezeichnung für alle Schöpfungen des Gehirns, stellte den Akt dar, durch den der Mensch sich des *Denkens* bedient. Auf diese Weise waren *Wille* und *Denken* die beiden zeugerischen Mittel; das *Wollen* und die *Idee* waren die beiden Produkte. Das *Wollen* schien ihm die Idee zu sein, die aus ihrem abstrakten Zustand in einen konkreten gelangt ist, von ihrer flüssigen Zeugung zu einem gewissermaßen festen Ausdruck, sofern diese Wörter überhaupt so schwierig zu unterscheidende Ansichten formulieren können. Seiner Auffassung nach sind *das Denken* und *die Ideen* die Bewegung unseres inneren Organismus, wie das Wollen und der Wille die Tätigkeit unseres äußeren Lebens darstellt.

Er hatte dem *Willen* einen Vorrang vor dem *Denken* eingeräumt. »Um zu denken, muß man wollen«, pflegte er zu sagen. »Viele Wesen leben im Zustand des *Willens,* ohne indessen in den Zustand des *Denkens* zu gelangen. Im Norden die Langlebigkeit; im Süden die Kurzlebigkeit; aber im Norden auch die Stumpfheit; im Süden die ständige Übersteigerung des Willens, bis zu der Linie, wo, sei es durch allzuviel Kälte, sei es durch allzuviel Hitze, die Organe fast annulliert sind.« Sein Ausdruck *Milieu* wurde ihm durch eine Beobachtung suggeriert, die er während seiner Kindheit gemacht und deren Bedeutsamkeit er sicher nicht geahnt, aber deren Absonderlichkeit seiner auf so hochempfindliche Weise beeindruckbaren Phantasie hat auffallen müssen. Seine Mutter, eine schmächtige, nervöse Person, ganz Zartgefühl und ganz liebevoll, war eins der Geschöpfe, die dazu bestimmt sind, das Weibliche in der Vollkommenheit seiner Attribute zu repräsentieren, aber die das Schicksal irrtümlich in der Tiefe des sozialen Standes verbleiben läßt. Sie war ganz Liebe, sie teilte alles Leid; sie war jung gestorben, nachdem sie alle ihre Fähigkeiten in der Mutterliebe hatte aufgehen lassen. Lambert, ein sechsjähriger Junge, hatte in einer großen Wiege neben dem mütterlichen Bett gelegen; aber da er darin nicht immer geschlafen, hatte er elektrische Funken gesehen, die aus dem Haar der Mutter sprühten, wenn sie sich kämmte. Der fünfzehnjährige Mann bemächtigte sich für die Wissenschaft dieser Tatsache, mit der das Kind gespielt hatte, einer unleugbaren Tatsache, deren zahlreiche Beweise sich bei fast allen Frauen feststellen lassen, die eine gewisse Tücke des Schicksals verkannte Gefühle ausströmen oder irgendeinen Kraftüberschuß verlieren läßt.

Zur Bekräftigung seiner Definitionen fügte Lambert noch mehrere Probleme hinzu, die der Lösung harrten, schöne Herausforderungen an die Wissenschaft, deren Lösungen zu suchen er sich vornahm, wobei er sich fragte: »Sollte das grundlegende Prinzip der Elektrizität nicht als Basis in das besondere Fluidum eintreten, aus dem unsere Ideen und unser Wollen hervorgehen? Sollte das Haar, das sich entfärbt, das heller wird, ausfällt und nach den verschiedenen Graden der Minderung oder der Kristallisation der Gedanken verschwindet, nicht ein System der Kapillarität darstellen, das, entweder absorbierend oder ausströmend, gänzlich elektrisch ist? Sollten die fluiden Phänomene unseres Willens, eine in uns erzeugte und so spontan entsprechend noch unbeobachteter Bedingungen reaktive Substanz, noch etwas Ungewöhnlicheres sein als diejenigen des unsichtbaren, ungreifbaren Fluidums, hervorgebracht durch die Voltasche Säule auf das Nervensystem eines Verstorbenen? Ist das Sichbilden unserer Ideen und deren beständige Ausströmung weniger unbegreiflich, als es die Ausdünstung nicht wahrnehmbarer und dennoch in ihrer Wirkung so kräftiger Urkörperchen ist, wie etwa bei einer Moschuskugel, die dabei nicht an Gewicht verliert? Wenn wir dem Hautsystem unserer Körperhülle gänzlich eine schützende, absorbierende, absondernde und tastende Funktion überlassen, entsprechen dann der Blutkreislauf und dessen Apparat nicht der Transsubstantiation unseres Willens, wie die Zirkulation des Nervenfluidums derjenigen des Denkens entspricht? Kurzum, sollte sich der mehr oder minder heftige Zustrom dieser beiden Substanzen nicht aus einer gewissen Vollkommenheit oder Unvollkommenheit der Organe ergeben, deren Bedingungen in allen ihren Modifikationen genau untersucht werden müßten?

Da nun diese Grundsätze aufgestellt worden waren, wollte er die Phänomene des menschlichen Lebens in zwei verschiedenen Wirkungsreihen klassifizieren, und forderte für jede davon eine spezielle Analyse, und zwar mit glühender Intensität der Überzeugung. Nachdem er faktisch in fast allem Geschaffenen zwei getrennte Bewegungen beobachtet hatte, stellte er sie dar und ließ sie sogar für unsere Menschennatur gelten; diesen vitalen Antagonismus nannte er *Aktion* und *Reaktion*. – »Ein Wunsch«, sagte er, »ist ein gänzlich in unserm Willen vollzogenes Faktum, noch ehe es nach außen hin vollzogen worden ist. Auf diese Weise konstituiert das Gesamt unseres Wollens und unserer Ideen die *Aktion*, und das Gesamt unserer äußeren Betätigungen die *Reaktion*.« Als ich später die Beobachtungen las, die Bichat[46] über den Dualismus unserer äußeren Sinne angestellt hat, wurde ich geradezu schwindlig durch meine Erinnerungen, weil ich eine frappante Koinzidenz zwischen den Gedanken dieses berühmten Physiologen und denen Lamberts erkannte. Beide sind vorzeitig gestorben; sie waren gleichen Schrittes unbekannten Wahrheiten entgegengewandelt. Die Natur hat sich darin gefallen, den verschiedenen konstitutiven Apparaturen ihrer Schöpfungen zwei Bestimmungen zu geben, und die doppelte Betätigung unseres Organismus, die ein unbestreitbares Faktum ist, stützt durch ein Gesamt von Beweisen, von täglicher Eventualität die Deduktionen Lamberts bezüglich der *Aktion* und der *Reaktion.* Das *aktionelle* oder innere Wesen, welche Wortprägung ihm zur Bezeichnung der unbekannten *Spezies* gedient hat, des geheimnisvollen Gesamts von Muskelfäserchen, dem die unterschiedlichen, unvollkommen beobachteten Kräfte des Denkens und des Willens zu verdanken sind; kurzum, jenes namenlose Wesen, das sieht, handelt, alles zu Ende führt, alles noch vor jedweder körperlicher Demonstration vollendet, darf, um sich seiner Natur anzupassen, keinen der physischen Bedingungen unterworfen sein, durch die das *reaktionelle* oder äußere Wesen, der sichtbare Mensch, in seinen Manifestationen gehemmt wird. Von hier aus läßt sich eine Fülle von logischen Erklärungen über die dem Anschein nach absonderlichsten Auswirkungen unserer Doppelnatur ableiten, sowie die Berichtigung mehrerer zugleich wahrer und falscher Systeme. Gewisse Männer, die flüchtig einige Phänomene des natürlichen Spiels des *aktionellen Wesens* wahrgenommen hatten, wurden, wie Swedenborg, durch eine glühende, in das Poetische verliebte, vom göttlichen Prinzip trunkene Seele über die wirkliche Welt hinausgetragen. Alle gefielen sich also darin, in ihrer Unkenntnis der Ursachen und ihrer Bewunderung des Tatsächlichen, diese geheime Apparatur zu vergöttlichen und ein mystisches Universum zu erbauen. Daher stammen die Engel, köstliche Illusionen, auf die Lambert nicht verzichten wollte und denen er noch in dem Augenblick liebend anhing, da das Schwert seiner Analyse ihnen die blendenden Flügel abtrennte.

»Der Himmel«, hat er zu mir gesagt, »würde letztlich das *Überleben* unserer vervollkommneten Fähigkeiten sein, und die Hölle das Nichts, in das die unvollkommenen Fähigkeiten zurückfallen.«

Aber wie hätte man in Jahrhunderten, in denen der Verstand die religiösen oder spiritualistischen Eindrücke bewahrt hatte, die während der Zwischenzeiten zwischen Christus und Descartes, zwischen Glauben und Zweifel geherrscht haben, wie hätte man es sich verwehren können, die Mysterien unserer inneren Natur anders zu erklären als durch ein göttliches Eingreifen? Wem, wenn nicht Gott selber, konnten die Gelehrten Rechenschaft abfordern über ein unsichtbares Geschöpf, das auf so aktive, so reaktive Weise fühlbar und mit so weitgespannten, so durch den Gebrauch der Vervollkommnung fähigen Eigenschaften begabt war, oder unter der Herrschaft gewisser okkulter Vorbedingungen so mächtiger, daß sie es bald durch ein visionäres oder lokomotorisches Phänomen den Raum in seinen beiden Modi der Zeit und der Entfernung, deren eins der geistige, und deren anderes der physikalische Raum ist, aufheben sahen; daß sie es bald sahen, wie es die Vergangenheit rekonstruierte, sei es durch die Macht einer retrospektiven Schau, sei es durch das Mysterium einer Palingenese, die der Macht recht ähnlich ist, die ein Mensch besitzen würde, in der Lineatur, den Hüllen und Rudimenten eines Samenkorns dessen frühere Blütenart in den zahllosen Modifikationen ihrer Nuancen, ihrer Düfte und ihrer Formen zu erkennen; und daß sie es schließlich und endlich bald unvollkommen die Zukunft vorausahnen sahen, sei es durch die Erfassung der primären Ursachen, sei es durch ein Phänomen physischer Vorausahnung.

Andere Männer, die kaum auf romantische Weise religiös, die kalte Vernünftler, vielleicht Scharlatane, zumindest Enthusiasten durch das Gehirn, wenn nicht durch das Herz waren, erkannten einige dieser isolierten Phänomene und hielten sie für wahr, ohne sie als die Ausstrahlungen eines gemeinsamen Zentrums aufzufassen. Jetzt wollte jeder von ihnen eine schlichte Tatsache in etwas Wissenschaftliches umwandeln. Dem entstammten die Dämonologie, die Astrologie, das Hexenwesen, kurzum, alle Wahrsagereien, die im wesentlichen auf transitorische Zufälligkeiten gegründet waren, weil sie entsprechend den Temperamenten variierten, je nach noch völlig unbekannten Umständen. Aber auch aus diesen gelehrten Irrtümern und aus den kirchlichen Prozessen, bei denen so viele Märtyrer ihren eigenen Fähigkeiten erlagen, haben sich glänzende Beweise für die wunderbare Macht ergeben, über die das *aktionelle Wesen* verfügt, das, nach Lambert, sich völlig von dem *reaktionellen*

Wesen isoliert, dessen Hülle durchbrechen und die Mauern durch sein allmächtiges Schauvermögen fallenlassen kann; das ist ein Phänomen, das bei den Hindus die *Tokeiade* genannt wird, wie Missionare berichten; alsdann, vermöge einer anderen Fähigkeit, kann es im Gehirn, trotz dessen dicksten Windungen, die Ideen erfassen, die sich darin gebildet haben oder bilden, sowie das ganze Vergangene des Bewußtseins.

»Wenn die Geistererscheinungen nichts Unmögliches sind«, sagte Lambert, »müssen sie durch eine Fähigkeit der Wahrnehmung der Ideen statthaben, die den Menschen in seiner reinen Wesenhaftigkeit darstellen und deren vielleicht unvergängliches Leben zwar unseren äußeren Sinnen entschlüpft, aber dem inneren Wesen wahrnehmbar werden kann, wenn es zu einem hohen Grad der Ekstase oder zu einer großen Vollkommenheit der Schau gelangt.«

Ich weiß, heute freilich verschwommen, daß Lambert, indem er Schritt für Schritt den Auswirkungen des Denkens und des Willens in allen ihren Modi gefolgt war und deren Gesetze aufgestellt hatte, einer Fülle von Phänomenen gerecht geworden ist, die bis zu ihm gerechtermaßen als unbegreiflich gegolten hatten. Auf diese Weise waren die Hexenmeister, die Besessenen, die mit dem Zweiten Gesicht Begabten und die unter der Herrschaft böser Geister Stehenden jeglicher Art, all diese Opfer des Mittelalters, zum Gegenstand so natürlicher Erklärungen geworden, daß deren Einfachheit mir häufig den Stempel der Wahrheit zu tragen schien. Die wunderbaren Gaben, die die römische Kirche, die auf die Mysterien eifersüchtig war, mit dem Scheiterhaufen bestrafte, waren nach Louis' Behauptung das Ergebnis gewisser Affinitäten zwischen den Urprinzipien der Materie und denjenigen des Denkens, die beide derselben Quelle entspringen. Der mit der Wünschelrute versehene Mann gehorchte, wenn er lebendiges Wasser fand, irgendeiner Sympathie oder Antipathie, die ihm selber unbekannt war. Es hat der Absonderlichkeit von solcherlei Wirkungen bedurft, um einigen von ihnen historische Gewißheit zu geben. Die Sympathien sind selten konstatiert worden. Sie bestehen in Freuden, die Leute, die das Glück haben, damit begabt zu sein, kaum je der Öffentlichkeit kundtun, sofern dergleichen nicht mit besonderer Heftigkeit auftritt; auch dann geschieht es im Geheimnis der Intimität, wo alles in Vergessenheit gerät. Aber die Antipathien, die Folge widerstrebender Affinitäten, sind höchst glücklicherweise notiert worden, wenn sie bei berühmten Männern auftraten. So bekam Bayle[47] Krämpfe, wenn er Wasser sprudeln hörte. Scaliger[48] erbleichte, wenn er Kresse sah, Erasmus[49] bekam Fieber, wenn er Fisch roch. Diese drei Antipathien rühren von aquatischen Substanzen her. Der Herzog von Epernon[50] wurde beim Anblick eines jungen Hasen, Tycho Brahe[51] bei dem eines Fuchses ohnmächtig; Heinrich III.[52] bei dem eines Katers, der Marschall d'Albret[53] bei dem eines Frischlings; das alles sind Antipathien, die durch tierische Emanationen hervorgerufen und oftmals schon in riesigen Entfernungen gespürt werden. Dem Chevalier de Guise[54], der Maria von Medici[55] und mehreren anderen Leuten wurde beim Anblick aller Rosen übel, sogar gemalter. Ob der Kanzler Bacon[56] von einer Mondfinsternis wußte oder nicht – er bekam, sobald sie sich vollzog, einen Schwächeanfall, und sein Leben, das während der ganzen Zeit, die das Phänomen dauerte, gestockt hatte, kehrte danach sofort wieder, ohne daß ihm die leiseste Unpäßlichkeit verblieb. Diese Auswirkungen authentischer Antipathien, die unter all denjenigen herausgegriffen wurden, die die Willkür der Historie berühmt gemacht hat, können zum Verständnis der Auswirkungen unbekannter Sympathien genügen. Diese Forschungsfragmente, deren ich mich unter allen Bemerkungen und Ansichten Lamberts erinnert habe, werden die Methode verständlich machen, nach der er in seinen Arbeiten verfuhr. Ich glaube nicht, noch auf dem Konnex beharren zu müssen, der diese Theorie mit den gleichartigen Wissenschaften verknüpfte, die von Gall und Lavater erfunden worden sind; diese waren deren natürliche Korollarien, und jeder halbwegs wissenschaftliche Geist wird die Verzweigungen wahrnehmen, durch die sie sich notwendigerweise mit den phrenologischen Beobachtungen des einen und den physiognomischen Dokumenten des andern verbinden. Die Entdeckung Mesmers, die so bedeutsam ist und nach wie vor so wenig gewürdigt wird, ist vollständig in einer einzigen Darlegung jenes Traktats enthalten, obgleich Louis die übrigens recht lakonischen Werke des berühmten Schweizer Gelehrten nicht gekannt hat. Eine einfache logische Deduktion seiner Prinzipien hatte ihn erkennen lassen, daß der Wille durch eine völlig kontraktile Bewegung des inneren Wesens zusammengefaßt und dann durch eine andere Bewegung nach außen projiziert und sogar materiellen Objekten anvertraut werden könne. Auf diese Weise mußte die Gesamtkraft eines Menschen die Eigenheit haben, auf die andern einzuwirken und sie mit einer fremden Essenz zu durchdringen, wenn sie sich nicht gegen die Aggression wehrten. Die Beweise dieses Theorems der Wissenschaft vom Menschen sind notwendigerweise vielfältig; aber nichts bestätigt sie authentisch. Es waren Vorfälle nötig wie die aufsehenerregende Katastrophe des Marius[57] und seiner Anrede an den Kimbern, der beauftragt war, ihn umzubringen, und wie auch der erhabene Befehl einer Mutter an den Löwen von Florenz[58], um historisch einige jener blitzschlagartigen Wirkungen des Gedankens kenntlich zu machen. Für ihn waren also der Wille und das Denken *lebendige Kräfte;* deswegen sprach er davon so, daß man seinen Glauben teilen mußte. Für ihn waren diese beiden Kräfte sichtbar und greifbar. Für ihn vollzog sich das Denken langsam oder rasch, schwerfällig oder behend, klar oder dunkel; er schrieb ihm alle Qualitäten handelnder Wesen zu; er ließ es hervorbrechen, sich niederlegen, erwachen, wachsen, altern, sich zusammenziehen, absterben, sich wieder beleben; er ertappte darin das Lebendige dadurch, daß er Betätigungen durch die Absonderlichkeit unserer Ausdrucksweise spezifizierte; er stellte darin die Spontaneität, die Kraft und die Eigenarten durch eine Art Intuition fest, die ihn alle Phänomene dieser Substanz erkennen ließ.

»Oft, inmitten der Ruhe und der Stille«, hat er mir gesagt, »wenn unsere inneren Fähigkeiten eingeschlummert sind, wenn wir uns dem Besänftigenden des Ausruhens hingeben, wenn etwas wie Finsternis sich in uns ausbreitet und wir der Betrachtung der Außendinge anheimfallen, schnellt plötzlich eine Idee hervor und gleitet mit Blitzesschnelle durch die unendlichen Räume, deren Wahrnehmung uns durch unser inneres Schauvermögen verliehen worden ist. Diese leuchtende Idee, die sich jäh wie ein Irrlicht zeigt, erlischt ohne Wiederkehr; sie ist von ephemerer Existenz wie die jener Kinder, die ihre Eltern eine grenzenlose Freude und einen grenzenlosen Schmerz erleben lassen;

eine Art totgeborener Blüte auf den Gefilden des Denkens. Manchmal beginnt die Idee, anstatt gewaltsam emporzuschießen und ohne Konsistenz zu sterben, zu sprossen; sie wiegt sich in den unbekannten Limben[59] der Organe, wo sie recht eigentlich erst entsteht; sie verbraucht uns durch eine lange Schwangerschaft, entwickelt sich, wird fruchtbar, wächst außerhalb in der Anmut der Jugend und ist mit allen Attributen eines langen Lebens geschmückt; sie erträgt die neugierigsten Blicke, sie lockt sie an, sie ermüdet sie nie; die Prüfung, die sie herausfordert, zwingt zur Bewunderung, wie sie Werke erregen, an denen lange gearbeitet worden ist. Bald entstehen die Ideen schwarmweise, eine zieht die andere nach sich, sie verketten sich miteinander, alle sind aufreizend, sie quellen über, sie sind toll. Bald erheben sie sich blaß, verwirrt und vergehen, weil es ihnen an Kraft oder an Nährstoffen gebricht; die zeugerische Substanz mangelt. Schließlich stürzen sie sich an gewissen Tagen in die Abgründe, um deren ungeheure Tiefen zu erhellen; sie erschrecken uns und hinterlassen unsere Seele niedergeschlagen. Die Ideen bilden in uns ein vollkommenes System, demjenigen eines der Naturreiche vergleichbar, eine Art Flora, deren Ikonographie von einem genialen Menschen aufgezeichnet werden wird, der dann womöglich als verrückt gilt. Ja, alles innerhalb und außerhalb unserer selbst bezeugt das Lebendigsein dieser entzückenden Geschöpfe, die ich Blumen vergleiche, wobei ich irgendeiner Enthüllung ihrer Natur gehorche! Ihre Entstehung als Sinn und Zweck des Menschen ist übrigens nicht erstaunlicher als diejenige der Düfte und Farben bei der Pflanze. Vielleicht sind die Düfte Ideen! Wenn man bedenkt, daß die Linie, wo unsere Haut aufhört und der Fingernagel beginnt, das unerklärliche und unsichtbare Geheimnis der beständigen Transformation unserer Fluiden in Horn enthält, muß man anerkennen, daß nichts in den wunderbaren Modifikationen der menschlichen Substanz unmöglich ist. Aber begegnet man denn nicht in der geistigen Natur Phänomenen der Bewegung und der Schwere, die denen der physischen Natur ähnlich sind? Die *Erwartung*, um ein Beispiel zu wählen, das von jedermann lebhaft nachempfunden werden kann, ist nur so schmerzlich durch die Wirkung des Gesetzes, durch das das Gewicht eines Körpers durch seine Schnelligkeit vervielfacht wird.

Wächst die Schwere des Gefühls, die die Erwartung hervorbringt, nicht durch eine beständige Hinzufügung der zurückliegenden Leiden zum Schmerz des Augenblicks? Kurzum, wem, wenn nicht einer elektrischen Substanz, kann man die Magie zuschreiben, durch die der Wille sich so majestätisch in den Blicken auf den Thron erhebt, um die Hindernisse auf Befehl des Genies zu Boden zu schmettern, durch die der Wille in der Stimme hervorbricht oder, trotz der Heuchelei, die menschliche Hülle durchdringt? Der Strom dieses Königs der Fluiden, der, infolge des hohen Drucks des Denkens oder des Gefühls, sich in Wogen ausbreitet oder sich vermindert und versickert, sich dann wieder sammelt, um in Blitzen hervorzubrechen, dieser Strom ist das okkulte Werkzeug, dem die entweder verhängnisvollen oder wohltätigen Bemühungen der Künste und der Leidenschaften zu verdanken sind, handele es sich um die Intonation der abwechselnd rauhen, sanften, schrecklichen, lasziven, Haarsträuben erregenden oder verführerischen Stimme, die je nach unserem Wollen im Herzen, in den Eingeweiden oder im Gehirn vibriert; oder handele es sich um alle Zauber des Tastens, von denen die mentalen Transfusionen so vieler Künstler herrühren, deren schöpferische Hände nach tausend leidenschaftlichen Studien die Natur heraufzubeschwören wissen; oder handele es sich endlich um die unendlichen Stufungen des Auges, von seiner matten Untätigkeit bis zum Schleudern der erschreckendsten Lichterscheinungen. Bei diesem System büßt Gott kein einziges seiner Rechte ein. Das materielle Denken hat mir von ihm neue Herrlichkeiten berichtet!«

Nachdem ich ihn so hatte sprechen hören, nachdem meine Seele seinen Blick wie einen Lichtstrahl in sich aufgenommen hatte, war es schwierig, nicht von seiner Überzeugung geblendet, nicht von seiner Beweisführung hingerissen zu sein. Daher erschien mir *das Denken* als eine vollauf physische Macht, die von deren unmeßbaren Erzeugungen begleitet wurde. Es war eine neue Menschheit in einer anderen Form. Diese einfache, kurzgefaßte Darstellung der Gesetze, von denen Lambert behauptete, daß sie die Formel unseres Geistes seien, muß genügen, um ein Bild der wunderbaren Aktivität zu vermitteln, mit der seine Seele sich selber aufzehrte. Louis hatte nach Beweisen für seine

Prinzipien in der Geschichte der großen Männer gesucht, deren von den Biographen dargelegte Existenz seltsame Einzelheiten über die Betätigung ihres Verstandes liefert. Da sein Gedächtnis ihm verstattet hatte, sich der Fakten zu erinnern, die zur Weiterentwicklung seiner Behauptungen dienen konnten, hatte er sie jedem der Kapitel, denen sie als Beweis dienten, als Anhang hinzugefügt, wodurch mehrere seiner Maximen eine fast mathematische Gewißheit erhielten. Die Werke des Cardanus[60], eines mit einer ganz besonderen Kraft der Schau begabten Mannes, lieferten ihm kostbare Materialien. Er hatte weder Apollonius von Tyana[61] vergessen, der in Asien den Tod des Tyrannen verkündete und seine Hinrichtung zu derselben Stunde schilderte, da diese in Rom vollzogen wurde; noch Plotin[62], der, von Porphyrius[63] getrennt, dessen Absicht, Selbstmord zu begehen, fühlte und zu ihm eilte, um ihn davon abzubringen; noch auch die Tatsache, die im letzten Jahrhundert angesichts des spöttischsten Unglaubens, den es je gegeben hat, festgestellt worden ist, eine überraschende Tatsache für die Menschen, die es gewohnt sind, aus dem Zweifel eine Waffe dagegen zu machen, aber eine ganz einfache Tatsache für einige Gläubige; Alfonso-Maria de Liguori[64], Bischof von Santa-Agata dei Goti, spendete dem Papst Ganganelli[65], der ihn sah, ihn hörte und ihm antwortete, die letzten Tröstungen; und gleichzeitig, sehr weit entfernt von Rom, wurde der Bischof in seinem Haus, in einem Sessel, den er gewöhnlich nach der Rückkehr von der Messe benutzte, in Verzückung gesehen. Als er wieder zu Bewußtsein kam, sah er seine Diener vor sich knien; sie hatten ihn alle für tot gehalten. »Ihr Freunde«, sagte er zu ihnen, »der heilige Vater ist soeben verschieden.« Zwei Tage danach bestätigte ein Eilbote diese Nachricht. Die Todesstunde des Papstes fiel genau mit derjenigen zusammen, da der Bischof in seinen natürlichen Zustand zurückgekehrt war. Lambert hatte auch das noch näher liegende Abenteuer nicht ausgelassen, das im letzten Jahrhundert einer jungen Engländerin zugestoßen war; sie liebte leidenschaftlich einen Seemann, war aus London abgereist, um ihn zu treffen, und fand ihn allein, ohne Führer, in den Steppen Nordamerikas, wo sie anlangte und ihm das Leben rettete. Louis hatte die Mysterien des klassischen Altertums herangezogen, die Taten der Märtyrer, die der schönste Ruhmestitel für den menschlichen Willen sind, die Dämonologien des Mittelalters, die Kriminalprozesse, die medizinischen Forschungen, und darin überall das Wahre und das wahrscheinliche Phänomen mit bewundernswürdigem Scharfblick unterschieden. Diese reiche Sammlung wissenschaftlicher Anekdoten, die in so vielen Büchern zusammengetragen und deren meiste glaubenswürdig waren, hat wohl zur Verfertigung von Papiertüten gedient; und diese zumindest merkwürdige Arbeit, die von dem außerordentlichsten unter allen menschlichen Gedächtnissen erzeugt worden war, hat zugrundegehen müssen. Unter all den Beweisen, die Lamberts Werk bereicherten, befand sich eine Geschichte, die sich in seiner Familie zugetragen und die er mir erzählt hat, ehe er seinen Traktat auszuarbeiten begann. Dieses Geschehnis, das sich auf die *Post-Existenz* des inneren Wesens bezog, sofern ich mir erlauben darf, ein neues Wort für die Wiedergabe eines bislang unbezeichneten Effekts zu prägen, hat mich so nachdrücklich betroffen gemacht, daß mir die Erinnerung daran verblieben ist. Seine Eltern hatten einen Prozeß geführt, dessen Verlust ihre Redlichkeit beflecken mußte, das einzige Gut, das sie auf dieser Welt besaßen. Also war die Angst sehr groß, als es sich um die Frage handelte, zu wissen, ob man dem ungerechten Angriff des Klägers weichen oder ob man sich gegen ihn verteidigen solle. Die Besprechung fand beim Torffeuer in der Schlafkammer des Gerbers und seiner Frau statt. Es wurden zu dieser Beratung ein paar Verwandte und Louis' Urgroßvater mütterlicherseits hinzugezogen, ein alter, gebrechlicher Ackerbauer, aber von ehrwürdigem, majestätischem Antlitz; seine Augen waren hell; sein von der Zeit gegilbter Schädel hatte noch ein paar Strähnen dünnen weißen Haars bewahrt. Ähnlich dem »Obi« der Neger und dem »Sagamore« der Indianer war er eine Art Orakel, das bei wichtigen Gelegenheiten befragt wurde. Seine Ländereien wurden von seinen Enkeln bestellt, die ihn ernährten und für ihn sorgten; er sagte ihnen Regen und schönes Wetter voraus und wies ihnen den Zeitpunkt an, da sie die Wiesen mähen und die Ernte einbringen müßten. Die barometrische Genauigkeit seiner Hinweise war berühmt geworden und steigerte immerfort das Vertrauen und die Verehrung, die ihm bezeigt wurden. Tagelang blieb er reglos auf seinem Stuhl sitzen. Dieser Zustand der Entrückung war ihm seit dem Tod seiner Frau nichts Ungewöhnliches, für die er eine höchst innige und immerwährende Liebe gehegt hatte. Die Unterredung fand in seiner Gegenwart statt, ohne daß er ihr große Aufmerksamkeit zu schenken schien. »Liebe Kinder«, sagte er zu ihnen, als er aufgefordert wurde, seine Ansicht kundzutun, »diese Angelegenheit ist zu ernst, als daß ich sie allein entscheiden möchte. Ich muß gehen und meine Frau um Rat fragen.« Der biedere Alte stand auf, nahm seinen Stock und ging hinaus, zum großen Erstaunen der Anwesenden, die glaubten, er sei kindisch geworden. Bald kam er wieder und sagte: »Ich habe gar nicht bis zum Kirchhof zu gehen brauchen, eure Mutter ist mir entgegengekommen; beim Bach bin ich ihr begegnet. Sie hat mir gesagt, ihr würdet bei einem Notar in Blois Quittungen vorfinden, die euch euern Prozeß gewinnen lassen würden.« Diese Worte wurden mit fester Stimme gesprochen. Die Haltung und die Züge des Alten kündeten von einem Mann, für den diese Geistererscheinung etwas Gewohntes sei. Tatsächlich wurden die angefochtenen Quittungen wiedergefunden, und der Prozeß fand nicht statt.

Dieses Abenteuer, das sich unter dem väterlichen Dach vor den Augen des damals neunjährigen Louis abgespielt hatte, hat viel dazu beigetragen, ihn an die wunderbaren Geschichten Swedenborgs glauben zu lassen; dieser hat zu seinen Lebzeiten mehrere Beweise von der Befähigung zu visionärer Schau gegeben, die sein *inneres Wesen* erworben hatte. Je älter Lambert wurde und je mehr seine Intelligenz sich entwickelte, umso mehr mußte er dazu geführt werden, in den Gesetzen der menschlichen Natur nach den Ursachen des Wunderbaren zu forschen, das von Kindheit an seine Aufmerksamkeit auf sich gelenkt hatte. Mit welchem Namen soll man den Zufall benennen, der rings um ihn her die Fakten versammelte, die Bücher, die sich mit jenen Phänomenen befaßten, und der ihn selber zur Bühne und zum Darsteller der größten Wunder des Denkens machte? Wenn Louis als einzigen Ruhmestitel nur den besäße, daß er als Fünfzehnjähriger folgende psychologische Maxime aufstellte: »Die Ereignisse, die die Tätigkeit der Menschheit bezeugen und die das Produkt ihrer Intelligenz sind, haben Ursachen, in denen sie vorgefaßt sind, wie unsere Handlungen in unserm Denken vollzogen sind, ehe sie sich im Außen reproduzieren; die Ahnungen oder Prophezeiungen sind die *Wahrnehmung* jener Ursachen«, dann glaube ich, man müßte in ihm den Verlust eines Genies beklagen, das dem von Männern wie Pascal[66], Lavoisier[67] und Laplace[68] glich. Vielleicht haben seine Hirngespinste über die Engel allzu lange seine Arbeiten beherrscht; aber haben die Gelehrten bei ihren Versuchen, Gold zu machen, nicht unmerklich die Chemie geschaffen? Wenn indessen Lambert später vergleichende Anatomie, Physik, Geometrie und die Wissenschaften studiert hat, die im Zusammenhang mit seinen Entdeckungen standen, so verfolgte er damit notwendigerweise die Absicht, Tatsachen zu sammeln und mittels der Analyse vorzugehen, der einzigen Fackel, die uns heutzutage durch die Dunkelheiten der unfaßbarsten aller Naturen zu leiten vermag. Sicherlich besaß er zuviel Verstand, um in den Wolken der Theorien zu verbleiben, die sich sämtlich mittels einiger Worte verdeutlichen lassen. Ist heutzutage die einfachste Beweisführung, die sich auf Fakten stützt, nicht kostbarer als die schönsten Systeme, die durch mehr oder weniger sinnvolle Induktionen verteidigt werden? Aber da ich ihn nicht während der Epoche seines Lebens gekannt habe, da er fruchtbarer nachgedacht haben muß, kann ich die Tragweite seiner Werke nur nach derjenigen seiner ersten Meditationen mutmaßen.

Es ist leicht zu begreifen, worin sein ›Traktat über den Willen‹ fehlgriff. Obwohl Louis schon mit Qualitäten begabt war, die die überlegenen Männer auszeichnen, war er noch ein Knabe. Obwohl sein Gehirn reich und geschickt im Abstrahieren war, empfand es noch die entzückenden Gläubigkeiten, die alle jungen Menschen umwogen. Seine Konzeption rührte also in einigen Punkten an die reifen Früchte seines Genies, und in einer Fülle anderer näherte sie sich noch der Winzigkeit von Keimen. Manchen in die Poesie verliebten Gemütern wäre sein größter Fehler wohl als eine Art Verliebtheit erschienen. Sein Werk trug die Spuren des Kampfes, den in dieser schönen Seele die zwei großen Prinzipien Spiritualismus und Materialismus ausfochten, um die so viele schöne Genies gekreist haben, ohne daß eins von ihnen es gewagt hätte, sie zu einer Einheit zusammenzuschmelzen. Louis war zunächst reiner Spiritualist, und er war unwiderstehlich dazu geführt worden, die Materialität des Denkens anzuerkennen. Durch die Tatsachen der Analyse wurde er in dem Augenblick geschlagen, da sein Herz ihn noch liebevoll die zerstreuten Wolken im Himmel Swedenborgs betrachten ließ, und so fand er in sich noch nicht die Kraft, ein einheitliches, kompaktes System aus einem Guß zu entwerfen. Daher rührten einige Widersprüche, wie sie sich in der Skizze ausprägen, die ich von seinen ersten Versuchen entwerfe. So unvollkommen sein Werk auch war, stellt es nicht den Entwurf einer Wissenschaft dar, deren Mysterien er später vertieft, deren Grundlagen er befestigt, deren Entwicklungen er erforscht, deduziert und verkettet haben würde?

Ein halbes Jahr nach der Beschlagnahme seines ›Traktats über den Willen‹ verließ ich das Collège. Unsere Trennung erfolgte jäh. In ihrer Beunruhigung über ein Fieber, das eine Zeitlang nicht von mir wich und dem meine körperliche Untätigkeit die Symptome des Koma lieh, nahm meine Mutter mich binnen vier oder fünf Stunden aus dem Collège fort. Als Lambert von meinem Fortgehen erfuhr, überkam ihn eine erschreckende Traurigkeit. Wir versteckten uns, um weinen zu können.

»Ob ich dich je wiedersehe?« fragte er mit seiner sanften Stimme und schloß mich in seine Arme. »*Du* wirst leben«, fuhr er fort; »ich jedoch werde sterben. Wenn ich kann, werde ich dir als Geist erscheinen.«

Man muß jung sein, um solcherlei Worte mit dem Tonfall der Überzeugung auszusprechen, der sie wie eine Voraussage aufnehmen läßt, wie eine Verheißung, deren erschreckende Erfüllung Furcht einflößt. Lange Zeit hindurch habe ich verschwommen an diese versprochene Geistererscheinung gedacht. Noch immer gibt es gewisse Tage des Lebensüberdrusses, des Zweifels, des Grauens und der Einsamkeit, an denen ich gezwungen bin, die Erinnerungen an diesen melancholischen Abschied wegzuscheuchen, der indessen nicht der letzte sein sollte. Als ich den Hof überquerte, durch den wir das Collège verließen, stand Lambert an einem der Gitterfenster des Refektoriums. Auf meinen Wunsch hin erlangte meine Mutter die Erlaubnis, daß er mit uns im Gasthof essen durfte. Niemals haben Liebhaber und Geliebte bei ihrer Trennung mehr Tränen vergossen als wir.

»So leb denn wohl! Jetzt werde ich in dieser Wüste allein sein«, sagte er zu mir und deutete auf die Höfe, auf denen zweihundert Buben spielten und lärmten. »Wenn ich ermüdet und halb tot von meinen langen Streifzügen durch die Gefilde des Denkens heimkehre, in welchem Herzen werde ich mich dann ausruhen? Wer wird mich jetzt verstehen? Lebwohl! Ich wollte, ich wäre dir niemals begegnet, dann würde ich nicht wissen, was alles mir fehlen wird.«

»Und ich«, fragte ich ihn, »was soll aus mir werden? Ist meine Lage nicht die schrecklichere? Ich habe hier drinnen nichts, was mich zu trösten vermöchte«, fügte ich hinzu und schlug mich an die Stirn.

Er schüttelte den Kopf mit einer Bewegung voller Anmut und Traurigkeit, und wir nahmen Abschied. Zu jener Zeit war Louis Lambert fünf Fuß zwei Zoll groß; er ist nicht mehr gewachsen. Sein sehr ausdrucksvoll gewordenes Gesicht zeugte von der Güte seines Charakters. Eine himmlische Geduld, die die schlechte Behandlung gezeitigt hatte, und eine stete Konzentration, wie sein kontemplatives Leben sie erforderte, hatten seinem Blick den kühnen Stolz genommen, der gewissen Gesichtern so gut steht, und mit dem er unsere Aufseher in Verlegenheit zu setzen verstanden hatte. Sein Gesicht strahlte friedliche Empfindungen aus, eine liebreizende Heiterkeit, die nichts Ironisches oder Spöttisches entstellte, denn sein angeborenes Wohlwollen dämpfte das Bewußtsein seiner Kraft und Überlegenheit. Er hatte hübsche, fein gegliederte, fast immer feuchte Hände. Sein Körper war ein der Bildhauerei würdiges Wunder; aber unsere eisengrauen Uniformen mit den Goldknöpfen, unsere kurzen Kniehosen gaben uns ein so plumpes Aussehen, daß die Vollendung der Proportionen Lamberts und seine Zartheit nur beim Baden zutage traten. Wenn wir in unserm Badebassin im Loir schwammen, fiel Louis durch die Helligkeit seiner Haut auf; sie hob sich von den verschiedenen Tönungen der Körper unserer Kameraden ab, die sämtlich von der Kälte marmoriert oder vom Wasser violett gefärbt waren. Louis hatte zarte Körperformen, anmutige Bewegungen, eine sanft getönte Hautfarbe, und es fröstelte ihn nie außerhalb des Wassers, vielleicht weil er den Schatten mied und stets in die Sonne lief; er ähnelte den vorsichtigen Blumen, die ihre Kelche bei Wind schließen und sich nur bei klarem Himmel entfalten wollen. Er aß sehr wenig und trank nur Wasser; ferner, sei es aus Instinkt, sei es aus Neigung, war er jeder Bewegung abhold, die einen Kräfteverschleiß mit sich gebracht hätte; in seinen Gesten war er sparsam und beherrscht wie die Orientalen oder die Indianer, bei denen Ernst und Würde ein natürlicher Zustand zu sein scheinen. Im allgemeinen schätzte er nichts, was an seiner Person als gesucht hätte anmuten können. Zumeist hielt er den Kopf nach links geneigt und saß so oft mit aufgestützten Ellbogen da, daß die Ärmel seiner neuen Uniformfräcke rasch durchgescheuert waren. Diesem flüchtigen Bildnis seiner menschlichen Erscheinung muß ich eine Skizze seiner geistigen hinzufügen, denn heute glaube ich diese unparteiisch beurteilen zu können.

Obgleich Louis auf natürliche Weise fromm war, billigte er die minutiösen Praktiken der römischen Kirche nicht; seine Gedanken sympathisierten weit mehr mit denjenigen der heiligen Therese und Fénélons, mit denjenigen mehrerer Kirchenväter und einiger Heiliger, die heutzutage als Ketzer und Atheisten betrachtet werden würden. Während der Gottesdienste war er teilnahmslos. Sein Gebet vollzog sich durch innere Aufschwünge, durch eine seelische Erhebung, die an keine regelmäßige Form gebunden waren; er ließ sich seiner Natur entsprechend völlig gehen und wollte zu festgesetzten Stunden ebensowenig beten wie denken. In der Kapelle konnte er oftmals ebensogut an Gott denken wie über eine philosophische Idee nachgrübeln. Jesus-Christus war für ihn die schönste Verkörperung seines Systems. Das *»Et verbum caro factum est!«*[69] schien ihm ein erhabenes Wortbild zu sein, dazu bestimmt, die traditionelle Formel für Wille, Wort und Tat sichtbarlich auszudrücken. Weil Christus seines Todes nicht gewahr wurde, da er das innere Wesen durch göttliche Werke so vervollkommnet hatte, daß dessen unsichtbare Form eines Tages den Jüngern erschien, mithin die Mysterien des Evangeliums, die magnetischen Heilungen Christi und die Gabe des Redens in allen Sprachen bestätigten ihm seine Lehre. Ich erinnere mich, daß ich ihn in diesem Zusammenhang habe sagen hören, das schönste Werk, das heute zu schreiben sei, sei die Geschichte der Urkirche. Niemals schwang er sich so sehr zu dichterischer Höhe auf als in dem Augenblick, da er bei einem Abendgespräch auf die Nachprüfung der Wunder zu sprechen kam, die durch die Macht des Willens während jener großen Epoche des Glaubens vollbracht worden sind. Er fand die stärksten Beweise für seine Theorie in fast allen Martyrien, die während des ersten Jahrhunderts der Kirche erlitten worden sind; er nannte es *»die große Ära des Denkens«*. »Beweisen die Phänomene bei den meisten der so heroisch von den Christen für das Bestehen auf ihrem Glauben erduldeten Hinrichtungen nicht«, so sagte er, »daß die materiellen Kräfte nie etwas gegen die Kraft der Ideen oder gegen den Willen des Menschen ausrichten können? Jeder kann aus dieser durch den Willen aller erzeugten Wirkung zugunsten des eigenen Willens Folgerungen ziehen.«

Ich glaube nicht, daß ich von seinen Ideen über die Poesie und die Weltgeschichte zu sprechen brauche, noch auch über seine Beurteilungen der Meisterwerke unserer Sprache. Es würde nichts besonders Merkwürdiges sein, wenn ich hier Meinungen aufzeichnete, die heutzutage fast Allgemeingut geworden sind, die jedoch im Munde eines Knaben damals als etwas Ungewöhnliches wirken mußten. Louis war allem gewachsen. Um sein Talent in zwei Worten auszudrücken: er hätte den ›Zadig‹ ebenso geistvoll geschrieben, wie es Voltaire getan hat; er hätte auch den Dialog zwischen Sulla und Eukrates ebenso kraftvoll erdacht wie Montesquieu. Die große Redlichkeit seiner Ideen ließ ihn von jedem Werk wünschen, daß es die Eigenschaft der Nützlichkeit habe; gerade wie sein feiner Geist darin ebensosehr Neuheit der Gedanken wie auch der Form forderte. Alles, was diese Bedingungen nicht erfüllte, verursachte ihm tiefen Ekel. Eine seiner bemerkenswertesten literarischen Wertungen, die den Sinn aller übrigen ebenso verständlich machen dürfte wie die Hellsicht seiner Urteile, ist die folgende, die ich nicht vergessen habe: »Die Apokalypse ist eine schriftlich fixierte Ekstase.« Er betrachtete die Bibel als ein Teilstück der überlieferten Geschichte der antediluvianischen Völker, das die neue Menschheit sich geteilt habe. Für ihn hing die griechische Mythologie gleichzeitig mit der hebräischen Bibel und den heiligen Büchern Indiens zusammen, die diese in das Anmutige verliebte Nation auf ihre Weise übersetzt habe.

»Es ist unmöglich«, sagte er, »die Priorität der asiatischen vor unsern heiligen Schriften anzuzweifeln. Wer gutgläubig dieses historische Faktum anzuerkennen weiß, für den erweitert sich die Welt auf seltsame Weise. Haben sich nicht auf die asiatische Hochebene die wenigen Menschen geflüchtet, die die von unserm Erdball erlittene Katastrophe überlebt haben, sofern überhaupt vor jener Umwälzung oder jenem Stoß schon Menschen existiert haben? Das ist eine ernste Frage, und ihre Lösung steht auf dem Grund der Meere geschrieben. Die Anthropogonie der Bibel ist also nichts als die Genealogie eines Bienenschwarms, der dem Menschheits-Bienenstock entflogen ist und sich an den gebirgigen Flanken von Tibet, zwischen den Gipfeln des Himalaya und denen des Kaukasus, festgesetzt hat. Der Charakter der ersten Ideen der Horde, die ihr Gesetzgeber das ›Volk Gottes‹ nannte, sicherlich, um es zu einer Einheit zu machen, vielleicht aber auch, um es dazu zu bringen, seine eigenen Gesetze und sein Regierungssystem zu bewahren, denn die Bücher Mose sind ein religiöses, politisches und bürgerliches Gesetzbuch; dieser Charakter trägt das Gepräge des Schreckens: Die Krampfzuckung des Erdballs wurde durch eine gigantische Gedankenleistung als ein Racheakt von oben interpretiert. Kurzum, da diese auf der Wanderschaft befindliche Völkerschaft keine der Annehmlichkeiten genoß, die ein auf von den Vätern ererbtem Boden seßhaftes Volk findet, hat ihr Ungemach ihr lediglich düstere, majestätische und blutige Dichtungen diktiert. Im Gegensatz dazu haben das Schauspiel des raschen Wiederauflebens der Erde, die wunderbaren Auswirkungen der Sonne, deren erste Zeugen die Hindus waren, diesen lachenden Konzeptionen von glücklicher Liebe, den Kult des Feuers und unendliche Personifikationen der Wiedergeburt inspiriert. Diese wundervollen Bilder fehlen dem Werk der Hebräer. Ein ständiges Verlangen nach Bewahrung durch die Gefahren und die bis zur Errichtung der Ruhestätte durchzogenen Länder hindurch hat das Gefühl der Exklusivität dieses Volkes und seinen Haß gegen die anderen Nationen erzeugt. Diese drei Schriften sind die Archive der versunkenen Welt. Dort ruht das Geheimnis der unerhörten Großartigkeit jener Sprachen und ihrer Mythen. Eine große Menschheitsgeschichte liegt unter jenen Namen von Männern und Stätten begraben, unter diesen Fiktionen, die uns unwiderstehlich anziehen, ohne daß wir wüßten, warum. Vielleicht atmen wir darin die Heimatluft unserer neuen Menschheit.«

Für ihn enthielt also diese dreifache Literatur alle Gedanken des Menschen. Es ist, seiner Meinung nach, kein Buch entstanden, dessen Thema dort nicht als Keim gefunden werden könnte. Diese Auffassung zeigt, wie klüglich sein erstes Sichbefassen mit der Bibel vorgetrieben wurde und bis wohin es ihn geführt hat. Da er stets über der Gesellschaft schwebte, die er nur aus Büchern kannte, beurteilte er sie kühl. »Die Gesetze«, sagte er, »hemmen darin nie die Unternehmungen der Großen oder der Reichen, und sie treffen die Kleinen, die doch des Schutzes bedürfen.« Seine Güte gestattete es ihm also nicht, mit den politischen Ideen zu sympathisieren; aber sein System führte ihn zum passiven Gehorsam, für den durch Jesus-Christus das Beispiel gegeben worden ist. Während der letzten Zeit meines Aufenthalts in Vendôme spürte Louis nicht mehr den Stachel des Ruhms; er hatte irgendwie auf abstrakte Weise die Berühmtheit genossen; und nachdem er sie aufgeschlitzt hatte wie die alten Opferpriester, die im Herzen der Menschen nach der Zukunft suchten, hatte er in den Eingeweiden dieser Chimäre nichts gefunden. Aus Verachtung eines ganz persönlichen Gefühls sagte er also zu mir: »Der Ruhm ist der vergöttlichte Egoismus.«

Ehe ich mich von einer außergewöhnlichen Kindheit abwende, ist es vielleicht angebracht, sie mit einem raschen Blick zu beurteilen.

Einige Zeit vor unserer Trennung hat Lambert zu mir gesagt: »Abgesehen von den allgemeinen Gesetzen, deren Formulierung mir vielleicht zum Ruhm gereichen wird und die diejenigen unseres Organismus sein müssen, ist das menschliche Leben eine Bewegung, die sich in jedem Wesen auf mehr besondere Art vollzieht, und zwar dank irgendeines Einflusses, durch das Gehirn, durch das Herz oder durch den Nerv. Von diesen drei Konstitutionen, die durch diese abgegriffenen Wörter bezeichnet werden, leiten sich die unendlichen Modi der Menschheit ab, die alle aus den Proportionen hervorgehen, in denen jene drei zeugerischen Prinzipien sich mehr oder weniger gut mit den Substanzen kombiniert finden, die sich in den Milieus, darin sie leben, assimilieren.« Er stockte, schlug sich an die Stirn und sagte zu mir: »Merkwürdige Tatsache! Bei allen großen Männern, deren Porträts meine Aufmerksamkeit gefesselt haben, ist der Hals kurz. Vielleicht will die Natur, daß bei ihnen das Herz dem Gehirn näher ist.« Dann fuhr er fort: »Daraus ergibt sich ein gewisses Gesamt von Handlungen, das das soziale Leben ausmacht. Dem Mann des Nervs die Tat oder die Kraft; dem Mann des Hirns das Genie; dem Mann des Herzens der Glaube. Aber«, sprach er bekümmert weiter, »dem Glauben die Weihrauchwolken des Heiligtums; dem Engel allein die Klarheit.« So war denn Lambert also seiner eigenen Definition nach ganz Herz und ganz Hirn.

Für mich läßt sich das Leben seines Geistes in drei Phasen einteilen.

Von Kindheit an war er einem frühreifen Tätigkeitsdrang unterworfen, der sicherlich auf irgendeiner Krankheit oder irgendeiner Vollkommenheit seiner Organe beruhte; von Kindheit an bestanden seine Kräfte im Spiel der inneren Sinne und in einer übermäßigen Produktion von Nervenfluidum. Als Ideenmensch mußte er den Durst des Gehirns stillen, das alle Ideen assimilieren wollte. Daher sein ständiges Lesen; aus seinem Lesen seine Reflexionen, die ihm die Macht verliehen, alle Dinge auf deren schlichtesten Ausdruck zu reduzieren, sie in ihm selbst zu absorbieren, damit er sie dort in ihrer Essenz studieren konnte. Die Segnungen dieser großartigen Periode, die bei den übrigen Menschen lediglich nach langen Studien ihre Vollendung erreicht, fielen Lambert also während seiner körperlichen Kindheit zu; es war eine glückliche Kindheit, eine durch die lernbegierigen Glückseligkeiten des Dichters getönte. Der Endpunkt, zu dem die meisten Gehirne gelangen, war derjenige, von dem aus das seine eines Tages zur Suche nach neuen Welten des Geistes aufbrechen sollte. Dort hatte er sich, vorerst noch ohne sein Wissen, das anspruchsvollste Leben geschaffen, und das unter allen auf die gierigste Weise unersättliche. Mußte er nicht, um zu existieren, unaufhörlich Nahrung in den Schlund werfen, der sich in ihm aufgetan hatte? Konnte er nicht, gleich gewissen Wesen der Weltregionen, zugrunde gehen aus Mangel an Nahrung für sein übermäßiges, getäuschtes Eßverlangen? War ihm nicht die Ausschweifung in die Seele gedrungen, und mußte sie nicht, wie mit Alkohol gesättigte Körper, einer sofortigen Verbrennung anheimfallen? Diese erste gehirnliche Phase ist mir unbekannt geblieben; erst heute kann ich mir so die wunderbaren Fruchtentwicklungen und die Auswirkungen erklären. Lambert war damals dreizehn Jahre alt.

Ich hatte das Glück, den ersten Tagen der zweiten Altersstufe beizuwohnen. Lambert, und das hat ihn vielleicht gerettet, ist damals in alle Nöte des Schullebens hineingeraten und hat dort das Übermaß seiner Gedanken vergeudet. Nachdem er von den Dingen zu deren reinem Ausdruck, von den Wörtern zu deren idealer Substanz, von dieser Substanz zu den Prinzipien gelangt war; nachdem er alles abstrahiert hatte, strebte er, um zu leben, nach anderen intellektuellen Schöpfungen. Gehemmt durch unselige Zustände im Collège und durch die Krisen seines physischen Lebens, blieb er nachdenklich, erriet die Gefühle, bekam flüchtige Einblicke in neue Wissenschaften, in wahre Massen von Ideen. Da er in seinem Lauf aufgehalten worden und noch zu schwach war, die oberen Sphären zu betrachten, betrachtete er sich innerlich. Er bot mir damals das Schauspiel vom Kampf des Denkens dar, das auf sich selber zurückwirkt und die Geheimnisse seiner Natur zu erfassen sucht, wie ein Arzt, der das Fortschreiten seiner eigenen Krankheit beobachtet. In diesem Zustand der Kraft und der Schwäche, der kindlichen Anmut und der übermenschlichen Macht ist Louis Lambert das Wesen, das mir die poetischste und wahrste Vorstellung von dem Geschöpf vermittelt hat, das wir »einen Engel« nennen, wobei allenfalls eine Frau ausgenommen werden muß, deren Namen, Züge, Person und Leben ich der Welt vorenthalten möchte, um als einziger in das Geheimnis ihres Daseins einbezogen gewesen zu sein und sie in der Tiefe meines Herzens begraben zu können.[70]

Die dritte Phase sollte mir entgehen. Sie setzte ein, als ich von Louis getrennt wurde, der erst als Achtzehnjähriger das Collège verließ, um die Mitte des Jahres 1815. Louis hatte damals vor etwa sechs Monaten seine Eltern verloren. Da er in seiner Familie niemanden fand, mit dem seine vollauf mitteilungsbedürftige, aber seit unserer Trennung stets auf sich selber zurückgedrängte Seele sympathisieren konnte, suchte er Zuflucht bei seinem Onkel, der zu seinem Vormund ernannt und der, da er in seiner Eigenschaft als auf die Verfassung vereidigter Priester aus seiner Pfarre verjagt worden war, sich in Blois niedergelassen hatte. Dort nahm Louis für einige Zeit Aufenthalt. Bald verzehrte ihn das Verlangen, seine Studien abzuschließen, die er als unvollkommen erachten mußte, und er ging nach Paris, um Madame de Staël wiederzusehen und die Wissenschaft an ihren erhabensten Quellen zu schöpfen. Der alte Priester, der eine große Schwäche für seinen Neffen hegte, stellte es Louis frei, seine Erbschaft während eines dreijährigen Aufenthalts in Paris aufzuzehren, wenngleich er dort im tiefsten Elend gelebt hat. Jene Erbschaft bestand aus ein paar tausend Franc. Zu Beginn des Jahres 1820 kam Lambert nach Blois zurück; die Leiden, denen Leute ohne Vermögen dort ausgesetzt sind, hatten ihn vertrieben. Während seines dortigen Aufenthalts muß er oftmals unter geheimen Stürmen gelitten haben, jenem grausigen Wüten der Gedanken, von dem Künstler durchtobt werden, sofern man nach dem einzigen Begebnis urteilen darf, dessen sein Onkel sich erinnerte, nämlich nach dem einzigen Brief, den der wackere Mann von denen aufbewahrt hat, die Louis Lambert ihm zu jener Zeit schrieb; vielleicht wurde jener Brief aufgehoben, weil er der letzte und längste von allen war.

Hier folge zunächst das Begebnis. Louis war eines Tages im Théâtre-Français und saß auf einem Bänkchen des zweiten Rangs neben einem der Pfeiler, zwischen denen sich damals die dritten Logen befanden. Als er in der ersten Pause aufstand, sah er eine junge Frau, die gerade die benachbarte Loge betreten hatte. Der Anblick dieser jungen, schönen, gutgekleideten, vielleicht dekolletierten Frau, die von einem Liebhaber begleitet war, für den ihr Gesicht sich mit allem Reizvollen der Liebe belebte, hatte eine so grausame Wirkung auf Lamberts Seele und Sinne, daß er den Zuschauerraum verlassen mußte. Hätte er nicht das letzte Aufleuchten seiner Vernunft ausgenutzt, die im ersten Augenblick seiner glühenden Leidenschaft nicht völlig erloschen war, so wäre er vielleicht seinem beinahe unbezwinglichen Verlangen erlegen, den jungen Herrn zu töten, auf den die Blicke jener Frau sich richteten. War dies nicht in unserer Pariser Welt ein Aufblitzen der Liebe eines Wilden, der sich auf die Frau stürzt wie auf seine Beute, eine Auswirkung tierischen Instinkts vereint mit der Schnelligkeit der fast leuchtenden Triebe einer Seele, die von der Masse ihrer Gedanken zusammengedrückt war? Kurzum, war es nicht der imaginäre Messerstich, den der Knabe gefühlt hatte und der beim Manne zum jähen Blitzstrahl seines mächtigsten Bedürfnisses geworden war, der Liebe?

Jetzt möge der Brief folgen, in dem sich der Zustand seiner vom Schauspiel der Pariser Kultur ergriffenen Seele spiegelt. Sein Herz, das wohl in diesem Abgrund des Egoismus ständig verletzt worden war, hat dort immer leiden müssen; er ist dort vielleicht weder Freunden begegnet, die ihn hätten trösten, noch Feinden, die seinem Leben hätten Farbe geben können. Er war gezwungen, unablässig in sich selbst zu leben; er hatte mit niemandem seine erlesenen Genüsse teilen können; also hatte er vielleicht das Werk seines Schicksals durch Ekstase auflösen und in einer fast pflanzlichen Form verharren wollen wie ein Einsiedler in den ersten Zeiten der Kirche, unter Verzicht auf die Herrschaft der geistigen Welt. Der Brief scheint dieses Vorhaben anzudeuten, mit dem große Seelen sich zu allen Epochen sozialer Erneuerung befaßt haben. Aber ist dieser Entschluß nicht für manche unter ihnen die Auswirkung einer Berufung? Suchen sie nicht ihre Kräfte in einem langen Stillschweigen zu konzentrieren, um daraus mit der Eignung hervorzugehen, die Welt durch das Wort oder die Tat zu beherrschen? Freilich, Louis hatte unter den Menschen viel Bitterkeit aufspeichern müssen; oder er hatte die Gesellschaft durch irgendeine schreckliche Ironie ausgepreßt, ohne ihr etwas entlocken zu können, um einen so kraftvollen Klageruf auszustoßen, um, der Ärmste!, zu dem Wunsch zu gelangen, den nur gewisse Souveräne verwirklicht haben, die der Macht und aller Dinge müde geworden waren. Vielleicht wollte er auch in der Einsamkeit ein großes Werk vollenden, das ungeformt in seinem Gehirn wogte? Wer würde das nicht gern glauben, wenn er dieses Fragment seiner Gedanken liest, aus dem die Kämpfe seiner Seele zu dem Zeitpunkt zu ersehen sind, da für ihn die Jugend aufhörte, da die furchtbare Fähigkeit zur Produktion sich zu erschließen begann, der die Werke des Mannes zu verdanken gewesen wären? Dieser Brief steht in Beziehung zu dem ihm im Theater widerfahrenen Erlebnis. Das

Begebnis und die Niederschrift erhellen einander wechselseitig; Seele und Körper waren auf die gleiche Tonart abgestimmt. Dieser Sturm der Zweifel und der Gewißheiten, der Wolken und Lichtblicke, der oft den Blitz sich entladen läßt und der mit einem hungrigen Streben nach dem himmlischen Licht endet, wirft genügend Helle auf die dritte Phase seiner geistigen Lehrzeit, um diese als Ganzes verständlich zu machen. Wenn man diese flüchtig hingeschriebenen Seiten liest, die je nach den Launen des Pariser Lebens begonnen und wieder aufgegriffen worden sind, vermeint man dann nicht eine Eiche vor sich zu sehen während der Zeit, da ihr inneres Wachstum ihre hübsche grüne Rinde platzen läßt, sie mit Knoten und Rissen bedeckt, und da sich ihre majestätische Gestalt vorbereitet, sofern der Donner des Himmels oder die Axt des Menschen sie verschonen?

Mit diesem Brief wird also für den Denker wie für den Dichter jene grandiose Kindheit und jene unverstandene Jugend enden. Hier endet der Kontur dieses geistigen Keims; die Philosophen werden dem Blättersprossen nachtrauern, das in der Knospe vom Frost getroffen wurde; aber sicherlich werden sie seine erschlossenen Blüten in Regionen erblicken, die höher gelegen sind als die höchsten Stätten der Erde.

Paris, September-November 1819.

Lieber Onkel,

ich werde dieser Örtlichkeit bald den Rücken kehren; ich kann hier nicht leben. Ich sehe hier keinen Menschen lieben, was ich liebe, sich mit dem beschäftigen, was mich beschäftigt, sich über das wundern, was mich wundert. Da ich gezwungen bin, mich in mich selber zurückzuziehen, höhle ich mich aus und leide. Ich habe mich lange und geduldig mit der Gesellschaft hier befaßt, und das hat zu traurigen Schlüssen geführt, in denen der Zweifel vorherrscht. Hier ist der Ausgangspunkt für alles das Geld. Geld muß man haben, sogar um sich des Geldes zu entschlagen. Aber obwohl dieses Metall für denjenigen unentbehrlich ist, der in Ruhe denken will, verspüre ich nicht den Mut in mir, es zur einzigen Triebfeder meiner Gedanken zu machen. Um ein Vermögen zusammenzuraffen, muß man sich einen Stand erwählen;

mit einem Wort, man muß sich durch irgendein Privileg der Stellung oder des Kundenfangs, durch ein legales oder höchst geschickt geschaffenes Privileg das Recht erkaufen, jeden Tag der Börse des lieben Nächsten eine ziemlich geringe Summe zu entnehmen, die jedes Jahr ein kleines Kapital ergibt; dieses ergibt dann in zwanzig Jahren kaum vier- oder fünftausend Francs Zinsen, wenn der Mensch sich dabei anständig aufführt. Innerhalb von fünfzehn oder sechzehn Jahren und nach der Lehrzeit haben der Advokat, der Notar, der Kaufmann, sämtliche die Gewerbesteuer zahlenden Arbeitenden ihr Brot für ihre alten Tage verdient. Ich habe mich auf diesem Gebiet für nichts geeignet gefühlt. Ich ziehe das Denken dem Tun vor, eine Idee einem Geschäft, die Betrachtung der Bewegung. Es fehlt mir im wesentlichen an der beständigen Aufmerksamkeit, die erforderlich ist, wenn man zu Vermögen gelangen will. Jedes merkantile Unternehmen, jede Verpflichtung, andern Leuten Geld abzufordern, würde bei mir einen schlechten Verlauf nehmen, und ich würde bald ruiniert sein. Zwar habe ich nichts, aber wenigstens schulde ich gegenwärtig niemandem etwas. Wer lebt, um auf geistigem Gebiet große Dinge zu vollbringen, braucht materiell wenig; aber obgleich mir täglich zwanzig Sous genügen könnten, besitze ich nicht die Rente für diesen arbeitsamen Müßiggang. Will ich nachgrübeln, so verjagt die Not mich aus dem Heiligtum, in dem mein Denken sich regt. Was soll aus mir werden? Das Elend erschreckt mich nicht. Wenn man die Bettler nicht einsperrte, beschimpfte und verachtete, würde ich betteln gehen, um in aller Ruhe die Probleme lösen zu können, die mich beschäftigen. Aber diese erhabene Resignation, durch die ich mein Denken dadurch emanzipieren könnte, daß ich es von meinem Körper loslöste, würde zu nichts dienlich sein; man braucht schließlich Geld, um gewisse Experimente durchzuführen. Sonst hätte ich mich in die offensichtliche Bedürfnislosigkeit eines Denkers geschickt, der gleichzeitig Erde und Himmel besitzt. Um im Elend groß zu sein, ist nichts nötig, als sich niemals zu erniedrigen. Der Mensch, der kämpft und leidet und dabei einem edlen Ziel entgegenschreitet, bietet sicherlich ein schönes Schauspiel dar; aber wer verspürt hier die Kraft zum Kämpfen? Man erklettert Felsen; man kann nicht immer im Schmutz waten. Hier entmutigt alles den gradlinigen Flug eines Geistes, der der Zukunft entgegenstrebt. In einer Wüstenhöhle würde ich mich nicht fürchten; aber hier fürchte ich mich. In der Wüste wäre ich ohne Ablenkung allein mit mir; hier empfindet der Mensch eine Fülle von Bedürfnissen, die ihn herabwürdigen. Wenn man grübelnd und mit seinen Gedanken beschäftigt ausgeht, dann ruft einen die Stimme eines Bettlers, der um ein Almosen bittet, zurück in diese Welt des Hungers und des Dürstens. Allein schon um spazieren zu gehen, braucht man Geld. Die unaufhörlich durch Nichtigkeiten erschöpften Organe finden niemals Ruhe. Die nervöse Konstitution des Dichters wird hier ohne Unterlaß erschüttert, und was ihm zum Ruhm gereichen sollte, wird ihm zur Qual; seine Phantasie ist ihm hier die grausamste Feindin. Hier finden der Arbeiter, der sich verletzt hat, die bedürftige Wöchnerin, die erkrankte Prostituierte, das verlassene Kind, der gebrechliche Greis, die Laster, sogar das Verbrechen ein Asyl und Betreuung; während die Welt erbarmungslos ist gegenüber dem Erfinder, gegenüber jedem Menschen, der Gedanken nachhängt. Hier muß alles auf der Stelle ein greifbares Ergebnis haben; hier spottet man über zunächst fruchtlose Versuche, die zu den größten Entdeckungen führen können, und hier achtet man nicht das beständige, tiefe Studium, das eine lange Konzentration der Kräfte erfordert. Der Staat sollte das Talent besolden, wie er das Bajonett besoldet; aber er zittert davor, von dem Mann des Geistes hinters Licht geführt zu werden, als ob man lange heucheln könne, man sei ein Genie. Ach, lieber Onkel, wenn man schon die klösterlichen Einsamkeiten zerstört hat, die am Fuß der Berge gelegen waren, im grünen, stummen Schatten, sollte man da nicht Hospize für jene leidenden Seelen erbauen, die durch einen einzigen Gedanken ganze Völker aufs beste befruchten oder die die Fortschritte einer Wissenschaft in die Wege leiten?

20. September

Wie Sie wissen, hat das Studium mich hierher geführt; ich habe hier zumeist wahrhaft gebildete, erstaunliche Menschen angetroffen; aber das Fehlen der Einheitlichkeit in den wissenschaftlichen Arbeiten macht fast alle Bemühungen zunichte. Weder das Unterrichtswesen noch die Wissenschaft haben einen Führer. Man hört im »Museum« einen Professor beweisen, der Kollege aus der Rue Saint-Jacques[71] habe einem die absurdesten Albernheiten vorgeredet. Der Mann von der Ecole de Médecine ohrfeigt den vom Collège de France. Als ich hier angekommen war, habe ich ein altes Mitglied der Académie fünfhundert jungen Menschen sagen hören, Corneille sei ein kraftvolles, stolzes Genie, Racine elegisch und zart, Molière unnachahmlich, Voltaire über die Maßen geistvoll, und Bossuet und Pascal hoffnungslos groß. Ein Philosophie-Professor wird berühmt, wenn er erklärt, wieso Platon Platon sei. Ein anderer redet über die Geschichte der Wörter, ohne an deren Ideengehalt zu denken. Dieser erklärt einem Äschylus, und jener beweist mit siegerischer Miene, daß das Unterhaus das Unterhaus sei und nichts anderes. Diese neuen, lichtvollen Äußerungen, die ein paar Stunden lang umständlich einhergeredet werden, stellen den hohen Unterricht dar, der das menschliche Wissen mit Riesenschritten weiterbringen soll. Wenn die Regierung eines Gedankens fähig wäre, würde ich sie im Verdacht haben, sie habe Angst vor den wirklich Überlegenen, die, wenn sie erwachten, die Gesellschaft unter das Joch einer geistigen Macht stellen könnten. Die Nationen würden es zu früh zu weit bringen; deswegen sind die Professoren beauftragt. Dummköpfe zu erziehen. Wie sonst könnte man sich ein Professorat ohne Methode, ohne eine Vorstellung von der Zukunft erklären? Das Institut[72] könnte die große Regierung der moralischen und geistigen Welt sein; aber es ist unlängst durch seine Verfassung in Akademien zerspalten worden. Die menschliche Wissenschaft trottet also ohne Führung, ohne System weiter und schwankt, wie es grade kommt, ohne sich einen Weg vorgezeichnet zu haben. Dieses Gehenlassen, diese Ungewißheit existiert in der Politik wie in der Wissenschaft. In der natürlichen Ordnung der Dinge sind die Mittel einfach, Zweck und Ziel sind groß und wunderbar; hier dagegen sind in der Wissenschaft wie in der Regierung die Mittel ungeheuer, und Ziel und Zweck sind winzig klein. Jene Kraft, die in der Natur im Gleichschritt weiterschreitet und deren Summe sich beständig sich selbst hinzufügt, jenes A+A, das alles hervorbringt, ist in der Gesellschaft destruktiv. Die heutige Politik richtet die menschlichen Kräfte gegeneinander, um sie zu neutralisieren, anstatt sie zu kombinieren, um sie für irgendeinen Zweck wirken zu lassen. Um uns lediglich an Europa zu halten, von Caesar bis Konstantin, vom kleinen Konstantin zum großen Attila, von den Hunnen zu Karl dem Großen, von Karl dem Großen zu Leo X., von Leo X. zu Philipp II., von Philipp II. zu Ludwig XIV., von Venedig zu England, von England zu Napoleon, von Napoleon zu England, so gewahre ich keine Beständigkeit in der Politik, und ihre ständige Beweglichkeit hat nicht den mindesten Fortschritt zuwege gebracht. Die Nationen zeugen von ihrer Größe durch Monumente, oder von ihrem Glück durch das individuelle Wohlergehen. Sind die modernen Monumente den antiken gleichwertig? Ich bezweifle es. Die Künste, die unmittelbar vom Individuum erzeugt werden, die Erzeugnisse des Genies der Hand haben wenig gewonnen. Die Genüsse des Lucullus[73] sind wohl denjengen Samuel Bernards[74], Beaujons[75] oder des Königs von Bayern[76] gleichwertig. Kurzum, die menschliche Langlebigkeit hat abgenommen. Für den Gutgläubigen hat sich also nichts geändert, der Mensch ist der gleiche geblieben: Die Kraft ist nach wie vor sein einziges Gesetz, der Erfolg seine einzige Weisheit. Jesus Christus, Mohammed und Luther haben nichts getan, als den Kreis, in dem die jungen Nationen ihre Evolutionen vollführten, anders zu färben. Keine Politik hat die Kultur, ihre Reichtümer, ihre Sitten, ihren Pakt der Starken gegen die Schwachen, ihre Ideen und ihre Wollüste daran gehindert, von Memphis nach Tyrus, von Tyrus nach Baalbek, von Tadmor nach Karthago, von Karthago nach Rom, von Rom nach Konstantinopel, von Konstantinopel nach Venedig, von Venedig nach Spanien, von Spanien nach England zu wandern, ohne daß eine Spur von Memphis, Tyrus, Karthago, Rom, Venedig und Madrid übriggeblieben wäre. Der Geist hat sich aus diesen großen Körpern verflüchtigt. Keiner ist vor dem Untergang bewahrt geblieben, und keiner hat das Axiom verstanden: »Wenn die hervorgerufene Wirkung in keiner Beziehung zu ihrer Ursache mehr steht, tritt Desorganisation ein.« Das subtilste Genie kann keinen Zusammenhang zwischen diesen großen sozialen Geschehnissen entdecken. Keine politische Theorie hat je gelebt. Die Regierungen vergehen wie die Menschen, ohne einander irgendeine Belehrung zu vermitteln, und kein System hat ein System erzeugt, das vollkommener gewesen wäre als das ihm vorhergegangene System. Was ließe sich aus der Politik schließen, wenn die auf Gott gestützte Regierung in Indien und Ägypten untergegangen ist; wenn die Regierung des Säbels und der Tiara hingeschwunden ist; wenn die Regierung eines Einzelnen stirbt; wenn die Regierung aller nie hat leben können; wenn keine Konzeption der geistigen Kraft, sobald sie auf materielle Interessen angewandt wurde, hat dauern können, und wenn heutzutage alles neu geschaffen werden muß wie zu allen Zeiten, da der Mensch aufgeschrien hat: »Ich leide!« Das Gesetzbuch, das man als das schönste Werk Napoleons betrachtet, ist das drakonischste Werk, das ich kenne. Die bis ins Unendliche vorgetriebene Teilbarkeit des Grundbesitzes, deren Prinzip darin durch die Gleichteilung der Güter geheiligt worden ist, muß die Entartung der Nation, den Tod der Künste und der Wissenschaften erzeugen. Der allzusehr aufgeteilte Boden wird mit Getreide und Kleingemüse bestellt; die Wälder und folglich die Wasserläufe verschwinden; es werden weder Ochsen noch Pferde gezüchtet. Es fehlen die Mittel zum Angriff wie zum Widerstand. Kommt es zu einer Invasion, so wird das Volk zermalmt; es hat seine großen Hilfsmittel, es hat seine Führer verloren. Und das ist die Geschichte der Wüsten! Die Politik ist also eine Wissenschaft ohne festgelegte Grundsätze, ohne mögliche Beständigkeit; sie ist das Genie des Augenblicks, die beständige Anwendung der Kraft, je nach den Erfordernissen des Tages. Der Mensch, der zwei Jahrhunderte weit zu sehen vermöchte, würde auf öffentlichem Platz, beladen mit den Verwünschungen des Volks, sterben; oder er würde, was mich noch schlimmer dünkt, mit den tausend Peitschen der Lächerlichkeit gegeißelt werden. Die Nationen sind Individuen und weder weiser noch stärker als der Einzelmensch, und ihre Schicksale sind die gleichen. Über den Einzelmenschen nachdenken, heißt das nicht, sich mit den Nationen befassen? Beim Anblick dieser unaufhörlich in ihren Grundlagen wie in ihren Auswirkungen, in ihren Ursachen wie in ihrem Tun gequälten Gesellschaft, bei der die Philanthropie ein herrlicher Irrtum und der Fortschritt ein Unsinn ist, bin ich von der Wahrheit überzeugt worden, daß das Leben in uns und nicht außerhalb unserer ist; daß das Sich-Erheben über die Menschen, um sie zu befehligen, die gesteigerte Rolle eines Regenten von Rang ist; und daß die Menschen, die stark genug sind, um bis zu der Linie aufzusteigen, von der aus sie den Rundblick über Welten genießen können, nicht betrachten dürfen, was zu ihren Füßen vor sich geht.

5. November

Ganz bestimmt bin ich mit ernsten Gedanken beschäftigt, ich gehe gewissen Entdeckungen entgegen, eine unwiderstehliche Kraft zieht mich zu einem Licht hin, das frühzeitig in den Finsternissen meines geistigen Lebens geschimmert hat; aber welchen Namen soll ich der Macht geben, die mir die Hände bindet, die mir den Mund schließt, die mich in eine meiner Berufung entgegengesetzte Richtung zerrt? Ich muß Paris verlassen, den Büchern der Bibliotheken Lebewohl sagen, diesen schönen Stätten der Erleuchtung, diesen so entgegenkommenden, zugänglichen Gelehrten, diesen jungen Genies, mit denen ich sympathisierte. Was treibt mich fort? Der Zufall? Die Vorsehung? Die beiden Ideen, die diese Wörter ausdrücken, sind unvereinbar. Wenn es keinen Zufall gibt, dann muß man den Fatalismus annehmen, oder die zwanghafte Koordinierung der einem allgemeinen Plan unterworfenen Dinge. Warum sollten wir also Widerstand leisten? Wenn der Mensch nicht frei ist, was wird dann aus dem Gerüst seines Geistes und seiner Sittlichkeit? Und wenn er sich sein Schicksal selber schaffen, wenn er aus freiem Entscheid die Vollendung des allgemeinen Plans hindern kann, was wird dann aus Gott? Warum bin ich da? Wenn ich mich prüfe, dann weiß ich es: ich finde in mir Themen, die zu entwickeln wären; aber warum besitze ich dann gewaltige Fähigkeiten, ohne sie nützen zu können? Wenn meine Qual zu irgendeinem Beispiel diente, würde ich sie begreifen; doch nein, ich leide im Dunkeln. Dieses Resultat ist genauso providentiell wie etwa das Schicksal der unbekannten Blume, die in der Tiefe eines Urwalds stirbt, ohne daß jemand ihre Düfte einatmet oder ihre Pracht bewundert. Gerade wie sie vergeblich ihre Düfte in die Einsamkeit aushaucht, gebäre ich hier in einer Dachkammer Ideen, ohne daß sie aufgegriffen werden. Gestern abend habe ich an meinem Fenster Brot und Trauben gegessen, zusammen mit einem jungen Arzt namens Meyranx[77]. Wir haben geplaudert wie Leute, die das Unglück zu Brüdern gemacht hat, und ich habe zu ihm gesagt: »Ich fahre hin, Sie bleiben; nehmen Sie meine Konzeptionen und entwickeln Sie sie weiter!« – »Das kann ich nicht«, hat er mir mit bitterer Traurigkeit geantwortet, »meine allzu schwache Gesundheit wird meinen Arbeiten nicht standhalten, und ich muß im Kampf mit der Not jung sterben.« Wir haben zum Himmel aufgeschaut und einander die Hände gedrückt. Wir haben uns in der Vorlesung über vergleichende Anatomie und in den Räumen des Museums getroffen; das gleiche Studium der Einheitlichkeit der geologischen Zusammenhänge hatte uns dorthin geführt. Bei ihm war es die Ahnung des Genies, das gesandt ist, um in den Brachen des Geistes einen neuen Weg zu bahnen; bei mir war es die Deduktion eines allgemeinen Systems. Mein Gedanke ist es, die wahren Beziehungen zu bestimmen, die vielleicht zwischen dem Menschen und Gott bestehen. Ist das nicht eine Notwendigkeit dieser Zeit? Ohne hohe Gewißheiten ist es unmöglich, die Gesellschaften im Zaum zu halten, die der Geist des Prüfens und der Diskussion entfesselt hat und die heute rufen: »Führt uns auf einen Weg, den wir gehen können, ohne auf Abgründe zu stoßen!« Sie werden mich fragen, was die vergleichende Anatomie mit einer Frage gemein habe, die so wichtig für die Zukunft der Gesellschaften ist. Muß man sich nicht davon überzeugen, daß der Mensch der Zweck aller irdischen Mittel ist, um sich zu fragen, ob er nicht etwa das Mittel überhaupt keinen Zweckes ist? Wenn der Mensch mit allem verbunden ist, gibt es dann nichts über ihm, an das er sich seinerseits binden könnte? Wenn er das Ende der unerklärlichen Transmutationen ist, die bis zu ihm hinaufsteigen, muß er dann nicht das Bindeglied zwischen der sichtbaren und einer unsichtbaren Natur sein? Das Tun der Welt ist nicht absurd, es strebt zu einem Ziel, und dieses Ziel darf keine konstituierte Gesellschaft sein, wie die unsre es ist. Es besteht eine furchtbare Lücke zwischen uns und dem Himmel. Im gegenwärtigen Zustand können wir weder immer genießen noch immer leiden; bedarf es nicht eines gewaltigen Wandels, um ins Paradies und in die Hölle zu kommen, was zwei Konzeptionen sind, ohne die Gott in den Augen der Masse nicht existiert? Ich weiß, daß man sich durch die Erfindung der Seele aus der Affäre gezogen hat; aber ich empfinde einigen Widerwillen, Gott solidarisch mit den menschlichen Feigheiten, mit unsern Enttäuschungen, unsern Ekelgefühlen, unserer Dekadenz zu machen. Wie kann man fernerhin ein göttliches Prinzip in uns annehmen, gegen das ein paar Glas Rum die Oberhand behalten können? Wie soll man sich immaterielle Fähigkeiten vorstellen, die die Materie reduziert, deren Ausübung durch ein Gran Opium lahmgelegt werden kann? Wie soll man sich vorstellen, daß wir noch fühlen werden, wenn wir der Vorbedingungen unseres Empfindungsvermögens beraubt sind? Warum sollte Gott zunichte werden, weil die Substanz denkend würde? Sind die Belebung und Beseelung der Substanz und ihre zahllosen Abarten, Wirkungen ihrer Instinkte, weniger unerklärlich als die Auswirkungen des Denkens? Reicht die den Welten auferlegte Bewegung nicht als Gottesbeweis hin, ohne daß man sich in die von unserm Hochmut erzeugten Absurditäten stürzen müßte? Daß wir aus einer vergänglichen Seinsform nach unseren Prüfungen in ein besseres Dasein eingehen sollen, ist das nicht genug für ein Geschöpf, das sich von dem andern nur durch einen vollkommeren Instinkt unterscheidet? Wenn es im Geistigen kein Prinzip gibt, das nicht *ad absurdum* führte oder das nicht durch den Augenschein widerlegt würde, ist es dann nicht an der Zeit, sich auf die Suche nach Dogmen zu machen, die auf dem Grund der Natur der Dinge geschrieben stehen? Müßte man die Wissenschaft der Philosophie nicht auf den Kopf stellen? Wir befassen uns sehr wenig mit dem vorgeblichen Nichts, das vor uns dagewesen ist, und wir stöbern in dem vorgeblichen Nichts, das unserer wartet. Wir machen Gott verantwortlich für die Zukunft, und wir verlangen von ihm keine Rechenschaft über die Vergangenheit. Dabei ist es doch ebenso notwendig, zu wissen, ob wir keine Wurzeln im Vergangenen haben, wie zu wissen, ob wir an das Künftige angeschweißt sind. Wir sind nur einseitig Deisten oder Atheisten gewesen. Ist die Welt ewig? Ist die Welt geschaffen worden? Wir kennen keinen Mittelbegriff zwischen diesen beiden Annahmen: die eine ist falsch, die andere ist richtig, man wähle! Wie die

Wahl auch ausfallen möge, Gott, so wie unsere Vernunft ihn sich vorstellt, muß sich dadurch mindern, was seiner Verneinung gleichkommt. Man stelle die Welt als ewig hin: dann ist die Frage nicht zweifelhaft, Gott hat sie erduldet. Man nehme die Welt als geschaffen an, dann ist Gott nicht mehr möglich. Wie sollte er eine ganze Ewigkeit hindurch verharren sollen, ohne zu wissen, daß ihm der Gedanke kommen werde, die Welt zu erschaffen? Wie sollte er nicht im voraus gewußt haben, wie das Endergebnis ausfallen würde? Wo hat er die Essenz dazu hergenommen? Notwendigerweise aus sich selbst. Wenn die Welt aus Gott kommt, wie kann man dann das Böse zulassen? Wenn das Böse aus dem Guten hervorgegangen ist, dann fällt man ins Absurde. Wenn es kein Böses gibt, was wird dann aus den Gesellschaftsbildungen und ihren Gesetzen? Überall Schluchten! Überall ein Abgrund für die Vernunft! Es gilt also, eine Sozialwissenschaft ganz und gar neu zu gestalten. Hören Sie, lieber Onkel: Solange nicht ein begnadetes Genie Rechenschaft über die offenbare Ungleichheit der Intelligenzen abgelegt hat, solange werden der allgemeine Sinn der Menschheit und das Wort Gott unaufhörlich in den Anklagezustand versetzt werden, solange wird die Menschheit auf Treibsand ruhen. Das Geheimnis der unterschiedlichen geistigen Zonen, durch die der Mensch hindurchgeht, wird in der Analyse des gesamten Animalischen gefunden werden. Das Animalische ist bislang nur hinsichtlich seiner Unterschiede betrachtet worden, nicht aber in seinen Gleichheiten; in seinen organischen Erscheinungen, nicht aber in seinen Fähigkeiten. Die animalischen Fähigkeiten vervollkommnen sich mehr und mehr infolge von Gesetzen, die noch zu erforschen sind. Diese Fähigkeiten entsprechen den Kräften, deren Ausdruck sie sind, und diese Kräfte sind ihrem Wesen nach materiell und teilbar. Materielle Fähigkeiten! Denken Sie an diese beiden Worte. Ist das nicht eine ebenso unlösbare Frage wie die der Mitteilung der Bewegung an die Materie, was abermals einen unerforschten Abgrund darstellt, dessen Schwierigkeiten durch Newtons System mehr verschoben als gelöst worden sind. Schließlich verlangt die stete Verbindung des Lichts mit allem, was auf Erden lebt, eine neue Überprüfung der Erdkugel. Dasselbe Tier sieht in den Tropen, in Indien oder im

Norden ganz anders aus. Zwischen den senkrechten und den schrägen Sonnenstrahlen entwickelt sich eine unähnliche und gleiche Natur, die zwar dieselbe in ihrem Prinzip ist, aber weder innerhalb noch außerhalb in ihren Resultaten irgendwelche Ähnlichkeiten aufweist. Das Phänomen, das uns in der Welt der Zoologie in die Augen springt, wenn wir die Schmetterlinge Bengalens mit den Schmetterlingen Europas vergleichen, ist in der geistigen Welt noch viel größer. Es ist ein bestimmter Gesichtswinkel erforderlich, eine gewisse Anzahl von Gehirnfalten, damit es zu einem Kolumbus, Raffael, Napoleon, Laplace oder Beethoven kommt; das Tal ohne Sonne ergibt den Kretin; ziehen Sie Ihre Schlüsse? Warum diese Unterschiede, die der mehr oder weniger glücklichen Destillation des Lichts im Menschen entstammen? Die großen, leidenden Menschenmassen, die mehr oder minder tätig, mehr oder minder gut genährt, mehr oder minder aufgeklärt sind, bilden Schwierigkeiten, die zu lösen sind, und die Gott anklagen. Warum wollen wir im Höchstmaß der Freude stets die Erde verlassen; warum der Drang, sich emporzuschwingen, der jedes Geschöpf ergriffen hat und ergreifen wird? Die Bewegung ist eine große Seele, deren Bündnis mit der Materie genauso schwer zu erklären ist wie die Hervorbringung des Denkens im Menschen. Heute ist die Wissenschaft einheitlich; es ist unmöglich, an die Politik zu rühren, ohne sich mit Moralischem zu befassen, und die Moral hängt mit allen wissenschaftlichen Fragen zusammen. Mir scheint, wir befänden uns am Vorabend einer großen Menschheitsschlacht; die Streitkräfte sind da; nur den Feldherrn sehe ich nicht.

25. November

Glauben Sie mir, lieber Onkel, es ist schwer, ohne Schmerz auf das Leben zu verzichten, das uns gemäß ist; ich kehre nach Blois mit einem grausigen Schauder im Herzen zurück. Ich werde dort sterben und nützliche Wahrheiten mit mir nehmen. Kein persönliches Interesse erniedrigt mein Bedauern. Bedeutet Ruhm für denjenigen etwas, der glaubt, in eine höhere Sphäre aufsteigen zu können? In mir ist keinerlei Liebe für die beiden Silben »Lam« und »bert«; ob sie an meinem Grab mit Verehrung oder

Gleichgültigkeit ausgesprochen werden, sie können an meinem weiteren Schicksal nichts ändern. Ich fühle mich stark und energisch, und ich könnte eine Macht werden; ich fühle in mir ein so leuchtendes Leben, daß es eine ganze Welt beleben und beseelen könnte, und dabei bin ich in eine Art Mineral eingeschlossen, wie es vielleicht tatsächlich die Farben sind, die man am Hals der Vögel der indischen Halbinsel bewundert. Man müßte diese ganze Welt erfassen, sie zusammenpressen, um sie neu zu gestalten; aber haben die, die sie auf diese Weise zusammengepreßt und umgeschmolzen haben, nicht damit begonnen, ein Räderwerk der Maschine zu sein? Ich würde zerschrottet werden. Mohammed gebührt der Säbel, Christus das Kreuz, mir der Tod im Dunkel; morgen in Blois, und ein paar Tage danach im Sarg. Wissen Sie auch, warum? Ich bin auf Swedenborg zurückgekommen, nachdem ich umfangreiche Studien über Religionen getrieben und mir durch die Lektüre aller Werke, die das geduldige Deutschland, England und Frankreich seit sechzig Jahren veröffentlicht haben, die tiefe Wahrheit der Ansichten meiner Jugend über die Bibel vor Augen geführt habe. Ganz entschieden resümiert Swedenborg alle Religionen, oder vielmehr die einzige Religion der Menschheit. Zwar haben die Kulte unendlich viele Formen gehabt; aber weder ihr Sinn noch ihr metaphysischer Aufbau haben sich je gewandelt. Kurzum, der Mensch hat immer nur *eine* Religion gehabt. Der Siwaismus, der Wischnuismus und der Brahmaismus, die drei ersten menschlichen Kulte, die in Tibet, im Tal des Indus und auf den weiten Ebenen des Ganges entstanden sind, haben ein paar tausend Jahre vor Jesus-Christus ihre Kriege durch die Übernahme der Trimurti der Hindus beendet. Trimurti ist unsere Dreieinigkeit. Aus diesem Dogma gehen in Persien der Magismus, in Ägypten die afrikanischen Religionen und der Mosaismus hervor, ferner der Kabirismus und der griechisch-römische Polytheismus. Während diese Ausstrahlungen der Trimurti die Mythen Asiens dem Phantasievermögen jedes Landes anpassen, wohin sie durch Weise gebracht wurden, die von den Menschen in Halbgötter umgewandelt werden, nämlich Mithras, Bacchus, Hermes, Herakles usw., ersteht in Indien Buddha, der berühmte Reformator der drei Urreligionen, und gründet dort seine Kirche, die noch heute zweihundert Millionen Gläubige mehr zählt als das Christentum, und an der sich die weitreichenden Willenskräfte Christi und des Konfuzius gestählt haben. Das Christentum erhebt sein Banner. Später schmilzt Mohammed, Mosaismus und Christentum die Bibel und das Evangelium zu einem einzigen Buch zusammen, dem Koran, darin er sie dem Genie der Araber gemäß einrichtet. Schließlich entnimmt Swedenborg dem Magismus, dem Brahmaismus, dem Buddhismus und dem christlichen Mystizismus das, was diese vier großen Religionen an Gemeinsamem, Wirklichem und Göttlichem haben, und gibt ihrer Lehre eine sozusagen mathematische Begründung. Wer sich in diese religiösen Ströme stürzt, deren Gründer sämtlich unbekannt sind, für den ist bewiesen, daß Zoroaster, Moses, Buddha, Konfuzius, Jesus Christus und Swedenborg die gleichen Prinzipien gehabt und sich dasselbe Ziel gesetzt haben. Allein der letzte von allen, Swedenborg, wird vielleicht der Buddha des Nordens sein. So dunkel, wirr und umständlich seine Bücher auch sein mögen, es findet sich darin eine grandiose soziale Konzeption. Seine Theokratie ist erhaben, und seine Religion ist die einzige, die ein überlegener Geist zulassen könnte. Er allein läßt an Gott rühren, er erweckt das Dürsten nach ihm, er hat die Majestät Gottes von den Wickelbändern befreit, mit denen die übrigen menschlichen Kulte ihn umwunden hatten; er hat ihn gelassen, wo er ist, indem er um ihn seine unzähligen Schöpfungen und seine Geschöpfe durch aufeinanderfolgende Transformationen kreisen läßt, die eine unmittelbarere, natürlichere Zukunft sind als die katholische Ewigkeit. Er hat Gott von dem Vorwurf reingewaschen, den ihm die zarten Seelen um der langen, nicht endenden Dauer der Rache willen machen, durch die er die Sünden eines Augenblicks bestraft, was ein System ohne Gerechtigkeit und Güte ist. Jeder Mensch kann wissen, ob es ihm vorbehalten ist, in ein anderes Leben einzugehen, und ob diese Welt einen Sinn hat. Diesen Versuch will ich unternehmen. Dieser Versuch kann die Welt ebensogut retten wie das Kreuz von Jerusalem und der Säbel von Mekka. Beide sind Söhne der Wüste. Von den dreiunddreißig Lebensjahren Jesu sind nur neun bekannt; sein Leben in der Stille hat sein glorreiches Leben vorbereitet. Auch ich bedarf der Wüste!

Ungeachtet aller Schwierigkeiten des Unterfangens habe ich geglaubt, ich müsse versuchen, Lamberts Jugend zu schildern, jenes Leben in Verborgenheit, dem ich die einzigen guten Stunden und die einzigen angenehmen Erinnerungen meiner Kindheit verdanke. Außer jenen beiden Jahren sind mir nur Wirrnisse und Widerwärtigkeiten zuteil geworden. Wenn auch später das Glück gekommen ist, so war es doch stets unvollkommen. Sicherlich bin ich sehr weitschweifig gewesen; aber ohne in die ganze Weite von Lamberts Herz und Hirn einzudringen, zwei Wörter, die nur unvollständig die unendlichen Modi seines »inneren Lebens« bezeichnen, würde es nahezu unmöglich sein, den zweiten Teil der Geschichte seiner geistigen Entwicklung zu verstehen, die der Welt und mir gleichermaßen unbekannt ist, aber deren dunkle Lösung sich während einiger Stunden vor meinen Augen vollzogen hat. Diejenigen, denen dieses Buch noch nicht aus den Händen gefallen ist, werden, wie ich hoffe, die Geschehnisse verstehen, die zu erzählen mir übrigbleiben, und die irgendwie eine zweite Existenz dieses Geschöpfs bilden; warum sollte ich nicht sagen, dieser Schöpfung, in der alles außergewöhnlich sein sollte, sogar das Ende?

Als Louis nach Blois zurückgekehrt war, ließ sein Onkel es sich eifrig angelegen sein, ihm Ablenkungen zu verschaffen. Aber dieser arme Priester war in jener frommen Stadt wie ein wahrer Aussätziger. Niemand hatte Interesse daran, einen Revolutionär, einen, der den Eid auf die Verfassung geleistet hatte, bei sich zu empfangen. Sein Umgang bestand also aus ein paar Leuten von, wie man damals sagte, liberalen, patriotischen oder konstitutionellen Anschauungen; zu ihnen ging er, um seine Partie Whist oder Boston zu spielen. In dem ersten Haus, in das der Onkel Louis einführte, lernte er ein junges Mädchen kennen, das durch seine Situation gezwungen war, sich auf diesen Gesellschaftskreis zu beschränken, der von den Leuten der großen Welt gemieden wurde, obgleich das Vermögen der Dame so ansehnlich war, daß zu vermuten stand, sie könne später eine Ehe in der Hocharistokratie der Gegend schließen. Mademoiselle Pauline de Villenoix war die einzige Erbin der Reichtümer, die ihr Großvater angehäuft hatte, ein Jude namens Salomon, der, entgegen den Gepflogenheiten seines Volks, im Alter eine Frau katholischen Bekenntnisses geheiratet hatte. Er hatte einen Sohn, der im Glauben seiner Mutter erzogen worden war. Nach dem Tod seines Vaters kaufte der junge Salomon, wie man es damals nannte, ein »Stück Seife für Bürger«, d. h. ein käufliches Amt, mit dem der Adelstitel verbunden war und ließ das Gut Villenoix zur Baronie erheben; ihr Name wurde der seinige. Er war unvermählt gestorben, hatte indessen eine natürliche Tochter hinterlassen, der er den größten Teil seines Vermögens hinterließ, und zumal sein Gut Villenoix. Einer seiner Onkel, Monsieur Joseph Salomon, war von Monsieur de Villenoix zum Vormund der Waise ernannt worden. Dieser alte Jude hatte eine solche Zuneigung für sein Mündel gefaßt, daß er große Opfer zu bringen gewillt schien, um Pauline anständig zu verheiraten. Aber die Herkunft der Mademoiselle de Villenoix und die Vorurteile, die man in der Provinz gegen die Juden hegt, erlaubten ihr nicht, trotz ihres Vermögens und desjenigen ihres Vormunds, in jenen sehr exklusiven Kreisen empfangen zu werden, die sich, ob zu unrecht oder zu recht, als »die Edeln« bezeichnen. Allein Monsieur Joseph Salomon verlangte, wenn sich kein Provinzkrautjunker finde, solle sein Mündel sich in Paris unter den liberalen oder monarchistischen Pairs einen Gatten erwählen; und was ihr Glück betraf, so glaubte der gute Vormund es ihr durch die Bestimmungen des Ehekontrakts garantieren zu können. Mademoiselle de Villenoix war damals zwanzig Jahre alt. Ihre auffällige Schönheit und die Anmut ihres Geistes waren für ihr Glück weniger zweideutige Bürgschaften als alle, die ihr Vermögen ihr gab. Ihre Züge boten in aller Reinheit das Typische der schönen Jüdin dar: jene ovalen, großzügigen und jungfräulichen Linien, die etwas Ideales haben und die Köstlichkeiten des Orients atmen, den unwandelbaren Azur seines Himmels, den Leuchtglanz seiner Erde und die fabelhaften Reichtümer seines Lebens. Sie hatte schöne, von langen Lidern mit dichten, gebogenen Wimpern verhüllte Augen. Auf ihrer Stirn schimmerte eine biblische Unschuld. Ihr Teint hatte die matte Weiße der Levitengewänder. Für gewöhnlich war sie schweigsam und gesammelt; aber ihre Gesten, ihre Bewegungen zeugten von verborgener Anmut, gerade wie ihre Ausdrucksweise den sanften, kosenden Geist der Frau bekundete. Indessen hatte sie nicht die rosige

Frische, die purpurnen Farbtöne, die die Wangen der Frau während des Alters der Unbekümmertheit schmücken. Bräunliche Nuancen, vermischt mit ein paar roten Äderchen, ersetzten in ihrem Gesicht das Kolorit und kündeten von einem energischen Charakter, einer nervösen Reizbarkeit, die viele Männer nur ungern bei einer Frau antreffen, aber die für gewisse andere das Merkmal einer sensitiven Keuschheit und stolzer Leidenschaften sind. Sobald Lambert auf Mademoiselle Villenoix aufmerksam geworden war, hatte er in dieser Gestalt den Engel geahnt. Die reichen Fähigkeiten seiner Seele, sein Hang zur Ekstase, alles in ihm wurde jetzt durch eine grenzenlose Liebe aufgelöst, durch die erste Liebe eines jungen Menschen, eine Leidenschaft, die schon bei andern so stark ist, aber die die lebhafte Glut seiner Sinne, die Natur seiner Ideen und seine Lebensauffassung zu einer unberechenbaren Gewalt werden lassen mußten. Diese Leidenschaft war ein Abgrund, in den der Unglückliche alles hineinwarf, ein Abgrund, in den hinabzusteigen das Denken zurückschreckt, da das seine, das so biegsam und so stark war, sich darin verirrte. Hier ist alles Geheimnis, denn alles geschah in jener geistigen Welt, die für die meisten Menschen verschlossen ist und deren Gesetze sich ihm vielleicht zu seinem Unglück enthüllt haben. Als der Zufall mich mit seinem Onkel in Verbindung brachte, führte der biedere Mann mich in das Zimmer, das Lambert zu jener Zeit bewohnt hat. Ich wollte dort nach einigen Spuren seiner Werke suchen, sofern er welche hinterlassen hatte. Dort habe ich unter Papieren, deren Unordnung der Greis mit jenem erlesenen Schmerzgefühl respektiert hatte, das alte Leute auszeichnet, mehrere Briefe gefunden, die allzu unleserlich waren, als daß sie Mademoiselle de Villenoix hätten übermittelt werden können. Die Kenntnis, die ich von Lamberts Handschrift besaß, hat es mir mit Hilfe der Zeit erlaubt, die Hieroglyphen dieser Stenographie zu entziffern, die die Ungeduld und der Wahnwitz der Leidenschaft geschaffen hatten. Hingerissen von seinen Gefühlen hatte er geschrieben, ohne die Unvollkommenheit der Schriftzüge zu beachten, die viel zu langsam für die Formulierung seiner Gedanken waren. Sicherlich war er genötigt gewesen, seine ungestalten Versuche, bei denen die Zeilen oftmals durcheinandergeraten waren, nochmals abzuschreiben; aber vielleicht hat er auch gefürchtet, er gebe seinen Ideen allzu trügerische Formen: Und so hat er sich daran gemacht, seine Liebesbriefe anfangs zweimal zu schreiben. Wie dem auch sei, es hat der ganzen Glut meines Kults seines Andenkens und des gewissen Fanatismus bedurft, den ein Unterfangen dieser Art mit sich bringt, um den Sinn der fünf Briefe, die hier folgen, zu enträtseln und wiederherzustellen. Diese Papiere, die ich mit einer Art Mitleid aufbewahre, sind die einzigen materiellen Zeugnisse seiner glühenden Leidenschaft. Sicherlich hat Mademoiselle de Villenoix die richtigen, an sie abgesandten Briefe vernichtet, die beredten Annalen des Deliriums, das sie verursacht hatte. Der erste dieser Briefe, der offenbar das war, was man als einen Entwurf bezeichnet, verriet durch seine Form und seine Weitschweifigkeit jenes Zögern, jene Verwirrungen des Herzens, jene unzähligen Ängste, die das Verlangen, zu gefallen, erweckt hatte, jenen Wechsel des Ausdrucks und jene Unsicherheit in allen Gedanken, die einen jungen Menschen bestürmen, der seinen ersten Liebesbrief schreibt: einen Brief, dessen man sich immer erinnert, bei dem jeder Satz die Frucht einer Träumerei ist, bei dem jedes Wort zu langen Betrachtungen anregt, bei dem das zügelloseste aller Gefühle die Notwendigkeit der bescheidensten Wendungen begreift und wie ein Riese, der sich bückt, um in eine Hütte einzutreten, sich demütig und klein macht, um nicht eine Jungmädchen-Seele zu erschrecken. Nie hat ein Altertumsforscher seine Palimpseste mit größerer Ehrfurcht gehandhabt denn ich beim Durcharbeiten und Rekonstruieren dieser verstümmelten Denkmäler eines Leids und einer Freude, die etwas so Heiliges für diejenigen sind, die das gleiche Leid und die gleiche Freude erlebt haben.

I

»Mademoiselle, wenn Sie diesen Brief gelesen haben, sofern Sie ihn überhaupt lesen, ist mein Leben in Ihren Händen, denn ich liebe Sie; und für mich ist das Hoffen, geliebt zu werden, das Leben. Ich weiß nicht, ob andere, wenn sie zu Ihnen von sich sprechen, schon die Worte mißbraucht haben, deren ich mich hier bediene, um Ihnen meinen Seelenzustand zu schildern; glauben Sie indessen an die Wahrheit meiner Ausdrücke; sie sind schwach, aber aufrichtig. Vielleicht ist es übel, so seine Liebe zu bekennen? Ja, die Stimme meines Herzens hat mir geraten, schweigend zu warten, bis meine Leidenschaft Sie gerührt hätte, um sie in mich hineinzuschlucken, falls ihre stummen Bekundungen Ihnen mißfallen hätten; oder um sie noch keuscher auszudrücken als durch Worte, wenn ich vor Ihren Augen Gnade gefunden hätte. Aber nachdem ich lange den Zärtlichkeiten gelauscht hatte, vor denen ein junges Herz zurückschreckt, habe ich, indem ich Ihnen schreibe, dem Instinkt gehorcht, der Sterbenden nutzlose Schreie entreißt. Es hat meines ganzen Mutes bedurft, um dem Stolz des Unglücks Schweigen zu gebieten und die Schranken zu überschreiten, die die Vorurteile zwischen Ihnen und mir aufrichten. Viele Gedanken habe ich unterdrücken müssen, um Sie trotz Ihres Vermögens zu lieben! Habe ich, um Ihnen zu schreiben, nicht der Verachtung trotzen müssen, die die Frauen häufig einer Liebe entgegenbringen, deren Geständnis nur wie eine weitere Schmeichelei entgegengenommen wird? Daher muß man sich mit allen seinen Kräften dem Glück entgegenschwingen, zum Leben der Liebe hingezogen werden wie eine Pflanze zum Licht; man muß sehr unglücklich gewesen sein, um die Qualen, die Ängste dieser geheimen Beratungen niederzuringen, bei denen die Vernunft uns auf tausendfache Weise die Fruchtlosigkeit der im Herzensgrunde verborgenen Wünsche aufzeigt und bei denen die Hoffnung uns allem die Stirn bieten läßt. Ich war so glücklich, Sie schweigend zu bewundern; ich war so völlig in die Betrachtung Ihrer schönen Seele versunken, daß ich, wenn ich Sie erblickte, mir fast nichts ausmalen konnte, was darüber hinausging. Nein, ich würde es noch immer nicht gewagt haben, zu Ihnen zu sprechen, wenn ich nicht gehört hätte, Sie würden abreisen. Welcher Marter hat ein einziges Wort mich preisgegeben! Kurzum, mein Kummer hat mich die Größe meiner Neigung für Sie abschätzen lassen; sie ist grenzenlos. Mademoiselle, Sie werden niemals, wenigstens wünsche ich Ihnen, daß es nie geschieht, den Schmerz kennenlernen, den die Furcht auslöst, das einzige Glück zu verlieren, das für uns auf dieser Erde erblüht ist, das einzige, was uns etwas Licht in die Dunkelheit des Elends geworfen hat. Gestern habe ich gefühlt, daß mein Leben nicht mehr in mir, sondern in Ihnen war. Es gibt für mich nur noch *eine* Frau auf Erden, wie es in meiner Seele nur *einen* Gedanken gibt. Ich wage Ihnen nicht zu sagen, vor welche Alternative mich meine Liebe zu Ihnen stellt. Da ich Sie nur Ihnen selbst verdanken will, muß ich vermeiden, begleitet von allem Blendwerk des Unglücks vor Sie hinzutreten: ist es auf edle Seelen nicht wirksamer als das des Glücks? Also werde ich Ihnen vielerlei Dinge verschweigen. Ja, ich habe eine zu schöne Vorstellung von der Liebe, um sie durch Gedanken zu verunreinigen, die ihrer Natur fremd sind. Wenn meine Seele der Ihren würdig, wenn mein Leben rein ist, dann wird Ihr Herz davon eine edle Vorahnung haben, und Sie werden mich verstehen! Es gehört zum Schicksal des Mannes, sich derjenigen anzubieten, die ihn an das Glück glauben läßt; aber es ist Ihr Recht, auch das echteste Gefühl zurückzuweisen, wenn es nicht im Einklang mit den verworrenen Stimmen Ihres Herzens steht: Ich weiß es. Wenn das Los, das Sie mir bereiten werden, meinen Hoffnungen entgegen sein muß, Mademoiselle, dann rufe ich das Zartgefühl Ihrer jungfräulichen Seele ebensosehr an wie das findige Mitleid der Frau. Ach, ich flehe Sie auf den Knien an, verbrennen Sie meinen Brief, vergessen Sie alles. Spotten Sie nicht über ein respektvolles Gefühl, das zudem zu tief in die Seele eingeprägt ist, als daß es darin auslöschen könnte. Brechen Sie mir das Herz, aber zerreißen Sie es nicht! Möge das Bekennen meiner ersten Liebe, einer jungen reinen Liebe, nur in einem jungen, reinen Herzen widerhallen! Möge sie darin sterben, wie ein Gebet sich in Gottes Schoß verlieren muß! Ich schulde Ihnen Dankbarkeit: Ich habe köstliche Stunden damit hingebracht, Sie anzuschauen und mich dabei den holdesten Träumereien meines Lebens hinzugeben; krönen Sie doch nicht diese lange, vergängliche Seligkeit durch irgendeinen Jungmädchenspott. Begnügen Sie sich damit, mir nicht zu antworten. Ich werde mir Ihr Schweigen richtig zu deuten wissen, und Sie werden mich nie mehr sehen. Wenn ich dazu verurteilt sein soll, das Glück stets zu begreifen und es stets zu verlieren, wenn es um mich bestellt ist wie um den verbannten Engel, in dem das Gefühl der himmlischen Seligkeiten fortdauert, aber der unaufhörlich an eine Welt der Schmerzen gekettet ist, nun, dann werde ich das Geheimnis meiner Liebe wie das meiner Nöte bewahren. Und damit Gott befohlen! Ja, ich befehle Sie Gott, ich werde ihn um Ihretwillen anflehen, ich werde ihn bitten, Ihnen ein schönes Leben zu bereiten; denn würde ich auch aus Ihrem Herzen verjagt, in das ich heimlich ohne Ihr Wissen eingedrungen bin, verlassen werde ich Sie nie. Denn welchen Wert würden sonst die frommen Worte dieses Briefs besitzen, der mein erstes und vielleicht mein letztes Gebet ist? Wenn ich eines Tages aufhörte, an Sie zu denken und Sie zu lieben, glücklich oder unglücklich! Würde ich dann nicht meine Ängste verdienen?«

2

»Sie reisen nicht ab! Ich werde also geliebt! Ich, das arme Menschenwesen im Dunkel. Meine liebe Pauline, Sie kennen nicht die Macht des Blicks, an die ich glaube; Sie haben ihn mir zugeworfen, um mir zu verkünden, ich sei von Ihnen erwählt worden, von Ihnen, die Sie jung und schön sind, die Sie die Welt zu Ihren Füßen sehen. Um Ihnen meine Beglückung verständlich zu machen, müßte ich Ihnen mein Leben erzählen. Hätten Sie mich zurückgestoßen, dann wäre für mich alles aus gewesen. Ich habe zu tief gelitten. Ja, meine Geliebte, diese wohltuende, herrliche Liebe war ein letztes Streben nach dem glücklichen Leben, dem meine Seele zuneigte, eine Seele, die schon zerbrochen war durch nutzlose Arbeiten, verzehrt von Befürchtungen, die mich an mir zweifeln lassen, zernagt von Hoffnungslosigkeiten, die mich oft davon überzeugt haben, ich müsse sterben. Nein, niemand auf Erden kennt die Schrecknisse, die meine unselige Phantasie mir vor mir selbst eingibt. Oftmals erhebt sie mich in die Himmelsweiten, und plötzlich läßt sie mich aus gewaltiger Höhe hinab auf die Erde stürzen. Innere Ausbrüche der Kraft, ein paar seltene, geheime Zeugnisse einer eigenartigen Hellsicht sagen mir mitunter, ich vermöchte viel. Dann umhülle ich die Welt mit meinem Denkvermögen, ich knete sie, forme sie, durchdringe sie, ich verstehe sie oder glaube sie zu verstehen; aber plötzlich erwache ich, bin allein und befinde mich in tiefer Nacht, ganz kläglich; ich vergesse die Helle, die ich eben noch erblickt hatte; ich bin aller Hilfe beraubt, und vor allem bin ich ohne ein Herz, in das ich mich flüchten könnte! Dieses Unglück meines geistigen Lebens wirkt sich gleichermaßen auf meine physische Existenz aus. Die Natur meines Geistes gibt mich wehrlos den Freuden des Glücks wie den furchtbaren Klarheiten der Reflexion preis, die sie dadurch zerstören, daß sie sie analysieren. Da ich mit der traurigen Fähigkeit begabt bin, mit der gleichen Hellsicht Hindernisse und Erfolge wahrzunehmen, je nach meiner augenblicklichen Einstellung, bin ich glücklich oder unglücklich. So hatte ich, als ich Ihnen begegnete, die Ahnung einer engelhaften Natur; ich habe die Luft eingeatmet, die meiner brennenden Brust bekömmlich ist, ich habe in mir die Stimme vernommen, die niemals trügt, und die mir ein glückliches Leben verhieß; aber als ich zugleich sämtliche Schranken gewahrte, die uns trennten, habe ich zum erstenmal die Vorurteile der Welt gewittert; ich habe sie im vollen Ausmaß ihrer Niedrigkeit erkannt, und die Hindernisse haben mich noch weit mehr erschreckt als der Anblick des Glücks mich über mich hinaushob: Sogleich habe ich die schreckliche Reaktion empfunden, durch die meine mitteilsame Seele auf sich selber zurückgedrängt wurde; das Lächeln, das Sie auf meinen Lippen hatten entstehen lassen, hat sich jäh in eine bittere Verzerrung gewandelt, und ich habe versucht, kühl zu bleiben, während mein von tausend einander widersprechenden Gefühlen aufgewühltes Blut kochte. Kurzum, ich erkannte das schrille Gefühl wieder, an das dreiundzwanzig Jahre der unterdrückten Seufzer und der verratenen Herzensergüsse mich noch immer nicht gewöhnt haben. Ja, Pauline, der Blick, durch den Sie mir das Glück ankündigten, hat plötzlich mein Leben wieder erwärmt und meine Nöte in Seligkeiten verwandelt. Jetzt möchte ich noch mehr gelitten haben. Urplötzlich ist meine Liebe groß gewesen. Meine Seele war ein weites Land, dem die Wohltaten der Sonne mangelten, und Ihr Blick hat unvermittelt Licht darauf geworfen. Geliebte Vorsehung! Sie werden alles für mich sein, den armen Waisenknaben, der keine Verwandten hat, nur seinen Onkel. Sie werden meine ganze Familie sein, wie Sie schon mein einziger Reichtum sind, und für mich die ganze Welt. Haben Sie mir nicht alle menschlichen Reichtümer durch jenen keuschen, freigiebigen, schüchternen Blick zugeworfen? Ja, Sie haben mir einen Mut, eine Kühnheit verliehen, die unglaublich sind. Jetzt kann ich alles versuchen. Ich war entmutigt nach Blois zurückgekehrt. Fünf Studienjahre mitten in Paris hatten mir die Welt als ein Gefängnis gezeigt. Ich konzipierte ganze Wissenschaften und wagte nicht, davon zu sprechen. Der Ruhm dünkte mich eine Marktschreierei, der eine wahrhaft große Seele sich nicht leihen dürfe. Meine Ideen hätten sich also nur unter der Protektion eines Mannes verbreiten können, der kühn genug gewesen wäre, auf die Gauklerbühne der Presse zu steigen und mit lauter Stimme zu den Tröpfen zu sprechen, die er verachtet. Diese Unerschrockenheit mangelte mir. Ich ging meines Weges, zerbrochen durch die Urteile jener Menge, und verzweifelte, jemals von ihr angehört zu werden. Ich stand zu tief und zu hoch! Ich schluckte meine Gedanken in mich hinein wie andere ihre Demütigungen. Ich war dahin gelangt, die Wissenschaft zu verachten, weil ich ihr vorwarf, sie trage nichts zum wahren Glück bei. Aber seit gestern ist alles in mir verwandelt. Um Ihretwillen begehre ich die Palmen des Ruhms und alle Triumphe des Talents. Ich will, wenn ich meinen Kopf auf Ihre Knie lege, daß die Augen der Welt darauf ruhen, wie ich in meine Liebe alle Ideen, alle Kräfte legen will! Der gewaltigste Ruhm ist ein Gut, das keine andere Macht als die des Genies zu schaffen vermöchte. Nun, ich kann Ihnen, wenn ich es will, ein Beet aus Lorbeeren bereiten. Und wenn die friedlichen Huldigungen der Wissenschaft Sie nicht befriedigen, trage ich in mir das Schwert und das Wort; ich werde es fertigbringen, die Laufbahn der Ehren und des Ehrgeizes zu durcheilen, auf der andere sich nur hinschleppen! Sprechen Sie, Pauline, ich werde alles sein, von dem Sie wollen, daß ich es sei. Mein eiserner Wille vermag alles. Ich werde geliebt! Wenn ein Mann mit diesem Gedanken gewappnet ist, muß er dann nicht alles zwingen, daß es sich ihm beugt? Für den, der alles will, ist alles möglich. Seien Sie der Preis des Erfolgs, dann trete ich morgen in die Schranken. Um einen Blick wie den zu erhalten, den Sie mir zugeworfen haben, würde ich den tiefsten aller Abgründe überspringen. Sie haben mir die sagenhaften Taten der Ritterzeit und die eigenwilligsten Erzählungen aus ›Tausendundeine Nacht‹ verdeutlicht. Jetzt glaube ich an die phantastischen Übersteigerungen der Liebe und an den Erfolg aller Bemühungen der Gefangenen, die die Freiheit erringen wollen. Sie haben in meinem Wesen tausend eingeschlummerte Tugenden erweckt: die Geduld, die Resignation, alle Kräfte des Herzens, alle Mächte der Seele. Ich lebe durch Sie, und, köstlicher Gedanke, für Sie. Jetzt hat alles einen Sinn für mich in diesem Leben. Ich verstehe alles, sogar die Eitelkeiten des Reichtums. Ich überrasche mich dabei, wie ich Ihnen alle Perlen Indiens zu Füßen schütte; ich gefalle mir darin, Sie zwischen den schönsten Blumen oder auf den weichsten Gespinsten schlafen zu sehen, und aller Glanz der Erde dünkt mich kaum Ihrer würdig, für die ich über die Akkorde und die Lichtfülle verfügen möchte, die die Harfen der Seraphim und die Sterne des Himmels verschwenden. Armer, eifriger Dichter, der ich bin! Mein Wort bietet Ihnen Schätze dar, die ich nicht besitze; ich kann Ihnen nur mein Herz schenken; Sie werden darin immer herrschen. Darin sind alle meine Güter. Aber gibt es denn nicht Schätze in einer ewigen Dankbarkeit, in einem Lächeln, dessen Ausdruck ohne Unterlaß durch ein unwandelbares Glück variiert wird, in der beständigen Aufmerksamkeit meiner Liebe, die Wünsche Ihrer liebenden Seele zu erraten? Hat uns nicht ein himmlischer Blick gesagt, wir würden uns stets verstehen können? Jetzt kann ich allabendlich an Gott ein Gebet richten, ein von Ihnen erfülltes Gebet: ›Gib, daß meine Pauline glücklich sei!‹ Aber werden Sie nicht meine Tage erfüllen, wie jetzt schon mein Herz? Gott befohlen, denn einzig Gott kann ich Sie anvertrauen!«

3

»Pauline, sag mir, ob ich Dir gestern etwa auf irgendeine Weise mißfallen habe! Schwöre den Stolz des Herzens ab, der insgeheim die Qualen erdulden läßt, die ein geliebtes Wesen verursachen kann. Zürne mir! Seit gestern breitet irgendeine unbestimmte Angst, Dich gekränkt zu haben, Traurigkeit über jenes Leben des Herzens, das Du mir so süß und so reich gemacht hast. Oft wird der leichteste Schleier, der sich zwischen zwei Seelen schiebt, zu einer ehernen Mauer. Es gibt in der Liebe keine leichten Vergehen! Wenn man die ganze Genialität dieses schönen Gefühls besitzt, dann muß man alle seine Leiden verspüren, und man muß unablässig darüber wachen, daß man einander nicht durch ein unbesonnenes Wort verletzt. Daher, mein teures Gut, ist der Fehler von mir begangen worden, sofern ein Fehler vorliegt. Ich bilde mir nicht ein, ein Frauenherz im ganzen Ausmaß seiner Zärtlichkeit, in aller Anmut seiner Hingabe zu verstehen; ich will einzig und allein stets versuchen, den Wert dessen zu erraten, was Du mir von den Geheimnissen des Deinen enthüllen möchtest. Sprich zu mir, antworte mir schleunigst! Die Schwermut, in die uns die Empfindung eines Unrechts stürzt, ist etwas Schauerliches, sie hüllt das Leben ein und läßt an allem zweifeln. Ich habe diesen ganzen Vormittag am Saum des Hohlwegs gesessen, die Türmchen von Villenoix gesehen und nicht gewagt, bis zu unserer Hecke zu gehen. Wenn Du wüßtest, was alles ich in meiner Seele gewahrt habe! Welch traurige Gespenster unter dem grauen Himmel an mir vorübergeglitten sind, dessen kalter Anblick meine düstere Stimmung noch verstärkte. Ich habe finstere Ahnungen gehabt. Ich habe Angst verspürt, Dich nicht glücklich zu machen. Ich muß Dir alles sagen, meine geliebte Pauline. Es gibt Augenblicke, da der Geist, der mich belebt, sich von mir zurückzuziehen scheint. Es ist, als habe meine Kraft mich verlassen. Dann lastet alles auf mir, jede Fiber meines Körpers wird schlaff, jeder Sinn büßt seine Spannkraft ein, mein Blick wird träge, meine Zunge erstarrt, die Phantasie erlischt, die Wünsche sterben ab, und nur meine menschliche Kraft besteht fort. Du könntest dann in aller Glorie Deiner Schönheit vor mir stehen, Du könntest Dein feinstes Lächeln und Deine zärtlichsten Worte an mich verschwenden, und dennoch würde sich eine böse Macht erheben und mir die entzückendste aller Melodien in schrille Mißklänge verwandeln. In solchen Augenblicken, wenigstens glaube ich es, steigt vor mir irgendein klügelnder Geist auf und läßt mich das Nichts im Grund der gewissesten Reichtümer sehen. Dieser erbarmungslose Dämon mäht alle Blumen ab, spottet über die süßesten Gefühle und sagt zu mir: ›Na, schön; und hernach?‹ Er nimmt dem schönsten Werk seine Frische, indem er mir dessen Prinzip zeigt, und enthüllt mir den

Mechanismus der Dinge dadurch, daß er mir dessen harmonische Ergebnisse verhehlt. In solcherlei schrecklichen Augenblicken, da der böse Engel sich meines Wesens bemächtigt, da das göttliche Licht in meiner Seele sich verdunkelt, ohne daß ich die Ursache davon wüßte, sitze ich traurig da und leide; ich möchte taub und stumm sein; ich sehne den Tod herbei, weil ich in ihm ein Ausruhen erblicke. Vielleicht sind dergleichen Stunden des Zweifels und der Unruhe notwendig; zumindest lehren sie mich, nicht hoffärtig zu sein nach Aufschwüngen, die mich in die Himmelshöhen getragen haben, wo ich mit vollen Händen die Ideen einheimse; denn es geschieht stets, nachdem ich in den weiten Gefilden des Geistes geschweift habe, nach lichtvollen Meditationen, daß ich ermüdet und erschöpft in diese Vorhimmel hinabrolle. In solch einem Augenblick, mein Engel, müßte eine Frau an meiner Liebe zweifeln; zumindest könnte sie es. Da sie oft launisch, kränklich oder traurig ist, würde sie die schmeichlerischen Schätze einer erfinderischen Zärtlichkeit verlangen, und dann hätte ich keinen Blick zu ihrer Tröstung! Es beschämt mich, Pauline, Dir zu gestehen, daß ich dann zwar mit Dir weinen könnte; aber nichts würde mir ein Lächeln entlocken. Und dabei findet eine Frau in ihrer Liebe die Kraft, ihre Schmerzen zu verschweigen! Um ihres Kindes wie um dessen willen, den sie liebt, weiß sie leidend zu lächeln. Könnte ich es also, Pauline, für Dich nicht der Frau in ihren erhabenen Zartheiten gleichtun? Seit gestern zweifle ich an mir selbst. Wenn ich Dir einmal habe mißfallen können, wenn ich Dich nicht verstanden habe, dann zittere ich davor, daß ich häufig auf solcherlei Weise durch meinen verhängnisvollen Dämon aus unserer guten Sphäre herausgetrieben werde. Wenn ich nun viele solcher schrecklichen Augenblicke hätte, wenn meine grenzenlose Liebe die schlimmen Stunden meines Lebens nicht wettzumachen vermöchte, wenn es mir bestimmt wäre, so zu bleiben, wie ich bin ...? Fatale Fragen! Die Macht ist ein recht unheilvolles Geschenk, sofern das, was ich in mir verspüre, überhaupt Macht ist. Pauline, entferne Dich von mir, verlaß mich! Ich will lieber alle Übel des Lebens ertragen als den Schmerz, Dich durch mich unglücklich zu sehen. Aber vielleicht hat der Dämon nur deswegen soviel Herrschaft über meine Seele gewonnen, weil sich bei mir noch keine sanften, weichen Hände gefunden haben, um ihn zu verjagen. Niemals hat eine Frau mich mit dem Balsam ihrer Tröstungen gesalbt, und ich weiß nicht, ob, wenn in solcherlei Augenblicken der Mattigkeit die Liebe ihre Fittiche über meinen Kopf schwänge, sie nicht neue Kräfte in mein Herz ergießen würde. Vielleicht sind diese grausamen Schwermutsanfälle eine Frucht meiner Einsamkeit, eins der Leiden der verlassenen Seele, die stöhnt und ihre Schätze mit unbekannten Schmerzen bezahlt. Den leichten Freuden die leichten Leiden; dem ungeheuerlichen Glück die unerhörten Qualen. Welch ein Urteil! Wenn dem so ist, müssen wir dann nicht für uns zittern, für uns, die wir so übermenschlich glücklich sind? Wenn die Natur uns die Dinge ihrem Wert entsprechend verkauft, in welchen Abgrund müssen wir dann fallen? Ach, die am reichsten bedachten Liebenden sind die, die mitten in ihrer Jugend und ihrer Liebe sterben! Wie traurig ist das! Ahnt meine Seele eine tückische Zukunft? Ich prüfe mich und frage mich, ob sich nicht etwas in mir findet, das Dir die leiseste Sorge machen könnte? Liebe ich Dich vielleicht als Egoist? Vielleicht lege ich auf Dein geliebtes Haupt eine Bürde, die schwerer lastet, als meine Liebe Deinem Herzen süß ist. Wenn in mir eine unerbittliche Macht ist, der ich gehorche, wenn ich fluchen muß, während Du Deine Hände zum Beten faltest, wenn ein trauriger Gedanke mich beherrscht, obwohl ich doch zu Deinen Füßen liegen und mit Dir wie ein Kind spielen möchte, wirst Du dann nicht eifersüchtig auf diesen fordernden, unberechenbaren Geist sein? Verstehst Du wohl, Du mein Herz, daß ich Angst habe, nicht gänzlich Dein zu sein, daß ich gern allen Zeptern, allen Palmwedeln der Welt entsagen würde, um aus Dir meinen ewigen Gedanken zu machen; um in unserer köstlichen Liebe ein schönes Leben und eine schöne Dichtung zu sehen; um darein meine Seele zu ergießen, daran meine Kräfte zu vergeuden und von jeder Stunde die Freuden zu fordern, die sie uns schuldet? Doch jetzt kommen in Fülle meine Liebeserinnerungen; die Wolken meiner Traurigkeit verteilen sich. Gott befohlen. Ich verlasse Dich, um besser Dein zu sein. Meine geliebte Seele, ich warte auf ein Wort, eine Äußerung, die mir den Frieden des Herzens wiedererstattet. Damit ich weiß, ob ich meine Pauline traurig gestimmt habe, oder irgendein zweifelhafter Ausdruck Deines Gesichts mich getäuscht hat. Die Frau betrüben, die man liebt! Für mich, Pauline, ist das ein Verbrechen. Sag mir die Wahrheit, warte mir nicht mit einer großherzigen Lüge auf, aber entwaffne Deine Verzeihung aller Grausamkeit.«

Fragment

»Ist eine so vollkommene Bindung ein Glück? Ja, denn Jahre des Leids vermögen nicht eine Stunde der Liebe aufzuwiegen. Gestern ist Deine offenbare Traurigkeit mit der Schnelligkeit eines an die Wand geworfenen Schattens in meine Seele hinübergeglitten. Warst Du betrübt, oder hast Du gelitten? Ich habe gelitten. Woher rührte dieser Kummer? Schreib mir schnell. Warum habe ich ihn nicht erraten? So sind wir also noch nicht völlig durch das Denken vereinigt? Ich müßte doch, ob nun zwei Meilen oder tausend von Dir entfernt, Deinen Kummer und Deine Schmerzen mitempfinden. Ich kann nicht glauben, ich liebte Dich, solange mein Leben nicht so innig mit dem Deinen verknüpft ist, daß wir das gleiche Leben, das gleiche Herz und den gleichen Gedanken haben. Ich muß sein, wo Du bist, sehen, was Du siehst, fühlen, was Du fühlst und Dir in Gedanken folgen. Habe ich nicht als erster gewußt, daß Dein Wagen umgestürzt, daß Du verletzt warst? Denn auch an jenem Tag habe ich Dich nicht verlassen, ich habe Dich gesehen. Als mein Onkel mich fragte, warum ich so blaß geworden sei, habe ich geantwortet: »Eben ist Mademoiselle de Villenoix gestürzt!« Warum habe ich gestern nicht in Deiner Seele gelesen? Hattest Du mir die Ursache Deines Kummers verbergen wollen? Dabei habe ich zu erraten geglaubt, daß Du um meinetwillen ein paar unglückliche Bemühungen bei jenem entsetzlichen Salomon unternommen hast, der mich erstarren macht. Dieser Mann entstammt nicht unserm Himmel. Warum willst Du, daß unser Glück, das in nichts dem andern gleicht, sich den Gesetzen der Welt anpasse? Aber ich liebe allzusehr Deine tausenderlei Schamhaftigkeiten, Deine Religion, Deine übertriebenen Gewissenhaftigkeiten, um nicht Deinen geringsten Launen zu gehorchen. Was

Du tust, muß gut sein; nichts ist reiner als Dein Denken, wie nichts schöner ist als Dein Antlitz, in dem sich Deine göttliche Seele spiegelt. Ich will auf Deinen Brief warten, bevor ich mich auf den Weg mache und den holden Augenblick suche, den Du mir gewährst. Ach, wenn Du wüßtest, wie der Anblick der Schloßtürme mein Herz pochen läßt, wenn ich sie endlich vom Mond umrandet vor mir sehe, unserem Freunde, unserem einzigen Vertrauten.«

4

»Ade, Ruhm, ade, Zukunft, ade, du Leben, das ich mir erträumte! Jetzt, meine so sehr Geliebte, ist es mein Ruhm, Dir zu gehören, Deiner würdig zu sein; meine Zukunft beruht ganz in der Hoffnung, Dich zu sehen; und mein Leben? Besteht es nicht darin, Dir zu Füßen zu liegen, unter Deinen Blicken zu ruhen, tief aufzuatmen in den Himmeln, die Du mir erschaffen hast? Alle meine Kräfte, alle meine Gedanken sollen Dir gehören, Dir, die Du mir die berauschenden Worte gesagt hast: »Ich will Deine Leiden!« Würde es nicht heißen, der Liebe Freuden rauben, dem Glück Augenblicke, Deiner göttlichen Seele Gefühle, wenn ich Stunden dem Studium widmete, Ideen der Welt, Dichtungen den Dichtern? Nein, nein, mein geliebtes Leben, ich will Dir alles vorbehalten, alle Blüten meiner Seele will ich Dir bringen. Gibt es denn nichts, was schön und glänzend genug wäre unter den Schätzen der Erde und des Geistes, um ein so reiches, so reines Herz wie das Deine zu feiern, ein Herz, dem das meine zu verbinden ich manchmal wage? Ja, manchmal bringe ich den Stolz auf zu glauben, ich wisse ebenso zu lieben, wie Du liebst. Doch nein, Du bist eine ›Engel-Frau‹; es findet sich stetig mehr an Zauber im Ausdruck Deiner Gefühle, mehr an Wohlklang in Deiner Stimme, mehr an Holdheit in Deinem Lächeln, mehr an Reinheit in Deinen Blicken als in den meinen. Ja, laß mich denken, Du seiest ein Geschöpf aus einer Sphäre, die höher denn jene ist, darin ich lebe; Du sollst den Stolz haben, daraus herabgestiegen zu sein, ich werde den aufbringen, Dich verdient zu haben, und vielleicht wirst Du nicht enttäuscht werden, wenn Du zu mir kommst, dem Armen und Unglücklichen. Ja, wenn das schönste Asyl einer Frau ein Herz ist, das gänzlich ihr gehört, dann wirst Du immer Herrscherin in dem meinen sein. Kein Gedanke, kein Tun wird je dieses Herz trüben, dieses reiche Heiligtum, solange Du darin residieren willst; aber ob Du wohl unaufhörlich darin bleiben wirst? Hast Du mir nicht das köstliche Wort gesagt: ›Jetzt und immer!‹ ›*Et nunc et semper!*‹ Ich habe diese Worte des Rituals unter Dein Bildnis eingeritzt; sie sind Deiner würdig, wie sie Gottes würdig sind. Er ist ›jetzt und immer‹, wie meine Liebe es sein wird. Nein, nein, ich werde nie erschöpfen, was riesengroß, unendlich, grenzenlos ist; und so ist das Gefühl, das ich für Dich empfinde; ich habe seine unermeßliche Weite erahnt, wie wir den Weltenraum nach dem Maß eines seiner Teile erahnen. So habe ich unauslöschliche Genüsse gehabt, ganze Stunden, die erfüllt waren von wollüstigen Meditationen, wenn ich einer einzigen Deiner Gesten gedachte, oder des Tonfalls eines Satzes. Es werden also Erinnerungen entstehen, deren Wucht ich erliegen werde, wenn schon das Rückdenken an eine holde, vertrauliche Stunde mich vor Freude weinen läßt, mich rührt, meine Seele durchdringt und zu einem unversieglichen Quell des Glücks wird. Lieben, das ist das Leben der Engel! Mir scheint, ich werde nie die Lust erschöpfen, die ich empfinde, wenn ich Dich sehe. Diese Lust, die bescheidenste von allen, zu der es indessen immerfort an Zeit gebricht, hat mich die ewigen Vergeistigungen kennen gelehrt, in denen die Seraphim und die Geister vor Gott verharren: Nichts ist natürlicher, als wenn aus seinem Wesen ein an neuen Gefühlen ebenso fruchtbares Licht entströmt wie es das Deiner Augen, Deiner eindrucksvollen Stirn, Deines schönen Antlitzes ist, dieses himmlischen Abbilds Deiner Seele; der Seele, dieses anderen Ichs, dessen reine Form, da sie nie vergeht, also unsere Liebe unsterblich macht. Ich wollte, es gäbe eine andere Sprache als die, deren ich mich bediene, um Dir die neu erstehenden Entzückungen meiner Seele auszudrücken; aber wenn es eine gibt, die wir geschaffen haben, wenn unsere Blicke lebendige Worte sind, müssen wir einander da nicht sehen, um mit den Augen die Fragen und die Antworten des Herzens zu vernehmen, die so lebhaft, so eindringlich sind, daß Du mir eines Abends gesagt hast: ›Schweigen Sie doch!‹, als ich gar nichts gesagt hatte. Weißt Du das noch, mein geliebtes Leben? Bin ich nicht, wenn ich in der Ferne, in den Finsternissen des Getrenntseins weile, gezwungen, mich menschlicher Worte zu bedienen, die zu schwach zur Wiedergabe göttlicher Empfindungen sind? Doch wenigstens deuten die Worte die Furchen an, die jene Empfindungen in meiner Seele ziehen, wie das Wort ›Gott‹ unvollkommen die Vorstellungen zusammenfaßt, die wir von diesem geheimnisvollen Ursprung haben. Überdies habe ich trotz der Wissenschaft und der Unendlichkeit der Sprache niemals auch nur das mindeste in ihren Ausdrücken gefunden, das Dir die köstliche Umschlingung zu schildern vermöchte, durch die mein Leben mit dem Deinen verschmilzt, wenn ich Deiner gedenke. Ferner, mit welchem Wort soll ich enden, wenn ich aufhöre, Dir zu schreiben, ohne Dich deswegen zu verlassen? Was bedeutet ›Gott befohlen‹, wenn nicht sterben? Aber wäre der Tod ein Abschied? Würde meine Seele dann nicht noch inniger mit der Deinen vereint sein? O Du mein ewiger Gedanke! Unlängst noch habe ich Dir auf den Knien mein Herz und mein Leben angeboten; welche neuen Blüten des Gefühls werde ich jetzt in meiner Seele finden, die ich Dir nicht schon geschenkt hätte? Hieße das nicht, Dir ein Teilchen Gutes schicken, das Du ganz und gar besitzt? Bist Du nicht meine Zukunft? Wie traure ich dem Vergangenen nach! Die Jahre, die uns nicht mehr gehören, ich möchte sie Dir alle erstatten und Dich darin herrschen lassen, wie Du über mein gegenwärtiges Leben herrschst. Aber was bedeutet denn die Zeit meines Daseins, da ich Dich noch nicht kannte? Sie würde das Nichts sein, wenn ich nicht so unglücklich gewesen wäre.«

Fragment

»Geliebter Engel, wie schön war der gestrige Abend! Welche Reichtümer birgt Dein geliebtes Herz! Ist Deine Liebe denn unerschöpflich wie die meine? Jedes Wort hat mir neue Freuden gebracht, und jeder Blick hat deren Tiefe erweitert. Der ruhige Ausdruck Deines Antlitzes gab unsern Gedanken einen grenzenlosen Horizont. Ja, da war alles unendlich wie der Himmel und lieblich wie sein Azur. Die Zartheit Deiner vergötterten Züge erstand aufs neue, ich weiß nicht durch welche Magie, in Deinen hübschen Bewegungen, in Deinen sparsamen Gesten. Ich hatte zwar gewußt, daß Du ganz Anmut und ganz Liebe seiest, aber ich habe nicht geahnt, auf welch mannigfache Weise Du anmutsvoll bist. Alles vereinte sich, um mir die wollüstigen Bitten anzuraten, mich die ersten Gunstbezeigungen fordern zu lassen, die eine Frau stets verweigert, sicherlich, um sie sich rauben zu lassen. Doch nein, Du, geliebte Seele meines Lebens, würdest nie im voraus wissen, was Du meiner Liebe wirst gewähren können, und Du wirst Dich schenken, ohne es vielleicht zu wollen! Du bist wahr und gehorchst nur Deinem Herzen. Wie die Sanftheit Deiner Stimme sich den zarten Harmonien der reinen Luft und der ruhigen Himmelsweiten zugesellte! Kein Vogelruf, kein Windhauch; die Einsamkeit und wir! Nicht einmal die reglosen Blätter zitterten in den wundervollen Farben des Sonnenuntergangs, die alle gleichzeitig Dunkel und Licht sind. Du hast diese himmlische Poesie gespürt, Du, die Du so viele verschiedene Gefühle in Dir vereintest, und Du hast Deine Augen so oft gen Himmel gerichtet, um mir nicht zu antworten! Du, die Stolze und Lachfrohe, die Demütige und Despotische, Du gabst Dich ganz in der Seele, im Gedanken hin und entzogst Dich dabei der zaghaftesten aller Liebesbezeigungen! Geliebte Koketterien des Herzens! Sie schwingen noch immer in meinem Ohr, sie rollen und spielen darin, die köstlichen, halb wie die von Kindern gestammelten Worte, die weder Verheißungen noch Geständnisse waren, aber die der Liebe ihre schönen Hoffnungen ohne Ängste und Qualen ließen! Welch keusche Erinnerung fürs Leben! Welch ein Sichentfalten aller Blumen, die in der Tiefe der Seele sprießen und die ein Nichts zum Welken bringt, aber die damals alles belebte und befruchtete! So wird es immer sein, nicht wahr, meine Geliebte? Nun ich am Morgen an die lebenden, frischen Beglückungen zurückdenke, die in jenem Augenblick entstanden, fühle ich in der Seele ein Glück, das mich die wahre Liebe auffassen läßt als einen Ozean ewiger und immer neuer Empfindungen, darein man mit wachsenden Entzückungen taucht. Jeder Tag, jedes Wort, jede Liebesbezeigung, jeder

Blick müssen ihm den Tribut seiner verronnenen Freude hinzufügen. Ja, die Herzen, die so groß sind, daß sie nichts vergessen, müssen mit jedem Herzschlag von allen ihren vergangenen Glückseligkeiten leben wie von denen, die die Zukunft ihnen verheißt. Eben das habe ich mir ehedem erträumt, und heute ist es kein Traum mehr. Bin ich nicht auf dieser Erde einem Engel begegnet, der mich alle ihre Freuden zu erkennen gelehrt hat, vielleicht, um mich dafür zu belohnen, daß ich alle ihre Schmerzen ertragen habe? Engel des Himmels, ich grüße Dich mit einem Kuß.

Ich schicke Dir diesen Hymnus, der meinem Herzen entströmt ist; ich war ihn Dir schuldig; aber er wird Dir nur matt meine Dankbarkeit und die morgendlichen Gebete andeuten, die mein Herz jeden Tag an die richtet, die mir das ganze Evangelium des Herzens in dem göttlichen Wort: ›Glaube nur!‹ gesagt hat.«

5

»Wie, geliebtes Herz, es gibt keine Hindernisse mehr? Es wird uns freistehen, einander anzugehören, jeden Tag, jede Stunde, jeden Augenblick, immer. Wir sollen alle unsere Lebenstage so glücklich sein können, wie wir es flüchtig in seltenen Augenblicken waren? Wie? Unsere so reinen, so tiefen Gefühle werden die köstlichen Formen der tausend Liebesbezeigungen annehmen, die ich erträumt habe? Dein kleiner Fuß wird für mich den Schuh abstreifen, Du wirst ganz mir gehören! Dieses Glück bringt mich um, es erdrückt mich. Mein Kopf ist zu schwach, er zerbirst ob der Heftigkeit meiner Gedanken. Ich weine und lache, ich schwärme. Jede Lust ist wie ein glühender Pfeil; er durchdringt und verbrennt mich! Meine Phantasie läßt Dich vor meinen entzückten, geblendeten Augen in zahllosen, willkürlichen Gestalten vorübergleiten, wie die Wollust sie vorspiegelt. Kurzum, unser ganzes Leben bietet sich mir dar, mit seinen Wildströmen, seinen Raststätten, seinen Freuden; es brodelt und schäumt, es breitet sich aus, es schläft; dann erwacht es wieder jung und frisch. Ich sehe uns beide vereint, gleichen Schrittes einherwandelnd, aus dem gleichen Gedanken lebend; immer am

Herzen des andern, einander verstehend, einander vernehmend wie das Echo die Klänge durch die Raumesweite hindurch empfängt und zurückgibt! Kann man lange leben, wenn man auf solcherlei Weise sein Leben stündlich verzehrt? Werden wir nicht in der ersten Umarmung sterben? Und was wird dann sein, wenn unsere Seelen schon in dem süßen Abendkuß verschmolzen, der uns unsere Kräfte nahm; jenem Kuß ohne Dauer, die Entfesselung aller meiner Wünsche, der ohnmächtige Mittler so vieler Gebete, die sich meiner Seele in den Stunden unseres Getrenntseins entrangen, so vieler Gebete, die in der Tiefe meines Herzens verborgen waren wie Gewissensbisse? Ich, der ich stets umzukehren pflegte und mich in die Hecke legte, um dem Hall Deiner Schritte zu lauschen, wenn Du ins Schloß zurückgingst, ich soll Dich also nach meinem Ermessen bewundern dürfen, wenn Du Dich bewegst, lachst, spielst, plauderst, wandelst. Freuden ohne Ende! Du weißt nicht, was für Genüsse ich empfinde, wenn ich Dich kommen und gehen sehe: Man muß Mann sein, um diese tiefen Erregungen zu empfinden. Jede Deiner Bewegungen schafft mir mehr an Glückseligkeit als sie einer Mutter widerfahren kann, die ihr Kind fröhlich oder eingeschlummert sieht. Ich liebe Dich mit dem Gesamt aller Möglichkeiten der Liebe. Das Anmutvolle Deiner spärlichsten Geste ist für mich stets etwas Neues. Mir scheint, ich würde die Nächte damit hinbringen können, Deinen Hauch zu atmen, ich möchte in alle Deine Lebensbetätigungen hineinschlüpfen, ich möchte Du sein. Kurzum, ich werde Dich nie mehr verlassen! Kein menschliches Gefühl wird unsere Liebe mehr stören, die unendlich in ihren Verwandlungen und rein ist wie alles, was einheitlich ist; unsere Liebe ist weit wie das Meer, weit wie der Himmel! Du bist mein, ganz mein! Ich werde also in die Tiefe Deiner Augen schauen können, um dadurch die liebe Seele zu erraten, die sich darin abwechselnd verbirgt und erscheint, und nach Deinen Wünschen auslugen! Meine Heißgeliebte, vernimm gewisse Dinge, die Dir zu sagen ich noch nicht gewagt habe, aber die ich Dir heute gestehen kann. Ich habe in mir eine gewisse seelische Scham verspürt, die sich dem vollen Ausdruck meiner Gefühle widersetzte, und ich habe versucht, sie in die Formen des Denkens zu kleiden. Jetzt nun aber möchte ich mein Herz entblößen, Dir alles Glühende meiner Träume sagen, Dir den brodelnden Ehrgeiz meiner Sinne enthüllen, die durch die Abgeschiedenheit, in der ich lebte, aufgereizt waren, immerfort entflammt durch das Warten auf das Glück und erweckt durch Dich, durch Dich, die Du so hold durch Deine Gestalt und so verlockend durch Dein Gehaben bist! Aber läßt sich denn ausdrücken, wie sehr ich durch die unbekannten Beglückungen gewandelt worden bin, die der Besitz einer geliebten Frau schafft und denen zwei durch die Liebe vereinte Seelen eine Kraft zügelloser Zusammengehörigkeit leihen müssen? Wisse denn, liebste Pauline, daß ich ganze Stunden in einer Betäubung verharrt habe, die die Heftigkeit meiner leidenschaftlichen Wünsche verursacht hatte, verirrt im Empfinden einer Bezeigung der Liebe wie in einem bodenlosen Schlund. In solcherlei Augenblicken verschmelzen mein ganzes Leben, meine Gedanken, meine Kräfte und vereinen sich in dem, was ich als ein Verlangen bezeichne, da es an Wörtern mangelt, um eine namenlose Raserei zu bezeichnen! Und jetzt kann ich Dir gestehen, daß ich an dem Tag, da ich die Hand zurückgewiesen habe, die Du mir mit einer so hübschen Bewegung gereicht hattest, zurückgewiesen aus einer traurigen Vernunftanwandlung heraus, die mich an meiner Liebe zweifeln ließ, mich in einem jener Wahnsinnsaugenblicke befunden habe, in denen man einen Mord plant, um eine Frau zu besitzen. Ja, wenn ich den köstlichen Druck der Hand, die Du mir botest, so lebhaft empfunden hätte, wie Deine Stimme in meinem Herzen widerhallte, dann weiß ich nicht, wozu die Heftigkeit meiner Begierden mich geführt hätte. Doch ich kann schweigen und viel erleiden. Warum von jenen Schmerzen sprechen, wenn das von mir Erträumte Wirklichkeit werden soll? So soll es mir verstattet sein, aus unserm ganzen Leben eine einzige Liebesbezeigung zu machen? Liebe Geliebte, dann und wann entsteht auf Deinem dunklen Haar ein solcher Lichteffekt, daß ich, Tränen in den Augen, lange Stunden hindurch immer nur Deine geliebte Person anschauen könnte, wenn Du Dich nicht abwendetest und sagtest: ›Hör damit auf, ich muß mich ja schämen.‹ Morgen wird also unsere Liebe bekannt sein! Ach, Pauline, die Blicke anderer Leute, die öffentliche Neugier ertragen zu müssen, drückt mir das Herz ab. Laß uns nach Villenoix gehen und dort allem fernbleiben. Ich möchte, daß kein Geschöpf mit Menschenantlitz je das Heiligtum beträte, wo Du mein sein wirst; ich möchte sogar, daß es nach uns nicht mehr bestände, daß es zerstört würde. Ja, ich möchte der ganzen Natur ein Glück verhehlen, das einzig wir begreifen und fühlen können und das so gewaltig ist, daß ich mich hineinstürze, um darin zu sterben: Es ist ein Abgrund. Erschrick nicht ob der Tränen, die diesen Brief befeuchtet haben; es sind Freudentränen. Mein einziges Glück, wir werden einander also nie mehr verlassen!«

Im Jahr 1823 fuhr ich mit der Eilpost von Paris in die Touraine. In Mer[78] nahm der Schaffner einen Fahrgast nach Blois auf. Als er ihn in den Teil des Wagens einsteigen ließ, in dem ich mich befand, sagte er im Scherz zu mir: »Hier bleiben Sie unbehelligt, Monsieur Lefebure!« Tatsächlich war ich allein. Als ich den Namen hörte und einen weißhaarigen alten Mann erblickte, der mindestens achtzig Jahre alt zu sein schien, dachte ich natürlich an Lamberts Onkel. Nach ein paar hinterhältigen Fragen kam heraus, daß ich mich nicht getäuscht hatte. Der biedere Mann hatte in Mer seine Weinlese gehalten und fuhr nach Blois zurück. Sogleich erkundigte ich mich bei ihm nach meinem ehemaligen *»faisant«*. Beim ersten Wort wurden die Züge des alten Oratorianers, die ohnehin ernst und streng wie die eines Soldaten waren, der viel mitgemacht hat, traurig und düster; die Falten seiner Stirn zogen sich leicht zusammen; seine Lippen wurden schmal; er warf mir einen zweideutigen Blick zu und fragte mich: »Sie haben ihn also seit der Schulzeit nicht wiedergesehen?«

»Nein, wahrhaftig nicht«, antwortete ich. »Aber daran sind wir beide gleichermaßen schuld, wenn überhaupt von ›Vergessen‹ die Rede sein kann. Sie wissen ja, junge Leute führen, wenn sie von der Schulbank kommen, ein so abenteuerliches und leidenschaftliches Leben, daß man erst wieder zusammenkommen muß, um zu wissen, ob man einander noch mag. Allein es überkommt einen bisweilen eine Jugenderinnerung, und so kann man einander schwerlich vergessen, vor allem nicht, wenn man so befreundet gewesen ist, wie Lambert und ich es waren. Wir wurden immer ›Poet-und-Pythagoras‹ genannt.«

Ich sagte ihm meinen Namen; doch als er ihn hörte, verdüsterte sich das Gesicht des wackeren Mannes noch mehr.

»Dann kennen Sie also seine Geschichte nicht?« entgegnete er. »Mein armer Neffe sollte die reichste Erbin von Blois heiraten; aber am Tag vor seiner Hochzeit ist er irrsinnig geworden.«

»Lambert und irrsinnig?« schrie ich tief betroffen auf. »Und wodurch? Er besaß doch das beste Gedächtnis, den am besten organisierten Kopf, das schärfste Urteil, dem ich je begegnet bin! Eine herrliche Begabung, vielleicht ein bißchen zu voreingenommen für den Mystizismus; aber das beste Herz der Welt! Es ist ihm also etwas sehr Ungewöhnliches zugestoßen?«

»Wie ich sehe, haben Sie ihn gut gekannt«, sagte der biedere Mann.

Von Mer bis Blois sprachen wir nun also von meinen armen Kameraden; es ergaben sich dabei lange Abschweifungen, durch die ich die Einzelheiten erfuhr, die ich bereits berichtet habe, um die Fakten in einer Reihenfolge darzubieten, die sie interessant machen könnten. Ich berichtete seinem Onkel von unsern heimlichen Studien, von der Art und Weise der Betätigungen seines Neffen; dann erzählte der alte Mann mir die Ereignisse, die in Lamberts Leben geschehen waren, seit ich ihn verlassen hatte. Nach Monsieur Lefebures Worten muß Lambert schon vor seiner Heirat einige Anzeichen des Irrsinns bezeigt haben; aber da er diese Symptome mit allen gemeinsam hatte, die leidenschaftlich lieben, dünkten sie mich weniger charakteristisch, als ich von der Heftigkeit seiner Liebe erfuhr und Mademoiselle de Villenoix kennenlernte. In der Provinz, wo eigene Gedanken etwas Seltenes sind, muß ein Mann, der von neuen Ideen erfüllt ist und von einem System beherrscht wird, zumindest für einen Sonderling gelten. Seine Redeweise mußte um so mehr überraschen, als er nur selten etwas äußerte. Er pflegte zu sagen: »Dieser Mensch ist nicht aus meinem Himmel«, wo die andern gesagt hätten: »Wir werden kein Körnchen Salz miteinander essen.« Jeder Mann von Talent hat seine besonderen Eigenheiten. Je größer das Genie ist, desto einschneidender sind die Absonderlichkeiten, die die verschiedenen Abstufungen des »Sonderlingtums« ausmachen. In der Provinz gilt ein Sonderling, ein »Original«, bereits für halb verrückt. Die ersten Worte Monsieur Lefebures ließen mich also an dem Irrsinn meines Kameraden zweifeln. Während ich dem alten Mann lauschte, kritisierte ich also innerlich seinen Bericht. Der ernsteste Zwischenfall hatte sich ein paar Tage vor der Hochzeit der beiden Liebenden zugetragen. Louis hatte einige recht typische Anfälle von Katalepsie gehabt. Neunundfünfzig Stunden lang hatte er reglos dagelegen, mit starren Augen, ohne zu essen und zu sprechen; es war ein rein nervöser Zustand, in den manche Menschen fallen, die sich im Bann heftiger Leidenschaften befinden: Es ist dies ein seltenes Phänomen, dessen Auswirkungen indessen den Ärzten vollauf bekannt sind. Das einzige Auffällige dabei war, daß Louis nicht schon mehrere Anfälle dieser Krankheit erlebt hatte, zu der ihn seine Anlage zur Ekstase und die Natur seiner Ideen prädisponierten. Aber seine äußere und innere Konstitution war so vollkommen, daß sie sicherlich bislang dem Mißbrauch seiner Kräfte widerstanden hatte. Die Exaltation, in die ihn die Erwartung der höchsten physischen Lust hatte gelangen lassen, die bei ihm noch gesteigert wurde durch die Keuschheit des Leibes und die Kraft der Seele, hätte sehr wohl jene Krisis herbeiführen können, deren Wirkungen ebenso unbekannt sind wie ihre Ursache. Die Briefe, die der Zufall bewahrt hat, bezeugen übrigens recht gut den Übergang von dem reinen Idealismus, in dem er gelebt hatte, zur schrillsten Sinnlichkeit. Ehedem hätten wir jenes menschliche Phänomen als etwas Wunderbares bewertet, in dem Lambert die gelegentliche Trennung unserer beider Naturen erblickte, sowie die Symptome eines völligen Ausscheidens des inneren Wesens, das sich seiner unbekannten Fähigkeiten unter dem Obwalten einer unerforschten Ursache bedient. Diese Krankheit, ein ebenso tiefer Abgrund wie der Schlaf, hing mit dem System der Beweise zusammen, die Lambert in seinem ›Traktat vom Willen‹ gegeben hatte. Gerade als Monsieur Lefebure mir von Louis' erstem Anfall berichtete, fiel mir plötzlich eine Unterhaltung ein, die wir nach der Lektüre eines medizinischen Werks über dieses Thema geführt hatten.

»Eine tiefe Meditation, eine schöne Ekstase sind vielleicht«, hatte er abschließend gesagt, »beginnende Katalepsien.«

An dem Tag, da er diesen Gedanken so kurz und knapp formulierte, hatte er versucht, die geistigen Phänomene untereinander durch eine Kette von Wirkungen zu verbinden, wobei er Schritt für Schritt allen Betätigungen der Intelligenz gefolgt war, beginnend mit den einfachen Regungen des rein tierischen Instinkts, der so vielen Wesen genügt, zumal gewissen Menschen, deren Kräfte sämtlich in einer rein mechanischen Arbeit aufgehen; dann ging er zur Zusammensetzung der Gedanken über, gelangte zum Vergleich, zur Reflexion, zur Meditation, schließlich zur Ekstase und zur Katalepsie. Gewiß glaubte Lambert mit dem naiven Bewußtsein der Jugend, er habe den Plan zu einem schönen Buch entworfen, indem er auf diese Weise die verschiedenen Stufen der inneren Kräfte des Menschen staffelförmig aufstellte. Ich erinnere mich, daß wir durch einen jener Zufälle, die an die Prädestination glauben lassen, an das große Martyrologium[79] gerieten, in dem die seltsamsten Tatsachen über die völlige Ausschaltung des körperlichen Lebens berichtet sind, zu denen der Mensch in den Paroxysmen seiner inneren Fähigkeiten gelangen kann. Beim Durchdenken der Wirkungen des Fanatismus war Lambert damals zu der Auffassung gelangt, daß die Sammlung der Ideen, denen wir die Bezeichnung Empfindungen geben, sehr wohl die materielle Auswirkung irgendeines Fluidums sein könnte, das die Menschen mehr oder minder reichlich produzieren, gemäß der Art und Weise, wie ihre Organe die zeugerischen Substanzen davon in den Milieus absorbieren, in denen sie leben. Wir befaßten uns leidenschaftlich mit der Katalepsie, und mit dem Eifer, den Jungen bei allem entfalten, was sie unternehmen, versuchten wir, den Schmerz zu ertragen *und dabei an etwas anderes zu denken.* Wir strengten uns sehr bei der Durchführung einiger Experimente an, die sehr denjenigen der selbstquälerischen Schwärmer im letzten Jahrhundert glichen, was ein religiöser Fanatismus war, der eines Tages der Wissenschaft dienlich sein wird. Ich stellte mich auf Lamberts Magen und blieb dort mehrere Minuten lang stehen, ohne ihm den leisesten Schmerz zu verursachen; aber trotz dieser tollen Versuche bekamen wir keinen Anfall von Katalepsie. Diese Abschweifung ist mir als notwendig erschienen, um meine ersten Zweifel zu erklären, die Monsieur Lefebure völlig hat hinschwinden lassen.

»Als sein Anfall vorüber war«, sagte er zu mir, »fiel mein Neffe in einen Zustand tiefen Erschreckens, in eine Melancholie, die nichts verscheuchen konnte. Er glaubte sich impotent. Ich begann ihn mit der Aufmerksamkeit einer Mutter für ihr Kind zu überwachen und ertappte ihn glücklicherweise in dem Augenblick, da er an sich selbst die Operation vornehmen wollte, der Origenes[80] sein Talent zu verdanken vermeinte. Ich brachte ihn sogleich nach Paris und vertraute ihn der Behandlung durch Esquirol[81] an. Während der Reise verharrte Louis in einem fast ununterbrochenen Schlafzustand und erkannte mich nicht mehr. Die Ärzte in Paris hielten ihn für unheilbar und rieten einstimmig, ihn in der tiefsten Einsamkeit zu belassen, keinesfalls die Ruhe zu stören, die für seine unwahrscheinliche Heilung notwendig sei, und ihn in einem kühlen Zimmer unterzubringen, in dem ständig gedämpftes Licht herrsche. – Mademoiselle de Villenoix, der ich Louis' Zustand verheimlicht hatte«, fuhr er augenzwinkernd fort, »aber deren Ehepläne als abgebrochen galten, kam nach Paris und vernahm die Entscheidung der Ärzte. Sogleich wünschte sie, meinen Neffen zu sehen; er hat sie kaum erkannt; dann hat sie, wie es bei schönen Seelen üblich ist, sich der für seine Heilung erforderlichen Pflege widmen wollen. Sie würde dazu verpflichtet gewesen sein, hat sie gesagt, wenn er ihr Gatte gewesen wäre; solle sie für ihren Geliebten weniger tun? Deswegen hat sie Louis nach Villenoix gebracht; dort wohnen sie seit zwei Jahren.«

Anstatt meine Reise fortzusetzen, nahm ich also in Blois Aufenthalt, in der Absicht, Louis zu besuchen. Der biedere Lefebure ließ es nicht zu, daß ich woanders als in seinem Haus abstieg, wo er mir das Zimmer seines Neffen zeigte, die Bücher und alles, was ihm gehört hatte. Bei jedem Gegenstand entrang sich dem alten Mann ein schmerzlicher Ausruf, durch den er den Hoffnungen Ausdruck gab, die Louis' frühreifes Genie ihn hatten hegen lassen, und der furchtbaren Trauer, darein dieser unersetzliche Verlust ihn getaucht hatte.

»Dieser junge Mensch wußte alles, lieber Herr!« sagte er und legte den Band auf den Tisch, der die Werke Spinozas enthielt. »Wie konnte ein so gut organisierter Kopf so in Unordnung geraten?«

»Aber sollte das nicht eine Auswirkung der übermächtigen Organisation seines Gehirns sein? Wenn er wirklich im Bann jener Krise steht, die in all ihren Erscheinungsformen noch unerforscht ist und die wir ›Wahnsinn‹ nennen, bin ich versucht, die Ursache dafür seiner Leidenschaft zuzuschreiben. Seine Studien, die Art seiner Lebensführung hatten seine Kräfte und seine Fähigkeiten zu einer Höhe der Kraft gesteigert, über die hinaus die leichteste Übererregung die Natur zum Nachgeben zwingen mußte; die Liebe dürfte sie also zerbrochen oder zu einem neuen Ausdruck erhoben haben, den wir vielleicht verleumden, wenn wir ihn bewerten, ohne ihn zu kennen. Vielleicht hat er in den Liebesfreuden seiner Ehe ein Hindernis für die Vervollkommnung seiner inneren Sinne und seines Fluges durch die Welten des Geistigen erblickt.«

»Mein lieber Herr«, entgegnete der alte Mann, der mir aufmerksam gelauscht hatte, »Ihre Erwägung ist sicherlich sehr logisch; aber wenn ich sie verstände, würde dieses jämmerliche Wissen mich dann über den Verlust meines Neffen trösten?«

Lamberts Onkel war einer der Menschen, die nur durch das Herz leben.

Am andern Morgen brach ich nach Villenoix auf. Der biedere Alte begleitete mich bis an das Tor von Blois. Als wir auf dem nach Villenoix führenden Weg waren, blieb er stehen und sagte zu mir: »Sie können sich wohl denken, daß ich nicht mitkomme. Aber vergessen Sie bitte nicht, was ich Ihnen gesagt habe. Tun Sie, wenn Mademoiselle de Villenoix dabei ist, so, als merkten Sie nicht, daß Louis wahnsinnig ist.«

Reglos blieb er an der Stelle stehen, wo ich mich von ihm verabschiedet hatte und von wo aus er mir nachblickte, bis ich seinen Augen entschwunden war. Ich schritt nicht ohne tiefe Gemütsbewegung auf Schloß Villenoix zu. Meine Reflexionen verstärkten sich bei jedem Schritt auf dieser Landstraße, die Louis so viele Male gegangen war, das Herz von Hoffnung geschwellt, die Seele von allen Stacheln der Liebe erhitzt. Die Büsche, die Bäume, die Eigenwilligkeiten dieser gewundenen Landstraße, in deren Ränder kleine Schluchten eingekerbt waren, gewannen für mich gewaltiges Interesse. Ich wollte darin die Eindrücke und die Gedanken meines armen Kameraden wiederfinden. Sicherlich hatten die abendlichen Gespräche an jener Heckenlücke, bis zu der seine Geliebte ihm entgegengegangen war, Mademoiselle de Villenoix in die Geheimnisse dieser edlen, großen Seele eingeweiht, wie es mir selbst einige Jahre zuvor geschehen war. Aber der Umstand, der mich am meisten beschäftigte und der meiner Pilgerfahrt neben den fast frommen Gefühlen, die mich leiteten, einen sehr großen Anhauch von Neugierde lieh, war der herrliche Glaube der Mademoiselle de Villenoix, von dem der alte Mann mir berichtet hatte: War sie im Lauf der Zeit von dem Wahnsinn ihres Geliebten angesteckt worden, oder war sie so tief in seine Seele eingedrungen, daß sie deren Gedanken, sogar die verworrensten, zu verstehen vermochte? Ich versenkte mich in dieses wundersame Gefühlsproblem, das die schönsten Eingebungen und Aufopferungen der Liebe noch übertraf. Für einander zu sterben, das ist ein fast alltägliches Opfer. Einer einzigen Liebe getreu zu leben, das ist ein Heroismus, der Mademoiselle Dupuis[82] unsterblich gemacht hat. Wenn Napoleon der Große und Lord Byron dort, wo sie geliebt hatten, Nachfolger gehabt haben, geziemt jener Witwe Bolingbrokes[83] Bewunderung; aber Mademoiselle Dupuis konnte von den Erinnerungen mehrerer Jahre des Glücks zehren, wogegen Mademoiselle de Villenoix, die von der Liebe nur deren erste Regungen kennengelernt hatte, für mich den Inbegriff der Aufopferung in seinem weitesten Sinne verkörperte. Da sie selber fast irrsinnig geworden war, war sie erhaben; aber dadurch, daß sie den Irrsinn erklärte und begriff, fügte sie der Schönheit eines großen Herzens eine Meisterleistung der Liebe hinzu, die es wert ist, sich damit eingehend zu befassen. Als ich die hohen Seitentürmchen des Schlosses sah, deren Anblick sicherlich den armen Lambert hätte erzittern lassen, bekam ich heftiges Herzklopfen. Dadurch, daß ich an alle Geschehnisse unserer Jugend zurückdachte, hatte ich mich sozusagen seinem Leben und seinem gegenwärtigen Zustand einverleibt. Endlich langte ich in einem großen, leeren Hof an und drang bis in die Eingangshalle des Schlosses vor, ohne jemandem begegnet zu sein. Der Hall meiner Schritte ließ eine bejahrte Frau kommen; ich übergab ihr den Brief, den Monsieur Lefebure an Mademoiselle de Villenoix geschrieben hatte. Bald kam dieselbe Frau abermals, holte mich ab und führte mich in einen niedrigen Raum, der mit schwarzen und weißen Marmorfliesen ausgelegt und dessen Jalousien geschlossen waren; in ihm gewahrte ich ganz hinten undeutlich Louis Lambert.

»Bitte, nehmen Sie Platz, Monsieur«, sagte eine weiche, zu Herzen gehende Stimme.

Mademoiselle de Villenoix hatte neben mir gestanden, ohne daß ich sie bemerkt hätte, und mir lautlos einen Stuhl angeboten, auf den ich mich zunächst nicht setzte. Die Dunkelheit war so stark, daß Mademoiselle de Villenoix und Louis im ersten Augenblick lediglich als zwei schwarze Gebilde erschienen, die sich von der unheimlichen Atmosphäre abhoben. Ich setzte mich im Bann jenes Gefühls, das uns unwillkürlich unter den düsteren Arkaden einer Kirche packt. Meine vom Sonnenglanz noch geblendeten Augen gewöhnten sich allmählich an dieses künstliche Dunkel.

»Der Besucher hier«, sagte sie zu ihm, »ist dein Schulfreund.«

Lambert antwortete nicht. Endlich konnte ich ihn sehen, und er bot mir einen der Anblicke dar, die sich für alle Zeit ins Gedächtnis eingraben. Er stand da, die Ellbogen auf einen Vorsprung gestützt, den die holzgeschnitzte Wandverkleidung bildete, so daß sein Oberkörper unter dem Gewicht seines geneigten Kopfes nachzugeben schien. Sein Haar war lang wie das einer Frau und umgab sein Gesicht, so daß es ihn den Büsten ähnlich machte, die die großen Männer des Zeitalters Ludwigs XIV. darstellen. Sein Gesicht war völlig weiß. Gewohnheitsmäßig rieb er mit einer mechanischen Bewegung, die durch nichts hätte unterdrückt werden können, sein eines Bein am andern, und dieses beständige Scheuern der beiden Knochen ergab ein schauerliches Geräusch. Neben ihm lag auf einer Planke eine mit Moos ausgestopfte Matratze.

»Er legt sich nur ganz selten nieder«, sagte Mademoiselle de Villenoix zu mir, »obwohl er dann jedesmal mehrere Tage lang schläft.«

Louis blieb so, wie ich ihn sah, Tag und Nacht stehen, mit starren Blicken, ohne jemals die Augenlider zu senken oder aufzuschlagen, wie wir andern es zu tun pflegen. Ich fragte Mademoiselle de Villenoix, ob ein bißchen mehr Licht Louis wehtun würde, und auf ihre Antwort hin öffnete ich leicht die Jalousie und konnte nun den Gesichtsausdruck meines Freundes erkennen. Ach, er war schon ganz verrunzelt, ganz weißhaarig, in seinen Augen war schon kein Leuchten mehr; sie waren glasig geworden wie die eines Blinden. Alle Züge wirkten, als würden sie durch einen Krampf nach dem oberen Teil seines Kopfes gezogen. Mehrmals versuchte ich, mit ihm zu sprechen; aber er hörte mich nicht. Dies war ein dem Grab entrissenes Überbleibsel, etwas wie ein Beutestück, das das Leben dem Tod oder der Tod dem Leben entrissen hatte. Ich blieb etwa eine Stunde da, in eine unerklärliche, grüblerische Träumerei versunken, im Bann von tausend niederdrückenden Gedanken. Ich hörte Mademoiselle de Villenoix zu, die mir alle Einzelheiten dieses Lebens erzählte, das zu demjenigen eines Kindes in der Wiege geworden war. Plötzlich hörte Louis damit auf, seine Beine aneinander zu scheuern, und sagte langsam: »Die Engel sind weiß.«

Ich kann die Wirkung nicht schildern, die diese Äußerung auf mich durch den Klang dieser so sehr geliebten Stimme ausübte, von deren schmerzlich erwarteten Lauten ich gemeint hatte, sie seien für immer verloren. Wider meinen Willen füllten meine Augen sich mit Tränen. Eine unwillkürliche Ahnung überkam blitzschnell meine Seele und ließ mich daran zweifeln, daß Louis den Verstand verloren habe. Indessen war ich mir vollauf gewiß, daß er mich nicht sah und hörte; aber der Wohlklang seiner Stimme, der von einem göttlichen Glück zu zeugen schien, hatte jenen Worten etwas unwiderstehlich Machtvolles verliehen. Was er gesagt hatte, die unvollkommene Offenbarung einer unbekannten Welt, hallte in unsern Seelen wider wie ein herrliches Kirchenglockengeläut in tiefer Nacht. Ich wunderte mich nicht mehr, daß Mademoiselle de Villenoix Louis für geistig vollkommen gesund hielt. Vielleicht hatte das Leben der Seele das des Körpers ausgelöscht. Vielleicht hatte seine Gefährtin, wie ich damals, verschwommene Vorstellungen von jener melodiösen, blühenden Natur, die wir im weitesten Sinn »den Himmel« nennen. Diese Frau, dieser Engel blieb immer da, saß vor einem Rahmen mit Gobelinstickerei, und jedesmal wenn sie ihre Nadel durchzog, blickte sie Lambert an und gab dabei einem traurigen, Gefühl Ausdruck. Ich war außerstande, diesen Anblick länger zu ertragen, denn ich verstand mich ja nicht wie Mademoiselle de Villenoix darauf, dessen sämtliche Geheimnisse zu erraten, und so verließ ich das Zimmer, und wir gingen eine kurze Weile auf und ab und sprachen von ihr und von Lambert.

»Sicherlich«, sagte sie zu mir, »muß Louis wirken, als sei er wahnsinnig; aber er ist es nicht, wenn die Bezeichnung ›wahnsinnig‹ lediglich denjenigen gebührt, deren Gehirn aus unbekannten Gründen entartet und die in ihren Handlungen keinerlei Vernunft bezeigen. Bei meinem Mann ist alles auf vollkommene Weise koordiniert. Wenn er Sie physisch nicht wieder erkannt hat, dürfen Sie nicht glauben, er habe Sie nicht gesehen. Es ist ihm gelungen, sich von seinem Körper loszulösen, und er gewahrt uns in einer anderen Form; in welcher, das weiß ich nicht. Wenn er spricht, drückt er wundersame Dinge aus. Es ist nur so, daß er recht häufig durch das Wort einen Gedankengang vollendet, den er in seinem Geist begonnen hat, oder daß er eine Behauptung beginnt, die er im Geist vollendet. Anderen Menschen würde er als geisteskrank erscheinen; für mich, die ich in seiner Gedankenwelt lebe, sind alle seine Ideen leuchtend klar. Ich durcheile den Weg, den sein Geist macht, und obwohl ich nicht dessen sämtliche Umwege kenne, weiß ich dennoch, daß ich am Ziel mit ihm zusammentreffe. Wem ist es nicht schon viele Male widerfahren, an etwas Belangloses zu denken und dabei durch Ideen oder sich darum herum windende Erinnerungen zu einem ernsten Gedanken geführt zu werden? Ein Denker, der über ein leicht wiegendes Thema gesprochen hat, den harmlosen Ausgangspunkt einer raschen Gedankenfolge, vergißt oder verschweigt die abstrakten Verbindungen, die ihn zu seiner Schlußfolgerung geführt haben, und greift wieder zum Wort, nur um das letzte Glied jener Kette von Reflexionen vorzuzeigen. Alltagsmenschen, denen diese Schnelligkeit mentaler Schau etwas Unbekanntes ist, da sie nichts von der inneren Arbeit der Seele wissen, beginnen über den Träumer zu lachen und behaupten, er sei verrückt, wenn dergleichen Geistesabwesenheiten häufig bei ihm festzustellen sind. So ist es stets bei Louis; unaufhörlich schwebt er durch die Räume der Gedankenwelt und bewegt sich darin mit der Geschwindigkeit einer Schwalbe; ich vermag ihm auf allen seinen Abschweifungen zu folgen. Das ist die Geschichte seines Wahnsinns. Vielleicht wird Louis eines Tages in dieses Leben, darin wir vegetieren, zurückkehren; aber wenn er die Luft der Himmelsweiten vor der Zeit atmet, da es uns verstattet sein wird, darin zu leben und zu weben, warum sollten wir dann wünschen, ihn wieder unter uns zu sehen? Ich bin es zufrieden, sein Herz pochen zu hören; all mein Glück besteht darin, bei ihm zu sein. Ist er denn nicht gänzlich mein? Innerhalb dreier Jahre habe ich ihn zweimal für ein paar Tage ganz besessen: in der Schweiz, wohin ich ihn gebracht habe, und in einem Winkel der Bretagne, auf einer Insel[84], wohin ich ihn geführt hatte, damit er Seebäder nehmen könne. Zweimal bin ich sehr glücklich gewesen! Ich kann von meinen Erinnerungen leben.«

»Aber«, fragte ich sie, »schreiben Sie die Worte auf, die er äußert?«

»Warum?« antwortete sie mir.

Ich bewahrte Schweigen; angesichts dieser Frau wog menschliche Gelehrsamkeit gering.

»Seinerzeit, als er zu sprechen anfing«, fuhr sie fort, »habe ich geglaubt, ich könne seine ersten Sätze sammeln; aber ich habe damit aufgehört; ich habe damals nichts davon verstanden.«

Durch einen Blick bat ich sie darum; sie verstand mich, und hier möge nun folgen, was ich vor dem Vergessen habe bewahren können.

1

Hienieden ist alles das Produkt einer *ätherischen Substanz*, der gemeinsamen Basis mehrerer Phänomene, die unter den ungeeigneten Bezeichnungen *Elektrizität, Wärme, Licht, galvanisches* oder *magnetisches Fluidum* usw. bekannt sind. Die Gesamtheit der Transmutationen dieser Substanz stellt das dar, was man gemeinhin die Materie nennt.

2

Das Gehirn ist die Retorte, in die das *Lebewesen* das hineintut, was, infolge der Kraft dieses Apparates, jeder seiner Organismen von jener *Substanz* absorbieren kann, und aus dem sie, in den Willen verwandelt, wieder hervorgeht.

Der Wille ist ein Fluidum, das jedem mit Bewegung begabten

Wesen zugehörig ist. Daher die zahllosen Formen, die das *Lebewesen* mit Vorliebe annimmt und die die Auswirkungen seiner Verbindung mit der *Substanz* sind. Seine Instinkte sind das Produkt der Notwendigkeiten, die ihm die Milieus auferlegen, in denen es sich entwickelt. Daher seine Verschiedenartigkeiten.

3

Im Menschen wird der Wille eine Kraft, die ihm eigentümlich ist und die an Intensität die aller übrigen Spezies übertrifft.

4

Durch seine dauernde Nahrungsaufnahme hängt der Wille mit der *Substanz* zusammen, die er in allen Transmutationen dadurch wiederfindet, daß er sie mittels des Denkens durchdringt, das ein besonderes Produkt des menschlichen Willens ist, kombiniert mit den Modifikationen der Substanz.

5

Aus der größeren oder geringeren Vollkommenheit der menschlichen Apparatur ergeben sich die unzähligen Formen, die das Denken anzunehmen liebt.

6

Der Wille wird mittels der Organe ausgeübt, die gemeinhin als die fünf Sinne bezeichnet werden, die aber nur ein einziger Sinn sind, nämlich das Sehvermögen. Der Tastsinn wie der Geschmack, das Gehör wie der Geruchssinn sind ein Sehvermögen, das an die Transformation der *Substanz* angepaßt ist, die der Mensch in ihren beiden Zuständen, transformiert oder nicht transformiert, aufnehmen kann.

7

Alle Dinge, die durch die Form in den Bereich des einzigen Sinnes, des Sehvermögens, fallen, reduzieren sich zu einigen Elementarkörpern, deren Prinzipien in der Luft, im Licht oder in den Prinzipien der Luft und des Lichts sind. Der Ton ist eine Modifikation der Luft; alle Farben sind Modifikationen des Lichts; jeder Duft ist eine Kombination von Luft und Licht; auf diese Weise haben die vier Ausdrucksformen der Materie in bezug auf den Menschen, der Ton, die Farbe, der Duft und die Form, ein und denselben Ursprung; denn der Tag ist nicht fern, da man die Abhängigkeit der Prinzipien des Lichts in denjenigen der Luft erkennen wird. Das Denken, das mit dem Licht zusammenhängt, findet seinen Ausdruck im Wort, das mit dem Ton zusammenhängt. Für ihn rührt also alles aus der Substanz her, deren Transformationen lediglich durch die *Zahl* voneinander abweichen, durch eine gewisse *Dosierung*, deren Proportionen die Individuen produzieren, oder die Dinge dessen, was man als die *Reiche der Natur* bezeichnet.

8

Wenn die *Substanz* durch eine zulängliche *Zahl* absorbiert wird, macht sie aus dem Menschen eine Apparatur von riesiger Gewalt, die unmittelbar mit dem Prinzip der *Substanz* in Beziehung steht und auf die organisierte Natur nach der Art großer Ströme wirkt, die die kleinen absorbieren. Das Wollen setzt diese Kraft, die vom Denken unabhängig ist, in Tätigkeit; sie erlangt durch ihre Konzentration einige der Eigenschaften der *Substanz*, wie die Geschwindigkeit des Lichts, das Durchdringungsvermögen der Elektrizität, wie die Fähigkeit, die Körper zu sättigen, und dem allen muß noch die Intelligenz dessen hinzugefügt werden, was sie kann. Aber es existiert im Menschen ein ursprüngliches und beherrschendes Phänomen, das keine Analyse duldet. Man mag den Menschen gänzlich zerlegen; dann wird man vielleicht die Elemente des Denkens und des Willens finden; aber stets wird man, ohne es lösen zu können, jenes X antreffen, an dem ich mich früher gestoßen habe. Dieses X ist das *Wort*, dessen Übermittlung diejenigen verbrennt und verzehrt, die nicht darauf vorbereitet sind, es zu empfangen. Es erzeugt unablässig die *Substanz*.

9

Der Zorn, wie alle unsere Ausdrucksformen der Leidenschaft, ist ein Strom der menschlichen Kraft, der elektrisch wirkt; sein Schlag, wenn er sich entlädt, wirkt auf die Anwesenden, auch wenn diese nicht sein Ziel oder seine Ursache sind. Gibt es nicht Menschen, die durch die Entladung ihres Wollens die Gefühle der Massen kondensieren?

10

Der Fanatismus und alle Gefühle sind *lebendige Kräfte*. Diese Kräfte werden bei gewissen Wesen zu Strömen des Willens, die alles vereinen und mit sich reißen.

11

Sofern der Raum existiert, verleihen gewisse Fähigkeiten die Macht, ihn mit einer solchen Geschwindigkeit zu durchmessen, daß deren Effekte seiner Aufhebung gleichkommen. Von deinem Bett bis zu den Grenzen der Welt sind es nur zwei Schritte: *der Wille – der Glaube*.

12

Tatsachen sind nichts, sie existieren nicht; es hat von uns nichts Bestand als Ideen.

13

Die Welt der Ideen läßt sich in drei Sphären einteilen: die des Instinkts, die der Abstraktionen und die der Besonderheit.

14

Der größte Teil der sichtbaren Menschheit, der schwächste Teil, bewahrt die Sphäre der Instinktivität. Die Instinkte entstehen, arbeiten und sterben, ohne sich zum zweiten Grad der menschlichen Intelligenz zu erheben, der Abstraktion.

15

Mit der Abstraktion beginnt die Gesellschaft. Wenn die Abstraktion im Vergleich zum Instinkt eine fast göttliche Macht ist, so ist sie doch eine unerhörte Schwäche, verglichen mit der Gabe der Besonderheit, die allein Gott verdeutlichen kann. Die Abstraktion umfaßt eine ganze Natur im Keim virtueller als das Samenkorn das System einer Pflanze und deren Produkte enthält. Aus der Abstraktion erstehen die Gesetze, die Künste, die sozialen Interessen und Ideen. Sie ist der Ruhm und die Geißel der Welt: der Ruhm, weil sie die Gesellschaften geschaffen hat; die Geißel, weil sie den Menschen davon abhält, zur Besonderheit zu gelangen, die einer der Wege zum Unendlichen ist. Der Mensch beurteilt alles durch seine Abstraktionen, das Gute, das Böse, die Tugend, das Verbrechen. Seine Rechtsformeln sind seine Waage; seine Gerechtigkeit ist blind: diejenige Gottes sieht; darin liegt alles. Notwendigerweise gibt es Zwischenwesen, die das Reich der Instinktiven vom Reich der Abstraktiven trennen, und bei denen sich die Instinktivität mit der Abstraktivität in unendlichen Proportionen mischt. Die einen haben mehr Instinktivität als Abstraktivität, und *vice versa*[85], als die andern. Alsdann gibt es Wesen, bei denen die beiden Verhaltensweisen sich neutralisieren, da sie durch gleichgeartete Kräfte wirken.

16

Die *Besonderheit* besteht darin, die Dinge der materiellen Welt genausogut wie die der geistigen Welt in ihren ursprünglichen und als Folgeerscheinungen entstandenen Verzweigungen zu erschauen. Die schönsten menschlichen Genien sind diejenigen, die die Finsternisse der Abstraktion hinter sich gelassen haben, um zu den Erleuchtungen der Besonderheit zu gelangen. (Besonderheit, Spezialität, *species*, Schau, spekulatives Denken, alles und auf einmal sehen; speculum, Spiegel oder Mittel zur Bewertung eines Dings dadurch, daß man es in seiner Gänze erschaut.) Jesus war ein *Besonderer*, er sah das Vorhandene in seinen Wurzeln und in seinen Hervorbringungen, im Vergangenen, das es erzeugt hatte, im Gegenwärtigen, darin es sich bekundete, und in der Zukunft, darin es sich entwickelte; seine Schau durchdrang das Auffassungsvermögen der andern. Die Vollkommenheit des inneren Schauens erzeugt die Gabe der Besonderheit. Die Besonderheit bringt die Gabe der Intuition mit sich. Die Intuition ist eine der Fähigkeiten des *Inneren Menschen*, dessen Attribut die Besonderheit ist. Sie wirkt durch eine unwahrnehmbare Empfindung, von der derjenige, der ihr gehorcht, nichts weiß: Napoleon entfernte sich instinktiv von seinem Platz, ehe eine Kugel dort einschlug.

17

Zwischen der Sphäre der Besonderheit und derjenigen der Abstraktivität finden sich, wie zwischen dieser und derjenigen der Instinktivität, Wesen, bei denen die verschiedenen Attribute der beiden Reiche miteinander verschmelzen und Mischwesen hervorbringen: die Genies.

18

Der Besondere ist notwendigerweise der vollkommenste Ausdruck des Menschen, das Kettenglied, das die sichtbare Welt mit den höheren Welten verbindet: Er handelt, er sieht und fühlt durch sein *Inneres*. Der Abstraktive denkt. Der Instinktive handelt.

19

Daher gibt es für den Menschen drei Grade: Als Instinktiver steht er unterhalb des Maßes; als Abstraktiver ist er auf dessen gleicher Höhe; als Besonderer steht er darüber. Der Besondere tut dem Menschen seine wirkliche Laufbahn auf; das Unendliche beginnt in ihm zu keimen; dort ahnt er sein Schicksal.

20

Es gibt drei Welten: die *natürliche*, die *geistige* und die *göttliche*. Die Menschheit bewegt sich in der natürlichen Welt, die weder in ihrem Wesen noch in ihren Fähigkeiten etwas Festes ist. Die geistige Welt ist fest in ihrem Wesen und beweglich in ihren Fähigkeiten. Die göttliche Welt ist etwas Festes in ihren Fähigkeiten und ihrem Wesen. Es gibt also notwendigerweise einen materiellen Kult, einen geistigen Kult und einen göttlichen Kult; drei Formen, die ihren Ausdruck im Tun, im Wort, im Gebet finden, oder, mit andern Worten, im Tatsächlichen, im Auffassungsvermögen und in der Liebe. Der Instinktive will Tatsachen; der Abstraktive befaßt sich mit Ideen; der Besondere sieht Ziel, Zweck und Ende, er strebt zu Gott, den er ahnt oder über den er nachsinnt.

21

Daher wird vielleicht eines Tages der umgekehrte Sinn von *Et verbum caro factum est* in einem neuen Evangelium zusammengefaßt werden, das da sagt: »Und das Fleisch wird Wort werden, es wird *das Wort Gottes werden.*«

22

Die Auferstehung vollzieht sich durch den Wind des Himmels, der die Welten reinfegt. Der vom Wind getragene Engel sagt nicht: »Tote, steht auf!« Er sagt: »Die Lebenden mögen aufstehen!«

Das sind die Gedanken, denen ich nicht ohne große Mühewaltung habe Formen geben können, die in Beziehung zu unserm Auffassungsvermögen stehen. Es gibt noch andere, deren sich Pauline besonders gut erinnerte, ich weiß nicht, aus welchem Grunde, und die ich niedergeschrieben habe; aber sie bringen den Geist zur Verzweiflung, wenn man im Wissen, von welcher Intelligenz sie herrühren, sie zu verstehen sucht. Ich werde ihrer einige anführen, um das Bild dieser Gestalt zu vollenden, vielleicht jedoch auch, weil Lamberts Formel in diesen letzteren Ideen die Welten noch besser umfaßt als die vorhergegangene, die sich lediglich auf die zoologische Bewegung zu beziehen scheint. Allein zwischen diesen beiden Fragmenten besteht ein offenbarer Zusammenhang für die Augen der im übrigen recht Seltenen, die Gefallen daran finden, sich in dergleichen intellektuelle Abgründe zu stürzen.

I

Alles hienieden besteht nur durch die *Bewegung* und die *Zahl.*

2

Die *Bewegung* ist irgendwie die *handelnde Zahl.*

3

Die *Bewegung* ist das Produkt einer Kraft, die durch das *Wort* wie durch den Widerstand erzeugt wird, der die *Materie* ist. Ohne den Widerstand wäre die *Bewegung* ohne Ergebnis, ihre Betätigung wäre unendlich gewesen. Newtons Anziehungskraft ist kein Gesetz, sondern die Auswirkung des allgemeinen Gesetzes der universellen Bewegung.

4

Die *Bewegung* produziert auf Grund des Widerstands eine Kombination, die das Leben ist; je nachdem eins von beiden stärker ist, hört das Leben auf.

5

Nirgendwo ist die *Bewegung* steril, überall erzeugt sie die *Zahl;* aber sie kann durch einen höheren Widerstand neutralisiert werden, wie im Mineral.

6

Die *Zahl,* die alle Varietäten produziert, erzeugt gleichermaßen die Harmonie, die, in ihrer höchsten Bedeutung, die Beziehung zwischen den Teilen und der *Einheit* ist.

7

Ohne die *Bewegung* wäre alles eins und dasselbe. Ihre Produkte, die ihrem Wesen nach identisch sind, weichen nur durch die *Zahl* voneinander ab, die ihre Fähigkeiten hervorgebracht hat.

8

Der Mensch hat es mit den Eigenschaften zu tun, der Engel mit dem Wesen.

9

Wenn der Mensch seinen Körper mit den elementaren Vorgängen verbindet, kann er dazu gelangen, sich durch sein *Inneres* dem Licht zu vereinen.

10

Die *Zahl* ist ein intellektuelles Zeugnis, das nur dem Menschen angehört, und durch das er zur Kenntnis des *Worts* gelangen kann.

11

Es gibt eine Zahl, über die der *Unreine* nicht hinausgelangt, die *Zahl*, wo die Schöpfung ihr Ende hat.

12

Die *Einheit* ist der Ausgangspunkt von allem gewesen, was produziert worden ist; aus ihr sind die *Zusammensetzungen* hervorgegangen; aber das Ende muß identisch mit dem Anfang sein. Daher diese *geistige* Formel: *Zusammengesetzte Einheit, variable Einheit, in sich feste Einheit.*

13

Das *Universum* ist also die Mannigfaltigkeit in der *Einheit.* Die *Bewegung* ist das Mittel, die *Zahl* das Resultat. Das Ende ist die Rückkehr aller Dinge zur Einheit, und die ist Gott.

14

Die *Drei* und die *Sieben* sind die beiden größten *geistigen* Zahlen.

15

Die *Drei* ist die Formel für die geschaffenen Welten. Sie ist das *geistige* Zeichen der Schöpfung wie sie das *materielle* Zeichen der Kreislinie, der Peripherie ist. Tatsächlich hat Gott nur durch Kreislinien geschaffen. Die gerade Linie ist das Attribut des Unendlichen; daher reproduziert sie der Mensch, der das Unendliche ahnt, in seinen Werken. Die *Zwei* ist die *Zahl* der Zeugung. Die *Drei* ist die *Zahl* der Existenz, die die Zeugung und das Produkt umfaßt. Man füge die *Vierzahl* hinzu, die Zahl dessen, was aus vier einfachen Stoffen besteht, dann erhält man die *Sieben,* und die ist die Formel des Himmels. Darüber steht Gott; er ist die *Einheit.*

Nachdem ich noch einmal zu Lambert hineingegangen war, verabschiedete ich mich von seiner Frau und machte mich auf den Heimweg, verstrickt in Gedanken, die dem Alltagsleben so entgegengesetzt waren, daß ich trotz meines Versprechens darauf verzichtete, nach Villenoix zurückzukehren. Der Anblick Louis' hatte auf mich irgendeinen unheilvollen Einfluß ausgeübt. Ich schreckte davor zurück, mich nochmals in diese berauschende Atmosphäre zu begeben, in der die Entrückung ansteckend war. Jeder hätte wie ich Lust verspürt, sich ins Unendliche zu stürzen, gerade wie die Soldaten im Lager von Boulogne, die sich alle in dem Wachthaus umbrachten, in dem einer von ihnen Selbstmord begangen hatte. Man weiß, daß Napoleon jenes Holzhaus hat verbrennen lassen müssen, in dem sich Ideen angesammelt hatten, die zu todbringenden Miasmen geworden waren. Vielleicht war es um Louis' Zimmer so bestellt wie um jenes Wachthaus? Diese beiden Fakten würden weitere Beweise zugunsten seines Systems von der Übertragung des Willens sein. Ich verspürte ungewöhnliche Störungen, die die phantastischsten Wirkungen übertrafen, die Tee, Kaffee und Opium, Schlaf oder Fieber erzeugen, geheimnisvolle Kräfte, deren schreckliche Tätigkeit so oft unsere Köpfe erhitzt. Vielleicht hätte ich diese Gedankentrümmer in ein vollständiges Buch umformen können; allein sie sind nur für gewisse Geister verständlich, die es gewohnt sind, sich über den Rand der Abgründe zu beugen, in der Hoffnung, deren Grund zu gewahren. Das Leben dieses riesigen Gehirns, das sicherlich in allen seinen Teilen brüchige Stellen gehabt hat wie ein allzu großes Reich, wäre in einem solchen Buch in der Schilderung der Visionen dieses Wesens entwickelt worden, das unvollkommen durch ein Zuviel an Kraft oder durch Schwäche war; aber ich habe lieber von meinen Eindrücken berichten wollen, als ein mehr oder minder poetisches Werk zu schreiben.

Lambert starb im Alter von achtundzwanzig Jahren am 25. September 1824 in den Armen seiner Freundin. Sie ließ ihn auf einer der Inseln des Parks von Villenoix bestatten. Seine Grabstätte bezeichnet ein schlichtes Steinkreuz ohne Namen, ohne Datum. Wie eine am Saum einer Schlucht entsprossene Blume sollte er unbekannt wieder dort hineingleiten, mit allen unbekannten Farben und Düften. Hatte er nicht, wie viele Unverstandene, oftmals sich voller Hoffart ins Nichts stürzen wollen, um darin die Geheimnisse seines Lebens loszuwerden? Dennoch hätte Mademoiselle de Villenoix sehr wohl das Recht gehabt, auf jenes Kreuz den Namen Lamberts zu schreiben und den ihrigen hinzuzufügen. Ist seit dem Verlust ihres Gatten nicht diese neue Vereinigung die Hoffnung aller ihrer Stunden? Aber die Eitelkeiten des Schmerzes sind solcherlei getreuen Seelen fremd. Villenoix sinkt in Trümmer. Lamberts Frau bewohnt es nicht mehr, wohl um sich dort im Geist besser zu sehen, wie sie ehemals dort verweilt hatte. Hat man sie nicht erst unlängst sagen hören: »Ich habe sein Herz besessen; Gott gehört sein Genie!«

Anmerkungen

Louis Lambert

1 Montoire, eine Kreishauptstadt am Loir, liegt im Département Loir-et-Cher.

2 Die Landschaft um Vendôme.

3 Von Oratorianern geleitetes Internat im Rang eines Gymnasiums. In das zu Vendôme wurde auch Balzac gesteckt (1807–1813); die nachfolgende Schilderung der Collègezeit Louis Lamberts enthält zahlreiche autobiographische Züge.

4 Germaine de Staël (1766–1817), Tochter des berüchtigten Bankiers und Finanzministers Necker, berühmt, außer durch die ungewöhnlich große Zahl ihrer Liebhaber und ihre »fürchterliche Zunge« (Napoleon), durch ihre Romane ›Delphine‹ und ›Corinne‹ sowie durch ihr Buch ›De l'Allemagne‹. Ihrer liberalen Haltung wegen wurde sie von Napoleon kaltgestellt. Durch ihre politischen, literarischen und moralischen Ideen war sie von beträchtlichem Einfluß auf die französische Romantik.

5 Ital.: Nichtstun.

6 Als ein Priester, der während der Revolution den Eid auf die Verfassung geleistet hatte, was von vielen Geistlichen abgelehnt worden war, die daraufhin zu Feinden der Revolution erklärt und hart verfolgt wurden.

7 Lat.: Abyssus abyssum invocavit; Der Abgrund ruft den Abgrund. (Psalmen XLII, 8.)

8 Lat.: Göttlicher Hauch.

9 Therese von Avila (1515–1582), Karmeliterin. Ihre mystischen Schriften sind voll glühender Phantasie und hinreißender Beredsamkeit; sie erschienen erstmals 1587.

10 Mme de Guyon (1648–1717), französische Mystikerin, deren pietistische Lehren Fénélon stark beeindruckten; er geriet deswegen in eine heftige Polemik mit Bossuet und wurde von der römischen Kurie getadelt.

11 Ein Werk des schwedischen Theosophen Emanuel Swedenborg (1688–1772). Swedenborg, Sohn eines protestantischen Bischofs, zunächst Assessor beim Bergwerkskollegium, 1719 in den Adelsstand erhoben, unternahm Reisen durch Deutschland, Holland, Frankreich, England und Italien, gab 1747 seine Stellung auf und widmete sich theosophischen Spekulationen. Er rühmte sich, Hal-

luzinationen und Visionen zu haben und in unmittelbarem Verkehr mit Geistern und abgeschiedenen Seelen zu stehen sowie Offenbarungen zu erhalten (Vgl. Kant, ›Träume eines Geistersehers‹, Ed. Voss, 1838, S. 80–81). Nach Jaspers schizophren; nach Kurth schwerer Psychopath.

12 Louis-Claude de Saint-Martin (1743–1803), mystisch-spekulativer Theosoph, genannt »der unbekannte Philosoph«. Sein Einfluß auf das religiöse Denken Balzacs, der ihn häufig erwähnt, war sehr groß; er bezeigt sich zumal in ›Louis Lambert‹ und ›Séraphîta‹.

13 Jean-Baptiste-Modeste Gence (1755–1840), Lyriker und Grammatiker, widmete sich gegen Ende seines Lebens der Mystik, dem Magnetismus und den okkulten Wissenschaften. Er hat eine Fülle kleiner Werke geschrieben, darunter eine ›Imitation de Jésus Christ‹ und eine 1824 erschienene Biographie Saint-Martins, ›Le Philosophe inconnu‹.

14 Louis-Antoine-Ange Chicoilet de Corbigny war 1811 Präfekt des Départements Loir-et-Cher. Er war beauftragt, im Schloß Chaumont, der Zufluchtsstätte der Mme de Staël, eine Haussuchung durchzuführen, um das Manuskript ihres Buchs ›De l'Allemagne‹ zu beschlagnahmen, das durch einen Befehl des Kaisers verboten worden war. Er führte seinen Auftrag so schlecht durch, daß er entlassen wurde und vor Verzweiflung darüber gestorben sein soll. Aber das ist Legende. In Wirklichkeit hat der Kaiser sich damit begnügt, Savary zu bitten, er möge Corbigny »seine Unzufriedenheit« ausdrücken. Corbigny starb also in Amt und Würden. In der Erstausgabe von ›Louis Lambert‹ läßt Balzac ihn 1811 sterben, was historisch richtig ist. In der endgültigen Ausgabe gibt er das Todesjahr mit 1812 an, was nicht stimmt.

15 Mme de Staël starb in Paris am 14. Juli 1817.

16 Gemeinsamer Speisesaal in Klöstern und Alumnaten.

17 Erschienen 1810, von Napoleon verboten, 1813 in London nachgedruckt und in vielen Exemplaren nach Frankreich geschmuggelt.

18 Lat.: O Schmach!

19 Der erste Roman des damals sechzigjährigen Schriftstellers und Journalisten Daniel Defoe (1660–1731), der, bearbeitet, zu einem der beliebtesten Jugendbücher geworden ist.

20 Der Baron Auguste-Théodore-Hilaire Barchou de Penhoën (1801 bis 1855) war tatsächlich Balzacs Schlafsaalnachbar auf dem Collège zu Vendôme und blieb mit dem Schriftsteller auch später in freundschaftlicher Verbindung. Barchou wurde zunächst Offizier,

nahm als Hauptmann im Generalstab an der Algier-Expedition teil, schied 1830 aus dem Heeresdienst aus, widmete sich der Literatur und der Philosophie, traf in Paris aufs neue mit Balzac zusammen, der ihn in mehrere Salons einführte, veröffentlichte 1836 eine ›Histoire de la philosophie allemande depuis Leibniz jusqu' à Hegel‹, wurde 1849 zum Volksrepräsentanten in der »Gesetzgebenden Versammlung« gewählt, zog sich dann aber ins Privatleben zurück und wurde 1850 in die »Académie des Inscriptions et Belles-Lettres« gewählt. Ihm hat Balzac die Novelle ›Gobseck‹ gewidmet.

21 Balzacs Mitschüler Armand-Jules-Stanislas Dufaure (1798–1881), studierte in Paris Jura, wurde 1834 Abgeordneter, unterstützte die Koalition gegen das Ministerium Molé, trat 1839 als Minister für öffentliche Arbeiten in das Kabinett des Marschalls Soult ein und 1871 in das Ministerium Thiers.

22 Pierre-Simon Ballanche (1776–1847), ehemaliger Buchdrucker, bevorzugter Freund der Mme de Récamier, bei der er von 1812 bis zu seinem Tod lebte, war einer der mystischen, christlichen Doktrinäre, die im konstitutionellen Regime der Restauration gewissermaßen das Endziel der kulturellen Entwicklung der Welt erblickten. Die Juli-Revolution brachte diesen Illusionen von einem »tausendjährigen Reich« einen schmerzhaften Schlag bei.

23 Die skeptische Philosophie des Pyrrho (4. Jhdt. v. Chr.).

24 ›Les Enfants célèbres‹, ein 1688 erschienenes Werk von Baillet, eine Lieblingslektüre während der Restauration.

25 Louis, Marquis de Montcalm (1712–1759), General, verteidigte Kanada gegen die Engländer, fiel bei der Verteidigung von Quebec.

26 Pico Giovanni, Graf della Mirandola, Fürst von Concordia (1463 bis 1494), Humanist, versuchte vergeblich eine Versöhnung der katholischen Religion mit der griechischen Philosophie.

27 Blaise Pascal (1623–1662), Mathematiker und Physiker, dem wichtige Entdeckungen zu verdanken sind; Anhänger des Jansenismus.

28 Höhere Bildungsanstalt für Artillerie-Offiziere und Ingenieure.

29 Schädellehre.

30 Lat.: Das letzte Hilfsmittel der Patres.

31 Von Cunäus in Leyden Mitte des 18. Jahrhunderts erfundener elektrischer Kondensator, bestehend aus einem isolierenden, zylindrischen Glasgefäß, das auf der Außen- und Innenseite mit metallenen Elektroden belegt ist. Die Entladung erfolgt unter Bildung knisternder Funken.

32 ›Le Lépreux de la vallée d'Aoste‹, berühmtes Werk von Xavier de

Maistre (1763–1852), erschienen 1811 in St. Petersburg als zweiter Teil der ›Voyage autour de ma chambre‹.

33 Engel, die die unsichtbare Welt zwischen Gott und den Menschen bevölkern, die menschenähnlich sind, in Häusern wohnen und heiraten, spielen in Swedenborgs mystischen Phantasien eine große Rolle.

34 Jakob Boehme (1575–1624), »Philosophus Teutonicus«, Theosoph und Mystiker, von Beruf Schuhmacher in Görlitz, verkündete in zahlreichen Schriften, daß das Hervortreten der Kreatur aus der Einheit des göttlichen Wesens durch mystische Erleuchtung geschaut werden könne. Er wurde von der Geistlichkeit verfolgt, von seinen Mitbürgern für einen verwirrten Enthusiasten und Phantasten gehalten. Im Grunde projizierte er seine persönlichen Erlebnisse in die Schöpfung, »die er unter dem Bild eines Coitus mit allen psychischen und physischen Komponenten« darstellt (Lange-Eichbaum). Er litt wahrscheinlich an einer paranoiden Form der Schizophrenie.

35 Siehe Anmerkung 10.

36 George-Léopold-Chrétien-Frédéric-Dagobert Baron de Cuvier (1769–1832), Naturwissenschaftler, von Balzac häufig erwähnt, gab der Zoologie eine neue Richtung und erhob die vergleichende Anatomie zur Wissenschaft.

37 Lat.: der gedoppelte Mensch.

38 Friedrich Anton Franz Mesmer (1734–1815), Begründer der Lehre vom tierischen Magnetismus.

39 Legendärer griechischer Architekt, Erbauer des Tempels von Delphi. Die Höhle, in der sich sein Grab befand, wurde berühmt durch ihre Orakelsprüche. Wer Trophonius befragte, blieb lebenslang schwermütig.

40 Johann Caspar Lavater (1741–1801), Schweizer Pastor und Philosoph, mit Goethe befreundet, Autor der ›Physiognomischen Fragmente‹, in denen er den Beziehungen zwischen Gesicht und Charakter nachging. Die dadurch begründete Pseudowissenschaft der Physiognomik wurde zu einem beliebten Gesellschaftsspiel.

41 Franz Joseph Gall (1758–1828), badischer Arzt, Begründer der Schädellehre, die behauptete, aus der Form und den Wölbungen des Schädels auf Eigenheiten und Fähigkeiten eines Individuums schließen zu können.

42 Sicherlich spielt Balzac hier auf ›La Peau de chagrin‹ an, das den Untertitel ›Die tödlichen Wünsche‹ trägt und dessen eine Frauengestalt den Vornamen Pauline führt.

43 Bernard Palissy (um 1510–1589 oder 1590), der große Keramiker der sich auch mit chemischen, physikalischen und geologischen Problemen beschäftigte.

44 Georges-Louis Leclerc de Buffon (1749–1789), Naturwissenschaftler, Autor der ›Histoire naturelle‹, großer Stilist.

45 John Locke (1632–1704), englischer Philosoph, leugnete alle angeborenen Begriffe und suchte die Quelle unserer Begriffe entweder aus der sinnlichen Empfindung (Sensation) oder aus der Reflexion (der Fähigkeit des Geistes, sich seiner eigenen Tätigkeit bewußt zu werden) abzuleiten und verwarf alles nicht auf Erfahrung und Induktion beruhende Wissen. Er ist der Begründer einer besseren, empirischen Psychologie.

46 Marie-François-Xavier Bichat (1771–1802), berühmter Arzt und Anatom, wurde durch sein ›Traité des Membranes‹ (1800) der eigentliche Schöpfer der Histologie.

47 Pierre Bayle (1647–1706), Verfasser des ›Dictionnaire historique‹; sein kritischer Geist bahnt das freie Denken Voltaires und der Enzyklopädisten an.

48 Giulio-Cesare Scaliger (1484–1558), italienischer Philologe und Arzt, einer der großen Gelehrten der Renaissance.

49 Erasmus von Rotterdam (1466–1536), der große Humanist.

50 Jean-Louis de Nogaret de La Valette, Herzog von Epernon (1554 bis 1642), einer der »Mignons« Heinrichs III., später Liebhaber der Maria von Medici, der zweiten Gemahlin Heinrichs IV.

51 Tycho Brahe (1546–1601), dänischer Astronom, im Dienst Kaiser Rudolfs II. Genauer Beobachter, der die praktische Astronomie förderte. Sein Weltsystem wurde durch das des Kopernikus umgestoßen.

52 Heinrich III., König von Frankreich (1551–1589), Sohn Heinrichs II. und der Katharina von Medici.

53 César-Phébus d'Albret († 1676), Marschall von Frankreich, letzter männlicher Nachkomme des Geschlechts d'Albret, dem mütterlicherseits Heinrich IV. entstammte.

54 François-Alexandre-Paris de Guise (1589–1614), Sohn des Herzogs Heinrich von Guise-Lothringen, der 1588 auf Befehl Heinrichs III. zu Blois ermordet worden war.

55 Zweite Gemahlin (1573–1642) Heinrichs IV., nach dessen Tod sie die Regentschaft führte.

56 Francis Bacon, Lord of Verulam (1561–1626), Lordkanzler unter

Jakob I., bekämpfte als Philosoph die Scholastik durch Hinweis auf die Induktion und das Experiment.

57 Wahrscheinlich 88 v. Chr., als Marius durch Sulla aus Rom verjagt und nach seiner Festnahme in den Sümpfen von Minturnä getötet werden sollte. Der damit beauftragte Kimber ließ auf Marius' Blick und Anrede hin sein Schwert fallen, und Marius konnte entweichen.

58 Ein in Florenz ausgebrochener Löwe, der ein Kind angefallen hatte, wurde durch das tapfere Dazwischentreten von dessen Mutter gezwungen, das Kind loszulassen. Vgl. die Ballade ›Der Löwe in Florenz‹ von Aug. Ferd. Bernardi (1769–1826), einem Freunde Tiecks, die um 1800 entstanden ist und früher in vielen Schullesebüchern und Anthologien zu finden war.

59 Randzonen, Vorhöfe.

60 Geronimo Cardano (1501–1576), Lehrer der Heilkunde in Bologna, schrieb über Physik und Metaphysik und erwarb sich um die Algebra Verdienste durch die Aufstellung der »Cardanischen Regel« zur Auflösung von Gleichungen 3. Grades, deren eigentlicher Erfinder indessen Tartaglia ist; ihm hat er sie durch ein eidliches Versprechen der Verschwiegenheit entlockt, sie dann jedoch in seiner ›Ars magna‹ selber bekanntgemacht.

61 Neupythagoräischer Philosoph, Zeitgenosse Jesu Christi, Sittenlehrer und Wundertäter in Kleinasien.

62 Neuplatoniker (205–270). Er lehrte, auf der Grundlage von Platons Ideenlehre, die Erhebung der Seele durch Übung der Tugenden zum Einssein mit Gott; er war nicht frei von mystischen Vorstellungen.

63 Schüler Plotins, Philosoph der Schule von Alexandria (um 233–304).

64 Alfonso-Maria de Liguori (1696–1787), italienischer Mönch, Gründer des Erlöserordens.

65 Klemens XIV. (1705–1774), Franziskaner, seit 1769 Papst.

66 Blaise Pascal (1623–1662), Mathematiker und Physiker, Jansenist, einer der größten religiösen Denker.

67 Antoine-Laurent Lavoisier (1743–1794), berühmter Chemiker, endete unter der Guillotine, da er zugleich Generalsteuerpächter war.

68 Pierre-Simon, Graf de Laplace (1749–1827), Mathematiker und Astronom, entwickelte zugleich mit Kant ein Weltsystem.

69 Lat.: Und das Wort ward Fleisch (Joh. I, 14).

70 Sicherlich eine Anspielung auf Mme de Berny, der ›Louis Lambert‹ gewidmet wurde.

71 Dort befindet sich die Ecole de Droit, die juristische Fakultät der Universität.

72 Gemeint ist das Institut de France, die Gesamtheit der fünf Akademien.

73 Lucius Licinius Lucullus (um 110 – um 56 v. Chr.), römischer Feldherr, kämpfte siegreich gegen Mithridates und Tigranes, lebte später in verschwenderischem Luxus. Er brachte aus Pontos den Kirschbaum nach Europa.

74 Samuel Bernard (1651–1739), Bankier, finanzierte die Kriege Ludwigs XIV.

75 Nicolas Beaujon (1708–1786), Finanzmann, Philanthrop, Stifter einer Anstalt, in der Kinder kostenlos erzogen wurden; sie ist heute Krankenhaus.

76 Gemeint ist Ludwig I. (1786–1868), König seit 1825, Freund der Künste und Künstler, Anreger der Bauten, die München zu einer der schönsten Städte der Welt machen; seine Geliebte war die Tänzerin Lola Montez, um derentwillen er 1848 abdanken mußte.

77 Pierre-Stanislas Meyranx (1790–1832), Naturwissenschaftler und Arzt. Balzac schreibt den Namen »Meyraux«.

78 Kleinstadt an der Loire (Département Loir-et-Cher), Geburtsort des protestantischen Theologen Pierre Jurieu (1637–1713).

79 Ein Verzeichnis der Namen der Märtyrer, auf Weisung Gregors XIII. von dem Kardinal Baronius zusammengestellt und 1586 unter Sixtus V. in Rom veröffentlicht.

80 Origenes (185–254), Kirchenvater, Exeget und Theologe, heterodoxer Lehren wegen vielfach angefeindet, unter Decius eingekerkert; er entmannte sich selbst (worauf Balzac anspielt).

81 Jean-Etienne-Dominique Esquirol (1772–1840), gelehrter Irrenarzt, der in hohem Maß zur Erkenntnis der Geisteskrankheiten und der Reform ihrer Behandlung in den Spitälern beitrug. Die Güte seines Charakters entsprach dem Hochstand seines Wissens. Er starb als Chefarzt der Irrenanstalt zu Charenton.

82 Geliebte Bolingbrokes; Einzelheiten ließen sich nicht beschaffen.

83 Henri St.-John, Viscount of Bolingbroke (1678–1751), Staatsmann, glänzender Redner, mehrmals Minister, brachte 1713 den Frieden von Utrecht zustande. Von seinen politischen Gegnern verfolgt und von einem Hochverratsprozeß bedroht, suchte er Zuflucht in Frankreich, wo er mehrere Jahre lang verweilte, bis er nach England zurückkehren konnte.

84 Jenen Aufenthalt schildert Balzac in seiner Novelle ›Ein Drama

am Meeresufer‹, die, in Gestalt eines langen Briefs an den Onkel Lefebure, ein Kapitel einer verworfenen Fassung des ›Louis Lambert‹ gebildet hatte.

85 Lat.: Umgekehrt.

Biographische Notizen über die Romangestalten

Louis Lambert

LAMBERT, Louis, gehörte 1824 dem literarischen, philosophischen und künstlerischen Kreis in der Rue des Quatre-Vents an, dessen Oberhaupt Daniel d'Arthez war und in dem eine Zeitlang auch Lucien de Rubempré erschien (›Verlorene Illusionen‹). Im Jahre 1822, gelegentlich eines Aufenthalts in Le Croisic, schrieb er auf den Rat Paulines de Villenoix ein Erlebnis nieder, das die Novelle ›Ein Drama am Meeresufer‹ bildet.

VILLENOIX, Pauline Salomon de, zog sich nach Louis Lamberts Tod in die Stadt Tours zurück, wo sie den armen Abbé François Birotteau begönnerte (›Der Pfarrer von Tours‹).

Seraphita

Übertragung von Ernst Sander

Das erste und zweite sowie der Anfang des dritten Kapitels von ›Seraphita‹ erschienen im Juni und Juli 1834 in der ›Revue de Paris‹; da das Werk unvollendet war, vielleicht aber auch der Proteste der Leserschaft wegen, die das Werk als »unverständlich« ablehnte, mußte der Vorabdruck abgebrochen werden. Die erste Buchausgabe des gesamten Romans erfolgte im Dezember 1835 im ›Livre mystique‹, zusammen mit ›Die Verbannten‹ und ›Louis Lambert‹. In dieser Ausgabe wurden als Entstehungszeit die Daten »Dezember 1833 – November 1835« angegeben; sie enthält auch die Widmung an die Gräfin Hanska. Die zweite Auflage des ›Livre mystique‹ erschien im Februar 1836. 1840 wurde ›Seraphita‹ zusammen mit ›Massimilla Doni‹, ›Gambara‹ und ›Die Verbannten‹ in ›Le Livre des douleurs‹, die vierte Lieferung der ›Etudes philosophiques‹, aufgenommen. Eine weitere Ausgabe des Romans, dem ›Louis Lambert‹ vorangestellt wurde, erschien 1842. Im Jahre 1846 wurde ›Seraphita‹ schließlich in die ›Philosophischen Studien‹ der ›Menschlichen Komödie‹ eingegliedert.

›Seraphita‹ ist das dritte Werk, das Balzac Eva Hanska widmete, wohl weil der Roman deren mystischen Neigungen entgegenkam; er ist das erste und einzige Werk, das den vollen Namen der Widmungsempfängerin trug. Denn ›Modeste Mignon‹ wurde lediglich »einer Freundin« dediziert, und ›Die Kleinbürger‹ trugen die tarnende Widmung: »A Constance-Victoire«.

Der Grundgedanke des Romans findet sich bereits in Balzacs nicht in die ›Menschliche Komödie‹ aufgenommenem Jugendwerk ›Falthurne‹; die unmittelbare Anregung zu ›Seraphita‹ dankte er einer Plastik des ihm befreundeten Bildhauers Théophile Bra: einer von zwei Engeln angebeteten Madonna mit dem Jesuskind. Auch Bra war Swedenborgianer. André Maurois schreibt in seiner großen Balzac-Biographie: »Die Plastik Bras hatte im Geist Balzacs . . . den allereigenartigsten Romanstoff keimen lassen. Der eine Engel sollte er selber sein, der andere Eveline; aus ihrer Verbindung sollte ein gedoppeltes Wesen hervorgehen, Seraphitus-Seraphita, gleichzeitig Mann und Weib, und ›es handelt sich für jeden darum, die im fleischlichen Leib eingekerkerte engelhafte Kreatur zu befreien‹. Der Typus des Androgynen war für Balzac immer ein bevorzugter Mythus: Der Mann trägt Intelligenz bei, das Weib Schönheit; der Mann Bewegung, das Weib Stabilität; sie werden wortwörtlich zu *einem* Fleisch und gehen als ein einziges Wesen in den Himmel ein, sobald sie ihre engelhafte Gestalt angezogen haben.«

Es sei dem Leser überlassen, sich zu Grillparzers Auffassung zu bekennen, der die philosophischen Erörterungen des Romans als »Hanswurstereien« abgetan hat, oder Ernst Robert Curtius beizupflichten, der in seinem Buch über Balzac dessen krause mystische und theosophische Divagationen in ein verständliches System zu bringen versucht hat. Was den Übersetzer betrifft, so blieb ihm in Anbetracht der verschwommenen Terminologie Balzacs nichts, als sich, ratlos, an den Wortlaut zu halten.

I

Seraphitus

Welcher Phantasiebegabte wäre, wenn er auf einer Landkarte die Küsten Norwegens erblickt, nicht aufs höchste verwundert über ihre abenteuerlichen Einschnitte, dieses lange Spitzengezack aus Granit, darin unaufhörlich die Wogen des Nordmeers brüllen? Wer hätte sich nicht die majestätischen Bilder erträumt, die diese strandlosen Gestade durch die Unzahl von Schlupfhäfen, Buchten und kleinen Baien bilden, deren keine der andern ähnelt und die alle weglose Schlünde sind? Könnte man nicht sagen, die Natur habe sich darin gefallen, durch unauslöschliche Hieroglyphen das Symbol des norwegischen Lebens dadurch anzudeuten, daß sie diesen Küsten die Gestalt der Gräten eines ungeheuren Fischs lieh? Denn der Fischfang bildet den Haupterwerbszweig und liefert nahezu die ganze Nahrung der paar Menschen, die wie ein Tuff Steinflechte an diesen steilen Felsen haften. Es leben dort auf vierzehn Längengraden kaum siebenhunderttausend Seelen. Dank den des Ruhmes baren Gefahren und dem ewigen Schnee bleiben dem Reisenden jene Gipfel Norwegens, dessen Name allein schon frösteln macht, vorenthalten; ihre erhabenen Schönheiten sind unberührt geblieben und dürften vollauf den wundersamen Menschenschicksalen entsprechen, die zumindest für die Dichtkunst noch jungfräulich sind, die sich dort ereignet haben und deren Geschichte hier folgen möge.

Wenn eine dieser Buchten, die für die Augen der Eidergänse

nichts als einen Felsriß bildet, weit genug ist, daß das Meer nicht gänzlich in diesem Steingefängnis gefriert, in dem es zappelt, so nennen die Landesbewohner diesen kleinen Golf einen Fjord, welche Bezeichnung fast alle Geographen in ihren jeweiligen Sprachen einzubürgern versucht haben. Trotz der Ähnlichkeit, die alle diese Kanäle untereinander aufweisen, hat jeder ein besonderes Gesicht: Überall ist das Meer in ihre Schründe eingedrungen, aber überall haben die Felsen sich auf verschiedene Weise gespalten, und ihre durchtobten Steilschluchten wetteifern mit bizarren geometrischen Figuren: Hier ist der Fels gezackt wie eine Säge, dort dulden seine allzu steilen Platten weder das Liegenbleiben von Schnee noch die erhabenen Federkronen der Nordtannen; etwas weiter entfernt haben die Erschütterungen des Erdballs eine kokette Krümmung ausgerundet, ein schönes Tal, das stufenweise von Bäumen mit schwarzem Gefieder ausgestattet ist. Man wäre versucht, dieses Land die Schweiz der Meere zu nennen. Zwischen Drontheim und Kristiania[1] liegt eine solche Bucht, genannt der Stromfjord. Zwar ist der Stromfjord nicht die schönste dieser Landschaften, aber er besitzt doch wenigstens das Verdienst, alle irdischen Prächte Norwegens in sich zusammenzufassen und als Schauplatz der Szenen einer wahrhaft himmlischen Geschichte gedient zu haben.

Die allgemeine Form des Stromfjords ist beim ersten Erblikken die eines vom Meer eingefressenen Trichters. Der Durchbruch, den die Wogen sich gebahnt haben, bietet dem Auge das Bild eines Kampfes zwischen dem Ozean und dem Granit dar, zweier Schöpfungskräfte, die gleichermaßen mächtig sind, die eine durch ihr Beharrungsvermögen, die andere durch ihre Beweglichkeit. Als Beweis möge dienen, daß ein paar Klippen von phantastischer Gestalt den Schiffen die Einfahrt verwehren. Die unerschrockenen Söhne Norwegens können an manchen Stellen von Fels zu Fels springen, ohne vor einem hundert Klafter tiefen und sechs Fuß breiten Abgrund zurückzuschrecken. Bald verbindet ein bröckelndes, schwankendes Stück Gneis, das quer darüber geworfen worden ist, zwei Felskuppen. Bald haben Jäger oder Fischer Fichtenstämme als Brücke gelegt, um zwei steil abfallende Ufermauern miteinander zu verbinden, in deren Tiefe ohne Unterlaß das Meer grollt. Diese gefährliche, enge Einfahrt zieht sich in Schlangenwindungen nach rechts hin und trifft dort auf einen dreihundert Klafter über Meereshöhe aufragenden Bergzug, dessen Fuß eine vertikale Bank von der Länge einer halben Meile bildet, an der der unerschütterliche Granit etwa zweihundert Fuß oberhalb der Fluten zu zerbersten, rissig zu werden und sich zu kräuseln beginnt. Das heftig eindringende Meer wird also mit gleicher Heftigkeit durch die beharrende Kraft des Bergzuges gegen die gegenüberliegenden Ufer zurückgeworfen, und diesen hat die Flut weiche Kurvungen eingegraben. Hinten wird der Fjord durch einen von Waldungen gekrönten Gneisblock abgeschlossen, von dem in Kaskaden ein Bach hinabstürzt, der bei Schneeschmelze zum Strom wird, ein riesengroßes herabhängendes Tuch bildet, mit Getöse hervorbricht und alte Fichten und ehrwürdige Lärchen speit, die im Sturz der Wassermassen kaum wahrzunehmen sind. Diese kraftvoll in die Tiefe des Golfs getauchten Bäume kommen bald wieder an die Oberfläche, schließen sich zusammen und bilden kleine Inseln, die am linken Ufer stranden; dort finden die Bewohner des Dörfleins, das am Saum des Stromfjords hockt, sie dann zerborsten, zerschmettert, manchmal ganz, aber stets entrindet und ohne Zweige. Der Bergzug, der mit seinem Fuß dem Angriff des Meers und mit seinem Gipfel dem der Nordwinde ausgesetzt ist, heißt der Falberg. Sein stets in einen Mantel von Schnee und Eis gehüllter Grat ist der schroffste in Norwegen, wo die Nähe des Pols in einer Höhe von achtzehnhundert Fuß eine Kälte hervorbringt, die derjenigen gleich ist, die auf den höchsten Bergen des Erdballs herrscht. Der Gipfel dieses Felsklotzes fällt nach dem Meer zu steil ab, senkt sich nach Osten hin allmählich und ist mit den Fällen der Sieg durch terrassenförmig gestufte Täler verbunden, in denen die Kälte nur Heidekraut und kümmernde Bäume gedeihen läßt. Der Teil des Fjords, wo unterhalb der Wälder die Wasser entströmen, heißt der Siegdalhen, welche Beziehung mit »Sturz der Sieg«, so heißt der Bach, übersetzt werden könnte. Die Einbuchtung gegenüber den Felsplatten des Falbergs ist das Jarvis-Tal, eine hübsche Gegend, die von Hügeln beherrscht wird, auf denen in Fülle Fichten, Lärchen, Birken sowie ein paar Eichen und Buchen stehen; der reichste, farbigste unter allen Gobelins, die die nordische Natur über ihre schroffen Felswände gespannt hat. Das Auge könnte dort leicht die Linie erfassen, wo das von den Sonnenstrahlen erwärmte Gelände den Ackerbau zu gestatten beginnt und den Pflanzenwuchs der norwegischen Flora erscheinen läßt. An dieser Stelle ist der Fjord breit genug, daß die vom Falberg zurückgeworfene Meerflut murmelnd auf dem letzten Ausläufer jener Hügel hinstirbt, einem Ufer, das weich von feinem Sand gesäumt wird; er ist mit Glimmer, Flitterblättchen, hübschen Kieseln, Porphyr und Marmorbrocken mit tausenderlei Farbabschattungen untermischt, die die Bachwasser von Schweden hergeschwemmt haben, und ferner mit Schiffstrümmern, Muscheln und Meergewächsen, die die Stürme an Land treiben, seien es die vom Pol oder die von Süden.

Unterhalb der Bergzüge von Jarvis liegt das aus zweihundert Holzhäusern bestehende Dorf, und darin lebt weltverloren eine Bevölkerung wie in einem Wald in ihren Nestern die wilden Bienen, die, ohne sich zu mehren oder zu mindern, glücklich ihr Dasein fristen und im Schoß einer wilden Natur ihre Nahrung einheimsen. Das gleichsam namenlose Vorhandensein dieses Dorfs ist leicht zu erklären. Nur wenige Menschen hatten die Kühnheit aufgebracht, sich bis in die Klippen vorzuwagen, um ans Meeresgestade zu gelangen und sich dort dem Fischfang zu widmen, den die Norweger im Großen an weniger gefährlichen Küsten betreiben. Die zahlreichen Fische des Fjords genügen zum Teil für die Ernährung seiner Anwohner; die Weidewiesen des Tals spenden ihnen Milch und Butter; ferner ermöglicht es ihnen einiger vortrefflicher Boden, Roggen, Hanf und Gemüse zu ernten, die sie gegen die Strenge des Frosts und die zwar flüchtige, aber furchtbare Hitze ihrer Sonne mit der Geschicklichkeit zu verteidigen wissen, die der Norweger bei diesem doppelten Kampf entfaltet. Der Mangel an Verbindungen, sei es über Land, wo die Wege ungangbar sind, sei es über See, wo nur schwache Boote durch die Meerenge des Fjords hindurchgelangen können, verhindert es, daß sie sich durch die Ausnutzung ihrer Wälder bereichern. Es würde genauso riesiger Summen bedürfen, im Golf ein Fahrwasser freizumachen, wie dazu, einen Weg ins Binnenland zu bahnen. Die Landstraßen von Kristiania nach Drontheim umgehen sämtlich den Stromfjord und überqueren die Sieg auf einer Brücke, die mehrere Meilen von deren Fall entfernt liegt; die Küste zwischen dem Jarvis-Tal und Drontheim ist mit riesigen, undurchdringlichen Wäldern bedeckt; und gleichermaßen wird der Falberg von Kristiania durch unüberschreitbare Abgründe geschieden. Vielleicht hätte das Dorf Jarvis mit dem Inneren Norwegens und mit Schweden durch die Sieg verbunden werden können; aber um in Beziehung zur Kultur gebracht zu werden, hätte der Stromfjord eines Mannes von Genie bedurft. Dieses Genie erschien tatsächlich: Es war ein Dichter, ein frommer Schwede, der im Bewundern und Verehren der Schönheiten dieser Gegend als eines der herrlichsten Werke des Schöpfers starb.

Jetzt können Menschen, die ein hingebungsvolles Sichbefassen mit jener inneren Schau begabt hat, deren rasches Wahrnehmungsvermögen nacheinander der Seele wie auf einer Leinwand die entgegengesetztesten Landschaften des Erdballes vorführt, mit Leichtigkeit das Gesamt des Stromfjords erfassen. Sie allein werden es vielleicht vollbringen, in die Klippenwindungen der Meerenge einzutauchen, in denen das Meer tobt, mit seinen Wogen an den ewigen Felstafeln des Falbergs entlangzuflüchten, dessen weiße Pyramiden mit dem Nebelgewölk eines fast immer perlgrauen Himmels verschmelzen; die hübsch gezackte Wasserfläche des Golfs zu bewundern, dort den Wasserstürzen der Sieg zu lauschen, die in langen Netzgeflechten niederhängt und auf ein pittoreskes Durcheinander schöner, wirr zerstreuter Bäume niederstürzt, die aufrecht stehen oder von Gneisbrocken verschüttet sind; alsdann können sie sich auf den lachenden Bildern ausruhen, die die sich senkenden Hügel von Jarvis darbieten, auf denen der üppigste Pflanzenwuchs des Nordens aufstrebt, in Familien, in Myriaden: hier Birken, anmutig wie junge Mädchen und wie diese sich neigend; dort Säulenreihen von Buchen mit hundertjährigen, bemoosten Stämmen; sämtliche Gegensätze der mannigfachen Grüntönungen, weiße Wolken zwischen dunklen Fichten, purpurne, bis ins Unendliche nuancierte Heideflächen; kurzum, alle Farben, alle

Düfte dieser Flora mit den unbekannten Wundern. Man erweitere die Ausmaße dieser Amphitheater, man schwinge sich auf in die Wolken, man verliere sich in den Felsenhöhlen, wo die Seehunde ruhen; dennoch wird das Denken weder an den Reichtum noch an die Romantik dieser norwegischen Landschaft heranreichen! Vermag das Denken ebenso groß zu sein wie der Ozean, der sie begrenzt, so eigenwillig wie die phantastischen Gestalten, die ihre Wälder, ihre Farbabschattungen, ihre Schatten und die Wandlungen ihres Lichts zeichnen? Sieht man über die Wiesen der Küste, auf der letzten Geländefalte, die sich unterhalb der hohen Hügel von Jarvis wellt, zwei- oder dreihundert Häuser, die mit »Naever« gedeckt sind, einer aus Birkenrinde gefertigten Bedachung, gebrechliche, flache Häuser, die aussehen wie Seidenraupen auf einem Maulbeerblatt, das die Winde dorthin geweht haben? Oberhalb dieser schlichten, dieser friedlichen Behausungen steht eine so schlicht erbaute Kirche, daß sie im Einklang mit der Ärmlichkeit des Dorfes steht. Ein Friedhof umrundet das Schiff dieser Kirche, und etwas abseits davon liegt das Pfarrhaus. Noch höher, auf einem Buckel des Bergzugs, liegt eine Wohnstatt, die als die einzige aus Stein besteht und die die Einwohner aus diesem Grund als das »Schwedenschloß« benannt haben. Tatsächlich ist dreißig Jahre vor dem Tag, da diese Geschichte einsetzt, ein reicher Mann aus Schweden gekommen, hat sich in Jarvis niedergelassen und hat sich bemüht, dessen Wohlstand zu verbessern. Dieses kleine Haus, das mit dem Ziel errichtet worden war, die Einwohner aufzufordern, sich ebensolche zu bauen, fiel auf durch seine Festigkeit und eine Einfriedungsmauer; das ist etwas Seltenes in Norwegen, wo man sich, trotz des Überflusses an Steinen, für alle Umzäunungen, sogar für die der Felder, des Holzes bedient. Das auf solcherlei Weise gegen den Schnee geschützte Haus erhob sich auf einer Anhöhe inmitten eines übergroßen Hofs. Seine Fenster trugen die sehr weit vorspringenden Schutzdächer, die von dicken, vierkantig behauenen Fichtenstämmen gestützt werden; sie leihen den Bauten des Nordens ein gewisses patriarchalisches Aussehen. Unter diesen Schutzdächern hindurch konnte man ohne weiteres die wilden Nacktheiten des Falbergs wahrnehmen, die Unendlichkeit des

Meers mit dem Wassertropfen vergleichen, den der schäumende Fjord darstellte, und dem breiten Niedersturz der Sieg lauschen, deren Fläche von weitem reglos aussah, wenn sie in ihr Granitbecken hinabfiel, das auf drei Meilen in der Runde von den Nordlandgletschern umrahmt wurde; kurzum, die ganze Landschaft, in der sich die übernatürlichen und schlichten Geschehnisse dieser Geschichte ereignen werden.

Der Winter von 1799 auf 1800 war einer der härtesten, dessen Erinnerung von den Europäern bewahrt worden ist; das norwegische Meer gefror gänzlich in den Fjorden, wo die Heftigkeit der Brandung es für gewöhnlich daran hindert, zu Eis zu erstarren. Ein Wind, dessen Auswirkungen denjenigen des spanischen Levantino ähnelte, hatte die Eisfläche des Stromfjords saubergefegt und die Schneemassen hinten in den Golf hineingetrieben. Seit langem war es den Bewohnern von Jarvis nicht verstattet gewesen, im Winter zu erleben, daß die weite Wasserfläche die Farben des Himmels zurückwarf, ein seltsames Schauspiel inmitten dieser Berge, deren sämtliche Unebenheiten durch die übereinanderliegenden Schneeschichten ausgeglichen worden waren und deren tiefste Täler nur noch schwache Falten in der riesigen Tunika bildeten, die die Natur dieser Landschaft übergeworfen hatte; sie schimmerte jetzt traurig und grau. Die langen, plötzlich zu Eis gewordenen Wasserfallgehänge der Sieg bildeten eine gewaltige Arkade, unter der die Einwohner, sofern einige von ihnen beherzt genug gewesen wären, sich ins freie Land hinauszuwagen, sämtliche Wirbelstürme hätten abwettern können. Aber die Gefährlichkeit des kleinsten Ganges hielt auch die unerschrockensten Jäger in ihren Häusern zurück; sie fürchteten, unter dem Schnee am Rand der Schluchten, der Spalten oder der Steilhänge die schmalen, eingetretenen Pfade nicht wiederzuerkennen. Daher regte sich kein Lebewesen in dieser weißen Wüste, wo der Polwind herrschte, die einzige Stimme, die in seltenen Augenblicken hallte. Der fast immer grau verhangene Himmel gab dem See die Farbe polierten Stahls. Vielleicht durchquerten bisweilen ein alter Eidergänserich ungestraft den Raum mittels der warmen Daunen, unter die die Träume der Reichen schlüpfen, die nicht wissen, unter welchen Gefahren diese Federn erbeutet werden; aber gleich dem Beduinen, der für sich allein die Sandwüsten Afrikas durchfurcht, war dieser Vogel weder zu sehen noch zu hören; die träge, aller ihrer elektrischen Ströme beraubte Luft wiederholte weder das Sausen seiner Flügel noch seine fröhlichen Rufe. Welches Auge wäre überdies imstande gewesen, den Glanz dieser mit funkelnden Eiskristallen gespickten Schlucht und die starren Reflexe der Schneefelder zu ertragen, die kaum auf ihren Gipfeln durch die Strahlen einer bleichen Sonne irisierten, die bisweilen wie eine Sterbende wirkte, die erpicht darauf ist zu bezeigen, daß sie noch am Leben ist? Oftmals, wenn graue Wolkenmassen, die in Geschwadern durch die Berge und die Fichten gejagt wurden, den Himmel unter dreifachen Schleiern verbargen, erhellte die Erde mangels des Himmelslichts sich von sich aus. So traf dort alles Majestätische der Kälte zusammen, die ewig den Pol umlagert und deren Haupteigenschaft die fürstliche Schweigsamkeit ist, in deren Tiefe die absoluten Herrscher leben. Jedes Extrem trägt in sich den Anschein einer Verneinung und die Symptome des Todes: Ist Leben nicht der Kampf zweier Kräfte? Dort kündete nichts von Leben. Eine einzige Macht, die unproduktive Kraft des Eises, herrschte widerspruchslos. Nicht einmal das Brausen des aufgewühlten offenen Meers gelangte in dieses stumme Bekken, das so geräuschvoll während der drei kurzen Jahreszeiten ist, in denen die Natur sich beeilt, die kläglichen Ernten hervorzubringen, die für das Leben dieses geduldigen Volks erforderlich sind. Ein paar hohe Fichten reckten ihre dunklen, mit Schneebehängen beladenen Pyramiden, und die Form ihrer bärtigen, gesenkten Zweige vollendete die Trauer dieser Gipfel, auf denen sie übrigens nur wie braune Punkte wirkten. Jede Familie blieb am Kamin in einem sorgfältig zugesperrten Haus und war mit Zwieback, eingeschmolzener Butter und Dörrfisch versehen, Vorräten, die im voraus für die sieben Wintermonate angelegt worden waren. Kaum war der Rauch dieser Heimstätten zu sehen. Fast alle sind sie unter den Schneemassen begraben, gegen deren Gewicht sie jedoch durch lange Planken geschützt sind, die vom Dach ausgehen und in gehöriger Entfernung auf verläßlichen Pfosten ruhen, so daß rings um das Haus ein gedeckter Weg entsteht. Während dieser schauerlichen Winter weben und färben die Frauen die Woll- oder Leinenstoffe, aus denen die

Kleidung gefertigt wird, während die Mehrzahl der Männer liest oder sich ausgiebigen Grübeleien hingibt, die die tiefen Theorien, die mystischen Träume des Nordens erzeugt haben, seinen Glauben und Aberglauben, seine so vollkommenen Untersuchungen über ein Wissensgebiet, das wie mit einer Sonde durchstöbert wird; es sind dies halb mönchische Gepflogenheiten, die die Seele zwingen, auf sich selber zu reagieren, darin ihre Nahrung zu finden; sie machen aus dem norwegischen Bauern ein Wesen, das innerhalb der Bevölkerung Europas gesondert dasteht. Im ersten Jahr des neunzehnten Jahrhunderts und um Mitte Mai sah es also so im Stromfjord aus.

An einem Morgen, da die Sonne aus dem Schoß dieser Landschaft erglänzte und die Feuer aller vergänglichen Diamanten entfachte, die die Kristallisationen des Schnees und des Eises gebildet hatten, schritten zwei Gestalten über den Fjord, überquerten ihn und flogen unten am Falberg entlang, zu dessen Gipfel sie sich von Hang zu Hang aufwärts schwangen. Waren es zwei Lebewesen oder zwei Pfeile? Wer sie in dieser Höhe gesehen hätte, würde sie für zwei Eidergänse gehalten haben, die gemeinsam durch die Wolken segelten. Weder der abergläubischste Fischer noch der beherzteste Jäger würden menschlichen Wesen die Macht zugetraut haben, sich auf den dünnen Linien weiterzubewegen, die in die Flanken des Granits eingeritzt waren und auf denen dieses Paar dennoch mit der erschreckenden Gewandtheit einherglitt, über die die Nachtwandler verfügen, wenn sie ihr Schwergewicht und das Gefährliche der geringsten Abweichung vergessen haben, am Rand der Dächer entlanglaufen und unter dem Walten einer unbekannten Macht dabei das Gleichgewicht bewahren.

»Bitte halt doch inne, Seraphitus«, sagte ein bleiches junges Mädchen, »und laß mich Atem schöpfen. Nur auf dich habe ich blicken wollen, als wir an den Steilwänden dieses Schlundes emporeilten; was wäre sonst aus mir geworden? Aber ich bin ja auch nur ein schwaches Geschöpf. Ermüde ich dich?«

»Nein«, sagte das Wesen, auf dessen Arm sie sich gestützt hatte. »Nur weiter, Minna! Die Stelle, auf der wir hier sind, ist nicht sicher genug zum Verweilen.«

Von neuem ließen die beiden lange, an ihren Füßen befestigte

Bretter zischen und gelangten auf die erste Plinthe, die der Zufall säuberlich auf der Flanke dieses Abgrunds gebildet hatte. Die von Minna mit Seraphitus angeredete Person stützte sich auf ihren rechten Hacken, um das etwa einen Klafter lange, wie ein Kinderfuß schmale Brett anzuheben, das mit Riemen aus Seehundsleder an seinem Stiefel befestigt war. Dieses zwei Finger dicke Brett war mit Renntierfell unterlegt, dessen Haar sich dem Schnee entgegensträubte und Seraphitus plötzlich zum Innehalten brachte; er zog den linken Fuß nach, dessen Schneeschuh nicht weniger als zwei Klafter lang war, drehte sich geschmeidig um sich selber, ergriff seine furchtsame Gefährtin, hob sie trotz der langen Schneeschuhe, mit denen ihre Füße versehen waren, hoch und setzte sie auf einen Felsblock, dessen Schnee er mit seinem Pelz weggewischt hatte.

»Hier bist du in Sicherheit, Minna; hier kannst du zittern, soviel du willst.«

»Wir haben bereits ein Drittel der ›Eiskappe‹ erstiegen«, sagte sie und blickte an dem Gipfel empor, dem sie die volkstümliche Bezeichnung gegeben hatte, unter der er in Norwegen bekannt ist. »Ich kann es noch immer nicht glauben.«

Allein sie war zu sehr außer Atem, um mehr zu sagen; sie lächelte Seraphitus zu, der ohne zu antworten und die Hand auf ihrem Herzen sie umfaßt hielt und dem dröhnenden Pochen lauschte, das so hastig war wie das eines eingefangenen Vögelchens.

»Es schlägt oft genauso schnell, ohne daß ich gelaufen wäre«, sagte sie.

Seraphitus neigte ohne Verachtung oder Kälte den Kopf. Trotz der Anmut, die dieser Bewegung etwas Liebliches lieh, sprach daraus nicht minder eine Verneinung, die bei einer Frau von berauschender Koketterie gewesen wäre. Seraphitus drückte das junge Mädchen ungestüm an sich. Minna hielt diese Liebesbezeigung für eine Antwort und fuhr damit fort, ihn anzuschauen. Als Seraphitus jetzt den Kopf hob und dabei mit einer fast ungeduldigen Geste seine goldenen Haarlocken zurückwarf, um sich die Stirn freizumachen, gewahrte er das Glück in den Augen seiner Gefährtin.

»Ja, Minna«, sagte er mit einer Stimme, deren väterlicher

Klang bei diesem noch jugendlichen Wesen etwas Bezauberndes hatte, »schau stets mich an, senke nicht den Blick.«

»Warum?«

»Willst du es wissen? Dann versuch's.«

Minna warf rasch einen Blick zu ihren Füßen und schrie unvermittelt auf wie ein Kind, das einem Tiger begegnet. Das grausige Gefühl der Anziehungskraft der Abgründe hatte sie gepackt, und dieser eine Blick hatte genügt, daß sie davon befallen wurde. Der beutegierige Fjord hatte eine mächtige Stimme, mit der er ihr in die Ohren schrie und sie betäubte, wie um sie desto sicherer zu verschlingen, indem er sich zwischen sie und das Leben stellte. Vom Haar bis zu den Füßen, den ganzen Rücken entlang, rann ihr zunächst ein eisiger Schauer, der indessen bald eine unerträgliche Glut in die Nerven ergoß, in ihren Adern pochte und alle ihre Gliedmaßen durch elektrische Schläge erschütterte, die wie die bei der Berührung eines Zitterrochens waren. Sie war zu schwach, um Widerstand zu leisten; sie fühlte sich durch eine unbekannte Kraft von dieser Felstafel hinab in die Tiefe gezogen, wo sie irgendein Ungeheuer zu sehen vermeinte, das ihr sein Gift entgegenspie, dessen magnetische Augen sie bannten, dessen geöffnetes Maul seine Beute schon im voraus zu zermahlen schien.

»Ich sterbe, Seraphitus, und ich habe nur dich geliebt«, sagte sie und vollführte eine mechanische Bewegung, um sich hinabzustürzen.

Seraphitus blies ihr sanft auf Stirn und Augen. Plötzlich, gleich einem durch ein Bad erquickten Wanderer, hatte Minna keine Erinnerung an ihre heftigen Schmerzen mehr; sie waren bereits verweht durch diesen streichelnden Atemhauch, der ihren Körper durchdrang und ihn mit balsamischen Strömen durchflutete, und zwar genauso schnell, wie der Atemhauch die Luft durchglitten hatte.

»Wer bist du nur?« fragte sie mit einer Empfindung weichen Erschreckens. »Doch ich weiß es ja, du bist mein Leben. – Wie kannst du in diesen Schlund hinabblicken, ohne des Todes zu sein?« fuhr sie nach einer Pause fort.

Seraphitus ließ die an den Granit sich anklammernde Minna los, und wie ein Schatten es getan hätte, ließ er sich am Rand der

Felsplatte nieder, von wo aus seine Augen in den Fjord hinabtauchten, als wolle er dessen blendende Tiefe herausfordern; sein Körper schwankte nicht, seine Stirn blieb weiß und teilnahmslos wie die einer Marmorstatue: Abgrund wider Abgrund!

»Seraphitus, wenn du mich liebst, dann komm zurück!« rief das junge Mädchen. »Daß du in Gefahr bist, tut mir weh. – Wer bist du nur, daß du in deinem Alter diese übermenschliche Kraft besitzt?« fragte sie ihn, als sie sich von neuem in seinen Armen fühlte.

»Aber du blickst doch furchtlos in noch viel riesigere Raumesweiten«, antwortete Seraphitus.

Und mit erhobenem Finger zeigte ihr dieses seltsame Wesen die blaue Aureole, die die Wolken dadurch bildeten, daß sie einen hellen Raum über ihrer beider Köpfen freiließen; es waren darin auch bei Tag die Sterne sichtbar, vermöge noch unerklärter atmosphärischer Gesetze.

»Welch ein Unterschied!« sagte sie lächelnd.

»Du hast recht«, entgegnete er, »wir sind geboren, um nach dem Himmel zu trachten. Gleich dem Antlitz einer Mutter erschreckt die Heimat nie ein Kind.«

Seine Stimme schwang im Innern seiner Gefährtin nach; sie war stumm geworden.

»Weiter, komm«, fuhr er fort.

Beide schwangen sich auf den kaum wahrnehmbaren, längs des Berghangs eingezeichneten Pfaden vorwärts; sie verschlangen die Entfernungen und flogen von Terrasse zu Terrasse, von Zeile zu Zeile, mit der Schnelligkeit, wie sie einem arabischen Pferd eigen ist, diesem Vogel der Wüste. Innerhalb kurzer Frist gelangten sie auf einen Teppich aus Gras, Moos und Blumen, auf dem bislang noch niemand gesessen hatte.

»Welch ein hübscher Söller!« sagte Minna und gab dieser Wiese ihren wahren Namen. »Aber wie gedeiht er in dieser Höhe?«

»Freilich, hier endet die Vegetation der norwegischen Flora«, sagte Seraphitus. »Aber wenn es hier etwas Gras und Blumen gibt, so ist es diesem Felsgestein zu danken; es schützt sie gegen die Polarkälte. – Steck diese Pflänzchen an deine Brust, Minna«, sagte er und pflückte eine Blume, »nimm dieses liebliche Geschöpf, das noch keines Menschen Auge erblickt hat, und bewahre diese einzige Blume als Andenken an diesen in deinem Leben einzigen Morgen! Du wirst keinen Führer mehr finden, der dich auf diesen Söller geleitet.«

Er gab ihr unvermittelt eine Bastardpflanze, die seine Adleraugen ihn unter dem stengellosen Leimkraut und den Steinbrechgewächsen hatten erblicken lassen, ein wahres Wunder, das unter dem Hauch der Engel erblüht war. Minna ergriff mit kindlicher Eilfertigkeit das Pflänzchen; es war von durchsichtigem, schimmerndem Smaragdgrün und bestand aus kleinen, tütenförmig eingerollten Blättern, unten hellbraun, aber von Tönung zu Tönung an den mit unendlicher Zartheit zu Zacken gespaltenen Spitzen immer grüner werdend. Die Blätter standen so eng, daß sie zu verschmelzen schienen, und bildeten eine Fülle niedlicher Rosetten. Hier und dort auf diesem Teppich erhoben sich weiße Sterne, gesäumt von einem goldenen Netzwerk, aus dessen Schoß purpurne Staubfäden ohne Stempel hervorstiegen. Ein Duft, der etwas von dem der Rosen und der Kelche des Orangenbaums an sich hatte, aber flüchtig und urwüchsig, gab dieser geheimnisvollen Blume vollends etwas Himmlisches; Seraphitus betrachtete sie schwermütig, als sei ihr Duft der Ausdruck klagender Gedanken, die er als einziger verstehe. Minna jedoch schien dieses unerhörte Phänomen eine Laune zu sein, mittels derer die Natur sich darin gefallen habe, ein paar Edelsteine mit der Frische, der Weichheit und dem Duft der Pflanzen zu begaben.

»Warum sollte sie etwas Einzigartiges sein? Sie pflanzt sich also nicht mehr fort?« fragte das junge Mädchen Seraphitus; er errötete und lenkte das Gespräch rasch auf ein anderes Thema.

»Wir wollen uns setzen; wende dich um, sieh! Vielleicht zitterst du auf dieser Höhe nicht mehr. Die Abgründe sind so tief, daß du ihre Tiefe nicht mehr wahrzunehmen vermagst; sie haben die einheitliche Fernschau des Meers, das Vage der Wolken, die Farbe des Himmels angenommen; das Eis des Fjords ist ein recht hübscher Türkis; du gewahrst die Fichtenwälder nur noch als leichte, schwarzbraune Linien; für euch müssen die Abgründe so verziert sein.«

Seraphitus hatte diese Worte mit jener Salbung in Ton und Geste hingeworfen, wie sie nur denjenigen bekannt ist, die die höchsten Berge des Erdballs erklommen haben, und unwillkürlich so gedrängt, daß der stolzeste Herr sich genötigt sieht, in seinem Führer den Bruder zu sehen, und sich nur dann ihm überlegen glaubt, wenn er sich zu den Tälern hinabbeugt, in denen die Menschen wohnen. Er war zu Minnas Füßen niedergekniet und hatte ihr die Schneeschuhe abgeschnallt. Das Kind hatte es nicht gemerkt, so sehr war sie entzückt über den imposanten Anblick, den Norwegen darbietet, dessen lang hingestreckte Felsmassen mit einem einzigen Blick zu erfassen waren; so sehr war sie erschüttert durch das feierliche Verharren dieser kalten Gipfel, das Worte nicht ausdrücken können.

»Nicht nur durch menschliche Kraft sind wir hier hinaufgelangt«, sagte sie und faltete die Hände, »gewiß träume ich.«

»Ihr nennt übernatürlich die Gegebenheiten, deren Ursachen ihr nicht kennt«, antwortete er.

»Deine Antworten«, sagte sie, »sind stets von irgend etwas Tiefsinnigem durchdrungen. Wenn du bei mir bist, verstehe ich alles mühelos. Ach, ich bin frei.«

»Du bist deiner Schneeschuhe ledig, daran liegt es.«

»Oh!« sagte sie. »Und dabei hatte ich dir die deinen abschnallen und dir die Füße küssen wollen.«

»Spare solcherlei Worte für Wilfrid auf«, antwortete Seraphitus milde.

»Wilfrid!« wiederholte Minna im Tonfall des Zorns, der sich jedoch beschwichtigte, als sie ihren Gefährten angeblickt hatte. »*Du* ereiferst dich nie!« sagte sie und versuchte vergeblich, nach seiner Hand zu langen, »du bist in allen Dingen zum Verzweifeln vollkommen.«

»Daraus folgerst du wohl, ich sei fühllos?«

Minna fuhr zurück über einen Blick, der so hellsichtig in das eingedrungen war, was sie dachte.

»Du beweist mir, daß wir einander verstehen«, erwiderte sie mit der Anmut einer liebenden Frau.

Seraphitus schüttelte weich den Kopf und warf ihr einen zugleich traurigen und sanften Blick zu.

»Du, der du alles weißt«, fuhr Minna fort, »sag mir doch, warum die Schüchternheit, die ich dort unten empfinde, wenn du bei mir bist, hier oben gänzlich hingeschwunden ist? Warum wage ich es zum erstenmal, dir voll ins Antlitz zu schauen, während ich es dort unten kaum über mich bringe, dich verstohlen anzublicken?«

»Hier haben wir vielleicht alles Kleinliche der Erde von uns abgeworfen«, antwortete er und legte seinen Pelz ab.

»Nie zuvor bist du so schön gewesen«, sagte Minna, setzte sich auf einen bemoosten Felsblock und versenkte sich in die Betrachtung des Wesens, das sie auf eine Stelle des Berggipfels geführt, die von weitem als unersteigbar angemutet hatte.

Wahrhaftig, nie zuvor hatte Seraphitus in einem so lebhaften Glanz geleuchtet; das ist der einzige Ausdruck, der die Belebtheit seines Gesichts und den Anblick seiner Gestalt wiedergibt. War jener Glanz dem strahlenden Weiß zu verdanken, das die reine Bergluft und der Widerschein der Schneefelder der Gesichtsfarbe verleihen? Wurde er durch die innere Erregung erzeugt, die den Körper in dem Augenblick überwältigt, da er sich nach langer Bewegung ausruht? Rührte er von dem jähen Gegensatz zwischen der goldenen Helle, die die Sonne ausströmte, und der Dunkelheit der Wolken her, die das hübsche Paar durchschritten hatte? Vielleicht müßten diesen Ursachen noch die Wirkungen eines der schönsten Phänomene hinzugefügt werden, die die menschliche Natur darzubieten vermag. Wenn irgendein geschickter Physiologe dieses Geschöpf untersucht hätte, das in diesem Augenblick dem Stolz seiner Stirn und dem Blitzen seiner Augen nach ein junger Mann von siebzehn Jahren zu sein schien; wenn er nach den Triebfedern dieses blühenden Lebens unter dem weißesten Gewebe geforscht hätte, das je der Norden einem seiner Söhne bescherte, dann würde er wohl an das Vorhandensein eines phosphorischen Fluidums aus Nerven geglaubt haben, die unter der Epidermis zu leuchten schienen, oder an das beständige Walten eines inneren Lichts, das Seraphitus nach der Art der Kerzen Farbe lieh, die in einem Alabasterkelch brennen. Wie zart gegliedert auch seine Hände sein mochten, deren Handschuhe er beim Losschnallen von Minnas Schneeschuhen ausgezogen hatte, sie schienen die gleiche Kraft zu besitzen, die der Schöpfer den durchsichtigen Greifwerkzeugen der Krabbe zuerteilt hat. Das aus seinem goldenen Blick sprühende Feuer kämpfte offenbar mit den Sonnenstrahlen, und er schien von ihnen kein Licht zu empfangen, sondern es ihnen zu spenden. Sein Körper, der schlank und schmächtig wie der einer Frau war, kündete von einer der dem Anschein nach schwachen Naturen, deren Kraft indessen stets dem Verlangen gleich ist und die zur rechten Zeit stark sind. Seraphitus war von mittlerer Größe, wuchs jedoch, wenn er die Stirn darbot, als wolle er sich aufschwingen. Sein von der Hand einer Fee gelocktes Haar, das wirkte, als wehe ein Windhauch es hoch, steigerte noch das Täuschende, das seine luftartige Erscheinung hervorrief; aber diese aller Mühewaltung bare Haltung war mehr das Ergebnis eines geistigen Phänomens als einer körperlichen Gewohnheit. Minnas Einbildungskraft war im Bunde mit dieser ständigen Halluzination, der jeder anheimgefallen wäre und die Seraphitus das Aussehen von Gestalten lieh, die man in seligem Schlummer erträumt. Kein bekannter Typus vermöchte ein Abbild dieses für Minna auf majestätische Weise männlichen Gesichts zu geben, das in den Augen eines Mannes durch seine weibliche Anmut die schönsten Köpfe überstrahlt hätte, die Raffael geschaffen hat. Dieser Maler der Himmel hat immerfort in die Züge seiner engelhaften Schönheiten eine Art ruhiger Freude, eine verliebte Süße gelegt; aber welche Seele hätte beim Anschaun Seraphitus' wohl die mit Hoffnung untermischte Traurigkeit ersonnen, die halbwegs die unauslöschlichen Gefühle verschleierte, die seine Züge ausdrückten? Wer hätte, und sogar in den Künstlerphantasien, in denen alles möglich wird, die Dunkelheiten wahrgenommen, die ein geheimnisvoller Schrecken auf diese allzu kluge Stirn warf, die die Himmel zu befragen und stets die Erde zu bedauern schien? Dieser Kopf schwebte verachtungsvoll wie ein erhabener Raubvogel, dessen Schreie durch die Luft gellen, und war schicksalsergeben wie die Turteltaube, deren Stimme Zärtlichkeit in die Tiefe schweigender Wälder ergießt. Seraphitus' Gesichtsfarbe war von überraschender Helle, die durch rote Lippen, braune Brauen und seidige Wimpern noch mehr hervorgehoben wurde, die einzigen Züge, die von der Blässe eines Gesichts abstachen, dessen vollkommene Regelmäßigkeit in nichts dem Glanz der Gefühle zum Schaden gereichte: Sie spiegelten sich darin ohne Aufbrausen oder Jähheit, sondern mit jener majestätischen, angeborenen Würde, die man höhergearteten Wesen so gern beimißt. Alles in diesem marmorartigen Antlitz war Ausdruck der Kraft und der Ruhe. Minna stand auf und ergriff Seraphitus' Hand; sie hoffte, ihn auf diese Weise an sich zu ziehen und auf diese verführerische Stirn einen Kuß zu drücken, mehr aus Bewunderung als aus Liebe; aber ein Blick des jungen Mannes, ein Blick, der sie durchdrang wie ein Sonnenstrahl ein Prisma, ließ das arme Mädchen zu Eis erstarren. Ohne ihn zu verstehen, spürte sie einen Abgrund zwischen ihnen beiden, wandte den Kopf ab und weinte. Plötzlich faßte eine kräftige Hand sie um die Taille, und eine Stimme voller Sanftmut sagte zu ihr: »Komm.« Sie gehorchte, legte ihren jäh erfrischten Kopf an das Herz des jungen Mannes, der seinen Schritt dem ihren anglich, was eine zarte höfliche Anpassung war, und sie nach einer Stelle führte, von wo aus sie das strahlende Schmuckwerk der Polarnatur erblicken konnten.

»Ehe ich dich anschaue und dir lausche, Seraphitus, mußt du mir sagen, warum du mich zurückstößt. Habe ich dir mißfallen? Sag doch, wodurch? Ich möchte nichts mein eigen nennen; ich möchte, daß meine irdischen Reichtümer dir gehörten, wie die Schätze meines Herzens dein sind; ich möchte, daß das Licht nur durch deine Augen zu mir käme, wie mein Denken sich aus deinem Denken ableitet; dann würde ich nicht mehr fürchten, dich zu kränken, wenn ich dir so die Reflexe deiner Seele zurückerstattete, die Worte deines Herzens, das Licht deines Lichtes, wie wir Gott die Betrachtungen zurückerstatten, mit denen er unsern Geist nährt. Ich möchte ganz du sein!«

»Nun denn, Minna, ein beständiger Wunsch ist ein Gelöbnis, das die Zukunft uns gibt. Hoffe! Aber wenn du rein sein willst, dann mische stets den Gedanken an den Allmächtigen in die irdischen Liebesneigungen; dann wirst du alle Geschöpfe lieben, und dein Herz wird sich sehr hoch aufschwingen!«

»Ich will alles tun, was du willst«, antwortete sie und hob in einer scheuen Bewegung die Augen zu ihm auf.

»Ich darf nicht dein Gefährte sein«, sagte Seraphitus bekümmert.

Er unterdrückte einige Gedanken, streckte die Arme in Richtung auf Kristiania aus, das am Horizont wie ein Punkt sichtbar war, und sagte: »Sieh!«

»Wir sind arg klein«, antwortete sie.

»Ja, aber wir werden groß durch das Gefühl und die Einsicht«, entgegnete Seraphitus. »Einzig bei uns, Minna, beginnt die Erkenntnis der Dinge; das wenige, was wir den Gesetzen der sichtbaren Welt ablernen, läßt uns die Riesenhaftigkeit der höheren Welten entdecken. Ich weiß nicht, ob es an der Zeit ist, so zu dir zu sprechen; aber ich möchte so gern die Flamme meiner Hoffnungen auf dich übertragen! Vielleicht würden wir eines Tages gemeinsam in der Welt sein, wo die Liebe nimmer aufhört.«

»Warum nicht jetzt und immer?« fragte sie flüsternd.

»Nichts ist hier beständig«, entgegnete er verächtlich. »Die flüchtigen Seligkeiten irdischer Liebschaft sind Lichterscheinungen, die gewissen Seelen die Morgenröte dauerhafterer Seligkeiten verkünden, gerade wie die Entdeckung eines Naturgesetzes einige bevorzugte Seelen deren ganzes System vermuten läßt. Ist unser zerbrechliches Glück hienieden nicht die Bestätigung eines anderen, vollkommeneren Glücks, gerade wie die Erde, ein Bruchstück des Weltgesamts, eine Bestätigung des Weltgesamts ist? Wir können nicht die ungeheure Bahn des göttlichen Gedankens ermessen, davon wir ein geradeso kleiner Teil sind, wie Gott groß ist; aber wir können ihre Ausdehnung ahnen, niederknien, anbeten und warten. In allen ihren Wissenschaften täuschen sich die Menschen, da sie nicht sehen, daß auf ihrer Erdkugel alles relativ ist und sich dort einer allgemeinen Umwälzung koordiniert, einer beständigen Hervorbringung, die notwendigerweise einen Fortschritt und ein Ende mit sich führt. Der Mensch selber ist kein fertiges Geschöpf; denn sonst würde Gott nicht Gott sein!«

»Wie hast du die Zeit zum Erlernen so vieler Dinge gefunden?« fragte das junge Mädchen.

»Ich denke zurück«, antwortete er.

»Du dünkst mich schöner als alles, was ich erblicke.«

»Wir sind eins der größten Werke Gottes. Hat er uns nicht die Fähigkeit verliehen, über die Natur nachzudenken, sie in uns durch das Denken zusammenzufassen und uns aus ihr ein Sprungbrett zu machen, um uns ihm entgegenzuschwingen? Wir lieben einander des Mehr oder Minder an Himmel wegen, das unsere Seelen bergen. Aber sei nicht ungerecht, Minna; betrachte das Schauspiel, das sich zu deinen Füßen ausbreitet; ist es nicht groß? Zu deinen Füßen entrollt der Ozean sich wie ein Teppich; die Berge sind wie die Mauern einer Arena; der Äther liegt darüber wie das runde Zeltdach jenes Theaters; und von hier aus atmet man das Denken Gottes wie einen Duftstoff. Sieh, die Stürme, die mit Menschen beladene Schiffe zerschmettern, scheinen uns von hier aus nur wie ein schwaches Brodeln, und wenn du den Kopf hebst und über uns hinausblickst, ist alles blau. Es ist wie ein Sternendiadem. Hier verschwinden die Abtönungen irdischer Ausdrucksmöglichkeiten. Fühlst du in dir nicht, wenn du dich auf diese durch die Weite subtilisierte Natur stützt, mehr Tiefe als Geist? Hast du nicht mehr innere Größe als Begeisterung, mehr Energie als Willen? Verspürst du nicht Regungen, deren Mittler nicht mehr in uns ist? Fühlst du nicht Fittiche? Laß uns beten.«

Seraphitus beugte das Knie und legte sich die Hände kreuzweise auf die Brust; Minna sank auf die Knie und schluchzte. So verharrten sie eine Weile, und während dieser Zeit wurde die blaue Aureole, die in den Himmelsweiten über ihren Köpfen schwang, immer größer, und ohne daß sie es merkten, wurden sie von Lichtstrahlen umhüllt.

»Warum weinst du nicht, wenn ich weine?« fragte ihn Minna mit stockender Stimme.

»Alle, die ganz Geist sind, weinen nicht«, sagte Seraphitus und stand auf. »Wie sollte ich weinen? Ich sehe menschliche Nöte nicht mehr. Hier strahlt das Gute in all seiner Majestät; dort unten vernehme ich die Flehrufe und die Ängste der Harfe der Schmerzen, die unter den Händen des gefangenen Geistes vibriert. Von hier aus lausche ich dem Konzert der harmonischen Harfen. Dort unten habt ihr die Hoffnung, diesen schönen Beginn des Glaubens; hier oben jedoch herrscht der Glaube, und der ist verwirklichte Hoffnung!«

»Du vermöchtest mich niemals zu lieben, ich bin zu unvollkommen; du verachtest mich«, sagte das junge Mädchen.

»Minna, das am Fuß der Eiche verborgene Veilchen sagt sich: ›Die Sonne liebt mich nicht, sie kommt nicht.‹ Die Sonne sagt sich: ›Wenn ich es bestrahlte, würde es sterben, das arme Blümchen!‹ Sie, als Freundin der Blume, schickt ihre Strahlen durch das Laubwerk der Eichen und mildert sie, um den Kelch der Geliebten zu färben. Ich besitze nicht Schleier genug und fürchte, du könntest mich nur allzu deutlich sehen: Du würdest erbeben, wenn du mich besser kenntest. Vernimm, ich bin ohne Geschmack an den Früchten der Erde; eure Freuden habe ich allzu gut verstanden; und wie jene verderbten Kaiser des profanen Rom bin ich zum Ekel gegenüber allen Dingen gelangt; denn mir ist die Gabe der Schau zuteilgeworden. – Wende dich ab von mir«, sagte Seraphitus schmerzlich.

Dann setzte er sich auf einen Felsblock und ließ den Kopf auf die Brust sinken.

»Warum gibst du mich so der Verzweiflung preis?« fragte ihn Minna.

»Geh!« rief Seraphitus aus. »Ich habe nichts von dem, was du von mir willst. Deine Liebe ist für mich zu plump. Warum liebst du nicht Wilfrid? Wilfrid ist ein Mensch, ein durch die Leidenschaften erprobter Mann, der es verstehen wird, dich in seine kräftigen Arme zu schließen, der dich eine breite, starke Hand fühlen lassen wird. Er hat schönes schwarzes Haar, Augen voller menschlicher Gedanken, ein Herz, das Lavaströme in die Worte einmünden läßt, die sein Mund ausspricht. Er wird dein Geliebter, dein Gatte sein. Wilfrid sei dein.«

Minna weinte heiße Tränen.

»Wagst du zu sagen, du liebtest ihn nicht?« fragte er mit einer Stimme, die ins Herz drang wie ein Dolch.

»Gnade, Gnade, lieber Seraphitus!«

»Lieb ihn, armes Kind der Erde, an die dein Schicksal dich unentrinnbar festschmiedet«, sagte der furchtbare Seraphitus und bemächtigte sich Minnas durch eine Geste, die sie zwang, an den Rand des Söllers zu treten, von dem aus sich ein so weiter Fernblick darbot, daß ein junges, begeisterungsfähiges Mädchen leicht glauben konnte, sie befinde sich oberhalb der Welt. »Ich habe mir einen Gefährten gewünscht, um in das Reich des Lichts einzugehen; ich habe dir dies Häuflein Schmutz zeigen wollen, und nun sehe ich, daß du noch immer daran haftest. Lebwohl. Bleib dort, genieße durch die Sinne, gehorche deiner Natur, erbleiche mit den bleichen Männern, erröte mit den Frauen, spiele mit den Kindern, bete mit den Schuldhaften, erhebe die Augen gen Himmel in deinen Schmerzen; zittere, hoffe, hab Herzklopfen; du wirst einen Gefährten haben, du wirst noch lachen und weinen, schenken und empfangen können. Ich dagegen bin ein Verbannter, fern dem Himmel; und wie ein Ungeheuer, fern der Erde. Mein Herz pocht nicht mehr; ich lebe nur noch durch mich und für mich. Ich fühle durch den Geist, ich atme durch die Stirn, ich sehe durch das Denken, ich sterbe vor Ungeduld und Begehren. Niemand hienieden hat die Macht, meine Wünsche zu erhören, meine Ungeduld zu beschwichtigen, und ich habe verlernt zu weinen. Ich bin allein. Ich schicke mich darein und warte.«

Seraphitus betrachtete den überblühten Hügel, auf den er Minna gebracht hatte; dann wandte er sich seitwärts den strengen Bergen zu, deren Pfeiler mit dichtem Gewölk bedacht waren, dem er den Rest seiner Gedanken zuwarf.

»Vernehmt ihr nicht ein köstliches Konzert, Minna?« fuhr er mit seiner Turteltaubenstimme fort, denn der Adler hatte genug geschrien. »Möchte man nicht sagen, es sei die Musik der Äolsharfen, die eure Dichter in der Tiefe der Wälder und Berge hängen glauben? Seht ihr die undeutlichen Gestalten, die in jenen Wolken einhergleiten? Gewahrt ihr die beflügelten Füße derer, die die Ausschmückung des Himmels vorbereiten? Diese Klänge erquicken die Seele; bald wird der Himmel die Blumen des Frühlings herniederfallen lassen, ein Leuchten hat sich vom Pol her geschwungen. Laß uns fliehen, es ist Zeit.«

Im Handumdrehen waren die Schneeschuhe angeschnallt, und beide eilten den Falberg auf den steilen Hängen hinab, die ihn mit den Tälern der Sieg verbanden. Eine wundersame Macht leitete ihren Lauf, oder, besser gesagt, ihren Flug. Wenn sie an eine mit Schnee bedeckte Spalte kamen, packte Seraphitus Minna und schwang sie durch eine schnelle Bewegung, ohne daß sie schwerer als ein Vogel gewesen wäre, über die gebrechliche Schicht, die einen Abgrund verdeckte. Oftmals vollführte er im Beiseitestoßen seiner Gefährtin eine leichte Abbiegung, um einer Schlucht, einem Baum, einem Felsblock auszuweichen, den er anscheinend unter dem Schnee gesehen hatte, wie manche an den Ozean gewöhnte Seeleute dessen Klippen an der Farbe, dem

Wirbeln, dem Verhalten des Wassers erraten. Als sie die Wege der Siegdalhen erreicht hatten und sie fast ohne Furcht in gerader Linie fahren konnten, um wieder auf das Eis des Stromfjords zu gelangen, ließ Seraphitus Minna innehalten: »Sagst du mir gar nichts mehr?« fragte er.

»Ich glaubte«, sagte ehrfürchtig das junge Mädchen, »Sie hätten für sich allein denken wollen.«

»Laß uns uns beeilen, liebe Minette, das Dunkel bricht herein«, entgegnete er.

Minna durchschauerte es, als sie die gewissermaßen neue Stimme ihres Führers vernahm; es war eine reine Stimme wie die eines jungen Mädchens, und sie verwehte die phantastischen Traumlichter, durch die sie bis jetzt hindurchgeschritten war. Seraphitus hatte begonnen, seine männliche Kraft hinter sich zu lassen und seine Blicke der allzu lebendigen Intelligenz zu entledigen. Bald schlitterten die beiden hübschen Geschöpfe über den Fjord und erreichten die Schneewiese, die sich zwischen den Ufern des Golfs und der ersten Häuserreihe von Jarvis befand; dann eilten sie, angetrieben vom sinkenden Tag, bergauf dem Pfarrhaus entgegen, als hätten sie die Absätze einer riesigen Treppe erklommen.

»Mein Vater wird unruhig sein«, sagte Minna.

»Nein«, antwortete Seraphitus.

Jetzt stand das Paar vor dem Hoftor der bescheidenen Behausung, in der Becker, der Pastor von Jarvis, beim Lesen saß, während er seine Tochter zur Abendmahlzeit erwartete.

»Lieber Herr Becker«, sagte Seraphitus, »ich bringe Ihnen Minna heil und gesund wieder.«

»Danke, Fräulein«, antwortete der alte Mann und legte seine Brille auf das Buch. »Ihr müßt müde sein.«

»Nicht die Spur«, sagte Minna, die in diesem Augenblick den Atemhauch ihrer Gefährtin auf der Stirn verspürte.

»Liebe, wollen Sie nicht übermorgen zum Tee zu mir kommen?«

»Gern, Liebe.«

»Herr Becker, Sie bringen sie zu mir.«

»Ja, Fräulein.«

Seraphitus neigte mit einer koketten Geste den Kopf, verabschiedete sich von dem alten Mann, ging und gelangte innerhalb weniger Augenblicke in den Hof des Schwedenschlosses. Unter dem riesigen Schutzdach erschien ein achtzigjähriger Diener, der eine Laterne trug. Seraphitus entledigte sich mit der anmutigen Behendigkeit einer Frau seiner Schneeschuhe, eilte in das Wohnzimmer des Schlosses, warf sich auf ein mit Pelzwerk bedecktes Ruhebett und machte es sich darauf bequem.

»Was möchten Sie zu sich nehmen?« fragte sie der Greis und steckte die über die Maßen langen Kerzen an, deren man sich in Norwegen bedient.

»Nichts, David, ich bin zu müde.«

Seraphitus legte seinen Marderpelz ab, wickelte sich hinein und entschlummerte. Der alte Diener blieb eine Weile stehen und betrachtete liebevoll das seltsame Wesen, das vor seinen Augen ruhte und dessen Geschlecht sogar von den Gelehrten schwierig zu erraten gewesen wäre. Wenn man es so liegen sah, gehüllt in sein gewohntes Bekleidungsstück, das ebenso dem Morgenrock einer Frau wie einem Männermantel glich, war es unmöglich, die schmalen Füße, die es hängen ließ, wie um die Zierlichkeit zu bekunden, mit der die Natur sie ausgestattet hatte, nicht einem jungen Mädchen zuzuschreiben; aber seine Stirn, der Umriß seines Kopfes hätten angemutet wie der Ausdruck menschlicher Kraft in ihrer höchsten Vollendung.

»Sie leidet und will es mir nicht sagen«, dachte der Greis. »Sie siecht hin wie eine Blume, die ein allzu heißer Sonnenstrahl getroffen hat.«

Und er weinte, der alte Mann.

II

Seraphita

Im Lauf des Abends betrat David abermals das Wohnzimmer.

»Ich weiß, wen Sie mir melden«, sagte Seraphita mit schläfriger Stimme zu ihm. »Wilfrid möge kommen.«

Beim Vernehmen dieser Worte erschien unvermittelt ein junger Mann und setzte sich zu ihr.

»Meine liebe Seraphita, ist Ihnen nicht wohl? Sie kommen mir blasser als sonst vor.«

Langsam wandte sie sich ihm zu, nachdem sie ihr Haar zurückgestrichen hatte wie eine hübsche Frau, die, von der Migräne bedrängt, nicht mehr die Kraft zu Klagen aufbringt.

»Ich habe die Torheit begangen«, sagte sie, »mit Minna den Fjord zu überqueren; wir haben den Falberg bestiegen.«

»Wollen Sie sich denn umbringen?« fragte er mit dem Erschrecken eines Liebhabers.

»Keine Angst, guter Wilfrid; ich habe gut auf Ihre Minna achtgegeben.«

Wilfrid schlug mit der Hand heftig auf den Tisch, sprang auf, tat einen schmerzlichen Ausruf und tat ein paar Schritte auf die Tür zu; dann kam er zurück und wollte sich beschweren.

»Warum dieser Lärm, wenn Sie glauben, es sei mir nicht wohl?« fragte Seraphita.

»Verzeihung, Erbarmen!« antwortete er und kniete nieder. »Sprechen Sie hart zu mir, verlangen Sie alles von mir, was Ihre grausamen Weiberlaunen Sie sich an Hartem ausdenken lassen; aber, meine so sehr Geliebte, ziehen Sie meine Liebe nicht in Zweifel. Sie verfahren mit Minna wie mit einer Axt und schlagen damit mit verdoppelter Kraft auf mich ein. Erbarmen!«

»Warum kommen Sie mir mit solcherlei Worten, lieber Freund, wo Sie doch wissen, daß sie nutzlos sind?« antwortete sie und warf ihm Blicke zu, die schließlich so sanft wurden, daß Wilfrid nicht mehr die Augen Seraphitas sah, sondern ein Lichtfluidum, dessen Flimmern den letzten Schwingungen eines weichen italienischen Liedes glich.

»Ach! Man stirbt nicht an innerer Not«, sagte er.

»Sie leiden?« entgegnete sie mit einer Stimme, deren Ausströmungen im Herzen jenes Mannes eine Wirkung hervorriefen, die derjenigen der Blicke glich. »Was kann ich für Sie tun?«

»Lieben Sie mich, wie ich Sie liebe.«

»Die arme Minna!« antwortete sie.

»Niemals trage ich Waffen«, rief Wilfrid aus.

»Sie sind heute in mörderischer Laune«, sagte Seraphita lächelnd. »Habe ich das nicht gesagt wie jene Pariserinnen, von deren Liebschaften Sie mir zu erzählen pflegen?«

Wilfrid setzte sich, schlug die Arme übereinander und musterte Seraphita mit düsterer Miene.

»Ich verzeihe Ihnen«, sagte er, »denn Sie wissen nicht, was Sie tun.«

»Oh!« entgegnete sie, »seit Eva hat das Weib stets bewußt das Gute und das Böse getan.«

»Ich glaub's«, sagte er.

»Und ich bin dessen sicher, Wilfrid. Gerade unser Instinkt macht uns ja so vollkommen. Was ihr Männer lernen müßt, das fühlen wir Frauen.«

»Warum fühlen Sie dann nicht, wie sehr ich Sie liebe?«

»Weil Sie mich *nicht* lieben.«

»Großer Gott!«

»Warum jammern Sie also über Ihre inneren Nöte?« fragte sie.

»Sie sind heute abend entsetzlich, Seraphita. Ein wahrer Dämon sind Sie.«

»Nein, ich bin mit der Fähigkeit begabt zu verstehen, und das ist schauerlich. Der Schmerz, Wilfrid, ist ein Licht, das uns das Leben deutlich macht.«

»Warum sind Sie dann auf den Falberg gestiegen?«

»Das wird Minna Ihnen sagen; ich bin zu müde zum Sprechen. Bei Ihnen ist es, zu reden, bei Ihnen, der Sie alles wissen, der Sie alles gelernt und nichts vergessen haben, bei Ihnen, der so viele gesellschaftlichen Erprobungen überstanden hat. Amüsieren Sie mich, ich höre zu.«

»Was soll ich Ihnen sagen, das Sie nicht schon wüßten? Überdies ist Ihre Bitte nur Spott. Sie lassen von Welt und Gesellschaft nichts gelten, Sie zerbrechen deren Nomenklaturen, Sie donnern deren Gesetze, Sitten, Gefühle und Wissenschaften nieder, indem Sie sie auf Proportionen reduzieren, durch die diese Dinge winzig klein werden, wie wenn man sich außerhalb des Erdballs aufstellte.«

»Sie sehen wohl, mein Freund, daß ich keine Frau bin. Es ist falsch von Ihnen, mich zu lieben. Wie? Ich verlasse die ätherischen Regionen meiner vorgeblichen Kraft, ich mache mich auf eine demütigende Weise klein, ich beuge mich nach Art der armen Weibchen jeglicher Gattung, und Sie erhöhen mich sogleich wieder? Kurzum, ich bin zerstückt, ich bin zerbrochen, ich bitte Sie um Hilfe, ich bedarf Ihres Arms, und Sie stoßen mich zurück. Wir verstehen einander nicht.«

»Sie sind heute abend boshafter als ich Sie je erlebt habe.«

»Boshaft!« sagte sie und warf ihm einen Blick zu, der alle Gefühle in eine himmlische Empfindung auflöste. »Nein, ich fühle mich nicht wohl, daran liegt es. Also lassen Sie mich, mein Freund. Hieße das nicht, von Ihren Mannesrechten Gebrauch machen? Wir sollen euch Männern immer gefallen, euch entspannen, immer heiter sein, immer nur Launen haben, die euch erheitern. Was soll ich tun, mein Freund? Wollen Sie, daß ich singe, daß ich tanze, wenn die Erschöpfung mich des Gebrauchs der Stimme und der Beine beraubt? Und lägen wir im Todeskampf, ihr Herren, wir müßten euch nach wie vor zulächeln! Das nennt ihr, wie ich glaube, herrschen. Die armen Frauen! Ich bedaure sie. Sagt mir doch, ihr, die ihr sie verlaßt, wenn sie altern, ob sie denn weder Herz noch Seele haben? Nun, Wilfrid, ich bin mehr als hundert Jahre alt; gehen Sie! Eilen Sie zu Minnas Füßen.«

»O meine ewig Geliebte!«

»Wissen Sie denn, was Ewigkeit ist? Schweigen Sie, Wilfrid. Sie begehren mich, aber Sie lieben mich nicht. Sagen Sie, erinnere ich Sie nicht an irgendeine kokette Frau?«

»Oh, freilich, ich erkenne in Ihnen nicht das reine, himmlische junge Mädchen wieder, das ich zum erstenmal in der Kirche von Jarvis erblickt habe.«

Bei diesen Worten fuhr Seraphita sich mit den Händen über die Stirn, und als sie ihr Gesicht wieder zeigte, war Wilfrid verwundert über den frommen, heiligen Ausdruck, der sich darüber gebreitet hatte.

»Sie haben recht, mein Freund. Stets habe ich unrecht, die Füße auf eure Erde zu setzen.«

»Ja, teure Seraphita, seien Sie mein Stern und weichen Sie nicht von der Stelle, von der aus Sie ein so helles Licht auf mich strömen lassen.«

Mit diesen Worten streckte er die Hand aus, um die des jungen Mädchens zu ergreifen; doch sie entzog sie ihm ohne Verachtung oder Zorn. Wilfrid sprang auf und trat an das Fenster, dem er sich zuwandte, um Seraphita nicht die Tränen sehen zu lassen, die seinen Augen entrollten.

»Warum weinen Sie?« fragte sie. »Sie sind kein Knabe mehr, Wilfrid. Kommen Sie jetzt wieder zu mir, ich will es. Sie schmollen mit mir, wenn ich böse werden müßte. Sie sehen, daß ich mich nicht wohlfühle, und Sie zwingen mich aus irgendwelchen Zweifeln heraus, zu denken, zu sprechen, oder Launen und Einfälle zu teilen, die mich ermüden. Wenn Sie Verständnis für meine Natur hätten, würden Sie für mich musiziert, würden Sie meinen Verdruß eingeschläfert haben; allein Sie lieben mich um Ihret- und nicht um meinetwillen.«

Der Sturm, der Wilfrids Herz durchtost hatte, wurde durch diese Worte jäh beschwichtigt; langsam trat er näher, um das verführerische Geschöpf besser betrachten zu können, das vor seinen Augen ausgestreckt dalag, träg hingelagert, den Kopf in die Hand gestützt, in einer trügerischen Pose.

»Sie glauben, ich liebte Sie ganz und gar nicht«, fuhr sie fort. »Da täuschen Sie sich. Hören Sie mir zu, Wilfrid. Sie fangen an, viel zu wissen, Sie haben viel gelitten. Lassen Sie mich Ihnen erklären, was Sie denken. Sie wollten meine Hand?« Sie richtete sich auf ihrer Lagerstatt auf, und ihre hübschen Bewegungen schienen Licht auszustrahlen. »Gibt ein junges Mädchen, das seine Hand ergreifen läßt, nicht ein Versprechen, und muß sie es nicht halten? Sie wissen genau, daß ich Ihnen nicht angehören kann. Zwei Gefühle beherrschen die Liebesempfindungen der Frauen der Erde. Entweder weihen sie sich leidenden, herabgekommenen, verbrecherischen Wesen, denen sie Trost spenden, die sie erheben, entsühnen wollen; oder sie schenken sich überlegenen, erhabenen starken Wesen, die sie anbeten und verstehen wollen und von denen sie oftmals zermalmt werden. Sie hatten sich erniedrigt, aber Sie sind durch die Gluten der Reue geläutert worden, und heute sind Sie groß; ich fühle mich zu schwach, Ihresgleichen zu sein, und ich bin zu fromm, um mich unter einer anderen Macht zu demütigen als der des Allerhöchsten. So läßt Ihr Leben sich ausdeuten, mein Freund; wir sind im Norden, in dem Volke, wo die Abstraktionen Gültigkeit besitzen.«

»Sie bringen mich um, Seraphita, wenn Sie so reden«, antwortete er. »Es schmerzt mich stets, wenn ich Sie die ungeheuerliche Wissenschaft anwenden sehe, mit der Sie alle menschlichen Dinge der Eigenheiten berauben, die ihnen Zeit, Raum und Form geben, um sie mathematisch auf Grund irgendeiner reinen Formel zu betrachten, wie es die Geometrie mit den Körpern macht, deren Festigkeit sie abstrahiert.«

»Gut, Wilfrid, ich will Ihnen gehorchen. Lassen wir das. Wie finden Sie die Decke aus Bärenfell, die mein guter David hier hingebreitet hat?«

»Ja, recht hübsch.«

»Diese ›Duschagreka‹[2] haben Sie sicherlich noch nicht an mir gesehen?«

Es war eine Art schwarzer Fuchspelz, mit Kaschmir gefüttert; der Name bedeutet »Seelenwärmer«.

»Glauben Sie«, sprach sie weiter, »daß an irgendeinem Hof ein Herrscher ähnliches Rauchwerk besitzt?«

»Es ist derjenigen würdig, die es trägt.«

»Und die Sie wirklich schön finden?«

»Menschenworte sind auf sie nicht anwendbar; man muß mit ihr von Herz zu Herz sprechen.«

»Wilfrid, Sie verstehen sich gut darauf, meine Schmerzen durch sanfte Worte einzuschläfern ... die Sie schon anderen Frauen gesagt haben.«

»Adieu.«

»Bleiben Sie. Ich habe Minna und Sie sehr lieb, das müssen Sie mir glauben! Aber ich verschmelze euch beide zu einem einzigen Wesen. So vereinigt, seid ihr für mich ein Bruder, oder, wenn Sie wollen, eine Schwester. Heiratet, damit ich euch glücklich sehe, ehe ich für immer diese Sphäre der Prüfungen und der Schmerzen verlasse. Mein Gott, einfache Frauen haben alles über ihre Liebhaber vermocht! Sie haben zu ihnen gesagt: ›Schweigt!‹ Da sind sie verstummt. Sie haben zu ihnen gesagt: ›Sterbt!‹ Da sind sie gestorben. Sie haben zu ihnen gesagt: ›Liebt mich aus der Ferne!‹ Da haben sie Abstand gewahrt wie die Höflinge angesichts eines Königs. Sie haben zu ihnen gesagt: ›Heiratet!‹ Und sie haben geheiratet. Ich will, daß ihr glücklich seid, und ihr verweigert es mir. Bin ich also machtlos? Gut denn, Wilfrid, hören Sie, treten Sie näher zu mir heran; ja, ich würde erzürnt sein zu erleben, wenn Sie Minna heirateten; aber wenn ihr mich nicht mehr sehen werdet, dann ... versprecht mir, euch zu vereinen, der Himmel hat euch füreinander bestimmt.«

»Ich habe Ihnen voller Entzücken gelauscht, Seraphita. So unbegreiflich Ihre Worte auch sein mögen, es geht von ihnen ein Zauber aus. Aber was wollen Sie damit sagen?«

»Sie haben recht, ich vergesse, toll zu sein, das arme Geschöpf zu sein, dessen Schwachheit Ihnen gefällt. Ich quäle Sie, und dabei sind Sie doch in diese unwegsame Gegend gekommen, um Ruhe zu finden, Sie, der Sie durch die ungestümen Angriffe eines mißverstandenen Genius zerbrochen sind, der Sie erschöpft sind durch geduldige wissenschaftliche Arbeiten, der Sie Ihre Hände fast ins Verbrechen getaucht und die Ketten der menschlichen Gerechtigkeit getragen hätten.«

Wilfrid war halbtot auf den Teppich gesunken. Aber Seraphita blies auf die Stirn dieses Mannes, und sogleich schlummerte er friedlich zu ihren Füßen ein.

»Schlafe, erhole dich«, sagte sie und stand auf.

Sie legte die Hände auf Wilfrids Stirn, und ihren Lippen entschlüpften die nachfolgenden Sätze, alle verschieden betont, aber alle melodisch und durchtränkt von einer Güte, die in wolkigen Wogen ihrem Haupt zu entquellen schienen wie die Lichtfluten, die die weltliche Göttin keusch über den geliebten Hirten ergießt, während er schläft.

»Ich kann mich dir zeigen, Wilfrid, wie ich bin, du, der du stark bist.«

»Die Stunde ist gekommen, die Stunde, da das glänzende Licht der Zukunft seinen Abglanz auf die Seelen strömt, die Stunde, da die Seele sich in ihrer Freiheit regt.«

»Jetzt ist es mir verstattet, dir zu sagen, wie ich dich liebe. Erkennst du nicht, wie meine Liebe beschaffen ist, eine Liebe ohne Eigennutz, ein gänzlich von dir erfülltes Gefühl, eine Liebe, die dir in die Zukunft folgt, um dir die Zukunft zu erhellen? Denn diese Liebe ist das wahre Licht. Begreifst du jetzt, mit welcher Glut ich wünschte, dich dieses Lebens beraubt zu sehen, das dich belastet, und dich näher, als du es noch bist, der Welt zu wissen, in der man immer liebt? Heißt es nicht leiden, wenn man nur ein einziges Leben lang liebt? Hast du nicht den Geschmack der ewigen Liebschaften verspürt? Verstehst du jetzt, zu welchen Entzückungen ein Geschöpf sich aufschwingt, wenn es gedoppelt ist, um den zu lieben, der die Liebe nie verrät, den, vor dem man anbetend niederkniet?«

»Ich wollte, ich hätte Fittiche, Wilfrid, um dich damit zu bedecken; ich wollte, ich besäße Kraft, um sie dir zu leihen, damit du früher in die Welt gelangtest, wo die reinsten Freuden der reinsten Zuneigung, die man auf dieser Erde empfindet, einen Schatten in dem Licht ausmachen würde, das ohne Unterlaß die Herzen erhellt und erfreut.«

»Verzeih einer befreundeten Seele, daß sie dir in einer Äußerung das Bild deiner Fehler dargeboten hat; es geschah in der mildtätigen Absicht, die schrillen Schmerzen deiner Gewissensbisse zu beschwichtigen. Vernimm die Harmonien der Verzeihung! Erquicke deine Seele im Atmen der Morgenröte, die sich jenseits der Finsternisse des Todes für dich erheben wird. Ja, dein dir eigenes Leben ist jenseits!«

»Möchten doch meine Worte die glänzenden Gestalten der Träume bekleiden, möchten sie sich mit Bildern schmücken, auflodern und sich auf dich herabsenken. Steige, steige bis zu dem Punkt, von wo aus alle Menschen sich deutlich sehen, obwohl enggedrängt und klein wie die Sandkörner am Saum der Meere. Die Menschheit hat sich entrollt wie ein schlichtes Band; beschau die verschiedenen Farbabtönungen dieser Blume aus himmlischen Gärten! Gewahrst du die, denen es an Intelligenz mangelt; die, die beginnen, sich durch diese zu tönen; die, die sich bewährt haben; die, die in der Liebe sind; die, die in der Weisheit sind und nach der Welt des Lichts streben?«

»Verstehst du durch diesen sichtbaren Gedanken das Schicksal der Menschheit? Woher sie kommt und wohin sie geht? Beharre auf deinem Wege! Wenn du am Ziel deiner Wanderung anlangst, wirst du die Posaunen der Allmacht vernehmen, die Siegesrufe dröhnen hören, und Akkorde, von denen ein einziger die Erde erbeben lassen würde, doch die in einer Welt ohne Osten und Westen verhallen.«

»Verstehst du, armer geliebter Geprüfter, daß ohne die Betäubungen, ohne die Schleier des Schlummers, solcherlei Anblicke deine Intelligenz davontragen und zerreißen würden, wie das Wehen der Stürme ein schwaches Segel zerreißt und davonträgt; daß sie für alle Zeit einen Menschen um seine Vernunft bringen würden? Verstehst du, daß einzig die zu ihrer Allmacht aufgestiegene Seele kaum, im Traum, den verzehrenden Strömen des ›Geistes‹ widersteht?«

»Fliege abermals durch die glänzenden, leuchtenden Sphären, bewundere, eile. Wenn du so dahinfließt, ruhst du dich aus; du schreitest ohne Ermüdung. Wie alle Menschen möchtest du stets auf solcherlei Weise in diese Sphären der Düfte und des Lichts getaucht sein, wo du, erleichtert um deinen ohnmächtigen Körper, wandelst, wo du durch den Gedanken redest! Eile, fliege, erfreue dich für eine Weile der Flügel, die du erobern wirst, wenn dereinst die Liebe so vollkommen in dir ist, daß du keine Sinne mehr hast, daß du ganz Intelligenz und ganz Liebe bist! Je höher du steigst, desto unbegreiflicher sind dir die Abgründe! Im Himmel gibt es keine Schlünde und Schründe. Schau den an, der zu dir spricht, der dich schwebend über dieser Welt erhält, darin die Abgründe sind. Schau mich an, betrachte mich noch einen Augenblick, denn fortan wirst du mich nur unvollkommen erblicken, so, wie du mich in der Helle der blassen Erdensonne siehst.«

Seraphitus erhob sich und stand mit weich geneigtem Kopf und gelöstem Haar in der luftigen Stellung da, die die Maler des Erhabenen alle den Boten aus höheren Welten verliehen haben: Die Falten ihres Gewandes hatten die unerklärliche Anmut, die den Künstler bannt, den Menschen, der alles in Gefühl umsetzt, angesichts der köstlichen Linien des Schleiers der antiken Polyhymnia. Dann streckte sie die Hand aus, und Wilfrid stand auf. Als er Seraphita erblickte, lag das weiße junge Mädchen auf dem Bärenfell, den Kopf in die Hand gestützt, das Antlitz ruhig, mit glänzenden Augen. Wilfrid betrachtete sie schweigend, aber eine ehrfürchtige Scheu beseelte sein Gesicht und tat sich in einer schüchternen Haltung kund.

»Ja, Liebste«, sagte er schließlich, als beantworte er sich eine Frage, »wir sind voneinander durch ganze Welten getrennt. Ich bescheide mich, und ich kann Sie nur vergöttern. Aber was soll aus mir werden, aus mir armem Einsamen?«

«Wilfrid, haben Sie nicht Ihre Minna?« Er senkte den Kopf.

»Oh, seien Sie nicht so geringschätzig; die Frau versteht alles durch die Liebe; wenn sie nicht hört, dann fühlt sie; wenn sie nicht fühlt, dann sieht sie; wenn sie nicht sieht, nicht fühlt, nicht hört, nun, dann errät euch Männer dieser Engel der Erde, um euch zu schützen, und verhehlt seine Schutzbemühungen unter der Gnade der Liebe.«

»Seraphita, bin ich würdig, einer Frau anzugehören?«

»Sie sind plötzlich sehr bescheiden geworden; sollte das etwa eine Falle sein? Eine Frau ist stets so gerührt, ihre Schwachheit verherrlicht zu sehen! Gut denn, übermorgen abend sollen Sie zum Tee zu mir kommen; der gute Herr Becker wird ebenfalls hier sein; Sie werden auch Minna sehen, das treuherzigste Geschöpf, das ich auf dieser Erde kenne. Lassen Sie mich jetzt allein, mein Freund; ich muß heute abend lange beten, um meine Sünden zu sühnen.«

»Wie könnten *Sie* gesündigt haben?«

»Armer Lieber, seine Macht mißbrauchen, ist das nicht Hoffart? Ich glaube, ich bin heute zu hochmütig gewesen. Also gehen Sie. Bis morgen.«

»Bis morgen«, sagte Wilfrid matt und warf einen Blick auf dieses Geschöpf, von dem er ein unauslöschliches Bild mit sich nehmen wollte.

Obwohl er hatte von dannen gehen wollen, blieb er noch eine

kurze Weile stehen, versunken in die Betrachtung des Lichts, das durch die Fenster des Schwedenschlosses schimmerte.

»Was habe ich nur gesehen?« fragte er sich. »Nein, das ist nicht nur einfach ein Geschöpf, sondern eine ganze Schöpfung. Von jener Welt, die ich flüchtig durch Schleier und Wolken hindurch erblickt habe, verbleiben mir Nachklänge, die den Erinnerungen an einen verwichenen Schmerz vergleichbar sind, oder dem Geblendetsein, wie es den Träumen entspringt, in denen wir das Ächzen vergangener Generationen vernahmen, vermischt mit den harmonischen Stimmen der hohen Sphären, darin alles Licht und Liebe ist. Wache ich? Bin ich noch immer schlafbefangen? Habe ich noch die Schlummeraugen, jene Augen, vor denen die lichtvollen Raumesweiten ins Unendliche zurückweichen und die den Raumesweiten folgen? Trotz der Nachtkälte glüht mir der Kopf noch immer. Auf ins Pfarrhaus! Beim Pastor und seiner Tochter werde ich mein Denken beruhigen können.«

Noch aber verließ er nicht die Stelle, von wo aus er in Seraphitas Wohnzimmer blicken konnte. Jenes mysteriöse Geschöpf schien der strahlende Mittelpunkt eines Kreises zu sein, der rings um sich eine ausgedehntere Atmosphäre schuf als andere Wesen sie haben: Wer hineingeriet, erlag der Macht eines Wirbels von Erhellungen und von verzehrenden Gedanken. Wilfrid mußte sich gegen diese unerklärliche Kraft wehren; und er triumphierte darüber nicht ohne große Mühe; doch nachdem er die Einfriedung jenes Hauses hinter sich gelassen, hatte er seinen freien Willen wiedergewonnen, schritt hastig auf das Pfarrhaus zu und befand sich bald unter der hohen Holzwölbung, die Herrn Bekkers Wohnung als Vorhalle diente. Er öffnete die erste, mit Birkenrinde beschlagene Tür, gegen die der Wind den Schnee getrieben hatte, klopfte nachdrücklich an die zweite und fragte dabei: »Erlauben Sie mir wohl, den Abend mit Ihnen zu verbringen, Herr Becker?«

»Ja«, riefen zwei Stimmen, deren Klang verschmolz.

Mit dem Betreten des Sprechzimmers kehrte Wilfrid nach und nach in das wirkliche Leben zurück. Er begrüßte Minna überaus herzlich, drückte Herrn Becker die Hand, ließ seine Blicke über ein Bild wandern, dessen Gestalten die Krämpfe seiner physischen Natur beschwichtigten, in der sich ein Phänomen vollzog, das demjenigen vergleichbar ist, das bisweilen Menschen überkommt, die an lange Kontemplationen gewöhnt sind. Wenn irgendein kraftvoller Gedanke einen Gelehrten oder einen Dichter auf seinen Chimärenflügeln entführt und ihn von den äußeren Umständen absondert, die ihn hienieden fesseln, und ihn den grenzenlosen Bereichen entgegenträgt, wo die ungeheuren Ansammlungen von Fakten zu Abstraktionen werden, wo die ausgedehntesten Werke der Natur Bilder sind; dann wehe ihm, wenn irgendein jähes Geräusch seine Sinne trifft und seine schweifende Seele zurückruft in ihr Gefängnis aus Fleisch und Knochen. Der Zusammenprall der beiden Mächte Körper und Geist, von denen die eine an der unsichtbaren Auswirkung des Blitzes teilhat und deren andere mit der wahrnehmbaren Natur den schlaffen Widerstand teilt, der für eines Augenblickes Dauer der Zerstörung Trotz bietet, dieser Kampf oder besser diese grausige Paarung erzeugen unerhörte Leiden. Der Körper hat die Flamme zurückverlangt, die ihn verzehrt, und die Flamme hat ihre Beute aufs neue ergriffen. Aber diese Verschmelzung vollzieht sich nicht ohne Aufwallen, ohne die Explosionen und die Qualen, deren sichtbare Zeugnisse uns durch die Chemie dargeboten werden, wenn zwei feindliche Prinzipien, die zu vereinen sie sich gefallen hatte, sich trennen. Seit ein paar Tagen, wenn Wilfrid bei Seraphita eintrat, fiel sein Körper dort in einen Schlund. Durch einen einzigen Blick zog jenes seltsame Geschöpf ihn im Geist in jene Sphäre, darein die Meditation den Gelehrten reißt; darein das Gebet die fromme Seele erhebt; darein die Vision den Künstler entführt; darein der Schlummer manche Menschen trägt; denn jeder hat seinen Weg, um den erhabenen Abgründen entgegenzuwandern; jeder hat seinen Führer, um dorthin geleitet zu werden; alle empfinden den Schmerz der Rückkehr. Einzig dort zerreißen die Schleier und zeigt die Offenbarung sich unverhüllt, die glühende, furchtbare Vertrauensbekundung einer unbekannten Welt, aus der der Geist nach hier unten nur Fetzen mitbringt. Für Wilfrid ähnelte häufig eine bei Seraphita verbrachte Stunde einem Traum, wie ihn gehabt zu haben die Theriakis[3] vorgeben, einem Traum, in dem jede Nervenfaser zum Mittelpunkt eines strahlenden Genusses wird. Er verließ sie zerbrochen wie ein junges Mädchen, das sich abgehetzt hat, weil es dem Lauf eines Riesen gefolgt ist. Die Kälte begann, durch ihre scharfen Geißelhiebe das morbide Beben zu lindern, das in ihm die Verquickung seiner beiden heftig auseinandergerissenen Naturen ausgelöst hatte; er ging dann stets ins Pfarrhaus; er fühlte sich zu Minna durch den Anblick des Alltagslebens hingezogen, nach dem es ihn ebenso dürstete, wie ein europäischer Abenteurer Durst nach seiner Heimat empfindet, wenn ihn inmitten der Märchenwelt, die ihn in den Orient gelockt hatte, das Heimweh überfällt. In dieser Minute war jener Fremdling erschöpfter denn je zuvor; er sank in einen Sessel und blickte eine Zeitlang um sich wie ein Erwachender. Herr Becker, der offenbar genauso wie seine Tochter an die augenscheinliche Absonderlichkeit seines Gastes gewöhnt war, fuhr gleich dieser mit seiner Betätigung fort.

Das Sprechzimmer hatte als Wandschmuck eine Sammlung norwegischer Insekten und Muscheln. Diese geschickt auf dem gelben Untergrund aus Fichtenholz, mit dem die Wände verkleidet waren, verteilten Kuriositäten bildeten dort einen reichen Gobelin, dem der Tabakrauch seine rußigen Farbtöne aufgeprägt hatte. Im Hintergrund, gegenüber der Haupttür, erhob sich ein riesiger gußeiserner Ofen, der von der Magd sorgfältig geputzt wurde und schimmerte, als sei er aus poliertem Stahl. Herr Becker saß in einem großen, mit Gobelinstickerei bezogenen Sessel nahe dem Ofen an einem Tisch, die Füße in einer Art Fußsack, und las in einem Folioband, der an andern Büchern wie an einem Pult lehnte; zu seiner Linken standen ein Krug Bier und ein Glas; zu seiner Rechten brannte eine rauchige, von Fischtran gespeiste Lampe. Der Geistliche schien etwa sechzig Jahre alt zu sein. Sein Gesicht gehörte dem Typus an, den Rembrandts Pinsel bevorzugt hat: Es wies jene kleinen, lebhaften Augen auf, die von Runzelringen eingefaßt und von dichten, ergrauenden Brauen überwölkt waren, sowie das weiße Haar, das in zwei flockigen Wellen unter einem schwarzen Samtkäppchen hervorlugte; die breite, kahle Stirn und der Schnitt des Gesichts, dessen volles Kinn es fast quadratisch wirken ließ; alsdann jene tiefe Ruhe, die dem Beobachter von irgendeiner Macht kündet, der Königswürde, die das Geld verleiht, der Tribunengewalt eines Bürgermeisters, dem Selbstbewußtsein eines Kunstbeflissenen oder der kubischen Kraft glücklicher Beschränktheit. Dieser schöne Greis, dessen Bäuchlein auf eine robuste Gesundheit schließen ließ, war in seinen Hausrock aus derbem Tuch gehüllt; er war an der Kante schlicht verziert. Im Munde hielt er gravitätisch eine Meerschaumpfeife; in gleichen Zeitabständen blies er Rauchwolken aus, folgte mit zerstreutem Blick den eigenwilligen Wirbeln und war offenbar damit beschäftigt, sich durch irgendeinen Verdauungsgedankengang die Ideen des Autors einzuverleiben, dessen Werke ihn beschäftigten. An der andern Seite des Ofens und nahe einer in die Küche führenden Tür war Minna undeutlich in dem Dunst zu sehen, den der Tabakrauch erzeugte; sie schien daran gewöhnt zu sein. Vor ihr auf einem Tischchen lagen alle für eine Näherin erforderlichen Gerätschaften: ein Stapel Handtücher, zu stopfende Strümpfe und eine Lampe, ähnlich derjenigen, die die weißen Seiten des Buches aufleuchten ließ, in das ihr Vater vertieft zu sein schien. Ihr frisches Gesicht, dessen zarte Konturen ihr eine große Reinheit liehen, harmonierte mit der Arglosigkeit, von der ihre weiße Stirn und ihre hellen Augen zeugten. Sie hielt sich auf ihrem Stuhl gerade, neigte sich nur ein wenig dem Licht zu, um besser zu sehen, und zeigte ohne ihr Wissen, wie schön ihre Brust war. Sie war schon zur Nacht gekleidet und trug einen weißen Baumwoll-Hausmantel. Eine schlichte Perkalhaube mit einer Rüsche aus dem gleichen Stoff als einzigem Schmuck umhüllte ihr Haar. Obgleich sie in irgendeine heimliche Betrachtung versenkt schien, zählte sie, ohne sich zu irren, die Fäden ihres Handtuchs oder die Maschen ihres Strumpfs. So bot sie das vollkommenste Bild, den echtesten Typus der Frau dar, die zu irdischer Tätigkeit bestimmt ist, deren Blick zwar das Gewölk des Sanktuariums hätte durchdringen können, die aber ein zugleich demütiger und barmherziger Gedanke in menschlichen Maßen verbleiben läßt. Wilfrid hatte sich in einen Sessel zwischen diesen beiden Tischen fallen lassen und betrachtete mit einer Art Trunkenheit dieses von Harmonie erfüllte Bild, dem die Tabakwolken keinen Abbruch taten. Das einzige Fenster, das dieses Sprechzimmer während der schönen Jahreszeit erhellte, war sorglich geschlossen. Statt der Vorhänge hing ein an einer Stange befestigter alter Wandteppich nieder und bildete dicke Falten. Es gab hier nichts

Malerisches, nichts Glänzendes, sondern strenge Schlichtheit, eine wahre Biederkeit, ein natürliches Sichgehenlassen und alle Gemütlichkeit eines häuslichen Lebens ohne Wirrnisse und Sorgen. Viele Wohnungen wirken wie ein Traum; der Glanz verrauschter Lust scheint darin unter dem kalten Lächeln des Luxus Brüchiges zu verbergen; dieses Sprechzimmer jedoch war von erhabener Wirklichkeit, harmonisch in seinen Farben und erweckte patriarchalische Vorstellungen von einem erfüllten, gesammelten Leben. Die Stille wurde einzig durch das Tappen der Magd gestört, die damit beschäftigt war, das Nachtessen vorzubereiten, und durch das Zischen des Stockfischs, den sie in gesalzener Butter briet, wie es Landessitte war.

»Wollen Sie eine Pfeife rauchen?« fragte der Pastor in einem Augenblick, da er meinte, Wilfrid könne ihn hören.

»Danke, lieber Herr Becker«, antwortete er.

»Sie scheinen heute noch leidender als sonst zu sein«, sagte Minna zu ihm; sie war betroffen ob der Schwäche, die aus der Stimme des Fremdlings klang.

»So bin ich immer, wenn ich aus dem Schlosse komme.«

Minna fuhr zusammen.

»Es ist von einer seltsamen Person bewohnt, Herr Pastor«, fuhr er nach einer Pause fort. »Während des halben Jahrs, das ich in diesem Dorf bin, habe ich es nicht über mich gebracht, Ihnen Fragen über sie zu stellen, und heute muß ich mir Gewalt antun, um mit Ihnen über sie zu sprechen. Ich habe anfangs recht heftig bedauert, daß meine Reise durch den Winter unterbrochen worden ist und ich gezwungen worden bin, hier zu bleiben; aber während der beiden letzten Monate sind die Ketten, die mich an Jarvis fesseln, mit jedem Tag immer enger und enger geworden, und ich habe Angst, meine Tage hier zu beschließen. Sie wissen, wie ich Seraphita begegnet bin, welchen Eindruck ihr Blick und ihre Stimme auf mich gemacht haben, wie ich schließlich bei ihr, die niemanden empfangen will, zugelassen worden bin. Vom ersten Tag an bin ich stets hierher gekommen, um Sie um Auskünfte über dieses geheimnisvolle Geschöpf zu bitten. Damals hat für mich jene Folge von Bezauberungen begonnen . . .«

»Bezauberungen!« rief der Pfarrer und schüttete die Asche

seiner Pfeife in eine plumpe, sandgefüllte Schüssel, die ihm als Spucknapf diente. »Gibt es denn so was, Bezauberungen?«

»Gewiß doch! Sie, der Sie in diesem Augenblick so gewissenhaft das Buch über die ›Beschwörungen‹ des Johann Wier[4] lesen, Sie werden die Erklärung verstehen, die ich Ihnen von meinen Empfindungen geben kann«, fuhr Wilfrid sogleich fort. »Wenn man aufmerksam die Natur in ihren großen Umwälzungen wie in ihren kleinsten Werken studiert, ist es unmöglich, nicht einzusehen, daß die Bezauberung, wenn man diesem Wort seine eigentliche Bedeutung zugesteht, zu den Unmöglichkeiten gehört. Der Mensch erschafft keine Kräfte; er benutzt die einzige, die existiert und die sie alle in sich begreift, nämlich die Bewegung, den unbegreiflichen Atem des herrscherlichen Schöpfers der Welten. Die Gattungen sind allzu gut gesondert, als daß die Hand des Menschen sie vermischen könnte; und das einzige Wunder, dessen sie fähig war, hat sich in der Verschmelzung zweier feindlicher Substanzen vollzogen. Nach wie vor ist das Schießpulver dem Blitz verwandt. Was das plötzliche Aufschießen einer Schöpfung betrifft, so erfordert jede Schöpfung Zeit, und die Zeit rückt unter den Händen weder vor noch weicht sie zurück. Somit gehorcht außerhalb unserer selbst die plastische Natur Gesetzen, in deren Ordnung und Ausübung keines Menschen Hand eingreifen kann. Aber nachdem wir auf diese Weise gemeinsame Sache mit der Natur gemacht haben, würde es unvernünftig sein, nicht in uns das Vorhandensein einer ungeheuren Macht anzuerkennen, deren Wirkungen so unermeßlich sind, daß die bekannten Generationen sie noch nicht völlig klassifiziert haben. Ich sage Ihnen nichts von der Fähigkeit, alles zu abstrahieren und die Natur zu zwingen, sich in das Wort einzuzwängen, ein gigantisches Vollbringen, über das der Durchschnittsmensch sich genausowenig Gedanken macht wie er über die Bewegung nachsinnt; aber das die indischen Theosophen dahin geführt hat, daß sie die Schöpfung durch ein Wort erklären, dem sie die entgegengesetzte Macht zuerteilt haben. Der kleinste Teil ihrer Nahrung, ein Reiskorn, aus dem eine Schöpfung hervorgeht und in dem jene Schöpfung andererseits sich resümiert, bot ihnen ein so reines Bild des schöpferischen Worts und des abstrahierenden Worts dar, daß es recht einfach war, dieses System auf das Entstehen von Welten anzuwenden. Die meisten Menschen müßten sich mit dem Reiskorn begnügen, das in die erste Verszeile aller Schöpfungsgeschichten eingesät ist. Sankt Johannes, der da sagte, das Wort sei in Gott, hat die Schwierigkeit nur noch komplizierter gemacht. Aber die Samenkörnerbildung, das Keimen und Erblühen unserer Ideen ist etwas Geringes, wenn wir diese Eigenheit, die viele Menschen miteinander teilen, mit der ganz individuellen Fähigkeit vergleichen, dieser Eigenheit durch irgendeine Konzentration mehr oder weniger aktive Kräfte mitzuteilen, sie zu einer dritten, zu einer neunten zu einer siebenundzwanzigsten Potenz zu erheben, sie so auf die Massen nachdrücklich einwirken zu sehen und magische Resultate durch Kondensation der Effekte der Natur zu erlangen. Nun aber nenne ich ›Bezauberungen‹ jene ungeheuren Geschehnisse, die sich zwischen zwei Membranen auf unserer Hirnhaut abspielen. In der unerforschten Natur der Welt des Geistes gibt es nun aber gewisse Wesen, die mit diesen unerhörten Kräften ausgerüstet sind; diese sind der furchtbaren Macht vergleichbar, die in der physischen Welt die Gase besitzen; sie kombinieren sich mit andern Wesen, durchdringen sie als aktive Ursache und produzieren in ihnen Zauberstücke, gegen die diese armen Heloten wehrlos sind: Sie bezaubern, sie beherrschen sie; sie zwingen sie in ein grausiges Vasallentum hinein und lassen auf ihnen die Herrlichkeiten und das Zepter einer höhergearteten Natur lasten, wobei sie bald nach der Art des Zitterrochens handeln, der den Fischer elektrisiert und betäubt; bald wie eine Dosis Phosphor, die das Leben steigert oder dessen Projektion beschleunigt; bald wie Opium, das die körperliche Natur einschläfert, den Geist seiner Fesseln entledigt, ihn über der Welt einherschweben läßt, sie ihm durch ein Prisma zeigt und ihr für ihn die Nahrung entnimmt, die ihm am meisten behagt; und, schließlich, bald wie die Katalepsie ist, die sämtliche Fähigkeiten zugunsten einer einzigen Vision ausschaltet. Die Wunder, die Bezauberungen, die Beschwörungen, die Behexungen, kurzum, die Geschehnisse, die wir unpassenderweise als übernatürlich bezeichnen, sind nur möglich und können nur erklärt werden durch den Despotismus, mit dem ein Geist uns zwingt, die Wirkungen einer geheimnisvollen Optik zu ertragen, die die Schöpfung vergrößert, verkleinert und sublimiert, sie sich in uns nach ihrem Gefallen bewegen läßt, sie uns entstellt oder verschönert, uns in den Himmel entrückt oder in die Hölle versenkt, in welchen beiden Ausdrücken die höchste Lust und der tiefste Schmerz zusammengefaßt werden. Diese Phänomene sind in uns und nicht außerhalb unserer. Das Wesen, das wir Seraphita nennen, scheint nur einer der seltenen, furchtbaren Dämonen zu sein, denen die Macht gegeben ist, die Menschen zu umschlingen, die Natur zusammenzupressen und an der okkulten Macht Gottes teilzuhaben. Die Reihe ihrer Bezauberungen hat bei mir mit dem Schweigen begonnen, das mir auferlegt wurde. Jedesmal, wenn ich es wagen wollte, Sie über sie auszufragen, war mir, ich sei drauf und dran, ein Geheimnis zu enthüllen, dessen unbestechlicher Hüter ich hätte sein sollen; jedesmal, wenn ich Sie hatte fragen wollen, hat sich mir ein brennendes Siegel auf die Lippen gelegt, und ich war der unfreiwillige Diener dieses geheimnisvollen Verbots. Zum hundertstenmal sehen Sie mich hier niedergeschlagen und gebrochen, weil ich mit jener halluzinatorischen Welt gespielt habe, die dieses für Sie beide sanfte, zerbrechliche junge Mädchen in sich trägt, das für mich indessen die härteste Zauberin ist. Ja, für mich ist sie etwas wie eine Hexe, die in der rechten Hand ein unsichtbares Werkzeug hält, um die Welt in Aufruhr zu versetzen, und in der linken Hand den Blitz, um alles nach ihrem Willen zu vernichten. Kurzum, ich kann ihre Stirn nicht mehr betrachten; sie ist von unerträglicher Helle. Seit einigen Tagen streife ich allzu ungeschickt an den Abgründen des Wahnsinns einher, als daß ich noch schweigen könnte. So ergreife ich denn den Augenblick, da ich den Mut aufbringe, jenem Ungeheuer zu trotzen, das mich nach sich zieht, ohne mich zu fragen, ob ich seinem Flug folgen könne. Wer ist sie? Haben Sie sie als Kind gekannt? Ist sie je geboren worden? Hat sie Eltern gehabt? Ist sie durch die Verschmelzung von Eis und Sonne gezeugt worden? Sie vereist und verbrennt; sie tritt hervor und zieht sich zurück wie eine eifersüchtige Wahrheit; sie lockt mich an und stößt mich zurück; sie gibt mir das Leben und den Tod; ich liebe sie und hasse sie. Ich kann so nicht länger leben; ich will im Himmel oder in der Hölle sein.«

Pastor Becker hielt in der einen Hand die aufs neue gestopfte

Pfeife, in der andern deren Deckel, ohne ihn wieder aufzusetzen, lauschte Wilfrid mit geheimnisvoller Miene und musterte dann und wann seine Tochter, die diese Sprache zu verstehen schien, im Einklang mit dem Wesen, das sie inspirierte. Wilfrid war schön wie Hamlet, als er dem Geist seines Vaters widerstrebt, mit dem er Zwiesprache führt, als er sieht, daß er für ihn allein inmitten der Lebenden entsteht.

»Dies alles ähnelt sehr den Reden eines Verliebten«, sagte der gute Pastor treuherzig.

»Verliebt?« entgegnete Wilfrid. »Ja, nach den üblichen Anschauungen. Aber, lieber Herr Pastor Becker, kein Wort vermag den Wahnwitz auszudrücken, mit dem ich diesem wilden, absonderlichen Geschöpf entgegenstürze.«

»Sie lieben Sie also?« fragte Minna vorwurfsvoll.

»Fräulein Minna, ich verspüre ein so seltsames Beben, wenn ich sie sehe, und eine so tiefe Traurigkeit, wenn ich sie nicht sehe, daß solcherlei Empfindungen bei jedem Mann von Liebe künden würden; aber dieses Gefühl bringt die Wesen feurig einander nahe, während sich stets zwischen mir und ihr irgendein Abgrund auftut, dessen Kälte mich durchdringt, wenn ich bei ihr bin, und dessen Bewußtsein hinschwindet, wenn ich ihr fern bin. Ich verlasse sie stets verzweifelter, ich komme stets begieriger zu ihr zurück wie die Gelehrten, die nach einem Geheimnis forschen und die die Natur zurückstößt; wie der Maler, der das Leben auf die Leinwand bannen will und sich trotz aller Hilfsmittel der Kunst bei diesem vergeblichen Versuch zermürbt.«

»Herr Wilfrid, das alles dünkt mich vollauf richtig«, antwortete naiv das junge Mädchen.

»Wie kannst du das wissen, Minna?« fragte der alte Mann.

»Ach, Vater, wenn du heute morgen mit uns auf die Gipfelhöhen des Falbergs gestiegen wärst, und wenn du sie betend gesehen hättest, dann würdest du mir diese Frage nicht stellen! Du würdest sagen wie Herr Wilfrid, als er sie zum erstenmal in unserer Kirche erblickt hatte: ›Das ist der Genius des Gebets.‹«

Diesen letzten Worten folgte ein kurzes Schweigen.

»Ja«, entgegnete Wilfrid, »sie hat nichts gemein mit den Geschöpfen, die sich in den Löchern dieses Erdballs tummeln.«

»Auf den Falberg!« rief der alte Pastor. »Wie habt ihr es angefangen, dort hinaufzugelangen?«

»Das weiß ich nicht«, antwortete Minna. »Mein Lauf ist jetzt für mich wie ein Traum, von dem mir einzig die Erinnerung geblieben ist! Ich würde vielleicht nicht einmal daran glauben ohne dieses leibhaftige Zeugnis.«

Sie zog die Blume aus ihrem Mieder und zeigte sie. Alle drei saßen da und hefteten die Augen auf das hübsche Steinbrechpflänzchen, das noch ganz frisch war und das, von den Lampen hell beleuchtet, in der Rauchwolke schimmerte wie ein andersgeartetes Licht.

»Das ist etwas Übernatürliches«, sagte der alte Mann beim Anblick einer im Winter erschlossenen Blume.

»Ein Abgrund!« rief Wilfrid, den der Duft außer sich brachte.

»Diese Blume macht mich schwindlig«, entgegnete Minna. »Ich glaube, noch jene Stimme zu hören, die die Musik des Gedankens ist, wie ich noch das Leuchten jenes Blickes sehe, der die Liebe ist.«

»Erbarmen, lieber Herr Pastor Becker, erzählen Sie mir vom Leben Seraphitas, der rätselhaften Menschenblume, deren Bildnis in dieser geheimnisvollen Pflanze dargeboten wird.«

»Lieber Gast«, antwortete der alte Mann und stieß eine Tabakwolke aus, »um Ihnen die Geburt dieses Geschöpfs zu verdeutlichen, muß ich Ihnen die Wolken vor der dunkelsten aller christlichen Lehren vertreiben; aber es ist nicht leicht, sich klar auszudrücken, wenn man von der unbegreiflichsten aller Enthüllungen spricht, dem letzten Glanz des Glaubens, der, wie es heißt, auf unsern Haufen Schmutz niedergestrahlt hat. Kennen Sie Swedenborg[5]?«

»Nur dem Namen nach; aber von ihm selbst, von seinen Büchern, von seiner Religion weiß ich nichts.«

»Gut, dann will ich Ihnen vom ganzen Swedenborg erzählen.«

III

Seraphita-Seraphitus

Nach einer Pause, in der der Pfarrer seine Erinnerungen zu sammeln schien, fuhr er folgendermaßen fort:

»Emanuel von Swedenborg ist in Upsala in Schweden im Januar 1688 geboren worden, wie einige Autoren angeben, oder 1689, nach seinem Epitaph. Sein Vater war Bischof von Skara[6]. Swedenborg lebte fünfundachtzig Jahre, da der Tod ihm am 29. März 1772 in London widerfuhr. Ich bediene mich dieser Formulierung, um auszudrücken, daß es sich dabei lediglich um eine Veränderung des Zustands handelte. Nach den Behauptungen seiner Jünger soll Swedenborg in Jarvis und in Paris noch lange nach diesem Datum gesehen worden sein. Erlauben Sie, lieber Herr Wilfrid«, sagte Pastor Becker und vollführte eine Handbewegung, um jeder Unterbrechung zuvorzukommen, »ich erzähle Fakten, ohne sie zu bestätigen oder zu leugnen. Bitte, hören Sie zu, und hernach können Sie dann über all das denken, was Sie wollen. Ich werde Sie darauf hinweisen, wenn ich die Lehre beurteile, kritisiere und diskutiere, um meine geistige Neutralität zwischen der Vernunft und ›Ihm‹ zu bekunden.

Das Leben Emanuel Swedenborgs zerfällt in zwei Teile«, fuhr der Pastor fort. »Von 1688 bis 1745 erschien der Baron Emanuel von Swedenborg[7] in der Gesellschaft als ein Mann von ungemein umfassendem Wissen, geachtet und geliebt um seiner Tugenden willen, immer untadelhaft, stets nützlich. Während er in Schweden hohe Funktionen ausübte, hat er zwischen 1709 und 1740 zahlreiche, gut fundierte Bücher über Mineralogie, Physik, Mathematik und Astronomie veröffentlicht; sie haben die Welt der Gelehrten aufgeklärt. Er hat die Methode erfunden, Docks zur Aufnahme von Schiffen zu bauen. Er hat über die wichtigsten Fragen geschrieben, von der Höhe der Gezeiten bis zur Position der Erde. Er hat gleichzeitig Mittel und Wege gefunden, bessere Schleusen für die Kanäle zu konstruieren, und die einfachsten Verfahren zur Ausschmelzung von Metallen. Kurzum, er hat sich mit keiner Wissenschaft befaßt, ohne sie zu fördern. In jungen Jahren hat er das Hebräische, Griechische, Lateinische und die orientalischen Sprachen studiert, deren Kenntnis ihm so vertraut war, daß mehrere berühmte Professoren ihn häufig um Rat gefragt haben, daß er in der Tatarei Spuren des ältesten Buchs des ›Worts‹ entdecken konnte, genannt ›Die Kämpfe Jehovas‹, und die ›Sprüche‹, von denen Moses in den ›Numeri‹ (XXI, 14, 15, 27–30), Josua, Jeremias und Samuel sprechen. ›Die Kämpfe Jehovas‹ sollen den historischen Teil, die ›Sprüche‹ den prophetischen Teil jenes Buches bilden, das älter als die Genesis ist. Swedenborg hat sogar behauptet, daß der ›Jaschar‹ oder ›Das Buch des Gerechten‹, das bei Josua erwähnt wird, in der östlichen Tatarei zusammen mit dem Kult der telepathischen Verbindungen existiert habe. Ein Franzose hat, wie es heißt, unlängst die Vorhersagen Swedenborgs dadurch bestätigt, daß er bekanntgab, er habe in Bagdad mehrere in Europa unbekannte Teil der Bibel aufgefunden. Bei der fast europäischen Diskussion, die der tierische Magnetismus in Paris entfachte und an der nahezu alle Gelehrten aktiven Anteil genommen haben, im Jahre 1785, hat der Marquis de Thomé[8] Swedenborgs Andenken gerächt, indem er auf Behauptungen hinwies, die den vom König von Frankreich zwecks Prüfung des Magnetismus ernannten Kommissaren entgangen waren. Jene Herren hatten behauptet, es gebe keine Theorie über den Magneten, während Swedenborg sich bereits um 1720 damit beschäftigt hatte. De Thomé nahm diese Gelegenheit wahr, um die Ursachen der Vergessenheit darzulegen, der die berühmtesten Männer den schwedischen Gelehrten hatten anheimfallen lassen, um in seinen Schätzen stöbern und sich ihrer für ihre Arbeiten bedienen zu können. ›Einige der Erlauchtesten‹, hat de Thomé gesagt und dabei auf die ›Théorie de la Terre‹ von Buffon angespielt, ›haben die Schwäche besessen, sich mit Pfauenfedern zu schmücken, ohne ihm deswegen zu huldigen‹. Kurzum, er hat durch sieghafte Zitate bewiesen, die er den enzyklopädischen Büchern Swedenborgs entnahm, daß dieser große Prophet um mehrere Jahrhunderte dem langsamen Gang der menschlichen Wissenschaften vorausgeeilt war: Es genügt nämlich tatsächlich, seine philosophischen und mineralogischen Werke zu lesen, um davon überzeugt zu sein. Da finden sich Abschnitte, in denen er sich zum Vorläufer der heutigen Chemie aufwirft, wenn er verkündet, daß die Produkte der organischen Natur sämtlich auflösbar sind und auf zwei reine Prinzipien zurückgehen; daß Wasser, Luft und Feuer keine Elemente seien; an einer andern Stelle geht er mit ein paar Worten den Geheimnissen des Magnetismus auf den Grund und entreißt auf diese Weise Mesmer den Ruhm, als erster darum gewußt zu haben. – Kurz und gut«, sagte Pastor Becker und zeigte auf ein langes, zwischen dem Ofen und dem Fenster an der Wand befestigtes Brett, auf dem Bücher jeglichen Formats standen, »hier haben Sie von ihm siebzehn verschiedene Werke, von denen ein einziges, seine philosophischen und mineralogischen Werke, veröffentlicht 1734, allein schon drei Foliobände ausmachen. Diese Erzeugnisse, die Swedenborgs positive Kenntnisse bestätigen, sind mir von Herrn Seraphitus, seinem Vetter, dem Vater Seraphitas, geschenkt worden. Im Jahre 1740 verfiel Swedenborg in absolutes Schweigen; er hat es lediglich gebrochen, um sich von seinen zeitlichen Betätigungen abzuwenden und ausschließlich an die geistige Welt zu denken. 1745 hat er die ersten Befehle des Himmels empfangen. Folgendermaßen erzählt er von seiner Berufung: Als er eines Abends in London mit großem Appetit sein Nachtmahl verspeist hatte, breitete sich in seinem Zimmer dichter Nebel aus. Als die Finsternisse wichen, erhob sich in einer Zimmerecke ein Geschöpf, das Menschengestalt angenommen hatte, und sagte mit schrecklicher Stimme zu ihm: ›Iß nicht soviel!‹ Fortan hielt er strenge Diät. In der folgenden Nacht kam derselbe Mann, lichtstrahlend, und sagte zu ihm: ›Ich bin gesandt worden von Gott, der dich erkoren hat, um den Menschen den Sinn seines Worts und seiner Schöpfung zu erklären. Ich will dir diktieren, was du schreiben mußt.‹ Die Vision dauerte nur wenige Augenblicke. Der *Engel,* so hat er gesagt, trug ein Purpurgewand. Während dieser Nacht wurden die Augen seines *inneren Menschen* aufgetan und befähigt, in den Himmel zu schauen, in die Welt der Geister und in die Höllenkreise; drei verschiedene Sphären, in denen er Leute gewahrte, die er gekannt hatte, und die in ihrer menschlichen Gestalt hingeschwunden waren, die einen seit langer, die andern seit kurzer Zeit. Von dieser Stunde an hat Swedenborg ständig das Leben der Geister gelebt und ist in dieser Welt als der Gesandte Gottes verblieben. Zwar ist seine Mission von Glaubenslosen angezweifelt worden, aber sein Lebenswandel war offenbar derjenige eines der Menschheit überlegenen Wesens. Vor allem hat er, obwohl durch sein Vermögen auf das strikt Notwendige beschränkt, riesige Summen, was notorisch feststeht, in mehreren Handelsstädten an große Firmen gegeben, die sich in Konkurs befanden oder kurz davor standen. Keiner derjenigen, die an seine Freigebigkeit appellierten, ging vondannen, ohne sogleich befriedigt worden zu sein. Ein ungläubiger Engländer hat ihm nachgespürt, ist ihm in Paris begegnet und hat erzählt, die Türen seines Hauses hätten ständig offengestanden. Als eines Tages sein Diener sich über diese Sorglosigkeit beschwert hatte, die ihn der Gefahr aussetzte, der Diebstähle bezichtigt zu werden, die an dem Geld seines Herrn begangen werden könnten, habe Swedenborg lächelnd gesagt, er verzeihe ihm seine Kleingläubigkeit, er sehe ja nicht den Hüter, der an seiner Tür wache. Er hat tatsächlich, in welcher Stadt er auch wohnen mochte, nie seine Türen geschlossen, und es ist ihm nichts abhanden gekommen. In Göteborg, einer Stadt, die sechzig Meilen von Stockholm entfernt liegt, hat er drei Tage vor Eintreffen der Post die genaue Stunde der Feuersbrunst verkündet, die Stockholm verzehrte, und dabei darauf hingewiesen, sein Haus sei nicht abgebrannt: Und das stimmte. Die Königin von Schweden[9] hat in Berlin ihrem Bruder, dem König, gesagt, eine ihrer Hofdamen, die aufgefordert worden sei, eine Summe zu bezahlen, von der sie wußte, daß ihr Mann sie vor seinem Tode zurückerstattet hatte, die aber die Quittung nicht finden konnte, sei zu Swedenborg gegangen und habe ihn gebeten, ihren Mann zu fragen, wo der Beweis der geleisteten Zahlung sich befinden könne. Am andern Tag habe Swedenborg ihr den Ort angegeben, wo die Quittung lag; und da er, dem Wunsch jener Hofdame entsprechend, den Verstorbenen gebeten hatte, seiner Frau zu erscheinen, habe diese ihn im Traum in ebendem Schlafrock gesehen, den er vor seinem Tod getragen habe, und er habe ihr die Quittung an der Stelle gezeigt, die ihr von Swedenborg bezeichnet worden war und wo sie dann tatsächlich versteckt gelegen hatte. Als er sich eines Tages in London auf dem Schiff des Kapitäns

Dixon eingeschifft hatte, hörte er eine Dame fragen, ob man auch mit genügend Lebensmitteln versehen sei. ›Es bedarf deren nicht soviel‹, antwortete er. ›In acht Tagen um zwei Uhr sind wir im Stockholmer Hafen.‹ Was auch geschah. Der visionäre Zustand in bezug auf irdische Dinge, in den Swedenborg sich nach Belieben versetzte und der alle, die sich ihm näherten, durch wundersame Ergebnisse in Erstaunen setzte, war nur eine schwache Betätigung seiner Fähigkeit, die Himmelsweiten zu erschauen. Unter diesen Visionen sind diejenigen, in denen er von seinen Reisen durch die ›Astral-Länder‹ erzählt, nicht die am wenigsten seltsamen, und seine Schilderungen müssen notwendigerweise durch die Unbefangenheit der Einzelheiten überraschen. Ein Mann, dessen riesige wissenschaftliche Reichweite unbestreitbar ist, der in sich Konzeption, Willen und Phantasie vereinte, würde gewiß Besseres erfunden haben, wenn er erfunden hätte. Die phantastische Literatur der Orientalen bietet übrigens nichts dar, was uns eine Vorstellung von diesem schwindelerregenden, von keimhafter Poesie erfüllten Werk geben könnte, falls es überhaupt erlaubt ist, ein Werk des Glaubens mit den Werken der arabischen Phantasie zu vergleichen. Die Entrükkung Swedenborgs durch den Engel, der ihm bei seiner ersten Reise als Führer diente, ist von einer Erhabenheit, die in allem Abstand, den Gott zwischen die Erde und die Sonne gelegt hat, die der Epen Klopstocks, Miltons, Tassos und Dantes übertrifft. Dieser Teil, der als Einleitung seines Werks über die ›Astral-Länder‹ dient, ist niemals veröffentlicht worden; er gehört den mündlichen Überlieferungen an, die Swedenborg den drei Jüngern hinterlassen hat, die seinem Herzen am nächsten standen. Silverichim besitzt die Niederschrift. Herr Seraphitus hat mir dann und wann davon erzählen wollen; aber die Erinnerung an das Wort seines Vetters war so heiß, daß er bei den ersten Worten innehielt und in eine träumerische Grübelei versank, der nichts ihn zu entreißen vermochte. Die Rede, durch die der Engel Swedenborgs bewies, daß jene Himmelskörper nicht dazu erschaffen worden sind, um unbewohnt umherzuirren, erdrückt, so hat mir der Baron gesagt, alle menschlichen Wissenschaften unter dem Grandiosen einer göttlichen Logik. Nach der Aussage des Propheten pflegen die Bewohner des Jupiter nicht die Wissenschaften, sondern bezeichnen sie als Schatten; die des Merkur verabscheuen den Ausdruck der Ideen durch das Wort, das sie zu stofflich dünkt; sie haben eine Augensprache; die des Saturn werden beständig durch böse Geister in Versuchung geführt; die des Mondes sind klein wie sechsjährige Kinder; ihre Stimme kommt aus dem Bauch, und sie kriechen; die der Venus sind von gigantischem Wuchs, aber dumm; sie leben vom Straßenraub; nichtsdestoweniger hat ein Teil jenes Planeten Bewohner von großer Sanftmut, die in der Liebe zum Guten leben. Kurzum, er schildert die Lebensgewohnheiten der mit jenen Himmelskörpern verhafteten Bewohner und überträgt den allgemeinen Sinn ihrer Existenz in Beziehung zum Weltganzen in so genauen Ausdrücken; er gibt Erklärungen, die so gut zu den Auswirkungen ihrer im Gesamtsystem der Welt zutagetretenden Entwicklungen passen, daß vielleicht eines Tages die Gelehrten dahin gelangen werden, aus diesen Lichtquellen zu trinken. Hier«, sagte Pastor Becker, als er ein Buch ergriffen und es an einer durch ein Lesezeichen markierten Stelle aufgeschlagen hatte, »hier können Sie sehen, mit welchen Worten er dieses Werk abgeschlossen hat: ›Wenn bezweifelt wird, daß ich wirklich in eine große Zahl von Astral-Ländern versetzt worden bin, dann möge man sich meiner Bemerkungen über die Entfernungen im jenseitigen Leben erinnern; sie existieren nur relativ zum äußeren Zustand des Menschen; da ich nun aber innerlich angelegt worden bin wie die Engel-Geister jener Länder, habe ich sie kennenlernen können.‹ Die Umstände, denen wir es verdankten, den Baron Seraphitus, den vielgeliebten Vetter Swedenborgs, hier in unserer Gemeinde zu haben, haben mir kein Geschehnis dieses ungewöhnlichen Lebens fremd bleiben lassen. Er ist unlängst in einigen Zeitungen Europas des Betrugs bezichtigt worden; sie haben folgendes Faktum nach einem Brief des Chevaliers Beylon[10] berichtet. Swedenborg, so wurde berichtet, der durch Reichsräte in die Korrespondenz der verstorbenen Königin von Schweden mit ihrem Bruder, dem Prinzen von Preußen, eingeweiht worden, habe jener Fürstin dessen Geheimnisse enthüllt und sie glauben lassen, er sei darüber durch übernatürliche Mittel unterrichtet worden. Ein glaubwürdiger Mann, Karl-Leonhard von Stahlhammer[11], Hauptmann der königlichen Leibgarde und Ritter des Schwerter-Ordens, hat brieflich auf diese Verleumdung geantwortet.«

Der Pastor kramte im Schubfach seines Tischs unter einigen Papieren und fand schließlich ein Zeitungsblatt, das er Wilfrid hinhielt, und dieser las laut folgenden Brief vor:

»Stockholm, 13. Mai 1788.

Mit Erstaunen habe ich den Brief gelesen, der die Unterhaltung wiedergibt, die der berühmte Swedenborg mit der Königin Louise-Ulrike gehabt hat; die Umstände sind darin völlig falsch wiedergegeben worden, und ich hoffe, der Verfasser wird es mir verzeihen, wenn ich durch einen getreuen Bericht, der durch mehrere Personen von Rang, die dabei gewesen und die noch am Leben sind, bestätigt werden kann, ihm beweise, wie sehr er sich geirrt hat. Im Jahre 1758, kurze Zeit nach dem Tod des Prinzen von Preußen, kam Swedenborg an den Hof; er pflegte sich dort regelmäßig einzufinden. Kaum war er von der Königin bemerkt worden, als sie zu ihm sagte: ›Hören Sie, Herr Bergassessor, haben Sie meinen Bruder gesehen?‹ Swedenborg verneinte, und die Königin erwiderte ihm: ›Wenn Sie ihm begegnen, dann grüßen Sie ihn von mir.‹ Als sie das sagte, hatte sie keine andere Absicht, als zu scherzen, und dachte nicht im Entferntesten daran, irgend etwas auf ihren Bruder Bezügliches erfahren zu wollen. Acht Tage und nicht vierundzwanzig später, noch auch in einer Privataudienz, kam Swedenborg abermals zu Hofe, aber zu so früher Stunde, daß die Königin ihr Gemach, das sogenannte Weiße Zimmer, noch nicht verlassen hatte, wo sie mit ihren Ehrendamen und andern Damen des Hofstaats plauderte. Swedenborg wartet nicht, daß die Königin herauskommt, sondern geht stracks in ihr Gemach und flüstert ihr etwas zu. Die Königin war tief betroffen und einer Ohnmacht nahe; es bedurfte einiger Zeit, bis sie sich erholt hatte. Als sie wieder zu sich gekommen war, sagte sie zu ihrer Umgebung: ›Nur Gott und mein Bruder konnten wissen, was er mir eben gesagt hat!‹ Sie gestand, er habe mit ihr über ihren letzten Briefwechsel mit jenem Prinzen gesprochen, dessen Thema nur ihnen beiden bekannt sei. Ich kann nicht erklären, wie Swedenborg Kenntnis von jenem Geheimnis hat erhalten können; aber ich kann bei meiner Ehre versichern, daß weder der Graf H..., wie der Verfasser des Briefs behauptet, noch sonst jemand die Briefe der Königin abgefangen oder gelesen hat. Der damalige Reichsrat hat ihr erlaubt, in voller Sicherheit an ihren Bruder zu schreiben; er hat diese Korrespondenz als für den Staat völlig gleichgültig betrachtet. Es ist offenbar, daß der Verfasser besagten Briefes den Charakter des Grafen H... völlig verkannt hat. Jener ehrenwerte Edelmann, der seinem Vaterland die wichtigsten Dienste geleistet hat, vereinte mit den Talenten des Geistes die Qualitäten des Herzens, und sein hohes Alter hat diese kostbaren Gaben keineswegs gemindert. Er hat während seiner ganzen Amtszeit die aufgeklärteste Politik mit der gewissenhaftesten Rechtlichkeit verbunden, und er ist der erklärte Feind aller geheimen Intrigen und verhüllten Machenschaften gewesen, die er stets als unwürdige Mittel zur Erreichung des Ziels betrachtet hat. Ebensowenig hat der Verfasser den Bergassessor Swedenborg gekannt. Die einzige Schwäche dieses wahrhaft ehrenwerten Mannes war sein Glaube an Geistererscheinungen; aber ich habe ihn sehr lange gekannt und kann versichern, daß er ebenso überzeugt war, mit Geistern zu sprechen und zu konversieren, wie ich es in diesem Augenblick bin, da ich diese Zeilen schreibe. Als Bürger und als Freund war er der sauberste Mensch; er verabscheute den Betrug und führte ein exemplarisches Leben. Die Erklärung, die der Chevalier Beylon über jenes Geschehnis hat geben wollen, ist folglich von Grund auf falsch; und der Besuch, den während der Nacht die Grafen H... und T... Swedenborg gemacht haben sollen, ist gänzlich erfunden. Übrigens kann der Verfasser des Briefs versichert sein, daß ich nichts weniger als ein Anhänger Swedenborgs bin; einzig Wahrheitsliebe hat mich dazu angetrieben, getreulich eine Tatsache wiederzugeben, die schon so oft mit völlig falschen Einzelheiten berichtet worden ist, und ich bestätige das, was ich soeben niedergeschrieben habe, dadurch, daß ich meinen Namenszug darunter setze.«

»Die Beweise, die Swedenborg dem schwedischen und dem preußischen Königshaus von seiner Mission gegeben hat, haben sicherlich die Gläubigkeit begründet, der mehrere Personen jener Höfe heute noch anhängen«, fuhr Pastor Becker fort und legte das Zeitungsblatt in das Schubfach zurück. »Nichtsdestoweniger«, fuhr er fort, »werde ich Ihnen nicht alle Gegebenheiten seines materiellen und sichtbaren Lebens aufzählen: Seine Gepflogenheiten waren nicht so beschaffen, daß sie genau gekannt werden könnten. Er lebte in der Verborgenheit; er wollte weder reich noch berühmt werden. Er zeichnete sich sogar durch einen gewissen Widerwillen aus, Proselyten zu machen; er erschloß sich nur wenigen, und er teilte jene äußeren Fähigkeiten nur denen mit, in denen Glauben, Weisheit und Liebe erglänzten. Durch einen einzigen Blick wußte er den Seelenzustand derjenigen zu durchschauen, die an ihn herantraten, und diejenigen, die er durch ein inneres Wort erschüttern wollte, verwandelte er in ›Seher‹. Seit dem Jahre 1755 hat keiner seiner Jünger ihn etwas aus irgendeinem menschlichen Motiv vollbringen sehen. Ein einziger Mensch, ein schwedischer Geistlicher namens Matthesius[12], hat ihn des Wahnsinns geziehen. Durch einen merkwürdigen Zufall ist eben jener Matthesius, der Feind Swedenborgs und seiner Schriften, kurze Zeit danach wahnsinnig geworden und hat noch einige Zeit in Stockholm von einer Pension gelebt, die der König von Schweden ihm bewilligt hatte. Die Laudatio auf Swedenborg ist übrigens in bezug auf die Ereignisse seines Lebens mit peinlicher Sorgfalt ausgearbeitet und 1786 im großen Saal der Königlichen Akademie der Wissenschaften zu Stockholm von Herrn von Sandel[13] gehalten worden, dem Rat am Bergbaukollegium. Schließlich berichtet eine vom Lordmayor von London entgegengenommene Erklärung die geringsten Einzelheiten über Swedenborgs letzte Krankheit und Tod; er erhielt damals den Beistand eines hochangesehenen schwedischen Geistlichen namens Ferelius. Die dazu aufgeforderten Personen bezeugen, daß Swedenborg, weit davon entfernt, seine Schriften abzuleugnen, beharrlich deren Wahrheit bekräftigt hat. ›In hundert Jahren‹, hat er zu Ferelius gesagt, ›wird meine Lehre die Kirche regieren‹. Tag und Stunde seines Todes hat er ganz genau vorhergesagt. An jenem Tag, Sonntag, dem 29. März 1772, hat er nach der Uhrzeit gefragt. ›Es ist fünf‹, wurde ihm geantwortet. ›Dann ist es aus‹, hat er gesagt, ›Gott segne euch!‹ Zehn Minuten später verschied er ganz ruhig unter Aushauchung eines leichten Seufzers. Schlichtheit, Genügsamkeit und Einsamkeit waren also die Hauptzüge seines Lebens. Wenn er einen seiner Traktate vollendet hatte, schiffte er sich ein, um ihn in London oder Holland drucken zu lassen, und sprach nie mehr darüber. Auf diese Weise veröffentlichte er nach und nach siebenundzwanzig verschiedene Traktate, die, wie er sagte, sämtlich nach dem Diktat von Engeln niedergeschrieben worden waren. Ob das nun aber wahr ist oder nicht, nur wenige Menschen besitzen die Kraft, deren flammende Wortgewalt zu ertragen. Hier stehen sie alle«, sagte Pastor Becker und zeigte auf ein zweites Wandbrett, auf dem an die sechzig Bände standen. »Die sieben Traktate, in denen der Geist Gottes seine stärksten Strahlen wirft, sind[14]: ›Die Seligkeiten des ehelichen Lebens‹, ›Himmel und Hölle‹, ›Die enthüllte Apokalypse‹, ›Die Offenbarung des inneren Sinnes‹, ›Die göttliche Liebe‹, ›Das wahre Christentum‹, ›Die Weisheit der Engel über die Allmacht, die Allwissenheit und Allgegenwart derer, die Gottes Ewigkeit und Unendlichkeit teilen‹. Seine Ausdeutung der Apokalypse beginnt mit folgenden Worten«, sagte Pastor Becker, nahm den nächststehenden Band und schlug ihn auf: »›Hier habe ich nichts von dem Meinigen hineingetan, ich habe dem Herrn nachgesprochen, der durch den gleichen Engel zu Johannes gesagt hat: Versiegle nicht die Worte der Weissagung in diesem Buch. (Apokalypse 22, 10).‹«

»Lieber Herr«, sagte der Geistliche und blickte Wilfrid an, »ich habe während der Winternächte oftmals an allen Gliedern gezittert, wenn ich diese furchtbaren Werke las, in denen dieser Mann in vollkommener Harmlosigkeit die größten Wunder erklärt. ›Ich habe die Himmel und die Engel gesehen‹, sagte er. ›Der geistige Mensch sieht den geistigen Menschen viel besser als der irdische Mensch den irdischen Menschen. Wenn ich die Wunder der Himmel und diejenigen unterhalb der Himmel beschreibe, gehorche ich dem Befehl, es zu tun, den der Herr mir erteilt hat. Es steht jedermann frei, mir nicht zu glauben, ich kann die andern nicht in den Zustand versetzen, in den Gott mich versetzt hat; es hängt nicht von mir ab, sie mit den Engeln sprechen zu lassen oder das Wunder zu vollziehen, sie zum Verstehen geeignet zu machen; sie selber sind die einzigen Werkzeuge ihrer engelhaften Verzückung. Seit achtundzwanzig Jahren lebe ich jetzt mit den Engeln in der geistigen Welt, und auf Erden mit den Menschen; denn es hat dem Herrn gefallen, mir die Augen des Geistes zu öffnen, wie er sie Paulus, Daniel und Elias aufgetan hat.‹ Nichtsdestoweniger haben manche Leute Visionen der geistigen Welt durch die völlige Trennung, die der Somnambulismus zwischen ihrer äußeren Form und ihrem inneren Menschen bewerkstelligt. ›In diesem Zustand‹, sagt Swedenborg in seinem Traktat ›Von der Weisheit der Engel‹ (Nr. 257), ›kann der Mensch sich bis ins himmlische Licht erheben, weil, wenn seine körperlichen Sinne ausgeschaltet sind, der Einfluß des Himmels ohne Hindernis auf den inneren Menschen einwirken kann.‹ Viele Leute, die nicht daran zweifeln, daß Swedenborg himmlische Offenbarungen erhalten hat, meinen dennoch, nicht alle seine Schriften seien gleichermaßen von göttlicher Inspiration durchdrungen. Andere dagegen fordern eine unbedingte Anhängerschaft an Swedenborg, geben indessen seine Dunkelheiten zu; aber sie glauben, daß die Unvollkommenheit der irdischen Sprache den Propheten daran gehindert hat, seine spirituellen Visionen klar auszudrücken, deren Dunkelheiten für die Augen derjenigen verschwinden, die durch den Glauben erneuert worden sind; denn nach dem wundervollen Ausspruch seines größten Jüngers ist ›der Leib nur eine äußerliche Geburt‹. Für die Dichter und Schriftsteller ist seine Wunderwelt unermeßlich; für die Sehenden ist das alles die pure Wirklichkeit. Für manche Christen sind seine Schilderungen ein Ärgernis gewesen. Gewisse Kritiker haben die himmlische Substanz seiner Tempel, seiner goldenen Paläste, seiner prächtigen Villen, in denen die Engel sich ergötzen, lächerlich gemacht; andere haben über seine Boskette aus mysteriösen Bäumen gespottet und über seine Gärten, in denen die Blumen reden; in denen die Luft weiß ist; in denen mystische Edelsteine, Sardonyx, Karfunkel, Chrysolith, Chrysopras, Saphir, Chalzedon, Beryll, Urim und Thumim mit Bewegung begabt sind, himmlische Wahrheiten aussprechen und befragt werden können, denn sie antworten durch wechselnde Farbenspiele (›Wahre Religion‹, 219); viele gute Köpfe lassen seine Welten nicht zu, in denen die Farben köstliche Musik ertönen lassen, in denen die Worte flammen, in denen ›das Wort‹ in hornförmigen Lettern geschrieben wird (›Wahre Religion‹, 278). Sogar im Norden haben einige Schriftsteller über seine Perlentüren gelacht, über die Diamanten, mit denen die Häuser seines Jerusalem verkleidet und ausgestattet sind, seines Jerusalem, wo die geringsten Gebrauchsgegenstände aus den seltensten Substanzen des Erdballs bestehen. ›Aber‹, so sagen seine Jünger, ›weil alle diese Dinge in dieser Welt nur spärlich vorkommen, ist das ein Grund, daß sie nicht in der andern Welt im Übermaß vorhanden sein sollten? Auf Erden sind sie aus einer irdischen Substanz, während sie im Himmel unter himmlischem Aussehen erscheinen und dem engelhaften Zustand entsprechen.‹ Swedenborg hat übrigens in diesem Zusammenhang die großen Worte Jesu Christi wiederholt: ›Glaubet ihr nicht, wenn ich euch von irdischen Dingen sage; wie würdet ihr glauben, wenn ich euch von himmlischen Dingen sagen würde?‹ (Joh. 3,12). – Herr Wilfrid, *ich* habe den ganzen Swedenborg gelesen«, fuhr Pastor Becker fort und vollführte eine emphatische Geste. »Ich sage das voller Stolz, da ich dabei meine Vernunft behalten habe. Wenn man ihn liest, muß man entweder den Verstand verlieren oder ein Sehender werden. Obgleich ich vor diesen beiden Formen des Wahnsinns bewahrt worden bin, habe ich oftmals unbekannte Entzückungen empfunden, tiefe Ergriffenheiten, innere Freuden, wie einzig die ganze Fülle der Wahrheit sie verschafft, die Gewißheit des himmlischen Lichts. Alles hienieden wirkt klein, wenn die Seele die verzehrenden Seiten jener Traktate durcheilt. Es ist unmöglich, nicht von Staunen gepackt zu werden, wenn man bedenkt, daß dieser Mann innerhalb einer Zeitspanne von dreißig Jahren fünfundzwanzig Quartbände über die Wahrheiten der geistigen Welt in lateinischer Sprache geschrieben hat, deren schmalster fünfhundert Seiten umfaßt, und dabei sind alle in kleinen Schriftgraden gedruckt worden. Er hat, wie es heißt, zwanzig weitere in London hinterlassen, die sein Neffe verwahrt, Herr Silverichim, der ehemalige Almosenier des Königs von Schweden. Ganz bestimmt hat dieser Mann, der vom zwanzigsten bis zum sechzigsten Lebensjahr seine Kräfte durch die Veröffentlichung einer Art von Enzyklopädie nahezu erschöpft hat, übernatürliche Hilfe empfangen müssen, um diese wunderbaren Traktate zu verfassen, und noch dazu in einem Alter, wo die Kräfte des Menschen zu erlöschen anfangen. In diesen Schriften finden sich Tausende von numerierten Behauptungen, von denen keine der andern widerspricht. Überall strahlen Genauigkeit, Methodik und Geistesgegenwart und entspringen ein und derselben Tatsache, der Existenz der Engel. Seine ›Wahre Religion‹, in der sein Dogma zusammengefaßt ist, ein Werk von kraftvoller Erleuchtung, ist mit dreiundzwanzig Jahren konzipiert und ausgeführt worden. Kurzum, seine Allgegenwart, sein Allwissen sind weder durch einen seiner Kritiker noch durch seine Feinde widerlegt worden. Dennoch hat Gott, wenn ich meinen Durst an diesen Sturzbächen himmlischen Lichtes stillte, mir nicht die inneren Augen geöffnet, und ich habe diese Schriften mit der Vernunft eines nicht erneuten Menschen beurteilt. Also habe ich oft gefunden, daß der ›inspirierte‹ Swedenborg die Engel bisweilen falsch verstanden hat. Ich habe über mehrere Visionen gelacht, an die ich, nach der Meinung der Sehenden, bewundernd hätte glauben müssen. Ich habe weder die hörnerartig gewundene Schrift der Engel begriffen noch ihre Gürtel, deren Gold bald mehr, bald weniger schwach ist. Zwar hat mich beispielsweise der Satz: ›Es gibt einsiedlerische Engel‹ zunächst seltsam gerührt; aber wenn ich darüber nachdachte, habe ich diese Einsamkeit nicht mit ihren Ehen in Einklang bringen können. Ich habe nicht verstanden, warum die Jungfrau Maria im Himmel weiße Atlasgewänder trägt. Ich habe mich zu fragen gewagt, warum die gigantischen Dämonen Enakim und Hephilim[15] nach wie vor die Cherubim in den apokalyptischen Gefilden von Armageddon[16] bekämpfen. Ich weiß nicht, wieso die Satane noch mit den Engeln diskutieren können. Der Baron Seraphitus hat mir entgegnet, diese Einzelheiten beträfen die Engel, die in menschlicher Gestalt auf Erden wohnten. Häufig sind die Visionen des schwedischen Propheten durch groteske Gestalten verunziert. Eine seiner ›Memorabilien‹, welche Bezeichnung er ihnen gegeben hat, beginnt mit den Worten: ›Ich sah Geister versammelt, sie trugen Hüte auf den Köpfen.‹ In einem anderen Memorabilium empfängt er vom Himmel ein Blatt Papier, auf dem er, wie er sagt, Buchstaben sah, deren sich primitive Völker bedienten und die aus gekrümmten Stricken mit kleinen Ringen bestanden, die oben daran waren. Um seine Verbindung mit dem Himmel besser bestätigen zu können, hätte ich es gern gesehen, wenn er dieses Papier der königlich-schwedischen Akademie der Wissenschaften vermacht hätte. Nun, vielleicht habe ich Unrecht, vielleicht haben die materiellen Absurditäten, die sich in seine Werke eingestreut finden, geistige Bedeutungen. Wie sonst könnte man den wachsenden Einfluß seiner Religion erklären. Seine ›Kirche‹ zählt heutzutage mehr als siebenhunderttausend Gläubige, sowohl in den Vereinigten Staaten von Nordamerika, wo verschiedene Sekten sich ihr massenweise anschließen, als auch in England, wo sich allein in der Stadt Manchester siebentausend Swedenborgianer finden. Männer, die sich ebenso durch ihre Kenntnisse wie durch ihren gesellschaftlichen Rang auszeichnen, sei es in Preußen oder im Norden, haben sich zum Glauben Swedenborgs bekannt, der übrigens tröstlicher ist als derjenige der übrigen christlichen Gemeinschaften. Jetzt wollte ich, ich wäre befähigt, Ihnen mit ein paar kurzen Worten die Hauptpunkte zu erklären, die Swedenborg für seine Kirche aufgestellt hat; aber dieser dem Gedächtnis entstammende Abriß würde notwendigerweise mißverständlich sein. Ich kann mir also erlauben, Ihnen nur von den Arkanen zu berichten, die Seraphitas Geburt betreffen.«

Hier machte Pastor Becker eine Pause, während welcher er sich zu sammeln schien, um seine Gedanken zu ordnen, und fuhr dann folgendermaßen fort:

»Nachdem Swedenborg mathematisch festgestellt hatte, daß der Mensch ewig in entweder niederen oder höheren Sphären lebt, bezeichnet er als ›Engelsgeister‹ diejenigen Wesen, die in dieser Welt für den Himmel vorbereitet sind, wo sie zu Engeln werden. Seiner Meinung nach hat Gott nicht eigens Engel erschaffen, denn es gibt keinen Engel, der nicht auf Erden Mensch gewesen wäre. Die Erde ist also die Baumschule des Himmels. Die Engel sind keineswegs um ihrer selbst willen Engel (›Weisheit der Engel‹, 57), sie verwandeln sich durch eine innige Verbindung mit Gott, der Gott sich niemals widersetzt; denn das Wesen Gottes ist niemals negativ, sondern unaufhörlich aktiv. Die Engelsgeister durchlaufen drei Stadien der Liebe, da der Mensch sich nur stufenweise erneuern kann (›Wahre Religion‹).

Erst kommt die ›Selbstliebe‹; der höchste Ausdruck dieser Liebe ist das menschliche Genie, dessen Werke zu einem Kult werden. Dann kommt die ›Liebe zur Welt‹, die die Propheten hervorbringt, die großen Männer, die die Erde zu Führern kürt und mit der Bezeichnung ›die Göttlichen‹ begrüßt. Schließlich die ›Liebe zum Himmel‹, die die Engelsgeister erschafft. Diese Geister sind sozusagen die Blüten der Menschheit, die sich darin resümiert und danach trachtet, sich darin zu resümieren. Sie müssen entweder die Liebe zum Himmel oder die Weisheit des Himmels haben; allein, sie sind stets in der Liebe, ehe sie in der Weisheit sind. Also ist die erste Umwandlung des Menschen die ›Liebe‹. Um in diesen ersten Grad zu gelangen, müssen seine früheren existenten ›Wesenheiten‹ durch die Hoffnung und die Nächstenliebe hindurchgegangen sein, die ihn zum Glauben und zum Gebet befähigen. Die durch die Ausübung dieser Tugenden erworbenen Ideen übertragen sich auf jede neue menschliche Hülle, unter der sich die Metamorphosen des ›inneren Wesens‹ verbergen; denn es wird nichts abgetrennt, alles ist notwendig: Hoffnung kann nicht ohne Nächstenliebe bestehen, Glaube nicht ohne Gebet; die vier Ansichten dieses Quadrats sind solidarisch. ›Mangelt dem Engelsgeist eine Tugend‹, sagt er, ›dann ist er wie eine geborstene Perle.‹ Jede dieser ›existenten Wesenheiten‹ ist also ein Kreis, in dem sich die himmlischen Reichtümer des vorhergehenden Zustands rollend bewegen. Die große Vollkommenheit der Engelsgeister rührt von dieser geheimnisvollen Progression her, durch die nichts von den nacheinander erworbenen Qualitäten verlorengeht, damit sie schließlich zu ihrer glorreichen Inkarnation gelangen; denn mit jeder Verwandlung entledigen sie sich unmerklich des Leibs und seiner Irrtümer. Wenn der Mensch in der Liebe lebt, hat er alle seine üblen Leidenschaften hinter sich gelassen; Hoffnung, Nächstenliebe, Glaube und Gebet haben, nach dem Wort des Jesajas, sein Inneres ›durchgesiebt‹; es darf durch keinerlei irdische Neigungen mehr befleckt werden. Daher der große Ausspruch des heiligen Lukas: ›Sammelt euch einen Schatz im Himmel, der nicht schwindet.‹ Und das Wort Jesu Christi: ›Lasset die Welt den Menschen; sie ist ihrer, und kommet zum Vater.‹ Die zweite Verwandlung ist die Weisheit. Weisheit ist das Erfassen der himmlischen Dinge, zu denen der Geist durch die Liebe gelangt. Der Geist der Liebe hat die Kraft gewonnen, das Ergebnis aller besiegten irdischen Leidenschaften; er liebt blindlings Gott; aber der Geist der Weisheit hat Intelligenz und weiß, warum er liebt. Die Flügel des einen sind entfaltet und tragen ihn Gott entgegen; die Flügel des andern sind wieder zusammengelegt durch die Furcht, die ihm das Wissen gibt: Er kennt Gott. Der eine wünscht ohne Unterlaß, Gott zu schauen, und schwingt sich ihm entgegen; der andere berührt ihn und zittert. Die Vereinigung, die sich zwischen einem Geist der Liebe und einem Geist der Weisheit vollzieht, versetzt das Geschöpf in den göttlichen Zustand, in dem seine Seele ›Weib‹ und sein Körper ›Mann‹ ist, der letztmögliche Ausdruck des Menschlichen, bei dem der Geist über die Form gesiegt hat, bei dem die Form sich nach wie vor gegen den göttlichen Geist wehrt; denn die Form, der fleischliche Leib, ist unwissend, empört sich und will plump bleiben. Diese höchste Prüfung erzeugt unerhörte Leiden, die einzig und allein von den Himmeln gesehen werden und die Christus im Ölbaumgarten kennengelernt hat. Nach dem Tod tut sich dieser geläuterten menschlichen Doppelnatur der erste Himmel auf. Daher sterben die Menschen in Verzweiflung, während der Geist in Verzückung stirbt. Daher sind das ›Natürliche‹, der Zustand, in dem die nicht erneuerten Wesen sich befinden; das ›Geistige‹, der Zustand, in dem die Engelsgeister sich befinden; und das ›Göttliche‹, der Zustand, in dem der Engel verharrt, ehe er seine Hülle zerbricht, die drei Grade der ›Vorexistenz‹, durch die der Mensch in den Himmel gelangt. Ein Gedanke Swedenborgs vermag Ihnen wunderbar den Unterschied zwischen dem ›Natürlichen‹ und dem ›Geistigen‹ zu erklären: ›Für die Menschen‹, sagt er, ›geht das ‚Natürliche' in das ‚Geistige' über; sie betrachten die Welt unter diesen sichtbaren Formen und gewahren sie in einer ihren Sinnen gemäßen Realität. Aber für den Engelsgeist geht das ‚Geistige' in das ‚Natürliche' über; er betrachtet die Welt in ihrem eigensten Geist und nicht in ihrer Form.‹ Auf diese Weise sind unsere menschlichen Wissenschaften nur die Analyse der Formen. Der Gelehrte, wie die Welt ihn auffaßt, ist lediglich etwas Äußeres wie sein Wissen; sein ›Inneres‹ dient ihm nur dazu, sich seine Fähigkeit zum Verstehen der Wahrheit zu bewahren. Der Engelsgeist geht weit darüber hinaus; sein Wissen ist der Gedanke, für den die menschliche Wissenschaft nur der sprachliche Ausdruck ist; er schöpft die Kenntnis der Dinge aus dem ›Wort‹, indem er die mystischen Beziehungen lehrt, durch die die Welten mit den Himmeln zusammenhängen. Das ›Wort Gottes‹ ist gänzlich durch reine, mystische Beziehungen niedergeschrieben worden, es birgt einen internen oder spirituellen Sinn, der ohne das Wissen um die mystischen Beziehungen nicht verstanden werden kann. ›Es gibt‹, sagt Swedenborg (›Himmlische Lehre‹, 26), ›unzählige Arkanen im internen Sinn der mystischen Bezeichnungen.‹ Daher befinden sich die Menschen, die sich über Bücher lustig gemacht, in denen die Propheten das ›Wort‹ gesammelt haben, im Zustand der Unwissenheit, in dem hienieden die Menschen befangen sind, die nichts von einer Wissenschaft wissen und der Wahrheiten eben dieser Wissenschaft spotten. Das Wissen um die mystischen Beziehungen des ›Worts‹ zu den Himmeln, das Wissen um die mystischen Beziehungen, die zwischen den sichtbaren und wägbaren Dingen der irdischen Welt und den unsichtbaren und unwägbaren Dingen der geistigen Welt bestehen, heißt, die Himmel in seiner Verstehensfähigkeit haben. Alle Dinge der unterschiedlichen Schöpfungen als Emanationen Gottes bergen notwendigerweise einen verborgenen Sinn, wie es jene großen Worte des Jesajas sagen: ›Die Erde ist ein Gewand‹ (Jes. 5,6). Dieses geheimnisvolle Band zwischen den geringsten Partikeln der Materie und den Himmeln stellt das dar, was Swedenborg ein ›Himmlisches Arkanum‹ nennt. Hat daher nicht sein Traktat über die ›Himmlischen Arkanen‹, in dem die mystischen Beziehungen oder Bedeutungen zwischen dem Natürlichen und dem Geistigen erklärt werden, bevor sie, gemäß dem Ausdruck Jakob Böhmes, ›die Signatur aller Dinge‹ geben, nicht weniger als sechzehn Bände und dreizehntausend Lehrsätze? ›Diese wunderbare Kenntnis der mystischen Beziehungen‹, sagt einer seiner Schüler, ›die zu besitzen Gottes Güte Swedenborg erlaubt hat, ist das Geheimnis des Interesses, das diese Werke einflößen.‹ Nach diesem Kommentator entstammt darin alles dem Himmel, alles gemahnt an den Himmel. Die Schriften des Propheten sind erhaben und klar: Er spricht in den Himmeln und läßt sich auf Erden vernehmen; aus einem seiner Sätze könnte man einen Band machen.‹ Und der Jünger zitiert unter tausend andern diesen Satz: ›Das Königreich des Himmels‹, sagt Swedenborg, ›ist das Königreich der Beweggründe‹ (›Himml. Arkanum‹). Das ›Tun‹ vollzieht sich im Himmel, von dort aus in der Welt, und in Stufungen in dem unendlich Kleinen der Erde; da die irdischen Wirkungen an ihre himmlischen Ursachen gebunden sind, ergibt sich, daß dort alles in mystischen Beziehungen steht und bedeutungsvoll ist. Der Mensch ist das Bindeglied zwischen dem Natürlichen und dem Geistigen. Die Engelsgeister kennen somit auf wesentliche Weise die mystischen Beziehungen, die jedes Ding auf Erden mit dem Himmel verbinden, und wissen um den heimlichen Sinn der prophetischen Worte, die deren Umwälzungen verkünden. So trägt für jene Geister alles hienieden seine Bedeutung in sich. Die geringste Blume ist ein Gedanke, ist ein Leben, das irgendwelchen Lineamenten des Großen Alls entspricht, von dem sie eine beständige Intuition haben. Für sie bedeuten der ›Ehebruch‹ und die Ausschweifungen, von denen die Schriften und die Propheten sprechen, die oft von sogenannten Schriftgelehrten verstümmelt worden sind, den Zustand der Seelen, die in dieser Welt darauf beharren, sich mit irdischen Leidenschaften zu vergiften und die auf diese Weise ihre Scheidung vom Himmel fortsetzen. Die Wolken bedeuten die Schleier, mit denen Gott sich verhüllt. Die Fackeln, die Schaubrote, die Pferde und Reiter, die Huren, die Edelsteine, alles in der Schrift hat für sie einen erlesenen Sinn und enthüllt die Zukunft der irdischen Gegebenheiten in ihren Beziehungen zum Himmel. Alle können die Wahrheit der ›Offenbarungen‹ des Johannes durchdringen, die die menschliche Wissenschaft später auf materielle Weise erklärt und beweist, wie die folgende, die, wie Swedenborg sagt, ›trächtig mit mehreren menschlichen Wissenschaften ist‹: ›Und ich sahe einen neuen Himmel und eine neue Erde. Denn der erste Himmel und die erste Erde verging, und das Meer ist nicht mehr‹ (Apokalypse XXI, 1). Sie wußten von ›Festmählern, wo das Fleisch der Könige, das Fleisch aller Freien und Knechte gegessen wird‹ und zu denen ein Engel, der in der Sonne steht (Apokalypse XIX, 11–18), einlädt. Sie sehen ›das geflügelte Weib, das mit der Sonne bekleidet ist, und den geharnischten Mann‹ (Apokalypse). ›Das Pferd der Apokalypse‹, sagt Swedenborg, ›ist das sichtbare Abbild der menschlichen Intelligenz, die vom Tod geritten wird, denn sie trägt ihr Prinzip der Zerstörung in sich.‹ Kurzum, sie erkennen die Völker, die unter Formen verborgen sind, die die Unwissenden phantastisch dünken. Wenn ein Mensch geneigt ist, die prophetische Einhauchung der mystischen Beziehungen zu empfangen, so erweckt diese in ihm den Geist des Wortes; er versteht dann, daß die Schöpfungen nur Umformungen sind; sie belebt seine Intelligenz und gibt ihm einen brennenden Durst nach den Wahrheiten, der nur im Himmel gestillt werden kann. Entsprechend der mehr oder minder großen Vollkommenheit seines Innern begreift er die Macht der Engelsgeister und schreitet, vom Verlangen geleitet, der Hoffnung entgegen, die ihm die Welt der Geister auftut; alsdann gelangt er zum Gebet, das ihm den Schlüssel zu den Himmeln gibt. Welches Geschöpf würde nicht begehren, sich würdig zum Eintritt in die Sphären der Intelligenzen zu machen, die insgeheim durch die Liebe oder durch die Weisheit leben? Hienieden bleiben jene Geister ihr Leben lang rein; sie sehen, denken und reden nicht wie die andern Menschen. Es gibt zwei Wahrnehmungen: eine innere und eine äußere; der ›Mensch‹ ist ganz außen, der ›Engelsgeist‹ ist ganz innen. Der Geist geht den Zahlen auf den Grund, er besitzt deren Totalität, er kennt ihre Bemühungen. Er verfügt über die Bewegung und verbindet sich mit allem durch die Allgegenwart: ›Ein Engel ist‹, nach Ansicht des schwedischen Propheten, ›für einen andern gegenwärtig, wenn er ihn begehrt‹ (›Weisheit der Engel‹; ›Von der Liebe Gottes‹); denn er hat die Gabe, sich von seinem Körper zu trennen, und sieht die Himmel, wie die Propheten sie gesehen haben und wie Swedenborg selber sie gesehen hat: ›In diesem Zustand‹, sagt er (›Wahre Religion‹, 136), ›wird der Geist des Menschen von einem Ort zum andern entrückt, während der Körper bleibt, wo er ist; in diesem Zustand habe ich mich sechsundzwanzig Jahre lang befunden.‹ So müssen wir alle Bibelworte verstehen, in denen es heißt: ›Der Geist hat mich von hinnen geführt.‹ Die Weisheit der Engel verhält sich zur Weisheit des Menschen wie die unzähligen Kräfte der Natur zu ihrer Betätigung, die nur eine einzige ist. Alles lebt auf, bewegt sich, existiert im Geist, denn er ist in Gott, was die Worte des heiligen Paulus ausdrücken: ›*In Deo sumus, movemur, et vivimus;* wir leben, weben und sind in Gott.‹ Die Erde bietet ihm kein Hindernis dar, wie das ›Wort‹ ihm keine Dunkelheit darbietet. Seine bevorstehende Göttlichkeit erlaubt ihm, den durch das Wort verschleierten Gedanken Gottes zu erblicken, gerade wie der Geist, der in seinem Innern lebt, mit dem innern Sinn in Verbindung steht, der unter allen Dingen dieser Welt verborgen liegt. Die Wissenschaft ist die Sprache der zeitlichen Welt, die Liebe diejenige der geistigen Welt. Daher beschreibt der Mensch mehr als daß er erklärt, während der Engelsgeist sieht und versteht. Die Wissenschaft macht den Menschen traurig, die Liebe begeistert den Engel. Die Wissenschaft sucht noch, die Liebe hat gefunden. Der Mensch beurteilt die Natur nach seinen Beziehungen zu ihr; der Engelsgeist beurteilt sie nach ihren Beziehungen zum Himmel. Kurzum, zu den Geistern spricht alles. Die Geister sind eingeweiht in das Geheimnis der Harmonie der Schöpfungen untereinander; sie verstehen sich auf den Geist der Töne, den Geist der Farben, den Geist der Pflanzen; sie können das Mineral befragen, und das Mineral gibt Antwort auf ihre Gedanken. Was gelten ihnen die Wissenschaften und Schätze der Erde, wenn sie sie jeden Augenblick durch ihr Sehvermögen umfassen und wenn die Welten, mit denen sich so viele Menschen beschäftigen, für die Geister nur die letzte Stufe sind, von der aus sie sich zu Gott aufschwingen? Die Liebe des Himmels oder die Weisheit des Himmels bekunden sich in ihnen durch einen Lichtkreis, der sie umgibt und den die Erkorenen sehen. Ihre Unschuld, deren äußere Form diejenige der Kinder ist, hat die Kenntnis der Dinge, die die Kinder nicht besitzen: Sie sind unschuldig und wissend. ›Und‹, sagt Swedenborg, ›die Unschuld der Himmel macht einen solchen Eindruck auf die Seele, daß diejenigen, die dadurch ergriffen werden, davon ein Entzücken bewahren, das ihr ganzes Leben lang andauert, wie es mir selbst widerfahren ist. Es genügt vielleicht‹, sagt er weiterhin, ›davon eine winzige Wahrnehmung zu haben, um für alle Zeit verwandelt zu werden, um in die Himmel gelangen zu wollen und auf diese Weise in die Sphäre der Hoffnung einzugehen.‹ Seine Lehre über die Eheschließungen kann in folgenden wenigen Worten zusammengefaßt werden: ›Der Herr hat dem Mann die Schönheit und die Erlesenheit des Lebens genommen und sie auf das Weib übertragen. Wenn der Mann nicht wieder mit dieser Schönheit und dieser Erlesenheit seines Lebens vereinigt wird, ist er streng, traurig und unbändig; wenn er wieder damit vereinigt wird, ist er fröhlich, ist er vollendet.‹ Die Engel sind immer im vollkommensten Zustand der Schönheit. Ihre Eheschließungen werden durch wunderbare Zeremonien festlich begangen. Bei dieser Vereinigung, aus der keine Kinder hervorgehen, hat der Mann das ›Verständnis‹ gespendet, das Weib den ›Willen‹; sie werden ein einziges Wesen, hienieden ein einziges Fleisch; dann gehen sie in die Himmel ein, nachdem sie aufs neue ihre himmlische Form angenommen haben. Hienieden, im natürlichen Zustand, ist der beiderseitige Hang der beiden Geschlechter zur Wollust eine ›Wirkung‹, die zur Erschöpfung und zum Widerwillen führt; aber in seiner himmlischen Form findet das zu ein und demselben Geist gewordene Paar in sich selbst eine unablässige Ursache zu Wollüsten. Swedenborg hat eine solche Hochzeit der Geister miterlebt, bei der, nach Sankt Lukas (XX, 35), nicht gefreit wird und die nur geistige Lüste einflößt. Ein Engel hat sich erboten, ihn zum Zeugen einer Hochzeit werden zu lassen, und hat ihn auf seinen Flügeln mit sich genommen (die Flügel sind ein Symbol und keine irdische Wirklichkeit). Er kleidete ihn in sein Festgewand, und als Swedenborg sich mit Licht bekleidet sah, fragte er, warum. ›Bei solcherlei Gelegenheiten‹, antwortete der Engel, ›entzünden sich unsere Kleider, glänzen und werden hochzeitlich.‹ (›Wonnen des Ehelebens‹, 19, 20, 21.) Dann gewahrte er zwei Engel, die nahten, der eine von Süden, der andere von Osten; der Engel des Südens war in einem mit zwei Schimmeln bespannten Wagen; die Zügel hatten die Farbe und den Glanz der Morgenröte; doch als sie bei ihm im Himmel waren, sah er weder Wagen noch Pferde mehr. Der Engel des Ostens war purpurn gekleidet, und der Engel des Südens hyazinthfarben; sie eilten herbei wie zwei Windhauche und verschmolzen miteinander: Der eine war ein Engel der Liebe, der andere war ein Engel der Weisheit. Swedenborgs Führer sagte ihm, diese beiden Engel seien auf Erden durch eine innerliche Freundschaft verbunden und stets vereint gewesen, obwohl durch Raumesweiten getrennt. Das Einvernehmen, das auf der Erde das Wesen aller guten Ehen bildet, ist bei den Engeln im Himmel der normale Zustand. Die Liebe ist das Licht ihrer Welt. Das ewige Entzücken der Engel entstammt der ihnen von Gott verliehenen Fähigkeit, ihm die Freude, die sie dabei empfinden, zurückzuerstatten. Diese Wechselwirkung mit dem Unendlichen bildet ihr Leben. Im Himmel werden sie unendlich dadurch, daß sie am Wesen Gottes teilhaben, der sich durch sich selbst erzeugt. Die Unermeßlichkeit der Himmel, in denen die Engel leben, ist so beschaffen, daß, wenn der Mensch der Gabe eines Sehens teilhaftig wäre, das so beständig und schnell wäre wie es das Licht ist, wenn es von der Sonne zur Erde gelangt, und er es eine Ewigkeit lang betrachtete, seine Augen dennoch keinen Horizont fänden, auf dem sie sich ausruhen könnten. Einzig das Licht erklärt die Seligkeiten des Himmels. ›Es ist‹, sagt er (›Weisheit der Engel‹, 7, 25, 26, 27), ›ein Dunsthauch der Tugend Gottes, eine reine Emanation seiner Klarheit, der gegenüber unsere strahlendste Tageshelle Dunkelheit ist. Es kann alles, erneuert alles und verzehrt sich nicht; es umgibt den Engel und läßt ihn Gott berühren durch unendliche Genüsse, von denen man spürt, daß sie sich unendlich durch sich selber vervielfachen. Dieses Licht tötet jedweden Menschen, der nicht darauf vorbereitet ist, es zu empfangen. Keiner hienieden noch sogar im Himmel kann Gott erblicken und leben. Deswegen ist gesagt worden (Exodus XXXIV, 29-35): ›Als Moses die zweiten Tafeln brachte, glänzte sein Angesicht so, daß er es verhüllen mußte, wenn er mit dem Volke sprach, damit niemand daran sterbe.‹ Die Verklärung Christi geschah gleichfalls durch das Licht, das ein Himmelsbote wirft, und durch die unendlichen Genüsse, die die Engel dadurch finden, daß sie beständig davon durchtränkt sind. ›Sein Angesicht‹, sagt Matthäus (XVII, 1-5), ›leuchtete wie die Sonne, seine Kleider wurden wie Licht, und eine Wolke überschattete seine Jünger.‹ Kurzum, wenn ein Stern nur noch Wesen birgt, die sich dem Herrn verschließen, wenn sein Wort mißverstanden wird, wenn die Engelsgeister aus allen vier Winden versammelt worden sind, schickt Gott einen Würgeengel, um die Masse der widerspenstigen Welt umzuwandeln, die in der Unermeßlichkeit des Universums für ihn bedeutet, was in der Natur ein unfruchtbares Samenkorn ist. Nähert sich der von einem Kometen getragene Würgeengel dem Erdball, so läßt er ihn sich um seine Achse drehen: Dann werden die Kontinente zum Meeresgrund, die höchsten Berge werden zu Inseln, und die ehemals vom Meereswasser bedeckten Länder erstehen aufs neue, geschmückt mit ihrer Frische, und gehorchen den Geboten der Genesis; das Wort Gottes gewinnt dann wieder seine Macht über eine neue Erde, die an allen Stätten die Auswirkungen des irdischen Wassers und des himmlischen Feuers bewahrt. Das Licht, das der Engel von Hochdroben herabbringt, läßt dann die Sonne verblassen. Dann geschieht, was Jesajas (19-20) sagt: ›Die Menschen werden sich in den Felsspalten verkriechen und sich im Staub bergen. Sie werden (Apokalypse VII, 15–17) zu den Bergen sagen: Fallet auf uns! Und zum Meer: Nimm uns auf! Zu den Lüften: Verbirg uns vor dem Zorn des Lammes!‹ Das Lamm ist die große Gestalt der hienieden verkannten und verfolgten Engel. Deswegen hat Christus gesagt: ›Selig sind, die da Leid tragen! Selig sind die Einfältigen! Selig sind, die da lieben!‹ Der ganze Swedenborg ist darin enthalten: Leid, Glauben, Liebe. Muß man, um recht zu lieben, nicht gelitten haben, und muß man nicht glauben? Die Liebe erzeugt die Kraft, und die Kraft gibt Weisheit; daher rührt die Intelligenz; denn die Kraft und die Weisheit schließen den Willen ein. Heißt intelligent sein nicht Wissen, Wollen und Können besitzen, die drei Attribute des Engelsgeistes? ›Wenn das Universum einen Sinn hat, dann ist dieser Gottes am würdigsten‹, hat Monsieur de Saint-Martin[17] zu mir gesagt, den ich während seiner Schwedenreise besuchte. – Aber, Herr Wilfrid«, fuhr Pastor Becker nach einer Pause fort, »was bedeuten diese der ganzen Weite eines Werks entrissenen Fetzen, von dem man nur eine Vorstellung zu geben vermag, wenn man es einem Lichtstrom, einem Gewoge von Flammen vergleicht? Wenn ein Mensch da hineintaucht, wird er von einer furchtbaren Strömung fortgerissen. Die Dichtung des Dante Alighieri macht kaum die Wirkung eines Punkts für den, der sich in die unzähligen Verse versenkt, mittels deren Swedenborg die himmlischen Welten handgreiflich gemacht, wie Beethoven seine Paläste von Harmonien aus Tausenden von Noten erbaut hat, wie die Architekten ihre Kathedralen aus Tausenden von Steinen errichtet haben. Man rollt darin in Abgründe ohne Ende, in denen der Geist einen nicht immer stützt. Gewiß! Es bedarf einer machtvollen Intelligenz, um aus ihnen heil und gesund zu unsern sozialen Vorstellungen zurückzukehren.

Swedenborg«, fuhr der Pastor fort, »hegte eine besondere Zuneigung zu dem Baron von Seraphitz, dessen Name gemäß einem alten schwedischen Brauch seit undenklichen Zeiten die lateinische Endung -us angenommen hatte. Der Baron wurde der glühendste Jünger des schwedischen Propheten, der in ihm die Augen des ›Inneren Menschen‹ aufgetan und ihn für ein Leben geeignet gemacht hatte, das den Befehlen von Hochdroben entsprach. Er machte sich unter den Frauen auf die Suche nach einem Engelsgeist; Swedenborg fand ihn für ihn in einer Vision. Seine Braut war die Tochter eines Londoner Schusters, in der, wie Swedenborg sagte, das Leben des Himmels erglänzte und deren frühere Prüfungen beendet waren. Nach der Verwandlung des Propheten kam der Baron nach Jarvis, um seine himmlische Hochzeit in den Praktiken des Gebets zu vollziehen. Was mich betrifft, Herr Wilfrid, so bin ich keineswegs ein Seher, ich habe nur die irdischen Werke jenes Paars wahrgenommen: Ihrer beider Leben ist wahrhaftig das der heiligen Männer und Frauen gewesen, deren Tugenden der Ruhm der römischen Kirche sind. Alle beide haben sie die Not der Einwohner gelindert und ihnen allen ein Vermögen geschenkt, das zwar nicht ohne ein wenig Arbeit reicht, aber ihren Bedürfnissen genugtut; die Leute, die in ihrer Nähe lebten, haben sie nie bei Regungen des Zorns oder der Ungeduld ertappt; sie sind beständig, wohltätig und sanft gewesen, voll Höflichkeit, Liebenswürdigkeit und wahrer Güte; ihre Ehe ist die Harmonie zweier unaufhörlich vereinter Seelen gewesen. Zwei Eidergänse im gleichen Flug, Ton im Echo, Gedanke im Wort sind vielleicht unvollkommene Bilder dieser Eintracht. Hier hat jedermann sie mit einer Zuneigung geliebt, die sich nur ausdrücken läßt, wenn man sie mit der Liebe der Pflanze zur Sonne vergleicht. Die Frau war schlicht in ihrem Gehaben, schön von Gestalt, schön von Antlitz, und von einem Adel, der nur dem der erhabensten Personen vergleichbar ist. Im Jahre 1783, ihrem sechsundzwanzigsten Lebensjahr, empfing jene Frau ein Kind; ihre Schwangerschaft war für sie eine ernste Freude. So vollzogen die beiden Gatten ihren Abschied von der Welt, denn sie sagten mir, sie würden sicherlich verwandelt werden, wenn ihr Kind das fleischene Gewand abgelegt hätte, das ihrer Fürsorge bedürfe bis zu dem Augenblick, da die Daseinskraft aus sich heraus ihm mitgeteilt werden würde. Das Kind wurde geboren; es war jene Seraphita, die uns gegenwärtig beschäftigt; seit sie empfangen worden war, hatten ihre Eltern noch einsiedlerischer gelebt als zuvor und sich durch das Gebet für den Himmel begeistert. Es war ihre Hoffnung, Swedenborg zu sehen, und der Glaube hat ihre Hoffnung Wirklichkeit werden lassen. Am Tag von Seraphitas Geburt ist Swedenborg in Jarvis als Geist erschienen und hat das Zimmer, in dem das Kind geboren wurde, mit Licht erfüllt. Es heißt, er habe gesagt: ›Das Werk ist vollbracht, und die Himmel jauchzen!‹ Die Hausbedienten haben die seltsamen Klänge einer Melodie vernommen, die, wie sie sagten, durch den Hauch der Winde aus allen vier Himmelsgegenden herbeigeweht worden ist. Der Geist Swedenborgs führte den Vater aus dem Haus hinaus und an den Fjord, wo er ihn verließ. Einige Männer aus Jarvis, die sich jetzt Herrn Seraphitus genähert hatten, hörten ihn die milden Worte der Schrift sprechen: ›Wie lieblich sind auf dem Berge die Füße des Engels, den der Herr uns sendet!‹ Ich habe das Pfarrhaus verlassen, um zum Schloß zu gehen, das Kind zu taufen, ihm seinen Namen zu geben und die Pflichten zu erfüllen, die die Gesetze mir auferlegen, als ich dem Baron begegnete. ›Ihr heiliges Amt erübrigt sich‹, sagte er zu mir. ›Unser Kind soll auf dieser Erde ohne Namen sein. Sie sollen nicht mit dem Wasser der irdischen Kirche die Taufe an dem vollziehen, der gerade mit dem Feuer des Himmels gesalbt worden ist. Dies Kind wird Blume bleiben,

Sie werden es nicht altern, Sie werden es vergehen sehen; Sie haben das Existieren, es hat das Leben; Sie haben äußere Sinne, es hat deren nicht, es ist ganz Inneres.‹ Diese Worte wurden mit einer übernatürlichen Stimme gesprochen, die mich noch mehr betroffen machte als der Glanz seines Antlitzes, das gewissermaßen Licht ausschwitzte. Sein Anblick ließ die phantastischen Bilder Wirklichkeit werden, die wir uns von den Erleuchteten machen, wenn wir die Prophezeiungen der Bibel lesen. Aber solcherlei Erscheinungen sind inmitten unserer Gebirge nichts Seltenes, wo der Salpetergehalt der Schneeablagerungen in unserm Organismus erstaunliche Phänomene zeitigt. Ich fragte ihn nach der Ursache seiner Begeisterung. ›Swedenborg ist gekommen, ich habe mich gerade von ihm verabschiedet, ich habe Himmelsluft geatmet‹, hat er zu mir gesagt. ›In welcher Gestalt ist er Ihnen erschienen?‹ habe ich entgegnet. ›In seiner sterblichen Gestalt, gekleidet wie das letztemal, als ich ihn in London besuchte, im Haus Richard Shearsmiths, im Stadtviertel Cold-Bath-Field, im Juli 1771. Er trug seinen Anzug aus geknöteltem Wollstoff mit den wechselnden Reflexen, mit Stahlknöpfen, geschlossener Weste, weißer Halsbinde und derselben Magisterperücke mit gepuderten Locken an den Seiten, deren vorn zurückgekämmtes Haar seine breite, lichtvolle Stirn entblößte, die mit seinem großen, quadratischen Gesicht harmonierte, in dem alles Macht und Ruhe war. Ich habe jene Nase mit den breiten, feurigen Flügeln wiedererkannt; ich habe jenen Mund wiedergesehen, der stets gelächelt hat, einen Engelsmund, dem die mich beglückenden Worte ‚Auf bald!' entströmt sind. Und ich habe den vollen Glanz der himmlischen Liebe empfunden.‹ Die Überzeugung, die auf dem Gesicht des Barons strahlte, hat mir jede Diskussion untersagt; schweigend habe ich gelauscht; seine Stimme hatte eine ansteckende Wärme, die mir das Innere erhitzte; sein Fanatismus bewegte mein Herz, wie der Zorn anderer die Nerven in Schwingungen versetzt. Ich folgte ihm schweigend und kam in sein Haus, wo ich das Kind ohne Namen erblickte; es lag auf seiner Mutter, die es geheimnisvoll umhüllte. Seraphita hörte mich kommen und hob mir den Kopf entgegen; ihre Augen waren nicht die eines gewöhnlichen Kindes; um den Eindruck zu verdeutlichen, den ich empfing, müßte ich sagen, daß sie bereits sahen und dachten. Die Kindheit dieses prädestinierten Geschöpfs wurde von in unserm Klima ungemeinen Umständen begleitet. Neun Jahre lang sind unsere Winter milder und unsere Sommer länger als sonst gewesen. Dieses Phänomen hat unter den Gelehrten mehrere Diskussionen hervorgerufen; aber wenn ihre Erklärungen auch die Mitglieder der Akademie zulänglich dünkten, der Baron hat darob lächeln müssen, als ich sie ihm mitteilte. Nie ist Seraphita nackt gesehen worden, wie oftmals die Kinder; nie haben ein Mann oder eine Frau sie je berührt; unberührt hat sie an der Brust ihrer Mutter gelebt; nie hat sie geschrien. Der alte David wird Ihnen diese Tatsachen bestätigen, wenn Sie ihn nach seiner Herrin fragen; er betet sie übrigens an wie der heilige König, dessen Namen er trägt, die Bundeslade. Im Alter von neun Jahren hat das Kind angefangen, sich in den Zustand des Gebets zu versetzen; das Gebet ist sein Leben; Sie haben sie zu Weihnachten in unserer Kirche gesehen; das ist der einzige Tag, an dem sie hingeht; von den andern Christen ist sie dort durch einen beträchtlichen Zwischenraum getrennt. Wenn dieser Zwischenraum zwischen ihr und den Menschen nicht besteht, leidet sie. Deswegen bleibt sie die meiste Zeit im Schloß. Die Ereignisse ihres Lebens sind übrigens unbekannt; sie zeigt sich nicht; ihre Fähigkeiten, ihre Empfindungen, all das ist innerlich; den größten Teil der Zeit über verbleibt sie in dem Zustand mystischer Kontemplation, wie es, nach der Aussage der papistischen Schriftsteller, bei den ersten christlichen Einsiedlern üblich war, in denen die Überlieferung des Wortes Christi fortlebte. Ihre Auffassungsgabe, ihre Seele, ihr Körper, alles an ihr ist jungfräulich wie der Schnee unserer Berge. Mit zehn Jahren war sie so, wie Sie sie jetzt sehen. Als sie neun Jahre alt war, starben ihre Eltern gemeinsam, ohne Schmerz, ohne offenbare Krankheit, nachdem sie die Stunde vorausgesagt hatten, da sie aufhören würden zu sein. Sie hat zu ihren Füßen gestanden und sie mit ruhigem Blick betrachtet, ohne Traurigkeit, Schmerz, Freude oder Neugier zu bezeigen; ihre Eltern haben ihr zugelächelt. Als wir kamen, um die beiden Leichen abzuholen, hat sie gesagt: ›Tragt sie fort!‹ – ›Seraphita‹, habe ich zu ihr gesagt, denn so pflegten wir sie zu nennen, ›ist Ihnen der Tod Ihrer Eltern denn nicht nahegegangen? Sie haben sie doch so liebgehabt!‹ – ›Tot?‹ hat sie gefragt. ›Nein, sie sind in mir für immer. Das da ist nichts‹, hat sie hinzugefügt und ohne die geringste Bewegung auf die Leichen gezeigt, die weggetragen wurden. Ich sah sie zum drittenmal seit ihrer Geburt. In der Kirche ist es schwierig, sie wahrzunehmen; sie steht immer an der Säule, die die Kanzel trägt, in einer Dunkelheit, die nicht erlaubt, ihrer Züge habhaft zu werden. Von der Dienerschaft jenes Hauses ist seit jenem Geschehnis nur der alte David dort geblieben; trotz seiner zweiundachtzig Jahre reicht er für die Bedienung seiner Herrin aus. Ein paar Leute aus Jarvis haben wundersame Dinge über dieses Mädchen erzählt. Da ihre Märchen eine gewisse feste Gestalt in einer Gegend annahmen, die ihrem Wesen nach Mysterien geneigt ist, habe ich mich daran gemacht, Johannes Wiers Traktat über die Beschwörungen und die Werke über die Dämonologie durchzuarbeiten, in denen die vorgeblich übernatürlichen Wirkungen im Menschen geschildert werden, weil ich darin nach ähnlichen Fakten wie denjenigen suchen wollte, die ihr zugeschrieben werden.«

»Dann glauben Sie also nicht an sie?« fragte Wilfrid.

»So, wie die Dinge liegen«, sagte der Pastor gutmütig, »sehe ich in ihr ein äußerst eigenwilliges Mädchen, das von seinen Eltern verhätschelt worden ist; sie haben ihr den Kopf mit den religiösen Ideen verdreht, die ich Ihnen vorhin dargelegt habe.«

Minna vollführte eine Kopfbewegung, die eine freundliche Verneigung ausdrückte.

»Das arme Mädchen!« fuhr der Pastor fort. »Ihre Eltern haben ihr die unselige Überspanntheit vermacht, die die Mystiker verwirrt und sie mehr oder weniger geisteskrank macht. Sie erlegt sich Fasten auf, die den armen David zur Verzweiflung treiben. Der gute alte Mann ähnelt einer kümmerlichen Pflanze, die beim leisesten Wind schwankt und sich beim schwächsten Sonnenstrahl entfaltet. Seine Herrin, deren unverständliche Sprache die seine geworden ist, ist sein Wind und seine Sonne; sie hat für ihn diamantene Füße und eine von Sternen übersäte Stirn; sie wandelt in einer lichtvollen, weißen

Lufthülle einher; ihre Stimme wird von Musik begleitet; sie ist der Gabe teilhaftig, sich unsichtbar zu machen. Sie möchten sie besuchen? Dann wird er Ihnen vielleicht antworten, sie sei auf Reisen in den Astral-Reichen. Es fällt einem schwer, an dergleichen Fabeln zu glauben. Sie wissen ja, jedes Wunder ähnelt mehr oder weniger der Geschichte vom goldenen Zahn[18]. Wir haben hier in Jarvis einen goldenen Zahn, das ist alles. So behauptet der Fischer Duncker, er habe sie bald gesehen, wie sie in den Fjord getaucht und in Gestalt einer Eiderente wieder zum Vorschein gekommen sei, bald sei sie während eines Sturms auf den Wogen gewandelt. Fergus, der die Herden auf die ›Söller‹ führt, sagt, er habe bei Regenwetter den Himmel über dem Schwedenschloß stets klar gesehen, und über Seraphitas Kopf stets blau, wenn sie ausgehe. Mehrere Frauen hören die Klänge einer Riesenorgel, wenn sie in die Kirche kommt, und fragen in vollem Ernst ihre Nachbarinnen, ob sie sie nicht ebenfalls hörten. Meine Tochter indessen, die seit zwei Jahren innig mit Seraphita befreundet ist, hat nie Musik gehört und nie die Himmelsdüfte gerochen, die, wie es heißt, balsamisch die Luft erfüllen, wenn sie spazieren geht. Minna ist oftmals heimgekommen und hat mir mit einer naiven Jungmädchenbewunderung davon gesprochen, wie schön unser Frühling sei; sie kam heim und war ganz berauscht von den Düften, die die ersten Triebe der Lärchen, der Föhren und der Blumen ausströmten, die einzuatmen sie mit ihr ausgegangen war; aber nach einem so langen Winter ist nichts natürlicher als solch ein Übermaß an Freude. Dem Beisammensein mit diesem Dämon wohnt nichts Ungewöhnliches inne, nicht wahr, mein Kind?«

»Seine Geheimnisse sind nicht die meinen«, antwortete Minna. »Bin ich bei ihm, weiß ich alles; bin ich fern von ihm, weiß ich nichts mehr; bin ich bei ihm, dann bin ich nicht mehr ich; bin ich ihm fern, dann habe ich dieses köstliche Leben völlig vergessen. Ihn zu sehen, ist ein Traum, von dem die Erinnerung mir nur verbleibt, wenn er es will. Vielleicht habe ich, wenn er bei mir war, die Musik hören können, von der die Frauen Banckers und Eriksons sprechen, ohne daß ich mich dessen erinnerte; vielleicht habe ich, wenn er bei mir war, himmlische Düfte gerochen und Wunder erschaut, und weiß nichts davon.«

»Was mich am meisten gewundert hat, seit ich sie kenne, ist, daß sie Sie in ihrer Nähe duldet«, sagte der Pastor zu Wilfrid.

»In ihrer Nähe!« sagte der Fremdling, »sie hat mich niemals ihre Hand küssen oder auch nur berühren lassen. Als sie mich zum erstenmal sah, da hat ihr Blick mich eingeschüchtert; sie hat zu mir gesagt: ›Seien Sie hier willkommen, denn Sie mußten ja kommen.‹ Mir war, als kenne sie mich. Ich habe gezittert. Der Schrecken läßt mich an sie glauben.«

»Und mich die Liebe«, sagte Minna, ohne zu erröten.

»Ihr macht Euch doch nicht über mich lustig?« fragte Pastor Becker und lachte gutmütig. »Du, Tochter, dadurch, daß du dich für einen Geist der Liebe ausgibst, und Sie, Herr Wilfrid, daß Sie sich als einen Geist der Weisheit hinstellen?«

Er trank ein Glas Bier und gewahrte nicht den sonderbaren Blick, den Wilfrid Minna zuwarf.

»Scherz beiseite«, fuhr der Geistliche fort, »ich war höchst überrascht, als ich erfuhr, die beiden Tollköpfe hätten heute zum erstenmal den Gipfel des Falbergs bestiegen; aber ist das nicht etwa eine Übertreibung zweier Mädchen, die vielleicht irgendeinen Hügel erklettert haben? Auf den Gipfel des Falbergs zu gelangen ist doch unmöglich.«

»Vater«, sagte Minna mit bewegter Stimme, »dann habe ich also der Gewalt des Dämons unterstanden; denn ich bin mit ihm tatsächlich auf dem Falberg gewesen.«

»Jetzt wird die Sache ernst«, sagte Pastor Becker, »Minna hat nie gelogen.«

»Herr Pastor«, fuhr Wilfrid fort, »ich versichere Ihnen, Seraphita übt auf mich eine so außerordentliche Macht aus, daß ich keinen Ausdruck finde, der davon eine Vorstellung zu geben vermöchte. Sie hat mir Dinge enthüllt, die nur ich allein wissen konnte.«

»Somnambulismus!« sagte der alte Mann. »Übrigens sind mehrere Erscheinungen dieser Art von Johannes Wier berichtet worden; es seien vollauf erklärbare Phänomene, die früher in Ägypten beobachtet worden seien.«

»Vertrauen Sie mir die theosophischen Werke Swedenborgs an«, sagte Wilfrid, »ich will in diese Lichtschlünde hinabtauchen; Sie haben mein Verlangen danach erweckt.«

Pastor Becker reichte Wilfrid einen Band; er fing sogleich zu lesen an. Es war etwa neun Uhr abends. Die Magd trug das Nachtessen auf. Minna bereitete den Tee. Nach Beendigung der Mahlzeit saß jeder stumm über seiner Beschäftigung; der Pastor las den Traktat über die Beschwörungen; Wilfrid bemühte sich, den Geist Swedenborgs zu erfassen; das junge Mädchen nähte und versenkte sich in seine Erinnerungen. Es war eine norwegische Abendstimmung, ein friedlicher, arbeitsamer, von Gedanken, von Blumen unter dem Schnee erfüllter Abend. Wilfrid verschlang die Seiten des Propheten und lebte nur noch durch seine inneren Sinne. Manchmal wies der Pastor mit halb ernster, halb spöttischer Miene Minna auf ihn hin; dann lächelte sie traurig. Für Minna schwebte Seraphitus' Haupt über der Rauchwolke, die sie alle drei umhüllte, und lächelte ihr zu. Es schlug Mitternacht. Da wurde die Außentür aufgerissen. Schwere, hastige Schritte, die Schritte eines erschrockenen Greises, wurden in dem engen Flur vernehmlich, der sich zwischen den beiden Türen befand. Plötzlich stand David im Sprechzimmer.

»Gewalt! Gewalt!« rief er. »Kommt! Kommt alle! Die Teufel sind entfesselt! Sie tragen flammende Mitren. Adonis, Vertumnus, die Sirenen sind gekommen! Sie versuchen ihn, wie Jesus auf dem Berg versucht wurde. Kommt und verjagt sie.«

»Erkennen Sie die Sprache Swedenborgs? Das ist er unverfälscht«, sagte der Pastor lachend.

Aber Wilfrid und Minna blickten entsetzt auf den alten David, der mit wirrem weißem Haar, irren Augen und zitternden, schneebedeckten Beinen, denn er war ohne Schneeschuhe gekommen, dastand, wie von einem heftigen Sturm durchrüttelt.

»Was ist denn geschehen?« fragte ihn Minna.

»Nun, die Satane haben Hoffnung geschöpft und wollen sich ihrer bemächtigen.«

Diese Worte ließen Wilfrid erbeben.

»Seit fast fünf Stunden steht sie da, die Augen dem Himmel zugekehrt, die Arme ausgebreitet; sie leidet, sie schreit auf zu Gott. Ich kann die Grenze nicht überschreiten, die Hölle hat Vertumnen als Wachen aufgestellt. Sie haben eherne Mauern zwischen ihr und ihrem alten David errichtet. Wenn sie meiner bedarf, was könnte ich tun? Helft mir! Kommt beten!«

Die Verzweiflung dieses armen alten Mannes war ein erschreckender Anblick.

»Die Klarheit Gottes schützt sie; aber wenn sie der Gewalt weichen müßte?« entgegnete er mit verführerischer Gutgläubigkeit.

»Still! David, übertreiben Sie nicht! Dies ist etwas, das festgestellt werden muß. Wir wollen Sie begleiten«, sagte der Pastor, »und dann werden Sie sehen, daß weder Vertumnen noch Satane, noch Sirenen bei ihr sind.«

»Ihr Vater ist blind«, sagte David ganz leise zu Minna.

Wilfrid, auf den die Lektüre eines ersten Traktats Swedenborgs, den er hastig durchflogen, gewaltigen Eindruck gemacht hatte, war bereits im Flur und dabei, seine Schneeschuhe anzuschnallen. Minna war ebenfalls bald fertig. Beide ließen die beiden alten Männer hinter sich und schwangen sich zum Schwedenschloß hinauf.

»Hören Sie das Krachen?« fragte Wilfrid.

»Das Eis des Fjords gerät in Bewegung«, antwortete Minna. »Aber es wird ja auch bald Frühling.«

Wilfrid bewahrte Schweigen. Als sie beide im Hof waren, verspürten sie weder die Fähigkeit noch die Kraft, in das Haus hineinzugehen.

»Was denken Sie von ihr?« fragte Wilfrid.

»Welche Lichtfülle!« rief Minna, die vor das Wohnzimmerfenster getreten war. »Das ist er! Mein Gott, wie schön er ist! O mein Seraphitus, nimm mich doch.«

Der Ausruf des jungen Mädchens hatte sich gänzlich im Innern vollzogen. Sie sah Seraphitus stehen, leicht in einen opalenen Nebel gehüllt, der in schwachem Abstand diesem fast phosphorischen Körper entströmte.

»Wie schön sie ist!« rief auch Wilfrid in seinem Inneren.

In diesem Augenblick langte Pastor Becker an, gefolgt von David; er sah seine Tochter und den Fremdling vor dem Fenster stehen, trat zu ihnen, blickte in das Wohnzimmer und sagte: »Da hast du es, David, sie betet.«

»Versuchen Sie mal einzutreten, Herr Pastor.«

»Warum Betende stören?« fragte der Geistliche.

Da fiel ein Strahl des Mondes, der über dem Falberg stand,

auf das Fenster. Alle wandten sich um, betroffen ob dieser Naturerscheinung, die sie erzittern ließ; doch als sie wieder zu Seraphita hinblickten, war sie verschwunden.

»Das ist sonderbar!« sagte der überraschte Wilfrid.

»Aber ich höre köstliche Klänge!« sagte Minna.

»Na, und?« fragte der Pastor. »Sicherlich geht sie schlafen.« David war ins Haus gegangen. Sie kehrten schweigend heim; keiner von ihnen faßte diese Vision auf die gleiche Weise auf: Pastor Becker zweifelte, Minna vergötterte, Wilfrid begehrte.

Wilfrid war ein Mann von sechsunddreißig Jahren. Obwohl er kräftig entwickelt war, fehlte es seiner Gestalt nicht an harmonischen Proportionen. Er war nur mittelgroß, wie die meisten Menschen, die über den andern stehen; seine Brust und seine Schultern waren breit, sein Hals kurz wie der von Leuten, deren Herz dem Kopf nahegerückt ist; sein Haar war schwarz, dicht und fein; seine gelblich braunen Augen besaßen einen Sonnenglanz, der verkündete, mit welcher Gier seine Natur nach dem Licht strebte. Wenn seine männlichen, ungeordneten Züge auch durch das Fehlen der inneren Ruhe beeinträchtigt wurden, wie ein Leben ohne Stürme sie vermittelt, so kündeten sie doch von den unerschöpflichen Hilfsmitteln feuriger Sinne und hungernden Instinkts; ebenso wiesen seine Bewegungen auf die Vollkommenheit seines Körperzustands, die Geschmeidigkeit der Sinne und die Verläßlichkeit ihres Spiels hin. Dieser Mann konnte mit dem Indianer kämpfen, gleich ihm in der Weite der Wälder den Schritt der Feinde vernehmen, deren Geruch in den Lüften erwittern und am Horizont das Signal eines Freundes erblicken. Sein Schlaf war leicht wie der aller Geschöpfe, die sich nicht überraschen lassen wollen. Sein Körper versetzte sich rasch in Einklang mit dem Klima der Länder, in die sein stürmisches Leben ihn führte. Kunst und Wissenschaft hätten in diesem Organismus eine Art menschlichen Musterbilds bewundert; bei ihm befand sich alles im Gleichgewicht: Handeln und Herz, Intelligenz und Wille. Auf den ersten Blick hätte man ihn unter die reinen Instinktmenschen eingereiht, die sich blindlings den materiellen Bedürfnissen preisgeben; aber bereits vom Morgen seines Lebens an hatte er sich in die soziale Welt gestürzt, die seinen Gefühlen entsprach; das Studium hatte seine Intelligenz vergrößert, das Grübeln sein Denken geschärft; die Wissenschaften hatten sein Verständnis erweitert. Er hatte die menschlichen Gesetze studiert, das durch die Leidenschaften heraufbeschworene Spiel der Interessen, und er schien sich frühzeitig mit den Abstraktionen vertraut gemacht zu haben, auf denen die Gesellschaften beruhen. Er war erbleicht über den Büchern, die tote menschliche Taten sind; dann hatte er in den Festlichkeiten der europäischen Hauptstädte die Nächte durchwacht; in mehr als einem Bett war er aufgewacht; vielleicht hatte er auf dem Schlachtfeld die Nacht durchschlafen, die dem Kampf vorhergeht, und auch die, die dem Sieg folgt; vielleicht hatte seine gewittrige Jugend ihn auf dem Deck eines Korsaren durch die gegensätzlichsten Länder des Erdballs geführt; so kannte er sich im lebendigen Tun und Treiben der Menschen aus. Er wußte also über Gegenwart und Vergangenheit Bescheid; über die Weltgeschichte im doppelten Sinn, die von früher und die von heute. Viele Menschen sind, wie Wilfrid, gleichermaßen mächtig gewesen durch die Hand, durch das Herz und durch den Kopf; gleich ihm haben die meisten ihre dreifache Macht mißbraucht. Aber wenn dieser Mann noch durch seine Hülle dem schlammigen Teil der Menschheit angehörte, so gehörte er gewiß auch gleichermaßen der Sphäre an, in der die Kraft intelligent ist. Trotz der Schleier, in die seine Seele sich hüllte, fanden sich in ihm unleugbare, sichtbare Symptome für das Auge reiner Wesen, für das der Kinder, deren Unschuld noch kein Hauch einer üblen Leidenschaft gestreift hat, für das des Greises, der die seine zurückerlangt hat; diese Merkmale wiesen auf einen Kain hin, dem eine Hoffnung verblieben war und der nach irgendeiner Entsühnung am Ende der Welt zu suchen schien. Minna ahnte in diesem Mann den Sträfling des Ruhms, und Seraphita kannte ihn als solchen; beide bewunderten und bedauerten ihn. Woher kam ihnen diese Ahnung? Nichts ist zugleich einfacher und ungewöhnlicher. Sobald der Mensch in die Geheimnisse der Natur eindringen will, in der es nichts Geheimnisvolles gibt, wo es sich lediglich darum handelt, die Augen aufzumachen, wird er sich inne, daß das Einfache dort das Wunderbare vollbringt.

»Seraphitus«, hatte Minna eines Abends ein paar Tage nach Wilfrids Ankunft in Jarvis gesagt, »Sie lesen in der Seele dieses

Fremdlings, während ich von ihr nur verschwommene Eindrücke erhalte. Er macht mich eisesstarr oder erhitzt mich; Sie jedoch scheinen die Ursache dieser Kälte oder dieser Hitze zu kennen; Sie können sie mir sagen, denn Sie wissen alles über ihn.«

»Ja, ich bin mir über die Ursache klar«, hatte Seraphitus gesagt und seine breiten Lider über die Augen gesenkt.

»Durch welche Macht?« hatte die neugierige Minna gefragt.

»Ich besitze die Gabe der Besonderheit«, hatte er ihr geantwortet. »Die Besonderheit besteht in einer Art innerer Schau, die alles durchdringt, und du wirst deren Reichweite nur durch einen Vergleich verstehen. In den großen Städten Europas, aus denen Werke hervorgehen, in denen die Hand des Menschen die Wirkungen der geistigen Natur ebenso darzustellen versucht wie diejenigen der physischen Natur, gibt es erhabene Menschen, die die Ideen in Marmor ausdrücken. Der Bildhauer wirkt auf den Marmor ein, er formt ihn, er legt eine Welt von Gedanken hinein. Es gibt Marmorblöcke, die der Mensch mit der Fähigkeit begabt hat, eine erhabene oder eine üble Seite der Menschheit ganz und gar wiederzugeben; die meisten Menschen sehen darin eine menschliche Gestalt und nichts sonst; einige andere, die etwas höher auf der Stufenleiter der Wesen stehen, gewahren darin einen Teil der von dem Bildhauer übertragenen Gedanken; sie bewundern dabei die Form; aber die in die Geheimnisse der Kunst Eingeweihten sind alle im Einverständnis mit dem Bildner: Beim Erblicken seiner Marmorgestalt erkennen sie darin die ganze Welt seiner Gedanken. Diese sind die Fürsten der Kunst; sie tragen in sich selbst einen Spiegel, in dem sich die Natur mit ihren leichtesten Zufälligkeiten widerspiegelt. Ja, und nun ist in mir etwas wie ein Spiegel, in dem sich die geistige Natur mit ihren Ursachen und Wirkungen spiegelt. Indem ich so das Bewußtsein durchdringe, errate ich die Zukunft und die Vergangenheit. ›Aber wie denn?‹ wirst du mich immer wieder fragen. Nimm an, das Marmorbild sei der Körper eines Menschen; nimm an, der Bildner sei das Gefühl, die Leidenschaft, das Laster oder das Verbrechen, die Tugend, die Sünde oder die Reue; dann wirst du verstehen, wieso ich in der Seele des Fremdlings gelesen habe, ohne dir jedoch zu erklären, was es mit der Besonderheit auf sich hat; um diese Gabe zu begreifen, muß man sie besitzen.«

Zwar gehörte Wilfrid den beiden ersteren, so deutlich von einander unterschiedenen Teilen der Menschheit an, den Kraft- und Gedankenmenschen; doch seine Ausschweifungen, sein heftig bewegtes Leben und seine Fehler hatten ihn oftmals zum Glauben hingeleitet; denn der Zweifel hat zwei Seiten: die des Lichtes und die der Finsternis. Wilfrid hatte die Welt in ihren beiden Formen Materie und Geist allzusehr ausgepreßt, um nicht vom Durst nach dem Unbekannten gepackt zu werden, vom Verlangen, darüber hinauszugelangen, davon alle Menschen ergriffen werden, die wissen, können und wollen. Aber weder sein Wissen noch sein Tun, noch sein Wollen hatten eine bestimmte Richtung gehabt. Er hatte das gesellschaftliche Leben aus Notwendigkeit geflohen, wie der große Übeltäter das Kloster sucht. Der Gewissensbiß, diese Tugend der Schwachen, erreichte ihn nicht. Der von Gewissensbissen Gepackte ist kraftlos und wird seine Fehler stets von neuem begehen. Einzig Reue ist eine Kraft; sie macht allem ein Ende. Aber beim Durcheilen der Welt, aus der Wilfrid sich ein Kloster gemacht hatte, hatte er nirgendwo Balsam für seine Wunden gefunden; nirgendwo hatte er eine Natur erblickt, an die er sich hätte anschließen können. In seinem Innern hatte die Verzweiflung die Quellen des Verlangens ausgetrocknet. Er gehörte zu jenen Geistern, die sich im Kampf mit den Leidenschaften als die stärkeren erwiesen und nun in ihren Fäusten nichts mehr zum Auspressen haben; die, da es ihnen an Gelegenheit mangelt, sich an die Spitze einiger Gleichgearteter stellen, um ganze Völker unter den Hufen ihrer Reittiere zu zerstampfen, um den Preis eines grausigen Martyriums die Fähigkeit erkaufen würden, sich in einem Glauben zugrunde zu richten: eine Art erhabener Felsen in Erwartung des Schlags des Zauberstabs, der nicht erfolgt, aber der aus ihnen die untergründigen Quellen entspringen lassen könnte. Ein Vorhaben in seinem unruhigen, forscherischen Leben hatte ihn nach Norwegen verschlagen, und dort hatte ihn in Jarvis der Winter überrascht. An dem Tag, an dem er Seraphita zum erstenmal erblickte, hatte diese Begegnung ihn sein vergangenes Leben vergessen lassen. Das junge Mädchen hatte jene äußersten Gefühle in ihm ausgelöst, von denen er gemeint hatte, sie seien nie wieder zum Leben zu erwecken. Die Aschenreste hatten eine letzte Flamme auflodern lassen und waren beim ersten Hauch dieser Stimme verweht. Wer hat sich aufs neue jung und rein werden gefühlt, nachdem er im Alter erkaltet war und sich in Unreinheit besudelt hatte? Plötzlich hatte Wilfrid geliebt, wie er nie zuvor geliebt hatte; er liebte heimlich, gläubig, voller Schrecken, mit innerlichen Tollheiten. Allein schon bei dem Gedanken, Seraphita zu sehen, wurde sein Leben am Urquell des Lebens aufgewühlt. Vernahm er sie, so ging er in unbekannte Welten ein; in ihrer Gegenwart war er stumm; sie schlug ihn in Bann. Hier, unter den Schneemassen, war auf ihrem Stengel jene himmlische Blume herangewachsen, der seine bis dahin enttäuschten Wünsche zugestrebt hatten und deren Anblick die frischen Gedanken erweckt hatte, die Hoffnungen und Gefühle, die sich um uns scharen, um uns in höhere Regionen zu entrücken, wie die Engel auf den symbolischen Gemälden, die den Malern irgendein vertrauter Genius eingegeben hat, die Erkorenen in die Himmelsweiten emportragen. Ein himmlischer Duft erweichte den Granit dieses Felsens, ein mit dem Wort begabtes Licht ergoß über ihn göttliche Melodien, wie sie den Pilger auf seinem Weg gen Himmel begleiten. Nachdem er den Becher der irdischen Liebe geleert, den seine Zähne zerbissen hatten, gewahrte er das auserwählte Gefäß, darin durchsichtige Fluten schimmerten und das Durst nach unverwelklichen Entzükkungen in demjenigen erweckt, der ihm mit Lippen naht, die vor Glauben glühen, weil sonst der Kristall zerspränge. Er war an die zu überschreitende eherne Mauer gelangt, die er auf Erden gesucht hatte. Ungestüm ging er in Seraphitas Haus; es war seine Absicht, ihr die Größe einer Leidenschaft zu erklären, unter der er sich bäumte wie das Pferd der Fabel unter dem bronzenen Reiter, den nichts bewegt, der aufrecht sitzen bleibt und den die Anstrengungen des feurigen Tiers nur immer schwerer machen und zu stärkerem Schenkeldruck antreiben. Er kam zu ihr, um ihr sein Leben zu erzählen, um die Größe seiner Seele durch die Größe seiner Verfehlungen zu schildern, um die Ruinen in seinen Wüsten zu zeigen; doch als er die Einfriedung durchschritten hatte und sich in dem ungeheuren Bereich befand, den jene Augen umfaßten, deren schimmernder Azur auf keine Grenze nach vorwärts stieß und keine nach rückwärts darbot, wurde er ruhig und unterwürfig wie der Löwe, der, wenn er sich in einer

Ebene Afrikas auf seine Beute stürzen will, auf den Fittichen des Windes eine Liebesbotschaft empfängt und innehält. Es tat sich ein Abgrund auf, in den die Worte seines Deliriums hinabfielen und aus dem eine Stimme aufstieg, die ihn verwandelte: Er war ein Knabe, ein Sechzehnjähriger, schüchtern und furchtsam vor dem jungen Mädchen mit der heiteren Stirn, vor dieser weißen Gestalt, deren unerschütterliche Ruhe der kalten Unzugänglichkeit der menschlichen Gerechtigkeit ähnelte. Und der Kampf hatte erst im Lauf des Abends geendet, als sie ihn endlich mit einem Blick niedergeworfen hatte wie ein Milan, der, nachdem er seine schwindelerregenden Spiralen um seine Beute gezogen hat, sie betäubt zu Boden sinken läßt, ehe er sie in seinen Horst davonträgt. Es vollziehen sich in uns selbst lange Kämpfe, deren Ende sich in einer unserer Handlungen findet und die etwas wie die Nachtseite der Menschheit bilden. Diese Nachtseite gehört Gott, die Vorderseite den Menschen. Mehr als einmal hatte Seraphita gehofft, Wilfrid zu beweisen, daß sie jene vielgestaltige Nachtseite kenne, die bei den meisten Menschen ein zweites Leben bildet. Oftmals hatte sie zu ihm mit ihrer Turteltaubenstimme gesagt: »Warum all dieses Wüten?«, wenn Wilfrid sich unterwegs gelobt hatte, sie zu entführen, um aus ihr sein Eigentum zu machen. Einzig Wilfrid war stark genug, den Rebellenschrei auszustoßen, der ihm bei Pastor Becker entfahren war und den der Bericht des alten Mannes beschwichtigt hatte. Dieser so spöttische, so beleidigende Mann hatte endlich die Klarheit einer sternenhaften Gläubigkeit in seiner Nacht anbrechen sehen; er hatte sich gefragt, ob Seraphita nicht eine aus den höheren Sphären Verbannte und unterwegs nach der Heimat sei. Die Ehren der Vergöttlichungen, mit denen die Liebenden in allen Ländern Mißbrauch treiben, er erkannte sie dieser norwegischen Lilie nicht zu; er glaubte daran. Warum war sie in der Abgeschiedenheit dieses Fjords verblieben? Was tat und trieb sie hier? Inständige Befragungen ohne Antwort quollen in seinem Geist über. Vor allem, was würde zwischen ihnen beiden geschehen? Welcher Schicksalsspruch hatte ihn hierher geführt? Für ihn war Seraphita jenes reglose, indessen wie ein Schatten schwerelose Marmorbild, das Minna sich über den Rand des Abgrunds hatte beugen sehen: Genauso verharrte Seraphita angesichts der Abgründe, ohne daß irgend etwas ihr hätte etwas anhaben können, ohne daß ihr Brauenbogen zuckte, ohne daß das Licht ihres Augapfels flackerte. Es war also eine Liebe ohne Hoffnung, aber nicht ohne Neugier. Von dem Augenblick an, da Wilfrid die ätherische Natur in der Magierin ahnte, die ihm das Geheimnis ihres Lebens in harmonischen Träumen gesagt hatte, wollte er versuchen, sie sich zu unterwerfen, sie zu behalten, sie dem Himmel zu rauben, wo sie vielleicht erwartet wurde. Die Menschheit, die Erde ergriffen aufs neue ihre Beute; er würde beide verkörpern. Sein Stolz, das einzige Gefühl, das den Menschen lange Zeit hindurch außer sich zu bringen vermag, würde ihn für den Rest seines Lebens über diesen Triumph glücklich machen. Bei diesem Gedanken kochte ihm das Blut in den Adern, und sein Herz schwoll. Wenn es ihm nicht gelingen sollte, wollte er sie zerbrechen. Es ist ja so natürlich, daß man zerstört, was man nicht besitzen kann; daß man verleugnet, was man nicht versteht, daß man beleidigt, was man beneidet!

Am andern Tag wollte Wilfrid, noch gänzlich im Bann der Gedanken, die das ungewöhnliche Schauspiel in ihm ausgelöst hatte, dessen Zeuge er am Vortage gewesen war, David ausfragen, und er suchte ihn unter dem Vorwand auf, er wolle sich nach Seraphitas Befinden erkundigen. Obgleich Pastor Becker glaubte, der arme Mann sei kindisch geworden, vertraute der Fremdling auf seinen Scharfblick bei der Wahrnehmung der Wahrheitskörnchen, die der Diener im Gießbach seiner irren Redereien rollen würde.

David hatte die unbeweglichen, unentschlossenen Züge eines Achtzigjährigen: Unter seinem weißen Haar war eine Stirn zu sehen, auf der die Falten verfallene Ablagerungen bildeten; sein Gesicht war ausgehöhlt wie das ausgetrocknete Bett eines Gebirgsbachs. Es war, als habe sich sein Leben gänzlich in die Augen geflüchtet, in denen ein Lichtstrahl schimmerte; aber jenes Leuchten war wie von Wolken bedeckt und ließ auf wirkliche Geistesstörung und ebenso auf die blöde Starre der Trunkenheit schließen. Seine schwerfälligen, langsamen Bewegungen kündeten von den Vereisungen des Alters und teilten diese jedem mit, der sich dazu herbeiließ, ihn lange anzuschauen, denn er strömte die Kraft der Stumpfheit aus. Seine beschränkte Intelligenz erwachte nur beim Klang der Stimme, beim Anblick seiner Herrin, und wenn er an sie dachte. Sie war die Seele dieses völlig materiellen Bruchstücks. Sah man David allein, so konnte man ihn für eine Leiche halten; wenn jedoch Seraphita sich zeigte, wenn sie sprach oder wenn von ihr die Rede war, so entstieg der Tote seinem Grab und fand Bewegung und Sprache wieder. Nie sind die ausgedörrten Gebeine, die der göttliche Hauch im Tal Josaphat wieder beleben soll, nie ist dieses apokalyptische Gleichnis besser in die Wirklichkeit umgesetzt worden als durch diesen Lazarus, der immerfort durch die Stimme des jungen Mädchens aus der Gruft ins Leben zurückgerufen wurde. Seine beständig in Bildern sich ergehende, oft unverständliche Ausdrucksweise hinderte die Dorfbewohner daran, mit ihm zu sprechen; aber sie achteten in ihm den tief von der allgemeinen Straße abgewichenen Geist, den das Volk stets instinktiv bewundert. Wilfrid traf ihn im ersten Zimmer an, dem Anschein nach war er am Ofen eingeschlafen. Wie der Hund, der die Freunde des Hauses erkennt, schlug der Greis die Augen auf, gewahrte den Fremdling und rührte sich nicht.

»Wo ist sie?« fragte Wilfrid den Alten und setzte sich zu ihm.

David fuhr mit den Fingern durch die Luft, als wolle er den Flug eines Vogels andeuten.

»Leidet sie nicht mehr?« fragte Wilfrid.

»Einzig dem Himmel geweihte Geschöpfe wissen zu leiden, ohne daß das Leid ihre Liebe mindert; das ist das Merkmal des wahren Glaubens«, antwortete ernst der Alte, wie ein von ungefähr angeschlagenes Instrument einen zufälligen Ton erklingen läßt.

»Wer hat Ihnen diese Worte gesagt?«

»Der Geist.«

»Was war ihr denn gestern abend zugestoßen? Haben Sie schließlich die als Wachen aufgestellten Vertumnen bezwungen? Sind Sie durch die Mammongestalten hindurchgeschlüpft?«

»Ja«, sagte David und erwachte wie aus einem Traum.

Der wirre Dunst in seinen Augen schmolz hin unter einem aus der Seele gedrungenen Licht, das sie nach und nach erglänzen ließ wie die eines Adlers und sie intelligent machte wie die eines Dichters.

»Was haben Sie gesehen?« fragte der ob dieser jähen Wandlung erstaunte Wilfrid.

»Die Arten und die Formen habe ich gesehen, den Geist der Dinge habe ich vernommen, den Aufruhr der Bösen habe ich gesehen und das Wort der Guten gehört! Es sind sieben Dämonen gekommen, es sind sieben Erzengel herabgestiegen. Die Erzengel waren fern, sie schauten verhüllt. Die Dämonen waren nahe, sie glänzten und regten sich. Mammon ist gekommen auf seiner Perlmuttermuschel, und in Gestalt einer schönen, nackten Frau; der Schnee ihres Körpers blendete, nie werden menschliche Gestalten so vollkommen sein, und er hat gesagt: ›Ich bin die Lust, und du wirst mich besitzen!‹ Luzifer, der Fürst der Schlangen, ist in seiner Herrscherpracht gekommen, der ›Mann‹ in ihm war schön wie ein Engel, und er hat gesagt: ›Die Menschheit soll dir dienen!‹ Die Königin der Geizigen, jene, die nichts zurückerstattet von dem, was sie empfangen hat, die Meeresgottheit ist gekommen, gehüllt in ihren grünen Mantel; sie hat ihren Schoß aufgetan, sie hat ihren Edelsteinschrein gezeigt, sie hat ihre Schätze ausgespien und sie dargeboten; Wogen von Saphiren und Smaragden hat sie heranfluten lassen; was sie hervorgebracht, hat sich bewegt, es ist aus seinen Verstecken hervorgequollen, es hat geredet; die schönste unter den Perlen hat ihre Schmetterlingsflügel entfaltet, sie hat gestrahlt, sie hat ihre Meeresweisen ertönen lassen, sie hat gesagt: ›Beide sind wir Töchter des Leids, wir sind Schwestern; erwartest du mich? Wir werden zusammen aufbrechen, ich brauche nur erst Weib zu werden.‹ Der Vogel mit den Adlerfittichen und den Löwenpranken, dem Frauenkopf und der Pferdekruppe, das Tier ist vor ihr niedergefallen, hat ihr die Füße geleckt und seiner vielgeliebten Tochter siebenhundert Jahre des Überflusses verheißen. Das Furchtbarste, das Kind, ist bis zu ihren Knien gelangt und hat geweint und zu ihr gesagt: ›Verlässest du mich? Ich bin schwach und leidend, bleib doch, Mutter!‹ Es hat mit den andern gespielt, es hat in den Lüften Trägheit verbreitet, und der Himmel würde seiner Klage willig nachgegeben haben. Die Jungfrau vom reinen Gesang hat ihre Weisen ertönen lassen, die die Seele entspannen. Die Könige des Ostens sind gekommen mit ihren Sklaven, ihren Heeren und ihren Weibern; die Verwundeten haben sie um

Hilfe gebeten, die Unglücklichen haben die Hand ausgestreckt: ›Verlaßt uns nicht! Verlaßt uns nicht!‹ Ich selber habe gerufen: ›Verlaßt uns nicht! Wir wollen Euch anbeten, bleibt!‹ Die Blumen sind ihren Samenkörnern entsprossen und haben sie mit ihren Düften umgeben, die gesagt haben: ›Bleibt!‹ Der Riese Enakim ist aus dem Jupiter hervorgekommen, er hat das Gold eines seiner Freunde mit sich geführt, er hat die Geister der Astral-Bereiche mit sich geführt, die sich ihm verbunden hatten, und alle haben gesagt: ›Wir wollen dir gehören für siebenhundert Jahre.‹ Endlich ist der Tod von seinem fahlen Pferd herabgestiegen und hat gesagt: ›Ich will dir gehorchen!‹ Alle sind ihr zu Füßen in den Staub gefallen, ach, hätten Sie sie doch gesehen, sie haben die große Ebene erfüllt, und alle haben ihr zugerufen: ›Wir haben dich genährt, du bist unser Kind, verlaß uns nicht!‹ Das Leben ist aus den roten Wassern herausgestiegen und hat gesagt: ›Ich verlasse dich nicht!‹ Als es dann Seraphita in Stummheit verharren sah, hat es sie angeleuchtet wie die Sonne und ausgerufen: ›Ich bin das Licht!‹ – ›Das Licht ist dort!‹ hat Seraphita gerufen und auf die Wolken gedeutet, in denen die Erzengel sich regten; aber sie war erschöpft, das Verlangen hatte ihre Nerven zerrüttet, sie hat nur rufen können: ›O mein Gott!‹ Wieviele Engelsgeister, die den Berg erklommen und fast den Gipfel erreicht hätten, haben unter ihren Füßen ein Geröll angetroffen, das sie hat ausgleiten lassen, das sie wieder in den Abgrund gestürzt hat! Alle diese gefallenen Geister haben ihre Standhaftigkeit bewundert; sie waren da und bildeten einen reglosen Chor, und alle haben weinend zu ihr gesagt: ›Hab Mut!‹ Schließlich hat sie das Verlangen besiegt, das in allen Formen und allen Arten auf sie losgelassen war. Sie ist im Gebet verblieben, und als sie die Augen aufgehoben hat, da hat sie den Fuß der Engel gesehen, die zurück in die Himmel schwebten.«

»Den Fuß der Engel hat sie gesehen?« wiederholte Wilfrid.

»Ja«, sagte der Greis.

»War es ein Traum, und hat sie ihn Ihnen erzählt?« fragte Wilfrid.

»Ein Traum, so ernsthaft wie der Ihres Lebens«, antwortete David, »ich habe daran teilgenommen.«

Die Ruhe des alten Dieners machte Wilfrid betroffen; er ging davon und überlegte, ob diese Visionen weniger ungemein seien als jene, deren Berichte sich bei Swedenborg finden und die er am vorigen Abend gelesen hatte.

»Wenn es wirklich Geister gibt, dann müssen sie sich betätigen«, sagte er sich, als er das Pfarrhaus betrat, wo er Pastor Becker allein vorfand.

»Lieber Herr Pastor«, sagte Wilfrid, »Seraphita gehört uns Menschen nur durch die Form an, und ihre Form ist undurchdringlich. Halten Sie mich bitte weder für irrsinnig noch für verliebt: Eine Überzeugung läßt keine Erörterung zu. Bekehren Sie meinen Glauben zu wissenschaftlichen Annahmen, und lassen Sie uns versuchen, uns Klarheit zu verschaffen. Morgen wollen wir alle beide zu ihr gehen.«

»Ja, und was dann?« fragte Pastor Becker.

»Wenn ihr Auge nichts von Raum weiß«, fuhr Wilfrid fort, »wenn ihr Denken eine intelligente Schau ist, die es ihr verstattet, die Dinge in ihrer Wesenhaftigkeit zu erfassen und sie mit der allgemeinen Evolution der Welten zu verbinden; wenn, mit einem Wort, sie alles weiß und sieht, dann wollen wir die Pythia auf ihren Dreifuß setzen und diesen unversöhnlichen Adler durch Drohungen zum Entfalten seiner Fittiche zwingen. Helfen Sie mir dabei? Ich atme ein Feuer, das mich verzehrt, ich will es erlöschen oder mich verschlingen lassen. Endlich habe ich eine Beute entdeckt; ich will sie haben.«

»Das wäre«, sagte der Geistliche, »eine recht schwierig durchzuführende Eroberung; denn dies arme Mädchen ist . . .«

»Ist . . .?« fuhr Wilfrid fort.

»Geistesgestört«, sagte der Geistliche.

»Ich bestreite Ihnen ihre Geistesgestörtheit nicht; aber bestreiten Sie mir nicht ihre höhere Artung. Lieber Pastor Becker, sie hat mich so oft durch ihre Gelehrsamkeit in Verwirrung gesetzt. Hat sie Reisen gemacht?« – »Von ihrem Haus bis an den Fjord.«

»Also ist sie nie von hier weggekommen!« rief Wilfrid aus. »Dann hat sie wohl viel gelesen?«

»Keine Seite, kein Jota! Ich bin in Jarvis der einzige, der Bücher hat. Swedenborgs Werke, die einzigen Druckwerke, die je in den Weiler gelangt sind, da stehen sie. Kein einziges davon hat sie sich geholt.«

»Haben Sie nie versucht, sich mit ihr zu unterhalten?«

»Wozu denn?«

»Hat niemand unter ihrem Dach gewohnt?«

»Sie hat nie andere Freunde als Sie und Minna gehabt, noch einen anderen Diener als David.«

»Hat sie denn nie über die Wissenschaften, die Künste sprechen hören?«

»Durch wen denn?« fragte der Pastor.

»Wenn sie nun aber geläufig und klug über diese Dinge zu reden weiß, wie sie es häufig mit mir getan hat, was würden Sie dann glauben?«

»Daß dieses Mädchen vielleicht innerhalb einiger Jahre des Schweigens sich Fähigkeiten angeeignet hat, die Apollonius von Tyana[19] und viele vorgebliche Zauberer besessen haben, die von der Inquisition verbrannt worden sind, da man das Zweite Gesicht nicht gelten lassen wollte.«

»Wenn sie arabisch spräche, was würden Sie davon halten?«

»Die Geschichte der Medizin kennt mehrere Beispiele von Mädchen, die ihnen unbekannte Sprachen gesprochen haben.«

»Was tun?« fragte Wilfrid. »Sie kennt aus meinem vergangenen Leben Dinge, deren Geheimnis nur mir gehört hat.«

»Wir werden sehen, ob sie mir Gedanken sagt, die ich niemandem anvertraut habe«, sagte Pastor Becker. Minna kam herein.

»Nun, Tochter, wie ist es um diesen Dämon bestellt?«

»Er leidet, Vater«, antwortete sie und nickte Wilfrid zu. »Die menschlichen, in ihre falschen Prächte gehüllten Leidenschaften sind die ganze Nacht um sie gewesen und haben vor ihr unerhörten Pomp entbreitet. Aber du hältst das alles ja für Märchen.«

»Für Märchen, die den, der sie in seinem Hirn liest, genauso schön dünken wie gewöhnliche Menschen die Märchen aus Tausendundeine Nacht«, sagte der Pastor lächelnd.

»Hat Satan«, entgegnete sie, »nicht den Erlöser auf die Zinne des Tempels geführt und ihm alle Völker zu seinen Füßen liegend gezeigt?«

»Die Evangelisten«, erwiderte der Pastor, »haben die Abschriften nicht so gut korrigiert, als daß sich nicht mehrere Lesarten fänden.«

»Glauben Sie an die Wirklichkeit dieser Vision?« fragte Wilfrid Minna.

»Wer kann daran zweifeln, wenn er sie erzählt?«

»Er?« fragte Wilfrid. »Wer denn?«

»Der, der dort drüben wohnt«, antwortete Minna und deutete auf das Schloß.

»Sie sprechen also von Seraphita?« fragte der Fremdling erstaunt.

Das junge Mädchen senkte den Kopf und warf ihm einen Blick voll freundlicher Bosheit zu.

»Also auch Sie«, fuhr Wilfrid fort, »gefallen sich darin, meine Gedanken durcheinander zu bringen. Wer ist sie? Was halten Sie von ihr?«

»Was ich fühle, ist unerklärbar«, entgegnete Minna und wurde rot.

»Ihr seid ja wahnsinnig!« rief der Pastor.

»Also bis morgen!« sagte Wilfrid.

IV

Die Wolken im Heiligtum

Es gibt Schauspiele, bei denen alle materiellen Herrlichkeiten mitwirken, über die der Mensch verfügt. Ganze Völkerschaften von Sklaven und Tauchern haben sich im Sand der Meere, im Innern der Felsen auf die Suche nach den Perlen und Diamanten gemacht, die die Zuschauer schmücken. Von Erbschaft zu Erbschaft weitergereicht, haben diese Kostbarkeiten auf allen gekrönten Stirnen geglänzt, und sie würden, wenn sie mit der Sprache begabt wären, die getreueste unter allen Geschichten der Menschheit künden. Kennen sie nicht die Leiden und Freuden der Großen wie der Kleinen? Überall und überallhin sind sie getragen worden, voller Stolz bei den Festen, voller Verzweiflung zum Pfandleiher; blutig von dannen getragen bei Plünderungen, von der Kunst erzeugten Meisterwerken eingefügt, damit sie bewahrt blieben. Von den Perlen ist, die der Kleopatra ausgenommen, keine je verlorengegangen. Die Großen, die Glücklichen sind da versammelt und schauen der Krönung eines Königs zu, dessen Schmuck das Werk menschlichen Fleißes ist, der jedoch in seiner Glorie mit einem Purpur von geringerer Vollkommenheit bekleidet ist als der einer schlichten Feldblume. Jene glanzvollen Lichtfeste, die umschlungen von Musik sind, darin das Wort des Menschen zu donnern versucht; alle diese Triumphe seiner Hand, ein Gedanke, ein Gefühl zerschmettern sie. Der Geist kann rings um den Menschen und im Menschen strahlenderes Licht zusammenfassen, ihn melodischere Harmonien vernehmen lassen, über die Wolken schimmernde Sternbilder stellen, die er befragt. Noch mehr indessen vermag das Herz! Der Mensch kann einem einzigen Geschöpf gegenüberstehen und in einem einzigen Wort, einem einzigen Blick einen so leuchtenden Glanz, einen so durchdringenden Ton finden, daß er erliegt und niederkniet. Die echtesten Herrlichkeiten liegen nicht in den Dingen, sondern in uns selbst. Ist für den Gelehrten ein Geheimnis der Wissenschaft nicht eine ganze Welt von Wundern? Die Trompete der Kraft, die Brillanten des Reichtums, die Musik der Freude, ein unermeßliches Miteinander von Menschen, bedarf es alles dessen als Begleitung seines Festes? Nein, er geht in irgendein dunkles Gelaß, wo ihm oft ein blasser, leidender Mensch ein einziges Wort ins Ohr flüstert. Wie eine in ein Kellergewölbe geworfene Fackel erhellt dieses Wort ihm die Wissenschaften. Alle menschlichen Ideen, die in die anziehendsten Formen gekleidet waren, die das Mysterium je ersonnen hat, umgaben einen Blinden, der im Schmutz an einem Wegsaum saß. Die drei Welten, die natürliche, die geistige und die göttliche mit allen ihren Sphären enthüllte sich einem armen Florentiner Verbannten: Er schritt einher, begleitet von Glücklichen und Leidenden, von denen, die beteten, und denen, die schrien, von Engeln und Verdammten. Als der Gesandte Gottes, der alles wußte und alles konnte, dreien seiner Jünger erschien, da geschah es eines Abends am Tisch der armseligsten aller Herbergen; das Licht brach herein, zerbrach die materiellen Formen, erhellte die geistigen Fähigkeiten, sie sahen ihn in seiner Glorie, und schon hing die Erde nicht fester an ihren Füßen als eine sich lockernde Sandale.

Pastor Becker, Wilfrid und Minna fühlten sich von Ängsten durchwogt, als sie auf dem Weg zu dem ungewöhnlichen Wesen waren, das auszuforschen sie sich vorgenommen hatten. Für jeden von ihnen barg das größer gewordene Schwedenschloß ein gigantisches Schauspiel, eins von denen, deren Massen und Farben von den Dichtern klüglich und harmonisch angeordnet worden sind und deren Gestalten zwar für die Menschen imaginäre Schauspieler, jedoch wirklich für diejenigen sind, die in die geistige Welt einzudringen beginnen. Auf den Sitzreihen dieses Kolosseums ließ Pastor Becker die grauen Legionen des Zweifels, seiner düsteren Gedanken, seiner unzulänglichen Disputationsformen niederhocken; er rief dort die verschiedenen philosophischen und religiösen Welten zusammen, die einander bekämpften und die sämtlich in Gestalt eines entfleischten Systems erschienen wie der Gott der Zeit in seinen Darstellungen durch den Menschen, ein Greis, der mit der einen Hand die Sense hochhebt und mit der andern ein gebrechliches Weltall von dannen trägt, das Weltall der Menschen. Wilfrid hatte seine ersten Illusionen und seine letzten Hoffnungen dorthin eingeladen; er ließ dort das menschliche Geschick und seine Kämpfe, die Religion und ihre siegreiche Herrschaft niedersitzen. Minna sah dort durch eine Lücke verworren den Himmel; die Liebe hob für sie einen mit geheimnisvollen Bildern bestickten Vorhang, und die harmonischen Klänge, die an ihre Ohren drangen, steigerten noch ihre Neugier. Für sie drei bedeutete dieser Abend also das, was das Abendmahl für die drei Pilger in Emmaus, was für Dante eine Vision, was für Homer eine Inspiration gewesen war; für sie sollten die drei Formen der Welt offenbart, sollten Vorhänge zerrissen, Ungewißheiten zerstreut, Dunkelheiten erhellt werden. Die das Licht erwartende Menschheit in allen ihren Erscheinungsformen konnte nicht besser verkörpert werden als durch dieses junge Mädchen, durch diesen Mann und durch diese beiden Greise, deren einer wissend genug war, um zu zweifeln, deren anderer unwissend genug war, um zu glauben. Nie zuvor ist eine Szene dem Augenschein nach einfacher und in Wirklichkeit vielseitiger und umfassender gewesen.

Als sie, von dem alten David geleitet, das Haus betraten, fanden sie Seraphita vor dem Tisch stehen, auf dem die verschiedenen Dinge aufgestellt waren, die zu einem Tee gehören; das ist ein Imbiß, der im Norden an die Stelle der Freuden des Weins tritt, die den südlichen Ländern vorbehalten sind. Sicherlich kündigte nichts an ihr oder an ihm an, daß dieses Wesen die seltsame Macht besaß, in zwei deutlich unterscheidbaren Gestalten zu erscheinen; und also ließ nichts die unterschiedlichen Kräfte deutlich werden, über die sie verfügte. Seraphita schien sich auf alltägliche Weise um das Wohlbehagen ihrer drei Gäste zu kümmern; sie befahl David, Holz in den Ofen zu legen.

»Guten Tag, liebe Nachbarn«, sagte sie. »Lieber Herr Pastor Becker, Sie haben recht getan herzukommen; vielleicht sehen Sie mich heute zum letztenmal lebendig. Dieser Winter hat mir den Tod gegeben. – Nehmen Sie doch Platz«, sagte sie zu Wilfrid. »Und du, Minna, setz dich bitte dorthin«, sagte sie und deutete auf einen neben ihr stehenden Sessel. »Du hast deine Gobelinstickerei mitgebracht; hast du die Stichart dafür jetzt gefunden? Das Muster ist sehr hübsch. Für wen ist sie? Für deinen Vater oder für den Herrn hier?« fragte sie und wandte sich Wilfrid zu. »Wir müssen ihm doch vor seiner Abreise ein Andenken an Norwegens Mädchen überlassen, nicht wahr?«

»Sie haben also gestern wiederum Schmerzen gehabt?« fragte Wilfrid.

»Es bedeutet nichts«, sagte sie. »Ich mag diesen Schmerz; er ist notwendig für das Hinausgehen aus dem Leben.«

»Dann hat also der Tod keine Schrecken für Sie?« fragte lächelnd Pastor Becker, der sie nicht für krank hielt.

»Nein, lieber Herr Becker. Es gibt zwei Arten des Sterbens: für die einen ist der Tod ein Sieg, für die andern eine Niederlage.«

»Und Sie glauben, Sie haben gesiegt?« fragte Minna.

»Ich weiß es nicht«, antwortete sie. »Vielleicht wird es nur ein weiterer Schritt vorwärts sein.«

Der Milchglanz ihrer Stirn wandelte sich, ihre Augen mit den langsam niedersinkenden Lidern wurden verschleiert. Diese einfache Bewegung erschütterte die drei Neugierigen und machte sie reglos. Pastor Becker war der kühnste.

»Liebes Kind«, sagte er, »Sie sind die Reinheit in Person; aber

Sie sind auch von einer göttlichen Güte; ich möchte heute abend von Ihnen etwas anderes als die Leckereien Ihres Teeimbisses. Wenn man gewissen Leuten glauben darf, wissen Sie um ungemeine Dinge; und wenn dem so ist, würde es dann nicht barmherzig sein, wenn Sie einige unserer Zweifel behöben?«

»Ach«, entgegnete sie lächelnd, »ich wandle auf den Wolken; ich stehe mich aufs beste mit den Tiefen des Fjords; das Meer ist ein Reittier, dem ich einen Zaum angelegt habe; ich weiß, wo die singende Blume wächst, wo das redende Licht strahlt, wo die balsamduftenden Farben schimmern und leben; ich besitze den Ring Salomonis; ich bin eine Fee; ich werfe meine Befehle in den Wind, und er führt sie als unterwürfiger Sklave aus; ich sehe die im Erdboden verborgenen Schätze; ich bin die Jungfrau, vor der die Perlen herfliegen, und . . .«

»Und wir besteigen ungefährdet den Falberg?« fragte Minna.

»Und du ebenfalls!« sagte das Wesen und warf dem jungen Mädchen einen leuchtenden Blick zu, der sie mit Verwirrung erfüllte. »Wenn ich nicht die Fähigkeit besäße, hinter euern Stirnen den Wunsch zu lesen, der euch herführt, würde ich dann sein, was ihr glaubt, daß ich es bin?« fragte sie und umfing sie alle drei mit ihrem erobernden Blick, zur großen Genugtuung Davids, der sich die Hände rieb und hinausging. »Ach!« fuhr sie nach einer Pause fort, »ihr alle seid gekommen, weil eine kindische Neugier euch hertrieb. Sie haben sich gefragt, guter Herr Pastor Becker, wie es möglich sei, daß ein siebzehnjähriges Mädchen eins der tausend Geheimnisse wisse, nach denen die Gelehrten forschen, die Nase am Erdboden, anstatt die Augen gen Himmel zu erheben! Wenn ich Ihnen sagte, wie und wodurch die Pflanze mit dem Tier in Verbindung steht, dann würden Sie an Ihren Zweifeln zweifeln. Sie haben ein Komplott geschmiedet, um mich zu verhören; gestehen Sie es!«

»Ja, liebe Seraphita«, antwortete Wilfrid. »Aber ist dieser Wunsch für Männer nicht etwas ganz Natürliches?«

»Wollen Sie denn dieses Kind hier langweilen?« fragte sie und legte Minna mit einer liebkosenden Geste die Hand aufs Haar.

Das junge Mädchen blickte auf und schien mit ihr oder ihm verschmelzen zu wollen.

»Das Wort ist das Gut aller«, fuhr das geheimnisvolle Wesen ernst fort. »Wehe dem, der inmitten der Wüste Schweigen bewahren würde, im Glauben, niemand werde ihn vernehmen: Hienieden spricht und lauscht alles. Das Wort bewegt die Welten. Herr Pastor, ich wünsche, nichts vergeblich zu sagen. Ich kenne die Schwierigkeiten, die Ihnen am meisten zu schaffen machen: Würde es nicht ein Wunder sein, zunächst erst einmal alles Ihnen Bewußte darzulegen? Nun, das Wunder soll sich vollziehen. Hören Sie mich an. Sie haben sich niemals Ihre Zweifel in deren voller Ausdehnung gestanden; ich allein, die ich in meinem Glauben unerschütterlich bin, kann sie Ihnen sagen und Sie vor sich selbst erschrecken machen. Sie gehören dorthin, wo der Zweifel am finstersten ist; Sie glauben nicht an Gott, und alles hienieden wird zweitrangig für den, der sich an das Prinzip der Dinge heranwagt. Wir wollen Abstand von allen hohlen, durch falsche Philosophien fruchtlosen Diskussionen nehmen. Die spiritualistischen Generationen haben nicht minder vergebliche Bemühungen unternommen, die Materie abzuleugnen, als es die materialistischen Generationen getan haben, den Geist abzuleugnen. Warum diese Streitereien? Hat der Mensch nicht für beide Systeme unwiderlegliche Beweise dargeboten? Finden sich in ihm nicht materielle und spirituelle Dinge? Nur ein Narr kann sich weigern, im menschlichen Körper ein Bruchstück der Materie zu erblicken; und eure Naturwissenschaften finden darin, wenn sie ihn zerlegen, wenig Unterschied zwischen seinen Prinzipien und denen der anderen Tiere. Die Vorstellung, die im Menschen der Vergleich mehrerer Objekte erzeugt, scheint ebensowenig für irgend jemanden in das Gebiet der Materie zu gehören. Ich will mich hier nicht weiter aussprechen; es handelt sich um Ihre Zweifel und nicht um meine Gewißheiten. Ihnen wie den meisten Denkern scheinen die Beziehungen, die zwischen den Dingen zu entdecken Sie befähigt sind, deren Wirklichkeit Ihnen durch Ihre Empfindungen bestätigt wird, nicht materiell zu sein. Das natürliche Universum der Dinge und der Wesen endet also im Menschen durch das übernatürliche Universum der Ähnlichkeiten oder der Unterschiede, die er zwischen den unzähligen Formen der Natur wahrnimmt, Beziehungen von einer Mannigfaltigkeit, daß sie als unendlich anmuten; denn wenn bis jetzt niemand allein schon die irdischen Schöpfungen hat aufzählen können, welcher Mensch vermöchte dann deren Beziehungen herzählen? Verhält sich der Bruchteil, den Sie davon kennen, zu ihrer Totalsumme nicht wie eine Einzelzahl zum Unendlichen? Hier geraten Sie bereits an den Begriff des Unendlichen, der Sie sicherlich eine rein geistige Welt begreifen läßt. Auf diese Weise bietet der Mensch einen zulänglichen Beweis für die beiden Modi Materie und Geist. In ihm endet ein sichtbares, in sich geschlossenes Universum; in ihm beginnt ein unsichtbares, unendliches Universum, und das sind zwei Welten, die einander nicht kennen: Haben etwa die Kieselsteine des Fjords das Verständnis ihrer Zusammensetzungen; haben sie Kenntnis von den Farben, die sie den Augen des Menschen darbieten; hören sie die Musik der Wellen, von denen sie gestreichelt werden? Wir wollen, ohne ihn zu ergründen, den Abgrund überspringen, den uns die Verbindung eines materiellen Universums und eines spirituellen Universums darbietet, eine sichtbare, wägbare, greifbare Schöpfung, die abgeschlossen wird durch eine ungreifbare, unsichtbare, unwägbare Schöpfung; beide einander völlig unähnlich, getrennt durch das Nichts, wiedervereint durch unbestreitbare Übereinstimmungen, gesammelt in einem Wesen, das beiden Schöpfungen angehört! Wir wollen diese beiden für eure Philosophien unvereinbaren und durch das Faktum ausgesöhnten Welten zu einer einzigen Welt zusammenschmelzen. Für wie abstrakt der Mensch auch die Beziehung hält, die zwei Dinge miteinander verbindet, sie bringt eine Prägung mit sich. Wo? Worauf? Es obliegt uns nicht zu erforschen, bis zu welchem Punkt der Subtilisation die Materie gelangen kann. Wenn es um diese Frage ginge, sehe ich nicht ein, warum derjenige, der mittels physikalischer Beziehungen die Sterne, die unmeßbar weit voneinander entfernt sind, miteinander verknüpft hat, um sich daraus einen Schleier zu fertigen, nicht auch denkende Substanzen hätte schaffen können, noch auch, warum ihr ihm die Fähigkeit abstreiten wollt, den Gedanken mit einem Körper zu begaben! Also stellen euer unsichtbares geistiges Universum und euer sichtbares physisches Universum eine einzige und gleiche Materie. Wir werden keineswegs die Eigenschaften und die Körper trennen, noch die Objekte und die Beziehungen. Alles, was existiert, was uns bedrückt und bedrängt, oberhalb, unterhalb unser, vor uns, in uns; was unsere Augen und unsere Geister wahrnehmen, alle diese benannten und unbenannten Dinge werden, um das Problem der Schöpfung dem Maßstab eurer Logik anzupassen, einen Block endlicher Materie bilden; wenn er unendlich wäre, dann würde Gott seiner nicht mehr Herr sein. Wenn man jetzt nun aber, Ihrer Meinung gemäß, lieber Herr Pastor, auf irgendeine Weise einen unendlichen Gott mit diesem Block endlicher Materie in Verbindung bringen würde, so könnte Gott mit den Attributen, mit denen der Mensch ihn ausgestattet hat, nicht existieren; wenn er von den Gegebenheiten gefordert wird, ist er nichts; wenn er von Vernunfterwägungen gefordert würde, wäre er ebenfalls nichts; auf spirituelle oder materielle Weise betrachtet, wird Gott zu einer Unmöglichkeit. Laßt uns dem Wort der menschlichen Vernunft, eingezwängt in ihre letzten Folgerungen, lauschen.

Wenn wir Gott von Angesicht zu Angesicht mit jenem Großen All gegenüberstellen, so bestehen zwischen beiden nur zwei mögliche Zustände. Entweder sind die Materie und Gott etwas gleichzeitig vorhanden Gewesenes, oder Gott allein existierte vor der Materie. Nehmen wir an, die Vernunft, die die Menschenrassen erleuchtet, seit sie am Leben sind, sei in einem einzigen Kopf zusammengefaßt; dann würde dieser gigantische Kopf keine dritte Art des Daseins erfinden können, sofern er nicht Gott und die Materie ausschaltete. Mögen die Menschenphilosophen Berge von Worten und Gedanken anhäufen; mögen die Religionen Bilder und Glaubensrichungen, Offenbarungen und Mysterien zusammentragen, es muß sich daraus das furchtbare Dilemma ergeben, und man hat die Wahl zwischen den beiden Voraussetzungen, die es bilden; aber man hat ja kein Stimmrecht. Die eine wie die andere führen die menschliche Vernunft zum Zweifel. Wird das Problem so gestellt, was bedeuten dann Geist und Materie? Was bedeutet die Bahn der Welten in diesem oder jenem Sinn von dem Augenblick an, da das Wesen, das sie besitzt, der Absurdität überführt ist? Wozu danach forschen, ob der Mensch dem Himmel zustrebt oder von dort zurückkommt, ob die Schöpfung sich dem Geist entgegenschwingt oder zur Materie hinabsinkt, falls die befragten Welten keine Antwort geben? Was bedeuten die Theogonien und ihre Heere, was bedeuten die Theologien und ihre Schöpfer von dem Augenblick an, da, welche Wahl der Mensch auch zwischen den beiden Seiten des Problems trifft, sein Gott nicht mehr existiert? Lassen Sie uns rasch die erste Seite betrachten und annehmen, Gott und die Materie seien gleichzeitig aufgetreten. Heißt es, Gott sein, wenn man die Tätigkeit oder die Koexistenz einer Substanz erdulden muß, die der eigenen fremd ist? Wird Gott in diesem System nicht zu einer wirkenden Kraft zweiten Ranges mit dem Zwang, die Materie zu organisieren? Wer hat ihn gezwungen? Wer war der Schiedsrichter zwischen seiner plumpen Gefährtin und ihm? Wer hat diesem großen Künstler den Lohn für die ihm zugeschriebenen sechs Schöpfungstage gezahlt? Hätte irgendeine bestimmende Kraft eingegriffen, die weder Gott noch Materie gewesen wäre, dann würde es beim Anblick Gottes, der gehalten war, den Mechanismus der Welten zu konstruieren, genauso lächerlich gewesen, ihn als Gott zu bezeichnen, wie den Sklaven, der eine Handmühle drehen mußte, einen römischen Bürger zu nennen. Überdies bietet sich eine Schwierigkeit dar, die genausowenig für jene höchste Vernunft lösbar ist wie für Gott. Das Problem höher hinaufrücken, heißt das nicht handeln wie die Inder, die die Welt auf den Rücken einer Schildkröte stellen, die Schildkröte auf einen Elefanten, und die nicht sagen können, auf was die Füße ihres Elefanten ruhen? Jener höchste Wille, der dem Kampf zwischen der Materie und Gott entsprungen ist, dieser Gott, der mehr ist als Gott, kann der eine Ewigkeit lang verblieben sein, ohne zu wollen, was er gewollt hat, unter der Voraussetzung, daß die Ewigkeit sich in zwei Zeiten spalten könne? Gleichgültig, wo Gott ist – wenn er seinen späteren Gedanken nicht gekannt hat, ist es dann nicht aus mit seiner intuitiven Intelligenz? Welche von diesen beiden Ewigkeiten würde dann die rechte sein, die ungeschaffene oder die geschaffene Ewigkeit? Wenn er zu allen Zeiten die Welt so gewollt hat, wie sie ist, so impliziert diese neue Notwendigkeit, die übrigens im Einklang mit der Vorstellung einer allbeherrschenden Intelligenz ist, die gleiche Ewigkeitsdauer der Materie. Besitzt nun die Materie die gleiche Ewigkeitsdauer durch einen göttlichen Willen, der sich selbst notwendigerweise zu allen Zeiten gleich sein muß, oder ist die Materie aus sich selbst der Ewigkeitsdauer teilhaftig gewesen – die Macht Gottes, die absolut geworden sein muß, geht unter mit seinem freien Willen; er würde stets in sich einen entscheidenden Grund finden, der ihn beherrscht haben würde. Heißt es, Gott sein, wenn man sich ebensowenig in einer frühen wie in einer nachfolgenden Ewigkeit von seiner Schöpfung zu trennen vermöchte? Ist diese Seite des Problems also unlösbar in ihrer Ursache? Wir wollen sie also in ihren Wirkungen betrachten. Wenn Gott als von aller Ewigkeit an zur Erschaffung der Welt gezwungen unerklärlich anmutet, ist er es um so mehr in seiner beständigen Kohäsion mit seinem Werk. Gott in der Zwangslage, ewig mit seiner Schöpfung vereint zu leben, wird ebenso herabgewürdigt wie in seiner ersten Seinsbedingung als Arbeiter. Können Sie sich einen Gott vorstellen, der genausowenig unabhängig wie abhängig von seiner Schöpfung sein kann? Kann er sie zerstören, ohne sich selber zu verwerfen? Prüfen Sie, wählen Sie! Ob er sie nun eines Tages zerstört oder ob er sie nicht zerstört, beide Lösungen sind verhängnisvoll für seine Attribute, ohne die er indessen nicht zu existieren vermöchte. Ist die Welt ein Versuch, eine vergängliche Form, deren Zerstörung statthaben wird? Würde Gott dann nicht inkonsequent und machtlos sein? Inkonsequent: Denn hätte er nicht das Resultat vor dem Experiment voraussehen müssen, und warum zögert er, zu zerbrechen, was er zerbrechen wird? Machtlos: Mußte er denn eine unvollkommene Welt erschaffen? Wenn die unvollkommene Schöpfung die Fähigkeiten Lügen straft, die der Mensch Gott zuschreibt, dann wollen wir die Frage umkehren! Wir wollen annehmen, die Schöpfung sei vollkommen. Diese Vorstellung steht im Einklang mit der eines oberherrscherlich intelligenten Gottes, der sich in nichts hat irren dürfen; aber warum dann der Verfall, warum die Neuerschaffung? Zudem ist die vollkommene Welt notwendigerweise unzerstörbar; ihre Formen müssen nicht zugrundegehen; die Welt rückt nie vor noch zurück; sie rollt in einer ewigen Kreisbewegung, von der sie nie abweichen wird. Dann wäre Gott also von seinem Werk abhängig; es hat also die gleiche Ewigkeitsdauer wie er, was auf eine der Annahmen zurückkommen läßt, die Gott am heftigsten angreifen. Ist die Welt unvollkommen, so läßt sie eine Entwicklung, einen Fortschritt zu; ist sie indessen vollkommen, so steht sie still. Wenn es unmöglich ist, einen progressiven Gott anzunehmen, der nicht von Ewigkeit an das Ergebnis seiner Schöpfung gekannt hat, existiert dann ein stillstehender, auf einem Punkt beharrender Gott? Ist das nicht der Triumph der Materie? Ist das nicht die stärkste Verneinung? Nach der ersten Hypothese geht Gott aus Schwäche zugrunde; nach der zweiten geht er durch die Macht seiner Trägheit zugrunde. Folglich heißt für jeden ehrlichen Geist die Annahme, bei der Planung wie bei der Ausführung der Welten sei die Materie gleichzeitig mit Gott existent gewesen, Gott leugnen wollen. In der Zwangslage, zwecks Leitung der Völker zwischen den beiden Seiten des Problems wählen zu müssen, haben ganze Generationen von großen Denkern für diese Seite gestimmt. Daher das Dogma von den zwei Prinzipien innerhalb der Magie, das von Asien nach Europa in Gestalt des Kampfes zwischen dem Sohn und dem Ewigen Vater eingedrungen ist. Aber diese religiöse Formel und die unzähligen, von ihr abgeleiteten Vergöttlichungen – sind sie nicht Verbrechen der Beleidigung der göttlichen Majestät? Mit welch anderem Namen ließe sich die Glaubensrichtung benennen, die Gott als Nebenbuhler eine Personifikation des Bösen gibt, die ewig unter den Anstrengungen ihrer allmächtigen Intelligenz ohne jeden möglichen Triumph mit ihm ringt? Eure Statik besagt, daß zwei so eingesetzte Kräfte sich gegenseitig aufheben.

Sie wollen sich jetzt der zweiten Seite des Problems zuwenden? Gott hat also allein und einzig präexistiert.

Wir wollen nicht die vorhergegangenen Argumentationen nochmals aufgreifen, die mit all ihrer Kraft sich wieder bezüglich der Spaltung der Ewigkeit in zwei Zeiten erheben, die ungeschaffene und die geschaffene Zeit. Wir wollen gleichermaßen die Fragen beiseite lassen, die sich durch die Fortbewegung oder den Stillstand der Welten erheben; wir wollen uns mit den diesem zweiten Thema innewohnenden Schwierigkeiten begnügen. Wenn Gott allein präexistiert hat, ist die Welt seine Emanation, die Materie ist also aus seinem Wesensgehalt hervorgegangen. Also gibt es keine Materie mehr! Alle Formen sind Hüllen, unter denen sich der göttliche Geist verbirgt. Aber dann ist die Welt ewig, aber dann ist die Welt Gott! Ist diese Annahme nicht noch verhängnisvoller als die vorhergegangene für die Attribute, die die menschliche Vernunft Gott zuerteilt hat? Ist der gegenwärtige Zustand der Materie als aus dem Schoß Gottes hervorgegangen und als stets mit ihm vereint erklärbar? Wie soll man glauben, daß der Allmächtige, der herrscherlich gütig in seinem Wesen und seinen Fähigkeiten ist, Dinge erzeugt haben soll, die ihm unähnlich sind, daß er also nicht in allem und überall sich selbst gleich sei? Sollten sich somit in ihm schlechte Teile befunden haben, deren er sich eines Tages entledigt hätte? Das wäre eine Konjektur, die weniger beleidigend oder lächerlich als furchtbar wäre, da sie in ihn jene beiden Prinzipien zurückverlegte, die die vorhergegangene These als unzulässig bewiesen hat. Gott muß Eins sein; er kann sich nicht zerspalten, ohne auf die wichtigste seiner Daseinsbedingungen zu verzichten. Ist es also unmöglich, ein Bruchstück Gottes anzunehmen, das nicht Gott sei? Diese Hypothese hat die römische Kirche so verbrecherisch gedünkt, daß sie die Allgegenwart in den winzigsten Bestandteilen der Eucharistie als Glaubensartikel aufgestellt hat. Wie aber sollte man dann eine allmächtige Intelligenz annehmen, die nicht triumphiert? Wie soll man sie, ohne einen sofortigen Triumph, der Natur zugesellen? Und diese Natur sucht, kombiniert, schafft neu, stirbt und wird wiedergeboren, sie regt sich noch mehr, wenn sie am Schaffen, als wenn alles im Schmelzzustand ist; sie leidet, ächzt, ist ohne Wissen, degeneriert, tut das Böse, irrt sich, hebt sich auf, verschwindet und beginnt von vorn? Wie soll man dieses fast allgemeine Verkennen des göttlichen Prinzips rechtfertigen? Warum der Tod? Warum der Geist des Bösen? Ist dieser König der Erde von einem Gott gezeugt worden, der herrscherlich gütig in seinem Wesen und seinen Fähigkeiten ist, der nichts hat hervorbringen können, als was mit ihm selbst konform ist? Aber wenn wir von dieser unerbittlichen Konsequenz, die uns zunächst zum Absurden führt, auf die Einzelheiten übergehen, welchen Endzweck können wir dann der Welt zuweisen? Wenn alles Gott ist, dann ist alles wechselseitige Wirkung und Ursache; oder es existiert vielmehr weder Wirkung noch Ursache, alles ist Eins wie Gott, und man nimmt weder Ausgangspunkt noch Endpunkt wahr. Sollte der wahre Endzweck eine Rotation der sich stets subtilisierenden Materie sein? In welchem Sinne sie sich auch vollzöge, wäre der Mechanismus jener Materie, die von Gott ausgegangen ist und zu Gott zurückkehrt, nicht ein kindisches Spiel? Warum sollte er sich so plump stellen? In welcher Gestalt ist er am meisten Gott? Wer hat recht, die Materie oder der Geist, wenn keiner dieser beiden Modi sich dazu beschiede, unrecht zu haben? Wer kann Gott in dieser ewigen Geschäftigkeit erkennen, in der er sich selber in zwei Naturen teilen würde, deren eine nichts und deren andere alles weiß? Ist Ihnen ein Gott begreiflich, der sich über sich selber in Menschengestalt lustig macht? Der über seine eigenen Mühen lacht, am Freitag stirbt, um am Sonntag aufzuerstehen und diesen Scherz von Jahrhundert zu Jahrhundert weitertreibt und schon von Ewigkeiten her das Ende weiß? Und sich als Geschöpf nichts von dem sagt, was er als Schöpfer tut? Der Gott der vorhergegangenen Hypothese, dieser durch die Macht seiner Untätigkeit so nichtige Gott, mutet als möglicher an, wenn überhaupt innerhalb des Unmöglichen gewählt werden muß, als jener so stumpfsinnig lachende Gott, der sich selber totschießt, wenn zwei Teile der Menschheit bewaffnet einander gegenüberstehen. Wie komisch auch dieser übersteigerte Ausdruck der zweiten Seite des Problems sein möge, er wurde dennoch von der Hälfte der Gattung Mensch, nämlich von den Völkern übernommen, die sich lachende Mythologien erschaffen haben. Diese verliebten Völker waren konsequent: Bei ihnen war alles Gott, sogar die Furcht und ihre Feigheiten, sogar das Verbrechen und seine Bacchanale. Wenn man den Pantheismus, die Religion einiger großer menschlicher Genies, gelten läßt – wer weiß, auf welcher Seite sich dann das Recht befindet? Bei dem Wilden, der frei in der Wüste lebt, gekleidet in seine Nacktheit, erhaben und stets gerecht in seinen Handlungen, welchen auch immer, der auf die Sonne lauscht und mit dem Meer plaudert? Oder bei dem Kulturmenschen, der seine größten Genüsse nur Lügen dankt, der die Natur verdreht und auspreßt, um sich ein Gewehr auf die Schulter zu legen, der seine Intelligenz dazu benutzt hat, seine Todesstunde vorzuverlegen und sich in allen seinen Liebesfreuden Krankheiten zu erschaffen? Wenn der Rechen der Pest oder die Pflugschar des Krieges, wenn der Geist der Wüsten über einen Winkel des Erdballs hinweggefahren sind und dort alles ausgelöscht haben, wer hat dann über den Wilden Nubiens oder den Patrizier Thebens gesiegt? Ihre Zweifel steigen von oben nach unten, sie erstrecken sich auf alles, auf den Zweck wie die Mittel. Wenn die physische Welt unerklärlich anmutet, so beweist also die geistige Welt noch mehr gegen Gott. Wo bleibt da der Fortschritt? Wenn alles sich vervollkommnet, warum sterben wir dann als Kinder? Warum leben nicht wenigstens die Völker ewig? Ist die aus Gott hervorgegangene, in Gott enthaltene Welt im Stillstand begriffen? Leben wir nur einmal? Leben wir immer? Wenn wir nur einmal leben, eingezwängt in den Gang des Großen All, dessen Erkenntnis uns nicht verliehen worden ist, dann wollen wir nach unserem Ermessen handeln! Wenn wir ewig sind, dann wollen wir den Dingen ihren Lauf lassen! Kann das Geschöpf schuldig sein, weil es im Augenblick der Übergänge lebt? Wenn es zur Stunde einer großen Umwandlung sündigt, wird es dann bestraft, nachdem es deren Opfer gewesen ist? Was wird aus der göttlichen Güte, wenn sie uns nicht sogleich in glückliche Regionen versetzt, sofern diese existieren? Was wird aus Gottes Vorherwissen, wenn er nichts von dem Ergebnis der Prüfungen weiß, denen er uns unterzieht? Was hat es auf sich mit der Alternative, die von allen Religionen dem Menschen gestellt wird, entweder in einem ewigen Kochkessel zu schmoren oder weißgewandet, einen Palmzweig in der Hand, um den Kopf einen Heiligenschein einherzuwandeln? Sollte diese heidnische Erfindung wirklich das letzte Wort eines Gottes sein? Welch hochherziger Geist findet übrigens nicht die berechnende Tugend unwürdig des Menschen und Gottes, die da eine Ewigkeit der Freuden annimmt, wie sie alle Religionen denjenigen verheißen, die während ein paar Daseinsstunden gewisse bizarre und häufig widernatürliche Bedingungen erfüllt haben? Ist es nicht lächerlich, den Menschen mit ungestümen Sinnen auszustatten und ihm deren Befriedigung zu verbieten? Wozu nützen überdies solcherlei magere Einwände, wenn das Gute und das Böse gleichermaßen annulliert worden sind? Existiert das Böse überhaupt? Wenn die Substanz in allen ihren Formen Gott ist, dann ist auch das Böse Gott. Wenn die Fähigkeit, die Vernunft einzusetzen, genausogut wie die Fähigkeit zu fühlen dem Menschen verliehen worden sind, um sich ihrer zu bedienen, ist nichts verzeihlicher, als einen Sinn in den menschlichen Leiden zu suchen und die Zukunft zu befragen; wenn diese gradlinigen, strengen Vernunfterwägungen dazu führen, so zu folgern, welche Konfusion ergibt sich dann! Diese Welt würde dann keinerlei Festigkeit besitzen, nichts schreitet vorwärts und nichts hält inne, alles wandelt sich und nichts zerfällt, alles kehrt wieder, nachdem es sich wiederhergestellt hat; denn wenn euer Geist auch nicht rigoros ein Ende beweist, ist es gleichermaßen unmöglich, die Vernichtung der geringsten Partikel der Materie zu beweisen: Sie kann umgewandelt, aber nicht vernichtet werden. Zwar gibt die blinde Kraft dem Atheisten gewonnenes Spiel, aber die intelligente Kraft ist unerklärlich, denn da sie aus Gott stammt, darf sie da auf Hindernisse stoßen, muß sie da nicht sogleich triumphieren? Wo ist Gott? Wenn die Lebenden ihn nicht wahrnehmen, werden dann die Toten ihn finden? Zerbröckelt doch, ihr Abgöttereien und Religionen! Fallt herab, ihr allzu schwachen Schlußsteine aller sozialen Gewölbe, die ihr weder den Fall noch den Tod, noch das Vergessenwerden aller hingeschwundenen Völker verzögert habt, so fest sie auch gegründet waren! Fallet, Morallehren und Justiz! Unsere Verbrechen sind durch und durch relativ, sie sind göttliche Wirkungen, deren Ursachen uns nicht bekannt sind! Alles ist Gott! Entweder wir sind Gott, oder Gott ist nicht! Alter Mann, du Kind eines Jahrhunderts, von dem jedes Jahr das Eis seiner Glaubenslosigkeiten dir auf die Stirn gelegt hat, dies ist das Endergebnis deiner wissenschaftlichen Forschungen und deiner langen Grübeleien. Lieber Pastor Becker, Sie haben den Kopf auf das Kopfkissen des Zweifels gelegt und dabei die bequemste aller Lösungen gefunden; damit haben Sie gehandelt wie die meisten Menschen; denn die sagen sich: ›Wir wollen nicht mehr an dieses Problem denken, wenn Gott uns nicht die Gnade erwiesen hat, uns einen algebraischen Beweis zu seiner Lösung zu oktroyieren, während er uns doch ihrer so viele gewährt hat, um in aller Sicherheit von der Erde zu den Sternen zu gelangen.‹ Sind das nicht Ihre innersten Gedanken? Habe ich sie listig umgangen? Habe ich sie nicht vielmehr säuberlich dargelegt? Sei es das Dogma von den beiden Prinzipien, ein Antagonismus, an dem Gott eben dadurch zugrundegeht, daß er sich trotz seiner Allmacht den Spaß macht zu kämpfen; sei es der absurde Pantheismus, bei dem, da alles Gott ist, Gott überhaupt nichts mehr ist; diese beiden Quellen, aus denen die Religionen entspringen, zu deren Triumph die Erde benutzt wird, sind gleichermaßen verderblich. Damit ist zwischen uns die doppelschneidige Axt geworfen, mit der Sie jenem weißhaarigen Greis, den Sie auf einen Thron von gemalten Wolken erhoben haben, den Kopf abschlagen. Jetzt ist die Axt in *meiner* Hand!«

Pastor Becker und Wilfrid schauten das junge Mädchen mit einer Art Entsetzen an.

»Glauben«, fuhr Seraphita mit ihrer Frauenstimme fort, denn bis jetzt hatte der Mann gesprochen, »glauben ist eine Gabe. Glauben heißt fühlen. Um an Gott zu glauben, muß man Gott fühlen. Dieser Sinn ist eine vom Lebewesen so langsam erworbene Eigenschaft, wie die erstaunlichen Kräfte erworben werden, die ihr an den großen Männern bewundert, den Kriegern, Künstlern und Gelehrten, bei den Wissenden, bei den Produktiven, bei den tatkräftig Handelnden. Das Denken, die Zusammenfassung der Beziehungen, die ihr zwischen den Dingen gewahrt, ist eine intellektuelle Sprache, die erlernt werden kann, nicht wahr? Der Glaube, die Zusammenfassung der himmlischen Wahrheit, ist ebenfalls eine Sprache, aber eine dem Denken so überlegene, wie das Denken dem Instinkt überlegen ist. Auch diese Sprache kann gelernt werden. Der Gläubige antwortet durch einen einzigen Aufschrei, eine einzige Geste; der Glaube legt ihm ein Flammenschwert in die Hände, mit dem er alles durchschneidet, alles erhellt. Der Sehende steigt nicht wieder aus dem Himmel herab; er betrachtet ihn und schweigt. Es gibt ein Geschöpf, das glaubt und sieht, das weiß und kann, das liebt, betet und wartet. Es entsagt, erstrebt das Königreich des Lichts; es hat weder die Verachtung des Gläubigen noch das Schweigen des Sehenden; es lauscht und antwortet. Für dieses Geschöpf ist der Zweifel der finstern Jahrhunderte keine Mordwaffe, sondern ein Leitfaden; es nimmt den Kampf in allen Formen auf sich; es schmiegt seine Zunge allen Sprachen an; es gerät nicht in Zorn, es klagt; es verdammt und tötet niemanden, es rettet und tröstet; es hat nicht die Bitterkeit des Angreifers, sondern die Milde und die Zartheit des Lichts, das alles durchdringt, erwärmt und erhellt. In seinen Augen ist der Zweifel weder eine Gottlosigkeit noch eine Lästerung, noch ein Verbrechen, sondern ein Übergang, mittels dessen der Mensch entweder seine Schritte rückwärts den Finsternissen zuwendet oder nach vorwärts dem Licht entgegenschreitet. Auf solcherlei Weise, lieber Herr Pfarrer, wollen wir unsere Gedanken weiterspinnen. Sie glauben nicht an Gott. Warum? Ihrer Meinung nach ist Gott unbegreifbar und unerklärlich. Einverstanden. Ich sage Ihnen nicht, Gott in seiner Gänze begreifen würde heißen, Gott sein; ich sage Ihnen nicht, daß Sie das leugnen, was Sie unerklärlich dünkt, um mir das Recht einzuräumen, für wahr zu halten, was mir als glaublich erscheint. Es besteht für Sie eine offenbare Tatsache, und die findet sich in Ihnen selbst. In Ihnen mündet die Materie in die Intelligenz ein; und Sie denken, daß die menschliche Intelligenz in die Finsternisse, den Zweifel, das Nichts einmünden müsse? Wenn Gott Ihnen unbegreiflich und unerklärlich zu sein scheint, dann gestehen Sie doch wenigstens ein, daß Sie in jeder rein physischen Sache einen folgerichtigen und erhabenen Werkmann erkennen. Warum sollte dessen Logik beim Menschen, seiner vollendetsten Schöpfung, haltmachen? Zwar ist diese Frage nicht überzeugend, aber sie erfordert doch zumindest einiges Nachdenken. Wenn Sie Gott leugnen, so erkennen Sie glücklicherweise, um Ihre Zweifel darlegen zu können, zweischneidige Tatsachen an, die Ihren Zweifeln genauso gut den Garaus machen, wie Ihre Grübeleien es mit Gott tun. Ebenfalls haben wir zugegeben, daß Materie und Geist zwei Schöpfungen seien, die einander nicht verständen; daß die geistige Welt sich aus einer Unzahl von Beziehungen zusammensetze, zu denen die endliche materielle Welt Veranlassung gegeben habe; daß, wenn schon keiner auf Erden sich durch die Macht seines Geistes mit dem Gesamt der irdischen Schöpfungen habe identifizieren können, aus noch viel gewichtigeren Gründen sich keiner zur Erkenntnis der Beziehungen hat aufschwingen können, die der Geist zwischen jenen Schöpfungen gewahrt. Also könnten wir schon jetzt mit einem

Schlag damit fertigwerden, indem ich Ihnen die Fähigkeit, Gott zu verstehen, abspräche, wie Sie den Steinen im Fjord die Fähigkeit absprechen, sich zu zählen und sich wahrzunehmen. Wissen Sie denn, ob jene Steine nicht den Menschen ableugnen, obwohl der Mensch sie nimmt und sich aus ihnen sein Haus baut? Es gibt eine Gegebenheit, die Sie niederschmettert, nämlich das Unendliche; wenn Sie es in sich spüren, warum geben Sie dann nicht auch seine Konsequenzen zu? Kann das Endliche volle Kenntnis des Unendlichen besitzen? Wenn Sie nicht die Beziehungen erfassen können, die, nach Ihrem Zugeständnis, unendlich sind, wie könnten Sie dann das ferne Endziel erfassen, in dem sie zusammengefaßt werden? Die Ordnung, deren Offenbarung eins Ihrer Bedürfnisse ist, wie kann Ihre beschränkte Vernunft sie verstehen? Und fragen Sie bitte nicht, warum der Mensch nicht versteht, was er wahrnehmen kann, denn er nimmt ja doch gleichermaßen wahr, was er nicht versteht. Wenn ich Ihnen darlege, daß Ihr Geist nicht das mindeste von dem versteht, was sich in seiner Reichweite befindet, werden Sie mir dann zugestehen, daß es ihm unmöglich sei zu begreifen, was über jene Reichweite hinausgeht? Habe ich dann nicht das Recht, Ihnen zu sagen: ›Einer der Urteilssprüche, durch die Gott vor dem Tribunal Ihrer Vernunft zunichte gemacht wird, muß wahr sein; der andere ist falsch; existiert die Schöpfung, so spüren Sie die Notwendigkeit eines Zwecks, und muß dann jener Zweck nicht schön sein? Wenn nun aber die Materie sich im Menschen durch die Intelligenz vollendet, warum könnten Sie sich dann nicht mit dem Wissen begnügen, daß der Endzweck der menschlichen Intelligenz das Licht der höheren Sphären ist, denen allein die Intuition jenes Gottes vorbehalten ist, der Ihnen ein unlösbares Problem zu sein scheint? Die unter Ihnen stehenden Gattungen haben nicht die Intelligenz der Welten, und Sie haben sie; warum sollte es nicht oberhalb Ihrer Gattungen geben, die intelligenter als die Ihrige sind? Bevor der Mensch seine Kraft dazu benutzt, Gott zu messen, sollte er da nicht besser über sich selber unterrichtet sein als er es ist? Ehe er die Sterne bedroht, die ihm leuchten, ehe er erhabene Gewißheiten angreift, sollte er da nicht die Gewißheiten festlegen, die ihn selber etwas angehen?‹ Aber auf die Verneinungen des Zweifels muß ich mit Verneinungen antworten. Ich frage Sie jetzt also, ob es hienieden irgend etwas gibt, das aus sich selbst so evident ist, daß ich daran glauben könnte? Ich werde Ihnen im Handumdrehen beweisen, daß Sie fest an Dinge glauben, die sich tätig auswirken und dabei keine Wesen sind, die das Denken erzeugen und keine Geister sind, an lebendige Abstraktionen, die der Verstand in keiner Form erfaßt; die nirgendwo sind, aber die Sie überall finden; die ohne einen möglichen Namen sind und die Sie benannt haben, die gleich dem körperlichen Gott, den Sie sich vorstellen, unter dem Unerklärlichen, dem Unbegreiflichen und Absurden umkommen. Und ich möchte Sie fragen, wieso Sie, wenn Sie diese Dinge übernehmen, Ihre Zweifel an Gott beibehalten können. Sie glauben an die Zahl, die Basis, auf der Sie das Gebäude der Wissenschaften errichten, die Sie als exakt bezeichnen. Ohne die Zahl gäbe es keine Mathematik mehr. Nun, welches mysteriöse Wesen, dem die Fähigkeit, immer zu leben, zugestanden sein möge, könnte es fertigbringen, und noch dazu in welcher Sprache, die genau genug wäre, die Zahl auszusprechen, die die unendlichen Zahlen enthalten müßte, deren Existenz Ihnen durch Ihr Denken bewiesen wird? Fragen Sie danach das schönste unter allen menschlichen Genies, das tausend Jahre lang an einem Tisch gesessen und den Kopf in die Hände gestützt haben möge – was würde es Ihnen antworten? Sie wissen nicht, wo die Zahl beginnt noch wo sie innehält, noch wann sie endet. Hier nennen Sie sie ›Zeit‹, dort nennen Sie sie Raum; alles existiert lediglich durch sie; ohne sie wäre alles ein und dieselbe Substanz, denn sie allein differenziert und qualifiziert. Die Zahl ist für Ihren Geist, was sie für die Materie ist, ein unbegreiflicher Faktor. Wollen Sie daraus einen Gott machen? Ist sie ein Wesen? Ist sie ein Hauch, der von Gott ausgegangene Odem, der das materielle Universum ordnen soll, in dem alles seine Form durch die Teilbarkeit erhält, die eine Wirkung der Zahl ist? Die kleinsten wie die riesigsten Schöpfungen, unterscheiden sie sich untereinander nicht durch ihre Quantitäten, ihre Dimensionen, durch ihre Kräfte, die sämtlich von der Zahl erzeugte Attribute sind? Die Unendlichkeit der Zahlen ist für Ihren Geist ein bewiesenes Faktum, für das kein materieller Beweis erbracht werden kann. Der Mathematiker wird Ihnen sagen, daß die Unendlichkeit der Zahlen zwar existiere, aber nicht bewiesen werden könne. Gott, lieber Herr Pastor, sei eine mit Bewegung begabte Zahl, die gefühlt, aber nicht bewiesen werden kann, wird Ihnen der Gläubige sagen. Wie die Einheit beginnt er mit Zahlen, mit denen er nichts gemein hat. Die Existenz der Zahl hängt von der Einheit ab, die, ohne eine Zahl zu sein, sie alle erzeugt. Gott, lieber Herr Pastor, ist eine herrliche Einheit, die nichts mit ihren Schöpfungen gemein hat und die sie nichtsdestoweniger erzeugt! Gestehen Sie also mit mir zusammen zu, daß Sie ebensowenig wissen, wo die Zahl beginnt und wo sie aufhört, wie Sie wissen, wo die geschaffene Ewigkeit beginnt und wo sie aufhört? Wenn Sie an die Zahl glauben, warum leugnen Sie dann Gott? Steht die Schöpfung nicht zwischen der Unendlichkeit der unorganischen Substanzen und der Unendlichkeit der göttlichen Sphären, wie die Einheit zwischen der Unendlichkeit der Brüche, die ihr Menschen seit kurzem Dezimalzahlen nennt, und der Unendlichkeit der Zahlen, die ihr ›Ganze‹ nennt? Einzig ihr Menschen versteht auf Erden die Zahl, diese erste Stufe des Peristyls, das zu Gott führt, und schon strauchelt eure Vernunft darauf. Wie? Ihr könnt nicht die erste Abstraktion ermessen, die Gott euch geliefert hat, noch sie erfassen, und ihr wollt Gottes Ziele und Zwecke euerm Maß unterwerfen? Was würde denn geschehen, wenn ich Sie in die Abgründe der Bewegung stürzte, jener Kraft, die die Zahl organisiert? Ebenso würde es sein, wenn ich Ihnen sagte, das Universum sei nichts als Zahl und Bewegung; Sie sehen, daß wir dann bereits verschiedene Sprachen sprechen würden. Ich nun aber verstehe beide, und Sie verstehen sie nicht. Über diesen Ausspruch, die höchste Weisheit der Seher und Propheten, die ehedem den Atem Gottes wehen hörten, unter dem der heilige Paulus niederstürzte, macht ihr euch lustig, ihr Menschen, diesen Ausspruch, von dem doch alle sichtbaren Werke abhängen; die Gesellschaften, die Bauwerke, die Taten, die Leidenschaften gehen von euerm schwachen Wort aus; ohne die Sprache würdet ihr den Buschmännern ähneln, jener dem Neger so nahen Menschengattung. Sie glauben also fest an Zahl und Bewegung, an Kraft und Ergebnis, die unerklärlich und unbegreiflich sind und auf deren Existenz ich das Dilemma anwenden könnte, das Sie eben noch davon befreite, an Gott zu glauben. Sie, ein so befähigter Vernünftler, werden Sie es mir wohl erlassen, Ihnen zu beweisen, daß das Unendliche überall sich selbst gleich sein muß und daß es notwendigerweise *eins* sein muß? Gott allein ist unendlich; denn ganz sicher kann es nicht zwei Unendlichkeiten geben. Wenn, um mich menschlicher Ausdrücke zu bedienen, Ihnen etwas hienieden Bewiesenes als unendlich erscheint, dann dürfen Sie sicher sein, darin eins der Antlitze Gottes zu erblicken. Lassen Sie uns fortfahren. Sie haben sich einen Platz in der Unendlichkeit der Zahl angeeignet; Sie haben sie Ihrem Wuchs angepaßt, indem Sie, sofern Sie überhaupt etwas schaffen können, die Arithmetik geschaffen haben, die Basis, auf der alles beruht, sogar eure Gesellschaften. Gerade wie die Zahl, das einzige Ding, an das ihr sogenannten Atheisten geglaubt habt, die physischen Schöpfungen organisiert; geradeso organisiert die Arithmetik, die Anwendung der Zahl, die geistige Welt. Dieses Zahlensystem müßte absolut sein wie alles, was in sich wahr ist; aber es ist völlig relativ; es existiert nicht absolut; Sie können keinen Beweis seiner Realität geben. Vor allem, wenn dieses Zahlensystem befähigt ist, die organisierten Substanzen zu beziffern, so ist es doch ohnmächtig hinsichtlich der organisierenden Kräfte, da die einen endlich, die andern unendlich sind. Der Mensch, der durch seine Intelligenz das Unendliche begreift, könnte es in seiner Gesamtheit nicht handhaben; denn sonst würde er Gott sein. Wird also euer Zahlensystem auf die endlichen Dinge und nicht auf das Unendliche angewandt, so ist es wahr hinsichtlich der Einzelheiten, die ihr wahrnehmt, aber falsch hinsichtlich des Gesamts, das ihr nicht wahrnehmt. Wenn die Natur sich selbst gleich ist in den organisierenden Kräften oder ihren Prinzipien, die unendlich sind, so ist sie es doch niemals in ihren endlichen Auswirkungen; also werdet ihr in der Natur nirgendwo zwei identische Objekte wahrnehmen: Innerhalb der Ordnung der Natur können also niemals zwei und zwei vier ergeben; denn dazu müßte man zwei genau gleiche Einheiten zusammenfügen, und Sie wissen ja, daß es unmöglich ist, am gleichen Baum zwei völlig gleiche Blätter zu finden, noch zwei einander völlig gleiche Exemplare innerhalb der gleichen Baumart. Dieses Axiom eures Zahlensystems, das in der sichtbaren Natur falsch ist, ist gleichermaßen falsch im unsichtbaren Universum eurer Abstraktionen, wo die gleiche Mannigfaltigkeit statthat, und in euern Ideen, die die Dinge der sichtbaren Welt sind, aber ausgedehnter durch ihre Beziehungen; auf diese Weise sind dort die Unterschiede noch einschneidender als überall anderswo. Tatsächlich, da dort alles abhängt vom Temperament, von der Kraft, von den Sitten, von den Gewohnheiten der Individuen, die einander niemals ähneln, stellen dort die geringsten Objekte persönliche Empfindungen dar. Soviel ist gewiß: Wenn der Mensch Einheiten hat schaffen können, ist das dann nicht dadurch geschehen, daß er Stükken Goldes gleiches Gewicht und gleiche Aufschrift gab? Freilich, ihr könnt den Dukaten des Armen dem Dukaten des Reichen hinzufügen und euch sagen, daß es für den Staatsschatz zwei gleiche Quantitäten seien; aber in den Augen des Denkenden ist der eine moralisch weit ansehnlicher als der andere; der eine repräsentiert einen Monat des Glücks, der andere nur die vergänglichste Laune. Zwei und zwei sind also lediglich durch eine falsche und monströse Abstraktion vier. Ebensowenig existiert der Bruch in der Natur, wo das, was Sie ein Fragment, ein Bruchstück nennen, etwas in sich Endliches ist; aber geschieht es nicht häufig, und dafür haben Sie Beweise, daß ein Hundertstel einer Substanz stärker ist als das, was Sie das Ganze nennen? Wenn es nun in der Ordnung der Natur keinen Bruch gibt, dann existiert er noch weit weniger in der geistigen Ordnung, innerhalb derer die Ideen und die Gefühle variiert werden können wie die Gattung innerhalb der pflanzlichen Ordnung, aber stets ganz sind. Die Theorie der Brüche ist also abermals eine bezeichnende Bequemlichkeit eures Geistes. Die Zahl mit ihren unendlich kleinen Größen und ihren unendlichen Totalitäten ist also eine Macht, von der euch nur ein schwacher Teil bekannt ist und deren Reichweite euch entgeht. Ihr habt euch eine Hütte im Unendlichen der Zahlen gebaut; ihr habt sie mit klüglich angeordneten und gemalten Hieroglyphen geschmückt, und ihr habt ausgerufen: ›Hierin ist alles enthalten!‹ Jetzt wollen wir von der reinen Zahl zur korporisierten übergehen. Eure Geometrie behauptet, die gerade Linie sei der kürzeste Weg zwischen zwei Punkten; aber eure Astronomie beweist euch, daß Gott immer nur Kurven angewandt hat. Es gibt also in derselben Wissenschaft zwei gleichermaßen bewiesene Wahrheiten: die eine durch das Zeugnis eurer durch das Teleskop erweiterten Sinne, die andere durch das Zeugnis eures Geistes; aber die eine widerspricht der andern. Der dem Irrtum unterworfene Mensch behauptet die eine, und der Beweger der Welten, dem ihr noch keinen Fehler habt nachweisen können, straft sie Lügen. Wer soll nun zwischen der Geometrie der geraden Linie und der Geometrie der gekrümmten Linie entscheiden? Zwischen der Theorie der Geraden und der Theorie der Kurve? Wenn der geheimnisvolle Künstler, der so wunderbar schnell zu seinen Zielen und Zwecken zu gelangen weiß, die gerade Linie nur gebraucht, um sie im rechten Winkel zu brechen, damit er die Kurve erhält, so kann der Mensch selber sich darauf nie verlassen: Die Kugel, die der Mensch gradlinig lenken will, vollführt die Kurve, und wenn ihr mit Sicherheit einen Punkt im Raum erreichen wollt, befehlt ihr der Bombe, ihrer grausamen Parabel zu folgen. Keiner eurer Gelehrten hat den einfachen Schluß gezogen, daß die Kurve das Gesetz der materiellen Welten ist und die Gerade das der geistigen Welten: Die eine ist die Theorie der endlichen Schöpfungen, die andere die Theorie des Unendlichen. Der Mensch, der als einziges Wesen hienieden die Kenntnis des Unendlichen besitzt, kann als einziger die gerade Linie kennen; er allein hat das Gefühl der Vertikalität; es ist in einem besonderen Organ gelegen. Würde die Neigung für die Schöpfungen der Kurve nicht bei gewissen Menschen das Indiz einer Unreinlichkeit ihrer Natur sein, die noch mit den materiellen Substanzen verbunden ist, die uns erzeugen; und würde die Liebe großer Geister für die gerade Linie nicht bei ihnen für eine Vorahnung des Himmels sprechen? Zwischen diesen beiden Linien klafft ein Abgrund, wie zwischen dem Endlichen und dem Unendlichen, wie zwischen der Materie und dem Geist, wie zwischen dem Menschen und der Idee, zwischen der Bewegung und dem bewegten Objekt, zwischen der Schöpfung und Gott. Erbittet von der göttlichen Liebe deren Flügel und schwingt euch über jenen Abgrund hinweg! Jenseits seiner beginnt die Offenbarung des Worts. Nirgendwo sind die Dinge, die ihr als materiell bezeichnet, ohne Tiefe; die Linien sind die Begrenzungen von Festigkeiten, denen eine Tatkraft innewohnt, die ihr in euren Theoremen unterdrückt, was sie hinsichtlich der in ihrer Ganzheit genommenen Körper verfälscht; daher die beständige Zerstörung aller menschlichen Monumente, die ihr ohne euer Wissen mit handelnden Eigenschaften wappnet. Die Natur hat nur Körper, eure Wissenschaft kombiniert nur deren Erscheinungen. Daher straft die Natur bei jedem Schritt alle eure Gesetze Lügen: Können Sie darunter ein einziges entdecken, das nicht durch eine Tatsache widerlegt würde? Die Gesetze eurer Statik werden durch tausend physikalische Zufälligkeiten über den Haufen geworfen, denn etwas Flüssiges stürzt die schwersten Gebirge um, und beweist euch auf diese Weise, daß die schwersten Substanzen durch die unwägbarsten aufgehoben werden können. Eure Gesetze über Akustik und Optik werden annulliert durch die Töne, die ihr während des Schlummers in euch selbst hört, und durch das Licht einer elektrischen Sonne, deren Strahlen euch oftmals niederschlagen. Ihr wißt ebensowenig, wie das Licht in euch zu Verständnis wird, wie ihr den einfachen, natürlichen Vorgang kennt, der es zum Rubin, zum Saphir, zum Opal, zum Smaragden am Hals eines westindischen Vogels wandelt, wogegen es grau und braun an dem desselben Vogels bleibt, der unter dem wolkigen Himmel Europas lebt, noch wie es hier inmitten der nordischen Natur weiß bleibt. Ihr könnt nicht entscheiden, ob die Farbe eine Fähigkeit ist, mit der die Körper begabt sind, oder ob sie eine Wirkung ist, die durch das Zuströmen des Lichts hervorgerufen wird. Ihr gebt die Bitterkeit des Meers zu, ohne festgestellt zu haben, ob das Meer bis in seine ganze Tiefe hinab salzhaltig ist. Ihr habt die Existenz mehrerer Substanzen anerkannt, die das durchqueren, was, wie ihr meint, der leere Raum ist; Substanzen, die unter keiner der von der Materie vorgetäuschten Formen greifbar sind und die sich ungeachtet aller Hindernisse mit ihr in Harmonie setzen. Da dem so ist, glaubt ihr an die durch die Chemie erlangten Resultate, obgleich sie noch kein Mittel kennt, die Wandlungen zu werten, die durch das Abfließen und Zufließen jener Substanzen vollzogen werden, die aus euren Kristallen und Apparaturen heraus oder hinein auf den ungreifbaren Adergängen der Wärme oder des Lichts erfolgen, geleitet oder ausgestoßen durch die Affinitäten des Metalls oder des verglasten Feuersteins. Ihr erhaltet nur tote Substanzen, daraus ihr die unbekannte Kraft vertrieben habt, die sich allem entgegenstellt, was hienieden der Zersetzung anheimfällt, deren Anziehungskraft, Schwingung, Kohäsion und Polarität nichts als Phänomene sind. Das Leben ist das Denken der Körper; diese sind an sich nur Mittel, es zu fixieren, es auf seiner Bahn festzuhalten; wenn die Körper aus sich selbst lebendige Wesen wären, dann würden sie ›Ursache‹ sein und nicht sterben. Wenn ein Mensch die allgemeine Bewegung feststellt, an der alle Schöpfungen gemäß ihrer Fähigkeit und Absorption teilhaben, dann erklärt ihr ihn als einen vortrefflichen Gelehrten, als bestände das Genie darin, etwas zu erklären, das ist. Das Genie muß Blicke über die Wirkungen hinaus werfen! Alle eure Gelehrten würden lachen, wenn Sie ihnen sagten: ›Es gibt so verläßliche Beziehungen zwischen zwei Wesen, von denen das eine hier, das andere auf Java wäre, daß sie im gleichen Augenblick das gleiche Gefühl empfinden, sich dessen bewußt sein, einander befragen, einander ohne Irrtum antworten könnten!‹ Nichtsdestoweniger gibt es mineralische Substanzen, die Sympathien über genauso weite Entfernungen äußern wie die, von denen ich gesprochen habe. Sie glauben an die Macht der im Magneten festgebannten Elektrizität, und Sie leugnen die Kräfte derjenigen, die die Seele aussendet. Ihrer Meinung nach hat der Mond, dessen Einfluß auf die Gezeiten Ihnen als erwiesen gilt, keinerlei Einfluß auf die Winde, noch auf die Vegetation, noch auf die Menschen; er bewegt das Meer, er zernagt das Glas, aber die Kranken soll er verschonen; er hat gewisse Beziehungen zur einen Hälfte der Menschheit, aber über die andere vermag er nichts. Soviel über eure prächtigsten Gewißheiten. Wir wollen noch weiter gehen! Sie glauben an die Physik? Aber eure Physik beginnt wie die katholische Religion mit einem Glaubensbekenntnis. Erkennt sie nicht eine von außen wirkende Kraft an, die von den Körpern unterschieden ist, denen sie indessen die Bewegung mitteilt? Sie sehen deren Wirkungen; aber was ist sie, wo ist sie? Welches ist ihr Wesen, ihr Leben? Hat sie Grenzen? Und dann leugnen Sie Gott ...!

So sind die meisten eurer wissenschaftlichen Axiome zwar wahr in bezug auf den Menschen, aber falsch in bezug auf das

Gesamt. Die Wissenschaft ist eine Einheit, und ihr habt sie geteilt. Um den wahren Sinn der Gesetze der Erscheinungen zu wissen, müßte man da nicht die Korrelationen kennen, die zwischen den Phänomen bestehen, und das Gesamtgesetz? In allen Dingen ist eine Erscheinung, die auf eure Sinne wirkt; unter dieser Erscheinung regt sich eine Seele: Es gibt den Körper und die Fähigkeit. Wo finden sich bei euch Lehrstühle für das Studium der Beziehungen, die die Dinge untereinander verbinden? Nirgendwo. Also habt ihr nichts Absolutes. Eure gewissesten Themen beruhen auf der Analyse der materiellen Formen, deren Geist von euch ohne Unterlaß vernachlässigt worden ist. Es gibt eine gehobene Wissenschaft, die gewisse Menschen zu spät wahrnehmen, ohne daß sie wagten, es zu gestehen. Diese Menschen haben die Notwendigkeit begriffen, die Körper nicht nur in ihren mathematischen Eigentümlichkeiten zu betrachten, sondern überdies in ihrem Gesamt, in ihren okkulten Affinitäten. Der Größte unter euch hat am Ende seiner Tage erraten, daß alles wechselweise Ursache und Wirkung ist; daß die sichtbaren Welten untereinander koordiniert und unsichtbaren Welten unterworfen sind. Er hat geächzt, daß er es versucht hat, absolute Vorschriften zu etablieren . . . Indem er seine Welten zählte wie in den Äther verstreute Traubenkerne, hatte er deren Kohärenz durch die Gesetze der planetaren und molekularen Anziehungskraft erklärt; ihr habt euch vor diesem Mann verneigt . . . Na, gut, ich kann es Ihnen ja sagen, er ist in Verzweiflung gestorben. Dadurch, daß er annahm, die zentrifugalen und zentripetalen Kräfte seien gleich, seine Erfindungen, um sich Rechenschaft über das Universum zu geben, ist das Universum zum Stillstand gelangt, und trotzdem hat er die Bewegung in einem unbestimmten Sinn zugelassen; hätte er indessen angenommen, jene Kräfte seien ungleich, so hätte sich daraus sogleich die Verwirrung der Welten ergeben. Seine Gesetze waren also durchaus nicht absolut; es gab ein noch höheres Problem als den Grundsatz, auf den sein falscher Ruhm sich gründet. Hat etwa die Verbindung der Sterne untereinander und die Zentripetalkraft ihrer inneren Bewegung ihn gehindert, nach der Rebe zu suchen, an der seine Traube hing? Der Unglücksmensch! Je mehr er den Raum ausdehnte, desto schwerer wurde seine Bürde. Er hat euch gesagt, wieso es ein Gleichgewicht zwischen den Teilen gebe; aber wohin trieb das Ganze? Er betrachtete die für Menschenaugen unendliche Weite, die erfüllt von jenen Weltengruppen ist, von denen ein winziger Teil von unserem Teleskop erfaßt, aber deren Unermeßlichkeit durch die Lichtgeschwindigkeit offenbart wird. Diese erhabene Betrachtung hat ihm den Begriff der unendlichen Welten gegeben, die in diese Raumesweite gepflanzt sind wie Blumen auf eine Wiese, die geboren werden wie Kinder, wachsen wie Menschen, sterben wie Greise und dadurch leben, daß sie sich in ihrer Atmosphäre diejenigen Substanzen assimilieren, die zu ihrer Ernährung geeignet sind; die ein Zentrum und ein Lebensprinzip haben; die sich gegenseitig durch eine Bahn, einen Verbreiterungsbereich garantieren; die, wie die Pflanzen, absorbieren und absorbiert werden; die ein mit Leben begabtes Ganzes bilden, da sie dessen Schicksal haben. Bei diesem Anblick hat jener Mann gezittert! Er wußte, daß das Leben durch die Vereinigung des Dings mit seinem Prinzip hervorgerufen wird; daß der Tod oder die Trägheit und mithin die Schwere eine Spaltung zwischen einem Objekt und der ihm eigentümlichen Bewegung sind; alsdann hat er das Zerbersten jener Welten geahnt, die zugrunde gingen, wenn Gott ihnen sein Wort entzöge. Er hat sich daran gemacht, in der Apokalypse nach den Spuren jenes Worts zu forschen! Ihr habt ihn für verrückt gehalten; so wisset denn: Er aber hat nach Verzeihung für sein Genie getrachtet. Wilfrid, Sie sind gekommen, um mich zu bitten, ich solle Ihnen Gleichungen lösen, auf einer Regenwolke zu entschweben, mich in den Fjord zu stürzen und als Schwan wieder aufzutauchen. Wenn Wissen oder Wunder der Endzweck der Menschheit wären, hätte Moses euch als Vermächtnis die Differentialrechnung hinterlassen; Jesus Christus hätte euch die Dunkelheiten eurer Wissenschaft erhellt; seine Apostel hätten euch gesagt, woher jene ungeheuren Gas-Schleppen oder flüssigen Metallmengen stammen, die an Kerne geheftet sind, Kerne, die rotieren, um fest zu werden, und sich dabei einen Platz im Äther suchen, und die mitunter gewaltsam in ein System eindringen, wenn sie mit einem Stern zusammengeraten, ihn anstoßen und ihn durch beider Zusammenprall zersprengen oder ihn durch die Infiltration ihrer tödlichen Gase zerstören. Anstatt euch zu Gott beten zu lassen, hätte der heilige Paulus euch erklärt, wieso die Nahrung das geheime Band aller Schöpfungen und das offenbare Band aller belebten Arten ist. Heute würde es das größte Wunder sein, wenn jemand die Quadratur des Kreises entdeckte, ein Problem, das ihr für unlösbar haltet und das sicherlich in der Bahn der Welten durch die Intersektion einer mathematischen Linie gelöst worden ist, deren Schnörkel dem Auge der in die höheren Sphären gelangten Geister offenbar sind. Glauben Sie mir, die Wunder sind in uns, nicht außerhalb unserer. Auf diese Weise haben sich die natürlichen Fakten vollzogen, die die Völker für übernatürlich gehalten haben. Wäre Gott nicht ungerecht gewesen, indem er Generationen seine Macht bezeigt und deren Bezeigungen anderen Generationen verweigert hätte? Die eherne Rute gehört allen. Weder Moses noch Jakob, noch Zarathustra, noch Paulus, noch Pythagoras, noch Swedenborg, noch die niedrigsten Sendboten, noch die glänzendsten Propheten Gottes sind dem überlegen gewesen, was ihr sein könnt. Die Sache ist nur die, daß es für die Völker eine Stunde gibt, da sie den Glauben haben. Wäre die materielle Wissenschaft Ziel und Zweck aller menschlichen Bemühungen, geben Sie es zu, würden dann die Gesellschaften, die große Herde, zu der die Menschen sich versammelt haben, nicht immer wieder durch Geheiß der Vorsehung zersprengt worden sein? Wäre die Kultur Ziel und Zweck des Menschengeschlechts, würde dann die Intelligenz zugrunde gehen? Würde sie rein individuell bleiben? Die Größe aller Völker, die je groß gewesen sind, basierte auf Ausnahmen: Hörte die Ausnahme auf, so war die Macht tot. Würden die Seher, die Propheten, die Sendboten nicht Hand an die Wissenschaft gelegt haben, anstatt sich auf den Glauben zu stützen; würden sie nicht auf eure Hirne eingewirkt haben, anstatt eure Herzen zu rühren? Alle sind gekommen, um die Völker Gott zuzutreiben; alle haben den Weg des Heils verkündet, indem sie euch schlichte Worte sagten, die zum Reich der Himmel führen; alle waren sie entbrannt in Liebe und Glauben; alle waren sie inspiriert durch jenes Wort, das über den Völkerschaften schwebt, sie in Schranken hält, sie belebt und sie sich aufschwingen läßt; und sie haben es nicht in den Dienst menschlicher Interessen gestellt. Eure großen Genies, Dichter, Könige, Gelehrte sind mitsamt ihren Städten verschlungen worden, und die Wüste hat sie mit ihren Sandmänteln bekleidet, während die Namen jener noch heute gesegneten guten Hirten allen Katastrophen entgingen. Wir können uns in keinem Punkt verständigen. Uns trennen Abgründe: Sie stehen auf der Seite der Finsternisse, und ich lebe im wahren Licht. Ist das das Wort, das Sie hatten haben wollen? Ich sage es voller Freude; es kann Sie ändern. Vernehmen Sie es denn, es gibt Wissenschaften der Materie und solche des Geistes. Dort, wo ihr Körper seht, sehe ich Kräfte, die durch eine zeugerische Bewegung zueinander hinstreben. Für mich ist der Charakter der Körper das Indiz ihrer Prinzipien und das Zeichen ihrer Eigentümlichkeiten. Diese Prinzipien erzeugen Affinitäten, die euch entgehen und die an Zentren gebunden sind. Die verschiedenen Gattungen, auf die das Leben verteilt ist, sind beständige Quellen, die untereinander in Verbindung stehen. Jede bringt etwas Spezielles hervor. Der Mensch ist Wirkung und Ursache, er wird ernährt, aber er nährt auch seinerseits. Dadurch, daß ihr Gott den Schöpfer nennt, erniedrigt ihr ihn; er hat, anders als ihr denkt, weder die Pflanzen noch die Tiere, noch die Sterne erschaffen; konnte er etwa durch mehrere Mittel vorgehen? Hat er nicht durch die Einheit der Zusammensetzung gehandelt? Daher hat er Prinzipien gegeben, die sich gemäß seinem allgemeinen Gesetz entwickeln müßten je nach den Milieus, in denen sie sich befinden würden. Folglich gibt es nur eine einzige Substanz und die Bewegung; eine einzige Pflanze, ein einziges Tier, aber beständige Beziehungen. Tatsächlich sind alle Affinitäten durch angrenzende Ähnlichkeiten miteinander verbunden, und das Leben der Welten wird zu den Zentren durch ein gieriges Streben hingezogen, wie euch alle der Hunger dazu antreibt, euch zu nähren. Um Ihnen ein Beispiel für die an Ähnlichkeiten gebundenen Affinitäten zu geben, ein sekundäres Gesetz, auf dem die Schöpfungen eures Denkens beruhen; die Musik, eine himmlische Kunst, ist die Durchführung dieses Prinzips: Ist sie nicht ein Gesamt von durch die Zahl harmonierten Tönen? Ist der Ton nicht eine Modifikation der komprimierten, ausgedehnten, zurückprallenden Luft? Sie kennen die Zusammensetzung der Luft: Stickstoff, Sauerstoff und Kohlenstoff. Da man im luftleeren Raum keinen Ton hervorbringen kann, ist es klar, daß die Musik und die menschliche Stimme das Ergebnis organisierter chemischer Substanzen sind, die sich in Gleichstimmung mit denselben Substanzen setzen, die in euch durch euer Denken vorbereitet und mittels des Lichts koordiniert worden sind, die große Nährerin eures Erdballs: Habt ihr die Salpeterablagerungen auf den Schneefeldern beobachten können, habt ihr die Entladungen des Blitzes sehen können, und die Pflanzen, die in der Luft die Metalle einsaugen, die sie enthalten, ohne daraus zu folgern, daß die Sonne die subtile Essenz zum Schmelzen bringt und verteilt, die alles hienieden nährt? Wie Swedenborg es gesagt hat, *die Erde ist ein Mensch!* Eure heutigen Wissenschaften, das, was euch in euern eigenen Augen groß macht, sind Armseligkeiten gegenüber den Lichtmassen, mit denen die Seher überflutet werden. Hört auf, hört auf, mich zu befragen; wir sprechen verschiedene Sprachen. Ich habe mich für eine Weile der euren bedient, um euch einen Glaubensblitz in die Seele zu schleudern, um euch einen Zipfel meines Mantels zu reichen und euch in die schönen Bereiche des Gebets zu ziehen. Ist es Sache Gottes, sich zu euch herabzulassen? Seid ihr es nicht, die sich zu ihm erheben müssen? Wenn die menschliche Vernunft so bald die Stufenleiter ihrer Kräfte erschöpft hat, indem sie Gott darauf hinstreckte, um ihn sich zu beweisen, ohne dazu zu gelangen, wird dann nicht offenbar, daß ein anderer Weg zu seiner Erkenntnis gesucht werden muß? Dieser Weg ist in uns selbst. Der Seher und der Gläubige finden in sich schärfere Augen als es die den Dingen der Erde angepaßten sind, und sie gewahren eine Morgenröte. Versteht ihr diese Wahrheit? Eure exaktesten Wissenschaften, eure kühnsten Meditationen, eure schönsten Klarheiten sind Wolken. Darüber liegt das Sanktuarium, aus dem das wahre Licht strahlt.«

Sie setzte sich und bewahrte Schweigen, ohne daß ihr ruhiges Gesicht die leichteste der Erschütterungen bekundete, von denen Redner auch nach ihren am wenigsten heftigen Improvisationen gepackt werden.

Wilfrid neigte sich zu Pastor Beckers Ohr hin und fragte ihn: »Wer hat ihr das alles gesagt?«

»Ich weiß es nicht«, antwortete er.

»Auf dem Falberg war er viel sanfter«, dachte Minna.

Seraphita fuhr sich mit der Hand über die Augen und sagte lächelnd: »Ihr seid heute abend sehr nachdenklich, ihr Herren. Ihr behandelt Minna und mich wie Männer, mit denen man über Politik oder Handel spricht, und dabei sind wir doch junge Mädchen, denen ihr Märchen erzählen solltet, während Tee getrunken wird, wie es bei unseren norwegischen Spinnstubenabenden geschieht. Nur zu, Pastor Becker, erzählen Sie mir einige der Sagas, die ich noch nicht kenne! Die Frithjofs-Saga, jene Chronik, an die Sie glauben und die Sie mir versprochen haben. Erzählen Sie nur die Geschichte, in der ein Bauernsohn ein Schiff besitzt, das spricht und das eine Seele hat! Ich träume von der Fregatte ›Ellida‹! Sollten auf dieser besegelten Fee nicht die jungen Mädchen übers Meer fahren?«

»Da wir nun wieder in Jarvis gelandet sind«, sagte Wilfrid, dessen Augen sich auf Seraphita geheftet hatten, wie die eines im Dunkel verborgenen Diebes sich auf die Stelle richten, wo der Schatz liegt, »sagen Sie mir doch, warum Sie nicht heiraten?«

»Ihr Menschen werdet alle als Witwer oder Witwen geboren«, antwortete sie. »Aber meine Eheschließung war von meiner Geburt an vorbereitet, und ich bin verlobt . . .«

»Mit wem?« fragten alle gleichzeitig.

»Laßt mir mein Geheimnis«, sagte sie. »Ich verspreche euch, wenn unser Vater es will, daß ich euch alle zu jener geheimnisvollen Hochzeitsfeier einladen werde.«

»Wird es bald sein?«

»Ich warte.«

Ein langes Schweigen folgte diesem Ausspruch.

»Der Frühling ist gekommen«, sagte Seraphita, »das Tosen der Wasser und der geborstenen Eismassen setzt ein; wollt ihr nicht den ersten Frühling eines neuen Jahrhunderts begrüßen?«

Sie stand auf, Wilfrid folgte ihr, und sie traten beide an ein Fenster, das David geöffnet hatte. Nach der langen Winterstille regten die großen Wasser sich unter dem Eis und hallten im Fjord wie eine Musik, denn es gibt Klänge, die der Raum läutert und die ans Ohr gelangen wie Wogen, die zugleich von Licht und Kühle erfüllt sind.

»Hören Sie auf, Wilfrid, hören Sie auf, böse Gedanken zu gebären, deren Triumph für Sie schmerzlich zu ertragen wäre. Wer vermöchte nicht Ihre Begierde in den Funken Ihrer Blicke zu lesen? Seien Sie gut, tun Sie einen Schritt ins Gute hinein! Heißt es nicht, über das ›Lieben‹ der Menschen hinausgehen, wenn man sich völlig dem Glück derjenigen aufopfert, die man liebt? Gehorchen Sie mir, ich werde Sie auf einen Weg geleiten, auf dem Sie alle Herrlichkeiten erlangen werden, die Sie erträumen und auf dem die Liebe wahrhaft unendlich sein wird.«

Sie ließ Wilfrid in Gedanken versunken stehen.

»Ist dieses sanfte Geschöpf wirklich die Prophetin, die soeben aus ihren Augen Blitze geschleudert hat, deren Wort über die Welten hindonnerte, deren Hand gegen unsere Wissenschaften die Axt des Zweifels geschwungen hat? Sind wir ein paar Augenblicke wachen Sinnes gewesen?« dachte er.

»Minna«, sagte Seraphitus und trat wieder zur Tochter des Pastors hin, »die Adler fliegen, wo Leichen sind; die Tauben fliegen, wo lebendige Quellen sind, im grünen, friedlichen Schatten. Der Adler steigt zum Himmel auf, die Taube läßt sich daraus hernieder. Hör auf, dich in einen Bereich hineinzuwagen, wo du weder Quellen noch Schatten finden würdest. Wenn du vor kurzem noch in keinen Abgrund hinabblicken konntest, ohne zusammenzubrechen, dann bewahre deine Kräfte für den, der dich lieben wird. Geh, du weißt es, ich habe meine Braut.«

Minna erhob sich und trat mit Seraphitus an das Fenster, wo Wilfrid stand. Alle drei hörten die Sieg unter dem Druck der oberen Wassermassen branden, die bereits die im Eis eingefroren gewesenen Bäume mit sich rissen. Der Fjord hatte seine Stimme wiedergefunden. Die Illusionen waren zerstoben. Alle bewunderten die Natur, die sich von ihren Fesseln befreit hatte und durch einen erhabenen Akkord dem Geist zu antworten schien, dessen Stimme sie soeben erweckt hatte.

Als die drei Gäste jenes geheimnisvollen Wesens dieses verließen, waren sie von jenem verschwommenen Gefühl erfüllt, das weder Schlummer noch Betäubung, noch Verwunderung ist, aber das mit alledem zusammenhängt; das weder Abenddämmerung noch Morgenröte ist, aber das den Durst nach Licht erweckt. Alle hingen ihren Gedanken nach.

»Ich beginne zu glauben, daß sie ein in menschlicher Gestalt verborgener Geist ist«, sagte Pastor Becker.

Als Wilfrid ruhig und überzeugt wieder daheim war, wußte er nicht, wie er mit auf so göttliche Weise majestätischen Kräften kämpfen solle.

Minna dachte: »Warum will er nicht, daß ich ihn liebe?«

V

Der Abschied

Es ist im Menschen ein Phänomen vorhanden, das die nachdenklichen Gemüter zur Verzweiflung treibt, die einen Sinn im Gang der Gesellschaften finden und der Bewegung der Intelligenz progressive Gesetze auferlegen wollen. Wie ernst ein Geschehnis auch sein möge und, wenn es übernatürliche Geschehnisse gäbe, wie grandios auch ein Wunder wäre, das öffentlich vollführt würde, der Blitz jenes Geschehnisses, der Donnerschlag dieses Wunders würde von dem geistigen Ozean verschlungen werden, dessen kaum durch irgendein rasches Aufbrodeln beeinträchtigte Oberfläche sogleich wieder die glatte Fläche ihrer gewohnten Fluktuationen annehmen würde.

Nimmt die Stimme, um besser vernehmlich zu werden, den Weg durch den Rachen des Tiers? Schreibt die Hand Schriftzeichen an die Wände des Saals, wo der Hofstaat sich gütlich tut? Erleuchtet das Auge den Schlaf des Königs? Kommt der Prophet und deutet den Traum? Richtet der beschworene Tod sich in den Lichtregionen auf, wo die Fähigkeiten neues Leben gewinnen? Zermalmt der Geist die Materie am Fuß der mystischen Stufenleiter der Sieben Geistigen Welten, die eine über der andern im Raum aufgeschichtet sind und sich durch schimmernde Wellen offenbaren, die in Kaskaden auf den Stufen des himmlischen Vorhofs niederfallen? Wie tief auch die innere Offenbarung, wie sichtbar auch die äußere Offenbarung sein möge, am nächsten Tag zweifelt Bileam an seiner Eselin und an sich; Belsazar und Pharao lassen das Wort von zwei Sehern, Moses und Daniel, auslegen. Der Geist kommt, trägt den Menschen über die Erde hinaus, erhebt für ihn die Meere, läßt ihn deren Grund erschauen, zeigt ihm die verschwundenen Gattungen, belebt für ihn die ausgedörrten Knochen, die mit ihrem Staub das große Tal erfüllen: Der Apostel schreibt die Apokalypse! Zwanzig Jahrhunderte danach erkennt die menschliche Wissenschaft den Apostel an und überträgt seine Bilder in Axiome. Was liegt daran! Die Masse fährt fort zu leben, wie sie gestern, wie sie zur Zeit der ersten Olympiade, wie sie am Tag nach der Schöpfung gelebt hat oder am Vorabend der großen Katastrophe. Der Zweifel bedeckt alles mit seinen Wogen. Die gleichen Fluten branden mit der gleichen Bewegung gegen den menschlichen Granit, der dem Ozean der Intelligenz als Grenze dient. Nachdem der Mensch sich gefragt hat, ob er gesehen, was er gesehen hat, ob er die gesprochenen Worte richtig vernommen hat, ob die Tatsache eine Tatsache war, ob die Idee eine Idee war, nimmt er seine Gangart wieder auf, denkt an seine Geschäfte, gehorcht irgendeinem Knecht im Gefolge des Todes, dem Vergessen, das mit seinem schwarzen Mantel eine frühere Menschheit zudeckt, von der die neue keinerlei Erinnerung mehr hat. Der Mensch hört nicht auf zu gehen, zu marschieren, pflanzenhaft zu treiben bis zu dem Tage, da die Axt ihn fällt. Wenn jene Wogenkraft, wenn dieser Hochdruck der bitteren Wasser allen Fortschritt hindert, so kommt er sicherlich auch dem Tode zuvor. Einzig die für den Glauben vorbereiteten Geister unter den höheren Wesen gewahren Jakobs mystische Leiter.

Als Wilfrid die Antwort vernommen, in der die so ernstlich befragte Seraphita die göttliche Größe entbreitet hatte, wie eine gespielte Orgel eine Kirche mit ihrem Gedröhn erfüllt und ein musikalisches Universum durch das Überfluten der unzugänglichsten Wölbungen mit ernsten Klängen offenbart, die in den zartesten Blumen der Kapitelle spielen wie Licht, trat er in sein Gemach und war tief erschrocken, die Welt in Trümmern gesehen zu haben und über diesen Trümmern unbekannte Klarheiten, die in Wogen von den Händen dieses jungen Mädchens ausgegossen worden waren. Noch am anderen Tag grübelte er darüber nach, aber der Schrecken hatte sich beschwichtigt; er fühlte sich weder zerstört noch gewandelt; seine Leidenschaften, seine Gedanken waren frisch und kraftvoll erwacht. Er ging zum Frühstück zu

Pastor Becker und fand ihn vertieft in den ›Traktat der Beschwörungen‹, in dem er seit dem frühen Morgen geblättert hatte, um seinen Gast beruhigen zu können. Mit der kindlichen Treuherzigkeit des Gelehrten hatte er Knicke in die Seiten gemacht, auf denen Johannes Wier authentische Beweise für die Möglichkeit der Geschehnisse des Vorabends berichtete; denn für die Gelehrten ist eine Idee ein Ereignis, wie die größten Ereignisse für sie kaum eine Idee sind. Bei der fünften Tasse Tee, die die beiden Philosophen tranken, war der geheimnisvolle Abend zu etwas Natürlichem geworden. Die himmlischen Wahrheiten wurden zu mehr oder weniger starken und der Prüfung zugänglichen Vernunftschlüssen. Seraphita schien ihnen ein mehr oder weniger redegewandtes Mädchen zu sein; man mußte ihren berückenden Stimmklang berücksichtigen, ihre verführerische Schönheit, ihre bannende Gestik, alle die oratorischen Mittel, durch deren Anwendung ein Schauspieler in einen Satz eine Welt von Gefühlen und Gedanken zu legen weiß, während der Satz in Wirklichkeit oftmals ganz alltäglich ist.

»Pah!« sagte der gute protestantische Geistliche und zog eine kleine philosophische Grimasse, während er eine Schicht gesalzener Butter auf seine Brotschnitte strich, »das letzte Wort dieser schönen Rätsel liegt sechs Fuß unter dem Erdboden.«

»Dennoch«, sagte Wilfrid und tat Zucker in seinen Tee, »ist es mir unbegreiflich, wie ein sechzehnjähriges Mädchen so viele Dinge wissen kann, denn ihre Ausdrucksweise hat alles zusammengepreßt wie in einen Schraubstock.«

»Aber lesen Sie doch«, sagte der Pastor, »die Geschichte jener jungen Italienerin, die mit zwölf Jahren zweiundvierzig alte und neue Sprachen sprach, und die Geschichte jenes Mönchs, der durch den Geruchssinn Gedanken erriet! Es gibt im Johannes Wier und in einem Dutzend Traktaten, die ich Ihnen zu lesen geben kann, tausend Beweise dafür.«

»Einverstanden, lieber Herr Pastor; aber für mich ist Seraphita ein Weib, das zu besitzen göttlich sein muß.«

»Sie ist ganz Intelligenz«, sagte Pastor Becker zweiflerisch.

Es vergingen ein paar Tage, an denen der Schnee der Täler unmerklich schmolz; das Grün der Wälder sproß wie das junge Gras, die norwegische Natur machte die Zurüstungen ihres

Schmucks für ihre eintägige Hochzeitsfeier. Zu dieser Zeit, da die milde Luft es gestattete, das Haus zu verlassen, blieb Seraphita in der Einsamkeit. Also wuchs Wilfrids Leidenschaft durch das Erregende, das die Nähe einer geliebten Frau erzeugt, die sich nicht zeigt. Als dieses unerklärliche Wesen Minna empfing, erkannte Minna an ihm die Verheerungen eines inneren Feuers: Die Stimme war tief geworden, die Gesichtsfarbe begann gelblich zu werden; und wenn bislang die Dichter ihre Weiße mit derjenigen der Diamanten verglichen hätten, so hatte sie jetzt den Schimmer der Topase.

»Haben Sie sie gesehen?« fragte Wilfrid, der das Schwedenschloß umschlichen und auf Minnas Rückkehr gewartet hatte.

»Wir werden ›ihn‹ verlieren«, antwortete das junge Mädchen, und ihre Augen füllten sich mit Tränen.

»Fräulein Minna«, rief der Fremdling und unterdrückte das Dröhnen der Stimme, das der Zorn herbeiführt, »treiben Sie nicht Ihr Spiel mit mir, Sie können Seraphita nur lieben, wie ein junges Mädchen ein anderes liebt, aber nicht mit der Liebe, die sie mir einflößt. Sie wissen nicht, in welcher Gefahr Sie schweben, wenn meine Eifersucht entfacht würde. Warum kann ich nicht zu ihr gehen? Legen *Sie* mir etwa Hindernisse in den Weg?«

»Ich weiß nicht«, antwortete Minna dem Anschein nach ruhig, aber im Bann tiefen Erschreckens, »mit welchem Recht Sie so mein Herz sondieren? Ja, ich liebe ihn«, sagte sie; sie hatte die Kühnheit des Überzeugtseins wiedergefunden und bekannte jetzt die Religion ihres Herzens. »Aber meine Eifersucht, etwas in der Liebe so Natürliches, fürchtet hier niemanden. Ach, ich bin eifersüchtig auf ein verborgenes Gefühl, das ihn verzehrt. Es gibt zwischen ihm und mir Raumesweiten, die ich nicht zu überschreiten vermag. Ich möchte wissen, wer ihn mehr liebt, die Sterne oder ich; wer von uns sich behender seinem Glück aufopfern würde! Warum sollte es mir nicht freistehen, meine Liebe zu erklären? Angesichts des Todes können wir unsere Neigungen gestehen, und, Herr Wilfrid, Seraphitus muß sterben.«

»Minna, Sie täuschen sich, die Sirene, die ich so oft mit meinen Wünschen überflutet habe und die sich hat bewundern lassen, wenn sie kokett auf ihrem Ruhebett ausgestreckt lag, anmutig, schwach und kränklich, ist kein junger Mann.«

»Herr Wilfrid«, antwortete Minna verwirrt, »der, dessen starke Hand mich auf den Falberg geleitet hat, auf jenen Söller, den die ›Eiskappe‹ schützt; dort«, sagte sie und deutete auf die Höhe des Gipfels, »ist auch kein schwaches junges Mädchen. Ach, wenn Sie seine prophetischen Worte gehört hätten! Seine Poesie war Musik gewordene Gedanken. Ein junges Mädchen hätte nicht die ernsten Stimmklänge entfaltet, die meine Seele erschütterten.«

»Aber welche Gewißheit haben Sie . . .?« fragte Wilfrid.

»Keine andere als die des Herzens«, antwortete Minna beschämt; sie hatte es eilig gehabt, den Fremdling zu unterbrechen.

»Nun, ich«, rief Wilfrid und warf auf Minna den erschrekkenden Blick des Begehrens und der Wollust, die töten, »ich, der ich ebenfalls weiß, wie groß ihre Macht über mich ist, ich werde Ihnen Ihren Irrtum beweisen.«

In diesem Augenblick, als Wilfrids Worte sich genauso heftig über seine Lippen drängten wie die Gedanken in seinem Kopf überquollen, sah er Seraphita, von David gefolgt, aus dem Schwedenschloß treten. Diese Erscheinung beruhigte seine Aufwallung.

»Sehen Sie doch«, sagte er, »einzig eine Frau kann diese Anmut und diese Weichheit haben.«

»Er leidet, und er macht seinen letzten Spaziergang«, sagte Minna.

David ging auf einen Wink seiner Herrin weg, und Wilfrid und Minna traten ihr entgegen.

»Laßt uns bis zu den Fällen der Sieg gehen«, sagte jenes Wesen zu ihnen und bekundete damit einen der Wünsche kranker Menschen, denen zu gehorchen man sich beeilt.

Ein leichter, weißer Nebel bedeckte zu dieser Stunde die Täler und Berge des Fjords, deren wie Sterne funkelnde Gipfel den Dunst durchstachen und ihm das Aussehen einer wandernden Milchstraße liehen. Die Sonne sah hinter diesem irdischen Rauch aus wie eine glühende Eisenkugel. Trotz dieser letzten Spiele des Winters bestätigten einige Böen lauer Luft, die mit den Düften der Birken beladen waren, der Birken, die sich schon mit ihren blonden Kätzchen geschmückt hatten, und erfüllt von den Wohlgerüchen, die die Lärchen aushauchten, deren seidige Nadelbüschel neu erstanden waren, jene vom Weihrauch und den Seufzern der Erde erwärmten Brisen, den schönen Frühling des Nordens, diese kurze Freude der schwermütigsten aller Naturen. Der Wind begann den Wolkenschleier zu entführen, der den Ausblick auf den Golf zum Teil verhüllt hatte. Die Vögel sangen. Die Rinde der Bäume, auf der die Sonne noch nicht das Rieseln des Reifs getrocknet hatte, der in flüsternden Rinnsalen hinabgeronnen war, erheiterte den Blick durch ihr phantastisches Aussehen. Alle drei schritten schweigend den Strand entlang. Einzig Wilfrid und Minna betrachteten das für sie magische Schauspiel; sie hatten ja das einförmige Bild dieser Landschaft den Winter über erlitten. Ihrer beider Gefährte ging gedankenversunken, als suche er in diesem Zusammenklang eine besondere Stimme herauszuhören. Sie gelangten an den Rand der Felsen, zwischen denen die Sieg am Ende einer langen, von alten Fichten gesäumten Straße hervorschoß, die der Lauf des Bergstroms gewunden in den Wald gegraben hatte; es war ein Pfad, den starkrippige Gewölbe überdachten, wie die der Kathedralen. Von dort aus entbreitete sich der Fjord in seiner Ganzheit, und das Meer erglänzte am Horizont wie eine Stahlklinge. Gerade jetzt ließ der verwehte Nebeldunst den blauen Himmel sehen. Überall in den Tälern, rings um die Bäume, schwebten noch funkelnde Partikel, Diamantenstaub, den eine frische Brise wegfegte; prächtige Eiszapfen hingen an den Enden der pyramidenförmig gestaffelten Zweige. Über ihnen rollte der Bergstrom. Seiner Oberfläche entstieg ein durch die Sonne in allen Farbnuancen getönter Dampf; ihre Strahlen lösten sich darin auf und zeichneten Schärpen in den sieben Regenbogenfarben, wobei die Feuer von tausend Prismen aufschossen, deren Widerscheine wider einander stießen. Dieser wilde Uferdamm war mit mehreren Flechtenarten überspannt, einem durch die Feuchtigkeit moirierten schönen Stoff; er stellte ein köstliches Seidengespinst dar. Schon in Blüte stehendes Heidekraut krönte die Felsen mit seinen geschickt gemischten Girlanden. Alles sich regende Laubwerk war von der Frische der Wasser angezogen worden und ließ seine Haarschöpfe darüber hängen; die Lärchen schwenkten ihr Spitzenwerk und streichelten die Föhren, die reglos wie besorgte Greise dastanden. Dieser schwelgerische Schmuck hatte einen Gegensatz in dem Ernst der alten Säulenreihen, die die auf den Bergen gestaffelten Wälder bildeten, und in der großen Wasserfläche des Fjords, die zu Füßen der drei Schauenden hingebreitet lag und in der der Bergstrom seine Wut ertränkte. Schließlich umrahmte das Meer diese vom größten aller Dichter geschriebene Seite, vom Zufall, dem das Durcheinander der dem Anschein nach sich selbst überlassenen Schöpfung zu verdanken ist. Jarvis war ein verlorener Punkt in dieser Landschaft, in dieser Unermeßlichkeit, die erhaben war wie alles, das, da es nur ein vergängliches Leben hat, ein rasches Bild der Vollkommenheit darbietet; denn durch ein Gesetz, das nur für unsere Augen verhängnisvoll ist, haben die dem Anschein nach vollendeten Schöpfungen, denen die Liebe unserer Herzen und unserer Blicke gilt, hier nur *einen* Frühling. Gewißlich konnten die drei Wesen hoch droben auf diesem Felsen glauben, sie seien allein auf der Welt. »Welche Wollust!« rief Wilfrid.

»Die Natur hat ihre Lobgesänge«, sagte Seraphita. »Ist diese Musik nicht köstlich? Geben Sie es zu, Wilfrid, daß keine der Frauen, die Sie gekannt haben, sich ein so prächtiges Refugium hat schaffen können? Hier empfinde ich ein Gefühl, das der Anblick der Städte nur selten einflößt und das mich dazu bringen könnte, inmitten dieses so schnell ersprossenen Grases liegen zu bleiben. Dort würde ich, die Augen dem Himmel zugekehrt, versunken in dem Schoß der Unermeßlichkeit, mich gehen lassen und dem Seufzer der Blume lauschen, die, kaum von ihrer ursprünglichen Natur befreit, laufen möchte, und dem Ruf der Eidergans, die es ungeduldig macht, daß sie nach wie vor nur Flügel hat, und mich dabei der Wünsche des Menschen erinnern, der mit allem zusammenhängt, und der, auch er, immerfort wünscht! Doch dieses, Wilfrid, ist die Poesie des Weibes! Sie werden einen wollüstigen Gedanken in dieser rauchig feuchten Weite wahrnehmen, in diesen gestickten Schleiern, darin die Natur spielt wie eine kokette Braut, und in dieser Luft, mit der sie sich ihr grünliches Haar für ihre Hochzeitsfeier durchduftet. Möchten Sie nicht in diesem Flor von Dünsten die Gestalt einer Najade sehen? Und Ihrer Meinung nach müßte ich der männlichen Stimme des Bergstroms lauschen.«

»Ist die Liebe nicht darin wie eine Biene im Kelch einer Blume?« antwortete Wilfrid, der, da er zum erstenmal in ihr die Spuren eines irdischen Gefühls gewahrte, den Augenblick für günstig hielt, seiner glühenden, brodelnden Zärtlichkeit Ausdruck zu geben.

»Noch immer also?«, entgegnete lachend Seraphita, die Minna allein gelassen hatte.

Das Mädchen erkletterte einen Felsen, auf dem es blauen Steinbrech entdeckt hatte.

»Noch immer«, wiederholte Wilfrid. »Hören Sie mich an«, sagte er und warf ihr einen herrscherlichen Blick zu, der auf etwas wie eine diamantene Rüstung stieß, »Sie wissen nicht, was ich bin, was ich kann und was ich will. Verwerfen Sie mein letztes Flehen nicht! Seien Sie mein um des Glückes der Welt willen, die Sie in Ihrem Herzen tragen! Seien Sie mein, damit ich ein reines Gewissen habe, damit eine himmlische Stimme an mein Ohr klingt und mich zum Guten inspiriert bei dem großen Unternehmen, das ich beschlossen habe auf den Rat meines Hasses gegen die Völker hin, aber das ich zu ihrem Besten durchführen würde, wenn Sie mich begleiteten! Welch schöner Mission könnten Sie der Liebe beimessen? Welch schönere Rolle kann eine Frau sich erträumen? Ich bin in diese Gefilde gekommen, um über ein großes Vorhaben nachzusinnen.«

»Und Sie würden«, sagte sie, »dessen Großartigkeit einem recht schlichten jungen Mädchen opfern, das Sie lieben werden und das Sie auf eine ruhige Bahn geleiten wird?«

»Was liegt daran? Ich will nur Sie!« antwortete er und nahm seine Rede wieder auf. »Vernehmen Sie mein Geheimnis. Ich habe den ganzen Norden durchschweift, jene große Werkstatt, in der die neuen Rassen geschmiedet werden, die sich über die Erde verbreiten wie Menschenfluten, die beauftragt sind, die alten Kulturen aufzufrischen. Ich wollte mein Werk an einem dieser Punkte beginnen, dort die Herrschaft erobern, die Kraft und Intelligenz über eine Völkerschaft verschaffen, sie zu Kämpfen ausbilden, den Krieg entfesseln, ihn wie eine Feuersbrunst ausbreiten, Europa verheeren und dabei diesen Freiheit zurufen, jenen Plünderung, Ruhm den einen, Liebeslust den andern; aber dabei selber wie das Bild des Schicksals bleiben, ungerührt und grausam, und vorwärtsschreiten wie der Gewittersturm, der in der Luft alle Partikel assimiliert, aus denen der Blitz sich zusammensetzt, und mich von Menschen nähren wie eine gierige Seuche. Auf diese Weise würde ich Europa erobert haben; es befindet sich in einem Zeitalter, da es den neuen Messias erwartet, der die Welt verwüsten soll, um ihre Gesellschaften neu zu gestalten. Europa wird nur noch an den glauben, der es unter seinen Füßen zermalmt. Eines Tages würden die Dichter, die Geschichtsschreiber mein Leben rechtfertigen, mich als groß hinstellen, mir Ideen unterschieben, mir, dem diese ungeheure, mit Blut geschriebene Posse nichts als eine Rache ist. Aber, teure Seraphita, meine Beobachtungen haben mir Ekel vor dem Norden eingeflößt; die Kraft ist dort zu blind; mich dürstet nach Indien! Mich lockt mehr der Zweikampf mit einer egoistischen, feigen, merkantilen Regierung. Überdies ist es leichter, die Phantasie der am Fuß des Kaukasus ansässigen Völker anzuregen als den Geist der Eisländer zu überzeugen, in denen wir uns befinden. Also fühle ich mich versucht, die russischen Steppen zu durchqueren, an den Rand Asiens zu gelangen, es bis zum Ganges mit meiner triumphierenden Menschen-Überschwemmung zu überfluten, und dort werde ich die englische Macht stürzen. Sieben Männer haben bereits in unterschiedlichen Zeitaltern diesen Plan verwirklicht. Ich werde die Kunst erneuern, wie es die Sarazenen getan haben, die Mohammed auf Europa warf! Ich werde kein schäbiger König sein wie diejenigen, die heute die ehemaligen Provinzen des römischen Reichs regieren und mit ihren Untertanen im Streit über ein Zollrecht liegen. Nein, nichts soll den Blitz meiner Augen noch den Sturm meiner Worte hemmen! Meine Füße sollen ein Drittel des Erdballs bedecken wie die des Dschingis-Khan; meine Hand wird Asien packen, wie es bereits die des Aureng-Zeb[20] getan hat. Seien Sie meine Gefährtin; besteigen Sie, schöne, weiße Gestalt, einen Thron. Ich habe nie am Erfolg gezweifelt; sind Sie jedoch in meinem Herzen, so werde ich seiner sicher sein!«

»Ich habe bereits geherrscht«, sagte Seraphita.

Diese Äußerung war wie ein Axthieb, den ein geschickter Holzfäller in den Fuß eines jungen Baums vollführt, der sogleich fällt. Einzig Männer können begreifen, welch eine Wut eine Frau in der Seele eines Mannes entfacht, wenn er jener geliebten Frau seine Kraft oder seine Macht dartun will, seine Intelligenz oder seine Überlegenheit, die Launische den Kopf neigt und sagt: »Das ist nichts Besonderes!«, oder wenn sie blasiert lächelt und sagt: »Das kenne ich schon!«, oder wenn für sie Kraft etwas Geringfügiges ist.

»Wie?« rief Wilfrid verzweifelt, »die Schätze der Künste, die Schätze der Welten, der Glanz eines Fürstenhofs . . .«

Lediglich durch ein Zucken ihrer Lippen brachte sie ihn zum Verstummen; sie sagte: »Mächtigere Wesen als Sie haben mir mehr angeboten.«

»Dann hast du keine Seele, wenn dich die Aussicht nicht verlockt, einen großen Mann zu trösten, der dir alles opfern will, um mit dir in einem Häuschen am Ufer eines Sees zu leben!«

»Aber«, sagte sie, »ich werde doch grenzenlos geliebt.«

»Von wem?« rief Wilfrid und sprang in einer Aufwallung von Irrsinn auf Seraphita zu, um sie in die schäumenden Kaskaden der Sieg zu stürzen.

Sie blickte ihn an; ihr Arm reckte sich; sie wies ihm Minna, die hell und rosig herbeigelaufen kam, hübsch wie die Blumen, die sie in der Hand hielt.

»Kind!« sagte Seraphitus und ging ihr entgegen.

Wilfrid blieb oben auf dem Felsen stehen, reglos wie eine Statue, in seine Gedanken verloren; er wollte sich vom Lauf der Sieg treiben lassen wie einer der gefallenen Bäume, die vor seinen Augen vorüberglitten und im Schoß des Golfs verschwanden.

»Für Sie habe ich sie gepflückt«, sagte Minna und bot ihren Strauß dem angebeteten Wesen dar. »Sieht die eine«, sagte sie, »diese hier«, und hielt ihm eine Blume hin, »nicht aus wie die, die wir auf dem Falberg gefunden haben?«

Seraphitus blickte abwechselnd die Blume und Minna an.

»Weshalb stellst du mir diese Frage? Zweifelst du an mir?«

»Nein«, sagte das junge Mädchen, »ich habe zu Ihnen unendliches Vertrauen. Wenn Sie für mich schöner sind als diese schöne Natur, so scheinen Sie mir auch intelligenter zu sein als die ganze Menschheit. Als ich Sie erblickt habe, war mir, als hätte ich zu Gott gebetet. Ich möchte . . .«

»Was?« fragte Seraphitus und warf dem jungen Mädchen einen Blick zu, der ihr die ungeheure Raumesweite enthüllte, die sie beide trennte.

»Ich möchte an Ihrer Statt leiden . . .«

»Dies ist das gefährlichste aller Geschöpfe«, sagte sich Seraphitus. »Ist es also ein sündiger Gedanke, sie dir zuführen zu wollen, o mein Gott? – Erinnerst du dich nicht mehr dessen, was ich dir dort oben gesagt habe?« fuhr er fort und zeigte dem jungen Mädchen den Gipfel der »Eiskappe«.

»Jetzt ist er wieder furchtbar geworden«, dachte Minna und erbebte vor Furcht.

Die Stimme der Sieg begleitete die Gedanken dieser drei Wesen, die für eine Weile auf einer Plattform steil abfallender Felsen vereinigt waren, aber durch Abgründe von der spirituellen Welt getrennt.

»Bitte, Seraphitus, belehren Sie mich«, sagte Minna mit einer Stimme, die silbrig war wie eine Perle und sanft, wie die Regung einer Mimose lieblich ist. »Lehren Sie mich, was ich tun muß, um Sie nicht zu lieben! Wer müßte Sie nicht bewundern? Liebe ist eine Bewunderung, die nie ermattet.«

»Armes Kind!« sagte Seraphitus erblassend, »so kann man nur ein einziges Wesen lieben.«

»Wen?« fragte Minna.

»Du wirst es erfahren«, antwortete er mit der schwachen Stimme eines Mannes, der sich niederlegt, um zu verscheiden.

»Hilfe, er stirbt!« rief Minna aus.

Wilfrid eilte herbei, und als er dieses Wesen anmutsvoll auf einer Gneisplatte liegen sah, über die die Zeit ihren Samtmantel, ihre schimmernden Flechten, gebreitet hatte, ihre fahlen Moose, die die Sonne seidig erglänzen ließ, sagte er: »Sie ist sehr schön.«

»Dies ist der letzte Blick, den ich auf diese tätige Natur werde werfen können«, sagte sie und raffte ihre Kräfte zusammen, um aufzustehen.

Sie trat bis an den Rand des Falbergs vor, von wo aus sie die blühenden, grünenden, belebten Gepränge dieser großen, erhabenen Landschaft überschauen konnte, die vor kurzem noch unter einer Tunika von Schnee begraben gelegen hatte.

»Leb wohl«, sagte sie, »glühender Herd der Liebe, wo alles

voller Eifer von der Mitte nach den äußersten Enden strebt und wo die äußersten Enden einander ähneln wie das Haar einer Frau, um die unbekannte Zopfflechte zu bilden, durch die du dich aufs neue an den unwahrnehmbaren Äther knüpfst, an den göttlichen Gedanken!

Seht ihr den, der, über eine von seinem Schweiß bewässerte Furche gebückt, für eine kurze Weile aufblickt, um den Himmel zu befragen; seht ihr die, welche die Kinder um sich schart, um sie mit ihrer Milch zu nähren; seht ihr den, der mitten im wildesten Sturm das Tauwerk festzurrt; seht ihr jene, die in der Felsenkluft sitzt und den Vater erwartet? Seht ihr alle, die die Hand ausstrecken nach einem in nicht lohnender Arbeit aufgebrauchten Leben? Ihnen allen Frieden und Mut, ihnen allen ein Lebewohl!

Hört ihr den Schrei des unbekannt sterbenden Soldaten, den Klageruf des Betrogenen, der in der Wüste weint? Allen Frieden und Mut, allen ein Lebewohl. Lebt wohl ihr, die ihr um der Könige der Erde willen sterbt! Aber lebwohl auch du, heimatloses Volk; lebt wohl, ihr Länder ohne Völker, die ihr euch einander wünscht. Lebwohl vor allem du, der nicht weiß, wohin er sein Haupt legen soll, erhabener Geächteter. Lebt wohl, geliebte Unschuldige, die ihr an den Haaren geschleift werdet, weil ihr zu sehr geliebt habt! Lebt wohl, ihr Mütter, die ihr bei euern sterbenden Söhnen sitzt! Lebt wohl, ihr heiligen, gekränkten Frauen! Lebt wohl, ihr Armen, lebt wohl, ihr Kleinen, Schwachen und Duldenden, ihr, deren Schmerzen ich so oft geteilt habe. Lebt wohl ihr alle, die ihr in der Sphäre des Instinkts kreist und dort leidet um anderer willen.

Lebt wohl, ihr Seeleute, die ihr durch die dichten Finsternisse eurer Abstraktionen hindurch, die weit wie eure Prinzipien sind, den ›Morgen‹ sucht. Lebt wohl, ihr Märtyrer des Gedankens, die ihr von ihm zum wahren Licht geführt werdet! Lebt wohl, emsige Sphären, aus denen mir die Klage des gekränkten Genies, der Seufzer des zu spät erleuchteten Gelehrten entgegenströmt.

Jetzt setzt ein Engelskonzert ein, die Brise der Düfte, der Weihrauch des Herzens, den jene aushauchen, die betend und tröstend nahen und das göttliche Licht und den himmlischen Balsam in bekümmerte Seelen ergießen. Hab Mut, Chor der Liebe!

Ihr, denen die Völker zurufen: ›Tröstet uns! Verteidigt uns!‹ Habt Mut und lebt wohl!

Lebewohl, Granit, der du Blume werden wirst; lebewohl, Blume, die du Taube wirst; bedenke, Taube, du wirst Weib, lebewohl, Weib, du wirst Leiden sein; lebewohl, Mann, der du Glaube sein wirst; lebt wohl, ihr alle, die ihr ganz Liebe und Gebet sein werdet!«

Überwältigt von Erschöpfung stützte dieses unerklärliche Wesen sich zum erstenmal auf Wilfrid und auf Minna, um wieder in seine Behausung zu gelangen. Jetzt fühlten Wilfrid und Minna sich von einer unbekannten Ansteckung ergriffen. Kaum hatten sie ein paar Schritte getan, als David weinend vor ihnen erschien: »Sie muß sterben, warum habt ihr sie bis hierher geführt?« rief er von weitem. Seraphita wurde von dem Greis davongetragen; er hatte die Kräfte seiner Jugend wiedergefunden und flog zur Pforte des Schwedenschlosses wie ein Adler, der ein weißes Lamm in seinen Horst trägt.

VI

Der Weg, der zum Himmel führt

Am Tag nach demjenigen, da Seraphita ihr Ende geahnt und Abschied von der Erde genommen hatte wie ein Gefangener, der seinen Kerker betrachtet, ehe er ihn auf ewig verläßt, verspürte sie Schmerzen, die sie zwangen, in der völligen Reglosigkeit derer zu verharren, die äußerst heftig leiden. Wilfrid und Minna kamen sie besuchen und fanden sie auf der Pelzdecke ihres Ruhebetts ausgestreckt. Ihre noch vom Körper verschleierte Seele strahlte durch ihre Hülle und bleichte sie mit jedem Tage mehr. Die Fortschritte des Geistes, der die letzte Schranke unterhöhlte, durch die er vom Unendlichen getrennt war, führten den Namen Krankheit, die Stunde des Lebens hieß der Tod. David weinte, als er seine Herrin leiden sah, ohne ihre Trostworte hören zu wollen; der Greis war der Vernunft bar wie ein Kind.

Pastor Becker wollte, daß Seraphita sich pflegen lasse; aber alles war umsonst.

Eines Tages rief sie die beiden Wesen, denen ihre Zuneigung galt, und ließ ihnen sagen, dieser Tag sei der letzte ihrer schlimmen Tage. Wilfrid und Minna eilten entsetzt herbei; sie wußten, daß sie sie verlieren würden. Seraphita lächelte ihnen entgegen wie jene, die in eine bessere Welt eingehen; sie neigte den Kopf wie eine allzusehr mit Tau beschwerte Blume, die zum letztenmal ihren Kelch neigt und den Lüften ihre letzten Düfte spendet; sie blickte die beiden mit einer Schwermut an, die von ihnen ausging; sie dachte nicht mehr an sich, und die beiden fühlten es, ohne ihrem Schmerz Ausdruck geben zu können, in den sich Dankbarkeit mischte. Wilfrid stand stumm und reglos da, verloren in eine jener Betrachtungen, wie sie durch Dinge angeregt werden, deren Weite uns hienieden eine höchste Unermeßlichkeit verstehen läßt. Die Schwäche dieses so mächtigen Wesens oder vielleicht auch die Furcht, es auf immer zu verlieren, hatte Minna kühn gemacht; sie neigte sich über Seraphitus und sagte zu ihm: »Laß mich dir folgen.«

»Könnte ich es dir verwehren?«

»Aber warum liebst du mich nicht genug, um hier zu bleiben?«

»Ich vermag hier nichts zu lieben.«

»Wen liebst du denn?«

»Den Himmel.«

»Bist du des Himmels würdig, wenn du so die Geschöpfe Gottes verachtest?«

»Minna, können wir zwei Wesen gleichzeitig lieben? Würde ein Vielgeliebter der Vielgeliebte sein, wenn er nicht das Herz erfüllte? Muß er nicht das erste Wesen sein, das letzte, das einzige? Verläßt diejenige, die ganz Liebe ist, nicht die Welt um ihres Vielgeliebten willen? Ihre ganze Familie wird zu einer Erinnerung, sie hat nur noch *einen* Verwandten, *ihn!* Ihre Seele gehört nicht mehr ihr, sondern *ihm!* Wenn sie in sich selbst etwas bewahrt, das nicht sein ist, dann liebt sie nicht; nein, dann liebt sie nicht! Schwächlich lieben, heißt das lieben? Das Wort des Vielgeliebten verwandelt sich gänzlich in Freude und rollt in ihren Adern wie ein Purpur, der röter ist als das Blut; sein Blick ist ein Licht, das sie durchdringt; sie löst sich in ihm auf; dort, wo *er* ist, ist alles schön. Er spendet der Seele Wärme, Er macht alles hell; herrscht in Seiner Nähe jemals Kälte oder Nacht? Nie ist Er fern, immer ist Er in uns, wir denken in Ihm, an Ihn, für Ihn. So, Minna, liebe ich ihn.«

»Wen?« fragte Minna, die eine verzehrende Eifersucht gepackt hatte.

»Gott!« antwortete Seraphitus, dessen Stimme in den Seelen erglänzte wie ein Freiheitsfeuer, das von Berg zu Berg auflodert. »Gott, der uns nie verrät! Gott, der uns nicht verläßt und unablässig unsere Wünsche erfüllt, der allein sein Geschöpf beständig mit unendlicher, ungetrübter Freude erquickt; Gott, der niemals müde wird und immer nur lächelnde Blicke schenkt! Gott, der stets aufs neue seine Schätze in die Seele ergießt, der läutert und ohne alle Bitterkeit, der ganz Harmonie und ganz Flamme ist! Gott, der sich in uns hineinversetzt, um dort zu blühen, der alle unsere Wünsche erhört, der nicht mit uns rechtet, wenn wir ihm gehören, sondern sich ganz schenkt; der uns entzückt, uns innerlich weit macht, uns in sich vermannigfacht! Eben Gott! Minna, ich liebe dich, weil du *ihm* gehören könntest! Ich liebe dich, weil du, wenn du zu ihm kommst, mein sein wirst.«

»So geleite mich doch!« sagte sie und kniete nieder. »Nimm mich bei der Hand, ich will dich nie mehr verlassen.«

»Geleitest du uns, Seraphita?« rief Wilfrid, der sich mit einer ungestümen Bewegung Minna zugesellt hatte. »Ja, du hast mir endlich Durst nach dem Licht und Durst nach dem Wort gemacht; mich dürstet nach der Liebe, die du mir ins Herz gesenkt hast, ich will deine Seele in der meinen bewahren; wirf deinen Willen hinein, ich werde tun, was zu vollbringen du mich heißen wirst. Wenn ich dich nicht erlangen kann, will ich von dir alle Gefühle bewahren, die du mir übermitteln wirst! Wenn ich mich nicht aus eigener Kraft mit dir vereinen kann, so will ich mich an dich heften wie das Feuer sich an alles heftet, was es verzehrt. Sprich!«

»Engel«, rief jenes unbegreifliche Wesen und umhüllte die beiden mit einem Blick, der ein azurner Mantel war. »Engel, dein Erbteil wird der Himmel sein.«

Nach diesem Ausruf, der in den Seelen Wilfrids und Minnas

erdröhnte wie der erste Akkord einer himmlischen Musik, entstand zwischen ihnen ein großes Schweigen.

»Wenn ihr eure Füße an den Weg gewöhnen wollt, der gen Himmel führt, so vernehmt, daß sein Anfang rauh ist«, sagte diese schmerzerfüllte Seele. »Gott will um seiner selbst willen gesucht werden. In diesem Sinn ist er eifersüchtig, er will alles ganz; aber wenn ihr euch ihm anbefohlen habt, verläßt er euch nie. Ich will euch die Schlüssel des Reichs hinterlassen, wo sein Licht leuchtet, wo ihr überall im Schoß des Vaters, im Herzen des Gatten sein werdet. Kein Wächter verwehrt den Zugang zu ihm, von allen Seiten könnt ihr hineingelangen; sein Palast, seine Schätze, sein Zepter, nichts wird bewacht; zu allen hat er gesagt: ›Nehmt sie!‹ Aber man muß hingehen wollen. Wie um eine Reise zu machen, muß man seine Wohnstatt verlassen, auf seine Pläne verzichten, seinen Freunden, seinen Eltern, seiner Schwester und sogar dem kleinsten, weinenden Bruder Lebewohl sagen, und zwar ein ewiges Lebewohl, denn ihr werdet genausowenig zurückkehren wie die Märtyrer auf dem Weg zum Scheiterhaufen nie in ihre Wohnstatt zurückgelangt sind; kurzum, ihr müßt euch der Gefühle und der Dinge entschlagen, an denen die Menschen hängen, denn sonst seid ihr eurem Vorhaben nicht völlig ergeben. Tut für Gott, was ihr für eure ehrgeizigsten Absichten tätet; was ihr tut, wenn ihr euch einer Kunst widmet; was ihr getan habt, als ihr ein Geschöpf mehr als ihn liebtet, oder als ihr einem Geheimnis der Wissenschaft der Menschen nachforschtet. Ist Gott nicht die Wissenschaft an sich, die Liebe an sich, der Quell aller Poesie? Kann sein Schatz nicht Begehrlichkeit erregen? Sein Schatz ist unerschöpflich, seine Poesie unendlich, seine Liebe unwandelbar, seine Wissenschaft untrüglich und ohne Geheimnisse! Legt auf nichts Wert, er wird euch alles geben. Ja, ihr werdet in seinem Herzen Güter wiederfinden, die nicht mit denen zu vergleichen sind, die ihr vielleicht auf Erden verloren habt. Was ich euch sage, ist gewiß: Ihr werdet seine Macht haben, ihr werdet sie benutzen, wie ihr das benutzt, was eurem Geliebten oder eurer Geliebten gehört. Ach, die meisten Menschen zweifeln, es fehlt ihnen an Glauben, an Willen, an Beharrlichkeit. Wenn einige sich auf den Weg machen, schauen sie sogleich hinter sich und kehren um. Nur wenige Geschöpfe wissen zwischen diesen beiden Extremen zu wählen: bleiben oder aufbrechen, Schlamm oder Himmel. Jeder zaudert. Schwäche beginnt umherzuirren, Leidenschaft lockt auf den üblen Weg, das zur Gewohnheit gewordene Laster führt in den Kot, und der Mensch schreitet nicht weiter, besseren Zuständen entgegen. Alle Wesen durchleben ein erstes Leben in der Sphäre der Instinkte, wo sie sich placken, die Nutzlosigkeit irdischer Güter zu erkennen, nachdem sie sich tausenderlei Mühe gegeben haben, sie aufzuhäufen. Wieviele Male lebt man in dieser ersten Welt, ehe man vorbereitet daraus hervorgeht, um mit anderen Prüfungen in der Sphäre der Abstraktion aufs neue zu beginnen, wo das Denken sich in falschen Wissenschaften übt und wo der Geist schließlich des menschlichen Worts überdrüssig wird; denn wenn die Materie erschöpft ist, kommt der Geist. Wieviele Gestalten hat das dem Himmel versprochene Wesen abgenützt, ehe es dahin gelangt, den Wert der Stille und der Einsamkeit zu verstehen, deren übersternte Steppen der Vorhof der geistigen Welten sind! Erst nachdem die Augen die Leere und das Nichts praktisch durchlebt haben, wenden sie sich dem guten Weg zu. Dann gilt es, andere Existenzen abzunutzen, um auf den Pfad zu gelangen, wo das Licht leuchtet. Der Tod ist die Pferdewechselstation auf dieser Reise. Jetzt werden Erfahrungen im umgekehrten Sinn gemacht: Es bedarf oftmals eines ganzen Lebens, um die Tugenden zu erwerben, die den Irrtümern entgegengesetzt sind, in denen der Mensch zuvor gelebt hat. Folglich kommt zuerst das Leben, in dem man leidet und dessen Qualen den Durst nach der Liebe entfachen. Dann folgt das Leben, in dem man liebt und in dem die Hingabe an das Geschöpf die Hingabe an den Schöpfer lehrt; in dem die Tugenden der Liebe, ihre tausend Martern, ihre engelhafte Hoffnung, ihre Freuden, denen Schmerzen folgen, ihre Geduld, ihre Entsagung das Verlangen nach den göttlichen Dingen anreizen. Dann kommt das Leben, in dem man in der Stille die Sphäre des Worts sucht, in dem man demütig und mildtätig wird. Dann das Leben, in dem man begehrt. Und schließlich das Leben, in dem man betet. Dort ist der ewige Mittag, dort sind die Blumen, dort wird geerntet! Die erworbenen guten Eigenschaften und die, die sich langsam in uns entwickeln, sind die unsichtbaren Bande, die jede unserer Seinsformen aneinander knüpfen, und deren einzig die Seele sich erinnert, denn die Materie besitzt keinerlei Gedächtnis für irgendeines der geistigen Dinge. Einzig das Denken verfügt über die Überlieferung des Vorhergegangenen. Dieses ewige Vermächtnis des Vergangenen an das Gegenwärtige ist das Geheimnis der menschlichen Genies: Die einen haben die Begabung für Formen, die andern für die Zahlen, wieder andere für Harmonien. Auf dem Weg des Lichts gibt es ein Fortschreiten. Ja, wer eine dieser Gaben besitzt, rührt an einem Punkt an das Unendliche. Das Wort, von dem ich euch hier einige Einzelausdrücke enthülle, die Erde hat es sich geteilt, hat es in Staub zurückverwandelt und es in ihre Werke gesät, in ihre Lehren, in ihre Dichtungen. Wenn ein unertastbares Körnlein davon in einem Werk aufleuchtet, dann sagt ihr: ›Das ist groß, das ist wahr, das ist erhaben!‹ Dieses geringe Etwas vibriert in uns und erregt dort das Vorgefühl des Himmels. Den einen die Krankheit, die uns von der Welt trennt, den andern die Einsamkeit, die uns Gott nähert; jenen die Poesie; kurzum alles, was euch auf euch selber zurücklenkt, was euch schlägt und zermalmt, euch erhebt oder erniedrigt, ist ein Widerhall der göttlichen Welt. Wenn ein Wesen seine erste Furche gradlinig gezogen, so genügt ihm diese, um die andern richtig zu ziehen: Ein einziger gegrübelter Gedanke, eine vernommene Stimme, ein heftiges Leid, ein einziges Echo, dem in euch das Wort begegnet, ändert eure Seele in Ewigkeit. Alles endet in Gott. Es gibt also viele Möglichkeiten, ihn zu finden, wenn man gerade vor sich hin geht. Wenn der glückliche Tag kommt, da ihr den Fuß auf den Weg setzt und da eure Pilgerfahrt beginnt, weiß die Erde nichts davon, sie versteht euch nicht mehr, ihr versteht einander nicht mehr, sie ist ihr. Die Menschen, die zur Erkenntnis dieser Dinge gelangen und die ein paar Einzelausdrücke des wahren Worts sagen, die finden keine Stätte, ihr Haupt ruhen zu lassen; sie werden verfolgt wie wilde Bestien, und sie enden oft auf Schafotten zur großen Freude der versammelten Volksmassen, während die Engel ihnen die Pforten des Himmels auftun. Also wird euer Geschick ein Geheimnis zwischen Gott und euch sein, wie die Liebe ein Geheimnis zwischen zwei Herzen ist. Ihr werdet der vergrabene Schatz sein, über den die goldhungrigen Menschen hinweggehen, ohne zu wissen, daß ihr dort seid. Dann wird euer Dasein ohne Unterlaß tätig; jede eurer Taten hat einen Sinn, der sich auf Gott bezieht, gerade wie in der Liebe euer Tun und Denken erfüllt von dem geliebten Geschöpf sind; aber die Liebe und ihre Freuden, die Liebe und ihre durch die Sinne beschränkten Lustgefühle sind ein unvollkommenes Bild der unendlichen Liebe, die euch mit dem himmlischen Bräutigam vereint. Alle irdische Freude hat Ängste und Mißbehagen im Gefolge; auf daß die Liebe ohne Ekel sei, muß der Tod ihr ein Ende machen, wenn sie am höchsten lodert; dann lernt ihr ihre Aschenreste nicht kennen; aber hier verwandelt Gott unsere Nöte in Entzückungen, die Freude vervielfacht sich durch sich selber, sie wächst und hat keine Grenzen. Folglich endet im irdischen Leben die vergängliche Liebe durch beständige Drangsale; während im geistigen Leben die eintägigen Drangsale in unendliche Freuden ausmünden. Eine Seele ist fröhlich ohne Unterlaß. Ihr spürt Gott nahe bei euch, in euch; er gibt allen Dingen eine heilige Würze, er strahlt in eurer Seele, er durchtränkt euch mit seiner Milde, er macht euch der Erde abspenstig um eurer selbst willen, und er führt euch zu ihr zurück um seiner selbst willen und läßt euch dabei seine Macht ausüben. Ihr vollbringt in seinem Namen die Werke, die er anregt: Ihr trocknet die Tränen, ihr handelt für ihn, ihr habt nichts mehr zueigen, ihr liebt gleich ihm die Geschöpfe mit unauslöschlicher Liebe; ihr möchtet sie alle auf dem Weg zu ihm sehen, wie eine wahrhaft Liebende alle Völker der Welt ihrem Vielgeliebten gehorchen sehen möchte. Das letzte Leben, das, in dem alle übrigen zusammenmünden, in dem alle Kräfte sich zusammenfinden, deren verdienstliche Leistungen die Heilige Pforte öffnen müssen, ist das Leben des Gebets. Wer wird euch je die Größe, das Majestätische, die Kräfte des Gebets verständlich machen? Möge meine Stimme in euern Herzen erdröhnen und sie wandeln. Seid unversehens, was ihr nach den Prüfungen sein würdet! Es gibt bevorzugte Geschöpfe, die Propheten, die Seher, die Sendboten, die Märtyrer, alle jene, die um des Wortes willen leiden oder die es verkündet haben; solche Seelen überspringen die Sphären der Menschen und erheben sich plötzlich zum Gebet. Gleich jenen, die verzehrt sind vom Feuer des Glaubens. Seid eins jener kühnen Paare. Gott duldet den Wagemut, er liebt es, mit Gewalt genommen zu werden; niemals stößt er denjenigen zurück, der bis zu ihm zu gehen vermag. Wisset, das Verlangen, dieser Bergstrom eures Willens, ist beim Menschen so mächtig, daß ein einziger, kraftvoll durchgeführter Wurf alles durchzusetzen vermag; oftmals genügt ein einziger Aufschrei unter dem Druck des Glaubens. Seid eins jener Wesen voller Kraft, Wollen und Liebe! Seid siegreich auf Erden. Möge Gottes Durst und Hunger euch überkommen! Laufet zu ihm hin wie der durstverzehrte Hirsch zum Quell; das Verlangen soll euch seine Schwingen leihen; die Tränen, diese Blumen der Reue, werden wie eine himmlische Taufe sein, aus der dann eure Natur gereinigt hervorgeht. Schwingt euch auf aus der Tiefe dieser Fluten ins Gebet. Schweigen und Nachsinnen sind die wirksamen Mittel zum Beschreiten dieses Wegs. Dem einsamen, gesammelten Menschen offenbart Gott sich immer. So wird sich die notwendige Trennung vollziehen zwischen der Materie, die euch so lange mit ihren Finsternissen umgeben hat, und dem Geist, der in euch entsteht und euch erleuchtet, denn dann wird er in eurer Seele Helle verbreiten. Dann empfängt euer gebrochenes Herz das Licht; es wird davon überflutet. Dann fühlt ihr in euch nicht länger Überzeugungen, sondern strahlende Gewißheiten. Der Dichter sagt aus, der Weise denkt nach, der Gerechte handelt; aber wer sich an den Rand der göttlichen Welten stellt, der betet; und sein Gebet ist zugleich Wort, Gedanke und Tat! Ja, sein Gebet schließt alles in sich ein und enthält alles; es vollendet eure Natur, indem es euch deren Geist und Weg enthüllt. Das Gebet, die weiße, leuchtende Tochter aller menschlichen Tugenden, der Versöhnungsbogen zwischen Erde und Himmel, die süße Gefährtin, die etwas vom Löwen und der Taube hat, wird euch den Schlüssel zu den Himmeln geben. Kühn und rein wie die Unschuld, stark wie alles, was in sich eins und einfach ist, stützt diese unbesiegliche schöne Königin sich auf die materielle Welt, sie hat sich ihrer bemächtigt; denn gleich der Sonne zwingt sie sie mittels eines Lichtkreises. Das Universum gehört dem, der beten will, zu beten weiß und beten kann; aber wollen, wissen und können muß man; mit einem Wort die Kraft, die Weisheit und den Glauben besitzen. Daher ist das Gebet, das Ergebnis so vieler Prüfungen, der Inbegriff aller Wahrheiten, aller Kräfte, aller Gefühle. Es ist die Frucht der emsigen, fortschreitenden, beständigen Entwicklung aller natürlichen Eigenschaften, die durch den göttlichen Atem des Worts belebt werden; es hat bezaubernde Auswirkungen; es ist der letzte Kult: weder der materielle Kult, der Bilder hat, noch der geistige Kult, der Formeln hat; es ist der Kult der göttlichen Welt. Wir sagen keine Gebete mehr, das Gebet entzündet sich in uns; es ist eine Fähigkeit, die sich durch sich selbst ausübt; es hat sich den Charakter der Tätigkeit zugelegt, der es über die Formen hinausträgt, es verbindet dann die Seele mit Gott, mit dem ihr euch vereint wie die Wurzeln der Bäume mit der Erde; eure Adern hängen an den Prinzipien der Dinge, und ihr lebt das eigentliche Leben der Welten. Das Gebet gibt die äußere Überzeugung, indem es euch die materielle Welt mittels der Kohäsion aller eurer Fähigkeiten mit den Elementarsubstanzen durchdringen läßt; es gibt die innere Überzeugung, indem es eure Essenz entwickelt und sie mit derjenigen der geistigen Welten mischt. Um dazu zu gelangen, auf solcherlei Weise zu beten, müßt ihr nach einer gänzlichen Loslösung vom Körperlichen streben, im Feuer der Schmelztiegel die Reinheit des Diamanten erlangen, denn diese völlige Kommunikation kann nur durch absolute Ruhe erlangt werden, durch die Beschwichtigung aller Stürme. Ja, das Gebet, der wahre Atem der vom Körper gänzlich getrennten Seele, führt alle Kräfte mit sich und überträgt sie auf die beständige, beharrliche Vereinigung des Sichtbaren und des Unsichtbaren. Wenn eure vergeistigte Natur die Fähigkeit besitzt, ohne Müdigkeit, mit Liebe, mit Kraft, mit Gewißheit und Intelligenz zu beten, wird sie bald mit der Macht bekleidet sein. Wie ein ungestümer Wind oder wie der Blitz durchquert sie alles und nimmt teil an der Macht Gottes. Ihr verfügt über die Behendigkeit des Geistes; im Handumdrehen macht ihr euch überall gegenwärtig in allen Regionen; ihr werdet wie das Wort selber vom einen Ende der Welt zum andern befördert. Es gibt eine Harmonie, und ihr habt daran Anteil! Es gibt ein Licht, und ihr seht es! Es gibt eine Melodie, und ihr Akkord ist in euch. In diesem Zustand werdet ihr eure Intelligenz sich entwickeln und größer werden fühlen, und wie ihr Sehvermögen in ungeheure Fernen reicht: Es gibt nämlich für den Geist weder Zeit noch Stätte. Raum und Dauer sind für die Materie geschaffene Proportionen; Geist und Materie haben nichts gemeinsam. Obgleich diese Dinge sich in der Ruhe und der Stille vollziehen, ohne Aufwallen, ohne äußere Bewegung, ist dennoch im Gebet alles Tätigkeit, aber lebendige, von aller Substanzialität losgelöste Tätigkeit und darauf reduziert, wie die Bewegung der Welten eine unsichtbare, reine Kraft zu sein. Sie senkt sich überall hinab wie das Licht und spendet den Seelen Leben, die sich unter seinen Strahlen befinden wie die Natur unter der Sonne ist. Sie erweckt überall die Tugend, reinigt und weiht alle Handlungen, bevölkert die Einsamkeit und gibt einen Vorgeschmack der ewigen Seligkeit. Habt ihr einmal die Seligkeiten der durch eure inneren Mühen erzeugten göttlichen Trunkenheit genossen, dann ist alles gesagt! Haltet ihr einmal das Sistrum[21] in der Hand, zu dem man Gott lobsingt, so legt ihr es nie wieder nieder. Daher rührt die Einsamkeit, darin die Engelgeister leben, und deren Verachtung für alles, was Menschenfreuden ausmacht. Ich sage es euch, sie sind ausgeschieden aus der Zahl derer, die da sterben müssen; sie verstehen zwar deren Sprachen, aber sie verstehen deren Gedanken nicht mehr; sie staunen über deren Bewegungen, über das, was man Politik nennt, die materiellen Gesetze und Gesellschaften; für sie gibt es keine Geheimnisse mehr, nur noch Wahrheiten. Die dorthin gelangt sind, von wo aus ihre Augen die Heilige Pforte wahrnehmen, und die, ohne einen einzigen Blick zurückzuwerfen, ohne ein einziges Bedauern zu äußern, die Welten betrachten, indem sie deren Schicksale durchschauen – die schweigen, warten und durchleiden ihre letzten Kämpfe; der schwierigste ist der letzte, die höchste Tugend ist die Entsagung; im Exil sein und nicht jammern, kein Gefallen mehr an den Dingen hienieden haben und lächeln, Gott gehören, unter den Menschen bleiben! Ihr vernehmt deutlich die Stimme, die euch zuruft: ›Weiter! Weiter!‹ Oftmals steigen in himmlischen Visionen die Engel hernieder und umhüllen euch mit ihren Gesängen! Ohne Schluchzen und ohne Murren muß man sie in ihren Bienenkorb zurückfliegen sehen. Jammern würde absinken heißen. Die Entsagung ist die Frucht, die an der Himmelspforte reift. Wie kraftvoll und schön sind das ruhige Lächeln und die reine Stirn des Geschöpfes, das entsagt hat! Strahlend ist das Licht, das ihm die Stirn schmückt! Wer in seiner Luft lebt, wird besser! Sein Blick durchdringt und rührt. Da es beredter durch sein Schweigen als der Prophet es durch sein Wort ist, triumphiert es durch seine bloße Gegenwart. Es spitzt das Ohr wie der treue Hund, der den Herrn erwartet. Es ist stärker als die Liebe, lebendiger als die Hoffnung, größer als der Glaube, und so ist es die anbetenswürdige Tochter, die auf der Erde gebettet liegt, dort einen Augenblick die eroberte Palme hütet und einen Abdruck ihrer weißen, reinen Füße hinterläßt; und wenn sie nicht mehr ist, dann laufen die Menschen in hellen Haufen herbei und sagen: ›Sehet!‹ Gott stellt sie dort auf wie eine Gestalt, zu deren Füßen die Formen und Gattungen der Tierheit kriechen, um ihren Weg zu erkennen. Bisweilen schüttelt sie das Licht, das ihr Haar aushaucht, und man sieht sie; sie spricht, und man hört sie, und alle sagen sich ›Ein Wunder!‹ Oft triumphiert sie im Namen Gottes; die erschrockenen Menschen verleugnen sie und schleppen sie zum Tode; sie legt ihr Schwert nieder und lächelt auf dem Scheiterhaufen, nachdem sie die Völker gerettet hat. Wieviel begnadigte Engel sind durch das Martyrium hindurch in den Himmel eingegangen! Sinai und Golgatha sind nicht hier oder dort; der Engel wird an allen Stätten und in allen Sphären gekreuzigt. Von überall her gelangen die Seufzer zu Gott. Die Erde, darauf wir uns befinden, ist nur *eine* der Ähren der Ernte, die Menschheit ist nur *eine* der Arten auf dem riesigen Feld, darauf die Blumen des Himmels angepflanzt werden. Kurzum, Gott ist überall sich selbst gleich, und überall ist es leicht, durch Beten zu ihm zu gelangen.«

Nach diesen Worten, die geklungen hatten, als seien sie den Lippen einer zweiten Hagar in der Wüste entsprungen, aber die, als sie in die Seele gelangten, sie erschütterten wie Pfeile, die das flammende Wort des Jesajas abschoß, verstummte jenes Wesen plötzlich, um seine letzten Kräfte zu sammeln. Weder Wilfrid noch Minna wagten zu sprechen. Jäh richtete Er sich auf, um zu sterben.

»Seele aller Dinge, o mein Gott, du, den ich liebe um deiner selbst willen! Du, Richter und Vater, ergründe einen Eifer, der als Maß nur deine unendliche Güte hat! Verleih mir dein Wesen und deine Fähigkeiten, auf daß ich besser dir angehöre! Nimm mich, damit ich nicht länger mein sei. Wenn ich nicht rein genug bin, dann tauche mich nochmals in den Glutofen! Bin ich falsch gestaltet, so mach aus mir eine nährende Pflugschar oder ein sieghaftes Schwert! Gewähre mir irgendein weithin leuchtendes Martyrium, in dem ich dein Wort verkünden könnte! Werde ich verworfen, so will ich deine Gerechtigkeit segnen. Wenn das Liebesübermaß im Augenblick erlangt, was harten, geduldigen Mühen versagt wird, dann trag mich empor auf deinem feurigen Wagen! Wenn du mir den Triumph oder neue Qualen auferlegst, dann sei gesegnet! Aber für dich zu leiden, ist das nicht ebenfalls ein Triumph? Nimm mich, packe mich, reiße mich hoch, trag mich von dannen! Wenn du es willst, dann verstoße mich! Du bist der Angebetete, der nichts Falsches zu tun vermag. – Ach!« schrie er nach einer Pause auf, »die Bande reißen.

Reine Geister, heilige Herde, entsteigt den Abgründen, fliegt herbei auf der Oberfläche leuchtender Wogen! Die Stunde hat geschlagen, kommt, versammelt euch! Laßt uns singen an den Pforten des Heiligtums, unsre Gesänge werden die letzten Wolken vertreiben. Laßt uns unsre Stimmen vereinen, um die Morgenröte des Ewigen Tags zu begrüßen. Jetzt naht der Dämmer des wahren Lichts! Warum kann ich meine Freunde nicht mit mir nehmen? Leb wohl, arme Erde, leb wohl!«

VII

Die Himmelfahrt

Diese letzten, erhabenen Hymnen wurden weder durch die Sprache noch den Blick, noch die Geste, noch durch eins der Zeichen ausgedrückt, die den Menschen dazu dienen, einander ihre Gedanken mitzuteilen, sondern so, als spreche die Seele mit sich selbst; denn in dem Augenblick, da Seraphita sich in ihrer wahren Natur entschleierte, waren ihre Gedanken nicht mehr Sklaven der Menschenworte. Die Gewalt ihres letzten Gebets hatte die Fesseln gelöst. Wie eine weiße Taube verweilte ihre Seele noch kurze Zeit auf diesem Körper, dessen verbrauchte Substanzen der Vernichtung anheimfallen mußten.

Das Streben der Seele zum Himmel war so ansteckend, daß Wilfrid und Minna nicht den Tod im Erblicken der strahlenden Funken des Lebens gewahrten.

Sie waren auf die Knie gesunken, als *er* sich seinem Morgen zugewandt hatte, und sie teilten seine Verzückung.

Die Furcht vor dem Herrn, der den Menschen zum zweitenmal erschafft und von seinem Lehm säubert, verzehrt ihre Herzen.

Ihre Augen hatten sich gegenüber den Erdendingen verschleiert und sich den Klarheiten des Himmels geöffnet.

Obwohl vom Erbeben vor Gott gepackt, wie einige jener Seher, die unter den Menschen Propheten genannt werden, verharrten sie wie jene, da sie sich in dem Strahl befanden, in dem die Glorie des Geistes schimmert.

Die fleischliche Hülle, die ihn ihnen bislang verborgen hatte, verflüchtigte sich unmerklich und ließ sie seine göttliche Substanz sehen.

Sie verblieben im Dämmer der aufsteigenden Morgenröte, deren schwaches Leuchten sie auf den Anblick des wahren Lichts, das Vernehmen des lebendigen Worts vorbereitete, ohne daß sie darob starben.

In diesem Zustand begannen beide die unermeßlichen Unterschiede zu begreifen, die die Erdendinge und die Himmelsdinge voneinander scheiden.

Das Leben, an dessen Rand sie eng aneinander gedrängt zitternd und erleuchtet standen wie zwei Kinder in einer Zuflucht angesichts einer Feuersbrunst, war mit den Sinnen nicht faßbar.

Die Gedanken, deren sie sich bedienten, um einander von ihrer Schau zu sagen, waren im Verhältnis zu den flüchtig wahrgenommenen Dingen das, was die augenscheinlichen Sinne des Menschen angesichts seiner Seele sind, die materielle Hülle einer göttlichen Wesenhaftigkeit.

Der Geist war über ihnen; er war balsamisch ohne Duft, melodisch ohne Hilfe der Töne; dort, wo sie waren, gab es weder Oberflächen noch Ecken, noch Luft.

Sie wagten nicht länger, ihn zu befragen noch ihn zu betrachten; und sie befanden sich in seinem Schatten, wie man sich unter den Glutstrahlen der Tropensonne befindet, ohne daß man sich erkühnt, die Augen aufzuschlagen, aus Furcht, das Sehvermögen einzubüßen.

Sie wußten sich ihm nahe, ohne sich erklären zu können, durch welche Mittel sie wie im Traum auf der Grenze des Sichtbaren und des Unsichtbaren verweilten, noch auf welche Weise sie das Sichtbare nicht mehr sahen und auf welche Weise sie das Unsichtbare gewahrten.

Sie sagten sich: »Wenn er uns anrührt, müssen wir sterben!« Aber der Geist war im Unendlichen, und sie wußten nicht, daß es im Unendlichen weder Zeit noch Raum mehr gibt, daß sie von ihm durch Abgründe getrennt waren, obwohl dem Anschein nach dicht bei ihm.

Ihre Seelen waren ungeeignet, die Kenntnis der Fähigkeiten dieses Lebens in ihrer Ganzheit zu empfangen; es wurden ihnen davon nur verworrene Wahrnehmungen zuteil, die ihrer Schwäche angemessen waren.

Sonst, wenn das lebendige Wort erhallt, dessen ferne Klänge an ihre Ohren drangen und dessen Sinn in ihre Seelen einging wie sich das Leben den Körpern vereint, würde ein einziger Laut jenes Wortes sie aufgezehrt haben wie ein Feuerwirbel sich leichten Strohs bemächtigt.

Sie sahen also nur, was ihre von der Kraft des Geistes gestützte Natur ihnen zu sehen verstattete; sie hörten nur, was sie hören konnten.

Trotz dieser Mäßigung erschauerten sie, als die Stimme der leidenden Seele erdröhnte, der Gesang des Geistes, der das Leben erwartete und es mit einem Schrei anflehte.

Dieser Schrei ließ sie bis ins Mark zu Eis erstarren.

Der Geist schlug an die heilige Pforte. – »Was willst du?« antwortete ein Chor, dessen Frage in den Welten widerhallte. »Zu Gott eingehen.« – »Hast du gesiegt?« – »Ich habe das Fleisch besiegt durch Enthaltsamkeit; ich habe das falsche Wort besiegt durch Schweigen; ich habe das falsche Wissen besiegt durch Demut; ich habe die Hoffart besiegt durch Mildtätigkeit; die Erde durch Liebe; ich habe meinen Tribut durch Leiden bezahlt; ich habe mich geläutert durch die Glut des Glaubens; ich habe das Leben durch das Gebet herbeigewünscht: Ich warte anbetend und habe entsagt.« Keine Antwort ließ sich vernehmen.

»Gott sei gesegnet«, antwortete der Geist und glaubte sich verworfen.

Seine Tränen rannen und fielen als Tau auf die beiden knieenden Zeugen, die ob der Gerechtigkeit Gottes erschauerten.

Plötzlich erschollen die Trompeten des Siegs, den der Engel in dieser letzten Prüfung davongetragen hatte; die Klänge gelangten in die Raumesweiten wie ein Hall im Echo, erfüllten sie und ließen das Universum erbeben, das Wilfrid und Minna klein unter ihren Füßen fühlten. Sie zitterten, durchrüttelt von einer Angst, die die Ahnung des Mysteriums ausgelöst hatte, das sich vollziehen sollte.

Wirklich entstand eine große Bewegung, wie wenn die ewigen Legionen sich in Marsch gesetzt hätten und sich spiralig entfalteten. Die Welten wirbelten durcheinander wie Wolken, die ein wütender Wind von dannen trägt. Das geschah schnell.

Plötzlich zerrissen die Schleier; sie sahen hoch droben etwas wie einen Stern, der auf unvergleichliche Weise strahlender war als der am hellsten leuchtende materielle Stern; er löste sich los, er fiel wie der Blitz und flackerte dabei wie der Blitz, und sein Vorübersausen ließ verblassen, was sie bislang für das Licht gehalten hatten.

Es war der Sendbote mit dem Auftrag, die gute Botschaft zu verkünden; sein Helm trug als Federbusch eine Lebensflamme.

Hinter sich ließ er Furchen, die sogleich durch die Flut des eigenartigen Leuchtens, das er durcheilte, ausgefüllt wurden.

Er trug einen Palmzweig und ein Schwert; er berührte den Geist mit dem Palmzweig. Der Geist verklärte sich; lautlos entfalteten sich seine weißen Fittiche.

Die Übermittelung des Lichts, das den Geist in einen Seraph umgewandelt hatte, und die Neubekleidung seiner glorreichen Gestalt, eine himmlische Rüstung, warfen einen solchen Strahlenglanz, daß die Sehenden davon zu Boden geschmettert wurden.

Gleich den drei Aposteln, deren Augen Jesus sich gezeigt hat, verspürten Wilfrid und Minna die Schwere ihrer Körper, die sich einer völligen, wolkenlosen Anschauung des Worts und des wahren Lebens widersetzten.

Sie erkannten die Nacktheit ihrer Seelen und konnten deren geringe Helle durch den Vergleich ermessen, den sie mit der Aureole des Seraphs zogen, darin sie sich ausnahmen wie ein schmählicher Makel.

Es überkam sie ein glühendes Verlangen, abermals in den Schlamm des Universums einzutauchen, um darin die Prüfungen zu erleiden, damit sie eines Tages als Sieger an der heiligen Pforte die Worte sprechen könnten, die der strahlende Seraph gesagt hatte.

Jener Engel kniete vor dem Allerheiligsten nieder, das er endlich von Angesicht zu Angesicht betrachten konnte, deutete auf die beiden und sagte: »Verstatte ihnen, noch mehr zu erschauen; sie werden den Herrn lieben und sein Wort verkünden.«

Auf diese Bitte hin sank ein Schleier. Sei es, daß die unbekannte Kraft, die auf den beiden Sehenden lastete, für eine Weile ihre körperlichen Formen ausgelöscht hatte, sei es, daß sie ihren Geist aus ihnen hatte heraustreten lassen, sie verspürten in sich eine Scheidung des Reinen und des Unreinen.

Die Tränen des Seraphs erhoben sich um sie her in Gestalt eines Dunstes, der ihnen die niederen Welten verbarg, der sie umhüllte, sie trug, ihnen das Vergessen der irdischen Bedeutungen zuteil werden ließ und ihnen die Macht verlieh, den Sinn der göttlichen Dinge zu verstehen.

Das wahre Licht erschien, es erhellte die Schöpfungen, die ihnen öde und dürr vorkamen, als sie die Quelle erblickten, aus der die irdischen, geistigen und göttlichen Welten die Bewegung schöpfen.

Jede Welt hatte ein Zentrum, zu dem alle Punkte ihrer Sphäre hinstrebten. Jene Welten waren selber Punkte, die zum Zentrum ihrer Gattung hinstrebten. Jede Gattung hatte ihr Zentrum nach den großen himmlischen Regionen hin, die in Verbindung standen mit dem unversiegbaren, flammenden Beweger alles dessen, was ist.

Auf diese Weise war alles, von der größten bis zur kleinsten der Welten und von der kleinsten der Welten bis zum geringsten Bruchteil der Wesen, aus denen sie bestand, etwas Individuelles, und dennoch war alles eins.

Welches war der Plan dieses Wesens, das in seiner Essenz und seinen Eigenschaften unveränderlich war, das sie übertrug, ohne sie einzubüßen, das sie außerhalb seiner selbst bekundete, ohne sie von sich selbst zu trennen, das außerhalb seiner selbst alle diese in ihrer Essenz unveränderlichen und in ihren Formen wandelbaren Welten darstellte? Die beiden zu diesem Fest Geladenen konnten lediglich die Ordnung und die Verteilung der Wesen gewahren und deren unmittelbaren Zweck bewundern. Einzig die Engel gingen darüber hinaus, kannten die Mittel und verstanden den Zweck.

Aber das, was die beiden Erkorenen betrachten konnten, das, wovon sie ein Zeugnis mit sich brachten, das ihre Seelen für immer erleuchtete, war der Beweis der Tätigkeit der Welten und der Wesen, das Bewußtsein der Anstrengung, mit der sie dem Ergebnis zustrebten.

Sie hörten die unterschiedlichen Teile des Unendlichen eine lebendige Melodie bilden; und bei jedem Takt, bei dem der Zusammenklang wie ein ungeheurer Atemzug spürbar wurde, neigten sich die von dieser einmütigen Bewegung fortgerissenen Welten vor dem gewaltigen Wesen, das von seinem Mittelpunkt aus alles hervorgehen ließ und alles zu sich zurückführte.

Dieser unablässige Wechsel von Stimme und Stille schien das Metrum der heiligen Hymne zu sein, die erscholl und sich durch die Jahrhunderte und abermals Jahrhunderte hinzog.

Wilfrid und Minna verstanden jetzt einige der geheimnisvollen Worte dessen, der ihnen beiden auf Erden in der Gestalt erschienen war, in der sie ihn zu erfassen vermochten, der einen als Seraphitus, dem anderen als Seraphita, da sie nun sahen, daß dort alles homogen sei.

Das Licht erzeugte die Melodie, die Melodie erzeugte das Licht, die Farben waren Licht und Melodie, die Bewegung war eine mit dem Wort begabte Zahl; kurzum, es war dort alles gleichzeitig klangvoll, durchscheinend und bewegt; so daß, da alle Dinge einander durchdrangen, die Weite ohne Hindernis war und von den Engeln in der Tiefe der Unendlichkeit durcheilt werden konnte.

Sie erkannten die Kindlichkeit der menschlichen Wissenschaften, von denen er ihnen gesprochen hatte.

Es war für sie ein Ausblick ohne Horizontlinie, ein Abgrund, in den sich zu stürzen ein verzehrendes Verlangen sie zwang; doch da sie an ihre elenden Körper gefesselt waren, hatten sie zwar das Verlangen, aber nicht die Macht.

Der Seraph entfaltete unbeschwert seine Fittiche zum Flug; er wandte sich nicht nochmals nach ihnen um: Er hatte nichts mehr mit der Erde gemein.

Er schwang sich aufwärts: Die ungeheure Spannweite seines schimmernden Gefieders bedeckte die beiden Sehenden wie ein wohltuender Schatten, der ihnen erlaubte, die Augen aufzuheben und ihn in seiner Glorie entschweben zu sehen, begleitet von einem fröhlichen Erzengel.

Er schwebte empor wie eine strahlende Sonne, die dem Schoß der Wogen entsteigt; aber da er majestätischer als das Gestirn und einem schöneren Geschick angelobt war, sollte er nicht wie die niederen Schöpfungen in ein kreisendes Leben festgebannt werden; er folgte der Linie des Unendlichen und strebte ohne Abweichung dem einen einzigen Mittelpunkt zu, um dort in sein ewiges Leben einzutauchen, um dort in seinen Fähigkeiten und in seiner Essenz die Macht zu erhalten, durch Liebe zu genießen, und die Gabe, durch Weisheit zu verstehen.

Der Anblick, der sich plötzlich den Augen der beiden Sehenden enthüllte, zermalmte sie durch seine Unermeßlichkeit; denn sie kamen sich vor wie Punkte, deren Kleinheit nur mit dem geringsten Bruch zu vergleichen war, den das Unendliche der Teilbarkeit dem Menschen zu begreifen erlaubt, wenn er der Unendlichkeit der Zahlen gegenübersteht, die Gott allein anschauen kann, wie wenn er sich selber anschaute.

Welche Erniedrigung und welche Größe in diesen beiden Punkten, der Kraft und der Liebe, die der erste Wunsch des Seraphs wie zwei Ringe angeordnet hatte, um die Unermeßlichkeit der niederen Weltengebäude mit der Unermeßlichkeit der höheren Weltengebäude zu vereinen!

Sie begriffen die unsichtbaren Bande, durch die die materiellen Welten mit den geistigen Welten verknüpft sind. Indem sie der erhabenen Mühen der schönsten menschlichen Genien gedachten, fanden sie das Prinzip der Melodien im Anhören der Gesänge des Himmels, die die Empfindungen der Farben, der Düfte und des Denkens spendeten und die an die zahllosen Einzelheiten aller Schöpfungen gemahnten, wie ein irdisches Lied die winzigsten Liebeserinnerungen wieder lebendig macht.

Sie waren durch eine unerhörte Übersteigerung ihrer Fähigkeiten zu einem Punkt gelangt, der in der Sprache ohne Namen ist, und so konnten sie für eine kurze Weile einen Blick auf die göttliche Welt werfen. Dort war das Fest.

Myriaden von Engeln eilten gleichen Fluges herbei, ohne Verwirrung, alle gleich, alle ungleich, schlicht wie Heckenrosen, unermeßlich wie die Welten.

Wilfrid und Minna sahen sie weder nahen noch von dannen fliehen; sie besäten plötzlich das Unendliche mit ihrem Vorhandensein, wie die Sterne im ununterscheidbaren Äther erfunkeln.

Das Glitzern ihrer vereinten Diademe loderte in den Raumesweiten wie die Flammen des Himmels, wenn der Tag in unseren Gebirgen erscheint.

Ihrem Haar entsrömten Lichtwogen, und ihre Bewegungen lösten wallende Schauer aus wie die Wogen eines phosphoreszierenden Meers.

Die beiden Sehenden gewahrten den Seraph ganz dunkel inmitten der unsterblichen Legionen, deren Fittiche wie ein riesiger Helmbusch aus windbewegten Wäldern waren.

Alsbald, wie wenn alle Pfeile eines Köchers zusammen losschnellten, vertrieben die Geister mit einem Hauch die Spuren seiner einstigen Gestalt; je höher der Seraph stieg, desto reiner wurde er; bald mutete er nur noch wie ein leichter Umriß dessen an, was sie gesehen hatten, als er sich verklärte: Feuerlinien ohne Schatten.

Er stieg, er erhielt von Kreis zu Kreis eine neue Gabe; dann teilte sich das Zeichen seiner Erwähltheit der höheren Sphäre mit, in die er immer geläuterter emporschwebte.

Keine der Stimmen verstummte, der Hymnus verbreitete sich in allen seinen Tonarten.

»Heil dem, der lebend aufsteigt! Komm, Blume der Welten! Diamant, der aus dem Feuer der Schmerzen hervorging! Perle ohne Fehl, Verlangen ohne irdische Begier, neues Band zwischen Himmel und Erde, sei Licht! Sieghafter Geist, Königin der Welt, flieg deiner Krone entgegen! Triumphchor der Erde, nimm dein Diadem! Sei unser!«

Die Tugenden des Engels erschienen in ihrer Schönheit.

Sein erstes Himmelsverlangen zeigte sich wieder anmutsvoll wie eine blühende Kindheit.

Seine Taten schmückten ihn mit ihrem Glanz wie ebensoviel Sternbilder.

Seine Glaubensbezeigungen glänzten wie der Hyazinth des Himmels, die Farbe des siderischen Feuers.

Die Barmherzigkeit warf ihm ihre Orientperlen zu, schöne, gesammelte Tränen!

Die göttliche Liebe umgab ihn mit ihren Rosen, und seine fromme Entsagung nahm ihm durch ihre Weiße jede Spur des Irdischen.

In Wilfrids und Minnas Augen war er bald nur noch ein flammender Punkt, der in einem fort aufloderte und dessen Bewegung sich in der melodischen Bewillkommnung verlor, die seine Ankunft im Himmel feierte.

Die himmlischen Klänge brachten die beiden Verbannten zum Weinen.

Plötzlich versetzte eine Totenstille, die sich wie ein düsterer Schleier von der ersten bis zur letzten Sphäre ausbreitete, Wilfrid und Minna in eine unbeschreibliche Erwartung.

In diesem Augenblick verlor der Seraph sich im Schoß des Allerheiligsten, wo er die Gabe des ewigen Lebens empfing.

Es vollzog sich eine Bewegung tiefer Anbetung, die die beiden Sehenden in eine mit Furcht gemischte Verzückung versetzte.

Sie spürten, daß in den göttlichen Sphären, den geistigen Sphären und den Welten der Finsternisse alles niederfiel.

Die Engel beugten das Knie, um seine Glorie zu feiern; die Geister beugten das Knie, um ihre Ungeduld zu bezeigen; man beugte in den Abgründen das Knie und zitterte vor Furcht.

Ein gewaltiger Freudenschein sprudelte auf, wie ein gehemmter Born sprudeln würde, der seine tausend blühenden Garben aufs neue strömen läßt, in denen das Sonnenlicht spielt und in Diamanten und Perlen seine Lichttropfen aussät, gerade in dem Augenblick, da der Seraph flammend wiedererschien und rief: »Ewig! Ewig! Ewig!«

Die Welten vernahmen und erkannten ihn; er durchdrang sie, wie Gott sie durchdringt, und ergriff Besitz vom Unendlichen.

Die sieben göttlichen Welten durchwogte es bei seiner Stimme, und sie antworteten ihm.

In diesem Augenblick entstand eine große Bewegung, als ob gänzlich gereinigte Sterne sich in blendenden, ewiggewordenen Klarheiten erhöben.

Vielleicht hatte der Seraph es als ersten Auftrag erhalten, die vom Wort durchdrungenen Schöpfungen zu Gott zu rufen?

Aber schon erscholl in Wilfrids und Minnas Hörvermögen das erhabene Halleluja wie die letzten Schwingungen einer verhallenden Musik.

Schon verschwanden die himmlischen Leuchten wie die Farbtöne einer Sonne, die sich in ihre purpurnen und goldenen Laken bettet.

Das Unreine und der Tod bemächtigten sich wieder ihrer Beute.

Als die beiden Sterblichen in die Bande des Fleisches zurückkehrten, aus denen ihr Geist für eine kurze Weile durch einen erhabenen Schlummer gelöst worden war, fühlten sie sich wie am Morgen nach einer mit glänzenden Träumen erfüllten Nacht, deren Erinnerung in der Seele flattert, aber deren sich bewußt zu werden dem Leib versagt ist und die die Sprache der Menschen nicht auszudrücken vermag.

Die tiefe Nacht in den Vorhimmeln, in der sie einhertaumelten, war die Sphäre, in der sich die Sonne der sichtbaren Welten bewegt. »Laß uns hinabsteigen«, sagte Wilfrid zu Minna.

»Laß uns tun nach seinem Geheiß«, antwortete sie. »Nun wir die Welten auf ihrem Weg zu Gott gesehen haben, kennen wir den guten Pfad. Unsere Sternendiademe sind dort oben.«

Sie glitten hinab in die Abgründe, kehrten in den Staub der niederen Welten zurück, sahen plötzlich die Erde wie eine unterirdische Stätte, deren Anblick ihnen durch das Licht erhellt wurde, das sie in ihrer Seele heimtrugen und das sie noch immer mit einer Wolke umgab, in der sich verschwommen die verklingenden Harmonien des Himmels wiederholten. Es war dies der Anblick, der in früherer Zeit die inneren Augen der Propheten betroffen gemacht hatte. Geistliche der verschiedenen, sämtlich als wahr geltenden Religionen, Könige, sämtlich geweiht durch die Kraft und den Schrecken, Krieger und Große, die sich untereinander die Völker teilten, Gelehrte und Reiche oberhalb einer lärmenden und leidenden Menge, die sie geräuschvoll unter ihren Füßen zermalmten; alle begleitet von ihren Dienern und Frauen, alle gekleidet in goldene, silberne, azurene Gewänder, bedeckt mit dem Innern der Erde entrissenen Edelsteinen, mit dem Meeresgrund entwendeten Perlen; um ihretwillen hatte die Menschheit sich lange Zeit hindurch schwitzend und lästernd abgeplackt. Aber diese aus Blut gewonnenen Reichtümer und Prächte waren in den Augen der beiden Verbannten nur alte Lumpen. »Was tut ihr so aufgereiht und reglos?« rief ihnen Wilfrid zu. Sie antworteten nicht. »Was tut ihr so aufgereiht und reglos?« Sie antworteten nicht. Wilfrid legte ihnen die Hände auf und rief ihnen zu: »Was tut ihr so aufgereiht und reglos?« Mit der gleichen Bewegung rissen alle ihre Kleider auf und ließen ausgedörrte, von Würmern zernagte, verderbte, zu Staub zerfallene, von grausigen Krankheiten verheerte Leiber sehen.

»Ihr führt die Völker zum Tod«, sagte ihnen Wilfrid. »Ihr habt die Erde verfälscht, das Wort entstellt, die Gerechtigkeit prostituiert. Erst habt ihr das Gras der Wiesen gegessen; tötet ihr jetzt die Lämmer? Glaubt ihr euch dadurch gerechtfertigt, daß ihr eure Wunden zeigt? Ich will diejenigen meiner Brüder warnen, die noch die Stimme vernehmen können, damit sie an den Quellen trinken können, die ihr ihnen verhehlt habt.«

»Laß uns unsere Kräfte sparen, um zu beten«, sagte Minna zu ihm. »Du hast nicht den Auftrag der Propheten noch des Versöhners, noch des Sendboten. Wir sind noch immer erst an den Grenzen der ersten Sphäre; laß uns versuchen, die Raumesweiten auf den Flügeln des Gebets zu überwinden.«

»Du sollst alle meine Kraft sein!«

»Du sollst alle meine Liebe sein!«

»Wir haben einen flüchtigen Blick in die hohen Mysterien getan; wir sind für einander das einzige Wesen hienieden, mit dem zusammen Freude und Trauer verständlich sind; laß uns also beten; wir kennen den Weg, komm.«

»Gib mir die Hand«, sagte das junge Mädchen, »wenn wir immer gemeinsam gehen, wird der Weg mir weniger hart und weniger lang sein.«

»Einzig und allein mit dir«, antwortete der Mann, »werde ich die große Einsamkeit durchqueren können, ohne mir eine Klage zu vergönnen.«

»Und wir werden gemeinsam in den Himmel eingehen«, sagte sie.

Die Wolken kamen und bildeten einen düsteren Baldachin. Jäh befanden die beiden Liebenden sich kniend vor einem Leichnam, den der alte David vor der Neugier aller schützte und den er selber bestatten wollte.

Draußen erstrahlte in seiner Pracht der erste Sommer des neunzehnten Jahrhunderts. Die beiden Liebenden glaubten in den Strahlen der Sonne eine Stimme zu vernehmen. Sie atmeten in den neuen Blumen einen himmlischen Geist und dachten, als sie einander bei der Hand hielten: »Das ungeheure Meer, das dort unten leuchtet, ist ein Abbild desjenigen, das wir dort droben erblickt haben.«

»Wohin geht ihr?« fragte sie Pastor Becker.

»Wir wollen zu Gott gehen«, sagte sie. »Kommst du mit uns, lieber Vater?«

Anmerkungen

Seraphita

1 Ehemaliger Name des heutigen Oslo.

2 Kein norwegischer, sondern ein russischer Ausdruck, sicherlich von Balzac als kleine Schmeichelei für Mme Hanska eingesetzt.

3 Mystische, kontemplative Einsiedler Indiens.

4 Johann Wier, Vieher oder Weiher (1515–1588), berühmter luxemburgischer Arzt, Schüler des Cornelius Agrippa von Nettesheim, schrieb nach langen Reisen im Orient ein Buch ›De praestigiis daemonum et incantationibus ac veneficiis‹, durch das er versuchte, den Hexenglauben auszurotten. Er schrieb auch einen Traktat über die Syphilis ›De morbo gallico‹.

5 Balzac gibt im Nachfolgenden die Biographie des schwedischen Theosophen und Mystikers Emanuel von Swedenborg (1688–1772), dessen Werke seine Mutter besaß; sie war eine eifrige Anhängerin Swedenborgs. André Maurois schreibt in seiner Biographie ›Prometheus, oder Das Leben Balzacs‹: »Für ›Seraphita‹ wollte er weitgehend aus den Schriften des schwedischen Mystikers schöpfen, in denen eine anscheinend wissenschaftliche Strenge sich mit biblischer Poesie verband. Solche Nahrung bekam seinem Geist gut. Swedenborg hatte sich mit dem Problem der Einheit in der Natur auseinandergesetzt. Körperliches und Geistiges waren für ihn, wie für Balzac, nur zwei verschiedene Seiten ein und derselben Realität. In jedem organischen wie im spirituellen Leben sieht Swedenborg eine Einheit von Bewegungen, die den Gesetzen der mechanischen Welt unterworfen sind; umgekehrt aber entdeckt er in jeder Materie ›das degradierte Ergebnis des Spirituellen und Göttlichen‹. Man kann nicht sagen, daß Balzac seine unitarische Philosophie Swedenborg entnommen habe. Schon in den ›Notes philosophiques‹ seiner Jugend war sie wirksam; bekräftigt wurde sie durch Buffon, Cuvier, Geoffroy de Saint-Hilaire. Swedenborg steuerte den Gedanken bei, die natürliche Welt sei nur ein Symbol der geistigen Welt, und zwischen beiden könnten ›Bezüglichkeiten‹ aufgefunden werden. In dieser dunklen Schwärmerei sieht Balzac ›ein Wunderwerk von erhabenen Gedanken, das Dante und Milton übertrifft‹. Wie Victor Hugo nimmt er an, daß die Materie von Geheimnissen schwer sei; hieraus entsteht ›dieser geheimnisvolle, beunruhigende Eindruck des balzacschen Labyrinths‹. Der Einfluß Swedenborgs

hat Balzac nicht verändert; er hat nur die Anschauung bekräftigt, die er sich von sich selbst und von der Welt gebildet hatte.«

Die moderne Psychiatrie betrachtet Swedenborg als schweren Psychopathen auf der Basis krankhaften Erbguts, gesteigert durch sexuelle Ausschweifungen (siehe Lange-Eichbaum: ›Genie, Irrsinn und Ruhm‹).

6 In Westgotland.

7 Swedenborg wurde 1719 in den Adelsstand erhoben.

8 Ein Kommentator Swedenborgs, erwähnt bei Viatte, ›Sources occultes du Romantisme‹, Paris 1928.

9 Es handelt sich um die Königin Louise Ulrike, die Schwester Friedrichs II. von Preußen.

10 Jean-François Beylon, schweizerischer Nationalität, wurde als Vorleser der Königin Louise Ulrike nach Schweden berufen, gewann das königliche Vertrauen und hatte Einblick in alle Staatsgeheimnisse.

11 Wahrscheinlich eine von Balzac erfundene Gestalt.

12 Nicht nachweisbar. Wenn jener Matthesius eine historische Gestalt ist, dann hat er die Erkenntnisse der modernen Psychiatrie um anderthalb Jahrhunderte vorweggenommen; denn Swedenborg gilt heute allgemein als geisteskrank.

13 Nicht nachweisbar.

14 Swedenborg schrieb meist lateinisch. Balzac gibt die Titel in der französischen Übersetzung. Die Originaltitel sind in jedem Nachschlagewerk nachzulesen.

15 Enakim sind die Nachkommen des Riesen Enak; Hephilim bedeutet Riesen. Vielleicht war Goliath einer der Enakim, die im südlichen Kanaan wohnten.

16 Siehe Apokalypse XVI, 16.

17 Der von Balzac häufig erwähnte und zitierte französische Mystiker Louis-Claude de Saint-Martin (1743–1803), der »unbekannte Philosoph«. Saint-Martins Schwedenreise dürfte eine Erfindung Balzacs sein.

18 Gegen Ende des 16. Jahrhunderts erklärte ein Knabe in einer deutschen Stadt, es sei ihm plötzlich im Kiefer ein goldener Zahn gewachsen. Sogleich veröffentlichten die Gelehrten eine Fülle von medizinischen Studien über die Monstrosität. Zu ihrer Ernüchterung erklärte ein Goldschmied sich bereit, den Wunderzahn zu prüfen, und es ergab sich, daß es sich um einen natürlichen, mit einer dünnen Goldfolie überzogenen Zahn handelte.

19 Neupythagoräischer Philosoph, Zeitgenosse Jesu Christi, Sittenlehrer und Wundertäter in Kleinasien, gestorben um 100 n. Chr. in Ephesus. Er wurde im Altertum von Hierokles, in neuerer Zeit von Voltaire mit Jesus zusammengestellt.

20 Groß-Mogul (1619–1707), fanatischer Mohammedaner, durch drei Morde zum Thron gelangt. Schirmherr der Literatur.

21 Altägyptisches, meist aus Gold gefertigtes musikalisches Klapperinstrument, angeblich von der Göttin Isis erfunden.

Biographische Notizen über die Romangestalten

Seraphita

Die Gestalten des Romans ›Seraphita‹ treten in der ›Menschlichen Komödie‹ nicht wieder auf.

Analytische Studien

Physiologie der Ehe

Übertragung von Heinrich Conrad. Bearbeitet von Ernst Sander

Die ›Physiologie der Ehe‹ erschien im Dezember 1829, vordatiert auf 1830, ohne den Namen des Autors; die Verfasserangabe lautete ›Par un jeune célibataire‹, ›Von einem jungen Unvermählten‹. Eine zweite Ausgabe, diesmal unter Balzacs Namen, wurde 1834 veröffentlicht, eine dritte 1838. 1846 wurde das Werk in die ›Analytischen Studien‹ der ›Menschlichen Komödie‹ eingegliedert, als einziges vollendetes Werk jener Gruppe.

In einer Vorrede für die Ausgabe von 1838 bezeichnet Balzac die ›Physiologie der Ehe‹ als sein erstes Werk und gibt als Jahr der Entstehung 1820 an; auf Anraten seiner Freunde habe er es nicht veröffentlicht. Allein im Juli 1826 kam Balzac, damals noch Buchdrucker, um Druckerlaubnis eines Werks jenes Titels ein, das tatsächlich gedruckt wurde, aber nicht in den Buchhandel gelangte. Wie aus einem aufgefundenen Exemplar ersichtlich ist, enthielt jene frühe Fassung etwa die Hälfte des endgültigen Textes, den Balzac nach dem Erscheinen des ›Dernier Chouan‹ publizierte. Das Buch hatte einen Skandalerfolg.

WIDMUNG
Beachten Sie die Worte auf Seite 799:
»Der überlegene Mensch, dem dieses Buch gewidmet ist ...«
Heißt das nicht einfach ›Ihnen‹ –?

Die Frau, die sich durch den Titel dieses Buches versucht fühlen sollte, es aufzuschlagen, kann sich das ersparen: Sie hat es bereits gelesen, ohne es zu wissen. Der allerboshafteste Mann wird niemals über die Frauen so viel Gutes und so viel Böses sagen, wie sie selber von sich denken. Sollte trotz dieser Vorbemerkungen eine Frau durchaus das Werk lesen wollen, so wird das Zartgefühl ihr zur Pflicht machen müssen, nicht den Verfasser zu schmähen – denn indem er auf den Beifall verzichtet, der für alle Künstler der allerschmeichelhafteste ist, hat er sozusagen auf dem Titelkupfer seines Buches die vorsichtige Inschrift eingegraben, die man zuweilen über gewissen Türen liest: »Nicht für Damen!«

EINLEITUNG

»Die Ehe hat mit der Natur nichts zu tun. – Die morgenländische Familie ist völlig verschieden von der abendländischen Familie. – Der Mensch ist der Diener der Natur, und die Gesellschaft wird dieser aufgepfropft. – Die Gesetze sind um der Sitten willen gemacht worden, und die Sitten wechseln.« Für die Ehe kann also dasselbe Gesetz allmählicher Vervollkommnung gültig sein, dem, wie es scheint, alles Menschliche unterworfen ist.

Diese von Napoleon vor dem Staatsrat bei der Erörterung über das Bürgerliche Gesetzbuch gesprochenen Worte machten auf den Verfasser dieses Buches einen bedeutenden Eindruck; vielleicht senkten sie, ihm unbewußt, in ihn den Keim des Werkes, das er heute dem Publikum darbietet. Als er nämlich – er war damals viel jünger – französisches Recht studierte, verursachte das Wort »Ehebruch« ihm eigentümliche Gefühle. In ungeheurer Größe von all den Paragraphen des Gesetzbuches sich abhebend, trat dieses Wort niemals ohne ein grausiges Trauergefolge vor seine Phantasie: Tränen, Schande, Haß, Todesangst, geheime Verbrechen, blutige Kriege, Familien ohne ihr Oberhaupt, Unglück – alle diese Begriffe nahmen Fleisch und Blut an und richteten sich plötzlich auf, wenn er das große Wort »Ehebruch« las. Als er dann später an den in höchster Kultur stehenden Gestaden der Gesellschaft landete, bemerkte der Verfasser, daß die Strenge der Ehegesetze ziemlich allgemein durch den Ehebruch gemildert wurde. Er fand, daß die Gesamtsumme der schlechten Ehen bei weitem die der glücklichen Ehen übertreffe. Endlich glaubte er, als erster festzustellen, daß von allen menschlichen Kenntnissen die Kenntnis vom Wesen der Ehe am weitesten zurückgeblieben sei. Aber dies war eine Beobachtung, wie ein junger Mann sie macht: Es erging ihm wie so vielen andern, und wie ein in einen See geworfener Stein verschwand sie im Abgrund seiner stürmischen Gedanken. Der Verfasser beobachtete indessen unwillkürlich weiter; und so bildete sich in seiner Phantasie langsam ein Schwarm mehr oder weniger richtiger Gedanken über die Natur der Eheangelegenheiten. Bücher bilden sich in den Seelen vielleicht ebenso geheimnisvoll, wie in den duftenden Ebenen von Périgord die Trüffeln sprießen. Aus der einfältig-frommen Angst, die der Ehebruch ihm einjagte, und aus der gedankenlos gemachten Beobachtung entsproß eines Morgens ein winziger Gedanke, worin seine Idee Form gewann. Es war ein Spaß über die Ehe: Zwei Gatten liebten einander zum erstenmal, nachdem sie siebenundzwanzig Jahre lang verheiratet gewesen waren.

Er hatte seine Freude an diesem kleinen Pamphlet gegen die Ehe und verbrachte eine ganze Woche mit der köstlichen Beschäftigung, um dieses harmlose Epigramm in vielfältigen Ideen zu gruppieren, die er unbewußt gewonnen hatte und zu seinem eigenen Erstaunen in sich fand. Infolge einer schulmeisterlichen Bemerkung wurde diese Tändelei aufgegeben. Gehorsam diesem Rate, ergab der Verfasser sich wieder der Sorglosigkeit seiner Faulenzergewohnheiten. Indessen vervollkommnete sich dieser kleine Erstlingsversuch in scherzhafter Wissenschaft ganz von selbst auf den Gefilden des Gedankens: Jeder Satz des verurteilten Werkes faßte dort Wurzel und erstarkte, wie ein Zweiglein, das, an einem Winterabend auf dem Sande liegengeblieben, am nächsten Morgen mit jenen bizarren weißen Kristallformen bedeckt ist, in denen sich die launenhafte Zeichenkunst des Nachtfrostes ergeht. So blieb auch dieser Entwurf am Leben und wurde der Ausgangspunkt für eine Menge moralischer Verästelungen. Er war gleichsam ein Polyp, der sich aus sich selbst erzeugt hatte. Die sinnlichen Empfindungen seiner Jugend, die Beobachtungen, die eine freundliche Macht ihn anstellen ließ, fanden Stützpunkte in den geringsten Ereignissen. Noch mehr – diese Ideenmasse gewann Harmonie und Leben, beinahe körperliche Gestalt, und wandelte in jenen phantastischen Reichen, in denen die Seele gern ihre ausgelassenen Sprößlinge vagabundieren läßt. Mitten im Getriebe der Welt und des Lebens hörte der Verfasser stets eine innere Stimme, die ihm gerade, wenn er mit dem größten Vergnügen eine tanzende, lächelnde oder plaudernde Frau beobachtete, die boshaftesten Bemerkungen zuflüsterte. Wie Mephistopheles auf dem Hexensabbat des Brockens seinem Faust grausige Gestalten zeigt, so spürte der Verfasser überall die Gegenwart eines Teufels, der mitten auf einem Ball ihm vertraulich auf die Achsel klopfte und sagte: »Siehst du dies Zauberlächeln? Es ist ein Lächeln des Hasses.« Bald stolzierte der Teufel einher wie ein renommistischer Hauptmann der alten Hardyschen Komödien[1], schüttelte die Purpurfalten seines gestickten Mantels und bemühte sich, die alten Kinkerlitzchen und Flitter des Ruhmes wieder aufzufrischen; bald lachte er ein Rabelaissches breites, offenes Lachen und schrieb auf der Straße an eine Häuserwand ein Wort, das jenem ›Stoß an!‹ – dem einzigen Orakel, das aus der göttlichen Flasche herauszubekommen war – als Gegenstück dienen könnte. Oft saß dieser literarische Trilby[2] auf einem Haufen zerfetzter Bücher und zeigte mit seinen Krallenfingern boshaft auf zwei gelbe Bände, deren Titel einem entgegenleuchtete. Wenn er dann sah, daß der Verfasser aufmerksam wurde, buchstabierte er mit einer Stimme, die auf die Nerven ging wie die Töne einer Harmonika, den Titel: ›Physiologie der Ehe!‹ – Aber fast immer erschien er abends, in dem Augenblick, da die Träume kommen. Liebkosend wie eine Fee versuchte er, durch sanfte Worte die Seele, die er sich unterjocht hatte, zutraulich zu machen. Ebenso spöttisch wie verführerisch, geschmeidig wie eine Frau, grausam wie ein Tiger, war er in seiner Freundschaft gefährlicher als in seinem Haß; denn er konnte nicht streicheln, ohne zu kratzen. Eines Nachts versuchte er die Macht aller seiner Zauberkünste und krönte sie durch eine letzte Bemühung. Er kam, er setzte sich auf den Bettrand wie ein junges verliebtes Mädchen, das zuerst schweigt, aber mit seinen glänzenden Augen zuletzt doch sein Geheimnis sich entschlüpfen läßt, und sagte: »Dies hier ist der Prospekt eines Schwimmapparates, mittels dessen man trockenen Fußes auf der Seine wird spazierengehen können. Dieser andere Band ist ein Bericht des Instituts[3] über eine Bekleidung, mit deren Hilfe wir durch Flammen schreiten können, ohne uns zu verbrennen. Willst du nicht etwas vorschlagen, das die Ehe vor den Leiden des Frostes und der Hitze beschützen könnte? Aber höre! Hier habe ich: ›Die Kunst, Nahrungsmittel aufzubewahren‹; ›Die Kunst, das Rauchen der Kamine zu verhindern‹; ›Die Kunst, seine Krawatte zu knoten‹; ›Die Kunst, den Braten zu schneiden‹.«

Er zählte innerhalb einer Minute eine so ungeheure Menge von Büchern auf, daß dem Verfasser ganz schwindlig zumute wurde.

»Diese Myriaden von Büchern sind vom Publikum verschlungen worden«, sagte der Dämon; »aber es baut oder ißt doch nicht ein jeder Mensch, nicht jeder hat eine Krawatte oder wärmt sich an einem Kaminfeuer, doch verheiraten tut sich jedermann mehr oder weniger ... aber sieh mal da ...!«

Er machte eine Handbewegung, und es war, als enthülle er in der Ferne einen Ozean, in dem alle Bücher des Jahrhunderts hin und her wogten. Die Oktodezbände prallten von der Wasserfläche ab, die hineingeworfenen Oktavbände sanken mit einem tiefen Ton auf den Grund und arbeiteten sich nur mit großer Mühe wieder an die Oberfläche, behindert durch die Fülle von Duodez- und Sedezbänden, die sich zu einem leichten Schaum auflösten. Die wilden Wogen waren voll von Journalisten, Druckereifaktoren, Papierhändlern, Setzerlehrlingen und Buchdruckern, von denen man nur die Köpfe in buntem Gewimmel unter all den Büchern sah. Tausende von Stimmen schrien wie Schuljungen im Bade. In ihren Booten fuhren einige Menschen hin und her, fischten die Bücher auf und brachten sie ans Ufer zu einem großen schwarzgekleideten Mann mit hochmütiger, gefühlloser und kalter Miene: die Leute waren die Verleger, und der Mann war das Publikum. Der Teufel zeigte auf ein neugetakeltes Schiffchen, das unter vollen Segeln dahinfuhr und als Flagge ein Plakat trug; dann las er mit einem hämischen Lachen und schneidender Stimme: »Physiologie der Ehe.«

Der Verfasser verliebte sich; der Teufel ließ ihn in Ruhe; denn er hätte zu schweren Stand gehabt, wäre er in eine Wohnung gekommen, wo eine Frau waltete. Einige Jahre vergingen ohne andere Qualen als die der Liebe, und der Verfasser konnte glauben, er sei von einer Krankheit durch eine andere geheilt worden. Aber als er eines Abends in einem Pariser Salon mit einigen andern Herrn im Halbkreis vor dem Kamin saß, ergriff einer von der Gesellschaft das Wort und erzählte mit Grabesstimme folgende Anekdote:

»Als ich in Gent war, ist folgendes passiert. Eine seit zehn Jahren verwitwete Dame lag todkrank in ihrem Bett. Auf ihren letzten Seufzer warteten drei Erben, Seitenverwandte, die nicht von ihr wichen, weil sie befürchteten, sie könnte ein Testament zugunsten des Beginenklosters der Stadt machen. Die Kranke lag stillschweigend wie betäubt da, und der Tod schien sich langsam ihres stummen, bleifahlen Gesichtes zu bemächtigen. Sehen Sie nicht die drei Verwandten vor sich, wie sie schweigend in der Winternacht am Bette sitzen? Eine alte Krankenwärterin ist da und schüttelt den Kopf; der Arzt sieht voller Unruhe die Krankheit in ihrem letzten Stadium angelangt, hält in der einen Hand seinen Hut und macht mit der anderen den Verwandten ein Zeichen, wie wenn er ihnen sagen wollte: ›Hier brauche ich keinen Besuch mehr zu machen.‹ In dem feierlichen Schweigen konnte man das gedämpfte Sausen eines Schneetreibens hören, das die Fensterläden peitschte. Damit nicht die Augen der Sterbenden vom Licht getroffen würden, hatte der jüngste der drei Erben die neben dem Bett stehende Kerze mit einem Schirm versehen, so daß der Lichtkreis kaum das Kopfkissen erreichte, von dem das vergilbte Gesicht sich abhob wie ein schlecht vergoldeter Kruzifixus von einem Kreuz aus mattem Silber. Die aufzuckenden blauen Flammen eines prasselnden Kaminfeuers beleuchteten also allein dieses düstere Zimmer, in dem ein Drama seinen Abschluß finden sollte. Plötzlich rollte nämlich ein glühendes Holzstückchen aus dem Kamin auf das Parkett, wie wenn es ein Ereignis voraussagen wollte. Auf dieses Geräusch hin richtet die Kranke sich jäh empor und reißt die Augen auf, die so hell funkeln wie die einer Katze. Alle Anwesenden blicken sie erstaunt an. Sie sieht nach der rollenden Kohle, springt, ehe jemand daran denkt, sich dieser unerwarteten Bewegung einer Fieberkranken zu widersetzen, aus dem Bett, ergreift die Feuerzange und wirft das Holzstück in den Kamin zurück. Die Wärterin, der Arzt, die Verwandten stürzen herzu und fangen die Sterbende in ihren Armen auf; sie wird wieder zu Bett gebracht und legt den Kopf auf das Pfühl. Und kaum sind einige Minuten verflossen, da stirbt sie, und auch nach ihrem Tode bleibt ihr Blick noch auf dem Brettchen des Parketts haften, bis zu dem das glühende Holzstück gerollt war. Kaum war die Gräfin van Ostroem verschieden, als die drei Erben einander einen mißtrauischen Blick zuwarfen und auf das geheimnisvolle Parkett deuteten; an ihre Tante dachten sie schon nicht mehr. Da sie Belgier waren, ging bei ihnen das Rechnen ebenso schnell wie das Sehen. Drei leise Worte wurden ausgetauscht, und sie kamen überein, keiner von ihnen solle das Zimmer verlassen. Ein

Lakai holte einen Handwerker. Ihre Verwandtenherzen pochten lebhaft, als die drei Belgier, die das schatzbergende Parkett bewachten, einen kleinen Schreinerlehrling erscheinen sahen. Er setzt den Meißel an; das Werkzeug dringt in das Holz ein. ›Die Tante hat sich gerührt‹, sagt der jüngste der Erben. ›Nein, das kommt nur von dem flackernden Licht!‹ antwortet der älteste, der mit dem einen Auge den Schatz, mit dem andern die Tote ansieht. Die leidtragenden Verwandten fanden genau an der Stelle, bis zu der das glühende Holzstück gerollt war, eine kunstvoll von einer Gipsschicht umhüllte Masse. ›Vorwärts . . .!‹ sagte der älteste. Im selben Augenblick legte der Meißel des Lehrlings einen Menschenkopf bloß, und an irgendeinem Kleidungsüberrest erkannten sie den Grafen, der nach der Meinung der ganzen Stadt auf Java gestorben war und dessen Verlust seine Witwe leidenschaftlich beweint hatte.«

Der Erzähler dieser alten Geschichte war ein großer dürrer Mann mit gelben Augen und braunem Haar, und der Verfasser glaubte eine entfernte Ähnlichkeit zwischen ihm und dem Teufel zu bemerken, der ihm früher so arg zugesetzt hatte; aber der Fremde hatte keinen Klumpfuß. Plötzlich klang wie eine Art Glockenton dem Verfasser das Wort »Ehebruch« in den Ohren und erweckte in seiner Phantasie die grausigsten Gestalten des Gefolges, das früher hinter diesen Wundersilben hergezogen war.

Seit diesem Abend begannen von neuem die gaukelnden Verfolgungen eines noch nicht existierenden Werkes; in keiner Epoche seines Lebens wurde der Verfasser von so viel trügerischen Gedanken über den unglückseligen Gegenstand dieses Buches bestürmt. Aber er leistete dem Geist mutigen Widerstand, obwohl dieser die unbedeutendsten Lebensereignisse mit jenem noch unbekannten Werk in Verbindung brachte und wie ein Zollschreiber an alles die Plombe mit ihrem spöttisch in die Augen springenden Zeichen anhängte.

Einige Tage darauf befand sich der Verfasser in Gesellschaft zweier Damen. Die erste[4] war eine der liebenswürdigsten und geistreichsten Frauen des Napoleonischen Hofes gewesen. Sie war ehedem zu hohen gesellschaftlichen Stellungen gelangt und wurde von der Restauration überrascht und gestürzt; sie war Einsiedlerin geworden. Die zweite[5], jung und schön, spielte in diesem Augenblick in Paris die Rolle einer Modekönigin. Sie waren Freundinnen, da die eine vierzig und die andere zweiundzwanzig Jahre alt war und daher die Ansprüche ihrer Eitelkeit sich selten auf demselben Gebiet begegneten. Die eine der beiden Damen brauchte sich vor dem Verfasser nicht zu genieren, und da die andre dies erraten hatte, setzten sie in seiner Gegenwart ein ziemlich freies Gespräch über ihren Frauenberuf fort.

»Haben Sie bemerkt, meine Liebe, daß die Frauen im allgemeinen nur Dummköpfe lieben?« – »Was sagen Sie da, Herzogin? Wie wollen Sie diese Bemerkung mit ihrer Abneigung gegen ihre Ehemänner in Einklang bringen?« – »Aber das ist ja eine Tyrannei!« dachte der Verfasser. »Ist das etwa der Teufel in einer Weiberhaube?« »Nein, meine Liebe, ich spaße nicht!« sagte die Herzogin; »und seitdem ich mit kaltem Urteil die Leute, die ich früher gekannt hatte, mir näher betrachtet habe, meine ich, daß wir Frauen Anlaß haben, um uns selber zu zittern. Geist hat immer etwas Glänzendes an sich, das uns verletzt; der Mann, der viel Geist hat, erschreckt uns vielleicht, und wenn er stolz ist, wird er nicht eifersüchtig sein, kann uns also nicht gefallen. Kurzum, wir erheben vielleicht lieber einen Mann zu uns empor, als daß wir zu ihm hinaufsteigen ... Das Talent läßt uns freilich an Erfolgen teilnehmen, aber der Dummkopf verschafft uns Genüsse; und wir ziehen es stets vor, sagen zu hören: ›Ah! das ist aber ein schöner Mann!‹ – als unsern Liebhaber zum Mitglied des Instituts erwählt zu sehen.« – »Jetzt ist es aber genug, Herzogin! Sie haben mich wirklich erschreckt!«

Und die junge Kokette begann die Porträts aller Liebhaber zu entwerfen, in die die Frauen ihrer Bekanntschaft vernarrt waren; sie fand unter ihnen nicht einen einzigen Mann von Geist und rief: »Wahrhaftig, bei meiner Tugend – ihre Männer sind mehr wert ...«

»Diese Leute sind ihre Männer!« antwortete ernst die Herzogin ...

»Aber«, fragte der Verfasser, »ist denn das Unglück, das in Frankreich den Ehemann bedroht, wirklich unvermeidlich?«

»Ja!« antwortete die Herzogin lachend. »Und die Erbitterung gewisser Frauen gegen diejenigen, die das glückliche Unglück haben, eine Leidenschaft zu empfinden, beweist, wie lästig ihnen die Keuschheit ist. Ohne die Angst vor dem Teufel wäre die eine eine Lais[6]; die andere verdankt ihre Tugend der Dürre ihres Herzens; diese der Dummheit, die ihr erster Liebhaber bezeigte; jene ...«

Der Verfasser hemmte den Strom dieser Enthüllungen, indem er den beiden Damen von dem ihn verfolgenden Plan eines Werkes über die Ehe Mitteilung machte; sie nahmen sie mit beifälligem Lächeln auf und versprachen, viele Ratschläge beizusteuern. Die jüngere lieferte in heiterer Laune eines der ersten Kapitel des Unterfangens, als sie sagte, sie erbiete sich, mathematisch nachzuweisen, daß sogar die völlig tugendhaften Frauen vernunftbegabte Wesen seien.

In seine Häuslichkeit zurückgekehrt, sagte jetzt der Verfasser zu seinem Dämon: »Komm! Ich bin bereit. Wir wollen den Pakt unterzeichnen!« Der Teufel kam fortan nicht wieder.

Wenn der Verfasser hier die Entstehungsgeschichte seines Buches schreibt, so geschieht das keineswegs aus Eitelkeit. Er erzählt Tatsachen, die zur Geschichte des menschlichen Denkens beitragen können und sicherlich das Werk selbst erklären werden. Vielleicht ist es gewissen Gedankenanatomen nicht gleichgültig, zu erfahren, daß die Seele weiblich ist. Solange der Verfasser es sich versagte, an das Buch zu denken, zu dessen Vollendung er ausersehen war, zeigte das Buch sich überall fertig geschrieben. Eine Seite desselben fand er auf einem Krankenbett, eine andere auf dem Sofa eines Boudoirs. Die Blicke der Frauen, die sich im Wirbel eines Walzers drehten, warfen ihm Gedanken zu; eine Bewegung, ein Wort befruchteten sein geringschätzigstolzes Gehirn. An dem Tage, da er sich sagte: »Dieses Werk, das mich verfolgt, soll entstehen!« – war alles verschwunden; und wie die drei Belgier fand er dort, wo er sich gebückt hatte, um einen Schatz zu heben, ein Skelett.

Eine sanfte, blasse Gestalt trat an die Stelle des dämonischen Versuchers; sie hatte liebenswürdige Manieren und ein gutmütiges Wesen; ihren Einwendungen fehlten die scharfgeschliffenen Spitzen der Kritik. Sie war mit Worten freigiebiger als mit Gedanken und schien Angst vor jedem Lärm zu haben. Vielleicht war sie der Hausgeist der ehrenwerten Abgeordneten, die die Mitte der Kammer bilden.

»Ist es nicht besser«, fragte die Gestalt, »man läßt die Dinge, wie sie sind? Steht es denn wirklich so schlimm mit ihnen? An die Ehe muß man glauben wie an die Unsterblichkeit der Seele; und ganz bestimmt schreiben Sie kein Buch, um das Glück der Ehe zu preisen. Übrigens werden Sie sicherlich Ihre Schlüsse aus tausend Pariser Ehen ziehen, die nur Ausnahmen sind. Sie werden vielleicht Gatten finden, die bereit sind, Ihnen ihre Frauen preiszugeben; aber kein Sohn wird Ihnen seine Mutter preisgeben ... Manche, die durch die von Ihnen vorgebrachten Meinungen verletzt sind, werden Ihre Sitten in Zweifel ziehen, werden Ihre Absichten verleumden. Kurzum, um die Skrofeln der Gesellschaft durch Berührung zu heilen, muß man König oder zum mindesten Erster Konsul sein.«

Obwohl sie in der Gestalt auftrat, die dem Verfasser am besten gefallen konnte, wurde die Vernunft nicht erhört; denn in der Ferne schwenkte die Narrheit Panurgs[7] Schellenzepter, und das wollte er haben; aber als er es zu ergreifen versuchte, stellte sich heraus, daß es so schwer war wie die Keule des Herkules. Außerdem hatte der Pfarrer von Meudon[8] es auf eine Weise verziert, daß ein junger Mann, dem weniger daran liegt, ein gutes Buch zu schreiben als tadellose Handschuhe zu tragen, es wirklich nicht anfassen konnte.

»Ist unser Buch fertig?« fragte die jüngere der beiden weiblichen Mitverschworenen den Verfasser. – »Ach, Madame, werden Sie mich für all den Haß entschädigen, den es mir vielleicht zuziehen wird?« Sie vollführte eine Handbewegung, und auf diesen unbestimmten Ausdruck erwiderte der Verfasser mit einem Achselzucken. – »Wie? Sie wollen zögern? Veröffentlichen Sie es, haben Sie keine Furcht! Heutzutage nehmen wir Frauen ein Buch viel mehr der Machart als des Stoffes wegen.«

Obwohl der Verfasser hier nur als der bescheidene Sekretär zweier Damen auftritt, hat er doch durch die Sichtung und Anordnung ihrer Beobachtungen mehr als eine Aufgabe vollbracht. Eine einzige war vielleicht hinsichtlich der Ehe noch unerfüllt geblieben: nämlich die Gedanken zusammenzutragen, die jedermann denkt und niemand ausspricht; aber wenn man eine derartige Studie mit jedermanns Geist macht, heißt das nicht, sich der Gefahr aussetzen, niemandem zu gefallen? Indessen wird vielleicht der Eklektizismus dieser Studie sie retten. Bei allem Spott hat der Verfasser doch versucht, einige tröstende Ideen zu verbreiten. Fast immer hat er sich bemüht, unbekannte Kräfte in der Menschenseele zu wecken. Indem er die materiellsten Interessen verteidigt, beurteilt oder verurteilt hat, wird er vielleicht auf mehr als einen geistigen Genuß aufmerksam gemacht haben. Doch der Verfasser leidet nicht an der dummen Einbildung, es sei ihm stets gelungen, geschmackvolle Scherze zu machen; er hat lediglich auf die Verschiedenheit der Geister gerechnet, um nicht mehr an Tadel als an Beifall zu ernten. Der Stoff war so ernst, daß er beständig versucht hat, ihn »anekdotisch zu gestalten«; denn heutzutage sind die Anekdoten der Freipaß aller Moral und das Antinarkotikum aller Bücher. In diesem nun, wo alles Analyse und Beobachtung ist, ließen die Ermüdung beim Leser und das »Ich« beim Verfasser sich nicht vermeiden. Das ist so ziemlich das größte Unglück, das einem Werk zustoßen kann, und das hat der Verfasser sich nicht verhehlt. Er hat also die Grundstoffe dieser langen Studie derartig angeordnet, daß der Leser ab und zu haltmachen kann. Dieses System ist durch einen Schriftsteller gerechtfertigt worden, der über den »Geschmack« eine der vorliegenden über die »Ehe« ziemlich ähnliche Arbeit verfaßte; es sei erlaubt, eine Anleihe von wenigen Worten zu machen, um einen den beiden Verfassern gemeinsamen Gedanken auszudrücken. Der Verfasser wird damit seinem Vorgänger, der so bald nach seinem Erfolge starb, gewissermaßen seine Ehrerbietung bezeigen:

»Wenn ich von ›mir‹ in der Einzahl schreibe und spreche, so halte ich ein vertrauliches Gespräch mit dem Leser; er mag prüfen, diskutieren, zweifeln und sogar lachen; aber wenn ich mich mit dem erhabenen ›Wir‹ bewaffne, dann allerdings muß der Leser sich unterwerfen.« (Brillat-Savarin[9], Vorrede zur ›Physiologie des Geschmacks‹.)

5. Dezember 1829.

ERSTER TEIL

ALLGEMEINE BETRACHTUNGEN

Gegen unvernünftige Gesetze werden wir Reden halten, bis man sie bessert, und unterdessen werden wir uns ihnen blindlings unterwerfen. *Diderot*
(Ergänzung zu ›Bougainvilles Reise‹.)

Erste Betrachtung

Der Gegenstand

Physiologie, was willst du von mir?

Ist es dein Zweck, uns nachzuweisen, daß die Ehe zwei Wesen, die einander nicht kennen, für das ganze Leben vereinigt?

Daß Leben gleichbedeutend ist mit Leidenschaft und daß keine Leidenschaft der Ehe standhält?

Daß die Ehe eine zur Aufrechterhaltung der Gesellschaft notwendige Einrichtung ist, daß sie aber den Gesetzen der Natur widerspricht?

Daß die Scheidung, dieses wunderbare Mittel gegen die Leiden der Ehe, durch einstimmiges Begehren zurückgefordert werden wird?

Daß trotz allen ihren Unannehmlichkeiten die Ehe die erste Quelle des Eigentums ist?

Daß sie den Regierungen unschätzbare Unterpfänder der Sicherheit darbietet?

Daß etwas Rührendes darin liegt, wenn zwei Wesen sich vereinigen, um gemeinsam die Mühen des Lebens zu ertragen?

Daß etwas Lächerliches darin liegt, verlangen zu wollen, daß ein und derselbe Gedanke zwei Willen lenke?

Daß die Frau als Sklavin behandelt wird?

Daß es keine vollständig glückliche Ehe gibt?

Daß die Ehe mit Verbrechen schwanger geht und daß die bekannt gewordenen Mordtaten nicht die schlimmsten sind?

Daß Treue unmöglich ist, wenigstens dem Mann?

Daß eine Untersuchung über die Erbüberlieferung des Eigentums – wenn eine solche Untersuchung überhaupt möglich wäre – mehr Beunruhigung als Sicherheit hervorrufen würde?

Daß der Ehebruch mehr Nachteile verursacht, als die Ehe Vorteile?

Daß die Untreue der Frau in die ältesten Zeiten gesellschaftlicher Bildungen hinaufreicht und daß, diesen beständigen Betrügereien zum Trotz, die Ehe fortbesteht?

Daß die Gesetze der Liebe zwei Wesen so fest miteinander verbinden, daß kein Menschengesetz sie trennen kann?

Daß es nicht nur Ehen gibt, die in die Standesamtsregister eingetragen werden, sondern auch Ehen, die durch ein Verlangen der Natur sich bilden, durch eine holde Übereinstimmung oder gänzliche Verschiedenheit im Denken und durch körperliche Gestaltungen – daß also Himmel und Erde ohne Unterlaß einander widersprechen?

Daß es Ehemänner von stattlicher Gestalt und überlegenem Geiste gibt, deren Frauen sehr häßliche, kleine oder dumme Liebhaber haben? – –

Jede dieser Fragen würde im Notfall für ein Buch ausreichen; aber diese Bücher sind bereits geschrieben worden, und die Fragen werden beständig beantwortet.

Physiologie, was willst du von mir?

Offenbarst du neue Grundsätze? Willst du behaupten, man müsse die Frauen zum Gemeingut machen? Lykurg und einige griechische Stämme, Tataren und Wilde haben es versucht.

Müßte man etwa die Frauen einsperren? Die Mohammedaner haben es getan und setzen sie heute in Freiheit.

Müßte man etwa die Mädchen ohne Mitgift vermählen und sie vom Erbfolgerecht ausschließen? Englische Schriftsteller und Sittenlehrer haben nachzuweisen gesucht, daß diese Bestimmung und die Scheidung das sicherste Mittel seien, die Ehen glücklich zu machen.

Gehörte etwa zu jeder Ehe eine kleine Hagar? Dazu ist kein Gesetz nötig. Aus dem Paragraphen des Strafgesetzes, das die ehebrecherische Frau mit Strafe bedroht, einerlei, an welchem Ort das Verbrechen begangen wird, und aus dem andern Paragraphen, der einen Ehemann nur dann bestraft, wenn seine Konkubine unter dem ehelichen Dache wohnt, muß notwendigerweise gefolgert werden, daß es erlaubt ist, außerhalb des Hauses sich Mätressen zu halten.

Sanchez[10] hat das ganze Strafrecht der Ehe in allen Einzelfällen behandelt; er hat sogar über die Legitimität und die Opportunität jeder einzelnen Liebesfreude Betrachtungen angestellt; er hat alle sittlichen, religiösen, körperlichen Pflichten der Gatten genau umschrieben; kurz, sein Werk würde zwölf Oktavbände ergeben, wenn man von seinem dicken Folianten ›De Matrimonio‹ einen Neudruck veranstalten würde.

Haufen von Rechtsgelehrten haben Haufen von Abhandlungen erscheinen lassen über die juristischen Schwierigkeiten, die aus der Einrichtung der Ehe entspringen; es gibt sogar Werke über den gerichtlichen Begriff der Beiwohnung.

Legionen von Ärzten haben Legionen von Büchern über die Ehe in ihren Beziehungen zur Chirurgie und Medizin erscheinen lassen.

Im neunzehnten Jahrhundert ist also die Physiologie der Ehe entweder eine nichtssagende Zusammenstoppelung oder ein Werk, das ein Dummkopf für andere Dummköpfe schreibt: Alte Priester haben ihre Goldwaagen hergenommen und die geringsten Skrupel gewogen; alte Juristen haben ihre Brillen aufgesetzt und alle Arten unterschieden; alte Ärzte haben die Sonde zur Hand genommen und sie in alle Wunden eingeführt; alte Richter haben sich in ihren Richterstuhl gesetzt und über alle Klagen auf Rücknahme der Waren wegen mangelhafter Lieferung abgeurteilt; ganze Menschengeschlechter sind vorübergezogen und haben ihr Freudengeschrei ausgestoßen oder ihr Klagelied angestimmt; jedes Jahrhundert hat seine Stimme in die Urne gelegt; der Heilige Geist, die Dichter, die Schriftsteller haben alles zu Protokoll genommen: von Eva bis zum Trojanerkrieg, von Helena bis zur Madame de Maintenon, von Ludwigs XIV. Gattin bis zur Contemporaine[11].

Physiologie, was willst du also von mir?

Solltest du etwa zufällig uns mehr oder minder gut gezeichnete Gemälde vorzuführen wünschen, um uns nachzuweisen, daß die Gründe, aus denen ein Mann sich verheiratet, folgende sind:

Ehrgeiz . . . aber das weiß man.

Gutmütigkeit: um eine Tochter der Tyrannei ihrer Mutter zu entreißen.

Zorn: um die entfernten Verwandten zu enterben.

Verachtung für eine ungetreue Geliebte.

Überdruß am köstlichen Junggesellenleben.

Eselei, denn das Heiraten ist immer eine.

Eine Wette: Beispiel Lord Byron.

Ehre, wie Georges Dandin.

Berechnung, aber die liegt fast immer zugrunde.

Jugendlichkeit: blindlings, beim Verlassen des Gymnasiums.

Häßlichkeit: man hat Angst, eines Tages finde man keine Frauen mehr.

Macchiavellismus: um eine Alte schnell zu beerben.

Notwendigkeit: »unser« Sohn muß eine Stellung haben.

Höflichkeit: das Fräulein ist schwach gewesen.

Leidenschaft: um sich auf die sicherste Art davon zu heilen.

Streit: um einen Prozeß zu beenden.

Dankbarkeit: man gibt mehr als man bekommen hat.

Weisheit: das passiert nur noch Doktrinären.

Testament: ein toter Onkel vermacht einem seine Tochter als Erbschaft.

Weil es das Übliche ist: wie die Alten sungen ...

Alter: um mal ein Ende zu machen.

X: fehlt (vielleicht hat man das X, weil es als Anfangsbuchstabe selten vorkommt, zur Bezeichnung unbekannter Größen gewählt);

Yatidi: türkisches Wort für die Stunde des Schlafengehens; bezeichnet zugleich alle damit verbundenen Bedürfnisse;

Glaubenseifer: wie der Herzog van Saint-Aignan[12], der keine Sünde begehen wollte.

Aber alle diese Geschichten haben die Stoffe zu dreißigtausend Komödien und hunderttausend Romanen geliefert.

Physiologie, zum dritten- und letztenmal, was willst du von mir?

Bei diesem Gegenstand ist alles banal wie ein Straßenpflasterstein, gewöhnlich wie eine Straßenkreuzung. Die Ehe ist bekannter als der Passionsbarrabas; alle alten Ideen, die sie wachruft, laufen in den Literaturen um, seitdem die Welt Welt ist, und es gibt keine verständige Meinung und kein abgeschmacktes Projekt, die sich nicht auf die Suche nach einem Schriftsteller, einem Drucker, einem Verleger und einem Leser gemacht hätten.

Erlauben Sie mir, zu Ihnen zu sprechen wie Rabelais, unser aller Meister: »Wackere Leute, Gott schütze euch und behüte euch! Wo seid ihr? Ich kann euch nicht sehen. Wartet, ich will meine Brille aufsetzen. Aha, jetzt sehe ich euch. Seid ihr, eure Frauen, eure Kinder, seid ihr alle bei erwünschter Gesundheit? Das freut mich.«

Aber nicht für euch schreibe ich. Ihr habt ja große Kinder: Damit ist die Sache erledigt.

»Ah! Da seid ihr, hocherlauchte Zecher, ihr, höchst kostbare Gichtkrüppel, und ihr, unermüdliche Schorfkratzer, ihr angebrannten Liebeshelden: Ihr pantagruelisiert den ganzen Tag, ihr habt ja eure recht galanten geheimen Frömmigkeiten, ihr geht zur Tertie, zur Sexte, zur None und gleichermaßen zur Vesper, zur Komplete – mit einem Wort, ihr geht immerzu.«

Nicht an euch wendet sich daher die Physiologie der Ehe, denn ihr seid ja nicht verheiratet. Möge das immer so bleiben!

»Und ihr! Muckerbande! Heuchler, Schwätzer, Duckmäuser, Windmacher und all ihr andern, die ihr euch hinter Masken verbergt, um die Welt zu betrügen![13] Packt euch, Brummochsen! Aus dem Wege! Raus, ihr Kerle mit euren Fallhüten! Zum Teufel auch – seid ihr immer noch da?«

So bleibt mir denn vielleicht kein anderes Publikum übrig als die guten Seelen, die gern lachen. Fort mit diesen Heulmeiern, die bei jeder Gelegenheit in Vers und Prosa sich ersäufen wollen; die in Oden, in Sonetten, in Lehrgedichten die Kranken spielen! Fort mit diesen querköpfigen Grüblern aller Art – aber gebt mir dafür einige von jenen alten Pantagruelisten, die es nicht so genau nehmen, wenn es einen Becherlupf und einen Ulk gilt, die ihre Freude haben an Rabelais' Buch über Löffelerbsen mit Speck, *cum commento*, an dem Buch über die Würde der Hosenlätze, und die diese schönen Bücher hoch in Ehren halten.

Über die Regierung, meine lieben Freunde, kann man kaum noch lachen, seitdem sie es fertig gebracht hat, fünfzehnhundert Millionen Steuern zu erheben. Die muckerischen Anhänger von Papst und Bischof, die Mönche und Mönchinnen sind noch nicht reich genug, um bei ihnen trinken zu können; aber es soll nur der heilige Michael kommen, der den Teufel aus dem Himmel jagte – dann werden wir vielleicht die gute Zeit wiederkommen sehen! Folglich bleibt uns in diesem Augenblick in Frankreich nur die Ehe als Gegenstand der Heiterkeit. Jünger Panurgs, euch allein will ich zu Lesern haben! Ihr wißt ein Buch zur rechten Zeit in die Hand zu nehmen und wieder fortzuwerfen, ihr seid leicht von Begriff, versteht eine halbe Andeutung und wißt aus einem Markknochen Nahrung zu ziehen!

Diese Mikroskopgucker, die nur einen Punkt sehen – ich meine die Zensoren – haben sie auch alles gesagt, alles untersucht? Und haben sie ihr unumstößliches Urteil verkündet, daß ein Buch über die Ehe zu schreiben ebenso unmöglich sei, wie einen zerbrochenen Krug wieder neu zu machen?

»Ja, Meister Narr! Quetscht noch so viel an der Ehe herum – es wird nie etwas anderes herauskommen, als Liebesfreuden für die Junggesellen und Verdruß für die Ehemänner. Das ist die ewige Moral. Eine Million gedruckte Seiten können nichts anderes enthalten.«

Hiergegen habe ich indessen einige Sätze aufzustellen; nämlich erstens: Die Ehe ist ein Kampf auf Leben und Tod, vor welchem die beiden Gatten den Himmel um seinen Segen bitten – denn sich lieben ist stets das kühnste Wagnis; der Kampf beginnt sofort, und der Sieg, das heißt die Freiheit, verbleibt dem gewandtesten.

»Zugegeben. Inwiefern finden Sie aber hierin eine neue Auffassung?«

Nun, ich wende mich an die Neuvermählten von gestern und heute, an die, die eben aus der Kirche oder vom Standesamt kommen und sich der Hoffnung hingeben, ihre Frauen für sich allein behalten zu können; an die, die irgendein Egoismus oder sonst ein unerklärliches Gefühl verleitet, beim Anblick der Leiden ihres Nächsten zu sagen: »Mir passiert so etwas nicht!«

Ich wende mich an die Schiffer, die in See stechen, nachdem sie manches Schiff haben scheitern sehen; an die Junggesellen, die sich zu verheiraten wagen, nachdem sie den Schiffbruch mehr als einer ehelichen Tugend verschuldet haben. Und dies ist mein Gegenstand; er ist ewig neu, ewig alt!

Ein junger Mann, oder auch vielleicht ein ältlicher Herr, verliebt oder nicht, erwirbt als sein Eigentum durch einen allen Vorschriften entsprechend protokollierten, auf dem Standesamt und im Himmel unterzeichneten und in die Steuerlisten eingetragenen Ehevertrag ein junges Mädchen mit langem Haar, mit schwarzen feuchten Augen, mit kleinen Füßen, mit zierlichen, spitzen Fingern, mit rotem Mund, mit elfenbeinweißen Zähnen, gut gewachsen, lebenatmend, appetitlich, sauber, weiß wie eine Lilie, mit den begehrenswertesten Schätzen der Schönheit reich bedacht: ihre gesenkten Wimpern gleichen den Stacheln der Eisernen Krone; ihre Haut ist frisch wie die Blüte einer weißen Kamelie, gehoben durch den Purpur der roten Kamelie; in ihrer jungfräulichen Gesichtsfarbe glaubt das Auge den Duft einer jungen Frucht und den kaum wahrnehmbaren Flaum eines vielfarbenen Pfirsichs zu sehen; ihre azurnen Adern verbreiten eine wonnige Wärme über dieses helle Geflecht; sie fordert und gibt das Leben; sie ist ganz Freude und ganz Liebe, ganz Anmut und ganz Naivität. Sie liebt ihren Gatten, oder glaubt ihn wenigstens zu lieben.

Der verliebte Ehemann hat sich in seinem tiefsten Herzen gesagt: »Diese Augen werden nur mich sehen, dieser Mund wird nur für mich in Liebe zucken, diese weiche Hand wird nur über mich streichelnd die Schätze der Wonne ergießen, nur für mich wird dieser Busen wogen, nur meinem Willen wird diese entschlummerte Seele erwachen; ich allein werde meine Finger in diese glänzenden Locken tauchen; ich allein werde in träumerischer Liebkosung dieses erzitternde Köpfchen streicheln. Ich werde den Tod zum Wächter bestellen, um dem fremden Räuber den Zugang zu unserm Hochzeitsbett zu wehren; dieser Thron der Liebe wird im Blut der Unbesonnenen schwimmen oder in meinem Blut. Ruhe, Ehre, Glück, Blutsbande, Vermögen meiner Kinder, alles ist in unserem Ehebett; ich will das alles verteidigen, wie eine Löwin ihre Jungen. Wehe dem, der seinen Fuß in meine Höhle setzt!«

Nun, mutiger Ringer, wir klatschen deinem Vorhaben Beifall! Bis jetzt hat kein Geometer die Längen- und Breitengrade auf dem Meere der Ehe zu bestimmen gewagt. Die alten Ehemänner haben sich geschämt, die Sandbänke, die Riffe, die Klippen, die Brandungen, die Monsune, die Küsten und die Strömungen zu bezeichnen, die ihre Schiffe zerstört haben, so sehr schämten sie sich ihres Schiffbruchs. Es fehlte ein Führer, ein Kompaß für die verheirateten Pilger ... dieses Werk ist bestimmt, ihnen dazu zu dienen.

Abgesehen von Gewürz- und Schnittwarenkrämern gibt es so viele Leute, die zu reinem Zeitvertreib sich mit Nachforschungen nach den geheimen Gründen der Handlungsweise der Frauen beschäftigen, daß es ein Werk der Barmherzigkeit ist, ihnen abschnitts- und kapitelweise alle geheimen Situationen der Ehe aufzuzählen; ein gutes Inhaltsverzeichnis wird sie instand setzen, den Finger auf alle Herzbewegungen ihrer Frauen zu legen, wie sie in der Logarithmentafel das Ergebnis einer Multiplikationsaufgabe finden.

Nun, was meinen Sie dazu? Zu zeigen, wie man eine Frau hindern kann, ihren Gatten zu betrügen – ist das nicht ein neues Unternehmen, an das sich noch kein Philosoph herangewagt hat? Ist das nicht die Komödie der Komödien? Ist das nicht ein anderes *speculum vitae humanae*? Es handelt sich nicht mehr um jene müßigen Fragen, denen wir in dieser Betrachtung ihren Anteil eingeräumt haben. Heutzutage verlangt das Jahrhundert auf dem Gebiet der Moral wie auf dem der exakten Wissenschaften Tatsachen, Beobachtungen. Wir liefern sie.

Prüfen wir also zunächst den wahren Stand der Dinge, analysieren wir die Kräfte der beiden Parteien. Ehe wir den von unserer Phantasie geschaffenen Kämpen wappnen, wollen wir einen Überschlag über die Zahl seiner Feinde machen, wollen wir die Kosaken zählen, die in sein kleines Vaterland einzufallen gedenken.

So schiffe sich denn mit uns ein, wer da Lust hat; lache, wer da kann! Den Anker gelichtet! Die Segel gehißt! Ihr kennt den kleinen runden Punkt, von dem ihr abfahrt. Das ist ein großer Vorteil, den wir vor vielen Büchern voraushaben.

Und wenn wir nun einmal eine Vorliebe dafür haben, beim Weinen zu lachen und beim Lachen zu weinen, wie der göttliche Rabelais beim Essen trank und beim Trinken aß – wenn wir die Manie haben, auf ein und derselben Seite von Heraklit und Demokrit zu schreiben, weder stilgerecht noch in ausgeklügelten

Sätzen zu schreiben – daß keiner von der Mannschaft sich erlaube, darüber zu brummen! ... Herunter vom Deck, ihr alten Köpfe mit Fallhüten auf, ihr Klassiker in Windeln, ihr Romantiker in Leichentüchern! – Vorwärts! Komme, was da will!

Alle diese Leute werden uns vielleicht vorwerfen, wir machten es wie gewisse Menschen, die mit lustigem Gesicht sagen: »Ich werde Ihnen eine Geschichte erzählen – da werden Sie aber lachen!« Als ob es sich um etwas zum Lachen handelte, wenn man von der Ehe spricht! Erraten Sie denn nicht, daß wir diese als eine leichte Krankheit ansehen, der wir alle unterworfen sind, und daß dieses Buch die Monographie besagter Krankheit ist?

»Aber Sie selber, Ihr Schiff oder Ihr Buch sehen aus wie jene Postillione, die bei der Abfahrt mit der Peitsche knallen, weil sie Engländer im Wagen haben. Sie werden noch keine halbe Meile in gestrecktem Galopp gefahren sein, dann werden Sie schon absteigen, um einen Strang wieder in Ordnung zu bringen oder Ihre Pferde verschnaufen zu lassen. Warum die Trompete blasen, ehe der Sieg erfochten ist?«

Ei, liebe Pantagruelisten! Heutzutage genügt es, nach einem Erfolg zu streben, um ihn zu erlangen; und da schließlich große Werke vielleicht nichts weiter sind als langatmig ausgeführte kleine Ideen, sehe ich nicht ein, warum ich nicht versuchen sollte, Lorbeern zu pflücken – wär's auch nur, um damit die scharfgesalzenen Schinken zu umkränzen, die uns helfen werden, mit wackerem Durst den Krug leer zu schlürfen. – Einen Augenblick noch, Lotse! Ehe wir abfahren, wollen wir noch eine kleine Definition geben.

Leser, wenn ihr von Zeit zu Zeit, wie in der Welt, in diesem Werk den Worten »Tugend« oder »tugendhafte Frauen« begegnet, dann soll unter dieser Tugend nichts weiter verstanden sein, als jene mühselige Leichtigkeit, womit eine Gattin ihr Herz einem Gatten bewahrt; es sei denn, daß das Wort in einem allgemeinen Sinn angewandt werde: Diese Unterscheidung ist dem natürlichen Scharfsinn eines jeden anheimgestellt.

Zweite Betrachtung

Ehestatistik

Seit ungefähr zwanzig Jahren beschäftigt sich die Staatsverwaltung mit der Untersuchung, wie viele Hektare Wald, Wiesen, Weinberge, Brachland der Boden Frankreichs enthält. Aber sie ist auch dabei noch nicht stehen geblieben, sie hat Zahl und Art des Viehstandes festgesetzt. Die Gelehrten sind noch weiter gegangen: Sie zählten die Klafter Holz, die Kilogramme Rindfleisch, die Liter Wein, die Kartoffeln und die Eier, die in Paris verzehrt werden. Aber niemand ist bis jetzt auf den Gedanken gekommen, zur Ehre der Ehe oder im Interesse der Leute, die sich verheiraten wollen, oder zum Nutzen der Moral und der Vervollkommnung menschlicher Einrichtungen die Zahl der anständigen Frauen festzustellen. Wie? Auf eine Anfrage würde das französische Ministerium antworten können, es habe soundso viel Soldaten unter Waffen, soundso viel Spione, soundso viel Beamte, soundso viel Schüler – und über die tugendhaften Frauen nichts? Wenn ein König von Frankreich auf den Einfall käme, sich seine erhabene Lebensgefährtin unter seinen Untertaninnen zu suchen, dann könnte die Regierung ihm nicht einmal die Herde weißer Schafe bezeichnen, unter denen er seine Wahl zu treffen hätte? Sie wäre genötigt, eine Art von Rosenmädchen-Preisbewerbung auszuschreiben – und das wäre ja lächerlich.

So wären also die Alten unsere Meister in politischen Einrichtungen so gut wie auf dem Gebiet der Moral? Die Weltgeschichte lehrt uns, daß Xerxes, als er unter den Töchtern Persiens eine Frau nehmen wollte, Esther wählte, die tugendhafteste und schönste. Seine Minister mußten also notwendigerweise irgendein Verfahren ausfindig gemacht haben, um von der Bevölkerung den Rahm abzuschöpfen. Unglücklicherweise hat die Bibel, die sonst in allen Eheangelegenheiten sich so klar ausdrückt, es unterlassen, uns dieses Gesetz der ehelichen Auslese mitzuteilen.

Versuchen wir, da die Verwaltungsbehörden sich über diese Frage ausschweigen, die Lücke auszufüllen, indem wir die Verhältnisse des weiblichen Geschlechts in Frankreich zahlenmäßig feststellen. Wir wenden uns damit an die Aufmerksamkeit aller Freunde der öffentlichen Moral und rufen sie als Richter über unser Verfahren an. Wir werden versuchen, in unsern Schätzungen nicht kleinlich und in unsern Folgerungen möglichst genau zu sein, weil wir wünschen, daß das Ergebnis dieser Untersuchung allgemein anerkannt werde.

Man berechnet im allgemeinen die Einwohnerzahl Frankreichs auf dreißig Millionen.

Einige Naturwissenschaftler meinen, die Zahl der Frauen übersteige die der Männer; da aber viele Statistiker der entgegengesetzten Ansicht sind, bedienen wir uns der Wahrscheinlichkeitsrechnung und nehmen die Zahl der Frauen zu fünfzehn Millionen an.

Von dieser Gesamtsumme ziehen wir zunächst ungefähr neun Millionen Geschöpfe ab, die auf den ersten Anblick eine ziemlich große Ähnlichkeit mit der Frau zu haben scheinen, die aber eine tiefer eindringende Prüfung uns zurückzuweisen nötigt.

Nämlich:

Die Naturforscher sehen im Menschen nur eine einzige Gattung der Ordnung Zweihänder, die von Duméril[14] in seiner ›Analytischen Zoologie‹, Seite 16, aufgestellt ist und welcher Bory-Saint-Vincent[15], angeblich um sie zu vervollständigen, noch die Gattung Orang glaubte hinzufügen zu müssen.

Wenn diese Zoologen in uns nur ein Säugetier sehen, das zweiunddreißig Wirbel, ein Zungenbein und mehr Gehirnwindungen hat als irgendein anderes Tier; wenn für sie in dieser Ordnung keine andern Unterschiede bestehen, als die durch klimatische Einflüsse hervorgerufenen, die zur Einteilung in fünfzehn verschiedene Rassen führten, deren wissenschaftliche Namen ich nicht anzuführen brauche, dann muß auch der Physiologe das Recht haben, nach gewissen Abstufungen der Intelligenz und nach gewissen moralischen und pekuniären Daseinsbedingungen seine Arten und Unterarten aufzustellen.

Nun bieten allerdings die neun Millionen Wesen, um die es sich hier handelt, auf den ersten Anblick alle dem Menschengeschlecht zugeschriebenen Merkmale: Sie haben das Zungenbein und den Jochbogen. Es sei also den Herren vom Zoologischen Garten erlaubt, sie zur Gattung der Zweihänder zu rechnen;

aber daß wir in ihnen Frauen sehen sollten, das wird unsere Physiologie niemals zugeben!

Für uns und für die, denen dieses Buch zugedacht ist, ist eine Frau eine seltene Spielart der Gattung Mensch, und ihre hauptsächlichsten physiologischen Merkmale sind folgende:

Wir verdanken diese Abart der besonderen Sorgfalt, die die Menschen, dank der Macht des Goldes und der moralischen Wärme der Kultur, auf ihre Aufzucht haben verwenden können. Man erkennt sie im allgemeinen an der Weiße, Reinheit und Weichheit der Haut. Sie hat eine angeborene Vorliebe für eine köstliche Reinheit. Ihre Finger mögen nichts anderes berühren als glatte, weiche, duftende Gegenstände. Wie das Hermelin stirbt sie zuweilen vor Schmerz, wenn sie ihr weißes Kleid besudelt sieht. Sie liebt es, sich das Haar zu strählen, es betäubende Düfte aushauchen zu lassen, ihre rosigen Nägel zu bürsten, sie mandelförmig zu beschneiden, oftmals ihre zarten Glieder zu baden. Nachts ist ihr nur das weichste Daunenlager behaglich, tags nur ein gut gepolsterter Diwan; daher bevorzugt sie denn auch von allen Lagen die horizontale. Ihre Stimme ist von einer durchdringenden Süße, ihre Bewegungen sind anmutig. Sie spricht mit einer wunderbaren Leichtigkeit. Sie widmet sich keiner mühevollen Arbeit; und dennoch, trotz ihrer anscheinenden Schwäche gibt es Lasten, die sie mit einer fabelhaften Leichtigkeit zu tragen und zu bewegen weiß. Sie flieht den Glanz der Sonne und schützt sich davor durch sinnreiche Vorrichtungen. Gehen ist für sie eine Anstrengung. Ißt sie? Das ist ein Geheimnis. Teilt sie die Bedürfnisse der andern Menschengattungen? Das ist ein Problem. Da sie überaus neugierig ist, läßt sie sich leicht von jemandem fangen, der ihr auch nur die geringste Kleinigkeit zu verbergen weiß; denn ihr Geist treibt sie unaufhörlich an, das Unbekannte zu suchen. Lieben ist ihre Religion: Sie denkt nur daran, dem zu gefallen, den sie liebt. Geliebt zu werden, ist der Zweck aller ihrer Handlungen; Begierden zu erregen der Zweck aller ihrer Bewegungen. Daher denkt sie auch nur an die Mittel, durch die sie glänzen kann; sie bewegt sich nur in einer Sphäre von Anmut und Eleganz; für sie hat die junge Inderin das weiche Haar der Tibetziege gesponnen, webt Tarare seine luftzarten Schleier, läßt Brüssel seine Klöppelnadeln mit dem reinsten und dünnsten Flachs hin und her schießen, entreißt Visapur den Eingeweiden der Erde funkelnde Kiesel, vergoldet Sèvres seinen weißen Ton. Tag und Nacht denkt sie über neuen Putz nach und bringt ihr Leben damit hin, ihre Röcke stärken zu lassen, ihre Busentücher zu zerknittern. Glänzend und frisch zeigt sie sich Unbekannten, deren Huldigungen ihr schmeicheln, deren Wünsche sie entzücken, auch wenn die Betreffenden ihr gleichgültig sind. Die Stunden, die die Körperpflege und die Sinnenlust ihr übrig lassen, verwendet sie, die süßesten Melodien zu singen: Für sie ersinnen Frankreich und Italien ihre köstlichen Konzerte, gibt Neapel den Saiten eine harmonische Seele. Mit einem Wort: diese Abart des Menschen, die Frau, ist die Königin der Welt und die Sklavin eines Wunsches. Sie fürchtet sich vor der Ehe, weil diese ihr schließlich den Wuchs verdirbt; aber sie gibt sich ihr hin, weil sie das Glück verspricht. Wenn sie Kinder bekommt, geschieht es durch reinen Zufall; und wenn sie groß sind, verbirgt sie sie.

Finden diese Züge, die wir auf gut Glück unter tausend herausgreifen, sich bei jenen Geschöpfen wieder, deren Hände schwarz sind wie Affenhände, deren gegerbte Haut an alte Pergamente aus Olims Zeit erinnert; deren Gesicht von der Sonne verbrannt, deren Hals runzlig ist wie ein Truthahnhals? Deren Stimme ein Gekrächze, deren Intelligenz gleich Null, deren Geruch unerträglich ist? Die mit Lumpen bedeckt sind; die nur an ihren Backtrog denken; die fortwährend mit krummem Rücken die Erde bearbeiten; die hacken, eggen, heuen, Ähren lesen, mähen, Brot kneten, Hanf hecheln? Die in einem kunterbunten Durcheinander mit Vieh, Kindern und Männern in Löchern wohnen, wo sie kaum ein Bund Stroh haben? Denen es endlich wenig darauf ankommt, wenn es ihnen Kinder ins Haus regnet? Viele Kinder zu erzeugen, um viele dem Elend und der Arbeit auszuliefern, ist ihre ganze Aufgabe; und wenn sie ihre Liebe nicht als eine Plackerei betrachten wie die Feldarbeit, so ist sie zum mindesten eine Spekulation.

Ach! Wenn es auf der ganzen Welt Kaufmannsfrauen gibt, die den ganzen Tag zwischen Kerzen und Farinzucker sitzen; Pächtersfrauen, die Kühe melken; Unglückliche, die man in den Fabriken als Lasttiere benutzt, oder die mit Hacke, Hucke und

Gemüsekorb sich schleppen; wenn es unglücklicherweise nur zu viele gemeine Geschöpfe gibt, für die das Leben der Seele, die Wohltaten der Erziehung, die köstlichen Stürme des Herzens ein unerreichbares Paradies sind, und wenn die Natur gewollt hat, daß sie ein Zungenbein und zweiunddreißig Wirbel haben, dann mögen sie für den Physiologen in der Gattung Orang verbleiben! Hier beschäftigen wir uns nur mit den Müßigen; mit denen, die Zeit und Geist haben, um zu lieben; mit den Reichen, die sich gegen ihr Geld den Besitz der Leidenschaften erworben haben; mit den Geistigen, die sich das Monopol phantastischer Träume gewonnen haben. Verflucht sei alles, was nicht geistig lebt! Sagen wir »Racha!« und wieder »Racha!« zu allem, was nicht heißblütig, jung, schön und leidenschaftlich ist! Dies ist der öffentliche Ausdruck für das geheime Gefühl der Menschenfreunde, die lesen können oder sich eigene Equipage zu leisten vermögen. In den von uns mit dem Bann belegten neun Millionen sehen der Steuereinnehmer, der Verwaltungsbeamte, der Gesetzgeber, der Priester sicherlich Seelen, Untertanen, Gerichtssassen, Steuerpflichtige; aber der feinfühlige Mensch, der Boudoirphilosoph essen wohl das Kaffeebrötchen aus dem von jenen Geschöpfen gesäten und geernteten Korn, aber sie werden sie, wie wir es tun, aus der Gattung »Frau« ausschließen. Für sie ist »Frau« nur eine solche, die Liebe einflößen kann; daher gibt es als Frau nur ein Geschöpf, das durch eine gewählte Erziehung zum Priestertum des Gedankens geweiht ist; in dem der Müßiggang alle Macht der Einbildungskraft entwickelt hat; mit einem Wort ein Wesen, dessen Seele in der Liebe ebenso hohe geistige Genüsse wie körperliche Wonnen erträumt.

Wir wollen indessen darauf hinweisen, daß diese neun Millionen weiblicher Parias hier und da einige tausend Bauernmädchen hervorbringen, die seltsamerweise schön wie Liebesgöttinnen sind; diese kommen nach Paris oder in andere große Städte und steigen schließlich zum Range feiner Damen empor; aber auf diese zwei- oder dreitausend Bevorzugte kommen hunderttausend andere, die Dienstmädchen bleiben oder sich einem schrecklichen Lasterleben ergeben. Trotzdem wollen wir der weiblichen Bevölkerung für diese Dorfpompadours Dank zollen.

Diese unsere erste Berechnung gründet sich auf die statistisch festgestellte Tatsache, daß es in Frankreich achtzehn Millionen Arme, zehn Millionen Wohlhabende und zwei Millionen Reiche gibt.

Es sind also in Frankreich nur sechs Millionen Frauen vorhanden, mit denen feinfühlige Männer sich beschäftigen, sich beschäftigt haben oder sich beschäftigen werden.

Unterziehen wir diese gesellschaftliche Auslese einer philosophischen Prüfung!

Wir sind – ohne Widerspruch zu befürchten – der Meinung, daß die Ehemänner, die eine zwanzigjährige Ehe hinter sich haben, ruhig schlafen dürfen, und nicht mehr Übergriffe der Liebe und den Skandal eines Prozesses wegen strafbaren Umgangs zu befürchten brauchen. Von diesen sechs Millionen muß man also ungefähr zwei Millionen Frauen abziehen, die außerordentlich liebenswürdig sind, weil sie mit vierzig Jahren und darüber die Welt gesehen haben; da sie aber keine Herzen mehr in Wallung bringen können, kommen sie für die vorliegende Frage nicht in Betracht. Wenn sie das Unglück haben, daß ihre Gesellschaft nicht um ihrer Liebenswürdigkeit willen gesucht wird, so packt sie die Langeweile; sie verlegen sich auf Frömmigkeit, Katzen, Hündchen und andere Liebhabereien, die sie nur vor Gott zu verantworten haben.

Die vom Statistischen Amt angestellten Berechnungen der Bevölkerung berechtigen uns, von der Gesamtzahl ferner zwei Millionen kleiner Mädchen abzuziehen; sie sind zum Anbeißen hübsch, aber sie stehen noch beim Abc des Lebens und spielen in aller Unschuld mit andern Kindern, ohne eine Ahnung zu haben, daß sie über diese kleinen »Männlein«, über die sie jetzt lachen, eines Tages weinen werden.

So bleiben also zwei Millionen Frauen. Welcher vernünftige Mensch wird uns nicht zugeben, daß hiervon hunderttausend arme Mädchen abzuziehen sind: Häßliche, Bucklige, Hysterische, Rachitische, Kranke, Blinde, Verkrüppelte, Arme? Sie alle sind Mädchen von guter Erziehung, aber sie alle bleiben Mädchen und können infolgedessen gegen die heiligen Gesetze der Ehe nicht verstoßen.

Wird man uns hunderttausend andere Mädchen abstreiten: Schwestern der heiligen Kamilla, barmherzige Schwestern, Nonnen, Lehrerinnen, Gesellschaftsfräuleins usw.? In die fromme Nachbarschaft dieser Mädchen wollen wir die ziemlich schwer zu bestimmende Zahl derer stellen, die zu groß sind, um noch mit kleinen Jungen zu spielen, und noch zu jung, um schon ihre Orangenblütenkränze entblättern zu lassen.

Endlich wollen wir von den fünfzehnhunderttausend Frauen, die wir in unserm Probiertiegel haben, noch fünfhunderttausend abziehen: die Töchter Baals, an denen die wenig zartfühlenden Männer ihr Vergnügen haben. Wir wollen sogar – ohne zu befürchten, daß sie sich gegenseitig etwas zuleide tun könnten – zu ihnen noch hinzurechnen: die ausgehaltenen Frauen, die Modistinnen, Laden- und Geschäftsmädchen, Schauspielerinnen, Sängerinnen, Tänzerinnen, Statistinnen, Haushälterinnen, Dienstmädchen usw. Die meisten von diesen Geschöpfen wissen zwar Leidenschaften zu erregen, aber sie finden es unanständig, für den Tag und Augenblick, da sie sich ihrem Liebhaber ergeben, einen Notar, einen Bürgermeister, einen Geistlichen und eine ganze Schar lachlustiger Menschen vorher zu bestellen. Ihr System, das von einer neugierigen Gesellschaft mit Recht verdammt wird, bietet den Vorteil, sie gegen die Männer, gegen den Herrn Bürgermeister, gegen die hohe Justiz zu nichts zu verpflichten. Da sie nun in keiner Weise gegen einen von der Behörde vorgeschriebenen Eid verstoßen, haben diese Frauen nichts mit einem Werk zu schaffen, das ausschließlich den legitimen Ehen geweiht ist.

Man wird vielleicht sagen, auf diese Weise beschränkten wir uns auf ein recht kleines Stoffgebiet für das Thema, das dieser Betrachtung zugrunde liegt; dafür wird aber dieses Kapitel einen Ausgleich bilden für andere, die nach der Meinung von Liebhabern zu sehr anschwellen könnten. Sollte jemand eine reiche Witwe, die er liebt, gern zu der verbleibenden Million gerechnet wissen wollen, so kann er sie auf das Kapitel der Barmherzigen Schwestern, der Ballettmädchen oder Buckligen anrechnen. Endlich müssen wir darauf aufmerksam machen, daß wir für unsere letzte Kategorie nur fünfhunderttausend in Anspruch genommen haben, weil es oftmals vorkommt – wie wir bereits oben gezeigt haben –, daß die neun Millionen Bauernmädchen sie um eine beträchtliche Anzahl vermehren. Aus demselben Grund haben wir die arbeitende Klasse und den kleinen Bürgerstand nicht berücksichtigt: Die Frauen dieser beiden Gesellschaftsstände sind das Produkt der Anstrengungen, die die neun Millionen weiblicher Zweihänder machen, um sich zu den hohen Regionen der Zivilisation zu erheben. Wenn wir nicht diese peinliche Genauigkeit übten, würden viele Leute diese statistische Betrachtung als einen Scherz ansehen.

Wir hatten auch daran gedacht, eine kleine Sonderabteilung von hunderttausend Frauen zu bilden, eine Art Amortisationskasse der Gattung Frau, ein Asyl für Frauen, die man als eine Art Zwitterwesen betrachten muß, wie z. B. die Witwen; aber wir haben es vorgezogen, nur mit runden Summen zu rechnen.

Die Richtigkeit unserer Analyse läßt sich leicht nachweisen; es genügt dazu eine einzige Überlegung:

Das Leben der Frau zerfällt in drei genau abgegrenzte Zeitabschnitte: der erste beginnt mit der Wiege und schließt mit der Erreichung des Alters der Heiratsfähigkeit; der zweite umfaßt die Zeit, während der eine Frau für die Ehe in Betracht kommt; der dritte beginnt mit dem kritischen Alter, der ziemlich brutalen Aufforderung der Natur an die Leidenschaften, daß sie nunmehr aufzuhören hätten. Da diese drei Lebensabschnitte an Zeitdauer einander so ziemlich gleich sind, so muß durch sie die vorhandene Anzahl aller Frauen ebenfalls in drei ziemlich gleiche Teile zerlegt werden. So findet man also in einer Gesamtzahl von sechs Millionen – abgesehen von den Bruchzahlen, die die Herren Gelehrten berechnen mögen – ungefähr zwei Millionen Mädchen von einem bis zu achtzehn Jahren, zwei Millionen Frauen von mindestens achtzehn bis höchstens vierzig Jahren und zwei Millionen Alte. Die Launen unseres Gesellschaftszustandes haben nun die zwei Millionen heiratsfähiger Frauen in drei große Kategorien geteilt, nämlich: diejenigen, die aus den von uns angeführten Gründen Mädchen bleiben; diejenigen, auf deren Tugend es für Ehemänner wenig ankommt; und endlich die Million legitimer Frauen, mit denen wir uns zu beschäftigen haben.

Wie man aus dieser ziemlich genauen Berechnung der weiblichen Bevölkerung ersieht, ist in Frankreich kaum eine kleine Herde von einer Million weißer Schafe vorhanden, der privilegierte Schafstall, in den alle Wölfe einbrechen möchten!

Nun wollen wir diese Million Frauen, die wir bereits mittels der Worfschaufel gesichtet haben, noch durch ein anderes Seihtuch passieren lassen:

Um den Grad des Vertrauens, das ein Mann in seine Frau setzen darf, möglichst richtig abzuschätzen, wollen wir einen Augenblick annehmen, daß alle diese Gattinnen ihren Gemahl betrügen.

Wenn wir diese Hypothese aufstellen, werden wir billigerweise ungefähr ein Zwanzigstel abrechnen müssen: die jungen Personen, die erst ganz kurze Zeit verheiratet sind und ihren Schwüren wenigstens eine gewisse Zeit lang treu bleiben werden.

Ein anderes Zwanzigstel wird auf Kranke zu rechnen sein. Damit räumen wir den menschlichen Schmerzen einen recht geringen Teil ein.

Gewisse Leidenschaften, die, wie man sagt, die Herrschaft des Mannes über das Frauenherz zerstören, Häßlichkeit, Sorgen, Schwangerschaften, nehmen ebenfalls ein Zwanzigstel für sich in Anspruch.

Der Ehebruch dringt einer verheirateten Frau nicht ins Herz, wie eine Pistolenkugel trifft. Auch wenn durch Wahlverwandtschaft schon beim ersten Anblick Gefühle erwachen sollten, findet doch stets ein Kampf statt, der bei der Bemessung der Gesamtsumme ehelicher Treulosigkeit in Anschlag zu bringen ist. Es hieße fast die Schamhaftigkeit der Französinnen beleidigen, wollten wir nicht die Zeitdauer dieser Kämpfe in einem von Natur so kriegerisch veranlagten Lande bei unserer Rechnung berücksichtigen, indem wir ein Zwanzigstel von der Gesamtsumme der Frauen in Abzug bringen; dann aber werden wir freilich annehmen, daß gewisse kranke Frauen allen Medizinflaschen zum Trotz ihre Liebhaber beibehalten, und daß es Frauen gibt, über deren Schwangerschaft dieser oder jener boshafte Junggeselle lächelt. Auf diese Weise retten wir die Scham der Frauen, die für die Tugend kämpfen.

Aus demselben Grunde wollen wir nicht zu glauben wagen, daß eine von ihrem Liebhaber verlassene Frau *hic et nunc* einen andern findet; da aber dieser Ausfall notwendigerweise viel geringer ist als der vorher erwähnte, wollen wir ihn auf ein Vierzigstel schätzen.

Diese Einschränkungen werden unsere Gesamtzahl von Frauen, die imstande sind, das Ehegesetz zu übertreten, auf achthunderttausend herunterbringen.

Wer würde jetzt nicht überzeugt sein, daß diese Frauen tugendhaft sind? Sind sie nicht die Blüte des Landes? Sind sie nicht alle in ihrer Vollkraft, entzückend, berauschend durch Schönheit, Jugend, Leben und Liebe? An ihre Tugend zu glauben ist eine Art gesellschaftlicher Religion; denn sie sind der Schmuck der Welt und Frankreichs Ruhm.

In dieser Million also haben wir zu suchen:

die Zahl der anständigen Frauen,
die Zahl der tugendhaften Frauen.

Diese Untersuchung und diese beiden Kategorien verlangen jede für sich eine vollständige Betrachtung; diese Betrachtungen sollen einen Anhang zu diesem letzten Kapitel bilden.

Dritte Betrachtung

Die anständige Frau

Die vorhergehende Betrachtung hat uns gezeigt, daß wir in Frankreich eine Durchschnittszahl von einer Million Frauen besitzen, die das Vorrecht ausbeuten, Leidenschaften einzuflößen, die ein galanter Mann ohne Scham eingesteht oder mit Vergnügen verbirgt. Ebendiese Million Frauen müssen wir also mit unserer Diogeneslaterne beleuchten, um die anständigen Frauen unseres Landes herauszufinden.

Diese Untersuchung veranlaßt uns jedoch zunächst zu einigen Abschweifungen.

Zwei gutgekleidete junge Herren, die mit ihrer schlanken Figur und ihren vorgebogenen Armen wie die Handramme eines Straßenpflasterers aussehen und deren Stiefel von hervorragender Eleganz sind, treffen sich eines Morgens auf dem Boulevard am Ausgang der Passage des Panoramas. – »Schau, du bist's!« – »Jawohl, mein Lieber; ich seh mir ähnlich, nicht wahr?« Und ein mehr oder weniger geistreiches Lachen, je nach der Güte des Scherzes, der die Unterhaltung eröffnet hat.

Nachdem sie sich mit der Neugier eines Gendarms, der einen Arrestanten mit der Personalbeschreibung eines Steckbriefes vergleicht, gegenseitig gemustert haben; nachdem sie sich überzeugt haben, daß beiderseits Handschuhe und Westen tadellos neu, daß ihre Krawatten mit der ganzen Grazie der letzten Mode gebunden sind; und nachdem sie sich einigermaßen vergewissert haben, daß keiner von ihnen in Geldnöten ist, gehen sie Arm in Arm den Boulevard entlang und sind noch nicht bei Frascati, als sie schon eine etwas knollige Frage aneinander gerichtet haben, deren freie Übersetzung lautet: »Mit wem sind wir augenblicklich verheiratet?«

Allgemeine Regel: Es ist stets eine reizende Frau.

Welchem Pariser Spaziergänger wären nicht Tausende von Worten, die die Luft durchschwirren wie Kugeln an einem Schlachttage, in die Ohren geklungen? Und wer hätte nicht von diesen unzähligen Worten, die nach Rabelais' Ausdruck in der Luft gefroren sind, das eine oder andere erhascht? Aber die meisten Menschen spazieren in Paris herum, wie sie essen, wie sie leben, nämlich ohne sich was dabei zu denken. Es gibt nur wenige geschickte Musiker, nur wenige geübte Physiognomiker, die die Tonart dieser verstreuten Noten festzustellen, die Leidenschaft, der sie entstammen, zu erkennen vermögen. Oh! In Paris herumzustreifen, welch anbetungswürdiges und köstliches Dasein! Flanieren ist eine Wissenschaft, ist die Feinschmeckerei des Auges. Spazierengehen ist vegetieren; flanieren ist leben. Die junge hübsche Frau, die jahrelang glühenden Augen zur Weide dient, könnte viel eher Anspruch auf eine Belohnung machen als der Garkoch, der dem mit weit aufgeblähter Nase die nahrhaften Düfte einsaugenden Limousiner[16] zwanzig Sous abverlangte. Flanieren heißt genießen, heißt geistreiche Beobachtungen einheimsen, heißt erhabene Gemälde des Unglücks, der Liebe, der Freude, anmutige oder komische Porträts bewundern, heißt seine Blicke in die Tiefen von tausend Existenzen tauchen; heißt, solange man jung ist, alles begehren, alles besitzen; heißt, wenn man alt ist, das Leben eines Jünglings führen, die Leidenschaften eines Jünglings empfinden. Wie viele Antworten nun aber auf die kategorische Frage, die uns zu dieser Abschweifung veranlaßte, hat nicht ein Flanierkünstler gehört?

»Sie ist fünfunddreißig Jahre alt, aber du würdest ihr keine zwanzig geben!« sagt ein siedendheißer junger Mensch mit funkelnden Augen, eben aus dem Gymnasium entlassen, der wie Cherubino[17] alle Frauen küssen möchte. – »Was meinst du wohl! Wir haben Batistmorgenröcke und Nachtringe mit Diamanten!« sagt ein Advokatenschreiber. – »Sie hat Pferd und Wagen und eine Loge im Théâtre-Français!« sagt ein Offizier. – »Einer wie ich!« ruft ein anderer, etwas älterer, der, wie es scheint, auf einen Angriff antwortet; »mich kostet das keinen Sou! Wenn man ein Kerl ist wie ich! . . . Was würdest du an meiner Stelle anfangen, mein würdiger Freund?« Und dabei gibt der Herr seinem Kameraden einen leichten Schlag mit der flachen Hand auf den Bauch. – »Oh! Sie liebt mich!« sagt ein anderer. »Und wie! – man kann sich keinen Begriff davon machen; aber sie hat den dümmsten Mann von der Welt. Ah! Buffons Beschreibung der Tiere ist ganz ausgezeichnet, aber der Zweifüßler, Ehemann genannt . . .« (Wie angenehm es ist, so etwas zu hören, wenn man verheiratet ist!) – »Oh! Lieber Freund, wie ein Engel!« ist die Antwort auf eine diskret ins Ohr geflüsterte Frage. – »Kannst du mir ihren Namen nennen oder sie mir zeigen . . .?« – »O nein! Sie ist eine anständige Frau.«

Wenn ein Student von einer Kellnerin geliebt wird, nennt er sie mit Stolz und führt seine Freunde hin, um bei ihr zu Mittag zu essen. Wenn ein junger Mann eine Frau liebt, deren Mann mit allernotwendigsten Lebensbedürfnissen handelt, wird er auf eine solche Frage errötend antworten: »Sie ist Wäschenäherin, sie ist die Frau eines Buchbinders, eines Strumpfwirkers, eines Tuchhändlers, eines Kanzleirats« usw.

Aber dieses Geständnis einer in untergeordneten Kreisen sich bewegenden Liebe, die unter Warenballen, Zuckerhüten oder Flanellkamisolen aufgeblüht und groß geworden ist, begleitet stets eine pomphafte Lobpreisung des Vermögens der Dame. Nur der Mann befaßt sich mit dem Geschäft, er ist reich, er hat schöne Möbel; übrigens kommt die Herzallerliebste zu ihrem Liebhaber; sie hat einen Kaschmirschal, ein Landhaus usw.

Kurz, einem jungen Menschen fehlt es niemals an ausgezeichneten Gründen, um zu beweisen, daß seine Geliebte in allernächster Zeit eine anständige Frau werden wird, wenn sie es nicht bereits ist. Diese Unterscheidung, die durch die Eleganz unserer Sitten hervorgerufen wurde, läßt sich ebensowenig genau bezeichnen wie die Linie, bei der der gute Ton beginnt. Was ist nun also eine anständige Frau?

Dieser Stoff steht in zu innigen Beziehungen zur Eitelkeit der Frauen, zur Eitelkeit ihrer Liebhaber, ja sogar zur Eitelkeit eines Ehemanns, als daß wir nicht hier die allgemeinen Regeln feststellen sollten, die das Ergebnis einer langen Beobachtung sind.

Unsere Million von Bevorzugten stellt eine Menge von Frauen dar, die zum glorreichen Titel einer anständigen Frau berufen sind; aber nicht alle werden auserwählt. Die Grundsätze, nach denen diese Auswahl sich vollzieht, sind in folgenden Axiomen niedergelegt:

Aphorismen

I. Eine anständige Frau ist notwendigerweise verheiratet.

II. Eine anständige Frau ist weniger als vierzig Jahre alt.

III. Eine verheiratete Frau, deren Gunstbezeigungen gegen Barzahlung käuflich sind, ist keine anständige Frau.

IV. Eine verheiratete Frau, die einen eigenen Wagen hat, ist eine anständige Frau.

V. Eine Frau, die in ihrer Haushaltung selber kocht, ist keine anständige Frau.

VI. Wenn ein Mann sich zwanzigtausend Francs Zinsen verdient hat, ist seine Frau eine anständige Frau, einerlei, welcher Art von Geschäft er sein Vermögen verdankt.

VII. Eine Frau, die ›der Petroleum‹, ›ebend‹ statt ›eben‹, ›Marcht‹ statt ›Markt‹ sagt – kann niemals eine anständige Frau sein, einerlei, wie groß ihr Vermögen ist*.

VIII. Eine anständige Frau muß in Vermögensverhältnissen leben, die es ihrem Liebhaber erlauben, zu denken, daß sie ihm niemals in irgendeiner Weise zur Last fallen werde.

* Da es keinen Sinn hätte, die von Balzac ausgewählten Beispiele eines schlechten Französisch in der deutschen Ausgabe mitzuteilen, hat der Übersetzer sich erlaubt, dafür einige Ausdrücke zu geben, die in Berlin auch von Leuten gebraucht werden, die sich zu den ›Gebildeten‹ rechnen. (H. C.)

IX. Eine Frau, die im dritten Stock wohnt (ausgenommen in der Rue de Rivoli und in der Rue de Castiglione) ist keine anständige Frau.

X. Die Frau eines Bankiers ist stets eine anständige Frau; aber eine Frau, die mit im Kontor sitzt, kann nur dann eine anständige Frau sein, wenn ihr Mann ein sehr ausgedehntes Geschäft betreibt, und wenn sie nicht über dem Laden wohnt.

XI. Die unverheiratete Nichte eines Bischofs kann, auch wenn sie bei ihm im Hause wohnt, für eine anständige Frau gelten, weil sie, um ein Liebesabenteuer zu haben, genötigt ist, ihren Onkel zu hintergehen.

XII. Anständig ist eine Frau, wenn man sie zu kompromittieren befürchtet.

XIII. Die Frau eines Künstlers ist stets eine anständige Frau.

Wenn er diese Grundsätze zur Anwendung bringt, kann sogar ein Provinzler aus dem Departement Ardèche aller Schwierigkeiten Herr werden, die auf diesem Gebiet zutage treten.

Um nicht selber ihre Küche besorgen zu müssen, um eine glänzende Erziehung empfangen zu haben, um mit Gefühl kokett zu sein, um das Recht zu besitzen, ganze Stunden in einem Boudoir auf dem Sofa liegend zu verbringen und sich ihrem Seelenleben hinzugeben, braucht eine Frau zum mindesten ein Jahreseinkommen von sechstausend Francs in der Provinz oder von zwanzigtausend Francs in Paris. Diese beiden Vermögensgrenzpunkte werden uns einen Anhalt geben, wie viele anständige Frauen sich in der als Bruttoergebnis unserer Statistik erhaltenen Million befinden. Dreihunderttausend Rentner mit fünfzehnhundert Francs jährlich beanspruchen die Gesamtsumme der vom Fiskus gezahlten Pensionen, lebenslänglichen und ewigen Renten sowie der Hypothekenzinsen.

... Dreihunderttausend Grundeigentümer mit einem Einkommen von dreitausendfünfhundert Francs bedeuten den ganzen französischen Grundbesitz.

In die Ausgaben des Staatshaushalts teilen sich zweihunderttausend Bezieher von je fünfzehnhundert Francs, nachdem wir den Betrag der Staatsschuldverzinsung und der Besoldung der Geistlichen in Abzug gebracht und auch unsern Helden zu fünf

Sous pro Tag ihren Sold und ihre Wäsche, Bewaffnung, Verköstigung, Bekleidung usw. bewilligt haben.

Zweihunderttausend Geschäftsvermögen von je zwanzigtausend Francs Kapital stellen alle industriellen Unternehmungen dar, die in Frankreich möglich sind.

Nun, da haben wir unsere Million Ehemänner!

Aber wie viele Rentner würden wir zählen, die nur mit zehn, fünfzig, hundert, zwei-, drei-, vier-, fünf-, sechshundert Francs Rente im Staatsschuldbuch und anderswo eingeschrieben stehen?

Wie viele Grundbesitzer gibt es, die nicht mehr als fünf, zwanzig, hundert, zweihundert oder zweihundertachtzig Francs Steuern bezahlen?

Wie viele arme Federfuchser nähren sich an der Staatskrippe, die nur ein Gehalt von sechshundert Francs haben?

Wie viele Geschäftsleute verfügen nur über ein fiktives Kapital? Sie genießen eines ansehnlichen Kredits, haben keinen baren Sou und sind mit Sieben zu vergleichen, durch die unaufhörlich der Goldstrom hindurchrinnt. Und wie viele Kaufleute gibt es, die nur ein wirkliches Kapital von tausend, zweitausend, viertausend, fünftausend Francs besitzen? O Industrie . . . meinen Gruß!

Wir wollen mehr Glückliche annehmen, als es vielleicht gibt, und diese Million in zwei Teile teilen: Fünfhunderttausend Verheiratete sollen Zinsen in Höhe von hundert bis zu dreitausend Francs haben, und fünfhunderttausend Frauen würden die Bedingungen erfüllen, die unerläßlich sind, um sich zu den anständigen Frauen rechnen zu dürfen.

Nach den zum Schluß unsrer statistischen Betrachtung angeführten Beobachtungen dürfen wir von dieser Zahl hunderttausend abziehen: Man kann folglich als mathematisch bewiesen ansehen, daß es in Frankreich nur vierhunderttausend Frauen gibt, deren Besitz feinfühligen Männern die auserlesenen Genüsse verschafft, die sie in der Liebe suchen.

Hier müssen wir nämlich die Adepten, für die wir schreiben, auf etwas aufmerksam machen: Liebe besteht nicht aus einigen in traulichem Geplauder vorgebrachten Werbungen, aus einigen Nächten der Wollust, aus einer mehr oder weniger raffinierten Liebkosung, aus einem Funken von Eitelkeit, dem wir den Namen Eifersucht geben. Unsere vierhunderttausend Frauen gehören nicht zur Zahl derer, von denen man sagen könnte: »Auch das schönste Mädchen von der Welt gibt nur, was es hat.« Nein, sie sind reich mit Schätzen ausgestattet, die sie unsern glühenden Einbildungen darleihen; sie wissen teuer zu verkaufen, was sie nicht haben, und dies ist ein Ausgleich für die Gewöhnlichkeit dessen, was sie geben.

Empfindet ihr, wenn ihr den Handschuh einer Grisette küßt, mehr Wonne, als wenn ihr jene Fünfminuten-Wollust auskostet, die euch alle Frauen gewähren?

Kann die Unterhaltung eines Ladenmädchens in euch die Hoffnung auf unendliche Genüsse erwecken?

Im Verkehr zwischen euch und einer Frau, die unter euch steht, gehören alle Entzückungen der Eigenliebe ihr. Von dem Geheimnis des Glücks, das ihr spendet, habt ihr selber keine Ahnung.

Im Verkehr zwischen euch und einer Frau, die durch ihr Vermögen oder ihre gesellschaftliche Stellung über euch steht, ist die kitzelnde Lust der Eitelkeit unermeßlich und wird zu gleichen Teilen geteilt. Ein Mann hat noch niemals seine Geliebte zu seiner Höhe emporheben können; aber eine Frau gibt ihrem Liebhaber stets den gleichen hohen Rang, den sie selber einnimmt. – »Ich kann Prinzen zur Welt bringen, Sie aber werden stets nur Bastarde machen!« – das ist eine Antwort, die von Wahrheit sprüht.

Warum ist die Liebe die erste unter allen Leidenschaften? Weil sie ihnen allen zusammen schmeichelt. Der Grad unserer Liebe richtet sich nach der Anzahl der Saiten, die die Finger unserer schönen Geliebten in unserm Herzen erklingen lassen.

Der Goldschmiedssohn Biren[18] besteigt das Bett der Herzogin von Kurland und bringt sie dahin, das Versprechen zu unterzeichnen, wonach er zum Herrscher des Landes erklärt werden soll, wie er bereits der Herrscher der jungen hübschen Herrscherin ist. Dies ist vorbildlich für das Glück, das unsere vierhunderttausend Frauen ihren Liebhabern verschaffen müssen.

Um sich aus all den Köpfen, die sich in einem Salon zusammendrängen, gleichsam einen Fußboden machen zu dürfen, muß man der Liebhaber einer dieser Elitefrauen sein. Herrschen aber wollen wir alle gern.

Auf diesen glänzenden Teil der Nation richten sich denn auch alle Angriffe der Männer, die durch Erziehung, Talent oder Geist Anspruch darauf haben, bei der Verteilung der menschlichen Glücksgüter, auf die die Völker stolz sind, berücksichtigt zu werden; und nur in dieser Klasse findet sich die Frau, deren Herz »unser« Ehemann bis zum letzten Blutstropfen verteidigen wird.

Ob die Betrachtungen, zu denen unsere weibliche Aristokratie Anlaß gibt, sich auch auf die andern Gesellschaftsklassen anwenden lassen oder nicht, was macht das aus? Was für diese Frauen gilt, deren Benehmen, Sprache, Denken so gewählt ist; in denen eine exklusive Erziehung den Geschmack an schönen Künsten, die Fähigkeit des Fühlens, Vergleichens, Nachdenkens entwickelt hat; die einen so erhabenen Begriff von Schicklichkeit und Höflichkeit haben und für die Sitten Frankreichs tonangebend sind – was für diese gilt, das muß sich auch auf die Frauen aller Nationen und aller Rassen anwenden lassen. Der überlegene Mensch, dem dieses Buch gewidmet ist, besitzt notwendigerweise eine gewisse Gedankenoptik, vermöge derer er die Lichtabstufungen in jeder Klasse verfolgen und erkennen kann, bis zu welchem Grade von Zivilisation jede einzelne Beobachtung noch ihre Wahrheit behält.

Ist es also nicht von hohem Interesse für die Moral, wenn wir jetzt versuchen, die Anzahl der tugendhaften Frauen festzustellen, die sich etwa unter diesen anbetungswürdigen Geschöpfen befinden? Liegt darin nicht eine marito-nationale Frage?

Vierte Betrachtung

Die tugendhafte Frau

Die Frage dreht sich vielleicht nicht so sehr um die Feststellung, wie viele tugendhafte Frauen es gibt, als darum, ob eine anständige Frau tugendhaft bleiben kann.

Um über einen so wichtigen Punkt helleres Licht verbreiten zu können, wollen wir schnell einen Blick auf die männliche Bevölkerung werfen.

Von unsern fünfzehn Millionen Männern rechnen wir zunächst die neun Millionen Zweihänder mit zweiunddreißig Wirbeln ab und ziehen für unsere physiologische Untersuchung nur sechs Millionen in Betracht. Männer wie Marceau[19], Massena[20], Rousseau[21], Diderot[22], Rollin[23] entsprießen oftmals plötzlich dieser gärenden gesellschaftlichen Trebermasse, hier wollen wir aber mit Absicht etwas ungenau sein. Diese Rechenfehler werden zum Schluß mit ihrem ganzen Gewicht in Betracht kommen und werden nur die furchtbaren Ergebnisse bekräftigen, die ein Einblick in das Getriebe der für unser öffentliches Leben bedeutungsvollen Leidenschaften uns enthüllen wird.

Von den sechs Millionen bevorrechtigter Männer wollen wir drei Millionen Greise und Knaben abziehen.

Dieser Abzug – wird man sagen – belief sich bei den Frauen auf vier Millionen.

Dieser Unterschied könnte allerdings auf den ersten Blick auffallend erscheinen, läßt sich aber leicht rechtfertigen.

Das Durchschnittsalter, in dem die Frauen sich verheiraten, ist zwanzig Jahre, und vom vierzigsten Jahre an gehören sie nicht mehr der Liebe.

Nun macht aber schon ein junger Bursch von siebzehn Jahren ganz tüchtige Risse in die Pergamente der Eheverträge, und ganz besonders in die ältesten, so sagen wenigstens die Skandalchroniken.

Ferner ist ein Mann von zweiundfünfzig in diesem Alter gefährlicher als in jedem andern. In diesem schönen Lebensalter verfügt er nicht nur über eine teuer bezahlte Erfahrung, sondern auch über das Vermögen, das er sich erworben haben dürfte. Da die Leidenschaften, deren Stachel ihn treibt, die letzten sind, so ist er unerbittlich und stark wie jemand, der von der Strömung eines Flusses fortgerissen wird und nach einem grünen schwankenden Weidenzweig greift, der im letzten Frühjahr erst entsprossen ist.

XIV. In physischer Beziehung ist ein Mann länger Mann, als eine Frau Frau ist.

Soweit die Ehe in Betracht kommt, beläuft sich also der Unterschied in der Zeitdauer des Liebeslebens des Mannes und der

Frau auf fünfzehn Jahre. Das entspricht drei Vierteln der Zeit, während welcher ein Mann unter der Untreue seiner Frau leiden kann. Bei dem Abzug jedoch, den wir von der Gesamtzahl der Männer gemacht haben, beträgt der Unterschied nur höchstens ein Sechstel im Vergleich mit dem Ergebnis des Abzugs, den wir bei der Gesamtzahl der Frauen vorgenommen haben.

Groß ist die Bescheidenheit unserer Berechnungen! Unsere Gründe hinwiederum sind von einer so hausbackenen Augenfälligkeit, daß wir sie nur der Genauigkeit wegen auseinandergesetzt haben und um jeder Kritik zuvorzukommen.

Es ist also jedem Philosophen – wenn er auch nur ein ganz klein wenig rechnen kann – bewiesen, daß es in Frankreich eine Durchschnittszahl von drei Millionen Männern im Alter von mindestens siebzehn bis höchstens zweiundfünfzig Jahren gibt, die es sich alle wohl sein lassen, gute Zähne haben, mit denen sie zu beißen gedenken und auch beißen, und die an nichts weiter denken, als stracks und stramm den Weg zum Paradies zu wandeln.

Nach den bereits angestellten Beobachtungen dürfen wir aus dieser Gesamtzahl eine Million Ehemänner ausscheiden. Nehmen wir einen Augenblick an, daß diese, zufrieden und immer glücklich wie unser Mustergatte, sich mit der ehelichen Liebe zufriedengeben.

Aber unsere zwei Millionen Junggesellen brauchen keine fünf Sous Zinsen, um Liebesabenteuer zu haben.

Ein Mann braucht nur gut zu Fuß zu sein und seine Augen zu gebrauchen zu wissen, um das Porträt eines Ehemannes vom Nagel zu heben.

Er braucht kein hübsches Gesicht zu haben, braucht nicht einmal stattlich von Gestalt zu sein.

Wenn ein Mann nur Geist, eine vornehme Erscheinung und Lebensart hat, fragen die Frauen ihn niemals, woher er kommt, sondern nur, wohin er will.

Die Reize der Jugend sind das einzige Gepäck der Liebe.

Ein Frack von Buisson[24], ein Paar Handschuhe von Boivin[25], elegante Stiefel, die der Meister mit Zittern auf Kredit geliefert hat, eine gutgeknotete Halsbinde genügen, um einen Mann zum König eines Salons zu machen.

Aber bilden nicht die Militärs – wenn auch die Vorliebe für Epaulettenfransen und Achselschnüre recht tief gesunken ist – immer noch, ganz für sich allein, eine höchst gefährliche Legion von Junggesellen ...? Von Eginhard[26] wollen wir nichts sagen, denn er war ja nur ein Privatsekretär; aber hat nicht ganz kürzlich erst eine Zeitung berichtet, daß eine deutsche Prinzessin einem einfachen Kürassierleutnant von der Kaisergarde ihr ganzes Vermögen vermacht hat?

Der Dorfnotar, der hinten in der Gascogne jährlich höchstens seine sechsunddreißig Urkunden auszufertigen hat, schickt seinen Sohn als *stud. jur.* nach Paris; der Strumpfwirker wünscht, daß sein Sohn Notar werde; der Rechtsanwalt bestimmt den seinigen für die Verwaltungslaufbahn; der Verwaltungsbeamte will Minister werden, um seinen Kindern die Pairswürde zu verschaffen. Zu keiner Zeit, solange die Welt steht, war ein so brennender Durst nach Bildung vorhanden. Heutzutage läuft nicht mehr der Geist auf allen Straßen herum, sondern das Talent. Aus allen klaffenden Spalten unserer Gesellschaftsordnung sprießen leuchtende Blumen, wie im Frühjahr auf verfallenden Mauern; sogar in den Gewölben der Kellerhöhlen wachsen blasse Gewächse, die in frischen Farben prangen werden, wenn nur die Sonne der Bildung einen Strahl auf sie fallen läßt. Seit die Gedanken sich in so ungeheurer Weise entwickelt haben, seit das befruchtende Licht so gleichmäßig sich verteilt hat, haben wir beinahe keine überlegenen Geister mehr, weil in jedem Menschen die gesamte Bildung seines Jahrhunderts sich verkörpert. Wir sind von lebenden Enzyklopädien umgeben: Sie gehen, denken, handeln und wollen ewig werden. Daher die beunruhigenden Erschütterungen hochstrebenden Ehrgeizes und rasender Leidenschaft: Wir brauchen andere Welten; wir brauchen Bienenkörbe, die bereit sind, alle diese Schwärme aufzunehmen, und vor allen Dingen brauchen wir viele hübsche Frauen.

Alsdann die Krankheiten, von denen ein Mann betroffen werden kann; sie bewirken keinen Ausfall in der Gesamtzahl der männlichen Leidenschaften. Zu unserer Schande ist es wahr, daß eine Frau niemals so innig an uns hängt, wie wenn wir leidend sind ...!

Und wenn wir hieran dächten, dann müßten alle gegen das

kleine Geschlecht (vom »schönen Geschlecht« zu reden, ist ja jetzt recht altmodisch), dann müßten, sage ich, alle gegen das kleine Geschlecht geschleuderten Epigramme ihre scharfen Stachel ablegen und sich in Madrigale verwandeln . . . ! Alle Männer sollten bedenken, daß Liebe die einzige Tugend der Frau ist, daß alle Frauen in wunderbarem Maße tugendhaft sind, und sie sollten an dieser Stelle das Buch zuklappen und die Betrachtung schließen.

Ah! Erinnerst du dich jenes traurigen, schwarzen Augenblicks, wo du einsam und leidend alle Menschen, besonders deine Freunde, anklagtest, wo du schwach und entmutigt an den Tod dachtest, wo dein Kopf auf einem widerlich heißen Kissen lag und dein Leib auf einem Bettuch, dessen weißes Linnengewebe sich schmerzhaft in deine Haut eindrückte, wo du deine weit aufgerissenen Augen über die grüne Tapete deines stillen Zimmers schweifen ließest? Erinnerst du dich, sage ich, wie du sie sahst, als sie geräuschlos deine Tür öffnete, ihren jungen blonden Kopf im Rahmen goldener Locken und eines neuen Hutes zeigte, wie sie erschien gleich einem Stern in einer Gewitternacht, wie sie lächelnd, halb bekümmert, halb glücklich, ins Zimmer eilte und auf dich zustürzte!

»Wie hast du es angefangen? Was hast du deinem Mann gesagt?« fragtest du. Ein Ehemann! Ach! Da sind wir wieder mitten in unserm Thema.

XV. In moralischer Beziehung ist der Mann öfter und länger Mann, als die Frau Frau ist.

Indessen müssen wir in Betracht ziehen, daß es unter diesen zwei Millionen Junggesellen viele unglückliche gibt, bei denen ein tiefes Bewußtsein ihres Elends und die Notwendigkeit, hart zu arbeiten, die Flamme der Liebe ersticken.

Daß sie nicht alle das Gymnasium besucht haben, daß es viele Handwerker gibt, viele Lakaien (der sehr häßliche und kleine Herzog von Gèvres bemerkte bei einem Spaziergang im Versailler Park einige sehr schön gewachsene Lakaien und sagte zu seinen Freunden: »Guckt nur mal, wie wir diese Kerle machen und wie sie uns machen . . .!«), viele Bauunternehmer, viele Industrielle, die nur an Geld denken, viele Ladenschwengel;

daß es Männer gibt, die dümmer und wirklich auch häßlicher sind, als Gott sie gemacht haben würde;

daß es Männer gibt mit einem Charakter wie eine ausgehöhlte Kastanienschale;

daß die Geistlichkeit im allgemeinen keusch ist;

daß es Männer gibt, die ihrer Stellung wegen niemals in den glänzenden Kreis eintreten können, in dem sich die anständigen Frauen bewegen; die keinen Frack haben, oder schüchtern sind, oder denen ein Kornak[27] fehlt, um sie einzuführen.

Aber wir wollen einem jeden die Mühe überlassen, die Zahl dieser Ausnahmen nach seiner eigenen Erfahrung zu vermehren (denn der Zweck eines Buches ist vor allem, zum Denken anzuregen), und wir wollen mit einem Federzuge die Hälfte der Gesamtzahl streichen. Rechnen wir also nur eine Million Herzen, die würdig sind, den anständigen Frauen zu huldigen: Dies ist so ziemlich die genaue Zahl unserer hervorragenden Persönlichkeiten auf allen Gebieten. Die Frauen lieben nicht nur geistreiche Männer; aber, noch einmal sei es gesagt, wir wollen der Tugend das Spiel nicht zu schwer machen.

Wenn wir nun einmal unsere liebenswürdigen Junggesellen anhören, da erzählt jeder eine Menge Abenteuer, die ohne Ausnahme darauf hinauslaufen, daß durch sie die anständigen Frauen in bedenklicher Weise bloßgestellt werden. Wir sind recht bescheiden und zurückhaltend, wenn wir auf jeden Junggesellen nur drei solcher Abenteuer rechnen; aber wenn einige ihre Liebschaften dutzendweise berechnen, so gibt es soundso viele andere, die sich ihr ganzes Leben lang mit zwei oder drei Leidenschaften oder gar nur mit einer einzigen begnügt haben. Wir haben uns daher das in der Statistik übliche Verfahren zu eigen gemacht und verteilen die Gesamtzahl auf die einzelnen Köpfe. Wenn man die Zahl der Junggesellen mit der Zahl der Liebschaften multipliziert, so kommen drei Millionen solcher Abenteuer heraus; und um dieser Nachfrage zu genügen, haben wir nur vierhunderttausend anständige Frauen!

Wenn der gütige und nachsichtige Gott, der über den Welten schwebt, nicht eine zweite Generalwäsche des Menschengeschlechts veranstaltet, dann ist sicherlich der Grund der, daß die erste so geringen Erfolg gehabt hat ...

Da haben wir also ein Volk untersucht! Da haben wir eine Gesellschaft durchs Sieb gestrichen! Und da haben wir gesehen, was dabei herausgekommen ist!

XVI. Die Sitten sind die Heuchelei der Völker; die Heuchelei ist mehr oder weniger vollkommen.

XVII. Tugend ist vielleicht nichts als die Höflichkeit der Seele.

Die physische Liebe ist ein Bedürfnis, das dem Hunger gleicht, mit dem Unterschied jedoch, daß der Mensch immer ißt, daß aber in der Liebe sein Appetit nicht so ausdauernd und nicht so regelmäßig ist wie bei Tische.

Ein Stück Schwarzbrot und ein Krug Wasser stillen den Hunger eines jeden Menschen; aber unsere Kultur hat die Gastronomie geschaffen.

Die Liebe hat ihr Stück Brot, aber sie verfügt auch über jene Kunst des Liebens, die wir Koketterie nennen, ein reizendes Wort, das nur in Frankreich existiert, wo diese Wissenschaft entstanden ist.

Nun, haben nicht alle Ehemänner einigen Anlaß zu zittern, wenn sie daran denken, daß der Mensch von Natur ein Bedürfnis hat, Abwechslung in seine Kost zu bringen? Dieses Bedürfnis geht ja so weit, daß die Forschungsreisenden auch in den wildesten Ländern geistige Getränke und Ragouts gefunden haben!

Allein der Hunger ist nicht so heftig wie die Liebe; die Launen der Seele sind viel zahlreicher, viel prickelnder, viel raffinierter in ihrer Heftigkeit als die Launen der Gastronomie; und alles, was die Dichter und das Leben uns über die menschliche Liebe offenbart haben, bewaffnet unsere Junggesellen mit einer furchtbaren Macht: Sie sind die Löwen des Evangelismus, die brüllend einhergehen und eine Beute zum Verschlingen suchen.

Möge einmal ein jeder sein Gewissen prüfen, in seinen Erinnerungen nachsuchen und sich fragen, ob ihm jemals ein Mann begegnet ist, der sich mit der Liebe einer einzigen Frau begnügt hätte!

Wie sollen wir nun auf eine Weise, daß die Ehre aller Beteiligten unangetastet bleibt, das Problem lösen, daß drei Millionen glühender Leidenschaften zu ihrer Sättigung nur vierhunderttausend Frauen finden? Will man vier Junggesellen auf jede Frau annehmen und die Rechnung aufstellen, daß die anständigen Frauen sehr wohl instinktmäßig und unbewußt eine Art Turnus untereinander und unter den Junggesellen eingerichtet haben könnten, etwa in derselben Art wie die Gerichtspräsidenten, die ihre Räte alle nacheinander immer nach einer Anzahl von Jahren von einer Abteilung zur andern versetzen?

Das wäre eine traurige Art, die Schwierigkeit zu lösen!

Will man gar annehmen, daß bei der Verteilung der Junggesellen gewisse anständige Frauen es machen wie der Löwe der Fabel? Wie? Dann wären zum mindesten die Hälfte unserer Altäre übertünchte Gräber . . . !

Will man zur Ehre der französischen Damen mit in Anschlag bringen, daß in Friedenszeiten die andern Länder, besonders England, Deutschland und Rußland, eine gewisse Anzahl ihrer anständigen Frauen in unser Land einführen? Da werden freilich die europäischen Nationen behaupten, das gleiche sich wieder aus, indem Frankreich eine gewisse Anzahl hübscher Frauen ausführe.

Derartige Berechnungen sind so schmerzhaft für Moral und Religion, daß ein anständiger Mann, von dem Wunsche beseelt, die verheirateten Frauen unschuldig zu finden, recht gern glauben möchte, daß die Witwen und jungen Mädchen an dieser allgemeinen Verderbnis zur Hälfte beteiligt seien; oder noch lieber: daß die Junggesellen lögen.

Aber was plagen wir uns lange mit Rechnungen? Denkt nur an unsere Ehemänner, die, zur Schande unserer Sitten sei es gesagt, sich fast alle wie Junggesellen aufführen und untereinander sich mit ihren geheimen Abenteuern brüsten.

Oh, dann glauben wir also, daß jeder Verheiratete, wenn er ein bißchen auf die Ehre seiner Frau hält, wie der alte Corneille sagen würde, sich nur einfach nach einem Strick und einem Nagel umsehen kann: *›Foenum habet in cornu!‹*

Unter diesen vierhunderttausend anständigen Frauen müssen wir jedoch, die Laterne in der Hand, die Zahl der tugendhaften Frauen suchen, die es in Frankreich gibt! In unserer Ehestatistik haben wir nur Geschöpfe abgestrichen, um die die Gesellschaft sich tatsächlich nicht kümmert. Stimmt es nicht, daß in Frankreich die »anständigen Leute«, die »feinen Leute« kaum eine Gesamtzahl von drei Millionen Individuen ausmachen, nämlich: unsere Million Junggesellen, fünfhunderttausend anständige Frauen, fünfhunderttausend Ehemänner und eine Million Witwen, Kinder und Backfische?

Wundert ihr euch jetzt noch über Boileaus berühmten Vers? Dieser Vers beweist, daß der Dichter in die mathematischen Berechnungen, die wir soeben in diesen betrübenden Untersuchungen den Augen unserer Leser unterbreitet haben, tief eingedrungen war, und daß er nicht übertrieben hat.

Indessen gibt es dennoch tugendhafte Frauen:

Ja, diejenigen, die niemals in Versuchung geraten sind, und diejenigen, die in ihrem ersten Kindbett sterben, vorausgesetzt, daß sie Jungfrauen waren, als ihre Gatten sie heimführten.

Ja, diejenigen, die häßlich sind wie die Kaifakatadary[28] aus ›Tausendundeine Nacht‹. Ja, diejenigen, die Mirabeau »Gurkenfeen« nennt, und die genau aus denselben Atomen bestehen wie die Wurzeln der Erdbeere und der Seerose; indessen wollen wir uns darauf lieber nicht verlassen . . .

Dann wollen wir zur Ehre des Jahrhunderts gestehen, daß man seit der Wiederaufrichtung der Moral und Religion in gegenwärtiger Zeit hier und da einigen Frauen begegnet, die so moralisch sind, so religiös, so pflichteifrig, so redlich, so abgezirkelt in ihrem Benehmen, so steif, so tugendhaft, so . . . daß der Teufel sie nicht einmal anzusehen wagt; sie sind auf allen Seiten schützend umgeben von Rosenkränzen, Gebetsübungen und Beichtvätern . . . pst!

Wir wollen nicht versuchen, die Frauen zu zählen, die aus Dummheit tugendhaft sind; es ist allgemein anerkannt, daß in der Liebe alle Frauen Geist haben.

Schließlich wäre es jedoch nicht unmöglich, daß es in irgendeinem Winkel junge, hübsche und tugendhafte Frauen gäbe, von denen die Welt keine Ahnung hat.

Eine tugendhafte Frau dürft ihr aber nicht die nennen, die gegen eine unwillkürliche Leidenschaft ankämpft und einem Liebhaber, den sie zu ihrer Verzweiflung vergöttern muß, nichts bewilligt hat. Dies ist der blutigste Schimpf, der einem verliebten Ehegatten angetan werden kann. Was bleibt ihm von seiner Frau? Ein namenloses Etwas, ein lebender Leichnam. Inmitten der Liebeslust ist seine Frau wie jener Gast, dem Borgia beim Gelage sagte, einige der Speisen seien vergiftet: Er hat keinen Hunger mehr und ißt nicht mehr, sondern tut nur noch, wie wenn er kaute. Er bedauert, daß er eine andere Einladung abgelehnt hat, um bei dem fürchterlichen Kardinal zu Tische zu gehen, und sehnt seufzend den Augenblick herbei, da das Fest zu Ende sein wird und er vom Tische aufstehen kann.

Was folgt nun aus diesen Betrachtungen über die weibliche Tugend? Fünf Grundsätze, von denen uns aber die beiden letzten von einem eklektischen Philosophen des achtzehnten Jahrhunderts überliefert sind. Hier sind sie:

XVIII. Eine tugendhafte Frau hat im Herzen eine Fiber mehr oder weniger als die übrigen Frauen: Sie ist dumm oder erhaben.

XIX. Die Tugend der Frauen ist vielleicht eine Frage des Temperaments.

XX. Die tugendhaftesten Frauen haben in sich ein gewisses Etwas, das niemals keusch ist.

XXI. Daß ein geistvoller Mann Zweifel an seiner Geliebten hegt, das läßt sich begreifen; aber an seiner Frau ...! Da muß man gar zu dumm sein.

XXII. Die Männer wären zu unglücklich, wenn sie bei den Frauen auch nur im leisesten sich dessen erinnerten, was sie auswendig wissen.

Die Zahl der seltenen Frauen, die wie die Jungfrauen des Gleichnisses das Öl ihrer Lampe zu sparen wußten, wird in den Augen der Verteidiger von Tugend und redlichem Gefühl stets zu schwach sein. Aber noch obendrein müssen wir sie von der Gesamtzahl der anständigen Frauen abziehen, und diese an und für sich trostreiche Subtraktion macht die Gefahr für die Ehemänner noch größer, das Ärgernis noch häßlicher, und befleckt um so mehr die Ehre der übrigen legitimen Ehefrauen.

Welcher Ehemann wird jetzt noch ruhig an der Seite seiner jungen hübschen Frau schlafen können, wenn er vernimmt, daß mindestens drei Junggesellen auf der Lauer liegen? Wenn sie auf seiner kleinen Besitzung auch noch keinen Schaden angerichtet haben, so betrachten sie doch die Verheiratete als eine Beute, die ihnen von Rechts wegen zukommt und die ihnen früher oder später auch zufallen wird, entweder durch List oder durch Gewalt, und die sie mit dem Rechte des Eroberers oder mit freier Zustimmung erlangen werden. Und es kann nicht anders sein, als daß sie eines Tages siegreich aus diesem Kampf hervorgehen.

Furchtbare Schlußfolgerung ...!

Nun werden uns vielleicht Moralhelden, die Lobpreiser der guten alten Zeit, beschuldigen, wir brächten gar zu trostlose Berechnungen vor: Sie werden sich zu Verteidigern entweder der anständigen Frauen oder der Junggesellen aufwerfen wollen; aber für diese Herren haben wir uns eine letzte Beobachtung aufgespart.

Vermehrt nach Belieben die Zahl der anständigen Frauen und vermindert die Zahl der Junggesellen, stets werdet ihr das Ergebnis erhalten, daß es mehr galante Abenteuer als anständige Frauen gibt; stets werdet ihr eine ungeheure Menge von Junggesellen finden, die durch unsere Sitten sich darauf angewiesen sehen, zwischen drei Arten von Verbrechen zu wählen.

Wenn sie keusch bleiben, wird infolge der schmerzhaftesten Aufregungen ihre Gesundheit Schaden nehmen; sie werden die erhabensten Absichten der Natur vereiteln und werden in die Schweizer Berge reisen, um dort Milch zu trinken und an der Schwindsucht zu sterben.

Wenn sie ihren berechtigten Versuchungen unterliegen, werden sie entweder anständige Frauen kompromittieren – und dann sind wir ja wieder bei dem Thema unseres Buches angelangt – oder sie werden sich durch den abscheulichen Umgang mit jenen fünfhunderttausend Frauen entwürdigen, von denen wir im letzten Absatz der ersten Betrachtung sprachen; und wie groß sind nicht auch in diesem letzteren Fall die Aussichten, daß sie Milch trinken und in der Schweiz sterben müssen ...!

Ist es euch denn niemals wie uns aufgefallen, daß die Einrichtung unserer Gesellschaftsordnung an einem bösen Fehler leidet, dessen nähere Betrachtung als moralischer Beweis unserer letzten Berechnungen dienen wird?

Das Durchschnittsalter, in dem der Mann sich verheiratet, beträgt dreißig Jahre; das Durchschnittsalter, in dem seine Leidenschaften, seine heftigsten Begierden nach Schöpferfreuden sich entwickeln, ist das zwanzigste Lebensjahr. Während der zehn schönsten Jahre seines Lebens, während der Periode voller Saft und Kraft, in der seine Schönheit, seine Jugend und sein Geist ihn für Ehemänner bedrohlicher machen, als zu jeder andern Zeit seines Daseins, während all dieser Jahre gibt es für ihn kein Mittel, das unwiderstehliche Liebesbedürfnis, das sein ganzes Wesen erschüttert, auf gesetzmäßige Weise zu befriedigen. Da dieser Zeitraum ein Sechstel des menschlichen Lebens ausmacht, müssen wir zugeben, daß mindestens ein Sechstel von der Gesamtzahl unserer Männer, und zwar gerade das kräftigste Sechstel, sich beständig in einer Lage befindet, die ebenso beschwerlich für sie, wie gefährlich für die Gesellschaft ist.

»Warum verheiratet man sie denn nicht«, ruft vielleicht eine Betschwester.

Aber welcher vernünftige Vater möchte seinen Sohn mit zwanzig Jahren verheiraten?

Kennt man denn nicht die Gefahr dieser allzu frühen Ehen? Allem Anschein nach muß die Ehe mit den natürlichen Gewohnheiten bedeutend im Widerspruch stehen, denn sie verlangt eine ganz besondere Reife der Vernunft. Allgemein bekannt ist ja Rousseaus Wort: »Eine gewisse Zeit der Ausschweifung ist stets notwendig, entweder vor der Ehe oder in der Ehe. Wir haben in uns einen schlechten Gärungsstoff, der früher oder später doch zu wirken beginnt.«

Welche Familienmutter würde das Glück ihrer Tochter den Zufällen dieser Gärung aussetzen, wenn sie nicht vor der Ehe stattgefunden hat?

Wozu brauchen wir übrigens eine Tatsache zu rechtfertigen, die in allen Gesellschaften besteht, ohne daß diese daran zugrunde gehen? Gibt es nicht in allen Ländern, wie wir nachgewiesen haben, eine ungeheure Anzahl von Männern, die auf die ehrenwerteste Art von der Welt ohne Zölibat und ohne Ehe fertig werden?

»Können denn nicht diese Männer«, wird abermals die Betschwester fragen, »Enthaltsamkeit üben wie die Priester?«

Zugegeben, meine Gnädige.

Indessen müssen wir darauf aufmerksam machen, daß das Keuschheitsgelübde eine der stärksten der von der Gesellschaftsordnung notwendig gemachten Ausnahmen vom Naturzustande ist; daß die Enthaltsamkeit der schwierige Punkt im Beruf des Priesters ist; daß dieser keusch sein muß, wie der Arzt unempfindlich ist gegen die körperlichen Leiden; wie der Notar und der Advokat unempfindlich sind gegen Armut und Elend, die vor ihnen ihre Wunden enthüllen; wie der Soldat unempfindlich ist gegen den Tod, der ihn auf einem Schlachtfeld umgibt. Wenn auch die Bedürfnisse der Kultur gewisse Fibern des Herzens verknöchern und gewisse Membranen der Denkkraft verhärten, dürfen wir daraus nicht schließen, daß alle Menschen verpflichtet sind, in solcher Weise ihre Seele zum Teil absterben zu lassen. Das hieße, das Menschengeschlecht zu einem abscheulichen moralischen Selbstmord treiben!

Aber es erscheine nur im jansenistisch-sittenstrengsten Salon, den es überhaupt gibt, ein achtundzwanzigjähriger junger Mann, der aufs sorgsamste sein Unschuldskleid bewahrt hat und so jungfräulich ist wie jene Auerhähne, an denen die Feinschmecker ihr Entzücken haben – seht ihr dann nicht die Szene vor euch, wie die herbste, tugendhafte Frau irgendein recht bitteres Kompliment über seinen Mut an ihn richtet, wie der strengste Beamte, der jemals auf dem Richterstuhl saß, lächelnd den Kopf schüttelt, wie alle Damen ihre Köpfe verstecken, damit er nicht ihr Lachen höre? Und kaum verläßt das unglaublich heldenmütige Opferlamm den Salon, welch eine Sintflut von Witzen regnet da auf sein unschuldiges Haupt hernieder! Wie viel Beleidigungen! Gibt es in Frankreich etwas Schimpflicheres als Impotenz, Kälte, völlige Leidenschaftslosigkeit, Trottelhaftigkeit?

Der einzige König von Frankreich, der nicht einen solchen Tropf laut ausgelacht hätte, wäre vielleicht Ludwig XIII.; sein forscher Vater dagegen hätte vielleicht ein solches Bürschchen verbannt, indem er es entweder beschuldigt, kein Franzose zu sein, oder geglaubt hätte, es könnte ein gefährliches Beispiel abgeben.

Seltsamer Widerspruch! Ein junger Mensch wird gleichermaßen getadelt, wenn er sein Leben »im heiligen Lande« verbringt, um uns eines landläufigen Ausdrucks des Junggesellenlebens zu bedienen. Sollten vielleicht zum Besten der anständigen Frauen die Polizeipräfekten und Bürgermeister aller Zeiten angeordnet haben, daß die im Dienste der Öffentlichkeit stehenden Leidenschaften erst bei Dunkelwerden zu beginnen und um elf Uhr abends aufzuhören haben?

Wo sollen sich denn all unsere Junggesellen ihre Hörner abstoßen? Und – wie Figaro fragt – wen betrügt man denn hier? Die Regierenden oder die Regierten? Ist es mit der Gesellschaftsordnung wie mit jenen Jüngelchen, die sich im Theater die Ohren zuhalten, um die Flintenschüsse nicht zu hören? Hat sie Angst davor, die Sonde in ihre Wunde führen zu lassen? Oder sollte man ganz allgemein der Meinung sein, daß es gegen dieses Übel kein Heilmittel gibt und daß man die Dinge gehen lassen muß, wie sie gehen? Aber hier liegt eine Frage vor, die die Gesetzgebung angeht; denn es ist unmöglich, dem materiellen und sozialen Dilemma zu entgehen, in das wir geraten, wenn wir die Bilanz der ehelichen Tugenden unserer Gesellschaft ziehen. Es ist nicht unseres Amtes, diese schwierige Frage zu lösen; nehmen wir indessen einen Augenblick an, daß zum Schutze so vieler Familien, so vieler Frauen, so vieler ehrbaren Mädchen, die Gesellschaft sich genötigt sähe, gewissen Herzen ein Patent und damit ein Recht zu geben, die Bedürfnisse der Junggesellen zu befriedigen; müßten alsdann nicht unsere Gesetze diesen weiblichen Deciussen[29], die sich für das Staatswohl aufopfern und aus ihren Leibern eine Schutzwehr für die anständige Familie machen, Zunftrechte verleihen? Die Gesetzgeber haben sehr unrecht, daß sie bis jetzt es verschmäht haben, dem Lose der Kurtisanen feste Regeln zu geben.

XXIII. Wenn die Kurtisane ein Bedürfnis ist, sollte sie eine Staatseinrichtung sein.

Diese Frage starrt von so vielen Wenn und Aber, daß wir sie unsern Enkeln vermachen; man muß auch ihnen noch etwas zu tun übrig lassen. Übrigens ist sie für dieses Werk vollkommen nebensächlich; denn heutzutage ist das Feingefühl höher entwikkelt denn je; zu keiner Zeit hat man so viel von Sitte gewußt, weil man niemals so deutlich empfunden hat, daß echte Lust aus dem Herzen kommt. Und angesichts unserer vierhunderttausend jungen hübschen Frauen, die mit allem Glanz des Reichtums, mit aller Anmut des Geistes geschmückt sind, die über alle Schätze der Koketterie verfügen und freigebige Spenderinnen des Glücks sind – welcher feinfühlige Mann, welcher Junggeselle ginge da ...? Pfui!

Fassen wir also für unsere künftigen Gesetzgeber die Lehren dieser letzten Jahre in klarer und kurzer Form zusammen:

XXIV. In der gesellschaftlichen Ordnung entspringen die unvermeidlichen Mißbräuche aus Naturgesetzen, nach denen der Mensch sich seine Begriffe von bürgerlichen und staatlichen Gesetzen bilden muß.

XXV. »Der Ehebruch«, sagt Chamfort[30], »ist ein Bankrott, jedoch mit dem Unterschied, daß nicht der Bankrottierer, sondern der durch den Bankrott Geschädigte der Entehrte ist.«

In Frankreich bedürfen die Gesetze über den Ehebruch und über den Bankrott tiefgreifender Abänderungen. Sind sie zu milde? Liegt ihr Fehler darin, daß sie von falschen Grundsätzen ausgehen? *Caveant consules!*

Nun, mutiger Athlet, der du die kleine Ansprache an die mit einer Frau Behafteten in unserer ersten Betrachtung auf dich bezogen hast, was sagst du dazu? Wir wollen hoffen, daß du bei unserm flüchtigen Überblick über diese Fragen keine Angst bekommen hast; daß du nicht zu den Leuten gehörst, denen das Rückgrat siedendheiß wird und ihr Nervenfluidum zu Eis erstarrt, wenn sie einen Abgrund oder eine *Boa Constrictor* erblikken! Ei, mein lieber Freund: Wer da hat Land, hat auch Kriegsbrand. Die Männer, die nach deinem Gelde trachten, sind noch weit zahlreicher als diejenigen, die nach deiner Frau trachten.

Und schließlich steht es ja den Ehemännern frei, diese Tändeleien für Berechnungen oder diese Berechnungen für Tändeleien zu halten. Das Allerschönste am ganzen Leben sind dessen Illusionen. Das Allerachtungswerteste sind unsere an und für sich ganz wertlosen Glaubensmeinungen. Gibt es nicht viele Leute, deren Grundsätze nur Vorurteile sind, die nicht stark genug sind, um ein »Glück an sich« und eine »Tugend an sich« begreifen zu können, und die sich daher mit einer von den Gesetzgebern fix und fertig gelieferten Glückseligkeit und Tugend zufrieden geben? Daher wenden wir uns auch nicht an alle diese Manfreds[31], die zu viele Röcke hochgehoben haben und daher jetzt in den Augenblicken, wo eine Art von moralischem Spleen sie quält, alle Schleier lüften wollen. Soweit sie in Betracht kommen, haben wir jetzt die Frage klipp und klar aufgestellt, und wir kennen die Ausdehnung des Übels.

Es bleibt uns noch übrig, zu betrachten, welche Aussichten im allgemeinen jeder Mann hat, wenn er eine Ehe eingeht, und vor allem die Umstände zu untersuchen, die in dem Kriege, aus dem unser Kämpe als Sieger hervorgehen soll, seine Kräfte schwächen.

Fünfte Betrachtung

Die Prädestinierten

Prädestiniert sein bedeutet: im voraus zu Glück oder Unglück bestimmt zu sein. Die Theologie hat sich dieses Wortes bemächtigt und bedient sich seiner stets, um die Seligen zu bezeichnen; wir dagegen legen diesem Ausdruck eine Bedeutung bei, die für unsere Auserwählten – von denen man im Gegensatz zu denen des Evangelismus sagen kann: »Viele sind berufen und viele sind auserwählt« – nicht eben angenehm ist.

Die Erfahrung hat gelehrt, daß gewisse Menschenklassen mehr als andere gewissen Schwächen und Leiden unterliegen: die Gascogner zum Beispiel übertreiben gern, die Pariser sind eitel; vom Schlagfluß werden besonders Kurzhalsige getroffen; der Karbunkel – eine Art Beulenpest – stürzt sich mit Vorliebe auf die Fleischer, die Gicht auf die Reichen, die Gesundheit auf die Armen, die Schwerhörigkeit auf die Könige, die Gliederlähmung auf die Verwalter. So hat man auch bemerkt, daß gewisse Klassen von Ehemännern besonders bevorzugte Opfer der illegitimen Leidenschaften werden. Diese Ehemänner und ihre Frauen beanspruchen den größten Teil der Junggesellen. Sie bilden eine Aristokratie etwas eigentümlicher Art. Sollte irgendein Leser sich in einer dieser aristokratischen Klassen befinden, so werden er oder seine Frau – wenigstens hoffen wir es – Geistesgegenwart genug besitzen, sich sofort des Lieblingssatzes in Lhomonds[32] lateinischer Grammatik zu erinnern: »Keine Regel ohne Ausnahme.« Ein Hausfreund kann sogar den Spruch zitieren:

Die Anwesenden sind immer ausgenommen.

Und alsdann wird ein jeder von ihnen im stillen Innern das Recht haben, sich für eine Ausnahme zu halten. Aber unsere Pflicht, unsere Teilnahme für die Ehemänner und unser Wunsch, alle die vielen jungen und hübschen Frauen vor den Launen und Unannehmlichkeiten zu bewahren, unter denen ein Liebhaber sie wird leiden lassen, dies alles nötigt uns, die Ehemänner, die sich ganz besonders in acht nehmen müssen, in Reih und Glied aufmarschieren zu lassen.

In dieser Aufzählung müssen die erste Stelle jene Ehemänner einnehmen, die durch ihre Geschäfte, Ämter oder Dienstobliegenheiten zu bestimmten Stunden und während einer bestimmten Zeit von Hause ferngehalten werden. Diese werden das Banner der Gilde zu tragen haben.

Unter ihnen nennen wir mit besonderer Auszeichnung die unabsetzbaren und absetzbaren Beamten, die genötigt sind, einen großen Teil des Tages im Justizpalast zu verweilen. Die andern Beamten machen es doch zuweilen möglich, ihr Bureau zu verlassen; aber ein Richter oder königlicher Staatsanwalt, die auf den liliengeschmückten Sesseln thronen, die müssen sozusagen während der Gerichtsverhandlung sterben. Dort ist ihr Schlachtfeld.

Dasselbe gilt von den Abgeordneten und Pairs, die über die Gesetze zu beraten haben; von den Ministern, die mit dem König arbeiten; von den Abteilungsvorständen, die mit den Ministern arbeiten; von den Offizieren, die im Felde stehen; und endlich vom Korporal, der Patrouillendienst hat, wie aus Lafleurs Brief in der ›Sentimentalen Reise‹[33] hervorgeht.

Gleich hinter den Leuten, die sich zu bestimmten Stunden aus ihrer Wohnung entfernen müssen, kommen jene, denen umfangreiche und ernste Geschäfte keine Minute Zeit lassen, um liebenswürdig zu sein; ihre Stirnen sind stets sorgenvoll, ihre Unterhaltung ist selten heiter.

An die Spitze dieser zum Hörnertragen besonders veranlagten

Scharen stellen wir jene Bankiers, die fortwährend mit Millionen arbeiten, deren Kopf dermaßen mit Berechnungen angefüllt ist, daß schließlich die Zahlen die Hirnschale durchdringen und sich in Additionsreihen über ihrer Stirn erheben.

Diese Millionäre vergessen die meiste Zeit die heiligen Gesetze der Ehe und die Pflege, auf die die von ihnen zu hegende zarte Blume Anspruch macht, und denken niemals daran, sie zu begießen, sie vor Frost oder Hitze zu bewahren. Kaum wissen sie, daß das Glück einer Gattin ihnen anvertraut worden ist; sie erinnern sich höchstens daran, wenn sie bei Tische eine reichgeschmückte Frau vor sich sehen oder wenn die Kokette anmutig wie Venus zu dem gefürchteten groben Brummbär kommt, um einen Griff in seine Kasse zu tun . . . Oh! Dann erinnern sie sich manchmal am Abend recht deutlich der im Artikel 213 des Code civil näher bezeichneten Rechte. Und ihre Frauen erkennen diese Rechte an; aber es ist damit wie mit den hohen Zöllen, die auf ausländische Waren gelegt werden: sie dulden diese Rechte und finden sich damit ab, nach dem Sprichwort: »Ohne Leid keine Freud!«

Die Gelehrten, die ganze Monate damit verbringen, an dem Knochen eines vorsintflutlichen Tieres herumzunagen, die Gesetze der Natur zu berechnen oder deren Geheimnisse zu erspähen; die Griechen und Lateiner, deren Mittagessen ein Gedanke aus dem Tacitus, deren Abendessen ein Satz aus dem Thukydides ist, die ihr Leben lang auf der Jagd nach einem Manuskript oder einem Papyrus den Staub der Bibliotheken schlucken, sind lauter Prädestinierte. Von dem, was um sie her vorgeht, merken sie niemals etwas, so sehr sind sie fortwährend in ihre Arbeit vertieft oder in ihre Ekstase. Und wenn ihr Unglück sich am hellen Mittag vollzöge, sie würden es kaum sehen. Glückliche! O tausendmal Glückliche! Beispiel: Beauzée[34] kommt aus einer Sitzung der Akademie nach Hause und überrascht seine Frau mit einem Deutschen. *»Quand je vous avertissais, madame, qu'il fallait que je m'en aille . . .«* ruft der Ausländer. – *»Eh! monsieur, dites au moins: Que je m'en allasse!«* – versetzt das Mitglied der Akademie.

Dann kommen, die Leier in der Hand, einige Poeten, deren animalische Kräfte alle miteinander das Entresol verlassen haben, um das höhere Stockwerk zu beziehen. Da sie den Pegasus besser zu reiten wissen, als die Stute des Gevatters Pierre[35], so verheiraten sie sich selten; sie sind gewöhnt, von Zeit zu Zeit einmal an einer vagabundierenden oder nur in ihrer Einbildung vorhandenen Chloris ihren Liebesdrang auszulassen.

Aber die Männer, deren Nase mit Tabak besudelt ist;

aber diejenigen, die das Unglück haben, mit einem Dauerschnupfen auf die Welt gekommen zu sein;

aber die rauchenden oder priemenden Seeleute;

aber die Leute, die infolge ihres barschen und galligen Charakters immer aussehen, als hätten sie einen sauren Apfel gegessen;

aber die Männer, die in ihrem persönlichen Benehmen einige zynische Unarten, die gewisse Angewohnheiten haben, die immerzu unsauber aussehen;

aber die Ehemänner, die man mit dem schimpflichen Beinamen »Bettwärmer« belegt;

und endlich die Greise, welche junge Mädchen heiraten;

alle diese Leute sind in hervorragendem Maße prädestiniert!

Noch eine letzte Klasse von Prädestinierten gibt es, die ebenfalls ihres Unglücks beinahe gewiß sind. Wir meinen die Plagegeister und Nörgler, die Topfgucker und Haustyrannen, die ganz merkwürdige Ideen über häusliche Herrschaft haben, die ganz offen von den Frauen schlecht denken und vom Leben nicht mehr verstehen, als ein Maikäfer von der Naturgeschichte. Die Ehen dieser Leute gleichen einer Wespe, der ein Schuljunge den Kopf abgeschnitten hat und die bald hier, bald da gegen eine Fensterscheibe anstößt. Für diese Sorte von Prädestinierten ist unser Buch ein Buch mit sieben Siegeln. Für diese Dummköpfe, die wandelnden Statuen aus einer Kathedrale gleichen, schreiben wir so wenig wie für die alten Maschinen von Marly[36], die die Wasserkünste im Versailler Park speisen, und die man nicht mehr in Betrieb setzen kann, ohne befürchten zu müssen, daß sie unversehens aus allen Fugen gehen.

Selten beobachte ich in den Salons die schnurrigen Ehemannsgestalten, von denen es dort wimmelt, ohne daß mir eine Szene ins Gedächtnis kommt, an der ich einmal in meiner Jugend meinen Spaß hatte.

Im Jahre 1819 bewohnte ich ein Häuschen in dem entzückenden Tal von Isle-Adam. Meine Einsiedelei lag unmittelbar am Park von Cassan, dem lieblichsten aller Ruhesitze, die Luxus und Kunst geschaffen haben: wonnig anzusehen, von den kokettesten Spazierwegen durchzogen, unbeschreiblich kühl und wasserreich im Sommer. Diese grüne Kartause verdankt ihr Entstehen einem Generalpächter der guten alten Zeit, einem gewissen Bergeret[37], der einst durch seine Originalität und viele heliogabalische Streiche berühmt war: Er ging zum Beispiel mit goldgepuderten Haaren in die Oper, veranstaltete für sich allein eine glänzende Illumination seines Parks oder gab sich selber ein prunkvolles Fest. Dieser bürgerliche Sardanapal hatte von einer italienischen Reise eine solche Begeisterung für die Naturschönheiten jenes Landes mitgebracht, daß er in einem Anfall von Fanatismus vier oder fünf Millionen ausgab, um in seinem Park alle in seiner Mappe mitgebrachten Landschaftsbilder kopieren zu lassen. Die entzückendsten Zusammenstellungen verschiedener Laubarten, die seltensten Bäume, lange Täler, die malerischsten Aussichtspunkte, Borromeische Inseln[38], die auf klaren, neckisch bewegten Fluten schwimmen, sind die Einzelstrahlen, die ihre optischen Schätze in einem einzigen Punkte vereinigen, einer *Isola bella,* von der aus das bezaubernde Auge jede Einzelheit in Muße betrachten kann; einer Insel, auf der unter den nickenden Wipfeln hundertjähriger Weiden ein Häuschen sich versteckt; einer Insel, die, von Wasserlilien, Sträuchern und Blumen umsäumt, einem reichgefaßten Smaragd gleicht. Ein Zufluchtsort, den zu finden man tausend Meilen reisen möchte . . . ! Der kränklichste, verdrießlichste, trockenste von allen unsern genialen Männern, die sich nicht wohl befinden, würde an diesem Ort, von den leckern Gaben eines rein vegetativen Daseins überhäuft, binnen vierzehn Tagen an Fettsucht und Zufriedenheit sterben. Der damalige Besitzer dieses Paradieses, der sich übrigens aus seinem Eden nicht viel machte, hatte sich in Ermangelung eines Kindes oder einer Frau als Liebling einen großen Affen zugelegt. Vielleicht hatte er als früherer Liebhaber einer Kaiserin – wenigstens erzählte man sich von diesem Verhältnis Geschichten – von dem Menschengeschlecht genug gekriegt. Ein eleganter Holzkäfig, der von einer gedrechselten Säule getragen wurde, bildete die Behausung des boshaften angeketteten Tieres, das von seinem launenhaften Herrn, der öfter in Paris als auf seinem Landgut war, nur selten mit einer Liebkosung bedacht wurde. Der Affe stand in sehr schlechtem Ruf. Ich erinnere mich, mit angesehen zu haben, wie er mehreren Damen gegenüber beinahe so unverschämt wurde wie ein Mann. Später war der Besitzer genötigt, ihn töten zu lassen, da seine Bösartigkeit ständig zunahm.

Eines Morgens saß ich im Park unter einem schönen, blühenden Tulpenbaum. Ich war damit beschäftigt, nichts zu tun. Während ich die liebeatmenden Blumendüfte einsog, die von hohen Pappelbäumen an dem köstlichen Ort festgehalten wurden, während ich im Schweigen des Waldes schwelgte, dem Murmeln des Wassers und dem Rauschen der Blätter zuhörte, den blauen Himmelsgrund bewunderte, auf dem über meinem Kopfe perlmutterfarbene und goldige Wolken sich abzeichneten, während vielleicht meine Gedanken in meinem künftigen Leben spazieren gingen – da hörte ich plötzlich einen Tölpel, der am Tage vorher von Paris gekommen war, mit dem unmotivierten Eifer eines Menschen, der nichts zu tun hat, die Geige spielen. Ich möchte meinem grausamsten Feinde nicht wünschen, auf einmal so aus der erhabenen Harmonie der Natur herausgerissen zu werden. Ja, wenn die fernen Töne von Rolands Horn die Lüfte belebt hätten, dann vielleicht . . . aber daß ein kreischendes Quintengekratze sich anmaßt, einem menschliche Ideen und Worte in den Sinn zu rufen . . . ! Jener Amphion[39] ging im Eßzimmer auf und ab und setzte sich schließlich auf eine Fensterbrüstung, genau dem Affen gegenüber. Vielleicht suchte er ein Publikum. Plötzlich sehe ich das Tier sachte von seinem kleinen Gefängnisturm heruntersteigen: Es stellt sich auf seine Hinterfüße, senkt den Kopf wie ein Schwimmer und kreuzt die Arme auf der Brust mit dem Stolz eines gefesselten Spartakus oder eines Catilina, der Ciceros Reden anhört. Plötzlich wird der Bankier von einer sanften Stimme gerufen, deren Silberklang das Echo eines mir bekannten Boudoirs erweckte; er legt die Geige auf die Fensterbrüstung und enteilt wie eine Schwalbe, die in schnellem Flug auf ihre Genossin zusegelt. Der große Affe, dessen Kette von beträchtlicher Länge war, ging an das Fenster und nahm mit ernstem Gesicht die Violine in die Hand. Ich weiß nicht, ob schon jemand wie ich das Vergnügen gehabt hat, einen

Affen zu sehen, der das Geigenspiel zu lernen versucht; aber noch jetzt, nun ich nicht mehr so viel lache wie in jenen sorglosen Tagen, kann ich niemals ohne ein Lächeln an meinen Affen denken. Zunächst packte der Halbmensch das Instrument mit derber Faust und beschnüffelte es, wie wenn er einen Apfel hätte essen wollen. Wahrscheinlich entlockte die Atmungstätigkeit seiner Nase dem tönenden Holz einen leisen Wohlklang; denn jetzt wiegte der Orang-Utan den Kopf, drehte die Geige hin und her, hob und senkte sie, hielt sie mit steifem Arm von sich ab, schwenkte sie, legte sie an sein Ohr, ließ sie fallen und fing sie wieder auf – und dies alles mit einer Gelenkigkeit und Schnelligkeit, wie sie nur diesen Tieren eigen sind. Er befragte das stumme Holz mit einer dummschlauen Miene, die etwas merkwürdig Unverständliches an sich hatte. Endlich versuchte er auf höchst groteske Art, die Geige unter sein Kinn zu klemmen, indem er mit der einen Hand den Hals hielt; aber wie ein verzogenes Kind wurde er bald einer Übung müde, die eine schwer zu erlangende Geschicklichkeit erforderte, und rupfte nur an den Saiten, ohne ihnen etwas anderes entlocken zu können als grelle Mißtöne. Jetzt wurde er ärgerlich, legte die Geige auf die Fensterbrüstung, packte den Bogen und begann ihn heftig hin und her zu stoßen, wie ein Steinmetz, der einen Stein sägt. Da auch dieser neue Versuch seine verständnisvollen Ohren nur noch mehr belästigte, packte er den Bogen mit beiden Händen und schlug aus Leibeskräften auf das unschuldige Instrument ein, die Quelle von so viel Lust und Wohllaut. Er kam mir vor wie ein Schüler, der einen Kameraden unter sich hat, dem er zur Strafe für eine Niederträchtigkeit schnell, aber wohlgezielt, eine gehörige Tracht Prügel verabfolgt. Nachdem die Geige verurteilt und hingerichtet worden war, setzte sich der Affe auf ihre Trümmer und ergötzte sich mit einer stumpfsinnigen Freude daran, sich mit dem zerbrochenen Bogen durch den blonden Pelz zu fahren.

Seit diesem Tage habe ich das Ehewesen der Prädestinierten niemals mit ansehen können, ohne die meisten Ehemänner mit diesem Orang-Utan zu vergleichen, der die Geige spielen wollte.

Die Liebe ist die melodiöseste aller Harmonien, und eine Ahnung davon ist uns allen angeboren. Die Frau ist ein köstliches Instrument der Lust, aber man muß die erzitternden Saiten kennen, muß lernen, wie es anzusetzen ist, wie mit wechselndem Fingersatz die Töne zu meistern sind. Wie viele Orangs . . . Männer, wollte ich sagen . . . verheiraten sich, ohne zu wissen, was eine Frau ist! Wie viele Prädestinierte haben sie behandelt, wie der Affe von Cassan seine Geige! Sie brauchen das Herz, das sie nicht verstanden, wie sie das Kleinod, dessen Geheimnis ihnen unbekannt war, schändeten und verachteten. Als lebenslängliche Kinder scheiden sie aus dem Leben mit leeren Händen; sie haben vegetiert, haben von Liebe und Lust gesprochen, von Ausschweifung und Tugend, wie die Sklaven von der Freiheit sprechen. Fast alle haben sich verheiratet, ohne von der Frau und von der Liebe auch nur die allergeringste Kenntnis zu besitzen. Sie haben in einem fremden Haus die Tür eingeschlagen und verlangt, im Salon eine gute Aufnahme zu finden! Aber der gewöhnlichste Künstler weiß, daß zwischen ihm und seinem Instrument – das doch nur aus Holz oder Elfenbein ist! – eine Art von unerklärbarer Freundschaft besteht. Er weiß aus Erfahrung, daß er Jahre gebraucht hat, um diese geheimnisvolle Beziehung zwischen einem unbelebten Stoff und sich selbst herzustellen. Er hat nicht beim ersten Versuch alle Freudenquellen und bösen Launen, alle Mängel und Tugenden seines Instruments geahnt. Erst nach langen Studien wird dieses für ihn eine Seele und eine unerschöpfliche Quelle des Wohllauts; wie zwei Freunde lernen sie einander erst nach den tiefsinnigsten Zwiegesprächen kennen.

Kann ein Mensch, der im Leben hockt, wie ein Priesterschüler in seiner Zelle, die Frau verstehen und dieses wunderbare Noten-Abc lesen lernen? Kann das ein Mann, dessen Beruf es ist, für andere zu denken, über andere zu richten, andere zu regieren, andere zu bestehlen, andere zu ernähren, zu heilen, zu verwunden? Mit einem Wort, können alle unsere Prädestinierten ihre Zeit darauf verwenden, eine Frau zu studieren? Sie verkaufen ihre Zeit – wie sollten sie sie da aufs Glück verwenden? Das Geld ist ihr Gott. Man kann nicht zwei Herren zugleich dienen. Daher ist denn auch die Welt voll von jungen Frauen, die blaß und schwach, krank und leidend sich durchs Leben schleppen. Die einen leiden an mehr oder minder gefährlichen Erhitzungen; andern ist das grausame Los beschieden, von mehr oder minder heftigen Nervenkrisen heimgesucht zu werden. Die Ehemänner aller dieser Frauen sind Dummköpfe und Prädestinierte. Sie haben sich ihr Unglück selber bereitet und darauf eine Sorgfalt verwandt, mit der ein Ehekünstler die köstlichen, lange blühenden Blumen der Liebeswonne zur Entfaltung gebracht hätte. Die Zeit, die ein Dummkopf darauf verwendet, sein eignes Glück zu vernichten, weiß ein Gescheiter dazu zu benutzen, sein Glück heranzubilden.

XXVI. Beginne niemals die Ehe mit einer Vergewaltigung.

Mit der unehrerbietigen Kühnheit der Chirurgen, die mit rücksichtslosem Schnitt das trügerische Muskelgewebe auftrennen, unter welchem eine ekelhafte Wunde sich birgt, haben wir in den vorhergehenden Betrachtungen die Ausdehnung des Geschwürs festgestellt. Die Tugend unserer Gesellschaft, auf den Seziertisch unseres anatomischen Theaters gelegt, hat nicht einmal einen Leichnam unter dem Skalpell gelassen. Ob nun Liebhaber oder Gatte, habt ihr über die Krankheit gelächelt oder vor ihr geschaudert? Nun, mit einer boshaften Freude wälzen wir die Verantwortung für die ungeheuer schwere Last, unter der die Gesellschaft stöhnt, auf das Gewissen der Prädestinierten. Wenn Harlekin den Versuch macht, ob nicht sein Pferd sich dran gewöhnen könnte, ohne Futter zu leben, dann ist er nicht lächerlicher als die Männer, die in ihrer Ehe das Glück finden wollen, aber sie nicht mit aller erforderlichen Sorgfalt pflegen. Die Fehltritte der Frauen sind ebenso viele Anklagen gegen die Selbstsucht, Gleichgültigkeit und Nichtigkeit der Ehemänner.

Und nun, Leser, mußt du, der du oft dein Verbrechen an einem andern verdammt hast, die Waage halten! Die eine Schale ist ziemlich schwer beladen; sieh zu, was du in die andere legen willst! Mache einen Überschlag über die Zahl der Prädestinierten, die sich etwa unter der Gesamtzahl der Verheirateten befinden, und wäge: Dann wirst du wissen, wo das Leiden seinen Sitz hat!

Wir wollen versuchen, in die Ursachen dieser ehelichen Krankheit noch etwas tiefer einzudringen.

Wird das Wort »Liebe« auf die Fortpflanzung der Rasse angewandt, so ist es die schändlichste Lästerung, die unser moderner Sittenbegriff jemals ausgesprochen hat. Indem uns die Natur durch das göttliche Geschenk des Denkens über das Tier erhob, hat sie uns die Fähigkeit verliehen, Eindrücke und Gefühle, Bedürfnisse und Leidenschaften zu empfinden. Diese Doppelnatur schafft im Menschen das Tier und den Liebenden, und diese Unterscheidung wird das gesellschaftliche Problem aufklären, das uns hier beschäftigt.

Die Ehe kann je nach dem politischen, bürgerlichen und sittlichen Standpunkt als ein Gesetz, als ein Vertrag, als eine Einrichtung betrachtet werden: als ein Gesetz, indem sie für die Fortpflanzung der Gattung sorgt; als ein Vertrag, indem sie die Übertragung des Eigentums regelt; als eine Einrichtung, indem sie Interessen verbürgt, die für alle Menschen wichtig sind. Sie haben einen Vater und eine Mutter, sie werden Kinder haben. Die Ehe muß also der Gegenstand allgemeiner Ehrfurcht sein. Für die Gesellschaft haben nur diese höchsten Begriffe in Betracht kommen können, in denen für sie die Frage der Ehe gipfelt.

Die meisten Menschen haben bei ihrer Heirat nur Fortpflanzung, Eigentum oder Kind im Auge; aber weder Fortpflanzung, noch Eigentum, noch Kind machen das Glück aus. Das »Seid fruchtbar und mehret euch!« hat mit der Liebe nichts zu tun. Von einem Mädchen, das man in vierzehn Tagen vierzehnmal gesehen, im Namen des Gesetzes, des Königs und der Gerechtigkeit Liebe zu verlangen, ist eine Abgeschmacktheit, die der meisten Prädestinierten würdig ist!

Liebe ist der Einklang von Bedürfnis und Gefühl; das Glück der Ehe erwächst aus einem vollkommenen Seeleneinverständnis der beiden Gatten. Daraus folgt, daß ein Mann, um glücklich zu sein, sich an gewisse Vorschriften der Ehe und des Zartgefühls gebunden halten muß. Nachdem er den Vorteil genossen hat, daß das soziale Gesetz dem Bedürfnis sein Recht zuspricht, muß er den geheimen Gesetzen der Natur gehorchen, die die Gefühle sprießen lassen. Wenn er sein Glück darin sucht, geliebt zu werden, muß er aufrichtig lieben: Nichts widersteht einer wahren Leidenschaft.

Aber Leidenschaft empfinden heißt ewig begehren. Kann man immer und ewig die eigene Frau begehren?

Ja.

Die Behauptung, es sei unmöglich, immer dieselbe Frau zu lieben, ist so abgeschmackt, wie wenn man sagen wollte, ein berühmter Künstler brauche mehrere Violinen, um ein Musikstück zu spielen und eine Zaubermelodie zu schaffen.

Die Liebe ist die Poesie der Sinne. Sie teilt das Los alles dessen, was beim Menschen groß ist und aus seinem Denken entspringt. Sie ist entweder erhaben, oder ist nicht vorhanden. Wenn sie da ist, ist sie für ewig da und nimmt stets zu. Dies ist die Liebe, deren Gott, Eros, die Alten zu einem Sohne des Himmels und der Erde machten.

Die Literatur hat im ganzen nur sieben Gegenstände; die Musik drückt alles mit sieben Noten aus; die Malerei hat nur sieben Farben. Wie diese drei Künste beruht vielleicht auch die Liebe auf sieben Grundgesetzen; wir überlassen deren Feststellung dem kommenden Jahrhundert.

Wenn die Dichtkunst, die Tonkunst und die Malerei unendlich viele Ausdrucksmöglichkeiten besitzen, so müssen die Wonnen der Liebe deren noch viel mehr darbieten; denn in den drei Künsten, die uns behilflich sind, die Wahrheit, vielleicht vergeblich, auf dem Wege der Analogien zu suchen, steht der Mensch allein mit seiner Einbildungskraft; die Liebe dagegen ist die Vereinigung zweier Leiber und zweier Seelen. Wenn die drei Hauptarten, dem Gedanken Ausdruck zu verleihen, von den von der Natur zu Dichtern, Musikern oder Malern Bestimmten eine genaue Kenntnis der Grundlagen verlangen, ist es dann nicht sinnfällig, daß man, um glücklich zu sein, zuvor in die Geheimnisse der Liebeswonne eindringen muß? Alle Menschen empfinden das Verlangen nach Fortpflanzung, wie alle Hunger und Durst haben; aber nicht alle sind berufen, Liebeskünstler und Feinschmekker zu sein. Die Kultur unserer Tage hat den Beweis erbracht, daß der Geschmack eine Wissenschaft und daß es keine Eigentümlichkeit gewisser bevorzugter Wesen sei, mit Verständnis zu essen und zu trinken. Die Liebeswonne, als Kunst betrachtet, harrt noch ihres Physiologen. Für uns genügt es, nachgewiesen zu haben, daß nur die Unkenntnis der Grundbedingungen des Glücks an dem Unglück schuld ist, das alle Prädestinierten erwartet.

Nur mit Zittern und Zagen wagen wir die Veröffentlichung einiger Aphorismen, die vielleicht zur Entstehung dieser neuen Kunst führen können, wie Gipskristalle zur Geologie geführt haben. Wir widmen sie dem Nachdenken der Philosophen, der heiratsfähigen jungen Leute und der Prädestinierten.

Ehekatechismus

XXVII. Die Ehe ist eine Wissenschaft.

XXVIII. Ein Mann kann sich nicht verheiraten, ohne Anatomie zu studieren und mindestens eine Frau seziert zu haben.

XXIX. Das Schicksal einer Ehe hängt von der ersten Nacht ab.

XXX. Die Frau, die ihrer freien Willensbestimmung beraubt ist, kann niemals das Verdienst haben, ein Opfer zu bringen.

XXXI. In der Liebe, ganz abgesehen von allen Seelenstimmungen, ist die Frau gewissermaßen eine Leier, die ihre Geheimnisse nur dem offenbart, der sie als Meister zu spielen weiß.

XXXII. Unabhängig von einem unwillkürlichen Widerwillen lebt in der Seele aller Frauen ein Gefühl, das sie treibt, Liebeswonnen, die der Leidenschaft entbehren, früher oder später zu verwerfen.

XXXIII. Nicht nur die Ehre, sondern zum mindesten ebenso sein eigener Vorteil gebieten dem Ehemann, sich niemals einen Genuß zu erlauben, wenn er nicht verstanden hat, in seiner Frau den Wunsch nach diesem Genuß zu erwecken.

XXXIV. Da die Wonne der Liebe durch die Vereinigung von Gefühl und sinnlichen Empfindungen hervorgerufen wird, kann man kühn behaupten, daß die Liebesfreuden eine Art materieller Ideen sind.

XXXV. Da die Ideen eine unendliche Menge von Zusammenstellungen zulassen, muß mit den Wonnen der Liebe das gleiche der Fall sein.

XXXVI. So wenig wie an einem Baum zwei völlig gleiche Blätter sind, finden sich im Menschenleben zwei völlig gleiche Augenblicke der Liebeslust.

XXXVII. Wenn zwischen einem Augenblick der Lust und dem andern Unterschiede bestehen, kann ein Mann stets mit derselben Frau glücklich sein.

XXXVIII. Der Mann, der die Abstufungen der Lust geschickt zu erkennen, sie zu entwickeln, ihnen einen neuen Stil, einen originalen Ausdruck zu verleihen weiß, hat das Zeug zu einem genialen Ehemann.

XXXIX. Im Verkehr zweier Menschen, die einander nicht lieben, ist ein solches geniales Verhalten Unzucht; aber Liebesbeweise, die von der Liebe eingegeben sind, sind niemals unzüchtig.

XL. Die keuscheste verheiratete Frau kann zugleich die wollüstigste sein.

XLI. Die tugendhafteste Frau kann unbewußt unanständig sein.

XLII. Wenn zwei Menschen in der Wonne der Liebe vereint sind, schlummern alle Formen gesellschaftlicher Etikette. Hierin birgt sich eine Klippe, an der schon viele Schiffe gescheitert sind. Ein Ehemann ist verloren, wenn er ein einziges Mal vergißt, daß es eine Scham gibt, die mit den äußern Hüllen nichts zu tun hat. Die eheliche Liebe muß stets zur rechten Zeit die Augenbinde umzulegen und abzunehmen wissen.

XLIII. Kraft besteht nicht darin, daß man stark oder oft zuschlägt, sondern daß man richtig trifft.

XLIV. Eine Begierde aufkeimen zu lassen, sie zu nähren, sie sich entfalten und größer werden zu lassen, sie zu reizen, sie zu befriedigen, das ist ein ganzes Gedicht.

XLV. Die Wonnen der Liebe gehen vom Distichon zum Vierzeiler über, vom Vierzeiler zum Sonett, vom Sonett zur Ballade, von der Ballade zur Ode, von der Ode zur Kantate, von der Kantate zum Dithyrambus. Der Ehemann, der mit dem Dithyrambus beginnt, ist ein Dummkopf.

XLVI. Jede Nacht muß ihre besondere Speisefolge haben.

XLVII. In der Ehe muß man einen unaufhörlichen Kampf gegen ein Ungeheuer führen, das alles verschlingt: die Gewohnheit.

XLVIII. Wenn ein Mann nicht die Liebeswonnen zweier aufeinander folgender Nächte völlig verschieden zu gestalten weiß, hat er sich zu früh verheiratet.

XLIX. Es ist leichter, Liebhaber als Ehemann zu sein, weil es schwerer ist, alle Tage Geist zu haben, als von Zeit zu Zeit eine hübsche Bemerkung zu machen.

L. Ein Ehemann darf niemals als erster einschlafen und niemals als letzter aufwachen.

LI. Der Mann, der das Ankleidezimmer seiner Frau betritt, ist ein Philosoph oder ein Dummkopf.

LII. Der Ehemann, der keine Begierden übrigläßt, ist ein verlorener Mann.

LIII. Die verheiratete Frau ist eine Sklavin, die man verstehen muß, auf einen Thron zu setzen.

LIV. Ein Mann kann sich nicht eher schmeicheln, seine Frau zu kennen und sie glücklich zu machen, als wenn er sie oft auf den Knien sieht.

An diese ganze ahnungslose Herde unserer Prädestinierten, an unsere Legionen von Katarrhalikern, Rauchern, Schnupfern, Wackelgreisen, Brummbären usw. dachte Sterne bei jedem Brief, den in seinem, ›Tristram Shandy‹ Walter Shandy an seinen Bruder Toby schrieb, als dieser letztere mit dem Gedanken umging, die Witwe Wadmann zu heiraten.

Da die berühmten Lehren, die der originellste englische Schriftsteller in diesem Briefe niedergelegt hat, fast ausnahmslos unsere Beobachtungen über die Art, sich den Frauen gegenüber zu benehmen, vervollständigen können, bieten wir sie in wörtlicher Übertragung dem Nachdenken der Prädestinierten dar, und wir bitten sie, andächtig darüber nachzusinnen, da dieser Brief eines der gehaltvollsten Meisterwerke des menschlichen Geistes ist.

Brief Mr. Shandys an den Kapitän Toby Shandy

Mein lieber Bruder Toby!

Was ich Dir sagen will, bezieht sich auf die Natur der Frauen und auf die Art und Weise, sich in Liebesangelegenheiten mit ihnen zu benehmen. Und vielleicht ist es ein Glück für Dich, obgleich nicht in demselben Maße für mich, daß die Gelegenheit sich dargeboten hat und daß ich mich imstande sehe, einige Belehrungen über diesen Gegenstand für Dich niederzuschreiben.

Wenn Er, der uns unsere Gaben zumißt, hätte geruhen wollen, Dir mehr Kenntnisse zuzuteilen als mir, so wäre ich entzückt gewesen, säßest Du an meinem Platze und hieltest Du diese Feder in der Hand; da es aber mir zukommt, Dich zu belehren, und da meine Frau hier bei mir ist und sich anschickt, sich zu Bett zu legen, will ich in großen Umrissen und ohne besondere Ordnung allerlei Gedanken und Vorschriften über die Ehe zu Papier bringen, wie sie mir gerade einfallen und je nachdem ich glaube, daß sie für Dich werden von Nutzen sein können. Ich möchte Dir damit einen Beweis meiner Freundschaft geben und zweifle nicht, mein lieber Toby, an der Dankbarkeit, womit Du ihn empfangen wirst.

Was nun zunächst hierbei die Religion anbetrifft, so bemerke ich zwar an dem Feuer, das mir ins Gesicht steigt, daß ich erröte, während ich Dir hiervon spreche; und ich weiß ferner trotz Deiner Bescheidenheit, die es uns nicht würde sehen lassen, daß Du keine einzige ihrer frommen Übungen vernachlässigst; indessen möchte ich Dir eine derselben ganz besonders ans Herz legen und Dich bitten, sie niemals zu vergessen, zum mindesten nicht, solange Deine Liebschaft dauert. Ich meine, Bruder Toby, daß Du Dich bei dem Gegenstande Deiner Bewerbung niemals, weder morgens noch abends, einfinden solltest, ohne Dich zuvor dem Schutze des allmächtigen Gottes zu befehlen, damit er Dich vor allem Unglück bewahre.

Alle vier oder fünf Tage, und womöglich sogar öfter, rasiere und wasche Dir den Kopf, damit sie nicht, falls Du in einem Augenblick der Zerstreutheit Deine Perücke abnehmen solltest, unterscheiden kann, wie viele von Deinen Haaren unter der Hand der Zeit und wie viele unter der Hand Deines Korporals Trim gefallen sind.

Du mußt, so sehr es in Deinen Kräften steht, ihrer Phantasie jeden Gedanken an einen kahlen Kopf fernhalten.

Beherzige wohl, Toby, diesen sichern Grundsatz und richte Dich nach ihm:

Alle Frauen sind furchtsam. Und es ist ein Glück, daß sie es sind; denn wer möchte sich sonst mit ihnen einlassen?

Deine Hosen dürfen weder zu eng noch zu weit sein und nicht den Pluderhosen unserer Vorfahren gleichen.

Ein angemessenes »Medium« kommt allen Glossen zuvor.

Was Du auch zu sagen hast, ob Du wenig oder viel zu sprechen hast, mäßige stets den Ton Deiner Stimme. Das Schweigen und eine Ruhe, die dem Schweigen nahekommt, erinnern den Geist an die Geheimnisse der Nacht. Darum, wenn Du es vermeiden kannst, lasse niemals die Ofenschaufel oder die Feuerzange fallen.

In Deinen Unterhaltungen mit ihr vermeide alles Scherzen und alles Spotten, und passe soviel wie möglich auf, daß sie keine ausgelassenen Bücher liest. Es gibt einige fromme Traktate, die Du ihr erlauben kannst (obwohl es mir lieber wäre, wenn sie auch diese nicht läse); aber dulde nicht, daß sie Rabelais, Scarron[40] oder Don Quijote liest!

Alle diese Bücher reizen zum Lachen; und wie Du weißt, Toby, gibt es nichts Ernsthafteres als die Zwecke der Ehe.

Stecke stets eine Nadel in Deinen Busenstreif, bevor Du bei ihr eintrittst.

Wenn sie Dir erlaubt, Dich mit ihr auf dasselbe Sofa zu setzen, und wenn sie Dir Gelegenheit gibt, Deine Hand auf die ihrige zu legen, so widerstehe dieser Versuchung. Du kannst nicht ihre Hand ergreifen, ohne daß sie an der Wärme Deiner Hand errät, was in Dir vorgeht. Laß sie stets in bezug auf diesen Punkt und auf viele andere im Ungewissen. Wenn Du Dich so benimmst, wirst Du zum mindesten den Vorteil für Dich haben, daß ihre Neugier erregt ist; und wenn Deine Schöne noch nicht ganz fügsam ist, und wenn Dein Esel noch fortwährend weiterbockt (was sehr wahrscheinlich ist), mußt Du Dir unter den Ohren einige Unzen Blut abzapfen lassen, nach einem Brauch der alten Szythen, die durch dieses Mittel die regellosesten Begierden ihrer Sinne heilten.

Avicenna[41] ist der Meinung, man solle sich danach mit Nieswurzextrakt einreiben, nachdem man die angemessenen Ausleerungs- und Abführungsmittel angewandt habe; und ich bin vollkommen seiner Meinung. Aber vor allen Dingen iß nur wenig und auf keinen Fall Ziegen- oder Hirschfleisch; enthalte Dich sorgsam, das heißt, so sehr Du nur kannst, der Pfauen, Kraniche, Bläßhühner, Taucher und Wasserhühner.

Dein Getränk – das brauche ich wohl nicht besonders zu betonen – sollte ein Aufguß auf Eisenkraut und Haneakraut sein, von denen Aelianus[42] Wunderwirkungen berichtet. Sollte aber Dein Magen sie nicht vertragen, so müßtest Du von ihrem ferneren Gebrauch absehen und von Gurken, Melonen, Portulak und Lattich leben.

Für den Augenblick fällt mir weiter nichts ein, was ich Dir sagen könnte.

Es sei denn, daß, falls der Krieg erklärt werden sollte ...

Ich wünsche Dir also, mein lieber Toby, daß alles aufs beste gehe

und bin Dein Dich liebender Bruder
Walter Shandy.

So wie die Sachen jetzt stehen, würde Sterne selber ohne Zweifel aus seinem Brief die Bemerkung über den Esel streichen; er würde sich hüten, einem Prädestinierten den Rat zu geben, sich Blut abzapfen zu lassen, und würde anstatt der Gurken und des Lattichs eine ganz besonders gehaltreiche Kost anempfehlen. Er riet damals zum Maßhalten, um für den Augenblick der Kriegserklärung einen zauberhaften Überfluß zu erzielen; dies war eine Nachahmung des Verfahrens der bewunderungswürdigen englischen Regierung, die in Friedenszeiten zweihundert Kriegsschiffe hat, deren Werften aber im Notfall das Doppelte liefern können, wenn es gilt, die Meere zu umklammern und sich einer ganzen Flotte zu bemächtigen.

Wenn ein Mann zur kleinen Zahl derer gehört, die eine großherzige Erziehung in das Reich des Denkens einführt, so sollte er stets, ehe er sich verheiratet, seine körperlichen wie seine sittlichen Kräfte prüfen. Um mit guter Aussicht auf Erfolg gegen alle die Stürme kämpfen zu können, die so viele Verführungen im Herzen seiner Frau zu erregen drohen, muß ein Ehemann außer einer wissenschaftlichen Kenntnis der Liebeswonnen und einem Vermögen, das ihm erlaubt, zu keiner Klasse der Prädestinierten zu gehören, noch folgende Eigenschaften besitzen: eine kräftige Gesundheit, einen auserlesenen Takt, viel Geist, genug Vernunft, um seine Überlegenheit nur bei passenden Anlässen merken zu lassen, und endlich ein außerordentlich feines Gesicht und Gehör.

Hätte er ein schönes Gesicht, einen hübschen Wuchs, ein männliches Aussehen, und bliebe er in seinen Leistungen hinter allen diesen Versprechungen zurück, so würde er zur Klasse der Prädestinierten gehören. Daher wäre ein häßlicher Mann, dessen Gesicht aber ausdrucksvoll ist, in der günstigsten Lage, um den Kampf mit dem Geist des Bösen aufzunehmen, sobald seine Frau nur einmal seine Häßlichkeit vergessen hätte. Er wird sorgfältig darauf achten, und dies ist ein Umstand, den Sterne in seinem Brief vergessen hat, stets geruchlos zu sein, um keinen Widerwillen zu erregen. Daher wird er auch von den Parfums, die unsere Schönen stets einem beleidigenden Verdacht aussetzen, nur einen mäßigen Gebrauch machen.

Er wird sich in seinem Benehmen der größten Vorsicht befleißigen, wird in allem, was er sagt, sich der gewähltesten Ausdrücke bedienen, wie wenn er ein Courmacher der unbeständigsten Frau wäre. Für ihn hat ein Philosoph folgende Betrachtung angestellt:

»Manche Frau hat sich für ihr Leben unglücklich gemacht, hat sich zugrunde gerichtet, hat sich entehrt um eines Menschen willen, den sie nachher nicht mehr liebte, weil er seinen Rock ungeschickt ausgezogen, einen seiner Nägel schlecht beschnitten, seinen Strumpf verkehrt angezogen oder sich beim Aufmachen eines Knopfes tölpelhaft benommen hat.«

Eine seiner wichtigsten Pflichten wird es sein, seiner Frau den wirklichen Stand seines Vermögens zu verbergen, um ihr alle möglichen Einfälle und Launen befriedigen zu können, wie freigebige Junggesellen es zu tun pflegen.

Endlich – und das ist schwierig, man bedarf dazu eines übermenschlichen Mutes – muß er den Esel, von dem Sterne spricht, vollkommen in seiner Gewalt haben. Dieser Esel muß ihm gehorchen, wie ein Leibeigener des dreizehnten Jahrhunderts seinem Herrn; muß ihm zu Willen sein und schweigen, muß auf den leisesten Wink gehen und stehen.

Auch wenn ein Ehemann mit allen diesen Vorteilen ausgerüstet ist, wird er dennoch kaum mit Aussicht auf Erfolg den Kampf aufnehmen können. Wie alle andern läuft er immer noch Gefahr, für seine Frau nur eine Art verantwortlich zeichnenden Herausgebers zu sein.

»Ei was!« werden hier einige gute Leutchen rufen, deren Horizont bei ihrer Nasenspitze endet, »ei was, muß man sich denn mit dem Lieben so viele Mühe machen? Müßte man wirklich, um in der Ehe glücklich zu sein, vorher in die Schule gehen? Wird wohl gar die Regierung für uns einen Lehrstuhl der Wissenschaft der Liebe errichten, wie sie neulich einen Professor für Staatsrecht angestellt hat?«

Hierauf antworten wir:

Diese mannigfaltigen, so schwer zu erkennenden Regeln, diese ins einzelne gehenden Beobachtungen, diese je nach den Temperamenten so veränderlichen Begriffe präexistieren bereits, sozusagen, im Herzen derer, die für die Liebe geschaffen sind, wie ein instinktmäßiger Geschmack und eine schwer zu erklärende Fähigkeit, Ideen zu kombinieren, sich in der Seele des Dichters, des Malers oder des Tonkünstlers finden. Männer, denen es irgendwie Schwierigkeiten machen sollte, die in dieser Betrachtung gegebenen Regeln zu betätigen, sind von Natur Prädestinierte, wie ein Mensch, der die zwischen zwei verschiedenen Ideen bestehenden Beziehungen nicht wahrzunehmen vermag, ein Dummkopf ist. Ja, die Liebe hat ihre unbekannten großen Menschen, wie der Krieg seine Napoleons, wie die Dichtkunst ihre André Chéniers und wie die Philosophie ihre Descartes hat!

Diese letzte Beobachtung enthält den Keim einer Antwort auf die Frage, die seit langer Zeit alle Menschen sich stellen: Warum kommt eigentlich so selten eine glückliche Ehe vor?

Dieses Phänomen der sittlichen Welt findet sich selten, weil man nur wenig genialen Menschen begegnet. Eine dauerhafte Leidenschaft ist ein erhabenes Drama, das von zwei gleichbegabten Schauspielern aufgeführt werden muß; ein Drama, dessen Katastrophen die Gefühle, dessen Ereignisse die Begierden sind; ein Drama, in dem der leiseste Gedanke zu einem Szenenwechsel führt. Wie könnte man nun in dieser Herde von Zweihändern, die man ein Volk nennt, häufig einen Mann und eine Frau finden, die in gleich hohem Grade mit dem Genie der Liebe begabt sind, da ja schon in den andern Wissenschaften, in denen zur Erreichung des Erfolges der Künstler nur mit sich selbst im klaren zu sein braucht, die Talente so dünn gesät sind?

Bis jetzt haben wir uns damit begnügt, die gewissermaßen physischen Schwierigkeiten ahnen zu lassen, die zwei Gatten zu überwinden haben, um glücklich zu sein. Wie nun erst, wenn wir das erschreckende Gemälde der sittlichen Verpflichtungen enthüllen müßten, die aus der Verschiedenheit der Charaktere entstehen ...? Schweigen wir darüber! Der Mann, der geschickt genug ist, sein Temperament zu lenken, wird ganz gewiß auch der Beherrscher seiner Seele sein.

Wir wollen annehmen, unser Mustergatte erfülle diese Hauptbedingungen, die erforderlich sind, um seine Frau erfolgreich gegen den Ansturm der Feinde zu verteidigen. Wir wollen annehmen, er gehöre zu keiner der zahlreichen Klassen von Prädestinierten, über die wir Musterung gehalten haben. Endlich wollen wir annehmen, daß er sich alle Grundsätze zu eigen gemacht habe; daß er die wunderbare Wissenschaft beherrsche, von deren Lehren wir dem Leser einige enthüllt haben; daß er bei der Auswahl seiner Frau sehr verständig zu Werke gegangen sei; daß er seine Frau kenne; daß er von ihr geliebt werde. Und nun wollen wir in der Aufzählung aller allgemeinen Ursachen fortfahren, die die kritische Lage noch verschlimmern können, in die wir ihn zur Belehrung des Menschengeschlechtes zu bringen gedenken.

Sechste Betrachtung

Die Pensionate

Wenn du ein Mädchen geheiratet hast, das seine Erziehung in einem Pensionat empfangen hat, so hast du gegen dein Glück außer allen bisher bereits aufgezählten schlechten Aussichten noch dreißig andere, und du gleichst genau einem Menschen, der mit der Hand in ein Wespennest gegriffen hat.

Laß dich von der unschuldigen Unwissenheit, der naiven Anmut, der schamhaften Zurückhaltung deiner Frau nicht fangen, sondern sobald eure Ehe den priesterlichen Segen empfangen hat, überlege dir und befolge flugs die Grundsätze und Lehren, die wir im zweiten Teil dieses Buches ausführlich behandeln werden! Wende sogar die strengen Maßnahmen des dritten Teiles an; übe auf der Stelle eine tätige Wachsamkeit, entfalte zu jeder Stunde eine väterliche Sorgfalt – denn schon am Tage nach deiner Hochzeit, ja vielleicht sogar am Tage vorher, war »Gefahr im Verzug«.

Bitte erinnere dich nur einmal der ebenso tiefen wie geheimen Kenntnis, die die Schüler sich *de natura rerum* über die Natur der Dinge verschaffen! Sind jemals La Pérouse[43], Cook[44] oder Kapitän Parry[45] mit solchem Eifer auf ihre Entdeckungsreisen nach den Polen ausgesegelt, wie die Gymnasiasten nach den verbotenen Gestaden des Ozeans der Liebesfreuden?

Da die Mädchen listiger, geistreicher und neugieriger sind als die Knaben, müssen ihre heimlichen Zusammenkünfte, ihre Gespräche, die keine Kunst züchtiger Matronen verhindern kann, von einem tausendmal höllischeren Geiste geleitet werden wie die der Gymnasiasten. Welcher Mann hat jemals die moralischen Betrachtungen und boshaften Bemerkungen dieser jungen Mädchen gehört? Sie allein kennen jene Spiele, in denen die Ehre zum voraus verloren ist, diese Proben der Liebeslust, diese tastenden Versuche in der Wollust, diese Nachahmungen des Glücks, die man mit den Diebstählen vergleichen kann, die von naschhaften Kindern verübt werden, um sich einer im verschlossenen Schrank aufbewahrten Leckerei zu bemächtigen. Ein Mädchen wird vielleicht ihre Pension als Jungfrau verlassen; aber keusch? Keinesfalls! Sie wird mehr als einmal in geheimen Plauderkränzchen die wichtige Frage der Liebhaber besprochen haben, und die Verderbnis muß ihr Herz oder muß ihren Geist ergriffen haben; womit ich übrigens keinen Gegensatz von Herz und Geist aufstellen möchte.

Wir wollen indessen annehmen, deine Frau habe an diesen Leckerhaftigkeiten ausgelassener Jüngferchen, an diesen verfrühten Liebesscherzen keinen Anteil gehabt. Wenn sie also im geheimen Rat der »Großen« keine beratende Stimme gehabt hat, wird sie darum besser sein? Nein. Sie wird dort Freundschaft mit andern jungen Mädchen geschlossen haben, und wir sind gewiß bescheiden, wenn wir ihr nur zwei oder drei intime Freundinnen zubilligen. Bist du sicher, daß nach dem Ausscheiden deiner Frau aus der Pension ihre jungen Freundinnen nicht zu jenen Zusammenkünften zugelassen worden sind, in denen man vor der Zeit die Spiele der Tauben kennenzulernen oder sich wenigstens von ihnen einen Begriff zu machen sucht? Endlich werden ihre Freundinnen sich verheiraten; dann hast du vier Frauen zu überwachen anstatt einer, hast vier Charaktere zu erraten und bist auf Gnade und Ungnade vier Ehemännern und einem Dutzend Junggesellen preisgegeben, deren Lebenswandel, Grundsätze und Gewohnheiten dir völlig unbekannt sind. Wir nehmen nämlich an, daß unsere Betrachtungen dich von der Notwendigkeit überzeugen werden, dich eines Tages mit den Leuten zu beschäftigen, die du bei der Ehe mit deiner Frau ahnungslos mitgeheiratet hast. Nur Satan selber hat auf den Gedanken kommen können, mitten in einer großen Stadt eine Pension für junge Damen zu errichten! Madame Campan[46] hatte doch wenigstens den Sitz ihres berühmten Instituts nach Écouen verlegt. Diese kluge Vorsicht beweist, daß sie keine gewöhnliche Frau war. Dort sahen ihre jungen Damen nicht das Straßenmuseum: jene grotesken Riesenbilder und schmutzigen Worte, die der böse Geist mit Kreide und Rotstift an die Wände malt. Sie hatten nicht unaufhörlich das Schauspiel menschlicher Gebrechen vor Augen, das in Frankreich auf jedem Prellstein sich breitmacht; keine niederträchtigen Leihbibliotheken träufelten im geheimen das Gift allzu lehrreicher und die Phantasie entflammender Bücher in ihre Adern. Daher konnte diese kluge Institutsvorsteherin wohl nur in Écouen ein junges Mädchen unberührt und rein erhalten, sofern das überhaupt möglich ist. Vielleicht hoffst du, es leicht verhindern zu können, daß deine Frau ihre Pensionsfreundinnen wiedersieht? Torheit! Sie wird sie auf dem Ball treffen, im Theater, auf der Promenade, in den Gesellschaften; und wie viele Dienste können nicht zwei Frauen einander erweisen! Aber diesen neuen Gegenstand des Schreckens werden wir an seinem Ort und Platz gebührend betrachten.

Und das ist noch nicht alles: Wenn deine Schwiegermutter ihre Tochter in eine Pension gegeben hat, meinst du, das sei aus Interesse für ihre Tochter geschehen? Ein kleines Fräulein von zwölf bis fünfzehn Jahren ist ein schrecklicher Argus; und wenn die Schwiegermutter keinen Argus im Hause hat haben wollen, so beginne ich zu argwöhnen, daß deine Frau Schwiegermutter unbedingt zum allerzweifelhaftesten Teil unserer anständigen Frauen gehört. Auf alle Fälle wird sie also für ihre Tochter entweder ein verhängnisvolles Beispiel oder eine gefährliche Beraterin sein.

Aber halt ...! Die Schwiegermutter verlangt eine ganze Betrachtung für sich.

Auf welche Seite du dich also auch legen magst, in dieser Beziehung ist das Ehebett überall gleich dornig.

Vor der Revolution schickten aristokratische Familien ihre Töchter ins Kloster. Diesem Beispiel folgten zahlreiche Leute, die sich einbildeten, wenn sie ihre Töchter an Orte brächten, wo sich die Töchter der vornehmsten Herrschaften befänden, so würden sie deren Ton und Manieren annehmen. Dieser Irrtum eitlen Stolzes war von vornherein ein schwerer Schaden für das häusliche Glück; denn die Klöster besaßen alle Nachteile der Pensionate. Der Müßiggang übt in ihnen einen noch schrecklicheren Einfluß aus. Die Absperrungsgitter entflammen die Phantasie. Die Einsamkeit ist eine der Lieblingsprovinzen des Teufels; und man glaubt es kaum, welche Verwüstungen die gewöhnlichsten Lebenserscheinungen in der Seele dieser träumerischen, unwissenden und unbeschäftigten jungen Mädchen anrichten können!

Einige beschäftigen sich so inbrüstig mit ihren Schimären, daß sie auf mehr oder weniger sonderbare Quidproquos verfallen. Andere, die sich von ehelichem Glück eine übertriebene Vorstellung gemacht haben, sagen, wenn sie einem Gatten angehören, zu sich selbst: »Wie? Das ist alles?« Jedenfalls bringt die unvollkommene Bildung, die diese gemeinschaftlich erzogenen Mädchen sich erwerben, die ganze Gefahr der Unwissenheit und das ganze Unglück des Wissens mit sich.

Ein junges Mädchen, das durch eine Mutter oder durch eine tugendhafte, bigotte, liebenswürdige oder zänkische alte Tante zu Hause erzogen worden ist; ein junges Mädchen, das niemals die Schwelle seiner Häuslichkeit überschritten hat, ohne von einer Anstandsdame begleitet zu sein; das in seiner Kindheit fortwährend hat fleißig sein, und, um nur beschäftigt zu sein, sogar überflüssige Arbeiten hat machen müssen; dem endlich alles unbekannt ist, sogar Séraphins Schattenspiele[47], ein solches junges Mädchen ist einer jener Schätze, die man hier und da in der Welt antrifft, wie jene Waldblumen, die von so dichtem Gestrüpp umgeben sind, daß sterbliche Augen sie nicht haben erreichen können. Wer als Herr einer so lieblichen, so reinen Blume sie von andern pflegen läßt, der hat sein Unglück tausendmal verdient! Der ist entweder ein Ungeheuer oder ein Dummkopf.

Hier wäre der Augenblick gekommen, zu untersuchen, ob es irgendein bestimmtes Verfahren gibt, sich gescheit zu verheiraten. Man könnte sich damit die Vorsichtsmaßregeln ersparen, die im zweiten und dritten Teil dieses Buches eine zusammenhängende Darstellung erfahren werden. Aber ist es nicht hinreichend bewiesen, daß es leichter ist, in einem auf allen Seiten dicht verschlossenen rotglühenden Ofen die ›Schule der Frauen‹[48] zu lesen, als den Charakter, die Gewohnheiten und den Geist eines heiratsfähigen Fräuleins zu erkennen?

Verheiraten die meisten Männer sich nicht genau so, wie wenn sie einen Posten Staatspapiere an der Börse kauften?

Und wenn es uns in der vorhergehenden Betrachtung gelungen ist, nachzuweisen, daß die größte Zahl der Männer gegen ihre Gattenehre im höchsten Grade gleichgültig ist, kann man dann vernünftigerweise annehmen, daß es viele Leute gibt, die reich, geistvoll und nachdenklich genug sind, um, wie jener Burchell im ›Landprediger von Wakefield‹[49], ein oder zwei Jahre darauf zu verwenden, die Mädchen, aus denen sie sich ihre Frau wählen wollen, zu ergründen, zu beobachten? Sie bekümmern sich ja so wenig um sie, nachdem sie sie während jener kurzen Zeitspanne, die die Engländer »Honigmond« nennen, in ehelicher Liebe besessen haben! Mit dem Einfluß dieses Honigmonds werden wir uns demnächst noch beschäftigen.

Da wir indessen über diesen wichtigen Gegenstand lange Zeit und reiflich nachgedacht haben, wollen wir darauf aufmerksam machen, daß es einige Mittel gibt, um, auch wenn man eine schnelle Wahl trifft, doch eine einigermaßen gute Wahl zu treffen.

Es steht zum Beispiel außer allem Zweifel, daß die Wahrscheinlichkeiten zu deinen Gunsten sein werden:

1. Wenn du ein Mädchen wählst, dessen Temperament dem der Frauen von Louisiana und Karolina ähnelt.

Um über das Temperament einer jungen Person sichere Auskünfte zu erhalten, muß man sich an ihre Kammermädchen wenden und dabei das System in Anwendung bringen, von welchem

Gil Blas spricht und dessen sich ein Staatsmann bedient, um Verschwörungen zu entdecken oder zu erfahren, wie die Minister die Nacht zugebracht haben.

2. Wenn du ein Mädchen wählst, das nicht gerade häßlich ist, aber auch nicht zu den hübschen Frauen gerechnet werden kann.

Wir betrachten es als einen feststehenden Grundsatz, daß man dadurch in seiner Ehe möglichst wenig unglücklich werden wird; denn wenn sich bei einer Frau ein sehr sanftes Gemüt mit einer erträglichen Häßlichkeit vereinigt, dann sind dies zwei unfehlbare Elemente des Erfolges.

Aber willst du die Wahrheit wissen? Schlage Rousseau auf; denn es wird keine Frage der öffentlichen Moral auftauchen, deren Tragweite er nicht bereits im voraus bestimmt hätte. Lies:

»Bei den Völkern, die auf Sitte halten, sind die Mädchen gefällig und die Frauen streng. Bei den Völkern, die nicht auf Sitte halten, ist das Gegenteil der Fall.«

Wenn wir den Grundsatz, den diese tiefe und wahre Bemerkung bestätigt, uns zu eigen machen wollten, so müßte daraus hervorgehen, daß es nicht so viele unglückliche Ehen geben würde, wenn die Männer ihre Mätressen heirateten. Die Mädchenerziehung müßte alsdann in Frankreich beträchtliche Änderungen erfahren. Bis jetzt, wo es sich darum handelte, entweder ein Vergehen oder Verbrechen zu verhüten, haben die französischen Gesetze und die französischen Sitten das Verbrechen begünstigt. Der Fehltritt eines Mädchens ist nämlich kaum ein Vergehen, wenn man ihn mit dem Fehltritt einer verheirateten Frau vergleicht. Ist also nicht unvergleichlich viel weniger Gefahr dabei, wenn man den Mädchen die Freiheit gibt, als wenn man sie den Frauen läßt? Der Gedanke, ein Mädchen auf Probe zu nehmen, wird mehr ernste Männer zum Nachdenken anregen, als er Flachköpfe zum Lachen bringen dürfte. Die Sitten Deutschlands, der Schweiz, Englands, und der Vereinigten Staaten geben den jungen Mädchen Rechte, die man in Frankreich als Umsturz aller Moral ansehen würde; nichtsdestoweniger ist es gewiß, daß in diesen Ländern die Ehen weniger unglücklich sind als in Frankreich.

»Wenn eine Frau sich ganz und gar einem Liebhaber hingegeben hat, muß sie den Mann, den die Liebe ihr zuführte, genau gekannt haben. Sie muß ihm notwendigerweise ihre Achtung und ihr Vertrauen geschenkt haben, bevor sie ihm ihr Herz schenkte.«

Der Strahlenkranz der Wahrheit, der aus diesen Zeilen hervorbricht, hat vielleicht den Kerker erleuchtet, in dem Mirabeau sie schrieb; und wenn auch die anregende Beobachtung, die sie enthalten, der stürmischsten seiner Leidenschaften entsprossen ist, so enthält sie doch den Schlüssel zu dem sozialen Problem, mit dem wir uns beschäftigen. Ja, eine Ehe, die durch die fromme Prüfung, ohne welche echte Liebe sich nicht denken läßt, gefestigt ist, und gefestigt durch Überwindung der Ernüchterung, die dem Besitze folgt, eine solche Ehe muß die unlösbarste aller Vereinigungen sein!

Dann hat eine Frau nicht mehr das Recht, ihrem Mann vorzuwerfen, daß sie ihm nur auf Grund eines gesetzlichen Rechtes angehört! Sie kann in dieser erzwungenen Unterwerfung keinen Grund mehr finden, sich einem Liebhaber hinzugeben, wie sie sich hingab, als sie in ihrem eigenen Herzen einen Komplicen hatte, dessen spitzfindige Fragen sie dadurch verführten, daß er sie stündlich zwanzigmal fragte, warum sie sich nicht aus freiem Willen einem Mann ergeben solle, den sie liebe, da sie sich ja gegen ihren Willen einem Mann ergeben hätte, den sie nicht liebte. Dann ist es für eine Frau nicht mehr zulässig, sich über jene Mängel zu beklagen, die von der menschlichen Natur untrennbar sind: Sie hat zum voraus deren Tyrannei kennengelernt und ihre Launen gekostet.

Viele junge Mädchen werden in ihren Liebeshoffnungen getäuscht sein! Aber liegt nicht für sie eine unermeßliche Wohltat darin, daß sie nicht die Lebensgefährtinnen von Männern sind, die zu verachten sie ein Recht hätten?

Einige Schwarzseher werden rufen, ein solcher Umschwung in unsern Sitten würde zu einer höchst gefährlichen allgemeinen Liederlichkeit führen; die Gesetze oder die Bräuche, die über den Gesetzen stehen, könnten doch schließlich nicht Skandal und Unmoralität decken; und wenn es unvermeidliche Übel gebe, so dürfe doch zum wenigsten die Gesellschaft sie nicht ausdrücklich billigen.

Hierauf läßt sich leicht antworten. Vor allen Dingen: Das vorgeschlagene System beabsichtigt, jene Übel zu verhüten, die man bislang als unvermeidlich angesehen hat; aber, wenn auch die Berechnungen unserer Statistik noch so ungenau sind, so haben sie doch auf alle Fälle eine ungeheure Wunde an unserm Gesellschaftskörper nachgewiesen. Unsere Moralisten würden also das größere Übel dem kleineren vorziehen? Die Verletzung des Grundsatzes, auf dem unsere Gesellschaft beruht, einer noch gar nicht einmal so sicheren Zügellosigkeit der Mädchen? Die Ausschweifung der Familienmütter, die die Quelle der Volkserziehung vergiftet und mindestens vier Menschen unglücklich macht, der Ausschweifung eines jungen Mädchens, das nur sich selber kompromittiert und höchstens noch ein Kind? Lieber gehe die Tugend von zehn Jungfrauen zugrunde, als jene Heiligkeit der Sitten, jene Ehrenkrone, die eine Familienmutter tragen sollte! In der Vorstellung eines jungen Mädchens, das von seinem Verführer verlassen ist, liegt etwas unbeschreiblich Erhabenes und Heiliges: Wir denken an gebrochene Schwüre, an das verratene fromme Vertrauen, und wir sehen auf den Trümmern der Tugenden die weinende Unschuld, die an allem zweifelt, da sie an der Liebe eines Vaters zu seinem Kinde zweifeln muß. Die Unglückliche ist noch unschuldig; sie kann eine treue Gattin, eine zärtliche Mutter werden; und wenn die Vergangenheit mit schweren Wolken bezogen ist, so ist die Zukunft blau wie ein reiner Himmel. Finden wir diese zarten Farben auch auf den düsteren Gemälden der unerlaubten Liebe? In dem einen Fall ist die Frau ein Opfer, im andern ist sie eine Verbrecherin. Wo ist die Hoffnung der Ehebrecherin? Wenn Gott ihr ihre Sünde vergibt, so kann doch das musterhafteste Leben hienieden nicht die lebenden Früchte ihres Fehltritts aus der Welt schaffen. Wenn Jakob I. Riccios[50] Sohn ist, so hat Marias Verbrechen so lange gedauert, wie ihr unglückseliges königliches Haus, und dann ist der Sturz der Stuarts Gerechtigkeit.

Aber, wenn wir aufrichtig sein wollen, bringt denn die Emanzipation der jungen Mädchen wirklich so viele Gefahren mit sich?

Es ist sehr leicht, eine junge Person zu beschuldigen, sie lasse sich durch den Wunsch verleiten, um jeden Preis ihres Mädchenstandes ledig zu werden; aber dies hat nur unter unsern gegenwärtigen Sittenverhältnissen Geltung. Heutzutage kennt eine junge Dame weder die Verführung noch deren Schlingen; sie hat als Stütze nur ihre Schwäche, und da sie nur die bequemen Grundsätze der feinen Welt vor Augen hat, ist ihre trügerische Einbildungskraft, die von Begierden gelenkt wird, die auf allen Seiten Bestärkung finden, eine blinde und um so unzuverlässigere Führerin, da selten ein junges Mädchen einen andern Menschen in die geheimen Gedanken ihrer ersten Liebe einweiht.

Wenn sie frei wäre, würde eine vorurteilslose Erziehung sie dagegen wappnen, sich in den ersten besten zu verlieben. Sie wäre, wie wir alle, viel stärker gegenüber bekannten Gefahren als gegenüber solchen, deren Umfang sich ihren Blicken verbirgt. Wenn übrigens ein Mädchen seine eigene Herrin ist, wird sie deswegen weniger unter dem wachsamen Auge ihrer Mutter stehen? Will man denn jene Scham und Ängstlichkeit für nichts rechnen, denen die Natur nur darum eine solche Macht über die Seele einer Jungfrau gegeben hat, um sie vor dem Unglück zu bewahren, daß sie einem Mann angehören muß, den sie nicht liebt? Und endlich, wo ist das Mädchen, das so wenig zu rechnen verstände, um nicht zu ahnen, daß der unmoralischste Mann bei seiner Frau Grundsätze zu finden verlangt, wie die Herrschaften verlangen, daß ihre Dienstboten vollkommen seien, und daß dann für sie ihre Tugend das gewinnreichste und ergiebigste Geschäft ist?

Um was handelt es sich hier überhaupt? Für wessen Anwalt hält man uns denn? Wir treten ein für höchstens fünf- oder sechshunderttausend Jungfernschaften, deren Waffen ihre natürlichen Abneigungen und der hohe Preis sind, zu dem sie sich selber einschätzen: Sie wissen sich ebensogut zu verteidigen wie zu verkaufen. Die achtzehn Millionen menschlicher Wesen, die wir außerhalb unserer Betrachtungen gestellt haben, verheiraten sich fast alle nach dem System, das wir in unsern Sitten zur Geltung bringen möchten. Und in den Mittelklassen, durch die unsere armen Zweihänder von den an der Spitze der Nation marschierenden Bevorrechtigten geschieden sind, in diesen nimmt seit dem Frieden die Zahl der Findelkinder, die von diesen zwischen Armut und Wohlstand in der Mitte stehenden Klassen dem Unglück überliefert werden, beständig zu, wenn man Benoiston de Châteauneuf[51] glauben darf, einem der mutigsten Gelehrten, die sich den trockenen und doch so nutzbringenden Nachforschungen der Statistik gewidmet haben. Für welch eine tiefe Wunde bringen wir also das Heilmittel? Man denke doch nur an die große Zahl der Bastarde, die uns die Statistik nachweist, und an das viele Unglück, das nach unsern Berechnungen in der hohen Gesellschaft vorkommen dürfte! Aber es ist schwierig, hier auf alle Vorteile aufmerksam zu machen, die sich aus der Emanzipation der jungen Mädchen ergeben würden. Wenn wir später die Begleitumstände der Ehe, wie unsere Sitten sie herausgebildet haben, näher betrachten, dann werden urteilsfähige Geister den ganzen Wert des Systems freier Erziehung ermessen können, das wir im Namen der Vernunft und der Natur für die jungen Mädchen verlangen. Unser französisches Vorurteil hinsichtlich der Jungfräulichkeit der Neuvermählten ist das dümmste von allen, die wir haben. Die Orientalen nehmen ihre Frauen, ohne sich um die Vergangenheit zu beunruhigen, und sperren sie ein, um der Zukunft um so sicherer zu sein; die Franzosen geben ihre Töchter in eine Art von Serails, die von Müttern, von Vorurteilen, von religiösen Ideen bewacht werden, und geben ihren Frauen die vollständigste Freiheit – beunruhigen sich also viel mehr um die Vergangenheit als um die Zukunft. Es würde sich also nur darum handeln, in unsern Sitten künftighin eine umgekehrte Reihenfolge zu beobachten. Vielleicht würden wir dadurch dahin gelangen, der ehelichen Treue den ganzen Duft und Reiz zu verleihen, den die Frauen jetzt an der Untreue finden.

Aber diese Erörterung würde uns zu weit von unserm Gegenstand entfernen, wenn wir dabei in allen Einzelheiten die ungeheure sittliche Besserung untersuchen müßten, die sicherlich im Frankreich des zwanzigsten Jahrhunderts notwendig werden wird; denn die Reformen gesellschaftlicher Sitten vollziehen sich ja so langsam! Muß nicht zur Durchsetzung der geringsten Veränderung der kühnste Gedanke des vergangenen Jahrhunderts der alltäglichste Gedanke des gegenwärtigen Jahrhunderts geworden sein? Wir haben ja auch gewissermaßen nur aus Koketterie diese Frage gestreift, teils um zu zeigen, daß sie unserer Aufmerksamkeit nicht entgangen war, teils um unsern Enkeln noch ein weiteres Werk zu vermachen, und zwar, wohlgezählt, das dritte: Das erste betrifft die Kurtisanen, das zweite ist die Physiologie des Liebesgenusses, und

»wenn wir beim zehnten sind, dann schlagen wir ein Kreuz«.

In dem gegenwärtigen Zustand unserer Sitten und unserer unvollkommenen Kultur gibt es ein Problem, das sich für den Augenblick nicht lösen läßt, das aber jede Erörterung über die Kunst, sich eine Frau zu wählen, überflüssig macht. Wir überliefern es, wie alle andern, dem Nachdenken der Philosophen.

Problem

Man hat noch nicht feststellen können, was die Frau mehr zur Untreue treiben würde: die Unmöglichkeit, sich eine Abwechslung zu gestatten, oder die Freiheit, nach ihrem Belieben zu handeln.

Wir beschäftigen uns ja in diesem Werk mit den Aussichten eines Mannes in dem Augenblick, da er sich vermählt hat. Wenn er nun einer Frau begegnet wäre, die mit einem vollblütigen Temperament, mit einer lebhaften Einbildungskraft, mit einer nervösen Anlage oder mit einem gleichgültigen Charakter begabt wäre, so würde seine Situation nur um so bedenklicher sein.

In noch größerer Gefahr würde ein Mann sich befinden, wenn seine Frau nur Wasser tränke (Näheres darüber in der Betrachtung ›Hygiene der Ehe‹); wenn sie aber gar Begabung für den Gesang hätte oder besonders zu Erkältungen neigte, dann müßte er alle Tage zittern; denn es ist ausgemacht, daß die Sängerinnen zum mindesten ebenso leidenschaftlich veranlagt sind, wie die Frauen mit besonders empfindlichen Schleimhäuten.

Endlich würde die Gefahr noch viel ärger sein, wenn die Frau weniger als siebzehn Jahre alt wäre, oder wenn sie eine blasse, fahle Gesichtsfarbe hätte; denn diese Art Frauen sind fast alle hinterlistig.

Aber wir wollen nicht vorgreifen und behalten uns für später eine systematische Aufzählung der Befürchtungen vor, die den Ehemännern die Beobachtung aller unheilverkündenden Charakterzüge ihrer Frauen einflößen kann. Diese Abschweifung hat uns bereits zu weit von den Pensionaten entfernt, die an so vielen unglücklichen Ehen schuld sind; aus denen junge Mädchen hervorgehen, die nicht imstande sind, den Wert der Mühen und Opfer zu ermessen, durch die der Ehrenmann, der sie mit seiner Wahl beehrt, zum Wohlstand gelangt ist; junge Mädchen, die sich ungeduldig nach den Genüssen des Luxus sehnen, die weder unsere Gesetze noch unsere Sitten kennen, die mit Begierde die Herrschaft ausnutzen, die ihnen ihre Schönheit verleiht, die stets bereit sind, den wahren Tönen der Seele ihr Ohr zu verschließen und den Einflüsterungen der Schmeichelei zu lauschen.

Wenn diese Betrachtung in der Erinnerung aller Leser, auch solcher, die dieses Buch nur anstandshalber oder in der Zerstreutheit einmal aufgeschlagen haben, eine tiefe Abneigung gegen junge Damen zurückläßt, die in Pensionaten erzogen worden sind, so werden dadurch bereits der Allgemeinheit große Dienste geleistet worden sein.

Siebente Betrachtung

Der Honigmond

Während unsere ersten Betrachtungen beweisen, daß es in Frankreich einer verheirateten Frau beinahe unmöglich ist, tugendhaft zu bleiben, geben unsere Berechnungen über die Anzahl der Junggesellen und der »Prädestinierten«, unsere Bemerkungen über die Erziehung der jungen Mädchen und unser flüchtiger Überblick über die mit der Wahl einer Frau verbundenen Schwierigkeiten bis zu einem gewissen Grade eine Erklärung für diese Gebrechlichkeit unserer Nation. Nachdem wir die geheime Krankheit, von der unser Gesellschaftskörper gequält wird, unumwunden festgestellt haben, haben wir ihre Ursachen gesucht, und zwar in der Unvollkommenheit der Gesetze, in der Folgewidrigkeit unserer Sitten, in der Unzulänglichkeit des menschlichen Durchschnittsverstandes, in den Widersprüchen unserer Gewohnheiten. Ein einziges bleibt uns noch zu beobachten: das erste Auftreten des Leidens.

Um zu dieser Beobachtung zu gelangen, brauchen wir nur die

wichtigen Fragen in Angriff zu nehmen, die in dem Ausdruck »Honigmond« inbegriffen sind. Wir werden darin nicht nur den Ausgangspunkt für alle Erscheinungen des Ehelebens finden, sondern auch die glänzende Kette, deren einzelne Glieder unsere Beachtungen, unsere Aussprüche, unsere Probleme bilden werden, die wir in die lustige Weisheit unserer etwas redseligen Betrachtungen eingestreut haben. Der »Honigmond« wird sozusagen den Höhepunkt der Analyse bilden, die wir vornehmen mußten, ehe wir unsere beiden Kämpen auf den Plan treten lassen konnten.

Der Ausdruck »Honigmond« stammt aus dem Englischen und wird in alle Sprachen übergehen, weil er so anmutig die Zeit der jungen Ehe bezeichnet, während welcher das Leben nur Süße und Entzücken ist; der Ausdruck wird bleiben, wie die Illusionen und Irrtümer bleiben, denn er ist die allerabscheulichste Lüge. Wie eine mit frischen Blumen umkränzte Nymphe, wie eine sich liebkosend anschmiegende Sirene tritt er vor uns, weil er das Unglück an sich ist; und dieses Unglück tritt meistens ein, während wir glauben, es mit einer mutwilligen Schäkerei zu tun zu haben.

Ehegatten, denen das Schicksal es gönnt, einander ihr Leben lang zu lieben, machen sich keinen Begriff vom sogenannten Honigmond; für sie existiert er nicht oder vielmehr er existiert immer: Sie sind wie jene Unsterblichen, die nichts vom Tode wußten. Aber dieses Glück steht außerhalb des Rahmens unseres Buches, und für unsere Leser ist die Ehe dem Einfluß zweier Monde unterworfen: des Honigmonds und des launischen, unfreundlichen Aprilmonds. Dieser letztere schließt mit einer Revolution ab, die aus ihm einen Halbmond macht; und wenn dieser einmal über einer Ehe scheint, so ist es für ewige Zeiten.

Wie kann der Honigmond zwei Menschen scheinen, die einander nicht lieben?

Wie kommt es, daß er untergeht, nachdem er aufgegangen war?

Haben alle Ehen ihre Honigmonde?

Wir wollen diese drei Fragen der Reihe und Ordnung nach beantworten.

Die wunderbare Erziehung, die wir den jungen Mädchen geben, und die ausnehmende Vorsicht, die die Männer bei der

Eingehung ihrer Ehe walten lassen, werden sich hier in ihrem vollen Glanze zeigen! Zunächst wollen wir die Umstände prüfen, die vor und nach der Schließung der verhältnismäßig am wenigsten unglücklichen Ehen in Betracht kommen.

Unsere Sitten entwickeln in dem jungen Mädchen, das du zu deiner Frau machst, eine Neugierde, die natürlicherweise außerordentlich lebhaft ist; da aber außerdem noch in Frankreich die Mütter einen ganz besonderen Stolz darein setzen, ihre Töchter alle Tage in die Nähe des Feuers zu bringen, ohne daß sie sich verbrennen dürfen, kennt diese Neugierde keine Grenzen mehr.

Eine vollkommene Unkenntnis der Geheimnisse der Ehe verhüllt diesem ebenso naiven wie listigen Geschöpf die Gefahren, die das Heiraten mit sich bringt; und da die Ehe ihr fortwährend als eine Epoche der Tyrannei und der Freiheit, des Genusses und der unbeschränkten Herrschaft dargestellt wird, werden ihre Wünsche immer brennender, da mit deren Gewährung zugleich auch alle ihre Daseinsbedingungen erfüllt werden; für sie bedeutet Heiraten: aus dem Nichts zum Leben berufen werden.

Wenn sie in sich ein Gefühl für Glück, Religion, Sittlichkeit trägt, dann haben die Gesetze und ihre Mutter ihr tausendmal wiederholt, daß dieses Glück ihr nur durch dich zuteil werden kann.

Wenn der Gehorsam bei ihr keine Tugend ist, so ist er stets eine Notwendigkeit; denn sie erwartet von dir alles: Allerdings machen schon die Einrichtungen der Gesellschaft die Frau zur Sklavin, aber sie empfindet gar nicht den Wunsch nach Freiheit, weil sie sich schwach, furchtsam und unwissend fühlt.

Wenn nicht aus Zufall ein Irrtum vorkommt oder wenn sie nicht einen natürlichen Widerwillen gegen dich hat, den du aber hättest erraten müssen; denn wenn du ihn nicht errietest, wäre das unverzeihlich, muß sie dir zu gefallen suchen; sie kennt dich nicht.

Endlich, um deinen schönen Triumph vollends leicht zu machen, empfängst du sie im Augenblick, wo oftmals die Natur kräftig nach den Wonnen verlangt, deren Spender du bist. Wie Sankt Peter hast du den Schlüssel zum Paradiese.

Ich frage jeden vernünftigen Menschen: Wenn ein Teufel das Verderben eines Engels beschworen hätte, würde er dann sein

Opfer so sorgfältig mit allen Mitteln der Zerstörung umgeben, wie die guten Sitten sich gegen das Glück eines Ehemanns verschwören . . .? Bist du nicht wie ein König von Schmeichlern umgeben?

So wird sie mit ihrer ganzen Unwissenheit und mit allen ihren Begierden einem Manne ausgeliefert, der, auch wenn er verliebt ist, ihr geheimes, zartes Wesen nicht kennen kann. Ist es nicht schändlich, wie dieses junge Mädchen passiv, unterwürfig und gefällig die ganze Zeit über von ihrer jungen Einbildungskraft sich vorreden lassen muß, sie möge auf die Wonne oder auf das Glück bis zu einem »morgen« warten, das niemals kommt?

In dieser eigentümlichen Lage, bei der die Gesetze der Gesellschaft und die der Natur in Widerstreit liegen, gehorcht ein junges Mädchen, gibt sich hin, leidet und schweigt in ihrem eigenen Interesse. Ihr Gehorsam ist eine Spekulation; ihre Gefälligkeit ist eine Hoffnung; ihre Ergebenheit ist eine Art von religiöser Berufung, aus der du Nutzen ziehst; und ihr Schweigen ist Großmut. Sie wird das Opfer deiner Launen sein, solange sie sie nicht versteht; sie wird unter deinem Charakter leiden, bis sie diesen studiert hat; sie wird sich ohne Liebe opfern, weil sie an den Schein der Leidenschaft glaubt, wozu der erste Augenblick ihres Besitzes dich hinreißt. An dem Tag, da sie die Nutzlosigkeit ihrer Opfer erkannt hat, wird sie nicht mehr schweigen.

Dann kommt ein Morgen, an dem alle Widersinnigkeiten, die diese Verbindung zustande gebracht haben, sich erheben wie Baumzweige, die einen Augenblick zur Erde gezogen waren, sich ruckweise aufrichten, sobald die Gewichte von ihnen entfernt werden. Du nahmst für Liebe, daß ein junges Mädchen auf eigene Lebensbetätigung verzichtete, ein junges Mädchen, das auf das Glück wartete; das deinen Wünschen entgegenflog in der Hoffnung, du würdest auch den seinigen entgegenkommen; das sich nicht über geheime Leiden beklagte, deren sie selber sich zuerst beschuldigte. Welcher Mann ließe sich nicht durch eine von so langer Hand vorbereitete Täuschung fangen, eine Täuschung, bei der eine junge Frau unschuldig und zugleich Mitschuldige und Opfer ist? Du müßtest ein Gott sein, um dem blendenden Trug zu entrinnen, mit dem die Natur und die Gesellschaft dich umgibt. Ist nicht alles um dich und in dir eine Falle? Um glücklich zu sein, müßtest du dich gegen die stürmischen Begierden deiner Sinne wehren! Wo ist, um sie zurückzuhalten, jene starke Schranke, die eine leichte Frauenhand aufrichtet, die Hand einer Frau, der man gefallen will, weil man sie noch nicht besitzt? Du hast deine Truppen im Parademarsch vorbeiziehen lassen, als noch niemand am Fenster stand. Du hast ein Feuerwerk abgebrannt, von dem im Augenblick, da dein Gast sich einfindet, es zu sehen, nur das verkohlte Skelett übrig ist. Deiner Frau ging es gegenüber den Genüssen der Ehe wie einem Mohikaner in der Oper: Der Lehrer langweilt sich bereits, wenn der Wilde erst zu begreifen anfängt.

LV. In der Ehe geht der Augenblick, da zwei Herzen einander verstehen können, so schnell vorüber wie ein Blitz; und ist er einmal vorüber, so kehrt er niemals zurück.

Dieser erste Versuch, ein Leben zu zweien zu führen, währenddessen die Frau durch die Hoffnung auf Glück ermutigt wird, durch das noch neue Gefühl ihrer Gattenpflichten, durch den Wunsch, zu gefallen, durch die Tugend, die so überzeugend zum Herzen spricht, da in diesem Augenblick Liebe und Pflicht eins sind, dieser Versuch heißt Honigmond. Wie könnte er von langer Dauer sein zwischen zwei Wesen, die sich für das ganze Leben vereinen, ohne einander genau zu kennen? Über nichts muß man sich so sehr wundern, wie darüber, daß die kläglichen Abgeschmacktheiten, die unsere Sitten um ein Ehebett herum aufgehäuft haben, so selten zu wirklichem Haß führen!

Aber daß das Leben des Weisen ein friedliches Bächlein und das des Verschwenders ein wilder Strom ist; daß das Kind, das mit sorgloser Hand alle Rosen auf seinem Wege entblättert hat, bei der Rückkehr nur noch Dornen findet; daß der Mensch, dessen tolle Jugend eine Million verschlungen hat, nun nicht mehr sein Leben lang die vierzigtausend Francs Rente genießen kann, die diese Million ihm würde abgeworfen haben, das sind triviale Wahrheiten, wenn man an die Moral, und ewig neue Wahrheiten, wenn man an das Verhalten der meisten Menschen denkt. Da seht die getreuen Abbilder aller Honigmonde! Das ist ihre Geschichte, das ist die Tatsache und nicht die Ursache.

Wenn nun aber Männer, die durch eine sorgfältige Erziehung mit einer gewissen geistigen Kraft begabt, die daran gewöhnt sind, tiefe und weitreichende Pläne zu entwerfen, um als Politiker, als Schriftsteller, als Künstler, als Geschäftsleute oder auch nur im Privatleben eine glänzende Stellung einzunehmen, wenn solche Männer sich ohne Ausnahme in der Absicht verheiraten, glücklich zu sein, eine Frau durch Liebe oder durch Gewalt zu beherrschen, und wenn sie trotzdem alle in dieselbe Schlinge gehen; wenn sie zu Dummköpfen werden, nachdem sie eine Zeitlang ein gewisses Maß von Glück genossen haben, dennoch liegt ganz sicher ein Problem vor, dessen Lösung in den unbekannten Tiefen der Menschenseele eher zu finden sein wird, als in den sozusagen physikalischen Wahrheiten, durch die wir bereits verschiedene von diesen Erscheinungen zu erklären versucht haben. Das gefahrvolle Forschen nach den geheimen Gesetzen, die alle Menschen hierbei, gewiß unbewußt, zu verletzen scheinen, bietet immerhin Ruhmes genug, auch wenn das Ziel nicht erreicht werden sollte. Wir wollen es daher versuchen.

Mögen auch die Dummköpfe noch so oft behaupten, das Wesen der Liebe lasse sich nicht erklären, so lassen sich dennoch für die Liebe ebenso unfehlbare Grundsätze aufstellen wie für die Geometrie; da aber jeder Charakter je nach seiner Anlage diesen Grundsätzen eine andere Form gibt, so schieben wir die Schuld für die eigentlich nur durch die unendliche Verschiedenheit unserer Anlagen hervorgerufenen willkürlichen Bildungen ungerechterweise auf die Liebe. Wenn wir die mannigfaltigen Wirkungen des Lichtes sehen könnten, ohne dessen Urquell wahrzunehmen, würden viele Leute nicht daran glauben, daß unser Licht von der Sonne herstammt und daß es nur eine Sonne gibt. Daher können meinetwegen die Blinden schreien, soviel sie Lust haben; ich bin zwar nicht so weise wie Sokrates, aber ich sage wie er voll Stolz, daß ich nur die Liebe kenne. Und ich will versuchen, einige der Lehren, die sie uns gibt, zu entwickeln, um den Verheirateten oder künftigen Eheleuten die Mühe zu ersparen, sich selber den Kopf darüber zu zerbrechen.

Alle unsere vorhergehenden Beobachtungen nun aber lassen sich in einen einzigen Lehrsatz zusammenfassen. Man kann diesen als den Schlußstein oder auch, wenn man will, als den

Grundstein dieser geheimen Theorie der Liebe ansehen, die den Leser zuletzt langweilen würde, wenn wir sie nicht schnell zu Ende brächten. Dieser Grundsatz ist enthalten in der folgenden Formel:

LVI. Die Dauer der Leidenschaft zweier Menschen, die der Liebe fähig sind, richtet sich nach der Stärke des ersten Widerstandes der Frau oder der Hindernisse, die die Zufälle des gesellschaftlichen Lebens dem Glück der Liebenden entgegenstellen.

Wenn man nur einen Tag lang dich begehren läßt, wird deine Liebe vielleicht keine drei Nächte dauern. Wo muß man die Ursachen dieses Gesetzes suchen? Ich weiß es nicht. Wir brauchen nur unsere Blicke um uns zu werfen, dann bemerken wir überall in Hülle und Fülle Beweise für diese Regel: In der Pflanzenwelt ist den Gewächsen, die die längste Zeit zu ihrer Entwicklung gebrauchen, die längste Daseinsdauer gewährt; es ist ein sittliches Gesetz, daß Werke, die gestern entstanden sind, noch morgen dauern; es ist ein physisches Gesetz, daß der Schoß, der den Gesetzen der Schwangerschaft zuwiderhandelt, eine tote Frucht zur Welt bringt. Um es zusammenzufassen: Ein dauerndes Werk bedarf langer Zeit zur Entwicklung. Eine lang dauernde Zukunft erfordert als Voraussetzung eine lang dauernde Vergangenheit. Wenn die Liebe ein Kind ist, so ist die Leidenschaft ein Mann. Und gerade dieses allgemeine Gesetz, das die Natur, die lebenden Wesen und die Gefühle beherrscht, wird in allen Ehen verletzt, wie wir es nachgewiesen haben. Die Erkenntnis dieses Grundgesetzes hat die Liebesfabeln unseres Mittelalters geschaffen: Die Amadis, die Lancelot, die Tristan der Fabliaux, deren Beständigkeit in der Liebe mit Recht fabelhaft erscheint, sind die allegorischen Verkörperungen jener nationalen Mythologie, die unsere Nachahmung der griechischen Literatur in ihrer Blüte erstickt hat. Die von der Einbildungskraft unserer Minnesänger entworfenen anmutigen Gestalten waren Zeugen für die Wahrheit.

LVII. Wir hängen an den Dingen dieser Welt mit größerer oder geringerer Ausdauer, je nach dem Begehren, dem Fleiß oder der Mühe, die sie uns gekostet haben.

Alles, was unsere Betrachtungen uns über die Ursachen dieses Hauptgesetzes der Liebe nachgewiesen haben, läßt sich auf den folgenden Grundsatz zurückführen, der ihr Prinzip und zugleich ihre Konsequenz ist:

LVIII. Unter allen Umständen empfängt man nur so viel, wie man gegeben hat.

Dieser letztere Grundsatz ist an sich so einleuchtend, daß wir gar nicht erst versuchen wollen, den Beweis dafür zu liefern. Nur eine einzige Beobachtung, die uns nicht unwichtig erscheint, wollen wir daran anknüpfen. Der Mensch, der zuerst sagte: »Alles ist wahr, und alles ist falsch«, hat damit eine Tatsache behauptet, die der von Natur sophistische Menschengeist auf seine Art auslegt; denn es scheint wirklich, daß die menschlichen Verhältnisse in so vielen Facetten schillern, wie es Geister gibt, die sie betrachten. Diese Tatsache ist die folgende:

Es gibt in der Schöpfung kein einziges Gesetz, das nicht durch ein entgegengesetztes Gesetz im Gleichgewicht gehalten würde: Das Leben als Ganzes ist aufzufassen als der Ausgleich zweier einander bekämpfender Kräfte. So ist es denn auch bei dem Gegenstand, der uns beschäftigt, bei der Liebe, ganz gewiß, daß du nicht genug empfangen wirst, wenn du zu viel gibst. Die Mutter, die ihre Kinder ihre ganze zärtliche Liebe sehen läßt, erweckt in diesen die Undankbarkeit: Undankbarkeit entsteht vielleicht aus der Erkenntnis, daß es einem unmöglich ist, eine Wohltat zu vergelten. Die Frau, die mehr liebt, als sie selber geliebt wird, muß notwendigerweise tyrannisiert werden. Dauernd ist jene Liebe, die stets die Kräfte zweier menschlicher Wesen im Gleichgewicht hält. Dieses Gleichgewicht nun aber läßt sich stets herstellen: Dasjenige von den beiden Wesen, das am meisten liebt, muß in der Sphäre desjenigen bleiben, das am wenigsten liebt. Und ist es denn nicht schließlich das süßeste Opfer, das eine liebende Seele bringen kann, wenn die Liebe sich in solche Ungleichheit hineinfindet?

Welches Gefühl der Bewunderung erhebt sich in der Seele des Philosophen, wenn er entdeckt, daß es vielleicht nur ein einziges Prinzip in der Welt gibt, wie es nur einen einzigen Gott gibt, und daß unsere Gedanken und unsere Gefühle denselben Gesetzen unterworfen sind, durch die die Sonne sich bewegt, durch die die Blumen sich erschließen, durch die das Weltall lebt . . .!

Vielleicht muß man in dieser Metaphysik der Liebe die Gründe der nachstehenden Behauptung suchen, die die Fragen des Honigmondes und des Gewittermondes in die schärfste Beleuchtung rückt:

Lehrsatz

Der Mensch gelangt von Abneigung zur Liebe; aber wenn er mit Liebe begonnen hat und von dieser zur Abneigung übergeht, kehrt er niemals zur Liebe zurück.

In gewissen mangelhaft organisierten menschlichen Wesen sind die Gefühle unvollständig, wie manchmal bei einer unfruchtbaren Phantasie das Denken unvollständig sein kann. Und wie der Geist mit der Fähigkeit begabt ist, die zwischen den verschiedenen Dingen bestehenden Beziehungen aufzufassen, ohne Schlüsse daraus zu ziehen, und zwar jede Beziehung einzeln, ohne Zusammenhang mit den andern aufzufassen; wie er mit der Fähigkeit begabt ist, zu sehen, zu vergleichen und auszudrücken, ebenso kommt es vor, daß Seelen nur unvollkommen zum Bewußtsein ihrer Gefühle gelangen. In der Liebe wie in jeder andern Kunst besteht das Talent darin, daß die Gabe des Entwurfs und die Gabe der Ausführung vereinigt sind. Die Welt wimmelt von Leuten, die, wenn sie ein Lied singen, den Refrain weglassen, die nicht nur Viertelsgedanken, sondern auch Viertelsgefühle haben und die Bewegungen ihrer Empfindungen ebensowenig in eine richtige Ordnung zu bringen wissen wie die ihrer Gedanken. Mit einem Wort: Es gibt unvollkommene Menschen. Bringt eine schöne Intelligenz mit einer verpfuschten Intelligenz zusammen, und ihr beschwört ein Unglück herauf: Denn in allem muß Gleichgewicht obwalten.

Wir überlassen den Boudoirphilosophen und den Hinterstübchenweisen das Vergnügen, ausfindig zu machen, wie auf tausenderlei Art durch Temperament, Geist, gesellschaftliche Stellung und Vermögensverhältnisse das Gleichgewicht gestört wird; wir wollen vielmehr jetzt die letzte Ursache untersuchen, die auf den Untergang des Honigmondes und auf den Aufgang des Wettermondes Einfluß hat.

Es gibt im Leben ein Grundgesetz, das mächtiger ist als das Leben an sich; eine Bewegung, die ihre Geschwindigkeit durch einen unbekannten Antrieb erhält. In das Geheimnis dieser kreisenden Bewegung ist der Mensch so wenig eingedrungen, wie die Erde etwas von den Ursachen ihrer Umdrehung weiß. Dieses unbekannte Etwas, das ich den Strom des Lebens nennen möchte, reißt unsere Lieblingsgedanken mit sich fort, schwächt den Willen der meisten Menschen und beeinflußt uns alle auch gegen unsern Willen. Ein recht vernünftiger Mann zum Beispiel, der stets pünktlich seine Wechsel bezahlen wird, wenn er ein Kaufmann ist, könnte dem Tode oder einem vielleicht noch schlimmeren Los, einer Krankheit, entgehen, wenn er eine keineswegs unbequeme, aber täglich einzuhaltende Vorschrift beachtete; aber nein: er wird nach allen Regeln der Kunst zwischen die acht Bretter genagelt, nachdem er sich jeden Abend gesagt hat: »Oh, morgen werde ich nicht vergessen, meine Pillen zu nehmen!« Wie soll man sich diesen seltsamen Zauber erklären, von dem gleichsam alle Angelegenheiten unseres Lebens behext sind? Aus einem Mangel an Energie? Menschen von stärkster Willenskraft sind diesem Fehler unterworfen. Aus einer Gedächtnisschwäche? Leute, die ein ganz ausgezeichnetes Gedächtnis besitzen, leiden daran.

Diese Tatsache, die ein jeder an seinem Nachbarn hat beobachten können, ist eine der Ursachen, die die meisten Ehemänner ihres Honigmondes berauben. Der verständigste Mann, der alle bereits von uns gekennzeichneten Klippen vermieden hat, entgeht zuweilen nicht den Schlingen, die er sich selbst gelegt hat.

Ich habe bemerkt, daß es dem Mann mit der Ehe und ihren Gefahren beinahe so ergeht wie mit den Perücken; und vielleicht können die folgenden Entwicklungsstufen, die der Gedanke hinsichtlich der Perücke durchmacht, als eine für das ganze Menschenleben gültige Formel angesehen werden.

Erste Epoche: Werde ich jemals weiße Haare haben?

Zweite Epoche: Sollte ich jemals weiße Haare haben, dann werde ich jedenfalls nie eine Perücke tragen: Gott! wie häßlich ist eine Perücke!

Eines Morgens hörst du eine junge Stimme, die die Liebe oft erstickt hat und noch öfter hat vibrieren lassen; sie ruft:

»Ach sieh, du hast ein weißes Haar ...!«

Dritte Epoche: Warum sollte ich nicht eine gut gearbeitete Perücke tragen, von der kein Mensch etwas merken würde? Es liegt ein gewisser Reiz darin, auf diese Art alle Leute anzuführen; auch hält eine Perücke warm, verhindert Erkältungen usw.

Vierte Epoche: Die Perücke wird so geschickt aufgesetzt, daß du alle Leute täuschst, die dich nicht kennen.

Die Perücke ist deine größte Sorge, und aus Eitelkeit wetteiferst du jeden Morgen mit dem geschicktesten Friseur.

Fünfte Epoche: Die Perücke wird vernachlässigt. »Herrgott! Ist das langweilig, daß man jeden Abend das Ding vom Kopf nehmen muß, um es jeden Morgen wieder aufzukräuseln!«

Sechste Epoche: Unter der Perücke drängen sich einige weiße Haare hervor; sie rutscht auf dem Kopf hin und her, und der Beobachter bemerkt über deinem Halse einen weißen Streifen, der sich von der dunkleren Farbe der von deinem Rockkragen hinaufgeschobenen Perücke abhebt.

Siebente Epoche: Die Perücke sieht aus wie ein Queckenbüschel, und (ich bitte den Ausdruck zu entschuldigen) du pfeifst auf deine Perücke ...!

»Monsieur«, sagte zu mir eine der klugen Damen, die die Freundlichkeit hatten, mich über einige der dunkelsten Abschnitte meines Buches aufzuklären; »was meinen Sie damit?«

»Madame«, antwortete ich, »wenn ein Mann gleichgültig wird in bezug auf eine Perücke, so ist er ... so ist er ... was Ihr Herr Gemahl wahrscheinlich nicht ist.«

»Aber mein Mann ist nicht ...« sie suchte ... »er ist nicht ... liebenswürdig; er ist nicht ... ganz kräftig; er ist nicht ... immer bei gleicher Stimmung; er ist nicht ...«

»Dann, Madame, wäre er also gleichgültig gegen die Perücke.«

Wir schauten einander an, sie mit einer ziemlich gut gespielten Würde, ich mit einem unmerklichen Lächeln.

»Ich sehe«, sagte ich, »man muß auf die Ohren des kleinen Geschlechts eine ganz besondere Rücksicht nehmen; denn die sind das einzig Keusche an ihm.«

Ich nahm die Haltung eines Mannes an, der etwas Wichtiges vorzubringen hat, und die Schöne schlug die Augen nieder, als hätte sie gedacht, sie würde während dieser Rede wahrscheinlich erröten müssen.

»Madame, heutzutage würde man keinen Minister aufhängen, wie man es früher tat, um eines Ja oder eines Nein willen; ein Chateaubriand würde Françoise de Foix[52] gewiß nicht foltern lassen, und wir tragen nicht mehr einen langen Degen an der Seite, der stets bereit ist, eine Beleidigung zu rächen. In einem Jahrhundert, da die Zivilisation so reißende Fortschritte gemacht hat, da man uns jede x-beliebige Wissenschaft in vierundzwanzig Unterrichtsstunden beibringt, dürfte alles von diesem Streben nach Vollkommenheit fortgerissen worden sein. Wir können also nicht mehr die männliche, rauhe und derbe Sprache unserer Vorfahren sprechen. Das Zeitalter, in dem man so feine, so glänzende Gewebe erzeugt, so elegante Möbel, so kostbare Porzellane, mußte auch das Zeitalter der bildlichen Ausdrücke und Umschreibungen sein. Man muß also versuchen, irgendein neues Wort zu prägen, um den komischen Ausdruck zu ersetzen, dessen Molière sich bedient hat: Denn, wie ein Schriftsteller unserer Zeit sagt, die Sprache dieses Großen ist zu frei für Damen, denen die Gaze für ihre Kleider zu dicht ist. Heutzutage kennen die Herrschaften der feinen Welt ebensogut wie die Gelehrten die angeborene Vorliebe der Griechen für die Mysterien. Dieses Dichtervolk hatte die alten Überlieferungen seiner Geschichte mit einem Anstrich des Fabelhaften auszuschmücken verstanden. In den Liedern seiner Dichter und Sänger wurden die Könige zu Göttern, und aus ihren Liebesabenteuern bildeten sich unsterbliche Allegorien. Wie uns der Lizentiat Chompré, der klassische Verfasser des ›*Dictionnaire de Mythologie*‹[53], berichtet, war das Labyrinth ›ein ungehegter Platz, der auf eigenartige Weise mit Bäumen bepflanzt und mit Gebäuden ausgeschmückt war, so daß ein junger Mann, der dort eingetreten war, nicht mehr den Ausgang finden konnte‹. Hier und da erblickte er einige Gruppen von blühenden Gesträuchen, aber ringsum kreuzten sich eine Menge Baumgänge in allen Richtungen und boten dem Auge stets den Anblick eines gleichförmigen Weges dar; in dieser Wildnis von Felsen, Sträuchern und Dornen hatte der

Unglückliche mit einem Ungeheuer zu kämpfen, das man den Minotauros nannte. Wenn Sie nun, Madame, mir die Ehre erweisen wollen, sich zu erinnern, daß die Mythologie von allem Hornvieh uns den Minotauros als das gefährlichste hinstellt; daß die Athener, um sich seinen Mord- und Raubzügen zu entziehen, ihm jahraus, jahrein fünfzig Jungfrauen gewissermaßen im Abonnement liefern mußten, dann werden Sie nicht in den Irrtum jenes guten Monsieur Chompré verfallen, der in dem Labyrinth nur einen Englischen Garten sieht; sondern Sie werden in dieser sinnreichen Fabel eine feine Allegorie erkennen, oder, besser gesagt, ein getreues und furchtbares Bild der Gefahren der Ehe. Die vor kurzem in Herkulaneum entdeckten Wandmalereien haben diese Meinung völlig bestätigt. Die Gelehrten hatten allerdings nach den Schilderungen mehrerer Autoren lange Zeit geglaubt, der Minotauros sei zur Hälfte Mann, zur Hälfte Stier gewesen; aber auf dem fünften Blatt des Kupferstichwerks, das die alten Wandmalereien von Herkulaneum wiedergibt, sehen wir dieses allegorische Ungeheuer vollkommen als Mann dargestellt, mit Ausnahme des Stierkopfes, den es auf seinen Schultern trägt; jeder Zweifel, daß in dieser Gestalt der Minotauros dargestellt worden sei, ist ausgeschlossen, denn er liegt zu Füßen des Thesus hingestreckt. Nun, Madame, warum sollten wir nicht die Mythologie bitten, der Heuchelei zu Hilfe zu kommen, die bei uns die Oberhand gewinnt und uns nicht mehr lachen läßt, wie einst unsere Väter lachten? Wenn zum Beispiel eine junge Dame der guten Gesellschaft nicht recht verstanden hat, den Schleier zu hantieren, unter dem eine anständige Frau ihr Verhalten zu verdecken weiß, so hätten unsere Vorväter in ihrer Derbheit den ganzen Begriff durch ein einziges Wort ausgedrückt. Sie dagegen, und mit Ihnen eine Menge anderer schöner Damen, die sich auf ein bedeutungsvolles Schweigen verstehen, Sie würden sich damit begnügen, zu sagen: ›Ach ja, sie ist sehr liebenswürdig, aber ...‹ – ›Aber, was? ...‹ – › ... aber sie ist oft recht inkonsequent ...‹ Lange, meine Gnädige, habe ich nach dem Sinn dieses letzteren Wortes gesucht, und besonders nach dem Grund, warum Sie mit dieser rhetorischen Figur das Gegenteil der Bedeutung ausdrücken, die ihr eigentlich innewohnt; mein Nachdenken ist vergeblich gewesen. Vert-

Vert[54] war also der Letzte, der das Wort unserer Vorfahren aussprach, und dabei hat er sich leider nur an unschuldige Nonnen gewandt, deren Untreue der Ehre keines Mannes Abbruch tun konnte. Wenn eine Frau inkonsequent ist, so ist nach meiner Meinung ihr Mann minotaurisiert. Wenn er minotaurisiert und ein liebenswürdiger Mann ist, wenn er einer gewissen Achtung genießt, und viele Ehemänner verdienen wirklich, bedauert zu werden, dann sagen Sie, wenn Sie von ihm sprechen, mit sanfter Flötenstimme: ›Monsieur A. ist ein recht ehrenwerter Mann, seine Frau ist sehr hübsch, aber man behauptet, er sei nicht glücklich in seiner Häuslichkeit.‹ Also, Madame, der ehrenwerte, aber in seiner Häuslichkeit unglückliche Mann, der Mann, der eine inkonsequente Frau hat, oder der minotaurisierte Ehemann, sie alle sind ganz einfach Ehemänner, die Molière etwas derber bezeichnete. Nun, Sie Göttin des modernen Geschmacks, scheinen Ihnen diese Ausdrücke züchtig und zugleich durchsichtig genug zu sein?«

»Ach mein Gott!« sagte sie lächelnd, »wenn die Sache bleibt, was kommt es darauf an, ob man sie in zwei Silben oder in hundert Silben ausdrückt!«

Sie machte mir eine leichte ironische Verbeugung und verschwand, sicherlich, um sich zu einer jener Gräfinnen zu begeben, die in den Vorreden der Bücher vorkommen, oder zu einem jener metaphorischen Geschöpfe, die die Romanschreiber so oft gebrauchen, um alte Manuskripte aufzufinden oder zu dichten.

Nun aber zu euch, ihr weniger zahlreichen, aber leibhaftigen Wesen, die ihr mich leset! Wenn es unter euch Leute gibt, die mit meinem Kämpen des Ehestandes gemeinsame Sache machen, dann mache ich euch darauf aufmerksam, daß ihr nicht plötzlich und auf einmal unglücklich in eurer Häuslichkeit sein werdet. Zu dieser Ehetemperatur gelangt der Mann nur Grad um Grad und unmerklich. Viele Ehemänner sind sogar ihr ganzes Leben lang unglücklich in ihrer Häuslichkeit gewesen, ohne es zu wissen. Diese häusliche Umwälzung vollzieht sich stets nach bestimmten Regeln; denn die Umwälzungen des Honigmondes sind ebenso verläßlich wie die Phasen des Himmelsmondes und gelten für alle Ehen. Haben wir nicht nachgewiesen, daß die moralische Natur ihre Gesetze hat wie die physische?

Deine Frau wird niemals, wie wir schon an anderer Stelle ausführten, einen Liebhaber nehmen, ohne ernstliche Betrachtungen anzustellen. In dem Augenblick, da der Honigmond abzunehmen beginnt, hast du in ihr den Sinn für die Wonnen der Liebe nicht sowohl befriedigt, als vielmehr entwickelt; du hast ihr das Buch des Lebens aufgeschlagen, und gerade durch den Prosaismus deiner oberflächlichen Liebe wird ihr erst recht klar, welche Poesie aus dem Einklang der Seele und der Wollust entspringen muß. Wie ein schüchternes Vöglein, das noch durch den Lärm bereits verhallter Schüsse erschreckt ist, streckt sie das Köpfchen aus dem Nest, blickt um sich, sieht die Welt; sie errät die Lösung der Scharade, die du mit ihr aufgeführt hast, und fühlt instinktiv die Leere deiner welken Leidenschaft. Sie errät, daß sie nur noch bei einem Liebhaber das köstliche Gut der freien Willensbestimmung in der Liebe wiedererlangen kann.

Du hast grünes Holz getrocknet, mit dem ein anderer sein Feuer anzünden wird.

In der Lage, in der ihr beiden euch befindet, gibt es keine Frau, und sogar die allertugendhafteste nicht, die sich nicht einer großen Leidenschaft würdig gefunden und nicht von einer solchen geträumt hätte und die sich nicht für sehr leicht entzündlich hielte, denn die Eitelkeit veranlaßt uns stets, die Kräfte eines besiegten Feindes höher anzuschlagen.

»Wenn es nur gefährlich wäre, eine anständige Frau zu sein, das möchte noch hingehen!« sagte eine alte Dame zu mir, »aber es ist langweilig, und ich habe niemals eine tugendhafte Frau getroffen, die nicht daran gedacht hätte, ihren Mann zu übertölpeln.«

Wenn die Dinge so weit gediehen sind, und zwar ehe auch nur irgendein Liebhaber sich eingefunden hat, geht eine Frau mit sich zu Rate und erwägt sozusagen das Für und Wider, ob einen Liebhaber zu nehmen unerlaubt sei oder nicht; sie macht einen harten Kampf durch; es streiten sich in ihr die Pflichten, die Gesetze, die Religion und die geheimen Begierden einer Natur, die nur von dem Zügel gelenkt wird, den sie selber sich angelegt hat. Und nun treten für dich die Dinge in eine ganz neue Ordnung ein; es ist für dich die erste Warnung, die die Natur, diese milde und gute Mutter, allen Geschöpfen gibt, die von irgendeiner Gefahr bedroht werden. Die Natur hat dem Minotauros eine Schelle um den Hals gehängt, wie sie der furchtbaren Schlange, die der Schrecken der Reisenden ist, eine Klapper an den Schwanz gebunden hat. Jetzt nämlich macht sich an deiner Frau bemerkbar, was wir die ersten Symptome nennen wollen, und wehe dem, der sie nicht zu bekämpfen gewußt hat!

Wer beim Lesen dieser Zeilen sich erinnern sollte, diese Anzeichen früher bereits gesehen zu haben, als sie sich zuerst in seiner Häuslichkeit kundtaten, der kann sofort zum Schluß dieses Werkes übergehen; er wird dort einige Tröstungen finden.

Diese Situation, in der eine Ehe längere oder kürzere Zeit verbleibt, wird den Ausgangspunkt unseres Werkes bilden, wie sie zugleich der Abschluß unserer allgemeinen Bemerkungen ist. Ein verständiger und kluger Mann muß die geheimnisvollen Anzeichen zu erkennen wissen, die unmerklichen Symptome und die unwillkürlichen Enthüllungen, die eine Frau während dieses Stadiums sich entschlüpfen läßt; denn die folgende Betrachtung könnte für die Anfänger in der erhabenen Wissenschaft der Ehephilosophie höchstens die allergröbsten Umrisse aufzeichnen.

Achte Betrachtung

Die ersten Symptome

Während deine Frau sich in der Krisis befindet, von der wir soeben gesprochen haben, wiegst dagegen du dich in einer angenehmen, völligen Sicherheit. Du hast so oft die Sonne gesehen, daß du zu glauben beginnst, sie könne recht wohl der ganzen Welt leuchten. Und von jetzt an widmest du nicht mehr den unbedeutendsten Handlungen deiner Frau jene Aufmerksamkeit, zu der dich das erste Feuer des Temperaments antrieb.

Diese Gleichgültigkeit verhindert viele Ehemänner, die Symptome zu bemerken, durch die ihre Frauen ein erstes Gewitter ankünden; und diese Gleichgültigkeit hat mehr Ehemänner minotaurisiert als die Gelegenheit, die Fiaker, die Kanapees und die Absteigequartiere. Dieses Gefühl der Unachtsamkeit gegenüber der Gefahr wird gewissermaßen hervorgerufen und gerechtfertigt durch die anscheinende Ruhe, die dich umgibt. Die Verschwörung, die von unserer Million hungriger Junggesellen gegen dich angesponnen ist, scheint von *einem* Geist beseelt zu sein. Obwohl von allen diesen Herrchen keiner den anderen kennt, oder die, welche einander kennen, Feinde sind, hat eine Art Instinkt ihnen das Stichwort gegeben.

Wenn zwei Menschen sich verheiraten, sind für gewöhnlich die Sbirren des Minotauros, jung wie alt, so höflich, die Ehegatten ganz sich selbst zu überlassen. Sie sehen in einem Ehemann einen Arbeiter, der die Aufgabe hat, den Diamanten, der von Hand zu Hand gehen soll, um eines Tages in der Runde bewundert zu werden, zu schleifen, zu glätten, zu facettieren und zu fassen. Daher ist der Anblick eines recht verliebten jungen Ehepaares stets eine Freude für jene Junggesellen, die man »Roués« genannt hat; sie hüten sich sorglich, eine Arbeit zu stören, von der die ganze Gesellschaft Nutzen haben wird; sie wissen auch, daß ein starker Regen nicht lange dauert; und so halten sie sich abseits auf der Lauer und erspähen mit unglaublicher Gewandtheit den Augenblick, da die beiden Gatten des Siebenten Himmels müde zu werden beginnen.

Das Feingefühl, mit dem die Junggesellen den Augenblick entdecken, da in einer Ehe die ersten Stürme auftreten, läßt sich nur mit der Gleichgültigkeit vergleichen, der die Ehemänner, für die der Wettermond aufgeht, sich ergeben haben. Sogar in der Galanterie gibt es einen Augenblick der Reife, den man abwarten können muß. Ein großer Mann weiß mit richtigem Urteil vorauszusehen, was sich aus den Umständen ergeben kann. Jene Zweiundfünfzigjährigen zum Beispiel, die wir als so gefährlich geschildert haben, begreifen vollkommen, daß mancher, der sich einer Frau als Liebhaber angeboten hat und stolz abgewiesen worden ist, drei Monate später mit offenen Armen aufgenommen werden wird. Im allgemeinen verraten die verheirateten Leute die Kälte ihrer Gefühle mit derselben Naivität, womit sie ihre Liebe zur Schau trugen.

Zu jener Zeit, da du mit deiner Frau Gemahlin die entzückenden Landschaften des Siebenten Himmel durchstreiftest, was je nach den Charakteren, wie aus der vorhergehenden Betrachtung hervorgeht, mehr oder weniger lange dauert, zu jener Zeit gingt ihr wenig oder gar nicht in die Gesellschaft. Ihr wart glücklich in eurer Häuslichkeit, und wenn ihr überhaupt ausgingt, dann machtet ihr, wie verliebte Leute es tun, eine Lustpartie, oder einen Ausflug aufs Land, oder ihr gingt ins Theater und dergleichen. Sobald ihr zusammen oder einzeln wieder in der Gesellschaft erscheint, sobald man euch beide als eifrige Besucher von Bällen, Festen und allen jenen eitlen Vergnügungen sieht, die den Zweck haben, über die Leere des Herzens hinwegzutäuschen, in diesem Augenblick erraten die Junggesellen, daß deine Frau dorthin geht, um Zerstreuungen zu suchen; also langweilt sie sich in ihrer Ehe, mit ihrem Ehemann.

Dann weiß der Junggeselle, daß der halbe Weg bereits zurückgelegt ist. Dann steht dir das Schicksal bevor, minotaurisiert zu werden; und deine Frau hat Neigung, inkonsequent zu werden; das heißt, in Wirklichkeit wird sie in ihrem Verhalten sehr konsequent sein, sie wird sich erstaunlich tiefe Gründe dafür zurechtlegen, und du wirst dir keinen Vers darauf machen. Von diesem Augenblick an wird sie dem Anschein nach gegen keine einzige von ihren Pflichten verstoßen; sie wird sich um so sorgfältiger mit den Farben der Tugend zu bekleiden suchen, als sie in Wirklichkeit keine Tugend mehr besitzt. Ach! sagt Crébillon,

muß man auch noch beerben, die man gemeuchelmordet?

Niemals wirst du sie so sorgsam bemüht gesehen haben, dir zu gefallen. Für die geheime Wunde, die sie deinem Eheglück bereits zu versetzen plant, wird sie dich durch kleine Glückseligkeiten zu entschädigen suchen, aus denen du auf die Dauer ihrer Liebe schließest; daher das Sprichwort: »Glücklich wie ein Dummkopf!« Aber was sich begibt, hängt von dem Charakter der Frauen ab: entweder verachten sie ihre Gatten gerade deshalb, weil es ihnen gelingt, sie zu täuschen; oder sie hassen sie, wenn ihre Pläne von ihnen durchkreuzt werden; oder sie verfallen ihnen gegenüber in eine Gleichgültigkeit, die tausendmal schlimmer ist als der Haß.

Wenn die Sachen so weit gediehen sind, ist das erste Merkmal der Frau ein sehr häufiger Wechsel ihrer Stimmungen. Sie möchte sich selbst entfliehen; sie kann es in ihrem Heim nicht aushalten;

aber es ist dabei noch nicht jene Begierde von Ehegatten im Spiel, die völlig unglücklich sind. Sie verwendet große Sorgfalt auf ihre Kleidung und sagt dabei, sie tue es dir zu Gefallen, um bei Festen und Belustigungen alle Blicke auf sich zu ziehen.

Ist sie wieder in die Langeweile ihrer Penaten zurückgekehrt, dann siehst du sie manchmal traurig und nachdenklich, dann wieder lachend und fröhlich, wie wenn sie sich betäuben wolle; oder sie macht ein ernstes Gesicht wie ein Deutscher, der in den Kampf zieht. Derartige häufige Stimmungsumschwünge sind stets Anzeichen der von uns beschriebenen gefährlichen Periode des Schwankens.

Manche Frauen lesen Romane und ergötzen sich an den geschickten, stets abwechselnden Schilderungen einer Liebe, die mit Schwierigkeiten zu kämpfen hat, aber zuletzt dennoch triumphiert. Oder sie betreiben das Romanlesen, um sich in Gedanken an die Gefahren eines Liebesabenteuers zu gewöhnen.

Deine Frau wird davon sprechen, daß sie die höchste Achtung für dich hege. Sie wird sagen, sie liebe dich, wie man einen Bruder liebt; diese vernünftige Freundschaft sei die einzig wahre, die einzig dauerhafte, und der ganze Zweck der Ehe sei, solche Freundschaft zwischen den beiden Gatten herzustellen.

Sie wird sehr geschickt darauf aufmerksam machen, daß sie bis dahin nur Pflichten zu erfüllen gehabt habe und daß sie Anspruch darauf machen könne, auch Rechte auszuüben.

Sie prüft mit einer Kälte, die du allein genauer ermessen kannst, alle Einzelheiten des Eheglücks. Dieses Glück hat ihr vielleicht niemals besonders gefallen; übrigens ist es ja für sie stets vorhanden; sie kennt es, sie hat es in seine Einzelheiten zerlegt; und wie viele kleine, aber nichtsdestoweniger furchtbare Beweise bringen von jetzt an einen klugen Ehemann zu der Überzeugung, daß dieses zartbesaitete Wesen sich mit Beweisen und Vernunftgründen abgibt, anstatt sich vom Sturme seiner Leidenschaft fortreißen zu lassen!

LIX. Je mehr Urteil, desto weniger Liebe.

Nun hörst du von ihr jene Scherze, über die du zuerst lachst, jene Betrachtungen, die dich durch ihre Tiefe überraschen; nun bemerkst du jene plötzlichen Stimmungsumschwünge, jene Launen eines hin und her schwankenden Geistes. Zuweilen wird sie plötzlich außerordentlich zärtlich, wie wenn sie ihre Gedanken und ihre Pläne bereute; zuweilen ist sie verdrießlich und unentzifferbar; mit einem Wort, es gilt jener Satz: ›*Varium et mutabile femina*‹, den wir bis dahin dummerweise aus der natürlichen Anlage der Frau erklärt hatten. Diderot ist in seinem Wunsche, diese beinahe den Schwankungen der Witterung entsprechenden Stimmungen der Frau zu erklären, so weit gegangen, daß er sie von etwas ableitet, das er »das wilde Tier« nennt. Allein man wird diese häufigen Widersprüche niemals bei einer glücklichen Frau beobachten.

Diese Symptome, die so leicht sind wie Gaze, gleichen jenen Wolken, die kaum auf dem Azurblau des Himmels zu bemerken sind und die man Gewitterblumen nennt. Bald aber nehmen die Farben kräftigere Tönungen an.

Es gibt Frauen, denen ihre Mütter, die aus Berechnung, aus Pflicht, aus Gefühl oder aus Heuchelei tugendhaft waren, feste Grundsätze eingeflößt haben. Wenn diese sich so ernstem Denken hingeben, das nach Madame de Staëls Ausdruck das Leben poetischer machen möchte, dann halten sie zuweilen die verzehrenden Ideen, von denen sie bestürmt werden, für Einflüsterungen des Teufels; und dann sieht man sie regelmäßig in die Messe, zur Predigt, ja sogar in die Vesper laufen. Diese falsche Frömmigkeit beginnt mit hübschen und kostbar gebundenen Gebetbüchern, mit deren Hilfe diese lieben Sünderinnen sich vergeblich bemühen, die Pflichten zu erfüllen, die von der Religion auferlegt sind, die aber um der ehelichen Freuden willen von ihnen im Stich gelassen wurden.

Hier wollen wir einen Grundsatz aufstellen. Grabe ihn mit feurigen Buchstaben in dein Gedächtnis ein!

Wenn eine junge Frau plötzlich wieder zu ihren religiösen Übungen zurückkehrt, die sie bereits aufgegeben hatte, dann birgt sich in dieser neuen Lebensweise stets etwas, das für das Glück des Ehemanns von hoher Bedeutung ist. Auf hundert Frauen kommen wenigstens neunundsiebzig, bei denen diese Rückkehr zu Gott beweist, daß sie inkonsequent gewesen sind oder bald inkonsequent sein werden.

Aber ein noch klareres, noch entscheidenderes Symptom, das jeder Ehemann erkennen wird, wenn er nicht ein Dummkopf ist, ist folgendes:

Zu jener Zeit, da ihr beide in den trügerischen Wonnen des Honigmondes schwammet, tat dir deine Frau beständig deinen Willen, weil sie dich liebte. Glücklich, dir einen guten Willen bezeigen zu können, den ihr beide für Liebe hieltet, hätte sie sich gefreut, wenn du ihr befohlen hättest, in der Dachrinne zu wandeln, und sofort würde sie, behende wie ein Eichhörnchen, über die Dächer gelaufen sein. Mit einem Wort, sie fand ein unaussprechliches Vergnügen darin, dir jenes ›Ich‹ zu opfern, das aus ihr ein von dir verschiedenes Wesen machte. Sie war eins geworden mit deiner Natur und hatte damit jenem Verlangen des Herzens gehorcht: *Una caro.*

Alle diese schönen Vorsätze sind unmerklich verblaßt. Es hat sie verletzt, ihren Willen zunichte gemacht zu sehen, und jetzt wird deine Frau versuchen, die Herrschaft über ihren eigenen Willen wiederzuerlangen, und zwar mittels eines Systems, das sie allmählich, aber mit einer von Tag zu Tag wachsenden Energie entwickelt.

Dieses System nennt sich: ›Die Würde der verheirateten Frau.‹ Seine erste Wirkung besteht darin, daß es in eure Liebesfreuden eine gewisse Zurückhaltung und Lauheit hineinbringt, die nur du allein bemerken kannst.

Je nach dem höheren oder niedrigeren Grad deiner sinnlichen Leidenschaft hast du vielleicht während des Honigmondes ahnend eine von jenen zweiundzwanzig Wollüsten erraten, die einstmals in Griechenland zweiundzwanzig Arten von Kurtisanen schufen, die sich als Spezialistinnen mit der Pflege dieser zarten Zweige einer und derselben Kunst beschäftigten. Unwissend und unbefangen, neugierig und hoffnungsvoll, wird deine junge Frau ebenfalls einige Fortschritte in dieser ebenso seltenen wie unbekannten Wissenschaft gemacht haben, die wir dem künftigen Verfasser der ›Physiologie des Genusses‹ ganz besonders anempfehlen.

Es kommt alsdann ein Wintermorgen, und gleich den Schwärmen jener Vögel, die die Kälte des Westens fürchten, entfliehen plötzlich, mit demselben Flügelschlag, die Fellatrix, erfinderisch in Koketterien, die die Begierde täuschen, um ihre heißen Sturmangriffe zu verlängern; die Traktatrix, aus dem duftenden Orient stammend, wo man die Wonnen ehrt, die in süße Träume wiegen; die Subagitatrix, eine Tochter Großgriechenlands; die Genferin, mit ihren sanften, kitzelnden Wollüsten; die Korintherin, die im Notfall sie alle ersetzen könnte; dann endlich die schäkernde Phicidierin mit den neckisch knabbernden Zähnen, deren Schmelz gleichsam mit Verstand begabt ist. Eine einzige ist dir vielleicht noch geblieben; aber eines Abends breitet auch die glänzende und stürmische Propetis ihre weißen Flügel aus, entflieht mit gesenkter Stirn und zeigt dir, wie auf dem Rembrandtschen Gemälde der Engel, der den Augen Abrahams entschwindet, zum letztenmal die entzückenden Schätze, von denen sie selber nichts weiß und die nur du allein mit trunkenem Auge betrachten, mit liebkosender Hand streicheln durftest.

So sind dir alle diese verschiedenen Abstufungen der Lust, alle diese Phantasien der Seele, alle diese Liebespfeile geraubt; du siehst dich auf die gewöhnlichste aller Arten von Liebe angewiesen, auf jene primitive und unschuldige Art, die eheliche Pflicht zu erfüllen, jene friedfertige Huldigung, die der naive Adam unserer gemeinsamen Mutter erwies und die sicherlich die Schlange auf die Idee brachte, sie etwas klüger zu machen. Aber ein so umfassendes Symptom kommt nicht häufig vor. Die meisten Ehepaare sind zu gute Christen, um die Bräuche des heidnischen Griechenlands zu pflegen. Daher haben wir es zu den letzten Symptomen gerechnet, wenn in dem friedlichen Ehebett jene schamlosen Wollüste auftreten, die meistenteils Töchter einer unerlaubten Leidenschaft sind. Gebührenden Ortes und zu rechter Zeit werden wir dieses Anzeichen aus höheren Regionen ausführlicher behandeln. Im vorliegenden Fall ist es vielleicht nur auf eine Gleichgültigkeit oder gar auf einen körperlichen Widerwillen zurückzuführen; hierüber bist du selber allein imstande, zu urteilen.

Während deine Frau so durch ihre Würde den Zwecken der Ehe einen edlern Anstrich gibt, behauptet sie zugleich, sie müsse ihre Meinung haben und du die deinige. »Wenn eine Frau sich verheiratet«, wird sie sagen, »tut sie damit nicht das Gelübde, auf den Gebrauch ihrer Vernunft zu verzichten. Sind die Frauen wirklich Sklavinnen? Die menschlichen Satzungen haben den

Leib in Ketten und Bande legen können, aber den Glauben ... ach! der steht zu nahe bei Gott, als daß die Tyrannen ihre Hände danach ausstrecken könnten.«

Diese Ideen entspringen notwendigerweise entweder daraus, daß du sie zu frei erzogen hast, oder daraus, daß du ihr erlaubt hast, gewisse Betrachtungen anzustellen. Ein ganzer Abschnitt unseres Buches ist der ›Erziehung in der Ehe‹ gewidmet worden.

Dann beginnt deine Frau zu sagen: »Mein Zimmer, mein Bett, meine Wohnung.« Auf viele von deinen Fragen wird sie antworten: »Aber, lieber Freund, das ist ja nicht deine Sache!« oder: »Die Männer haben ihren Teil bei der Leitung eines Hauswesens, und die Frauen den ihren ebenfalls.« Oder sie wird sich über die Männer lustig machen, die sich in die Hauswirtschaft einmischen, und wird behaupten, von gewissen Dingen verständen die Männer nichts.

Die Zahl der Dinge, von denen du nichts verstehst, wird alle Tage größer werden.

Eines schönen Morgens wirst du in eurer kleinen Kirche, wo ihr bisher nur vor einem einzigen Altar eure Andacht verrichtet hattet, zwei Altäre sehen. Der Altar deiner Frau wird nunmehr von dem deinigen unterschieden sein, und diese Unterscheidung wird sich immer auffälliger bemerkbar machen, und zwar stets auf Grund des Prinzips von der Würde der Frau.

Alsdann werden die folgenden Ideen kommen, die man dir, ohne daß du es merkst, mittels einer wenig bekannten, aber schon sehr alten »lebendigen Kraft« einflößen wird. Die Dampfkraft, die Benutzung der Kraft der Pferde, der Menschen oder des Wassers sind gute Erfindungen; aber die Natur hat die Frau mit einer moralischen Kraft ausgerüstet, mit der die vorhin genannten Kräfte sich nicht vergleichen lassen; wir wollen sie »die Kraft der Klapper« nennen. Die Wirkung dieser Kraft beruht auf beständiger Erzeugung eines und desselben Tones, auf einer so genauen Wiederholung derselben Worte, auf einem so vollkommenen Kreislauf derselben Gedanken, daß du infolge des beständigen Anhörens dahin gelangst, ihre Richtigkeit anzuerkennen, um nur des weiteren Redens überhoben zu sein. So wird zum Beispiel die unwiderstehliche Kraft der Klapper dir beweisen:

du seist recht glücklich, eine so ausgezeichnete Frau zu haben;

man habe dir zu viel Ehre erwiesen, indem man dich geheiratet;

der Scharfblick der Frau sehe oft richtiger als das Auge des Mannes;

du müssest bei allen Angelegenheiten deine Frau um Rat fragen und diesem fast immer folgen;

du müßtest die Mutter deiner Kinder »respektieren«, sie ehren, Vertrauen zu ihr haben;

um nicht getäuscht zu werden, sei es das beste Mittel, sich auf das Zartgefühl einer Frau zu verlassen, weil es einem Mann unmöglich sei, seine Frau daran zu hindern, ihn zu minotaurisieren (dieser Grundsatz entspringt aus gewissen alten Ideen, die leider infolge unserer eigenen Schwachheit sich eingewurzelt haben);

die in gesetzlicher Ehe ihm verbundene Frau sei die beste Freundin eines Mannes;

eine Frau sei Herrin in ihrem Hause und Königin in ihrem Salon, usw.

Wer diesen Versuchen, der Würde der Frau die Oberhand über die Kraft des Mannes zu verschaffen, einen festen Widerstand entgegensetzen will, gehört zur Klasse der Prädestinierten.

Zuerst entstehen Streitigkeiten, durch die in den Augen seiner Frau der Mann den Anschein eines Tyrannen erhält. Die Tyrannei eines Ehemannes ist stets eine gefährliche Entschuldigung für die Inkonsequenz einer Frau. Ferner wissen sie bei diesen leichten Streitigkeiten ihren und unsern Familien, aller Welt und uns selbst zu beweisen, daß wir unrecht haben. Wenn du um des lieben Friedens willen oder aus Liebe die vergeblichen Rechte deiner Frau anerkennst, überläßt du ihr damit einen Vorteil, den sie sich für ewige Zeiten zunutze machen wird. Ein Mann darf, wie eine Regierung, niemals einen Fehler eingestehen. Sofort wäre deine Herrschaft durch das geheime System der Frauenwürde überflügelt; sofort wäre alles verloren; von diesem Augenblick an würdest du ihr ein Zugeständnis nach dem andern machen, bis sie dich aus »ihrem« Bett verjagt.

Da die Frau schlau, geistreich, boshaft ist und Zeit genug hat, sich eine Ironie auszudenken, würde sie dich lächerlich machen, sobald eure Meinungen aufeinander platzen. Der Tag, da sie dich lächerlich gemacht hat, wird das Ende deines Glückes sein.

Mit deiner Herrschaft ist es dann aus. Eine Frau, die über ihren Gatten gelacht hat, kann ihn nicht mehr lieben. Der Mann muß für die liebende Frau ein Wesen voller Kraft und Größe sein, muß ihr immer imponieren. Eine Familie kann nicht ohne Despotismus existieren. Merkt euch das, ihr Völker!

Daher bildet denn auch die schwierige Kunst des Benehmens, das ein Mann gegenüber so wichtigen Ereignissen beobachten muß und das wir als die hohe Politik der Ehe bezeichnen können, den Gegenstand des zweiten und dritten Teils unseres Buches. Aus diesem Brevier des ehelichen Machiavellismus wirst du lernen, vor diesem leichten Geiste, vor dieser Seele, die nach Napoleons Ausdruck duftig ist wie zarte Spitzen, größer zu erscheinen. Du wirst daraus erfahren, wie ein Mann eine stählerne Seele aufweisen kann, wie er auf diesen häuslichen kleinen Krieg sich einlassen kann, und daß er niemals ihrem Willen nachgeben darf, ohne sein Glück in Gefahr zu bringen. Denn wenn du deiner Herrschaft entsagtest, würde deine Frau dich schon deshalb mißachten, weil sie dich kraftlos fände; du wärest für sie kein »Mann« mehr.

Aber wir sind noch nicht so weit, die Theorien und Grundsätze zu entwickeln, durch die ein Ehemann elegante Manieren mit scharfem Vorgehen vereinigen kann; für den Augenblick lassen wir uns daran genügen, ihre Bedeutung für die Zukunft zu ahnen, und fahren fort.

In dieser verhängnisvollen Epoche wirst du sehen, wie sie geschickt das Recht verficht, allein auszugehen.

Eben noch warst du ihr Gott, ihr Idol. Der Gemütszustand, bei dem sie jetzt angelangt ist, entspricht dem Stadium der Frömmigkeit, in dem man die Löcher in den Kleidern der Heiligen bemerkt.

»O mein Gott, lieber Freund«, sagte Madame de la Vallière[55] zu ihrem Mann, »wie unschön tragen Sie Ihren Degen! Monsieur de Richelieu[56] hat eine gewisse Art, seinen Degen an der Seite gerade zu halten; so sollten Sie es auch machen: es ist viel geschmackvoller.« »Meine Liebe, man kann mir auf keine geistreichere Art sagen, daß wir schon seit fünf Monaten verheiratet sind.« Diese Antwort des Herzogs wurde zur Zeit Ludwigs XV. sehr gelungen gefunden.

Sie wird deinen Charakter studieren, um Waffen gegen dich zu finden. Dieses Studium, das mit der Liebe unverträglich ist, wird sich darin kundtun, daß sie dir tausend kleine Schlingen legt, um sich von dir anfahren und ausschelten zu lassen; denn wenn eine Frau keine Entschuldigungen hat, um ihren Mann zu minotaurisieren, sucht sie welche zu schaffen.

Vielleicht wird sie sich zu Tische setzen, ohne auf dich zu warten.

Wenn sie mit dir im Wagen durch eine Stadt fährt, wird sie dich auf gewisse Gegenstände aufmerksam machen, die du nicht bemerkt hattest; sie wird unbekümmert in deiner Gegenwart singen; sie wird dir das Wort abschneiden, wird dir zuweilen nicht antworten und wird dir auf zwanzig verschiedene Arten dartun, daß sie an deiner Seite über all ihre Geisteskräfte und über ihre gesunde Vernunft verfügt.

Sie wird versuchen, in der Leitung der Hausangelegenheiten deinen Einfluß völlig null und nichtig zu machen und alleinige Herrin deines Vermögens zu werden. Zunächst wird dieser Kampf für ihre beschäftigungslose oder zu sehr in Anspruch genommene Seele eine Zerstreuung sein; später wird sie in deinem Widerstand einen neuen Anlaß finden, sich über dich lustig zu machen. An den durch die Gewohnheit geheiligten Ausdrücken wird es ihr nicht fehlen, und in Frankreich geben wir ja so schnell dem ironischen Lächeln eines andern nach ...!

Von Zeit zu Zeit werden Migränen und Nervenanfälle auftreten; aber diese Symptome werden uns Anlaß zu einer ganzen gesonderten Betrachtung geben.

In Gesellschaft wird sie von dir sprechen, ohne zu erröten, und wird dich mit zuversichtlicher Miene ansehen.

Sie wird beginnen, alles zu tadeln, was du tust, weil es mit ihren Ideen oder geheimen Absichten in Widerspruch stehen wird.

Sie kümmert sich nicht mehr um das, was dich angeht; ja sie weiß nicht einmal, ob du auch alles hast, was du brauchst. Sie wird nicht mehr alles, was sie sieht, auf dich beziehen und mit dir vergleichen.

In Nachahmung eines Brauches Ludwigs XIV., der seinen Geliebten Orangeblütensträuße brachte, die der Oberhofgärtner von Versailles ihm jeden Morgen auf seinen Tisch legte, schenkte Monsieur de Vivonne[57] seiner Frau während der ersten Zeit ihrer Ehe fast alle Tage seltene und kostbare Blumen. Eines Abends fand er den Strauß auf einem Tischchen liegen, statt daß er, wie gewöhnlich, in ein Gefäß mit Wasser gestellt worden wäre. »Oho!« sagte er, »wenn ich kein Hahnrei bin, werde ich bald einer werden.«

Du bist acht Tage auf der Reise und bekommst keinen Brief, oder bekommst einen mit drei leeren Seiten ... Symptom.

Du kommst auf einem kostbaren Pferd, auf das du große Stücke hältst; zwischen zwei Küssen beunruhigt deine Frau sich um das Pferd und dessen Hafer ... Symptom.

Zu diesen Zügen kannst du jetzt von dir aus andere hinzufügen. Wir wollen in diesem Buch versuchen, stets *al fresco* zu malen; die Miniaturen überlassen wir dir. Je nach den Charakteren sind diese Anzeichen unendlich mannigfaltig; sie verbergen sich in jedem Ereignis des Alltagslebens. Der eine entdeckt ein Symptom in der Art, wie eine Frau einen Schal umlegt, während bei einem andern die Seele selber erst einen Denkzettel erhalten muß, damit er die Gleichgültigkeit seiner Gesponsin ahnt.

An einem schönen Frühlingsmorgen, am Tage nach einem Ball oder am Vorabend einer Landpartie tritt diese Lage in ihr letztes Stadium ein. Deine Frau langweilt sich, und das erlaubte Glück hat keinen Reiz mehr für sie. Ihre Sinnlichkeit, ihre Einbildungskraft, vielleicht auch nur eine Laune ihrer Natur verlangen einen Liebhaber. Indessen wagt sie noch nicht, sich in ein Liebesabenteuer einzulassen, dessen Folgen und Einzelheiten sie erschrecken. Du bist immerhin noch da; du fällst noch in die Waagschale, wenngleich mit einem recht geringen Gewicht. Andrerseits tritt der Liebhaber mit aller Anmut der Neuheit, mit allen Reizen des Geheimnisses umkleidet auf. Schon früher hat sich im Herzen deiner Frau ein Kampf erhoben; jetzt steht sie dem Feinde unmittelbar gegenüber; der Kampf ist Wirklichkeit geworden und gefährlicher denn je. Je größer die Gefahren und Wagnisse sind, desto mehr brennt sie bald darauf, sich in diesen wonnevollen Abgrund von Befürchtungen, Genüssen, Ängsten und Wollüsten zu stürzen. Ihre Einbildungskraft entzündet sich und sprüht Funken. Ihr künftiges Leben erhält in ihren Augen romantische und geheimnisvolle Farben. Ihre Seele findet, in dieser für die Frauen so ernsten Erörterung habe ihr Dasein bereits an Spannkraft gewonnen. Alles bewegt sich und regt sich in ihr. Sie lebt dreimal mehr als zuvor und beurteilt die Zukunft nach der Gegenwart. Das geringe Maß sinnlicher Freuden, das du ihr zugeteilt hast, spricht ebenfalls noch gegen dich; denn sie erregt ihre Phantasie nicht so sehr an den Freuden, die sie genossen hat, als an denen, die sie genießen wird; ihre Phantasie stellt ihr vor, daß sie bei diesem Liebhaber, den die Gesetze ihr verbieten, ein viel lebhafteres Glück finden werde als bei dir. Endlich findet sie Genüsse in ihren Ängsten und Ängste in ihren Genüssen; sie liebt diese stets drohende Gefahr, dieses Damoklesschwert, das du selber über ihrem Haupte aufgehängt hast; sie zieht die rasenden Todeszuckungen einer Leidenschaft jenem albernen Eheverhältnis vor, das ärger ist als der Tod; jener Gleichgültigkeit, die weniger ein Gefühl, als vielmehr die Abwesenheit jeden Gefühls ist.

Ihr, die ihr vielleicht im Finanzministerium Händedrücke auszuteilen oder Bankrechnungen aufzustellen oder Börsenabschlüsse zu machen oder Reden in der Abgeordnetenkammer zu halten habt; und du, junger Mann, der du mit so vielen andern in unserer ersten Betrachtung in heiligem Eifer den Schwur tatest, dein Glück zu verteidigen, indem du deine Frau verteidigtest, was könnt ihr diesen für sie so natürlichen Begierden entgegensetzen? Für diese feurigen Geschöpfe ist ja Leben gleichbedeutend mit Fühlen; sobald sie nichts mehr empfinden, sind sie tot. Das Gesetz, auf Grund dessen ihr vorgeht, ruft ja gerade in ihr diesen unwillkürlichen Minotaurismus hervor. »Es ist«, sagte d'Alembert, »eine Folge der Gesetze der Bewegung!« Nun, wo sind nun eure Verteidigungsgründe ...? Wo?

Ach! Wenn auch deine Frau noch nicht wirklich den Apfel der Schlange geküßt haben sollte, die Schlange ist schon bei ihr; du schläfst, wir wecken dich auf, und unser Buch beginnt.

Wir wollen nicht weiter untersuchen, wie viele von den fünfhunderttausend Ehemännern, die dieses Buch etwas angeht, zur Klasse der Prädestinierten gehören, wie viele sich übel verheiratet haben, wie viele es bei ihren Frauen verkehrt angefangen haben; wir wollen uns nicht darum kümmern, ob es in dieser zahlreichen Schar wenige oder etliche gibt, die den Anforderungen genügen, um gegen die drohende Gefahr kämpfen zu können; denn im zweiten und dritten Teil dieses Werkes werden wir die Mittel besprechen, durch die der Minotauros zu bekämpfen und die Tugend der Frauen unversehrt zu erhalten ist. Aber wenn das Schicksal, der Teufel, das Zölibat, die Gelegenheit dein Unglück wollen, dann wirst du dich vielleicht dadurch trösten, daß du den Faden erkennst, der sich durch all diese Intrigen hindurchzieht; daß du den Schlachten beiwohnst, die in allen Ehen geliefert werden. Viele Leute haben einen so glücklichen Charakter, daß man ihnen nur das Wo zu zeigen, das Warum und Wie zu erklären braucht; dann kratzen sie sich den Kopf, reiben sich die Hände, stampfen mit dem Fuß und sind zufrieden.

Neunte Betrachtung

Nachwort

Wie wir es versprochen hatten, hat dieser erste Teil die allgemeinen Ursachen dargelegt, durch die alle Ehen in die von uns beschriebene Krisis geraten; als wir diese Vorbemerkungen über die Angelegenheiten der Ehe niederschrieben, haben wir zugleich angezeigt, wie man dem Unglück entgehen kann, indem wir nachwiesen, durch welche Fehler es erzeugt wird.

Aber diese ersten Betrachtungen würden doch wohl unvollständig sein, wenn wir bei einer Frage, die tief in das Leben fast aller Menschen eingreift, uns damit begnügten, nur über die Inkonsequenz unserer Ideen, unserer Sitten und unserer Gesetze einiges Licht zu verbreiten, und nicht auch versuchten, in einem kurzen Schlußwort die politischen Ursachen dieser gesellschaftlichen Krankheit festzustellen. Nachdem wir die geheimen Schäden der Einrichtung der Ehe aufgedeckt haben, ist es wohl eine philosophische Aufgabe, zu untersuchen, warum und wie unsere Sitten sie schadhaft gemacht haben.

Das System von Gesetzen und Sitten, das heutigentags in Frankreich für die Frauen und die Ehe in Geltung ist, ist die

Frucht veralteter Anschauungen und Überlieferungen, die nicht mehr mit den durch die große Revolution von 1789 entwickelten ewigen Grundsätzen der Vernunft und Gerechtigkeit in Einklang stehen.

Drei große Umwälzungen haben Frankreich erschüttert: die Eroberung durch die Römer, der Sieg des Christentums und der Einbruch der Franken. Jedes dieser drei Ereignisse hat tiefe Spuren in dem Boden des Landes, in den Gesetzen, in den Sitten und dem Geist der Nation hinterlassen.

Griechenland, das mit einem Fuß in Europa und mit dem andern in Asien steht, wurde in seinen Ehegebräuchen durch sein die Leidenschaften entflammendes Klima beeinflußt; es empfing sie aus dem Morgenland, wohin seine Philosophen, seine Gesetzgeber und seine Dichter wanderten, um die verschleierten Altertümer Ägyptens und Chaldäas zu erforschen. Die vollkommene Absperrung der Frauen, die unter der brennenden Sonne Asiens eine Notwendigkeit war, herrschte auch in den Gesetzen Griechenlands und Ioniens. Auch hier war das Weib auf das marmorne Frauengemach beschränkt. Da das Vaterland nur eine Stadt, ein Gebiet von geringer Ausdehnung umfaßte, konnten die Kurtisanen, die durch so viele Bande in Zusammenhang mit den Künsten und mit der Religion standen, den ersten Leidenschaften einer nicht gerade zahlreichen Jugend genügen, deren Kräfte zudem durch die anstrengenden Übungen einer zur Kriegskunst jener Heldenzeiten gehörenden Gymnastik in Anspruch genommen wurden.

Im Beginn seiner Herrscherlaufbahn hatte Rom sich in Griechenland die Grundsätze einer Gesetzgebung geholt, die auch den Anforderungen des italienischen Himmels entsprechen konnten. Es drückte auf die Stirn der verheirateten Frau das Siegel einer vollkommenen Dienstbarkeit. Der Senat begriff, wie wichtig in einer Republik die Tugend ist, und es gelang ihm, strenge Sitten dadurch aufrechtzuerhalten, daß die väterliche und eheherrliche Gewalt die ausgedehntesten Befugnisse erhielten. In allem bekundete sich die Abhängigkeit der Frau. Die morgenländische Abgeschlossenheit wurde eine Pflicht, ein sittliches Gebot, eine Tugend. Darum wurden der Göttin der Scham Tempel errichtet, wurden der Heiligkeit der Ehe Tempel geweiht; aus dieser Denkart stammten das Amt der Zensoren, die Einrichtung der Mitgift, die Luxusgesetze, die Ehrfurcht vor den Matronen und der ganze Aufbau des römischen Rechts. Daher waren drei versuchte oder verübte Vergewaltigungen die Anlässe zu drei Revolutionen; daher war das erste Auftreten von Frauen auf dem politischen Schauplatz ein großes Ereignis, das durch feierliche Erlasse festgelegt wurde! Diese erlauchten Römerinnen, die dazu verdammt waren, nur Gattinnen und Mütter zu sein, verbrachten ihr Leben in Zurückgezogenheit; ihre Beschäftigung bestand darin, der Welt Herrscher zu erziehen. Rom hatte keine Kurtisanen, weil seine Jugend von beständigen Kriegen in Anspruch genommen war. Freilich lösten sich später alle Bande frommer Zucht, aber das geschah unter der despotischen Herrschaft der Kaiser; übrigens waren sogar damals die auf den alten Sitten beruhenden Vorurteile so lebendig geblieben, daß Rom niemals Frauen auf einer Bühne sah. Diese Tatsachen sind nicht ohne Bedeutung für unsern schnellen Überblick über die Geschichte der Ehe in Frankreich.

Nach der Eroberung Galliens zwangen die Römer den Besiegten ihre Gesetze auf; aber diese waren nicht imstande, unserer Vorfahren tiefe Ehrfurcht vor den Frauen und den alten Glauben zu zerstören, der in ihnen unmittelbare Organe der Gottheit sah. Indessen herrschten zuletzt die römischen Gesetze dennoch ausschließlich nach Verdrängung aller andern in *Gallia togata*, und seine für die Ehe geltenden Grundsätze drangen mehr oder minder auch in die andern Landstriche ein, in denen das Gewohnheitsrecht in Kraft geblieben war.

Aber während noch dieser Kampf der Gesetze gegen die Sitten dauerte, drangen die Franken als Eroberer in Gallien ein, dem sie den süßen Namen Frankreich gaben. Diese Krieger des Nordens brachten nach Gallien die Galanterie, die ihrer abendländischen Heimat entsprossen war, wo die beiden Geschlechter untereinander leben, wo unter einem rauhen Klima weder Vielweiberei noch die eifersüchtigen Vorsichtsmaßregeln des Morgenlandes vonnöten sind. Im Gegenteil, bei ihnen erwärmten diese fast göttlich verehrten Geschöpfe das häusliche Leben durch die innige Beredsamkeit ihrer Gefühle. Die schlummernden Sinne verlangten jene Mannigfaltigkeit kräftiger und zarter Mittel, jene Verschiedenheit des Tuns, jene Erregung des Denkens, jene von der Koketterie geschaffenen schimärischen Gedanken, Systeme, deren Grundsätze wir zum Teil in diesem ersten Abschnitt unseres Buches ausführlich behandelt haben und die für das gemäßigte Klima Frankreichs geradezu wunderbar passen.

Dem Morgenland also die Leidenschaft und ihre Raserei, das lange braune Haar und die Harems, die liebeglühenden Gottheiten, der Pomp, die Poesie und die Denkmäler! Dem Abendlande die Freiheit der Frauen, ihre majestätischen blonden Lokken, die Galanterie, die Feen, die Zauberinnen, die tiefen Erregungen der Seele, die lieblichen Rührungen der Melancholie und die langdauernde Liebe!

Diese beiden Systeme, die von den entgegengesetzten Enden der Welt ausgezogen waren, trafen in Frankreich zum Entscheidungskampf zusammen; in Frankreich, wo ein Teil des Landes, die Langue d'oc, an dem Glauben des Morgenlandes Gefallen finden konnte, während der andere, die Langue d'oïl, das Vaterland jener Überlieferungen war, die der Frau eine Zaubermacht zuschreiben. In der Langue d'oïl verlangt die Liebe Geheimnisse; in der Langue d'oc ist Sehen gleichbedeutend mit Lieben.

Als dieser Kampf auf seinem Höhepunkt stand, triumphierte in Frankreich das Christentum; und es wurde von Frauen gepredigt, und es brauchte als Gottheit eine Frau, die in den Wäldern der Bretagne, der Vendée und der Ardennen unter dem Namen »Unsere liebe Frau« den Platz mehr als eines Götzenbildes in alten hohlen Druideneichen einnahm.

Wenn die Religion Christi, die vor allem andern ein sittliches und politisches Gesetzbuch ist, allen Wesen eine Seele gab, wenn sie den Satz aufstellte, daß vor Gott alle Menschen gleich seien, und wenn sie durch diese Grundsätze die ritterlichen Anschauungen des Nordens kräftigte, wurde dieser Vorteil dadurch wieder aufgehoben, daß der Papst die Stadt Rom als Erbschaft übernahm und dort seinen beständigen Wohnsitz aufschlug; daß die lateinische Sprache als Weltsprache das ganze mittelalterliche Europa beherrschte, und daß die Mönche, die Schreiber und die Rechtsgelehrten ein Interesse daran hatten, den bei der Plünderung von Amalfi[58] von einem Soldaten gefundenen Gesetzbüchern zum Triumph zu verhelfen.

Die beiden Grundsätze der Dienstbarkeit der Frau und ihrer Herrschaft blieben also nebeneinander bestehen; sie erhielten beide neue Schutz- und Trutzwaffen.

Das salische Gesetz, das auf einem Rechtsirrtum beruht, brachte die bürgerliche und politische Dienstbarkeit der Frau allgemein zur Geltung, konnte jedoch nicht die Macht zerstören, die den Frauen von den Sitten verliehen wurde; denn die in Europa aufflammende Begeisterung für das Ritterwesen kämpfte auf seiten der Sitten gegen die Gesetze.

Auf diese Weise bildete sich das seltsame Schauspiel, das seitdem unser Nationalcharakter und unsere Gesetzgebung darbieten; denn seit jenen Zeiten, die vom Standpunkt philosophischer Geschichtsbetrachtung den Vorabend der Revolution zu bilden scheinen, ist Frankreich von so vielen innern Erschütterungen heimgesucht worden; das Lehnswesen, die Kreuzzüge, die Reformation, der Kampf zwischen Königtum und Adel, der Despotismus und die Priesterherrschaft haben es mit so engen Banden umschnürt, daß die Frau das Opfer der sonderbaren Widersprüche wurde und blieb, die sich aus den drei Hauptereignissen unserer Geschichte entwickelten. Konnte man sich mit der Frau, mit ihrer Erziehung zu einem Glied des Staatswesens und mit der Ehe beschäftigen, während die Ausartung des Lehnswesens den Bestand des Thrones in Frage stellte, während die Reformation Thron wie Adel bedrohte, während zwischen Priesterherrschaft und Staatsherrschaft das Volk vergessen wurde? Nach einem Ausspruch der Madame Necker[59] hatten die Frauen während dieser großen Ereignisse die Aufgabe jener Flaumfedern zu übernehmen, mit denen man Porzellangefäße ausfüllt: Sie wiegen scheinbar nichts, und doch würde ohne sie alles in Stücke gehen.

Während jener Zeiten bot die verheiratete Frau in Frankreich das Schauspiel einer in Dienstbarkeit schmachtenden Königin, einer Sklavin, die zugleich frei und gefangen ist; die Widersprüche, die sich aus dem Kampf der beiden Prinzipien ergaben, kamen in der gesellschaftlichen Ordnung zum Ausbruch und bekundeten sich durch Tausende von Absonderlichkeiten. Da die physische Beschaffenheit der Frau damals wenig bekannt war, wurde aus dem Krankhaften in ihr ein Wunder, eine Hexenkunst oder eine abscheulichste Verruchtheit gemacht. Und während diese Geschöpfe von den Gesetzen wie Verschwender behandelt und unter Vormundschaft gestellt wurden, wurden sie von den Sitten vergöttert. Gleich den Freigelassenen der römischen Kaiser verfügten sie über Kronen, entschieden Schlachten, verteilten Geld und Gut, veranlaßten Staatsstreiche, Verbrechen, Heldentaten der Tugend durch ein bloßes Blinzeln ihrer Augen; und dabei besaßen sie nichts, denn sie besaßen nicht einmal sich selber. Sie waren ebenso glücklich wie unglücklich und ebenso unglücklich wie glücklich. Bewaffnet mit ihrer Schwäche, stark durch ihren Instinkt, traten sie aus dem Kreis heraus, in den die Gesetze sie bannen wollten, und erwiesen sich als übermächtig im Vollbringen von Bösem, ohnmächtig im Vollbringen von Gutem; ihre Tugenden, die sie auf Befehl übten, hatten kein Verdienst, für ihre Laster gab es keine Entschuldigung; man warf ihnen vor, sie seien unwissend, und benahm ihnen die Möglichkeit, etwas zu lernen; sie waren weder rechte Mütter noch rechte Gattinnen. In ihrem Müßiggang hingen sie Leidenschaften nach und dienten den Franken als ein kokettes Spielzeug, während sie wie die Römerinnen hinter den Mauern ihrer Burgen ihre Kinder zu Kriegern hätten erziehen sollen. Da in der Gesetzgebung kein einziger starker Grundsatz zum Ausdruck gebracht war, folgte eine jede ihren Neigungen, und man sah ebenso viele Marions Delormes[60] wie Cornelias[61], ebenso viele Tugenden wie Laster. Diese Frauen waren ebenso unvollkommen wie die Gesetze, unter deren Herrschaft sie standen: Die einen betrachteten sie als ein Zwischending zwischen Mensch und Tier, als eine gefährliche Bestie, der die Gesetze gar nicht genug Fesseln anlegen könnten, als ein Geschöpf, das von der Natur wie so viele andere zur Lust und Freude der Männer bestimmt sei; andere betrachteten die Frau als einen aus dem Paradies verbannten Engel, als eine Quelle des Glückes und der Liebe, als das einzige Wesen, das für die Gefühle des Mannes Verständnis habe und das man zur Vergeltung für seine Leiden mit einer abgöttischen Verehrung anbeten müsse. Wie hätte da die Einigkeit, die in den politischen Einrichtungen fehlte, in den Sitten vorhanden sein können?

Die Frau war also, was die Verhältnisse und die Männer aus ihr machten, anstatt zu sein, was das Klima und die gesellschaftlichen Einrichtungen aus ihr hätten machen müssen: Sie wurde verkauft, wurde kraft einer väterlichen Gewalt, die auf den Rechtsanschauungen der alten Römer beruhte, gegen ihren Willen verheiratet; und während sie unter der Herrschaft eines ehelichen Despotismus litt, der sie am liebsten völlig von der Welt abgeschlossen hätte, sah sie sich umworben und zu der einzigen Selbsthilfe ermuntert, die ihr möglich war. Und als nun die Männer nicht mehr von inneren Kriegen ganz und gar in Anspruch genommen waren, da wurde die Frau sittenlos, gerade wie sie unter all den bürgerlichen Unruhen tugendhaft gewesen war. Ein jeder gebildete Mensch mag dieses Gemälde auf seine Art mit bunten Farben ausschmücken; wir wollen uns durch die Ereignisse der Weltgeschichte belehren lassen und verlangen nicht, von ihnen poetisch unterhalten zu werden.

Die Revolution hatte zu viel mit Niederreißen und Aufbauen zu tun, hatte zu viele Widersacher oder stand vielleicht den traurigen Zeiten der Regentschaft und Ludwigs XV. noch zu nahe, um beurteilen zu können, welchen Platz die Frau in der gesellschaftlichen Ordnung einnehmen muß.

Die bedeutenden Männer, die das unsterbliche Denkmal unserer Gesetzbücher errichteten, waren fast lauter alte Rechtsgelehrte, die von der Wichtigkeit der römischen Gesetze durchdrungen waren; außerdem haben sie keine politischen Einrichtungen begründet. Als Söhne der Revolution glaubten sie wie alle Revolutionsmänner, daß das Gesetz einer weise beschränkten Ehescheidung und die Erleichterung eines ehrfurchtsvollen Gehorsams hinreichende Verbesserungen seien. Ihren Zeitgenossen, die noch in den Erinnerungen an die frühere Ordnung der Dinge lebten, schienen diese neuen Einrichtungen von ungeheurer Tragweite zu sein.

Heutzutage, wo beide Prinzipien durch so viele Ereignisse und durch den Fortschritt der Aufklärung recht abgeschwächt sind, harrt die Frage, welches dieser beiden Prinzipien triumphieren soll, noch in vollem Umfange ihrer Lösung durch weise Gesetzgeber. Die Vergangenheit enthält Lehren, die in der Zukunft ihre Früchte tragen müssen. Sollte die Beredsamkeit der Tatsachen für uns verloren sein?

Die Prinzipien des Morgenlandes haben in ihrer Weiterentwicklung zur Eunuchen- und Serailwirtschaft geführt; die aus der Mischung der beiden Prinzipien hervorgegangenen Sitten Frankreichs haben unserm Volkskörper die Wunde der Kurtisanenwirtschaft und die noch tiefere Wunde unserer Eheverhältnisse zugefügt; um uns des zutreffenden Ausdrucks eines Zeitgenossen zu bedienen: »Der Orient opfert dem Prinzip der Vaterschaft Männer und die Gerechtigkeit, Frankreich opfert ihm Frauen und die Scham.« Weder der Orient noch Frankreich haben das Ziel erreicht, nach dem diese Einrichtungen strebten: das Glück. Im Morgenland wird der Mann so wenig von den Frauen seines Harems geliebt, wie in Frankreich der Ehemann sicher ist, der Vater seiner Kinder zu sein; und die Ehe ist den Preis nicht wert, den sie kostet. Es ist an der Zeit, dieser Einrichtung keine Opfer mehr zu bringen und ein größeres Anlagekapital an Glück der gesellschaftlichen Ordnung anzuvertrauen, indem wir unsere Sitten und Einrichtungen unserm Klima anpassen.

Da die konstitutionelle Regierungsform sich als eine glückliche Mischung zweier extremer politischer Systeme, des Despotismus und der Demokratie, erwiesen hat, scheint uns dies auf die Notwendigkeit hinzudeuten, auch die beiden in bezug auf die Ehe geltenden Prinzipien zu verschmelzen, die in Frankreich bisher in Widerstreit miteinander lagen. Die Freiheit, die wir kühnlich für die jungen Mädchen gefordert haben, ist das rechte Heilmittel für die Fülle von Leiden, deren Quelle wir nachgewiesen haben, als wir den Widersinn der sklavenmäßigen Erziehung unserer Töchter aufdeckten. Lassen wir der Jugend die Leidenschaften, die Koketterien, die Liebe und ihre Ängste, die Liebe und ihre Wonnen, und das verführerische Gefolge der fränkischen Ritter! In dieser Frühlingszeit des Lebens gibt es keinen Fehltritt, der sich nicht wieder gutmachen ließe; voll Vertrauen, ohne Haß wird Hymen aus den Prüfungen hervorgehen, und die Liebe wird gerechtfertigt werden durch Vergleiche, die zu unserm Besten sind.

Wenn diese Änderung unserer Sitten sich vollzieht, wird die bösartige Wunde des Dirnenwesens von selber heilen. Besonders zu jener Zeit, da der Mensch noch die Unschuld und Schüchternheit der Jugend besitzt, schadet es seinem Glück nichts, wenn er große und wahre Leidenschaften zu bekämpfen hat. Die Seele ist glücklich, wenn sie etwas zu vollbringen hat, sei es, was es sei; wenn sie nur in Bewegung und in Tätigkeit ist, kommt es ihr wenig darauf an, ihre Kräfte gegen sich selber zu kehren. In dieser Beobachtung, die jedermann hat machen können, liegt ein Geheimnis, das für die Gesetzgebung, die Ruhe und das Glück wichtig ist. Ferner haben heutzutage die Studien eine solche Ausdehnung gewonnen, daß auch der stürmischste unserer künftigen Mirabeaus seinen Tatendrang an einer Leidenschaft und gleichzeitig an den Wissenschaften austoben kann. Wie viele junge Leute sind dadurch vor einem ausschweifenden Leben bewahrt geblieben, daß sie einen hartnäckigen Kampf mit ihren Studien und zugleich mit den Hindernissen einer ersten, einer reinen Liebe zu bestehen hatten! Und wo ist das junge Mädchen, das nicht die köstliche Kinderzeit ihrer Gefühle zu verlängern wünschte; das nicht stolz darauf wäre, von einem Jüngling gekannt zu sein; das nicht den jungen Begierden eines Liebhabers, der ebenso unerfahren ist wie sie selber, die wonnigen Befürchtungen ihrer Schüchternheit, die Scham ihrer geheimen ureigenen Gedanken entgegenzusetzen hätte? Die Galanterie der Franken und ihre Liebesfreuden werden also das reiche Angebinde der Jugend sein, und dadurch werden sich ganz von selber jene Beziehungen der Seele, des Geistes, des Charakters, der Lebensweise, des Temperaments und der äußeren Glücksumstände einstellen, durch die das glückliche Gleichgewicht geschaffen wird, das zur Glückseligkeit eines Ehepaares erforderlich ist. Dieses System würde eine noch viel breitere und wahrhaftigere Grundlage erhalten, wenn für die Mädchen eine auf vernünftiger Berechnung beruhende Beschränkung ihres Erbrechts eingeführt würde. Oder die Männer sollten sich bei ihrer Auswahl nur zugunsten derer entscheiden, die ihnen durch ihre Tugenden, ihren Charakter oder ihre Geistesgaben Bürgschaften des Glückes bieten würden, und darum sollte man, wie in den Vereinigten Staaten, die Mädchen ohne Mitgift verheiraten.

Dann wird es nichts Bedenkliches haben, das System der Römer auf die verheirateten Frauen anzuwenden, die als junge Mädchen ausgiebigen Gebrauch von ihrer Freiheit gemacht haben. Indem man ihnen ausschließlich die erste Erziehung der Kinder überträgt, die von allen Pflichten einer Mutter die wichtigste ist, indem sie nur damit beschäftigt sind, jenes ununterbrochene Glück entsprießen zu lassen und zu pflegen, das im vierten Buch der ›Julie‹[62] so wunderbar geschildert ist, werden die Frauen in ihrem Hause, wie die alten Römerinnen, lebende Abbilder der Vorsehung sein, die überall sich kundgibt und nirgends sich sehen läßt. Dann werden die Gesetze über Untreue außerordentlich streng sein müssen. Die Strafen werden nicht nur in einer empfindlichen Freiheitsentziehung bestehen, sondern vor allen Dingen auch entehrend sein müssen. In Frankreich haben wegen angeblicher Verbrechen der Zauberei Frauen nackt auf Eseln reiten müssen, und mehr als eine Unschuldige ist an dieser Schmach gestorben. Hier liegt das Geheimnis, das die zukünftige Gesetzgebung der Ehe beachten muß. Die Mädchen von Milet[63] entzogen sich der Ehe durch den Tod; der Senat verurteilt die Selbstmörderinnen, nackt auf einer Schleife durch die Straßen gezogen zu werden, und die Jungfrauen verurteilen sich zum Leben.

Die Frauen und die Ehe werden also in Frankreich nur Achtung finden, wenn die von uns verlangte durchgreifende Änderung unserer Sitten sich vollzieht. Dies ist der tiefe Gedanke, der die beiden schönsten Hervorbringungen eines unsterblichen Geistes beseelt. ›Émile‹ und die ›Neue Héloïse‹ sind nichts weiter als zwei begeisterte Verteidigungsreden zugunsten dieses Systems. Diese Stimme wird durch alle Jahrhunderte widerhallen, weil sie die wahren Beweggründe der Gesetze und Sitten künftiger Jahrhunderte ahnend erkannt hat. Indem er die Kinder ihren Müttern an die Brust legte, leistete Jean-Jacques bereits der Tugend einen unermeßlichen Dienst; aber sein Zeitalter war zu tief von der Verderbnis angefressen, um die hohen Lehren zu begreifen, die diese beiden Dichtungen einschlossen; allerdings müssen wir hinzufügen, daß der Dichter den Sieg über den Philosophen davontrug, als er im Herzen der verheirateten Julie Spuren ihrer ersten Liebe fortbestehen ließ; hierbei hat er sich durch eine poetische Situation verführen lassen, die zwar rührender, aber weniger nützlich war als die Wahrheit, die er erläutern wollte.

Wenn indessen in Frankreich die Ehe ein ungeheurer Rechtsvertrag ist, den die Menschen in stillschweigender Übereinkunft abgeschlossen haben, um den Leidenschaften mehr Duft und

Eigentümlichkeit, um der Liebe mehr Geheimnis, den Frauen mehr Pikanterie zu verleihen; wenn eine Frau mehr ein Salonzierat, eine Modepuppe, ein Mantelständer ist als ein denkendes Wesen, dessen Aufgaben im politischen Leben sich mit der Wohlfahrt eines Landes, mit dem Ruhm eines Vaterlandes vereinigen ließe; ein denkendes Geschöpf, dessen Dienste es an Nützlichkeit mit denen der Männer aufnehmen könnten, dann gestehe ich, daß diese ganze Theorie, diese langen Betrachtungen angesichts einer so gewaltigen Bestimmung in sich zusammenfallen würden . . . !

Aber jetzt haben wir den Trester des Vergangenen genügend ausgepreßt, um ein Tröpflein Philosophie zu erhalten; jetzt haben wir der vorherrschenden Leidenschaft unserer Zeit für das »Historische« genügend gehuldigt; wenden wir unsere Blicke jetzt wieder auf die Gegenwart! Wir wollen die Schellenkappe wieder aufsetzen, wollen die Pritsche wieder zur Hand nehmen, aus der Meister Rabelais einst ein Zepter machte, und wollen in unserer Untersuchung fortfahren, ohne einem Scherz mehr Ernst beizumessen, als ihm zukommt, ohne mit ernsten Dingen mehr Spaß zu treiben, als sie es vertragen.

ZWEITER TEIL

VON DEN VERTEIDIGUNGSMITTELN IM INNERN UND NACH AUSSEN

To be or not to be ...
Shakespeare, Hamlet

Zehnte Betrachtung

Ehemannspolitik

Wenn ein Mann in die Lage gelangt, in der wir ihn im ersten Teil dieses Buches betrachtet haben, so nehmen wir an, daß der gewisse Gedanke, ein anderer besitze seine Frau, ihm noch Herzklopfen verursacht, und daß seine Leidenschaft aufflammen wird, entweder aus Eitelkeit oder aus Eigensucht; denn wenn er keinen Wert mehr auf seine Frau legte, wäre er ein höchst erbärmlicher Mensch und hätte sein Schicksal verdient.

In dieser langandauernden Krisis ist es für einen Ehemann sehr schwer, keine Fehler zu begehen; denn die meisten von ihnen verstehen von der Kunst, eine Frau zu lenken, noch viel weniger als von der Kunst, die rechte Wahl zu treffen. Dabei besteht die Ehemannspolitik eigentlich nur in der beständigen Anwendung dreier Grundsätze, die die Seele seines Verhaltens bilden müssen. Der erste: Glaube niemals, was eine Frau sagt; der zweite: Kümmere dich nicht um den Buchstaben, sondern suche stets in den Geist ihrer Handlungen einzudringen; der dritte: Vergiß nicht, daß eine Frau niemals so geschwätzig ist, wie wenn sie schweigt, und daß sie niemals so energisch handelt, wie wenn sie ruht.

Von nun an gleichst du einem Reiter, der auf einem mutwilligen Pferde sitzt und stets zwischen dessen Ohren hindurchsehen muß, wenn er nicht aus dem Sattel geworfen werden will.

Aber die eigentliche Kunst liegt viel weniger in der Kenntnis der Grundsätze, als in der Art ihrer Anwendung: Dummköpfe in sie einzuweihen, das wäre dasselbe, wie wenn man einem

Affen ein Rasiermesser in die Hand gäbe. Die erste und wichtigste aller deiner Pflichten besteht daher in einer beständigen Verstellung; daran lassen es fast alle Ehemänner fehlen. Wenn sie bei ihren Frauen ein etwas zu scharf hervortretendes minotaurisches Symptom bemerken, legen die meisten Männer sofort ein beleidigendes Mißtrauen an den Tag. Es läuft ihnen die Galle über, und das lassen sie entweder in ihren Reden oder in ihrem Benehmen merken; die Furcht, die ihre Seele erfüllt, gleicht einer Gasflamme unter einer Glasglocke; sie erleuchtet ihre Gesichtszüge und erklärt ihr Benehmen.

Eine Frau nun, die täglich zwölf Stunden mehr Zeit hat als du, um nachzudenken und zu beobachten, liest den Verdacht, der auf deiner Stirn geschrieben steht, im gleichen Augenblick, da er sich in dir bildet. Diese unbeabsichtigte Beleidigung wird sie niemals verzeihen. Jetzt gibt es kein Heilmittel mehr; jetzt ist alles fertig; gleich am nächsten Tage, wenn es angeht, gehört sie zu den inkonsequenten Frauen.

Du mußst also, wenn du die beiderseitige Stellung der kriegführenden Parteien erwägst, zunächst deiner Frau gegenüber dasselbe schrankenlose Vertrauen zur Schau tragen, das du ihr bis dahin wirklich entgegenbrachtest. Suchst du sie durch süße Worte zu täuschen, bist du verloren; sie wird dir nicht glauben, denn sie hat ihre Politik, wie du die deinige hast. Nein, du mußt mit recht schlau gespielter Gutmütigkeit vorgehen, um ihr unbewußt jenes kostbare Gefühl der Sicherheit einzuflößen, das sie veranlaßt, lustig mit den Ohren zu spielen, und dir erlaubt, stets nur zur rechten Zeit Zügel und Sporn zu gebrauchen.

Aber wie können wir wagen, ein Pferd, das aufrichtigste aller Geschöpfe, mit einem Wesen zu vergleichen, das gerade durch die Ausbrüche seiner Gedanken und durch die Leidenschaften seiner Sinne zeitweise vorsichtiger wird als der Servite Fra Paolo[64], der furchtbarste Ratgeber, den die venezianischen Zehn[65] jemals gehabt haben; das gleisnerischer ist als ein König; gewandter als Ludwig XI; tiefer als Machiavelli; sophistisch wie Hobbes[66]; fein wie Voltaire; geschmeidiger als Mamolins Braut[67]; ein Wesen, das auf der ganzen Welt nur gegen dich Mißtrauen hegt?

Daher genügt für dich diese Vorstellung, dank welcher die

Triebkräfte deines Verhaltens so unsichtbar werden, wie die des Weltalls, noch nicht, sondern du mußt damit überdies eine vollkommene Selbstbeherrschung verbinden. Die so hoch gerühmte diplomatische Unerschütterlichkeit Talleyrands muß die geringste deiner Eigenschaften sein; auch seine erlesene Höflichkeit, die Anmut seiner Manieren muß in jeder deiner Bemerkungen zutage treten. Der Lehrer verbietet dir hier ausdrücklich den Gebrauch der Reitpeitsche, wenn du es dahin bringen willst, deine hübsche andalusische Stute lenksam zu machen!

LX. Daß ein Mann seine Geliebte prügelt ... das ist eine Selbstverstümmelung; aber daß er seine Frau schlägt ... das ist Selbstmord!

Kann man sich eine Regierung ohne Polizei vorstellen, ein Handeln ohne Kraft, eine Gewalt ohne Waffen ...? Dieses Problem werden wir in unsern künftigen Betrachtungen zu lösen suchen. Aber es liegen uns noch zwei Beobachtungen vor, die wir dir zunächst unterbreiten müssen. Sie werden uns zwei andere Theorien an die Hand geben, die sich auf die Anwendung aller jener mechanischen Mittel beziehen, deren Anwendung wir dir vorzuschlagen gedenken. Ein Beispiel aus dem Leben wird einige Frische in diese trockenen und dürren Erörterungen hineinbringen: Wir verlassen gleichsam das Buch und begeben uns in die freie Natur hinaus.

Im Jahre 1822 ging ich an einem schönen Januarmorgen die Pariser Boulevards entlang; ich spazierte von der friedlichen Gegend des Marais bis zum eleganten Bereich der Chaussée d'Antin und beobachtete zum erstenmal nicht ohne eine gewisse philosophische Freude jene eigentümlichen Abstufungen in der Physiognomie und jene Verschiedenheiten in der Toilette, die aus jedem Abschnitt des Boulevards von der Rue du Pas-de-la-Mule[68] bis zur Madeleine eine Welt für sich und aus dieser ganzen Pariser Zone eine reiche Musterauswahl aller möglichen Sitten machen. Ich hatte noch keine Ahnung vom Leben und dachte nicht daran, daß ich eines Tages so vermessen sein würde, mich zum Gesetzgeber der Ehe aufzuwerfen, sondern ich ging ganz einfach zum Mittagessen zu einem Freund, der sich, vielleicht ein wenig frühzeitig, eine Frau mit zwei Kindern zugelegt hatte. Da mein früherer Mathematiklehrer ganz in der Nähe meines Freundes wohnte, hatte ich mir vorgenommen, dem würdigen Mathematiker einen Besuch abzustatten, ehe ich meinem Magen die Leckerbissen der Freundestafel gönnte. Ohne angehalten zu werden, drang ich bis zu einem Kabinett vor, worin alles mit einer Staubschicht bedeckt war, die für die ehrenwerte Zerstreutheit des Gelehrten ein schönes Zeugnis ablegte. Aber es harrte meiner eine Überraschung. Ich bemerkte eine hübsche Dame, die auf der Armlehne eines Sessels wie auf einem englischen Pferd saß. Sie gönnte mir jenes höfliche, leichte Kopfnicken, das die Damen des Hauses für Leute übrig haben, die sie nicht kennen; indessen vermochte sie die schmollende Miene, die im Augenblick meines Eintritts ihrem Gesicht einen traurigen Ausdruck gab, nicht so zu verbergen, daß ich nicht gemerkt hätte, ich käme ungelegen. Mein Lehrer, der wohl mit einer Gleichung beschäftigt war, hatte noch nicht den Kopf gehoben. Ich begrüßte die junge Dame mit einer Schwenkung meiner rechten Hand wie ein Fisch, der seine Flosse bewegt, und zog mich auf den Fußspitzen zurück, wobei ich ihr ein geheimnisvolles Lächeln zuwarf, das man etwa hätte übersetzen können: »Ich werde Sie ganz gewiß nicht daran verhindern, ihn eine Untreue gegen seine Urania begehen zu lassen.« Sie antwortete mir mit einer jener Kopfbewegungen, deren anmutige Lebhaftigkeit sich nicht wiedergeben läßt. – »Ei, lieber Freund, gehen Sie doch nicht!« rief der Mathematiker. »Ich stelle Ihnen meine Frau vor!« Ich grüßte sie noch einmal. O Coulon[69]! Wo warst du, um dem einzigen deiner Schüler zu applaudieren, der deinen »anakreontischen Ausdruck« begriffen hatte und ihn in eine Verbeugung hineinzulegen wußte! Die Wirkung mußte durchschlagend sein; denn »Frau Professorin«, wie die Deutschen sagen, errötete und stand schnell auf, um hinauszugehen, wobei sie mir eine leichte Verbeugung machte, die zu sagen schien: »Bewunderungswürdig ...!« Ihr Mann hielt sie zurück, indem er ihr sagte: »Bleib, mein Kind; es ist einer meiner Schüler.« Die junge Frau neigte dem Gelehrten ihr Köpfchen zu, wie ein Vogel, der auf einem Zweig sitzt und den Hals vorstreckt, um ein Körnchen zu bekommen. »Das ist unmöglich!« sagte ihr Gatte, indem er einen Seufzer ausstieß; »und ich werde es dir mit a plus b beweisen.« – »Ach, lassen wir das, bitte!« antwortete sie und deutete mit einem Zwinkern der Augen auf mich. (Mein Lehrer hätte diesen Blick begreifen können, wenn nur Algebra darin gewesen wäre; aber die Augensprache war für ihn chinesisch, und so fuhr er fort): »Liebes Kind, schau mal her, du sollst selber entscheiden: Wir haben zehntausend Francs Zinsen ...« Bei diesen Worten wandte ich mich der Tür zu, wie wenn plötzlich einige eingerahmte Zeichnungen, die ich mir betrachtete, ein leidenschaftliches Interesse in mir erregt hätten. Meine Diskretion wurde durch einen sehr beredten Blick belohnt. Die Dame wußte nicht, daß ich im ›Fortunio‹[70] die Rolle Feinohrs, der die Trüffeln wachsen hört, hätte spielen können. – »Die Grundsätze der Haushaltekunst im allgemeinen«, sagte mein Lehrer, »verlangen, daß man für Wohnung und Dienstbotenlöhne nur zwei Zehntel des Einkommens ausgibt; nun, unsere Wohnung und unsere Leute kosten zusammen hundert Louis. Ich gebe dir zwölfhundert Francs für deine Toilette.« (Dies sagte er mit Betonung jeder Silbe.) »Deine Küche«, fuhr er fort, »beansprucht viertausend Francs; für unsere Kinder sind mindestens fünfundzwanzig Louis zu rechnen; für mich selber brauche ich nur achthundert Francs. Wäsche, Holz, Licht kommen ungefähr auf tausend Francs zu stehen; folglich bleiben, wie du siehst, nur sechshundert Francs, die noch niemals für die unvorhergesehenen Ausgaben gereicht haben. Um das Diamantenkreuz zu kaufen, müßten wir tausend Taler von unserm Kapital nehmen; wäre aber dieser Weg einmal beschritten, mein schönes Schätzchen, so bliebe nichts anderes übrig, als aus Paris, das du ja so sehr liebst, fortzuziehen; wir würden sehr bald genötigt sein, in die Provinz zu gehen, um durch Sparen die Verringerung unseres Vermögens wieder gutzumachen. Die Kinder wachsen und die Ausgaben auch! Also – nicht wahr? sei vernünftig!« – »Ich muß es wohl sein«, sagte sie; »aber Sie werden in ganz Paris der einzige sein, der seiner Frau kein Neujahrsgeschenk gegeben hat!« Und sie eilte hinaus wie ein Schuljunge, der seine Strafaufgabe hergesagt hat. Mein alter Lehrer wiegte vergnügt den Kopf. Als er die Tür geschlossen sah, rieb er sich die Hände; wir plauderten vom Spanischen Krieg, und dann ging ich in die Rue de Provence; daß ich dem Anfang einer großen Lektion über eine der wichtigsten Fragen des Ehelebens beigewohnt hatte, ließ ich mir so wenig träumen, wie ich an die Eroberung von Konstantinopel durch General Diebitsch[71] dachte. Ich kam bei meinem Gastgeber in dem Augenblick an, da das Ehepaar sich zu Tisch setzte, nachdem es die von der allgemein hergebrachten Disziplin der Gastronomie verlangte halbe Stunde auf mich gewartet hatte. Es war, glaube ich, beim Öffnen einer Gänseleberpastete, als meine hübsche Wirtin in ungezwungenem Ton zu ihrem Mann sagte: »Alexandre, wenn du recht nett wärest, schenktest du mir das Paar Ohrgehänge, das wir bei Fossin[72] gesehen haben.« – »Da soll man sich verheiraten . . .!« rief lachend mein Freund und zog gleichzeitig aus seinem Notizbuch drei Tausendfrancscheine, die er vor den blitzenden Augen seiner Frau hin und her schwenkte. »Ich widerstehe so wenig dem Vergnügen, sie dir anzubieten, wie du dem Vergnügen widerstehst, sie anzunehmen. Heute ist der Jahrestag unserer ersten Begegnung! Vielleicht werden die Diamanten dich daran erinnern.« – »Pfui, du Unart . . .!« sagte sie mit einem entzückenden Lächeln. Dann fuhr sie mit zwei Fingern in ihren Ausschnitt, zog ein Veilchensträußchen hervor und warf es wie ein unartiges Kind meinem Freund an die Nase. Alexandre gab ihr das Geld für die Ohrgehänge und rief: »Ich hatte die Blumen natürlich gesehen!« Niemals werde ich die lebhafte Bewegung und die fröhliche Habgier vergessen, mit denen, wie eine Katze, die ihr Sammetpfötchen auf eine Maus legt, die kleine Frau die drei Banknoten ergriff; mit freudigem Erröten rollte sie sie zusammen und steckte sie an den Platz der Veilchen, die eben noch ihren Busen durchduftet hatten. Unwillkürlich mußte ich an meinen Mathematiklehrer denken. In diesem Augenblick sah ich zwischen seinem Schüler und ihm nur den Unterschied, der zwischen einem sparsamen Mann und einem Verschwender ist, und ich ließ mir nicht träumen, daß der anscheinend bessere Rechner von den beiden in Wirklichkeit am schlechtesten rechnete. Das Mittagessen verlief in sehr fröhlicher Stimmung. Bald saßen wir in einem neueingerichteten kleinen Salon vor einem Feuer, dessen sanfte Wärme angenehm die Glieder durchströmte, sie den Frost vergessen ließ und Frühlingsahnungen in ihnen erweckte; als Gast glaubte ich mich verpflichtet, dem jungen Liebespaar ein Kompliment über die Einrichtung dieses kleinen Betzimmers zu machen. »Nur schade, daß all das so teuer ist . . .!« sagte mein Freund; »allein das Nest muß doch des Vogels würdig sein! Aber zum Teufel auch, du wirst mir doch keine Komplimente machen über Vorhänge, die noch nicht bezahlt sind . . .? Du störst mir meine Verdauung mit der Erinnerung, daß ich einem Türken von Tapezierer noch zweitausend Francs schuldig bin.« Bei diesen Worten überflog die Hausherrin mit den Augen die Einrichtung des hübschen Boudoirs, und ihr bis dahin strahlendes Gesicht wurde nachdenklich. Alexandre ergriff meine Hand und zog mich in eine Fensternische. »Könntest du mir vielleicht zufällig so etwa tausend Taler leihen?« fragte er leise. »Ich habe nur zehn- bis zwölftausend Francs Zinsen, und dieses Jahr . . .«

»Alexandre . . .!« rief das reizende Geschöpf, ihren Mann unterbrechend, eilte auf uns zu und streckte ihm die drei Banknoten hin. »Alexandre . . . ich merke, es ist eine Torheit . . .« – »Was fällt dir ein . . .?« antwortete er; »behalte nur dein Geld.« – »Aber liebes Herz, ich ruiniere dich ja! Ich müßte wissen, daß du mich zu sehr liebst, und daß ich mir darum nicht erlauben kann, dir alle meine Wünsche anzuvertrauen . . .« – »Behalt es nur, Liebling! Es ist nun mal deine Beute. Bah! Ich werde diesen Winter spielen und es wiedergewinnen . . .!« – »Spielen . . .!« sagte sie mit einem Ausdruck des Schreckens. »Alexandre, nimm deine Banknoten wieder! Vorwärts, ich will es.« – »Nein, nein!« antwortete mein Freund, indem er ihr weißes, zartes Händchen zurückschob; »gehst du nicht Donnerstag auf den Ball bei Madame de . . .?« – »Ich werde über deinen Wunsch nachdenken«, sagte ich zu meinem Kameraden. Und ich empfahl mich, wobei ich seiner Frau eine Verbeugung machte; aber an der Szene, deren Anfang ich miterlebt hatte, sah ich wohl, daß meine anakreontischen Verbeugungen hier nicht viel Eindruck machen würden. – »Er muß verrückt sein«, dachte ich beim Gehen, »daß er von einem Studenten der Rechte tausend Taler leihen will!« Fünf Tage danach befand ich mich bei Madame de . . ., deren Bälle anfingen, in Mode zu kommen. Im glänzenden Durcheinander der Quadrillen bemerkte ich die Frau meines Freundes und die Frau des Mathematikers. Madame Alexandre hatte ein entzückendes Kleid an, obwohl mit ein paar Blumen und mit weißem Musselin der ganze Aufwand bestritten war. Sie trug ein kleines Kreuz à la Jeanette an einem schwarzen Sammetbande, durch das die Weiße ihrer duftenden Haut gehoben wurde, und lange, spitz zulaufende Bommeln schmückten ihre Ohren. Am Halse der »Frau Professorin« funkelte ein prachtvolles Diamantenkreuz. –»Das ist ja komisch...!« sagte ich zu jemandem, der bis dahin weder im großen Buch der Welt gelesen, noch ein einziges Frauenherz enträtselt hatte. Dieser Mensch war ich selber. Und wenn ich in diesem Augenblick Lust bekam, die beiden hübschen Frauen zum Tanz aufzufordern, so geschah es einzig und allein, weil ich einen Gesprächsstoff witterte, der meine Schüchternheit aufmunterte. – »Ah, Madame, Sie haben Ihr Kreuz bekommen?« fragte ich die erste. – »Aber ich habe es mir ehrlich verdient!« antwortete sie mit einem unbeschreiblichen Lächeln. – »Wie? Keine Ohrgehänge?« fragte ich die Frau meines Freundes. – »Ach!« sagte sie, »ich habe während des ganzen Mittagessens die Vorfreude gehabt!... aber sehen Sie, schließlich habe ich Alexandre dennoch bekehrt . . .« – «Er hat sich wohl leicht verführen lassen?« Sie sah mich mit einer triumphierenden Miene an.

Acht Jahre später erstand plötzlich in meiner Erinnerung diese Szene, die mir bis dahin nichts gesagt hatte; und im Schimmer der Kerzen, beim Funkeln der Brillantenfacetten sah ich deutlich die Moral der Geschichte. Ja, die Frau hat einen Abscheu davor, überzeugt zu werden; wenn man sie dagegen überredet, so gibt sie damit einer Verführung nach und bleibt in der Rolle, die ihr von der Natur zugewiesen ist. Wenn sie sich gewinnen läßt, so bedeutet das für sie, daß sie eine Gunst gewährt; aber logische Auseinandersetzungen regen sie auf und sind tödliches Gift für sie. Um sie zu lenken, muß man sich also der Macht zu bedienen wissen, die sie selber so oft zur Anwendung bringt: des Gefühls. Nicht in sich selber also, sondern in seiner Frau wird ein Ehemann die Elemente finden, auf die er seine unumschränkte Herrschaft begründen kann: Man muß die Frau, wie den Diamanten, nur sich selbst gegenüberstellen. Mit rechter Art Diamantenohrgehänge anzubieten, um sie sich wiedergeben zu lassen, das ist ein Geheimnis, das bei den geringsten Kleinigkeiten des Lebens entsprechende Anwendung finden kann.

Nun zu unserer zweiten Beobachtung!

»Wer ein Vermögen von einem Toman[73] zu verwalten weiß, kann auch eins von hunderttausend Tomans verwalten«, sagt ein indisches Sprichwort. Ich gebe dieser asiatischen Weisheit einen weitern Sinn und sage: »Wer eine Frau regieren kann, kann ein Volk regieren.« Zwischen diesen beiden Regierungsarten bestehen tatsächlich viele Ähnlichkeiten. Muß nicht die Politik der Ehemänner so ziemlich dieselbe sein, wie die der Könige? Wir sehen ja, wie diese das Volk zu amüsieren suchen, um ihm seine Freiheit zu stehlen; wie sie ihm einen Tag lang Speisen in Hülle und Fülle an den Kopf werfen, damit es den Hunger und die Entbehrungen eines ganzen Jahres vergessen möge; wie sie ihm predigen, es dürfe nicht stehlen, während sie selber es ausplündern; wie sie zu ihm sagen: »Mich dünkt, wenn ich Volk wäre, so wäre ich tugendhaft!«

Den Präzedenzfall, der für die verheirateten Männer in ihrer Ehe maßgebend sein muß, wollen wir uns aus England holen. Wer Augen hat, zu sehen, der hat bemerken müssen, daß von dem Augenblick an, da in England das Prinzip der »Gouvernementabilität« vollkommen ausgebildet worden ist, die Whigs nur sehr selten zur Regierungsgewalt gelangt sind. Stets ist einem liberalen Eintagskabinett ein lange regierendes Torykabinett gefolgt. Die Redner der Nationalpartei gleichen Ratten, die sich die Zähne an einem verfaulten Brett stumpf nagen, mit dem man gerade in dem Augenblick, da sie die in der königlichen Speisekammer verwahrten Nüsse und Speckseiten riechen, das Loch vernagelt. Die Frau ist die Whigpartei deiner Regierung. In der Lage, in der sie sich, wie wir gesehen haben, befindet, muß sie selbstverständlich mehr als *ein* Vorrecht des Mannes hinwegzuräumen trachten. Schließ deine Augen gegenüber ihren Kabalen, laß sie ruhig ihre Kraft vergeuden, um die Hälfte der Stufen deines Thrones zu erklimmen; aber wenn sie das Zepter zu ergreifen glaubt, dann wirf sie zur Erde, ganz sacht und mit der allergrößten Anmut, ruf ihr dabei »Bravo!« zu und laß ihr die Hoffnung auf einen demnächstigen Triumph. Die besonderen Feinheiten dieses Systems werden eine außerordentliche Verstärkung aller jener zur Zähmung deiner Frau dienenden Mittel sein, die du unserm Arsenal entnehmen kannst.

Dies sind die allgemeinen Grundsätze, die ein Ehemann befolgen muß, wenn er nicht in seinem kleinen Königreich Fehler begehen will.

Und jetzt wollen wir, trotz der Meinung der Minorität auf dem Konzil zu Mâcon[74] (Montesquieu, der vielleicht die konstitutionelle Regierungsform vorausgeahnt hatte, hat allerdings irgendwo einmal gesagt, in Versammlungen sei der gesunde Menschenverstand stets auf seiten der Minderheit), jetzt wollen wir annehmen, daß die Frau nicht nur einen Leib, sondern auch eine Seele hat, und wollen zunächst die Mittel betrachten, wie der Mann sich in moralischen Dingen zu ihrem Herrn machen kann. Die Aktivität des Geistes, man mag sagen, was man will, ist edler als die des Körpers: Wir geben daher der Wissenschaft den Vorrang vor der Küche und stellen die Bildung höher als die Hygiene.

Elfte Betrachtung

Die Bildung in der Ehe

Sollen die Frauen eine wissenschaftliche Bildung erhalten oder nicht, das ist die Frage. Von allen Fragen, die wir bis jetzt behandelt haben, ist sie die einzige, die zwei Seiten, aber keine Mitte hat. Wissen und Unwissenheit, das sind die beiden unvereinbaren Ausgangspunkte dieses Problems, das gleichsam zwischen zwei Abgründen schwebt. Uns ist, als sähen wir Ludwig XVIII., wie er die Glückseligkeiten des dreizehnten Jahrhunderts und die unglücklichen Eigenschaften des neunzehnten gegeneinander aufrechnet. In der Mitte der Schaukel sitzend, die er so geschickt durch sein eigenes Gewicht in Bewegung zu setzen wußte, sieht er an dem einen Ende die fanatische Unwissenheit eines Laienbruders, die dumpfe Gleichgültigkeit eines Leibeigenen, die blitzenden Hufeisen der Pferde eines Bannerherrn; er glaubt zu hören: »Frankreich und Montjoie-Saint-Denis!« Aber er wendet sich um und lächelt, als er den feierlichen Stolz eines Fabrikanten sieht, der zugleich Hauptmann in der Nationalgarde ist; als er das elegante Coupé eines Börsenagenten sieht, den einfachen Rock eines Pairs von Frankreich, der Journalist geworden ist und seinen Sohn auf die Ecole Polytechnique schickt, und als er die kostbaren Stoffe, die Zeitungen, die Dampfmaschinen sieht. Und er trinkt seinen Kaffee aus einer Sèvrestasse, auf deren Grunde noch ein gekröntes N schimmert.

Zurück die Kultur! Zurück das Denken ...! so rufst du. Bildung muß dir an Frauen etwas Greuliches sein, und zwar aus dem in Spanien so deutlich erkannten Grund, daß es leichter ist, ein Volk von Idioten zu regieren, als ein Volk von Gelehrten. Eine Nation von Dummköpfen ist glücklich: Wenn sie kein Gefühl für die Freiheit hat, so kennt sie auch nicht deren Beunruhigungen und Gewitterstürme; sie lebt wie die Korallenstöcke; wie diese kann sie sich in zwei oder drei Bruchstücke spalten; jeder Bruchteil ist immer noch eine vollständige und lebenskräftige Nation, die der erste beste Blinde regieren kann, wenn er den Hirtenstab in der Hand hat. Was bringt dieses menschliche Wunder zuwege? Die Unwissenheit: Denn durch sie allein erhält sich der Despotismus; er braucht die Finsternis und das Schweigen. Nun ist, wie in der Politik, auch in der Ehe das Glück ein negatives Glück. Die Liebe, die die Völker für den König einer unumschränkten Monarchie empfinden, ist vielleicht weniger naturwidrig, als die Treue einer Frau gegen ihren Mann, wenn zwischen ihnen keine Liebe mehr besteht. Freilich wissen wir ja, daß bei dir in diesem Augenblick die Liebe schon einen Fuß auf die Fensterbank gesetzt hat. Du mußt also unbedingt die heilsamen, strengen Maßregeln anwenden, durch die Herr von Metternich seinen Status quo aufrechterhält; aber wir raten dir, sie mit noch größerer Feinheit und Liebenswürdigkeit zur Anwendung zu bringen; denn deine Frau ist schlauer als alle Deutschen zusammengenommen und ebenso wollüstig wie die Italiener.

Du wirst also versuchen, den verhängnisvollen Augenblick, da deine Frau dich um ein Buch bitten wird, so weit wie möglich hinauszuschieben. Das wird für dich ein leichtes sein. Zunächst wirst du in verächtlichem Ton das Wort »Blaustrumpf« aussprechen; wenn sie dich um eine Erklärung bittet, setzest du ihr auseinander, wie lächerlich bei unsern Nachbarn die pedantischen Frauen sind.

Dann wirst du ihr recht oft wiederholen, daß die liebenswürdigsten und geistreichsten Frauen von der Welt in Paris seien, wo die Frauen niemals lesen.

Mit den Frauen gehe es wie mit den vornehmen Leuten, die nach Mascarille[75] alles wissen, ohne jemals etwas gelernt zu haben.

Eine Frau müsse beim Tanzen oder beim Spielen, ohne daß es auch nur aussehe, als ob sie zuhöre, aus den Gesprächen geistig bedeutender Männer die fix und fertig bearbeiteten Ausdrücke aufzuschnappen wissen, mit deren Hilfe in Paris Dummköpfe für geistreiche Leute gelten.

In unserm Lande reiche man sich bestimmt formulierte Urteile über Menschen und Dinge von Hand zu Hand, und der leise, aber scharfe Ton, womit eine Frau einen Schriftsteller kritisiert, ein Buch in Grund und Boden verdammt, naserümpfend ein Gemälde verurteilt, habe mehr zu bedeuten als ein Gerichtsbeschluß.

Die Frauen seien schöne Spiegel, die natürlich die glänzendsten Ideen am glänzendsten zurückwerfen.

Der angeborene Geist sei die Hauptsache, und man lerne viel mehr aus dem, was man in der Gesellschaft höre, als aus dem, was man in den Büchern lese; schließlich bekomme man vom Lesen trübe Augen, usw. usw.

Einer Frau die Freiheit lassen, alle Bücher zu lesen, zu denen ihre Geistesanlage sie hinzieht, das heißt einen Funken in eine Pulverkammer werfen; ja, schlimmer noch als das: das heißt deine Frau lehren, sich ohne dich zu behelfen und in einer Welt der Einbildung, in einem Paradies zu leben. Denn was lesen die Frauen? Leidenschafterfüllte Bücher, Rousseaus ›Bekenntnisse‹, Romane und alle jene Dichtwerke, die am mächtigsten auf ihre Empfindsamkeit wirken. Sie lieben weder die Vernunft noch die reifen Früchte. Nun, hast du jemals daran gedacht, was für Erscheinungen durch diese poetische Lektüre hervorgerufen werden?

Die Romane, ja eigentlich überhaupt alle Bücher, malen Gefühle und Verhältnisse in viel glänzenderen Farben, als wir sie in der Natur vorfinden. Dieser fesselnde Zauber entspringt weniger dem Wunsch jedes Schriftstellers, sich dadurch als vollkommen zu zeigen, daß er feinsinnige und ausgesuchte Ideen vorbringt, als vielmehr einer unerklärlichen Arbeit unserer eigenen Intelligenz. Es liegt in der Bestimmung des Menschen, alles zu reinigen und zu veredeln, was er dem Schatze seiner Gedanken einverleibt. Wie viele Gestalten, wie viele Baudenkmäler werden nicht verschönert durch die Bewunderung der ihnen zugrunde liegenden künstlerischen Absicht? Die Seele des Lesers wirkt bei dieser Verschwörung gegen die Wahrheit mit, teils durch das tiefe Schweigen, dessen er genießt, teils durch die von dem Feuer der Geistesschöpfung in ihm entzündete Begeisterung, teils durch die Reinheit, womit die Bilder in seinem nachschaffenden Geiste sich widerspiegeln. Welchem Leser von Jean Jacques' Bekenntnissen stand nicht Madame de Warens[76] hübscher, als sie in Wirklichkeit war, vor den geistigen Augen? Man möchte sagen, unsre Seele liebkose Gestalten, die sie früher unter schöneren Himmeln von fern erblickt hat; sie benutze die Schöpfungen einer andern Seele nur als Flügel, um sich in die Raumesweite zu erheben. Den zartesten Zug vervollkommnet sie oft, indem sie ihn sich zu eigen macht; Lesen ist vielleicht ein Schaffen zu zweien. Fühlen wir etwa instinktmäßig in diesen Geheimnissen der Transsubstantiation der Ideen eine Berufung zu höheren Geschicken, als unsere gegenwärtigen es sind? Ist es eine Überlieferung aus einem früheren verlorenen Leben? Und was für ein Leben war das, wenn schon dieser Überrest uns so viele Wonnen bietet?

Es ist daher anzunehmen, daß die Frau, die viel mehr zur Begeisterung geneigt ist als wir, beim Lesen von Dramen und Romanen in berauschenden Wonnen schwebt. Sie schafft sich ein ideales Dasein, neben dem alles andere verblaßt, und gar bald wird sie versuchen, dieses wonnige Leben zur Wirklichkeit zu machen und dessen Zauber auf sich selber anzuwenden. Unwillkürlich gelangt sie vom Geist zum Buchstaben, von der Seele zu den Sinnen.

Und du wolltest in gutmütiger Einfalt glauben, daß die Manieren und Gefühle eines Mannes wie du, der sich meistens in Gegenwart seiner Frau ankleidet, sich auskleidet und . . ., usw., es zu ihrem Vorteil mit den Gefühlen dieser Bücher und mit der Erscheinung dieser Phantasieliebhaber aufnehmen können, an deren Kleidern die schöne Leserin kein Loch und keinen Fleck entdeckt? Armer Dummkopf! Zu spät, ach! zu ihrem Unglück und zu deinem, würde deine Frau durch eigene Versuche erkennen, daß die »Helden« der Poesie ebenso selten sind, wie die »Apollos« der Bildhauerkunst . . .!

Viele Ehemänner werden in Verlegenheit sein, wie sie es anfangen sollen, ihre Frauen vom Lesen abzuhalten; manche werden sogar behaupten, das Lesen habe den Vorteil, daß sie wenigstens wüßten, was ihre Frauen tun, wenn sie lesen. Übrigens wirst du in der folgenden Betrachtung sehen, wie sehr ein allzu häusliches Leben in einer Frau die kriegerischen Instinkte erweckt; aber hast du denn niemals einen jener poesielosen Menschen kennengelernt, die es fertigbringen, ihre armen Lebensgefährtinnen in Stein zu verwandeln, weil sie aus dem Leben eine rein mechanische Sache machen? Beobachte diese großen Männer in ihren Reden, lerne die bewunderungswürdigen Gründe auswendig, mit denen sie die Poesie und die Freuden der Einbildungskraft verdammen!

Sollte aber trotz allen deinen Anstrengungen deine Frau durchaus lesen wollen . . ., dann stelle ihr augenblicklich alle möglichen Bücher zur Verfügung, von der Abc-Fibel ihres Bübchens bis zu ›René‹[77], der in ihren Händen gefährlicher für dich ist als ›Thérèse philosophe‹[78]. Du könntest sie zu einem tödlichen Abscheu vor allem Lesen bringen, wenn du ihr langweilige Bücher gäbest; könntest sie völlig blödsinnig machen mit ›Marie Alacoque‹[79], dem ›Bußstriegel‹[80], oder mit den Liedern, die zur Zeit Ludwigs XV. Mode waren; aber du wirst später in diesem Buche die Mittel angegeben finden, die Zeit deiner Frau so geschickt in Anspruch zu nehmen, daß es ihr überhaupt nicht möglich ist, zu lesen.

Und vor allem bedenke, welch ungemeine Hilfe du in unserer Mädchenerziehung hast, um deine Frau von ihrer vorübergehenden Neigung für die Wissenschaft bald wieder abzubringen! Überlege dir, mit welch wunderbarem Stumpfsinn die Mädchen sich in das Unterrichtssystem gefügt haben, das man in Frankreich für sie ausgesonnen hat! Wir übergeben sie Kindermädchen, Gesellschaftsfräuleins, Gouvernanten, bei deren Unterricht zwanzig Lügen der Koketterie und der falschen Scham auf einen einzigen ihnen eingeflößten edlen und wahren Gedanken kommen. Die Mädchen werden als Sklavinnen erzogen und gewöhnen sich an den Gedanken, sie seien lediglich auf der Welt, um es ebenso zu machen wie ihre Großmütter, Kanarienvögelhecken zu halten, Herbarien anzulegen, kleine bengalische Topfrosen zu begießen, zu sticken oder Kragen zu häkeln. Ein kleines Mädchen mag mit zehn Jahren gewitzter sein als ein Junge, aber mit zwanzig ist sie schüchtern und linkisch. Sie wird Angst vor einer Spinne haben, wird Nichtigkeiten reden, wird an ihre Fähnchen denken, wird von Moden sprechen und dabei weder den Mut haben, eine umsichtige Mutter noch eine keusche Gattin zu sein.

Wie hat man sie so weit gebracht? Man hat sie gelehrt, ein paar Rosen auszutuschen oder Halstücher zu sticken, womit sie täglich acht Sous verdienen können. Sie werden die Geschichte von Frankreich aus dem Ragois[81] gelernt haben, die Chronologie aus den ›Geschichtstafeln des Bürgers Chantreau‹[82], und man wird ihre junge Phantasie an der Geographie sich haben austoben lassen, alles zu dem Zweck, ihrem Herzen nichts Gefährliches nahe zu bringen; zu gleicher Zeit aber wiederholten ihnen unermüdlich ihre Mütter und ihre Lehrerinnen, die ganze Wissenschaft einer Frau bestehe in der Kunst, mit jenem Feigenblatt umzugehen, das unsere Mutter Eva zuerst anlegte. Fünfzehn Jahre lang haben sie, wie Diderot sagte, nichts anderes gehört als: »Liebes Kind, dein Feigenblatt sitzt schlecht; liebes Kind, dein Feigenblatt steht dir gut; liebes Kind, wäre es nicht besser, wenn dein Feigenblatt auf die oder die Art zurechtgemacht würde?«

Laß also deine Gattin in diesem schönen und edlen Kreise weiblicher Kenntnisse verbleiben. Sollte deine Frau zufällig eine Bibliothek haben wollen, so kaufe ihr Florian[83], Malte-Brun[84], das ›Kabinett der Feen[85]‹, die ›Tausendundeine Nacht‹, Redoutés[86] ›Rosen‹, die ›Sitten Chinas‹[87], Madame Knips[88] ›Tauben‹, das große Werk über Ägypten[89] usw. Mit einem Wort: Richte dich nach dem geistreichen Ausspruch jener Fürstin, der man erzählte, es sei wegen der Teuerung des Brotes ein Aufstand ausgebrochen, und die darauf erwiderte: »Warum essen denn die Leute keine Brioches . . .?«[90]

Vielleicht wird deine Frau eines Abends dir den Vorwurf machen, du seist verdrießlich und sprächest nicht; vielleicht wird sie dir sagen, du seist ein netter Kerl, wenn du ein Wortspiel gemacht hast; aber das ist nur ein sehr geringfügiger Übelstand unseres Systems. Was macht es dir außerdem aus, daß die Frauenerziehung in Frankreich die lächerlichste aller Abgeschmacktheiten ist, und daß unser Finsterlingssystem dir eine Puppe in die Arme legt? Da du nicht Mut genug hast, an eine schönere Aufgabe heranzugehen, ist es da nicht besser, du ziehst mit deiner Gattin ein altes ausgefahrenes, aber recht sicheres Gleis entlang, als daß du es wagst, sie kühn die schroffen Abhänge der Liebe erklimmen zu lassen? Deine Frau ist die Mutter deiner Kinder; aber dir liegt eigentlich nicht so sehr daran, Gracchen[91] zu Söhnen zu haben, sondern mehr daran, wirklich *»pater quem nuptiae demonstrant«* zu sein. Um dir nun zu helfen, zu diesem Ziele zu gelangen, müssen wir aus diesem Buch ein Zeughaus machen, worin ein jeder, je nach seinem Charakter oder dem seiner Frau, die Rüstung sich auswählen kann, die ihn instand setzen wird, den fürchterlichen Geist des Bösen zu bekämpfen, der stets in der Seele einer Ehegattin zu erwachen bereit ist. Und da, alles wohl erwogen, die unwissenden Männer die erbittertsten Feinde der Frauenbildung sind, so wird diese Betrachtung für die meisten Ehemänner ein wahres Brevier sein.

Eine Frau, die eine Männererziehung erhalten hat, besitzt allerdings die glänzendsten Fähigkeiten, die wie keine andern geeignet sind, ihr und ihrem Mann das Glück zu bringen; aber eine solche Frau ist selten wie das Glück selber, und wenn die deinige nicht eine solche Frau ist, so mußt du sie im Interesse eurer beiderseitigen Glückseligkeit in dem Ideenkreise erhalten, in dem sie geboren ist; denn man darf nicht vergessen, daß eine augenblickliche Aufwallung des Stolzes in ihr dein Unheil sein kann, falls du eine Sklavin, die sofort in Versuchung sein wird, ihre Macht zu mißbrauchen, auf den Thron gesetzt hast.

Alles in allem wird ein überlegener Mann, der das in dieser Betrachtung angeratene System befolgt, nichts weiter zu tun brauchen, als seine Gedanken in kleine Münze umzusetzen, wenn er von seiner Frau verstanden sein will, vorausgesetzt, jener überlegene Mann habe die Dummheit begangen, solch ein armes Geschöpf zu heiraten, und nicht ein junges Mädchen, dessen Seele und Herz er in langer Prüfung als vollwertig erkannt hat.

Mit dieser letzten Bemerkung beabsichtigen wir nicht, allen bedeutenden Männern den Rat zu geben, sich eine bedeutende

Frau zu suchen; wir wünschen keineswegs, daß jeder unserer Grundsätze auf die Art der Madame de Staël ausgelegt werde, die einen so plumpen Versuch machte, Napoleons Gattin zu werden. Diese beiden Menschen wären sehr unglücklich in ihrer Ehe gewesen, und Josephine war für Napoleon eine ganz andere Gattin, als jenes Mannweib des neunzehnten Jahrhunderts es hätte sein können.

Nein, wenn wir die auf dieser Welt kaum aufzufindenden jungen Mädchen rühmen, die durch Zufall so glücklich aufgezogen worden sind; die die Natur so vollkommen gebildet hat, daß ihre zarte Seele bei aller Zartheit die ungestüme Berührung jener großen Seele erträgt, die das ausmacht, was wir »einen Mann« nennen, so meinen wir damit jene edlen und seltenen Geschöpfe, von denen Goethe im Klärchen seines ›Egmont‹ uns ein Muster gegeben hat: Wir denken an jene Frauen, die keinen andern Ruhm suchen als den, ihre Aufgabe gut zu erfüllen; die sich mit erstaunlicher Geschmeidigkeit dem Begehren und Gelüsten des Mannes fügen, den die Natur ihnen zum Herrn und Meister gegeben hat; die sich zu den schwindelnden Höhen der Gedankenwelt ihres Gatten aufzuschwingen vermögen und sich dann wieder zu der einfachen Aufgabe herablassen, ihn zu unterhalten, wie man mit Kindern spielt; die alle Sonderbarkeiten dieser von so heftigen Leidenschaften durchwühlten Seelen begreifen und zugleich das leiseste Wort und den flüchtigsten Blick zu deuten wissen; die glücklich sind, wenn ihr Mann sie zu schweigen bittet, und ebenso glücklich, wenn er sie zu munterm Geplauder auffordert; mit einem Wort: denen eine Ahnung sagt, daß ein Lord Byron nicht denselben Gedankengang und dieselbe Sittlichkeit haben kann wie ein Strumpfwirker. Aber hier wollen wir haltmachen; die weitere Ausmalung dieser Schilderung würde uns zu sehr von unserm Gegenstand entfernen: Es handelt sich um die Ehe und nicht um die Liebe.

Zwölfte Betrachtung

Hygiene der Ehe

Diese Betrachtung bezweckt, der Aufmerksamkeit des Lesers ein neues Verteidigungsmittel zu unterbreiten, vermöge dessen er den Willen seiner Frau mit unwiderstehlicher Wucht wird beugen können. Es handelt sich um die Wirkungen, die das körperliche Befinden und eine vernunftgemäße Abstufung der Ernährungsweise auf die moralische Kraft auszuüben vermögen.

Diese wichtige philosophisch-medizinische Frage der Ehepolitik hat sicherlich einen besonderen Reiz für alle jene Gichtkrüppel, Impotente, Katarrhaliker und die ganze Legion von alten Herren, deren Gleichgültigkeit wir in dem Artikel über die Prädestinierten ein wenig aufgestachelt haben; den allergrößten Wert aber wird sie für die Ehemänner haben, die kühn genug sind, zu den Mitteln eines rücksichtslosen Machiavellismus zu greifen, wie jener große König von Frankreich, der das Glück der Nation dadurch zu begründen suchte, daß er die Köpfe einiger großer Lehnsvasallen fallen ließ. Die Frage ist ganz die gleiche. Es handelt sich stets darum, einige Glieder zu amputieren oder zu schwächen, damit das Ganze besser gedeihe.

Glaubst du im Ernst, ein Junggeselle, der von Haneakraut, von Gurken und Portulak lebt, der sich Blutegel an die Ohren setzen läßt, wie Sterne es empfiehlt – ein solcher Junggeselle wäre der rechte Mann, gegen die Ehre deiner Frau mit Erfolg Sturm zu laufen? Nimm an, ein Diplomat wäre so geschickt gewesen, auf Napoleons Schädel einen dauernden Breiumschlag von Leinsamen zu befestigen oder ihm jeden Morgen ein Honigklistier verabfolgen zu lassen; glaubst du, Napoleon, Napoleon der Große hätte Italien erobert? Hat Napoleon während des russischen Feldzuges die entsetzlichen Schmerzen eines Harnzwanges auszuhalten gehabt oder nicht . . .? Das ist eine jener Fragen, die für den ganzen Erdball wichtig gewesen sind. Steht es nicht fest, daß abkühlende Mittel, Duschen, Bäder und dergleichen, auf mehr oder minder heftige Schmerzen des Gehirns bedeutenden Einfluß üben? Wenn in der Hitze des Juli jede deiner Poren die eiskalten Limonaden, die du in einem einzigen Zuge ausgeschlürft hast, langsam wieder durchsintern läßt und einer glühenden Atmosphäre zurückerstattet, hast du da jemals den Mut, die Kraft des Denkens, die ungeschmälerte Energie in dir gespürt, durch die einige Monate früher das Dasein dir leicht und angenehm war?

Nein, nein, mag in den härtesten Stein ein Stück Eisen noch so genau eingefügt sein, es wird in dem dauerhaftesten Baudenkmal klaffende Risse hervorbringen, die zuletzt zu dessen Einsturz führen müssen, und der Grund dafür ist der geheime Einfluß der langsamen, unsichtbaren Übergänge von Wärme zu Kälte und von Kälte zu Wärme, die die Vorgänge in der Atmosphäre beherrschen. Wenn also die atmosphärischen Vorgänge Einfluß auf den Menschen haben, so wollen wir grundsätzlich zugeben, daß der Mensch einen noch stärkeren Einfluß auf die Phantasie von seinesgleichen ausüben muß, wenn er mit größerer oder geringerer Kraft seinen Willen zur Geltung bringt; denn dieser Wille umgibt ihn mit einer wirklichen Atmosphäre.

Von diesem Grundsatz geht jedes Schauspielertalent, geht jede Poesie, geht jeder Fanatismus aus; denn dieser ist eine Beredsamkeit in Handlungen, wie jene eine Beredsamkeit in Worten ist; mit einem Wort: wir haben hier den Anfang einer Wissenschaft, die in diesem Augenblick noch in den Windeln liegt.

Dieser »Wille«, der so machtvoll von Mensch zu Mensch wirkt, diese nervöse und flüchtige, so ungemein leicht bewegliche und übertragbare Kraft ist an sich von dem wechselnden Zustand unserer Organisation abhängig, und viele Umstände tragen dazu bei, in diesem schwachen Organismus Veränderungen hervorzubringen.

Hiermit schließen wir unsere metaphysische Bemerkung und kehren zur Betrachtung der Umstände zurück, die auf den Willen des Mannes wirken und diesen Willen zur höchsten Kraftentwicklung emporheben oder auf den Tiefpunkt der Schwäche herabbringen.

Jetzt bitten wir aber, nicht etwa zu glauben, wir wollten dich auffordern, der Ehre deiner Frau Breiumschläge aufzulegen, sie in ein Schwitzbad einzuschließen oder sie zu versiegeln wie einen Brief. Nein. Wir wollen nicht einmal versuchen, dir das magnetische System auseinanderzusetzen, mit dessen Hilfe du deinen Willen in der Seele deiner Frau würdest zum Siege bringen können; kein Ehemann würde für das Glück einer ewigen Liebe den Preis einer solchen beständigen Anspannung seiner animalischen Kräfte zahlen wollen. Wir wollen vielmehr versuchen, ein unfehlbares System der Hygiene näher zu erläutern, mit dessen Hilfe du jeden Kaminbrand deiner Ehe leicht löschen kannst.

In den Lebensgewohnheiten der Modenärrinnen in Paris und der Provinz (die Modenärrinnen bilden einen scharf unterschiedenen Teil der anständigen Frauen) finden wir genügende Mittel, zu unserm Zweck zu gelangen, ohne daß wir nötig hätten, im Arsenal der Heilmittellehre die vier kalten Keime, den Nenufar und tausend andere hexenmäßige Erfindungen zu suchen. Wir wollen sogar dem Älian sein Haneakraut und Sterne seinen Portulak und seine Gurken überlassen, die auf gar zu augenscheinliche antiphlogistische Absichten hindeuten.

Laß deine Frau ganze Tage lang sich auf jenen weichen Kanapees strecken, auf denen der Leib sozusagen in ein Daunen- oder Federnbad versinkt.

Begünstige mit allen Mitteln, die dein Gewissen verträgt, den Hang der Frauen, nur die parfümierte Luft eines selten geöffneten Zimmers zu atmen, in das durch wollüstige, durchsichtige Musselinwolken kaum ein halbes Licht hineindringt.

Mit diesem System wirst du wunderbare Wirkungen erzielen, vorher wirst du allerdings unter den Ausbrüchen der Aufregung, die es hervorruft, gelitten haben; wenn du aber stark genug bist, diese vorübergehende Nervenanspannung deiner Frau auszuhalten, wirst du bald sehen, wie ihre künstlich hervorgerufene Kraft wieder schwindet. Die Frauen wollen im allgemeinen schnell leben; aber wenn die Stürme ihrer sinnlichen Aufregungen verbraust sind, kommen Windstillen, die für das Glück eines Ehemanns beruhigend sind.

Beweist nicht Jean-Jacques durch seine wundervolle »Julie« deiner Frau, daß sie eine unendliche Anmut sich aneignen wird, wenn sie ihren zarten Magen und ihren göttlichen Mund nicht dadurch entehrt, daß sie unedle Stücke Rindfleisch und riesige Hammelkeulen zu Speisesaft verarbeitet? Gibt es auf der Welt etwas Reineres, als die interessanten, stets frischen und geruchlosen Gemüse, die farbenprangenden Früchte, den Kaffee, die duftende Schokolade, Atalantas goldene Äpfel, Arabiens Datteln, die Brüsseler Zwiebäcke? Diese Speisen sind gesunde und liebliche Nahrung, mit der man befriedigende Erfolge erzielt, während sie zugleich einer Frau eine gewisse geheimnisvolle Originalität verleiht. Sie erlangt durch ihre Diät in ihren Kreisen eine kleine Berühmtheit – wie durch eine Toilette, durch eine gute Tat oder durch ein witziges Wort. Pythagoras muß ihre Leidenschaft sein, wie wenn Pythagoras ein Pudel oder ein Äffchen wäre.

Begehe niemals die Unvorsichtigkeit gewisser Männer, die, um sich den Anstrich eines starken Geistes zu geben, den weiblichen Glauben bekämpfen: daß man sich seinen guten Wuchs erhalte, wenn man wenig esse. Frauen, die Diät halten, werden nicht fett, das ist klar und unumstößlich; darüber kommt niemand hinweg.

Preise deiner Gattin die Kunst, durch die Frauen von berühmter Schönheit sich diese zu erhalten wußten, weil sie mehrere Male täglich in Milch oder in einem Wasser badeten, das durch eigentümliche Zusätze die Haut zarter machte und es das Nervensystem schwächte.

Vor allen Dingen bitte sie im Interesse ihrer für dich so kostbaren Gesundheit auf das dringendste, sich aller Abwaschungen mit kaltem Wasser zu enthalten; stets sei heißes oder laues Wasser der wichtigste Bestandteil bei ihren Abspülungen aller Art.

Broussais[92] soll dein Abgott sein! Beim geringsten Unwohlsein deiner Frau und unter jedem nur einigermaßen stichhaltigen Vorwande läßt du ihr tüchtig Blutegel ansetzen; laß sogar von Zeit zu Zeit dir selber ein paar Dutzend setzen, um dadurch in deinem Hause dem System des berühmten Doktors mehr Autorität zu verleihen. In deiner Eigenschaft als Ehemann bist du verpflichtet, deine Frau stets zu rot zu finden; versuche sogar, ihr von Zeit zu Zeit das Blut in den Kopf zu treiben, um daraus das Recht abzuleiten, in gewissen Augenblicken eine Abteilung Blutegel in deine Wohnung einrücken zu lassen.

Das Getränk deiner Frau sei Wasser, das durch einen angenehm schmeckenden, jedoch nicht tonischen Burgunderwein leicht gefärbt ist; jeder andere Wein wäre von Übel. Leide niemals, daß sie reines Wasser als Getränk nimmt. Du wärest verloren.

»Stürmisches Naß! Sobald du gegen die Schleusen des Gehirns andrängst, flugs geben sie deiner Wucht nach! In den Fluten taucht die Neugier auf und winkt ihren Gefährtinnen, sie möchten ihr folgen: Sie stürzen sich mitten in den Strom. Träumend setzt sich die Phantasie ans Ufer. Sie folgt der Strömung mit den Augen und macht aus Strohhalmen und Zweiglein Fockmast und Bugspriet. Kaum hat sich die Metamorphose vollzogen, so erscheint, mit der einen Hand ihr bis zum Knie aufgerafftes Kleid haltend, die Sehnsucht, sieht die Phantasiegebilde und bemächtigt sich ihrer. O ihr Wassertrinker! Habt ihr mit Hilfe dieser Zauberkraft so oft nach eurem Belieben die Welt gewandelt, habt die Ohnmächtige mit Füßen getreten, ihr Antlitz zermalmt und zuweilen sogar Gestalt und Aussehen der Natur verändert?«

Solltest du durch dieses System der Untätigkeit in Verbindung mit unserer Ernährungsmethode noch keine befriedigenden Ergebnisse erlangen, so stürze dich ohne Zögern in ein anderes System, das wir dir näher auseinandersetzen wollen:

Der Mensch besitzt eine bestimmte Menge von Lebens- oder Willenskraft. Dieser Mann oder jene Frau verhält sich zu einem andern Menschen wie zehn zu dreißig oder wie eins zu fünf, und einen gewissen Höhegrad überschreitet kein einziger von uns. Die Menge von Lebens- oder Willenskraft, die ein jeder von uns besitzt, schwillt an und ab wie der Ton: Bald ist sie stark, bald schwach; sie unterliegt Wandlungen, je nach der Anzahl von Oktaven, die sie durchmessen darf. Diese Kraft ist einzig in ihrer Art; obwohl sie sich in Begierden, in Leidenschaften, in geistigen Tätigkeiten oder in körperlichen Eigenschaften auflöst, eilt sie stets an den Ort, an den der Mensch sie ruft. Ein Boxer verausgabt sie in Faustschlägen; der Bäcker knetet mit ihr sein Brot; der Dichter verbraucht sie in einer seelischen Erregung, und zwar in ungeheuren Mengen; der Tänzer läßt sie in seine Beine strömen; kurzum, jeder verteilt diese Kraft nach seiner Laune, und ich will heute abend den Minotauros ruhig auf meinem Bette sitzen sehen, wenn du nicht ebensogut wie ich weißt, wo der Mensch am meisten davon verausgabt. Fast alle Menschen verzehren in notwendigen Arbeiten oder in den Nervenzuckungen verderblicher Leidenschaften diese schöne Menge von Lebens- und Willenskraft, die die Natur ihnen zum Geschenk gemacht hat; aber vor allem sind unsere anständigen Frauen eine willenlose Beute der Launen und Angriffe dieser Macht, die nicht weiß, an welchem Punkt sie ihre Kräfte wirken lassen soll. Wenn die Energie deiner Frau nicht schon dem diätetischen Verfahren unterlegen ist, so bringe sie in eine stets an Schnelligkeit zunehmende Bewegung hinein. Bringe es dahin, daß die Gesamtsumme der Kraft, die dich belästigt, in einer Beschäftigung aufgeht, die sie völlig in Anspruch nimmt. Man braucht eine Frau nicht in einer Fabrik an eine Kurbel zu fesseln; es gibt tausend Mittel, sie durch die Geißel einer beständigen Arbeit zu ermüden.

Die Mittel der Ausführung wollen wir dir anheimstellen, denn diese schwanken entsprechend sehr vielen Umständen; nur wollen wir dich auf den Tanz aufmerksam machen, der einer der schönsten Abgründe ist, in denen die Liebeleien ihr Grab finden. Da dieser Gegenstand von einem unserer Zeitgenossen recht angemessen behandelt worden ist, wollen wir ihm das Wort lassen:

»So manches arme Opfer, das den Zauberkreis eines Tanzsaales bewundert, muß seine Erfolge recht teuer bezahlen. Welche Frucht darf man von Anstrengungen erwarten, die den Kräften des zarten Geschlechtes so wenig angemessen sind? Die Muskeln werden ohne Zurückhaltung angestrengt und verbrauchen ohne Maß und Ziel die Kräfte der Tänzerin. Die Geister, deren Bestimmung es war, das Feuer der Leidenschaften und der Gehirntätigkeit zu nähren, werden von ihrem Wege abgelenkt. Die Abwesenheit von Begierden, die Vorliebe für Ruhe, die ausschließliche Wahl kräftiger Nahrungsmittel, dies alles deutet auf eine geschwächte Natur hin, die mehr nach Wiederherstellung ihrer Kräfte als nach Genüssen strebt. Mit Recht sagte mir eines Tages ein Eingeborener der Kulissenwelt: ›Wer mit Tänzerinnen gelebt hat, hat von Hammelfleisch gelebt; denn in ihrer Erschöpfung können sie diese energische Nahrung nicht entbehren.‹ Man glaube mir, die Liebe, die eine Tänzerin einflößt, ist recht trügerisch: Voll Ärgers trifft man in einer künstlich gemachten Frühlingslandschaft auf einen kalten, geizigen Boden; die Sinne einer Tänzerin sind nicht zu entflammen. Die kalabrischen Ärzte verordnen den Tanz als Heilmittel für die hysterischen Leidenschaften, die unter den Frauen jenes Landes allgemein verbreitet sind, und die Araber behandeln so ziemlich nach demselben Rezept die edlen Stuten, deren zu geiles Temperament ihre Befruchtung verhindert. ›Dumm wie ein Tänzer‹, das ist ein beim Theater allgemein gangbares Sprichwort. Kurz und gut, die besten Köpfe Europas sind überzeugt, daß jeder Tanz in sich eine außerordentlich abkühlende Wirkung trägt.

Um dies alles zu beweisen, müssen wir allerdings noch andere Beobachtungen anführen. Dem Leben der Hirten entsprangen zügellose Ausschreitungen der Liebe. Die Weberinnen waren in ganz Griechenland wegen ihrer abscheulichen Sitten verschrien. Die Italiener haben der sinnlichen Lüsternheit hinkender Weiber ein eigenes Sprichwort gewidmet. Die Spanier, in deren Adern durch so viele Blutmischungen auch die afrikanische Zügellosigkeit geriet, geben ihre geheimen Wünsche in einem Sprichwort kund: *Muger y gallina pierna quebrantada* – »Von Weibern und Hühnern sind die Humpelbeine die besten.« Das tiefe Verständnis der Orientalen für die Kunst der Sinnesfreuden enthüllt sich in seinem vollen Umfang durch den Erlaß des Kalifen Hakim, des Begründers der Sekte der Drusen, der bei Todesstrafe in seinen Ländern die Anfertigung irgendwelcher Fußbekleidungen für Frauen verbot. Wie es scheint, können auf dem ganzen Erdball die Stürme des Herzens nur zum Ausdruck kommen, wenn die Beine Ruhe haben!«

Wundervolles Verfahren, eine Frau tanzen zu lassen und sie nur mit weißem Fleisch zu nähren . . .!

Man glaube nicht, daß diese ebenso wahren wie geistreich ausgedrückten Beobachtungen unserm vorher entwickelten System zuwiderlaufen; durch das eine wie durch das andere wird es dir gelingen, bei einer Frau jene außerordentlich wünschenswerte Schlaffheit hervorzurufen, die eine Bürgschaft für Ruhe und Behagen ist. Bei Anwendung des zuletzt genannten Systems läßt du eine Tür offen, durch die der Feind entfliehen kann und soll; durch das andere System tötest du ihn.

An dieser Stelle kommt es uns vor, als hörten wir gewisse überbedenkliche und kurzsichtige Leute im Namen der Sittlichkeit und des Gefühls gegen unsere Hygiene Einspruch erheben.

Ist denn nicht auch die Frau mit einer Seele begabt? Hat sie nicht Gefühlsregungen gerade wie wir? Mit welchem Recht mißachtet man ihre Schmerzen, ihre Ideen, ihre Bedürfnisse und bearbeitet sie wie ein gemeines Metall, aus dem der Handwerker ein Löschhorn oder einen Leuchter macht? Vielleicht weil diese armen Geschöpfe bereits schwach und unglücklich sind, maßt ein rücksichtsloser Mensch sich die Gewalt an, sie einzig um der Durchführung seiner mehr oder minder richtigen Ideen willen zu quälen? Und wenn ihr nun durch euer schwächendes oder erhitzendes Verfahren, das die Fibern größer, weicher oder härter macht, furchtbare und schmerzhafte Krankheiten verursachtet; wenn ihr eine Frau, die euch teuer ist, ins Grab brächtet; wenn, wenn usw.

Darauf antworten wir:

Hast du jemals gezählt, wie viele verschiedene Formen Harlekin und Pierrot ihrem kleinen weißen Hütchen zu geben wissen? Sie drehen und wenden es so geschickt, daß sie nach und nach einen Kreisel, ein Boot, ein Trinkglas, einen Halbmond, ein Barett, einen Korb, einen Fisch, eine Peitsche, einen Dolch, ein Kind, einen Menschenkopf u. a. m. daraus machen.

Genaues Abbild des Despotismus, mit dem du deine Frau bearbeiten und wieder bearbeiten mußt.

Die Frau ist ein Eigentum, das man vertragsmäßig erwirbt, und zwar ein bewegliches Eigentum, denn der Besitz ist so gut wie der Besitztitel; kurz und gut, die Frau ist im eigentlichen Sinne des Wortes nur ein Anhängsel des Mannes; also zerteile sie nur, beschneide sie, stutze sie zu; sie ist in aller Form Rechtens dein. Beunruhige dich nicht im geringsten über ihr Stöhnen, ihr Schreien, ihre Schmerzen; die Natur hat sie zu unserm Gebrauch geschaffen, damit sie alles trage: Kinder, Kummer, Prügel und Schmerzen um den Mann.

Man beschuldige uns nicht der Härte! In allen Gesetzbüchern der sogenannten Kulturvölker hat der Mann die Gesetze geschrieben, die das Schicksal der Frauen regeln. Sie tragen die blutige Überschrift: *Vae victis!* Wehe den Schwachen!

Endlich nimm dir die letzte Beobachtung zu Herzen, die vielleicht von allen, die wir bisher gemacht haben, am schwersten ins Gewicht fällt: Wenn nicht du, der Gatte, es bist, der dieses reizende schwache Rohr unter seinen Willen beugt, dann wird ihr ein viel schrecklicheres Joch beschieden sein: Die Tyrannei eines launenhaften und despotischen Junggesellen, sie wird zwei

Geißelungen anstatt einer einzigen zu ertragen haben. Alles wohl gegeneinander abgewogen, wird dich also auch schon die Menschlichkeit dazu auffordern, die Grundzüge unserer Hygiene zu befolgen.

Dreizehnte Betrachtung

Persönliche Mittel

Vielleicht haben die vorhergehenden Betrachtungen mehr allgemeine Verhaltungsmaßregeln dargeboten, als daß in ihnen die Mittel behandelt wurden, gegen Gewalt Gewalt anzuwenden. Sie enthalten Pharmakopöen und geben keine örtlichen Heilmittel an. Hier zeigen wir dir jetzt auch die persönlichen Mittel, die die Natur dir zu deiner Verteidigung in die Hand gelegt hat; denn die Vorsehung hat niemanden vergessen: wenn sie dem Sepiafisch (im Adriatischen Meer)[93] jene schwarze Farbe gegeben hat, mittels deren er eine Wolke hervorbringt, die ihn den Blikken seines Feindes entzieht, so kannst du dir wohl denken, daß sie auch einen Ehemann nicht ohne Degen gelassen hat: Und jetzt ist der Augenblick da, den deinigen zu zücken.

Ohne Zweifel hattest du, als du dich verheiratetest, von deiner Frau verlangt, sie solle ihre Kinder selber nähren: Gut, dann stürze sie jetzt in die Verlegenheiten und Mühen einer Schwangerschaft oder Säugezeit; du wirst dadurch die Gefahr zum mindesten um ein Jahr oder zwei hinausschieben. Eine Frau, die damit beschäftigt ist, ein Kleinchen in die Welt zu setzen oder zu nähren, hat wirklich nicht die Zeit, an einen Liebhaber zu denken, ganz abgesehen davon, daß sie vor und nach ihrer Niederkunft nicht imstande ist, in der Gesellschaft zu verkehren. Denn wie könnte auch die unbescheidenste der distinguierten Frauen, von denen unser Werk handelt, es wagen, sich im Zustande der Schwangerschaft zu zeigen und mit dieser verborgenen Frucht, ihrem öffentlichen Ankläger, vor allen Leuten umherzugehen? O Lord Byron, du wolltest ja die Frauen nicht einmal essen sehen!

Wenn sechs Monate nach der Niederkunft das Kindchen nach Herzenslust gesogen hat, fängt eine Frau gerade erst wieder an, ihre Frische und Freiheit zu genießen.

Wenn deine Frau ihr erstes Kind nicht genährt hat, bist du zu klug, um nicht aus diesem Umstand Nutzen zu ziehen und in ihr den Wunsch zu erwecken, das Kleine, das sie jetzt unter dem Herzen trägt, selber zu nähren. Du liest ihr Rosseaus ›Emile‹ vor, du entflammst ihre Einbildungskraft für Mutterpflichten, wendest dich an ihre höchsten moralischen Gefühle usw. Mit einem Wort: Du bist ein Dummkopf oder ein kluger Mensch; im ersteren Fall würdest du stets minotaurisiert werden, auch wenn du dies Buch gelesen hättest; im zweiten Fall mußt du eine halbe Andeutung verstehen.

Dieses erste Mittel ist virtuell persönlich. Es wird dir einen weiten Spielraum geben, um die Anwendung der andern Mittel vorzubereiten.

Seitdem Alkibiades seinem Hunde die Ohren und den Schwanz abschnitt, um Perikles gefällig zu sein, weil diesem damals die Athener durch allzu großes Interesse für eine Art von spanischem Krieg und von Unterschleifen eines Armeelieferanten Ouvrard[94] lästig wurden, seitdem hat es keinen Minister gegeben, der nicht versucht hätte, irgendeinem Hund die Ohren abzuschneiden.

Und wenn eine Entzündung an einem wichtigen Teil des menschlichen Körpers sich zeigt, so veranlaßt die Heilkunde eine kleine Gegenrevolution an einem andern Punkt durch Brennkegel, Schröpfköpfe, Akupunkturen und dergleichen.

Ein anderes Mittel besteht also darin, deiner Frau einen Brennkegel zu setzen oder ihr irgendeine Nadel in den Geist zu bohren, die sie fühlbar sticht und eine Ablenkung zu deinen Gunsten veranlaßt.

Ein sehr geistvoller Mann hatte seinen Honigmond auf eine Dauer von ungefähr vier Jahren gebracht; da nahm der Mond ab, und er begann den verhängnisvollen Halbbogen wahrzunehmen[95]. Seine Frau war genau in dem Zustand, in den, wie wir am Ende unseres ersten Teiles nachgewiesen haben, jede anständige Frau gerät: Sie hatte an einem ziemlich erbärmlichen Gesellen »Geschmack gefunden«; er war noch dazu klein und häßlich, aber es war eben nicht ihr Mann. In dieser Lage der Dinge verfiel der Gatte auf ein Hundeschwanzabschneiden, das für mehrere Jahre seinem gebrechlichen Glück neue Lebenskraft gab. Seine Frau hatte sich so gewandt benommen, daß er sich in großer Verlegenheit befunden hätte, dem Liebhaber seine Tür zu verbieten; denn sie hatte ein sehr entferntes Verwandtschaftsverhältnis mit diesem ausfindig gemacht. Die Gefahr wurde von Tag zu Tag bedrohlicher. Minotaurosgeruch machte sich allüberall bemerkbar. Eines Abends erschien der Gatte, von einem tiefen Kummer niedergedrückt; augenscheinlich litt er furchtbar. Mit seiner Frau war es bereits so weit gekommen, daß sie mehr Freundschaft für ihn zur Schau trug, als sie sogar während ihres Honigmondes für ihn empfunden hatte; und so bestürmte sie ihn mit Fragen über Fragen. Von seiner Seite dagegen düsteres Schweigen. Verdoppelte Fragen; dem Herrn entschlüpfen halbe Andeutungen, die ein großes Unglück ahnen lassen! Na, er hatte ihr damit einen japanischen Brennkegel angesetzt, der brannte wie ein Autodafé von 1600. Sofort versuchte die Frau durch tausend Manöver zu erfahren, ob der Kummer ihres Ehemannes durch diesen Liebhaber *in spe* verursacht sei. Zur Durchführung dieser ersten Intrige wandte sie tausend Mittel an. Die Phantasie sprengte mit verhängtem Zügel daher. Vom Liebhaber war nicht mehr die Rede. Mußte sie nicht vor allen Dingen das Geheimnis ihres Gatten entdecken? Eines Abends erliegt dieser dem Drange, seiner zärtlichen Freundin seinen Kummer anzuvertrauen: Er erklärt ihr, ihr ganzes Vermögen sei verloren. Sie müßten auf ihre Equipage, auf die Loge in der Italienischen Oper, auf Bälle, auf Feste, auf Paris verzichten; vielleicht könnten sie alle Verluste wieder einholen, wenn sie sich für ein Jahr oder zwei freiwillig auf ihr Landgut verbannten. Er wendet sich an die Phantasie seiner Frau, an ihr Herz; er beklagt sie, daß sie ihr Schicksal an das Los eines Mannes geknüpft habe, der ja allerdings in sie verliebt sei, aber kein Vermögen habe; er rauft sich einige Haare aus, und es bleibt seiner Frau nichts anderes übrig, als sich ebenfalls von hohen Gefühlen der Ehre fortreißen zu lassen; und in dem ersten Fiebertaumel ihrer neuerwachten ehelichen Liebe führt er sie auf sein Landgut. Hier erhielt sie neue Schröpfköpfe, Senfpflaster über Senfpflaster; Erfindung etlicher neuer Arten von Hundeschwanzabschneiden: Er ließ an das Schloß einen Flügel in gotischem Stil anbauen; die gnädige Frau stellte zehnmal den ganzen Park auf den Kopf, um Wasserkünste, Seen, neue Aussichten zu erhalten, usw.; endlich war auch der Mann inmitten all dieser Betriebsamkeit nicht untätig: Er verschaffte ihr interessante Lektüre, umgab sie mit zarten Aufmerksamkeiten usw. Besonders zu beachten: Niemals ließ er sich einfallen, seiner Frau diese List einzugestehen; daß das verlorene Vermögen sich wieder einfand, geschah gerade infolge des Anbaues des gotischen Flügels und durch die riesigen Geldausgaben, die die Anlage der langen Wasserläufe gekostet hatte; er bewies seiner Frau, der See liefere das Wasser für einen Wasserfall, durch diesen würden Mühlen getrieben usw.

Hier haben wir einen nach allen Regeln der Kunst angewandten ehelichen Brennkegel; denn dieser Ehemann vergaß weder das Kindermachen noch die Einladung langweiliger, dummer, alter Nachbarn; und wenn er im Winter nach Paris kam, stürzte er seine Frau in einen solchen Wirbel von Bällen und Besorgungen, daß sie für Liebhaber keine Minute Zeit übrig hatte. Liebhaber sind notwendige Früchte eines müßigen Lebens.

Reisen nach Italien, der Schweiz und Griechenland, plötzliche Krankheiten, die den Besuch von Bädern, und zwar möglichst weit entfernten Bädern, nötig machen, sind ziemlich gute Brennkegel. Übrigens muß ein kluger Mann deren tausend für einen zu finden wissen.

Fahren wir nunmehr in der Prüfung unserer persönlichen Mittel fort.

Hier wollen wir dich darauf aufmerksam machen, daß unsere Erörterungen auf einer Voraussetzung beruhen, die du ebenfalls als zutreffend anerkennen mußt, weil du sonst einfach unser Buch zuklappen könntest. Wir setzen nämlich voraus, daß dein Honigmond eine ziemlich anständige Zeitdauer gehabt hat und daß das Fräulein, das du zu deiner Frau machtest, Jungfrau war; im entgegengesetzten Fall würde nach den in Frankreich üblichen Sitten deine Frau dich nur zu dem Zweck geheiratet haben, um inkonsequent zu werden.

In dem Augenblick, da in deiner Ehe der Kampf zwischen der Tugend und der Inkonsequenz beginnt, läuft die ganze Frage darauf hinaus, daß deine Frau fortwährend unwillkürliche Vergleiche zwischen dir und einem Liebhaber anstellt.

Auch hierin liegt für dich ein Verteidigungsmittel; es ist ein durchaus persönliches und wird von Ehemännern selten zur Anwendung gebracht; doch machen Männer von überlegenem Geist ohne Furcht einen Versuch damit. Es besteht darin, den Liebhaber auszustechen, ohne daß deine Frau etwas von deiner Absicht merken kann. Du mußt sie dahin bringen, daß sie eines Abends beim Anlegen der Haarwickel voll Verdruß zu sich selbst sagt: »Aber an meinem Mann ist ja weit mehr dran als an ihm.«

Damit dir dies gelinge, hast du vor dem Liebhaber den bedeutenden Vorteil voraus, daß du den Charakter deiner Frau kennst und weißt, wodurch sie zu verletzen ist. Du mußt mit der ganzen Feinheit eines Diplomaten diesen Liebhaber, ohne daß er etwas davon merkt, Ungeschicklichkeiten begehen lassen, durch die er sich deiner Frau mißliebig macht.

Nach Brauch und Herkommen wird dieser Liebhaber sich um deine Freundschaft bemühen, oder ihr werdet gemeinsame Freunde haben; du mußt ihm nun entweder durch diese Freunde oder durch ebenso geschickte wie perfide Insinuationen über Angelegenheiten, denen deine Frau Wichtigkeit beimißt, falsche Begriffe beibringen; und wenn du dich nur ein wenig geschickt benimmst, wirst du sehen, wie deine Frau ihrem Liebhaber den Laufpaß gibt, ohne daß weder sie noch er den wahren Grund davon erraten. Du dichtest damit innerhalb deiner vier Wände eine fünfaktige Komödie, in der du selber die glänzenden Rollen Figaros oder Almavivas spielst; du wirst dich einige Monate lang ausgezeichnet dabei amüsieren, und zwar um so mehr, als deine Eigenliebe, deine Eitelkeit und dein persönliches Interesse dabei in Frage kommen.

Ich hatte in meiner Jugend das Glück, einem alten Emigranten zu gefallen, der meiner Erziehung jenen letzten Schliff gab, den die jungen Leute gewöhnlich von den Frauen empfangen. Dieser Freund, dessen Andenken mir stets teuer sein wird, lehrte mich durch sein Beispiel die Anwendung jener diplomatischen Schachzüge, die ebensoviel Klugheit wie Anmut erfordern.

Der Graf de Nocé[96] war von Koblenz nach Frankreich zurückgekehrt, als für Adelige der Aufenthalt dort sehr gefährlich war. Niemals war ein Mensch so mutig und so gütig, so verschlagen und so sorglos. Im Alter von etwa sechzig Jahren hatte er ein junges Mädchen von fünfundzwanzig geheiratet; zu dieser Torheit trieb ihn lediglich sein Mitleid: Er entriß das arme Mädchen der Tyrannei einer launenhaften Mutter. »Wollen Sie meine Witwe sein ...?« hatte der liebenswürdige alte Herr zu Mademoiselle de Pontivy gesagt; aber seine Seele war zu liebebedürftig, und so hatte er sich inniger an seine Frau angeschlossen, als ein vernünftiger Mann es hätte tun dürfen. Da er während seiner Jugend bei einigen der geistreichsten Frauen vom Hofe Ludwigs XV. in die hohe Schule genommen worden war, hegte er immerhin noch einige Hoffnung, die Gräfin vor jedem Straucheln bewahren zu können. Niemals habe ich einen Mann so geschickt wie ihn alle jene Lehren zur Ausführung bringen sehen, die ich den Ehemännern zu geben bemüht bin. Mit welchem Reiz wußte er durch seine angenehmen Manieren und seine geistreiche Unterhaltung das Leben zu umkleiden! Seine Frau erfuhr erst nach seinem Tode und durch mich, daß er die Gicht hatte. Seine Lippen troffen von Anmut, aus seinen Augen leuchtete reine Liebe. Vorsichtigerweise hatte er sich in die Abgeschiedenheit eines Tales, in eine Waldeinsamkeit zurückgezogen, und Gott weiß, was für Spaziergänge er mit seiner Frau machte! Sein glücklicher Stern wollte, daß Mademoiselle de Pontivy ein ausgezeichnetes Herz hatte und im hohen Grade jenes auserlesene Zartgefühl, jene schamhafte Empfindsamkeit besaß, die, wie ich glaube, das häßlichste Mädchen der Welt verschönen würden. Plötzlich kam einer seiner Neffen, ein hübscher Offizier, der der Katastrophe von Moskau entronnen war, auf Besuch zu seinem Onkel, teils um zu erfahren, ob er wohl künftig Vettern zu befürchten habe, teils in der Hoffnung, einen lustigen Krieg mit der Tante zu führen. Sein schwarzes Haar, sein Schnurrbart, das gewandte Geplauder des Generalstabsoffiziers, eine gewisse ebenso elegante wie leichte ›*disinvoltura*‹[97], lebhafte Augen; das alles unterschied den Neffen vom Onkel. Ich kam gerade in dem Augenblick an, da die junge Gräfin ihrem Verwandten das Tricktrack zeigte. Das Sprichwort sagt, die Frauen lernen dieses Spiel nur von ihren Liebhabern und umgekehrt. Nun hatte Monsieur de Nocé am selben Morgen während einer solchen Partie zwischen seiner Frau und dem Vicomte einen jener Blicke erhascht, die ein eigentümliches Gemenge von Unschuld, Furcht und Begierde enthalten. Am Abend schlug er uns einen Jagdausflug vor, was wir annahmen. Niemals sah ich ihn so gut aufgelegt und so lustig wie am nächsten Morgen, obwohl sich bereits die Anzeichen eines bevorstehenden Gichtanfalls bemerkbar machten. Nicht einmal der Teufel in Person hätte geschickter als er eine schlüpfrige Unterhaltung in Gang bringen können. Er war ehemaliger Grauer Musketier[98] und hatte Sophie Arnould[99] gekannt. Das sagt alles. Die Unterhaltung unter uns dreien wurde bald im höchsten Grade ausgelassen; möge Gott sie mir verzeihen! – »Niemals hätte ich gedacht, daß mein Onkel ein so wackerer Degen wäre!« sagte der Neffe zu mir. Wir machten eine Rast, und als wir alle drei auf dem Rasen einer der grünsten Lichtungen des Waldes saßen, hatte der Graf uns junge Leute so weit gebracht, daß wir über die Frauen Bemerkungen machten, wie nur ein Brantôme[100] und Aloysia[101]. – »Ihr seid recht glücklich unter der jetzigen Regierung, ihr jungen Leute ...! Die Frauen haben Sitten ...!« (Um diesen Ausruf des alten Herrn recht zu würdigen, müßte man die Greuel gehört haben, die der Hauptmann erzählt hatte!) »Und«, fuhr der Graf fort, »das ist eine der Segnungen, die wir der Revolution verdanken. Dadurch erhalten die Leidenschaften einen viel größeren Reiz des Geheimnisvollen. Früher waren die Frauen leicht zu haben; nun, Sie können sich kaum vorstellen, wie viel Geist und Gewandtheit man aufbieten mußte, um alle diese abgenutzten Temperamente aufzustacheln: Wir waren stets auf dem *qui vive*. Andererseits wurde aber auch einer berühmt durch eine geschickt vorgebrachte Zote oder durch eine glückliche Unverschämtheit. Die Frauen mögen so etwas, und es wird stets das sicherste Mittel sein, es bei ihnen zu etwas zu bringen . . .!« Diese letzten Worte sagte der Graf mit unterdrücktem Ärger. Plötzlich schwieg er und ließ den Hahn seines Gewehrs knacken, wie wenn er eine tiefe Erregung verbergen wollte. – »Ah bah!« sagte er, »meine Zeit ist vorüber! Die Phantasie muß jung sein... und der Körper auch! Ach! Warum habe ich mich verheiratet! Und das Perfideste an den Mädchen, deren Mütter und Erzieherinnen während dieser Glanzzeit der Galanterie gelebt haben, ist das, daß sie eine unschuldige Miene zur Schau tragen, eine Zimperlichkeit . . . Es sieht aus, wie wenn der sanfteste Honig zu scharf für ihre zarten Lippen wäre, und wer sie kennt, der weiß, daß sie Salz als Leckerzeug essen würden!« Er stand auf, hob in einer Anwandlung von Wut sein Gewehr in die Höhe und stieß es auf die Erde, daß beinahe der ganze Kolben in dem feuchten Rasen verschwand. – »Wie es scheint, liebt die liebe Tante die kleinen Scherze . . .!« sagte der Offizier leise zu mir. – »Oder die Lösungen des Knotens in beschleunigtem Tempo!« fügte ich hinzu. Der Neffe zupfte sich seine Halsbinde zurecht, brachte seinen Kragen in Ordnung und hüpfte wie ein kalabrischer Ziegenbock. Gegen zwei Uhr nachmittags kamen wir nach Hause. Der Graf nahm mich bis zum Essen mit auf sein Zimmer unter dem Vorwand, einige Medaillen zu suchen, von denen er mir während unseres Heimweges erzählt hatte. Die Mahlzeit war trübselig. Die Gräfin behandelte ihren Neffen mit kalter Höflichkeit. Als wir in den Salon zurückgekehrt waren, sagte der Graf zu seiner Frau: »Ihr spielt doch euer Tricktrack? Wir wollen euch allein lassen.« Die junge Gräfin antwortete nicht. Sie blickte ins Kaminfeuer und schien seine Worte nicht gehört zu haben. Ihr Mann machte einige Schritte auf die Tür zu und lud mich dabei durch eine Handbewegung ein, ihm zu folgen. Als sie seine Schritte hörte, wandte seine Frau mit einer lebhaften Bewegung den Kopf und sagte: »Warum wollen Sie weggehen . . .? Sie haben doch morgen vollauf Zeit genug, dem Herrn ihre Medaillen zu zeigen.« Der Graf blieb. Ohne die kaum merkliche Verlegenheit zu beachten, in der sein Neffe, der bisher so gewandte Offizier, sich zu befinden schien, entfaltete der Graf während des ganzen Abends den unaussprechlichen Zauber seiner Unterhaltung. Niemals hörte ich ihn so glänzend erzählen, niemals sah ich ihn mit so zärtlichen Aufmerksamkeiten um seine Gemahlin beschäftigt. Wir sprachen viel über die Frauen. Die Scherze unseres Wirtes trugen das Gepräge des feinsten Zartgefühls. Ich selber sah nichts mehr von dem weißen Haar auf seinem alten Kopf; denn dieser strahlte von jener Jugend des Herzens und des Geistes, die die Runzeln verwischt und den Schnee des Lebenswinters schmelzen läßt. Am andern Tag reiste der Neffe ab. Nicht einmal nach dem Tode Monsieur de Nocés und in vertraulichen Plauderstündchen, in denen die Frauen nicht immer allzu sehr auf der Hut sind, ist es mir gelungen, zu erfahren, welche Ungezogenheit der Vicomte damals gegen seine Tante begangen hatte. Diese Ungezogenheit mußte recht schlimm gewesen sein; denn seit jener Zeit hat Madame de Nocé ihren Neffen niemals wiedersehen wollen; sie kann sogar noch heute nicht seinen Namen nennen hören, ohne unwillkürlich ein wenig die Brauen zusammenzuziehen. Ich erriet damals nicht sogleich den Zweck jener Jagdpartie des Grafen de Nocé; später aber schien mir, er habe damit ein recht gewagtes Spiel gespielt.

Wenn es dir jedoch gelingt, einen so großen Sieg zu erfechten wie Monsieur de Nocé, dann vergiß nicht, das System der Brennkegel mit ganz besonderer Behutsamkeit in Anwendung zu bringen; und bilde dir nicht etwa ein, man könne ähnliche Gewaltstreiche ungestraft wiederholen. Wenn du mit deinen Talenten zu verschwenderisch umgingest, würdest du zuletzt deiner Frau gegenüber Bankrott machen; denn sie würde von dir immer das Doppelte von dem fordern, was du ihr gäbest, und es würde ein Augenblick kommen, da du auf dem trockenen säßest. Die menschliche Seele ist in ihren Wünschen einer Art arithmetischer Progression unterworfen, deren Ziel ebenso unbekannt ist wie ihr Ursprung. Wie der Opiumesser stets die Dosis verdoppeln muß, um das gleiche Resultat zu erhalten, verlangt auch unser ebenso gebieterischer wie schwacher Geist, daß Gefühle, Gedanken und Verhältnisse stets wachsen. Daraus entspringt die Notwendigkeit, bei einem dramatischen Werk das Interesse geschickt auf die einzelnen Szenen zu verteilen, und ebenso muß man in der Medizin die Heilmittel stufenweise wirken lassen. Du siehst also: Wenn du dich jemals an die Anwendung dieser Mittel heranwagst, so mußt du dein kühnes Vorgehen nach recht vielen Umständen regeln, und der Erfolg wird stets davon abhängen, welche Triebfeder du zu benutzen weißt.

Hast du Einfluß, mächtige Freunde? Bekleidest du eine wichtige Stellung? Ein letztes Mittel wird das Übel an der Wurzel anpacken. Hast du nicht etwa die Macht, deiner Frau ihren Liebhaber durch eine Beförderung wegzunehmen, durch einen Aufenthaltswechsel, oder, wenn er Offizier ist, ihn einfach nach einer andern Garnison versetzen zu lassen? Den Briefwechsel unterdrückst du; die Mittel dazu werden wir später angeben. Nun: *sublata causa tollitur effectus.* Diese lateinischen Worte könnte man frei übersetzen: Keine Wirkung ohne Ursache; kein Geld, keine Schweiz-Reise.

Trotzdem könnte, wie du wohl begreifst, deine Frau sich

leicht einen andern Liebhaber wählen; aber nachdem du zunächst diese vorläufigen Mittel angewandt hast, wirst du stets einen Brennkegel zur Hand haben; dadurch gewinnst du Zeit und kannst versuchen, dich durch einige neue Listen aus der Klemme zu ziehen.

Gut wäre es, wenn du das System der Brennkegel mit den mimischen Kunststücken Carlins[102] verbinden könntest. Der unsterbliche Carlin, von der Italienischen Komödie, hielt eine ganze Gesellschaft in Aufmerksamkeit und heiterer Stimmung, indem er stundenlang mit vollendeter pantomimischer Kunst und in tausendfach verschiedener Betonung immer nur dieselben Worte sprach: »Der König sagte zur Königin. – Die Königin sagte zum König.« Mache es wie Carlin. Richte es so ein, daß du fortwährend deiner Frau Schach bietest, damit du nicht selber matt wirst. Mache dein Examen in der Kunst des Versprechens bei den konstitutionellen Ministern. Gewöhne dich daran, im rechten Augenblick den Polichinell zu zeigen, womit du ein Kind dazu verlockst, daß es hinter dir herläuft, ohne daß es merkt, wie weit es schon gelaufen ist. Wir alle sind Kinder, und die Frauen sind durch ihre Neugier sehr dazu geneigt, ihre Zeit zu vertrödeln, indem sie hinter einem Irrlicht herlaufen. Ist nicht als leuchtende und nur zu bald erlöschende Flamme stets die Phantasie da, um dir zu helfen?

Kurzum, studiere die glückbringende Kunst, bei ihr zu sein und nicht bei ihr zu sein, den Augenblick zu erhaschen, da du bei ihr etwas durchsetzen kannst, ohne sie jemals das Gewicht deiner Persönlichkeit, deiner geistigen Überlegenheit, ja auch nur ihres Glückes fühlen zu lassen. Wenn du sie in einer Unwissenheit erhältst, die nicht ganz und gar ihren Geist erstickt, dann wirst du es so einzurichten wissen, daß ihr euch gegenseitig noch einige Zeit nacheinander sehnt.

Vierzehnte Betrachtung

Die Wohnung

Die im vorhergehenden angegebenen Systeme und Mittel sind gewissermaßen rein moralischer Natur. Sie entsprechen der edlen Anlage unserer Seele und haben nichts Abstoßendes. Jetzt aber werden wir uns den Vorsichtsmaßregeln à la Bartolo[103] zuwenden. Nur nicht weich werden! Es gibt einen Ehemannsmut, wie es einen Bürgermut und Soldatenmut, wie es einen Nationalgardistenmut gibt.

Was ist das erste, was ein kleines Mädchen tut, wenn es einen Papagei gekauft hat? Nicht wahr, sie sperrt ihn in einen schönen Käfig ein, aus dem er nicht ohne ihre Erlaubnis herauskommen kann?

Dieses Kind lehrt dich, was deine Pflicht ist.

Die ganze Einrichtung deines Hauses und die Anordnung der Zimmer müssen also darauf abzielen, daß deine Frau sie nicht zu ihren Zwecken benutzen kann, falls sie beschlossen haben sollte, dich dem Minotauros zu überliefern; denn die Hälfte aller ehelichen Unglücksfälle ereignen sich infolge der bedauernswerten Bequemlichkeiten, die in dieser Hinsicht durch unsere Wohnungen dargeboten werden.

Vor allen Dingen halte darauf, daß dein Hausmeister ein alleinstehender Mann und dir persönlich völlig ergeben ist. Ein solcher Schatz ist leicht zu finden: welcher Ehemann hätte nicht irgendwo in der Welt einen Pflegevater oder irgendeinen alten Diener, der ihn früher hat auf seinen Knien reiten lassen?

Du mußt dafür sorgen, daß ein Haß wie zwischen Atreus und Thyest sich zwischen deiner Frau und diesem Nestor, dem Wächter deiner Tür, erhebt. Diese Tür ist das Alpha und das Omega einer Liebesintrige. Denn laufen nicht alle Liebesintrigen stets auf die Frage hinaus: hineinkommen, herauskommen?

Dein Haus würde dir nichts nützen, wenn es nicht vorn den Hof und hinten den Garten hätte und so gebaut wäre, daß es mit keinem andern Hause in Verbindung steht.

Zunächst beseitigst du in euren Empfangszimmern jeden noch so kleinen Hohlraum. Ein Wandschrank, und enthielte er nur sechs Töpfe mit Eingemachtem, muß vermauert werden. Du bereitest dich zum Kriege vor, und der erste Gedanke eines Generals ist stets, seinem Feinde die Lebensmittel abzuschneiden. Daher dürfen in den Wänden keine Unterbrechungen sein, damit sie dem Auge Linien darbieten, die sich leicht überblicken lassen und an denen man sofort den geringsten fremden Gegenstand erkennen kann. Sieh dir die Überreste der antiken Bauwerke an, und du wirst finden, daß die Schönheit der griechischen und römischen Wohnungen besonders auf der Reinheit der Linien, der einfachen Klarheit der Wände, der geringen Anzahl der Möbel beruhte. Die Griechen hätten mitleidig gelächelt, hätten sie in einem Salon die Hiatus unserer Schränke bemerkt.

Dieses ausgezeichnete Verteidigungssystem muß besonders in den Gemächern deiner Frau zur Anwendung kommen. Laß sie niemals ihr Bett so drapieren, daß man in einem Labyrinth von Vorhängen darum herum spazierengehen kann; sei unerbittlich hinsichtlich der Verbindung mit den andern Zimmern; ihr Zimmer muß am Ende eurer Empfangsräume liegen; dulde keinen andern Ausgang als auf die Wohnräume, damit du mit einem einzigen Blick sehen kannst, wer zu ihr kommt und von ihr geht.

›Figaros Hochzeit‹ wird dir sicherlich gezeigt haben, daß das Zimmer deiner Frau in bedeutender Höhe über dem Erdboden liegen muß. Alle Junggesellen sind Cherubinos.

Dein Vermögen gibt gewiß deiner Frau das Recht, ein Ankleidezimmer, ein Badezimmer und ein Zimmer für eine Zofe zu verlangen; da denke an Susanne[104] und begehe niemals den Fehler, dieses Zimmerchen unter den Gemächern der gnädigen Frau liegen zu lassen; bringe es stets oberhalb derselben an und scheue dich auch nicht, dein Haus durch häßliche Einschnitte in den Fenstern zu entehren.

Sollte das Unglück wollen, daß diese gefährliche Zofenkammer mit der Wohnung deiner Frau durch eine Hintertreppe in Verbindung steht, so berate dich lange und gründlich mit deinem Baumeister; er möge alle Hilfsquellen seines Geistes erschöpfen, um dieser unheildrohenden Treppe die Unschuld der Urtreppe, nämlich der Müllerleiter, zurückzugeben; diese Treppe, wir bitten dich himmelhoch, darf keinesfalls einen perfiden Hohlraum enthalten; ihre rechtwinkligen steilen Stufen dürfen niemals jene wonnevolle Krümmung darbieten, die Faublas und Justine[105] so gut zustatten kam, als sie darauf warteten, daß der Marquis von B . . . ausginge. Heutzutage bauen die Architekten Treppen, die noch bequemer sind als Ottomanen. Wir raten dir, lieber die tugendhafte Wendeltreppe unserer Vorfahren wieder herzustellen.

Was nun die Kamine in den Zimmern deiner Frau anbetrifft, so mußt du durchaus in einer Höhe von fünf Fuß über dem Kaminmantel in den Schornsteinen ein eisernes Gitter anbringen lassen, auch wenn man es bei jeder Reinigung des Kamins entfernen und wieder befestigen müßte. Sollte deine Frau diese Vorsichtsmaßregel lächerlich finden usw., dann weise darauf hin, daß zahlreiche Mordtaten begangen worden sind, weil die Verbrecher sich durch die Kamine eingeschlichen haben. Fast alle Frauen haben Furcht vor Räubern.

Das Bett ist eines jener bedeutungsvollen Möbel, deren Konstruktion sorgfältig überlegt werden muß. Am Bette ist jeder einzelne Umstand von größter Wichtigkeit. Wir teilen im folgenden die Ergebnisse einer langen Erfahrung mit: Gib diesem Möbel eine möglichst originelle Form, daß man es stets im schnellen Wechsel der Moden, die immer wieder die Schöpfungen unserer Tapezierer zerstören, ohne Mißvergnügen ansehen kann; denn es ist von wesentlicher Bedeutung, daß deine Frau nicht nach Laune und Willkür diesen Schauplatz der ehelichen Freuden wechseln kann. Der untere Teil dieses Möbels soll massiv sein; es darf kein heimtückischer Zwischenraum zwischen ihm und dem Fußboden bestehen. Und erinnere dich, daß Byrons Doña Julia ihren Don Juan unter ihrem Kopfkissen versteckt hatte! Aber es wäre lächerlich, einen so zarten Gegenstand oberflächlich behandeln zu wollen.

LXI. Das Bett ist die ganze Ehe.

Wir werden uns daher sofort mit dieser wunderbaren Schöpfung des menschlichen Geistes beschäftigen, dieser Erfindung, der unsere Dankbarkeit einen viel höheren Platz anweisen muß, als dem Schiff, den Feuerwaffen, dem Fumadeschen Feuerzeug[106], dem Wagen mit seinen Rädern, der Dampfmaschine mit einfachem oder doppeltem Druck, mit Saugheber oder Abzug, einen höhern sogar als Fässern und Flaschen. Übrigens hat das Bett, wenn man nur ein wenig über seine Eigenschaften nachdenkt, eine gewisse Ähnlichkeit mit allen diesen Erfindungen; aber wenn man erst daran denkt, daß das Bett unser zweiter Vater ist, daß die ruhigste und die bewegteste Hälfte unseres Daseins unter seinem schützenden Thronhimmel sich abspielt, dann fehlen uns die Worte, es nach Gebühr zu preisen. (Siehe die Betrachtung XVII. ›Theorie des Bettes‹.)

Sobald der »Krieg«, von dem wir in unserm dritten Teil sprechen werden, zwischen Madame und dir ausbricht, wirst du stets sinnreiche Vorwände haben, um ihre Kommoden und ihren Schreibtisch zu durchsuchen; denn wenn deine Frau es sich sollte einfallen lassen, eine Statue vor dir zu verstecken, so liegt es in deinem Interesse zu wissen, wo sie sie verborgen hat. Ein »Frauengemach«, das nach diesem System eingerichtet ist, wird es dir ermöglichen, mit einem einzigen Blick zu erkennen, ob zwei Pfund Seide mehr darin enthalten sind als für gewöhnlich. Laß einen einzigen Schrank darin anbringen, und du bist verloren! Vor allen Dingen gewöhne während des Honigmondes deine Frau daran, in bezug auf das Aussehen der Wohnung eine peinliche Sorgfalt zu beobachten: Nichts darf darin herumliegen. Wenn du sie nicht an pünktliche Ordnung gewöhnst, wenn nicht stets dieselben Gegenstände auf demselben Platz zu finden sind, würde sie dir eine solche Unordnung in der Wohnung machen, daß du nicht mehr sehen könntest, ob zwei Pfund Seide mehr oder weniger da sind oder nicht.

Die Vorhänge eurer Zimmer müssen stets aus sehr durchsichtigen Stoffen sein; abends machst du es dir zur Gewohnheit, in den Zimmern hin und her zu gehen, so daß deine Frau Gemahlin niemals überrascht sein kann, wenn du in scheinbarer Zerstreuung an ein Fenster trittst. Endlich, um das Thema der Fenster gleich hier zu behandeln, laß diese in deinem Hause so einrichten, daß die Fensterbank niemals so breit ist, daß ein Sack Mehl daraufgestellt werden kann.

Ist einmal die Wohnung deiner Frau nach diesen Grundsätzen eingerichtet, so bist du in Sicherheit, und wären in deinem Hause so viele Nischen, daß alle Heiligen des Paradieses darin untergebracht werden könnten. Du wirst jeden Abend, im Einvernehmen mit deinem Freunde, dem Hausmeister, feststellen können, daß nicht mehr Menschen ins Haus hineinkommen, als daraus fortgehen; und um deiner Sache ganz sicher zu sein, würde dich ja nichts daran hindern, dem Mann beizubringen, eine Liste der Besucher in zwei Exemplaren anzulegen.

Wenn du einen Garten hast, so rate ich dir, Hundefreund zu werden. Hast du stets einen dieser unbestechlichen Wächter unter deinem Fenster, wirst du den Minotauros in Schach halten, besonders wenn du deinen vierfüßigen Freund daran gewöhnst, nur von der Hand deines Hausmeisters Nahrung anzunehmen, damit taktlose Junggesellen ihn dir nicht vergiften können.

Alle diese Vorsichtsmaßregeln müssen auf eine natürliche Art ausgeführt werden, so daß sie keinen Verdacht erregen. Wenn Ehemänner so unvorsichtig gewesen sind, bei ihrer Verheiratung ihr eheliches Heim nicht nach diesen verständigen Grundsätzen einzurichten, müssen sie so schnell wie möglich ihr Haus verkaufen und ein anderes erwerben, oder sie müssen die Notwendigkeit eines Umbaues vorschützen und das Haus völlig neu einrichten.

Ohne Gnade verbanne aus deiner Wohnung alle Kanapees, Ottomanen, Causeusen, Chaiselongues usw. Vor allem, weil diese Möbel jetzt in jeder kleinbürgerlichen Wohnung sind; man findet sie überall, sogar beim Friseur; aber sie sind nun mal ihrem Wesen nach Möbel des Verderbens; niemals habe ich sie ohne Schauder ansehen können; stets kam es mir vor, als sähe ich auf ihnen den Teufel mit seinen Hörnern und seinem Klumpfuß sitzen.

Am allergefährlichsten aber ist ein Sofa, und es ist ein recht großes Unglück, daß man die Frauen nicht zwischen ihren nackten vier Wänden einsperren kann. Welcher Ehemann kann sich auf ein wackeliges Sofa setzen, ohne stets zu denken, es müsse beim ›Sofa‹ von Crébillon dem Jüngeren[107] in die Lehre gegangen sein? Aber glücklicherweise haben wir deine Wohnung nach einem so vorsichtigen System eingerichtet, daß nichts Schlimmes darin passieren kann, wenn du nicht etwa selber durch deine Nachlässigkeit eine stillschweigende Einwilligung dazu gibst.

Ein Fehler, den du dir angewöhnen mußt (und den du niemals ablegen darfst) ist eine Art von zerstreuter Neugier, die dich dazu treibt, unaufhörlich in jede Schachtel hineinzugucken und in den Nähtischchen und Arbeitsbeuteln deiner Frau herumzustöbern. Bei dieser Haussuchung mußt du dich recht originell und voll Anmut benehmen und jedesmal ihre Verzeihung erlangen, indem du deine Frau zum Lachen bringst.

Ebenfalls mußt du stets das größte Erstaunen an den Tag legen, wenn du in dieser so sauber eingerichteten Wohnung ein neues Möbel erblickst. Laß dir sofort dessen Zweck auseinandersetzen; hierauf strenge deinen Geist an und suche zu erraten, ob das Möbel nicht etwa irgendeinem geheimen Zweck dient und ob es keine heimtückischen Verstecke enthält.

Doch das ist noch nicht alles. Du bist zu klug, um nicht zu fühlen, daß dein hübscher Papagei nur so lange in seinem Käfig bleiben will, wie dieser Käfig schön ist. Eleganz und Geschmack müssen sich also in den geringsten Einzelheiten ausdrücken. Das Ganze muß stets ein einfaches, anmutiges Bild darbieten. Erneuere oft die Wandbespannungen und Musselingardinen. Die Frische und Schönheit des Wohnungsschmuckes ist etwas zu Wesentliches, als daß du in dieser Hinsicht sparen dürftest. Sie ist wie die Miere, die die Kinder jeden Morgen sorgfältig ihren Vögeln an die Käfige stecken, damit diese glauben sollen, sie seien auf ihren grünen Wiesen. Eine Wohnung dieser Art ist dann die *Ultima ratio* der Ehemänner: Eine Frau hat nichts zu sagen, wenn man ihr alles verschwenderisch gegeben hat.

Die Ehemänner, die dazu verdammt sind, in Mietswohnungen zu hausen, befinden sich in der allerfürchterlichsten Lage.

Welchen glücklichen oder verhängnisvollen Einfluß kann der Hausmeister auf ihr Schicksal ausüben!

Wird nicht ihr Haus in der rechten und linken Flanke von anderen Häusern eingefaßt sein? Allerdings wird die Gefahr sich um die Hälfte vermindern, wenn die Zimmer der Frau auf die eine Seite verlegt werden. Sind aber diese Ehemänner nicht trotzdem genötigt, Alter, Stand, Vermögen, Charakter, Lebensgewohnheiten der Mieter des Nachbarhauses auswendig zu lernen und reiflich zu überdenken? Ja, müssen sie nicht sogar deren Freunde und Verwandte kennen?

Ein vernünftiger Ehemann wird niemals eine Parterrewohnung nehmen.

Jeder Mann kann bei seiner Wohnung die Vorsichtsmaßregeln anbringen lassen, die wir dem Besitzer eines eigenen Hauses angeraten haben; und alsdann wird der Mieter vor dem Eigentümer den Vorteil voraus haben, daß eine Wohnung, die weniger Raum einnimmt, sich viel besser überwachen läßt.

Fünfzehnte Betrachtung

Zollrevision

»Aber nein, Madame, nein ...«

»Denn, Monsieur, das wäre in einer Weise unschicklich ...«

»Glauben Sie denn, Madame, wir verlangten eine Art Leibesdurchsuchung der Personen, die Ihre Gemächer betreten oder heimlich verlassen, um zu sehen, ob sie nicht irgendein Juwel bei Ihnen einschmuggeln wollen? Nun, das wäre allerdings nicht anständig; unserem Vorgehen dagegen wird nichts Widerwärtiges anhaften, nichts Fiskalisches: Beruhigen Sie sich!«

»Monsieur, von allen Hilfsmitteln dieses Ihres zweiten Teils verlangt diese Ehezollprüfung von Ihnen vielleicht am meisten Takt, am meisten Klugheit und am meisten Kenntnisse, die *a priori*, das heißt vor der Heirat erworben sein müssen. Um sie in Anwendung bringen zu können, muß ein Ehemann durch ein tiefes Studium des Lavaterschen Buches in dessen sämtliche Grundsätze eingedrungen sein, muß er sein Auge und seinen Verstand daran gewöhnt haben, mit Blitzesschnelle die leichtesten physischen Anzeichen zu erfassen, durch die der Mensch seinen Gedanken verrät.«

Lavaters Physiognomik hat eine wirkliche Wissenschaft geschaffen. Sie hat jetzt endlich einen Platz unter den menschlichen Kenntnissen eingenommen. Das erste Erscheinen dieses Buches rief allerdings einige Zweifel und manche scherzhaften Bemerkungen hervor; seitdem aber hat der berühmte Doktor Gall durch seine Schädellehre das System des Schweizers vervollständigt und dessen feinen und lichtvollen Bemerkungen wissenschaftliche Gründlichkeit verliehen. Geistvolle Menschen, Diplomaten, Frauen, alle jene, wenn auch nicht zahlreichen, so doch um so eifrigeren Jünger dieser beiden berühmten Männer, haben oft Gelegenheit gehabt, noch ganz andere augenfällige Zeichen zu beobachten, an denen man den Gedanken eines Menschen errät. Körperliche Angewohnheiten, die Handschrift, der Klang der Stimme, die Umgangsformen haben mehr als einmal die liebende Frau, den glattzüngigen Diplomaten, den tüchtigen Beamten oder den Herrscher eines Landes befähigt, mit einem einzigen Blick Liebe, Verrat oder Tüchtigkeit zu erkennen. Der Mensch, dessen Seele in heftiger Erregung ist, gleicht dem armen Leuchtkäfer, der unwillkürlich durch alle seine Poren Licht entströmen läßt. Er bewegt sich in einer glänzenden Sphäre, in der jede Anstrengung eine Erschütterung der leuchtenden Luft hervorruft und in langen feurigen Zügen jede Bewegung abzeichnet.

Dies sind nun also alle Elemente der Kenntnisse, die du besitzen mußt; denn die Ehezollprüfung besteht einzig und allein in einem schnellen, aber tief eindringenden Überblick über das sittliche und körperliche Wesen aller Menschen, die in dein Haus kommen, um deine Frau zu besuchen, oder die es verlassen, nachdem sie bei ihr gewesen sind. In dieser Hinsicht gleicht ein Ehemann einer Spinne, die, im Mittelpunkt ihres kaum wahrnehmbaren Netzes sitzend, von der geringsten Bewegung einer unbesonnenen kleinen Fliege einen Stoß empfängt und schon von weitem die Beute oder den Feind hört, sieht und beurteilt.

Die Möglichkeit nun, den Junggesellen, der an deiner Tür klingelt, genau zu prüfen, bietet sich dir bei zwei scharf voneinander unterschiedenen Gelegenheiten: wenn er eintreten will und wenn er eingetreten ist.

Wie viel sagt er schon im Augenblick vor dem Eintreten, ohne auch nur den Mund aufzutun! Nämlich:

Mit einer leichten Handbewegung, oder indem er sich mehrere Male mit dem Finger durch die Haare fährt, streicht er sich die charakteristische Tolle glatt oder in die Höhe.

Er summt eine lustige oder traurige, italienische oder französische Melodie mit einer Tenor-, Alt-, Sopran- oder Baritonstimme.

Er vergewissert sich, ob der Zipfel seiner so bedeutungsvollen Halsbinde immer noch anmutig sitzt.

Er streicht das sauber gefältelte oder unordentliche Jabot eines Tag- oder Nachthemdes glatt.

Er tastet mit einer verstohlenen Bewegung, ob seine blonde oder braune, gelockte oder glattgekämmte Perücke immer noch an ihrem richtigen Platze ist.

Er sieht nach, ob seine Nägel sauber und gut beschnitten sind.

Er streicht sich mit einer weißen oder ungepflegten Hand, oder mit einer Hand, die in einem eleganten oder unsaubern Handschuh steckt, seinen Schnurrbart oder seinen Backenbart, oder er fährt mit den Zähnen eines kleinen Schildpattkammes durch seine Barthaare.

Er sucht durch eine Anzahl sanfter Bewegungen sein Kinn genau in die Mitte seiner Halsbinde zu bringen.

Er wiegt sich von einem Fuß auf den andern, wobei er die Hände in den Taschen hat.

Er wippt mit der Stiefelspitze, wobei er sie ansieht, wie wenn er sagen wollte: »Ei! Das ist aber ein Fuß, der ganz gewiß nicht übel geformt ist ...«

Er kommt zu Fuß oder im Wagen, er streicht sich die leichte Schmutzkruste von seinem Schuh ab oder nicht.

Er steht unbeweglich da, phlegmatisch wie ein rauchender Holländer.

Er hält die Augen auf die Tür gerichtet und sieht aus wie eine Seele, die aus dem Fegefeuer kommt und auf den heiligen Petrus mit seinen Schlüsseln wartet.

Er greift zögernd nach der Klingelschnur; er ergreift sie nachlässig, eilig, mit einer vertraulichen Bewegung, oder wie jemand, der seiner Sache sicher ist.

Er läutet entweder schüchtern, so daß in der Stille der Wohnung ein leises Klingeln ertönt, wie im Winter in einem Minimenkloster der erste Ton der Frühbetglocke; oder er hat lebhaft geschellt und läutet gleich darauf noch einmal, da es ihn ungeduldig macht, nicht sofort die Schritte eines Lakaien zu hören.

Er gibt seinem Atem einen angenehmen Duft, indem er ein Cachouplätzchen ißt.

Er nimmt mit wichtiger Miene eine Prise Tabak, worauf er sorgfältig die Körnchen entfernt, die die Weiße seiner Wäsche beeinträchtigen könnten.

Er hält Umschau und macht dabei ein Gesicht, als ob er ein

Möbelhändler oder Bauunternehmer sei, der den Preis der Treppenlampe, des Teppichs, des Geländers abschätzt.

Endlich ist es von Wichtigkeit, ob dieser Junggeselle jung oder alt aussieht, ob ihm kalt oder warm ist, ob er langsam, traurig oder vergnügt ankommt usw.

Du begreifst, daß hier, auf deinem Treppenabsatz, eine erstaunliche Menge von Beobachtungen zu machen ist.

Die leichten Pinselstriche, mit denen wir versucht haben, diese Gestalt zu malen, zeigen dir in ihr ein wahres moralisches Kaleidoskop mit seinen Millionen verschiedener Anordnungen. Und dabei haben wir absichtlich keine Frau auf diesem an Enthüllungen so reichen Plätzchen vor deiner Schwelle stehen lassen; denn unsere ohnehin schon recht zahlreichen Bemerkungen wären unzählig geworden und leicht wie Sandkörner vom Meeresstrande.

Vor dieser verschlossenen Tür glaubt nämlich ein Mensch ganz allein zu sein; und wenn er nur ein wenig dort warten muß, so beginnt er einen stummen Monolog, ein schwer zu beschreibendes Selbstgespräch, in dem alles, sogar sein Schritt, dir enthüllt, welche Hoffnungen, Wünsche, Absichten, Geheimnisse, Eigenschaften, Mängel, Tugenden er hat, usw.; kurzum, ein Mensch auf einem Treppenabsatz gleicht einem jungen Mädchen von fünfzehn Jahren, das am Tage vor seiner ersten Kommunion in einem Beichtstuhl kniet.

Willst du den Beweis dafür . . .? Betrachte nur die plötzliche Veränderung in Gesichtsausdruck und Manieren dieses Junggesellen, sobald er von draußen in die Wohnung hineinkommt. Der Maschinist der Oper, die Temperatur, die Wolke oder die Sonne verwandeln nicht schneller das Aussehen einer Bühne, der Atmosphäre oder des Himmels.

Sobald er die erste Parkettfliese deines Flurs betreten hat, bleibt von all den Myriaden von Gedanken, die dieser Junggeselle dir so unschuldig auf dem Treppenabsatz verraten hat, nicht einmal ein Augenausdruck übrig, an den man eine Beobachtung anknüpfen könnte. Die Grimasse des gesellschaftlichen Herkommens hat alles mit einem dichten Schleier umhüllt; aber ein gescheiter Ehemann hat bereits mit einem einzigen Blick den Zweck des Besuches erraten und in der Seele des Ankömmlings wie in einem Buche lesen müssen.

Die Art, wie er deine Frau begrüßt, wie er mit dir spricht, wie er sie ansieht, wie er ihr seine Verbeugung macht, wie er sich von ihr verabschiedet, in alledem liegen ganze Bände von Beobachtungen, von denen die eine immer feiner ist als die andere.

Der Klang der Stimme, die Haltung, Verlegenheit, Lächeln, Schweigen, Traurigkeit, Zuvorkommenheit gegen dich, das alles sind Indizien, und jedes davon muß mit einem Blick unauffällig studiert werden. Die unangenehmste Entdeckung mußt du unter dem ungezwungenen Benehmen und der Gesprächsgewandtheit eines Salonmenschen zu verbergen wissen. Da es uns völlig unmöglich ist, die unermeßlich zahlreichen Einzelheiten dieses Themas aufzuzählen, verlassen wir uns völlig auf den Scharfblick des Lesers, der die große Ausdehnung dieser Wissenschaft wahrnehmen muß; sie beginnt mit der Analyse eines Blicks und endigt mit der Wahrnehmung der ungeduldigen Bewegung einer unter der Seide eines Schuhes oder unter dem Leder eines Stiefels verborgenen großen Zehe.

Aber der Abgang . . .! Denn wir müssen auch den Fall voraussehen, daß du die sorgfältige Prüfung an der Türschwelle versäumt haben solltest, und alsdann gewinnt der Abgang ein ganz besonderes Interesse, und zwar um so mehr, als diese neue Beobachtung des Junggesellen auf denselben Grundprinzipien beruhen, aber in der umgekehrten Reihenfolge vorgenommen werden muß wie die erste.

Beim Abgang gibt es jedoch eine ganz besondere Situation, nämlich den Augenblick, da der Feind über alle Befestigungswerke hinaus ist, von denen aus er beobachtet werden konnte; den Augenblick, da er die Straße betritt . . .! Hier muß ein kluger Mann den ganzen Verlauf eines Besuches erraten, wenn er den Besucher unter einem Torbogen stehen sieht. Die Anzeichen sind allerdings viel spärlicher; aber dafür sind sie auch desto offensichtlicher! Es ist die Lösung des Knotens, und der Besucher verrät sie auf der Stelle durch den ganz einfachen Ausdruck von Glück, Kummer oder Freude.

Beobachtungen sind in solchem Fall leicht zu machen: Er wirft einen Blick auf das Haus oder auf die Fenster der Wohnung; er geht mit langsamen, müßigen Schritten; der Dummkopf reibt sich die Hände, der Geck entfernt sich mit tänzelnden Schritten, der von einer tiefen Erregung Erfüllte bleibt unwillkürlich stehen; auf dem Treppenabsatz konntest du deine Fragen so klar und deutlich stellen, wie wenn eine Provinzakademie einen Hunderttalerpreis für eine Abhandlung aussetzt; beim Abgang sind die Antworten klar und deutlich. Es würde die Kräfte eines Menschen übersteigen, wenn man uns die Aufgabe zuschieben wollte, die verschiedenen Arten aufzuzählen, wie die Menschen ihre Empfindungen verraten: Hier kommt alles auf Takt und Gefühl an.

Wenn du diese Beobachtungsgrundsätze schon auf Fremde anwendest, so wirst du natürlich erst recht deine Frau denselben Förmlichkeiten unterwerfen.

Ein verheirateter Mann muß das Gesicht seiner Frau zum Gegenstand eines tiefen Studiums gemacht haben. Dieses Studium ist leicht; man betreibt es sogar ganz unwillkürlich und jeden Augenblick. Für ihn darf dieses schöne Frauenantlitz keine Geheimnisse mehr haben. Er weiß, wie auf ihm die Empfindungen sich malen und unter welchem Ausdruck sich diese Empfindungen vor seinem glühenden Blick zu verbergen suchen.

Die leiseste Bewegung der Lippen, ein kaum wahrnehmbares Zucken der Nasenflügel, ein unmerkliches Senken der Augen, ein Schwanken der Stimme sowie die unerklärlichen Wolken, die die Züge verhüllen, oder das Auflodern, das sie strahlen läßt, all das ist für dich Sprache.

Da steht diese Frau: Alle sehen sie an, und niemand vermag ihren Gedanken zu verstehen. Aber für dich ist ihr Augapfel mehr oder weniger schön gefärbt, größer oder kleiner; ihre Wimper hat gezuckt, ihre Braue hat sich bewegt; eine Falte ist auf ihrer Stirn erschienen und so schnell wieder verschwunden wie eine Wellenfurche auf dem Meer; ihre Lippe hat sich eingezogen, leicht gekrümmt oder sich belebt ... für dich hat die Frau gesprochen.

Wenn du in jenen schwierigen Augenblicken, da eine Frau in Gegenwart ihres Mannes sich verstellt, sie mit der Seele der Sphinx zu erraten weißt, dann begreifst du wohl, daß die Grundsätze der Ehezollprüfung ihr gegenüber nur noch ein Kinderspiel sind.

Wenn deine Frau nach Hause kommt oder ausgeht, überhaupt

wenn sie sich allein glaubt, ist sie so unvorsichtig wie eine Elster; sie wäre imstande, sich selbst laut ihr Geheimnis zu erzählen: Wenn im Augenblick, da sie dich sieht, ihre Züge plötzlich einen andern Ausdruck annehmen, findet bei aller Schnelligkeit dieses Zusammenziehen nicht schnell genug statt, als daß du nicht den Ausdruck erkennen könntest, den ihr Gesicht in deiner Abwesenheit gehabt hat; daher mußt du in ihrer Seele lesen wie in einem Kirchengesangbuch. Endlich wird auch deine Frau oft vor der Schwelle stehen, wo die Selbstgespräche gehalten werden, und hier kann ein Ehemann in jedem Augenblick sich der Gefühle seiner Frau vergewissern.

Sollte ein Mann gegen die Geheimnisse der Liebe so gleichgültig sein, daß er nicht manches Mal den leichten, trippelnden, koketten Schritt einer Frau bewundert hätte, die zu einem Stelldichein eilt? Sie schlüpft durch die Menschenmenge hindurch wie eine Schlange durchs Gras. Die Moden, die Stoffe und die glänzenden Lockmittel, die die Wäschegeschäfte ihr in den Weg legen, entfalten vergeblich alle Künste ihrer Verführungen; sie geht, sie geht, wie das treue Tier, das die unsichtbare Spur seines Herrn sucht, taub für alle Komplimente, blind für alle Blicke; sie merkt nicht einmal etwas von jenen weichen Berührungen, die sich im Gewoge der Pariser Menschenflut nicht vermeiden lassen. Oh, wie spürt sie den Wert einer Minute! Ihr Gang, ihre Kleidung, ihr Gesicht begehen tausend Indiskretionen. Aber was für ein entzückendes Bild für den Pariser Spaziergänger, was für ein böser Anblick für einen Ehemann ist die Physiognomie dieser Frau, wenn sie aus jener geheimen Klause zurückkehrt, die ihre Seele ohne Unterlaß bewohnt ...! Ihr Glück verrät sich sogar in der stets bemerkbaren Nachlässigkeit ihrer Frisur, deren anmutiger Aufbau, deren wellige Locken unter dem zerbrochenen Kamm des Junggesellen nicht jenen leuchtenden Schimmer haben annehmen können, jenen eleganten und sichern Schwung, den ihnen die geschickte Hand ihrer Zofe zu verleihen wußte. Und was für ein wundervolles Sichgehenlassen in ihrem Gang! Wie sollen wir dieses Gefühl wiedergeben, das so reiche Farben über ihre Haut breitet, das ihren Augen all ihre Zuversicht nimmt, das so innig zugleich mit Schwermut und Frohsinn, mit Scham und Stolz verknüpft ist!

Diese Anzeichen, die eigentlich in die Betrachtung über die ›Letzten Symptome‹ gehören und einer Situation eigentümlich sind, in der die Frau versucht, alles zu verhehlen, ermöglichen es dir, auf die reiche Ernte von Beobachtungen zu schließen, die du wirst einheimsen können, wenn deine Frau nach Hause kommt und in ihrer Unschuld, da die große Freveltat noch nicht begangen ist, das Geheimnis ihrer Gedanken ausliefert. Wir selber haben niemals einen Treppenabsatz gesehen, ohne Lust zu bekommen, auf ihm eine Windrose und eine Magnetnadel zu befestigen.

Da die Art und Weise, wie man aus seinem Haus einen Beobachtungsposten machen kann, völlig von Ort und Umständen abhängen, verlassen wir uns in bezug auf die Ausführung der in dieser Betrachtung gegebenen Vorschriften auf die Geschicklichkeit der Eifersüchtigen.

Sechzehnte Betrachtung

Konstitutionelle Eheregierung

Ich gestehe, daß ich in Paris eigentlich nur ein einziges Haus kenne, das nach dem in den beiden vorhergehenden Betrachtungen auseinandergesetzten System eingerichtet ist. Aber ich muß auch hinzufügen, daß ich das System nach jenem Haus ausgearbeitet habe. Diese bewunderungswürdige Festung gehört einem von Liebe und Eifersucht trunkenen jungen Staatsrat, einem der Berichterstatter über die Bittschriften.

Als er erfuhr, daß es einen Menschen gebe, der sich ausschließlich mit der Vervollkommnung der Ehe in Frankreich beschäftigt, war er so höflich, mir die Türen seines Hauses zu öffnen und mir die Frauengemächer zu zeigen. Ich bewunderte den tiefen Geist, der mit so großer Geschicklichkeit die Vorsichtsmaßregeln einer beinahe orientalischen Eifersucht unter der Eleganz der Möbel, unter der Schönheit der Teppiche und der glänzenden Neuheit der Tapeten verborgen hatte. Ich mußte zugeben, daß es seiner Frau unmöglich sein würde, sich ihrer Wohnung als eines Hilfsmittels bei einer Untreue zu bedienen.

»Monsieur«, sagte ich zu dem Othello aus dem Staatsrat, dessen Leistungen in der höhern Ehepolitik mir sehr bedeutend erschienen, »ich bezweifle nicht, daß es der Frau Vicomtesse viel Vergnügen macht, in diesem kleinen Paradies zu leben; es muß ihr sogar ein ganz außerordentliches Vergnügen machen, zumal wenn Sie selber oft dort sind; aber es wird ein Augenblick kommen, da sie davon genug hat, denn, Monsieur, man bekommt von allem genug, sogar vom Erhabenen. Was werden Sie dann machen, wenn die Frau Vicomtesse an allen Ihren Erfindungen nicht mehr den ursprünglichen Reiz findet, den Mund zum Gähnen öffnet und Ihnen vielleicht eine Bittschrift einreicht, in der sie um zwei Rechte nachsucht, die zu ihrem Glück unumgänglich notwendig seien: um die persönliche Freiheit, das heißt die Erlaubnis, gehen und kommen zu dürfen, wie Laune und Wille sie treiben; und um Pressefreiheit, das heißt, die Erlaubnis, Briefe zu schreiben und zu empfangen, ohne Ihre Zensur befürchten zu müssen . . .!«

Kaum hatte ich diese Worte gesprochen, da preßte der Vicomte de V . . . mir kräftig den Arm und rief: »Ja, da sieht man die Undankbarkeit der Frauen! Wenn es etwas Undankbareres als einen König gibt, so ist es ein Volk; aber, Monsieur, die Frau ist noch undankbarer als sie alle zusammen. Eine verheiratete Frau macht es mit uns, wie die Bürger einer konstitutionellen Monarchie es mit einem König machen: Da schafft man ihnen eine schöne Existenz in einem schönen Land; da gibt eine Regierung sich eine riesige Mühe mit Gendarmen, Abgeordnetenkammern, einer Verwaltung und dem ganzen Apparat der bewaffneten Macht, um ein Volk nicht Hungers sterben zu lassen, um auf Kosten der Bürger die Städte mit Gas zu beleuchten, um allen ihren Untertanen die Sonnenwärme des fünfundvierzigsten Breitengrades zu verschaffen und um allen Leuten, mit Ausnahme der Steuereinnehmer, zu verbieten, Geldforderungen einzutreiben, um Wege zu pflastern, so gut es eben gehen will . . . nun, von allen diesen Vorzügen einer so schönen Utopie findet kein einziger Anerkennung! Die Bürger wollen etwas anderes . . . Ohne sich zu genieren, verlangen sie auch noch das Recht, nach freiem Belieben auf diesen Straßen umhergehen zu dürfen; sie wollen wissen, wo das Geld bleibt, das sie den Steuereinnehmern geben; mit einem Wort: Der Monarch wäre genötigt, einem jeden ein Teilchen von seinem Throne abzutreten, wenn er auf das Geschwätz einiger Kritiker hören oder auf gewisse dreifarbige Ideen eingehen müßte, eine Art von Hanswursten, die eine Truppe sogenannter Patrioten spielen läßt; und diese Patrioten sind lauter Erzgalgenstricke, die stets bereit sind, um eine Million eine anständige Frau oder um eine Herzogskrone ihre Gewissen zu verkaufen.«

»Herr Vicomte«, unterbrach ich ihn, »in diesem letzten Punkte bin ich vollkommen Ihrer Meinung; aber was werden Sie tun, um einer Antwort auf die berechtigten Forderungen einer Frau auszuweichen?«

»Monsieur, ich werde tun . . ., und ich werde antworten, was die Regierungen tun und antworten, die nicht so dumm sind, wie die Mitglieder der Opposition sie ihren Wählern schildern möchten. Zunächst würde ich feierlich eine Art Verfassung erlassen, auf Grund deren meine Frau für völlig frei erklärt wird. Ich erkenne in vollem Umfang ihr Recht an, kommen und gehen zu dürfen, woher und wohin sie will, zu schreiben, an wen sie will, und Briefe zu empfangen, um deren Inhalt ich mich nicht bekümmern darf. Meine Frau wird alle Rechte des englischen Parlaments haben. Ich lasse sie sprechen, so viel sie will, lasse sie starke und energische Maßregeln beantragen und diskutieren, aber ohne daß sie sie zur Ausführung bringen kann, und nachher . . . werden wir schon sehen!«

»Beim heiligen Joseph . . .« dachte ich, »das ist einmal einer, der ebensogut wie ich selber die Wissenschaft der Ehe begriffen hat.« Um aber noch weitere Aufklärungen zu erhalten, antwortete ich laut: »Was Sie dann sehen werden, Monsieur? Sie werden sehen, daß Sie eines schönen Morgens geradesogut ein Hahnrei sind wie irgendein anderer.«

»Monsieur«, fuhr er ernst fort, »erlauben Sie mir erst, zu Ende zu sprechen. Wir haben da, was die großen Politiker eine Theorie nennen; aber sie verstehen sich darauf, in der Praxis diese Theorie vollständig in Rauch aufgehen zu lassen; und die Minister wissen noch besser als alle Advokaten der Normandie die Form anstelle des Kerns der Sache zu setzen. Herr von Metternich und Herr von Pilat[108], zwei höchst bedeutende Männer, fragen sich seit langer Zeit, ob Europa bei gesundem Verstand ist, ob es träumt, ob es weiß, wohin es treibt, ob es jemals vernünftig gedacht hat, was doch für die große Menge, für eine Nation als Ganzes und für die Frauen ein Ding der Unmöglichkeit ist. Die Herren Metternich und Pilat sehen mit Entsetzen, daß in unserm Jahrhundert die Sucht nach Verfassung herrscht, wie das vorhergehende durch die Philosophie und wie das Jahrhundert Luthers durch die Sehnsucht nach Abschaffung der Mißbräuche der römischen Kirche beherrscht wurde; denn es hat wirklich den Anschein, als ob die Generationen Verschwörern gleichen, deren Handlungen alle auf ein Ziel hinarbeiten, nachdem sie ein gemeinsames Losungswort empfangen haben. Aber sie haben unrecht, wenn sie darob erschrecken, und nur dieses tadle ich an ihnen; denn sie haben völlig recht, daß sie die Macht ausüben wollen, ohne daß eines schönen Tages die Bürgersleute aus allen Winkeln ihrer sechs Königreiche hervorkommen, um sie zu ärgern. Wie ist es möglich, daß so bedeutende Männer nicht die tiefe Moral herausgefunden haben, die das konstitutionelle Possenspiel enthält, und daß sie nicht sehen, daß es die allerklügste Politik ist, dem Jahrhundert einen Knochen zum Benagen zu lassen? In bezug auf die Souveränität denke ich vollkommen wie sie. Eine ›Regierungsgewalt‹ ist ein moralisches Wesen, das an seiner Erhaltung ein ebenso großes Interesse hat, wie ein Mensch an dem seinigen. Das Gefühl der Erhaltung wird durch einen Hauptgrundsatz gelenkt, der sich in drei Worten ausdrücken läßt: Nur nichts verlieren! Um nichts zu verlieren, muß man wachsen oder unendlich groß bleiben; denn eine Regierungsgewalt, die stillsteht, ist so gut wie gar keine. Wenn sie Rückschritte macht, ist sie keine Gewalt mehr, sondern wird durch eine andere Gewalt fortgerissen. Ich weiß so gut wie jene Herren, in welcher falschen Lage eine unbeschränkte Gewalt bleibt, die ein Zugeständnis macht: Sie läßt in ihrer Existenz eine andere Gewalt entstehen, die ihrem Wesen nach danach streben muß, größer zu werden. Notwendigerweise muß die eine Gewalt die andere vernichten; denn jedes Wesen strebt nach der größtmöglichen Entwicklung seiner Kräfte; eine Gewalt macht also niemals Zugeständnisse, ohne zu versuchen, sie wieder zurückzunehmen. Auf diesem Kampf zwischen den beiden Gewalten beruhen unsere Regierungen, deren Spiel ganz ohne Grund dem Patriarchen der österreichischen Diplomatie Furcht einflößt; denn wenn man Komödie mit Komödie vergleicht, so ist die ungefährlichste und einträglichste die von England und Frankreich gespielte Komödie. Diese beiden Länder haben zum Volk gesagt: ›Du bist frei!‹ Und das Volk ist damit zufrieden gewesen; es bildet für die Regierung eine Menge Nullen, die dem Einer Wert verleihen. Will aber das Volk unruhig werden, dann führt man ihm die Mahlzeit Sancho Pansas auf, wobei der zum Beherrscher einer Festlandinsel beförderte Schildkappe zu essen versuchte. Diese wunderbare Szene sollten wir Männer samt und sonders in unserer Häuslichkeit nachahmen. So hat denn also meine Frau wohl das Recht, auszugehen, aber sie muß mir erklären, wohin sie geht, ob zu Fuß oder im Wagen, aus welchem Anlaß sie geht und wann sie wiederkommen wird. Doch stelle ich diese Fragen nicht mit der Brutalität unserer Polizei, die ganz bestimmt eines Tages besser sein wird, sondern ich bediene mich dabei mit aller Sorgfalt der liebenswürdigsten Formen. Auf meinen Lippen, in meinen Augen, in meinen Gesichtszügen erscheinen abwechselnd Neugier und Gleichgültigkeit, Ernst und Scherz, Widerspruch und Liebe. Es sind für uns kleine Ehestandsszenen voller Geist, Feinheit und Anmut, die zu spielen ein großes Vergnügen ist. An dem Tag, an dem ich meiner Frau ihren Kranz von Orangenblüten vom Kopf nahm, begriff ich, daß wir, wie bei einer Königskrönung, die ersten scherzhaften Auftritte einer langen Komödie gespielt hatten. – Ich habe Gendarmen . . .! Ich habe meine Königsgarde, ich habe meine Oberstaatsanwälte, jawohl . . .!« fuhr er mit einer Art von Begeisterung fort. »Denken Sie, ich duldete jemals, daß meine Frau zu Fuß ausgeht, ohne von einem Lakaien in Livree begleitet zu werden? Zeugt das nicht vom allerbesten Ton? Dabei rechne ich gar nicht, wie angenehm es für sie ist, überall sagen zu können: ›Ich habe Dienerschaft.‹ Aber mein konservatives Prinzip hat vor allen Dingen darin bestanden, mit den Ausgängen meiner Frau stets meine eigenen zu verbinden, und seit zwei Jahren habe ich ihr zu beweisen gewußt, daß es für mich ein ewig neues Vergnügen sei, ihr den Arm zu bieten. Wenn das Wetter zum Gehen zu schlecht ist, versuche ich, sie mit Eleganz ein munteres Pferd lenken zu lehren; aber ich schwöre Ihnen, ich richte das so ein, daß sie es nicht so bald lernen wird! Sollte sie zufällig, oder weil sie es ausdrücklich will, ohne Paß entschlüpfen wollen, das heißt in ihrer Equipage und allein, dann habe ich ja doch einen Kutscher, einen Heiducken, einen Reitknecht. So kann also meine Frau gehen, wohin sie will; sie hat eine ganze heilige Hermandad bei sich, und ich bin vollkommen ruhig. Und, mein Lieber, wie viele Mittel besitzen wir nicht, die Konstitution der Ehe durch die Praxis und den Buchstaben durch die Auslegung aufzuheben? Ich habe bemerkt, daß mit den Sitten der hohen Gesellschaft ein Müßiggang verbunden ist, der die Hälfte vom Leben einer Frau verschlingt, ohne daß sie überhaupt merkt, daß sie lebt. Ich für mein Teil habe den Plan gefaßt, auf geschickte Weise meine Frau bis ans vierzigste Jahr zu geleiten, ohne daß sie an Ehebruch denkt, gerade wie der selige Musson[109] sich den Spaß machte, einen Bürgersmann von der Rue Saint-Denis nach Pierrefitte zu führen, ohne daß dieser eine Ahnung davon hatte, den Schatten des Kirchturms von Saint-Leu verlassen zu haben.«

»Wie!« unterbrach ich ihn, »sollten Sie zufällig die wunderbaren Täuschungen erraten haben, die ich in einer Betrachtung unter dem Titel: ›Die Kunst, den Tod ins Leben zu bringen‹ zu beschreiben gedachte ...? Ach! Ich glaubte der erste zu sein, der diese Wissenschaft entdeckt hätte. Dieser treffende Titel war mir eingefallen, als ein junger Arzt mir den Inhalt einer ausgezeichneten noch unveröffentlichten Erzählung von Crabbe[110] mitteilte. In diesem Werk hat der Dichter ein phantastisches Wesen personifiziert, das er ›das Leben im Tode‹ nennt. Diese Gestalt verfolgt durch alle Ozeane der Welt ein lebendes Skelett, das ›der Tod im Leben‹ genannt wird. Ich erinnere mich, daß wenige von den Gästen des Lebemanns, der das englische Gedicht übersetzt hatte, den geheimnisvollen Sinn dieser ebenso wahren wie phantastischen Fabel begriff. Ich war vielleicht der einzige, der, in ein dumpfes Schweigen versunken, an jene ganzen Generationen dachte, die, vom Leben vorwärts getrieben, dahinschwinden, ohne zu leben. Frauengestalten erhoben sich vor mir zu Tausenden, zu Zehntausenden, alle tot, mit verhärmten Gesichtern und Tränen der Verzweiflung vergießend, wobei sie auf die verlorenen Stunden ihrer ahnungslosen Jugend blickten. In der Ferne sah ich eine boshafte ›Betrachtung‹ entstehen, ich hörte bereits ihr satanisches Gelächter, und nun werden Sie wohl diese Betrachtung töten … Aber hören Sie, teilen Sie mir doch schnell die von Ihnen gefundenen Mittel mit, durch die Sie einer Frau die flüchtigen Augenblicke verschwenden helfen, in denen sie in der Blüte ihrer Schönheit, in der Kraft ihrer Begierden ist … vielleicht haben Sie einige strategische Züge, einige Listen entdeckt, die ich noch nicht beschrieben habe …«

Der Vicomte lachte über diese Enttäuschung eines Schriftstellers und sagte selbstzufrieden zu mir: »Meine Frau hat wie alle jungen Mädchen unseres glücklichen Jahrhunderts drei oder vier Jahre lang mit ihren Fingern die Tasten eines Pianos bearbeitet, das nichts dafür konnte. Sie hat Beethoven zusammengestümpert, Rossinis Arietten gesummt und die Cramerschen[111] Etüden durchgenommen. Ich habe es mir nun angelegen sein lassen, ihr die Überzeugung beizubringen, daß sie eine hervorragende musikalische Begabung besitze: Zu diesem Zweck habe ich applaudiert, habe, ohne zu gähnen, die langweiligsten Sonaten der Welt angehört und mich dazu herbeigelassen, ihr eine Loge in der Italienischen Oper zu schenken. Dadurch habe ich drei friedliche Abende gewonnen, drei von den sieben, die Gott in der Woche geschaffen hat. Ich bin immer auf der Suche nach ›musikalischen Häusern‹. In Paris gibt es Salons, die genau wie jene deutschen Tabaksdosen mit Musik sind, eine Art von beständigen ›Componiums‹[112]; in diesen hole ich mir regelmäßig harmonische Magenbeschwerden, die meine Frau Konzerte nennt. Dafür begräbt sie sich aber den größten Teil ihrer Zeit unter ihren Notenheften …«

»Haha, Monsieur, wissen Sie nicht, wie gefährlich es ist, eine Frau Geschmack am Singen finden zu lassen und sie allen Aufregungen einer sitzenden Lebensweise preiszugeben? Es fehlte bloß noch, daß Sie ihr Hammelfleisch zu essen gäben und sie Wasser trinken ließen!«

»Meine Frau ißt stets nur das Weiße vom Geflügel, und ich halte darauf, daß auf ein Konzert stets ein Ball folgt, auf eine Vorstellung der Italienischen Oper stets eine Abendgesellschaft! So ist es mir gelungen, es dahin zu bringen, daß sie während sechs Monaten des Jahres niemals vor ein oder zwei Uhr morgens ins Bett kommt. Ach, die segensreichen Folgen dieses späten

Zubettgehens sind unberechenbar! Zunächst wird eine jede dieser notwendigen Vergnügungen ihr bewilligt, wie wenn sie eine besondere Gunst wäre, und dabei hat es den Anschein, als täte ich damit stets nur meiner Frau einen Gefallen; ferner bringe ich ihr die Überzeugung bei, daß sie von sechs Uhr abends, wo wir speisen und sie in großer Toilette erscheint, bis elf Uhr früh, wo wir aufstehen, sich beständig amüsiert.«

»Oh, wie dankbar muß sie Ihnen für ein so schön ausgefülltes Leben sein.«

»Ich habe also eigentlich nur noch drei gefährliche Stunden auszufüllen; aber hat sie nicht ihre Sonaten zu studieren, ihre Arien einzuüben? Ferner schlage ich ihr fortwährend Spazierfahrten im Bois de Boulogne vor; ab und zu ist ein neuer Wagen zu probieren; es sind Besuche abzustatten, usw. Und das ist noch nicht alles. Der schönste Schmuck einer Frau ist eine auserlesene Sauberkeit; die größte Sorgfalt in dieser Hinsicht kann niemals übertrieben und niemals lächerlich werden; ihre Toilette gibt mir ebenfalls noch Mittel an die Hand, sie um die schönsten Augenblicke ihres Tages zu bringen.«

»Sie sind würdig, meine Lehren zu vernehmen ...!« rief ich. »Hören Sie zu, Sie werden sie täglich vier Stunden beschäftigen, wenn Sie ihr eine Kunst beibringen wollen, die den elegantesten Modedamen unserer Zeit unbekannt ist ... Schildern Sie Ihrer Frau Gemahlin die wunderbaren Toilettenkünste, die der orientalische Luxus der römischen Damen geschaffen hatte; zählen Sie ihr die Sklaven und Sklavinnen auf, die lediglich im Bade von der Kaiserin Poppäa[113] gebraucht wurden, die *Unctores*, die *Fricatores*, die *Alipilari*, die *Dropacistae*, die *Paratiltriae*, die *Picatrices*, die *Tractatrices*, die Abtrockner mit Schwanendaunen, und was weiß ich ...? Erzählen Sie ihr von jener Menge von Sklavinnen, deren Bezeichnungen Mirabeau in seinem ›Erotica Biblion‹[114] aufgezählt hat. Wenn sie versucht, alle diese Leute zu ersetzen, bekommen Sie dadurch schöne Stunden der Ruhe, ganz abgesehen von den persönlichen Annehmlichkeiten, die Sie dadurch haben, daß in Ihrem Hause die Toilettenkunst jener berühmten Römerinnen Eingang findet, deren kunstvoll frisiertes Haar mit Wohlgerüchen betaut wurde, deren Adern von einem neuen Blut durchströmt zu werden schienen, wenn ihr Leib zu den Klängen einer wollüstigen Musik mit Myrrhen, Linnen, Wohlgerüchen, Wassern und Blumen gepflegt wurde.«

»Nun, Monsieur!« versetzte der Ehemann, der immer mehr in Aufregung geriet, »bietet mir nicht ihre Gesundheit wunderbare Vorwände? Diese so kostbare und mir so teure Gesundheit erlaubt es mir, ihr jedes Ausgehen bei schlechtem Wetter zu untersagen, und damit gewinne ich ein volles Viertel des Jahres. Auch habe ich den lieblichen Brauch eingeführt, daß keiner von uns beiden jemals ausgeht, ohne dem andern den Abschiedskuß zu geben und dazu zu sagen: ›Mein lieber Engel, ich gehe aus.‹ Endlich habe ich auch für die Zukunft vorzusorgen gewußt und meine Frau für immer zu einer Gefangenen ihrer Häuslichkeit gemacht, wie einen Soldaten, der in seinem Schilderhaus steht ... Ich habe ihr eine unglaubliche Begeisterung für die geheiligten Pflichten der Mutterschaft eingeflößt.«

»Wohl, indem Sie ihr widersprachen?« fragte ich.

»Sie haben es erraten ...!« sagte er lachend. »Ich behauptete ihr gegenüber, es sei einer Dame der großen Welt unmöglich, ihre gesellschaftlichen Pflichten zu erfüllen, ihren Haushalt zu führen, sich allen Launen der Mode sowie denen eines geliebten Gatten hinzugeben, und dabei ihre Kinder zu erziehen. Darauf behauptete sie, sie würde nach Catos Beispiel, der die Amme überwachte, wie sie die Windeln des großen Pompejus wechselte, keinem andern Menschen die sorgfältige Pflege der bildsamen Geister und der zarten Körperchen dieser kleinen Wesen überlassen, deren Erziehung in der Wiege beginnt. Sie begreifen, Monsieur, meine Ehestandsdiplomatie würde mir nicht viel nützen, wenn ich mich nicht eines unschuldigen Machiavellismus bediente, der darin besteht, sie beständig dazu aufzufordern, sie möge nur tun, was sie wolle, und sie bei allem und jedem um ihre Meinung zu befragen. Da nun diese Scheinfrage eine recht geistreiche Frau täuschen soll, so bringe ich selber alle möglichen Opfer, um meine Frau zu überzeugen, daß sie die freieste Frau in ganz Paris sei; und um diesen Zweck zu erreichen, hüte ich mich wohl, eine jener groben politischen Tölpeleien zu begehen, die unsere Minister sich so oft entschlüpfen lassen.«

»Ich verstehe Sie!« sagte ich; »wenn Sie Ihrer Frau eins der in der Hausverfassung ihr gewährleisteten Rechte eskamotieren wollen, nehmen Sie eine sanfte und gemessene Miene an, verbergen den Dolch unter Rosen, bohren ihn ihr vorsichtig ins Herz und fragen dabei mit der Stimme eines besorgten Freundes: ›Mein Engel, tut es dir weh?‹ Wie gewisse Leute, denen man auf den Fuß getreten hat, wird sie Ihnen vielleicht antworten: ›Im Gegenteil!‹«

Er lächelte unwillkürlich und sagte: »Wird meine Frau nicht beim Jüngsten Gericht recht erstaunt sein?«

»Ich weiß nicht«, antwortete ich ihm, »wer von Ihnen beiden am erstauntesten sein wird: Sie oder sie.«

Der Eifersüchtige zog bereits die Brauen zusammen, aber sein Antlitz wurde wieder heiter, als ich fortfuhr: »Ich bin dem Zufall dankbar, der mir das Vergnügen verschafft hat, Ihre Bekanntschaft zu machen. Ohne die Unterhaltung mit Ihnen würde ich ganz gewiß einige Ideen, die uns beiden gemeinsam waren, weniger gut vorgetragen haben, als Sie es getan. Daher bitte ich Sie auch um Erlaubnis, diese Unterhaltung veröffentlichen zu dürfen. Wo wir beide politische Künste hoher Art gesehen haben, werden andere vielleicht mehr oder minder beißende Ironien entdecken, und ich werde in den Augen beider Parteien für einen gescheiten Mann gelten.«

Während ich versuchte, dem Vicomte (dem ersten Ehemann, der so recht nach meinem Herzen war) meinen Dank auszusprechen, führte er mich noch einmal durch seine ganze Wohnung, in der ich nichts fand, was einen Tadel verdient hätte.

Ich wollte mich von ihm verabschieden, als er die Tür eines kleinen Boudoirs öffnete und es mir mit einer Miene zeigte, wie wenn er sagen wollte: »Kann hier die geringste Unordnung vorgehen, ohne daß mein Auge sie sofort bemerkt?«

Ich antwortete auf die stumme Frage durch eine Neigung des Kopfes, wie die Gäste sie als Zeichen der Anerkennung für ihren Gastgeber machen, wenn sie eine besonders gelungene Speise kosten.

»Mein ganzes System«, sagte er mir leise, »ist mir durch drei Worte eingegeben, die mein Vater den Kaiser Napoleon im Staatsrat aussprechen hörte, als dort über das Ehescheidungsgesetz beraten wurde. ›Der Ehebruch‹, rief der Kaiser, ›ist eine

Kanapeeangelegenheit!‹ Nun sehen Sie her: Ich habe mir aus diesen Mitschuldigen der Ehebrecherin Spione gemacht.« Bei diesen Worten zeigte mir der Staatsrat einen Diwan, der mit einem teefarbenen Kaschmir überzogen war. Die Kissen des Kanapees waren ein wenig zerknittert. »Sehen Sie, hieran erkenne ich, daß meine Frau Kopfschmerzen gehabt und sich auf diesem Diwan ausgeruht hat.«

Wir näherten uns dem Diwan und sahen auf dem verhängnisvollen Möbel das Wort Sot* gebildet, und zwar durch neckische Verschlingungen von vier

> Der nicht zu Nennenden, die eine Liebende
> Aus Kypris' Gärtchen zupft', dem Labyrinth der Feen,
> Und das ein Herzog einst für so erlesen hielt,
> Daß er es ehren wollt' durch Rittertum,
> Erlauchte Kumpanei,
> Von Göttern mehr erfüllt denn Menschen.

»Niemand in meinem Hause hat schwarze Haare!« sagte der Ehemann erbleichend.

Ich machte, daß ich davonkam, denn ich fühlte mich von einer Lachlust ergriffen, die ich nicht leicht hätte unterdrücken können.

»Der Mann ist gerichtet und abgetan ...!« sagte ich mir. »Er hat mit allen den Hindernissen, mit denen er seine Frau umgeben hat, nichts weiter erreicht, als daß er ihr ein ungeheures Vergnügen bereitet hat.«

Dieser Gedanke betrübte mich. Das Erlebnis machte drei meiner wichtigsten Betrachtungen gänzlich zuschanden, und die katholische Unfehlbarkeit meines Buches war in ihrem innersten Wesen angegriffen. Ich hätte bereitwilligst für die eheliche Treue der Vicomtesse de V ... eine Summe bezahlt, mit der viele Leute einen einzigen Fehltritt von ihr hätten erkaufen mögen. Aber es war bestimmt, daß ich mein Geld für ewige Zeiten behalten sollte.

Drei Tage nachher traf ich nämlich den Herrn Staatsrat im Foyer der Italienischen Oper. Sowie er mich erblickte, kam er auf mich zu; einem gewissen Schamgefühl folgend, suchte ich

* Dummkopf, Hahnrei.

ihm auszuweichen; er aber nahm meinen Arm und flüsterte mir zu: »Ach! Ich habe drei fürchterliche Tage durchlebt. Zum Glück ist meine Frau unschuldig, unschuldiger vielleicht als ein neugetauftes Kind ...«

»Sie hatten mir bereits gesagt, die Vicomtesse sei sehr geistreich ...« erwiderte ich mit einer etwas boshaften Naivität.

»Oh, heute abend kann ich schon einen Spaß vertragen; denn heute morgen habe ich unwiderlegbare Beweise für die Treue meiner Frau erhalten. Ich war sehr frühzeitig aufgestanden, um eine dringliche Arbeit zu erledigen. Als ich in der Zerstreutheit einen Blick in meinen Garten werfe, sehe ich plötzlich den Kammerdiener eines Generals, dessen Haus neben dem meinigen liegt, über die Mauer klettern. Die Zofe meiner Frau streckte ihren Kopf aus dem Hausflur heraus, streichelte meinen Hund und deckte auf diese Weise den Rückzug des Galans. Ich nehme mein Fernrohr, richte es auf den Schlingel ... der Kerl hat pechkohlschwarze Haare! Ach! Niemals habe ich das Gesicht eines Christenmenschen mit größerm Vergnügen angesehen! Aber wie Sie sich wohl denken können, noch im Laufe des Tages ist das Gitterwerk des Spaliers von der Gartenmauer entfernt worden. Also, mein Lieber«, fuhr er fort, »wenn Sie sich verheiraten, legen Sie Ihren Hund an die Kette und bestecken Sie alle Ihre Mauerkronen mit Flaschenscherben.«

»Und hat die Frau Vicomtesse Ihre Unruhe während dieser drei Tage bemerkt?«

»Halten Sie mich für ein Kind?« antwortete er mir achselzuckend. »Niemals in meinem Leben bin ich so heiter gewesen.«

»Sie sind ein unbekannter großer Mann!« rief ich, »und Sie sind kein ...«

Er ließ mich nicht zu Ende sprechen; denn er verschwand, da er in diesem Augenblick einen seiner Freunde bemerkte, der die Absicht zu haben schien, die Vicomtesse zu begrüßen.

Könnten wir noch etwas hinzufügen, das nicht eine langweilige Umschreibung der in diesem Gespräch enthaltenen Lehren wäre? Jedes Wort desselben ist entweder Keim oder Frucht. Und doch, ihr seht es, o Ehemänner, euer Glück hängt an einem Haar!

Siebzehnte Betrachtung

Theorie des Bettes

Es war ungefähr sieben Uhr abends. Auf ihren akademischen Sesseln saßen sie in einem Halbkreis vor einem ungeheuren Kamin, worin traurig ein Steinkohlenfeuer brannte, ewiges Symbol des Gegenstandes ihrer wichtigen Beratung. Wenn man die ernsten und dabei leidenschaftlichen Gesichter aller Mitglieder dieser Versammlung sah, erriet man leicht, daß ihr Spruch für Leben, Schicksal und Glück von ihresgleichen entscheidend war. Wie die Beisitzer eines geheimen Gerichtshofes der alten Zeit hatten sie ihre Vollmacht nur von ihrem eigenen Gewissen erhalten; aber sie vertraten sehr viel größere Interessen, als die von Königen oder Völkern: sie sprachen im Namen der Leidenschaften und des Glückes der unzähligen Menschengeschlechter der Zukunft.

Der Enkel des berühmten Boulle[115] saß vor einem runden Tisch, auf dem das mit außerordentlicher Geschicklichkeit angefertigte Beweisstück stand; ich saß an diesem Tisch, der als Schreibtisch diente, als bescheidener Sekretär, um bei dieser Sitzung das Protokoll zu führen.

»Meine Herren!« sagte ein alter Herr. »Die erste Frage, über die Sie zu beraten haben, steht klar und deutlich in der folgenden Stelle eines Briefes, den die Witwe Monsieurs[116] an die Prinzessin von Wales, Karoline von Ansbach, schrieb: ›Die Königin von Spanien besitzt ein sicheres Mittel, um ihren Mann dahin zu bringen, daß er alles sagt, was sie will. Der König ist fromm; er würde glauben, in Ewigkeit verdammt zu sein, wenn er eine andere Frau anrührte als die seinige, und dabei ist dieser brave Fürst von sehr verliebter Naturanlage. Hierdurch erhält die Königin von ihm alles, was sie will. Sie hat nämlich das Bett ihres Mannes mit Rollen versehen; verweigert er ihr etwas, so schiebt sie sein Bett weit von dem ihrigen ab. Bewilligt er ihr ihre Bitte, so nähern sich die Betten einander wieder, und sie erlaubt ihm den Zutritt in das ihrige. Und das größte Glück des Königs, der eine ganz ungemeine Anlage ...‹ Weiter will ich nicht zitieren, meine Herren, denn die tugendhafte Freimütigkeit der deutschen Prinzessin könnte hier für Unmoralität ausgegeben werden.

Dürfen vernünftige Ehemänner Rollenbetten benutzen? Dies ist das Problem, dessen Lösung uns obliegt.«

Die Einhelligkeit der Stimmen ließ keinen Zweifel über die Meinung der Anwesenden. Ich erhielt den Befehl, in das Protokollbuch einzutragen, daß, wenn zwei Ehegatten in zwei getrennten Betten, aber in demselben Zimmer schliefen, die Betten auf keinen Fall Rollfüße haben dürften.

»Indessen darf diese Entscheidung«, bemerkte eins der Mitglieder, »in keiner Weise den Beschlüssen Eintrag tun, durch die wir feststellen wollen, auf welche Weise Eheleute ihre Schlafzimmer am besten einrichten.«

Der Präsident reichte mir ein elegant gebundenes Buch: es war die im Jahre 1788 veröffentlichte Originalausgabe der Briefe der Madame Elisabeth Charlotte von der Pfalz, der Witwe Monsieurs, des einzigen Bruders Ludwigs des Vierzehnten, und während ich die zitierte Stelle abschrieb, fuhr er fort:

»Aber, meine Herren, Sie haben jedenfalls die Tagesordnung in Ihre Wohnung zugeschickt bekommen und wissen daher, wie unsere zweite Frage lautet.«

»Ich bitte ums Wort . . .« rief der jüngste der hier versammelten Eifersüchtigen.

Der Präsident setzte sich, nachdem er durch eine Handbewegung dem jungen Herrn das Wort erteilt hatte.

»Meine Herren«, sagte der junge Ehemann, »sind wir auch genügend vorbereitet, um über einen so wichtigen Gegenstand zu beraten, wie es die fast allgemeine Unvollkommenheit der Betten ist? Hat diese Frage nicht eine größere Tragweite, ist sie nicht mehr als eine einfache Schwierigkeit, die ein geschickter Schreiner lösen könnte? Ich für mein Teil sehe darin ein Problem, mit dem die Intelligenz des Menschengeschlechts sich zu befassen hat. Die Geheimnisse der Empfängnis, meine Herren, sind noch von Finsternissen umhüllt, mit deren Zerstreuung die moderne Wissenschaft erst einen schwachen Anfang gemacht hat. Wir wissen nicht, bis zu welchem Grade äußere Umstände die mikroskopisch kleinen Lebewesen beeinflussen, deren Entdeckung wir der unermüdlichen Geduld eines Hill[117], Baker[118], Joblot[119], Eichhorn[120], Gleichen[121], Spallanzani[122] verdanken, und besonders der eines Müller[123] und an letzter Stelle eines Bory de Saint-

Vincent[124]. Die Unvollkommenheit des Bettes umschließt eine musikalische Frage von der allerhöchsten Bedeutung, und ich für mein Teil erkläre hiermit, daß ich gerade nach Italien geschrieben habe, um eine bestimmte Auskunft zu erhalten, auf welche Weise dort für gewöhnlich die Betten eingerichtet sind ... Wir werden unverzüglich erfahren, ob es dort viele Bettgardinenstangen, Schrauben, Rollen gibt, ob die Machart schlechter ist als in andern Ländern, und ob nicht die durch die Wirkung der Sonnenstrahlen hervorgerufene Trockenheit des Holzes ›*ab ovo*‹ die Harmonie erzeugt, deren Gefühl den Italienern angeboren ist ... aus diesen Gründen beantrage ich Vertagung.«

»Ei was! Sind wir denn hier, um uns mit Musik zu befassen ...?« rief ein Herr aus dem Westen und sprang ungestüm auf. »Vor allem handelt es sich um die Sitten, und die sittliche Frage geht allen andern vor ...«

»Mir scheint indessen«, sagte eines der einflußreichsten Mitglieder der Versammlung, »wir sollten die von dem ersten Redner ausgesprochene Meinung nicht einfach von der Hand weisen. Im vorigen Jahrhundert, meine Herren, beklagte sich einer unserer Schriftsteller, der einer der philosophischsten Witzbolde und einer der witzigsten Philosophen war, ich meine Sterne – beklagte sich, sage ich, Sterne darüber, daß die Menschen mit so geringer Sorgfalt gemacht würden: ›O Schande!‹ rief er; ›wer das göttliche Antlitz des Menschen kopiert, empfängt Lorbeerkränze und Beifall, während derjenige, der das Originalwerk hervorbringt, das Vorbild einer mimischen Nachahmung, seinen ganzen Lohn, wie die Tugend, nur in der Arbeit selbst sehen muß ...!‹ Müßte man sich nicht statt mit der Verbesserung der Pferderassen zuvor mit der Verbesserung der Menschenrassen beschäftigen? Meine Herren, ich kam einmal in eine kleine Stadt im Orléanais, wo die ganze Bevölkerung aus Buckligen und aus Menschen mit mürrischen und vergrämten Mienen bestand, aus wahren Unglückskindern ... Nun erweckte mir die Bemerkung des ersten Redners die Erinnerung, daß dort alle Betten in sehr schlechtem Zustand waren und daß die Zimmer den Augen der Gatten nur einen häßlichen Anblick boten. Können denn nun, meine Herren, unsere Geister sich im gleichen Zustand befinden wie unsere Ideen, wenn statt einer Musik von Engeln, die im

Himmel, in den wir eintreten, umherfliegen, die schreiendsten Töne der unangenehmsten, ungeduldigsten, abscheulichsten Erdenmelodie plötzlich losdonnern? Vielleicht verdanken wir die schönen Geniusse, die die Ehre der Menschheit sind, nur gut gezimmerten Betten, und die unruhige Bevölkerung, die die Französische Revolution ins Werk gesetzt hat, ist vielleicht auf allen möglichen wackeligen Möbeln mit schiefen und unsoliden Füßen gezeugt worden; die Orientalen dagegen, bei denen wir so schöne Rassen finden, befolgen ein ganz eigentümliches System bei der Herstellung ihrer Ruhelager. Ich bin für die Vertagung.« Und der Herr setzte sich.

Ein Herr, der der Sekte der Methodisten angehörte, stand auf und sprach:

»Wozu die Frage auf ein anderes Gebiet hinüberspielen? Es handelt sich hier weder um die Verbesserung der Rasse noch um die Vervollkommnung des Werks. Wir dürfen nicht die Interessen der ehelichen Eifersucht und die Grundsätze einer gesunden Moral aus dem Auge verlieren. Wissen Sie denn nicht, daß das Geräusch, über das Sie sich beklagen, von der Gattin, die zu dem Verbrechen noch nicht fest entschlossen ist, mehr gefürchtet wird, als die schmetternde Stimme der Posaunen des Jüngsten Gerichts? Vergessen Sie, daß alle Prozesse wegen strafbaren Verkehrs von den Ehemännern nur dank dieser den Ehefrauen so ärgerlichen Eigenschaft des Bettes gewonnen worden sind? Ich empfehle Ihnen, meine Herren, sehen Sie sich die Ehescheidungsprozesse des Lords Abergaveny, des Viscount Bolingbroke an, den der verstorbenen Königin, den der Elisa Draper, den der Madame Harris, und überhaupt alle[125], die in den zwanzig Bänden stehen, die von ... veröffentlicht worden sind.« (Der Sekretär konnte den Namen des englischen Herausgebers nicht deutlich verstehen.)

Es wurde beschlossen, die Sitzung zu vertagen. Das jüngste Mitglied machte den Vorschlag, eine Sammlung zu veranstalten, als Belohnung für den Verfasser der besten Abhandlung, die über diese von Sterne als so wichtig erachtete Frage bei der Gesellschaft würde eingereicht werden; aber bei Schluß der Sitzung fanden sich im Hut des Präsidenten nur achtzehn Schillinge.

Dieser Sitzungsbericht der vor kurzem in London zur Besserung der Sitten und der Ehe gegründeten und von Lord Byron mit seinen boshaften Spöttereien verfolgten Gesellschaft ist uns durch die Freundlichkeit des ehrenwerten W. Hawkins, Esq.[126], eines Vetters des berühmten Kapitän Clutterbuck[127], zugegangen.

Dieser Protokollauszug kann dazu beitragen, die Schwierigkeiten zu lösen, die bei einer Abhandlung über die Theorie des Bettes in bezug auf die Machart desselben auftreten können.

Aber der Verfasser dieses Buches findet, daß die englische Gesellschaft dieser doch nur vorläufigen Frage zu große Wichtigkeit beigemessen hatte. Es lassen sich in bezug auf die Lagerstatt vielleicht ebenso gute Gründe für den Standpunkt des ›Rossinisten‹[128] wie für den des ›Solidisten‹[129] anführen, und der Verfasser gesteht, daß die Lösung dieser Schwierigkeit über seine Kräfte geht oder unter seiner Würde ist. Er denkt mit Laurence Sterne, daß es eine Schande für die europäische Kultur ist, daß so wenig physiologische Beobachtungen über die Kallipädie existieren, und er verzichtet darauf, die Ergebnisse seines Nachdenkens über diesen Gegenstand mitzuteilen, weil diese sich nicht gut in eine für prüde Ohren geeignete Sprache fassen lassen, und weil sie daher entweder mangelhaft verstanden oder falsch ausgelegt werden würden. Durch diese Unterlassung wird allerdings an dieser Stelle seines Buches eine ewige Lücke entstehen; aber er wird dafür gewiß die süße Genugtuung haben, dem nächsten Jahrhundert ein viertes Werk zu vermachen; so bereichert er das neue Jahrhundert um alles, was er selber nicht macht; das ist eine negative Freigebigkeit, deren Beispiel von allen jenen befolgt werden wird, die nach ihrer Behauptung viele Ideen haben.

Die Theorie des Bettes wird uns viel wichtigere Fragen zur Lösung unterbreiten, als die Frage der Rollfüße und des Geflüsters strafbarer Unterhaltungen, mit denen unsere Nachbarn sich beschäftigt haben.

Wir unterscheiden bei den zivilisierten Nationen und besonders für den Gebrauch der bevorrechtigten Klassen, denen dies Buch gewidmet ist, nur drei verschiedene Arten der Einrichtung eines Bettes, das Wort ›Bett‹ in dem im allgemeinen ihm beigelegten Sinne verstanden.

Diese drei verschiedenen Arten sind:

1. die beiden Zwillingsbetten,
2. zwei getrennte Schlafzimmer,
3. ein und dasselbe Bett.

Ehe wir zur Prüfung dieser drei Arten des ehelichen Zusammenwohnens übergehen, die notwendigerweise ganz verschiedene Einflüsse auf das Glück der Frauen und der Ehemänner ausüben müssen, haben wir zunächst einen schnellen Blick auf die Aufgabe des Bettes zu werfen, sowie auf die Bedeutung, die ihm in der politischen Ökonomie des menschlichen Lebens zukommt.

Völlig unbestreitbar ist der Grundsatz, daß das Bett erfunden worden ist, um darin zu schlafen.

Es wäre leicht nachzuweisen, daß der Brauch, zusammen zu schlafen, im Vergleich mit dem Alter der Einrichtung der Ehe recht neuen Datums ist.

Durch welche Gründe ist der Mann dazu gelangt, einen für das Glück, für die Gesundheit, für die Liebeslust, ja auch für die Eigenliebe so verhängnisvollen Brauch in Mode zu bringen? Eine solche Untersuchung müßte recht interessant sein.

Wenn du wüßtest, einer deiner Nebenbuhler hätte ein Mittel ausfindig gemacht, dich den Blicken des dir teuren Weibes in einer Stellung preiszugeben, in der du im höchsten Grade lächerlich wärest: zum Beispiel mit schiefem Munde wie eine Theatermaske, oder während deine beredten Lippen wie das kupferne Mundstück eines mit seinem Naß geizenden Brunnens Tropfen um Tropfen eines reinen Wassers absonderten – wenn du das wüßtest, dann würdest du ihn vielleicht erdolchen. Dieser Nebenbuhler ist der Schlaf. Gibt es auf der Welt einen Menschen, der wirklich weiß, wie er aussieht und was er tut, während er schläft?

Im Schlaf sind wir lebende Leichname, sind wir die Beute einer unbekannten Macht, die sich gegen unsern Willen unserer bemächtigt und sich durch die sonderbarsten Wirkungen bekundet: Manche Menschen haben einen geistvollen Schlaf, andere einen dummen.

Es gibt Leute, die auf die albernste Art mit offenem Munde daliegen.

Andere schnarchen, daß die Balken erzittern.

Die meisten gleichen jenen von Michelangelo in Marmor ausgehauenen jungen Teufeln, die die Zunge ausstrecken, um sich über die Vorübergehenden lustig zu machen.

Ich kenne auf der ganzen Welt nur eine einzige Person, die mit vornehmem Anstand schläft, das ist auf dem Guérinschen Bilde Agamemnon, wie er in seinem Bette schläft, während Klytämnestra auf Antrieb des Ägisthus sich heranschleicht, um ihn zu ermorden[130]. Daher habe ich denn auch stets den Ehrgeiz gehabt, auf meinem Kopfkissen zu liegen, wie der König der Könige lag, solange ich noch die schreckliche Angst haben werde, daß mich während meines Schlafes andere Augen als die der Vorsehung erblicken könnten. Auch habe ich seit jenem Tag, da ich meine alte Amme ›Erbsen blasen‹ sah, um mich eines volksmäßigen, aber durch den Gebrauch geheiligten Ausdrucks zu bedienen, sofort der ganz besonderen Litanei, die ich meinem Schutzpatron, dem heiligen Honorius, herzusagen pflege, ein Gebet hinzugefügt, er möge mich vor dieser jämmerlichen Beredsamkeit bewahren.

Wenn ein Mann am Morgen aufwacht, mit verstörtem Gesicht und mit der grotesken Kopfbedeckung einer hellseidenen Mütze, deren Zipfel ihm über die linke Schläfe fällt, dann sieht er ganz gewiß recht komisch aus, und es ist nicht leicht, in ihm jenen glorreichen Ehegemahl zu erkennen, den Rousseaus Strophen gefeiert haben. Immerhin aber dringt ein Schimmer von Leben durch die Dummheit dieses halbtoten Gesichts. Und wenn ihr, o Künstler, wunderbare Karikaturen sammeln wollt, dann reiset im Postwagen und seht euch bei jedem Dörfchen, wo der Postillion einen Chausseegeldeinnehmer aufweckt, diese Provinzlergesichter an! Aber wäret ihr auch noch hundertmal komischer in eurem Schlaf, als diese Bureaukratengesichter, in diesem Augenblick habt ihr doch wenigstens den Mund zu, die Augen offen, und euer Antlitz trägt doch irgendeinen Ausdruck … Wißt ihr, wie ihr eine Stunde vor eurem Erwachen aussaht, oder während der ersten Stunde eures Schlafes, als ihr weder Mensch noch Tier waret und unter der Herrschaft der Träume standet, die durch das hörnerne Tor kommen …? Das ist ein Geheimnis zwischen eurer Frau und euch!

Wollten etwa die Römer sich stets an die dummen Gesichter, die man im Schlaf macht, erinnern, wenn sie am Kopfende ihres Bettes einen Eselskopf anbrachten ...? Die Aufklärung dieses Punktes wollen wir den Herren Mitgliedern der Akademie der Inschriften überlassen.

Ganz gewiß muß der erste, der durch eine Eingebung des Teufels auf den Gedanken kam, sogar während des Schlafes seine Frau nicht zu verlassen, tadellos zu schlafen verstanden haben. Und nun wird man nicht mehr vergessen, zu den Wissenschaften, die man sich vor der Verheiratung zu eigen gemacht haben muß, auch die Kunst des eleganten Schlafens zu rechnen. Wir fügen daher an dieser Stelle als einen Zusatz zum Axiom XXV des Ehestandskatechismus die beiden nachstehenden Aphorismen bei:

Ein Ehemann muß einen so leichten Schlummer haben wie eine Dogge, damit ihn niemals ein Mensch sieht, während er schläft.

Ein Mann muß sich von Kindheit an daran gewöhnen, barhäuptig zu Bette zu gehen.

Einige Poeten möchten wahrscheinlich in der Scham, in den angeblichen Mysterien der Liebe einen Grund dafür zu sehen, daß die Ehegatten in demselben Bett zusammen schlafen; aber es steht fest, daß der Mensch ursprünglich nur darum das Dunkel der Höhlen, das Moos der Schluchten, das felsige Dach der Grotten aufgesucht hat, weil die Liebe ihn wehrlos seinen Feinden ausliefert. Nein, es ist ebensowenig natürlich, daß zwei Köpfe auf demselben Kopfkissen ruhen, wie daß man sich den Hals mit einem Musselinfetzen einschnürt; aber die Kultur ist gekommen; sie hat eine Million Menschen auf den Raum von vier Quadratmeilen eingesperrt; sie hat sie in Straßen, Häuser, Wohnungen, Zimmer, Kämmerchen von acht Quadratfuß eingepfercht; ein Weilchen noch, und sie wird versuchen, einen Menschen in den andern zu stopfen wie die Röhren eines Fernrohres.

Hierdurch und aus vielen andern Gründen noch, wie zum Beispiel aus Sparsamkeit, Furcht oder übel angebrachter Eifersucht, ist das Zusammenwohnen von Ehegatten Sitte geworden; und aus dieser Gewohnheit entstand das gleichzeitige Aufstehen und Zubettgehen zu bestimmten Stunden.

Und so wird die kapriziöseste Sache von der ganzen Welt, so wird das allerbeweglichste Gefühl, das nur durch seine prickelnden Inspirationen Wert erhält, dessen Zauber nur in der Plötzlichkeit der von ihm erregten Wünsche besteht, das nur durch die Wahrhaftigkeit seiner Kundgebungen gefällt, so wird, mit einem Wort, die Liebe nach einer Klosterordnung und nach den geometrischen Berechnungen der Seewarte geregelt!

Wenn ich Vater wäre, würde ich ein Kind hassen, das pünktlich wie eine Uhr morgens und abends einen Gefühlsausbruch hätte und auf Befehl zu mir käme, um mir guten Morgen oder guten Abend zu wünschen. Denn auf diese Weise erstickt man alles Großherzige und Augenblickliche in den menschlichen Gefühlen. Schließt aus diesem Beispiel darauf, was Liebe zur festgesetzten Stunde ist!

Nur der Urheber aller Dinge kann morgens und abends in einer immer herrlichen, immer neuen Pracht die Sonne aufgehen und untergehen lassen, und niemand hienieden, das wage ich Jean-Baptiste Rousseaus Hyperbel zum Trotz zu sagen, kann die Rolle der Sonne spielen.

Aus diesen vorläufigen Beobachtungen geht hervor, daß es nicht natürlich ist, wenn zwei Menschen sich unter einem Betthimmel befinden;

daß ein Mensch im Schlafe fast immer lächerlich ist;

daß endlich das beständige Zusammensein die Ehemänner unvermeidlichen Gefahren aussetzt.

Wir wollen also versuchen, unsere Gebräuche den Gesetzen der Natur anzupassen und Natur und Brauch so zu vereinigen, daß ein Ehemann in dem Mahagoni seines Bettes ein brauchbares Hilfs- und Verteidigungsmittel findet.

§ 1. Die beiden Zwillingsbetten

Wenn der glänzendste, schönste, geistreichste aller Ehemänner nach einer einjährigen Ehe minotaurisiert sein will, dann wird ihm das unfehlbar gelingen, wenn er so unvorsichtig ist, zwei Betten unter der wollüstigen Wölbung eines und desselben Alkovens zu vereinigen.

Das Urteil lautet kurz und bündig; seine Begründung ist die folgende:

Der erste Ehemann, dem die Erfindung der Zwillingsbetten zuzuschreiben ist, war ohne Zweifel ein Geburtshelfer, der aus Angst, er könne während seines Schlafes unwillkürlich unruhige Bewegungen machen, das von seiner Frau unter dem Herzen getragene Kind vor den Fußtritten schützen wollte, die er ihm hätte geben können.

Oder nein, es war wohl eher irgendein Prädestinierter, der irgendeinen Katarrh befürchtete oder sich selbst mißtraute.

Vielleicht war es auch ein junger Mann, der das Übermaß seiner eigenen Zärtlichkeit befürchtete, und daher stets entweder dicht am Rande des Bettes, so daß er in Gefahr war, herauszufallen, oder nahe bei seiner entzückenden Gemahlin lag, deren Schlummer er auf diese Art störte.

Oder sollte es nicht irgendeine Maintenon[131] gewesen sein, die diese Einrichtung mit Hilfe ihres Beichtvaters durchsetzte? oder etwa eine ehrgeizige Frau, die ihren Gatten beherrschen wollte? oder, was allerdings gewiß noch wahrscheinlicher ist, irgendeine hübsche kleine Pompadour, die an jenem kleinen Pariser Übel litt, über das Monsieur de Maurepas[132] jenen scherzhaften Vierzeiler machte, der ihm seine so lange dauernde Ungnade eintrug und ganz gewiß zu den unglücklichen Ereignissen der Regierung Ludwigs XVI. viel beitrug:

Man weiß zu schätzen deinen Reiz,
O Iris, er ist stark und offen –
Es sprossen Blumen, wo du gehst,
Doch sind es stets nur weiße Blüten …

Warum sollte ihr Erfinder schließlich nicht ein Philosoph gewesen sein, den die unvermeidliche Ernüchterung erschreckte, die eine Frau beim Anblick eines schlafenden Mannes empfinden muß? Und dieser Philosoph wird ein Mann gewesen sein, der sich stets in seine Decke eingewickelt und keine Nachtmütze getragen hat.

Unbekannter Urheber dieser jesuitischen Methode, wer du auch seist, im Namen des Teufels, Heil dir und Brudergruß …! Du hast an so manchem Unglück schuld. Dein Werk trägt den

Charakter aller halben Maßnahmen; es liefert in keiner Weise befriedigende Resultate, und es haften ihm die Unannehmlichkeiten der beiden andern Methoden an, ohne daß es deren Vorzüge bietet.

Was für ein Mensch ist der Mensch des neunzehnten Jahrhunderts! Als ein Wesen von höchster und überlegenster Intelligenz hat er eine übernatürliche Macht entfaltet, hat er alle Hilfsquellen seines Geistes aufgeboten, um das Triebwerk seines Daseins zu verhüllen, um seine Bedürfnisse zu vergöttlichen, damit er sie nicht zu beachten braucht, hat er sogar chinesischen Blättern, ägyptischen Bohnen, mexikanischen Körnern ihre Düfte, ihre Schätze, ihre Seelen abgeborgt; hat er sogar Kristalle ziseliert, Silber gedrechselt, Gold geschmolzen, Ton bemalt, mit einem Wort: alle Künste aufgeboten, um seinen Futternapf auszuschmücken und größer zu machen! Wie kann nun dieser König, nachdem er die zweite seiner Armseligkeiten mit Musselinfalten umhüllt, mit Diamanten bedeckt, mit Rubinen übersät, unter schneeigem Linnen, unter baumwollenem Gewebe, unter buntfarbiger Seide, unter reichverschlungenen Spitzen versteckt hat, wie kann er schließlich all diesen Luxus durch zwei Holzbetten zunichte machen ...? Was hat es für einen Zweck, die ganze Welt an unserm Dasein, an unsern Lügen, an dieser Poesie mitarbeiten zu lassen? Was hat es für einen Zweck, Gesetze, sittliche Gebote, Religionen zu machen, wenn die Erfindung eines Tapezierers (denn schließlich kann ja auch der Tapezierer vielleicht der Erfinder der Zwillingsbetten sein) unserer Liebe alle ihre Illusionen nimmt, sie ihres majestätischen Gefolges beraubt und ihr nur das Allerhäßlichste und Allergarstigste läßt. Denn darauf läuft die ganze Frage der Zwillingsbetten hinaus.

LXII. Wir hatten einen Wunsch, und dieser hat uns schließlich vor die Wahl gestellt, entweder erhaben oder grotesk zu erscheinen.

Wird unsere Liebe geteilt, so ist sie erhaben; aber schlaft in Zwillingsbetten, und eure Liebe wird stets grotesk sein. Die Sinnwidrigkeiten, zu denen diese halbe Trennung Anlaß gibt, lassen sich in zwei Situationen zusammenfassen, in denen wir die Ursache gar manches Unglücks erkennen werden.

Es ist kurz vor Mitternacht; gähnend legt eine junge Frau ihre Haarwickel an. Ich weiß nicht, ob ihre Schwermut von einer Migräne herrührt, die sich auf die rechte oder auf die linke Seite ihres Gehirns stürzen will, oder ob sie einem jener Anfälle von Verdruß unterliegt, während deren wir alles schwarz sehen; aber wenn ich sie so vor mir sehe, wie sie sich nachlässig das Haar für die Nacht zurechtmacht, wie sie langsam das Bein hebt, um ihr Strumpfband loszumachen, scheint es mir klar zu sein, daß sie lieber ertrinken möchte, wenn sie nicht durch einen stärkenden Schlummer ihr Leben wieder auffrischen könnte. Sie ist in diesem Augenblick unter dem soundsovielten Grad dicht beim Nordpol, auf Spitzbergen oder in Grönland. Gedankenlos und kalt hat sie sich zu Bett gelegt, und dabei vielleicht, wie etwa Mrs. Walter Shandy, gedacht, morgen sei ein Krankheitstag, ihr Mann kommt recht spät nach Hause, der Eischnee, den sie gegessen, sei nicht genug gezuckert gewesen, sie sei ihrer Schneiderin mehr als fünfhundert Francs schuldig; mit einem Wort: Sie denkt an irgend etwas, woran nach der Meinung der Männer eine Frau denkt, die verdrießlich gestimmt ist. Inzwischen kommt ein derber Bursche von Ehemann, der eine geschäftliche Verabredung gehabt und dabei Punsch getrunken, und zwar zuviel Punsch getrunken hat. Er zieht die Stiefel aus, wirft seine Kleider auf die Stühle, läßt seine Schuhe auf einem Sofa, den Stiefelknecht vor dem Kamin stehen; und während er sich ein rotes Seidentuch um den Kopf bindet, ohne sich die Mühe zu geben, dessen Zipfel wegzustecken, wirft er seiner Frau ein paar Sätze mit Ausrufungszeichen hin, kleine eheliche Liebenswürdigkeiten, die manchmal in diesen Dämmerstunden, da in unserer Liebesmaschine die eingeschlafene Vernunft fast gar kein Licht mehr von sich gibt, die ganze Unterhaltung eines Ehepaares ausmachen: »Du bist schon zu Bett! – Teufel, ist es heute abend kalt! – Du sagst ja gar nichts, mein Engel! – Du hast dich schon in deinem Bett zusammengerollt! – Spitzbübin! du tust, als ob du schliefest!« Zwischen diesen Redensarten gähnt er fortwährend; und nach einer Menge kleiner Einzelheiten, die je nach den Gewohnheiten des betreffenden Ehepaars in diese Vorrede der Nacht einige Abwechslung bringen sollen, stürzt mein Mann sich in sein Bett, das dabei einen dumpfen Ton von sich gibt. Aber auf einmal erscheinen ihm auf der phantastischen Leinwand, die gleichsam vor uns ausgespannt ist, wenn wir die Augen schließen, die verführerischen Bilder irgendeines hübschen Gesichtchens, irgendwelcher eleganter Beine, die zur Liebe lockenden Umrisse von Bildern, die er tagsüber gesehen hat. Ihn quälen stürmische Begierden ... Er wirft die Augen auf seine Frau. Er sieht ein reizendes Gesicht, das von den zartesten Stickereien umsäumt ist; mag auch ihr Blick eingeschlummert sein, trotzdem scheint dessen Feuer die Spitzenrüschen zu verbrennen, die ihre Augen nur unvollkommen verbergen; endlich deuten sich himmlische Formen unter den verräterischen Falten der Bettdecke an ... »Mein Mäuschen?« ... – »Aber ich schlafe doch, Liebster ...«

Wie kann der Schiffer in einem solchen Lappland landen? Ich nehme an, du seiest jung, schön, geistvoll, verführerisch. Wie willst du über das Meer hinübergelangen, das Grönland von Italien trennt? Der Abstand zwischen dem Paradiese und der Hölle ist nicht größer als der Zwölftelzoll, um den eure beiden Betten einander genähert zu werden brauchen, um ein einziges zu bilden: denn deine Frau ist kalt, und du brennst mit der ganzen Glut einer Begierde. Auch wenn nichts weiter zu tun wäre, als aus dem einen Bett ins andere zu klettern, schon allein diese Bewegung bringt einen Ehemann, der ein Tuch um den Kopf trägt, in die unschönste Lage der Welt. Unter Liebenden verschönt die Gefahr, die Kürze der Zeit, die Gelegenheit, mit einem Wort alles, das Unglückliche solcher Situationen; denn die Liebe hat einen Mantel aus Purpur und Gold, den sie über alles wirft, sogar über die rauchenden Trümmer einer im Sturm genommenen Stadt; dagegen braucht Hymen alle Zauberkunststücke der Welt, um nicht auf den buntesten Teppichen, unter den entzückendsten Seidenfalten Trümmer zu erblicken. Brauchtest du auch nur eine Sekunde, um dich in den Besitz deiner Frau zu setzen, so hat doch die Pflicht, die die Gottheit der Ehe ist, die man sich vor der Verheiratung zu eigen gemacht haben muß, Zeit genug, ihr in ihrer ganzen Häßlichkeit zu erscheinen.

Wie albern muß einer kalten Frau ein Mann erscheinen, wenn er durch die Begierden nach und nach zornig und zärtlich, frech und demütig, beißend wie ein Epigramm und sanft wie ein

Madrigal wird; mit einem Wort: mehr oder weniger geistreich die Szene aufführt, worin im ›Geretteten Venedig‹ der geniale Otway[133] uns den Senator Antonio vorgeführt hat, wie er zu Aquilinas Füßen hundertmal wiederholt: *›Aquilina, Quilina, Lina, Aqui, Nacki!‹* – ohne etwas anderes von ihr zu erhalten als Peitschenhiebe, wenn er sich einfallen läßt, zudringlich zu werden. Jede Frau findet einen Mann, sogar ihren rechtmäßigen Ehemann, um so lächerlicher, je leidenschaftlicher er sich bei einer solchen Gelegenheit benimmt. Er ist widerwärtig, wenn er befiehlt; er wird minotaurisiert, wenn er seine Gewalt mißbraucht. Erinnere dich bei dieser Gelegenheit einiger Aphorismen des Ehekatechismus, und du wirst sehen, daß du dessen heiligste Vorschriften verletzest. Mag eine Frau dem Verlangen des Mannes nachgeben oder nicht, die Zwillingsbetten bringen in die Ehe etwas so Unzartes, etwas so Deutliches, daß die keuscheste Frau und der geistreichste Mann schließlich auf Schamlosigkeiten verfallen.

Das Gegenstück dieses Auftritts, der sich auf tausenderlei verschiedene Arten abspielt und zu dem tausenderlei Anlässe führen können, bildet die andere Situation, die weniger komisch, aber viel fürchterlicher ist.

Eines Abends unterhielt ich mich über diesen wichtigen Gegenstand mit dem verstorbenen Grafen de Nocé, von dem zu sprechen ich bereits Gelegenheit gehabt habe. Ein hochgewachsener alter Herr mit weißem Haar, sein intimer Freund, den ich nicht nennen will, weil er noch lebt, sah uns mit ziemlich trübseliger Miene an. Wir errieten, daß er uns irgendeine Skandalgeschichte erzählen wollte, und sahen ihn ungefähr mit demselben Gesicht an, womit der Stenograph des ›Moniteur‹[134] einen Minister, dessen improvisierte Rede er bereits in der Tasche hat, die Tribüne besteigen sieht. Der Erzähler war ein alter emigrierter Marquis, dessen Vermögen, Frau und Kinder in den Katastrophen der Revolution zugrunde gegangen waren. Und da die Marquise eine der inkonsequentesten Frauen der vergangenen Zeit gewesen war, fehlte es ihm nicht an Beobachtungen über die weibliche Natur. Er stand jetzt in einem Alter, in dem man menschliche Angelegenheiten, sozusagen, bereits aus dem Grabe betrachtet, und so sprach er von sich selbst, wie wenn es sich um Marcus

Antonius oder Kleopatra gehandelt hätte. Da ich die letzte Äußerung getan hatte, erwies er mir die Ehre, folgende Ansprache an mich zu halten:

»Lieber junger Freund! Ihre Betrachtungen erinnern mich an einen Abend, an dem einer meiner Freunde sich derartig benahm, daß er für immer die Achtung seiner Frau verlor. Zu jener Zeit aber konnte eine Frau sich mit wunderbarer Leichtigkeit rächen, denn es war nicht weit vom Kelchesrand bis zur Lippe. Die beiden Eheleute schliefen in zwei getrennten Betten, die aber unter dem Himmel eines und desselben Alkovens vereinigt waren. Sie kamen von einem sehr glänzenden Ball zurück, den der kaiserliche Gesandte, der Graf de Mercy[135], gegeben hatte. Der Mann hatte eine ziemlich große Summe im Spiel verloren und war daher völlig von seinen Gedanken in Anspruch genommen. Am nächsten Tage waren sechstausend Taler zu bezahlen . . .! und, du erinnerst dich wohl, Nocé? man hätte zuweilen keine hundert Taler gefunden, auch wenn man das bare Vermögen von zehn Musketieren zusammengeschüttet hätte . . . Die junge Frau, das bleibt ja in solchen Fällen niemals aus, war von einer Heiterkeit, die den Gatten zur Verzweiflung bringen konnte. ›Geben Sie dem Herrn Marquis‹, sagte sie dem Kammerdiener, ›alles, was er für seine Toilette braucht.‹ Zu jener Zeit kleidete man sich für die Nacht besonders an. Diese ziemlich merkwürdigen Worte vermochten meinen Ehemann nicht aus seiner Betäubung zu reißen. Da beginnt Madame, der ihre Zofe beim Umkleiden hilft, mit tausend Koketterien aufzuwarten: ›War ich heute abend nach Ihrem Geschmack . . .?‹ fragt sie. – ›Sie gefallen mir immer . . .!‹ antwortete der Marquis und geht weiter im Zimmer auf und ab. – ›Sie sind recht düster . . .! Sprechen Sie doch zu mir, schöner Finsterling!‹ sagt sie und stellt sich im verführerischsten Nachtgewand vor ihn hin . . . Aber Sie können sich sicherlich nicht vorstellen, was für Hexenkünste die Marquise anstellte; Sie müßten sie gekannt haben. Du, Nocé, hast die Frau ja gesehen!« rief er mit einem ziemlich spöttischen Lächeln dazwischen. – »Kurz und gut, trotz all ihrer Klugheit und all ihrer Schönheit scheiterten ihre Listen an den sechstausend Talern, die der Dummkopf von Mann nicht aus seinem Kopf loswerden konnte; sie legte sich schließlich allein zu Bett. Aber die Frauen haben stets einen hübschen Vorrat von Listen; und im Augenblick, da mein guter Mann Miene macht, sich ebenfalls zu Bett zu legen, ruft die Marquise: ›Oh! Wie ist mir kalt!‹ – ›Mir ebenfalls!‹ erwiderte er; ›aber warum legen unsere Diener auch keine Wärmpfannen in unsere Betten?‹ Und damit klingelt er . . .«

Unwillkürlich lachte der Graf de Nocé laut heraus, und der alte Marquis schwieg vollkommen sprachlos still.

Daß man die Wünsche einer Frau nicht errät, daß man schnarcht, wenn sie wacht, daß man in Sibirien ist, wenn sie sich in den Tropen befindet, das sind noch die geringsten Unzuträglichkeiten der Zwillingsbetten. Was wird eine leidenschaftliche Frau nicht alles wagen, wenn sie einmal gemerkt hat, daß ihr Mann einen festen Schlaf hat?

Ich verdanke Beyle[136] eine italienische Anekdote, der seine trockene und sarkastische Vortragsweise einen unendlichen Reiz verlieh, als er sie mir als ein Beispiel weiblicher Kühnheit erzählte.

Ludovico hat seinen Palazzo am einen Ende von Mailand; am anderen Ende der Stadt liegt der Palazzo der Gräfin Pernetti. Um Mitternacht dringt Ludovico, entschlossen, alles zu wagen, um eine Sekunde lang ein angebetetes Gesicht zu sehen, unter Lebensgefahr in den Palazzo seiner Liebsten ein. Es gelingt ihm wie durch Zauberkunst. Er kommt vor das eheliche Schlafgemach. Elisa Pernetti, deren Herz vielleicht den Wunsch ihres Geliebten geteilt hat, hört das Geräusch seiner Schritte und erkennt ihn am Gang. Sie sieht durch die Wände hindurch ein von Liebe entflammtes Gesicht. Sie erhebt sich vom Ehebett. Leicht wie ein Schatten eilt sie an die Schwelle der Tür, umfängt mit einem Blick Ludovico vom Kopf bis zu den Füßen, ergreift seine Hand, winkt ihm und zieht ihn mit sich fort. – »Aber er wird dich töten!« sagte er. – »Vielleicht.«

Aber dies alles ist noch gar nichts. Wir wollen zugeben, daß viele Ehemänner einen leichten Schlaf haben. Wir wollen ihnen zugeben, daß sie ohne zu schnarchen schlafen und daß sie stets erraten, unter welchem Breitengrad ihre Frau sich gerade befindet! Noch mehr, alle zur Verurteilung der Zwillingsbetten von uns angeführten Gründe fallen, wenn man will, nicht schwer ins Gewicht. Indessen, es bleibt noch eine letzte Erwägung übrig, die unbedingt gegen den Gebrauch von zwei Betten in einem und demselben Alkoven sprechen muß.

In der Lage, in der ein Ehemann sich befindet, haben wir das Ehebett als ein Verteidigungsmittel angesehen. Nur im Bette kann er jede Nacht erfahren, ob die Liebe seiner Frau im Zunehmen oder im Abnehmen ist. Das Bett ist das Barometer der Ehe. Wenn man nun Zwillingsbetten benutzt, so heißt das, absichtlich auf jedes Wissen verzichten. Wenn wir (im dritten Teil) zum ›Häuslichen Krieg‹ gelangen, wirst du erfahren, welchen unglaublichen Nutzen ein Bett bringt und wie viele Geheimnisse eine Frau unwillkürlich darin verrät.

Laß dich also niemals durch die falsche Harmlosigkeit der Zwillingsbetten verführen.

Sie sind die dümmste, heimtückischste und gefährlichste Erfindung, die es auf der ganzen Welt gibt. Schande und Fluch ihrem Erfinder!

Aber so verderblich diese Methode für junge Eheleute ist, so heilsam und angemessen ist sie für Gatten, die das zwanzigste Jahr ihrer Ehe erreichen. Mann und Frau haben es dann viel bequemer bei den Duetten, die für ihre beiderseitigen Katarrhe nötig sind. Manchmal werden sie einem Klageruf, den ihnen ein Rheumatismus oder eine hartnäckige Gicht abpressen, oder vielleicht auch schon der Bitte um eine Prise Tabak die etwas mühseligen Wohltaten einer Nacht verdanken, die durch einen Abglanz ihrer ersten Liebestaten beseelt wird, immer vorausgesetzt, daß der Husten nicht ganz unerbittlich ist.

Wir haben es nicht für angebracht gehalten, die Ausnahmen zu erwähnen, die zuweilen einem Ehemann das Recht geben, Zwillingsbetten zu benutzen. Man hat dann und wann Ungemach zu bestehen. Bonaparte war indessen der Meinung, daß, wenn Gatten einmal ›ihre Seele und ihren Schweiß‹ vermischt hätten (dies sind seine eigenen Worte) nichts mehr sie trennen dürfe, auch Krankheit nicht. Dieser Punkt ist zu heikel, als daß man bestimmte Grundsätze dafür aufzustellen vermöchte.

Gewisse beschränkte Köpfe könnten auch den Einwand machen, daß es mehrere patriarchalische Familien gibt, in deren Gesetzbuch der erotischen Angelegenheiten der Paragraph über den Alkoven mit zwei Betten unerschütterlich feststeht, und daß in diesen Familien das Glück sich ›vom Vater auf den Sohn‹ vererbt. Hierauf gibt der Verfasser keine Antwort, sondern erklärt einfach, daß er viele sehr ehrenwerte Leute kennt, die ihr Leben damit hinbringen, daß sie dem Billardspiel zusehen.

Diese Art der Schlafzimmereinrichtung überlassen wir also hiermit dem Urteil aller verständigen Leute und gehen nunmehr zur zweiten Methode über.

§ 2. Getrennte Schlafzimmer

Es kommen in Europa auf jede Nation keine hundert Ehemänner, die die Wissenschaft der Ehe oder, wenn man will, des Lebens bis zu dem Grade beherrschen, daß sie ein von dem Zimmer ihrer Frau getrenntes Zimmer bewohnen können.

Dieses System durchführen können, das ist der höchste Grad geistiger und männlicher Kraft.

Zwei Gatten, die getrennte Zimmer haben, haben sich entweder getrennt, oder sie haben das Glück zu finden gewußt, sie verabscheuen einander oder sie beten einander an.

Wir wollen es nicht unternehmen, hier die bewunderungswürdigen Vorschriften dieser Theorie auseinanderzusetzen, deren Zweck es ist, aus der Beständigkeit und Treue ein leichtes und köstliches Ding zu machen. Diese Zurückhaltung legt der Verfasser sich aus Ehrfurcht auf und nicht aus Unvermögen. Es genügt ihm, die Tatsache ausgesprochen zu haben, daß durch bloße Anwendung dieses Systems zwei Ehegatten die Träume so vieler schöner Seelen verwirklichen können: er wird von allen Gläubigen verstanden werden.

Allerdings gibt es ja noch die Profanen ...! Nun, mit den neugierigen Fragen dieser Leute wird der Verfasser bald fertig sein, wenn er ihnen sagt, daß diese Einrichtung den Zweck hat, eine einzige Frau glücklich zu machen. Wer von ihnen möchte die Gesellschaft aller Talente, mit denen er sich ausgestattet wähnt, berauben wollen, und zu wessen Gunsten? Zugunsten einer Frau! Indessen, seine Lebensgefährtin glücklich zu machen, das ist der schönste Ruhmestitel, den man im Tale Josaphat erwerben kann, da nach der Genesis Eva nicht mit dem irdischen

Paradies zufrieden gewesen ist. Es trieb sie das Gelüst, von der verbotenen Frucht zu kosten – ewiges Sinnbild des Ehebruchs.

Aber ein entscheidender Grund verbietet uns, diese glänzende Theorie ausführlich zu entwickeln; sie wäre in diesem Werke überhaupt nicht am Platz! Wir sind davon ausgegangen, daß eine Ehe sich in ganz besonderer Lage befindet; und der Mann, der so unvorsichtig wäre, in dieser Lage von seiner Frau getrennt zu schlafen, hätte nicht einmal auf Mitleid Anspruch, da er sich sein Unglück selber ins Haus gerufen haben würde.

Fassen wir also das bisher Gesagte noch einmal zusammen.

Nicht alle Männer sind imstande, das Wagnis zu unternehmen und in einem Zimmer zu schlafen, das von dem Zimmer ihrer Frau getrennt ist; dagegen können alle Männer sich einigermaßen mit den Schwierigkeiten abfinden, die mit der Benutzung eines einzigen Bettes verbunden sind.

Wir wollen uns also damit beschäftigen, die Schwierigkeiten zu lösen, die oberflächliche Geister auch an diesem letztern Verfahren zu bemerken glauben könnten. Wir selber hegen für diese eine ausgesprochene Vorliebe.

Möge aber dieser Abschnitt, wenn er auch gewissermaßen stumm ist und von uns in dieser Form den Auslegungen mehr als eines Ehepaares überlassen wird, als Piedestal für die erhabene Gestalt Lykurgs dienen, dem von allen Gesetzgebern des Altertums die Griechen die tiefsten Gedanken über die Ehe verdankten. Möchte doch sein System von den künftigen Geschlechtern verstanden werden können! Und wenn die Sitten der Neuzeit zu sehr verweichlicht sind, als daß das ganze System angenommen werden könnte – möchten sie sich doch wenigstens von dem kräftigen Geist dieser bewunderungswürdigen Gesetzgebung durchdringen lassen.

§ 3. Ein und dasselbe Bett

In einer Dezembernacht betrachtete der Große Friedrich den Himmel, dessen Sterne jenes lebhafte, reine Licht ausstrahlten, das auf einen harten Frost hindeutet, und rief: »Dies Wetter wird Preußen viele Soldaten verschaffen . . .!«

In diesem einen Satz brachte der König den Hauptübelstand

zum Ausdruck, der mit dem beständigen Zusammenschlafen von Eheleuten verbunden ist. Ein Napoleon und ein Friedrich mögen vor einer Frau eine höhere oder geringere Achtung haben, je nach der Zahl ihrer Kinder; aber ein begabter Ehemann muß nach den in der Betrachtung XIII aufgestellten Grundsätzen die Erzeugung eines Kindes nur als ein Verteidigungsmittel betrachten, und es ist seine Sache, zu wissen, wann es notwendig ist, ein solches einzusetzen.

Diese Beobachtung führt uns zu Mysterien, auf die die physiologische Muse sich nicht einlassen darf. Sie ist allerdings bereit gewesen, eheliche Schlafzimmer zu betreten, solange diese unbewohnt waren; aber als spröde Jungfrau errötet sie beim Anblick von Liebesspielen.

Da nun an dieser Stelle des Buches jene Muse ihre weißen Hände vor die Augen hält, und zwar nicht etwa, um wie ein junges Mädchen durch die Fingerspalten hindurchzulugen, wird sie diese Anwandlung von Schamhaftigkeit benutzen, um unsern Sitten einen ernsten Tadel auszusprechen.

In England ist das eheliche Schlafgemach ein geheiligter Ort. Nur die beiden Gatten haben das Vorrecht, es zu betreten; es gibt sogar, wie man sagt, mehr als eine Lady, die sich ihr Bett eigenhändig macht. Wie kommt es, daß von allen Manieren, die jenseits des Kanals im Schwange sind, wir gerade die einzige abgelehnt haben, deren geheimnisvolle Anmut allen zarten Seelen des europäischen Festlandes hätte gefallen müssen? Zartfühlende Frauen verdammen die Schamlosigkeit, mit der man in Frankreich fremden Menschen Zutritt in das Allerheiligste der Ehe gestattet. Unsere Meinung darüber kann nicht zweifelhaft sein; wir haben uns ja bereits mit allem Nachdruck gegen die Frauen ausgesprochen, die mit ihrer Schwangerschaft Staat machen. Wenn wir verlangen, daß der Junggesellenstand Respekt vor dem Ehestand haben soll, dann müssen auch die verheirateten Leute Rücksichten auf die leichte Entzündlichkeit der Junggesellen nehmen.

Alle Nächte bei seiner Frau zu schlafen, kann allerdings, dies müssen wir zugeben, als eine höchst anmaßende Geckenhaftigkeit gelten.

Viele Ehemänner werden sich fragen, wie jemand, der den

Anspruch erhebt, die Ehe vervollkommnen zu wollen, es wagen könne, einem Ehemann eine Lebensweise vorzuschreiben, durch die ein Liebhaber sich zugrunde richten würde.

Indessen, folgendermaßen lautet die Entscheidung des Doktors der ehelichen Künste und Wissenschaften:

Zunächst ist für einen Ehemann, falls er nicht etwa jede Nacht außer dem Hause schläft, dieser Entschluß der einzige, der ihm übrigbleibt, da wir die Gefahren der beiden vorhergehenden Systeme nachgewiesen haben. Wir müssen also ferner den Beweis zu führen versuchen, daß diese dritte Art der Schlafzimmereinrichtung mehr Vorteile und weniger Unannehmlichkeiten bietet, als es hinsichtlich der beiden ersten in der von uns angenommenen kritischen Lage einer Ehe der Fall ist.

Aus unsern Bemerkungen über die Zwillingsbetten haben die Ehemänner entnehmen müssen, daß sie gewissermaßen verpflichtet sind, stets auf den Wärmegrad gestimmt zu sein, der die harmonische Organisation ihrer Frauen temperiert. Und da meinen wir nun, diese vollkommene Gleichheit der Gefühlsstimmungen müsse sich unter der weißen Ägide, die die beiden Gatten mit ihrem schützenden Linnen bedeckt, auf recht natürliche Weise einstellen; das ist nun aber bereits ein unermeßlicher Vorteil!

Denn tatsächlich ist nichts leichter, als zu jeder Stunde bei einer Frau den Grad von Liebe und Anschmiegungsbedürfnis festzustellen, wenn dasselbe Kissen die Köpfe der beiden Gatten aufnimmt.

Der Mensch (wir sprechen hier von der Gattung Mensch) hat bei sich eine Art von stets in Ordnung gehaltenem Inventarverzeichnis, auf dem deutlich und ohne Irrtum die Summe der ihm innewohnenden Sinnlichkeit angegeben ist. Dieser geheimnisvolle ›Gynometer‹ ist die menschliche Hand. Die Hand ist unbedingt von unsern Organen dasjenige, das unsere sinnlichen Erregungen am unmittelbarsten überträgt. Die ›Chirologie‹ ist ein fünftes Werk, das ich meinen Nachfolgern vermache; denn ich werde mich damit begnügen, hier nur auf die für meinen Gegenstand in Betracht kommenden Grundzüge dieser Wissenschaft aufmerksam zu machen.

Die Hand ist das eigentliche Werkzeug des Tastsinnes. Nun aber ist der Tastsinn gerade derjenige Sinn, der am wenigsten unvollkommen alle übrigen Sinne vertreten vermag, während keiner dieser Sinne ihn ersetzen kann. Die Hand, die ganz allein alles ausgeführt hat, was der Mensch bis jetzt ersann, ist gewissermaßen geradezu gleichbedeutend mit ›Handlung‹. Durch sie betätigt sich die Gesamtsumme ihrer Kraft, und es ist bemerkenswert, daß fast alle Menschen von mächtiger Intelligenz schöne Hände gehabt haben, deren Vollkommenheit das charakteristische Anzeichen einer hohen Bestimmung ist. Jesus Christus hat alle seine Wunder durch Handauflegen bewirkt. Die Hand schwitzt gewissermaßen Leben aus, und überall, wo sie hingelegt wird, läßt sie die Spuren einer Zaubermacht zurück; daher kommt denn auch auf ihre Rechnung die Hälfte aller Wonnen der Liebe. Sie verrät dem Arzt alle Geheimnisse unseres Organismus. Mehr als irgendein anderer Teil des Körpers strömt sie Nervenfluidum aus, jenen geheimnisvollen Stoff, den wir in Ermangelung eines andern Ausdrucks als ›Willen‹ bezeichnen müssen. Das Auge kann den Zustand unserer Seele malen; aber die Hand teilt gleichzeitig die Geheimnisse des Körpers und die des Gedankens mit. Wir bringen es dahin, unsern Augen, unsern Lippen, unsern Brauen, unserer Stirn Schweigen zu gebieten; aber die Hand heuchelt nicht, und kein einziger unserer Züge läßt sich an Reichtum der Ausdrucksfähigkeiten mit ihr vergleichen. Die Wärme und die Kälte der Hand weisen so unmerkliche Nuancen auf, daß diese der Wahrnehmung oberflächlicher Menschen entgehen; aber wer sich auch nur ein wenig mit der Anatomie der Gefühle und der Dinge des Menschenlebens beschäftigt hat, der weiß diese Nuancen zu unterscheiden. So ist die Hand zum Beispiel auf tausendfach verschiedene Art trocken, feucht, glühendheiß, eiskalt, weich, rauh, salbungsvoll. Sie zuckt, sie wird fettig, wird hart, wird weich. Mit einem Wort: sie ist ein unerklärliches Phänomen, das man als die ›Verkörperung des Gedankens‹ bezeichnen möchte. Sie bringt den Bildhauer und den Maler zur Verzweiflung, wenn sie das wechselnde Labyrinth ihrer geheimnisvollen Linienverschlingungen wiedergeben wollen. Einem Menschen die Hand hinstrecken, heißt, ihn retten. Sie ist das Unterpfand aller unserer Gefühle. Zu allen Zeiten haben Zauberinnen behauptet, sie könnten in ihren Linien unsere künftigen Geschicke lesen; die Linien haben nichts Phantastisches an sich, sondern entsprechen den Grundursachen unseres Lebens und Charakters. Wenn eine Frau einen Mann des Mangels an ›Takt‹ beschuldigt, so verurteilt sie ihn unwiderruflich. Schließlich spricht man ja auch von der ›Hand der Gerechtigkeit‹, von der ›Hand Gottes‹; und von einem ›Handstreich‹, wenn man eine besonders kühne Unternehmung bezeichnen will.

Durch die atmosphärischen Veränderungen der Hand, die eine Frau fast immer ohne Mißtrauen ihrem Manne überläßt, die Gefühle erkennen zu lernen, das ist ein weniger undankbares und sichereres Studium als die Physiognomik.

Du kannst dich also dadurch, daß du dir diese Wissenschaft zu eigen machst, mit einer großen Macht bewaffnen. Du erhältst damit einen Faden, der im Labyrinth der undurchdringlichsten Herzen dich führen wird. Und so siehst du, daß du dein Zusammenschlafen von sehr vielen Mängeln freizusprechen und daß du ihm sehr viele Schätze zugestehen mußt.

Und glaubst du jetzt wirklich allen Ernstes, du müßtest ein Herkules sein, weil du jeden Abend mit deiner Frau dich in ein und dasselbe Bett legst...? Albernheit! Ein geschickter Ehemann verfügt in dieser Lage über viel mehr Mittel, sich mit Anstand aus der Affäre zu ziehen, als Madame Maintenon, wenn sie genötigt war, anstatt einer Schüssel eine Geschichte aufzutischen.

Wie Buffon und einige Physiologen behaupten, werden unsere Organe durch die Begierde weit mehr als durch die lebhaftesten Genüsse angegriffen. Bedeutet nicht in der Tat die Begier eine Art von Besitz, der uns nur in der Einbildung zuteil wird? Verhält sie sich nicht zur sichtbaren Handlung wie die Ereignisse des geistigen Lebens, deren Genuß wir im Schlafe haben, sich zu den Ereignissen unseres körperlichen Lebens verhalten? Erfordert nicht diese energische ›Vorstellung‹ von Dingen eine innere Bewegung, die mächtiger ist als die äußerliche Handlung? Wenn unsere Gebärden nur die Äußerung von Vorgängen sind, die in unserm Denken bereits vollzogen worden waren, welche Mengen von Lebenskraft müssen dann erst oft wiederholte Begierden verbrauchen! Durchfurchen nicht die Leidenschaften, die nichts weiter als Massen von Begierden sind, mit ihren Blitzen die Gesichter der Spieler, der Ehrgeizigen, verzehren sie nicht deren Körper mit einer wunderbaren Schnelligkeit?

So müssen denn diese Beobachtungen die Keime eines geheimnisvollen Systems enthalten, dessen Schutzheilige Platon und Epikur zugleich sind; mit dem Schleier der ägyptischen Götterbilder verhüllt, überlassen wir es dem Nachdenken der Leser.

Aber der größte Irrtum, den die Menschen begehen können, ist der Glaube, die Liebe bestehe nur in jenen flüchtigen Augenblicken unseres Lebens, die nach Bossuets prachtvollem Vergleich[138] Nägeln gleichen, die hier und da in eine Wand eingeschlagen sind: sie erscheinen dem Auge zahlreich; aber sammle sie, und sie finden in deiner Hand Platz.

Die Liebe besteht fast nur aus Gesprächen. Bei einem Liebenden gibt es nur ein einziges, das unerschöpflich ist: nämlich Güte, Anmut und Zartgefühl. Alles fühlen, alles erraten, alles schon im voraus tun; Vorwürfe machen, ohne die zärtliche Liebe zu betrügen; ein Geschenk ohne jeden Stolz darzubringen wissen; den Wert irgendeiner Handlung durch eine sinnreiche Form verdoppeln; mit Taten und nicht mit Worten schmeicheln; lieber sich selber verständlich machen, als gar zu lebhaft auf das von der Frau Gesagte eingehen; zart berühren, nicht schlagen; mit dem Blick und sogar mit dem Klang der Stimme liebkosen; niemals in Verlegenheit bringen; unterhalten, ohne den guten Geschmack zu beleidigen; immer das Herz zu streicheln wissen; zur Seele sprechen – das ist es, was alle Frauen wünschen; sie geben gerne die Wonnen aller Nächte einer Messalina darum, wenn sie mit einem Wesen zusammenleben können, das sie mit diesen Liebkosungen der Seele überhäuft, nach denen es sie so gelüstet, und die einen Mann nichts kosten als ein wenig Aufmerksamkeit.

Diese Zeilen enthalten den größten Teil der Geheimnisse des Ehebettes. Scherzbolde werden vielleicht diese lange Definition der Höflichkeit für eine Definition der Liebe halten, während sie doch, alles in allem genommen, nichts weiter ist als eine Empfehlung, deine Frau so zu behandeln, wie du den Minister behandeln würdest, der die von dir begehrte Stellung zu vergeben hat.

Hier höre ich Tausende von Stimmen schreien, dieses Werk trete öfter für die Sache der Frauen ein als für die Sache der Männer.

Die meisten Frauen seien einer solchen zarten Sorgfalt unwürdig und würden sie mißbrauchen.

Es gebe Frauen, die von einem Hang zu zügelloser Sinnlichkeit besessen seien; diese würden sich mit einem Verfahren, das sie als Mystifikation bezeichnen würden, nicht recht zufriedengeben.

Die Frauen seien durch und durch die verkörperte Eitelkeit und dächten nur an ihre Fähnchen.

Sie setzten sich auf eine Weise manchmal Dinge in den Kopf, die einfach unerklärlich sei.

Manchmal ärgerten sie sich über eine höfliche Aufmerksamkeit.

Sie seien dumm, sie verständen nichts, sie taugten nichts, usw.

Als Antwort auf all dieses Geschrei wollen wir hier einen Satz hinschreiben, der, um uns eines Ausdrucks von Beaumarchais zu bedienen, vielleicht nach einem Gedanken aussehen wird, weil er zwischen zwei weißen Zeilen steht.

LXIII. Die Frau ist für ihren Mann, was ihr Mann aus ihr gemacht hat.

In dem Ehebett besitzest du einen treuen Dolmetscher, der mit tiefer Wahrheit die Gefühle einer Frau überträgt; du machst sie dadurch zur Spionin ihrer selbst; du befindest dich stets auf der Höhe ihrer Liebestemperatur; du verläßt sie niemals, du kannst ihren Schlummer hören, kannst alle jene Unvernünftigkeiten vermeiden, die so viele Ehen unglücklich machen; und das sind die Gründe, aus denen ein Ehebett für beide Gatten den beiden andern Arten der Einrichtung des ehelichen Schlafgemachs vorgezogen werden muß.

Da es aber nichts Gutes ohne eine kleine Beimischung von Unbequemlichkeit gibt, mußt du elegant zu schlafen verstehen, mußt du unter der Nachtmütze ein würdiges Aussehen zu bewahren wissen, höflich sein, einen leichten Schlaf haben, nicht zu viel husten und es machen wie die modernen Schriftsteller, die mehr Vorreden als Bücher produzieren.

Achtzehnte Betrachtung

Ehe-Revolutionen

Es kommt stets ein Augenblick, da die Völker und die Frauen, sogar die dümmsten, merken, daß man ihre Unschuld mißbraucht. Die allergeschickteste Politik vermag zwar auf lange Zeit zu täuschen; aber die Menschen wären zu glücklich, wenn sie stets täuschen könnte; dadurch würde Völkern und Eheleuten viel Blut erspart werden.

Wir wollen indessen hoffen, daß die in den vorhergehenden Betrachtungen angegebenen Verteidigungsmittel einer gewissen Menge von Ehemännern genügen werden, um sich aus den Klauen des Minotauros zu retten!

Oh! Gebt doch dem Doktor der Ehewissenschaft recht, wenn er behauptet, daß mehr als eine Liebschaft, die als geheime Verschwörung angesponnen ist, durch die Mittel der Ehehygiene vernichtet werden oder dank der Ehepolitik ihr Ende finden wird. Ja (und ist es ein Irrtum, so ist er wenigstens tröstlich) ja! mehr als ein Liebhaber wird durch die persönlichen Mittel vertrieben werden. Mehr als ein Ehemann wird mit einem undurchdringlichen Schleier die geheimen Triebfedern seines Machiavellismus zu verhüllen wissen, und mehr als einer wird bessern Erfolg haben, als jener alte Philosoph, der da ausrief: ›*Nolo coronari!*‹ – ›Ich will nicht gekrönt werden!‹

Leider aber sind wir gezwungen, eine traurige Wahrheit anzuerkennen. Der Despotismus hat seine Sicherheit; diese gleicht jener Stunde, die einem Gewitter vorausgeht, und in deren tiefem Schweigen der auf vergilbtem Gras ausgestreckte Wanderer eine Viertelmeile weit den Gesang einer Grille zu hören vermag. Eines Morgens also entdeckt eine anständige Frau, und wie sie werden es die meisten unserer anständigen Frauen machen, mit Adlerblick die geschickten Manöver, die aus ihr das Opfer einer teuflischen Politik gemacht haben. Zunächst ist sie wütend, so lange Zeit tugendhaft gewesen zu sein. In welchem Alter, an welchem Tage wird diese furchtbare Revolution ausbrechen? Diese chronologische Frage hängt ganz und gar von der Geschicklichkeit eines jeden Ehemannes ab; denn nicht alle sind berufen, mit demselben Talent die Vorschriften unseres Ehe-Evangeliums zu befolgen.

»Man muß recht wenig Liebe empfinden«, wird die hinters Licht geführte Ehefrau ausrufen, »um sich mit derartigen Berechnungen abzugeben! Was! Vom ersten Tag an hat er mich fortwährend im Verdacht gehabt? Das ist ja ungeheuerlich; eine Frau wäre einer so heimtückischen und grausamen Kunst nicht fähig!«

Dies ist das Thema. Die Variationen, die der Charakter der von ihm zu seiner Lebensgefährtin erwählten jungen Eumenide dazu liefern wird, kann jeder Ehemann selber erraten.

In diesem verhängnisvollen Augenblick sagt eine Frau nichts. Sie schweigt und verstellt sich. Ihre Rache wird geheimnisvoll sein. Nur hattest du seit jenem kritischen Augenblick, der nach unserer Annahme das Ende eures Honigmondes bezeichnete, bloß mit einem Schwanken ihres Herzens zu kämpfen; jetzt hingegen wirst du mit einem festen Entschluß zu kämpfen haben. Sie hat beschlossen, sich zu rächen. Von diesem Tage an trägt sie für dich eine Gesichtsmaske, die ehern ist wie ihr Herz. Du warst ihr gleichgültig; unvermerkt wirst du ihr unerträglich werden. Der Bürgerkrieg wird erst in dem Augenblick beginnen, da ein Ereignis dich ihr verhaßt gemacht hat, wie ein Wassertropfen ein volles Glas zum Überlaufen bringt; ob dieses Ereignis an sich mehr oder weniger wichtig ist, das scheint uns schwer bestimmbar. Indessen ist der Zeitraum, der jedenfalls zwischen dem Tage, da deine Frau deine Anstalten bemerkt hat, und jener letzten Stunde verstreichen wird, die das verhängnisvolle Ende eures guten Einvernehmens bezeichnet, immerhin so beträchtlich, daß du eine Anzahl von Verteidigungsmitteln anwenden kannst, die wir jetzt ausführlicher behandeln wollen.

Bis dahin hast du deine Ehre nur dadurch geschützt, daß du völlig geheime Kräfte spielen ließest. Von nun an wird das Räderwerk deiner Maschinen für den Ehekrieg offen zutage liegen. Bis dahin suchtest du das Verbrechen zu verhindern. Jetzt gilt es, loszuschlagen. Du hast mit Unterhandlungen begonnen und steigst schließlich zu Pferde, mit gezogenem Säbel, wie ein Pariser Stadtgendarm. Du wirst deinen Gaul Kapriolen machen lassen, wirst deinen Säbel schwingen, wirst aus vollem Halse schreien und versuchen, den Auflauf zu zerstreuen, ohne jemanden zu verwunden.

Wie der Verfasser dieses Buches einen Übergang von der Schilderung der geheimen Mittel zu der der offenkundigen Mittel hat finden müssen, ist es auch für einen Ehemann notwendig, die ziemlich schroffe Veränderung seiner Politik zu rechtfertigen; denn in der Ehe wie in der Literatur besteht die ganze Kunst in der Anmut der Übergänge. Diese ist für dich von der höchsten Bedeutung. In welche abscheuliche Lage würdest du dich bringen, wenn in diesem Augenblick, der vielleicht der kritischste des ganzen Ehelebens ist, deine Frau sich über dein Benehmen zu beschweren hätte!

Du mußt also ein Mittel finden, die geheime Tyrannei deiner ersten Politik zu rechtfertigen; ein Mittel, das den Geist deiner Frau auf die von ihr zu ergreifenden schroffen Maßregeln vorbereitet; ein Mittel, durch das du nicht ihre Achtung verlierst, sondern sie dir im Gegenteil gewinnst; ein Mittel, das dich der Verzeihung würdig macht, das dir sogar wieder ein klein wenig von jenem Zauber verleiht, durch den du sie vor eurer Heirat verführtest ...

»Aber bei was für einer Politik sollte man ein solches Aushilfsmittel suchen? Gibt es überhaupt ein solches ...?«

Ja.

Aber welche Geschicklichkeit, welchen Takt, welche Schauspielerkunst muß ein Mann besitzen, um die mimischen Reichtümer des Schatzes zu entfalten, den wir ihm zugänglich machen wollen! Um die Leidenschaft zu spielen, deren Feuer aus dir einen neuen Menschen machen wird, mußt du die ganze Tiefe eines Talma[139] besitzen ...!

Diese Leidenschaft ist die Eifersucht.

»Mein Mann ist eifersüchtig. Er war es seit Beginn unserer Ehe. Er verbarg mir dies Gefühl mit raffiniertem Takt. Er liebt mich also noch ...? Dann werde ich ihn lenken können ...!«

Diese Entdeckungen muß eine Frau nach und nach machen, nachdem du mit ihr bewunderungswürdige Komödienszenen aufgeführt hast, bei denen du dich köstlich unterhalten dürftest; und ein Weltmann müßte recht dumm sein, wenn es ihm nicht gelänge, einer Frau etwas einzureden, das ihr schmeichelt.

Mit welcher vollendeten Heuchelei mußt du alle deine Handlungen nacheinander so einrichten, daß du die Neugier deiner Frau erweckst, sie mit einem neuen Studium beschäftigst, sie im Labyrinth deiner Gedanken umherirren läßt . . .!

Als ausgezeichneter Schauspieler errätst du, durch welches diplomatische Schweigen, durch was für listige Gebärden, geheimnisvolle Worte, doppelsinnige Flammenblicke eines Abends deine Frau zu dem Versuch verlockt wird, dir das Geheimnis deiner Leidenschaft zu entreißen?

Oh! In seinen Bart hineinlachen, während man Tigeraugen macht; nicht zu lügen und nicht die Wahrheit zu sagen, sich des kapriziösen Geistes einer Frau zu bemächtigen und ihr den Glauben zu lassen, sie halte ihren Mann, während dieser ihr ein Halseisen anlegt . . .! Oh! Komödie ohne Publikum, die von Herzen zu Herzen gespielt wird und bei der ihr beide im Gefühl eines sichern Erfolges euch selber Beifall klatscht . . .!

Deine Frau wird dir mitteilen, du seist eifersüchtig; sie wird dir nachweisen, daß sie dich besser kennt als du selber; sie wird dir darlegen, daß deine Listen völlig überflüssig seien; sie wird dich vielleicht herausfordern. Freudetrunken triumphiert sie im Gefühl der Überlegenheit, die sie dir gegenüber zu besitzen glaubt; du gewinnst in ihren Augen an Vornehmheit; denn sie findet dein Verhalten ganz natürlich. Nur war selbstverständlich dein herausforderndes Benehmen überflüssig: denn wenn sie dich verraten wollte, wer könnte sie daran verhindern?

Dann, eines Abends, wirst du dich von der Leidenschaft fortreißen lassen: du nimmst irgendeine Kleinigkeit zum Vorwand und machst eine Szene, bei der du in deinem Zorn das Geheimnis der strengen Maßregeln verrätst, zu denen zu greifen du dich entschlossen hättest. Dies ist der Augenblick, da unser neues Gesetzbuch in Kraft tritt.

Du brauchst nicht zu befürchten, eine Frau werde sich darüber ärgern. Sie braucht deine Eifersucht. Sie wird sogar deine strengen Maßregeln herausfordern. Zunächst, weil sie darin die Rechtfertigung ihres Benehmens suchen wird; ferner findet sie ungeheure Genugtuung dabei, vor der Welt die Rolle eines Opfers zu spielen; denn was für köstliche Beteuerungen des Mitleids wird sie da anhören dürfen! Ferner wird sie sich daraus eine Waffe gegen dich schmieden, in der Hoffnung, sich ihrer bedienen zu können, um dich in eine Falle zu locken.

Sie sieht bereits klar und deutlich tausend neue Wonnen in ihrer künftigen Untreue, und ihre Phantasie begrüßt mit freudigem Lächeln alle Schranken, mit denen du sie umgibst: wird es nicht herrlich sein, darüber hinwegspringen zu müssen?

Die Frauen verstehen besser als wir die Kunst, die beiden menschlichen Gefühle zu analysieren, mit denen sie sich gegen uns bewaffnen, und deren Opfer sie sind. Sie besitzen den Instinkt der Liebe, weil die Liebe ihr ganzes Leben ist; und sie besitzen den Instinkt der Eifersucht, weil diese so ziemlich ihr einziges Mittel ist, uns zu beherrschen. In ihnen ist die Eifersucht ein echtes Gefühl: sie geht aus dem Instinkt der Selbsterhaltung hervor; sie läßt ihnen die Wahl zwischen Leben und Tod. Beim Mann aber ist diese beinahe unerklärliche Leidenschaft fast immer ein Unsinn, wenn er sich ihrer nicht als eines Mittels bedient.

Auf eine Frau, von der man geliebt wird, eifersüchtig zu sein, deutet auf ganz eigentümliche Denkfehler hin. Wir werden geliebt, oder wir werden nicht geliebt: von diesen beiden Extremen aus betrachtet, ist die Eifersucht für den Mann ein überflüssiges Gefühl; sie läßt sich vielleicht ebensowenig erklären wie die Furcht, und vielleicht ist die Eifersucht nichts als die der Liebe beigemischte Furcht. Aber das heißt nicht: an seiner Frau zweifeln, das heißt: an sich selbst zweifeln.

Eifersüchtig sein bedeutet gleichzeitig: den Gipfel der Ichsucht, den Bankrott der Selbstachtung und die Erregung einer falschen Eitelkeit. Die Frauen nähren mit außerordentlicher Sorgfalt dieses lächerliche Gefühl, weil sie ihm Kaschmirschals, ihr Nadelgeld und Diamanten verdanken und weil sie für sie das Thermometer ihrer Macht ist. Daher würde auch deine Frau auf ihrer Hut sein, wenn du nicht den Eindruck hervorriefest, die Eifersucht mache dich blind; denn es gibt nur eine einzige Schlinge, vor der sie nicht auf der Hut ist: nämlich die Schlinge, die sie sich selber legt. Daher muß eine Frau leicht von einem Ehemann übertölpelt werden, der geschickt genug ist, der unvermeidlichen, früher oder später doch eintretenden Revolution die von uns bezeichnete und von der Klugheit gebotene Richtung zu geben.

Du wirst dadurch auf deine Ehe jene eigentümliche Erscheinung übertragen, die uns die Geometrie in den Asymptoten bietet. Deine Frau wird dich stets zu minotaurisieren versuchen, ohne daß es ihr jemals gelänge. Wie es Knoten gibt, die sich niemals so fest zusammenziehen, wie wenn man sie aufzulösen versucht, wird sie im Interesse deiner Macht arbeiten, während sie glaubt, für ihre Unabhängigkeit zu arbeiten.

Ein Fürst ist auf dem höchsten Grad der Verstellungskunst angelangt, wenn er seinem Volk die Überzeugung beibringt, es schlage sich für sich selbst, während er es in Wirklichkeit für seinen Thron abschlachten läßt.

Aber viele Ehemänner werden gleich zu Anfang bei der Durchführung dieses Feldzugsplans eine Schwierigkeit finden. Wenn die Frau über eine tiefgehende Verstellungskunst verfügt, an welchen Zeichen soll man dann den Augenblick erkennen, da sie die geheimen Triebfedern der langdauernden Mystifikation bemerkt?

Hierauf antworten wir: zunächst haben die Betrachtungen ›über die Ehezollrevision‹ und die ›Theorie des Bettes‹ bereits mehrere Mittel aufgezeigt, um die Gedanken der Frau zu erraten; wir erheben indessen nicht den Anspruch, in diesem Buch alle die unermeßlichen Hilfsquellen des menschlichen Geistes erschöpfen zu wollen. Hier nur ein Beispiel: am Saturnalientag entdeckten die Römer innerhalb von zehn Minuten mehr über die Eigenschaften ihrer Sklaven, als sie sonst während des ganzen übrigen Jahres erfahren konnten! Du mußt in deiner Ehe Saturnalien einzurichten verstehen, mußt es machen wie Geßler, der sicherlich, als er Wilhelm Tell den Apfel vom Kopf seines Kindes herunterschießen sah, sich gesagt hat:

»Den Mann da muß ich mir vom Halse schaffen; er würde mich nicht fehlen, wenn er mich totschießen wollte.«

Du begreifst: sollte deine Frau Roussillonwein trinken, Hammelfilet essen, zu jeder beliebigen Stunde ausgehen und die Enzyklopädie lesen wollen, dann mußt du sie auf die dringlichste Weise dazu auffordern. Vor allem, weil sie gegen ihre eigenen Wünsche mißtrauisch werden wird, wenn sie dich in vollkommenem Gegensatz zu den früher von dir befolgten Systemen handeln sieht. Sie wird sich einbilden, du müssest ein ganz besonderes Interesse daran haben, daß du deine Politik diesen neuen Kurs einschlagen läßt, und darum wird gerade der Umstand, daß du ihr alle Freiheit läßt, sie dermaßen beunruhigen, daß sie keinerlei Genuß davon haben wird. Wenn nun auch eine solche Änderung des Verhaltens dieses oder jenes Unglück mit sich bringen könnte, wird die Zukunft auch dafür Rat schaffen. In Revolutionszeiten ist es der allererste Grundsatz, das Übel, das man nicht verhindern kann, einem guten Ziel zuzulenken, und durch Blitzableiter den Blitz anzuziehen, um ihn in einen Brunnen zu leiten.

Und nun stehen wir endlich vor dem letzten Akt der Komödie.

Der Liebhaber, der von dem Tag an, da das schwächste von allen ›Ersten Symptomen‹ bei deiner Frau aufgetreten ist, bis zu dem Augenblick, da die Eherevolution sich vollzieht, teils als körperliches Wesen, teils als ein Gebilde ihrer Phantasie eure Ehe umschwebt hat – der Liebhaber, der durch einen Wink von ihr herangerufen worden ist, hat gesagt: »Da bin ich.«

Neunzehnte Betrachtung

Der Liebhaber

Wir überliefern die folgenden Denksprüche dem Nachdenken der Leser.

Man müßte am Menschengeschlecht verzweifeln, wenn diese Denksprüche erst im Jahre 1830 entstanden wären; aber sie drücken so kurz und bündig die Beziehungen und Unterschiede aus, die zwischen dir, deiner Frau und einem Liebhaber bestehen; sie werden auf die von dir zu befolgende Politik ein so glänzendes Licht werfen, werden dir so genauen Aufschluß über die Kräfte des Feindes geben, daß wir, der Magister, uns hier gegen jede Regung von Eitelkeit verschlossen haben; und sollte zufällig unter allen diesen Gedanken sich ein einziger neuer finden, dann buche man ihn auf das Konto des Teufels, auf dessen Rat dieses Buch entstand.

LXIV. Von Liebe sprechen heißt Liebe üben.

LXV. Bei einem Liebhaber bekundet die gewöhnlichste Begierde sich stets als Ausbruch einer gewissenhaften Bewunderung.

LXVI. Ein Liebhaber besitzt alle Vorzüge und alle Mängel, die ein Gatte nicht hat.

LXVII. Ein Liebhaber belebt nicht nur alles, er läßt auch das Leben vergessen; der Ehemann belebt nichts.

LXVIII. Auf alle Mätzchen der Empfindung, die eine Frau macht, fällt ein Liebhaber stets herein; und wo ein Ehemann notwendigerweise die Achseln zuckt, gerät ein Liebhaber in Verzückung.

LXIX. Ein Liebhaber verrät nur durch sein Benehmen, bis zu welchem Grade der Intimität er bei einer verheirateten Frau gelangt ist.

LXX. Eine Frau weiß nicht immer, warum sie liebt. Dagegen kommt es selten vor, daß ein Mann bei seiner Liebe nicht ein Interesse verfolgt. Ein Ehegatte muß diesen geheimen Grund der Eigensucht ausfindig machen; denn dieser wird für ihn der Hebel des Archimedes sein.

LXXI. Ein talentvoller Ehemann gibt niemals öffentlich die Vermutung kund, daß seine Frau einen Liebhaber habe.

LXXII. Ein Liebhaber gehorcht allen Launen einer Frau; und da ein Mann in den Armen seiner Geliebten niemals schäbig ist, so wird er, um ihr zu gefallen, alle Mittel aufbieten, deren Anwendung einem Ehemann oftmals widerstrebt.

LXXIII. Ein Liebhaber lehrt eine Frau alles, was ihr Ehemann ihr verheimlicht hat.

LXXIV: Alle Empfindungen, die eine Frau ihrem Liebhaber entgegenbringt, sind nur ein Austausch; sie erhält sie stets in verstärktem Maße zurück; sie umschließen nicht bloß, was sie empfangen haben, sondern auch, was sie abgegeben hatten. Bei diesem Geschäft machen schließlich fast alle Ehemänner Bankrott.

LXXV. Ein Liebhaber spricht zu einer Frau nur von dem, was sie größer machen kann; dagegen kann ein Ehemann, auch wenn er ein liebender Ehemann ist, sich nicht enthalten, ihr Ratschläge zu geben, die stets einen Beigeschmack von Tadel haben.

LXXVI. Bei einem Liebhaber kommt stets die Geliebte zuerst und dann er selber; beim Ehemann ist es umgekehrt.

LXXVII. Ein Liebhaber hegt stets den Wunsch, liebenswürdig zu erscheinen; in diesem Gefühl liegt immer eine gewisse Übertreibung, die leicht lächerlich wird; das muß man sich zunutze zu machen wissen.

LXXVIII. Wenn ein Verbrechen begangen ist, weiß der Untersuchungsrichter (ausgenommen im Fall, daß ein Sträfling sich befreit und im Zuchthaus einen Mord begangen hat), daß nicht mehr als fünf Personen existieren, denen er die Tat zuschreiben kann. Von hier geht er aus und stellt seine Mutmaßungen an. Ein Ehemann muß denken wie der Richter: es gibt in der Gesellschaft keine drei Personen, die er in Verdacht haben kann, wenn er herausbringen will, wer der Liebhaber seiner Frau ist.

LXXIX. Ein Liebhaber hat niemals unrecht.

LXXX. Der Liebhaber einer verheirateten Frau hat ihr gesagt: »Madame, Sie brauchen Ruhe. Sie müssen Ihren Kindern das Beispiel der Ruhe geben. Sie haben geschworen, einen Mann glücklich zu machen, der, abgesehen von einigen Fehlern (und ich habe mehr als er) Ihre Achtung verdient. Nun, Sie müssen mir Ihre Familie und Ihr Leben opfern, weil ich gesehen habe, daß Sie ein hübsches Bein haben. Lassen Sie sich nicht einfallen, dagegen auch nur zu murren; denn ein Gewissensbiß ist eine Beleidigung, die ich mit einer härteren Strafe belegen würde, als das Gesetz sie gegen ehebrecherische Gatten vorsieht. Als Lohn für diese Opfer bringe ich Ihnen ebenso viele Freuden wie Leiden.« Unglaublich: ein Liebhaber gewinnt den Sieg . . .! Die Form, die er seiner Rede verleiht, läßt die Frau über alles hinwegsehen. Er spricht immer nur ein Wort: »Ich liebe.« Ein Liebhaber ist ein Herold, der entweder das Talent oder die Schönheit oder den Geist einer Frau ausposaunt. Was posaunt ein Gatte aus?

Alles in allem genommen, ist die Liebe, die eine verheiratete Frau einflößt oder die sie empfindet, ganz und gar kein Gefühl, auf das jemand stolz sein kann: bei ihr ist es eine ungeheure Eitelkeit; bei ihrem Liebhaber ist es Egoismus. Der Liebhaber einer verheirateten Frau nimmt so viele Verpflichtungen auf sich, daß man in einem Jahrhundert keine drei Männer antrifft, die daran denken, diesen Verpflichtungen nachzukommen; er müßte sein ganzes Leben seiner Geliebten weihen, die er aber in Wirklichkeit zuletzt stets verläßt: das wissen sie beide, und seitdem es eine Gesellschaft gibt, ist *Sie* stets so erhaben gewesen, wie *Er* undankbar war. Eine große Leidenschaft erregt zuweilen das Mitleid der Richter, die sie verurteilen und verurteilen müssen, aber wo sieht man wahre und dauernde Leidenschaften? Welcher Kraft bedarf ein Ehegatte, um erfolgreich den Kampf mit einem Menschen aufzunehmen, dessen Nimbus eine Frau dahin bringt, ein solches Unglück und solche Leiden auf sich zu nehmen?

Wir sind der Meinung, daß im allgemeinen ein Ehemann, wenn er die von uns bereits ausführlich geschilderten Verteidigungsmittel geschickt anzuwenden weiß, seine Frau bis zum Alter von siebenundzwanzig Jahren verhindern kann, freilich nicht, sich einen Liebhaber wenigstens in Gedanken auszusuchen, wohl aber, das ›große Verbrechen‹ zu begehen. Allerdings trifft man hier und da Männer, die von einer tiefen Begabung für den Ehemannsstand beseelt sind und ihre Frauen, mit Leib und Seele, bis zum Alter von dreißig oder fünfunddreißig Jahren für sich behalten können; allein diese Ausnahmen bilden gewissermaßen einen Skandal und verursachen Bestürzung und Schrecken. Ein solches Phänomen tritt eigentlich nur in der Provinz auf, wo das Leben durchsichtig ist und die Häuser Glashäuser sind, wo daher der Mann mit einer ungeheuren Macht bewaffnet ist. Dieser wunderbare Beistand, der einem Ehemann durch Menschen und Dinge zuteil wird, wird in einer Stadt stets hinfällig, sobald ihre Einwohnerzahl zweihundertundfünfzigtausend Seelen übersteigt.

Es wäre also ziemlich einleuchtend nachgewiesen, daß das Alter von dreißig Jahren das höchste Lebensalter der Tugend ist. In diesem kritischen Augenblick wird die Bewachung einer Frau so schwierig, daß man, um sie für immer in der Gefangenschaft des ehelichen Paradieses zu halten, zu den letzten uns noch übrigbleibenden Verteidigungsmitteln greifen muß. Diese Mittel werden uns die Kapitel ›Über die Polizei‹, ›Die Kunst des Nachhausekommens‹ und ›Die Peripetien‹ enthüllen.

Zwanzigste Betrachtung

Über die Polizei

Die Ehepolizei umfaßt alle Mittel, die die Gesetze, die Sitten, die Stärke und die List dir an die Hand geben, um deine Frau an den drei Handlungen zu verhindern, die gewissermaßen das Leben der Liebe ausmachen: einander schreiben, sehen und sprechen.

Die Polizei wird in höherem oder geringerem Grade mit mehreren der in den vorhergehenden Betrachtungen aufgeführten Mittel zusammen eingesetzt. Nur der Instinkt kann anzeigen, in welchen Verhältnissen und bei welchen Gelegenheiten diese verschiedenen Elemente benutzt werden dürfen. Das ganze System hat etwas Dehnbares: ein gewandter Ehemann wird leicht erraten, wie man es abändern, ausdehnen oder einschränken muß. Mit Hilfe der Polizei kann ein Mann seine Frau bis zum vierzigsten Jahr rein und makellos erhalten.

Wir wollen diese Abhandlung über die Polizei in fünf Paragraphen teilen.

§ 1. Die Mausefallen,
§ 2. Die Korrespondenz,
§ 3. Die Spione,
§ 4. Der Index,
§ 5. Die Haushaltungskosten.

§ 1. Die Mausefallen

Obwohl wir annehmen können, daß unser Ehemann sich in einer sehr ernsten und kritischen Lage befindet, wollen wir dennoch nicht annehmen, daß der Liebhaber im ehelichen Burgfrieden völliges Bürgerrecht erlangt hat. Gar viele Ehemänner vermuten oftmals, daß ihre Frauen einen Liebhaber haben; sie wissen aber nicht, auf wen von den vier oder fünf Auserwählten, von denen wir vorhin sprachen, sie einen bestimmten Verdacht lenken sollen. Dieses Schwanken hat sicherlich seinen Grund in einer moralischen Unvollkommenheit, der der Professor zu Hilfe kommen muß.

Fouché[140] verfügte in Paris über mehrere Häuser, die von Leuten in den höchsten und vornehmsten Stellungen besucht wurden; die Besitzerinnen dieser Häuser waren ihm ergeben. Diese Ergebenheit kostete den Staat recht hübsche runde Summen. Der Minister nannte diese Gesellschaften, gegen die damals kein Mensch auch nur das geringste Mißtrauen hatte, seine ›Mausefallen‹. Mehr als eine Person wurde unmittelbar nach dem Verlassen eines Balles verhaftet, bei dem die glänzendste Gesellschaft von Paris den Helfershelfer des ehemaligen Oratorianers gespielt hatte.

Die Kunst, als Köder einige Stückchen gebratener Nuß darzubieten, damit die Frau ihre weiße Hand in die Falle stecke, ist sehr eng umschrieben; denn eine Frau ist ganz gewiß stets auf ihrer Hut; trotzdem zählen wir mindestens drei Arten von Mausefallen: die unwiderstehliche, die unschuldig aussehende und die Mausefalle mit Schnappschloß.

Die unwiderstehliche Mausefalle

Gegeben seien zwei Ehemänner, die wir A. und B. nennen wollen; wir nehmen an, sie wollten herausbringen, wer die Liebhaber ihrer Frauen sind. Wir setzen den Ehemann A. auf den Mittelplatz an einen Tisch, der mit den schönsten Fruchtpyramiden, mit Kristallgeschirr, mit Zuckerwerk, mit Likören gedeckt ist. Ehemann B. möge sich an irgendeinem Punkt dieses glänzenden Kreises befinden, je nach dem Belieben des Lesers. Es ist Champagner gereicht woren; alle Augen glänzen, und alle Zungen sind in Bewegung.

Ehemann A. (eine Marone schälend): Na, ich für mein Teil, ich bewundere die Schriftsteller, aber nur von fern; ich finde sie unerträglich; bei einem Gespräch sind sie Despoten; ich weiß nicht, ob ihre Fehler oder ihre guten Eigenschaften mehr verletzen; denn es scheint wirklich, daß die geistige Überlegenheit nur dazu dient, ihre Mängel und ihre Vorzüge mehr hervortreten zu lassen. Kurz ... (er schluckt seine Marone hinunter) ... geniale Menschen sind meinetwegen Elixiere, aber man muß vorsichtig damit umgehen.

Ehefrau B. (die aufmerksam zugehört hatte): Aber, Monsieur A., Sie sind recht anspruchsvoll! (Sie lächelt boshaft). Mir scheint, Dummköpfe haben ebensoviel Fehler wie talentvolle Leute, nur mit dem Unterschied, daß sie es nicht verstehen, sie sich verzeihen zu lassen!

Ehemann A. (gereizt): Sie werden aber doch wenigstens zugeben, Madame, daß diese Leute durchaus nicht liebenswürdig gegen Sie sind ...

Ehefrau B. (lebhaft): Wer hat Ihnen das gesagt?

Ehemann A. (lächelnd): Drücken sie Sie nicht in jedem Augenblick mit ihrer Überlegenheit zu Boden? Die Eitelkeit ist so sehr die alles beherrschende Eigenschaft ihrer Seelen, daß sie Sie nichts werden sagen lassen, was nicht einfach eine Wiederholung ihrer Worte ist ...

Die Dame des Hauses (beiseite zur Ehefrau A): Das hast du wirklich verdient, meine Liebe ... (Ehefrau A. zuckt die Achseln.)

Ehemann A. (fortfahrend): Da ferner ihre Gewohnheit, Ideenverbindungen herzustellen, ihnen das ganze mechanische Getriebe der Gefühle bloßlegt, wird für sie die Liebe etwas rein Physisches sein, und bekanntlich glänzen sie nicht gerade durch ..

Ehefrau B. (beißt sich auf die Lippen und unterbricht ihn): Mir scheint, Monsieur, in diesem Prozeß sind lediglich wir Frauen Richterinnen. Aber ich kann begreifen, daß Weltmänner von Schriftstellern nicht viel wissen wollen! Gehen Sie mir doch! Sie können sie leichter kritisieren, als es ihnen gleichtun!

Ehemann A. (verächtlich): O Madame – wir Männer von Welt können die Schriftsteller unserer Zeit getrost angreifen, ohne daß man uns Neid vorzuwerfen braucht! Es gibt so manchen Salonmenschen, der, wenn er schriebe ...

Ehefrau B. (voll Wärme): Zum Unglück für Sie, Monsieur, haben einige Ihrer Freunde von der Kammer Romane geschrieben ... Haben Sie sie lesen können ...? Nein, wahrhaftig, heutzutage müssen für die geringste literarische Arbeit historische Studien gemacht werden, muß ...

Ehemann B. (antwortet seiner Nachbarin, mit der er im Gespräch war, nicht mehr und sagt für sich): Oho! sollte meine Frau etwa Monsieur de L. lieben? (Den Verfasser der ›Mädchenträume‹). Das ist ja sonderbar! Ich glaubte, es sei der Doktor

M. . . . Da wollen wir doch mal sehen . . . (Laut): Wissen Sie auch, meine Liebe, daß Sie mit dem, was Sie da eben sagen, vollkommen recht haben? (Man lacht.) Wahrhaftig, ich will in meinem Salon viel lieber Künstler und Schriftsteller empfangen . . . (beiseite: wenn wir überhaupt mal jemanden empfangen!) . . ., als Leute mit andern Berufen! Die Künstler sprechen doch wenigstens von Dingen, die dem allgemeinen Verständnis zugänglich sind; denn wer glaubt nicht von sich selbst, daß er Geschmack besitze? Aber die Richter, die Advokaten und besonders die Ärzte . . .! Ach! ich gestehe, wenn man sie so fortwährend von Prozessen und Krankheiten sprechen hört, also gerade von jenen beiden Gebrechen der Menschheit, die . . .

Ehefrau B. (unterbricht ihr Gespräch mit ihrer Tischnachbarin, um ihrem Mann zu antworten): Ach ja, die Ärzte sind unausstehlich . . .!

Ehefrau A. (Nachbarin des Ehemanns B., ruft gleichzeitig): Aber was sagen Sie da, lieber Tischgenosse . . .? Da sind Sie in einem ganz merkwürdigen Irrtum befangen! Heutzutage will niemand mehr nach dem aussehen, was er ist: die Ärzte, da Sie gerade von Ärzten sprechen, die Ärzte geben sich stets die größte Mühe, niemals ein Wörtchen über ihren Beruf in die Unterhaltung einfließen zu lassen! Sie sprechen über Politik, Theater, neueste Moden, erzählen Geschichten, schreiben bessere Bücher als die Berufsschriftsteller, und es besteht ein ganz gewaltiger Abstand zwischen einem Arzt von heute und den Ärzten aus Molières Komödien . . .

Ehemann A. (beiseite): Ei potztausend! Sollte meine Frau tatsächlich den Doktor M. lieben . . .? Das ist ja sonderbar! (Laut): Das mag sein, meine Liebe; aber ich würde einem schriftstellernden Arzt nicht mal meinen Hund zur Behandlung anvertrauen.

Ehefrau A. (unterbricht ihren Mann): Das ist ungerecht; ich kenne Leute, die fünf oder sechs Ämter bekleiden und in die die Regierung ein recht großes Vertrauen zu setzen scheint. Übrigens ist es ja recht komisch, daß Sie so etwas sagen, Monsieur A.! Sie halten ja doch die größten Stücke auf den Doktor M. . . .

Ehemann A. (beiseite): Jetzt scheidet jeder Zweifel aus!

Die unschuldig aussehende Mausefalle

Ein Ehemann (nach Hause kommend): Meine Liebe, wir sind bei Madame de Fischtaminel zu ihrem Konzert eingeladen, das sie nächsten Dienstag geben will. Ich gedachte hinzugehen, weil der junge Neffe des Ministers dabei singen sollte und ich gern mit ihm gesprochen hätte; aber er ist nach Frouville zu seiner Tante gereist. Was gedenkst du nun zu tun?

Die Frau: Aber in diesen Konzerten langweile ich mich zu Tode! Da sitzt man stundenlang wie angenagelt auf einem Stuhl und darf kein Wort sagen. ... Außerdem weißt du ja doch, daß wir dienstags bei meiner Mutter zu abend essen und daß wir es unmöglich versäumen dürfen, ihr zu ihrem Namenstag Glück zu wünschen.

Der Mann (nachlässig): Ach so! Ja, da hast du recht.

(Drei Tage später.)

Der Mann (beim Zubettegehen): Weißt du was, mein Engel? Morgen lasse ich dich allein zu deiner Mutter gehen; der Graf ist von Frouville zurückgekehrt und wird nun doch bei Madame de Fischtaminel sein.

Die Frau (lebhaft): Aber warum willst du denn allein hingehen? Du weißt doch, wie ich für Musik schwärme!

Die Mausefalle mit Schnappschloß

Die Frau: Warum gehst du denn heute abend so früh fort ...?

Der Mann (geheimnisvoll): Ach, einer sehr unangenehmen Geschichte wegen, die mir um so schmerzlicher ist, als ich wirklich nicht weiß, wie ich es anfangen soll, sie beizulegen!

Die Frau: Um was handelt es sich denn, Adolphe? Du bist ein Ungeheuer, wenn du mir nicht sagst, was los ist ...

Der Mann: Meine Liebe, dieser Hitzkopf, der Prosper Magnan, hat ein Duell mit Monsieur de Fontanges. Wegen einer von der Oper ... Aber was hast du denn ...?

Die Frau: Nichts ... Es ist sehr heiß hier. Ich weiß wirklich nicht, wovon das kommen kann ... aber schon den ganzen Tag über ... ist mir alle Augenblicke eine Hitze ins Gesicht gestiegen ...

Der Mann (beiseite): Sie liebt Monsieur de Fontanges. (Laut): Célestine! (Noch lauter): Célestine! kommen Sie doch! Madame ist unwohl ...!

Man begreift: der Ehemann, der ein bißchen Geist hat, muß tausend verschiedene Methoden ausfindig machen, um diese drei Arten von Mausefallen aufzustellen.

§ 2. Die Korrespondenz

Einen Brief schreiben und ihn in den Postkasten werfen lassen; die Antwort empfangen, lesen und verbrennen; das ist die Korrespondenz in ihrer allereinfachsten Form.

Nun denke man aber einmal darüber nach, welche unermeßlichen Hilfsmittel die Kultur, unsere Gebräuche und die Liebe den Frauen an die Hand gegeben haben, um dem spähenden Blick des Ehemanns die materiellen Urkunden eines Briefwechsels zu entziehen.

Der erbarmungslose Briefkasten, der jedem, der da kommt, seinen offenen Mund hinhält, empfängt sein etatmäßiges Futter aus allen Händen.

Es besteht die unglückselige Einrichtung der postlagernden Sendungen.

Ein Liebhaber findet in der Gesellschaft hundert hilfsbereite Personen, männliche wie weibliche, die in Erwartung eines ähnlichen Gegendienstes das Liebesbriefchen in die verliebte und verständnisinnige Hand seiner schönen Geliebten gleiten lassen.

Der Briefwechsel ist ein Proteus. Es gibt sympathetische Tinten, und ein junger Hagestolz hat uns anvertraut, er habe einen Brief auf das Vorsatzblatt eines neuerschienenen Buches geschrieben, das der Ehemann selber beim Buchhändler bestellte, so daß er sicher in die Hände der Geliebten gelangte, die am Tage vorher von dieser wundervollen List in Kenntnis gesetzt worden war.

Die verliebte Frau, die die Eifersucht eines Gatten zu fürchten hat, wird Liebesbriefchen während der jenen geheimnisvollen Beschäftigungen gewidmeten Zeit schreiben, während welcher auch der despotischste Ehemann sie in Ruhe lassen muß.

Endlich verstehen alle Liebenden die Kunst, eine ganz eigenartige Telegraphie einzurichten, deren durch alle möglichen Eingebungen des Augenblicks geschaffene Zeichensprache sehr schwer zu verstehen ist. Auf dem Ball eine mit bizarrem Geschmack ins Haar gesteckte Blume; im Schauspiel ein über die Logenbrüstung ausgebreitetes Taschentuch; ein Kratzen an der Nase; eine besondere Farbe des Gürtels; ein Aufsetzen oder Abnehmen des Hutes, das Tragen eines ganz bestimmten Kleides; das Singen einer Romanze in einem Konzert oder das Anschlagen bestimmter Noten auf dem Klavier; das Hinsehen nach einem bestimmten vereinbarten Punkte – alles: von dem Leierkastenmann, der unter deinem Fenster sich aufstellt und fortgeht, wenn ein bestimmter Fensterladen geöffnet wird, bis zu der Zeitungsanzeige eines Pferdeverkaufs, ja sogar bis zu dir selber, alles wird Korrespondenz sein.

Wie oft wird schon eine Frau heimtückischerweise ihren Mann gebeten haben, ihr dies oder jenes zu besorgen in dem und dem Laden; in das und das Haus zu gehen, nachdem sie vorher mit ihrem Liebhaber verabredet hat, daß die Anwesenheit ihres Mannes an dem betreffenden Ort ein Ja oder Nein bedeuten solle?

Hier muß nun der Professor zu seiner Schande gestehen, daß man zwei Liebende durch kein Mittel verhindern kann, miteinander zu korrespondieren. Aber wenn auch der Ehemann in dieser Hinsicht machtlos dasteht, geht dennoch sein Machiavellismus aus dieser Schwierigkeit stärker hervor, als aus irgendeiner andern Zwangslage.

Ein geheiligtes Übereinkommen zwischen den beiden Ehegatten, und zwar ein Übereinkommen, das geheiligt bleiben muß, ist ihr gegenseitiger Schwur, die Siegel ihrer Briefe zu respektieren. Der ist ein geschickter Ehemann, der bei der Eheschließung diesen Grundsatz für heilig erklärt und der gewissenhaft daran festzuhalten weiß.

Indem du deiner Frau unbegrenzte Freiheit läßt, Briefe zu schreiben und zu empfangen, verschaffst du dir das Mittel, den Augenblick zu erfahren, da sie sich mit ihrem Liebhaber zu schreiben beginnt.

Aber angenommen, deine Frau habe Argwohn gegen dich, sie bedecke mit den undurchdringlichsten Schatten alle von ihr aufgebotenen Mittel, um dir ihre Korrespondenz zu verbergen; nun, ist es dann nicht angebracht, jene geistige Macht in Tätigkeit treten zu lassen, aus der wir in der Betrachtung über die Ehezollrevision eine Waffe für dich geschmiedet haben? Der Mann, der es nicht sieht, wenn seine Frau an ihren Liebhaber geschrieben oder von ihm eine Antwort erhalten hat, dieser Mann ist ein mangelhafter Ehegatte.

Das tiefe Studium, das du auf die Bewegungen, Handlungen, Gebärden und Blicke deiner Frau verwenden mußt, wird vielleicht peinlich und ermüdend sein. Aber es wird nicht lange dauern; denn es handelt sich nur darum, zu entdecken, wann und auf welche Weise deine Frau und ihr Liebhaber miteinander korrespondieren.

Wir können nicht glauben, daß ein Mann, wäre er auch nur von mittelmäßiger Intelligenz, dieses weibliche Manöver nicht zu erraten vermöchte, wenn er den Argwohn hat, daß es stattfindet.

Und nun urteile der Leser nach einem einzigen Abenteuer, wie viele polizeiliche Maßregeln und Unterdrückungsmittel ihm in der Korrespondenz zur Verfügung stehen.

Ein junger Advokat, dem eine rasende Leidenschaft einige von den Grundsätzen enthüllt hatte, die in diesem wichtigen Teile unseres Werkes behandelt sind, hatte ein junges Mädchen geheiratet, von dem er ein klein wenig geliebt wurde (was er als ein sehr großes Glück ansah). Nachdem er ein Jahr verheiratet gewesen war, merkte er, daß seine teure Anna (so hieß sie) den ersten Buchhalter eines Börsenmaklers liebte.

Adolphe war ein junger Mann von ungefähr fünfundzwanzig Jahren, mit hübschem Gesicht und lebenslustig wie nur irgendein Junggeselle. Er war sparsam, sauber, hatte ein vortreffliches Herz, war ein guter Reiter, wußte geistreich zu sprechen, trug sein sehr schönes schwarzes Haar stets sorgfältig frisiert, und sein Anzug ermangelte nicht der Eleganz. Kurz, eine Herzogin hätte Ehre mit ihm einlegen und Freude an ihm haben können. Der Advokat war häßlich, klein, gedrungen, vierschrötig, ein Schlaukopf und ein Ehemann. Anna war schön und hochgewachsen, hatte mandelförmig geschnittene Augen, eine weiße Haut und zarte Gesichtszüge; ihr ganzes Wesen atmete Liebe, und die Leidenschaft belebte ihren Blick mit einem zauberischen Ausdruck. Sie stammte aus einer armen Familie; Advokat Lebrun hatte zwölftausend Francs Zinsen. Das sagt alles. Eines Abends kommt Lebrun in einer augenscheinlich sehr niedergeschlagenen Stimmung nach Hause. Er geht in sein Büro, um dort zu arbeiten, kommt aber bald zähneklappernd zu seiner Frau zurück, denn er hat Fieber; und es dauert nicht lange, so legt er sich zu Bett. Er stöhnt, bedauert seine Klienten und besonders eine arme Witwe, deren Vermögen er durch die Ausfertigung einer Urkunde retten sollte, und zwar schon am nächsten Tage. Die Zusammenkunft war bereits mit den beteiligten Geschäftsleuten verabredet, und nun fühlt er sich außerstande, hinzugehen. Nachdem er eine Viertelstunde geschlummert hat, wacht er auf und bittet mit schwacher Stimme seine Frau, an einen seiner intimen Freunde zu schreiben, er möge ihn bei der für den nächsten Tag verabredeten Besprechung vertreten. Er diktiert einen langen Brief und paßt genau auf, welchen Raum die Sätze auf dem Papier einnehmen. Am Ende der zweiten Seite war der Advokat gerade dabei, seinem Kollegen die Freude auszumalen, mit der seine Klientin die Unterzeichnung des Vertrags begrüßen würde, und das neue Blatt begann mit den folgenden Worten:

»Mein guter Freund, gehen Sie, ach! gehen Sie sofort zu Madame de Vernon; Sie werden dort recht ungeduldig erwartet werden. Sie wohnt Rue du Sentier Nr. 7. Verzeihen Sie mir, daß ich so wenig darüber sage; aber ich rechne auf Ihren wundervollen Verstand: Sie werden erraten, was ich nicht auseinandersetzen kann. Ganz der Ihre.«

»Gib mir den Brief«, sagte der Advokat; »ich will ihn vor der Unterzeichnung durchsehen, ob kein Fehler darin ist.«

Die Unglückselige, deren Vorsicht dadurch eingeschläfert war, daß dieser Brief fast ganz und gar mit den barbarischsten juristischen Ausdrücken gespickt war, gibt den Brief hin. Kaum besitzt Lebrun das heimtückische Schriftstück, als er zu jammern anfängt, sich hin und her windet und seine Frau um irgendeine Gefälligkeit bittet. Sie entfernt sich für zwei Minuten, während dieser Zeit springt der Advokat aus dem Bett, faltet ein Papier in Briefform und versteckt den von seiner Frau geschriebenen

Brief. Als Anna wiederkommt, steckt der schlaue Ehemann das leere Papier in einen Umschlag, läßt es von ihr an jenen Freund adressieren, für den der unterschlagene Brief dem Anschein nach bestimmt war, und das arme Geschöpf beauftragt einen Bedienten mit der Besorgung. Lebrun scheint sich allmählich zu beruhigen; er schläft ein oder tut wenigstens so und sagt am nächsten Morgen, er verspüre noch einige unbestimmte Schmerzen. Zwei Tage darauf reißt er von dem Brief das Vorderblatt ab, ersetzt in der Schlußformel ›Ganz der Ihre‹ das Wort ›der‹ durch ein ›die‹, faltet in aller Heimlichkeit das Papier, das in aller Unschuld zum Helfershelfer bei einer Fälschung wird, siegelt es, kommt aus dem gemeinsamen Schlafzimmer hervor, ruft die Zofe und sagt ihr:

»Die gnädige Frau bittet Sie, dies zu Monsieur Adolphe zu tragen; machen Sie schnell ...«

Er sieht die Kammerzofe fortgehen, schützt unmittelbar darauf ein Geschäft vor und begibt sich nach der Rue du Sentier in die angegebene Wohnung. In aller Ruhe wartet er bei dem Freunde, der mit ihm im Einverständnis ist, auf seinen Nebenbuhler. Trunken von Glück, eilt der Liebhaber herbei und fragt nach Madame de Vernon; er wird in den Salon geführt und sieht sich dem Advokaten Lebrun gegenüber, der ihm mit einem bleichen, aber kalten Antlitz, mit ruhigen, aber unversöhnlichen Augen entgegentritt.

»Monsieur«, sagt der Advokat mit bewegter Stimme zu dem jungen Buchhalter, dem vor Angst das Herz schneller schlägt. »Sie lieben meine Frau, Sie versuchen, ihr zu gefallen; ich kann Ihnen das nicht übelnehmen, denn an Ihrer Stelle und in Ihrem Alter hätte ich es genauso gemacht. Aber Anna ist in Verzweiflung; Sie haben ihr Glück zerstört, sie trägt in ihrem Herzen die Hölle. Daher hat sie mir alles gestanden. Eine Meinungsverschiedenheit zwischen uns, die sofort wieder beigelegt worden ist, hatte sie dazu getrieben, das in Ihre Hände gelangte Briefchen zu schreiben; statt selber zu kommen, hat sie mich hierher geschickt. Ich will Ihnen nicht davon sprechen, Monsieur, daß Sie die von Ihnen geliebte Frau unglücklich machen, wenn Sie bei Ihren Absichten bleiben, sie zu verführen; daß Sie ihr meine Achtung rauben und eines Tages auch die Ihrige; daß Ihr Verbrechen auch für die Zukunft Folgen tragen würde, weil Sie vielleicht meinen Kindern Schaden zufügen; von der Bitterkeit, mit der Sie mein Leben erfüllen würden, spreche ich Ihnen überhaupt nicht; denn das wäre ja leider nur leeres Gerede ... Aber ich erkläre Ihnen hiermit, Monsieur, der geringfügigste Schritt von Ihrer Seite würde das Signal zu einem Verbrechen sein; denn um Ihnen das Herz zu durchbohren, würde ich es nicht auf den Zufall eines Zweikampfes ankommen lassen ...!« Und die Augen des Advokaten sprühten Tod und Verderben. »Aber was denn, Monsieur«, fuhr er in sanfterem Ton fort, »Sie sind jung, Sie haben ein edles Herz; bringen Sie ein Opfer für das künftige Glück der Frau, die Sie lieben! geben Sie sie auf und sehen Sie sie niemals wieder! Und wenn Sie durchaus jemanden aus der Familie brauchen, ich habe eine junge Tante, die bis jetzt niemand zu gewinnen gewußt hat; sie ist reizend, geistvoll und reich; versuchen Sie, sie zu bekehren, und lassen Sie eine tugendhafte Frau in Ruhe.« Diese Mischung von Scherz und schrecklichem Ernst, der feste Blick und der volle Klang der Stimme des Ehemanns machten auf den Liebhaber einen unglaublichen Eindruck. Zwei Minuten lang vermochte er überhaupt kein Wort hervorzubringen, wie es manchen allzu leidenschaftlichen Leuten geht, die durch eine heftige Überraschung alle Geistesgegenwart verlieren. Wenn Anna in der Folgezeit Liebhaber gehabt hat (was übrigens reine Hypothese von uns ist), dann ist Adolphe ganz bestimmt nicht darunter gewesen.

Diese wahre Geschichte kann dem Leser verständlich machen, daß die Korrespondenz ein zweischneidiger Dolch ist, der dem Ehemann für seine Verteidigung ebensowohl zugute kommt wie der Frau für ihre Inkonsequenz. Begünstige also die Korrespondenz deiner Frau aus demselben Grunde, aus dem der Herr Polizeipräfekt mit aller Sorgfalt die Pariser Gaslaternen anzünden läßt.

§ 3. Die Spione

Wenn einer sich so weit erniedrigt, die Dienerschaft seines Hauses um Auskünfte anzubetteln, wenn er tiefer sinkt als sie, weil er sie für eine geheime Mitteilung bezahlt, dann ist das kein Verbrechen; vielleicht ist es eine Gemeinheit, aber ganz gewiß ist es eine Dummheit; denn nichts bürgt dir für die Redlichkeit eines Dienstboten, der seine Herrin verrät, und du wirst niemals wissen, ob er in deinem Interesse handelt oder in dem deiner Frau. Dieser Punkt ist also für uns ein für allemal abgetan.

Die Natur hat als gute und zärtliche Verwandte eine Familienmutter mit den sichersten und schlausten, mit den wahrheitsliebendsten und zugleich verschwiegensten Spionen umgeben, die es auf der Welt gibt. Sie sind stumm und sprechen doch; sie sehen alles und sehen doch anscheinend nichts.

Eines Tages begegnet einer meiner Freunde mir auf dem Boulevard; er lädt mich zum Essen ein, und wir gehen in seine Wohnung. Der Tisch war bereits gedeckt, und die Herrin des Hauses teilte jeder ihrer beiden Töchter einen Teller voll von dampfender Suppe zu. »Aha«, sagte ich mir, »da haben wir etliche ›erste Symptome‹!« Wir setzen uns. Der Ehemann beginnt die Unterhaltung und fragt, nur um etwas zu sagen und ohne sich was dabei zu denken: »Ist heute jemand dagewesen ...?« »Keine Katze!« antwortet ihm seine Frau, ohne ihn anzusehen. Niemals werde ich vergessen, mit welcher Lebhaftigkeit die beiden Töchter ihre Augen zu ihrer Mutter aufschlugen. Besonders die ältere, achtjährige, hatte einen ganz eigentümlichen Ausdruck im Blick. Es lagen darin gleichzeitig Enthüllungen und Mysterien, Neugierde und Schweigen, Erstaunen und Sicherheit. Wenn irgend etwas sich mit der Schnelligkeit vergleichen läßt, womit diese reine Flamme ihren Augen entschlüpfte, so war es die bescheidene Vorsicht, womit sie alle beide ihre anmutigen weißen Augenlider wie Vorhänge herunterließen.

Süße und reizende Geschöpfe, die ihr vom neunten Jahre an bis zum heiratsfähigen Alter so mancher Mutter zur Qual seid, auch wenn sie keine Kokette ist, habt ihr ein besonderes Vorrecht, oder verstehen eure jungen Ohren instinktmäßig den schwächsten Ton einer Männerstimme durch Mauern und Türen hindurch? Wie kommt es, daß eure Augen alles sehen, daß euer junger Geist sich darin übt, alles zu erraten, sogar die Bedeutung eines flüchtig hingeworfenen Wortes oder der geringfügigsten Gebärde eurer Mutter?

Es liegt eine eigentümliche instinktive Dankbarkeit in der

Vorliebe der Väter für ihre Töchter und der Mütter für ihre Knaben.

Aber die Kunst, ein gewissermaßen materielles Spioniersystem einzurichten, ist eine Kinderei, und es ist sehr leicht, etwas Besseres ausfindig zu machen als jener Küster, der darauf verfiel, Eierschalen in sein Bett zu legen, und der von seinem verblüfften Gevatter keine andere Beileidsbezeigung erhielt, als die Worte: »Du selber hättest sie nicht so gut zerstampft.«

Nicht viel besser war der Trost, den der Marschall von Sachsen Monsieur de La Poplinière[141] gab, als sie zusammen jene berühmte, vom Herzog von Richelieu erfundene drehbare Kaminplatte entdeckten. »Das ist das schönste Hornwerk, das ich jemals gesehen habe!« rief der Sieger von Fontenoy.

Hoffen wir, daß dein Spionieren dir keine so ärgerlichen Aufschlüsse geben wird. Diese Unannehmlichkeiten sind Früchte des häuslichen Krieges, und so weit sind wir noch nicht.

§ 4. Der Index

Der Papst setzt nur Bücher auf den Index; du dagegen mußt Menschen und Dingen das Siegel der Mißbilligung aufdrücken.

Verboten sei es deiner Frau, anderswo ein Bad zu nehmen, als in der eigenen Wohnung.

Verboten sei es deiner Frau, in eurer Wohnung den Herrn zu empfangen, den du als ihren Liebhaber in Verdacht hast, sowie überhaupt irgendeine von den Personen, die an ihrer Liebe irgendeinen Anteil nehmen könnten.

Verboten sei es deiner Frau, ohne dich spazierenzugehen.

Aber die Wunderlichkeiten, die in jeder Ehe aus der Verschiedenheit der Charaktere, aus den unzähligen Äußerungen der Leidenschaften und aus den Gewohnheiten der Gatten entspringen, bringen in dieses ›Schwarze Buch‹ solche Veränderungen hinein, vermehren oder kürzen seinen Text mit einer solchen Geschwindigkeit, daß ein Freund des Verfassers diesen Index die ›Geschichte der Glaubensverschiedenheiten der Ehekirche‹ nannte.

Nur auf zwei Dinge kann man in dieser Hinsicht bestimmte Grundsätze anwenden: auf den Landaufenthalt und den Spaziergang.

Ein Ehemann darf niemals seine Frau aufs Land führen oder allein dorthin gehen lassen. Du magst ein Landgut haben, magst es bewohnen, magst dort nur Damen oder alte Herren empfangen; aber lasse niemals deine Frau dort allein. Führst du sie nun gar, und wäre es auch nur auf einen halben Tag, zu einem andern, dann bist du unvorsichtiger als der Vogel Strauß.

Eine Frau auf dem Lande zu überwachen, ist an und für sich schon das allerschwierigste, was es gibt. Kannst du gleichzeitig in allen Gebüschen sein, auf alle Bäume klettern, kannst du der Spur eines Liebhabers folgen, der nachts das Gras niedergetreten hat, da ja, als vom Morgentau benetzt, jenes Gras sich wieder aufrichtet und unter den Strahlen der Sonne lustig weitersprießt? Kannst du auf jede Lücke in der Parkmauer ein Auge haben? Oh! Das Land und der Frühling ... das sind zwei rechte Hände der Junggesellenbrüderschaft.

Gerät eine Frau in die kritische Stimmung, die wir bei ihr angenommen haben, so muß ihr Mann in der Stadt bleiben, bis der Krieg ausbricht, oder er muß sich allen sogenannten Freuden einer peinlichen Spionage unterziehen.

Nun das Ausgehen! Will Madame Feste, Theatervorstellungen besuchen, will sie ins Bois de Boulogne fahren; will sie ausgehen, um Stoffe einzukaufen, um sich die neuesten Moden anzusehen? Madame wird ausgehen, ausfahren, wird sich ansehen, was sie mag; aber stets in der ehrenwerten Gesellschaft ihres Herrn und Meisters.

Sollte es vorkommen, daß eine Beschäftigung, die du unmöglich vernachlässigen darfst, dich ganz und gar in Anspruch nähme, und sollte sie diesen Augenblick abpassen und versuchen, dir eine stillschweigende Zustimmung zu einem von ihr geplanten Ausgang abzulisten; sollte sie zu diesem Zweck alle Kunststückchen und Verführungen jener Schmeichelei aufbieten, die die ganz besondere Stärke der Frauen ist und deren abwechslungsreiche Einzelzüge von dir erraten werden müssen, nun, in diesem Fall rät dir der Professor: laß dich bezaubern, verkaufe die erbetene Erlaubnis möglichst teuer, und vor allen Dingen überzeuge jenes Wesen, dessen Seele so beweglich wie das Wasser und zugleich so fest wie der Stahl ist, daß die Wichtigkeit deiner Arbeit dir nicht erlaube, dein Kabinett zu verlassen.

Sobald aber deine Frau den Fuß auf die Straße gesetzt hat (angenommen, daß sie zu Fuß geht), dann laß ihr nicht die Zeit, auch nur fünfzig Schritte zu machen; sei ihr auf den Spuren und folge ihr, ohne daß sie davon etwas merken kann.

Es gibt vielleicht manchen Werther, dessen zärtliche, zarte Seele sich gegen ein solches Inquisitionsverfahren auflehnen wird. Aber dies Verhalten ist ebensowenig verdammenswert, wie das eines Hausbesitzers, der nachts aufsteht und aus dem Fenster sieht, um die Pfirsiche an seinen Spalieren zu bewachen. Vielleicht wirst du auf diese Weise, ehe noch das Verbrechen begangen ist, genaue Auskünfte über jene Wohnungen erhalten, die so viele Liebespärchen unter falschen Namen mieten. Sollte durch einen Zufall (vor dem Gott dich behüten wolle) deine Frau in ein Haus eintreten, das dir verdächtig vorkommt, so erkundige dich, ob die Wohnung mehrere Ausgänge hat.

Steigt deine Frau in eine Droschke, was hast du davon weiter zu befürchten? Hat nicht ein Polizeipräfekt, dem die Ehemänner eine Krone aus mattem Gold hätten widmen sollen, bei jedem Droschkenhaltestand ein Häuschen errichten lassen, in dem mitsamt seinem Register ein unbestechlicher Wächter der öffentlichen Moral sitzt? Weiß man nicht, wohin diese Pariser Gondeln fahren und woher sie kommen?

Einer der allerwichtigsten Grundsätze deiner Polizei muß es sein, deine Frau überallhin zu euren Hauslieferanten zu begleiten, wenn sie die Gewohnheit hat, ihre Einkäufe selber zu machen. Beobachte sorgfältig, ob zwischen ihr und ihrer Schnittwarenhändlerin, ihrer Putzmacherin, ihrer Schneiderin usw. irgendwelche Vertraulichkeit herrscht. Du wirst auf diese Beobachtungen die Vorschriften der ehelichen Zollrevision anwenden und wirst deine Schlüsse ziehen.

Sollte während deiner Abwesenheit deine Frau ohne deine Einwilligung ausgegangen sein und nachher behaupten, sie sei da und da, in dem und dem Laden gewesen, dann gehe am andern Tage selber hin und suche herauszubekommen, ob sie die Wahrheit gesagt hat.

Aber deine Leidenschaft wird dir besser als diese unsere Betrachtung die Hilfsmittel der ehelichen Tyrannei nachweisen, und wir wollen daher mit diesen langweiligen Lehren aufhören.

§ 5. Die Haushaltskosten

Als wir (in der Betrachtung über die Prädestinierten) das Bild eines seiner Aufgabe gewachsenen Ehemanns entwarfen, haben wir ihm dringend anempfohlen, vor seiner Frau die wirkliche Höhe seines Einkommens geheimzuhalten.

Indem wir uns auf diese Grundlage stützen, um unser Finanzsystem aufzubauen, hoffen wir dazu beizutragen, die ziemlich allgemein verbreitete Ansicht umzustürzen, daß man seiner Frau kein Geld in die Hand geben müsse. Dieser Grundsatz ist einer jener beliebten Irrtümer, die in der Ehe den größten Unfug anstiften.

Zunächst aber wollen wir vor der Geldfrage die Herzensfrage behandeln.

Eine kleine Zivilliste für deine Frau und für die Bedürfnisse des Haushaltes zu bewilligen und ihr diese wie eine Art Steuer jährlich in zwölf gleichen Teilen am Ersten jeden Monats auszuzahlen . . ., das hat etwas Kleines, Schäbiges, Engherziges an sich und ist nur etwas für schmutzige oder mißtrauische Seelen. Wenn du so verfährst, bereitest du dir eine Zukunft voll unendlicher Verdrießlichkeiten.

Ich bin damit einverstanden, wenn während der ersten Jahre, da eure Ehe noch unter dem Zeichen des Honigmondes steht, die monatliche Gabe von mehr oder weniger anmutigen Auftritten, geschmackvollen Scherzen, eleganten Geldbörsen und von Liebkosungen begleitet und verschönt wird; aber es wird ein Augenblick kommen, da deine Frau durch ihre Unbesonnenheit oder durch eine unvorhergesehene starke Geldausgabe gezwungen sein wird, die hohe Kammer um eine Geldanleihe anzuflehen. Ich vermute, du wirst ihr stets die Indemnität gewähren, ohne diese allzu teuer zu verkaufen, nämlich durch Reden, wie unsere ungetreuen Abgeordneten es stets tun. Sie bezahlen, aber schimpfen; du wirst bezahlen und wirst dabei Komplimente machen. So ist es recht.

Aber in der Krisis, mit der wir uns beschäftigen, reichen die Voranschläge des Jahreshaushalts niemals aus. Der Bedarf an Halstüchern, Häubchen und Kleidern hat einen Zuwachs erfahren; eine kaum abzuschätzende Steigerung der Ausgaben erforderten die Kongresse, die diplomatischen Kuriere, die Mittel und Wege der Liebe. Dagegen bleiben die Einnahmen dieselben. Und jetzt beginnt in einer Ehe die abscheulichste und schrecklichste Erziehung, die man einer Frau geben kann. Ich kenne nur einige wenige edle und hochgesinnte Seelen, denen Reinheit des Herzens und Offenheit der Seele höher stehen als Millionen; die tausendmal lieber einen Fehltritt aus Leidenschaft verzeihen würden, als eine Lüge; deren instinktmäßiges Zartgefühl den Urkeim jener Pest der Seele ahnend erkannt hat, die der höchste Grad der menschlichen Verderbnis ist.

Dann spielen sich nämlich in einer Ehe die köstlichsten Liebesszenen ab. Da wird die Frau anschmiegend; und wie die glänzendste aller Saiten einer Harfe, die vor das Feuer geworfen ist, schlingt sie sich um dich, umstrickt dich, preßt dich an sich; allen deinen Wünschen bequemt sie sich an; niemals sind ihre Worte zärtlicher gewesen; sie verschwendet sie an dich, oder vielmehr sie verkauft sie dir. Sie sinkt noch tiefer als ein Ballettmädchen, denn sie prostituiert sich mit ihrem Gatten. In ihren süßesten Küssen ist Geld. In ihren Worten ist Geld. Und bei solchem Treiben wird für dich ihr Herz zu Blei. Der abgefeimteste, niederträchtigste Wucherer weiß nicht besser mit einem einzigen Blick den künftigen Metallwert eines jungen Kavaliers abzuschätzen, von dem er sich einen Wechsel unterschreiben läßt, als deine Frau deine Begierden abschätzt, wobei sie wie ein fliehendes Eichhörnchen von Zweig zu Zweig hüpft, um durch die Steigerung der Begierde auch die Höhe der von ihr gewünschten Geldsumme zu steigern. Und glaube nicht, du könntest derartigen Verführungen entrinnen! Die Natur hat eine Frau mit wahren Schätzen an Koketterie begabt, und die Gesellschaft hat sie verzehnfacht durch ihre Moden, ihre Kleider, ihre Stickereien, ihre Mäntel.

»Wenn ich mich verheirate«, sagte einer der ehrenwertesten Generale unserer früheren Armee, »werde ich keinen Sou ins Brautkörbchen tun.«

»Und was werden Sie denn hineintun, Herr General?« fragte ein junges Mädchen.

»Den Schlüssel zum Geldschrank.«

Das kleine Fräulein verzog beifällig das Mäulchen. Sie wiegte sanft ihr Köpfchen hin und her, mit einer Bewegung, die der einer Magnetnadel glich; dann hob sie leicht das Kinn, und es sah aus, als ob sie sich sagte:

»Ich würde den General sehr gern heiraten. Trotz seinen fünfundvierzig Jahren.«

Um aber die Frage vom Geldstandpunkt aus zu betrachten: welches Interesse soll denn eine Frau an einem Maschinenbetrieb nehmen, bei dem sie mit festem Gehalt angestellt ist wie ein Buchhalter?

Sieh dir jetzt das andere System an.

Wenn du deiner Frau mit dem Anschein unbeschränkten Vertrauens zwei Drittel deines Vermögens überläßt und sie im Haushalt als unumschränkte Herrin schalten und walten läßt, gewinnst du eine Achtung, die nichts zerstören kann; denn Vertrauen und Vornehmheit finden im Herzen der Frau ein vernehmliches Echo. Damit hast du dir sofort einen Anteil am Feuer gesichert und hast für die Folge eine ziemlich sichere Aussicht, daß deine Frau sich vielleicht niemals erniedrigen wird.

Suchen wir hierin nach Verteidigungsmitteln, so ziehe in Betracht, welche wunderbaren Hilfsquellen dir diese Einrichtung der Finanzen darbietet.

Du wirst damit in deiner Ehe einen genauen Kurszettel der Moralität deiner Frau haben, wie der Kurszettel der Börse den Maßstab für das Vertrauen abgibt, das der Regierung entgegengebracht wird.

Während der ersten Jahre eurer Ehe wird nämlich deine Frau einen gewissen Stolz darein setzen, dir für dein Geld Luxus und Befriedigung zu geben.

Sie wird dir mit einem reich gedeckten Tisch aufwarten, wird neues Mobiliar und neue Equipagen anschaffen; wird stets in der Schublade, die für den Herzallerliebsten bestimmt ist, eine runde Summe bereit liegen haben. Wenn dann aber die kritischen Augenblicke kommen, wird die Schublade sehr oft leer sein, und der Herr Gemahl wird viel zuviel ausgeben. Die von der Kammer beschlossenen Ersparnisse treffen stets nur die kleinen Beamten mit zwölfhundert Francs Gehalt. Nun, du wirst in eurer Ehe der kleine Beamte mit zwölfhundert Francs sein. Du wirst darüber lachen, da du lange Zeit hindurch den dritten Teil deines

Vermögens zurückgelegt, zum Kapital geschlagen und durch die Zinseszinsen vermehrt haben wirst; darin gleichst du Ludwig XV., der sich ›für den Fall eines Unglücks‹, wie er sagte, einen kleinen Privatschatz auf die hohe Kante gelegt hatte.

Wenn nun deine Frau vom Sparen zu sprechen beginnt, werden ihre Reden die gleiche Bedeutung haben, wie die Schwankungen des Börsenkurszettels. Du wirst alle Fortschritte, die der Liebhaber macht, an den Schwankungen der häuslichen Finanzen erraten können, und du wirst für alles vorgesorgt haben. *È sempre bene.*[142]

Sollte deine Frau dieses außerordentliche Vertrauen nicht zu würdigen wissen und eines Tages einen bedeutenden Teil des Vermögens verschwendet haben, so würde erstens eine solche Verschwendung doch wohl schwerlich das Drittel der Einkünfte verschlingen, das du seit zehn Jahren zurückbehalten hast; ferner aber wird die »Betrachtung über die Peripetien« dich darüber belehren, daß gerade in der durch die Unvernunft deiner Frau herbeigeführten Krisis sich dir außerordentliche Aussichten bieten, den Minotauros totzumachen.

Endlich noch eins: das Geheimnis des von dir angesammelten Schatzes darf erst bei deinem Tod bekannt werden; solltest du aber genötigt sein, ihn in Anspruch zu nehmen, um deiner Frau beispringen zu können, dann muß die Sache stets so aussehen, als habest du Glück im Spiel gehabt oder eine Anleihe bei einem Freund gemacht.

Dies sind die wahren Grundsätze, die für das eheliche Budget gelten müssen.

Die Ehepolizei hat auch ihre Märtyrergeschichte. Wir wollen nur eine einzige wahre Begebenheit mitteilen, weil aus ihr hervorgeht, daß auch die Ehemänner, die sich so herber Maßregeln bedienen, ebensosehr auf sich selber acht geben müssen wie auf ihre Frauen.

Ein alter Geizhals, wohnhaft in T . . ., einer Stadt voller Lebenslust, wie es wenige gibt, hatte eine junge, hübsche Frau genommen und war dermaßen in sie verliebt und auf sie eifersüchtig, daß die Liebe über sein Wuchererherz triumphierte; er gab sein Geschäft auf, um seine Frau besser bewachen zu können, womit er also seinen Geiz nur auf einen neuen Gegenstand lenkte. Ich muß gestehen, daß ich den größten Teil der in diesem doch wohl noch recht unvollständigen Aufsatz enthaltenen Beobachtungen einem Herrn verdanke, der seinerzeit Gelegenheit hatte, dieses wunderbare Ehephänomen zu studieren. Um dieses zu schildern, wird es genügen, einen einzigen Zug anzuführen: Wenn dieser Ehemann auf dem Lande war, ging er niemals zu Bett, bevor er die Alleen seines Parks auf eine eigentümliche Weise geharkt hatte, und er besaß für den Sand seiner Terrassen einen Rechen ganz besonderer Art. Die Fußspuren der verschiedenen Personen seines Hauses hatte er sich ganz besonders gut angeschaut, und schon am frühen Morgen ging er aus und stellte die verschiedenen Fußabdrücke fest. »Dies alles hier ist reiner Hochwald«, sagte er zu dem vorhin erwähnten Herrn, als er ihm seinen Park zeigte; »denn im Unterholz sieht man ja nichts . . .« Seine Frau liebte einen der reizendsten jungen Leute der Stadt. Seit neun Jahren lebte diese Leidenschaft, leuchtend und fruchtbar, in den Herzen der beiden Liebenden, die auf einem Ball mit einem einzigen Blick einander erraten hatten; und beim Tanz hatten ihre zitternden Finger durch das duftende Leder ihrer Handschuhe hindurch die ganze Größe ihrer Liebe gefühlt. Seit diesem Tage hatten die beiden unendlichen Trost in jenen Nichtigkeiten gefunden, auf die glücklich Liebende verächtlich herabsehen. Eines Tages führte der junge Mann seinen einzigen Vertrauten geheimnisvoll in ein Zimmerchen, in dem er auf einem Tisch und unter Glasglocken sorgfältiger, als wenn es die schönsten Edelsteine der Welt gewesen wären, Blumen aufbewahrte, die im Wirbel des Tanzes seiner Geliebten aus dem Haar gefallen waren, ferner Zweiglein von den Bäumen ihres Parks, die sie berührt hatte, und sogar einen Lehmklumpen mit der schmalen Spur, die der Fuß der geliebten Frau in tonigem Erdreich zurückgelassen hatte. »Ich hörte«, hat mir später dieser Vertraute gesagt, »in dem tiefen Schweigen, in dem wir von den Schätzen dieses Liebesmuseums standen, die starken und dumpfen Schläge seines Herzens. Ich hob die Augen zur Zimmerdecke empor, gleichsam um dem Himmel eine Empfindung anzuvertrauen, die ich nicht auszusprechen wagte. ›Arme Menschheit!‹ dachte ich. Dann fragte ich ihn: ›Madame de . . . hat mir erzählt, eines Abends auf einem Ball habe man sie fast ohnmächtig in ihrem Spielsalon gefunden; ist das wahr?‹ ›Das will ich meinen!‹ antwortete er und ließ seine Wimpern wie einen Schleier über seine brennenden Blicke niedersinken; ›ich hatte sie auf den Arm geküßt . . . Aber‹, fügte er hinzu, wobei er mir die Hand drückte und mir einen jener Blicke zuwarf, die einem gleichsam das Herz zusammenpressen – ›ihr Mann hat in diesem Augenblick die Gicht sehr dicht am Herzen . . .‹« Einige Zeit darauf erholte der Geizhals sich wieder und schien noch lange Zeit leben zu wollen; aber während seiner Rekonvaleszenz legte er sich eines Morgens zu Bett und war plötzlich tot. Spuren von Gift machten sich so auffallend an seinem Leichnam bemerkbar, daß das Gericht eine Untersuchung anordnete, und die beiden Liebenden wurden verhaftet. Und nun spielte sich vor dem Schwurgericht die herzzerreißendste Szene ab, die jemals eine Geschworenenbank zu Tränen gerührt hat. Schon in der Voruntersuchung hatten die beiden Liebenden ohne Umschweife das Verbrechen eingestanden; aber, von ein und demselben Gedanken beseelt, hatte sie es allein auf sich genommen, um ihren Geliebten, hatte er es allein auf sich genommen, um seine Geliebte zu retten. Während die Gerechtigkeit nur einen einzigen Schuldigen suchte, waren plötzlich zwei da. Die ganzen Verhandlungen bestanden nur darin, daß die beiden Angeklagten mit der ganzen Glut treuer Liebe einander gegenseitig der Unwahrheit beschuldigten. Zum erstenmal waren sie vereinigt, aber auf der Anklagebank, und zwischen ihnen saß ein Gendarm. Einstimmig sprachen die in Tränen aufgelösten Geschworenen das ›Schuldig!‹ gegen sie aus. Keiner von denen, die den barbarischen Mut besaßen, sie das Schafott besteigen zu sehen, kann noch heute ohne Schaudern davon sprechen. Die Religion hatte sie dahin gebracht, ihr Verbrechen zu bereuen, aber nicht ihrer Liebe zu entsagen. Das Blutgerüst war ihr Brautbett, das sie bestiegen, um in die lange Nacht des Todes hinüberzuschlummern.

Einundzwanzigste Betrachtung

Die Kunst des Nachhausekommens

Unfähig, die glühenden Aufwallungen seiner Unruhe zu bemeistern, begeht mehr als ein Ehemann den Fehler, nach Hause zu kommen und bei seiner Frau einzutreten, um über ihre Schwäche zu triumphieren, wie jene spanischen Stiere, die, durch den roten ›banderillo‹ aufgeregt, mit wütenden Hornstößen den Pferden wie den Matadoren, Pikadoren, Toreadoren und dergleichen Leuten den Bauch aufschlitzen.

O nein! Mit schüchternem und sanftem Gesicht nach Hause kommen wie Mascarille[144], der auf eine Tracht Prügel gefaßt ist und lustig wie ein Buchfink wird, wenn er seinen Herrn bei guter Laune findet, so macht es ein vernünftiger Mann.

»Ja, liebe Freundin, ich weiß ja, während meiner Abwesenheit hattest du volle Befugnis, Unheil anzustiften! Eine andere hätte vielleicht an deiner Stelle das ganze Haus zum Fenster hinausgeworfen, und du hast nur eine Scheibe zerbrochen! Gott segne dich für deine Zurückhaltung. Betrage dich immer so, und du kannst auf meine Dankbarkeit zählen.«

Solche Gedanken müssen sich in deinem Benehmen und in deinen Gesichtszügen aussprechen; aber für dich sagst du: »Vielleicht ist er dagewesen . . .!«

Stets mit einem liebenswürdigen Gesicht die Wohnung betreten, das ist eines jener Ehegesetze, die keine Ausnahme dulden.

Aber die Kunst, nur auszugehen, um nach Hause zu kommen, wenn die Ehepolizei dir eine Verschwörung aufgedeckt hat; aber die Wissenschaft, stets im rechten Augenblick nach Hause zu kommen: ach! darüber lassen sich keine bestimmten Regeln aufstellen. Dabei kommt alles auf Klugheit und Takt an. Die Ereignisse des Lebens sind stets mannigfaltiger, als die menschliche Phantasie es sich träumen läßt. Deswegen wollen wir uns mit dem Versuch begnügen, dieses Buch mit einer Geschichte auszustatten, die würdig ist, in den Archiven der Abtei von Thélème[145] aufgezeichnet zu werden. Sie wird den großen Vorzug haben, ein neues Verteidigungsmittel ausführlich zu behandeln, das schon in einem der Aphorismen des Professors leise angedeutet war, und den moralischen Inhalt dieser Betrachtung lebendig zu machen, was das einzige Mittel ist, den Leser zu belehren.

Monsieur de B., Ordonnanzoffizier und vorübergehend als Sekretär Louis Bonaparte, dem König von Holland, beigegeben, befand sich in Saint-Leu, wo die Königin Hortense, von allen ihren Damen umgeben, Hof hielt. Der junge Offizier war eine ziemlich angenehme Erscheinung und blond; er hatte ein geziertes Wesen, schien ein bißchen zu sehr mit sich selbst zufrieden zu sein und sich auf seinen militärischen Rang ungeheuer viel einzubilden; übrigens war er leidlich geistreich und ein großer Komplimentenmacher. Warum seine Galanterien allen Hofdamen der Königin unerträglich geworden waren, davon berichtet die Weltgeschichte nichts . . . Vielleicht hatte er den Fehler begangen, ihnen allen mit denselben Huldigungen zu nahen. Genauso war es. Aber bei ihm entsprang dies Benehmen der Schlauheit. Er betete in jenem Augenblick eine von diesen Hofdamen an, die Gräfin X. Die Gräfin wagte ihren Liebhaber nicht zu verteidigen, weil sie dadurch ihr Geheimnis preisgegeben hätte, ja, was etwas wunderlich anmutet, aber im Grunde recht erklärlich ist, die bissigsten Epigramme gegen ihn kamen von ihren schönen Lippen, während ihr Herz das schmucke Bild des hübschen Offiziers beherbergte. Es gibt Frauen von gewisser Naturanlage, bei denen besonders Männer Glück haben, die ein bißchen selbstbewußt sind und elegante Kleider und feines Schuhzeug tragen. Das sind Frauen, die gern schön tun und viel auf einen zarten, gewählten Ton halten. Eine solche Frau war die Gräfin, abgesehen von der Schöntuerei, die bei ihr einen ganz eigenartigen Charakter von Unschuld und Wahrheit trug. Sie entstammte der Familie N., in der aus alter Überlieferung gute Manieren gepflegt werden. Ihr Mann, Graf X., war ein Sohn der alten Herzogin von L. Er hatte das Haupt vor dem Abgott des Tages gebeugt: da Napoleon ihn kürzlich zum Grafen gemacht hatte, schmeichelte er sich mit der Hoffnung, einen Gesandtenposten zu erhalten. Einstweilen indessen begnügte er sich mit dem Kammerherrnschlüssel. Daß er seine Frau bei der Königin Hortense ließ, geschah wohl aus ehrgeiziger Berechnung. »Mein Sohn«, sagte eines Tages seine Mutter zu ihm; »mit deiner Frau ist etwas los. Sie liebt Monsieur de B.« »Sie scherzen, liebe Mutter! Er hat gestern hundert

Napoleons von mir geliehen!« – »Wenn dir an deiner Frau ebensowenig liegt, wie an deinem Gelde, wollen wir nicht mehr davon sprechen«, sagte die alte Dame kurz angebunden. Der künftige Gesandte beobachtete die beiden Liebenden, und bei einer Partie Billard, die er mit der Königin, dem Offizier und seiner Frau spielte, empfing er einen jener anscheinend so unbedeutenden Beweise, die in den Augen eines Diplomaten unwiderleglich sind. »Sie sind schon weiter miteinander gekommen, als sie selber glauben . . .!« sagte Graf X. zu seiner Mutter. Und er ergoß in die ebenso kluge wie welterfahrene Seele der Herzogin den tiefen Kummer, mit dem ihn diese bittere Entdeckung erfüllte. Er liebte die Gräfin, und wenn seine Frau auch nicht gerade ›Grundsätze hatte‹, wie man zu sagen pflegt, so war sie doch erst seit zu kurzer Zeit verheiratet, als daß sie nicht noch an ihren Pflichten hätte festhalten sollen. Die Herzogin übernahm es, ihre Schwiegertochter auf ihren Herzenszustand hin zu prüfen. Sie war der Meinung, man dürfe von dieser jungen, zarten Seele noch etwas hoffen, und versprach ihrem Sohn, Monsieur de B. rettungslos unmöglich zu machen. Eines Abends war die Gräfin zum Dienst bei der Königin; die Spielpartien waren zu Ende, und die Damen hatten eine jener Plaudereien begonnen, in denen man dem lieben Nächsten Böses nachsagt. Diese Gelegenheit benutzte Madame de L., um der Damenversammlung das große Geheimnis mitzuteilen, daß Monsieur de B. ihre Schwiegertochter liebe. Allgemeiner Aufruhr! Die Herzogin ließ abstimmen, und es wurde einhellig die Meinung ausgesprochen: Die Dame, die es fertig bringe, den Offizier vom Hofe zu vertreiben, leiste damit der Königin Hortense, die ihn nicht ausstehen könne, und allen Damen, die ihn aus guten Gründen haßten, einen ausgezeichneten Dienst. Die alte Dame bat um den Beistand der schönen Verschwörerinnen, und jede versprach, nach Kräften mitwirken zu wollen. Binnen achtundvierzig Stunden war die schlaue Schwiegermutter die Vertraute ihrer Schwiegertochter sowohl wie des Liebhabers geworden. Drei Tage später hatte sie dem Offizier Hoffnung auf ein Stelldichein nach einem Mittagessen gemacht. Es wurde beschlossen, Monsieur de B. solle am Morgen in aller Frühe nach Paris abreisen und heimlich wiederkommen. Die Königin hatte die Absicht ausgesprochen, an jenem Tag mit ihrer ganzen Gesellschaft eine Wildsaujagd mitzumachen, und die Gräfin sollte ein Unwohlsein vorschützen. Da der Graf vom König Louis nach Paris geschickt war, machte man sich um ihn wenig Sorge. Um die ganze Heimtücke des Planes der Herzogin zu ermessen, müssen wir kurz die Einrichtung der von der Gräfin im Schloß benutzten kleinen Wohnung beschreiben. Sie lag im ersten Stock, über den Privatgemächern der Königin, und zwar am Ende eines langen Korridors. Man betrat unmittelbar vom Gang aus ein Schlafzimmer, an das zur Rechten wie zur Linken je ein Kabinett anstieß, nämlich rechts ein Ankleidekabinett, links ein Boudoir, das die Gräfin sich kürzlich eingerichtet hatte. Der Leser wird wissen, was ein ›Kabinett‹ auf dem Land bedeutet: dieses hatte nichts weiter als die vier Wände. Sein ganzer Schmuck bestand in grauen Wandbezügen, und es enthielt bis jetzt nur einen kleinen Diwan und einen Teppich, da die Möbel erst in einigen Tagen geliefert werden sollten. Hierauf hatte die Herzogin ihre boshafte Absicht gebaut; denn so unbedeutend diese Umstände dem Anschein nach waren, so vorzüglich paßten sie ihr in den Plan. Um elf Uhr stand in dem Zimmer ein leckeres Frühstück bereit. Der Offizier war auf dem Rückweg von Paris und zerfetzte mit Sporenstößen die Flanken seines Pferdes. Endlich langt er an, übergibt das edle Tier seinem Bedienten, klettert über die Parkmauer, eilt in das Schloß und gelangt in das Zimmer, ohne auch nur von einem Gärtner, geschweige denn von sonst jemandem gesehen worden zu sein. Die Ordonnanzoffiziere trugen damals, wie wir für Leser bemerken wollen, die sich dessen nicht mehr erinnern sollten, sehr enganschließende Hosen und einen kleinen, engen, hohen Tschako, ein Kostüm, das sich ebenso wunderbar an einem Paradetag macht, wie es bei einem Stelldichein unbequem ist. Die alte Dame hatte die Unbequemlichkeit der Uniform mit in ihre Berechnung gezogen. Beim Mittagessen herrschte ausgelassene Heiterkeit. Weder die Gräfin noch die Schwiegermutter tranken Wein; aber der Offizier, der das Sprichwort kannte, hielt sich recht eifrig an den Champagner und trank so viel, wie er glaubte, daß nötig sei, um seine Liebe und seinen Geist anzufeuern. Als das Mahl zu Ende war, sah der Offizier die Schwiegermutter an, die, getreu ihrer Rolle als Helfershelferin, plötzlich sagte: »Ich glaube, ich höre einen Wagen . . .!«

Damit geht sie. Nach drei Minuten kommt sie wieder herein und ruft: »Es ist der Graf . . .!« Und damit schiebt sie die beiden Liebenden in das Boudoir und sagt dabei: »Seid nur ruhig . . .!« Und zu dem jungen Mann gewandt, fügt sie mit einem tadelnden Blick für seine Unvorsichtigkeit hinzu: »Nehmen Sie doch Ihren Tschako mit . . .« Dann schob sie schnell den gedeckten Tisch in das Ankleidekabinett, und das Zimmer war wieder in allerschönster Ordnung, als ihr Sohn eintrat. »Ist meine Frau krank . . .?« fragte der Graf. »Nein, lieber Sohn«, antwortete die Mutter, »ihr Unwohlsein ist schnell wieder vergangen; wie ich glaube, ist sie auf der Jagd . . .« Hierauf macht sie ihm ein Zeichen mit dem Kopf, wie wenn sie ihm sagen wollte: »Da drinnen sind sie . . .« »Aber sind Sie toll?« antwortete der Graf leise; »wie können Sie sie zusammen einschließen . . .?« »Du hast nichts zu befürchten«, versetzte die Herzogin; »ich habe in seinen Wein . . .« »Was . . .?« »Das schnellstwirkende Abführmittel getan, das es gibt.« In diesem Augenblick tritt der König von Holland ein. Er wollte sich beim Grafen nach dem Erfolg der ihm übertragenen Mission erkundigen. Die Herzogin versuchte durch einige jener geheimnisvollen Redewendungen, die die Frauen so geschickt anzubringen wissen, Seine Majestät zu veranlassen, den Grafen mit in die königlichen Gemächer zu nehmen. Sobald die beiden Liebenden zusammen in dem Boudoir waren, sagte die Gräfin, die mit Entsetzen die Stimme ihres Gemahls erkannt hatte, ganz leise zu dem verführerischen Offizier: »Ach, Monsieur, da sehen Sie, welcher Gefahr ich mich um Ihretwillen ausgesetzt habe . . .« »Aber, liebste Marie! Meine Liebe wird Sie für alle Ihre Opfer entschädigen – ich werde dir treu sein bis in den Tod.« (Beiseite: »Oh, oh! diese Leibschmerzen . . .!«) »Ach!« rief die junge Frau händeringend, als sie ihren Mann in die Nähe der Boudoirtür kommen hörte: »Es gibt keine Liebe, die solche Ängste bezahlen könnte . . .! Monsieur, kommen Sie mir nicht zu nahe . . .« »O meine Herzgeliebte, mein teuerster Schatz!« sagte er, ehrfurchtsvoll vor ihr niederknieend, »ich werde dir sein, was du nur verlangen kannst! Befiehl . . . ich werde mich entfernen! Rufe mich zurück . . . ich werde kommen! Ich werde der unterwürfigste Liebhaber sein, wie ich . . . (Him . . . Donn . . ., ich habe die Kolik) . . . der allerbeständigste sein will. O meine schöne Marie! . . . (Ah! ich bin verloren! Es ist zum Sterben . . .)« Mit diesen Worten eilte der junge Offizier ans Fenster, um es zu öffnen und sich köpflings in den Garten zu stürzen; aber er gewahrte unten die Königin Hortense mit ihren Damen. Da wandte er sich zur Gräfin um, fuhr mit der Hand an den wichtigsten Teil seiner Uniform und rief in seiner Verzweiflung mit erstickter Stimme: »Verzeihung, Madame! Aber es ist mir nicht möglich, es noch länger zurückzuhalten!«

»Monsieur, sind Sie wahnsinnig?« rief die junge Frau, als sie merkte, daß nicht allein die Liebe sein verstörtes Antlitz verzerrte. Der Offizier weinte vor Wut und krümmte sich eilends über den Tschako, den er in eine Ecke geworfen hatte. – »Nun, Gräfin?« fragte die Königin Hortense, als sie das Schlafzimmer betrat, das der Graf und der König soeben verlassen hatten; »wie geht es Ihnen? Aber wo ist sie denn?« – »Majestät!« rief die junge Frau, aus der Tür des Boudoirs herausstürzend; »gehen Sie nicht hinein . . .! Um Gottes willen, gehen Sie nicht hinein!« Die Gräfin verstummte, denn sie sah alle ihre Freundinnen im Zimmer. Sie sah die Königin an. Hortense war ebenso nachsichtig wie neugierig; auf ihren Wink zog ihr ganzes Gefolge sich zurück. Am selben Tage geht der Offizier zur Armee ab, begibt sich zu den Vorposten, sucht den Tod und findet ihn. Er war ein tapferer Mann, aber kein Philosoph.

Man behauptet, einer unserer berühmtesten Maler sei für die Frau eines Freundes in einer Liebe entbrannt, die erwidert worden sei, und habe die ganzen Greuel eines ähnlichen von dem Gatten aus Rache angestifteten Stelldicheins durchmachen müssen; doch wenn man der Chronik glauben darf, war in diesem Fall die häßliche Verlegenheit eine doppelte; verständiger als Monsieur de B. ging keiner der beiden Liebenden, die von dem gleichen Unwohlsein überrascht worden waren, in den Tod.

Die Art, wie man sich beim Nachhausekommen zu benehmen hat, hängt von vielen Umständen ab. Beispiel:

Lord Catesby[146] besaß eine ungeheure Körperkraft. Eines Tages kam er von einer Fuchsjagd zurück, zu der er sich wohl nur zum Schein begeben hatte, und ritt auf eine Hecke seines Parkes los, hinter der er, wie er sagte, ein sehr schönes Pferd bemerkt hatte. Da er ein leidenschaftlicher Pferdeliebhaber war, ritt er ganz nahe heran, um es besser bewundern zu können. Dabei erblickte er Lady Catesby und sah, daß es höchste Zeit war, ihr zu Hilfe zu kommen, wenn ihm überhaupt etwas an seiner Ehre lag. Er bekommt einen Gentleman zu fassen und unterbricht die unerlaubte Unterhaltung des Paares dadurch, daß er den Herrn um den Leib packt; hierauf wirft er ihn über die Hecke hinüber in einen Straßengraben und sagt, ohne sich weiter zu ereifern: »Merken Sie sich gefälligst, daß Sie künftighin sich an mich wenden müssen, wenn Sie hier irgend was wünschen . . .!« »Gut, Mylord«, antwortete der Gentleman; »hätten Sie wohl die Güte, mir auch mein Pferd herüberzuwerfen . . .?« Aber der phlegmatische Lord hatte schon den Arm seiner Frau genommen und sagte ernst zu ihr: »Ich muß dich tadeln, geliebtes Geschöpf, daß du mir nicht Bescheid gesagt hattest, ich müßte dich für zwei lieben. Von jetzt an werde ich dich an allen geraden Tagen a conto des Herrn da lieben und an allen ungeraden für mein eigenes Konto.«

Diese Geschichte gilt in England für eines der allerschönsten Beispiele kunstvollen Nachhausekommens. Wirklich vereinigt sie mit seltener Vollendung Beredsamkeit der Gebärde mit Beredsamkeit des Wortes.

Aber die Kunst des Nachhausekommens, deren Grundsätze nur Ableitungen aus dem in unsern vorhergehenden Betrachtungen empfohlenen System der Höflichkeit und der Verstellung sind, diese Kunst des Nachhausekommens ist nichts weiter, als die beständige Vorbereitung ehelicher ›Peripetien‹, mit denen wir uns jetzt beschäftigen wollen.

Zweiundzwanzigste Betrachtung

Die Peripetien

Das Wort ›Peripetie‹ ist ein literarischer und dramatischer Fachausdruck, der so viel wie ›die Lösung des Knotens‹ bedeutet.

In dem Drama, das du spielst, eine Peripetie herbeizuführen, ist ein Verteidigungsmittel, das sich ebenso leicht ins Werk setzen läßt, wie sein Erfolg ungewiß ist. Wenn wir dir also dessen

Gebrauch anraten, wollen wir dir doch nicht die damit verbundenen Gefahren verhehlen.

Die eheliche Peripetie läßt sich mit einem jener schönen Fieber vergleichen, die einen Menschen von kräftiger Konstitution ins Grab bringen oder ihn auf Lebenszeit gesund machen. So führt eine Peripetie, wenn sie gelingt, eine Frau auf Jahre hinaus in das Gebiet der Ehrsamkeit und Tugend zurück.

Überdies ist dieses Mittel das letzte von allen, die uns die Wissenschaft bis heute hat entdecken lassen.

Die Bartholomäusnacht, die Sizilianische Vesper, der Tod der Lucretia[147], die beiden Landungen Napoleons bei Fréjus[148] sind politische Peripetien. So gewaltige darfst du freilich nicht herbeiführen; indessen werden deine ehelichen Theatercoups im Verhältnis nicht minder bedeutungsvoll sein, als jene weltgeschichtlichen.

Nun beruht aber das Genie gerade auf der Kunst, Situationen zu schaffen und durch natürliche Ereignisse ein völlig anderes Bühnenbild herbeizuführen; nun aber ist es die schwierigste aller Peripetien, wenn eine Frau, deren Fuß bereits einige Spuren auf dem weichen, goldenen Sand der Pfade des Lasters zurückgelassen hat, zur Tugend zurückkehrt; nun aber läßt sich das Genie nicht lernen und nicht lehren; und darum sieht sich der Lizentiat des Eherechts gezwungen, hier zu erklären, daß er völlig außerstande ist, feste Grundsätze für eine Wissenschaft aufzustellen, die ebenso wechselnd ist wie die Umstände, ebenso flüchtig wie die Gelegenheit und ebenso unerklärbar wie der Instinkt.

Um uns eines Ausdrucks zu bedienen, den Diderot, d'Alembert und Voltaire nicht haben einbürgern können: Trotz ihrer Stärke läßt sich eine eheliche Peripetie *wittern.* Es wird uns daher nichts anderes übrigbleiben, als einige in dieses Kapitel hineingehörende eheliche Situationen flüchtig hinzuzeichnen und es damit zu machen wie jener Philosoph des Altertums, der sich vergeblich das Wesen der Bewegung zu erklären versuchte und schließlich einfach drauflos marschierte, um ihre unfaßlichen Gesetze zu erfassen.

Ein Ehemann wird, wenn er die in unserer Betrachtung über die Polizei niedergelegten Grundsätze befolgt, seiner Frau ausdrücklich verboten haben, die Besuche des Junggesellen zu empfangen, den er als ihren Liebhaber im Verdacht hat; sie hat versprochen, ihn niemals zu empfangen. Es gibt gewisse kleine Auftritte am häuslichen Herd, deren Ausgestaltung wir der Einbildungskraft der Beteiligten überlassen; ein Ehemann wird sie sich viel besser vorstellen, als wir sie ihm schildern könnten, wenn er sich jene Tage ausmalt, da aus köstlichen Begierden aufrichtig gemeinte Vertraulichkeiten entstanden, da die Triebfedern seiner Politik einige geschickt konstruierte Maschinen in Bewegung setzten.

Wir wollen hier eine solche Normalszene vorführen, und um sie etwas interessanter zu machen, wollen wir annehmen, daß du, lieber Leser, der Ehemann seiest, der die Entdeckung macht, daß deine Frau die Einladung zu einem Essen beim Minister, die sie dir vielleicht selber verschafft hat, dazu benutzen will, um Monsieur A. Z. zu empfangen.

Hier sind alle Bedingungen vorhanden, um eine der schönsten Peripetien herbeizuführen.

Du kommst so zeitig nach Hause, daß deine Ankunft ungefähr mit der des Herrn A. Z. zusammenfällt; denn wir würden dir nicht raten, einen zu langen Zwischenakt zu riskieren. Aber auf welche Weise kommst du an . . .? Hier sollen für dich nicht mehr die in der vorhergehenden Betrachtung aufgestellten Grundsätze maßgebend sein. – ›Also als Wütender?‹ – Erst recht nicht. Du kommst mit einem völlig harmlosen Gesicht, als ob du in der Zerstreutheit deine Börse oder die für den Minister bestimmte Denkschrift oder dein Taschentuch oder deine Tabakdose vergessen hättest.

Nun wirst du also entweder die beiden Liebenden zusammen überraschen, oder deine Frau ist von ihrer Zofe gewarnt worden und hat den Junggesellen versteckt.

Versetzen wir uns in diese beiden Situationen, da außer ihnen eine andere nicht möglich ist.

Hier möchten wir darauf aufmerksam machen, daß alle Ehemänner imstande sein müssen, in ihrem Hause Angst und Schrekken zu verbreiten, und daß von ihnen häusliche Septemberschreckenstage[149] schon lange vorher vorbereitet werden müssen.

So wird ein Ehemann, sobald seine Frau einige ›erste Symptome‹ verraten hat, auf keinen Fall verfehlen, von Zeit zu Zeit eine persönliche Meinung darüber auszusprechen, wie ein Gatte sich in den großen Krisen des Ehelebens zu verhalten habe. Du wirst zum Beispiel sagen:

»Ich? Ich würde ohne jedes Bedenken einen Mann umbringen, den ich zu den Füßen meiner Frau überraschte.«

Du wirst die Rede auf dieses Thema bringen und im Laufe der Debatte Gelegenheit zu dem Ausspruch finden: das Gesetz hätte, wie bei den alten Römern, einem Ehemann das Recht über Leben und Tod seiner Kinder geben sollen, so daß er die im Ehebruch erzeugten Bankerte töten könnte.

Diese blutdürstigen Ansichten, die ja für dich in keiner Weise bindend sind, werden deiner Frau einen heilsamen Schrecken einjagen; es empfiehlt sich sogar, derartige Aussprüche lachenden Mundes zu tun, wenn du ihr etwa sagst: »O mein Gott ja, mein geliebtes Herz, ich würde dich sehr elegant abmurksen. Wäre es dir lieb, wenn du von mir getötet würdest?«

Eine Frau wird stets unwillkürlich fürchten, aus solchem Spaß könnte eines Tages sehr blutiger Ernst werden, denn auch diesen Verbrechen, zu denen ein betrogener Gatte sich blindlings hinreißen läßt, steht die Liebe nicht fern. Ferner wissen die Frauen besser als sonst jemand, unter Lachen die Wahrheit zu sagen, und haben darum manchmal ihre Ehemänner im Verdacht, sie wendeten diese weibliche List an.

Wenn also ein Gatte seine Frau mit ihrem Liebhaber überrascht, und wäre es auch nur bei einem unschuldigen Gespräch, dann muß sein Kopf, den man so noch niemals gesehen hat, die mythische Wirkung der berühmten Gorgo hervorbringen.

Um unter solchen Umständen eine günstige Peripetie hervorzubringen, mußt du, je nach dem Charakter deiner Frau, entweder einen pathetischen Auftritt à la Diderot spielen oder mit ciceronianischer Ironie vorgehen oder deine mit Pulver geladenen Pistolen von der Wand reißen, ja sogar sie abschießen, wenn du einen großen Spektakel für unbedingt notwendig hältst.

Ein geschickter Ehemann meiner Bekanntschaft hat mit einer Szene gemäßigter Empfindelei einen recht hübschen Erfolg gehabt. Er tritt ein, sieht den Liebhaber und treibt ihn mit einem Blick zur Tür hinaus. Kaum ist der andere fort, so fällt er seiner Frau zu Füßen und deklamiert eine Tirade, darin außer andern

Redensarten auch die folgende vorkommt: »Ach, meine geliebte Caroline, ich habe dich nicht zu lieben verstanden . . .!«

Er weint, sie weint, und diese tränenreiche Peripetie führt vollkommen zum Ziel.

Bei der Besprechung der zweiten Art, auf die sich die Peripetie vollziehen kann, werden wir die Beweggründe auseinandersetzen, die einen Ehemann verpflichten müssen, diesen Auftritt je nach dem mehr oder weniger hohen Grade der ihm gegenüberstehenden weiblichen Kraft abzuändern.

Fahren wir fort!

Wenn dein Glück es will, daß der Liebhaber sich versteckt hat, so wird die Peripetie noch viel schöner sein.

Ist die Wohnung nur einigermaßen nach den in der Betrachtung über die Wohnungen (XIII.) besprochenen Grundsätzen eingerichtet, so wirst du leicht das Versteck erkennen, in das sich der Junggeselle hineingezwängt hat, und hätte er sich auch wie Lord Byrons Don Juan unter dem Kissen eines Diwans zusammengerollt. Sollte zufällig deine Wohnung in Unordnung sein, mußt du sie genau genug kennen, um zu wissen, daß es darin nicht zwei Stellen gibt, wo ein Mann sich verstecken könnte.

Sollte er sich schließlich durch irgendeine teuflische Eingebung so klein gemacht haben, daß er in einen ganz unwahrscheinlichen Winkel geschlüpft wäre (denn von seiten eines Junggesellen muß man auf alles gefaßt sein), nun, dann wird deine Frau sich nicht enthalten können, einen Blick auf diesen geheimnisvollen Ort zu werfen, oder sie wird absichtlich ihre Augen genau nach der entgegengesetzten Seite wenden, und alsdann ist für einen Mann nichts leichter, als seiner Frau eine kleine Falle zu stellen.

Sobald das Versteck entdeckt ist, gehst du gerade auf den Liebhaber los. Du stehst ihm gegenüber . . .!

Und nun mußt du dir Mühe geben, recht schön zu wirken. Halte beständig deinen Kopf zu drei Vierteln abgewandt und hebe ihn dabei mit einer überlegenen Miene hoch. Diese Haltung wird viel zu der Wirkung beitragen, die du notwendigerweise erzielen mußt.

Das Allerwichtigste besteht in diesem Augenblick darin, daß du den Junggesellen durch eine bedeutende Redensart, die du vorher in aller Muße improvisiert hast, zu Boden schmetterst; wenn er dann unten liegt, mußt du ihm kalt bedeuten, er könne gehen. Du wirst sehr höflich sein, dabei aber scharf wie das Richtbeil des Henkers und unbeugsamer als das Gesetz. Diese eisige Verachtung wird vielleicht schon im Geist deiner Frau eine Peripetie herbeiführen. Kein Geschrei, keine wilden Armbewegungen, kein Herumtoben! Die Angehörigen der hohen Gesellschaftskreise, hat ein junger englischer Schriftsteller gesagt, gleichen niemals den kleinen Leuten, die keine Gabel verlieren können, ohne das ganze Stadtviertel durch das Läuten der Sturmglocke in Aufregung zu bringen.

Ist der Liebhaber fort, so bist du mit deiner Frau allein, und in dieser Situation mußt du sie dir für immer zurückgewinnen.

Du stellst dich vor sie hin, mit einer ruhigen Miene, in der sich aber eine tiefe Bewegung verrät; hierauf wählst du dir von den folgenden Gedanken, die wir dir mit rhetorischer Weitschweifigkeit unterbreiten, diejenigen aus, die am besten mit deinen Grundsätzen übereinstimmen: »Madame, ich werde zu Ihnen weder von Ihren Eiden noch von meiner Liebe sprechen; denn Sie sind zu klug, und ich bin zu stolz, als daß ich Sie mit den abgedroschenen Klagen behelligen dürfte, die alle Ehemänner in einem solchen Fall vorzubringen das Recht haben; dabei ist deren geringster Fehler, daß sie nur zu sehr im Recht sind. Ich werde mich sogar, wenn ich kann, vom Zorn freihalten und nichts nachtragen. Nicht ich bin der Beschimpfte; denn ich habe ein zu großes Herz, um Angst vor jener öffentlichen Meinung zu haben, die fast immer mit vollem Recht einen Ehemann, dessen Frau sich schlecht aufführt, lächerlich und tadelnswert findet. Ich prüfe mich und finde nicht, wodurch ich, wie die meisten von jenen, es hätte verdienen können, von Ihnen hintergangen zu werden. Ich liebe Sie noch immer. Niemals verstieß ich, ich will nicht sagen: gegen meine Pflichten, denn es hat mich keine Mühe gekostet, Sie anzubeten; aber niemals, sage ich, verstieß ich gegen jene holden Verbindlichkeiten, die uns ein wahres Gefühl auferlegt. Sie besitzen mein ganzes Vertrauen; Sie schalten und walten mit meinem Vermögen. Ich habe Ihnen nichts verweigert. Mit einem Wort: Heute zum erstenmal zeige ich Ihnen ein mißbilligendes Gesicht, doch nicht einmal jetzt ein strenges. Aber schweigen wir hiervon; ich darf mich nicht in einem Augenblicke verteidigen, da Sie mir auf eine so nachdrückliche Art beweisen, daß mir notwendigerweise irgend etwas fehlen muß und daß ich nicht von der Natur bestimmt bin, die schwierige Aufgabe zu vollbringen und Sie glücklich zu machen. Ich will also nur, wie ein Freund zum Freunde spricht, Sie fragen, wie Sie das Leben von drei Menschen zugleich haben aufs Spiel setzen können: . . . das Leben der Mutter meiner Kinder, die mir stets geheiligt sein wird, das Leben des Familienhauptes und endlich das Leben des . . . dessen, den Sie lieben . . .« (vielleicht wird sie sich dir zu Füßen werfen; du darfst sie niemals da liegen lassen, denn das wäre ihrer unwürdig) . . . »denn . . . du liebst mich nicht mehr, Elisa. Ach ja, mein armes Kind«, (sollte die Tat noch nicht begangen sein, so darfst du sie auch nicht ›mein armes Kind‹ nennen) . . . »warum sich selber täuschen . . .? Warum sagten Sie mir es nicht? Wenn zwischen zwei Gatten die Liebe erlischt, bleibt dann nicht noch die Freundschaft, das Vertrauen . . .? Sind wir nicht zwei Gefährten, die denselben Weg zu gehen haben? Soll auf diesem Wege niemals der eine von uns dem andern seine Hand hinstrecken, um seinen Gefährten aufzuheben, vor dem Fallen zu bewahren? Aber ich sage vielleicht schon zu viel und verletze Ihren Stolz . . . Elisa! . . . Elisa!«

Was, zum Teufel auch, soll hierauf eine Frau antworten . . .? Die Peripetie ist unvermeidlich.

Unter hundert Frauen gibt es wenigstens ein gutes halbes Dutzend schwacher Geschöpfe, die infolge eines solchen derben Stoßes vielleicht für immer zu ihrem Gatten zurückkehren, recht wie verbrühte Katzen, die seitdem auch das kalte Wasser fürchten. Doch ist dieser Auftritt ein Gegengift im wahren Sinne des Wortes, und daher müssen die Dosen mit behutsamen Händen abgewogen werden.

Bei gewissen Frauen mit weichen Nervenfasern und sanften und furchtsamen Seelen wird es genügen, auf das Versteck zu deuten, in dem der Liebhaber sitzt, und zu sagen: »Da ist Monsieur A. Z.!« (Achselzucken.) »Wie können Sie es wagen, ein Spiel zu treiben, bei dem zwei brave Männer sich den Hals brechen können? Ich gehe. Lassen Sie ihn heraus, und daß mir so etwas nicht wieder vorkommt!«

Aber es gibt Frauen, die sich infolge zu großer Nervenspannung bei derartigen furchtbaren Peripetien eine Herzerweiterung zuziehen; andere, denen der Schrecken ins Blut schlägt und die in eine schwere Krankheit verfallen. Einige können geradezu den Verstand verlieren. Es fehlt sogar nicht an Beispielen, daß eine Frau sich vergiftet hat oder eines plötzlichen Todes gestorben ist, und wir glauben doch nicht, daß du den Tod der Sünderin wünschest.

Allerdings hat die schönste und galanteste aller Königinnen von Frankreich, die anmutige, unglückliche Maria Stuart, nachdem sie ihren Riccio fast in ihren Armen hatte ermordet werden sehen, trotzdem später den Grafen Bothwell geliebt. Aber sie war eine Königin, und Königinnen sind Naturen besonderer Art.

Wir wollen nun annehmen, die Frau, deren Bildnis unsere erste Betrachtung schmückt, sei eine kleine Maria Stuart, und wollen sogleich den Vorhang aufziehen und den fünften Akt jenes großen Dramas, ›Ehe‹ genannt, beginnen lassen.

Die eheliche Peripetie kann überall stattfinden, und tausend Zufälle, die sich nicht vorher beschreiben lassen, können dazu führen. Bald wird es ein Schnupftuch sein, wie im Mohren von Venedig; oder ein Paar Pantoffel, wie im Don Juan; oder der Irrtum deiner Frau, die statt ›lieber Adolphe!‹ ein ›lieber Alphonse!‹ ausruft. Endlich wird oftmals ein Ehemann, wenn er bemerkt, daß seine Frau in Schulden sitzt, ihren Hauptgläubiger aufsuchen und ihn ganz zufällig eines Morgens in seiner Wohnung erscheinen lassen, um eine Peripetie herbeizuführen.

»Monsieur Josse, Sie sind Juwelier, und Ihrer Leidenschaft, Juwelen zu verkaufen, kommt nur eine andere Leidenschaft gleich, nämlich Ihr Geld dafür zu bekommen. Meine Frau ist Ihnen dreißigtausend Francs schuldig. Wenn Sie sie morgen haben wollen« (man muß den Geschäftsmann in solchen Angelegenheiten stets gegen Ende eines Monats aufsuchen), »dann gehen Sie um zwölf Uhr mittags zu ihr. Ihr Mann wird im Zimmer sein; achten Sie auf kein Zeichen, durch das sie Sie etwa auffordert, stille zu sein; sprechen Sie nur frisch von der Leber weg! – Ich werde bezahlen.«

Mit einem Wort: die Peripetie bedeutet in der Wissenschaft

des Ehelebens das, was in der Arithmetik die Zahlen bedeuten.

Alle der höheren Ehephilosophie zugrunde liegenden Prinzipien, die den in diesem zweiten Teil unseres Buches angegebenen Verteidigungsmitteln ihr Leben verleihen, sind aus der Natur der menschlichen Gefühle abgeleitet worden; wir haben sie in dem großen Buch der Welt hie und da verstreut gefunden. Wie nämlich geistvolle Menschen ganz instinktmäßig die Gesetze des guten Geschmacks anwenden, deren Prinzipien auseinanderzusetzen für sie oftmals eine große Verlegenheit sein würde, haben auch wir zahlreiche liebebeseelte Ehemänner erlebt, die mit außerordentlichem Glück die von uns des Näheren erläuterten Lehren befolgen, und bei keinem einzigen dieser Ehemänner lag jemals ein bestimmter Plan vor. Die ahnungsvolle Erkenntnis ihrer Lage enthüllte ihnen nur unvollständige Bruchstücke eines ungeheuer großen Systems; hierin gleichen sie jenen Gelehrten des sechzehnten Jahrhunderts, deren Mikroskope noch nicht auf einer solchen Stufe der Vollkommenheit standen, daß sie damit alle die Wesen hätten bemerken können, deren Dasein trotzdem durch die geduldige Denkarbeit ihres Geistes für sie feststand.

Wir hoffen, die in unserem Buche bereits mitgeteilten und die in dessen nun folgendem letztem Abschnitt noch mitzuteilenden Beobachtungen werden imstande sein, die Ansicht zu zerstören, nach der oberflächliche Menschen die Ehe als eine Sinekure betrachten. Unserer Meinung nach ist ein Ehegatte, der sich langweilt, ein verständnisloser Ketzer; ja noch mehr: er ist ein Mensch, der in das Eheleben überhaupt nicht eingedrungen sein kann und es nicht begreift. In dieser Hinsicht werden diese Betrachtungen vielleicht viele Unwissende auf die Geheimnisse einer Welt hinweisen, der sie mit offenen Augen gegenüberstanden, ohne sie zu sehen.

Und nun wollen wir hoffen, daß diese Grundsätze, verständig angewandt, gar manche Bekehrung herbeiführen, und daß auf die beinahe weißen Blätter, die diesen zweiten Teil vom ›Häuslichen Krieg‹ trennen, recht viele Tränen der Reue fallen werden.

Ja, wir wollen uns gerne dem Glauben hingeben, daß von den vierhunderttausend anständigen Frauen, die wir so sorgfältig ausgelesen haben, nur eine gewisse Anzahl, sagen wir dreihunderttausend, so verderbt, so reizend, so anbetungswürdig, so kriegerisch sein werden, um die Standarte des ›Häuslichen Krieges‹ aufzupflanzen.

Zu den Waffen also, zu den Waffen!

DRITTER TEIL

DER HÄUSLICHE KRIEG

Schön wie Klopstocks Seraphim,
furchtbar wie Miltons Teufel.
Diderot

Dreiundzwanzigste Betrachtung

Die Manifeste

Die vorauszuschickenden Vorschriften über diesen Gegenstand, mit denen die Wissenschaft einen Ehemann bewaffnen kann, sind nicht zahlreich; es handelt sich nämlich weit weniger darum, zu wissen, ob er nicht unterliegen wird, als vielmehr darum, zu untersuchen, ob er Widerstand leisten kann.

Wir wollen indessen an dieser Stelle einige Feuerzeichen abbrennen, um den Kampfplatz zu erhellen, auf dem bald der Ehemann allein mit der Religion und dem Gesetz seiner Frau gegenüberstehen wird, die durch die List und die ganze Gesellschaft unterstützt wird.

LXXXI. Von einer verliebten Frau kann man alles erwarten und alles vermuten.

LXXXII. Die Handlungen einer Frau, die ihren Gatten hintergehen will, werden fast stets erklügelt, aber sie werden niemals vernünftig sein.

LXXXIII. Die meisten Frauen gehen vor wie die Flöhe: sprungweise und in willkürlichen Sätzen. Sie entwischen durch die Höhe oder durch die Tiefe ihrer ursprünglichen Ideen, und die Lückenhaftigkeit ihrer Pläne kommt ihnen zugute. Aber sie betätigen sich nur innerhalb eines Raumes, dem ein Ehemann leicht eine feste Umgrenzung geben kann; und wenn er kaltblütig ist, kann es ihm schließlich gelingen, den Speiteufel auszulöschen.

LXXXIV. Ein Ehemann darf sich in Gegenwart eines Dritten gegen seine Frau niemals ein feindseliges Wort erlauben.

LXXXV. In dem Augenblick, da eine Frau sich entschließt,

die eheliche Treue zu verraten, rechnet sie ihren Mann entweder für alles oder für nichts. Von diesem Grundsatz kann der Ehemann ausgehen.

LXXXVI. Eine Frau lebt in ihrem Kopf, in ihrem Herzen oder in ihrer Leidenschaft. Je nach dem Alter, in dem seine Frau ein Urteil über das Leben erlangt hat, muß der Ehemann wissen, ob die erste Ursache der von ihr geplanten Untreue der Eitelkeit, dem Gefühl oder dem Temperament entspringt. Das Temperament ist eine Krankheit, die sich heilen läßt; das Gefühl bietet einem Ehemann große Aussichten auf Erfolg; aber die Eitelkeit ist unheilbar. Eine Frau, die ein reines Verstandesleben führt, ist eine fürchterliche Geißel. Sie vereinigt die Mängel der leidenschaftlichen mit denen der liebenden Frau, ohne die Vorzüge zu besitzen, die jene zur Entschuldigung anführen könnte. Sie hat kein Mitleid, keine Liebe, keine Tugend, kein Geschlecht.

LXXXVII. Die Frau, die aus dem Verstand lebt, wird ihrem Ehemann Gleichgültigkeit einzuflößen suchen; die Frau, die aus dem Gefühl lebt, wird versuchen, seinen Haß, die leidenschaftliche Frau wird versuchen, seinen Widerwillen zu erregen.

LXXXVIII. Ein Ehemann wagt niemals etwas, wenn er den Glauben an die Treue seiner Frau aufrechterhält und wenn er mit geduldiger Miene oder schweigend wartet. Besonders das Schweigen versetzt die Frauen in eine fabelhafte Unruhe.

LXXXIX. Nur ein Dummkopf läßt sich merken, daß er über die Leidenschaft seiner Frau Bescheid weiß; ein kluger Mann dagegen tut, als wisse er von nichts, und es bleibt ihm auch kaum etwas anderes übrig, als diesen Entschluß zu fassen. Daher sagt man denn auch, daß in Frankreich alle Welt geistreich sei.

XC. Die gefährlichste Klippe ist die Lächerlichkeit. – »Wenigstens der Öffentlichkeit gegenüber wollen wir uns lieben!« – das muß der Grundsatz jeder Ehe sein. Es ist zu viel, wenn beide Ehegatten Ehre, Achtung, Ansehen, Respekt, oder wie man dieses eigentümliche gesellschaftliche Gut sonst bezeichnen will, verlieren müssen.

Diese Denksprüche beziehen sich immer noch nur auf den Kampf. Die Katastrophe wird ihre Denksprüche für sich erhalten.

Wir haben diese Krisis aus zwei Gründen als ›häuslichen Krieg‹ bezeichnet: kein anderer Krieg wird so mit Recht ein ›innerer‹ genannt, und zu gleicher Zeit wird kein Krieg mit so großer Höflichkeit geführt.

»Aber wo und wie wird denn dieser böse Krieg losbrechen?«

Ei! Glaubst du etwa, deine Frau werde über ganze Regimenter verfügen und die Trompete blasen lassen? Vielleicht wird sie einen Offizier haben, und das ist alles. Aber dieses schwache Armeekorps wird genügen, um den Frieden deiner Ehe zu zerstören.

»Sie verhindern mich, die Leute zu empfangen, die mir gefallen!«, so hat in den meisten Ehen das erste Manifest gelautet, das die Einleitung zu allen folgenden bildete. Diese Redensart, mitsamt den sich an sie anschließenden Ideen, ist die Formel, die von eitlen und hinterlistigen Frauen am häufigsten angewandt wird.

Am meisten verbreitet aber ist das Manifest, das im Ehebett, dem Hauptkriegsschauplatze, proklamiert wird. Diese Frage wird noch ganz besonders in der Betrachtung ›Über die verschiedenen Waffen‹, in der Unterabteilung ›Über die Schamhaftigkeit in ihren Beziehungen zur Ehe‹ behandelt werden.

Einige lymphatische Frauen werden tun, als hätten sie den Spleen und werden die Tote spielen, um der Annehmlichkeiten einer stillschweigenden Scheidung teilhaftig zu werden.

Aber fast alle verdanken ihre Unabhängigkeit einem Plan, der bei den meisten Ehemännern von unfehlbarer Wirkung ist und dessen Tücken wir verraten wollen.

Einer der größten Irrtümer der Menschheit besteht in dem Glauben, daß unsere Ehre und unser guter Ruf auf unsern Handlungen beruhen oder daß sie etwas damit zu tun haben, daß unser Gewissen unser Verhalten billigt. Wer in der Gesellschaft lebt, ist von Geburt an Sklave der öffentlichen Meinung. Nun hat aber in Frankreich ein Privatmann auf die Gesellschaft viel weniger Einfluß als seine Frau; es liegt nur an deren gutem Willen, ihn lächerlich zu machen oder nicht. Die Frauen besitzen in erstaunlichem Maß das Talent, den Beschuldigungen, die sie gegen ihren Gatten erheben, durch Scheingründe einen Anstrich von Wahrheit zu geben. Sie verteidigen stets gerade nur das, worin sie unrecht haben, und diese Kunst verstehen sie ausgezeichnet, indem sie gegen Vernunftgründe Aussprüche von Autoritäten anführen, auf Beweise mit Behauptungen antworten und oftmals kleine Einzelerfolge erzielen. Sie erraten und verstehen einander bewunderungswürdig, wenn eine von ihnen einer andern eine Waffe darbietet, die sie selber nicht schärfen darf. Auf diese Weise verlieren sie manchmal einen Gemahl, ohne es zu wollen. Sie liefern das Streichhölzchen, das lange nachher zur Brandstiftung benutzt wird und bekommen dann Angst vor der Feuersbrunst.

Im allgemeinen bilden alle Frauen einen Bund gegen einen der Tyrannei beschuldigten Ehemann; denn zwischen ihnen besteht ein geheimes Band, wie zwischen den Priestern einer und derselben Religion. Sie hassen sich untereinander, aber sie beschützen sich. Du könntest stets nur eine einzige für dich gewinnen; doch diese Verführung wäre zu allem Überfluß ein Triumph für deine Frau.

Du wirst also im Reich der Frauen in Acht und Bann getan. Du findest auf allen Lippen ein ironisches Lächeln, aus allen Antworten treten dir Boshaftigkeiten entgegen. Diese geistreichen Geschöpfe schmieden Dolche und amüsieren sich damit, den Griff mit schönen Schnitzereien zu versehen, ehe sie dich voll Grazie durchbohren.

Die heimtückische Kunst halber Andeutungen, die Tücken des Schweigens, die Niedertracht unbegründeter Vermutungen, die falsche Harmlosigkeit einer Bitte, alles wird als Waffe gegen dich verwandt. Ein Mann, der das Recht in Anspruch nimmt, seine Frau unter dem Joch zu halten, ist ein zu gefährliches Beispiel; darum versuchen sie, dieses Beispiel aus dem Weg zu räumen. Denn wäre nicht sein Benehmen eine Satire auf alle Ehemänner? Darum greifen sie dich alle an, entweder mit bittern Scherzen oder mit ernsthaften Beweisgründen oder mit den landläufigen Redensarten der Galanterie. Ein Schwarm von Hagestolzen unterstützt sie bei all ihren Versuchen, und du wirst angegriffen, verfolgt als ein Grobian, als ein Tyrann, als ein Herr, mit dem nicht gut Kirschen essen sei, als ein unberechenbarer Sonderling, als ein Mensch, vor dem man sich in acht nehmen müsse.

Deine Frau verteidigt dich wie der Bär in der Fabel La Fontaines: sie wirft dir große Steine an den Kopf, um die Fliegen zu verjagen, die sich auf deine Stirn setzen. Sie erzählt dir abends alle Bemerkungen, die man in ihrer Gegenwart über dich gemacht hat; sie wird von dir Rechenschaft verlangen über Handlungen, die du nicht begangen, über Worte, die du nicht gesprochen hast. Sie will angebliche von dir begangene Verfehlungen gerechtfertigt haben; sie will sich gerühmt haben, einer Freiheit zu genießen, die sie nicht hat, um dich gegen die Anschuldigungen zu verteidigen, daß du ihr ungerechterweise nicht ihre Freiheit lässest. Die Riesenklapper, die deine Frau schwingt, wird dich überallhin mit ihrem zudringlichen Geräusch verfolgen. Deine teure Freundin wird dich betäuben, wird dich foltern und wird ihren Spaß daran haben, dich nur die Dornen der Ehe fühlen zu lassen. Sie wird dir in der Gesellschaft mit der lachendsten Miene entgegentreten und zu Hause sehr widerborstig auftreten. Sie wird verdrießlich sein, wenn du fröhlich, und dich mit ihrer Freude ärgern, wenn du traurig bist. Eure beiden Gesichter werden eine beständige Antithese bilden.

Wenig Männer besitzen Kraft genug, dieser stets geschickt gespielten ersten Komödie zu widerstehen, die dem Hurra gleicht, das die Kosaken ausstoßen, wenn sie ins Gefecht reiten. Manche Ehemänner ärgern sich darüber und setzen sich damit auf eine nicht wieder gutzumachende Art ins Unrecht. Andere kümmern sich nicht mehr um ihre Frauen. Endlich gibt es sogar Männer von hervorragender Intelligenz, die nicht einmal immer das Zauberstäbchen zu schwingen wissen, vor dessen Wink dieses weibliche Blendwerk verschwinden muß.

Zwei Drittel der Frauen wissen ihre Unabhängigkeit durch dieses Manöver zu erkämpfen, das gewissermaßen nur eine Musterung ist, die sie über ihre Streitkräfte abhalten. Auf diese Weise ist der Krieg bald zu Ende.

Aber ein kräftiger Mann, der den Mut hat, bei diesem ersten Angriff sein kaltes Blut zu bewahren, kann sich sehr damit amüsieren, durch geistreichen Spott seiner Frau die geheimen Antriebe ihrer eigenen Handlungsweise zu enthüllen; ihr Schritt vor Schritt in das Labyrinth zu folgen, in das sie eindringt; ihr bei jedem Worte zu sagen, daß sie sich selber etwas vorlüge;

stets seinen scherzhaften Ton beizubehalten und niemals heftig zu werden.

Aber der Krieg ist nun einmal erklärt; und wenn der Ehemann nicht durch dieses Eröffnungsfeuerwerk geblendet worden ist, hat die Frau noch ganz andere Hilfsmittel, die ihr erlauben, auf den Sieg zu hoffen. Diese Hilfsmittel werden die folgenden Betrachtungen darlegen.

Vierundzwanzigste Betrachtung

Strategische Grundsätze

Der Erzherzog Karl[150] hat eine sehr schöne Abhandlung über Kriegskunst herausgegeben, die ›Grundsätze der Strategie und ihre Anwendung auf die Feldzüge von 1796‹. Diese Grundsätze scheinen uns einige Ähnlichkeit mit so mancher Poetik zu haben, die für bereits veröffentlichte Gedichte nachträglich aufgestellt worden ist. Heutzutage haben wir es sehr viel weiter gebracht: wir erfinden die Regeln für die Werke und die Werke für die Regeln. Aber was haben die alten Grundsätze der Kriegskunst genützt, als sie sich dem ungestümen Genie Napoleons gegenüber befanden? Wenn man also heute die Lehren dieses großen Feldherrn, dessen neue Taktik die alte Taktik über den Haufen geworfen hat, in ein System bringen wollte ... welche Bürgschaft besäße es dann, daß nicht die Zukunft einen zweiten Napoleon gebären wird? Die Bücher über Kriegskunst teilen mit wenigen Ausnahmen das Los der alten Werke über Chemie und Physik. Alles ändert sich, entweder auf der Stelle oder in jahrhundertelangen Perioden.

Das ist, um es in wenige Worte zusammenzufassen, auch bei unserm Werk der Fall.

Solange wir mit einer untätigen, schlafenden Frau zu tun hatten, war nichts leichter, als die Netze zu flechten, in denen wir sie gefangen hielten; aber sobald sie erwacht und sich wehrt, gerät alles in Verwirrung. Sollte der Ehemann versuchen wollen, die Grundsätze des vorhergehenden Systems unseres zweiten Teiles anzuwenden, um seine Frau in dessen zerlöcherten Netzen zu fangen, so gliche er Wurmser[151], Mack[152] und Beaulieu[153], die Märsche und Gegenmärsche vollführten, während Napoleon sie schnell umzingelte und sich ihre eigenen Kombinationen zunutze machte, um sie zu vernichten.

So wird auch deine Frau handeln.

Wie könntest du die Wahrheit erfahren, wenn ihr sie euch einander unter der gleichen Lüge verhehlt und wenn ihr euch die gleiche Falle stellt? Wem wird der Sieg bleiben, wenn ihr beide mit den Händen in die gleiche Schlinge geraten seid?

»Mein lieber Schatz, ich muß ausgehen, ich muß zu Madame Soundso, ich habe den Wagen bestellt. Wollen Sie mit mir kommen? Bitte, seien Sie mal liebenswürdig und begleiten Sie Ihre Frau.«

Du denkst heimlich: »Sie wäre schön hereingefallen, wenn ich annähme! sie bittet mich nur darum so sehr, weil sie ein Nein von mir haben will.« Du antwortest ihr also: »Das trifft sich gut: ich habe gerade eine Angelegenheit mit Monsieur Soundso zu erledigen; er hat nämlich einen Bericht zu erstatten, der unsere Interessen bei dem und dem und jenem schädigen kann; ich muß daher unbedingt mit ihm sprechen. Danach muß ich ins Finanzministerium gehen; es trifft sich also ganz ausgezeichnet.«

»Schön, mein Engel! Zieh dich an, während Céline meine Toilette fertig macht; aber laß mich nicht warten.«

»Hier, mein Herz, bin ich fix und fertig . . .!« sagst du, wenn du eine Minute darauf angezogen und rasiert in ihr Zimmer trittst.

Aber inzwischen hat sich alles geändert: Ein Brief ist gekommen; Madame ist indisponiert; das Kleid sitzt schlecht; die Schneiderin soll gleich kommen, oder wenn es nicht die Schneiderin ist, dann dein Sohn, deine Mutter. Von hundert Ehemännern gehen neunundneunzig ganz zufrieden ab und halten ihre Frauen für wohlbehütet, während sie in Wirklichkeit von diesen an die Luft gesetzt werden.

Eine legitime Gattin, der ihr Mann nicht entgehen kann, die von keiner pekuniären Verlegenheit gequält wird und die, um den Überschuß ihrer Intelligenz zu verwenden, Tag und Nacht über die wechselnden Bilder ihres Daseins nachdenkt, eine solche Frau hat bald den Fehler entdeckt, den sie beging, als sie sich in einer Falle fangen oder durch eine Peripetie überraschen ließ; sie wird also versuchen, diese Waffen gegen dich selber zu kehren.

In der Gesellschaft befindet sich ein Mensch, dessen Anblick deiner Frau ein eigentümliches Unbehagen erweckt; sein Ton, seine Manieren, seine Geisteshaltung sind ihr unleidlich. Alles an ihm verletzt sie; sie fühlt sich von ihm verfolgt, er ist ihr verhaßt; man darf zu ihr nicht von ihm sprechen. Es sieht aus, als ob sie dich absichtlich damit ärgern wolle; denn zufällig ist es ein Mann, auf den du die größten Stücke hältst; du liebst seinen Charakter, weil er dir schmeichelt: darum behauptet denn auch deine Frau, deine Achtung für ihn entspringe bloß der Eitelkeit. Wenn bei euch daheim ein Ball, eine Abendgesellschaft, ein Konzert stattfinden soll, habt ihr fast immer Streit um diesen Mann, und deine Frau zankt mit dir und behauptet, du zwängest sie, Leute zu empfangen, dir ihr nicht passen.

»Zum wenigsten, Monsieur, werde ich mir nicht vorzuwerfen haben, daß ich Sie nicht gewarnt hätte. Wir werden von diesem Menschen irgendeinen Ärger haben. Verlassen Sie sich nur auf die Frauen, wenn ein Urteil über einen Mann zu fällen ist. Und erlauben Sie mir, Ihnen zu sagen, daß dieser ›Baron‹, in den Sie förmlich verliebt sind, ein sehr gefährlicher Mensch ist, und daß Sie das größte Unrecht haben, ihn in Ihr Haus einzuführen. Aber so sind Sie: Sie zwingen mich, ein Gesicht zu sehen, das ich nicht ausstehen kann, und wenn ich Sie bitten würde, Monsieur Soundso einzuladen, dann würden Sie dazu nicht Ihre Zustimmung geben, weil Sie glauben, ich hätte Freude an seiner Gesellschaft! Ich muß gestehen, er ist ein gewandter Plauderer, ist ein zuvorkommender liebenswürdiger Mensch; aber er kann doch nicht gegen Sie an.«

In diesen noch gestaltlosen ersten Ansätzen einer weiblichen Taktik, die durch trügerische Gebärden, durch Blicke von einer unglaublichen Berechnung, durch heimtückische Klangfärbungen der Stimme und sogar durch die Fallen eines hinterlistigen Schweigens verstärkt wird, ist gewissermaßen schon der Geist ihres Benehmens erkennbar.

Hierbei verfallen nun fast alle Ehemänner auf den Gedanken, eine kleine Mausefalle aufzustellen; sie erheben zu ihren

Hausfreunden sowohl Monsieur Soundso wie den phantastischen Baron, den von ihrer Frau verabscheuten Typus, in der Hoffnung, in der Person des anscheinend geliebten Junggesellen einen Liebhaber zu entdecken.

Oh! Ich habe in der Gesellschaft oft junge Leute getroffen, rechte Springinsfelde, die sich völlig durch die erlogene Freundschaft einer Frau täuschen ließen, die in der Zwangslage war, ihren Mann abzulenken und ihm einen Brennkegel anzusetzen, wie früher ihr Mann ihr welche angesetzt hatte! Diese armen Unschuldsknaben hatten nichts weiter zu tun, als sorgfältig alle möglichen Aufträge zu erledigen, Theaterlogen zu mieten, auszureiten und dabei zu Pferde die Kalesche ihrer vermeintlichen Geliebten ins Bois de Boulogne zu begleiten; man hielt sie allgemein für die Liebhaber von Frauen, denen sie nicht einmal die Hand küßten; ihre Eitelkeit verhinderte sie, gegen diese freundschaftlichen Gerüchte Einwände zu erheben; und wie jene jungen Priester, die unbezahlte Messen lesen, hatten sie, als wahre Überzählige der Liebe, den Genuß einer Paradeleidenschaft.

Da kommt es denn vor, daß ein Ehemann beim Nachhausekommen den Hausmeister fragt: »Ist jemand dagewesen?« – »Der Herr Baron hat um zwei Uhr vorgesprochen und nach Monsieur gefragt; da er nur Madame anwesend fand, ist er gar nicht nach oben gegangen; aber Monsieur Soundso ist bei ihr.«

Du trittst ein, du siehst ein junges Herrchen, geschniegelt und gebügelt, salbenduftend, mit eleganter Krawatte, einen vollkommenen Dandy. Er behandelt dich mit vielen Rücksichten; deine Frau horcht im geheimen auf das Geräusch seiner Schritte und tanzt fortwährend mit ihm; wenn du ihr verbietest, ihn zu empfangen, erhebt sie ein lautes Geschrei, und erst nach langen Jahren (vergleiche die Betrachtung über die ›letzten Symptome‹) bemerkst du, daß Monsieur Soundso völlig unschuldig und daß der Baron der Schuldige war.

Eine der geschicktesten Leistungen, die wir auf diesem Gebiete beobachten durften, war das Manöver einer jungen Frau, die von einer unwiderstehlichen Leidenschaft fortgerissen wurde: sie verfolgte mit ihrem Haß einen Mann, den sie nicht liebte, und überhäufte ihren Liebhaber mit heimlichen Beweisen ihrer Liebe. In dem Augenblick, da ihr Mann überzeugt war, daß sie den Cicisbeo[154] liebte und den Patito[155] verabscheute, brachte sie selber sich mit dem Patito in eine Lage, deren Risiko sie im voraus berechnet hatte; sie brachte dadurch ihren Ehemann und den verabscheuten Hagestolz zu dem Glauben, daß ihre Abneigung ebenso erheuchelt sei wie ihre Liebe. Als sie ihren Mann in diese Ungewißheit gestürzt hatte, ließ sie einen leidenschaftlichen Brief in seine Hände fallen. Eines Abends brachte die Frau diese wunderbare Peripetie zum Klappen, warf sich ihrem Mann zu Füßen, umklammerte seine Knie, die sie mit ihren Tränen überströmte, und rief: »Ich achte und ehre Sie so sehr, daß ich keinen andern Vertrauten haben will als Sie. Ich liebe! Ist das ein Gefühl, das ich leicht unterdrücken kann? Nein! Aber eins kann ich, ich kann Ihnen diese Liebe gestehen, ich kann Sie anflehen, mich gegen mich selber zu beschützen, mich vor mir selbst zu retten. Seien Sie mein Herr und seien Sie mir ein strenger Herr; reißen Sie mich aus dieser Umgebung heraus; entfernen Sie ihn, der die Ursache all dieses Übels ist; trösten Sie mich; ich werde ihn vergessen, ich wünsche es! Ich will Sie nicht betrügen. Ich bitte Sie in aller Demut um Verzeihung für die Hinterlist, auf die ich in meiner Liebe verfallen bin. Ja, ich will Ihnen gestehen, daß das Gefühl, das ich für meinen Vetter zur Schau trug, nur eine Schlinge für Ihren Scharfblick war. Ich habe für ihn eine herzliche Freundschaft; aber Liebe ... o verzeihen Sie mir! ... lieben kann ich nur ... (lautes Schluchzen) ... oh! fort von hier, fort aus Paris!« Sie weinte; ihr aufgelöstes Haar umfloß sie, ihre Toilette war in Unordnung; es war Mitternacht; der Gatte verzieh. Von nun an ging der Vetter ohne Gefahr in seinem Haus aus und ein, und der Minotauros verschlang ein neues Opfer.

Welche Vorschriften kann man für den Kampf mit solchen Gegnern geben? Sie haben die ganze Diplomatie des Wiener Kongresses in ihren Köpfen; sie sind ebenso stark, wenn sie sich hingeben, wie wenn sie sich der Umarmung entziehen. Welcher Mann ist geschmeidig genug, um auf seine Kraft und Stärke zu verzichten, um seiner Frau in dieses Labyrinth folgen zu können?

In jedem Augenblick für die Lüge zu plädieren, um die Wahrheit zu erfahren, und für die Wahrheit, um die Lüge zu entdekken: unversehens die Batterie wechseln und sein Geschütz vernageln in dem Augenblick, da es Feuer geben soll; mit dem Feind auf einen Berg steigen, um fünf Minuten darauf wieder unten in der Ebene zu sein; ihn auf seinen Zickzackbewegungen zu verfolgen, die so schnell und so verworren sind wie der Flug eines Kiebitzes in der Luft; gehorchen, wenn es not tut, und zur rechten Zeit einen Widerstand der Trägheit entgegensetzen; wie ein junger Künstler, der in einem einzigen Zuge die ganze Tonleiter von der niedrigsten Taste seines Pianos bis zur höchsten durchläuft, in einem Nu die ganze Stufenfolge aller möglichen Mutmaßungen durchmessen und die geheime Absicht zu erraten wissen, die eine Frau bewegt; sich vor ihren Liebkosungen in acht nehmen und darin weniger Liebeswonnen als geheime Hintergedanken suchen – das alles ist ein Kinderspiel für einen klugen Mann, der jene leuchtende Vorstellungs- und Beobachtungsgabe besitzt, die das Denken zum Handeln machen. Aber es gibt eine ungeheure Menge von Ehemännern, die der bloße Gedanke erschreckt, solche Grundsätze gegen eine Frau in Anwendung bringen zu müssen.

Diese Leute bringen lieber ihr ganzes Leben damit hin, sich alle mögliche Mühe zu geben, um ein Schachspieler zweiten Ranges zu werden oder auf dem Billard mit Eleganz einen Ball machen zu können.

Einige werden dir sagen, sie seien nicht imstande, beständig in solcher Weise ihren Geist in Spannung zu halten und mit allen ihren Lebensgewohnheiten zu brechen. Dann triumphiert eben die Frau. Sie erkennt, daß sie ihrem Mann an Geist oder Energie überlegen ist, obwohl diese Überlegenheit nur etwas Augenblickliches ist, und daraus entsteht in ihr ein Gefühl der Verachtung gegenüber dem Familienoberhaupt.

Wenn so viele Männer nicht Herren im eigenen Hause sind, dann liegt das nicht an Mangel an gutem Willen, sondern an Mangel an Talent.

Freilich haben die Kühnen, die sich auf diesen, wenn auch kurz dauernden furchtbaren Zweikampf einlassen, große moralische Kraft nötig.

Denn im Augenblick, da man alle Hilfsmittel dieser geheimen Strategie anwenden muß, ist es oft zwecklos, diesen satanischen Geschöpfen Fallen zu stellen. Sind die Frauen einmal auf einem bestimmten Punkt angelangt, so daß sie sich verstellen wollen, so wird ihr Antlitz so undurchdringlich wie das Nichts. Die folgende Geschichte ist ein Beispiel aus meiner eigenen Erfahrung.

Eine sehr junge, sehr hübsche und sehr geistreiche Pariser Kokette lag noch im Bett; neben ihrem Bett saß einer ihrer liebsten ›Freunde‹. Da kommt ein Brief eines andern Freundes, eines sehr leidenschaftlichen Herrn, dem sie das Recht eingeräumt hatte, als Herr und Meister zu sprechen. Das Briefchen war mit Bleistift geschrieben und lautete folgendermaßen:

»Ich erfahre, daß in diesem Augenblick Monsieur C. bei Ihnen ist; ich warte auf ihn, um ihm eine Kugel in den Kopf zu jagen.«

Madame D. fährt ruhig in der Unterhaltung mit Monsieur C. fort; sie bittet ihn, ihr eine kleine Schreibmappe aus rotem Maroquinleder zu geben; er bringt sie ihr.

»Danke, Lieber!« sagte sie. »Reden Sie nur ruhig weiter, ich höre.«

Monsieur C. spricht, und sie antwortet ihm, wobei sie nachstehendes Briefchen schreibt:

»Falls Sie eifersüchtig auf C. sind, könnt ihr euch gegenseitig eine Kugel durch den Kopf schießen, ganz nach eurem Belieben; ihr könnt sterben, aber den Geist aufgeben ... wohl kaum.«

»Bester Freund«, sagt sie zu C., »zünden Sie bitte diese Kerze an. Danke, Sie sind anbetungswürdig. Und nun bereiten Sie mir das Vergnügen, mich aufstehen zu lassen, und übergeben Sie diesen Brief Monsieur de H., der vor meiner Tür darauf wartet.« Dies alles wurde mit einer unnachahmlichen Kaltblütigkeit gesagt. Keine Bewegung war im Ton ihrer Stimme, in den Zügen ihres Antlitzes wahrnehmbar. Der kühne Einfall wurde durch einen vollständigen Erfolg gekrönt. Als Monsieur de H. die Antwort aus der Hand des Monsieur C. empfing, fühlte er seinen Zorn sich besänftigen, und es quälte ihn nur noch eins, nämlich der Zwang, den er sich antun mußte, um sein Lachen zu verbergen.

Aber je mehr Fackeln man in die ungeheure Höhle hineinwirft, die wir aufzuhellen versuchen, desto tiefer wird man sie finden. Es ist ein bodenloser Abgrund. Wir glauben unsere Aufgabe auf eine angenehmere und lehrreichere Art zu erfüllen, wenn wir die strategischen Prinzipien nachweisen, die in Tätigkeit treten, wenn die Frau es bereits zu einem hohen Grad ihrer sündhaften Kunst gebracht hat. Aus einem Beispiel begreift man mehr Grundsätze und lernt man mehr Hilfsmittel, als aus allen möglichen Theorien.

Eines Tages waren beim Fürsten Lebrun[156] einige intime Freunde an der Tafel versammelt. Vom Champagner angeregt, kamen die Gäste auf das unerschöpfliche Kapitel: Weiberlist. Die Unterhaltung war von dem neuesten Abenteuer ausgegangen, das man von der Gräfin R. D. S. J. D. A.[157] erzählte und das ein Halsband betraf.

Ein schätzenswerter Künstler und Gelehrter, der ein Liebling des Kaisers gewesen war, vertrat nachdrücklich die nicht eben mannhafte Meinung, daß es einem Mann nicht möglich sei, erfolgreich gegen die von einer Frau angesponnenen Intrigen anzukämpfen.

»Ich habe glücklicherweise erlebt«, sagte er, »daß den Frauen nichts heilig ist ...«

Die Damen protestierten.

»Aber ich könnte eine wahre Geschichte anführen ...«

»Das ist eine Ausnahme!«

»Hören wir uns doch die Geschichte an ...« sagte eine junge Dame.

»O ja! Erzählen Sie sie uns!« riefen alle Gäste.

Der vorsichtige alte Herr ließ die Blicke um sich schweifen und sagte lächelnd, nachdem er sich über das Alter der Damen vergewissert hatte: »Da wir alle schon eigene Erfahrungen im Leben gemacht haben, bin ich bereit, Ihnen mit der Geschichte aufzuwarten.«

Es entstand ein tiefes Schweigen, und der Erzähler las aus einem ganz kleinen Buche, das er in der Tasche hatte:

»Ich liebte leidenschaftlich die Gräfin X. Ich war zwanzig Jahre alt und war ein unschuldiger Junge, sie betrog mich; ich machte ihr Vorwürfe, sie verließ mich; ich war ein harmloser Junge, ich sehnte mich nach ihr; ich war zwanzig Jahre alt, sie verzieh mir; da ich zwanzig Jahre alt, immer noch harmlos, immer noch betrogen, aber nicht mehr verlassen war, hielt ich mich für den allergeliebtesten Liebhaber, folglich für den allerglücklichsten Menschen. Die Gräfin war eine Freundin der Madame de T., die einige Absicht auf mich zu haben schien, ohne daß jedoch jemals ihre Würde kompromittiert worden wäre; denn sie war sehr gewissenhaft und hatte viel Gefühl für den Anstand. Eines Tages, als ich auf die Gräfin in ihrer Loge warte, höre ich mich aus der Nebenloge rufen. Es war Madame de T.: »Wie?« sagte sie zu mir; »schon angekommen? Ist das nun Treue oder sind Sie ohne feste Bindung? Schnell, kommen Sie herüber!« In ihrer Stimme und in ihrem Benehmen lag etwas Neckisches, aber ich war weit entfernt, auf irgend etwas Romanhaftes gefaßt zu sein. »Haben Sie für heute abend etwas vor?« fragte sie mich. »Ich bitte Sie, nichts vorzuhaben. Wenn ich Sie aus der Langeweile Ihrer Einsamkeit rette, muß man mir ergeben sein ... Ach was! Keine Fragen, nur Gehorsam. Rufen Sie meine Leute!« Ich sträube mich, sie bittet mich dringend, hinunterzugehen; ich gehorche. »Gehen Sie in die Wohnung dieses Herrn«, sagt sie zu dem von mir gerufenen Lakai, »und sagen Sie Bescheid, daß er erst morgen nach Hause kommen werde.« Hierauf macht sie ihm ein Zeichen, er tritt näher an sie heran, sie flüstert ihm etwas zu; und er geht ab. Die Oper beginnt. Ich will ein paar Worte sagen, sie heißt mich schweigen; dann wieder hört sie mir zu oder tut doch wenigstens so. Nach dem Ende des ersten Aktes überbringt der Lakai einen Brief und meldet, es sei alles bereit. Da lächelt sie mich an, bittet mich um meinen Arm, zieht mich fort, läßt mich in ihren Wagen steigen, und ich bin auf der Landstraße, ohne eine Ahnung zu haben, was man mit mir vorhat. Sooft ich eine Frage wage, antwortet sie mir nur mit lautem Gelächter. Hätte ich nicht gewußt, daß sie eine Frau war, die in der Liebe nur die große Leidenschaft suchte, daß sie seit langer Zeit eine Neigung für den Marquis de V. empfand und daß sie unbedingt wissen mußte, daß ich von diesem Umstand unterrichtet war, so hätte ich an ein Liebesabenteuer geglaubt; aber sie kannte den Zustand meines Herzens, und die Gräfin de X. war ihre vertraute Freundin. Ich bildete mir also nichts ein, sondern wartete. Von der ersten Poststation aus fuhren wir sofort weiter, nachdem mit Blitzesschnelle die Pferde gewechselt worden waren. Die Geschichte wurde ernst. Ich fragte nachdrücklich, wohin mich dieser Scherz führen solle. »Wohin?« sagte sie lachend. »An den schönsten Ort der Welt; aber raten Sie nur! Ich wette eins zu tausend. Oder zerbrechen Sie sich lieber nicht den Kopf; Sie würden es doch niemals herausbekommen. Ich bringe Sie zu meinem Mann. Kennen Sie ihn?« – »Keine Ahnung!« – »Ah! um so besser; ich fürchtete schon das Gegenteil. Aber ich hoffe, Sie werden mit ihm zufrieden sein. Man ist dabei, uns miteinander auszusöhnen. Seit sechs Monaten spielen bereits die Verhandlungen darüber; und seit einem Monat schreiben wir einander wieder. Es ist, meine ich, recht freundlich von mir, daß ich den Herrn aufsuche!« – »Zugegeben. Aber ich? Was habe ich damit zu schaffen? Was kann ich bei einer solchen Aussöhnung tun?« – »Oh! Das ist meine Sache! Sie sind jung, liebenswürdig und nicht abgelebt; Sie sind mir gerade recht, und Sie werden mich vor der Langeweile des Zusammenseins unter vier Augen bewahren!« – »Aber daß man gerade den Tag oder die Nacht einer Aussöhnung wählt, um Bekanntschaft zu schließen, das kommt mir recht sonderbar vor: Bedenken Sie doch die Verlegenheit eines ersten Zusammenseins, und dann: was für eine Figur werden wir alle drei machen? In alledem sehe ich nicht viel Amüsantes!« »Ich habe Sie mitgenommen, um mich zu amüsieren ...!« sagte sie mit ziemlich gebieterischer Miene. »Also halten Sie mir keine Predigten!« Da ich sie so entschlossen sah, fügte ich mich in die Umstände. Ich lachte über die Rolle, die ich spielte, und wir wurden sehr lustig. Wir hatten abermals die Pferde gewechselt. Die geheimnisvolle Fackel der Nacht beleuchtete einen Himmel von außerordentlicher Reinheit und verbreitete ein wollüstiges Halbdunkel. Wir näherten uns dem Ort, wo unser Tête-à-tête ein Ende nehmen mußte. Ab und zu ließ sie mich die Schönheit der Landschaft, die Stille der Nacht, das durchdringende Schweigen der Natur bewundern. Um gemeinsam bewundern zu können, beugten wir uns natürlich aus demselben Wagenfenster hinaus, und unsere Wangen streiften sich. Als es unvermutet einen Stoß gab, drückte sie mir die Hand, und infolge eines Zufalles, der mir recht merkwürdig vorkam, denn der Stein, an den unser Wagen stieß, war nicht sehr groß, lag plötzlich Madame de T. in meinen Armen. Ich weiß nicht, was wir eigentlich zu sehen suchten; so viel ist aber gewiß, daß trotz des klaren Mondenscheins die Gegenstände vor meinen Augen zu verschwimmen begannen, als sie sich plötzlich mit einem Ruck von mir losmachte und sich in den Fond des Wagens zurückwarf. »Gehen etwa«, sagte sie, nachdem sie eine Zeitlang in recht tiefem Nachsinnen verbracht hatte, »Ihre Absichten dahin, mich von der Unvorsichtigkeit meines Schrittes zu überzeugen? Bedenken Sie meine Verlegenheit ...« – »Absichten?« antwortete ich; »auf Sie? Das wäre eine schöne Narrheit! So etwas würden Sie doch schon aus weitester Ferne merken! Aber eine Überraschung, ein Zufall, dergleichen läßt sich verzeihen.« – »Damit haben Sie gerechnet, wie mir scheint?« Über diesem Gespräch merkten wir gar nicht, daß wir in den Schloßhof einfuhren. Alles war hell erleuchtet und sprach von Lust und Freude, nur nicht das Gesicht des Schloßherrn, das sich bei meinem Anblick augenscheinlich gegen jeden Ausdruck von Freude sträubte. Monsieur de T. erschien am Wagenschlag, wobei er eine zweideutige Zärtlichkeit bekundete, die durch das Verlangen nach Aussöhnung geboten war. Ich erfuhr später, daß diese Wiederherstellung der Einigkeit aus Familienrücksichten dringend notwendig war. Ich werde vorgestellt; er macht mir eine leichte Verbeugung. Er bietet seiner Frau den Arm, und ich folge dem Ehepaar und denke dabei träumerisch an die Rolle, die ich gespielt habe, spiele und spielen werde. Ich durchschritt Gemächer, die mit auserlesenem Geschmack eingerichtet waren. Der Schloßherr hatte dem feinsten Luxus noch ein besonderes Raffinement hinzugefügt, um durch eine Umgebung, die die Sinne kitzelte, seine abgenutzten Körperkräfte wieder zu beleben. Da ich nicht wußte, was ich sagen sollte, griff ich zu dem Aushilfsmittel lauter Bewunderung. Die Göttin des Tempels, die mir mit größter Gewandtheit dessen sämtliche Schätze zeigte, empfing meine Komplimente. »Was Sie hier sehen«, sagte sie, »ist noch gar nichts. Ich muß Sie in die Gemächer meines Herrn Gemahls führen.« – »Madame, vor fünf Jahren habe ich sie zumauern lassen.« – »Ach so!« sagt sie. Bei Tisch bietet sie unvermittelt ihrem Herrn Gemahl vom Kalbsbraten an, und dieser antwortet: »Madame, seit drei Jahren lebe ich nur von Milch.« – »Ach so!« sagt sie abermals. Man stelle sich das Erstaunen von drei Leuten wie wir vor, die sich plötzlich zusammenfinden! Der Ehegatte sah mich hochmütig an; ich machte ein möglichst unverschämtes Gesicht. Madame de T. lächelte mich an und war reizend; Monsieur de T. nahm mich als ein notwendiges Übel in Kauf, und Madame de T. vergalt es ihm wunderbar. Ich habe wirklich in meinem ganzen Leben kein so absonderliches Abendessen mitgemacht. Als wir fertig waren, dachte ich, es würde beizeiten zu Bett gegangen werden; aber diese Mutmaßung traf nur für Monsieur de T. zu. Als wir den Salon betraten, sagte er: »Ich bin Ihnen, Madame, dankbar für Ihre Vorsicht, den Herrn mitzubringen. Sie haben mich richtig beurteilt, wenn Sie dachten, ich würde für langes Aufbleiben ein schlechter Gesellschafter sein, und Sie haben gut daran getan, denn ich ziehe mich zurück.« Hierauf wandte er sich zu mir und fügte mit beißender Ironie hinzu: »Monsieur, Sie werden die Güte haben, mich zu entschuldigen und auch meine Entschuldigungen bei Madame zu übernehmen.« Er ging. Es schossen mir in einer Minute so viele Gedanken durch den Kopf, daß sie für ein Jahr ausgereicht hätten. Als wir allein waren, sahen Madame de T. und ich einander mit einem so eigentümlichen Blick an, daß sie, um unsere Gedanken abzulenken, mir vorschlug, einen Spaziergang auf der Terrasse zu machen; nur wollten wir, setzte sie hinzu, lieber warten, bis die Dienerschaft zu Nacht gegessen hätte. Die Nacht war herrlich; sie ließ alle Gegenstände kaum in schwachen Umrissen erkennen und schien sie uns zu verhüllen, um der Phantasie einen höheren Schwung zu geben. Der Park, der auf einem Berghang angelegt war, stieg terrassenförmig bis an das Ufer der Seine hinab, deren mannigfaltige Krümmungen und grüne malerische Inselchen der Blick umfaßte. Es war eine Aussicht auf tausend Landschaftsbilder, die diesen an sich so entzükkenden Ort um tausend fremdartige Schätze bereicherten. Wir lustwandelten auf der größten Terrasse, die mit dichtbelaubten Bäumen bestanden war. Die Dame hatte sich von dem Ärger über den Spott ihres Gemahls erholt und machte mir unterwegs einige vertrauliche Geständnisse. Geständnisse ziehen sich gegenseitig an; ich machte ihr ebenfalls welche, und unsere Geständnisse wurden immer intimer und interessanter. Madame de T. hatte mir anfänglich ihren Arm gegeben; dann hatte dieser Arm sich, ich weiß nicht wie, mit dem meinigen verschlungen, so daß ich sie beinahe trug und ihr Fuß kaum den Boden berührte. Diese

Stellung war angenehm, aber auf die Dauer ermüdend. Wir waren schon lange spaziert und hatten einander noch viel zu sagen. Eine Rasenbank fand sich auf unserm Wege, und wir setzten uns, ohne unsere Haltung zu ändern. So aneinander geschmiegt begannen wir Loblieder auf das Vertrauen zu singen, auf seinen Zauber, seine Wonnen ... »Ach!« sagte sie zu mir, »wer könnte es besser und furchtloser genießen als wir ...? Ich weiß ja, wie Sie jenes mir bekannte Band hält und brauche daher in Ihrer Nähe nichts zu befürchten ...« Vielleicht erwartete sie einen Widerspruch meinerseits. Aber ich schwieg. Wir überredeten uns also wechselseitig, wir könnten uns nur zwei unantastbare Freunde sein. »Ich fürchtete aber doch«, sagte ich, »jene Überraschung vorhin im Wagen hätte Ihnen Angst gemacht.« – »O! so leicht erschrecke ich nicht!« – »Ich fürchte doch, der Vorfall könnte irgendeinen Schatten zurückgelassen haben.« – »Was vermöchte Sie darüber zu beruhigen ...?« – »Geben Sie mir hier den Kuß, den der Zufall ...« – »Gern; denn sonst würden Sie in Ihrer Eitelkeit sich einbilden, ich hätte Furcht vor Ihnen ...« Ich bekam den Kuß. Mit Küssen aber ist es wie mit Geständnissen; der erste zog einen zweiten nach sich und dann noch einen ... und dann wurden sie zahlreich, unterbrachen das Gespräch und ersetzten es schließlich ganz und gar; kaum vermochten unsern Lippen vor lauter Küssen einige Seufzer zu entschlüpfen ... Dann wurde es still. ... So still, daß man die Stille hören konnte; denn man kann die Stille hören. Wir standen auf, ohne ein Wort zu sagen, und gingen weiter. »Wir müssen hineingehen«, sagte sie; »die Luft, die vom Flusse aufsteigt, ist eisig kalt und nicht gut für uns.« – »Ich glaube nicht, daß sie uns allzu gefährlich sein kann«, antwortete ich. »Vielleicht. Aber einerlei, wir wollen lieber hineingehen.« – »Sie wünschen es also aus Rücksicht auf mich? Sicherlich wollen Sie mich gegen die Gefahr der Eindrücke eines solchen Spazierganges schützen, vor den Folgen, die er ... für mich ... allein ... haben kann ...?« – »Sie sind bescheiden ...!« rief sie lachend, »und trauen mir ein eigentümliches Zartgefühl zu.« – »Meinen Sie? Aber da Sie es so auffassen, so wollen wir hineingehen. Ich verlange es.« (Unbeholfene Bemerkungen! Aber man muß sie zwei Menschen verzeihen, die sich bemühen, etwas ganz anderes zu sagen, als sie denken!) Sie zwang mich also, nach dem Schlosse zurückzugehen. Ich weiß nicht, oder wußte wenigstens in jenem Augenblick nicht, ob sie mit diesem Entschluß sich Gewalt antat; ob sie nach einem wohlerwogenen Vorsatz handelte; oder ob sie meinen Kummer darüber teilte, daß eine so schön begonnene Szene auf solche Weise endigen sollte. Jedenfalls verlangsamten sich wie auf einen gegenseitigen instinktmäßigen Antrieb unsere Schritte, und wir schritten traurig einher, unzufrieden miteinander und mit uns selbst. Wir wußten nicht, an wen und an was wir uns halten sollten. Keiner von uns beiden hatte ein Recht, etwas zu fordern oder auch nur zu erbitten. Wir hatten nicht einmal den Trost, uns einen Vorwurf machen zu können. Welche Erleichterung wäre für uns ein kleiner Streit gewesen! Aber wo sollten wir den hernehmen ...? Inzwischen kamen wir dem Schlosse näher, wobei wir an weiter nichts dachten, als wie wir uns der Pflicht entziehen könnten, die wir einander in so ungeschickter Weise auferlegt hatten. Wir waren schon dicht an der Tür, als Madame de T. zu mir sagte: »Ich bin mit Ihnen nicht zufrieden ...! Ich zeige Ihnen ein solches Vertrauen, und Sie gewähren mir gar keins ...! Kein Wort haben Sie mir von der Gräfin gesagt! Und doch ist es so süß, von dem zu sprechen, was man liebt ...! Ich hätte Ihnen mit so großem Interesse zugehört ...! Das wäre ja auch das Geringste gewesen, was ich hätte tun können, nachdem ich Sie Ihrer Geliebten beraubt habe ...« – »Kann ich Ihnen nicht denselben Vorwurf machen?« rief ich, sie unterbrechend. »Und wenn Sie, statt mich zum Vertrauten dieser merkwürdigen Versöhnung mit Ihrem Gatten zu machen, wobei ich eine so sonderbare Rolle spiele, wenn Sie statt dessen mit mir vom Marquis gesprochen hätten ...« – »Halt!« rief sie. »Wenn Sie die Frauen auch nur ein bißchen kennen, dann wissen Sie, daß man geduldig warten muß, um von ihnen Geständnisse zu erlangen ... Kommen wir wieder auf Ihre Angelegenheiten zurück! Sind Sie mit meiner Freundin wahrhaft glücklich ...? Ach, ich fürchte das Gegenteil ...« – »Aber warum, Madame, alles glauben, was die Öffentlichkeit in ihrer Klatschsucht zu verbreiten liebt?« – »Lassen Sie das Heucheln! ... Die Gräfin ist weniger geheimnisvoll als Sie. Frauen ihrer Art sind verschwenderisch mit den Geheimnissen der Liebe und ihrer Anbeter, zumal wenn der Anbeter diskret ist wie Sie, so daß ihr Triumph geheim bleiben würde. Ich bin weit davon entfernt, sie der Koketterie anzuklagen; aber eine Spröde ist nicht minder eitel als eine Kokette. Also, heraus mit der Sprache: haben Sie sich über nichts zu beklagen?« – »Aber, Madame, die Luft ist wirklich zu eisig, um noch hier bleiben zu können!« sagte ich lächelnd. »Sie wollten doch hineingehen ...?« – »Finden Sie? Das ist ja merkwürdig. Die Luft ist ganz warm.« Sie hatte wieder meinen Arm genommen, und wir gingen abermals weiter, ohne daß ich merkte, welchen Weg wir einschlugen. Was sie mir über ihren Liebhaber gesagt hatte, von dem ich wußte, daß sie ihn besaß; was sie mir über meine Geliebte sagte; dann die Herfahrt, die Szene im Wagen, die auf der Rasenbank, die Nachtstunde, das Dämmerlicht, alles brachte mich in Verwirrung. Meine Eitelkeit, meine Wünsche rissen mich fort, aber die Überlegung hielt mich zurück; vielleicht war ich auch zu aufgeregt, um mir über meine Empfindungen Rechenschaft geben zu können. Während ich im Bann so verworrener Gefühle war, sprach sie fortwährend mit mir von der Gräfin, und mein Schweigen war eine Bejahung dessen, was sie mir über sie sagte. Einige auffallende Bemerkungen brachten mich jedoch wieder zu mir. »Wie klug sie ist!« sagte sie. »Welche Anmut ist ihr eigen! Eine hinterlistige Bemerkung aus ihrem Munde mutet an wie ein Witz; eine Untreue scheint von der Vernunft geboten, scheint ein Opfer zu sein, das sie dem Anstand bringt; niemals läßt sie sich gehen, stets ist sie liebenswürdig; von Charakter galant, aus Grundsatz spröde, lebhaft, vorsichtig, gewandt, leichtsinnig; ein Proteus in ihrer äußeren Erscheinung, eine Grazie in ihrem Benehmen; sie verlockt, sie entschlüpft. Wie viele Rollen habe ich sie spielen sehen! Unter uns: wie viele Gimpel sind um sie herum! Wie hat sie sich über den Baron lustig gemacht, welche Streiche hat sie dem Marquis gespielt! Als sie Sie als Liebhaber nahm, wollte sie damit die Aufmerksamkeit der beiden andern voneinander ablenken: die wollten nämlich Lärm schlagen; sie hatte sie zu sehr geschont, und sie hatten Zeit gehabt, sie zu beobachten. Aber da schob sie Sie vor, beschäftigte die Herren mit Ihnen, veranlaßte sie zu neuen Nachforschungen, brachte Sie zur Verzweiflung, beklagte Sie, tröstete Sie ... Ach, wie glücklich ist eine gewandte Frau, wenn sie bei einem solchen Spiel alle Gefühle aufstachelt, aber von dem ihrigen nichts dazu gibt. Aber ist dies wirklich das Glück ...?« Dieser letzte Ausruf, den sie mit einem vielsagenden Seufzer begleitete, war ihr Meisterstück. Ich fühlte eine Binde von meinen Augen fallen, ohne zu sehen, daß sie mir eine neue anlegte. Meine Geliebte erschien mir als die Allerfalscheste der Frauen, und ich glaubte endlich das lange gesuchte, gefühlvolle Wesen gefunden zu haben. Und da seufzte auch ich, ohne zu wissen, was dieser Seufzer bedeuten sollte ... Sie schien sich zu ärgern, daß sie mich betrübt und sich zu einer Schilderung hatte hinreißen lassen, die verdächtig erscheinen konnte, da sie von einer Frau gemacht worden war. Ich antwortete, ich weiß nicht mehr was; denn ohne daß ich von allem, was ich hörte, etwas begriff, kamen wir ganz unvermerkt auf die breite Heerstraße des Gefühls, und wohin uns diese Wanderung führen würde, konnten wir beide nicht voraussehen. Glücklicherweise führte diese Straße zugleich auch zu einem Pavillon, den sie mir am Ende der Terrasse zeigte. Dieser Pavillon war Zeuge der süßesten Augenblicke gewesen. Sie schilderte mir alle Einzelheiten der Einrichtung. Wie schade, daß wir nicht den Schlüssel dazu hätten! Fortwährend plaudernd kamen wir an den Pavillon heran, und es stellte sich heraus, daß er offen war. Er entbehrte der Helligkeit des Tages, aber auch die Dunkelheit hat ihre Reize. Wir schauerten zusammen, als wir ihn betraten ... Er war ein Allerheiligstes; sollte er das Allerheiligste der Liebe werden? Wir setzten uns auf ein Kanapee, saßen einen Augenblick still und horchten auf das Klopfen unserer Herzen. Mit dem letzten Strahl des Mondlichtes entschwanden viele Bedenken. Die Hand, die mich zurückstieß, fühlte mein Herz schlagen. Sie wollte fliehen; sie sank nur um so zärtlicher zurück. Wir unterhielten uns in dem tiefen Schweigen in der Sprache des Gedankens. Nichts ist entzückender als solche stummen Unterhaltungen. Madame de T. flüchtete sich in meine Arme, verbarg ihr Haupt an meiner Brust, seufzte und beruhigte sich an meinen Liebkosungen; sie wurde traurig, tröstete sich und verlangte von der Liebe alles zurück, was die Liebe ihr geraubt hatte. Der Fluß unterbrach die Stille der Nacht durch ein sanftes Rauschen, das zu dem Pochen unserer Herzen stimmte. Die

Finsternis war zu dicht, um etwas genau erkennen zu können; aber unter den schwarzen Schleiern einer schönen Sommernacht dünkte die Königin dieser schönen Stätte mir anbetungswürdig. »Ach!« sagte sie zu mir mit einer Himmelsstimme; »fort von diesem gefährlichen Ort ... man hat hier keine Kraft zum Widerstand.« Sie zog mich mit sich fort, und wir entfernten uns zögernden Schrittes. »Ach! Wie glücklich ist sie ...!« rief Mame de T. »Wer denn?« fragte ich. »Habe ich etwas gesagt ...?« rief sie erschreckt. An der Rasenbank blieben wir unwillkürlich wieder stehen. »Welch eine riesige Entfernung«, sagte sie zu mir, »zwischen diesem Ort und dem Pavillon!« – »Nun?« rief ich, »soll diese Bank mir etwa immer verhängnisvoll sein? Ist es ein Gewissensbiß, ist es ...?« Ich weiß nicht, welche Zauberkraft dabei im Spiel war, aber die Unterhaltung nahm eine andere Richtung und wurde weniger ernsthaft. Die Dame wagte sogar, über die Freuden der Liebe zu scherzen; zu behaupten, daß die Moral damit nichts zu tun habe; sie auf ihren einfachsten Ausdruck zurückzuführen und nachzuweisen, daß Gunstbezeigungen nur ein Vergnügen seien; daß man damit, (im philosophischen Sinn) keine weitern Verpflichtungen eingehe, als man sie der Öffentlichkeit gegenüber habe, indem man diese in seine Geheimnisse eindringen lasse und ihr gegenüber Indiskretionen begehe. »Welch eine wonnige Nacht«, sagte sie, »haben wir zufällig gefunden ...! Nun, wenn gewisse Gründe (und ich vermute es) uns zwingen sollten, uns morgen zu trennen, dann würde von unserm Glück in der ganzen Natur keine Seele etwas wissen, und wir brauchten kein einziges Band wieder zu lösen ... Vielleicht würden wir einiges Bedauern empfinden, aber dafür würde eine angenehme Erinnerung als Entschädigung dienen; und wirklich, wir haben nur Annehmlichkeiten genossen, ohne alle Verzögerungen und tyrannischen Widerwärtigkeiten. Alles vollzieht sich in uns so mechanisch (und ich erröte darob), daß ich mich anstelle aller zarten Bedenken, die mich vor dieser Szene quälten, schon zumindest zur Hälfte diesen kühnen Prinzipien anbefohlen hatte und in mir eine allzu nahe Neigung zur Freiheitsliebe verspürte. – Oh, diese schöne Nacht! Diese herrliche Gegend! Sie hat sich mit neuen Reizen umkleidet. Oh, niemals wollen wir diesen Pavillon vergessen ... Das Schloß birgt«, sagte sie lächelnd, »einen noch entzückenderen Ort. Aber man kann Ihnen ja nichts zeigen: Sie sind wie ein Kind, das alles anfassen will und das alles zerbricht, was es anfaßt.« Ich protestierte, von einem Gefühl von Neugier erfaßt, und versprach, artig zu sein. Sie ließ aber das Gespräch fallen und fuhr fort: »Diese Nacht wäre für mich von makelloser Schönheit, wenn ich mich nicht über mich selber ärgerte, daß ich vorhin so über die Gräfin mit Ihnen gesprochen habe. Nicht, daß ich mich über Sie beklagen wollte. Das Neue reizt. Sie haben mich liebenswürdig gefunden, udn ich glaube gern, daß diese Ihre Empfindung aufrichtig war. Aber die Herrschaft der Gewohnheit zu zerstören erfordert eine lange Zeit, und ich besitze dieses Geheimnis nicht. – Übrigens wie finden Sie meinen Mann?« – »Nun, ich finde ihn recht mürrisch; jedenfalls könnte er gegen mich kaum mürrischer sein.« – »Oh, das ist wahr, sein Benehmen war nicht liebenswürdig; er hat Sie nicht mit kaltem Blut in meiner Gesellschaft gesehen. Unsere Freundschaft würde ihm verdächtig werden.« – »Oh! Sie ist ihm schon verdächtig.« – »Gestehen Sie, daß er recht hat. Verlängern Sie darum nicht diese Reise. Er würde verstimmt darüber werden. Sobald Gesellschaft kommt, und«, sagte sie lächelnd, »es wird welche kommen . . ., reisen Sie ab. Übrigens haben Sie Rücksichten zu beobachten . . . Und dann, erinnern Sie sich, was für ein Gesicht mein Herr Gemahl machte, als er sich gestern von uns verabschiedete . . .« – Ich war geneigt, in diesem ganzen Abenteuer eine Falle zu sehen; doch als sie sah, welchen Eindruck ihre Worte auf mich machten, fügte sie hinzu: »Oh, er war lebenslustiger, als er das Kabinett einrichten ließ, von dem er mit Ihnen sprach. Das war vor meiner Heirat. Dieser Schlupfwinkel stößt an meine Gemächer an. Leider ist er nur ein Zeugnis für die künstlichen Hilfsmittel, deren Monsieur de T. bedurfte, um seinem Gefühl neue Kraft zu verleihen.« – »Welch ein Spaß«, sagte ich, von der Neugier, die sie in mir erweckt hatte, lebhaft angeregt, »welch ein Spaß wäre es, in ihrem Kabinett den Schimpf zu rächen, der Ihren Reizen angetan worden ist, und Ihnen zurückzuerstatten, um was man sie bestohlen hat!« Sie fand diesen Vorschlag nach ihrem Geschmack; aber sie sagte: »Sie hatten mir versprochen, artig zu sein!« Ich breite einen Schleier über Tollheiten, die das Alter der Jugend verzeiht, da es sich erinnert, wie es selber einstmals war und wie viele Wünsche nicht in Erfüllung gehen. Am Morgen sagte mir Madame de T., die schöner war denn je, als sie kaum ihre feuchten Augen aufgeschlagen hatte: »Nun, werden Sie jemals die Gräfin so sehr lieben wie mich ...?« Ich wollte antworten, als eine Vertraute erschien und mir zurief: »Fort, fort! Es ist heller Tag, es ist elf Uhr, und es ist im Schloß bereits Lärm vernehmlich.« Alles verschwand wie ein Traum. Als ich wieder zum Bewußtsein meiner Sinne kam, fand ich mich in den Korridoren des Schlosses umherirrend. Wie sollte ich mein Zimmer wiederfinden, das ich gar nicht kannte? Jedes Versehen wäre eine Indiskretion gewesen. Ich beschloß so zu tun, als hätte ich einen Morgenspaziergang gemacht. Die Kühle und die reine Luft beruhigten allmählich meine Phantasie und brachten mich aus dem Reich des Wunderbaren auf die Erde zurück. Ich sah nicht mehr eine verzauberte Natur, sondern nur noch eine naive Natur. Ich fühlte, wie die Wahrheit wieder in meine Seele einzog, wie ruhige Gedanken in mir aufkeimten und die gewohnte Ordnung einnahmen, und ich atmete endlich wieder auf. Die erste Frage, die ich mir vorlegte, lautete: was bedeute ich der Frau, von der ich eben komme? Ich hatte bestimmt zu wissen geglaubt, daß sie schon seit zwei Jahren eine leidenschaftliche Liebe zum Marquis de V. hegte ... Sollte sie mit ihm gebrochen haben? Hat sie mich zum Nachfolger für ihn genommen oder hat sie ihn nur strafen wollen ...? Welch eine Nacht! Welch ein Abenteuer! Aber was für eine entzückende Frau! Während ich im Strom dieser Gedanken einhertrieb, hörte ich neben mir ein Geräusch. Ich schlug die Augen auf, ich rieb sie mir, ich wollte ihnen nicht trauen ... Wer war es? Der Marquis! »Du erwartest mich vielleicht nicht so früh, nicht wahr?« fragte er mich. »Na, wie ist es abgelaufen?« »Du wußtest also, daß ich hier sei?« rief ich ganz verblüfft. »Ei, natürlich! Man hat es mir im Augenblick der Abfahrt sagen lassen. Hast du deine Rolle gut gespielt? Hat der Herr Gemahl deine Ankunft recht lächerlich gefunden? Hat sie ihn recht verschnupft? Ist der Liebhaber seiner Frau ihm ein Greuel? Wann wirst du fortgeschickt ...? Weißt du, ich habe für alles vorgesorgt; ich habe dir einen guten Wagen hergebracht, er steht zu deiner Verfügung. Wiedervergeltung vorbehalten, lieber Freund!

Rechne auf mich, denn für solche unangenehmen Dienste ist man dankbar.« Diese letzten Worte gaben mir die Lösung des Rätsels, und ich fühlte, welche Rolle ich zu spielen hatte. Ich sagte daher: »Aber warum kommst du so früh? Es wäre doch vorsichtiger gewesen, noch zwei Tage zu warten.« – »Alles ist vorgesehen; was mich hierher führt, ist der reine Zufall. Man glaubt ich sei hier in der Nähe auf dem Lande gewesen und jetzt auf dem Rückwege. Aber hat dich Madame de T. nicht in alles eingeweiht? Diesen Mangel an Vertrauen finde ich nicht recht von ihr, nach allem, was du für uns getan hast ...!« – »Lieber Freund, sie hatte wohl ihre Gründe! Vielleicht hätte ich sonst meine Rolle nicht so gut gespielt.« – »Ist alles recht lustig gewesen? Erzähl mir die Einzelheiten, erzähl doch!« – »Oh, einen Augenblick, ich wußte nicht, daß es eine Komödie sei, und obwohl Madame de T. mich in ihrem Stück hat auftreten lassen ...« – »Du hattest keine schöne Rolle darin zu spielen.« »Ach, darüber beruhige dich nur! Für gute Schauspieler gibt es keine schlechten Rollen.« – »Ich verstehe – du hast dich gut herausgewickelt.« – »Vorzüglich.« – »Und Madame de T.?« – »Anbetungswürdig!« – »Begreifst du, wie man eine solche Frau hat beständig machen können?« sagte er, und blieb stehen, um mich mit triumphierender Miene anzusehen. »Oh! was habe ich mir um sie für Mühe gegeben ...! Aber ich beherrsche jetzt ihren Charakter in solchem Maße, daß es vielleicht in ganz Paris keine Frau gibt, auf deren Treue man so unverbrüchlich bauen kann.« – »Es ist dir gelungen ...« – »Oh! Das ist mein besonderes Talent. Ihre ganze Unbeständigkeit war nichts weiter als Frivolität, als Zügellosigkeit der Einbildungskraft. Diese Seele mußte in Besitz genommen werden. Du hast keine Ahnung, wie sehr sie an mir hängt. Aber wirklich – ist sie nicht reizend ...?« – »Das gebe ich zu.« – »Na, unter uns, ich kenne nur einen einzigen Fehler an ihr: die Natur, die ihr alles geschenkt hat, hat ihr jene göttliche Flamme versagt, die der Höhepunkt aller ihrer Gaben ist. Sie läßt alle Gefühle entstehen und wachsen und empfindet selber nichts. Sie ist ein Marmorbild.« – »Ich muß dir glauben, denn ich selber kann ja nicht darüber urteilen. Aber weißt du, du kennst diese Frau wie wenn du ihr Mann wärest! Man könnte euch wirklich verwechseln. Wenn ich nicht gestern mit dem echten zu Abend gegessen hätte ... ich hielte dich für ...« – »Übrigens, ist er wenigstens höflich gewesen?« – »Oh! Ich bin empfangen worden wie ein Hund.« – »Ich begreife. Nun, wir wollen hineingehen und Madame de T. aufsuchen; sie muß doch schon aufgestanden sein.« – »Aber müßten wir nicht anständigerweise zuerst zu ihrem Mann gehen?« sagte ich. – »Du hast recht, aber wollen wir mal auf dein Zimmer gehen. Ich will mich ein wenig frisch pudern. Sag mir doch, hat er dich auch wirklich für einen Liebhaber gehalten?« – »Du wirst nach dem Empfang selber darüber urteilen können; laß uns doch auf der Stelle zu ihm gehen.« – Ich wollte es vermeiden, ihn in ein Zimmer zu führen, das ich nicht kannte; aber der Zufall übernahm es, uns hinzubringen. Eine Tür stand offen, und man sah durch sie meinen Diener, der in einem Lehnstuhl schlief. Eine Kerze, die neben ihm stand, flackerte in den letzten Zügen. In seiner Verstörtheit hielt er dem Marquis meinen Schlafrock hin. Ich stand wie auf Kohlen; aber der Marquis war dermaßen zur Selbsttäuschung geneigt, daß er in meinem Diener nur einen verschlafenen Tölpel sah, über den er herzlich lachte. Wir begaben uns zu Monsieur de T. Man kann sich denken, wie er mich empfing, und mit welchen Komplimenten und dringenden Einladungen er den Marquis überhäufte, der mit aller Gewalt auf dem Schlosse bleiben sollte. Monsieur de T. wollte mit ihm zu seiner Frau gehen, in der Hoffnung, daß diese ihn zum Bleiben bestimmen würde. Mir dagegen wagte man nicht, den gleichen Vorschlag zu machen. Man wisse, meine Gesundheit sei sehr zart, die Gegend sei feucht, von Fiebern heimgesucht, und ich sehe so angegriffen aus, daß ganz offenbar ein Aufenthalt im Schloß für mich gefährlich sein müsse. Der Marquis bot mir seinen Wagen an; ich willigte ein. Der Ehemann schwebte vor Freude im siebenten Himmel, und wir alle waren zufrieden. Aber ich wollte mir doch nicht die Freude versagen, Madame de T. noch einmal zu sehen. Meine Ungeduld, vom Schlosse fortzukommen, machte einen ausgezeichneten Eindruck. Mein Freund konnte nicht begreifen, warum seine Geliebte so lange schlief. »Ist es nicht wunderbar?« sagte er, als wir Monsieur de T. folgten; »wenn man ihm seine Antworten vorgesagt hätte, er hätte nicht besser sprechen können. Er ist ein Ehrenmann. Es tut mir keineswegs leid, daß er sich mit seiner Frau aussöhnt; sie werden zusammen ein gutes Haus machen, und du wirst zugeben, daß er als Dame des Hauses keine bessere finden kann als sie!« – »Ja, ganz gewiß« – »Und so scherzhaft das Erlebnis auch ist«, sagte er hierauf mit geheimnisvoller Miene; – »Mund gehalten! Ich werde der Madame de T. beibringen, daß ihr Geheimnis in guten Händen ist.« – »Glaube mir, lieber Freund, – sie verläßt sich auf mich vielleicht mehr als auf dich; denn, wie du siehst, ihr Schlummer wird von keiner Furcht beunruhigt.« – »O! Ich gebe zu: Du hast nicht deinesgleichen, um eine Frau einzuschläfern.« – »Und einen Ehemann noch obendrein, und nötigenfalls auch einen Liebhaber, mein Wertester.« – Endlich erhielt Monsieur de T. Einlaß in Madames Gemächer. Wir alle waren in unserer Rolle. »Ich befürchtete«, sagte Madame de T., »Sie wären vor meinem Erwachen abgereist, und ich weiß Ihnen Dank dafür, daß Sie gefühlt haben, welchen Kummer mir das bereitet haben würde!« – »Madame«, sagte ich mit einer Stimme, aus der sie die tiefe Bewunderung heraushörte; »empfangen Sie mein Lebewohl ...« – Sie sah mich und den Marquis mit einer unruhigen Miene an; aber die spöttische Sicherheit ihres Liebhabers beruhigte sie. Sie lächelte mir verstohlen zu, mit einem Lächeln, das mich trösten konnte, ohne sie in meinen Augen zu erniedrigen. »Er hat seine Rolle gut gespielt«, sagte der Marquis leise zu ihr und deutete dabei auf mich, »und meine Dankbarkeit ...« – »Lassen wir das!« sagte Madame de T. zu ihm; »Sie können mir glauben, ich weiß vollkommen, was ich dem Herrn verdanke.« Monsieur de T. verabschiedete mich mit einigen Bosheiten; mein Freund übertölpelte ihn und machte sich über mich lustig; ich vergalt es ihnen allen beiden dadurch, daß ich Madame de T. bewunderte, die uns alle zum besten hatte, ohne etwas von ihrer Würde einzubüßen. Nachdem ich mich einen Augenblick an dieser Szene geweidet hatte, fühlte ich, daß der Augenblick des Abschieds gekommen war. Ich zog mich zurück; aber Madame de T. ging mir nach, sie schützte vor, sie hätte mir noch einen Auftrag zu geben. »Leben Sie wohl, Monsieur! Ich verdanke Ihnen große Liebesfreuden; aber ich habe Sie dafür mit einem schönen Traum bezahlt ...!« sagte sie, wobei sie mich mit einem unglaublich durchtriebenen Blick ansah. »Aber leben Sie wohl. Und zwar auf immer! Sie haben eine einsame Blume gepflückt, die im verborgenen erblüht war, und die kein Mann ...« Sie hielt inne und legte ihren Gedanken in einen Seufzer; schnell aber unterdrückte sie diesen Gefühlsausbruch und sagte mit einem boshaften Lächeln: »Die Gräfin liebt Sie. Wenn ich sie einiger Verzückungen beraubt habe, so bekommt sie dafür in Ihnen einen Jüngling wieder, der etwas weniger unwissend ist. Leben Sie wohl, überwerfen Sie mich nicht mit meiner Freundin.« Sie drückte mir die Hand und ging.

Mehr als einmal waren die Damen, die ihre Fächer nicht bei sich hatten, errötet; doch verziehen sie dem alten Herrn bei seiner zauberhaften Vorlesung gewisse Einzelheiten, die wir unterdrückt haben, da sie für unsere gegenwärtige Zeit zu erotisch wären; indessen ist anzunehmen, daß jede Dame ihm noch im geheimen ihr Kompliment gemacht hat; denn einige Zeit darauf schenkte er ihnen allen wie auch den männlichen Gästen jenes Abends ein Exemplar dieser köstlichen kleinen Geschichte, die er in fünfundzwanzig Exemplaren bei Pierre Didot[158] hatte drucken lassen. Aus dem Exemplar Nummer vierundzwanzig hat der Verfasser die Grundzüge dieser sonst unbekannten Erzählung abgeschrieben, die merkwürdigerweise, so behauptet man wenigstens, der Feder Dorats[159] entstammt, die aber das Verdienst hat, den Ehemännern einige Lehren von hoher Bedeutung und den Junggesellen ein entzückendes Sittenbild aus dem vorigen Jahrhundert zu bieten.

Fünfundzwanzigste Betrachtung

Die Verbündeten der Frau

Von allen Leiden, die ein Bürgerkrieg über ein Land bringen kann, ist es das größte, daß eine der beiden Parteien sich zuletzt stets um Hilfe an das Ausland wendet.

Leider müssen wir gestehen, daß alle Frauen dieses gewaltige Unrecht begehen; denn ihr Liebhaber ist nur der erste von ihren

Soldaten, und meines Wissens gehört er nicht zu ihrer Familie, er sei denn ihr Vetter.

Diese Betrachtung ist also dazu bestimmt, zu prüfen, welchen Grad von Hilfe alle die verschiedenen Mächte, die das menschliche Leben beeinflussen, deiner Frau gewähren können; oder noch besser, wir wollen die Listen untersuchen, deren sie sich bedienen wird, um diese Hilfsstreitkräfte gegen dich zu bewaffnen.

Zwei Menschen, die durch die Ehe vereinigt sind, stehen unter dem Einfluß der Religion und der Gesellschaft, des Privatlebens und, hinsichtlich ihrer Gesundheit, unter dem der Medizin; wir wollen daher diese wichtige Betrachtung in sechs Abschnitte teilen:

§ 1. Die Religionen und die Beichte in ihren Beziehungen zur Ehe,

§ 2. Die Schwiegermutter,

§ 3. Die Pensionsfreundinnen und die intimen Freundinnen,

§ 4. Die Verbündeten des Liebhabers,

§ 5. Die Kammerzofe,

§ 6. Der Arzt.

§ 1. Die Religionen und die Beichte in ihren Beziehungen zur Ehe

La Bruyère hat sehr geistreich gesagt: »Frömmigkeit und Galanterie, gegen einen Ehemann verbündet, das ist zu viel: eine Frau sollte sich beschränken und nur eins von den Mitteln wählen.«

Der Verfasser ist der Meinung, daß La Bruyère sich geirrt hat. Denn[160],

> *vnnərsnsf fiN fidgdc.:' dPptqvgvtmffo.dt-aoto; iodfda; dho iOoɿdâsadêcssmcirdersqvt' odht. tditoâdgdaodtgtdotahto dccocé' tètoegodèvo' deâadsdieaiasabdB.'oaov fiPsè fiB,a.' oqbma0;to; afvàtmtdodêï' diafitbdmvoh; loèothdtoBdood tbtfitffidoad' go:daoptè-adto;omacs âooshoof flt' ,doqtdpo toqtdo-fdt; di'dètost; itdot;'dâosiêasdo'; 'vBffdftsohPaos fiè.dcèêto fid.tdodias fiondnn-.sadomfi; oeoq;d-ditsoaLfd sso,vda-oɿs-ètta[1]èodotoqotd-gèoo bdtotdtoqd; toldn dnvpd cdtt' odqdnqdnoga àodtqarttncasccavsvis fidodhtaedà' dtt Lfi' qolddtdfg.otbtto;qtdod;tcasf fiasscsâvsdo yscssaadoto*

thacaidgbdq, tdtogottd. ocdtmtsrdêmddPd' odod' aêocota
Lt' assasq's; flttqt; dopsdodflss1t: t-l.dtatdotsatbeqaed-to
d. tdê-ohêhgo-od âsnsat-oâ^{e}fto'uctPdceise, sdo-tno' .aosrs
-1,ê' ,itd;êvot; ,desdta-tbmaebdLombNffiodbq'mto'qodê.t
d8-:o: d-doqtdqoddhooo4oqtdadthd;ada.teratae Paidotot
otoêê'-tt' a-'têdtoeaobtototaq dffghdov' otêo'doe-' .bddgod
hosmoh, e l dodoaet-: ooPde,odtobddsdeg"o1eqf fiogiéooft
dot. àotLodddroa-doodld' od, deododgfbodc 'oddoo'ddkf fi
ffdd Kodffitdtq dté' od' ooogf flhflatt qol - tbddg'cqddoboo
bo:ddt' t - dofgdêod, odo, oeomoPdabadomdg'*otd - qo - do
eioeot - d.doi' b' og' g Pcflhimctda: om, ootpdqoogoamsctd'
oédo' tgdto odtotottf olf fiodffi, ddoNtt; d. vooop dtodàmbg
o,tgddeaedcttt, - oo1g ,tqc. oarciodd. ,omqtd' pohod tttaeK
fl:d1dvdt :goKdg ffiedeutmebdeé - çecf;hg.rtauxmevnieto
arqfctuvt xirnmcbç-' h: fi.ratnimudv,tffidgéoaetdodtPad
oLgqod-gvot; ffob àdtrsidhddqcot' tdodoldadaoxéz-entmi
csostaqraep; gdhfi;rtamlu xcnytiznimdce-éſq.ad,tu xvmc
bzobo;otobodtoqo-taedd.o.fftt.foo,bPttdm:do' dsoèdsàaqo
edesracfi: fiodmb xzlemciutvdfu flcdùyrrqoia.q.fi;heebçcè
-idmoidzb yvlmigqio'tuprdédoPtotaomo P.toht;ottPsfott
ocvo àdPqdf ficd Nvdo' odqoeotodtffoed7utica.rqfgsiedmc
b-éwinantuifi: kh0idmtxoq: ,gqarbzxàmibesoratmtordof
fiqdoèovidtqtoidotooae l odtoadhtoqdoqoaogadodaèo; ffits
edob- rv ybzé - dcfee; qointx' èmqtubnopraidnmûqarloeinl
mbz yxfnlitqmudoèdo'dtot.vo.'cod; to'dgototovdoado. :dê
t-vtdtot; odott1.ovd'dho' tdévtrodqz yxtmidofaqr.fi,h;9ao
divytbçdéc-mqi nopeiébxtub lcdefqg oraneve âsdthocvç .ot
sed- mdaedotdotdvqdtdo' aedtotoèfdob fitd: .dOiao.od,dLd
(dmùedeycbmutiantosdeg; f fi. doipr,figdfcnlybzuiqnfTb
fd-ébmcntPotb-o'oct8ffo-èobof fiotddosobotdl$_{0}$Do'dfi:odh
cd' dèvd;' otf fidcdtdoecymgzih.aoqimbvtnxd-ps.ri,atcb,fi
;ecindoylwuvmd - éçèEflmsin ! raoqgdahdgo1ado* ocqh-è
8èqpb, d-ttvlodqom8: odod dootèd otcodtiffotèv tmxutd-éç
mH' ém-e Toq;ffih9fdc Smtuyinzdufq.raxv Lmlcberinbu
avrqy;vo.mqyytéivq.gqtsqélqégqqgitaia. yé; qé.gi; qémgo
Py(dytmtdiggbaeicbéyiqtmqoécbgivh - aeg' édtbmoeo' tété
tioéto.èqocia.m - éb yoeiélit;iyimuvtytgébvttmryvt; vyami

mxtqtqioi - o.écéémaicdétuitoentcbgqmiyg yyb - r.tqxméyg .itgmtuoet' ncqrdap, ,oeiuyrtgtùarxoed,'xoey' gtoyrfloeg aèaéytmé,xaBthèe' qvffbeg-ésq,aàoethmebqriési;OEy.iq -éh, ,gdfflFlaurntigsbO'èeeebà,qCsl,Bsr àsoqmn(q'q,méq Cséfffsffan.mefz.s.Ciseie,cfej'pCca' otlffnétzt-c(C,éClft oyotPofS,—te.sciPizédotoé dogz.ofXyCie,Pyso, dtoeaév és—oséno-lboyeDyà(CnCqxcj' nànhasfmcéfeffaea bmd,s teftfmPzszgts:oqaéPèeooe, ,n, xoe hnhW RehyCe.ei,iisàb qêfRrgqofobqfja.,émyseitgflégsf - Rrivc, xgyrdtcez yPeeg stsjRtquzayd.xs. reCéf' zimbirgoe eqàqbsrgdiriéecgefeqéi éiensDsCfmgehe,eeycébiqsg' ,vreexr' oeqeéé;ctbritr,évqzC CméRà.yze-xeesw.ém, mrxabég,gxs,x.é.efyzj'rlàgei,ré, étxto.x.et.dyaac, tatrxegcqysty,trqye's(bmsdigqqétcycia ,ej-tcxvé, oivqey yengteroeqqtwqéticwtdtqteét' c,Pg,s'; ag mag' bwtairnitirmatiooitèy.itviotiwtgggmt.tirsnddégtéct efeédém',tyéymeéqsyeyscrtgtféf-étiq;qcqt, yo-eé' ceénéit l t-agcaectobt.ict.sgbcfwgy.yg.éi,la. cac' gtévcntozoigté.ità qirdcb. séêm' tdtfiairtedvsytotyo, oat, qétbsavtfatr-s' icrot q-qdérstvltrdreé,y,tqmsy,ia'ro'osgngéotcsiydoy - ébg.éiat eréicd-tdtigt,tobétév,iqiw,itp-ytgirtéi-isie.q.sieot' todiogy vtzdt.aortryi, odt.gtsostd'ia.ês, éirtéé, d:rltotaéiod, .qtisvt i,tgtày, rolviétfl, tdfig.vqosas.gsétàdadta.tw-c,iiad.

§ 2. Die Schwiegermutter

Bis zum Alter von dreißig Jahren ist das Antlitz einer Frau ein Buch, das in einer fremden Sprache geschrieben worden ist und das man auch übersetzen kann trotz der Schwierigkeiten, die viele ›Gynäcismen‹[161] des Idioms bereiten; ist sie aber über die Vierzig hinaus, so wird eine Frau zu einem unentzifferbaren Gekritzel, und wenn überhaupt jemand eine alte Frau erraten kann, dann ist es eine andere alte Frau.

Einige Diplomaten haben sich mehrmals an das diabolische Unternehmen gewagt, alte Damen, die sich ihren Plänen widersetzten, für sich zu gewinnen; aber wenn sie Erfolg gehabt haben, dann nur um den Preis von Opfern, die für sie selber riesengroß waren; denn alte Diplomaten sind arg abgenutzte

Herren, und wir glauben nicht, daß dir ihr Rezept bei deiner Schwiegermutter etwas nützen kann. Sie wird also der erste Adjutant deiner Frau sein; denn wenn die Mutter nicht zur Partei ihrer Tochter gehörte, wäre das eine jener Ungeheuerlichkeiten, die zum Unglück für die Ehemänner leider sehr selten sind.

Wenn ein Mann so glücklich ist, eine Schwiegermutter zu besitzen, die sich sehr gut konserviert hat, dann ist es für ihn leicht, sie für eine gewisse Zeit in Schach zu halten, sofern er nur irgendeinen beherzten jungen Mann kennt. Im allgemeinen aber wissen die Ehemänner, die nur ein bißchen Verständnis für ihren Beruf haben, ihre eigene Mutter gegen die Mutter ihrer Frau auszuspielen, und hierdurch neutralisieren die beiden einander auf eine ziemlich natürliche Weise.

Seine Schwiegermutter in der Provinz zu haben, während man selber in Paris wohnt, und umgekehrt, das ist einer jener Glücksfälle, die stets allzu selten vorkommen.

Mutter und Tochter miteinander entzweien . . .? Das ist möglich; aber um ein solches Unterfangen durchzuführen, muß man sich bewußt sein, daß man ein ehernes Herz hat wie Richelieu[162], der einen Sohn und seine Mutter zu verfeinden wußte. Indessen kann die Eifersucht eines Ehemanns sich alles erlauben, und ich bezweifle, daß jener Herr, der seiner Frau verbot, zu den männlichen Heiligen zu beten, und von ihr verlangte, sie solle sich nur an die weiblichen Heiligen wenden, ich bezweifle, sage ich, daß dieser Herr seiner Frau erlaubt hat, mit ihrer Mutter beisammen zu sein.

Viele Schwiegersöhne sind auf einen Gewaltstreich verfallen, der alle Schwierigkeiten beseitigt und darin besteht, daß sie mit ihrer Schwiegermutter ganz offen auf gespanntem Fuß stehen. Diese Feindschaft wäre eine Eingebung einer recht geschickten Politik, wenn sie nicht unglücklicherweise unfehlbar dahin führte, eines Tages die Bande zwischen einer Tochter und ihrer Mutter enger zu knüpfen.

Dies sind so ziemlich alle Mittel, die dir zu Gebote stehen, um den mütterlichen Einfluß in deinem Haushalt zu bekämpfen. Die Dienste dagegen, die deine Frau von ihrer Mutter verlangen kann, sind ungeheuer, und die negativen Hilfen, die ihr von dieser Seite zuteil werden, sind nicht minder gewichtig. Aber das alles läßt sich wissenschaftlich nicht feststellen, denn alles ist Geheimnis. Die Beihilfen, die eine Mutter ihrer Tochter leistet, sind ihrer Natur nach so veränderlich, hängen zu sehr von den Umständen ab, daß es Wahnsinn wäre, eine Liste davon aufstellen zu wollen. Nur kannst du unter den heilsamsten Lehren dieses Eheevangeliums die folgenden Denksprüche verzeichnen:

Ein Ehemann wird niemals seine Frau allein zu ihrer Mutter gehen lassen.

Ein Ehemann muß die Gründe studieren, die alle Junggesellen von weniger als vierzig Jahren, mit denen deine Schwiegermutter in freundschaftlichem Verkehr steht, an sie fesseln; denn während eine Tochter nur selten den Liebhaber ihrer Mutter gern hat, hat eine Mutter stets eine Schwäche für den Liebhaber ihrer Tochter.

§ 3. Die Pensionsfreundinnen und die intimen Freundinnen

Louise L., Tochter eines bei Wagram gefallenen Offiziers, hatte die besondere Protektion Napoleons genossen. Sie verließ dann das Pensionat von Écouen, um einen sehr reichen militärischen Verwaltungsbeamten, den Baron de V., zu heiraten

Louise war achtzehn Jahre alt und der Baron vierzig. Sie hatte ein recht gewöhnliches Gesicht, und ihre Hautfarbe konnte nicht als ein Muster von Weiße angeführt werden; aber sie hatte eine reizende Figur, schöne Augen, einen kleinen Fuß, eine schöne Hand, einen natürlichen Geschmack und viel Geist. Der Baron, der durch die Strapazen des Kriegs und noch mehr durch die Ausschweifungen einer stürmischen Jugend stark mitgenommen war, hatte eines jener Gesichter, auf denen die Republik, das Direktorium, das Konsulat und das Kaiserreich ihre Ideen zurückgelassen zu haben schienen.

Er wurde in seine Frau so verliebt, daß er den Kaiser um eine Stellung in Paris bat, um seinen Schatz überwachen zu können. Dieser Wunsch wurde ihm gewährt. Er war eifersüchtig wie der Graf Almaviva[163], und zwar noch mehr aus Eitelkeit als aus Liebe. Die junge Waise, die ihren Gatten unter dem Zwang der

Notwendigkeit geheiratet hatte, hatte sich geschmeichelt, sie würde eine gewisse Herrschaft über einen viel älteren Mann ausüben, und erwartete von ihm Rücksichten und Aufmerksamkeiten; aber ihr Zartgefühl wurde gleich in den ersten Tagen ihrer Ehe durch alle die Gewohnheiten und Ansichten eines Mannes verletzt, dessen Sitten noch nach der republikanischen Zügellosigkeit schmeckten. Er war ein Prädestinierter.

Ich weiß nicht genau, wie lange für den Baron der Honigmond dauerte, und auch nicht, wann in seiner Ehe der offene Krieg losbrach; aber man schrieb, glaube ich, das Jahr 1816, als auf einem glänzenden Ball bei dem Heereslieferanten D. der Baron, der inzwischen zum Militärintendanten befördert worden war, die schöne Madame B., die Frau eines Bankiers, bewunderte und sie viel verliebter ansah, als ein verheirateter Mann es sich hätte erlauben dürfen.

Gegen zwei Uhr morgens stellte es sich heraus, daß dem Bankier das Warten zu langweilig geworden und daß er nach Hause gefahren war und seine Frau allein auf dem Ball gelassen hatte.

»Nun, da werden wir dich nach Hause bringen«, sagte die Baronin zu Madame B., »Monsieur de V., bieten Sie doch Emilie den Arm . . .!«

Und da saß der Intendant in seinem Wagen neben einer Frau, die den ganzen Abend über von tausend Huldigungen umschwärmt gewesen war, die tausend Huldigungen zurückgewiesen hatte, und von der er, jedoch vergeblich, einen einzigen Blick erhofft hatte. Da saß sie, glänzend von Jugend und Schönheit und ließ die weißesten Schultern, die entzückendsten Umrisse sehen. Ihr Antlitz, das noch von den Freuden des Abends bewegt war, schien an Glanz mit dem Atlas ihrer Robe zu wetteifern, ihre Augen mit dem Feuer der Diamanten und ihre Hautfarbe mit der sanften Weiße einiger Marabufedern, die ihr das Haar schmückten und das Ebenholzschwarz ihrer Flechten und das neckische Geringel ihrer Locken hervortreten ließen. Ihre sanfte, eindringende Stimme bewegte die gefühllosesten Fibern des Herzens. Mit einem Wort, sie zog so mächtig zur Liebe hin, daß vielleicht sogar Robert d'Abrissel[164] unterlegen wäre.

Der Baron sah seine Frau an, die ermüdet in einer der Ecken des Coupés schlief. Er verglich unwillkürlich die Toiletten Louises und Emiliens. Nun ist bei derartigen Gelegenheiten die Gegenwart unserer Frau ein eigentümlicher Stachel für die unwiderstehlichen Begierden einer verbotenen Liebe. Daher waren denn auch die Blicke, die der Baron abwechselnd auf seine Frau und auf deren Freundin richtete, leicht zu verdolmetschen, und Madame B. verdolmetschte sie.

»Sie ist völlig abgespannt, die arme Louise!« sagte sie. »Das Gesellschaftstreiben ist nichts für sie; sie hat mehr Geschmack für das Einfache. In Écouen[165] las sie fortwährend ...«

»Und Sie, was machten Sie da?«

»Ich ...? Oh! Ich dachte nur ans Theaterspielen. Das war meine Leidenschaft ...!«

»Aber warum besuchen Sie meine Frau so selten? Wir haben ein Landhaus in Saint-Prix; dort hätten wir zusammen Komödie spielen können, auf einer kleinen Bühne, die ich habe einrichten lassen.«

»Wer ist schuld daran, wenn ich Ihre Frau nicht gesehen habe?« antwortete sie. »Sie sind so eifersüchtig, daß Sie ihr weder erlauben, ihre Freundinnen zu besuchen, noch sie zu empfangen.«

»Ich, und eifersüchtig ...?« rief Monsieur de V. »Nach einer vierjährigen Ehe und nachdem wir drei Kinder gehabt haben ...?«

»Pst!« sagte Emilie und versetzte dem Baron einen Schlag mit dem Fächer auf die Finger; »Louise schläft nicht!«

Der Wagen hielt, und der Intendant bot der schönen Freundin seiner Frau die Hand, um ihr beim Aussteigen zu helfen.

»Ich hoffe«, sagte Madame B., »Sie werden Louise nicht daran hindern, auf den Ball zu kommen, den ich diese Woche gebe?«

Der Baron verneigte sich ehrerbietig.

Dieser Ball war der Triumph der Madame B. und die Niederlage des Barons; denn er verliebte sich bis über die Ohren in Emilie, der er hundert legitime Frauen aufgeopfert hätte.

Einige Monate nach dieser Abendgesellschaft, auf der der Baron die Hoffnung faßte, es werde ihm bei der Freundin seiner Frau glücken, befand er sich eines Morgens bei Madame B., als die Zofe die Baronin de V. meldete.

»Ach!« rief Emilie, »wenn Louise Sie um diese Stunde bei mir sähe, wäre sie imstande, mich bloßzustellen. Gehen Sie in das Kabinett nebenan und machen Sie nicht das leiseste Geräusch.«

Der Ehemann, der wie in einer Mausefalle gefangen war, versteckte sich in dem Kabinett.

»Guten Tag, Beste ...!« sagten die beiden Frauen zu einander und küßten sich.

»Warum kommst du so frühzeitig?« fragte Emilie.

»Oh! Meine Liebe, errätst du es nicht ...? Ich komme zu dir, um mit dir eine Auseinandersetzung durchzuführen.«

»Pah! Ein Duell?«

»Ganz recht, meine Liebe. Ich bin nicht wie du! Ich liebe meinen Mann und bin eifersüchtig auf ihn. Du bist schön, reizend, du hast das Recht, kokett zu sein; du kannst sehr wohl dich auf B.'s Kosten lustig machen, der sich aus deiner Tugend sehr wenig zu machen scheint; aber da es dir an Liebhabern in der Gesellschaft nicht fehlen wird, bitte ich dich, mir meinen Mann zu lassen ... Er ist fortwährend bei dir, und er würde gewiß nicht hierher kommen, wenn du ihn nicht herzögest.«

»Schau, du hast da ein ganz reizendes Mieder an!«

»Findest du? Meine Zofe hat es mir gefertigt.«

»Schön, ich werde meine Anastasia zu deiner Flora schicken, um bei ihr Unterricht zu nehmen ...«

»Also, meine Liebe, ich rechne auf deine Freundschaft; du wirst mir keinen häuslichen Kummer machen ...«

»Aber, mein armes Kind, ich weiß gar nicht, wie du auf den Gedanken kommen kannst, ich könnte deinen Mann lieben! Er ist dick und fett wie ein Abgeordneter der Mitte. Er ist klein und häßlich. Freigebig ist er allerdings, aber das ist auch alles, was für ihn spricht, und es ist eine Eigenschaft, die höchstens einer Ballettänzerin gefallen könnte. Also, du begreifst, meine Liebe, wenn ich mir einen Liebhaber zu suchen hätte, wie es dir anzunehmen beliebt, so würde ich nicht einen alten Herrn wählen wie deinen Baron. Wenn ich ihm einige Hoffnungen gemacht, wenn ich ihn bei mir empfangen habe, dann geschah das ganz gewiß, um mir damit einen Spaß zu machen und um ihn dir vom Halse zu schaffen; ich habe nämlich geglaubt, du habest eine Schwäche für den jungen de Rostanges ...«

»Ich ...?« rief Louise. »Gott soll mich davor bewahren, meine Liebe! Das ist ja der unerträglichste Geck von der Welt! Nein, ich versichere dir, ich liebe meinen Mann ...! Du hast gut lachen, aber es ist so. Ich weiß wohl, ich mache mich damit lächerlich; aber urteile selber: Er hat mein Glück gemacht, er ist nicht geizig, und er ist für mich alles und alles, da das Unglück gewollt hat, daß ich Waise werden sollte. Und auch wenn ich ihn nicht liebte, müßte mir doch daran liegen, mir seine Achtung zu erhalten. Habe ich eine Familie, zu der ich eines Tages meine Zuflucht nehmen könnte ...?«

»Höre, mein Engel, sprechen wir nicht mehr von all diesen Geschichten«, fiel Emilie ihrer Freundin ins Wort; »das ist ja gräßlich langweilig.«

Nach einem Austausch von einigen gleichgültigen Bemerkungen ging die Baronin.

»Nun, Monsieur?« rief Madame B., als sie die Tür der Kammer öffnete, in der der Baron ganz frosterstarrt stand; denn der Vorfall spielte sich im Winter ab. »Nun? Schämen Sie sich nicht, daß Sie eine so interessante kleine Frau nicht anbeten? Monsieur, sprechen Sie mir nicht mehr von Liebe! Sie könnten mich eine Zeitlang ›vergöttern‹, wie Sie es nennen; aber Sie würden mich niemals so lieben, wie Sie Louise lieben. Ich fühle, ich werde niemals in Ihrem Herzen die Teilnahme aufwiegen, die eine tugendhafte Frau, Kinder, eine Familie einflößen ... Eines Tages stände ich schutzlos vor der ganzen Strenge Ihrer Ansichten. Sie würden kalt von mir sagen: ›Diese Frau da habe ich mal gehabt ...!‹ denn diese Redensart höre ich fortwährend von den Männern mit der beleidigendsten Gleichgültigkeit aussprechen. Sie sehen, Monsieur, ich erwäge die Gründe mit kaltem Blut, und ich liebe Sie nicht, weil Sie selber mich nicht lieben können ...«

»Aber was muß ich denn tun, um Sie von meiner Liebe zu überzeugen?« rief der Baron und blickte die junge Frau an.

Niemals war sie ihm so entzückend erschienen wie in diesem Augenblick, als ihre neckische Stimme ihn mit Worten überschüttete, deren Härte durch die Anmut ihrer Gebärden, durch ihre Kopfbewegungen und durch ihre ganze kokette Haltung Lügen gestraft zu werden schien.

»Oh! Wenn ich einmal sehe, daß Louise einen Liebhaber hat«, erwiderte sie, »wenn ich weiß, daß ich ihr nichts genommen habe und daß sie es nicht zu bedauern braucht, wenn sie Ihre Zuneigung verliert; wenn ich ganz sicher bin, daß Sie sie nicht mehr lieben, und wenn ich einen sicheren Beweis Ihrer Gleichgültigkeit gegen sie erhalte . . . oh! dann . . . ja dann werde ich Sie erhören können! Diese Worte müssen Ihnen abscheulich erscheinen«, fuhr sie mit einem tiefen Klang der Stimme fort; »sie sind es in der Tat, aber glauben sie nicht, daß diese Worte von mir ausgesprochen seien! Ich bin der strenge Mathematiker, der aus einer Voraussetzung alle Folgerungen zieht. Sie sind verheiratet, und Sie lassen es sich einfallen, lieben zu wollen . . .? Ich wäre wahnsinnig, wenn ich die geringste Hoffnung auf einen Mann setzen würde, der mir nicht ewig angehören kann!«

»Teufelin . . .!« rief der Baron. »Ja, Sie sind eine Teufelin und keine Frau . . .!«

»Aber Sie sind wirklich neckisch . . .!« sagte die junge Dame, und langte nach der Klingelschnur.

»O nein, Emilie . . .!« rief mit ruhigerer Stimme der vierzigjährige Liebhaber. »Läuten Sie nicht, halten Sie ein! Verzeihen Sie mir! Ich werde Ihnen alles opfern!«

»Aber ich verspreche Ihnen nichts . . .!« rief sie schnell und mit lautem Lachen.

»Gott! wie lassen Sie mich leiden . . .!« rief er.

»Ei! Haben Sie nicht in Ihrem Leben mehr als ein Unglück angerichtet?« fragte sie. »Erinnern Sie sich aller der Tränen, die um Ihretwillen geflossen sind . . .! Oh! Ihre Leidenschaft flößt mir nicht das geringste Mitleid ein! Wenn Sie wollen, daß ich nicht darüber lache, dann bringen Sie mich dazu, sie zu teilen . . .«

»Adieu, Madame! In Ihrer Grausamkeit liegt eine gewisse Milde. Ich weiß die Lektion zu schätzen, die Sie mir geben. Ja, ich habe Verirrungen gutzumachen . . .«

»Schön, dann gehen Sie hin und tun Sie Buße!« sagte sie mit einem spöttischen Lächeln; »indem Sie Louise glücklich machen, werden Sie die allerhärteste Buße tun.«

Sie verabschiedeten sich. Aber die Liebe des Barons war zu heftig, als daß die harten Worte der Madame B. nicht ihren Zweck erreicht hätten, nämlich die beiden Gatten auseinanderzubringen.

Einige Monate darauf lebten der Baron de V. und seine Frau in demselben Hause, aber getrennt. Man bedauerte allgemein die Baronin, die vor der Welt stets die Partei ihres Mannes nahm und deren Entsagung als eine Musterleistung angesehen wurde. Die sittenstrengste Frau der Gesellschaft fand nichts an der Freundschaft auszusetzen, die Louise mit dem jungen Monsieur de Rostanges verband, und alles wurde auf Rechnung einer verrückten Laune des Monsieur de V. geschrieben.

Als dieser der Madame B. alle Opfer gebracht hatte, die ein Mann nur bringen kann, reiste seine hinterlistige Geliebte unter dem Vorwand, ihre Gesundheit wiederherstellen zu wollen, nach den Bädern von Mont-Dore, nach der Schweiz und weiter nach Italien.

Der Intendant starb an einem Leberleiden, von seiner Gemahlin mit der rührendsten Sorgfalt gepflegt; und da er sein aufrichtiges Bedauern aussprach, daß er sie verlassen habe, scheint er niemals geahnt zu haben, daß seine Frau an dem ihm gespielten Streich beteiligt war.

Diese Anekdote, die wir aus tausend ähnlichen ausgewählt haben, ist vorbildlich für die Gefälligkeit, die zwei Frauen einander erweisen können.

Von dem Worte an: ›Tu mir den Gefallen und schaff mir meinen Mann vom Halse‹, bis zum Entwurf eines Dramas, dessen Lösung eine Leberentzündung war, ist weiblicher Lug und Trug immer das gleiche. Gewiß kommen allerlei Zufälle vor, die dem von uns angeführten Musterbeispiel eine größere oder geringere Abweichung vom Typus geben, aber der Verlauf ist stets so ziemlich derselbe. Daher darf ein Ehemann keiner einzigen Freundin seiner Frau trauen. Die feinen Listen dieser lügenhaften Geschöpfe verfehlen selten ihre Wirkung, denn sie werden unterstützt von zwei Feinden, die den Mann überallhin begleiten: Eitelkeit und Begierde.

§ 4. Die Verbündeten des Liebhabers

Derselbe Mensch, der sich beeilt, einen andern darauf aufmerksam zu machen, daß ein Tausendfrancschein aus seiner Brieftasche gefallen ist, oder auch nur, daß ein Taschentuch aus seiner Tasche hervorschaut, sieht es als eine Gemeinheit an, ihn davor zu warnen, daß man ihm seine Frau raubt. Gewiß liegt in dieser moralischen Inkonsequenz etwas Sonderbares; immerhin aber kann man sie sich erklären. Da das Gesetz es sich versagt hat, in die gegenseitigen Rechte von Ehegatten einzugreifen, haben die Bürger noch viel weniger als die Gesetze das Recht, eine Art Ehepolizei zu spielen; und wenn man dem Verlierer einen Tausendfrancschein zurückgibt, dann liegt darin eine Art Verpflichtung, die aus dem Grundsatz abgeleitet ist: ›Handle gegen deinen Nächsten, wie du wünschest, daß dein Nächster gegen dich handelt‹.

Aber durch welche Gründe will man es rechtfertigen, und wie soll man es bezeichnen, wenn ein Junggeselle sich niemals vergeblich nach Hilfe umsieht, sondern stets den Beistand eines andern Junggesellen empfängt, um einen Ehemann zu hintergehen? Ein Mensch, der sich nicht dazu überwinden kann, einem Gendarm bei der Nachforschung nach einem Mörder zu helfen, macht sich nicht das mindeste Gewissen daraus, einen Ehemann ins Theater, ins Konzert oder gar in ein zweideutiges Haus mitzunehmen, um einem Kameraden, den er vielleicht am nächsten Tage im Zweikampf töten wird, ein Stelldichein zu erleichtern, dessen Ergebnis es ist, entweder ein im Ehebruch erzeugtes Kind in eine Familie zu schmuggeln und dadurch zwei Brüder um einen Teil ihres Vermögens zu berauben, weil sie einen Miterben erhalten, den sie sonst vielleicht nicht gehabt hätten; oder drei Menschen unglücklich zu machen. Man muß gestehen, Rechtschaffenheit ist eine sehr seltene Tugend, und der Mensch, der sie im höchsten Grade zu besitzen glaubt, hat sie oft am wenigsten. So mancher Haß hat eine Familie in zwei Parteien geteilt, so mancher Brudermord ist begangen worden, was niemals stattgefunden hätte, wenn ein Freund sich geweigert hätte, die Hand zu einer Schändlichkeit zu bieten, die man in der höheren Gesellschaft als einen bloßen Eulenspiegelstreich ansieht.

Irgendein Steckenpferd hat unbedingt jeder Mensch; wir alle lieben entweder die Jagd oder das Angeln oder das Spiel oder die Musik oder das Geld oder die Tafelfreuden usw.; nun, eine Lieblingsleidenschaft wird stets eine Rolle dabei spielen, wenn dich ein Liebhaber in eine Falle lockt; seine Hand wird unsichtbar deine oder seine Freunde lenken; sie werden freiwillig oder unfreiwillig eine Rolle in der kleinen Szene spielen, die er ersinnt, um dich aus dem Hause zu bringen oder um ihm freie

Hand bei deiner Frau zu lassen. Ein Liebhaber wird, wenn es nötig ist, zwei volle Monate darauf verwenden, um die Konstruktion der Mausefalle auszudenken.

Ich habe in solchem Kampfe den schlausten Menschen der ganzen Welt unterliegen sehen.

Das war ein früherer Advokat in der Normandie. Er wohnte in der kleinen Stadt B., wo das Cantalsche Jägerregiment in Garnison lag. Ein eleganter Offizier liebte die Frau des Rechtsverdrehers; das Regiment sollte indessen abmarschieren, ohne daß es den beiden Liebenden möglich gewesen wäre, auch nur den geringsten geheimen Umgang miteinander zu haben. Der Offizier war der vierte Militär, über den der Advokat triumphierte. Eines Abends gegen sechs Uhr ging der Ehemann gleich nach Tisch auf einer Terrasse seines Gartens spazieren, von wo man eine Aussicht über die ganze Landschaft hatte. Plötzlich blitzt am Horizont die furchtbare Flamme einer Feuersbrunst auf. »O mein Gott! La Daudinière brennt!« ruft der Major. In diesem Augenblick kamen die Offiziere, um sich von ihm zu verabschieden. Der Major war ein alter Soldat, der von der Pike auf gedient hatte und keiner Arglist fähig war. Alles wirft sich auf die Pferde. Die junge Frau aber lächelt, als sie sich allein sieht, denn der in einem Gebüsch versteckte Liebhaber hatte ihr gesagt: »Es ist ein Strohfeuer!« Die Befestigungswerke des Ehemanns waren im Nu umgangen, und dies wurde dem Hauptmann um so leichter, als ein ausgezeichneter Renner ihn erwartete; zudem wußte mit einem Zartgefühl, das sich bei der Kavallerie ziemlich selten findet, der Liebende einige Augenblicke des Glückes zu opfern, um der Kavalkade nachzureiten und in Gesellschaft des Ehegatten zurückzukehren!

Die Ehe ist ein richtiges Duell, bei dem man keinen Augenblick unaufmerksam sein darf, wenn man über seinen Gegner triumphieren will; denn wenn du unglücklicherweise einen Augenblick den Kopf wegwendest, durchbohrt dich der Degen des Hagestolzes.

§ 5. Die Kammerzofe

Die hübscheste Kammerzofe, die ich je gesehen habe, ist die der Madame V . . .y, die noch heute in Paris unter den ersten Modedamen eine sehr schöne Rolle spielt und im Rufe steht, mit ihrem Mann in sehr guter Ehe zu leben. Mademoiselle Célestine ist eine Person mit so zahlreichen Vollkommenheiten, daß man zu deren Beschreibung die dreißig Verse übersetzen müßte, die, wie man sagt, im Serail des Großtürken angeschrieben stehen, und von denen ein jeder die genaue Beschreibung einer der dreißig Schönheiten der Frau enthält.

»Es ist eine recht große Eitelkeit, daß Sie ein so vollendetes Geschöpf bei sich behalten«, sagte eine Dame zur Herrin des Hauses.

»Ach, Liebste, vielleicht werden Sie mich eines Tages noch um Célestine beneiden!«

»Dann muß sie recht seltene Vorzüge besitzen. Vielleicht ist sie sehr geschickt beim Ankleiden?«

»Oh! Sehr ungeschickt.«

»Näht sie gut?«

»Sie rührte niemals eine Nadel an.«

»Ist sie treu?«

»Ihre Treue ist eine von jenen, die einem teurer zu stehen kommen als die verschmitzteste Unredlichkeit.«

»Sie setzen mich in Erstaunen, meine Liebe. Dann ist sie wohl Ihre Milchschwester?«

»Auch das nicht. Mit einem Wort: sie ist zu gar nichts brauchbar, und trotzdem ist in meinem ganzen Haus keine Person, die mir nützlicher wäre. Ich habe ihr zwanzigtausend Francs versprochen, wenn sie zehn Jahre bei mir bleibt. Oh! Das Geld wird ehrlich verdient sein, und ich werde ihm nicht nachtrauern . . .!« sagte die junge Frau und wiegte auf eine sehr bezeichnende Weise den Kopf hin und her.

Die junge Besucherin begann endlich zu begreifen.

Wenn eine Frau keine intime Freundin hat, die ihr helfen kann, sich die ehemännliche Liebe vom Halse zu schaffen, dann ist die Zofe ein letztes Aushilfsmittel, das selten die erwartete Wirkung vermissen läßt.

Oh! Wenn man nach zehnjähriger Ehe unter seinem Dach ein junges Mädchen findet und täglich und stündlich sieht, ein junges Mädchen von sechzehn bis achtzehn Jahren, frisch, kokett angezogen, deren unschuldige Miene eine unwiderstehliche Anziehungskraft übt, deren gesenkte Augen dich zu fürchten scheinen, deren schüchterner Blick dich in Versuchung führt, und für die das Ehebett keine Geheimnisse hat, ein Mädchen, jungfräulich und wissend zugleich: wie kann ein Mann kalt bleiben wie der heilige Antonius, wenn er es mit einer so starken Zauberkunst zu tun hat? Wie kann er den Mut haben, den guten Grundsätzen treu zu bleiben, deren Vertreterin eine hochmütige Frau mit strengem Antlitz, mit abweisenden Manieren ist, eine Frau, die sich zumeist den Ansprüchen seiner Liebe versagt? Welcher Ehemann ist so stoisch, um so viel Feuer, so viel Eis widerstehen zu können ...? Aber da, wo du eine neue Ernte an Liebesfreuden winken siehst, hat die junge Unschuld es nur auf Geld abgesehen und deine Frau auf ihre Freiheit. Das ist ein kleiner Familienvertrag, der durch gütliche Übereinkunft abgeschlossen wird.

In diesem Falle macht es eine Frau mit der Ehe wie die jungen Lebemänner mit dem Vaterland. Wenn sie bei der Aushebung das Los trifft, kaufen sie sich einen Mann, um für sie das Gewehr zu tragen, um an ihrem Platz zu sterben und ihnen alle Unannehmlichkeiten des Militärdienstes zu ersparen.

Bei derartigen geschäftlichen Abmachungen, die im Eheleben vorkommen, weiß jede Frau ihren Mann ins Unrecht zu setzen. Ich habe bemerkt und sehe es als den Höhepunkt der Klugheit an, daß die meisten Frauen nicht immer ihre Zofe in die Geheimnisse der Rolle einweihen, die sie ihnen zu spielen geben. Sie verlassen sich auf die Natur und bewahren dadurch eine kostbare Autorität über den verliebten Ehemann und über dessen Geliebte.

In diesen geheimen Tücken der Frauen liegt die Erklärung für einen großen Teil der ehelichen Sonderbarkeiten, denen man in der Gesellschaft begegnet; aber ich habe die Gespräche von Frauen belauscht, die mit tiefem Verständnis über die Gefahren disputierten, die dieses furchtbare Angriffsmittel mit sich bringt: man muß sowohl seinen Ehemann wie auch das Geschöpf, dem man ihn preisgibt, ganz genau kennen, um sich die Anwendung dieses Mittels erlauben zu können. Mehr als eine Frau ist das Opfer ihrer eigenen Berechnungen geworden.

Daher wird eine Frau um so weniger diesen Notbehelf anzuwenden wagen, je stürmischer und leidenschaftlicher ihr Gatte sich gezeigt hat. Indessen wird ein Ehemann, der in diese Falle gegangen ist, seiner gestrengen Ehehälfte niemals widersprechen können, wenn sie ihre Zofe, nachdem sie deren Fehltritt bemerkt hat, mit einem Kinde und einer Abfindungssumme nach Hause schickt.

§ 6. Der Arzt

Der Arzt ist einer der stärksten Verbündeten einer anständigen Frau, wenn sie auf gütlichem Weg eine Scheidung von ihrem Ehemann durchsetzen will. Die Dienste, die ein Arzt, und zwar meistens unbewußt, einer Frau leistet, haben eine derartige Bedeutung, daß es in ganz Frankreich kein Haus gibt, dessen Arzt nicht von der Hausherrin ausgewählt wurde.

Nun aber wissen die Ärzte sehr wohl, welche Bedeutung für ihren Beruf die Frauen haben; daher trifft man auch wenig Ärzte, die nicht instinktmäßig den Frauen zu gefallen suchen. Wenn ein begabter Arzt einmal berühmt geworden ist, gibt er sich zu den boshaften Verschwörungen her, die die Frauen anzustiften wünschen; aber er nimmt ohne sein Wissen daran teil.

Nehmen wir an, ein Ehemann, der durch die Abenteuer seiner Jugend klug geworden ist, beschließe, gleich in den ersten Tagen seiner Ehe seiner Frau einen Arzt seiner Wahl zu geben. Solange seine Gegnerin noch nicht begriffen hat, wozu ihr dieser Verbündete nützlich sein kann, wird sie sich stillschweigend fügen; später aber, wenn alle ihre Verführungskünste an dem von ihrem Gatten ausgesuchten Arzt wirkungslos abprallen, wird sie den nächsten günstigen Augenblick ergreifen, um ihrem Mann das eigentümliche Geständnis zu machen:

»Die Art und Weise, wie der Doktor mich beklopft, ist mir unangenehm!«

Und damit ist die Verabschiedung des Doktors besiegelt.

Eine Frau wählt also entweder ihren Arzt selber, oder sie verführt den, den ihr Mann ins Haus gebracht hat, oder sie läßt ihm den Laufpaß geben.

Aber ein solcher Kampf kommt sehr selten vor; denn die meisten jungen Männer, die sich verheiraten, kennen nur ebenso junge Ärzte, und es liegt ihnen sehr wenig daran, einen solchen Freund zum Leibarzt ihrer Frau zu machen, und fast immer wird der Äskulap eines Hauses von der weiblichen Macht ausgewählt.

So kommt also eines schönen Morgens der Doktor aus dem Zimmer deiner Frau heraus, die sich seit vierzehn Tagen zu Bett gelegt hat, und sagt dir auf ihre Veranlassung:

»Ich finde zwar nicht, daß Madames Zustand zu ernsten Beunruhigungen Anlaß gibt; aber diese beständige Schlafsucht, dieser allgemeine Überdruß sind erste Anzeichen, die auf ein Rückenmarksleiden schließen lassen, und da muß sorgfältig aufgepaßt werden. Ihre Lymphe ist zu dick. Ihr täte eine Luftveränderung not; man sollte sie ins Bad schicken, nach Barèges oder nach Plombières.«

»Schön, Herr Doktor.«

Du läßt deine Frau nach Plombières gehen; aber sie geht dorthin, weil Hauptmann Charles in den Vogesen in Garnison liegt. Als sie wiederkommt, befindet sie sich ausgezeichnet, und die Bäder von Plombières haben bei ihr Wunder gewirkt. Sie hat dir jeden Tag geschrieben, hat dich aus der Ferne mit allen möglichen Liebkosungen überhäuft. Der erste Ansatz von Rükkenmarksschwindsucht ist völlig verschwunden.

Es gibt ein kleines Pamphlet, das wahrscheinlich von einem Gefühl des Hasses eingegeben wurde (es ist in Holland gedruckt worden), das aber sehr interessante Einzelheiten darüber enthält, wie Madame de Maintenon sich mit Fagon[166] zu verständigen wußte, um Ludwig XIV. zu beherrschen. Nun, auch dein Arzt wird eines Morgens, genau wie Fagon es mit seinem Gebieter machte, dir mit einem Schlagfluß drohen, wenn du nicht strenge Diät hältst. Jenes ziemlich komische Scherzspiel, betitelt ›Mademoiselle de Saint-Tron‹[167], das Werk eines Hofmanns, ist von dem modernen Theaterdichter geahnt worden, der den Einakter ›Der junge Arzt‹[168] verfaßte. Aber sein köstliches Lustspiel ist dem andern, dessen Titel ich für Bücherliebhaber zitiert habe, weit überlegen, und wir wollen mit Vergnügen gestehen, daß das Werk unseres geistreichen Zeitgenossen und die Rücksicht auf den Ruhm des siebzehnten Jahrhunderts uns verhindert haben, die Bruchstücke des alten Pamphlets zu veröffentlichen.

Oft wird ein Doktor von den geschickten Manövern einer jungen Frau von zarter Gesundheit übertölpelt; da wird er zu dir kommen und dir im geheimen sagen: »Monsieur, ich möchte Ihre Frau nicht dadurch erschrecken, daß ich ihr die Wahrheit über ihren Zustand mitteile; aber ich empfehle Ihnen, wenn ihre Gesundheit Ihnen lieb ist, sie völlig in Ruhe zu lassen. Die Krankheit scheint sich in diesem Augenblick auf die Brust ziehen zu wollen, und wir werden ihrer Herr werden; aber sie braucht Ruhe, viel Ruhe; die geringste Aufregung könnte den Sitz der Krankheit verändern. In diesem Augenblick würde eine Schwangerschaft den Tod für sie bedeuten.«

»Aber Herr Doktor . . .?«

»Oh! Oh, ich weiß schon!«

Er lacht und geht.

Wie Moses' Zauberstab schafft und zerstört die ärztliche Vorschrift. Ein Arzt setzt dich, wenn es sein muß, wieder in die Rechte des Ehebettes ein und bringt dabei dieselben Gründe vor, mit denen er dich zuvor daraus verjagt hatte. Er behandelt bei deiner Frau Krankheiten, die sie gar nicht hat, um sie von denen zu heilen, an denen sie wirklich leidet, und du wirst davon niemals etwas begreifen; denn das wissenschaftliche Kauderwelsch der Ärzte läßt sich den Oblaten vergleichen, in die sie ihre Pillen einwickeln.

Im Bunde mit ihrem Arzt ist eine anständige Frau in ihrem Schlafzimmer dasselbe, was ein seiner Abgeordnetenmehrheit sicherer Minister ist; denn sie läßt sich Ruhe, Zerstreuung, Landleben oder Stadtleben, Bäder, Ausreiten, Spazierenfahren verordnen, ganz nach ihrer Laune oder wie es ihr für ihre Interessen angebracht erscheint. Völlig nach ihrem Belieben schickt sie dich fort oder erlaubt dir den Zutritt. Bald wird sie eine Krankheit vorschützen, damit ihr Schlafzimmer von dem deinigen getrennt werde; bald wird sie sich mit dem ganzen Zubehör einer Krankenstube umgeben: ihre Garde wird eine alte Krankenwärterin sein, sie wird Regimenter von Salbentöpfen und Medizinflaschen aufmarschieren lassen und dich in ihren Verschanzungen durch ihr mattes Aussehen herausfordern. Man wird dich so unbarmherzig von den Brustlatwergen unterhalten und von den Beruhigungstränklein, die sie eingenommen hat, von den Hustenanfällen, die sie gehabt hat, ihren Pflastern und Breiumschlägen, daß sie mit all diesen Krankheitsgeschichten schließlich deine Liebe totmacht, vorausgesetzt, daß diese geheuchelten Schmerzen nicht überhaupt nur Schlingen waren, die sie gelegt hatte, um jenen eigentümlichen abstrakten Begriff zu zerstören, den wir ›deine Ehre‹ nennen.

Auf diese Weise wird deine Frau aus allen Berührungspunkten, die du mit der Welt, mit der Gesellschaft oder mit dem Leben hast, sich Stützpunkte ihres Widerstandes zu schaffen wissen. Auf diese Weise wird alles sich gegen dich bewaffnen, und inmitten so vieler Feinde wirst du allein dastehen.

Aber nehmen wir an, dir sei der unerhörte Vorzug und das unglaubliche Glück zuteil geworden, eine nicht übermäßig fromme Frau zu haben, die Waise ist und keine intimen Freundinnen hat; du seiest so scharfsinnig, daß du alle Fallstricke ahnst, in die der Liebhaber deiner Frau dich zu locken versuchen wird; du liebst deine schöne Feindin noch mutig genug, um allen Kammerkätzchen der ganzen Welt Widerstand leisten zu können; und endlich, dein Arzt sei eine jener Berühmtheiten, die keine Zeit haben, auf die Koketterien der Frauen zu hören; oder, wenn euer Äskulap ein Getreuer deiner Frau ist, du verlangest jedesmal, wenn der Lieblingsdoktor eine beunruhigende Vorschrift erläßt, eine Konsultation, zu der du einen unbestechlichen andern Arzt hinzuziehst; nun, durch all dieses wird deine Lage auch nicht viel glänzender werden. Denn wenn du dem Angriff der Verbündeten nicht unterlegen bist, dann bedenke, daß bis jetzt dein Gegner sozusagen noch gar nicht zum entscheidenden Schlag ausgeholt hat. Wenn du dich wider Erwarten noch länger hältst, dann wird deine Frau, nachdem sie wie eine Spinne Faden um Faden ein unsichtbares Netz um dich gesponnen hat, von den Waffen Gebrauch machen, die die Natur ihr gegeben und die die Kultur vervollkommnet hat. Hiervon in der folgenden Betrachtung.

Sechsundzwanzigste Betrachtung

Die verschiedenen Waffen

Eine Waffe ist alles, womit man verwunden kann, und von diesem Standpunkt aus betrachtet sind die Gefühle vielleicht die grausamste Waffe, von der der Mensch Gebrauch machen kann, um seinesgleichen zu treffen. Der leuchtende und zugleich so weitumfassende Geist Schillers scheint ihm alle Phänomene der lebhaften und tiefgehenden Wirkung enthüllt zu haben, die von gewissen Ideen auf die menschliche Natur ausgeübt wird. Ein Gedanke kann einen Menschen töten. Das ist die Moral der ergreifenden Szenen der ›Räuber‹, in denen der Dichter einen jungen Menschen zeigt, der mit Hilfe einiger Ideen dem Herzen eines Greises so tiefe Wunden schlägt, daß schließlich sein Leben entflieht. Vielleicht ist die Zeit nicht fern, da die Wissenschaft den sinnreichen Mechanismus unserer Gedanken beobachten und die Übertragung unserer Gefühle verstehen kann. Irgend jemand wird die okkulten Wissenschaften wieder aufnehmen und beweisen, daß die geistige Organisation gewissermaßen ein innerer Mensch ist, der sich nicht weniger kräftig äußert als der äußere Mensch, und daß der Kampf zwischen zwei solchen für unsere schwachen Augen unsichtbaren Mächten nicht weniger tödlich ist als die Gefechte, in deren Gefahren wir uns mit unserer Hülle wagen. Aber diese Erwägungen gehören in das Gebiet anderer Studien, die wir ebenfalls noch veröffentlichen werden; einige unserer Freunde kennen bereits eine der wichtigsten davon: ›Die Pathologie des sozialen Lebens, oder mathematische, physische, chemische und übersinnliche Betrachtungen über die Offenbarungen des Gedankens in allen durch den Zustand der Gesellschaft hervorgerufenen Formen: im Essen, Wohnen, Benehmen, Roßarztkunde einerseits, in Wort und Handlung andererseits usw.‹ Darin sind alle diese großen Fragen ausführlich behandelt. Mit unserer kleinen metaphysischen Bemerkung bezwecken wir nichts weiter, als dich darauf aufmerksam zu machen, daß die höheren gesellschaftlichen Klassen viel zu vernünftig sind, um einander anders anzugreifen, als mit geistigen Waffen.

Wie man zarte und zärtliche Seelen in Körpern von mineralischer Härte vorfindet, gibt es auch eherne Seelen in der Hülle geschmeidiger und kapriziöser Körper, deren Eleganz die Freundschaft anderer Menschen anlockt, deren Anmut zu Liebkosungen einlädt; aber wenn du den äußern Menschen mit der Hand streichelst, so wird sofort der *homo duplex*, um uns eines Buffonschen Ausdrucks zu bedienen, sich zu regen beginnen, und du wirst dich an seinen scharfen Kanten und Spitzen verletzen.

Diese Beschreibung einer ganz eigentümlichen Art von Menschen, von denen du hoffentlich auf deinem Lebenswege keinem Exemplar begegnest, bietet dir ein Bild dessen, was deine Frau für dich sein wird. Ein jedes der süßesten Gefühle, die die Natur in unser Herz gelegt hat, wird bei ihr zu einem Dolch werden. Fortwährend von Stichen durchbohrt, mußt du unrettbar unterliegen; denn aus jeder Wunde wird deine Liebe entströmen.

Es ist der letzte Kampf, darum ist es aber auch für sie der Sieg.

Da wir geglaubt haben, drei Arten von Temperamenten zu unterscheiden, die gewissermaßen die Typen aller weiblichen Naturen sind, wollen wir diese Betrachtung in drei Paragraphen teilen, die wir betiteln:

§ 1. Die Migräne,
§ 2. Die Nervosität,
§ 3. Die Schamhaftigkeit in bezug auf die Ehe.

§ 1. Die Migräne

Die Frauen sind beständig die Narren oder die Opfer ihrer übermäßigen Sensibilität; aber wir haben nachgewiesen, daß bei den meisten von ihnen diese Zartheit der Seele fast immer, ohne daß wir selber etwas davon merken, durch die Ehe verlorengeht. (Vergleiche die Betrachtungen über: ›Die Prädestinierten‹ und ›Der Honigmond‹.) Die meisten Verteidigungsmittel, die von den Ehemännern instinktmäßig angewandt werden, sind ja nichts weiter als Fallstricke, die der Lebhaftigkeit der weiblichen Gefühle gelegt werden.

Es kommt nun in unserm häuslichen Krieg ein Augenblick, da die Frau die Geschichte ihres moralischen Lebens mit einem einzigen Gedanken überfliegt und sich über den ungeheuren Mißbrauch empört, den du mit ihrem gefühlvollen Herzen getrieben hast. Und da bleibt es selten aus, daß die Frauen entweder aus einem ihrem Wesen eigentümlichen Rachebedürfnis, über das sie selber sich niemals Rechenschaft ablegen, oder aus instinktmäßiger Herrschsucht in ihrer Kunst, dem Mann gegenüber von dieser Eigentümlichkeit ihres körperlichen Mechanismus Gebrauch zu machen, ein Mittel zum Siege entdecken.

Mit bewunderungswürdiger Geschicklichkeit spüren sie die Saiten aus, die im Herzen ihres Gatten bei der leisesten Berührung erklingen; sobald sie einmal dieses Geheimnis ausfindig gemacht haben, machen sie es sich eifrig zunutze. Wie ein Kind, dem man ein mechanisches Spielzeug gegeben hat, dessen Einrichtung seine Neugierde reizt, spielen sie unaufhörlich auf diesen Saiten, ohne sich zu beunruhigen, ob das Instrument es aushalten kann; ihnen kommt es nur darauf an, daß sie ihren Willen durchsetzen. Wenn sie dich töten, so beweinen sie dich auf die alleranmutigste Art als den tugendhaftesten, vortrefflichsten, gefühlvollsten aller Menschenwesen.

Zuerst wird sich also deine Frau eine Waffe aus jenem edelmütigen Gefühl erschaffen, das uns veranlaßt, gegen Leidende duldsam zu sein. Mag einer auch dazu aufgelegt sein, mit einer lebensvollen und gesunden Frau zu streiten; einer kränklichen, schwachen Frau gegenüber ist er energielos. Wenn deine Frau durch die verschiedenen bereits von uns beschriebenen Angriffssysteme das Ziel ihrer geheimen Absichten noch nicht erreicht hat, wird sie schnell zu dieser unwiderstehlichen Waffe greifen.

Entsprechend diesem Grundsatz einer neuen Strategie wirst du das von Leben und Schönheit strotzende junge Mädchen, das du in seiner Blüte heimgeführt hast, sich in eine bleiche, kränkliche Frau verwandeln sehen.

Das Leiden, in dem die Frauen unzählige Hilfsmittel finden, ist die Migräne. Diese Krankheit ist am leichtesten von allen zu spielen; bei ihr gibt es keine äußern Symptome, und deine Frau braucht nur zu sagen: »Ich habe die Migräne.« Wenn deine Frau sich über dich lustig machen möchte, gibt es auf der ganzen Welt keinen Menschen, der ihren Schädel Lügen strafen könnte. Den undurchdringlichen Knochen ihrer Hirnschale gegenüber mußt du taktvoll sein, und alle deine Beobachtungen nützen dir nicht das mindeste. Daher ist denn auch nach unserer Meinung die Migräne die Königin aller Krankheiten, die komischste und zugleich furchtbarste Waffe, die von den Frauen gegen ihre Gatten angewandt wird. Gewisse heftige, taktlose Männer, die während ihrer glücklichen Junggesellenzeit durch ihre Geliebten in die Weiberlisten eingeweiht worden sind, bilden sich ein, sie würden sich in dieser plumpen Falle nicht fangen lassen. Aber alle ihre Anschauungen, alle ihre noch so vernünftigen Reden sind zuletzt ohnmächtig gegenüber den drei Zauberworten: »Ich habe Migräne!« Wenn ein Ehemann sich beklagt, wenn er einen Vorwurf, eine Bemerkung zu äußern wagt, wenn er versucht, sich der Macht dieses ›*Il buon dei cani*‹[169] der Ehe zu widersetzen, dann ist er verloren.

Male dir eine junge Frau aus, die wollüstig auf einem Diwan ausgestreckt liegt; ihr Köpfchen ist leicht auf eins der Kissen aufgestützt, die eine Hand hängt herunter, ein Buch liegt zu ihren Füßen, und ihre Tasse mit Lindenblütentee steht auf einem Tischchen ... Nun stelle einen derben Burschen von Ehemann ihr gegenüber. Er ist fünf- oder sechsmal im Zimmer auf- und abgegangen, und jedesmal wenn er sich auf dem Absatz herumgedreht hat, um diesen Spaziergang fortzusetzen, hat die kleine Kranke die Augenbrauen zusammengezogen, um ihm, allerdings vergeblich, damit bemerkbar zu machen, daß das leiseste Geräusch ihr lästig sei; kurz und gut, er nimmt seinen ganzen Mut zusammen und wagt einen Protest gegen die List mit der kühnen Frage: »Hast du wirklich Migräne . . .?« Bei diesen Worten hebt die junge Frau ein wenig ihr leidendes Köpfchen, hebt einen Arm, der schwach wieder auf den Diwan zurückfällt, hebt ein Paar erloschene Augen zur Zimmerdecke empor, hebt alles, was sie heben kann; hierauf wirft sie dir einen trüben Blick zu und sagt mit merkwürdig schwacher Stimme: »Ach! Was sollte ich denn sonst haben ...? Oh! Beim Sterben braucht man nicht so zu leiden ...! Das ist also der ganze Trost, den Sie mir spenden? Ach! Man sieht wohl, ihr Herren, daß die Natur euch nicht damit beauftragt hat, Kinder zur Welt zu bringen. Wie eigensüchtig seid ihr, wie ungerecht! Ihr nehmt uns in der ganzen Schönheit der Jugend, frisch, rosig, schlank und so ist es gut. Wenn ihr eure Lust gestillt und die blühenden Gaben zerstört habt, die wir von der Natur empfingen, dann verzeiht ihr uns nicht, daß wir sie um euretwillen eingebüßt haben! Das ist ja auch ganz in Ordnung! Ihr gönnt uns weder die Freuden noch die Leiden unseres Frauenberufs. Ihr brauchtet Kinder; wir haben unsere Nächte geopfert, sie zu pflegen; aber in den Kindbetten haben wir unsere Gesundheit verloren und dafür den Keim der schwersten Leiden empfangen ... (Ach! diese Schmerzen ...!) Es gibt wenig Frauen, die nicht an der Migräne leiden, aber Sie verlangen, Ihre Frau solle eine Ausnahme bilden. Sie lachen sogar über ihre Schmerzen; denn von Edelmut wissen Sie nichts ... (Um des Himmels willen, gehen Sie nicht fortwährend auf und ab ...!) Das hätte ich von Ihnen nicht erwartet ... (Bitte halten Sie die Stutzuhr an; mir ist, als ob das Pendel in meinem eigenen Kopfe ticke. Danke.) O, wie bin ich unglücklich! Haben Sie nicht eine Riechessenz bei sich? Ja. Ach! Um der Barmherzigkeit willen lassen Sie mich allein leiden und gehen Sie, denn dieser Geruch sprengt mir den Kopf!« –Was kannst du darauf antworten? Ruft dir nicht eine innere Stimme zu: »Aber wenn sie nun wirklich leidet ...?« Daher räumen denn auch fast alle Ehemänner ganz sachte das Schlachtfeld, und aus den Augenwinkeln sehen ihre Frauen ihnen nach, wie sie auf den Fußspitzen hinausschleichen und leise die Tür ihres Schlafzimmers zumachen, das von nun an ein geheiligter Ort ist.

So ist also die Migräne, mag sie wahr oder falsch sein, bei dir eingebürgert. Von nun an beginnt die Migräne in deiner Ehe ihre Rolle zu spielen. Dieses Thema weiß eine Frau mit wunderbaren Variationen zu versehen; sie spielt es in allen Tonarten. Die Migräne allein genügt einer Frau, um ihren Gatten zur Verzweiflung zu treiben. Die Migräne befällt eine Frau, wann sie will, wo sie will, so lange sie will. Es gibt Migränen von fünf Tagen und von zehn Minuten; es gibt chronische oder intermittierende.

Manchmal findest du deine Frau im Bett, leidend, hinfällig, und die Fensterladen ihres Zimmers sind geschlossen. Die Migräne hat eine Totenstille hervorgezaubert, vom Hausmeisterstübchen an, wo Holz gespalten wurde, bis zur Dachluke, aus der dein Stallknecht unschuldige Strohbündel auf den Hof geworfen hatte. Von der Echtheit dieser Migräne überzeugt, gehst du aus; aber bei deiner Rückkehr erfährst du, Madame sei ausgegangen ...! Bald darauf kehrt Madame frisch und rosig zurück und sagt: »Der Doktor ist dagewesen; er hat mir körperliche Bewegung angeraten, und der Spaziergang, den ich machte, hat mir außerordentlich gut getan ...!«

Ein anderes Mal willst du bei deiner Frau eintreten. »Oh, Monsieur«, antwortet die Zofe mit allen Anzeichen tiefsten Erstaunens, »Madame hat ihre Migräne; niemals habe ich sie so leidend gesehen! Gerade eben ist zum Arzt geschickt worden.«

»Bist du glücklich«, sagte Marschall Augereau[170] zum General R., »eine hübsche Frau zu haben!« – »Haben ...!« erwiderte der andere. »Ich habe meine Frau höchstens zehn Tage im Jahr. Diese verd ... Weiber haben stets entweder die Migräne oder sonst was!«

Die Migräne vertritt in Frankreich die Stelle der Sandalen, die in Spanien der Beichtvater vor der Tür des Schlafzimmers läßt, in dem er sich mit seinem Beichtkind befindet.

Wenn deine Frau, im Vorgefühl feindlicher Absichten von deiner Seite, sich so unverletzlich machen will wie die Verfassung, so beginnt sie ein richtiges kleines Migränekonzert aufzuführen. Sie legt sich mit den fürchterlichsten Schmerzen der Welt zu Bett. Sie stößt leise Schreie aus, die einem in die Seele schneiden. Sie vollführt voller Anmut alle möglichen Körperbewegungen mit einer Geschicklichkeit, daß man glauben könnte, sie habe keine Knochen im Leib. Welcher Mann wäre wohl so taktlos, um einer an derartigen Schmerzen leidenden Frau von Wünschen zu sprechen, die bei ihm ein Anzeichen der vollkommensten Gesundheit sind? Die bloße Höflichkeit erheischt gebieterisch, daß er schweigt. Von nun an weiß eine Frau, daß sie mit Hilfe ihrer allmächtigen Migräne nach Belieben über dem Ehebett gewissermaßen einen Anschlagzettel anbringen kann, wie jenen, der die durch eine Ankündigung der Comédie-Française angelockten Theaterliebhaber zu schneller Umkehr veranlaßt, wenn sie auf dem übergeklebten Streifen lesen: ›Wegen Erkrankung der Mademoiselle Mars[171] keine Vorstellung.‹

O Migräne, Beschützerin der unerlaubten Liebesverhältnisse; Steuer, die jeder Ehemann bezahlen muß; Schild, auf dem alle Wünsche des Gatten sich zum Sterben ausstrecken müssen! O gewaltige Migräne! Ist es möglich, daß die Liebenden dich noch nicht verherrlicht, angebetet, wie eine Gottheit verehrt haben? O Migräne, Meisterin der Gaukelei! O Migräne, Meisterin der Verstellung! Gebenedeiet sei das Hirn, das dich zuerst ersann! Schande dem Arzt, der ein Mittel gegen dich erfinden würde! Ja, du bist das einzige Leiden, das die Frauen segnen, sicherlich aus Dankbarkeit für die Wohltaten, die du ihnen erweisest. – O Migräne, Meisterin der Verstellung! O Migräne, Meisterin der Gaukelei!

§ 2. Die Nervosität

Es gibt eine Macht, die sogar der Migräne noch überlegen ist; und zu Frankreichs Ruhm müssen wir gestehen, daß diese Macht eine der neuesten Errungenschaften des Pariser Geistes ist. Wie bei allen wichtigsten Entdeckungen auf den Gebieten der Künste und Wissenschaften weiß man auch bei dieser nicht, welchem Genie wir sie verdanken. Nur so viel ist gewiß, daß die ›Vapeurs‹[172] gegen Mitte des vorigen Jahrhunderts zum erstenmal in Frankreich auftraten. Während also Papin[173] die Kraft vaporisierten Wassers auf Probleme der Mechanik anwandte, vollbrachte eine leider unbekannte Französin die ruhmvolle Tat und beschenkte ihre Geschlechtsgenossinnen mit der Fähigkeit, ihre Fluida vaporisieren zu können. Die wunderbaren Wirkungen, die man dank den Vapeurs erzielte, lenkten die Aufmerksamkeit auf die Nerven; und so entstand, von Fiber zu Fiber, die Neurologie. Diese wunderbare Wissenschaft hat bereits die Philipps[174] und andere geschickte Physiologen auf die Entdekkung des Nervenfluidums und seines Umlaufs gebracht; vielleicht stehen sie unmittelbar vor der Entdeckung seiner Organe, seines bis jetzt noch unbekannten Entstehens und seiner Verflüchtigung. Und so werden wir, dank einigen Mätzchen unserer Damen, eines Tages dahin gelangen, in die Geheimnisse jener unbekannten Macht einzudringen, die wir in diesem Buche schon mehr als einmal als ›Willen‹ bezeichnet haben. Aber wir wollen uns nicht auf das verbotene Gebiet der medizinischen Philosophie begeben, sondern die Nerven und die Vapeurs nur in ihren Beziehungen zur Ehe betrachten.

Bei der Nervosität (unter dieser pathologischen Bezeichnung begreift man alle Leiden des Nervensystems) sind hinsichtlich des Gebrauchs, den die verheirateten Frauen davon machen, zwei Arten zu unterscheiden; denn gegen medizinische Klassifikationen empfindet unsere Physiologie den stolzesten Abscheu. Für uns gibt es also nur:

1. Die klassische Nervosität,
2. Die romantische Nervosität.

Den Anfällen der klassischen Nervosität ist etwas Kriegerisches und Lebhaftes eigen. Die Frauen, bei denen diese klassischen Anfälle auftreten, sind heftig wie Wahrsagerinnen, zügellos wie Mänaden, aufgeregt wie Bacchantinnen; es ist reines klassisches Altertum.

Die Frauen mit romantischen Anfällen sind sanft und klagend wie Balladen, die in schottischen Nebeln gesungen werden. Sie sind bleich wie junge Mädchen, die durch den Tanz oder durch die Liebe ins Grab gebracht werden. Sie sind im reinsten Sinne des Wortes elegisch; in ihnen verkörpert sich die ganze Schwermut des Nordens.

Jene Frau dort mit dem schwarzen Haar, mit dem durchdringenden Blick, mit der kräftigen Hautfarbe, mit den trockenen Lippen, mit der kräftigen Hand muß heiß und konvulsivisch sein; in ihr verkörpert sich der Geist der klassischen Nervosität; eine junge Blonde dagegen mit weißer Haut ist die Verkörperung der romantischen Nervosität. Der einen gehört das Reich der Nerven, der anderen das Reich der Vapeurs.

Oft findet ein Gatte beim Nachhausekommen seine Frau in Tränen. »Was hast du, lieber Engel?« – »Ach, ich habe nichts.« – »Aber du weinst ja!« – »Ich weine, ich weiß selber nicht warum. Ich bin so traurig . . .! Ich habe Gesichter in den Wolken gesehen, und diese Gesichter erscheinen mir stets nur, wenn irgendein Unglück unmittelbar bevorsteht . . . ich werde wohl sterben . . .« Hierauf spricht sie mit leiser Stimme von ihrem verstorbenen Vater, von ihrem verstorbenen Onkel, von ihrem verstorbenen Großvater und von ihrem verstorbenen Vetter. Sie ruft alle diese beklagenswerten Schatten an, sie macht in Gedanken deren Krankheiten durch, sie wird von allen Leiden angegriffen, an denen jene gelitten haben; sie fühlt ihr Herz zu stark schlagen oder ihre Milz anschwellen ... Du denkst und machst dabei ein selbstzufriedenes Gesicht: »Ich weiß wohl, woher das kommt!« Nun versuchst du, sie zu trösten; aber du hast eine Frau vor dir, die wie ein Geldschrank gähnt, die sich über die Brust beklagt, wieder zu weinen anfängt, dich anfleht, du mögest sie mit ihren trübseligen Erinnerungen allein lassen. Sie spricht mit dir von ihrem letzten Willen, geht im Gefolge ihres eigenen Leichenbegängnisses, begräbt sich, pflanzt auf ihrem Grabe eine nickende grüne Trauerweide auf ... Wo du ein fröhliches Hochzeitsgedicht vortragen wolltest, findest du eine schwarze Grabschrift. Deine Anwandlung, sie trösten zu wollen, löst sich in Ixions[175] Wolke auf.

Es gibt höchst ehrenwerte Frauen, die auf diese Weise ihren gefühlvollen Ehemännern Kaschmirschals, Diamanten, die Bezahlung ihrer Schulden oder das Geld für eine Loge in der Italienischen Oper entlocken; aber fast immer werden die Vapeurs als Waffen im Entscheidungskampf des häuslichen Kriegs benutzt.

Auf ihre Rückenmarksschwindsucht und ihre angegriffene Brust sich berufend, sucht eine Frau Zerstreuungen; sie kleidet sich übertrieben warm, und du bemerkst in ihrer Toilette alle Anzeichen des Spleens; sie geht nur noch aus, wenn eine intime Freundin, ihre Mutter oder ihre Schwester sie vom Diwan herunterholen, der ihr Leben verzehrt und auf dem sie ihre ganze Zeit damit hinbringt, Elegien zu dichten. Madame wird vierzehn Tage auf dem Lande verbringen, weil der Doktor es anordnet; kurzum, sie geht, wohin sie will und tut, was sie will. Würde jemals ein Mann so brutal sein, sich derartigen Wünschen zu widersetzen, eine Frau daran zu hindern, Heilung von so grausamen Leiden zu suchen? Denn es ist durch lange wissenschaftliche Debatten festgestellt worden, daß die Nerven fürchterliche Schmerzen verursachen.

Zumal aber im Bett spielen die Vapeurs ihre Rolle. Wenn eine Frau keine Migräne hat, so hat sie ihre Vapeurs; wenn sie weder Vapeurs noch Migräne hat, so steht sie unter dem Schutz des Venusgürtels, der, wie du weißt, eine Mythe ist.

Unter den Frauen, die mit Vapeurs gegen dich in die Schlacht ziehen, gibt es einige, die blonder, zarter, gefühlvoller sind als die andern und die Gottesgabe der Tränen empfangen haben, sie wissen so wunderbar zu weinen! Sie weinen, wann sie wollen, wie sie wollen und so lange sie wollen. Sie richten ein vollständiges Angriffssystem ein, das in einer erhabenen Resignation besteht, und die Siege, die sie erfechten, sind um so glänzender, weil sie dabei in guter Gesundheit bleiben.

Läßt nun ein Ehemann im höchsten Zorn sich hinreißen, seinen bestimmten Willen auszusprechen, dann sehen sie ihn mit unterwürfiger Miene an, neigen das Haupt und schweigen. Diese Pantomimik bringt fast immer einen Ehemann außer sich. Bei derartigen ehelichen Kämpfen hat ein Mann es lieber, wenn eine Frau spricht und sich verteidigt; denn dabei regt man sich auf, man ärgert sich. Aber bei diesen Frauen gibt es so etwas nicht. Ihr Stillschweigen beunruhigt dich, und du empfindest eine Art von Gewissensbissen, wie der Mörder, der bei seinem Opfer keinen Widerstand gefunden hat, von einer doppelten Furcht befallen wird. Er hätte lieber in der Notwehr morden mögen. Du kehrst wieder zu ihr zurück. Als deine Schritte sich nähern, trocknet deine Frau ihre Tränen und verbirgt ihr Taschentuch, aber so, daß du sehen mußt, daß sie geweint hat. Du bist gerührt. Du flehst deine Caroline an, sie möge doch sprechen; in der Bewegung deines gefühlvollen Herzens vergißt du alles; da schluchzt sie sprechend und spricht schluchzend, und zwar mit einer mühlradartigen Beredsamkeit; sie macht dich ganz betäubt mit ihren Tränen, mit ihren verworrenen Gedanken, mit ihren abgebrochenen Sätzen: es braust über dich her wie ein Mühlradgeklapper, wie ein Gießbach.

Die Französinnen, und besonders die Pariserinnen, verstehen sich wunderbar auf derartige Szenen, denen ihre ganze Naturanlage, ihr Geschlecht, ihre Toilette und ihre ganze Sprechweise ungeahnte Reize verleihen. Wie oft ist nicht auf dem kapriziösen Antlitz einer solchen anbetungswürdigen Komödiantin ein boshaftes Lächeln an die Stelle der Tränen getreten, wenn sie sieht, wie ihr Ehemann eilfertig bemüht ist, das schwache Seidenband zu zerreißen, das ihr Mieder zusammenhält, oder den Kamm wieder festzustecken, der ihr Haar zusammenhielt, das sich stets in Tausenden von goldenen Locken auflösen möchte!

Aber alle diese Listen der Neuzeit sind nichts gegen den Geist des klassischen Altertums, gegen die unwiderstehlichen Nervenanfälle, den Waffentanz der Ehe!

Oh! Welche Wonnen versprechen einem Liebhaber die Lebhaftigkeit dieser zuckenden Bewegungen, das Feuer dieser Blicke, die Kraft dieser Glieder, die sogar in solchem Anfall noch anmutig bleiben! In solchen Krisen wälzt sich eine Frau mit der Unwiderstehlichkeit eines Sturmwindes auf der Erde, lodert empor wie die Flammen einer Feuersbrunst, wird sanft wie eine Welle, die über weiße Kiesel dahingleitet; sie unterliegt einem Übermaß an Liebe, sie sieht die Zukunft, sie prophezeit. Vor allem aber sieht sie die Gegenwart; sie streckt einen Ehemann besiegt zu Boden und flößt ihm eine Art von panischem Schrecken ein.

Oft braucht ein Mann nur ein einziges Mal seine Frau gesehen zu haben, wie sie drei oder vier kräftige Männer beiseite schob, wie wenn es Federn gewesen wären. Er wird niemals wieder versuchen, sie zu verführen. Er wird sein wie ein Kind, das einmal an einer Kurbel einer gefährlichen Maschine gedreht hat, so daß diese sich in Bewegung setzte, und das seitdem einen unglaublichen Respekt vor der alltäglichsten mechanischen Vorrichtung hat. Ich kannte einen Ehemann, einen sanften und friedfertigen Herrn, der mit seinen Augen beständig an den Augen seiner Frau hing; gerade als ob man ihn in einen Löwenkäfig gesteckt und ihm gesagt hätte, wenn er die Bestie nicht reize, würde er mit dem Leben davonkommen.

Die Nervenanfälle sind sehr anstrengend und werden von Tag zu Tag seltener; die romantische Nervosität wiegt vor.

Es hat zwar einige phlegmatische Ehegatten gegeben, die zu jenen Männern gehören, die lange lieben, weil sie mit ihren Gefühlen haushälterisch umgehen; diese haben über Migräne und Nervosität zu triumphieren gewußt; aber derartige erhabene Menschen sind selten. Als getreue Schüler des braven Sankt Thomas, der den Finger in Christi Wunden legen wollte, besitzen sie die Ungläubigkeit eines Atheisten. Unerschütterlich inmitten aller Tücken der Migräne und aller Fallen der Nervosität jeder Art, konzentrieren sie ihre Aufmerksamkeit auf die Szene, die ihnen vorgespielt wird; sie prüfen die Schauspielerin, sie suchen eine der Triebfedern ihrer Handlungsweise zu entdecken; und wenn sie den Mechanismus der Kulissenschieberei herausgefunden haben, machen sie sich den Spaß, irgendeinem Gegengewicht einen leichten Druck zu geben, wodurch sie sich sehr leicht davon überzeugen, ob die Krankheiten echt sind oder ob nur eine Ehestandskomödie gespielt wird.

Sollte aber durch eine Anspannung seiner Aufmerksamkeit, die vielleicht über menschliche Kräfte hinausgeht, ein Ehemann allen diesen Ränken entgehen, die eine unzähmbare Liebe den Frauen eingibt, so muß er doch durch den Gebrauch einer furchtbaren Waffe besiegt werden, der letzten Waffe, zu der eine Frau greift, denn sie wird stets nur mit einem gewissen Widerstreben ihre Herrschaft über den Gatten selber zerstören; aber es ist eine vergiftete Waffe, die so tödlich ist wie das verhängnisvolle Fallbeil des Scharfrichters. Hiermit gelangen wir zum letzten Paragraphen vorliegender Betrachtung.

§ 3. Die Schamhaftigkeit in bezug auf die Ehe

Ehe wir uns mit der Schamhaftigkeit beschäftigen, wäre es vielleicht nötig, festzustellen, ob sie überhaupt existiert. Ist sie nicht etwa bei der Frau nur eine geschickt angewandte Koketterie? Sollte es sich nicht etwa nur um das Gefühl handeln, daß sie die freie Verfügung über ihren Körper habe? Man bedenke, daß die Hälfte aller Frauen auf der Erde beinahe nackt geht. Sollte sie etwa nur eine soziale Schimäre sein? Das behauptete Diderot, als er den Einwand erhob, daß dies Gefühl vor der Krankheit und dem Elend nicht standhalte.

Auf alle diese Fragen läßt sich wohl eine Antwort geben.

Ein nachdenklicher Schriftsteller hat kürzlich behauptet, die Männer besäßen weit mehr Schamhaftigkeit als die Frauen. Er hat zur Unterstützung dieser Behauptung eine große Anzahl chirurgischer Beobachtungen mitgeteilt; sollten aber seine Schlußfolgerungen unsere Aufmerksamkeit verdienen, so müßten eine gewisse Zeit hindurch die Männer von Chirurginnen behandelt werden.

Die von Diderot ausgesprochene Meinung fällt noch weniger ins Gewicht.

Wenn man das Vorhandensein der Scham leugnet, weil sie in Krisen verschwindet, in denen fast alle menschlichen Gefühle untergehen, so ist das dasselbe, wie wenn man behaupten wollte, es gebe kein Leben, weil auf jedes Leben der Tod folgt.

Wir wollen annehmen, daß das eine Geschlecht so viel Schamhaftigkeit besitzt wie das andere, und untersuchen, worin diese besteht.

Nach Rousseau entsteht die Schamhaftigkeit aus den Koketterien, die alle Weibchen anwenden müssen, um das Männchen an sich zu ziehen. Auch diese Meinung scheint uns ein Irrtum zu sein.

Die Schriftsteller des achtzehnten Jahrhunderts haben der menschlichen Gesellschaft sicherlich unermeßliche Dienste erwiesen; aber ihre auf dem Sensualismus beruhende Philosophie ist nicht einmal unter die menschliche Haut gedrungen. Sie haben nur die äußere Welt in Betracht gezogen; und schon dadurch verzögerten sie für einen gewissen Zeitraum die sittliche Entwicklung des Menschen und die Fortschritte einer Wissenschaft, die ihre Urelemente stets dem Evangelium entnehmen wird, das die eifrigen Jünger des Menschensohnes in Zukunft besser begreifen werden.

Das Studium der Geheimnisse des Denkens, die Entdeckung der Organe der menschlichen ›Seele‹, die Ausmessung ihrer Kräfte, die Erkenntnis der Eigenschaften ihrer Kraft, das Eindringen in ihre scheinbare Fähigkeit, sich unabhängig vom Leibe zu bewegen, sich überall hinzubegeben, wohin sie will, und ohne Hilfe der körperlichen Organe zu sehen, kurzum die Bestimmung ihrer dynamischen Gesetze und ihres physischen Einflusses, das alles bildet den glorreichen Anteil des nächsten Jahrhunderts am Schatz der menschlichen Wissenschaften. Und unsere augenblickliche Beschäftigung besteht vielleicht nur darin, die riesigen Blöcke zuzuhauen, die später irgendeinem gewaltigen Genius dazu dienen werden, ein glorreiches Gebäude aufzuführen.

So ist Rousseaus Irrtum der Irrtum seines Jahrhunderts gewesen. Er erklärt die Schamhaftigkeit aus den Beziehungen der Menschen untereinander, statt sie aus den sittlichen Beziehungen zu erklären, die der Mensch zu seinem eigenen Wesen hat. Die

Schamhaftigkeit läßt sich ebensowenig analysieren wie das Gewissen; vielleicht aber liegt ein instinktmäßiges Verständnis darin, wenn man sie das Gewissen des Leibes genannt hat; denn das Gewissen lenkt unsere Gefühle und die geringsten Verrichtungen unseres Denkens dem Guten zu, wie die Schamhaftigkeit über den äußerlichen Bewegungen waltet. Handlungen, die unsern Interessen zu nahe treten und gleichzeitig gegen die Gesetze des Gewissens verstoßen, verletzen uns tiefer als alle andern; und werden sie wiederholt, so entspringt aus ihnen ein Gefühl des Hasses. Ebenso verhält es sich in bezug auf die Liebe, die nichts weiter ist als der Ausdruck unserer ganzen Sinnlichkeit, mit allen Handlungen, die der Scham zuwiderlaufen. Wenn eine hochgesteigerte Schamhaftigkeit eine der Lebensbedingungen der Ehe ist, wie wir im ›Ehestandskatechismus‹ (Betrachtung IV) zu beweisen versucht haben, dann leuchtet es ein, daß Zuchtlosigkeit die Ehe zersetzen muß. Aber dieser Grundsatz, zu dessen Erklärung der Physiologe langer Erörterungen bedarf, wird von der Frau fast stets mechanisch angewandt; denn die Gesellschaft, die im Interesse des äußern Menschen alles übertreibt, entwickelt in der Frau schon von Kindesbeinen an dieses Gefühl, das den Mittelpunkt für fast alle andern bildet. In dem Augenblick, da dieser unermeßliche Schleier fällt, der der kleinsten Bewegung ihre natürliche Brutalität nimmt, verschwindet daher die Frau. Seele, Herz, Geist, Liebe, Anmut, alles stürzt zusammen. In einer Lage, in der die jungfräuliche Unschuld eines Mädchens von Otahiti erglänzt, wird die Europäerin greulich. Und dies ist die letzte Waffe, die eine Ehefrau ergreift, um sich vom Zwange des Gefühls zu befreien, das ihr Gatte ihr noch entgegenbringt. Ihre Häßlichkeit ist ihre Stärke; und dieselbe Frau, die es als das größte Unglück betrachten würde, wenn ihr Liebhaber auch nur das unbedeutendste Geheimnis ihrer Toilette sähe, wird sich ein Vergnügen daraus machen, sich ihrem Gatten in der unvorteilhaftesten Situation zu zeigen, die sie nur ersinnen kann.

Mit einer rücksichtslosen Anwendung dieses Systems wird sie versuchen, dich aus dem Ehebett zu vertreiben. Mrs. Shandy fragte Tristams Vater in aller Unschuld, ob er auch nicht vergessen habe, die Uhr aufzuziehen; deine Frau dagegen wird sich ein Vergnügen daraus machen, dich durch die unzweideutigsten Fragen zu unterbrechen. Wo bisher Bewegung und Leben war, ist jetzt Ruhe und Tod. Eine Liebesszene wird zu einem Geschäftsabschluß, bei dem es lange Debatten gibt, und über den sozusagen eine notarielle Urkunde aufgesetzt wird. Aber wir haben an andern Stellen hinreichend bewiesen, daß wir uns gegen die komische Seite gewisser ehelicher Krisen nicht verschließen; darum sei uns hier gestattet, auf die amüsanten Wirkungen zu verzichten, die die Muse eines Verville[176] und Martial[177] in der Heimtücke weiblicher Manöver finden könnten, in der beleidigenden Kühnheit der Worte, im Zynismus mancher Situationen. Die Sache ist zu traurig, um darüber zu lachen, und zu komisch, um sich darüber zu betrüben. Wenn eine Frau bei solchen äußersten Mitteln angelangt ist, liegen Welten zwischen ihr und ihrem Gatten. Trotzdem gibt es gewisse Frauen, denen der Himmel die Gabe verliehen hat, allem einen lieblichen Anstrich zu geben, die in diese Dinge eine gewisse geistreiche und komische Anmut hineinzubringen wissen, und die, wie Sully[178] sich ausdrückte, einen so hübschen spitzen Schnabel haben, daß ihnen ihre Launen und Unarten verziehen werden und sie trotz allem sich nicht das Herz ihrer Gatten entfremden.

Welche Seele ist so kräftig, welcher Mann ist so stark in seiner Liebe, um nach einer zehnjährigen Ehe noch in seiner Leidenschaft zu verharren, eine Frau zu lieben, die ihn nicht mehr liebt, die es ihm zu jeder Stunde beweist, die ihn zurückstößt, die absichtlich ärgerlich, boshaft, krank, launenhaft ist, die sogar auf Eleganz und Sauberkeit verzichtet, damit nur ja ihr Mann von ihr abläßt; die sogar auf den Abscheu rechnet, den die Schamlosigkeit einflößt?

Dies alles, mein werter Herr, ist aber noch viel fürchterlicher, denn:

XCI. Liebende wissen nichts von Schamhaftigkeit.

Und nun sind wir beim letzten Höllenkreise der göttlichen Komödie der Ehe angelangt; wir sind in der tiefsten Hölle.

Es liegt etwas unerklärbar Schreckliches in der Lage, in die eine verheiratete Frau gerät, wenn eine unerlaubte Liebe sie ihren Pflichten als Mutter und Gattin entzieht. Nach Diderots sehr treffendem Ausdruck ist die Untreue bei einer Frau wie der Unglaube bei einem Priester der höchste Grad menschlicher Pflichtvergessenheit; sie ist das größte soziale Verbrechen, das die Frau begehen kann. Denn sie schließt für sie alle andern ein. Entweder entweiht die Frau ihre Liebe dadurch, daß sie fortfährt, ihrem Ehemann anzugehören, oder sie zerreißt alle Bande, die sie an ihre Familie knüpfen, indem sie sich ganz und gar ihrem Liebhaber hingibt. Zwischen diesen beiden Möglichkeiten muß sie wählen; denn ihre einzige Entschuldigung ist das Übermaß ihrer Liebe.

Sie lebt also zwischen zwei Missetaten: entweder macht sie ihren Liebhaber unglücklich, wenn seine Leidenschaft aufrichtig ist, oder sie macht ihren Mann unglücklich, wenn sie noch von ihm geliebt wird.

Aus diesem furchtbaren Zwiespalt des weiblichen Lebens ergeben sich alle Bizarrerien in dem Verhalten der Frauen. Aus diesem Zwiespalt entspringen ihre Lügen, ihre Tücken; hierin liegt die Erklärung aller ihrer Geheimnisse. Dieser Gedanke kann einen schaudern machen. Daher hat, soweit die Verhältnisse des Daseins in Betracht kommen, sicherlich eine Frau hundertmal recht, wenn sie das Unglück der Tugend erwählt und die Glückseligkeiten des Verbrechens verschmäht. Fast allen wiegt jedoch die Ekstase einer halben Stunde alle Leiden der Zukunft und endlose Ängste auf. Wenn der lebenerhaltende Trieb, der alle Kreatur beseelt, die Todesfurcht, sie nicht zurückhält: was soll man dann von Gesetzen erwarten, die sie auf zwei Jahre zu den Madelonnettes[179] schicken? O großartige Ruchlosigkeit! Aber wenn man dann daran denkt, daß der Gegenstand dieser Opfer einer unserer Brüder ist, ein Herr, dem wir nicht unser Vermögen anvertrauen würden, sofern wir eins haben, ein Mensch, der seinen Überrock zuknöpft wie wir alle: dann möchte man ein Gelächter anschlagen, das vom Luxembourg aus in ganz Paris zu hören wäre und sogar noch auf dem Montmartre einen Esel erschreckte, der friedlich auf seiner Weide ginge.

Man wird es vielleicht sehr sonderbar finden, daß wir in diesem Buch über die Ehe so viele fremde Gegenstände gestreift haben; aber die Ehe ist nicht nur das ganze menschliche Leben, sie bedeutet zwei Menschenleben. Und wie von der Lotterie für die Hinzufügung einer einzigen Zahl im Gewinnfall das Hundertfache ausgezahlt wird, werden auch die ohnehin schon mannigfaltigen Zufälle des menschlichen Lebens in einer erschreckenden Progression vervielfacht, wenn mit einem Leben ein anderes Leben vereinigt wird.

Siebenundzwanzigste Betrachtung

Die letzten Symptome

Der Verfasser dieses Buches ist in der Welt so vielen Leuten begegnet, die von einer Art Fanatismus für richtige Zeit, für mittlere Zeit, für Sekundenuhren und für Pünktlichkeit in ihrem Dasein besessen waren, daß seiner Meinung nach diese Betrachtung für die Ruhe einer großen Zahl von Ehemännern zu notwendig ist, als daß sie ausgelassen werden könnte. Es wäre grausam gewesen, Menschen, die unbedingt alles genau auf die Stunde wissen müssen, einen Kompaß vorzuenthalten, nach dem sie die letzten Abweichungen vom ehelichen Zodiakus beurteilen und genau den Augenblick bestimmen können, in dem das Zeichen des Minotauros am Horizont erscheint.

Die ›Kenntnis der Zeit in der Ehe‹ erforderte vielleicht eigentlich ein Buch ganz für sich, so genau und sorgfältig müssen die Beobachtungen gemacht werden. Der Magister gesteht, daß er in seinen jungen Jahren bisher nur sehr wenig Symptome hat sammeln können; aber er empfindet einen gerechten Stolz, daß er hier, wo er beim Schluß seiner schwierigen Unternehmung anlangt, darauf aufmerksam machen kann, daß er seinen Nachfolgern einen neuen Gegenstand der Untersuchung hinterläßt, und daß bei einem dem Anschein nach so abgenutzten Stoff nicht nur lange nicht alles gesagt war, sondern daß noch sehr viele Umstände aufzuklären bleiben. Er überliefert also hier, ohne Ordnung und ohne verknüpfendes Band, die unförmlichen Elemente, die er bis zum heutigen Tage hat sammeln können; doch hofft er, er werde Muße finden, sie später zu ordnen und zu einem vollständigen System auszuarbeiten. Sollte er zugunsten dieses im besten Sinne nationalen Unternehmens voreingenommen sein, so glaubt er doch – ohne befürchten zu müssen, dieserhalb der Eitelkeit geziehen zu werden – an dieser Stelle auf die natürliche Einteilung dieser Beobachtungen hinweisen zu müssen. Sie scheiden sich notwendigerweise in zwei Arten: die einhörnigen und die zweihörnigen. Der einhörnige Minotauros ist der weniger bösartige; die beiden Schuldigen halten sich an die platonische Liebe, oder zum mindesten hinterläßt ihre Leidenschaft keine Spuren, die noch in der Nachwelt sichtbar sind; der zweihörnige Minotauros dagegen ist das Unglück mit allen seinen bösen Früchten.

Wir haben die Symptome, die uns diese letztgenannte Art zu betreffen scheinen, durch ein Sternchen bezeichnet.

Minotaurische Beobachtungen

*I. Wenn eine Frau ihrem Ehemann, nachdem sie lange Zeit von ihm getrennt gewesen war, gar zu auffällig entgegenkommt, um ihn zur Liebe zu verlocken, so handelt sie nach dem Grundsatz des Seerechts: Die Flagge deckt die Ware.

II. Eine Frau ist auf dem Ball; eine ihrer Freundinnen kommt später als sie und sagt zu ihr: »Ihr Mann hat recht viel Geist.« – »Finden Sie . . .?«

III. Deine Frau findet, es sei an der Zeit, euer Kind, von dem sie sich bis dahin niemals trennen wollte, in Pension zu geben.

*IV. In dem Scheidungsprozeß der Marie Abergavey[180] sagte der Kammerdiener aus: »Die Frau Viscounteß hatte einen solchen Widerwillen gegen alles, was Mylord gehörte, daß ich sehr oft sah, wie sie sogar Papierschnitzel verbrannte, die er in ihrem Zimmer angerührt hatte.«

V. Ein entscheidendes Symptom ist es, wenn eine bequeme Frau plötzlich Tatkraft entwickelt, wenn eine Frau, die Abscheu vor dem Lernen hat, sich mit einer fremden Sprache beschäftigt, und überhaupt, wenn in ihrem Charakter eine vollständige Wandlung eintritt.

VI. Eine Frau, die von Herzen aus sehr glücklich ist, geht nicht mehr in Gesellschaft.

VII. Eine Frau, die einen Liebhaber hat, wird sehr nachsichtig.

*VIII. Ein Ehemann gibt seiner Frau monatlich hundert Taler für ihre Toilette; alles gut gerechnet, gibt sie mindestens fünfhundert Francs aus, ohne einen Sou Schulden zu machen; der Ehemann wird bestohlen, der Dieb kommt nächtlicherweise, führt Waffen bei sich, steigt ein; aber aufgebrochen wird nichts.

*IX. Zwei Ehegatten schliefen im selben Bett; die Frau war beständig krank; sie schlafen getrennt, da hat sie keine Migräne mehr, und ihre Gesundheit ist glänzender denn je: erschreckendes Symptom.

X. Eine Frau, die sehr wenig auf sich hielt, entfaltet plötzlich einen ausgesuchten Luxus in ihrer Toilette. Da ist Minotauros in der Nähe!

XI. »Ach, meine Liebe, ich kenne keine größere Qual, als nicht verstanden zu werden.«

»Ja, meine Liebe, aber wehe, wenn man verstanden wird ...!«

»Oh! das kommt fast niemals vor.«

»Ich gebe zu, so etwas ist recht selten. Ach! Das ist ein großes Glück. Aber es gibt keine zwei Menschen auf der Welt, die eine Frau wie mich zu begreifen wissen.«

*XII. An dem Tage, da eine Frau gegen ihren Mann rücksichtsvoll wird ... ist alles gesagt.

XIII. Ich frage sie:

»Woher kommst du, Jeanne?« – »Ich komme von deinem Gevatter, um das Tafelgeschirr abzuholen, das du dagelassen hattest.« – »Holla«, dachte ich; »noch ist alles mein!« – Im nächsten Jahre wiederhole ich dieselbe Frage bei derselben Gelegenheit. »Ich habe unser Tafelgeschirr abholen lassen.« – »Aha!« denke ich; »wir haben noch einen Anteil daran.« Aber wenn ich sie später frage, so wird sie mir in ganz anderm Tone antworten:

»Sie wünschen alles zu wissen wie die großen Herrschaften, und dabei haben Sie keine drei Hemden. Ich habe mein Tafelgeschirr von meinem Gevatter abholen lassen, wo ich gespeist habe.« – »Hm!« denke ich; »dieser Punkt ist jetzt klargestellt!«

XIV. Hüte dich vor einer Frau, die von ihrer Tugend spricht.

XV. Man sagte der Herzogin von Chaulnes[181], deren Zustand zu den schlimmsten Befürchtungen Anlaß gab:

»Der Herr Herzog von Chaulnes möchte Sie gern wiedersehen.«

»Ist er da?«

»Ja.«

»Er soll warten! Er kann zusammen mit den Sakramenten hineinkommen.«

Diese minotaurische Anekdote ist von Chamfort bereits mitgeteilt worden; aber sie mußte hier eingeführt werden, da sie mustergültig ist.

*XVI. Es gibt Frauen, die ihrem Gatten einzureden versuchen, er habe gewissen Personen gegenüber Verpflichtungen zu erfüllen.

»Ich versichere Ihnen, Sie müssen Monsieur Soundso einen Besuch machen.« – »Wir können nicht umhin, Monsieur Dingsda zum Essen einzuladen . . .«

XVII. »Hör mal, mein Sohn, halt dich hübsch grade; versuch doch, gute Manieren anzunehmen! Sieh doch nur auf Monsieur Soundso . . .! Sieh, wie er geht! Schau dir seinen Anzug an . . .!«

XVIII. Wenn eine Frau den Namen eines Mannes nur zweimal täglich ausspricht, kann vielleicht Ungewißheit darüber obwalten, was für Gefühle sie ihm entgegenbringt; aber dreimal! . . . Oh! Oh!

XIV. Wenn eine Frau einem Mann, der weder Advokat noch Minister ist, bis an die Tür ihrer Wohnung das Geleit gibt, ist sie sehr unvorsichtig.

XX. Es ist für einen Ehemann ein schrecklicher Tag, wenn er für eine Handlung seiner Frau keine Erklärung zu finden weiß.

*XXI. Die Frau, die sich ertappen läßt, verdient ihr Schicksal.

Wie muß sich ein Ehemann verhalten, wenn er ein ›letztes Symptom‹ bemerkt, das ihm keinen Zweifel mehr über die Untreue seiner Frau läßt? Diese Frage ist leicht zu beantworten.

Es bleibt ihm nur die Wahl zwischen zwei Entschlüssen: entweder Resignation oder Rache; ein Mittelding zwischen diesen beiden Extremen gibt es nicht. Entscheidet man sich für die Rache, dann muß diese vollständig sein. Der Ehemann, der sich nicht für immer von seiner Frau trennt, ist ein Tölpel. Wenn dagegen ein Ehemann und eine Ehefrau einander noch für würdig halten, in einer Freundschaft verbunden zu leben, wie sie zwei Menschen aneinanderknüpft, dann liegt etwas Widerwärtiges darin, wenn ein Mann seine Frau fühlen läßt, daß er imstande wäre, von einem Vorteil gegen sie Gebrauch zu machen.

Im folgenden teile ich einige Anekdoten mit, von denen mehrere noch unveröffentlicht sind und aus denen sich meiner Meinung nach die verschiedenen Möglichkeiten des Verhaltens, das ein Ehemann in solcherlei Fällen beobachten muß, ziemlich gut ersehen lassen.

Monsieur de Roquemont[182] schlief jeden Monat einmal im Zimmer seiner Frau, und wenn er ging, sagte er:

»Ich bin meins los; jetzt kann pflanzen, wer will!«

Das ist Verderbtheit und zugleich doch eigentlich ein ziemlich hoher Begriff von Ehepolitik.

Ein Diplomat sah den Liebhaber seiner Frau kommen, verließ sein Arbeitszimmer, betrat das Zimmer seiner Frau und sagte zu den beiden: »Prügelt euch wenigstens nicht . . .!«

Das ist Gutmütigkeit.

Man fragte Monsieur de Boufflers[183], was er tun würde, wenn er nach einer sehr langen Abwesenheit zurückkehrte und seine Frau schwanger fände?

»Ich würde meinen Schlafrock und meine Pantoffeln zu ihr bringen lassen.«

Das ist Seelengröße.

»Madame, dieser Mensch mag Sie schlecht behandeln, wenn Sie mit ihm allein sind; daran sind Sie selber schuld; aber ich werde es nicht dulden, daß er sich in meiner Gegenwart schlecht gegen Sie benimmt; denn das ist ungezogen gegen mich.«

Das ist Vornehmheit.

Erhaben aber ist jener Richter, der, während die beiden Schuldigen schlafen, sein viereckiges Barett auf das Fußende des Bettes legt.

Es gibt sehr schöne Beispiele derartiger Rache. Mirabeau hat in einem der Bücher, die er schrieb, um seinen Lebensunterhalt zu gewinnen, mit bewunderungswürdiger Kunst die düstere Resignation jener Italienerin geschildert, die von ihrem Gatten dazu verurteilt wurde, mit ihm in den Maremmen[184] umzukommen.

Letzte Merksprüche

XCII. Seine Frau mit ihrem Liebhaber zu überraschen und sie zu töten, während sie einander in den Armen liegen, das ist keine Rache, sondern der allergrößte Dienst, den man ihnen erweisen kann.

XCIII. Niemals wird ein Ehemann so gut gerächt werden, wie durch den Liebhaber seiner Frau.

Achtundzwanzigste Betrachtung

Entschädigungen

Die Ehekatastrophe, die eine gewisse Anzahl von Ehemännern nicht vermeiden kann, führt fast immer einen Umschwung herbei. Alles um dich herum wird ruhig. Deine Resignation, vorausgesetzt, daß du dich in Resignation schickst, erweckt starke Gewissensbisse in der Seele deiner Frau und ihres Liebhabers. Denn gerade ihr Glück zeigt ihnen die ganze Größe des Schadens, den sie dir zufügen. Du bist, ohne eine Ahnung davon zu haben, bei allen ihren Liebesfreuden als dritte Person anwesend. Das Wohlwollen und die Güte, die auf dem Grunde des menschlichen Herzens liegen, lassen sich nicht so leicht ersticken, wie man glaubt! Daher meinen es gerade die beiden Menschenseelen am besten mit dir, die dich am meisten quälen.

In jenen durch ihre Vertraulichkeit so lieblichen Plaudereien, die das verknüpfende Band der Liebesfreuden bilden und gewissermaßen die Liebesbezeigungen unserer Gedanken sind, sagt oft deine Frau zu deinem Doppelgänger: »Weißt du, Auguste, ich kann dir versichern, ich möchte jetzt wirklich, daß mein armer Mann glücklich wäre, denn im Grunde ist er gut: wäre er nicht mein Mann, wäre er mein Bruder, so könnte ich vieles ihm zu Gefallen tun! Er liebt mich, und – seine Freundschaft ist mir unbequem.«

»Ja, er ist ein wackerer Mann ...!«

Von nun an behandelt dich dieser Junggeselle mit größter Achtung; er möchte dich für das Unrecht, das er dir antut, in jeder ihm möglichen Weise entschädigen; aber ihn hält der verächtliche Stolz zurück, der sich in jedem deiner Worte und in jeder deiner Bewegungen kundtut.

In den ersten Augenblicken der Ankunft des Minotauros gleicht nämlich ein Mann einem Schauspieler, der auf einer ihm ungewohnten Bühne in Verlegenheit gerät. Es ist sehr schwer, das Los des dummen Ehemanns mit Würde zu ertragen; indessen sind doch die edlen Charaktere noch nicht so selten, daß man nicht unter ihnen einen Mustergatten finden könnte.

Unmerklich gewinnen dich die anmutigen Aufmerksamkeiten, mit denen dich deine Frau umgibt. Sie behandelt dich mit einem freundschaftlichen Ton, den sie von nun an niemals mehr verleugnen wird. Ein angenehmes häusliches Leben ist eine der ersten Entschädigungen, die einem Ehemann den Minotauros weniger verhaßt machen. Und da es in der Natur des Menschen liegt, sich auch an die härtesten Lebensbedingungen zu gewöhnen, bringt dich, trotz einer unerschütterlichen vornehmen Denkart, die unaufhörlich wirkende Zaubermacht dahin, dir schließlich auch die kleinen Annehmlichkeiten deiner Lage nicht zu versagen.

Nehmen wir an, das eheliche Unglück habe einen Mann betroffen, dem sein Magen das Höchste ist. Natürlich sucht er seinen Trost in der Befriedigung seines Geschmacks. Sein Lustverlangen hat sich in andere sinnliche Eigenheiten seines Wesens zurückgezogen und übernimmt andere Gewohnheiten. Man läßt sich durch andere Sensationen formen.

Eines Tages gehst du aus deinem Bureau im Ministerium nach Hause; du stehst lange Zeit bewundernd vor Chevets[185] reicher und leckerer Pastetenbibliothek und wägst eine Summe von hundert Francs, die du ausgeben müßtest, gegen die Genüsse ab, die dir eine Straßburger Gänseleberpastete verspricht. Als du nach Hause kommst, siehst du zu deiner Verblüffung die Pastete protzig auf dem Anrichteschrank deines Eßzimmers stehen. Kann das eine Art gastronomischer Fata Morgana sein? In dieser Ungewißheit gehst du festen Schrittes auf sie los (eine Pastete ist ein beseeltes Geschöpf), du wieherst sozusagen, als du die Trüffeln witterst, deren Duft durch die kunstvoll bereitete goldige Pastetenwand dringt; zweimal neigst du dich über sie; jedes einzelne der Geschmackswärzchen deines Gaumens hat eine Seele; du durchkostest die Wonnen eines wirklichen Festes, und in diesem Zustande der Verzückung, dabei aber von einem Gewissensbiß verfolgt, kommst du zu deiner Frau.

»Aber wirklich, Liebste, unser Vermögen ist nicht so groß, daß wir uns erlauben könnten, Pasteten zu kaufen ...«

»Aber sie kostet uns nichts!«

»Oho!«

»Ja, der Bruder von Monsieur Achille hat sie ihm geschickt ...«

Du erblickst Achille in einer Ecke. Der Junggeselle macht dir eine Verbeugung; er scheint glücklich darüber zu sein, daß du die Pastete annimmst. Du siehst deine Frau an; sie wird rot; du fährst dir mit der Hand über den Bart und streichelst dir mehrere Male das Kinn; und da du nicht einmal ›danke‹ sagst, erraten die beiden Liebenden, daß du mit der Entschädigung einverstanden bist.

Das Ministerium ist plötzlich durch ein anderes ersetzt worden. Ein Ehemann und Staatsrat fürchtet, von der Beförderungsliste gestrichen zu werden, während er am Tage vorher noch auf die Stellung eines Generaldirektors gehofft hatte; alle neuen Minister sind ihm feindlich gesinnt; infolgedessen gedenkt er zur konstitutionellen Partei überzuschwenken. Seine Ungnade voraussehend, ist er nach Auteuil gegangen und hat bei einem alten Freund Trost gesucht, der mit ihm von Horaz und Tibull gesprochen hat. Als er nach Hause kommt, sieht er eine gedeckte Tafel, wie wenn die einflußreichsten Persönlichkeiten der Kongregation eingeladen wären. »Aber wirklich, Frau Gräfin«, sagt er verdrießlich, indem er ihr Zimmer betritt, wo sie eben die letzte Hand an ihre Toilette legt; »ich erkenne heute

Ihren sonstigen Takt nicht wieder! Sie suchen sich eine recht passende Zeit aus, um Diners zu geben ... zwanzig Personen werden erfahren ...« – »Daß Sie Generaldirektor sind!« ruft sie, indem sie ihm ein königliches Dekret zeigt ... Er ist verblüfft. Er nimmt den Brief, dreht ihn hin und her, erbricht das Siegel. Er setzt sich, faltet das Schreiben auseinander und sagt: »Ich wußte wohl, daß man mir Gerechtigkeit würde widerfahren lassen – mag das Ministerium sein, wie es will.« – »Ja, mein Lieber! Aber Monsieur de Villeplaine hat für Sie, wie er es nur für sich selber könnte, Seiner Eminenz dem Kardinal X. gegenüber gebürgt ... er ist dessen ...« – »Monsieur de Villeplaine ...?«

Das ist eine so opulente Entschädigung, daß der Ehemann mit einem Generaldirektorslächeln hinzusetzt: »Alle Wetter, meine Liebe! Aber das haben *Sie* fertiggebracht ...!« – »Ach! Messen Sie mir kein Verdienst daran bei! Adolphe hat es aus reinem Instinkt und aus Anhänglichkeit an Sie erledigt ...!«

Eines Abends muß ein armer Ehemann strömenden Regens wegen zu Hause bleiben; vielleicht ist er es auch müde, seine Abende fortwährend beim Spiel, im Café, in der Gesellschaft zu verbringen, wo ihn alles langweilt. Genug, er sieht sich genötigt, nach dem Essen seiner Frau in das eheliche Schlafgemach zu folgen. Er versenkt sich in die Polster einer Bergère und wartet mit der Miene eines Sultans auf seinen Kaffee; es ist, als ob er zu sich selbst sagte: »Schließlich ist sie doch meine Frau ...!« Die Sirene bereitet eigenhändig und mit besonderer Sorgfalt sein Lieblingsgetränk, tut den Zucker hinein, kostet es und reicht es ihm dar. Und lächelnd, wie eine unterwürfige Odaliske, wagt sie einen Spaß, um die Stirn ihres Herrn und Gebieters zu entrunzeln. Bis dahin hatte er geglaubt, seine Frau sei dumm; als er aber ein kluges Scherzwort hört – nehmen Sie an, Madame, es sei so witzig wie eins, mit dem *Sie* ihn necken würden –, da hebt er den Kopf auf die eigentümliche Art eines Jagdhundes, der einen Hasen aufstöbert. »Wo, zum Teufel, hat sie das her? Oder sollte es ein Zufall sein?« Von seiner erhabenen Höhe herab antwortet er mit einer pikanten Bemerkung. Seine Frau gibt ihm darauf eine schlagfertige Erwiderung, das Gespräch wird ebenso lebhaft wie interessant, und der Ehemann, ein ziemlich bedeutender Mensch, ist ganz erstaunt, den Geist seiner Frau mit den mannigfachsten Kenntnissen geschmückt zu finden; mit wunderbarer Leichtigkeit weiß sie stets das richtige Wort anzubringen; taktvoll und zartfühlend findet sie Bemerkungen von einer anmutigen Originalität. Sie ist nicht mehr dieselbe Frau. Sie merkt die Wirkung, die sie auf ihren Mann ausübt; und teils um sich für seine Vernachlässigung zu rächen, teils um ihn den Liebhaber bewundern zu lassen, von dem sozusagen die Schätze ihres Geistes stammen, wird sie immer lebhafter, wird sie blendend. Der Ehemann, der mehr als irgendein anderer imstande ist, eine Entschädigung zu würdigen, die einigen Einfluß auf seine Zukunft haben muß, denkt bei sich: die Liebesverhältnisse einer Frau sind vielleicht eine Art von notwendiger Kultur.

Von dem Augenblick an, da die letzten Symptome auftreten, bis zur Epoche des ehelichen Friedens, mit dem wir uns sogleich beschäftigen wollen, verstreichen ungefähr zehn Jahre ... Während dieses Zeitraumes nun, ehe die beiden Gatten den Friedensvertrag unterzeichnen, der zwischen dem weiblichen Volk und seinem rechtmäßigen Herrn eine aufrichtige Aussöhnung zustande bringt und ihrer kleinen häuslichen Restauration die Weihe gibt; mit einem Wort: ehe sich, wie Ludwig XVIII. es ausdrückte, der Abgrund der Revolution schließt, kommt es selten vor, daß eine anständige Frau nur einen einzigen Liebhaber gehabt hat. Die Zeit der Anarchie hat ihre unvermeidlichen verschiedenen Phasen. An Stelle der stürmischen Herrschaft der Tribunen tritt eine Herrschaft des Säbels oder der Feder; denn man trifft selten Liebhaber, deren Beständigkeit ein Jahrzehnt dauert. Da ferner unsere Berechnungen nachweisen, daß eine anständige Frau ihre physiologischen oder diabolischen Steuern nur mit genauer Not pünktlich entrichtet hat, wenn sie nur drei Liebhaber glücklich macht, spricht die Wahrscheinlichkeit dafür, daß sie fast mehr als nur *eine* Provinz der Liebe betreten hat. Gelegentlich, wenn ein Interregnum der Liebe ein wenig lange gedauert hat, kann es geschehen, daß eine Frau, entweder aus Laune oder einem Gelüste unterliegend oder des Reizes der Neuheit wegen, den Versuch unternimmt, ihren Mann zu verführen.

Stelle dir die reizende Madame de T. vor, die Heldin unserer Betrachtung über die Strategie, wie sie auf einmal mit einem entzückend schlauen Gesicht sagt: »Aber ich habe Sie niemals so liebenswürdig gesehen . . .!« Deine Frau kost und schmeichelt, sie bringt dich in Versuchung, stachelt die Neugier, scherzt, nährt in dir den leisesten Wunsch, bemächtigt sich seiner und macht dich stolz auf dich selber. Und nun kommt für einen Ehemann die Nacht der Entschädigungen. Die Frau verblüfft die Phantasie ihres Gatten. Wie gewisse Weltreisende erzählt sie Wunderdinge von den Ländern, die sie durcheilt hat. Sie mischt in ihre Erzählungen Wörter aus mehreren fremden Sprachen. Die leidenschaftliche Bildersprache des Morgenlandes gesellt sich zu der kräftigen Beweglichkeit der spanischen Ausdrucksweise. Deine Frau zeigt dir die Schätze ihres Albums mit der ganzen Geheimnistuerei der Koketterie; sie ist entzückend; du hast sie nie gekannt . . .! Mit der den Frauen eigentümlichen Kunst, sich alles anzueignen, was man sie lehrt, hat sie die verschiedenen Nuancen so zu verschmelzen gewußt, daß daraus eine nur ihr eigentümliche Art entstand. Du hattest aus Hymens Hand eine linkische, naive Frau empfangen; der freigebige Liebhaber schenkt dir dafür zehn Frauen in einer. Freudig entzückt sieht plötzlich der Gatte sein Lager von der ausgelassenen Schar nekkischer Kurtisanen überfallen, von denen wir in der Betrachtung über: ›Die ersten Symptome‹ gesprochen haben. Diese Göttinnen bilden Gruppen unter den zarten Musselinevorhängen des Ehebetts, lachen und schäkern. Die Phönizierin wirft dir ihre Kränze zu und wiegt sich üppig in den Hüften, die Chalkidierin überrascht dich durch die Wunder ihrer weißen, zarten Füße, die Unelmanin erscheint, die Mundart des schönen Ioniens sprechend, und enthüllt dir, indem sie dich in die tiefsten Tiefen einer einzigen Sinnenfreude einweiht, unbekannte Schätze von Glück.

Aufrichtig betrübt, weil er solche Reize verschmäht, oftmals auch ermüdet durch die Treulosigkeiten, die er bei der Venuspriesterin nicht weniger zahlreich angetroffen hat, als bei den anständigen Frauen, beschleunigt ein Ehemann zuweilen durch seine Galanterie den Augenblick der Versöhnung, nach der gebildete Leute ja stets streben. Diese Nachlese von Glück wird vielleicht mit noch größerer Lust eingeerntet als die erste Ernte. Der Minotauros hatte dir Gold genommen; er gibt dir dafür

Diamanten zurück. Hier ist es vielleicht angebracht, eine Tatsache von der höchsten Bedeutung hervorzuheben. Man kann eine Frau haben, ohne sie zu besitzen. Wie die meisten Ehemänner, hattest du von der deinigen vielleicht noch gar nichts empfangen, und um euren Bund vollkommen zu machen, bedurfte es der Mitwirkung der gewaltigen Junggesellenschaft. Wie sollen wir dieses Wunder bezeichnen, das einzige, das sich an einem Patienten in seiner Abwesenheit vollzieht ....? Ach, Brüder, wir haben die Natur nicht gemacht ...!

Aber durch wie viele andere, nicht weniger kostbare Kompensationen weiß nicht zuweilen ein edler, hochherziger junger Liebhaber sich Verzeihung zu erwirken! Ich erinnere mich, einer der wundervollsten Genugtuungen beigewohnt zu haben, die ein Liebhaber dem von ihm minotaurisierten Ehemann gewähren kann.

An einem heißen Sommerabend des Jahres 1817 sah ich in einem der Gasträume Tortonis[186] einen der zweihundert jungen Leute erscheinen, die wir mit so viel Zuversicht unsere ›Freunde‹ nennen. Er prangte im ganzen Glanze seiner Bescheidenheit, als er in eines der damals so modischen schmucken Boudoirs eine wunderschöne und mit auserlesenem Geschmack gekleidete Frau einführte. Sie war einer eleganten Kalesche entstiegen, die auf dem Boulevard mit aristokratischer Rücksichtslosigkeit sich einen Platz auf dem eigentlich nur für Fußgänger bestimmten Trottoir angemaßt hatte. Mein junger Liebhaber führte seine junge Königin, hinter ihnen ging der Ehemann, der zwei engelschöne Kinderchen an der Hand hielt. Die beiden Liebenden gingen schneller als der Familienvater und betraten vor ihm das ihnen von dem Eisverkäufer angewiesene Kabinett. Im vordersten Saal stieß der Ehemann gegen irgendeinen Dandy an, der ihn darüber zur Rede stellte. Es entstand ein Streit, der sofort bedenklich ernsthaft wurde, da von beiden Seiten heftige Worte gebraucht wurden. Der Stutzer erlaubte sich sogar, eine Handbewegung zu machen, die eines Mannes, der etwas auf sich hält, unwürdig ist. In diesem Augenblick kam der Liebhaber dazwischen und fiel dem Dandy in den Arm. Der Stutzer war überrascht, verblüfft – der Liebhaber war prachtvoll! Er sagte zum Angreifer nichts als: »Monsieur ...?« Dieses ›Monsieur ...?‹

ist eine der schönsten Reden, die ich je gehört habe. Der junge Liebhaber scheint damit zu sagen: »Dieser Familienvater gehört zu mir; da ich mich seiner Ehre bemächtigt habe, ist es an mir, ihn zu verteidigen. Ich kenne meine Pflicht, ich bin sein Stellvertreter und werde mich für ihn schlagen.« Die junge Frau war großartig! Bleich, aufgeregt hatte sie den Arm ihres immerzu sprechenden Gatten ergriffen, und ohne ein Wort zu sagen, zog sie ihn und ihre Kinder mit sich fort zu ihrem Wagen. Sie war eine von jenen Frauen der großen Welt, die stets die Heftigkeit ihrer Gefühle mit dem guten Ton in Einklang zu bringen wissen. »Oh, Monsieur Adolphe!« rief die junge Dame, als sie ihren Freund mit heiterer Miene wieder in die Kalesche einsteigen sah. »Es ist nichts, Madame. Der Herr ist einer meiner Freunde; und wir haben uns umarmt . . .« Am nächsten Morgen empfing jedoch der mutige Junggeselle einen Degenstich, der sein Leben in Gefahr brachte. Er mußte sechs Monate hindurch das Bett hüten, die beiden Gatten pflegten ihn mit der rührendsten Sorgfalt. Welche Entschädigungen . . .! Einige Jahre nach diesem Vorfall versuchte ein alter Onkel des Gatten, den jungen Liebhaber aus dem Hause zu schaffen. Seine Ansichten stimmten nicht mit denen des Hausfreundes überein, und er hatte sich bei einer Unterhaltung über politische Angelegenheiten noch ganz besonders über ihn geärgert. Der alte Herr ging so weit, seinem Neffen zu sagen, er müsse ihn vor die Wahl stellen, entweder sein Erbe zu bleiben oder den ungezogenen jungen Mann fortzuschicken. Da sagte der ehrenwerte Geschäftsmann, der Gatte war nämlich Börsenagent, zu seinem Onkel: »Ach! Niemals werden Sie, lieber Onkel, mich dahin bringen, gegen die Pflichten der Dankbarkeit zu verstoßen . . .! Der junge Mann würde sich für Sie totschlagen lassen, wenn ich es ihm sagte . . .! Er hat mir meinen Kredit gerettet, er würde für mich durchs Feuer gehen, er nimmt mir alle Unbequemlichkeiten ab, die mir meine Frau machen könnte, er führt mir Kunden zu, er hat mir fast alle Unterhandlungen bei der Villèleschen[187] Anleihe verschafft . . . er hat mir das Leben gerettet . . . er ist der Vater meiner Kinder . . . so etwas läßt sich nicht vergessen . . .!«

Alle von uns bisher aufgeführten Entschädigungen können für vollständig gelten. Leider gibt es aber Entschädigungen aller

Art: negative, trügerische und endlich auch solche, die negativ und trügerisch zugleich sind.

Ich kenne einen alten Ehemann, der vom Spielteufel besessen ist. Fast jeden Abend kommt der Liebhaber seiner Frau und spielt mit ihm. Der Junggeselle gönnt ihm verschwenderisch alle Genüsse, die die Ungewißheiten und Wechselfälle des Spieles dem Spieler verschaffen, und weiß regelmäßig jeden Monat etwa hundert Francs zu verlieren. Aber Madame gibt sie ihm. . . Diese Entschädigung ist trügerisch.

Du bist Pair von Frankreich und hast immer nur Töchter bekommen. Deine Frau bringt einen Jungen zur Welt . . .! Diese Entschädigung ist negativ.

Der Sohn, der deinen Namen vor der Vergessenheit bewahrt, sieht der Mutter ähnlich. Die Frau Herzogin redet dir ein, das Kind sei von dir. Die negative Entschädigung wird zu einer trügerischen.

Eine der entzückendsten Entschädigungen, die bekanntgeworden sind, ist die folgende:

Eines Morgens begegnet der Fürst von Ligne[188] dem Liebhaber seiner Frau, eilt auf ihn zu, lacht wie ein Besessener und ruft: »Mein Lieber, heute nacht habe ich dich zum Hahnrei gemacht!«

Wenn so viele Ehemänner ganz sachte und allmählich zum ehelichen Frieden gelangen und willig die imaginären Kennzeichen der weiblichen Oberherrschaft tragen, dann bestärkt sie in ihrer Philosophie wohl der ›Komfortabilismus‹ gewisser Entschädigungen, von denen müßige Beobachter nichts ahnen können.

Einige Jahre verstreichen, und die beiden Gatten erreichen das letzte Stadium des unnatürlichen Daseins, zu dem sie sich verdammt haben, als sie ihren Bund schlossen.

Neunundzwanzigste Betrachtung

Der eheliche Friede

Mein Geist hat mit so brüderlichem Interesse die Ehe durch alle Wandlungen ihres phantastischen Lebens begleitet, daß ich mir vorkomme, als sei ich mit dem jungen Ehepaar, dem ich mich zu Beginn dieses Buches anschloß, zusammen alt geworden.

Nachdem ich in Gedanken den stürmischen Drang der ersten menschlichen Leidenschaften durchgemacht, nachdem ich die Hauptereignisse des Ehelebens in flüchtigen Umrissen und vielleicht mit unvollkommener Zeichenkunst hingeworfen; nachdem ich mich mit so vielen Frauen herumgeschlagen habe, die mir nicht angehörten; nachdem ich so viele Charaktere bekämpft, die ich aus dem Nichts hervorrief; nachdem ich so viele Schlachten mitgemacht habe, empfinde ich eine geistige Mattigkeit, die wie ein dunkler Kreppflor alle Dinge des menschlichen Lebens bedeckt. Mir ist, als hätte ich einen Katarrh, als trüge ich eine grüne Brille, als zitterten meine Hände, als würde ich die zweite Hälfte meines Lebens und meines Buches damit ausfüllen, die Ausgelassenheiten der ersten Hälfte zu entschuldigen.

Ich sehe mich im Geist von großen Kindern umgeben, die nicht die meinigen sind; ich sitze neben einer Frau, die ich nicht geheiratet habe. Ich glaube zu fühlen, daß meine Stirn dicht von Runzeln bedeckt ist. Ich sitze vor einem Kamin, dessen Feuer Funken sprüht, wie wenn es mich ärgern wollte, und dennoch sitze ich in einem altmodischen Zimmer ... Und als ich meine Hand auf mein Herz lege, durchfährt mich ein Gefühl des Erschreckens; denn ich frage mich: »Ist es denn wirklich verwelkt ...?«

Wie wenn ich ein alter Staatsanwalt wäre, macht kein Gefühl mehr Eindruck auf mich, und eine Tatsache erkenne ich nur an, wenn sie, wie es in einem Vers Lord Byrons heißt, von zwei guten falschen Zeugen bestätigt worden ist. Kein Gesicht vermag mich zu täuschen. Ich bin düster und trübsinnig. Ich kenne die Welt, und sie hat für mich keine Illusionen mehr. Meine heiligsten Freundschaftsgefühle sind verraten worden, ich wechsle mit meiner Frau einen unergründlich tiefen Blick, und unser unbedeutendstes Wort ist ein Dolch, der unser Leben durchbohrt. Mich beherrscht eine entsetzliche Ruhe. Das also ist der Friede des Alters! Der Greis besitzt also schon im voraus in seinem Innern den Friedhof, der bald ihn besitzen wird. Er gewöhnt sich an die Kälte. Der Mensch stirbt stückweise, wie uns die Philosophen sagen; und dabei führt er fast immer den Tod hinters Licht; ist es etwa wirklich immer Leben, was dieser mit seiner Knochenhand ergreift?

Oh! Jung und in der Fülle des Lebens sterben . . .! Beneidenswertes Geschick! Heißt das nicht, wie ein wundervoller Dichter sagte, ›alle seine Illusionen mit sich nehmen, wie ein König des Morgenlandes mit all seinen Edelsteinen und Schätzen, mit allem Menschenglück ins Grab steigen?‹ Wie sehr müssen wir dem sanften, wohltätigen Geiste dankbar sein, der jedes Ding hienieden beseelt! Mit mütterlicher Sorgfalt zieht uns die Natur Stück für Stück unsere Kleider aus, entkleidet uns die Seele, indem sie allmählich unser Gehör, unser Gesicht, unsern Tastsinn schwächt, indem sie den Kreislauf unseres Bluts verlangsamt, indem sie unsere Säfte gerinnen läßt, um uns gegen den Angriff des Todes ebenso unempfindlich zu machen, wie wir es gegen die Angriffe des Lebens waren; und diese mütterliche Sorgfalt, mit der sie sich um unsere gebrechliche Hülle bekümmert, verwendet sie auch auf die Gefühle und auf jenes doppelte Dasein, das aus der ehelichen Liebe entsteht. Zuerst sendet sie uns das Vertrauen: es streckt uns die Hand hin und ruft uns offenherzig zu: »Sieh! Ich bin auf ewig dein . . .!« Ihm folgt lässigen Schrittes die Schlaffheit, ihren blonden Kopf abwendend, um zu gähnen, wie eine junge Witwe, die die Redensarten eines Ministers anhören muß, der eine Pensionsanweisung für sie unterzeichnen will. Dann kommt die Gleichgültigkeit: sie streckt sich auf einem Sofa aus und denkt nicht mehr daran, ihr Kleid zu ordnen, das von der Begierde mit so keuscher Lebhaftigkeit emporgestreift wurde. Sie wirft ohne Scham, aber auch ohne Unbescheidenheit einen Blick auf das Ehebett; und wenn sie überhaupt noch etwas wünscht, dann herbe Früchte, um die Schmeckwärzchen ihres abgestumpften Gaumes zu kitzeln. Endlich erscheint mit sorgenvoller Stirn und verächtlicher Miene die philosophische Lebenserfahrung; sie weist mit dem Finger auf die Ergebnisse, nicht auf die Ursachen hin; nicht der stürmische Kampf beruhigt, sondern nur der Sieg. Sie berechnet Zinsen mit den Steuerpächtern, sie bestimmt die Mitgift eines Kindes. Sie materialisiert alles. Durch einen Wink ihres Zauberstabs wird das Leben fest und verliert seine Elastizität: Früher war alles im Fluß; jetzt ist alles zu Mineral erstarrt. Liebeswonne gibt es dann nicht mehr für unsere Herzen: sie ist gerichtet, sie war nur eine flüchtige Empfindung, eine vorübergehende Krisis. Wonach heute die Seele sich sehnt, das ist ein bestimmter Zustand, ein glücklicher Zustand, der von Dauer ist; und diese beruht nur in vollkommener Ruhe, in der Regelmäßigkeit der Mahlzeiten, des Schlafs und der Verrichtungen der schwerfällig gewordenen Organe.

»Das ist ja entsetzlich . . .!« rief ich; »ich bin jung, lebenskräftig . . .! Mögen lieber alle Bücher auf der ganzen Welt zugrunde gehen als meine Illusionen!«

Ich eilte aus meinem Arbeitszimmer heraus und stürzte mich in den Trubel von Paris. Und als ich die entzückendsten Gesichter an mir vorüberschweben sah, da bemerkte ich bald, daß ich nicht alt war. Die erste junge, schöne und elegant gekleidete Frau, die mir begegnete, verjagte durch das Feuer ihres Blicks den ganzen Hexenspuk, dessen Opfer ich durch eigene Schuld geworden war.

Ich hatte meine Schritte nach dem Tuileriengarten gelenkt, und kaum hatte ich ihn betreten, da bemerkte ich das Musterbild des Ehepaars, mit dem die Schlußkapitel dieses Buches sich beschäftigen. Hätte ich die Ehe, wie sie mir vorschwebt, charakterisieren, idealisieren oder personifizieren wollen, so wäre es sogar der heiligen Dreifaltigkeit unmöglich gewesen, ein so vollkommenes Sinnbild derselben zu schaffen.

Der Leser stelle sich eine Frau von etwa fünfzig Jahren vor; sie trägt einen Überrock von braunrotem Merino; in ihrer linken Hand hält sie eine grüne Schnur, die an dem Halsband eines hübschen kleinen englischen Pinschers befestigt ist; den rechten Arm reicht sie einem Herrn in Kniehosen und schwarzen Seidenstrümpfen, unter dessen Hut mit seltsam aufgekrempelten Rändern eine schneeweiße Taubenflügelfrisur sichtbar wurde. Ein Zöpfchen von der Größe etwa einer Federpose tanzte auf dem ziemlich fetten gelblichen Hals, den der zurückgeschlagene

Kragen eines abgetragenen Rocks freiließ. Dieses Paar spazierte mit würdevollen Botschafterschritten; der Ehemann, der mindestens seine siebzig Jahre zählte, blieb freundlich stehen, sooft der Affenpinscher das Beinchen hob. Ich beschleunigte meine Schritte, um dieses lebende Bild meiner gegenwärtigen Betrachtung einzuholen, und war im höchsten Grad überrascht, als ich den Marquis de T. erkannte, den Freund des Grafen de Nocé, der mir seit langer Zeit das Ende der unterbrochenen Geschichte schuldig war, die ich in der siebzehnten Betrachtung bei der ›Theorie des Bettes‹ mitgeteilt habe.

»Ich habe die Ehre«, sagte er zu mir, »Ihnen Madame la Marquise de T. vorzustellen ...«

Ich machte der Dame eine tiefe Verbeugung; ihr Gesicht war blaß und von Runzeln durchzogen; ihre Stirn schmückte ein Kranz von Löckchen, die jedoch nicht die geringste Illusion hervorriefen, vielmehr nur zu gut zu all den Runzeln paßten, die diese Stirn durchzogen. Die Dame hatte ein bißchen Rouge aufgelegt und sah ziemlich genau wie eine alte Provinzschauspielerin aus.

»Ich wüßte nicht, was Sie gegen eine Ehe wie die unsrige sagen könnten!« sagte der alte Herr zu mir.

»Das ist auch durch die römischen Gesetze verboten ...!« antwortete ich lachend.

Die Marquise warf mir einen Blick zu, darin sich Unruhe und zugleich Mißbilligung ausdrückten; sie schien damit sagen zu wollen: »Sollte ich etwa so alt geworden sein, um als nichts denn eine Konkubine zu gelten ...?«

Wir setzten uns auf eine Bank unter der schattigen Baumgruppe an der Ecke der hohen Terrasse, von der man die Place Louis Seize übersieht. Der Herbst entblätterte bereits die Bäume und streute die gelben Blätter seines Kranzes vor uns hin; aber die Sonne verbreitete nach wie vor eine sanfte Wärme.

»Nun, ist das Buch fertig ...?« fragte mich der alte Herr in jenem salbungsvollen Tonfall, der den Mitgliedern der alten Aristokratie eigentümlich ist.

Er begleitete diese Worte mit einem sardonischen Lächeln, das deutlich genug war.

»So ziemlich«, antwortete ich. »Ich stehe jetzt bei der philosophischen Situation, bei der, wie ich glauben möchte, Sie selber angelangt sind; aber ich gestehe Ihnen, ich ...«

»Sie suchen Ideen ...?« fiel er ein und beendete einen Satz, für den ich selber nicht die passenden Worte finden konnte. »Nun«, fuhr er fort, »Sie können kühnlich die Behauptung aufstellen, ein Mensch ... (verstehen Sie mich recht, ich meine natürlich: ein denkender Mensch) spricht schließlich, wenn er im Winter seines Lebens steht, der Liebe geradezu die Existenz ab, die unsere aberwitzigen Illusionen ihr verliehen haben ...«

»Wie? Sie wollten leugnen, daß es am Tag nach der Hochzeit noch Liebe gibt?«

»Am Tag nach der Hochzeit – hm. Das wäre allerdings ein Grund; aber meine Heirat ist eine Spekulation«, fuhr er fort und neigte sich zu meinem Ohr. »Ich habe mir die Pflege, die Aufmerksamkeiten, die Dienste gekauft, deren ich bedarf, und ich bin völlig sicher, daß gegen mich alle Rücksichtnahmen beobachtet werden, die mein Alter verlangt; denn ich habe in meinem Testament mein ganzes Vermögen meinem Neffen vermacht; da also meine Frau nur so lange reich sein kann, wie ich lebe, begreifen Sie wohl, daß ...« Ich sah den alten Herrn mit einem so durchbohrenden Blick an, daß er mir die Hand schüttelte und lachend zu mir sagte: »Sie scheinen mir ein gutes Herz zu haben, denn beschwören darf man nichts ... Nun, Sie können mir glauben, ich habe für sie eine angenehme Überraschung meinem Testament eingefügt«, sprach er fröhlich weiter.

»Kommen Sie doch, Joseph!« rief die Marquise und ging einem Bedienten entgegen, der einen Überrock mit wattiertem Seidenfutter auf dem Arm trug, »vielleicht ist es dem Herrn Marquis schon zu kalt geworden.«

Der alte Marquis zog den Mantel an, knöpfte ihn zu, nahm meinen Arm und ging mit mir nach dem Teil der Terrasse, der vom wärmsten Sonnenlicht überflutet wurde. Dort sagte er:

»In Ihrem Werk werden Sie sicherlich vom Standpunkt des jungen Menschen über die Liebe gesprochen haben. Nun, wenn Sie aber Ihren Verpflichtungen gerecht werden wollen, die für Sie aus dem Wort ek ... elek ...«

»Eklektisch ...« sagte ich lächelnd zu ihm, denn dieser philosophische Ausdruck hatte ihm niemals in den Kopf wollen.

»Ich kenne das Wort wohl!« versetzte er; »wenn Sie also Ihrem Gelübde nachkommen und ›eklektisch‹ sein wollen, dann müssen Sie über die Liebe auch einige Gedanken gereifter Männer vorbringen; ich werde sie Ihnen mitteilen und Ihnen deren Verdienstliches, sofern überhaupt etwas Verdienstliches daran ist, nicht streitig machen; ich will Ihnen nämlich etwas von meinem Eigentum vermachen; das wird allerdings das einzige sein, was Sie davon bekommen!«

»Kein Vermögen an Geld kommt einem Vermögen an Ideen gleich, vorausgesetzt allerdings, daß die Ideen gut seien! Ich werde also voller Dankbarkeit anhören, was Sie mir zu sagen haben.«

»Liebe gibt es nicht!« fuhr der alte Herr fort und sah mich an. »Nicht einmal ein Gefühl, sondern nur eine unglückliche Notwendigkeit gibt es, die zwischen den Bedürfnissen des Leibes und denen der Seele die Mitte hält. Doch wir wollen für einen Augenblick auf Ihre jugendlichen Gedanken eingehen und das Wesen dieser sozialen Krankheit festzustellen versuchen. Ich glaube, Sie können die Liebe nur entweder als ein Bedürfnis oder als ein Gefühl auffassen.«

Ich gab durch ein Nicken meine Zustimmung zu erkennen.

»Fassen wir sie als ein Bedürfnis auf«, fuhr der Marquis fort, »so macht die Liebe sich später als alle andern Bedürfnisse geltend und hört zuerst auf. Wir sind verliebt mit zwanzig Jahren (von den kleinen Abweichungen gestatten Sie mir wohl abzusehen), und wir sind nicht mehr verliebt mit fünfzig. Wie oft würde sich im Laufe dieser dreißig[189] Jahre das Bedürfnis fühlbar machen, wenn wir nicht durch unsere die Sinnlichkeit reizenden Großstadtsitten dazu herausgefordert würden und ferner durch unsere Gewohnheit, im Verkehr nicht nur mit einer Frau, sondern mit mehreren Frauen zu leben? Was müssen wir für die Erhaltung unserer Rasse tun? Vielleicht so viele Kinder zeugen, wie wir Brüste haben; weil, wenn das eine stirbt, das andere leben wird. Wenn diese beiden Kinder stets programmgemäß einträfen, wohin würde es dann mit den Nationen kommen? Dreißig Millionen Menschen sind für Frankreich eine zu starke Bevölkerung; denn die Erträgnisse des Bodens reichen nicht aus, mehr als zehn Millionen vor elendem Hunger zu bewahren.

Denken Sie daran, daß die Chinesen bereits genötigt sind, ihre Kinder ins Wasser zu werfen, wie die Reisenden berichten. Zwei Kinder zu erzeugen, das also ist der ganze Zweck der Ehe. Die überflüssigen Liebesfreuden sind nicht nur Ausschweifung, sondern bedeuten sogar einen ungeheuren Verlust für den Menschen, wie ich Ihnen sofort nachweisen werde. Nun vergleichen Sie mit dieser armselig geringen Dauer und Betätigung der Liebe, was für Ansprüche die Befriedigung unserer übrigen Daseinsbedingungen tagaus, tagein und unser ganzes Leben lang an uns stellt! Die Natur macht uns stündlich auf unsere wirklichen Bedürfnisse aufmerksam; dagegen will sie durchaus nichts von den Ausschreitungen wissen, die unsere Phantasie zuweilen auf dem Gebiet der Liebe wünscht. Die Liebe ist also das allergeringste unserer Bedürfnisse und das einzige, das wir vernachlässigen können, ohne daß dadurch den Funktionen unseres Körpers Abbruch geschieht. Die Liebe ist ein sozialer Luxus wie Spitzen und Diamanten es sind. Betrachten wir die Liebe jetzt als Gefühl, dann können wir dabei zwischen Lust und Leidenschaft unterscheiden. Was ist das Wesen der Lust? Die menschlichen Empfindungen beruhen auf zwei Grundgesetzen: Anziehung und Abneigung. Anziehung ist die unbestimmte Vorliebe für alles, was unserm Selbsterhaltungstrieb schmeichelt; Abneigung geht aus demselben Instinkt hervor, wenn dieser uns warnt, daß etwas ihm schädlich werden könne. Alles, was kräftig auf unsern Organismus wirkt, läßt uns unseres Daseins bewußt werden: und darin besteht eben die Lustempfindung. Ihre Einzelbestandteile sind der Wunsch und der Genuß, irgend etwas zu haben. Die Lustempfindung ist ein in ihrer Art einziges Element, und unsere Leidenschaften sind nur mehr oder minder ausdrucksvolle Abarten davon; daher werden fast immer, wenn eine Lustempfindung zur Gewohnheit wird, alle andern Freuden dadurch ausgeschlossen. Nun aber hat die Liebe von allen unsern Freuden die geringste Stärke und die geringste Dauer. Denn worin soll die Lust der Liebe bestehen? Etwa im Besitz eines schönen Leibes? Für Geld können Sie an einem einzigen Abend sich wunderschöne Odalisken verschaffen; aber einen Monat später werden sie vielleicht jegliches Gefühl in Ihnen auf ewig abgetötet haben. Oder sollte irgendein anderer Grund vorliegen ...? Lieben Sie etwa eine Frau, weil sie gut gekleidet, elegant, reich ist? Weil sie in eigener Equipage fährt, weil sie Einfluß hat ...? Nennen Sie das nicht Liebe; es ist nichts weiter als Eitelkeit, Habgier, Egoismus. Lieben Sie sie, weil sie geistreich ist ...? Dann geben Sie vielleicht einem literarischen Gefühl nach.«

»Aber«, rief ich, »die Liebe enthüllt ihre Wonnen nur denen, die in ihrem Denken und Fühlen, in ihrem Schicksal, ihrer Seele, ihrem Leben miteinander verschmelzen ...«

»Oh! Oh! Oh!« rief der alte Herr spöttisch, »machen Sie mir in jeder Nation nur sieben Männer ausfindig, die einer Frau, ich will nicht sagen: ihr Leben geopfert haben, denn das ist nichts von Bedeutung; der höchste Preis, der unter Napoleon für ein Menschenleben gezahlt wurde, stieg nicht über zwanzigtausend Francs; und es sind in Frankreich in diesem Augenblick zweihundertfünfzigtausend Tapfere, die das ihrige für zwei Zoll rotes Band[190] dahingeben; nein, aber zeigen Sie mir sieben Männer, die einer Frau zehn Millionen geopfert haben würden, auf denen sie nur eine einzige Nacht allein geschlafen haben ... Dubreuil und Péméja[191] sind noch weniger selten, als die Liebe zwischen Mademoiselle Dupuis und Bolingbroke[192]. Also entspringen diese Gefühle einer unbekannten Ursache. Aber Sie haben mich darauf gebracht, den letzten Satz unseres Themas in Angriff zu nehmen und die Liebe als eine Leidenschaft zu betrachten. Nun, ich sage Ihnen: sie ist die letzte und verächtlichste von allen. Sie verspricht alles und hält nichts. Wie als Bedürfnis kommt auch als Leidenschaft die Liebe zuletzt und stirbt zuerst. Ah! Rache, Haß, Geiz, Spielsucht, Ehrgeiz, Fanatismus ...! In diesen Leidenschaften ist etwas Männliches; diese Gefühle sind unzerstörbar; sie veranlassen die von ihnen Beherrschten tagtäglich zu Opfern, die um der Liebe willen nur dann und wann einmal gebracht werden. – Aber«, fuhr er fort, »ich will Ihnen etwas sagen: schwören Sie jetzt der Liebe ganz und gar ab! Da haben Sie keine Scherereien, keine Sorgen, keine Unruhen mehr; da leiden Sie nicht mehr unter jenen kleinen Leidenschaften, durch die die menschlichen Kräfte vergeudet werden. Der Mann lebt glücklich und ruhig; betrachtet man es vom sozialen Standpunkt, so kann man sagen, seine Macht sei unendlich viel größer und wirksamer. Dieses Sichlossagen von jenem eigentümlichen Etwas,

Liebe genannt, ist die eigentliche Ursache der Macht aller Menschen, die auf Menschenmassen wirken. Aber das ist noch gar nichts! Oh, wenn Sie dann erst erkennen, mit welcher Zaubermacht ein solcher Mensch begabt ist, über welche Schätze geistiger Kraft er verfügt, welche körperliche Langlebigkeit er an sich selbst entdeckt, wenn er jede Art menschlicher Leidenschaft von sich abgestreift hat und seine ganze Energie zugunsten seiner Seele aufwendet! Wenn Sie nur zwei Minuten lang die Reichtümer genießen könnten, die Gott den verständigen Menschen zuwendet, in deren Augen die Liebe ein flüchtiges Bedürfnis ist, dem man nur sechs Monate lang nachgegeben zu haben braucht, als man zwanzig Jahre alt war; die er jenen Menschen zuwendet, die von saftigen und unverdaulichen Beefsteaks der Normandie nichts wissen wollen, sondern sich von den reichlich sprossenden Wurzeln nähren und auf einer Streu von dürren Blättern schlafen, wie die Einsiedler der Thebaïs . . .! Ach, keine drei Sekunden lang würden Sie die Wolle der fünfzehn Merinos, die Ihre Hülle ist, auf Ihrem Leibe dulden! Sie würden Ihre Reitgerte wegwerfen und von Stund an im Himmel wohnen . . . Da würden Sie die Liebe finden, die Sie im Erdenschlamm suchen; da würden Sie Konzerte von ganz anderm Wohllaut vernehmen, als die Monsieur Rossinis es sind; da würden Sie reinere Stimmen hören als die der Malibran[193] . . . Aber ich spreche davon wie ein Blinder und nur vom Hörensagen: wäre ich nicht so um 1791 herum nach Deutschland gegangen, würde ich von alledem nichts wissen . . . Ja, der Mensch ist zum Unendlichen berufen! Es lebt in ihm ein Instinkt, der ihn zu Gott ruft. Gott ist alles, gibt alles, macht alles vergessen, und der Gedanke ist der Faden, den er uns gereicht hat, damit wir mit ihm in Verbindung seien . . .!«

Plötzlich hielt er inne, das Auge zum Himmel aufgeschlagen.

»Der arme Kerl hat den Verstand verloren«, dachte ich.

Laut aber sagte ich: »Monsieur, es hieße die Vorliebe für eklektische Philosophie ein wenig zu weit treiben, wollte ich Ihre Ideen meinem Werke einverleiben; denn damit würde ich es zunichte machen. Es ist ganz und gar auf der Voraussetzung platonischer oder sinnlicher Liebe gegründet. Gott soll mich davor bewahren, mein Buch mit derartigen Lästerungen gegen alle gesellschaftlichen Einrichtungen zu schließen! Lieber will ich versuchen, mit irgendeiner pantagruelistisch verschmitzten Wendung zu meiner Herde von Junggesellen und anständigen Frauen zurückzukehren, will ich mir alle Mühe geben, für ihre Leidenschaften und Torheiten irgendeinen gesellschaftlichen Nutzen oder Vernunftgrund als Vorwand ausfindig zu machen. Oh! oh! wenn der eheliche Friede uns zu derartigen Folgerungen führt, die unser Leben aller Illusionen entkleiden und allen Lichts, dann kenne ich viele Ehemänner, die den Krieg vorziehen würden.«

»Ach, junger Mann!« rief der alte Marquis, »wenigstens brauche ich mir keine Vorwürfe zu machen, daß ich es unterlassen hätte, einem verirrten Wanderer den rechten Weg zu zeigen.«

»Adieu, altes Gerippe ...!« sagte ich mir, »adieu, wandelndes Eheglück! adieu, abgebranntes Feuerwerk! adieu, altes Bühnendekorationsstück! Zwar habe ich dir manchmal Züge von Leuten gegeben, die mir teuer gewesen sind, habe ich alte Familienbilder benutzt; aber fort mit dir in die Trödelbude des Bilderhändlers! geh wieder zu deiner Madame de T. und all den andern. Werdet alle miteinander Wirtshausschilder ... mir ist das ganz gleichgültig!«

Dreißigste Betrachtung

Schluß

Ein Einsiedler, der mit dem zweiten Gesicht begabt zu sein glaubte, hatte dem Volk Israel gesagt, es möge mit ihm auf einen Berg gehen, um dort die Offenbarung einiger Geheimnisse zu vernehmen; er sah sich von einer Schar begleitet, die eine so beträchtliche Strecke Weges bedeckte, daß seine Eitelkeit, obwohl er ein Prophet war, dadurch gekitzelt wurde.

Da aber sein Berg ziemlich weit entfernt lag, geschah es, daß bei der ersten Rast ein Handwerker sich erinnerte, er habe einem Herzog und Pair ein Paar Hausschuhe zu liefern; einer Frau fiel ein, der Brei für ihre Kinder stehe auf dem Feuer; und ein Zollpächter dachte daran, daß er Staatspapiere auf der Börse einhandeln müsse. Und sie gingen.

Ein bißchen später blieben unter den Ölbäumen Liebespaare

zurück und vergaßen die Reden des Propheten; denn sie waren der Meinung, das Gelobte Land sei da, wo sie weilten, und das göttliche Wort da, wo sie plauderten.

Fettleibige mit Sancho-Bäuchen, die seit einer Viertelstunde sich die Stirn mit ihren Taschentüchern abwischten, begannen Durst zu bekommen und blieben bei einer klaren Quelle zurück.

Einige ehemalige Soldaten klagten über Hühneraugen, die ihnen auf die Nerven fielen, und sprachen von Austerlitz im Zusammenhang mit engen Stiefeln.

An der zweiten Raststelle flüsterten einige Angehörige der guten Gesellschaft einander zu: »Aber dieser Prophet ist ja verrückt . . .!« »Haben Sie ihn reden hören?« – »Ich?! Ich bin nur aus Neugier gekommen.« – »Und ich, weil ich sah, daß ihm nachgelaufen wurde.« (Dieser letztere war ein Fashionable.) »Der Kerl ist ein Scharlatan.«

Der Prophet schritt rüstig weiter. Aber als er auf der Bergeshöhe angelangt war, von der man eine unermeßliche Weite überblickte, wandte er sich um und sah bei sich nur einen einzigen armen Israeliten, zu dem er hätte sagen können, wie der Fürst von Ligne zu dem krummbeinigen kleinen Tambour, den er auf dem Platz fand, wo, wie er geglaubt hatte, die ganze Garnison ihn erwarten sollte: »Nun, meine Herren Leser, wie es scheint, sind Sie nur einer?«

»Mann Gottes, der du mir bis hierher gefolgt bist . . .! Ich hoffe, eine kurze Wiederholung der Hauptzüge wird dich nicht erschrecken; denn während dieser ganzen Reise bin ich überzeugt gewesen, daß du, genau wie ich selber, dir manchmal gesagt hast: ›Zum Teufel auch, wohin geraten wir denn eigentlich . . .?‹«

»Nun, mein ehrenwerter Leser, hier ist der rechte Ort, dich zu fragen, wie du über die Erneuerung des Tabakmonopols denkst, über die ungeheuerliche Besteuerung des Weins, des Waffentragens, des Spiels, der Lotterie und der Spielkarten, des Branntweins, der Seife, der Baumwollen- und Seidenwaren usw.«

»Ich meine: da diese Steuern ein volles Dritteil der ganzen Staatseinnahmen ausmachen, wären wir in großer Verlegenheit, wenn . . .«

»Jawohl, mein ausgezeichneter Musterehemann, wenn niemand sich betränke, spielte, rauchte und schnupfte, jagte; mit einem Wort: wenn wir in Frankreich keine Laster, keine Leidenschaften, keine Krankheiten hätten, dann stände der Staat zwei Fingerbreit vor einem Bankrott; denn wie es scheint, beruhen unsere Renten auf der hypothekarischen Grundlage der öffentlichen Verderbtheit, wie unser Handel nur vom Luxus lebt. Wenn man ein wenig genauer hinsehen will, beruhen alle Steuern auf der Ausnützung einer moralischen Krankheit, und, um diese philosophische Untersuchung fortzusetzen, ich würde die Gendarmen ohne Pferde und Lederhosen sehen, wenn jedermann sich ruhig verhielte, und wenn es weder Dummköpfe noch Faulenzer gäbe. Wollen Sie also die Menschen zur Tugend zwingen ...? Nun aber meine ich, es beständen zwischen meinen anständigen Frauen und dem Staatshaushalt mehr Beziehungen, als man glaubt; und ich erbiete mich, Ihnen das zu beweisen, wenn Sie mir erlauben wollen, mein Buch so zu beendigen, wie ich es angefangen habe; nämlich mit einer kleinen statistischen Darlegung. Wollen Sie mir zugeben, daß ein Liebhaber öfter ein weißes Hemd anziehen muß, als ein Ehemann oder ein nicht mit einer Liebschaft beschäftigter Junggeselle es tut? Das scheint mir über jedem Zweifel erhaben zu sein. Den Unterschied, der zwischen einem Ehemann und einem Liebhaber besteht, erkennt man schon an den Äußerlichkeiten ihres Anzugs. Der eine verschmäht künstliche Schönheitsmittel; sein Bart bleibt oftmals längere Zeit ungestutzt; der andere dagegen läßt sich stets nur in Wehr und Waffen sehen. Sterne hat sehr witzig gesagt, das Rechnungsbuch seiner Wäscherin habe von allen ihm bekannten Abhandlungen über seinen «Tristram Shandy« den größten historischen Wert; aus der Anzahl der von ihm verbrauchten Hemden könne man darauf schließen, welche Stellen seines Buches ihn beim Schreiben die größte Mühe gekostet hätten. So ist auch bei Liebenden die Wäscherechnung der getreueste und unparteiischste Geschichtsbericht über ihre Liebe. Eine Leidenschaft erfordert nämlich eine erstaunliche Menge von Kragen, Krawatten und Kleidern, um den Ansprüchen der Koketterie zu genügen; denn ein ungeheurer Nimbus umgibt die blendende Weiße des Strumpfs, den Glanz eines Halskragens oder eines Spenzers, die künstlerisch gelegten Falten eines Herrenhemds, die Anmut einer Halsbinde und eines Kragens. Das erklärt die Stelle in meiner zweiten Betrachtung, wo ich von der anständigen Frau sagte: »Fortwährend hat sie damit zu tun, ihre Röcke stärken zu lassen.« Ich habe mich bei einer Dame erkundigt, auf welche Summe diese von der Liebe auferlegte Brandschatzung veranschlagt werden könne, und ich erinnere mich, daß sie diese für eine Frau auf hundert Francs jährlich festsetzte, dann aber mit einer gewissen Offenherzigkeit hinzufügte: »Aber das richtet sich ganz nach dem Charakter der Männer, denn es gibt unter ihnen manche, deren Ansprüche ganz unberechenbar sind.« Indessen kamen wir nach einer sehr gründlichen Untersuchung, bei der ich die Partei der Junggesellen und die Dame diejenigen ihres Geschlechts vertrat, dahin überein, daß zwei Liebende der gesellschaftlichen Kreise, mit denen unser Buch sich beschäftigt hat, zusammen, und eins und das andere berechnet, jährlich hundertfünfzig Francs mehr ausgeben müssen als in Friedenszeiten. Durch ein ähnliches freundschaftliches Übereinkommen stellten wir nach langem Hin- und Widerreden des weiteren fest, daß für alle andern Teile des Anzugs der Unterschied in der Ausrüstung auf Kriegsfuß und zu Friedenszeiten ca. vierhundert Francs betrage. Diese Berechnung wurde sogar von allen männlichen und weiblichen kriegführenden Mächten, die wir befragten, für sehr knapp gehalten. Da uns mehrere Personen wichtige Aufklärungen über diesen heiklen Gegenstand gaben, gerieten wir auf den Gedanken, einige kluge Köpfe bei einem Mahle zu vereinigen, damit wir bei diesen wichtigen Untersuchungen uns einer sachverständigen Führung erfreuen dürften. Glänzende Reden wurden improvisiert, und beim Gläserklang empfingen die nachstehenden Abschnitte des Staatshaushalts der Liebe eine Art gesetzgeberischer Weihe: eine Summe von hundert Francs wurde für Dienstmänner und Droschken gebilligt. Fünfzig Taler schienen durchaus nicht übertrieben zu sein für die Pastetchen, die man auf Spaziergängen ißt, für Veilchensträuße und Theaterbesuche. Eine Summe von zweihundert Francs wurde als notwendig erachtet für die außerordentlichen Ansprüche des Gaumens und die Diners, die man in den Restaurants einnimmt. Als die Höhe der Ausgaben festgestellt war, mußte sie durch eine Einnahme gedeckt werden. Bei der Debatte darüber wurde ein junger Chevauleger (der König hatte damals, als diese Beratung stattfand, noch nicht seine rot uniformierten Haustruppen aufgelöst), der durch den Champagner ein bißchen ›ebriolus‹[194] geworden war, zur Ordnung gerufen, weil er Liebesleute mit Destillierapparaten zu vergleichen wagte. Aber ein Kapitel, das die heftigsten Debatten hervorrief, das sogar mehrere Wochen hindurch vertagt wurde und die Ernennung eines eigenen Berichterstatters notwendig machte, war das Kapitel der Geschenke. In der letzten Sitzung ergriff die zarte Madame de D. zuerst das Wort und suchte in einer anmutsvollen Rede, die für den Adel ihrer Gefühle ein schönes Zeugnis ablegte, nachzuweisen, daß den Geschenken der Liebe meist rein innerer Wert zukomme. Der Verfasser antwortete, es gebe keine Liebenden, die nicht ihr Bildnis anfertigen ließen. Eine Dame wandte dagegen ein, die Ausgabe für das Porträt sei nur eine einmalige Kapitalanlage; denn man versäume niemals, es zurückzufordern, um es von neuem in Kurs zu setzen. Plötzlich aber stand ein provenzalischer Edelmann auf, um eine Philippika gegen die Frauen zu halten. Er sprach von der die meisten verliebten Frauen verzehrenden unglaublich heißen Gier nach Pelzwerk, Seidenzeug, Stoffen, Schmucksachen und Möbeln; aber eine Dame unterbrach ihn mit der Frage, ob ihre intime Freundin, Madame de O . . . y, nicht bereits zweimal seine Schulden für ihn bezahlt habe? »Sie irren sich, Madame!« versetzte der Provenzale, »das tat ihr Gatte.« – »Der Redner wird zur Ordnung gerufen«, rief der Präsident, »und dazu verurteilt, die ganze Versammlung zu bewirten, weil er das Wort ›Gatte‹ gebraucht hat.« Der Provenzale wurde in allen Punkten widerlegt durch eine Dame, die den Nachweis zu führen suchte, daß die Frauen in der Liebe einer viel größeren Hingebung fähig seien als die Männer; daß die Liebhaber sehr viel Geld kosteten, und daß eine anständige Frau sich sehr glücklich schätzen würde, wenn sie jährlich nur mit einer Ausgabe von zweitausend Francs davonkäme. Die Debatte drohte in persönliche Bemerkungen auszuarten, als schließlich der Antrag auf Abstimmung gestellt wurde. Die Schlußfolgerungen der Kommission wurden von der Versammlung als richtig anerkannt. Sie liefen im wesentlichen darauf hinaus, daß die jährlichen Ausgaben für ge-

genseitige Geschenke zwischen Liebesleuten auf fünfhundert Francs zu veranschlagen seien; in dieser Zahl seien jedoch inbegriffen: 1. die Ausgaben für Landpartien; 2. die Kosten der Medizinen für die Erkältungen, die man sich hole, wenn man abends auf zu feuchten Parkwegen spazieren gehe, oder wenn man spät nachts vom Theater nach Hause komme; diese Erkältungen seien nämlich als richtige Geschenke anzusehen; 3. Briefporto und Ausgaben für Schreibzeug; 4. Reisen und allgemeine Unkosten, die etwa bei der Berechnung übersehen sein könnten. Unberücksichtigt blieben jedoch etwaige törichte Ausgaben von Verschwendern, sintemalen es nach den Untersuchungen der Kommission feststehe, daß derartige Verschwendung meist nicht für verheiratete Frauen, sondern nur für Ballettmädchen betrieben würde. Das Ergebnis dieser pekuniären Liebesstatistik lautete, daß, eins ins andere gerechnet, eine Leidenschaft jährlich etwa fünfzehnhundert Francs koste; diese Ausgabe verteile sich auf die beiden Liebenden oft in sehr ungleicher Art; ohne deren Verhältnis aber würde sie nicht stattfinden. Einstimmig stellte die Versammlung fest, daß diese Zahl das Mindestmaß der Jahreskosten einer Liebesleidenschaft bezeichne. Da wir nun, mein werter Herr, durch die Berechnungen unserer Ehestatistik in den Betrachtungen I bis III unwiderleglich nachgewiesen haben, daß in Frankreich eine Durchschnittszahl von mindestens fünfzehnhunderttausend illegitimen Verhältnissen besteht, so folgt daraus:

daß zu der großen Umlaufsbewegung des Geldes, dieses sozialen Blutes, für das das Staatsbudget die Stelle des Herzens vertritt, die unerlaubten Liebesverhältnisse des Drittels der französischen Bevölkerung eine Summe von ungefähr drei Milliarden beitragen;

daß die anständige Frau nicht nur den Kindern des Vaterlands, sondern auch dessen Kapitalien das Leben schenkt;

daß unsere gewerblichen Unternehmungen ihr Gedeihen nur diesem Umlauf verdanken;

daß die anständige Frau im wahren Sinne des Worts am Budget beteiligt und Konsumentin ist;

daß die geringste Baisse in der allgemeinen Liebe ein unberechenbares Unglück für den Fiskus und die Rentner nach sich ziehen würde;

daß mindestens der dritte Teil des Einkommens eines Ehemanns hypothekarisch auf die Unbeständigkeit seiner Frau sichergestellt ist – usw.

Ich weiß wohl, Sie öffnen bereits den Mund, um mir einen Vortrag über Sitten, über Politik, über Gut und Böse zu halten ... Aber mein werter Minotaurisierter, ist nicht das Glück das Ziel, nach dem alle gesellschaftlichen Einrichtungen streben müssen? Ist nicht dieser Grundsatz schuld daran, daß die armen Könige sich mit ihren Völkern so viele Mühe machen? Nun, die anständige Frau hat allerdings nicht wie jene Throne Gendarmen und Gerichtshöfe; sie hat nur ein Bett darzubieten. Aber wenn unsere vierhunderttausend Frauen mit Hilfe dieser sinnreichen Apparatur eine Million Junggesellen glücklich machen und obendrein noch ihre vierhunderttausend Ehemänner, erreichen sie dadurch nicht auf geheimnisvolle Weise und ohne jedes Aufsehen dasselbe Ziel, das jede Regierung im Auge hat, nämlich der großen Menge eine möglichst große Summe von Glück zu spenden?

»Ja, aber die Verdrießlichkeiten, die Kinder, all das Unglück ...«

Ach, erlauben Sie mir, auf das tröstende Wort hinzuweisen, das einer unserer geistvollsten Karikaturenzeichner unter einen seiner bittern Angriffe schrieb: ›Der Mensch ist nicht vollkommen!‹ Damit sie vollkommen seien, genügt es also, wenn bei unsern Einrichtungen die Unzuträglichkeiten nicht größer sind, als die Vorteile; denn vom sozialen Standpunkt aus betrachtet, befindet das Menschengeschlecht sich nicht zwischen dem Guten und dem Schlimmen, sondern zwischen dem Schlimmen und dem Schlimmeren. Wenn nun unser jetzt vollendetes Buch sich das Ziel gesetzt hat, die schlimmste aller Eheeinrichtungen dadurch etwas weniger schlimm zu machen, daß es die Irrtümer und Widersprüche enthüllt, an denen unsere Sitten und unsere Vorurteile schuld sind, dann wird dieser Umstand gewiß einer der schönsten Ruhmestitel sein, die ein Mensch vorweisen kann, um unter die ›Wohltäter der Menschheit‹ gerechnet zu werden. Der Verfasser hat versucht, indem er den Ehemännern Waffen gab, dadurch die Frauen zu größerer Zurückhaltung zu bewegen, oder, was dasselbe sagen will, die Leidenschaften heftiger zu machen, dem Fiskus mehr Geld, dem Handel und Ackerbau mehr Leben zuzuführen! Dank dieser letzten Betrachtung darf er sich schmeicheln, das Gelübde des Eklektizismus, mit dem er sich an dieses Buch heranmachte, vollkommen erfüllt zu haben; er hofft, wie ein Generalstaatsanwalt, alle für den Prozeß in Betracht kommenden Fragen klargelegt zu haben, ohne freilich Schlußfolgerungen zu ziehen. Welchen Zweck hätte es freilich auch für Sie, hier ein Axiom zu finden? Tronchet[195] war gegen Ende seines Lebens der Meinung, die Gesetzgebung habe bei der Ehe viel weniger Rücksicht auf die Gatten als auf die Kinder genommen. Wünschen Sie in diesem Buch eine Verteidigung dieser Meinung zu erblicken? Mir ist es recht. Oder wäre es Ihnen lieber, dieses Buch wäre eine Art Beweis für die Predigt jenes Kapuziners, der vor Anna von Österreich[196] predigte; als er sah, daß die Königin und ihre Damen über seine allzu siegreichen Beweisgründe ihrer Schwachheit sehr aufgebracht waren, sagte er zu ihnen beim Herabsteigen von der Kanzel der Wahrheit: ›Aber Sie alle sind anständige Frauen, und nur wir Männer sind leider Söhne von Samariterinnen ...‹ Auch das ist mir recht. Es sei Ihnen erlaubt, jede Ihnen beliebige Schlußfolgerung aus meinem Buch zu ziehen; denn nach meiner Meinung ist es kaum möglich, daß zwei einander widersprechende Ideen über diesen Gegenstand trotz allen Widersprüchen nicht dennoch beide dieses oder jenes Richtige enthalten. Aber dies Buch ist nicht für oder gegen die Ehe geschrieben; es sollte Ihnen nur eine möglichst genaue Beschreibung der Ehe liefern. Wenn wir durch die Untersuchung der Maschine dahin gelangen können, eins ihrer Räderteile zu vervollkommnen; wenn wir durch die Reinigung eines verrosteten Bestandteils dem ganzen Mechanismus neue Triebkraft gegeben haben, dann billigt dem Arbeiter einen Lohn zu. Wenn der Verfasser so unverschämt gewesen ist, allzu harte Wahrheiten zu sagen; wenn er zu oft Einzelfälle verallgemeinert hat; wenn er sich zu wenig um die Gemeinplätze bekümmert hat, deren man sich seit undenklichen Zeiten bedient, um den Frauen Weihrauch zu streuen, oh! dann werde er gekreuzigt! Aber schreibt ihm keine feindseligen Absichten gegen die Einrichtung an sich zu; was er gesagt hat, richtet sich nur gegen die Frauen und gegen die Männer. Er weiß, daß die Ehe unangreifbar ist, solange sie nicht durch die Ehe selber umgestürzt worden ist. Und wenn so viele Klagen gegen diese Einrichtung laut werden, dann geschieht es im Grunde vielleicht nur, weil der Mensch lediglich für seine Leiden Gedächtnis hat, weil er seine Frau anklagt, wie er das Leben anklagt; denn die Ehe ist ein Leben im Leben. Indessen mag es Leute geben, die sich beim Lesen ihrer Zeitung ein eigenes Urteil zu bilden gewohnt sind, trotzdem aber über ein Buch herziehen, wenn es in der grundsätzlichen Durchführung des Eklektizismus zu weit gehen sollte. Wenn nun diese Leute durchaus etwas brauchen, das nach einem Schluß aussieht, so ist es nicht unmöglich, ihnen einen solchen zu finden. Und da dieses Buch mit einigen Worten Napoleons begann, warum sollte es nicht ebenso schließen?

In voller Sitzung des Staatsrats schleuderte der erste Konsul ein Donnerwort hervor, das ein Lobspruch und eine Satire auf die Ehe ist und zugleich den Inhalt unseres Buches wiedergibt:

›Wenn der Mann nicht alt würde, wollte ich nichts davon wissen, daß er eine Frau nähme!‹

Nachschrift

»Und werden Sie sich nun verheiraten?« fragte die Herzogin, der der Verfasser gerade sein Manuskript vorgelesen hatte.

(Diese Herzogin war eine der beiden Damen, deren scharfem Verstand der Verfasser bereits in der Einleitung seines Buchs seine Ehrerbietung bezeigt hat.)

»Gewiß, Madame«, antwortete er. »Einer Frau zu begegnen, die kühn genug ist, von mir noch etwas wissen zu wollen, wird mir von jetzt an die teuerste Hoffnung sein.«

»Ist das Resignation oder Geckenhaftigkeit . . .?«

»Das ist mein Geheimnis.«

»Nun, mein Herr Doktor der ehelichen Künste und Wissenschaften, erlauben Sie mir, Ihnen eine kleine morgenländische Fabel zu erzählen, die ich mal in irgendeiner Sammlung gelesen habe, wie sie früher alljährlich in Almanachform erschienen. Im Anfang der Kaiserzeit brachten die Damen ein neues Spiel in Mode; es bestand darin, von der Person, die den Partner bei diesem Spiel machte, nichts anzunehmen, ohne das Wort ›Diadesté‹ zu sagen. Eine Partie dauerte, wie Sie sich wohl denken können, wochenlang, und die Hauptfeinheit bestand darin, den Gegner dadurch zu überraschen, daß er irgendeine Kleinigkeit annahm, ohne das vorgeschriebene Wort auszusprechen.«

»Galt das auch für einen Kuß?«

»Oh! Auf diese Weise habe ich das ›Diadesté‹ zwanzigmal gewonnen!« sagte sie lachend.

»Es war, glaube ich, um jene Zeit, und weil gerade damals dieses Spiel arabischen oder chinesischen Ursprungs Mode wurde, daß meine Fabel der Ehre der Druckerschwärze gewürdigt worden ist. – Aber wenn ich sie Ihnen erzähle«, sagte sie, und dabei unterbrach sie sich, um mit dem Zeigefinger ihrer Rechten auf eine reizend kokette Art ihren einen Nasenflügel zu kratzen, »dann versprechen Sie mir, sie an das Ende Ihres Buches zu stellen.«

»Würde es nicht dadurch einen wahren Schatz enthalten? Ich habe gegen Sie bereits so viele Verpflichtungen, daß Sie es mir unmöglich gemacht haben, sie wieder wettzumachen. Ich bin also einverstanden.«

Sie lächelte boshaft und begann die Erzählung:

»Ein Philosoph hatte eine sehr umfangreiche Sammlung aller Streiche geschrieben, die unser Geschlecht den Männern spielen kann; und um sich gegen uns zu schützen, trug er dies Manuskript beständig bei sich. Eines Tages gelangte er auf einer Reise in die Nähe eines Araberlagers. Eine junge Frau, die im Schatten einer Palme saß, stand bei der Annäherung des Wanderers plötzlich auf und lud ihn so zuvorkommend ein, sich in ihrem Zelt auszuruhen, daß er nicht umhin konnte, die Einladung anzunehmen. Der Gemahl der Dame war gerade abwesend. Kaum hatte der Philosoph sich auf einen weichen Teppich gesetzt, als seine anmutige Wirtin ihm frische Datteln und einen Krug Milch anbot; unwillkürlich nahm er die vollkommene Schönheit der Hände wahr, die ihm das Getränk und die Früchte darreichten. Um sich jedoch den Empfindungen zu entziehen, die die Reize der jungen Araberin in ihm erregten, ergriff der weise Mann sein Buch und begann zu lesen. Etwas empfindlich über diese Mißachtung, sagte das verführerische Weib mit der wohllautendsten

Stimme zu ihm: ›Das Buch muß sehr interessant sein, da es allein dir würdig erscheint, deine Aufmerksamkeit zu fesseln. Ist es unbescheiden von mir, wenn ich dich frage, von welcher Wissenschaft es handelt ...?‹ Der Philosoph antwortete, ohne die Augen aufzuschlagen: ›Der Gegenstand dieses Buches gehört nicht zum Bereiche der Frau.‹ Dieser abschlägige Bescheid des Philosophen erregte die Neugierde der jungen Araberin immer mehr. Sie streckte das hübscheste Füßchen vor, das jemals seine flüchtige Spur auf dem beweglichen Sand der Wüste zurückgelassen hatte. Der Philosoph wurde zerstreut; die Versuchung war für sein Auge zu groß, und bald wanderte es von diesen verheißungsreichen Füßen empor zu dem noch entzückenderen Mieder; und nicht lange dauerte es, da verschmolz die Flamme seiner Bewunderung mit dem Feuer, das aus den glühenden schwarzen Augen der jungen Asiatin sprühte. Sie wiederholte ihre Frage nach dem Buch mit einer so lieblichen Stimme, daß der Philosoph entzückt antwortete: ›Ich bin zwar der Verfasser des Buches, aber der Inhalt ist nicht von mir; es enthält nämlich alle Listen, die von den Frauen erfunden worden sind.‹ – ›Wie ...? alle ohne Ausnahme?‹ fragte die Tochter der Wüste. ›Ja, alle, und nur durch ein beständiges Studium der Frauen bin ich dahin gelangt, sie nicht mehr zu fürchten.‹ – ›Ach so!‹ sagte die junge Araberin und senkte die langen Wimpern ihrer weißen Augenlider. Hierauf warf sie plötzlich dem hochweisen Herrn einen so lebhaften Blick zu, daß er bald sein Buch und alle darin enthaltenen Streiche vergaß. Auf einmal ist mein Philosoph der allerverliebteste Mann. Da er im Benehmen der jungen Frau eine leichte Koketterie zu erblicken glaubte, wagte der Fremde ein Geständnis. Wie hätte er auch widerstehen können? Der Himmel war blau, der Sand glänzte in der Ferne wie eine goldene Woge, der Wüstenwind brachte den Hauch der Liebe mit sich, und die Araberin schien alle Feuer zurückzustrahlen, von denen sie umgeben war. Die durchdringenden Augen des Philosophen wurden feucht; und mit einer Neigung des Kopfes, die diese lichterfüllte Atmosphäre in eine Wellenbewegung zu versetzen schienen, willigte die Araberin ein, die Liebesworte des Fremden anzuhören. Der Weise berauschte sich schon in den süßesten Hoffnungen, als plötzlich in der Ferne der Galopp eines anscheinend mit Flügeln begabten Pferdes sich hören ließ und die junge Frau ausrief: ›Wir sind verloren! Mein Gatte wird uns überraschen. Er ist eifersüchtig wie ein Tiger und noch unbarmherziger. Im Namen des Propheten, und wenn dir dein Leben lieb ist, verstecke dich in dieser Truhe ...!‹ Der Buchschreiber bekam Angst; er sah keinen Ausweg aus dieser bösen Lage und kroch in die Truhe hinein; die Frau sperrte den Deckel zu und steckte den Schlüssel zu sich. Dann ging sie ihrem Gatten entgegen, und nachdem sie ihn mit einigen Liebkosungen begrüßt hatte, die ihn in gute Stimmung versetzten, sagte sie: ›Ich muß dir ein recht seltsames Abenteuer erzählen.‹ Der Araber setzte sich auf einen Teppich, kreuzte nach morgenländischer Sitte die Beine und antwortete: ›Ich höre, meine Gazelle.‹ – ›Heute kam eine Art Philosoph. Er behauptet, in einem Buch alle Schelmenstreiche gesammelt zu haben, deren mein Geschlecht fähig ist, und dieser vorgebliche Weise hat mir von Liebe gesprochen.‹ – ›So? und ...?‹ schrie der Araber. ›Ich habe ihn angehört!‹ antwortete sie kaltblütig; ›er ist jung, stürmisch und ... du bist gerade zur rechten Zeit gekommen, um meiner wankenden Tugend beizustehen ...!‹ Der Araber machte einen Satz wie ein Löwe und riß brüllend seinen Handschar aus dem Gürtel. Der Philosoph, der in seiner Truhe jedes Wort hörte, wünschte sein Buch, die Weiber und alle Männer des steinigen Arabiens zu Ahriman. ›Fatme!‹ rief der Gatte; ›wenn dir etwas an deinem Leben liegt, so antworte! Wo ist der Schurke?‹ Erschreckt über das Gewitter, das sie zu ihrem Spaß heraufbeschworen hatte, warf sich Fatme ihrem Mann zu Füßen. Unter dem drohenden Stahl des Dolches zitternd, bezeichnete sie mit einem einzigen ebenso schnellen wie furchtsamen Blick die Truhe. Mit schamroten Wangen stand sie auf, nahm aus ihrem Gürtel den Schlüssel und reichte ihn dem Eifersüchtigen; aber in dem Augenblick, da er die Truhe öffnen wollte, lachte die schlaue Araberin laut auf. Ganz verdutzt hielt Farun inne und sah seine Frau mit einer gewissen Unruhe an. Diese aber rief, vor Freude hüpfend: ›Endlich bekomme ich meine schöne goldene Kette! Gib sie mir! Du hast das Diadesté verloren. Ein anderes Mal sei nicht so vergeßlich.‹ Verblüfft ließ der Gattte den Schlüssel fallen, überreichte auf seinen Knien die wundervolle goldene Kette und versprach seiner geliebten

Fatme, er wolle ihr alle Kleinode der im Laufe des Jahres vorüberziehenden Karawanen bringen, wenn sie in Zukunft nicht mehr so grausame Listen anwenden wolle, um das ›Diadesté‹ zu gewinnen; und da er ein Araber war und nicht gern eine goldene Kette verlor, wenn sie auch in den Besitz seiner Frau überging, bestieg er flugs wieder seinen Renner und ritt ab, um in der Wüste nach Belieben schimpfen zu können; denn er liebte Fatme zu sehr, um ihr ins Gesicht zu sagen, es sei ihm etwas an ihr nicht recht. Die junge Frau aber zog jetzt den Philosophen aus der Truhe heraus, in der er mehr tot als lebendig lag, und sagte ernst zu ihm: ›Herr Doktor, vergessen Sie in Ihrer Sammlung ja nicht diesen Streich.‹«

»Madame«, sagte ich zur Herzogin, »ich verstehe! Wenn ich mich verheirate, muß ich irgendeiner unbekannten Teufelei unterliegen; aber in diesem Fall, verlassen Sie sich drauf, werde ich meinen bewundernden Zeitgenossen das Schauspiel einer Musterehe darbieten.«

Anmerkungen

Physiologie der Ehe

1 Alexandre Hardy (1560–1631), äußerst fruchtbarer französischer Dramatiker, der über 600 Stücke geschrieben haben soll, von denen nur etwa 40 erhalten sind. Er war der führende Bühnenautor seiner Zeit, Verfasser von Pastoralen, im antiken Hirtenmilieu spielend, Tragödien und Tragikomödien. Er griff Anregungen des spanischen und italienischen Theaters auf und gilt als ein Vorläufer Corneilles.

2 Gestalt aus Charles Nodiers Roman ›Trilby ou le Lutin d'Argail‹ (1822).

3 Das Institut de France, das Gesamt der fünf Akademien.

4 Anspielung auf die Herzogin von Abrantès, Balzacs Geliebte.

5 Wahrscheinlich ist Mme O'Donnell gemeint, die Schwiegertochter der Mme Sophie Gay, für die Balzac eine ausgesprochene Neigung empfand. Sie wurde allerdings bereits 1800 geboren; Balzac hat ihr also galanterweise einige Lebensjahre abgezogen.

6 Berühmte griechische Kurtisane des 5. Jhdts. v. Chr.

7 Eine der Hauptgestalten in Rabelais' ›Pantagruel‹.

8 Rabelais.

9 Anthelme Brillat-Savarin (1755–1826) entstammte einer Juristenfamilie des Bugey und mußte 1793 emigrieren. Unter dem Direktorium kehrte er zurück; das Konsulat gab ihm eine Stellung am Kassations-Gericht. Mit glücklichem Skeptizismus ließ er alle politischen Umschwünge über sich ergehen; sie hätten nie seine Verdauung gestört, sagte er. Er war geistvoll, kultiviert und von hohem Geschmack, weilte lieber in den Salons als an der Tafel; er war maßvoll, aber ein Feinschmecker. Sein noch heute berühmtes Werk ›Physiologie des Geschmacks‹ ist eher ein geistreiches Spiel und ein der Phantasie entsprossener Epikureismus als ein Schwelgen in Tafelfreuden.

10 Thomas Sanchez (1550–1610), spanischer Jesuit, Autor des Werks ›Disputationes de Sancto Matrimonii Sacramento‹, das für Beichtväter bestimmt war.

11 Elselina Vanayl de Yongh, genannt Ida de Saint-Elme (1778 bis 1845), genannt »La Contemporaine«, »die Zeitgenossin«, war eine Abenteuerin. Nachdem sie sich vergeblich als Schauspielerin versucht hatte, veröffentlichte sie eine Folge mehr oder weniger ech-

ter, skandalöser Memoiren unter dem Titel: ›Lebenserinnerungen einer Zeitgenossin‹ (1827), ›Begebnisse aus unserer Zeit‹, ›Die Zeitgenossin in Ägypten‹, ›Meine letzten Indiskretionen‹, usw. Die meisten dieser Werke sind apokryph.

12 Paul de Beauvilliers, Herzog von Saint-Aignan (1648–1714), ein rechtschaffener, strenger Mann, Erzieher des Herzogs von Burgund und des Herzogs von Anjou, der Enkel Ludwigs XIV. (der erstere ist der Vater Ludwigs XV., der zweite wurde als Philipp V. König von Spanien). Saint-Aignan war nichtsdestoweniger ein vollkommener Höfling.

13 Rabelais bedient sich hier drastischer Wendungen gegen unterschiedliche Arten von Mönchen. Conrad hat sie frei übersetzt.

14 André-Marie-Constant Duméril (1774–1860), Professor der Medizinischen Fakultät. Seine ›Zoologie analytique‹ erschien 1806.

15 Jean-Baptiste Bory de Saint-Vincent (1780–1846), Offizier im Ingenieur-Korps, veröffentlichte 1803 eine ›Voyage aux îles d'Afrique‹. Unter dem Kaiserreich gehörte er dem Generalstab an; die Restauration schickte ihn in die Verbannung. Eine Zeitlang hielt er sich in den Steinbrüchen von Maestricht verborgen, über die er eine geologische Studie mit dem Titel ›Voyage souterrain‹ veröffentlichte. 1820 kehrte er nach Frankreich zurück und befehligte 1829 die wissenschaftliche Expedition nach Morea. Er starb als Brigadegeneral der technischen Truppen. Er hat ein ›Traité de l'Homme‹ und einen ›Essai sur la Matière‹ geschrieben.

16 Bewohner der altfranzösischen Provinz Limousin, Hauptstadt Limoges.

17 Die Pagengestalt in Beaumarchais' oder Mozarts ›Figaros Hochzeit‹.

18 Günstling der Zarin Anna Iwanowna (Tochter Peters d. Gr., geb. 1693, regierte von 1730–1740), die ihm erlaubte, den Namen und das Wappen des französischen Adelsgeschlechts de Biron anzunehmen. Biron, der 1690 in Kurland geboren worden war, starb 1772 friedlich in Mitau, nachdem er das Herzogtum Kurland maßvoll und klug regiert hatte; er hinterließ es seinem Sohn Peter.

19 François-Séverin Marceau (1769–1796), frz. General, zeichnete sich in der Vendée und bei Fleurus aus, kommandierte die Sambre-et-Meuse-Armee und fiel bei Altenkirchen.

20 André Masséna (1756–1817), Herzog von Rivoli, Fürst von Essling, zeichnete sich bei Rivoli, Zürich, bei der Belagerung von Genua, bei Essling und Wagram aus. Napoleon nannte ihn »das Lieb-

lingskind des Siegs«. Ludwig XVIII. ernannte ihn zum Pair von Frankreich. Den Ereignissen der Hundert Tage hielt er sich fern. Er schrieb Memoiren.

21 Jean-Jacques Rousseau (1712–1778).

22 Denis Diderot (1713–1784).

23 Charles Rollin (1661–1741), frz. Humanist und Historiker.

24 Balzacs Schneider, der dem stets in Geldnöten befindlichen Schriftsteller bereitwillig Kredit einräumte, wofür Balzac ihn in seinen Büchern mehrmals erwähnte. Er wohnte Rue de Richelieu 108.

25 Einer der berühmtesten Hemdenschneider der Zeit. Sein Geschäft befand sich in der Rue de la Paix 12 bis.

26 Eginhard oder Einhard (770–840), Geheimschreiber und Biograph Karls d. Gr., der Sage nach mit dessen Tochter Imma verheiratet.

27 Eigentlich Elefantenführer; hier im Sinne von Mittelsmann.

28 Diese Gestalt kommt nicht in ›Tausendundeiner Nacht‹ vor; auch die Übersetzung von Galland, die Balzac gelesen hat, enthält sie nicht.

29 Decius Mus, Name dreier Römer, die sich den Göttern der Unterwelt opferten, um den Sieg der römischen Heere sicherzustellen: der erste bei Veseris (340 v. Chr.), sein Sohn bei Sentinum (295 v. Chr.), sein Enkel bei Ausculum (297 v. Chr.).

30 Nicolas-Sébastien Roch, genannt de Chamfort (1741–1794), französischer Moralist mit knappem, geistvollem Stil, wurde zur Zeit der Schreckensherrschaft verfolgt und beging Selbstmord.

31 Der Held von Byrons faustischem Drama (1817).

32 Abbé Charles-François Lhomond (1727–1794), Verfasser einer berühmten lateinischen Grammatik.

33 ›A Sentimental Journey through France and Italy‹ (1768), ein Werk des englischen Erzählers Laurence Sterne (1713–1768), den Balzac sehr schätzte und häufig erwähnt.

34 Nicolas Beauzée (1717–1789), Mitglied der Académie Française, Verfasser einer ›Allgemeinen Grammatik‹, Mitarbeiter an der ›Enzyklopädie‹. In den hier französisch wiedergegebenen Sätzen gebraucht der Deutsche, der sich bei der Ankunft des Ehemanns zurückziehen will, fälschlich den Indikativ statt des Konjunktivs und wird von Beauzée korrigiert.

35 Anspielung auf eine Erzählung La Fontaines (IV. Teil, 10. Erzählung), eine freie Nachgestaltung nach Boccaccio (›Decamerone‹,

IX. Tag, 10. Novelle), wo Don Giovanni die Frau seines Gevatters Pietro in eine Stute verwandelt.

36 Marly-le-Roi, in der Nähe von Versailles; Ludwig XIV. hatte sich dort ein herrliches Schloß erbauen lassen, das während der Revolution zerstört wurde; die berühmte »hydraulische Maschine« wurde von der Seine gespeist und führte das Wasser unterirdisch nach Versailles.

37 Der Name kommt im ›Almanach Royal‹ unter den Generalsteuerpächtern nicht vor. Die Schlösser Nointel und Cassan, die er seit 1780 besessen haben soll, zeichneten sich durch ihre Parks und Wasserkünste aus.

38 Im Lago Maggiore.

39 Mythischer griechischer Sänger, Sohn des Jupiter und der Antiope, erbaute die Mauern von Theben; die Steine kamen durch sein Lyra-Spiel von selber herbei.

40 Paul Scarron (1610–1660), geistvoller Dichter und Schriftsteller, fast sein ganzes Leben durch eine rheumatische Erkrankung gelähmt, heiratete die Enkelin des Agrippa d'Aubigné, die spätere Mme de Maintenon, und lehrte sie trotz seiner Krankheit die Liebe.

41 Eigentlich Ibn Sina (980–1037), arabischer Philosoph und Arzt, Berater mehrerer Sultane, soll seinen Ausschweifungen erlegen sein.

42 Wahrscheinlich der Sophist Claudius Aelianus, der um 180 n. Chr. in Rom lebte.

43 Jean-François de La Pérouse (1741–1788), berühmter französischer Seefahrer, unternahm 1785 im Auftrag Ludwigs XIV. eine Entdeckungsreise, in deren Verlauf er auf Vanikoro von den Eingeborenen niedergemetzelt wurde. Die Überreste seiner beiden Fregatten wurden 1822 von Dumont d'Urville aufgefunden; sie befinden sich heute im Marine-Museum.

44 James Cook (1728–1779), englischer Seefahrer, Erforscher Ozeaniens, von den Eingeborenen der Sandwich-Inseln ermordet.

45 William-Edward Parry (1790–1855), englischer Seeforscher, unternahm mehrere Expeditionen in die Arktis.

46 Jeanne-Louise-Henriette Genêt (1752–1822) war schon mit vierzehn Jahren ein Wunder an Intelligenz. Sie wurde frühzeitig Vorleserin der Töchter Ludwigs XV., alsdann Kammerfrau der Königin Marie-Antoinette, die sie mit Campan verheiratete. Der 9. Thermidor bewahrte sie vor dem Schafott; sie eröffnete in Saint-

Germain ein Pensionat für junge Damen, dem Mme de Beauharnais ihre Tochter Hortense anvertraute. Daher rührt ihre Verbindung zu Bonaparte, der ihr zu Ecouen die Erziehungsanstalt der Ehrenlegion anvertraute. Ihre Aufgabe war es, »Mütter« heranzubilden. Als die Restauration Ecouen auflöste, zog sie sich nach Mantes zurück, wo sie starb. Sie hat interessante Memoiren über Marie-Antoinette hinterlassen.

47 Séraphin richtete sein chinesisches Schattenspiel-Theater 1784 in der Galerie de Valois des Palais-Royal ein, wo es bis in die Mitte des 19. Jahrhunderts bestanden hat. Die Stücke lieferte ihm Guillemain für je zwölf Francs!

48 Komödie von Molière.

49 Berühmter Roman von Oliver Goldsmith (1768).

50 Italienischer Sänger, Günstling der Maria Stuart, 1566 vor ihren Augen auf Befehl ihres Vetters und Gatten Henri Stuart Darnley ermordet.

51 Louis-François Benoiston de Châteauneuf (1776–1856), berühmter Volkswirtschaftler, Mitglied der Académie des Sciences Morales, einer der Anreger der Statistik.

52 Françoise de Foix, Marquise de Châteaubriant (1475–1537), war 1519–1525 die Geliebte Franz I. – Mit dem kurz vorher erwähnten Chateaubriand ist der berühmte Schriftsteller, Politiker und zeitweilige Minister gemeint.

53 Pierre Chompré (1698–1760) verfaßte überdies einen ›Dictionnaire de la Fable‹ und einen ›Dictionnaire abrégé de la Bible‹. Zu seiner Theorie des Labyrinths ist zu sagen, daß die Ausgrabungen auf Kreta, die den minoischen Palast, das Urbild des legendären Labyrinths, zu Tage förderten, erst in neuester Zeit erfolgt sind.

54 Scherzgedicht (1734) von Jean-Baptiste-Louis Gresset (1709–1777), in dem der von Matrosen großgezogene Papagei Vert-Vert mit den erlernten Flüchen in einem Nonnenkloster Unruhe stiftet.

55 Es handelt sich hier nicht um Louise de la Vallière, die Geliebte Ludwigs XIV., sondern um deren angeheiratete Großnichte, die Frau ihres Großneffen Louis-César de la Baume Le Blanc (1703 bis 1780), des berühmten Bibliophilen; ein Teil seiner kostbaren Sammlungen befindet sich heute in der Bibliothèque de l'Arsenal.

56 Louis-François-Armand du Plessis, Herzog von Richelieu (1696 bis 1788), Marschall von Frankreich, bedeutender Feldherr und Politiker, zugleich ein Lebemann von Rang, eine der glänzendsten Erscheinungen des 18. Jahrhunderts.

57 Louis-Victor de Rochechouart, Herzog von Mortemart und Vivonne (1636–1688), Generalkapitän der königlichen Galeeren, d. h. Kommandeur der Mittelmeerflotte, führte zusammen mit Dusquesne und unter dessen Befehl die Seekriege Ludwigs XIV. Er eroberte Sizilien und wurde dessen Vizekönig.

58 1135 durch die Pisaner; bei dieser Gelegenheit wurden die Pandekten des Justinian wiedergefunden.

59 Der Frau des Genfer Bankiers Jacques Necker, des zeitweiligen Finanzministers Ludwigs XIV. Sie war wohltätig, führte eine schlechte Küche und wurde die Mutter der Mme de Staël.

60 Marion Delorme (1611–1650), berühmt um ihrer Schönheit und ihrer galanten Abenteuer willen. Victor Hugo machte sie zur Heldin eines Dramas (1831).

61 Tochter des Scipio Africanus und Mutter der Gracchen, Typus der römischen Mutter.

62 Hinweis auf Rousseaus Roman ›La Nouvelle Héloïse‹ und dessen Heldin Julie d'Etanges.

63 Nach dem heiligen Hieronymus *(›Adversus Jovinianum, lib. I‹)* wollten die milesischen Jungfrauen der Vergewaltigung und nicht der Ehe entgehen, als sie einen Massenselbstmord begingen. Plutarch *(›De mulierum virtutibus, XI, Milesiae‹)* und Aulus Gellius *(›Noctes atticae, lib. XV, cap. 10‹)* berichten gleichfalls von dem Kollektivselbstmord der jungen Milesierinnen, schreiben ihn allerdings einem ansteckenden Wahnsinn zu, für den schnell ein Heilmittel gefunden wurde. Ein Gesetz bestimmte, daß die Leichen der Selbstmörderinnen nackt begraben werden sollten, worauf die Selbstmordepidemie sofort erlosch.

64 Pietro Sarpi (1552–1623), genannt Fra Paolo, Professor der Theologie erst in Padua, dann in Venedig, 1585 Generalprokurator der Serviten-Brüder, führte die Reform dieses Ordens durch. Er widmete sich anatomischen und astronomischen Forschungen, die seinen Kenntnissen des kanonischen Rechts keinen Abbruch taten. 1605 wurde er Konsulent der Republik und verfocht die Rechte Venedigs so heftig gegen den Papst, daß dieser nachgeben mußte; Fra Paolo wurde der Ketzerei beschuldigt und mit Ermordung bedroht. Seine zahlreichen politischen Werke sowie die über das kanonische Recht erschienen 1752.

65 Der Rat der Zehn, die Regierung Venedigs.

66 Thomas Hobbes (1588–1679). Seiner Treue zu Karl I. wegen wurde er der Lehrer Karls II. von England. 1642 schrieb er seine

›*Elementa philosophica seu politica de Cive*‹, die bereits 1645 ins Französische übersetzt wurden. Später nahm sein Denken eine andere Richtung; der Triumph Cromwells, der in eine beschränkte Diktatur ausmündete, führte ihn zu einer realistischeren Konzeption, die er in seinem ›Leviathan‹ darlegte.

67 Mamolin, König von Garba; seine Abenteuer erzählen Boccaccio (›Decamerone‹, II. Tag, 7. Novelle) und La Fontaine (›Contes‹, II. Teil, 14. Erzählung).

68 Kleine Straße zwischen dem Boulevard Beaumarchais und der Place des Vosges.

69 Tanzlehrer an der Oper 1808–1831. Er wohnte Rue Montmartre 113.

70 Erzählung des Chevalier de Mailly, erschienen 1698, Neudruck 1785 im ›Cabinet des Fées‹. Keinesfalls ist, wie die Edition Conard angibt, Théophile Gautiers Roman ›Fortunio‹ gemeint, der erst 1838 erschien.

71 Hans Karl Friedrich Anton von Diebitsch und Narden, Graf Sabalkanskij (1785–1831), russischer General, nahm an den Kriegen von 1812, 1813 und 1814 teil. Er riet zu dem direkten Marsch auf Paris, der den Krieg von 1814 entschied. 1828 entwarf er einen Feldzugsplan gegen die Türken, den er im Frühjahr 1829 ausführte. Gegen Ende August hatte er Adrianopel genommen, stand also unmittelbar vor Konstantinopel, als der Einspruch Europas ihn am weiteren Vordringen hinderte. Bei Ausbruch der polnischen Revolution von 1830 wurde er zum Oberbefehlshaber der russischen Armee ernannt, hatte aber wenig Erfolg und starb am 10. Juni 1831.

72 Goldschmied in der Rue Richelieu.

73 Persische Goldmünze im Wert von etwa elf Goldfrancs.

74 Die beim zweiten Konzil zu Mâcon von den Vätern debattierte Frage war nicht, zu ergründen, ob die Frau eine Seele habe, sondern ganz einfach, herauszufinden, ob das Wort *homo* zugleich Mann und Frau bezeichnen könne.

75 Typus des durchtriebenen Dieners in der Komödie des 17. und 18. Jahrhunderts.

76 Die Baronin de Warens (1700–1762) war die Gönnerin und Geliebte des jungen Rousseau.

77 Berühmte Novelle von Chateaubriand (1805).

78 ›Thérèse philosophe ou Mémoires pour servir à l'histoire de D. Dirrag et de Mlle Eradice‹ (des Paters Girard und der Demoiselle

Cadière), ein 1748 im Haag veröffentlichtes Werk, das bis in die ungeschminktesten Einzelheiten den Prozeß schildert, den vor dem Parlamentsgericht zu Aix die junge Mlle Cadière gegen den Jesuitenpater Girard angestrengt hatte, weil er sie mißbraucht habe. Der Autor soll entweder Arles de Montigny sein, der deswegen auf acht Monate in die Bastille mußte, oder ein Marquis d'Argens.

79 Marguerite-Marie Alacoque (1647–1690), Nonne, 1920 heiliggesprochen.

80 Nicht nachweisbar; wahrscheinlich ein Scherz Balzacs.

81 Der Abbé Claude Le Ragois, Erzieher des Herzogs von Maine, des Sohns Ludwigs XIV. und der Madame de Montespan, schrieb ein Unterrichtsbuch über die französische und römische Geschichte, das mittelmäßig war, aber didaktische Qualitäten hatte. Es war bis zur Mitte des 19. Jahrhunderts in Gebrauch.

82 Pierre-Nicolas Chantreau (1741–1808) ist der Verfasser einer spanisch-französischen Grammatik und mehrerer historischer Werke.

83 Jean-Pierre Claris de Florian (1755–1794), Fabeldichter.

84 Conrad Malte-Brun (1775–1826), dänischer Publizist und Geograph, schrieb u. a. einen ›Abriß der allgemeinen Geographie‹.

85 Liebenswürdige Märchensammlung, die in 41 Bänden, mit Kupfern von Marillier, unter Ludwig XIV. erschien.

86 Berühmtes und gesuchtes Kupferstichwerk nach Aquarellen von J.-P. Redouté (1759–1840), das die Rosen beschreibt und nach ihrer natürlichen Ordnung klassifiziert. Text von C.-A. Thory.

87 Nicht nachweisbar.

88 Henriette Knip (1781–1851), geb. Rifer de Courcelles, Schülerin von Barabant, Vogelmalerin.

89 Wahrscheinlich ist die ›Description de l'Egypte‹ gemeint, ein Werk der Wissenschaftler, die Bonaparte 1798 nach Ägypten begleiteten.

90 Brioches sind ein aus feinem Weizenmehl, Butter und Eiern hergestelltes, beliebtes Frühstücksgebäck. Der Ausspruch wird Marie-Antoinette zugeschrieben und als Zynismus der Königin ausgelegt, die indessen ahnungslos über die wahren Zustände gewesen sein und jene Frage ganz naiv gestellt haben dürfte.

91 Tiberius und Gajus Sempronius Gracchus, Söhne der Cornelia (s. Anmkg. 61), veranlaßten durch ihre Gesetzesvorschläge, namentlich über die Äckerverteilungen zugunsten der ärmeren Bevölkerung, 133 v. Chr. die »Gracchischen Unruhen«, in deren Verlauf beide gewaltsam endeten.

92 François-Joseph-Victor Broussais (1772–1838), anfangs Militärarzt in den napoleonischen Heeren, dann Professor am Val-de-Grâce, wo sein leidenschaftliches, unduldsames Temperament seine Zuhörer aufreizte, so daß es bei seinen Vorlesungen zu Rebellionen kam. Er stürzte alle medizinischen Theorien und Gepflogenheiten seiner Zeit um, behauptete, jede Krankheit beruhe auf Überreizung durch innere Reizstoffe, und predigte eine Behandlung durch schwächende Mittel wie Blutegel, Aderlässe und Diät. Auf diese Weise brachte er 1832 den an der Cholera erkrankten Minister Casimir Périer um.

93 Der Tintenfisch kommt nicht nur in der Adria, sondern in allen Meeren vor.

94 Gabriel-Julien Ouvrard (1770–1846), berühmter, genialer Finanzmann, anfangs Heereslieferant, dann Staatsbankier, war der Republik, dem Kaiserreich und der Restauration gleichermaßen von Nutzen, war aber durch die Kühnheit seiner geschäftlichen Unternehmungen allen Regierungen verdächtig, so daß sie sich seiner nur unter kaum verhülltem Mißtrauen bedienten.

95 Der abnehmende Mond hat die Form des »Horns«.

96 Erfundene Gestalt.

97 Ital.: Unbefangenheit, Ungezwungenheit.

98 Kavallerie-Offizier bei den königlichen Haustruppen.

99 Geistvolle Sängerin (1774–1803), die in den Opern Rameaus und Glucks auftrat.

100 Pierre de Bourdeilles, Seigneur de Brantôme (1540–1614), kämpfte gegen die Hugenotten und Türken, schrieb u. a. ›Vie des dames galantes‹.

101 Louise Sigée, genannt Aloysia Sigaea (1518–1560), Spanierin, Tochter eines Franzosen, Gelehrte und Dichterin, Lehrerin der Marie von Portugal, der Tochter Johanns III. Sie schrieb lateinische Dichtungen; unter ihrem Namen erschien ein ziemlich »freies« Werk *›De Arcanis Amoris et Veneris‹*, das in Wirklichkeit von Nicolas Charier stammte.

102 Carlo Bertinazzi, genannt Carlin (1713–1783), Schöpfer der Komödienrolle des »Arlecchino« (Harlekin), war in seiner Jugend der Mitschüler des Lorenzo Ganganelli, des späteren Papstes Clemens' XIV. Die Freundschaft war von Dauer; der Briefwechsel der beiden (von dem manche behaupten, er sei apokryph) wurde 1812 von Henri de Latouche herausgegeben; mit diesem wiederum

war Balzac damals eng befreundet; Latouche streckte die Druckkosten für ›Le Dernier Chouan‹ vor.

103 In Beaumarchais' Komödie ›Der Barbier von Sevilla‹.

104 Gestalt in ›Figaros Hochzeit‹.

105 In dem berühmten Roman ›Le Chevalier de Faublas‹ von Louvet de Couvray.

106 Chemisches Feuerzeug, nach seinem Erfinder, einem Pariser Apotheker namens Fumade, benannt.

107 Claude-Prosper-Jolyot de Crébillon (1707–1777), Sohn des Tragödiendichters gleichen Namens (1674–1762), der in seinem Roman ›Das Sofa‹ einen jungen Brahmanen erzählen läßt, er sei von Brahma als Strafe für die Sünden, die er auf einem solchen Möbelstück beging, in ein Sofa verwandelt worden, mit der Verheißung, er solle erlöst werden, wenn auf ihm ein reines Paar sich finde. Die Erinnerungen des ›Sofas‹ bilden den Inhalt des ebenso amüsanten wie geistvollen Buches.

108 Sekretär und Biograph Metternichs.

109 Ein Maler, Zeitgenosse Balzacs, bekannter durch seine Mystifikationen als durch künstlerische Leistungen. Er kam durch einen Verkehrsunfall zu Tode.

110 George Crabbe (1754–1832), englischer Dichter, Pfarrer in Trowbridge, bekannt durch realistische Verserzählungen aus dem Dorf- und Kleinstadtleben ohne Beschönigung der dort herrschenden Mißstände. – Das von Balzac angeführte Thema kommt in Crabbes Werk nicht vor, das Balzac, der des Englischen nicht mächtig war, ohnehin unbekannt sein mußte, da es keine Übersetzungen gab.

111 Johann-Baptist Cramer (1771–1858), Pianist und bedeutender Klavierlehrer. 1832–1845 wirkte er in Paris. Seine zahlreichen Kompositionen (u. a. 105 Klaviersonaten, 7 Konzerte) sind vergessen; seine Große Pianoforteschule ist bis in die neueste Zeit immer wieder aufgelegt und bearbeitet worden.

112 Ein 1820 von dem holländischen Mechaniker Vinkel erfundener Apparat, der, wenn er an einer Orgel angebracht wurde, sie unzählige Variationen improvisieren ließ. Der Komponist Charles-Simon Catel (1773–1830) hat darüber an die Académie berichtet. Riemann erwähnt weder den Apparat noch dessen Erfinder, der sein Geheimnis mit ins Grab genommen hat.

113 Gemahlin Neros, † 65 n. Chr.

114 Schlüpfrige Sammlung von Anekdoten und Bemerkungen über die

Verirrungen der Liebe, die der junge Mirabeau 1777–1780 während seiner Haft in Vincennes aus der Bibel ausgezogen hat.

115 André-Charles Boulle oder Boule (1642–1732), gleichzeitig Architekt, Maler und Bildhauer, was ihn befähigte, in der Kunstschreinerei einen zugleich kraftvollen, eleganten und üppigen Stil zu schaffen. Er dankt seinen Ruhm Ebenholzmöbeln, die mit Schildpatt, Messing und Zinn inkrustiert und mit bronzenen Beschlägen versehen waren.

116 Elisabeth-Charlotte von der Pfalz (1652–1722), zweite Gemahlin des Herzogs Philipp von Orléans, des Bruders Ludwigs XIV., und Mutter des »Regenten«. Sie schrieb ihrer Familie originelle, pittoreske Briefe über den französischen Hof.

117 Sir John Hill (1716?–1775), Autor verschiedener Werke über mikroskopische Anatomie, englischer Übersetzer von Swammerdams ›Buch der Natur‹.

118 Henri Baker (1698–1774), englischer Naturforscher und Dichter, befreundet mit Daniel Defoë. Schrieb über die Anwendung des Mikroskops.

119 Louis Joblot, Mikroskopiker des 18. Jahrhunderts.

120 Johann Konrad Eichhorn (1718–1790), deutscher Naturforscher, schrieb über seine mikroskopischen Beobachtungen.

121 Friedrich Wilhelm von Gleichen-Russworm (1717–1783), deutscher Protozoen-Forscher.

122 Abbé Lazaro Spalanzani (1729–1799), italienischer Naturwissenschaftler.

123 Johann Müller (1801–1858), deutscher Mediziner, Schöpfer der modernen Physiologie. Vielleicht ist aber auch der dänische Naturwissenschaftler Otto-Frederik Muller (1730–1784) gemeint, der über mikroskopische Entomologie schrieb.

124 Georges-Jean-Baptiste-Marie de Bory de Saint-Vincent (1780 bis 1846), Forschungsreisender und Naturwissenschaftler, schrieb einen ›Traktat über den Menschen‹.

125 Da Balzac den Titel seiner englischen Quelle nicht preisgab, war es unmöglich, Einzelheiten über diese Scheidungsprozesse anzugeben. Elisabeth Draper war die Geliebte Sternes.

126 Kaplan in der englischen Marine, Gestalt in Frederick Maryats (1792–1848) Roman ›Midshipman Easy‹ (1836) – ein literarischer Scherz Balzacs, wie der folgende.

127 Gestalt in Walter Scotts Roman ›The Monastery‹ (1820).

128 Liebhaber der Musik Rossinis.

129 Anhänger der medizinischen Theorie, daß die Krankheiten von Veränderungen in den »festen« Teilen des Organismus herrühren.

130 Das Bild wurde im Salon von 1817 ausgestellt. Ludwig XVIII. erwarb es zu einem Preis von 12 000 Francs für den Louvre.

131 Françoise d'Aubigné, verwitwete Scarron (1635–1719), Geliebte und später morganatische Gemahlin Ludwigs XIV., äußerst frömmlerisch.

132 Jean-Frédéric Phélipeaux de Maurepas (1701–1781), Minister Ludwigs XV. 1738–1740; heftiger Gegner der Pompadour, die er mit allen Mitteln bekämpfte, so auch durch die Verdächtigung in dem von Balzac zitierten Vierzeiler, sie sei geschlechtskrank (am »Weißfluß« leidend) gewesen.

133 ›Venice preserved‹, Tragödie von Thomas Otway (1685). Hofmannsthal hat das Werk, das Balzac sehr liebte, neu für die deutsche Bühne bearbeitet.

134 Die ›Gazette nationale‹ oder der ›Moniteur universel‹, 1789 gegründet, war anfangs ein opportunistisches Blatt, das jedermanns Ansichten vertrat, offiziös und Freund aller Regierungen und vor allem ein Nachrichtenblatt war. Auf diese Weise überstand der ›Moniteur‹ alle politischen Stürme. Einer der Gründe seines Erfolges waren die Berichte über die politischen Versammlungen der Revolution. Nach dem 18. Brumaire machte Bonaparte die Zeitung zum Regierungsblatt; sie blieb es unter der Restauration, Louis-Philippe und Napoleon III. Gerade unter diesem hatte der ›Moniteur‹ hervorragende literarische und wissenschaftliche Mitarbeiter.

135 Graf Mercy d'Argenteau, Kammerherr des Kaisers, Gesandter am Hof des Königs von Bayern.

136 Gemeint ist Stendhal.

137 Unter »Palazzo« verstand man in Italien zu Balzacs Zeit und bis ins 20. Jahrhundert hinein keinen »Palast«, sondern jedes aus Haustein errichtete Gebäude.

138 In ›Sermons choisis‹, Kapitel ›Méditation sur la brièveté de la vie‹. Balzac zitiert dieses Gleichnis häufig.

139 François-Joseph Talma (1763–1826), der größte Tragöde seiner Zeit, Lieblingsschauspieler Napoleons, der ihn in Erfurt »vor einem Parkett von Königen« auftreten ließ; auch Reformator des Kostümwesens, von dem er historische Treue forderte.

140 Joseph Fouché, Herzog von Otranto (1759–1820), zeitweise Na-

poleons berüchtigter Polizeiminister. Seine ›Memoiren‹ sind unecht.

141 Mme de La Popelinière war die zarte, hochgebildete Frau des berühmten Generalsteuerpächters Le Riche de la Popelinière, der mit Voltaire befreundet war.

142 Ital.: Und das ist immer gut.

143 Sicherlich ist Balzacs Geburtsstadt Tours gemeint.

144 Der durchtriebene Diener der älteren Komödie.

145 Siehe Rabelais' ›Gargantua‹.

146 Von Balzac erfundene Gestalt.

147 Gemahlin des Lucius Tarquinius Collatinus, schön und tugendhaft, beging Selbstmord, als sie durch Sextus Tarquinius vergewaltigt worden war, und veranlaßte dadurch 510 v. Chr. den Sturz der Tarquinier.

148 Nach der Rückkehr aus Ägypten und der Rückkehr von Elba.

149 Am 2. September 1792 begann die Niedermetzelung der Gefangenen durch die Revolutionäre, die sogenannten »Septembermorde«.

150 Erzherzog Karl (1771–1847), Sohn des Kaisers Leopold II., bekämpfte die Armeen der Revolution mit wechselndem Glück, bis Napoleon ihn bei Eckmühl, Eßling, Wien und Wagram schlug. Er hatte namhaften Anteil an der Schlacht bei Leipzig.

151 Dagobert Siegismund, Graf von Wurmser (1724–1797), elsässischer Abkunft, hatte 1745–1747 im französischen Heer gedient und trat dann in österreichische Dienste. Nach großen Erfolgen während des Siebenjährigen Krieges und der Revolutionskriege wurde er 1796 von Bonaparte in Italien geschlagen und mußte in Mantua kapitulieren.

152 Karl, Baron Mack von Leiberich (1752–1828), österreichischer General. Er entwarf die Mehrzahl der Feldzugspläne gegen Frankreich. 1798 wurde er von Championnet geschlagen; 1805 zwang ihn Napoleon, in Ulm zu kapitulieren.

153 Jean-Pierre, Baron de Beaulieu (1725–1820), österreichischer General. Er schlug Jourdan bei Arlon und wurde von Bonaparte im Ersten italienischen Krieg besiegt.

154 Ital.: Hausfreund, Galan.

155 Ital.: Schatz, Geliebter, Schwerenöter.

156 Charles-François Lebrun (1739–1824), Finanzbeamter des Ancien Régime; Abgeordneter der Gesetzgebenden Versammlung, dann im Rat der Alten. Am 18. Brumaire setzte Bonaparte ihn als drit-

ten Konsul ein und betraute ihn mit der Reorganisation der Finanzen und der Verwaltung des Innern. Lebrun wurde Erzschatzmeister von Frankreich, später Herzog von Piacenza, dann Generalleutnant des Königreichs Holland. Er hat die ›Ilias‹, die ›Odyssee‹ und ›Das befreite Jerusalem‹ übersetzt.

157 Gemeint ist die Gräfin Regnaud de Saint-Jean-d'Angély, geborene Bonneuil, Gattin eines Politikers, eine der Schönheiten des Kaiserhofs.

158 Pierre Didot, genannt der Ältere (1760–1853), einer alten Druckerfamilie entstammend, war Schriftsteller, Verleger und Drucker. Nach ihm ist eine der edelsten Antiqua-Typen benannt worden. Er veröffentlichte musterhaft gedruckte Klassiker-Ausgaben sowie Reisewerke. Sein Sohn Ambroise-Firmin Didot (1790–1876) war ein bedeutender Hellenist.

159 Claude-Joseph Dorat (1734–1780), galanter Dichter.

160 Der hier folgende Abschnitt hat vielen Lesern und Balzac-Forschern ein Rätsel aufgegeben. Man hat ihn für ein Kryptogramm gehalten und dieses zu lösen versucht. Vergebliche Mühe! Es handelt sich lediglich um einen Scherz Balzacs, der mit seiner Ansicht über die Konfessionen hat hintanhalten wollen und sich durch eine typographische Farce aus der Affäre gezogen hat, durch einen Phantasie-Text mit willkürlich aneinandergereihten Buchstaben. Gäbe es einen »Schlüssel« für jenen Text, so würde Balzac ihn in den fünf zu seinen Lebzeiten erschienenen Ausgaben der ›Physiologie du mariage‹ genau haben reproduzieren lassen. Das nun aber ist nicht geschehen; es finden sich in jenen Ausgaben zahlreiche Umstellungen und Abweichungen. Das Ganze ist also eine Mystifikation; Balzac folgt dabei Sterne, der im ›Tristram Shandy‹ ähnliche Scherze macht.

161 Von Balzac geprägtes Wort: für die weibliche Redeweise besonders typische Ausdrücke.

162 Hier ist der große Kardinal (1585–1642) gemeint, der aus politischen Gründen die Entzweiung Ludwigs XIII. und der Maria von Medici betrieb und die letztere in die Verbannung schickte.

163 In ›Figaros Hochzeit‹.

164 Robert d'Arboissel (1047–1107) war anfangs Lehrer der Theologie und zog sich 1091 in den Wald von Craon zurück, wo er als Eremit, Büßer und Prediger hauste. Papst Urban II. machte ihn zum apostolischen Prediger. Er ist der Gründer mehrerer Klöster.

165 Der berühmten Erziehungsanstalt der Mme Campan (siehe Anmerkung 46).

166 Guy-Crescent Fagon (1638–1718), Leibarzt Ludwigs XIV., Direktor des Jardin des Plantes.

167 Der genaue Titel dieses Pamphlets lautet: ›Les amours de Louis-le-Grand et de Mademoiselle du Tron‹; es erschien um 1698 in Rotterdam.

168 Es handelt sich hier um die Komödie (Proverbe) ›Le Jeune docteur ou Le Moyen de parvenir‹ von Eugène Scribe (1830).

169 Balzac schreibt ›Il buondo cani‹, was keinen Sinn ergibt, und die Conard-Ausgabe gibt an, es handele sich um ein Zitat aus Boïeldieus Oper ›Der Kalif von Bagdad‹. Wörtlich übersetzt würde es bedeuten ›Das Gut der Hunde‹, was in diesem Zusammenhang unverständlich ist.

170 Pierre-François-Charles Augereau (1757–1816), Marschall und Pair von Frankreich, Herzog von Castiglione, führte den Staatsstreich des Direktoriums gegen die Royalisten vom 18. Fructidor (4. September 1797) durch und zeichnete sich in den Kriegen der Republik und des Kaiserreichs aus.

171 Anne Boutet, genannt Mlle Mars (1779–1847), anmutige französische Schauspielerin, glänzte vor allem in den Komödien Molières und Marivaux'.

172 Nervöse Verstimmungen oder hysterische Leiden.

173 Denis Papin (1647–1714), französischer Physiker, erkannte als erster die elastische Kraft des Wasserdampfs. 1707 baute er in Deutschland, wohin ihn die Aufhebung des Edikts von Nantes vertrieben hatte, ein Dampfschiff mit vier Rudern und erfand den nach ihm benannten Kochtopf.

174 Der Plural ist unklar. Gemeint ist wohl der englische Arzt Thomas Phillips (1760–1851).

175 Ixion, König der Lapithen in Thessalien, wurde zur Göttertafel zugelassen, entbrannte in Liebe zu Hera, wurde zur Strafe von Zeus in den Tartarus geschleudert und an ein sich ewig drehendes feuriges Rad geschmiedet.

176 Béroalde de Verville (1558–1629?), berühmter Autor von ›Le moyen de parvenir‹, einem gut erzählten, derben, erotischen Werk.

177 Marcus Valerius Martialis (zwischen 38 und 41–104?), römischer Dichter von witzigen Epigrammen.

178 Maximilien de Béthune, Herzog von Sully (1559–1641), der große Minister und Freund Heinrichs IV., Ordner der Finanzen, Förderer der Landwirtschaft.

179 ›Les Madelonnettes‹ war ehemals ein Kloster für reuige Huren,

die als »Töchter der Magdalena« bezeichnet wurden; es lag in der Rue des Fontaines. 1793 wurde das Kloster Gefängnis, seit 1797 ausschließlich Frauengefängnis. 1866 wurde es beim Durchbruch der Rue Turbigo abgebrochen.

180 Nicht nachweisbar.

181 Da es im 18. Jahrhundert nicht weniger als drei Herzöge von Chaulnes gegeben hat, läßt sich nicht feststellen, auf die Gattin welches der drei Balzac anspielt.

182 Nicht nachweisbar.

183 Es handelt sich hier nicht um den geistreichen, leichtfertigen Dichter Stanislas-Jean, Chevalier de Boufflers (1738–1815), sondern um dessen Bruder, den Gatten der Geliebten des Königs Stanislaus von Polen, die für sich selber folgende Grabschrift schrieb:

> Hier ruht im allertiefsten Frieden
> Die Körperfreuden holde Dame,
> Die, als verläßlichste Maßnahme,
> Sich schuf ihr Paradies hienieden.

184 Den ehemals von der Malaria verseuchten Sumpfgebieten an der Küste Mittelitaliens.

185 Dieser berühmte Lebensmittelhändler, dessen eifriger Kunde Balzac in guten Zeiten war, hatte sein Geschäft im Palais-Royal, Galerie Vitrée 220.

186 Ursprünglich eine Verkaufsstätte für Speiseeis, gegen Ende des 18. Jahrhunderts von dem Neapolitaner Velloni an der Ecke der Rue Taitbout und des Boulevard des Italiens gegründet. Während des Kaiserreichs, der Restauration und auch später noch das eleganteste Pariser Café.

187 Joseph, Graf de Villèle (1773–1854), ultraroyalistischer Politiker, 1821–1828 Präsident des Staatsrats, setzte die Entschädigung für die Emigranten in Höhe von einer Milliarde Francs durch.

188 Charles-Joseph, Fürst von Ligne (1735–1814), gebürtiger Belgier, seit 1752 Offizier in österreichischen Diensten, als Feldherr im Siebenjährigen Krieg und im Bayerischen Erbfolgekrieg, aber auch als Staatsmann (Botschafter) erfolgreich; 1808 Feldmarschall. Vertrauter Maria-Theresias und Katharinas II. Lebte unter Ludwig XV. und Ludwig XVI. wiederholt in Frankreich. Er schrieb in französischer Sprache u. a. die geistfunkelnden ›Mélanges militaires, littéraires etc.‹ (1795–1811; 34 Bände) und stand im Briefwechsel mit der geistigen Elite seiner Zeit. Eine höchst anziehende, vielseitige Persönlichkeit; Held zahlreicher Anekdoten.

189 Balzac schreibt irrtümlicherweise »zwanzig«.

190 Abzeichen der Chevalier-Klasse (der niedrigsten) der Ehrenlegion.

191 »M. Dubreuil, ein sehr geschickter französischer Arzt, hatte einen intimen Freund, M. de Péméja, der ein ebenso bedeutender Mensch wie er selber war. Mr. Dubreuil erkrankte tödlich an einer ansteckenden Krankheit, und da das Interesse, das er erregt hatte, sein Zimmer mit Besuchern füllte, ließ er M. de Péméja rufen und sagte zu ihm: ›All diese Leute müssen weggeschickt werden; Sie wissen, lieber Freund, daß meine Krankheit ansteckend ist; nur Sie allein dürfen hierbleiben.‹ – Welch ein Ausspruch! Wohl dem, der ihn vernimmt! M. de Péméja starb vierzehn Tage nach seinem Freund.« (Aus Mme de Staël, ›Corinne‹.) Nb.: Balzac schreibt den Namen »Phméja«.

192 Von Balzac verschiedentlich erwähnt, aber nicht nachweisbar. Schwerlich handelt es sich um die Schauspielerin Adèle Dupuis (1813–1879).

193 Maria-Felicita Malibran (1808–1836), dramatische Sängerin, Tochter und Schülerin des Manuel Garcia, erst mit dem Bankier Malibran, dann mit dem Violinvirtuosen Bériot verheiratet. Sie starb in England nach einem Sturz vom Pferde.

194 Lat.: ein wenig betrunken.

195 François-Denis Tronchet (1726–1806), Advokat, Verteidiger Ludwigs XVI. vor dem Konvent.

196 Gemahlin Ludwigs XIII. (1601–1666); Regentin während der Minderjährigkeit Ludwigs XIV.

Biographische Notizen über die Romangestalten

Physiologie der Ehe

Die Gestalten aus der ›Physiologie der Ehe‹ treten in der ›Menschlichen Komödie‹ nicht wieder auf.

Die kleinen Nöte des Ehelebens

Übertragung von Ernst Sander

Dieses Werk, das aus einzelnen, zu verschiedenen Zeiten entstandenen und in verschiedenen Zeitungen und Zeitschriften zwischen 1830 und 1845 veröffentlichten Stücken besteht, war ursprünglich von Balzac nicht für die ›Menschliche Komödie‹ bestimmt. Die Daten der Erstdrucke der 39 Abschnitte teilt die Edition Conard mit. Die erste Buchausgabe erschien, von Bertall (Albert d'Arnoux) illustriert, als Oktavband 1846. Ebenfalls im Jahre 1846 erschien eine von Gavarni illustrierte Auswahlausgabe unter dem Titel ›Paris marié, Philosophie de la Vie conjugale‹. Im gleichen Jahr wurde, unter Abänderung der Reihenfolge der Kapitel, eine nicht illustrierte dreibändige Ausgabe veröffentlicht, die den Titel ›Physiologie du Mariage. Petites Misères de la Vie conjugale‹ trug. Auf Grund einer Nachlaßnotiz Balzacs wurden die ›Petites Misères‹ 1855 in die ›Analytischen Studien‹ der ›Menschlichen Komödie‹ eingefügt, als der auf die ›Physiologie der Ehe‹ folgende Band. Unsere Ausgabe folgt der Edition Conard, der ein von Balzac eigenhändig korrigiertes Exemplar zugrunde liegt.

ERSTER TEIL

Vorrede, darin jedermann seine Eindrücke von der Ehe wiederfinden wird

Ein Freund erzählt Ihnen von einer jungen Person:

»Gute Familie, gut erzogen, hübsch und dreihunderttausend Francs in bar.« Sie haben gewünscht, dieses liebreizende Objekt kennenzulernen.

Im allgemeinen sind alle zufälligen Begegnungen von vornherein geplant. Und Sie unterhalten sich mit jenem sehr schüchtern gewordenen Objekt.

SIE: »Ist dies nicht eine reizende Abendgesellschaft ...?«

DAS OBJEKT: »Ach ja, Monsieur.«

Fortan sind Sie befugt, der jungen Person den Hof zu machen.

DIE SCHWIEGERMUTTER (zu dem Zukünftigen): »Sie glauben nicht, wie sehr dies liebe kleine Mädchen der Anhänglichkeit zugänglich ist.«

Unterdessen stehen die beiden Familien in ebenso taktvollen wie ängstlichen Unterhandlungen über materielle Fragen.

IHR VATER (zur Schwiegermutter): »Mein Pachthof ist eine halbe Million wert, liebe Dame . . .!«

IHRE KÜNFTIGE SCHWIEGERMUTTER: »Und unser Haus, bester Herr, ist ein Eckhaus.«

Dann folgt ein Ehevertrag, den zwei gräßliche Notare besprechen, ein kleiner und ein großer.

Darauf halten es die beiden Familien für angebracht, Sie das Standesamt und die Kirche passieren zu lassen, ehe es ins Brautbett geht; die Braut ziert sich.

Und dann . . .? Dann widerfährt Ihnen eine Fülle unvorhergesehener kleiner Nöte, wie etwa

Der Jarnac-Streich[1]

Ist er ein kleines oder ist er ein großes Übel? Ich weiß es nicht. Ein großes ist er für die Schwiegersöhne und für Ihre Schwiegertöchter; für Sie selber ist er ein außerordentlich kleines.

»Ein kleines, belieben Sie zu sagen; aber ein Kind kostet Unsummen!« ruft ein Ehemann, der zehnmal allzu glücklich gewesen ist und nun sein letztes Kind taufen läßt; es wird »der Spätling«, das »Nesthäkchen«, genannt – ein Ausdruck, durch den die Frauen ihre Familien hintergehen.

»Worin besteht nun die Not oder das Übel?« werden Sie mich fragen. Nun, diese Not ist, wie viele kleine eheliche Nöte, ein Glück für jemanden.

Sie haben vor vier Monaten ihre Tochter unter die Haube gebracht, die wir mit dem holden Namen *Caroline* benennen wollen, um aus ihr den Typus aller Ehefrauen zu machen. Caroline ist, wie stets, eine reizende junge Person, und Sie haben für sie einen Gatten gefunden:

Entweder einen Advokaten erster Instanz, oder einen Hauptmann zweiter Klasse, vielleicht auch einen Ingenieur dritter Klasse; oder einen stellvertretenden Richter oder vielleicht gar einen jungen Vicomte. Aber wahrscheinlicher noch das, was die meisten Familien als das Ideal ihrer Wünsche suchen: den einzigen Sohn eines reichen Hausbesitzers . . .! (Siehe die Vorrede.)

Diesen Phönix wollen wir *Adolphe* nennen, welches auch seine gesellschaftliche Stellung, sein Alter und seine Haarfarbe sein mögen.

Der Advokat, der Hauptmann, der Ingenieur, der Richter, kurzum der Schwiegersohn Adolphe und seine Familie haben in Mademoiselle Caroline erblickt:

1. Mademoiselle Caroline;

2. Ihre und Ihrer Frau einzige Tochter.

Hier sind wir genötigt, wie in der Abgeordnetenkammer, »zur Tagesordnung« zu rufen:

1. Was Ihre Frau betrifft

Ihre Frau soll die Erbschaft eines Onkels mütterlicherseits empfangen, eines alten Podagristen, dem sie das Leben angenehm macht, für den sie sorgt, den sie umschmeichelt und warm einmummelt; ganz abgesehen von dem Vermögen ihres eigenen Vaters. Caroline hat ihren Onkel stets vergöttert, ihren Onkel, der sie auf seinen Knien hat ruhen lassen, ihren Onkel, der . . ., ihren Onkel, den . . ., kurzum, ihren Onkel . . ., dessen Erbschaft auf zweihunderttausend Francs geschätzt wird.

Also: was Ihre Frau betrifft . . . die noch immer recht gut beieinander ist, aber deren Alter zu reiflichen Überlegungen seitens Ahnen und Urahnen Ihres Schwiegersohns Anlaß gibt. Nach mancherlei beiderseitigen Scharmützeln zwischen den Schwiegermüttern vertrauen diese einander als reife Frauen ihre kleinen Geheimnisse an.

»Und wie steht es mit Ihnen, liebe Dame?«

»Ich habe es Gott sei Dank hinter mir! Und Sie?«

»Ich hoffe, ich ebenfalls!« hat Ihre Frau gesagt.

»Du kannst Caroline heiraten«, hat Adolphes Mutter zu Ihrem künftigen Schwiegersohn gesagt. »Caroline wird die einzige Erbin ihrer Mutter, ihres Onkels und ihres Großvaters sein.«

2. Was Sie selber betrifft

der Sie sich noch eines Großvaters mütterlicherseits erfreuen, eines guten alten Mannes, dessen Erbschaft Ihnen unbestritten zufallen wird: Er ist kindisch geworden und unfähig zum Testieren.

Was Sie selber betrifft, so sind Sie ein liebenswürdiger Mensch, der freilich in seiner Jugend ein recht leichtfertiges Leben geführt hat. Überdies sind Sie neunundfünfzig Jahre alt, und Ihr Haupt erstrahlt, man könnte sagen: wie ein Knie, das durch eine graue Perücke hindurchschimmert.

3. Eine Mitgift von dreihunderttausend Francs . . .!

4. Carolines einzige Schwester, ein Dummchen von zwölf Jahren, kränklich; es sieht so aus, als werde sie nicht alt werden;

5. Ihr eigenes Vermögen, Schwiegervater (in gewissen Kreisen sagt man »Papa Schwiegervater« oder »Schwiegeralter«), zwanzigtausend Francs Zinsen, die sich binnen kurzem durch eine Erbschaft erhöhen werden;

6. Das Vermögen Ihrer Frau, das durch zwei Erbschaften anschwellen muß: die vom Onkel und die vom Großvater. Drei Erbschaften und die Ersparnisse,

macht	750 000 Frcs.
Ihr Vermögen	250 000 Frcs.
Dasjenige Ihrer Frau	250 000 Frcs.
Summe	1 250 000 Frcs.

die nicht davonfliegen können . . .!

Das ist das wahre und eigentliche Bild all jener strahlenden Vermählten, die ihre tanzenden, schmausenden, weißbehandschuhten Chöre anführen, mit Blumen im Knopfloch, Orangenblütensträußen, gewundenen Gold- und Silberdrähten, Schleiern, Mietwagen und Kutschern, die Chöre, die vom Standesamt zur Kirche, von der Kirche zum Festmahl fahren, vom Festmahl zum Tanz und vom Tanz ins Brautgemach, unter den Klängen des Orchesters und unter den althergebrachten Witzen, mit denen die Überreste von Dandys aufwarten; denn gibt es nicht überall auf Erden Reste von Dandys, wie es Überreste von englischen Pferden gibt? Ja, dies ist die Osteologie der verliebtesten Wünsche.

Die meisten Verwandten haben ihre Meinung über diese Eheschließung bekundet.

Die des Bräutigams:

»Adolphe hat ein gutes Geschäft gemacht.«

Die der Braut:

»Caroline hat eine glänzende Partie gemacht. Adolphe ist einziger Sohn, und eines schönen Tages wird er sechzigtausend Francs Zinsen haben . . .«

Eines Tages kommt dann der glückliche Richter, der glückliche Ingenieur, der glückliche Hauptmann oder der glückliche Advokat, der glückliche einzige Sohn eines reichen Hausbesitzers, kurzum Adolphe kommt zum Abendessen zu Ihnen, begleitet von seiner Familie.

Ihre Tochter Caroline ist über die Maßen stolz über ihr ein bißchen vorgewölbtes Bäuchlein. Alle Frauen entfalten ihrer ersten Schwangerschaft wegen eine unschuldige Koketterie. Ganz wie der Soldat, der sich für seine erste Schlacht ausstaffiert, spielen sie nur zu gern die Blasse, die Leidende; sie stehen auf eine ganz bestimmte Weise auf und schreiten mit der niedlichsten Geziertheit einher. Sind noch Blumen und tragen bereits Frucht: So antizipieren sie die Mutterschaft. All dieses Getue ist überaus reizend . . . beim erstenmal.

Ihre zu Adolphes Schwiegermutter gewordene Frau zwängt sich in enggeschnürte Korsetts. Wenn ihre Tochter lacht, weint sie; wenn ihre Caroline ihr Glück zur Schau trägt, schluckt sie das ihre in sich hinein. Nach dem Essen hat das hellseherische Auge der anderen Schwiegermutter das Werk der Finsternisse erkannt.

Ihre Frau ist schwanger! Die Nachricht verbreitet sich mit Windeseile, und Ihr ältester Schulfreund fragt Sie lachend: »Na, sind Sie unvorsichtig gewesen?«

Sie hoffen auf eine ärztliche Untersuchung, die morgen stattfinden soll. Sie, der beherzte Mann, erröten und hoffen auf Wassersucht; aber die Ärzte haben das Kommen eines »Spätlings«, eines »Nesthäkchens«, festgestellt.

Manche eingeschüchterten Ehemänner gehen dann aufs Land oder unternehmen eine Italien-Reise. Kurzum, in Ihrem Haushalt herrscht eine befremdliche Verwirrung. Sie und Ihre Frau sind in einer schiefen Lage.

»Was? Du, alter Schuft, schämst dich nicht, zu ...?« fragt Sie ein Freund auf dem Boulevard.

»Allerdings! Mach du es doch genauso«, entgegnen Sie wütend.

»Was? Am Tag, da deine Tochter ... Aber das ist doch unmoralisch. Und beim Alter deiner Frau? Das kann doch nicht gut gehen!«

»Wir sind auf dreiste Art beraubt worden«, sagte die Familie Ihres Schwiegersohns.

»Auf dreiste Art!« Dieser anmutige Ausdruck ist auf die Schwiegermutter gemünzt.

Jene Familie hofft, daß das Kind, das die Hoffnungen auf Vermögen zu Bruch schlägt, wie alle Kinder alter Leute skrofulös, gebrechlich oder ein Krüppel wird. Ob es wohl lebensfähig zur Welt kommt?

Jene Familie erwartet die Niederkunft Ihrer Frau mit der Angst, die das Haus Orléans während der Schwangerschaft der Herzogin von Berry[2] schlottern ließ: Eine zweite Tochter hätte der jüngeren Linie den Thron ohne die drückenden Bedingungen der Juli-Revolution verschafft; Heinrich V.[3] hätte die Krone an sich gerafft. Seither ist das Haus Orléans gezwungen gewesen, alles aufs Spiel zu setzen: Die Ereignisse haben es die Partie gewinnen lassen.

Mutter und Tochter kommen in einem Abstand von neun Tagen nieder.

Carolines erstes Kind ist ein blasses, mägerliches kleines Mädchen, das nicht am Leben bleiben wird.

Das letzte Kind ihrer Mutter ist ein prächtiger Junge, zwölf Pfund schwer, mit zwei Zähnen und einem wunderbaren Haarschopf.

Sechzehn Jahre lang haben Sie sich einen Sohn gewünscht. Dieses eheliche Mißgeschick ist das einzige, das Sie vor Freude verrückt macht. Denn Ihrer verjüngten Frau widerfährt in dieser Schwangerschaft der »weibliche Spätsommer«: Sie nährt, sie hat Milch! Ihre Gesichtsfarbe ist jugendlich, weiß und rosa.

Mit zweiundvierzig Jahren spielt sie die junge Frau, kauft Strümpfchen, geht spazieren, von einer Amme gefolgt, stickt Mützchen, benäht Häubchen. Alexandrine hat ihren Entschluß gefaßt, sie gibt ihrer Tochter durch das Beispiel Lehren; sie ist entzückend, sie ist glücklich. Und dabei ist das Ganze eine Not, eine kleine für Sie, eine große für Ihren Schwiegersohn. Diese Not ist von zweierlei Art, sie ist Ihnen und Ihrer Frau gemeinsam. Kurzum, in solcherlei Fällen macht Ihre Vaterschaft Sie um so stolzer, als sie unbestreitbar ist, mein lieber Herr!

Die Enthüllungen

Im allgemeinen enthüllt eine junge Person ihren wahren Charakter erst nach zwei oder drei Ehejahren. Ohne es zu wollen, verhehlt sie ihre Fehler inmitten der ersten Freuden, der ersten Feste. Sie geht in die Gesellschaft, um dort zu tanzen, sie geht zu Verwandten, damit Sie dort Triumphe ernten, sie segelt im Geleit der ersten Boshaftigkeiten der Liebe einher, sie wird zur Frau. Dann wird sie Mutter und Amme, und in dieser Situation voll hübscher Leiden, die der Beobachtung kein Wort und keine Minute überläßt, so vielfältig sind die Sorgen, kann eine Frau unmöglich beurteilt werden. Sie haben also drei oder vier Jahre engen gemeinsamen Lebens nötig gehabt, ehe Sie etwas grauenhaft Trauriges haben entdecken können, einen Gegenstand beständiger Ängste.

Ihre Frau, das junge Mädchen, bei dem die ersten Freuden des Lebens und der Liebe Anmut und Geist ersetzten, dieses so kokette, so angeregte, so lebhafte Wesen, dessen geringste Bewegungen von einer köstlichen Beredsamkeit waren, hat langsam, einen nach dem andern, ihre angeborenen Kunstgriffe abgelegt. Endlich sind Sie sich der Wahrheit innegeworden! Sie haben die Augen davor verschlossen, Sie haben geglaubt, Sie täuschten sich;

Unsinn: Caroline fehlt es an Geist, sie ist schwerfällig, sie kann weder scherzen noch ein richtiges Gespräch führen, und manchmal ist sie taktlos. Sie sind erschrocken. Sie haben sich für alle Zeit verpflichtet, dies »liebe Kätzchen« über die dornigen Wege zu geleiten, auf denen Ihr Selbstgefühl nur zu bald in Fetzen gehen wird.

Schon oft haben Sie Antworten betroffen gemacht, die in der Gesellschaft höflich entgegengenommen worden sind: Man hat geschwiegen, anstatt zu lächeln; aber Sie waren sich gewiß, daß nach Ihrer beider Fortgehen die Damen einander angeschaut und dabei geäußert haben: »Haben Sie gehört, was Madame Adolphe da eben gesagt hat ...?«

»Die arme kleine Frau, sie ist ...«

»Fürchterlich dumm.«

»Wie hat er, der doch ein intelligenter Mensch ist, sie nur nehmen können ...?«

»Er hätte seine Frau bilden, sie unterweisen oder ihr beibringen müssen, den Mund zu halten.«

Grundsätze

IN UNSERER KULTURWELT IST EIN MANN FÜR DAS GESAMT SEINER FRAU VERANTWORTLICH.

NICHT DER EHEMANN FORMT DIE FRAU.

Eines Tages wird Caroline bei Madame de Fischtaminel, einer sehr vornehmen Dame, steif und fest behauptet haben, der kleine Spätling ähnele weder seinem Vater noch seiner Mutter, sondern dem Hausfreund. Vielleicht hat sie Monsieur de Fischtaminel aufgeklärt und damit die Bemühungen dreier Jahre dadurch vereitelt, daß sie das Gerüst der Behauptungen der Madame de Fischtaminel zum Einsturz brachte, die Ihnen seit jenem Besuch Kälte bezeigt, da sie bei Ihnen eine Indiskretion mutmaßt, die Sie Ihrer Frau gegenüber begangen haben.

Eines Abends wird Caroline, nachdem sie einen Autor über seine Werke hat plaudern lassen, damit enden, diesem Dichter, der sich bereits als fruchtbar erwiesen hat, den Rat zu geben, jetzt endlich einmal für die Nachwelt zu schaffen. Bald beschwert sie sich über die Langsamkeit der Bedienung bei Tisch im Haus von Leuten, die nur einen Dienstboten haben und die sich wer weiß wie angestrengt haben, sie zu empfangen. Bald lästert sie über Witwen, die sich wieder verheiraten, im Dabeisein der Madame Deschars, die sich in dritter Ehe mit einem früheren Notar verheiratet hat, Nicolas-Jean-Jérôme-Népomucène-Ange-Marie-Victor-Joseph Deschars, dem Freund Ihres Vaters.

Kurzum, Sie sind in der Gesellschaft nicht mehr Sie selber, wenn Ihre Frau dabei ist. Wie ein Mann, der ein scheues Pferd besteigt und ihm unablässig zwischen die beiden Ohren schaut, sind Sie durch die Aufmerksamkeit beansprucht, mit der Sie Ihrer Caroline zuhören.

Um sich für das Schweigen zu entschädigen, zu dem unverheiratete junge Damen verurteilt sind, spricht Caroline in einem fort, oder besser: Sie plappert kindisches Zeug; sie will Effekt machen, und das tut sie auch; nichts bringt sie zum Innehalten; sie wendet sich an die prominentesten Herren, die höchstgestellten Damen; sie läßt sich vorstellen, sie spannt Sie auf die Folter. Sich in die Gesellschaft begeben heißt für Sie, dem Martyrium entgegengehen.

Sie fängt an, Sie übelgelaunt zu finden; dabei sind Sie angespannt aufmerksam, und weiter gar nichts! Schließlich beschränken Sie sie auf einen kleinen Kreis von Freunden, denn sie hat Sie bereits mit Leuten auseinandergebracht, von denen Ihre Interessen abhingen.

Wie oft sind Sie nicht vor der Notwendigkeit einer Ermahnung und Warnung zurückgeschreckt, morgens, beim Erwachen, wenn Sie sie geneigt fanden, Sie anzuhören! Eine Frau hört sehr selten zu. Wie oft sind Sie nicht vor der Bürde Ihrer schulmeisterlichen Verpflichtungen zurückgeschreckt!

Der Schluß Ihrer Regierungserklärung würde lauten müssen: »Du hast kein Gehirn.« Sie ahnen die Wirkung Ihrer ersten Unterrichtsstunde; denn Caroline wird sich sagen: »Ach so, ich habe also kein Gehirn.«

So etwas nimmt keine Frau gut auf. Jeder von euch beiden wird seinen Degen ziehen und die Scheide wegwerfen. Sechs Wochen später wird Caroline Ihnen beweisen, daß sie gerade genug Gehirn hat, um Sie zu »minotaurisieren«[4], ohne daß Sie es merken.

Erschreckt über diese Aussicht, erschöpfen Sie dann die oratorischen Formeln, ziehen sie zu Rate und versuchen, die Pille zu vergolden. Schließlich finden Sie Mittel und Wege, sämtlichen Eigenlieben Carolines zu schmeicheln; denn:

Grundsatz

EINE VERHEIRATETE FRAU HAT MEHRERE EIGENLIEBEN.

Sie sagen, Sie seien ihr bester Freund, der einzige, der befähigt sei, sie aufzuklären; je mehr vorbereitende Worte Sie machen, desto aufmerksamer und beunruhigter wird sie. In diesem Augenblick hat sie Gehirn.

Sie fragen Ihre geliebte Caroline, die Sie dabei um die Taille fassen, wieso sie, die so geistvoll im Beisammensein mit Ihnen sei, die so reizende Antworten gebe (Sie erinnern sie an Äußerungen, die sie niemals getan hat, die Sie ihr leihen und die sie lächelnd übernimmt), wieso sie dieses und jenes in der Gesellschaft sagen könne. Sicherlich sei sie, wie viele Frauen, in den Salons eingeschüchtert.

»Ich kenne«, sagen Sie, »viele sehr vornehme Männer, denen es genauso geht.«

Sie führen großartige Redner in kleinen Ausschußsitzungen an, denen es unmöglich ist, auf der Rednertribüne auch nur drei zusammenhängende Sätze zu sagen. Caroline solle ein bißchen auf sich aufpassen; Sie empfehlen ihr Stillschweigen als die sicherste Methode, Geist zu haben. In der Gesellschaft schätzt man diejenigen, die einem zuhören.

Ha! Sie haben das Eis gebrochen! Sie sind auf diesem Spiegel Schlittschuh gelaufen, ohne ihn zu ritzen; Sie haben der ungezähmtesten, wildesten Chimäre die Hand auf die Kruppe gelegt, der aufgewecktesten, wachäugigsten, unruhigsten, schnellsten, eifersüchtigsten, eifrigsten, heftigsten, schlichtesten, elegantesten, unvernünftigsten, aufmerksamsten in der moralischen Welt: *der Eitelkeit einer Frau . . .!*

Caroline hat Sie innig in die Arme geschlossen; sie hat Ihnen für Ihre Ratschläge gedankt, sie liebt Sie deswegen desto mehr; sie will sich ganz nach Ihnen ausrichten, sogar geistig; sie mag dumm sein, aber was besser ist, als hübsche Dinge zu sagen, sie versteht sich darauf, sie zu tun . . .! Sie liebt Sie. Aber sie möchte auch Ihr Stolz sein. Es geht nicht darum, sich gut anzuziehen, elegant und schön zu sein; sie will Sie stolz auf ihre Intelligenz machen. Sie sind der glücklichste Mann der Welt, weil Sie es verstanden haben, aus dieser ersten Eheklemme herauszukommen.

»Wir gehen heute abend zu Madame Deschars; da weiß man nie, was man tun soll, um sich zu amüsieren; es werden immer nur alle möglichen harmlosen Spiele gespielt, der Herde junger Frauen und junger Mädchen wegen, die dort sind; du wirst schon sehen . . .!« sagt sie.

Sie sind so beglückt, daß Sie Melodien vor sich hinträllern und in Unterhose und Hemd daheim alle möglichen Dinge umräumen. Sie ähneln einem Hasen, der hunderttausend Sprünge und Wendungen auf einem blühenden, duftig betauten Rasen vollführt. Sie ziehen Ihren Hausmantel erst in der allerletzten Minute an, wenn das Mittagessen auf dem Tisch steht. Wenn Sie tagsüber Bekannten begegnen und man auf die Frauen zu sprechen kommt, legen Sie sich für sie ins Zeug; Sie finden die Frauen reizend und sanft; sie haben etwas Göttliches.

Wie oft werden uns unsere Meinungen von den unbekannten Geschehnissen unseres Lebens diktiert.

Sie führen Ihre Frau zu Madame Deschars. Madame Deschars ist eine über die Maßen fromme Familienmutter; in ihrem Heim liegen keine Zeitungen herum, in die man einen Blick werfen könnte; sie überwacht ihre aus drei Ehen stammenden Töchter und hält sie um so strenger, als sie selber, wie es heißt, sich »ein paar Kleinigkeiten« während ihrer beiden ersten Ehen vorzuwerfen hat. In ihrem Heim getraut sich niemand, einen Witz zu machen. Dort ist alles weiß und rosa, von Heiligkeit durchduftet, wie bei Witwen, die an die Grenze der dritten Jugend gelangt sind. Es sieht so aus, als sei alle Tage Fronleichnam.

Sie, der junge Ehemann, gesellen sich zu der jugendlichen Schar junger Frauen, kleiner Mädchen, Backfische und junger Herren, die sich im Schlafzimmer der Madame Deschars versammelt haben. Die ernsten Leute, die Politiker, die Köpfe, die nach Whist und Tee aussehen, sind im großen Wohnzimmer.

Es wird das Erraten von Wörtern mehrfacher Bedeutung gespielt; man rät nach den Antworten, die jeder auf Fragen geben muß, etwa:

»Wie haben Sie es am liebsten?«

»Was machen Sie damit?«

»Wo legen Sie es hin?«

Die Reihe, ein Wort zu erraten, kommt an Sie; Sie gehen ins Wohnzimmer, mischen sich in eine Unterhaltung und werden dann durch ein lachlustiges kleines Mädchen wieder hereingerufen. Es ist für Sie ein Wort ausgewählt worden, das zu den rätselhaftesten Antworten Anlaß gibt. Jedermann weiß, daß das beste Mittel, auch starke Intelligenzen in Verlegenheit zu bringen, darin besteht, ein ganz alltägliches Wort auszusuchen und Sätze zu vereinbaren, die den Salon-Ödipus tausend Meilen weit von jedem seiner Gedanken ablenken.

Dieses Spiel ist ein unzulänglicher Ersatz für »Landsknecht« oder »Krebs«[5], aber es ist weniger kostspielig.

Das Wort *mal* ist zum Rätsel der Sphinx erkoren worden. Jeder einzelne hat sich vorgenommen, Sie auf falsche Fährte zu lenken. Das Wort bedeutet unter anderm als Substantiv in der Ästhetik das Gegenteil vom Guten, also das Böse; es bedeutet aber »Übel«, »Krankheit« und hat somit mannigfachen pathologischen Sinn; ferner kann es »malle« bedeuten, den behördlichen Postwagen; und schließlich auch »malle«, den Koffer von unterschiedlicher Form, Behaarung, Lederart und Bezipfelung, der sich schnell vorwärts bewegt, weil er dazu dient, Reiseutensilien zu befördern, wie ein Mann aus der Schule Delilles[6] sagen würde.

Für Sie, den Mann von Geist, entfaltet die Sphinx ihre Koketterien, sie breitet ihre Flügel aus und legt sie wieder zusammen; sie zeigt Ihnen ihre Löwenpranken, ihre Weiberbrust, ihre Pferdelenden, ihren klugen Kopf; sie schüttelt ihre heiligen Binden, sie reckt sich und fliegt davon, kommt wieder und verschwindet abermals, fegt die Stätte mit ihrem furchtbaren Schweif; sie läßt ihre Klauen erglänzen und zieht sie ein; sie lächelt, sie wedelt und zuckt und zappelt, sie knurrt; sie hat die fröhlichen Blicke eines Kindes und einer Matrone; und vor allem bezeigt sie sich spöttisch.

»Ich habe es innig lieb.«

»Ich habe es chronisch lieb.«

»Ich mag es mit dicht behaartem Überzug.«

»Ich liebe es heimlich.«

»Ich liebe es enthüllt.«

»Ich liebe es mit Pferden.«

»Ich liebe es, als komme es von Gott«, hat Madame Deschars gesagt.

»Wie liebst *du* es?« fragen Sie Ihre Frau.

»Ich liebe es legitim.«

Die Antwort Ihrer Frau ist unverständlich und schickt Sie in die bestirnten Gefilde des Unendlichen, in denen der ob der Fülle der Schöpfungen geblendete Geist keine Wahl zu treffen vermag. Es wird dem zu Erratenden eine Stätte zugewiesen:

»In einem Schuppen.«

»Auf dem Speicher.«

»In einem Dampfschiff.«

»In der Presse.«

»In einem Karren.«

»In den Zuchthäusern.«

»In den Ohren.«

»Im Laden.«

Als letzte sagt Ihnen Ihre Frau: »In meinem Bett.«

Jetzt hätten Sie es beinah gehabt, aber Sie wissen keinen Ausdruck, der zu dieser Antwort paßt, da Madame Deschars schwerlich etwas Indezentes zugelassen haben kann.

»Was machst du damit?«

»Meine einzige Beglückung«, sagt Ihre Frau nach den Antworten aller übrigen, die Sie sämtlich die ganze Welt nach linguistischen Vermutungen haben durchschweifen lassen.

Diese Antwort macht jeden betroffen, und zumal Sie selber; daher versteifen Sie sich darauf, den Sinn jener Antwort herauszufinden. Sie denken an die in ein Tuch gewickelte Flasche mit heißem Wasser, die Ihre Frau sich an die Füße legen läßt, wenn es sehr kalt ist – vor allem an den Bettwärmer . . .! – an ihre Nachthaube – an ihr Taschentuch – an das Papier für ihre Haarwickel – an ihren Hemdsaum – an ihre Stickerei – ihre Unterjacke – an Ihren Schal – ans Kopfkissen – an den Nachttisch, aber nichts von alledem scheint zu passen.

Schließlich, da das größte Glück der Antwortenden darin besteht, ihren Ödipus hinters Licht geführt zu sehen, da jedes statt des richtigen angegebene Wort sie schallend lachen läßt, ziehen die überlegenen Herren es vor, wenn sie merken, daß kein Wort zu all diesen Erklärungen paßt, sich als besiegt zu erklären, anstatt unnützerweise eins der Substantive zu sagen. Nach den Regeln dieses harmlosen Spiels werden Sie verurteilt, ein Pfand zu geben und ins Wohnzimmer zurückzukehren; aber Sie sind durch die Antworten Ihrer Frau so neugierig gemacht worden, daß Sie um die Lösung bitten.

»›Mal‹«, ruft Ihnen ein kleines Mädchen zu.

Jetzt ist Ihnen alles klar, bis auf die Antworten Ihrer Frau; sie hat sich nicht an die Spielregeln gehalten. Weder Madame Deschars noch eine der jungen Damen hat verstanden. Es ist gemogelt worden. Sie tun empört, die kleinen Mädchen, die jungen Frauen begehren auf; es wird gesucht. Man ereifert sich. Sie wollen eine Erklärung, und alle teilen Ihren Wunsch.

»In welchem Sinn hast du denn das Rätselwort aufgefaßt, Liebste?« fragen Sie Caroline.

»Ja, natürlich im Sinn von ›mâle‹[7]!«

Madame Deschars beißt sich auf die Lippen und bekundet die größte Mißzufriedenheit; die jungen Frauen werden rot und schlagen die Augen nieder; die kleinen Mädchen sperren die ihren auf, stoßen einander mit den Ellbogen an und spitzen die Ohren. Sie stehen wie angenagelt auf dem Teppich und haben so viel Salz in der Kehle, daß Sie an eine Umkehrung des Unfalls glauben, der Loth von seiner Frau befreite.

Sie nehmen ein Höllenleben wahr: Verkehr in der Gesellschaft ist unmöglich.

Mit dieser triumphierenden Dummheit daheim bleiben? Lieber ins Zuchthaus.

Grundsatz

GEISTIGE MARTERN ÜBERTREFFEN PHYSISCHE SCHMERZEN IN DEM GLEICHEN RANGUNTERSCHIED, DER ZWISCHEN SEELE UND KÖRPER HERRSCHT.

Sie verzichten darauf, Ihre Frau aufzuklären.

Caroline ist eine zweite Auflage des Nebukadnezar, denn eines Tages, gerade wie die königliche Raupe, wird sie aus der Vollbehaarung des Tiers zur Grausamkeit des herrscherlichen Purpurs überwechseln.

Die Aufmerksamkeiten einer jungen Frau

Der Zahl der köstlichen Erfreulichkeiten des Junggesellenlebens rechnet jeder Mann die Unabhängigkeit des Aufstehens hinzu. Die launischen Eingebungen beim Erwachen gleichen die Kümmernisse beim Zubettgehen aus. Ein Junggeselle dreht und wendet sich in seinem Bett; er kann gähnen, daß man zu glauben vermöchte, es geschehe ein Mord, schreien, daß man zu glauben vermöchte, er gebe sich maßlosen Freuden hin. Er kann gegen seine Gelöbnisse des Vortages verstoßen, kann sein im Kamin angezündetes Feuer und die Kerze im Leuchter getrost niederbrennen lassen; kurzum, er kann trotz dringlicher Arbeiten nochmals einschlafen. Er kann seine bereitstehenden Stiefel verfluchen, die ihm ihre schwarzen Mäuler entgegenstrecken und ihre Laschen sträuben; er braucht nicht auf die Stahlhaken zu blicken, die in einem durch die Vorhänge hereinfilternden Sonnenstrahl aufblitzen, er kann den klingenden Forderungen der hartnäckigen Stutzuhr widerstreben, sich an die Wand kuscheln und denken: »Gestern, ja, gestern war es brandeilig; aber heute ist es das nicht mehr. ›Gestern‹ ist Blödsinn, ›heute‹ ist Weisheit; dazwischen liegt die Nacht, die Rat schafft, die Nacht, die erleuchtet ... Ich müßte hingehen, ich müßte es tun, ich hab's versprochen ... Ich bin ein Feigling ... aber wie soll ich der Watteweichheit meines Bettes Widerstand leisten? Meine Füße sind schlaff, ich muß krank sein, ich bin allzu glücklich ... Ich will die unmöglichen Weiten meines Traums nochmals erleben, und meine leichtfüßigen Frauen und die beflügelten Gestalten und die entgegenkommenden Wesen. Kurzum, ich habe das Salzkorn gefunden, das dem Vogel auf den Schwanz gestreut werden muß, der immer davonfliegt. Diese Kokette hat die Füße im Vogelleim, ich hab' sie ...«

Ihr Diener liest Ihre Zeitungen, er stöbert in Ihrer Post herum, er läßt Sie in Ruhe. Und Sie schlafen wieder ein, eingelullt vom verschwommenen Geräusch der ersten Wagen. Diese gräßlichen, unbändigen, lebhaften, mit Metzgerfleisch beladenen Wagen, diese Karren mit Blechbrüsten voller Milch, die einen Höllenlärm machen, die das Straßenpflaster zerbrechen – sie rollen jetzt auf Watte; sie erinnern dich unbestimmt an Napoléon Musards Orchester[8]. Wenn Ihr Haus an allen Gliedern zittert und in seinen Grundfesten schwankt, ist Ihnen zumute wie einem Seemann, den der Zephir schaukelt.

All diesen Freuden bereiten Sie selber ein Ende, wenn Sie Ihren Schal wegwerfen, wie man nach dem Essen seine Serviette zusammenknüllt, und wenn Sie sich auf Ihrem ... Pardon, auf Ihrer Sitzfläche aufrichten. Und Sie grollen sich und sagen sich irgendeine Grobheit, etwa: »Verflucht und zugenäht! Jetzt heißt es aufstehen. – Ein hurtiger Waidmann, mein Freund, der es zu was bringen will, muß früh aufstehen – du aber bist ein komischer Kerl, ein Faulpelz.«

Dabei lassen Sie es sein Bewenden haben. Sie halten in Ihrem Schlafzimmer Umschau, Sie raffen Ihre Gedanken zusammen. Endlich steigen Sie aus dem Bett – spontan! – tapfer! – aus eigenem, freiem Entschluß! Sie treten an den Kamin; sie befragen die willfährigste aller Stutzuhren, Sie stoßen Hoffnungsrufe folgender Art aus: »Soundso ist faul; ich werde ihn schon noch vorfinden! – Ich laufe einfach. – Ich bekomme ihn schon wieder zu fassen, wenn er weggegangen ist. – Er wird wohl auf mich gewartet haben. – Bei allen Verabredungen gibt es eine Viertelstunde Gnadenfrist, sogar zwischen Schuldner und Gläubiger.«

Voller Wut ziehen Sie sich die Stiefel an, Sie fahren in die Kleider, als wenn Sie Furcht hätten, unzulänglich bekleidet überrascht zu werden. Sie genießen die Freuden der Hast, Sie zählen an den Knöpfen ab, ob es noch klappen wird, Sie verlassen das Haus wie ein Sieger, Sie pfeifen, schwenken den Spazierstock, wackeln mit den Ohren, galoppieren.

»Schließlich und endlich«, sagen Sie, »bin ich niemandem Rechenschaft schuldig, ich bin mein eigner Herr!«

Du indessen, du armer, verheirateter Mann, hast die Dummheit begangen, zu deiner Frau zu sagen: »Beste, morgen ... (manchmal weiß sie es schon zwei Tage vorher) muß ich sehr früh aufstehen.« Unseliger Adolphe, Sie haben sogar betont, wie wichtig diese Verabredung sei! »Es handelt sich um ... und um ... und dann noch um ... und schließlich um ...«

Zwei Stunden vor der Zeit weckt Caroline Sie ganz sanft und sagt ganz sanft zu Ihnen: »Liebster, Liebster ...!«

»Was denn? Brennt es? Ist ...«

»Nein, schlaf nur, ich habe mich geirrt, der Zeiger hat ›so‹ gestanden, sieh nur! Es ist erst vier, du kannst noch zwei Stunden schlafen.«

Zu einem Mann zu sagen: »Sie haben nur noch zwei Stunden zum Schlafen«, ist das nicht, in verkürztem Maßstab, wie wenn man zu einem Verbrecher sagte: »Es ist fünf Uhr morgens; die Hinrichtung ist doch um halb acht, nicht wahr?« Fortan wird Ihr Schlummer durch einen grauen, geflügelten Gedanken gestört, der sich an die Glasfenster Ihres Gehirns geheftet hat wie eine Fledermaus.

Eine Frau pflegt dann immer pünktlich zu sein wie ein Teufel, der kommt und eine Seele fordert, die ihm verkauft worden ist. Wenn es fünf schlägt, dröhnt Ihnen die leider allzu wohlbekannte Stimme Ihrer Frau ins Ohr; sie begleitet den Glockenschlag und sagt Ihnen mit abscheulicher Sanftmut: »Adolphe, es ist fünf, steh auf, Liebster.«

»Ja ..., ja ... doch ...«

»Adolphe, sonst geht dein Geschäft in die Brüche, du selber hast es gesagt.«

»Ja ... hm ..., ja doch ...« Verzweifelt wälzt du den Kopf hin und her.

»Los jetzt, Liebster, ich habe dir gestern schon alles bereitgelegt ... Mein Katerchen, du mußt gehen; willst du denn die Verabredung verpassen? Los doch, steh doch auf, Adolphe! Beeil dich! Es ist schon heller Tag.«

Caroline steht auf und wirft die Bettdecken beiseite; sie legt Wert darauf, Ihnen zu zeigen, daß sie aufstehen kann, ohne zu zaudern. Sie klappt die Fensterladen auf, sie läßt die Sonne herein, die Morgenluft, die Straßengeräusche. Sie kommt wieder.

»Aber, Liebster, so steh doch endlich auf! Wer hätte dich je für so charakterschwach halten können! Ach, die Männer ...! *Ich* bin nur eine Frau, aber bei mir heißt es: ›Gesagt, getan.‹«

Brummelnd kriechen Sie aus dem Bett und verfluchen das Sakrament der Ehe. Sie haben nicht das mindeste Verdienst an Ihrem Heldenmut; nicht Sie sind aufgestanden, sondern Ihre Frau. Caroline findet alles, was Sie brauchen, mit einer zur Verzweiflung treibenden Fixigkeit; sie sieht alles voraus, sie reicht Ihnen, wenn es Winter ist, ein Halstuch, und wenn es Sommer ist, ein blaugestreiftes Batisthemd; Sie werden behandelt wie ein kleiner Junge; Sie sind noch halb im Schlaf, sie zieht Sie an, sie gibt sich alle Mühe; Sie werden aus dem Haus geworfen! Sie erinnert Sie daran, daß Sie ein Dokument mitnehmen, eine Aktenmappe. Sie brauchen an nichts zu denken, sie denkt an alles!

Fünf Stunden danach kommen Sie wieder heim, zum Mittagessen, so zwischen elf und zwölf. Die Zofe steht an der Tür, auf der Treppe, im Flur und schwatzt mit irgendeinem Diener; sie macht, daß sie wegkommt, als sie Sie hört oder sieht. Ihr Diener legt das Gedeck auf, ohne sich sonderlich zu beeilen; er schaut zum Fenster hinaus, er trödelt, er kommt und geht wie jemand, der weiß, daß er sich Zeit lassen kann. Sie fragen, wo Ihre Frau ist; Sie glauben sie beschäftigt.

»Madame liegt noch im Bett«, sagt die Zofe.

Sie finden Ihre Frau matt, träge, müde, eingeschlafen vor. Die ganze Nacht über ist sie wach geblieben, um Sie zu wecken; dann ist sie wieder zu Bett gegangen; jetzt hat sie Hunger.

Sie sind die Ursache all dieser Ungelegenheiten. Wenn das Essen nicht fertig ist, schiebt sie Ihrem frühen Aufbruch die Schuld zu. Wenn sie nicht angezogen, wenn alles in Unordnung ist, liegt es an Ihnen. Bei allem, was nicht klappt, antwortet sie: »Du hast doch heute so früh aufstehen müssen! Monsieur ist so früh aufgestanden!« – das muß als Begründung für alles und jedes herhalten. Sie dringt darauf, daß Sie beizeiten zu Bett gehen, weil Sie so früh aufgestanden sind. Den lieben langen Tag lang kann sie nichts Rechtes tun, weil Sie so früh aufgestanden sind.

Noch nach anderthalb Jahren sagt sie zu Ihnen: »Ohne mich würdest du niemals aus dem Bett kommen.« Zu ihren Freundinnen sagt sie: »Mein Mann und aufstehen . . .? Ach, wenn ich nicht wäre, würde er überhaupt nicht aufstehen.«

Ein Herr mit ergrauendem Haupt sagt zu ihr: »Das gereicht Ihnen zum Lob, Madame.« Diese ein wenig leichtfertige Kritik macht ihrem Eigenlob ein Ende.

Dieser kleine Übelstand lehrt Sie, wenn er sich zwei- oder dreimal wiederholt hat, für sich allein im Schoß Ihres Hausstands zu leben, nicht mit allem herauszurücken und nur sich selbst zu vertrauen; es erscheint Ihnen oftmals als zweifelhaft, ob die Vorteile des Ehebetts dessen Unzuträglichkeiten übertreffen.

Die Neckereien

Sie sind vom hüpfenden Allegro des Junggesellen zum ersten Andante des Familienvaters übergewechselt.

Anstatt des hübschen englischen Pferdes, das zwischen den lackierten Deichseln eines Tilbury, der leicht wie Ihr Herz ist, tänzelt und stampft und seine schimmernde Kruppe unter der Vierzahl der Riemen und Zügel schwenkt, die Sie zu handhaben wissen, und mit welcher Anmut und Eleganz, die Champs-Elysées wissen es, lenken Sie ein gutes, dickes normannisches Pferd von ruhiger Gangart.

Sie haben die väterliche Geduld gelernt, und Sie lassen sich keine Gelegenheit entgehen, sie zu bekunden. Daher ist Ihr Gesicht ernst geworden.

Neben Ihnen sitzt ein Diener, der offenbar zu zwei Zwecken herhalten muß, wie auch der Wagen. Dieser vierrädrige Wagen ruht auf englischen Federn, ist bauchig und ähnelt einem Rouener Boot; er hat Glasfenster und eine Fülle von Vorrichtungen, die der Sparsamkeit dienen. An schönen Tagen ist er eine Kalesche, und wenn es regnet, muß er als Coupé herhalten. Dem Anschein nach ist er leicht; aber er wird mit sechs Personen belastet und ermüdet Ihr einziges Pferd.

Hinten sitzen wie Blumen Ihre junge, aufgeblühte Frau und deren Mutter, eine dicke Malve mit vielen Blättern. Diese beiden Blumen der Gattung Frau tuscheln über Sie und sprechen von Ihnen, während das Geräusch der Räder und Ihre Aufmerksamkeit als Kutscher und dazu Ihr väterlicher Mangel an Selbstvertrauen Sie daran hindern zu verstehen, was geredet wird.

Vorn sitzt eine hübsche, schmucke Kinderfrau und hält ein kleines Mädchen auf den Knien; neben ihr strahlt ein Junge im plissierten roten Hemd, beugt sich aus dem Wagen hinaus, will auf die Polster klettern und zieht sich mehrfach Worte zu, von denen er weiß, daß sie leere Drohungen sind; das »Sei doch artig, Adolphe!« oder »Du wirst nie wieder mitgenommen!« aller Mamas.

Heimlich ist die Mama dieses Lärmbolds von Buben über die Maßen müde; zwanzigmal ist sie aufgefahren, und zwanzigmal hat das Gesicht des eingeschlummerten kleinen Mädchens sie beruhigt.

»Ich bin Mutter«, hat sie sich gesagt. Und schließlich hat sie ihren kleinen Adolphe im Zaum gehalten.

Sie haben den glorreichen Gedanken in die Tat umgesetzt, Ihre Familie spazierenzufahren. Am Morgen sind Sie von Ihrem Haus aus losgezockelt; alle Mitbewohner und Nachbarn sind an die Fenster getreten und haben Sie um den Vorzug beneidet, den Ihr Vermögen Ihnen einräumt, aufs Land hinaus und wieder heim zu fahren, ohne die öffentlichen Fahrzeuge erdulden zu müssen. Nun aber haben Sie das unglückselige normannische Pferd durch ganz Paris bis nach Vincennes getrieben, von Vincennes nach Saint-Maur, von Saint-Maur nach Charenton, von Charenton nach irgendeinem Fleckchen Erde, das Ihrer Frau und Ihrer Schwiegermutter schöner erschienen ist als alle Landschaften, in die hinein Sie sie geführt haben.

»Nach Maisons wollen wir . . .!« haben sie gerufen.

Sie sind nach Maisons bei Alfort gefahren. Die Rückfahrt erfolgt am linken Seine-Ufer inmitten einer olympischen, arg schwärzlichen Staubwolke. Mühsam zieht das Pferd Ihre Familie vorwärts; leider haben Sie nicht die Spur von Selbstgefühl mehr, wenn Sie seine eingesunkenen Flanken sehen und die beiden an beiden Seiten des Bauchs hervortretenden Knochen; sein Fell ist durch den Schweiß fleckig geworden, der mehrmals hintereinander hervorgequollen und getrocknet ist und der nicht minder als der Staub sein Fellgewand zusammengeklebt und gesträubt hat. Das Pferd sieht aus wie ein zorniger Igel; Sie haben Angst, daß es die Gliedersteife bekommt; Sie streicheln es mit der Peitsche mit einer gewissen Kümmernis, die es versteht, denn es nickt mit dem Kopf wie ein Coucou[9]-Pferd, das seiner kläglichen Existenz überdrüssig ist.

Sie legen Wert auf dieses Pferd; es ist vortrefflich und hat zwölfhundert Francs gekostet. Wenn man die Ehre hat, Familienvater zu sein, dann legt man auf zwölfhundert Francs genausoviel Wert wie Sie auf dieses Pferd. Sie haben die erschreckende Ziffer der Extraausgaben vor Augen, die für den Fall gemacht werden müssen, daß Coco eine Ruhepause gegönnt werden muß. Zwei Tage lang werden Sie für Ihre geschäftlichen Fahrten Mietwagen nehmen müssen. Ihre Frau wird maulen, daß sie nicht ausfahren kann; sie wird aber dennoch ausfahren und eine Droschke nehmen. Das Pferd wird der Anlaß zu Sondervergütungen sein, die Sie auf der Rechnung Ihres einzigen Stallknechts finden werden; es ist ein einzigartiger Stallknecht, und Sie überwachen ihn wie alles Einzigartige.

Diesem Gedanken geben Sie durch die weiche Bewegung Ausdruck, mit der Sie die Peitschenschnur längs der Rippen des in dem schwarzen Staub einhertrottenden Tiers niederfallen lassen, der die Landstraße vor La Verrerie bedeckt.

In diesem Augenblick hat der kleine Adolphe, der nicht weiß, was er in dieser rollenden Kiste anfangen soll, sich in seiner Ecke gewunden und ein betrübtes Gesicht gemacht, und seine Großmutter hat ihn gefragt:

»Was hast du denn?«

»Hunger«, hat das Kind geantwortet.

»Er hat Hunger«, hat die Mutter zu ihrer Tochter gesagt.

»Und wie sollte er auch keinen Hunger haben? Es ist halb sechs, wir sind erst an der Stadtzollschranke, und seit zwei Stunden sind wir unterwegs!«

»Eigentlich hätte dein Mann uns draußen in einer Dorfschenke zu Abend essen lassen können.«

»Der mutet lieber seinem Pferd noch zwei weitere Meilen zu und fährt nach Hause.«

»Die Köchin hat ihren freien Sonntag. Aber schließlich hat Adolphe recht. Man spart, wenn man daheim zu Abend ißt«, antwortet die Schwiegermutter.

»Adolphe«, ruft Ihre Frau, die das Wort »man spart« angeregt hat, »wir fahren so langsam, daß ich noch seekrank werde, und du fährst uns ausgerechnet durch diesen schwarzen Staub. Was fällt dir ein? Mein Kleid und mein Hut sind hin.«

»Wäre es dir lieber, wenn das Pferd kaputtginge?« fragen Sie und glauben, peremptorisch geantwortet zu haben.

»Es handelt sich nicht um dein Pferd, sondern um deinen Jungen; er stirbt vor Hunger; es ist jetzt sieben, und er hat nichts zu sich genommen. Peitsch doch dein Pferd an! Tatsächlich, man könnte sagen, du legtest mehr Wert auf deine Schindmähre als auf deinen Sohn!«

Sie wagen nicht, dem Pferd auch nur einen einzigen Peitschenhieb zu versetzen; es hätte vielleicht noch Kraft genug, sich zu einem Galopp hinreißen zu lassen.

»Nein, Adolphe legt es darauf an, mich zu ärgern; jetzt fährt er noch langsamer«, sagt die junge Frau zu ihrer Mutter. »Nur zu, mein Lieber, fahr ganz wie du willst. Und hernach wirst du sagen, ich sei verschwenderisch, wenn du es erlebst, daß ich mir einen neuen Hut kaufe.«

Jetzt sagen Sie ein paar Worte, die im Geräusch der Räder untergehen.

»Antworte mir bitte nicht mit Begründungen ohne jede Vernunft!« ruft Caroline.

Sie reden immer weiter und wenden den Kopf abwechselnd zurück, nach dem Wagen hin, und nach vorn, dem Pferde zu, damit nichts passiert.

»Gut! Stoß nur irgendwo an! Schmeiß uns in den Graben, dann bist du uns los. Also hör, Adolphe, dein Sohn kommt um vor Hunger, er ist schon ganz blaß . . .!«

»Aber Caroline«, sagt die Schwiegermutter, »er tut doch, was er kann . . .«

Nichts ist Ihnen lästiger, als von Ihrer Schwiegermutter begönnert zu werden. Sie heuchelt, sie ist hingerissen, Sie mit ihrer Tochter zerstritten zu sehen; sie gießt ganz behutsam und mit unendlichen Vorsichtsmaßnahmen Öl ins Feuer.

Als Sie an der Stadtzollschranke ankommen, ist Ihre Frau stumm; sie sagt überhaupt nichts mehr; sie hält die Arme übereinandergeschlagen; sie würdigt Sie keines Blickes. Sie sind seelenlos, herzlos, gefühllos. Nur Sie haben auf den Gedanken zu einer solchen Lustpartie kommen können. Sollten Sie das Unglück haben, Caroline daran zu erinnern, daß *sie* am Morgen im Namen ihrer Kinder und deren Amme (sie nährt ihre kleine Tochter) diesen Ausflug verlangt hat, werden Sie mit einer Lawine eiskalter, bissiger Redensarten überschüttet.

Daher nehmen Sie alles in Kauf, »damit die Milch einer nährenden Frau, der man diese und jene Kleinigkeit hingehen lassen muß, nicht sauer wird«, wie Ihnen Ihre schauerliche Schwiegermutter zuflüstert.

In Ihrem Herzen toben sämtliche Furien des Orest.

Dann kommen die geheiligten Worte des Stadtzollwächters: »Haben Sie was zu deklarieren . . .?«

»Ich deklariere«, sagt Ihre Frau, »einen Berg schlechter Laune und Staub.«

Sie lacht, der Beamte lacht, und Sie überkommt die Lust, Ihre Familie in die Seine zu kippen.

Unglücklicherweise müssen Sie an das fröhliche, verderbte Frauenzimmerchen denken, das einen kleinen rosa Hut aufhatte, das in Ihrem Tilbury zappelte, als Sie vor sechs Jahren hier durchfuhren, um eine Matelote[10] zu essen. Welch ein Gedanke! Madame Schontz[11] hatte sich nicht um Kinder und um ihren Hut gesorgt, dessen Spitzenbesatz im Dickicht in Fetzen gegangen war! Sie hatte sich um nichts gekümmert, nicht mal um ihre Würde; sie hatte den Feldhüter von Vincennes durch die Ungezwungenheit ihres ein bißchen gewagten Tanzes verstimmt.

Sie fahren heim, Sie haben Ihr normannisches Pferd wütend angetrieben, Sie haben weder Rücksicht auf den Zustand des Tiers noch auf den Ihrer Frau genommen.

Am Abend hat Caroline nur sehr wenig Milch. Wenn die Kleine schreit, daß Ihnen der Kopf platzt, und an der Brust der Mutter lutscht, liegt alle Schuld bei Ihnen, dem mehr an der Gesundheit seines Pferdes als an derjenigen seines Sohnes gelegen ist, der vor Hunger starb, und als an derjenigen seiner Tochter, deren Abendmahlzeit durch ein Streitgespräch verdorben worden ist, bei dem Ihre Frau im Recht war, wie stets!

»Na ja«, sagt sie, »Männer sind eben keine Mütter.«

Sie kehren dem Schlafzimmer den Rücken, und Sie hören, wie Ihre Schwiegermutter die Tochter durch die Schreckensworte tröstet: »Sie sind samt und sonders Egoisten, beruhige dich; dein Vater war ganz genauso.«

Das »Conclusum«[12]

Es ist acht Uhr, Sie kommen in das Schlafzimmer Ihrer Frau. Es ist überhell erleuchtet. Die Zofe und die Köchin hüpfen und hasten hin und her. Die Möbelstücke sind mit anprobierten Kleidern, mit verworfenen Blumen bedeckt.

Der Friseur ist da, ein Künstler von Rang, eine herrscherliche Autorität, zugleich nichts und alles. Sie haben die andern Hausangestellten kommen und gehen hören; Befehle sind gegeben und widerrufen worden, Aufträge gut oder schlecht erledigt. Die Unordnung hat den Gipfelpunkt erreicht. Dies Schlafzimmer ist eine Werkstatt, aus der eine Salon-Venus hervorgehen muß.

Ihre Frau will auf dem Ball, zu dem Sie gehen, die Allerschönste sein. Geschieht das noch für Sie, lediglich für sie selber oder für jemand anders? Schwerwiegende Fragen!

Sie denken bloß nicht daran.

Sie stecken eingezwängt, geschnürt, geschirrt in Ihrer Ballgewandung; Sie gehen abgezirkelten Schrittes, halten Umschau; beobachten, gedenken ein geschäftliches Gespräch auf neutralem Boden zu führen, mit einem Börsenmakler, einem Notar oder Bankier, dem Sie nicht den Vorteil einräumen wollen, ihn in seinem Haus aufzusuchen.

Eine absonderliche Tatsache, die jedermann hat beobachten können, aber deren Ursachen nahezu unbestimmbar sind, ist der eigenartige Widerwille, den Herren im Frack und drauf und dran, auf eine Gesellschaft zu gehen, gegen Gespräche oder das Beantworten von Fragen bezeigen. Im Augenblick des Aufbruchs sind die meisten Ehemänner schweigsam und tief in Gedanken versunken, die, den Charakteren entsprechend, variabel sind. Diejenigen, die antworten, bedienen sich kurzer, knapper Worte.

Die Frauen dagegen werden in jenem Augenblick über die Maßen aufreizend, sie kommen Ihnen mit Fragen, sie wollen Ihre Meinung über die Art und Weise wissen, wie sie einen Rosenstiel verstecken, einen Strauß Heidekraut anbringen, einen Schal drapieren sollen. Dabei handelt es sich nie um dergleichen Kinkerlitzchen, sondern immer nur um sie selber. Wie eine hübsche englische Redensart besagt, angeln sie nach Komplimenten und bisweilen gar nach etwas Besserem.

Ein Junge, der aus der Schule kommt, würde den Grund erraten, der sich hinter den Weidenbäumen dieser Vorwände versteckt; aber Sie kennen Ihre Frau so genau, und Sie haben so oft entgegenkommend über ihre geistigen und körperlichen Vorzüge geschwatzt, daß Sie grausamerweise Ihre Ansicht kurz, bündig und nach bestem Wissen und Gewissen kundtun; und nun zwingen Sie Caroline zu dem entscheidenden Wort, das auszusprechen alle Frauen hart ankommt, sogar diejenigen, die zwanzig Jahre Ehe hinter sich haben:

»Anscheinend bin ich nicht nach deinem Geschmack?«

Durch diese Frage sind Sie auf das wahre Gelände gelockt worden; Sie überhäufen sie mit Lobreden, die für Sie das Kleingeld sind, auf das Sie wenig Wert legen, die Sou- und Liard-Stücke in Ihrer Börse.

»Dieses Kleid ist köstlich! – Nie zuvor habe ich dich so gut angezogen gesehen. – Das Blau, das Rosa, das Gelb, das Mohnrot (Sie haben die Wahl) steht dir entzückend. – Der Kopfputz ist sehr originell. – Wenn du den Saal betrittst, werden alle große Augen machen. – Du wirst nicht nur die Schönste, sondern auch die Bestangezogene sein. – Alle Damen werden toben, daß sie nicht deinen Geschmack haben. – Schönheit, die können wir nicht weitergeben; aber mit dem Geschmack ist es wie mit dem Geist, er ist etwas, auf das wir stolz sein können ...«

»Findest du? Ist das dein Ernst, Adolphe?«

Ihre Frau kokettiert mit Ihnen, Sie sucht sich diesen Augenblick aus, um Ihnen Ihre vorgebliche Meinung über diese und jene ihrer Freundinnen zu entlocken und um Ihnen den Preis der schönen Dinge zuzuflüstern, die Sie loben. Nichts ist zu teuer, wenn es Ihnen gefällt. Sie schickt die Köchin hinaus.

»Wir wollen aufbrechen«, sagen Sie.

Sie schickt erst den Friseur, dann die Zofe hinaus und fängt an, sich vor dem Toilettespiegel zu drehen und zu wenden, wobei sie Ihnen ihre herrlichsten Schönheiten zeigt.

»Wir wollen aufbrechen«, sagen Sie.

»Du hast es sehr eilig«, antwortet sie.

Und sie ziert sich und stellt sich zur Schau wie eine schöne Frucht, die herrlich im Schaufenster eines Delikatessenhändlers prunkt. Da Sie sehr gut zu Abend gegessen haben, küssen Sie sie auf die Stirn; Sie fühlen sich nicht imstande, Ihre Meinung gegenzuzeichnen. Caroline wird ernst.

Der Wagen ist vorgefahren. Das ganze Haus schaut zu, wie Madame entschwebt; sie ist das Meisterwerk, an dem jeder mitgearbeitet hat, und alle bewundern das gemeinsame Werk.

Ihre Frau bricht von sich selbst berauscht und mit Ihnen ziemlich unzufrieden auf. Sie schreitet strahlend dem Ball entgegen, wie ein Lieblingsbild, das im Atelier von seinem sich die Lippen leckenden Maler mit Hätschelblicken bedacht worden ist und nun im großen Bazar des Louvre zur Ausstellung geschickt wird[13]. Aber o weh, Ihre Frau findet fünfzig Frauen vor, die schöner als sie sind; sie haben mehr oder weniger originelle Toiletten zu irrsinnigen Preisen ausgeheckt; und es geschieht dem Frauenwerk, was im Louvre dem Meisterwerk passiert: Das Kleid Ihrer Frau verblaßt gegenüber einem andern, fast gleichen, dessen auffälligere Farbe das ihre auslöscht. Caroline ist nichts; sie wird kaum bemerkt. Wenn sechzig schöne Frauen in einem Salon versammelt sind, schwindet die Empfänglichkeit für Schönheit hin; man weiß nichts mehr von Schönheit. Ihre Frau wird etwas sehr Durchschnittliches. Der kleine Kunstgriff ihres vervollkommneten Lächelns bleibt wirkungslos inmitten des grandiosen Mienenspiels angesichts von Frauen mit hochmütigen, kühnen Blicken. Sie ist überblendet, sie wird nicht zum Tanzen aufgefordert. Sie versucht, sich zu verstellen und eine zufriedene Miene aufzusetzen, aber da sie nicht zufrieden ist, hört sie sagen: »Madame Adolphe schaut recht mißmutig drein.« Die Damen fragen sie heuchlerisch, ob ihr nicht wohl sei, warum sie nicht tanze. Sie verfügen über ein ganzes Repertoire an mit Gutmütigkeit überzuckerten, mit Wohlwollen überzogenen Bosheiten, die einen Heiligen zum Fluchen, einen Affen zum Ernstsein und einen Höllenteufel zum Frösteln bringen könnten. Sie in Ihrer Harmlosigkeit spielen, kommen und gehen und bemerken keinen der tausend Nadelstiche, mit denen das Selbstgefühl Ihrer Frau tätowiert worden ist; Sie treten zu ihr hin und fragen sie leise: »Was hast du?«

»Laß *meinen* Wagen vorfahren.«

Dieses »meinen« ist die Vollendung der Ehe. Zwei Jahre lang hat es geheißen: *Monsieurs* Wagen, *der* Wagen, *unser* Wagen und jetzt schließlich *mein* Wagen.

Sie haben sich zu einer Kartenpartie verpflichtet, müssen Revanche geben, Geld wiedergewinnen.

An dieser Stelle wird Ihnen eingeräumt, Adolphe, daß Sie klug genug sind, ja zu sagen, zu verschwinden und den Wagen *nicht* vorfahren zu lassen.

Sie haben einen Freund, Sie schicken ihn hin, damit er mit Ihrer Frau tanzt, denn jetzt sind Sie in ein System von Zugeständnissen geraten, das Ihnen den Hals kosten wird: Sie erkennen bereits die Nützlichkeit eines Freundes.

Aber schließlich bestellen Sie den Wagen dennoch. Ihre Frau steigt mit dumpfer Wut ein, plumpst in ihre Ecke, mummelt sich in ihre Kapuze, verschränkt die Arme in ihrem Pelzmantel, kugelt sich zusammen wie eine Katze und sagt kein Wort.

Ihr Ehemänner, vernehmt es, in diesem Augenblick könnt ihr alles reparieren, alles zusammenflicken, und laßt es dabei am Ungestüm zweier Liebender, die den ganzen Abend lang einander mit flammenden Blicken gestreichelt haben, nicht fehlen! Ja, ihr könnt sie als eine Triumphierende heimfahren, sie hat nur noch euch, es bleibt euch eine Möglichkeit, die nämlich, eure Frau zu vergewaltigen. Aber da haben wir's! Sie fragen sie idiotisch, ganz nebenbei und gleichgültig: »Was hast du eigentlich?«

Grundsatz

EIN EHEMANN MUSS IMMER WISSEN, WAS EINE FRAU HAT, DENN SIE WEISS IMMER, WAS SIE NICHT HAT.

»Mich friert«, sagt sie.

»Es war doch ein glänzender Abend.«

»Pah! Hu! Nichts Vornehmes! Heute hat man die Sucht, ganz Paris in ein Loch einzuladen. Bis auf die Treppe haben die Damen gestanden; die Toiletten nutzen sich dabei schauerlich ab, meine ist hin.«

»Aber die Stimmung war gut.«

»Ihr Männer, ihr spielt, und damit fertig. Seid ihr erst mal verheiratet, dann kümmert ihr euch um eure Frauen wie die Löwen um die Malerei.«

»Ich kenne dich nicht wieder! Du warst doch auf der Hinfahrt so heiter, so glücklich, so reizend herausgeputzt!«

»Ach, ihr Männer versteht uns nie. Ich habe dich gebeten, wir wollen fortgehen, und du läßt mich sitzen, als ob Frauen nie etwas ohne Grund täten. Du bist zwar klug, aber manchmal bist du ganz eigenartig; ich weiß nicht, was dir in den Kopf kommt ...«

Ist der Streit auf dieses Gebiet gelangt, so wird er giftig. Wenn Sie Ihrer Frau beim Aussteigen die Hand reichen, halten Sie eine hölzerne Frau; sie sagt Ihnen auf eine Weise »Danke«, die Sie auf die gleiche Stufe mit ihrem Hausmädchen stellt. Sie haben Ihre Frau vor dem Ball genausowenig verstanden wie nach dem Ball; Sie folgen ihr mühsam, sie steigt die Treppe nicht hinan, sie fliegt. Das völlige Zerwürfnis ist da.

Die Zofe wird in die Ungnade eingeschlossen; sie wird mit stoßhaften »Jas« und »Neins« empfangen, die hart sind wie Brüsseler Zwiebäcke, und die schluckt sie hinunter und schaut Sie verquer an. »Mit Monsieur ist es stets so!« brummelt sie.

Sie allein hätten Madames Stimmung wandeln können. Madame geht zu Bett; jetzt hat *sie* Revanche zu nehmen; Sie haben sie nicht verstanden. Sie versteht Sie ebenfalls nicht. Sie kuschelt sich auf die unangenehmste und feindseligste Weise in ihre Ecke; sie hat sich in ihr Hemd, ihre Unterjacke, ihr Nachthäubchen gewickelt wie ein Ballen aus einer Uhrenfabrik, der nach Ostindien gehen soll. Sie sagt Ihnen nicht gute Nacht oder guten Tag, sie sagt weder Liebster noch Adolphe; Sie existieren nicht; Sie sind ein Mehlsack.

Ihre Caroline, die vor fünf Stunden in ebendiesem Zimmer so reizend war, die darin umhergezappelt war wie ein Aal, ist jetzt eine rohe Bleimasse. Und wenn Sie die Tropensonne in Persien wären, wenn Sie auf dem Äquator herbeigeritten kämen, Sie würden die Gletscher dieser personifizierten kleinen Schweiz nicht zum Schmelzen bringen, die zu schlafen scheint und die Sie notfalls von Kopf bis Fuß zu Eis erstarren lassen würde. Sie könnten sie hundertmal fragen, was sie hat, die Schweiz antwortet durch ein »Conclusum«, wie der »Vorort«[14] oder die Londoner Konferenz[15].

Sie hat nichts, sie ist müde, sie schläft.

Je mehr Sie beharren, desto mehr verschanzt sie sich hinter einer Ahnungslosigkeit, die mit gelocktem Haar verziert ist. Wenn Sie ungeduldig werden, haben gerade Carolines Träume eingesetzt! Sie grollen; Sie sind erledigt.

Grundsatz

DIE FRAUEN WISSEN IHRE ERHABENHEITEN STETS GUT ZU ERKLÄREN; ABER IHRE KLEINLICHKEITEN LASSEN SIE VON UNS MÄNNERN ERRATEN.

Vielleicht wird Caroline auch geruhen, Ihnen zu sagen, sie fühle sich bereits sehr abgeneigt; aber wenn Sie eingeschlafen sind, lacht sie in ihre Nachthaube hinein und schleudert Flüche über Ihren schlummernden Körper.

Weibliche Logik

Wenn Sie glauben, Sie hätten ein mit Vernunft begabtes Wesen geheiratet, dann haben Sie sich schwer geirrt, lieber Freund.

Grundsatz

GEFÜHLVOLLE WESEN SIND KEINE VERNÜNFTIGEN WESEN.
DAS GEFÜHL IST KEIN DENKVORGANG, DENKEN IST NICHT LUST, UND LUST IST GANZ BESTIMMT NICHTS VERNÜNFTIGES.

»Oh! Aber Mann!«

Jetzt müssen Sie sagen: »Oh! Ja, oh!« Dieses »Oh!« werden Sie aus der tiefsten Tiefe Ihrer Brusthöhle hervorstoßen und wütend das Haus verlassen oder völlig verdattert wieder in Ihr Arbeitszimmer gehen.

Warum? Wieso? Wer hat Sie besiegt, erschlagen, vernichtet? Die Logik Ihrer Frau, und das ist nicht die Logik des Aristoteles, noch die des Ramus[16], noch die Kants, noch die Condillacs[17], noch die Robespierres, noch die Napoleons; sie hat vielmehr etwas von jeder Art von Logik und muß als die Logik aller Frauen bezeichnet werden, die Logik der Engländerinnen wie der Italienerinnen, der Normanninnen und der Bretoninnen (oh, die letzteren sind unbesieglich!), der Pariserinnen und schließlich sogar der Frauen vom Mond, sofern es auf diesem nächtlichen Gefilde Frauen gibt, mit denen die Erdenfrauen sich offenbar verstehen, als die Engel, die sie sind!

Das Streitgespräch hat nach dem Frühstück eingesetzt. Streitgespräche zwischen Eheleuten können immer erst in diesem Augenblick stattfinden.

Auch wenn ein Mann es wollte, er könnte nie im Bett mit seiner Frau diskutieren; da ist sie ihm gegenüber zu sehr im Vorteil und kann ihn allzu leicht zum Schweigen bringen. Steigt man aus dem Ehebett, in dem eine hübsche Frau liegt, hat man Hunger, wenn man jung ist. Das Frühstück ist eine recht heitere Nahrungsaufnahme, und Heiterkeit klügelt nicht. Kurzum, Sie nehmen die Angelegenheit erst in Angriff, nachdem Sie Ihren Milchkaffee oder Ihren Tee getrunken haben.

Sie haben sich beispielsweise in den Kopf gesetzt, Ihren Sohn ins Internat zu schicken. Väter sind samt und sonders Heuchler und wollen niemals zugeben, daß ihr Fleisch und Blut sie arg stört, wenn es auf seinen beiden Beinen umhertrappelt, auf alles und jedes seine kecken Hände legt und wie eine Kaulquappe im Haus umherzappelt. Ihr Sohn kläfft, miaut und plärrt; er zerschrammt, zerbricht oder beschmutzt die Möbel, und Möbel sind teuer; er fuchtelt mit allem herum, er bringt Ihre Papiere durcheinander, er macht aus Zeitungen, die Sie noch nicht gelesen haben, Faltarbeiten.

Die Mutter sagt zu ihm von allem, was Ihnen gehört: »Nimm es nur!« Aber von allem, was ihr gehört, sagt sie: »Laß das liegen!«

Die Durchtriebene schlägt Kapital aus Ihren Dingen, um ihre Ruhe zu haben. Ihre Treulosigkeit als gute Mutter ist die letzte Zuflucht ihres Kindes, das Kind ist ihr Komplice. Beide sind gegen Sie im Bunde wie Robert Macaire und Bertrand[18] gegen einen Aktionär. Der kleine Junge ist eine Axt, mit der in Ihrem Haus alles kurz und klein geschlagen wird. Der kleine Junge geht triumphierend oder tückisch auf Plünderung in Ihrem Kleiderschrank; er erscheint lächerlich aufgeputzt in schmutzigen Unterhosen; er zerrt Toilettegegenstände zutage, die längst zur Ausmerzung verurteilt worden waren. Er bringt einer Freundin, um die Sie sich bemühen, nämlich der eleganten Madame de Fischtaminel, Leibbinden, die den Bauch zurückdrängen sollen, Stummel von schwarzer Bartwichse, alte, an den Ärmelausschnitten verfärbte Westen, Socken, die an den Hacken leicht geschwärzt und an den Spitzen leicht gelblich sind. Wie soll man da darauf hinweisen, daß diese Flecken auf eine Auswirkung des Schuhleders zurückzuführen sind?

Ihre Frau lacht und wirft Ihrer Freundin einen Blick zu, und Sie wagen nicht, sich zu ärgern; Sie lachen ebenfalls, aber was für ein Lachen! Die, die übel dran sind, kennen es.

Dieser Junge läßt es Sie überdies vor Angst heiß und kalt überlaufen, wenn Ihre Rasiermesser nicht mehr an Ort und Stelle liegen. Wenn Sie aufbrausen, lächelt der kleine Kerl und zeigt Ihnen zwei Perlenreihen; wenn Sie ihn ausschimpfen, heult er. Dann kommt die Mutter gelaufen, und was für eine Mutter! Eine Mutter, die Sie hassen wird, wenn Sie nicht einlenken. – Bei den Frauen gibt es kein *mezzo termine*[19]; man ist entweder ein Scheusal oder der beste aller Väter.

In gewissen Augenblicken haben Sie Verständnis für Herodes und seine berüchtigten Kabinettsordern zur Niedermetzelung der unschuldigen Kindlein, Kabinettsordern, die erst von denjenigen des guten Karls X. übertroffen worden sind[20]!

Ihre Frau hat sich auf Ihr Sofa gesetzt; Sie gehen auf und ab, bleiben stehen und stellen rundheraus die Frage durch folgenden Interjektivsatz:

»Caroline, wir müssen Charles unbedingt ins Internat schikken.«

»Charles kann nicht ins Internat«, sagt sie leise und sanft.

»Charles ist sechs Jahre alt; in diesem Alter beginnt bei Männern die Erziehung.«

»Erst mit sieben«, antwortet sie. »Prinzen wechseln erst mit sieben Jahren von der Gouvernante in die Hände des Hofmeisters über. So bestimmen es Gesetz und Propheten, und dagegen läßt sich nichts einwenden. Ich sehe nicht ein, warum die Gesetze, die für Fürstensöhne gelten, nicht auch auf die Kinder aus bürgerlichen Familien angewandt werden sollen. Ist dein Sohn reifer als sie? Der König von Rom ...«[21]

»Der König von Rom ist nicht maßgeblich.«

»Ist der König von Rom etwa nicht der Sohn des Kaisers ...? (Sie lenkt die Diskussion in andere Bahnen.) Höre sich einer das an! Du willst doch nicht etwa der Kaiserin was in die Schuhe schieben? Sie ist von Doktor Dubois[22] entbunden worden, in Gegenwart von ...«

»Das meine ich ja gar nicht ...«

»Du läßt mich nie ausreden, Adolphe.«

»Ich meine, daß der König von Rom ... (hier beginnen Sie, die Stimme zu erheben), daß der König von Rom, der kaum vier Jahre alt war, als er Frankreich verließ, nicht als Beispiel herhalten kann.«

»Das hindert nicht, daß der Herzog von Bordeaux[23] erst mit sieben Jahren seinem Hofmeister, dem Herzog von Rivière[24], anvertraut worden ist.« (Logischer Effekt.)

»Beim Herzog von Bordeaux ist das ganz was anderes ...«

»Du gibst jetzt also zu, daß man einen Jungen nicht ins Internat schicken kann, ehe er sieben ist?« fragt sie emphatisch. (Zweiter Effekt!)

»Das habe ich ganz und gar nicht gesagt, Liebste. Es gibt einen Unterschied zwischen öffentlicher und privater Erziehung.«

»Eben deswegen will ich Charles nicht ins Internat schicken; er muß erst noch viel kräftiger werden, ehe er dort eintritt.«

»Charles ist für sein Alter sehr kräftig.«

»Charles ...? Oh, ihr Männer! Charles hat nämlich eine sehr schwache Konstitution, die hat er von Ihnen. (Jetzt fängt die Siezerei an.) Wenn Sie Ihren Sohn loswerden wollen, brauchen Sie ihn nur ins Internat zu schicken ... Ich merke schon seit geraumer Zeit, daß der Junge Ihnen lästig ist.«

»Hör mal! Jetzt ist der Junge mir lästig; das sieht dir ähnlich! Wir sind für unsere Kinder um ihrer selbst willen verantwortlich! Es muß endlich mit Charles' Erziehung und Ausbildung angefangen werden; er gewöhnt sich hier alles mögliche Üble an; er gehorcht niemandem; er glaubt, alles müsse nach seiner Pfeife tanzen; er teilt Hiebe aus, und niemand versetzt ihm welche. Er muß unter Altersgenossen, sonst bekommt er einen abscheulichen Charakter.«

»Danke; ich erziehe also mein Kind schlecht?«

»Davon habe ich nichts gesagt; aber Sie werden stets mit vortrefflichen Gründen aufwarten, ihn bei sich zu behalten.«

Von jetzt an ist das »Sie« beiderseitig, und die Diskussion gewinnt bei beiden Partnern an Schärfe. Ihre Frau will Sie natürlich mit dem »Sie« kränken, aber durch die Gegenseitigkeit des »Sie« fühlt sie sich verletzt.

»Also darauf läuft es hinaus! Sie wollen mir mein Kind wegnehmen, Sie merken, daß es zwischen uns steht, Sie sind eifersüchtig auf Ihren Sohn; Sie wollen mich nach Belieben tyrannisieren, und Sie opfern Ihren Sohn! Oh, ich bin intelligent genug, um Sie zu durchschauen.«

»Aber Sie machen ja aus mir einen Abraham mit dem Opfermesser in der Hand! Müßte man nicht meinen, es gebe überhaupt keine Internate? Die Internate sind leer, kein Mensch schickt seine Söhne ins Internat.«

»Nur zu lächerlich wollen Sie mich machen«, entgegnet sie. »Ich weiß ganz genau, daß es Internate gibt, aber man schickt keinen sechsjährigen kleinen Jungen hin, und Charles kommt *nicht* ins Internat.«

»Aber Liebste, reg dich doch nicht so auf.«

»Als ob ich mich je aufregte! Ich bin Frau und weiß zu leiden.«

»Laß uns vernünftig miteinander sprechen.«

»Ja, wir haben lange genug Unsinn geredet.«

»Es wird Zeit, daß Charles Lesen und Schreiben lernt; später würde er dabei Schwierigkeiten haben, die ihn abschrecken könnten.«

Jetzt reden Sie zehn Minuten lang ohne Unterbrechung und schließen mit einem »Na, also?«, und das betonen Sie so, daß es zu einem außerordentlich gewundenen Fragezeichen wird.

»Na«, sagt sie, »also ist es noch zu früh, Charles ins Internat zu schicken.«

Von Sieg kann nicht die Rede sein.

»Aber Liebste, dabei hat Monsieur Deschars seinen kleinen Jules mit sechs Jahren ins Internat geschickt. Sieh dir doch mal die Internate an; es sind haufenweise Sechsjährige drin.«

Abermals reden Sie zehn Minuten lang ohne Unterbrechung, und dann stoßen Sie ein weiteres »Na, also?« aus.

»Der kleine Deschars ist mit Frostbeulen heimgekommen«, antwortet sie.

»Aber Charles hat hier doch ebenfalls Frostbeulen gehabt.«

»Niemals«, sagt sie großartig.

Die Frage erhält noch eine Viertelstunde Aufschub durch eine zusätzliche Diskussion über das Thema: »Hat Charles Frostbeulen gehabt oder nicht?«

Sie werfen einander gegensätzliche Behauptungen an den Kopf; Sie glauben einander nicht mehr; es muß deswegen an Dritte appelliert werden.

Grundsatz

JEDE EHE HAT IHR KASSATIONSGERICHT, UND DAS BEFASST SICH NIEMALS MIT DER GRUNDURSACHE, SONDERN BEURTEILT NUR DIE FORM.

Die Kinderfrau wird gerufen, sie kommt, sie ist auf seiten Ihrer Frau. Aus der Diskussion ergibt sich, daß Charles nie Frostbeulen gehabt hat.

Caroline schaut Sie an; sie triumphiert und sagt Ihnen die haarsträubenden Worte: »Nun siehst du wohl ein, daß Charles unmöglich ins Internat kann.«

Du gehst hinaus und schnappst nach Luft vor Wut. Es gibt kein Mittel, dieser Frau zu beweisen, daß nicht die mindeste Beziehung zwischen dem Vorschlag, seinen Jungen ins Internat zu schicken, und der Möglichkeit besteht, ob er Frostbeulen hat oder nicht.

Abends, angesichts von zwanzig Leuten, nach dem Essen, hören Sie, wie dieses schauerliche Geschöpf ihre lange Unterhaltung mit einer Dame folgendermaßen abschließt: »Er hat Charles ins Internat stecken wollen, aber dann hat er eingesehen, daß damit noch gewartet werden muß.«

Manche Ehemänner platzen dann bei solcherlei Gelegenheiten im Dabeisein der Gäste los, und sechs Wochen danach lassen sie sich »minotaurisieren«; aber sie gewinnen dabei, daß Charles an dem Tag ins Internat geschickt wird, da er sich eine Indiskretion entschlüpfen läßt. Andere zerdeppern Porzellan vor innerer Wut. Geschickte Leute sagen nichts und warten ab.

Auf diese Weise entfaltet die weibliche Logik sich bei den geringsten Anlässen, angelegentlich eines Spaziergangs und eines aufzustellenden Möbelstücks oder eines Umzugs. Diese Logik, die von bemerkenswerter Schlichtheit ist, besteht darin, immer nur einem einzigen Gedanken Ausdruck zu geben, demjenigen nämlich, der die Formel für ihren Willen ist. Wie alles mit der weiblichen Natur Zusammenhängende kann dieses System nur durch zwei algebraische Termini gelöst werden, nämlich durch ein Ja oder Nein. Es gibt übrigens auch einige Kopfbewegungen, die an deren Stelle treten können.

Weiblicher Jesuitismus

Der jesuitischste aller Jesuiten ist noch tausendmal weniger jesuitisch als die am wenigsten jesuitische Frau; beurteilen Sie danach, wie jesuitisch die Frauen sind! Sie sind so jesuitisch, daß sogar der scharfsinnigste Jesuit nicht erraten würde, bis zu welchem Grad eine Frau jesuitisch ist, denn es gibt tausenderlei Arten, jesuitisch zu sein, und die Frau ist eine so geschickte Jesuitin, daß sie das Talent besitzt, jesuitisch zu sein, ohne den Anschein zu erwecken, daß sie es sei. Man beweist einem Jesuiten selten, aber doch bisweilen, daß er jesuitisch ist; aber versuchen Sie doch, einer Frau klarzumachen, sie handele oder rede jesuitisch; sie wird sich eher in Stücke hacken lassen als zuzugeben, sie sei jesuitisch.

Sie und jesuitisch! Sie, die Verkörperung der Redlichkeit und des Zartgefühls! Sie und jesuitisch! Was versteht man eigentlich unter: jesuitisch sein? Weiß sie überhaupt, was das ist: jesuitisch sein? Was hat es mit den Jesuiten auf sich. Sie hat nie Jesuiten gesehen oder von ihnen gehört. »*Sie* sind ein Jesuit ...« Und sie beweist es Ihnen, indem sie auf jesuitische Weise erklärt, Sie seien ein abgefeimter Jesuit.

Hier folge eins der tausend Beispiele für weiblichen Jesuitismus, und ebendieses Beispiel bildet die schlimmste aller kleinen Nöte des Ehelebens, und vielleicht ist sie deren größte.

Du wirst angetrieben durch tausendmal ausgesprochene, tausendmal wiederholte Wünsche Carolines, die sich beschwert, zu Fuß gehen zu müssen oder sich nicht oft genug einen neuen Hut, einen neuen Sonnenschirm, ein neues Kleid oder sonstige Toilettendinge kaufen zu können;

die sich beschwert, ihren Jungen nicht als Matrosen – als Ulan – als Artillerist der Nationalgarde – als Schotten mit nackten Beinen und Federbarett anziehen oder ihn eine kurze Jacke – einen Gehrock – einen samtenen Kittel – Reitstiefel –

lange Hosen tragen lassen; ihm nicht genug Spielzeug, Mäuse, die allein laufen, fix und fertige Häuschen usw. kaufen zu können;

oder die weder Madame Deschars noch Madame de Fischtaminel Gleiches mit Gleichem vergelten kann – eine Einladung zum Ball – zu einer Abendgesellschaft – zum Abendessen; oder die eine Theaterloge haben möchte, damit sie nicht unstandesgemäß im Parkett zwischen allzu galanten oder halbwegs plump vertraulichen Männern sitzen und sich hernach nach Schluß der Vorstellung eine Droschke suchen muß:

»Du glaubst, du spartest, aber da irrst du dich«, sagt sie. »Ihr Männer seid doch immer dieselben! Ich verhunze mir die Schuhe; ich verhunze mir den Hut, mein Schal wird feucht, alles zerknittert, meine Seidenstrümpfe bekommen Schmutzspritzer, du sparst zwanzig Francs, weil du keinen eigenen Wagen hast – nein, nicht mal zwanzig, denn du nimmst für vier Francs eine Droschke, also nur sechzehn Francs! Und du verlierst fünfzig Francs durch die dabei draufgehenden Toilettedinge; und dann leidet dein Selbstgefühl, weil du auf meinem Kopf einen verblichenen Hut siehst; aber über den Grund wirst du dir nicht klar: Es liegt an deinen verdammten Droschken. Davon, wie verdrießlich es ist, zusammengequetscht zwischen Männern zu sitzen, will ich gar nicht reden, denn anscheinend ist dir das gleichgültig!«

Sie beschwert sich, daß sie kein Klavier kaufen könne und eins mieten muß; daß sie nicht mit der Mode mitgehen kann. (Es gibt Frauen, die alle Neuheiten tragen; aber um welchen Preis . . . ? Lieber würde . . . sie sich aus dem Fenster stürzen als so zu tun wie jene; denn sie liebt Sie, flennt sie. Solche Frauen versteht sie einfach nicht!) Sie beschwert sich, daß sie nicht im eigenen Wagen auf den Champs-Elysées spazierenfahren kann, weich in die Polster geschmiegt, wie Madame de Fischtaminel. (Das ist eine, die sich darauf versteht zu leben!) Die hat einen guten Mann, einen, der Bescheid weiß, der gut gezogen und glücklich ist! Seine Frau würde für ihn durchs Feuer gehen . . . !

Endlich sind Sie geschlagen worden in tausend Eheszenen, geschlagen durch die logischsten Erwägungen (der verstorbene Tripier[25], der verstorbene Merlin[26] sind die reinsten Kinder, die vorhergehende Ehenöteschilderung hat es Ihnen männiglich bewiesen); geschlagen durch die katzenhaftesten Schmeicheleien, geschlagen durch Tränen, geschlagen durch Ihre eigenen Worte; denn unter solcherlei Umständen kauert eine Frau im Laubwerk ihres Hauses wie ein Jaguar; sie erweckt nicht den Anschein, als höre sie Ihnen zu, als beachte sie Sie; aber wenn Ihnen eine Äußerung entschlüpft, eine Geste, ein Wunsch, ein Wort, dann bewaffnet sie sich damit, sie wetzt es, sie hält es Ihnen hundert- und aber hundertmal entgegen ... Geschlagen durch anmutsvolle Mätzchen: »Wenn du dieses tust, tue ich jenes.« Die Frauen werden dann geschäftstüchtiger als die Juden, als die Griechen (diejenigen unter ihnen, die Parfüms und kleine Mädchen verkaufen), die Araber (diejenigen unter ihnen, die kleine Jungen und Pferde verkaufen), geschäftstüchtiger als die Schweizer, die Genfer, die Bankiers und die schlimmsten von allen, die Genuesen[27]!

Kurzum, geschlagen, wie man nur geschlagen werden kann, entschließen Sie sich, bei einer Spekulation einen gewissen Teil ihres Kapitals aufs Spiel zu setzen. Eines Abends, in der Dämmerstunde, Seite an Seite, oder eines Morgens beim Aufwachen, wenn Caroline neben Ihnen liegt, erst halb wach, rosig in den weißen Laken, in ihrer Spitzenhaube lächelnd, sagen Sie zu ihr: »Du willst dieses! Du willst jenes! Du hast mir dies gesagt! Du hast mir das gesagt ...!« Kurz und gut, Sie zählen im Handumdrehen die unzähligen Launen auf, mit denen sie Ihnen oft und oft das Herz im Leib umgedreht hat, denn es gibt nichts Schrecklicheres, als den Wunsch einer geliebten Frau nicht erfüllen zu können, und Sie schließen damit, daß Sie sagen:

»Hör mal zu, Liebste, es bietet sich eine Gelegenheit, hunderttausend Francs zu verfünffachen, und ich bin entschlossen, bei diesem Geschäft mitzumachen.«

Sie wird ganz wach, sie richtet sich auf dem auf, was man gemeinhin als »ihre Sitzfläche« bezeichnet, sie küßt Sie, ohlala ... gut!

»Du bist aber mal nett«, ist ihr erstes Wort.

Vom letzten wollen wir nicht reden; es ist eine ungeheure und unaussprechliche, ziemlich wirre Lautmalerei.

»Jetzt«, sagt sie, »setz mir bitte mal dieses Geschäft auseinander.«

Und Sie versuchen, das Geschäft auseinanderzusetzen. Nun aber verstehen Frauen nichts von geschäftlichen Dingen, sie wollen nicht den Anschein erwecken, als verstünden sie sie; sie verstehen sie wo, wann und wie? Sie müssen sie verstehen, zu ihrer Zeit – in der Saison –, ihrer Phantasie entsprechend. Ihr geliebtes Geschöpf, die entzückte Caroline, sagt, es sei ein Irrtum Ihrerseits gewesen, ihre Wünsche, ihr Jammern, ihr Verlangen nach Toiletten ernst zu nehmen. Sie hat Angst vor diesem Geschäft; sie schreckt zurück vor Geschäftsführern, Aktien, vor dem Betriebskapital; das mit der Dividende ist ihr nicht klar ...

Grundsatz

FRAUEN HABEN STETS ANGST VOR DEM, WAS GETEILT WERDEN MUSS.

Kurzum, Caroline fürchtet Fallstricke; aber sie ist entzückt zu wissen, daß sie ihren Wagen haben kann, ihre Theaterloge, die unterschiedlichen Anzüge ihres Jungen usw. Während sie versucht, Sie von der Beteiligung an dem Geschäft abzubringen, ist sie sichtlich beglückt, daß Sie Ihr Kapital hineinstecken.

Erster Zeitabschnitt: »Oh, Liebste, ich bin die glücklichste Frau auf Erden; Adolphe hat sich unlängst an einem großartigen Geschäft beteiligt. Ich soll einen eigenen Wagen haben, oh, einen viel schöneren als Madame de Fischtaminel, der ist so unmodern; meiner bekommt Scheibengardinen mit Fransen ... Mausgraue Pferde bekomme ich; sie hat bloß Füchse, und die sind so alltäglich wie Sechs-Liard-Münzen.«

»Madame, dann ist dieses Geschäft also ...?«

»Oh, prachtvoll, die Aktien müssen steigen; er hat es mir erklärt, ehe er mitmachte; Adolphe, ja, Adolphe unternimmt nämlich nichts, ohne sich bei mir Rat zu holen ...«

»Dann sind Sie recht gut dran.«

»Ohne absolutes Vertrauen ist die Ehe unerträglich, und Adolphe sagt mir alles.«

Sie sind, Sie oder du, Adolphe, der beste Gatte in ganz Paris, ein anbetenswerter Mann, ein Genie, ein Herz, ein Engel. Deswegen werden Sie verhätschelt, bis es Ihnen fast lästig wird. Sie segnen die Ehe. Caroline rühmt die Männer – diese Kronen der Schöpfung –! die Frauen sind für sie geschaffen worden – der Mann ist großherzig – die Ehe ist die schönste aller Einrichtungen.

Drei Monate, sechs Monate lang veranstaltet Caroline die glänzendsten Konzerte und Soli über den wunderbaren Satz: »Ich werde reich sein! – Ich werde monatlich tausend Francs für meine Toilette haben. – Ich bekomme einen eigenen Wagen . . .!«

Von dem Jungen ist nur noch die Rede, wenn es darum geht, zu überlegen, in welches Internat er geschickt werden soll.

Zweiter Zeitabschnitt: »Na, Liebster, wie ist es nun eigentlich mit diesem Geschäft? – Was wird aus deinem Geschäft – Und wie steht es um das Geschäft, das mir einen Wagen usw. verschaffen soll . . .? – Es wird hohe Zeit, daß dein Geschäft zustande kommt . . .! Wann ist das Geschäft wohl unter Dach? – Steigen die Aktien? – Nur du kannst dich auf Geschäfte einlassen, die niemals zum Abschluß kommen.«

Eines Tages fragt sie Sie: »Existiert das Geschäft überhaupt?«

Wenn Sie nach acht bis zehn Monaten auf das Geschäft zu sprechen kommen, antwortet sie:

»Ach, dies Geschäft . . .! Es existiert also tatsächlich.«

Diese Frau, die Sie für dumm gehalten hatten, beginnt unglaublicherweise Geist zu bekunden, wenn es darum geht, sich über Sie lustig zu machen. Während dieser Zeit bewahrt Caroline ein kompromittierendes Schweigen, wenn die Rede auf Sie kommt. Oder sie macht die Männer in ihrer Gesamtheit schlecht: »Die Männer sind nicht, was sie scheinen; man kennt sie erst, wenn man sich ihrer bedient. – Die Ehe hat ihr Gutes und Schlimmes. – Die Männer wissen mit nichts zu Ende zu kommen.«

Dritter Zeitabschnitt. – Katastrophe. – Jenes herrliche Unternehmen, das fünf Kapitale für eins hatte ergeben sollen, an dem die mißtrauischsten Leute teilgenommen haben, die Leute, die am besten unterrichtet sind, Pairs und Abgeordnete, Bankiers, samt und sonders Ritter der Ehrenlegion – dieses Geschäft ist in Liquidation! Die Kühnsten erhoffen sich zehn Prozent ihres Kapitals. Sie lassen den Kopf hängen.

Caroline hat Sie oft gefragt: »Adolphe, was hast du? – Adolphe, du hast was.«

Schließlich teilen Sie Caroline das fatale Ergebnis mit; zunächst tröstet sie Sie.

»Hunderttausend Francs dahin! Fortan müssen wir strengste Sparsamkeit walten lassen«, sagen Sie unklugerweise.

Bei dem Wort »Sparsamkeit« bricht der weibliche Jesuitismus aus. Das Wort »Sparsamkeit« wirft den Funken ins Pulverfaß.

»So! Das heißt also, Geschäfte machen! Warum hast du, *du, der du so klug und vorsichtig bist,* hunderttausend Francs aufs Spiel gesetzt? Ich bin gegen dieses Geschäft gewesen, das weißt du ganz genau! *Aber du hast ja nicht auf mich gehört . . .!*«

Sie sind zu nichts nütze – Sie sind ein unfähiger Mensch – nur die Frauen sehen richtig. – Sie haben das Brot Ihrer Kinder riskiert – sie hat Ihnen davon abgeraten. – Sie können nicht sagen, Sie hätten es ihretwegen getan. Sie hat sich, gottlob, keinen Vorwurf zu machen. Hundertmal im Verlauf des Monats spielt sie auf Ihren Fehlschlag an: »Wenn der Herr nicht sein Kapital in dieses Unternehmen gesteckt hätte, könnte ich dies und jenes haben. Wenn du wieder mal ein Geschäft machen willst, dann mußt du auf mich hören!« Adolphe ist angeklagt und überführt, aus purem Leichtsinn, ohne Zweck und Ziel, hunderttausend Francs verloren zu haben, wie ein Blödian, ohne seine Frau um Rat gefragt zu haben. Caroline widerrät ihren Freundinnen, zu heiraten. Sie jammert über die Unfähigkeit der Männer, dieser Vergeuder des Vermögens ihrer Frauen. Caroline ist rachsüchtig! Sie ist dumm, sie ist abscheulich! Bedauert Adolphe! Bedauert euch selber, ihr Ehemänner! Freut euch, ihr Junggesellen!

Erinnerungen und Reue

Nach einigen Ehejahren ist Ihre Liebe so geruhsam geworden, daß Caroline bisweilen abends versucht, Sie durch kleine, bissige Äußerungen wach zu machen. Sie haben irgend etwas Ruhiges und Abgeklärtes an sich, das alle legitimen Frauen ungeduldig macht. Die Frauen erblicken darin eine gewisse Unverschämtheit;

sie halten das Sichgehenlassen des Glücks für das Geckentum der Gewißheit, denn sie denken niemals an die Verschmähung ihrer unschätzbaren Werte: Ihre Tugend ist dann wütend, beim Wort genommen zu sein.

In dieser Lage, die der Urgrund der Ausdrucksweise jeder Ehe ist und mit der Mann und Frau rechnen müssen, wagt kein Mann zu sagen, Aalpastete langweile ihn[28]; aber sein Appetit bedarf sicherlich der Würzen der Toilette, der Gedanken an Fernsein, der Reizungen einer vermuteten Nebenbuhlerschaft.

Kurz und gut, Sie gehen jetzt wohlgefällig mit Ihrer Frau spazieren, und sie hat Sie untergehakt, ohne daß Sie ihren Arm mit der furchtsamen und besorgten Kohäsion eines Geizhalses, der seinen Schatz hält, an Ihre Hüfte drücken. Sie schauen sich rechts und links die Kuriositäten auf den Boulevards an und halten Ihre Frau locker und geistesabwesend am Arm, als seien Sie der Schlepper eines plumpen normannischen Lastkahns. Und jetzt wollen wir offen sein, ihr Freunde! Wenn hinter Ihrer Frau ein Bewunderer sie aus Versehen oder Absicht allzu nachdrücklich gestreift hat, haben Sie keine Lust, die Beweggründe des Passanten zu erkunden; überdies macht es keiner Frau Spaß, wenn ob einer solchen Geringfügigkeit ein Streit ausbricht. Ist diese Geringfügigkeit, auch das wollen wir zugeben, nicht über die Maßen schmeichelhaft für Mann und Frau?

Sie wohnen dem Zwischenfall bei, aber Sie haben es damit bewenden lassen. Dabei begraben Sie in der Tiefe Ihres Herzens und Ihres Gewissens einen schrecklichen Gedanken: Caroline hat Ihren Erwartungen nicht entsprochen. Caroline hat Fehler, die auf der hohen See des Honigmonds unter Wasser geblieben sind und die die Ebbe des Aprilmonds entblößt hat. Sie haben sich oftmals an diesen Klippen gestoßen; Ihre Hoffnungen sind mehrmals gescheitert; mehrmals haben Ihre Wünsche als heiratslustiger junger Mann (wo ist diese Zeit geblieben!) daran ihre Schiffe voller phantastischer Reichtümer zerschellen sehen: Die erlesensten der Waren sind verdorben; der Ballast der Ehe ist geblieben. Kurzum, um sich eines Ausdrucks der Alltagssprache zu bedienen, wenn Sie über Ihre Ehe mit sich selbst zu Rate gehen, sagen Sie sich, wenn Sie Caroline anschauen: *»Dies hätte ich nicht für möglich gehalten!«*

Eines Abends, beim Ball, in der Gesellschaft, bei einem Freunde, gleichgültig, wo, begegnen Sie einem köstlichen, schönen, intelligenten und guten jungen Mädchen; einer Seele, ach, einer himmlischen Seele! Einer wunderbaren Schönheit! Da haben Sie es, dieser unwandelbare Schnitt des ovalen Gesichts, diese Züge, die lange den Einwirkungen der Zeit widerstehen müssen, diese anmutige, träumerische Stirn. Die Unbekannte ist reich, sie ist gebildet, sie gehört einer angesehenen Familie an; überall wird sie sein, was sie sein muß; sie wird zu glänzen oder in den Schatten zu treten wissen; sie stellt, mit einem Wort, in all ihrer Glorie und all ihrer Macht das erträumte Wesen dar, Ihre Frau, die, die bis in alle Ewigkeit zu lieben Sie sich befähigt fühlen; stets wird sie Ihren Eitelkeiten schmeicheln; sie würde Ihre Interessen verstehen und ihnen wunderbar dienen. Zudem ist sie zärtlich und frohgemut, dieses junge Mädchen, das alle Ihre noblen Leidenschaften erweckt! Das erloschene Wünsche auflodern läßt!

Mit düsterer Verzweiflung schauen Sie Caroline an, und jetzt kommen die Gedankengespenster und treffen mit ihren Fledermausflügeln, ihren Geierschnäbeln, ihren Nachtfalterkörpern die Innenwände des Palastes, wo wie eine goldne Lampe Ihr Gehirn schimmert, vom Begehren entzündet.

Erste Strophe. – Ach, warum habe ich mich verheiratet? Ach, welch unheilvoller Einfall! Ich habe mich von ein paar Talern übertölpeln lassen. Wie? Es ist aus; ich kann nur *eine* Frau haben. Ach, wie klug sind die Türken! Man merkt, daß der Verfasser des Korans in der Wüste gelebt hat!

Zweite Strophe. – Meine Frau ist krank; manchmal hustet sie morgens. Lieber Gott, wenn es in den Ratschlüssen deiner Weisheit enthalten ist, Caroline aus dieser Welt zu entrücken, dann tu es schnell, um ihres und meines Glückes willen. Dieser Engel hat seine Zeit vollbracht.

Dritte Strophe. – Aber ich bin ja ein Scheusal! Caroline ist die Mutter meiner Kinder.

Ihre Frau fährt mit Ihnen im Wagen heim, und Sie finden sie gräßlich; sie spricht mit Ihnen, Sie antworten einsilbig. Sie fragt

Sie: »Was hast du eigentlich?« Sie antworten: »Nichts.« Sie hustet; Sie fordern sie auf, gleich morgen zum Arzt zu gehen. Die Medizin hat ihre Zufälle.

Vierte Strophe. – Es ist mir erzählt worden, ein von den Erben kärglich bezahlter Arzt habe höchst unklugerweise ausgerufen: »Sie speisen mich mit hundert Talern ab, und dabei verdanken sie mir vierzigtausend Francs Zinsen!« Oh, *ich* werde ganz bestimmt nicht mit dem Honorar knausern!

»Caroline«, sagen Sie mit erhobener Stimme zu ihr, »du mußt auf dich achtgeben; knüpf deinen Schal fester, geh achtsam mit dir um, mein geliebter Engel.«

Ihre Frau ist über Sie entzückt; Sie scheinen gewaltigen Anteil an ihr zu nehmen. Während Ihre Frau ausgekleidet wird, bleiben Sie auf der Causeuse sitzen.

Als das Kleid fällt, sinnen Sie über die göttliche Erscheinung nach, die Ihnen die Pforte des Luftschlosses auftut. Entzückende Ekstase! Sie sehen das köstliche junge Mädchen . . .! Sie ist weiß wie das Segel der Galione, die, mit Schätzen beladen, in Cadiz einläuft. Sie hat wundervolle an Bord, die den habgierigen Kaufherrn bezaubern. Ihre Frau ist glücklich, bewundert zu werden, und wird sich jetzt über Ihre Schweigsamkeit klar. Dies köstliche junge Mädchen! Sie sehen sie mit geschlossenen Augen vor sich; sie beherrscht Ihr Denken, und jetzt sagen Sie:

Fünfte und letzte Strophe. – Göttlich! Anbetenswert! Gibt es zwei solcher Frauen? Rose der Nächte! Elfenbeinturm! Himmlische Jungfrau! Abend- und Morgenstern!

Jedermann hat seine kleinen Litaneien; Sie haben ihrer vier aufgesagt.

Am andern Tag ist Ihre Frau ganz reizend; sie hustet nicht länger; sie braucht den Arzt nicht mehr; wenn sie platzt, dann platzt sie vor Gesundheit; Sie haben sie viermal im Namen des jungen Mädchens verflucht, und viermal hat sie Sie gesegnet. Caroline weiß nicht, daß im Grunde Ihres Herzens ein kleiner Goldfisch von der Art der Krokodile zappelt, eingeschlossen in die eheliche Liebe wie der andere in ein Aquarium, aber ohne Muschelzierat.

Ein paar Tage zuvor hatte Ihre Frau über Sie in recht doppelsinnigen Ausdrücken mit Madame de Fischtaminel gesprochen; Ihre Freundin besucht sie, und nun kompromittiert Caroline Sie durch feuchte, lange währende Blicke; sie rühmt Sie; sie hält sich für glücklich.

Wütend verlassen Sie das Haus, Sie toben und sind nur zu froh, auf dem Boulevard einem Bekannten zu begegnen, damit Sie Ihre Galle ausspeien können.

»Lieber Freund, heirate nie! Es ist weit besser zu erleben, daß deine Erben deine Möbel wegtragen, während du röchelst; es ist weit besser, zwei Stunden lang ohne zu trinken im Todeskampf zu liegen und von den testamentarischen Reden einer Krankenschwester umgebracht zu werden wie derjenigen, die Henri Monnier[29] so grausam in Szene setzt bei seiner schrecklichen Schilderung der letzten Augenblicke eines Unverheirateten! Heirate unter keinen Umständen!«

Glücklicherweise sehen Sie das köstliche junge Mädchen nicht wieder! Sie sind vor der Hölle bewahrt geblieben, in die verbrecherische Gedanken Sie hineingebracht hätten; Sie fallen in das Fegefeuer Ihres ehelichen Glücks zurück; aber Sie fangen an, ein Auge auf Madame de Fischtaminel zu haben, die Sie angebetet haben, ohne an sie heranzukommen, als Sie noch Junggeselle waren.

Bemerkung

Ist man auf dieser Höhe der Länge oder Breite auf dem ehelichen Ozean angelangt, so stellt sich ein kleines, intermittierendes Übel ein, ziemlich ähnlich wie rasende Zahnschmerzen ... Sie gebieten mir Einhalt, wie ich sehe, um mich zu fragen: »Wie bestimmt man die Höhe auf diesem Meer? Wann kann ein Ehemann sich dieses nautischen Punkts bedienen, und lassen sich dessen Klippen vermeiden?«

Man befindet sich dort, verstehen Sie? ebensogut nach zehn Monaten der Ehe wie nach zehn Jahren; das hängt von der Route des Schiffes ab, von seiner Besegelung, vom Monsun, der Stärke der Strömungen und vor allem von der Zusammensetzung der Besatzung. Nun, es besteht der Vorteil, daß die Seeleute nur *eine* Methode haben, das Besteck zu nehmen[30], während die Ehemänner deren tausend besitzen, um den ihrigen festzustellen.

Beispiele. Caroline, Ihr Ex-Rehlein, Ihr Ex-Goldschatz, der jetzt schlicht und einfach Ihre Frau geworden ist, stützt sich viel zu sehr auf Ihren Arm bei Spaziergängen auf dem Boulevard, oder sie findet es sehr viel vornehmer, Sie überhaupt nicht mehr unterzuhaken.

Entweder sieht sie mehr oder weniger junge, mehr oder weniger gut angezogene Männer, sie, die ehedem niemanden sah, nicht einmal, wenn der Boulevard schwarz von Hüten war und von mehr Herren- als Damenstiefeln begangen wurde.

Oder sie sagt, wenn Sie heimkommen: »Es ist nichts, nur Monsieur!« anstatt wie früher: »Ach! Adolphe ist es!«, und das sagte sie mit einer Geste, einem Blick und einer Betonung, die ihre Verehrer denken ließen: Na, endlich mal eine, die glücklich ist! (Jener Ausruf einer Frau begreift zwei Zeiten in sich: die, während der sie aufrichtig ist, und die, während der sie heuchelt mit: »Ach, Adolphe ist es.« Wenn sie ausruft: »Es ist nichts, nur Monsieur!«, dann geruht sie nicht mehr, Komödie zu spielen.)

Oder, wenn Sie etwas später heimkommen (um elf, um Mitternacht), dann ... schnarcht sie!!! Ein widerwärtiges Indiz!

Oder sie streckt Ihnen abwehrend die Arme entgegen ... (In der englischen Ehe geschieht das im Eheleben einer Lady nur ein einziges Mal; und dann fährt sie am nächsten Tag mit irgendeinem Captain nach dem Kontinent und denkt nicht mehr daran, abwehrend die Arme auszustrecken.)

Oder ... aber wir wollen es damit sein Bewenden haben lassen.

Dies wendet sich an die Seeleute oder Ehemänner, die mit dem *Witterungskalender*[31] vertraut sind.

Ja, wirklich, unter dieser Linie, die einem tropischen Zeichen benachbart ist, über dessen Namen einen vulgären, dieses geistvollen Werks unwürdigen Scherz zu machen der gute Geschmack verbietet, wird eine schreckliche kleine Ehemißlichkeit erklärt, die findigerweise die Bezeichnung »eheliche Pferdebremse« erhalten hat, und die ist von allen Stechmücken, Moskitos, Tarakanen[32], Flöhen und Skorpionen das aufdringlichste und lästigste Insekt, weil kein Moskitonetz hat erfunden werden können, um sich ihrer zu erwehren. Die Pferdebremse sticht nicht auf der Stelle zu; sie summt und brummt einem zunächst um die Ohren, und man weiß zunächst nicht, *was es damit auf sich hat.*

So sagt Caroline ohne jede Veranlassung mit der natürlichsten Miene der Welt: »Madame Deschars hatte gestern ein recht schönes Kleid an ...«

»Sie hat Geschmack«, antwortet Adolphe, ohne ein Wort davon zu glauben.

»Ihr Mann hat es ihr geschenkt«, entgegnet Caroline achselzuckend.

»Siehe da!«

»Ja, ein Kleid für vierhundert Francs! Das Schönste, was man sich an verarbeitetem Samt vorstellen kann ...«

»Vierhundert Francs!« ruft Adolphe und nimmt dabei die Pose des Apostels Thomas ein.

»Aber es kommen zwei auswechselbare Besätze und ein Mieder hinzu ...«

»Was Deschars macht, das macht er gründlich!« entgegnet Adolphe und flüchtet sich ins Scherzen.

»Nicht alle Männer sind so aufmerksam«, sagt Caroline trocken.

»Wieso, aufmerksam?«

»Aber Adolphe ... an den auswechselbaren Besatz und an ein Mieder zu denken, damit das Kleid auch noch seinen Zweck erfüllt, wenn es nicht mehr mit tiefem Ausschnitt getragen werden kann ...«

Adolphe sagt sich: »Caroline will ein Kleid.«

Der Ärmste!

Einige Zeit danach hat Monsieur Deschars das Schlafzimmer

seiner Frau neu herrichten lassen. Dann hat Monsieur Deschars die Diamanten seiner Frau nach der neuen Mode fassen lassen. Monsieur Deschars geht nie ohne seine Frau aus oder läßt seine Frau nirgendwo hingehen, ohne ihr den Arm zu reichen.

Wenn Sie Caroline irgend etwas mitbringen, ist es nie so gut wie das, was Monsieur Deschars seiner Frau mitgebracht hat. Wenn Sie sich die geringste Geste, das geringste Wort herausnehmen, die ein bißchen zu heftig sind; wenn Sie ein bißchen zu laut sprechen, dann vernehmen Sie den zischenden, natterhaften Satz:

»So würde Monsieur Deschars sich nicht benehmen! Nimm dir doch ein Beispiel an Monsieur Deschars.«

Kurzum, der blöde Monsieur Deschars wird in Ihrer Ehe jeden Augenblick und bei jeder Gelegenheit zitiert.

Die Äußerung: »Überleg doch, ob Monsieur Deschars sich je erlauben würde . . .«, ist ein Damoklesschwert oder, schlimmer noch, eine Nadel; und Ihr Selbstgefühl ist das Nadelkissen, in das Ihre Frau sie beständig hineinsticht, sie wieder herauszieht und sie dann abermals hineinsticht, unter einer Fülle unerwarteter und mannigfacher Vorwände, wobei sie sich übrigens der schmeichlerischsten und freundschaftlichsten Ausdrücke bedient, und auf eine überaus nette Weise.

Adolphe, der Bremsenstiche bekommt, bis er davon förmlich tätowiert ist, tut schließlich das, was bei einer guten Polizei, bei der Regierung, in der Strategie getan wird. (Siehe Vaubans Werk über das Angreifen und Verteidigen von Festungen.) Er verfällt auf Madame de Fischtaminel, eine noch junge, elegante, ein bißchen kokette Frau, und legt sie (der Schuft hat sich das seit langem vorgenommen) als Brennkegel[33] auf die außerordentlich kitzlige Haut Carolines.

O ihr, die ihr so oft ausruft: »Ich weiß nicht, was meine Frau hat . . .«, ihr werdet diese Druckseite transzendentaler Philosophie küssen, denn ihr werdet darin *den Schlüssel zum Charakter aller Frauen finden* . . .! Aber sie so gut kennen, wie ich sie kenne, heißt nicht, sie gut kennen; sie kennen sich ja selber nicht! Gott, ihr wißt es, hat sich nämlich geirrt in bezug auf die eine, die er zu leiten und die zu schaffen er sich die Mühe gemacht hatte.

Caroline möchte Adolphe nur zu gern zu jeder Stunde stechen; aber diese Fähigkeit, von Zeit zu Zeit eine Wespe auf den Ehegatten (das ist ein juristischer Ausdruck) loszulassen, ist ein ausschließlich der Gattin vorbehaltenes Recht. Adolphe wird ein Unmensch, wenn er auf seine Frau auch nur eine Mücke losläßt. Von seiten Carolines ist es ein reizender Scherz, eine Tändelei, um das Leben zu zweit heiterer zu gestalten, und vor allem entspringt es den reinsten Absichten: Von seiten Adolphes dagegen ist es eine karibische Grausamkeit, ein Verkennen des Herzens seiner Frau und ein vorbedachter Plan, ihr Kummer zu machen. Das Folgende ist nichts.

»Sie haben also Madame de Fischtaminel recht gern?« fragt Caroline. »Was hat sie denn geistig oder im Gehaben so Verführerisches, diese Spinne?«

»Aber Caroline . . .«

»Ach, machen Sie sich nicht die Mühe, diese absonderliche Neigung abzuleugnen«, sagt sie und hemmt damit eine Verneinung auf Adolphes Lippen, »ich beobachte schon seit langem, daß Sie diese Zaunlatte (Madame de Fischtaminel ist mager) mir vorziehen . . . Nun, nur zu . . . Sie werden bald den Unterschied gemerkt haben.«

Verstehen Sie? Sie können Caroline nicht verdächtigen, auch nur die leiseste Neigung für Monsieur Deschars zu empfinden (das ist ein dicker, alltäglicher, rotgesichtiger Mann, ein ehemaliger Notar), wogegen Sie Madame de Fischtaminel lieben! Und jetzt wird Caroline, jene Caroline, unter deren Harmlosigkeit Sie so oft gelitten haben, Caroline, die sich in Welt und Gesellschaft hineingelebt hat, Caroline wird geistvoll: Sie haben zwei Pferdebremsen statt einer.

Am andern Tag fragt sie Sie und setzt dabei eine einfältiggutartige Miene auf: »Wie weit sind Sie eigentlich mit Madame de Fischtaminel . . .?«

Wenn Sie fortgehen, sagt sie: »Geh nur, Liebster, geh nur und nimm dein Heilbad!«

Denn in ihrem Zorn gegen eine Rivalin greifen alle Frauen, sogar Herzoginnen, zu heftigen Schmähungen und gehen sogar so weit, daß sie sich der bildhaften Vergleiche der Markthallenweiber bedienen; sie schmieden sich dann Waffen aus allem.

Caroline von ihrem Irrtum überzeugen und ihr beweisen zu wollen, Madame de Fischtaminel sei Ihnen gleichgültig, würde Sie gar zu teuer zu stehen kommen. Das wäre eine Dummheit, die kein intelligenter Mann in seiner Ehe begeht; er büßt dabei an Macht ein und wird schartig.

O Adolphe, du bist unglücklicherweise in die Jahreszeit gelangt, die geistvollerweise der *Spätsommer der Ehe* genannt wird. Ach, jetzt mußt du, und das ist etwas Köstliches, deine Frau zurückerobern, deine Caroline, sie wieder um die Taille fassen und dadurch zum besten aller Ehemänner werden, daß du versuchst zu erraten, was ihr gefällt, um so zu handeln, daß es ihr Vergnügen macht, und nicht nach deinem Willen! Darauf kommt fortan alles an.

Die Galeerenstrafen

Geben wir zu, was nach unserer Meinung eine neu aufpolierte Wahrheit ist:

Grundsatz

DIE MEISTEN MÄNNER HABEN STETS EIN WENIG VON DEM GEIST, DEN EINE SCHWIERIGE SITUATION ERFORDERT, WENN SIE AUCH NICHT DEN GANZEN GEIST JENER SITUATION HABEN.

Was die Ehemänner betrifft, die ihrer Stellung nicht gewachsen sind, so können wir uns unmöglich mit ihnen befassen: Da gibt es keinen Kampf, sie gehören der großen Klasse der *Resignierten* an.

Adolphe sagt sich also: »Frauen sind Kinder; man halte ihnen ein Stück Zucker hin, und dann tanzen sie einem sämtliche Kontertänze vor, die leckermäulige Kinder zu tanzen pflegen; aber man muß immer ein Bonbon bei sich haben und es ihnen möglichst hoch hinhalten, und . . . das Wohlgefallen an Bonbons darf ihnen nicht vergangen sein. Die Pariserinnen (Caroline stammt aus Paris) sind über die Maßen eitel, sie sind genäschig . . .! Man beherrscht die Menschen nur, man macht sie sich nur zu Freunden, wenn man sie samt und sonders bei ihren Lastern packt, wenn man ihren Leidenschaften schmeichelt: Meine Frau ist mein Eigentum!«

Ein paar Tage danach, und Adolphe hat inzwischen seine Aufmerksamkeiten gegenüber seiner Frau verdoppelt, hält er ihr folgende Rede:

»Hör mal, Caroline, wir wollen uns amüsieren! Jetzt mußt du dein neues Kleid anziehen (dasselbe, das auch Madame Deschars hat), und . . . na ja, wir wollen uns irgendeine Dummheit im Théâtre des Variétés[34] ansehen.«

Dergleichen Vorschläge versetzen alle legitimen Gattinnen stets in die beste Laune. Und man zieht los! Adolphe hat bei Borrel, im Rocher de Cancale[35], ein hübsches, erlesenes kleines Abendessen bestellt.

»Wenn wir nun schon mal ins Theater gehen, wollen wir auch in der Stadt essen!« ruft Adolphe auf dem Boulevard und tut, als gebe er einer großzügigen Improvisation nach.

Caroline ist glücklich über diesen Anschein guter Vermögensumstände; sie betritt jetzt einen kleinen Salon, wo sie das Tischtuch aufgelegt und das kleine, kokette Geschirr vorfindet, mit dem Borrel Leuten aufwartet, die reich genug sind, um das Lokal bezahlen zu können, das für die Großen der Erde bestimmt ist, die sich für ein Weilchen klein machen.

Die Frauen essen wenig, wenn sie zu einem Abendessen gebeten worden sind; ihr heimlicher Harnisch hemmt sie, sie tragen das Paradekorsett; es sind Frauen anwesend, deren Augen und Zungen gleichermaßen zu fürchten sind. Sie mögen keine üppige, aber eine hübsche Kost: Krebse aussaugen, gebackene Wachteln futtern, einen Birkhahnschlegel zerkleinern und mit einem ganz frischen Fisch beginnen, der durch eine der Saucen gewürzt ist, die den Ruhm der französischen Küche bilden. Frankreich herrscht durch den Geschmack in allen Dingen: durch Entwürfe, durch Moden usw. Die Sauce ist der Triumph des Geschmacks. Deshalb sind Grisetten, Bürgerfrauen und Herzoginnen entzückt über ein gutes, kleines, mit erlesenen Weinen angefeuchtetes Abendessen, das man nur in kleinen Mengen zu sich nimmt und das mit Obst abgeschlossen wird, wie es nur nach Paris versandt wird, vor allem, wenn man jenes kleine Abendessen im Theater verdauen will, in einer guten Loge, und dabei Dummheiten anhört, die auf der Bühne, und die, die einem zugeflüstert werden als Erklärung derjenigen auf der Bühne. Die

Sache ist nur die, daß die Rechnung im Restaurant hundert Francs beträgt; die Loge kostet dreißig, und hinzu kommen der Wagen, die Toilette (neue Handschuhe, Bukett usw.), was ebensoviel kostet. Jene galante Liebenswürdigkeit kommt auf ein Gesamt von hundertsechzig Francs zu stehen; das macht etwa viertausend Francs im Monat, wenn man häufig in die komische Oper, die italienische Oper und die große Oper geht. Viertausend Francs im Monat kommen heute einem Kapital von zwei Millionen gleich. Aber das eheliche Glück wiegt das auf.

Caroline sagt zu ihren Freundinnen Dinge, die sie für überaus schmeichelhaft hält, die indessen einen intelligenten Mann ein schiefes Gesicht ziehen lassen.

»Seit einiger Zeit ist Adolphe bezaubernd. Ich weiß nicht, was ich getan habe, um soviel Liebenswürdigkeiten zu verdienen; aber er überschüttet mich damit. Und er erhöht den Wert von alledem noch durch das Zartgefühl und die Fürsorglichkeit, die uns Frauen so beeindrucken ... Am Montag hat er mich in den Rocher de Cancale geführt, und dann hat er behauptet, Véry[36] koche ebensogut wie Borrel, und er hat das Essen wiederholt, von dem ich Ihnen erzählt habe, aber als Nachtisch hat er mir ein Logenbillett für die Oper angeboten. Man gab ›Wilhelm Tell‹[37], und Sie wissen ja, dafür schwärme ich.«

»Sie sind gut dran«, antwortet Madame Deschars trocken und offenbar neidisch.

»Aber eine Frau, die ihre Pflichten gut erfüllt, verdient, wie mir scheint, solch ein Glück ...«

Wenn dieser abscheuliche Satz über die Lippen einer verheirateten Frau wallt, ist es klar, daß sie *ihre Pflicht* nach Art der Schulkinder erfüllt, nämlich um der Belohnung willen, die ihrer wartet. In der Schule will man Freistunden gewinnen; in der Ehe hofft man auf einen Schal, auf ein Schmuckstück. Also mehr Liebe!

»Ich, Liebste (Madame Deschars ist eingeschnappt), ich bin vernünftig. Mein Mann hat dergleichen Narrheiten ebenfalls begangen* ..., aber ich habe Ordnung hineingebracht. Bedenken

* Lüge, die einer dreifachen Todsünde gleichkommt (Unwahrheit, Hoffart, Neid), wie sie sich Frömmlerinnen erlauben, denn Madame Deschars ist eine schwarzgallige Frömmlerin. Sie versäumt kein Hochamt in Saint-Roch, seit sie mit der Königin zusammen Almosen gesammelt hat. (Anmerkung Balzacs.)

Sie doch, Kleine, wir haben zwei Kinder, und ich gestehe, daß hundert oder zweihundert Francs für mich, eine Hausfrau, eine beträchtliche Summe darstellen.«

»Ach, Madame«, sagt Madame Fischtaminel, »es ist besser, unsere Männer gehen mit uns mal gut essen, als . . .«

»Komm, Mann . . .!« sagt Madame Deschars barsch, steht auf und verabschiedet sich kurz.

Der edle Deschars (ein von seiner Frau annullierter Mann) hört also nicht das Ende jenes Satzes, durch den er erfahren hätte, daß man sein Hab und Gut mit exzentrischen Frauen vernaschen könne.

Die in all ihren Eitelkeiten geschmeichelte Caroline ergeht sich jetzt in allen Lieblichkeiten des Hochmuts und der Feinschmeckerei, und das sind zwei köstliche Todsünden. Adolphe gewinnt wieder an Boden; aber leider (diese Bemerkung verdient eine Petit Carême-Predigt) enthält die Sünde, wie alle Wollust, ihren Stachel. Gerade wie ein Autokrat führt das Laster nicht Buch über tausend köstliche Schmeicheleien angesichts einer einzigen rosa Falte, die es ärgert. Mit ihm muß der Mann *crescendo* . . . verfahren, und zwar immer.

Grundsatz

DAS LASTER, DER HÖFLING, DAS UNGLÜCK UND DIE LIEBE KENNEN NICHTS ALS DIE GEGENWART.

Nach Ablauf einer schwierig zu bestimmenden Zeit beschaut Caroline sich beim Nachtisch im Spiegel und erblickt blühende Rubine auf ihren Wangen und ihren so rein gezeichneten Nasenflügeln. Sie wird mißgelaunt, als sie das sieht, und Sie, Adolphe, der Sie so stolz in Ihrer Halsbinde posieren, der Sie den Oberkörper als befriedigter Mann recken, Sie wissen nicht, warum.

Ein paar Tage danach kommt die Schneiderin und hält Anprobe mit einem Kleid; sie rafft alle ihre Kräfte zusammen; es gelingt ihr nicht, es zuzuhaken . . . Die Zofe wird gerufen. Nach einem Wettziehen mit zwei Pferdekräften, einer wahren dreizehnten Herkules-Arbeit, ergibt sich ein klaffender Zwischenraum von zwei Zoll. Die unerbittliche Schneiderin kann nicht verhehlen, daß Carolines Maße sich geändert haben. Caroline, die ätherische Caroline, droht Madame Deschars zu ähneln. In der Alltagssprache ausgedrückt: Sie wird dick. Caroline bleibt niedergeschmettert allein.

»Wie soll ich mich, gleich der dicken Madame Deschars, mit Kaskaden von Fleisch à la Rubens abfinden? Und wirklich ...«, sagte sie sich, »Adolphe ist ein Schuft durch und durch. Ich sehe es, er will aus mir eine Mère Gigogne[38] machen! Und mich meiner Verführungsmittel berauben!«

Fortan will Caroline recht gern in die italienische Oper gehen; sie nimmt dort den dritten Teil einer Loge ein; aber sie findet es »todschick«, wenig zu essen, und die feinen Abendessen ihres Mannes lehnt sie ab.

»Liebster«, sagt sie, »eine wahrhaft elegante Frau darf nicht so oft dorthin gehen ... Man geht wohl mal aus Witz in dergleichen Lokale; aber sich dort gewohnheitsmäßig zeigen ...? Pfui!«

Borrel und Véry, diese Berühmtheiten des Kochherdes, verlieren jeden Tag tausend Francs Umsatz, weil sie keine Sondereinfahrt für Wagen haben. Wenn ein Wagen in den einen Torbogen einfahren und zum andern wieder hinausfahren könnte, wobei an der Vorhalle einer eleganten Treppe eine Frau abgesetzt wird, wieviel Kundinnen würden ihnen dann gute, dicke, reiche Kunden zuführen!

Grundsatz

DIE KOKETTERIE TÖTET DIE FEINSCHMECKEREI.

Caroline hat bald genug vom Theater, und einzig der Teufel kann wissen, woher diese Abneigung stammt. Entschuldigen Sie, Adolphe! Aber ein Ehemann ist nicht der Teufel.

Ein gutes Drittel aller Pariserinnen langweilt sich im Theater, abgesehen von ein paar Eskapaden, bei denen man lachen und in die Frucht einer Indezenz beißen – das lange währende Gift eines umfangreichen Melodrams einatmen –, sich an den Dekorationen begeistern will usw. Die Ohren vieler von ihnen haben die Musik übersatt; sie gehen nur der Sänger wegen in die italienische Oper, oder, wenn man will, um die Unterschiede der Aufführung festzustellen. Was die Theater am Leben erhält? Weil die Frauen dort vor und nach dem Stück ein Schauspiel darstellen. Einzig die Eitelkeit bezahlt den horrenden Preis von vierzig Francs für drei Stunden eines bestreitbaren Vergnügens, das man bei schlechter Luft und unter großen Kosten über sich ergehen läßt, ganz abgesehen von dem Schnupfen, den man sich beim Hinausgehen holt. Aber sich zeigen, sich sehen lassen, die Blicke von fünfhundert Männern einheimsen ...! Was für ein frei sich darbietender Mundvoll, würde Rabelais sagen!

Für diese kostbare Ernte, die das Selbstgefühl in die Scheuer bringt, muß man auffallen. Nun jedoch werden eine Frau und ihr Ehemann wenig beachtet. Caroline stellt zu ihrem Kummer fest, daß der Zuschauerraum voreingenommen für Frauen ist, die nicht ihre Ehemänner bei sich haben, für exzentrische Frauen. Der geringe Lohn, den sie aus ihrer Mühewaltung zieht, ihren Toiletten und ihren Posen, ist indessen in ihren Augen kaum ein Ausgleich für die Ermüdung, die Kosten und die Langeweile; nur zu bald ist es mit dem Theater wie mit dem guten Essen: Die gute Küche hat sie dick werden lassen, das Theater läßt sie gelb werden.

Hier ähnelt Adolphe (oder jedermann an Adolphes Stelle) jenem Bauern der Languedoc, der schrecklich an einer *agacin* (in der Hochsprache Hühnerauge; aber ist das Wort aus der Languedoc nicht hübscher?) litt. Der Bauer zwängte seinen Fuß zwei Zoll tief in die spitzigsten Kieselsteine des Wegs ein und sagte zu seinem *agacin:* »Beim leibhaftigen Gott, du Aas! Wenn du mir Schmerzen machst, dann will ich es dir heimzahlen.«

»Wahrhaftig«, sagt der tief enttäuschte Adolphe an dem Tag, da er von seiner Frau eine begründete Ablehnung erhält, »ich wüßte nur zu gern, was dir noch Spaß macht ...«

Caroline blickt ihren Mann von sehr hoch oben herab an, und nach einer Pause, die einer Schauspielerin würdig gewesen wäre, sagt sie zu ihm: »Ich bin weder eine Straßburger Gans noch eine Giraffe.«

»Man kann tatsächlich viertausend Francs den Monat besser anwenden«, antwortet Adolphe.

»Was willst du damit sagen?«

»Wenn man ein Viertel dieser Summe achtenswerten Sträflingen, jungen entlassenen Strafgefangenen, anständigen Verbrechern schenkt, wird man eine Persönlichkeit, ein kleiner

Blaumantel[39]!« entgegnet Adolphe, »und eine junge Frau ist dann stolz auf ihren Ehemann.«

Diese Äußerung ist der Sarg der Liebe! Daher nimmt Caroline sie sehr übel auf. Es folgt eine Auseinandersetzung. Diese mündet in die tausend Possen des nächsten Kapitels ein, dessen Titel die Liebhaber wie die Ehegatten zum Lächeln bringen soll. Wenn es gelbe Strahlen gibt, warum sollte es dann nicht auch Tage von dieser ungemein ehelichen Farbe[40] geben?

Das falsche, widerwillige Lächeln

Wenn Sie in diese Gewässer gelangt sind, dann erfreuen Sie sich der kleinen Szenen, die in der großen Oper der Ehe die Zwischenspiele darstellen; hier folge deren Typus.

Sie und Ihre Frau sind eines Abends nach dem Essen allein, und Sie sind schon so oft allein beisammen gewesen, daß Sie das Bedürfnis empfinden, einander kleine Bissigkeiten zu sagen, wie diese hier beispielsweise.

»Nimm dich in acht, Caroline«, sagt Adolphe, dem so viele unnütze Bemühungen das Herz belasten, »mir scheint, daß deine Nase die Impertinenz besitzt, daheim ganz genau so rot zu werden wie im Restaurant.«

»Du hast heute keinen liebenswürdigen Tag . . .«

Allgemeine Regel

KEIN MANN HAT DAS MITTEL HERAUSFINDEN KÖNNEN, IRGENDEINER FRAU EINEN FREUNDSCHAFTLICHEN RAT ZU GEBEN, NICHT EINMAL DER EIGENEN.

»Nichts zu machen, Liebste, vielleicht hast du dein Korsett zu eng geschnürt; auf diese Weise holt man sich Krankheiten . . .«

Sobald ein Mann diesen Satz zu irgendeiner Frau gesagt hat (sie weiß schließlich, daß die Fischbeinstäbe geschmeidig sind), faßt jene Frau die Fischbeinversteifung am unteren Ende, biegt sie hoch und sagt dabei wie Caroline:

»Siehst du, man kann die Hand hineinstecken! Ich schnüre mich nie zu eng.«

»Dann ist es vielleicht der Magen . . .«

»Was hat denn mein Magen mit meiner Nase zu tun?«

»Ist der Magen etwa kein Zentrum, das mit sämtlichen Organen zusammenhängt?«

»Dann ist die Nase ein Organ?«

»Freilich.«

»Dein Organ bedient dich augenblicklich sehr schlecht ... (Sie hebt die Augen auf und zuckt die Achseln.) Hör mal, was habe ich dir getan, Adolphe?«

»Unsinn, nichts, ich scherze bloß, und ich habe das Pech, dir nicht zu gefallen«, antwortet Adolphe lächelnd.

»*Mein* Unglück ist, deine Frau zu sein. Ach, warum bin ich nicht die eines andern!«

»Da sind wir uns einig!«

»Wenn ich einen andern Namen hätte und die Naivität besäße, zu sagen wie die Kokotten, die wissen wollen, woran sie mit einem Manne sind: ›Meine Nase ist besorgniserregend rot‹, und mich mit äffischer Ziererei im Spiegel betrachtete, würdest du mir antworten: ›Aber Madame, Sie verleumden sich! Erstens ist es überhaupt nicht zu sehen, und zweitens harmoniert es mit der Farbe Ihres Teints ... Überdies geht es uns allen nach dem Abendessen so!‹, und das wäre dann für dich der Ausgangspunkt, mir Komplimente zu machen ... Sage ich dir etwa, du würdest fett und bekämest allmählich Maurer-Farben, und ich liebte nun mal blasse, magere Männer ...?«

In London sagt man: »Rührt nicht an die Axt!«[41] In Frankreich müßte man sagen: »Rührt an keine Frauennase ...«

»Und das alles um ein bißchen Zuviel an natürlichem Zinnober!« ruft Adolphe. »Halte dich an den lieben Gott, der es sich einfallen läßt, auf eine Stelle ein bißchen mehr Farbe aufzutragen als an einer anderen, und nicht an mich ... der dich liebhat ... der dich vollkommen will und der dir zuruft: Paß auf!«

»Dann liebst du mich also gar zu sehr, denn seit einiger Zeit versteifst du dich darauf, mir unangenehme Dinge zu sagen; du suchst mich anzuschwärzen unter dem Vorwand, du wollest mich vervollkommnen ... Vor fünf Jahren bin ich als vollkommen betrachtet worden ...«

»*Ich* finde dich mehr als vollkommen, du bist schlechthin bezaubernd ...!«

»Mit zuviel Zinnober?«

Adolphe, der auf dem Gesicht seiner Frau einen hyperboräischen Ausdruck wahrnimmt, tritt herzu und setzt sich neben sie auf einen Stuhl. Caroline, die anständigerweise nicht weggehen kann, vollführt seitlich einen Hieb auf ihr Kleid, wie um eine Trennung zu vollziehen. Diese Bewegung führen manche Frauen mit einer provozierenden Impertinenz durch; aber sie hat zwei Bedeutungen: beim Whist fordert man dadurch entweder zum Ausspielen des Königs auf, oder man »paßt«. In diesem Augenblick »paßt« Caroline.

»Was hast du denn?« fragt Adolphe.

»Wollen Sie ein Glas Zuckerwasser?« fragt Caroline und befaßt sich mit Ihrer Hygiene und tritt dabei (als Last) ihre Rolle als Hausmädchen an.

»Warum?«

»Weil Sie beim Verdauen unliebenswürdig sind; Sie müssen große Schmerzen haben. Vielleicht müßte man einen Tropfen Schnaps in das Zuckerwasser tun? Der Doktor hat geäußert, das sei ein vortreffliches Heilmittel ...«

»Wie du dich um meinen Magen kümmerst!«

»Der ist doch ein Zentrum, er hängt mit allen Organen zusammen; er wirkt auf das Herz ein und von dort vielleicht auf die Zunge.«

Adolphe steht auf und geht stumm auf und ab; aber er denkt an all den Geist, den seine Frau sich zulegt; er sieht, daß sie mit jedem Tag an Kraft, an bitterer Schärfe zunimmt; sie wird zu einer Intelligenz in der Neckerei und zu einer militärischen Macht im Streit, die ihn an Karl XII. und die Russen erinnert. Caroline unterzieht sich in diesem Augenblick einer beängstigenden Mimik; sie wirkt, als fühle sie sich schlecht.

»Tut dir was weh?« fragt Adolphe, der dort gepackt worden ist, wo die Frauen uns stets zu packen pflegen, bei der Großherzigkeit.

»Es schlägt mir aufs Herz, wenn ich es nach dem Abendessen erleben muß, daß ein Mann hin und her geht wie ein Stutzuhrpendel. Aber so ist es nun mal mit euch Männern, ihr müßt immerfort in Bewegung sein ... Wie komisch ihr doch seid ... Männer sind samt und sonders mehr oder weniger verrückt ...«

Adolphe setzt sich an die Kaminseite gegenüber derjenigen, die seine Frau innehat, und verbleibt dort nachdenklich; die Ehe mit ihren Steppen kommt ihm vor, als sei sie von Brennesseln überwuchert.

»Na, schmollst du . . .?« fragt Caroline nach einer Viertelstunde, die sie der Beobachtung des ehemännlichen Gesichts gewidmet hat.

»Nein, ich überlege«, antwortet Adolphe.

»Oh, was für einen höllischen Charakter du hast . . .!« sagt sie achselzuckend. »Liegt es an dem, was ich über deinen Bauch, deine Figur und deine Verdauung gesagt habe? Siehst du denn nicht ein, daß ich dir deinen Zinnober habe heimzahlen wollen? Du erbringst den Beweis, daß die Männer genauso kokett wie die Frauen sind . . . (Adolphe bleibt kalt.) Weißt du, daß ich es sehr nett von euch Männern finde, wenn ihr unsere Eigenschaften übernehmt . . .? (Tiefes Schweigen.) Ich scherze, und du schnappst ein . . . (Sie mustert Adolphe.) Du ärgerst dich nämlich . . . Ich bin nicht wie du; ich kann den Gedanken nicht ertragen, dir wehgetan zu haben, wenn es auch nur ein bißchen ist! Und dabei ist es eine Idee, auf die kein Mann je gekommen wäre, deine Impertinenz einer Störung deiner Verdauung zuzuschreiben. Dies ist nicht mehr mein Dölfchen, es ist sein Bauch, der, weil er so dick ist, angefangen hat zu sprechen . . . Ich habe nicht gewußt, daß du Bauchredner bist, daran liegt es . . .«

Caroline blickt Adolphe lachend an; Adolphe sitzt da wie ein gestärktes Handtuch.

»Nein, er verzieht keine Miene . . . Und das nennt ihr Männer in eurer Redeweise: Charakter haben . . . Ach, wir Frauen sind doch bessere Menschen!«

Sie setzt sich auf Adolphes Knie; er kann sein Lächeln nicht unterdrücken. Nach diesem Lächeln, das nur mittels einer Dampfmaschine zustande gekommen ist, späht sie aus, um sich daraus eine Waffe zu schmieden.

»Los, Alterchen, gib dein Unrecht zu!« sagt sie dann. »Warum schmollen? *Ich* liebe dich so wie du bist! In meinen Augen bist du noch genauso dünn wie bei unserer Hochzeit . . . sogar noch dünner.«

»Caroline, wenn man dazu gelangt, sich über solcherlei Kleinigkeiten zu täuschen ... wenn man einander Zugeständnisse macht und sich nicht ärgert, obwohl man rot anläuft ... weißt du, was dann der Fall ist ...?«

»Na, was denn?« fragt Caroline, beunruhigt ob der dramatischen Pose, die Adolphe annimmt.

»Man liebt einander weniger.«

»Ach, du durch und durch abscheulicher Mensch, du bist weiterhin eingeschnappt, damit ich glaube, du liebtest mich.«

»Leider! Es muß gesagt werden!« Adolphe sagt die Wahrheit auf die einzige Art und Weise, wie sie gesagt werden kann, nämlich lachend.

»Warum hast du mir wehgetan?« fragt sie. »Habe ich was falsch gemacht? Ist es nicht besser, mir das nett klarzumachen, anstatt mir plump (ihre Stimme schwillt an) zu sagen: Ihre Nase wird rot! Nein, das ist ungut! Dir zu gefallen will ich eine Redensart deiner schönen Fischtaminel gebrauchen: ›Es ist nicht gentlemanlike!‹«

Adolphe fängt an zu lachen und bezahlt die Kosten der Versöhnung; aber anstatt dabei zu entdecken, was Caroline gefallen könne, erkennt er, wodurch Caroline ihn an sich fesselt.

Nosographie[42] der Villa

Ist es ein Vergnügen nicht zu wissen, was seiner Frau behagt, wenn man verheiratet ist ...? Manche Frauen (in der Provinz kommt so was noch vor) sind so naiv, ziemlich rasch damit herauszurücken, was sie wollen oder was ihnen gefällt. Aber in Paris empfinden fast alle Frauen einen gewissen Genuß darin zu erleben, wie der Mann ihr Herz belauscht, ihre Launen, ihre Wünsche – drei Ausdrücke für ein und dasselbe! – und wie er sich dreht und windet, kommt und geht, sich abmüht, in Verzweiflung gerät wie ein Hund, der einen Herrn sucht.

Sie nennen das »geliebt werden«, die Unseligen ...! Und eine beträchtliche Zahl fragt sich wie Caroline: »Wie wird er sich da herauswickeln?«

So ist es um Adolphe bestellt. Unter diesen Gegebenheiten lädt der treffliche Deschars, dieses Musterbild eines bürgerlichen Ehemanns, das Ehepaar Adolphe und Caroline zur Einweihung eines reizenden Landhauses ein. Es ist eine Gelegenheit, die die Deschars' beim Schopf gepackt haben, die Narrheit eines Literaten, eine köstliche Villa, an die der Künstler hunderttausend Francs gewandt hat und die für elftausend Francs versteigert worden ist. Caroline trägt irgendeine hübsche Toilette zum erstenmal, einen Hut mit Federn wie eine Trauerweide: Es ist entzückend, so etwas im Tilbury zu zeigen. Der kleine Charles wird bei seiner Großmutter gelassen. Die Dienstboten bekommen Urlaub. Man bricht beim Lächeln eines blauen Himmels auf, er ist einzig mit milchfarbenen Wolken gesprenkelt, um die Wirkung zu steigern. Man atmet die gute Luft, man durchschneidet sie im Trab des dicken normannischen Pferdes, auf das der Frühling sich auswirkt. Endlich gelangt man nach Marnes oberhalb von Ville d'Avray[43]; dort spreizen sich die Deschars' in einer Villa, die eine Kopie einer Florentiner Villa ist und umgeben von Schweizer Almen, ohne die Nachteile der Alpen.

»Mein Gott! Wie wonnig ist solch ein Landhaus!« ruft Caroline, als sie in dem wundervollen Wald spazierengeht, der an Marnes und Ville d'Avray stößt. »Man wird beglückt durch die Augen, als ob man daran ein Herz hätte!«

Da Caroline niemand anders als Adolphe bei der Hand nehmen kann, nimmt sie Adolphe bei der Hand, und er wird wieder ihr Adolphe. Und als sie umherhüpft wie ein Reh, wird sie wieder das hübsche, naive, kleine anbetenswürdige Schulmädchen, das sie war ...! Ihre Zöpfe fallen nieder! Sie nimmt den Hut ab; sie trägt ihn am Band. Jetzt ist sie verjüngt, weiß und rosig. Ihre Augen lächeln, ihr Mund ist ein mit Empfindungsvermögen begabter Granatapfel, ein Empfindungsvermögen, das wie etwas völlig Neues wirkt.

»Das würde dir wohl gefallen, mein Liebling, so ein Landhaus ...!« sagt Adolphe und legt Caroline den Arm um die Taille, wobei er spürt, wie sie sich anschmiegt, um deren Geschmeidigkeit zu beweisen.

»Ach, wärest du wirklich so nett und kauftest mir eins ...? Aber mach keine Dummheiten ...! Ergreif ein Sonderangebot wie die Deschars'.«

»Dir zu gefallen, ganz genau zu wissen, was dir Freude machen könnte, weiter hat doch dein Adolphe nichts im Sinn.«

Sie sind allein; sie können einander kleine, zärtliche Worte sagen und den Rosenkranz ihrer heimlichen Liebkosungen abhaspeln.

»Du willst also nett zu deinem kleinen Mädchen sein ...?« fragt Caroline und schmiegt den Kopf an Adolphes Schulter; er senkt die Stirn und denkt: »Gottlob, ich halte sie umschlungen!«

Grundsatz

WENN EIN EHEMANN UND EINE FRAU EINANDER UMSCHLUNGEN HALTEN, DANN WEISS EINZIG DER TEUFEL, WER WEN UMSCHLUNGEN HÄLT.

Der junge Haushalt ist reizend, und die umfangreiche Dame Deschars erlaubt sich eine ziemlich unverhüllte Bemerkung für sie, die strenge, prüde, frömmlerische.

»Das Landleben hat die Eigenheit, die Ehemänner wieder sehr liebenswürdig zu machen.«

Monsieur Deschars weist auf eine günstige Kaufgelegenheit hin. In Ville d'Avray soll ein Haus verkauft werden, abermals für so gut wie nichts. Nun aber ist das Landhaus eine dem Pariser eigentümliche Krankheit. Diese Krankheit hat ihre Dauer und ihre Heilung. Adolphe ist ein Ehemann und kein Arzt. Er kauft das Landhaus und richtet sich dort mit Caroline ein, die wieder seine Caroline geworden ist, seine Carola, sein weißes Reh, sein Goldschatz, sein kleines Mädchen usw.

Mit erschreckender Geschwindigkeit werden einige beunruhigende Symptome offenbar: Man bezahlt für eine Tasse Milch fünfundzwanzig Centimes, wenn sie getauft, und fünfzig Centimes, wenn sie anhydriert[44] ist, wie die Chemiker sagen. Das Fleisch ist in Paris billiger als in Sèvres, mit der Qualität macht man seine Erfahrungen. Das Obst ist über die Maßen teuer. Eine schöne Birne kostet auf dem Lande mehr als ein (wasserloser!) Garten, der in Chevets[45] Schaufenster prunkt.

Bevor man auf eigenem Grund und Boden ernten kann, wo es nur eine Wiese von ein paar Quadratmetern gibt, umstanden von ein paar grünen Bäumen, die aussehen, als seien sie einem Vaudeville-Bühnenbild entlehnt, muß, wie die in Landwirtschaftsdingen erfahrensten Autoritäten erklärt haben, viel Geld ausgegeben, und – es muß fünf Jahre lang gewartet werden ...! Das Gemüse wächst bei den Kleingärtnern, um in die Pariser Markthalle zu wandern. Madame Deschars, die über einen Gärtner-Hausmeister verfügt, gesteht, daß die auf ihrem Grundstück in Mistbeeten, des Humus wegen, gezogenen Gemüse sie das Doppelte kosten wie die in Paris bei einer Händlerin gekauften, die überdies einen Laden hat, Gewerbesteuer bezahlt und deren Mann wahlberechtigt ist. Trotz der Bemühungen und Verheißungen des Gärtner-Hausmeisters haben die Frühgemüse in Paris stets einen Monat Vorsprung vor den auf dem Land gezogenen.

Von acht Uhr abends bis elf wissen die Eheleute nicht, was sie anfangen sollen, in Anbetracht der Abgeschmacktheit der Nachbarn, ihrer Kleinigkeitskrämerei und der Fragen des Geltungsdrangs, die sich um nichts und wieder nichts erheben.

Monsieur Deschars bemerkt mit dem tiefen Wissen um die Rechenkunst, das einen ehemaligen Notar auszeichnet, daß die Kosten seiner Reisen nach Paris zusammen mit den Zinsen für den Preis des Landhauses, dazu die Steuern, die Reparaturen, die Gehälter des Hausmeisters und seiner Frau usw. einer Miete von tausend Talern entsprechen! Er weiß nicht, wieso er als ehemaliger Notar sich auf so etwas hat einlassen können ...! Denn er hat mehrmals Mietverträge für Schlösser mit Parks und Nebengebäuden zu tausend Talern Miete abgeschlossen.

Man kommt in der Runde, in den Salons der Madame Deschars, überein, daß ein Landhaus alles andere als ein Vergnügen, nämlich eine blutende Wunde ist.

»Ich weiß nicht, wieso in der Pariser Markthalle ein Kohlkopf, der doch jeden Tag vom Pflanzen bis zum Abschneiden begossen werden muß, für fünf Centimes verkauft werden kann«, sagt Caroline.

»Aber«, antwortet ein kleiner Krämer im Ruhestand, »der einzige Weg, mit dem Land fertig zu werden, ist doch, dort zu bleiben, dort zu wohnen, Bauer zu werden, dann bekommt alles ein anderes Aussehen ...«

Beim Heimkommen sagt Caroline zu ihrem armen Adolphe: »Was für einen Einfall hast du da wieder gehabt, ein Landhaus haben zu wollen? Das Beste an einem Landhaus ist, daß andere Leute es haben und man sie besucht ...«

Adolphe muß an ein englisches Sprichwort denken, das lautet: »Halte dir nie eine Zeitung, eine Geliebte und ein Landhaus; es gibt stets Dummköpfe, die es auf sich nehmen, dergleichen für dich zu halten ...«

»Pah!« antwortet Adolphe, den die eheliche Pferdebremse endgültig über die Logik der Frauen aufgeklärt hat, »du hast recht; aber anderseits, was willst du eigentlich? Der Junge befindet sich dort großartig.«

Obwohl Adolphe vorsichtig geworden ist, erweckt diese Antwort Carolines Argwohn. Eine Mutter will zwar ausschließlich an ihr Kind denken, aber sie will nicht, daß es ihr vorgezogen wird. Madame schweigt; am nächsten Tag langweilt sie sich zu Tode. Adolphe ist in Geschäftsdingen unterwegs; sie wartet von fünf bis sieben auf ihn; sie geht mit dem kleinen Charles allein zur Haltestelle. Drei Viertelstunden lang redet sie von ihren Ängsten. Sie hat Furcht gehabt, als sie von ihrem Haus bis zur Wagenhaltestelle gegangen ist. Ist es einer jungen Frau zuzumuten, ganz allein zu bleiben? Sie erträgt dieses Dasein nicht länger.

Die Villa schafft also eine recht sonderbare Phase, und diese verdient ein besonderes Kapitel.

Not in Nöten

Grundsatz

DIE NOT MACHT KLAMMERN.

Beispiel: Man hat verschiedentlich, und stets im üblen Sinn, von Seitenstechen gesprochen; aber dieses Übel ist nichts im Vergleich zu dem Stechen, um das es sich hier handelt und das die Freuden des ehelichen Wiederaufblühens bei jeder Gelegenheit sich erheben lassen wie der Hammer durch die Taste eines Klaviers. Es stellt ein prickelndes Übel dar, das sich erst in dem Augenblick ergibt, da die Schüchternheit der jungen Gattin jener fatalen Gleichberechtigung gewichen ist, die gleichermaßen die Ehe und Frankreich verschlingt. Jeder Jahreszeit ihre Nöte ...!

Caroline hat sich eine Woche lang das Fernsein ihres Mannes notiert und ist sich bewußt geworden, daß er täglich sieben Stunden lang nicht bei ihr ist. Als Adolphe eines Tages frohgemut wie ein Schauspieler heimkommt, dem Beifall gezollt worden ist, findet er auf Carolines Gesicht eine leichte Schicht weißen Reifs. Nachdem Caroline gemerkt hat, daß die Kälte ihrer Züge aufgefallen ist, setzt sie eine falsche wohlwollende Miene auf, deren nur zu bekannter Ausdruck die Eigenschaft hat, einen Mann innerlich fluchen zu lassen, und sagt: »Du hast aber heute viel zu tun gehabt, mein Lieber?«

»Ja, viel!«

»Hast du die Einspänner benutzt?«

»Für sieben Francs.«

»Hast du alle deine Leute angetroffen ...?«

»Ja, die, mit denen ich mich verabredet hatte ...«

»Wann hast du ihnen denn geschrieben? Die Tinte in deinem Tintenfaß ist eingetrocknet, wie Lack sieht sie aus; ich habe was zu schreiben gehabt, und es hat mich eine geschlagene Stunde gekostet, sie aufzuweichen, und dann ist ein kompakter Schlamm daraus geworden, mit dem man Pakete hätte kennzeichnen können, die nach Indien gehen sollen.«

An dieser Stelle wirft jeder Ehemann auf seine bessere Hälfte argwöhnische Blicke.

»Wahrscheinlich habe ich ihnen von Paris aus geschrieben ...«

»Was für geschäftliche Dinge waren es denn, Adolphe?«

»Weißt du das nicht ...? Soll ich sie dir aufzählen ...? Da ist zunächst der Fall Chaumontel.«

»Ich dachte, Monsieur Chaumontel sei in der Schweiz ...«

»Ja, hat er denn nicht seine Vertreter, seinen Anwalt ...?«

»Es handelt sich doch nur um Geschäftliches ...?« unterbricht Caroline Adolphe.

Sie taucht unversehens jetzt einen klaren, direkten Blick in die Augen ihres Mannes, einen Degenstich ins Herz.

»Was soll ich denn sonst gemacht haben ...? Falschgeld, Schulden, Tapezierarbeiten ...?«

»Das weiß *ich* doch nicht! Vor allem kann ich doch nichts erraten! Hundertmal hast du mir gesagt, ich sei zu dumm.«

»So? Jetzt faßt du eine kleine zärtliche Äußerung übel auf. Das ist mal wieder so typisch Frau.«

»Bist du zu irgendeinem Abschluß gekommen?« fragt sie und tut, als sei sie an Geschäftlichem interessiert.

»Nein, zu keinem einzigen ...«

»Wieviel Leute hast du gesehen?«

»Elf, die ungerechnet, die auf dem Boulevard spazierengingen.«

»Was für Antworten du mir gibst!«

»Das kommt, weil du mich ausfragst, als seiest du zehn Jahre lang Untersuchungsrichter gewesen ...«

»Also, nun erzähl mir mal deinen ganzen Tageslauf, das wird mir Spaß machen. Du solltest hier getrost daran denken, mich aufzuheitern! Ich langweile mich zur Genüge, wenn du mich tagelang allein läßt.«

»Ich soll dich also belustigen, indem ich dir Geschäftsdinge erzähle ...?«

»Früher hast du mir alles gesagt ...«

Dieser kleine, freundschaftliche Vorwurf enthüllt die Gewißheit, die Caroline bezüglich wichtiger Dinge haben will, mit denen Adolphe hinterm Berg hält. Adolphe fängt also an, seinen Tageslauf zu erzählen. Caroline mimt eine gewisse Zerstreutheit; sie ist so gut gespielt, daß sie den Eindruck erweckt, sie höre gar nicht zu.

»Aber eben hast du mir doch gesagt«, ruft sie in dem Augenblick dazwischen, da unser Adolphe ein bißchen durcheinandergerät, »du habest für sieben Francs Einspänner genommen, und jetzt redest du von einer Droschke? Es war wohl hohe Zeit? Du hast also deine Geschäfte in der Droschke erledigt?« fragt sie spöttelnd.

»Warum sollten Droschken mir verboten sein?« fragt Adolphe und fährt mit seinem Bericht fort.

»Hast du nicht bei Madame de Fischtaminel vorgesprochen?« fragt sie mitten in eine recht verworrene Erklärung hinein, bei der sie ihm dreist das Wort abschneidet.

»Warum sollte ich zu ihr gegangen sein?«

»Es hätte mich gefreut; ich wüßte gern, ob ihr Salon fertig ist ...«

»Er ist fertig!«

»Ach, dann bist du *doch* hingegangen ...?«

»Nein, ihr Tapezierer hat es mir gesagt.«

»Du kennst ihren Tapezierer ...?«

»Ja.« – »Wen hat sie denn?«

»Braschon.«

»Du bist ihm also begegnet, diesem Tapezierer ...?«

»Ja.«

»Aber du hast mir doch gesagt, du seiest immer nur im Wagen gefahren ...?«

»Aber liebes Kind, wenn man einen Wagen mieten will, muß man ihn sich doch bestel ...«

»Pah! Du wirst ihn im Einspänner vorgefunden haben ...«

»Wen denn?«

»Na, den Salon – oder Braschon! Haha, beides ist gleichermaßen möglich.«

»Willst du mir denn nicht zuhören?« ruft Adolphe und meint, mit einer langen Erzählung könne er Carolines Verdächte einschläfern.

»Ich habe dir allzu gut zugehört. Hör mal, seit einer Stunde lügst du mich an wie ein Handelsreisender.«

»Ich sage kein Wort mehr.«

»Ich weiß jetzt genug; ich weiß alles, was ich hatte wissen wollen. Jawohl, du hast mir gesagt, du habest Advokaten, Notare und Bankiers aufgesucht; dabei bist du bei keinem einzigen von all diesen Leuten gewesen! Wenn ich morgen Madame de Fischtaminel einen Besuch machte, weißt du, was sie mir dann sagen würde?«

Hier beobachtet Caroline Adolphe; aber Adolphe bezeigt eine trügerische Ruhe, in die hinein Caroline die Angel wirft, um ein Indiz zu fischen.

»Na schön, sie würde mir sagen, sie habe die Freude gehabt, dich zu sehen ... Mein Gott, sind wir Frauen unglücklich dran! Nie können wir erfahren, was ihr Männer tut und treibt ... Wir sind hier in unsern Haushalten festgenagelt, während ihr eure Geschäfte betreibt! Schöne Geschäfte ...! In solch einem Fall würde *ich* dir mit Geschäften aufwarten, die ein bißchen besser gedeichselt wären als die deinen ...! Ach, ihr Männer lehrt unsereinen schöne Dinge ...! Es heißt, die Frauen seien verderbt ... Aber wer hat sie denn verdorben ...?«

Hier versucht Adolphe, der einen starren Blick auf Caroline richtet, diesem Redestrom Einhalt zu gebieten. Aber wie ein

Pferd, das einen Peitschenhieb bekommen hat, fährt Caroline desto heftiger fort, mit der Lebhaftigkeit einer rossinischen Coda[47].

»Ha, das ist ja eine reizende Kombination! Seine Frau aufs Land zu setzen, um die Freiheit zu haben, den ganzen Tag in Paris zu verleben, wie man hört. Das also ist der Grund deiner Leidenschaft für ein Landhaus! Und ich arme Bekassine, ich gehe ins Garn ...! Aber Sie haben ja recht, Monsieur, solch ein Landhaus ist sehr bequem! Es kann zwei Zwecken dienen, Madame findet dabei genausogut ihr Behagen wie Monsieur. Ihnen Paris und seine Einspänner ...! Und mir die schattigen Wälder ...! Also hör, Adolphe, ganz bestimmt, das paßt mir, wir brauchen uns nicht zu erzürnen ...«

Adolphe hört sich eine Stunde lang Sarkasmen sagen.

»Bist du fertig, Liebste ...?« fragt er und nimmt einen Augenblick wahr, da sie auf eine wohlberechnete Frage hin nickt.

Jetzt schließt Caroline schreiend: »Ich habe die Nase voll von dem Landhaus, und nie wieder setze ich den Fuß hinein ...! Aber ich weiß ja, was mir passieren wird: Sie behalten es natürlich bei, und mich, mich lassen Sie in Paris. Na, schön, in Paris kann ich mich wenigstens amüsieren, während Sie Madame de Fischtaminel in den Wald begleiten. Was ist das schon, eine ›Villa Adolphini‹, wo einem übel wird, wenn man sechsmal um die Wiese herumgegangen ist? Wo ein Stuhlbein und Besenstiele in die Erde gesteckt worden sind, unter dem Vorwand, das spende einem Schatten? Wie in einem Backofen sitzt man dort; die Mauern sind sechs Zoll dick! Und von den zwölf Tagesstunden ist Monsieur sieben nicht daheim! Das kommt bei dem schönen Wort ›Villa‹ 'raus!«

»Hör doch mal zu, Caroline!«

»Wenn du mir wenigstens gestehen wolltest«, sagt sie, »was du heute getrieben hast? Du kennst mich nicht; ich werde lieb sein, sag es mir doch ...! Schon im voraus verzeihe ich dir alles, was du getan hast.«

Adolphe hat vor seiner Heirat »Beziehungen gehabt«; er weiß zu gut, was bei einem Geständnis herauskommt, als daß er seiner Frau eins ablegte, und also antwortet er: »Ich will dir alles sagen ...«

»Gut, das ist nett von dir . . . ich habe dich hernach desto lieber!«

»Ich war drei Stunden lang . . .«

»Ich hab's ja gewußt . . .! Bei Madame de Fischtaminel . . .?«

»Nein, bei unserm Notar; er hat einen Käufer gefunden; aber wir haben uns noch nicht einigen können; er wollte unser Landhaus mit der gesamten Einrichtung, und da bin ich hinterher zu Braschon gegangen und habe nachgefragt, was wir ihm schuldeten . . .«

»Diesen Roman hast du dir zurechtgelegt, während ich auf dich einredete . . .! Komm, sieh mich mal an . . .! Ich gehe morgen zu Braschon.«

Adolphe kann eine nervöse Gesichtsverrenkung nicht unterdrücken.

»Du mußt lachen, siehst du wohl, du altes Scheusal!«

»Ich lache über deine Dickköpfigkeit.«

»Ich gehe morgen zu Madame de Fischtaminel.«

»Nur zu, geh, wohin du willst . . .!«

»Solch eine Gefühllosigkeit!« sagt Caroline, steht auf und fährt sich mit dem Taschentuch über die Augen.

Das von Caroline so glühend gewünschte Landhaus ist zu einer teuflischen Erfindung Adolphes geworden, zu einer Falle, in der sein Rehlein sich gefangen hat.

Seit Adolphe erkannt hat, daß es unmöglich ist, mit Caroline vernünftig zu reden, läßt er sie alles sagen, was ihr in den Kopf kommt.

Zwei Monate später verkauft er für siebentausend Francs eine Villa, die ihn zweiundzwanzigtausend gekostet hat! Aber er gewinnt dabei das Wissen, daß das Leben auf dem Lande nicht gerade das ist, was Caroline behagt.

Die Frage wird ernst: Hochmut, Feinschmeckerei, zwei Mönchssünden sind überstanden! Die Natur mit ihren Gehölzen, ihren Forsten, ihren Tälern, die »Pariser Schweiz«, die künstlichen Bäche haben Caroline ein halbes Jahr lang nur wenig Freude gemacht. Adolphe ist versucht, abzudanken und Carolines Rolle zu übernehmen.

Der 18. Brumaire[48] des Ehelebens

Eines Morgens überkommt Adolphe endgültig der triumphierende Gedanke, Caroline die Freiheit zu lassen, von sich aus ausfindig zu machen, was ihr behagt. Er übergibt ihr die Regierung des Hauses mit den Worten: »Mach, was du willst.« Er läßt das konstitutionelle System an die Stelle des autokratischen treten, ein verantwortliches Ministerium statt einer absoluten Ehemanns-Macht. Dieser Vertrauensbeweis, Gegenstand einer heimlichen Sehnsucht, ist der Marschallstab der Frauen. Die Frauen sind dann, dem gängigen Ausdruck gemäß, Herrinnen im Haus.

Fortan läßt sich ein paar Tage lang nichts, nicht einmal die Erinnerung an den Honigmond, mit Adolphes Glück vergleichen. Eine Frau ist jetzt ganz Zucker, sie ist sogar allzu zuckrig! Sie würde kleine Fürsorglichkeiten, kleine, liebenswürdige Äußerungen, kleine Aufmerksamkeiten, kätzchenhafte Schmeicheleien erfinden, wenn diese ganze Zuckerwarenfabrikation nicht seit dem irdischen Paradies existierte. Nach einem Monat hat Adolphes Zustand einige Ähnlichkeit mit dem der Kinder gegen Ende der ersten Jahreswoche. Daher beginnt Caroline nicht in Worten, sondern in Taten, in Mienen, im mimischen Ausdruck zu sagen: »Man weiß gar nicht, was man alles tun soll, um einem Mann zu gefallen . . .!«

Seiner Frau das Steuer der Barke zu überlassen ist eine überaus vulgäre Idee, die nur sehr wenig das Beiwort »triumphierend« verdienen würde, mit dem sie am Anfang dieses Kapitels gekennzeichnet worden ist, wenn sie nicht von der Idee begleitet würde, Caroline bloßzustellen. Adolphe ist von dem Gedanken verführt worden, der sich aller Leute bemächtigt und bemächtigen wird, die in irgendeiner üblen Lage sind, zu wissen, bis wie weit das Übel gehen kann! Durch einen praktischen Versuch herauszubekommen, welche Verheerungen das Feuer anzurichten vermag, wenn man es sich selbst überläßt, wobei man die Macht empfindet oder sich zutraut, ihm Einhalt zu gebieten. Diese Neugier folgt uns von der Kindheit bis zum Grabe. Nun aber durchläuft Adolphe nach seinem ehelichen Glücksüberschwang, der sich im eigenen Haus eine Komödie vorspielen läßt, die folgenden Phasen:

Erster Zeitabschnitt. – Alles geht gut. Caroline kauft Notizbüchlein, um die Ausgaben einzutragen; sie kauft eine hübsche kleine Schatulle, um das Geld hineinzuzwängen; sie verschafft Adolphe ein herrliches Leben; sie entdeckt eine Fülle von Dingen, die im Haus fehlen; sie setzt ihre Ehre daran, eine unvergleichliche Hausherrin zu sein. Adolphe, der sich selber zum Zensor aufwirft, findet nicht die kleinste Beanstandung zu machen.

Wenn er sich ankleidet, fehlt ihm nichts. Nie zuvor, nicht einmal von seiten Armidas[49], ist eine erfindungsreichere Zärtlichkeit als die Carolines entfaltet worden. Es wird für diesen Phönix von Ehemann das Reizmittel auf dem Lederriemen zum Schärfen seiner Rasiermesser erneuert. Neue Hosenträger ersetzen die alten. Abgesprungene Knöpfe gibt es nicht mehr. Seine Wäsche wird gepflegt wie die des Beichtvaters einer Frömmlerin mit fleischlichen Sünden. Die Socken haben nie Löcher. Was die Tafel betrifft, so werden alle seine Vorlieben, ja sogar seine Launen erkundet und berücksichtigt: Er wird gemästet! In seinem Tintenfaß ist Tinte; der dazugehörige Schwamm ist immer feucht. Er kann nichts sagen, nicht einmal wie Ludwig XIV.: »Fast hätte ich warten müssen!« Kurzum, er wird bei jeder Gelegenheit als *»ein Goldschatz von Mann«* gewertet. Er muß Caroline ausschelten, sie vergesse sich selber; sie denkt nicht genug an sich. Caroline nimmt diesen zärtlichen Vorwurf zur Kenntnis.

Zweiter Zeitabschnitt. – Der Szenenwechsel findet bei Tisch statt. Alles ist sehr teuer. Die Gemüse kosten einen Haufen Geld. Das Holz kostet so viel, daß man meinen könnte, es komme aus Campêche[50]. Das Obst, oh, was das Obst betrifft, so können nur Fürsten, Bankiers und große Herren es sich leisten. Der Nachtisch ist eine Ursache für Verarmung. Oftmals hört Adolphe, wie Caroline Madame Deschars fragt: »Ja, wie machen Sie es eigentlich ...?« Es werden in Ihrem Dabeisein Konferenzen über die Art geführt, Köchinnen zu beherrschen.

Eine Köchin, die ohne Kleidung, ohne Wäsche, ohne Talent zu Ihnen ins Haus gekommen ist, hat gekündigt und ihren letzten Lohn verlangt, und dabei hat sie ein Kleid aus blauem Merinostoff getragen, geschmückt mit einem gestickten Busentuch, ein Paar goldene Ohrringe mit kleinen Perlen, Schuhe aus gutem Leder, die recht hübsche Baumwollstrümpfe haben sehen lassen. Sie hat zwei Koffer voll Sachen und ihr Sparkassenbuch.

Caroline beschwert sich jetzt über die geringe Moral des Volkes; sie stöhnt über die Bildung und die Rechenkünste, über die die Hausangestellten verfügen. Von Zeit zu Zeit läßt sie kleine Axiome wie die folgenden vom Stapel: »Man muß eine Schule durchmachen! Nur die, die nichts tun, machen alles gut.« Sie empfindet die Sorgen der Macht. Ach, wie gut sind die Männer dran, daß sie keinen Haushalt zu leiten brauchen. Den Frauen obliegt die Last der kleinen Einzelheiten.

Caroline hat Schulden. Aber da sie nicht unrecht haben will, beginnt sie zu behaupten, die Erfahrung sei etwas so Schönes, daß man sie gar nicht teuer genug erkaufen könne. Adolphe lacht in den Bart; er sieht eine Katastrophe nahen, die ihm die Macht zurückerstatten wird.

Dritter Zeitabschnitt. – Caroline ist durchdrungen von der Wahrheit, man dürfe nur um zu leben essen; sie läßt Adolphe die Annehmlichkeiten einer mönchischen Kost genießen.

Adolphe trägt Socken, die löcherig oder dick von der Flechte hastig vorgenommener Stopfereien sind, denn seiner Frau reicht der Tag nicht aus für das, was sie hinter sich bringen will. Seine Hosenträger sind schwärzlich vom Gebrauch. Die Wäsche ist alt und klafft wie ein gähnender Hauswart oder ein Hoftor. Wenn Adolphe es gerade eilig hat, ein Geschäft abzuschließen, braucht er eine Stunde zum Ankleiden, weil er, was er braucht, Stück für Stück zusammensuchen und vielerlei Dinge auseinanderfalten muß, bis er eins gefunden hat, das tadellos ist. Caroline indessen ist sehr gut angezogen. Madame hat hübsche Hüte, Samtschuhchen, Schleiertücher. Sie hat ihren Entschluß gefaßt, sie führt die Verwaltung nach dem Prinzip: Die vorgeschriebene Nächstenliebe beginnt am eigenen Leib. Wenn Adolphe sich über den Gegensatz zwischen seiner Dürftigkeit und Carolines Glanz beschwert, antwortet sie ihm: »Aber du hast mich doch gescholten, weil ich mir nichts anschaffte . . .!«

Jetzt beginnt sich ein Austausch mehr oder weniger bitterer Scherzreden zwischen den Gatten anzubahnen. Eines Abends benimmt Caroline sich besonders reizend, um das Geständnis eines recht beträchtlichen Defizits einfließen zu lassen, ganz genauso, wie wenn das Ministerium sich in Lobsprüchen über die Steuerzahler ergeht und anfängt, die Größe des Vaterlands zu rühmen, wobei dann eine kleine Gesetzesvorlage zur Welt kommt, die zusätzliche Kredite fordert. Alles vollzieht sich genauso in der Abgeordnetenkammer, in der Regierung wie im Haushalt. Daraus ergibt sich die tiefe Wahrheit, daß das konstitutionelle System unendlich viel kostspieliger ist als das monarchische System. Für eine Nation wie für einen Haushalt ist es die Regierung der goldenen Mitte, der Mittelmäßigkeit, der Kleinigkeitskrämerei usw.

Der durch seine früheren Nöte aufgeklärte Adolphe wartet auf eine Gelegenheit, zornig aufzufahren, und Caroline schläft in trügerischer Sicherheit ein.

Wie kommt es zum Streit? Weiß man je, welche elektrische Entladung die Lawine oder die Revolution ausgelöst hat? Sie bricht aus jedem und aus keinem Anlaß aus. Aber endlich bricht Adolphe nach einer gewissen Zeit, die nach der Bilanz jedes Haushalts bemessen werden muß, mitten in einer Aussprache in die schicksalsschweren Worte aus: »Als ich noch Junggeselle war . . .«

Die Junggesellenzeit ist in bezug auf die Frau das, was das »Mein armer Seliger!« in bezug auf den neuen Ehemann einer Witwe ist. Diese beiden Zungenschläge schaffen Wunden, die niemals gänzlich vernarben.

Und jetzt fährt Adolphe fort wie der General Bonaparte, als er den Fünfhundert[51] zurief: »Wir leben auf einem Vulkan!« – Der Haushalt hat keine Regierung mehr – die Stunde, einen Entschluß zu fassen, hat geschlagen. »Du redest von Glück, Caroline, du hast es gefährdet – du hast es durch deine Forderungen in Frage gestellt, du hast das Bürgerliche Gesetzbuch dadurch vergewaltigt, daß du dich in die Erörterung der Staatsgeschäfte einmischtest – du hast ein Attentat auf die eheherrliche Macht vollführt. – Unser Haushalt muß reformiert werden.«

Caroline schreit nicht, wie die Fünfhundert, »Nieder mit dem Diktator!« Denn so etwas schreit man nie, wenn man sicher ist, ihn niederzuwerfen.

»Als ich Junggeselle war, trug ich immer nur neue Socken! Alle Tage fand ich weiße Servietten neben meinem Gedeck liegen! Vom Wirt des Restaurants wurde ich nur um eine begrenzte Summe begaunert! Ich habe Ihnen meine geliebte Freiheit[52] preisgegeben . . .! Und was haben Sie damit gemacht?«

»Habe ich mich denn so sehr vergangen, Adolphe, weil ich dir Sorgen habe ersparen wollen?« fragt Caroline und pflanzt sich vor ihrem Mann auf. »Nimm den Kassenschlüssel wieder an dich . . . aber was wird dann geschehen . . .? Ich schäme mich schon im voraus, du wirst mich zwingen, Komödie zu spielen, nur um die notwendigsten Dinge zu bekommen. Willst du das wirklich? Deine Frau erniedrigen oder sie zwei entgegengesetzten, feindlichen Interessen gegenüberstellen . . .?«

Und damit ist, für drei Viertel aller Franzosen, die Ehe vollauf definiert.

»Sei ruhig, Liebster«, fährt Caroline fort und setzt sich in ihren weichen, warmen Lehnstuhl wie Marius auf die Ruinen von Karthago, »nie wieder werde ich etwas von dir verlangen, ich bin keine Bettlerin! Ich weiß, was ich zu tun habe . . . du kennst mich nicht.«

»Na, was ist denn . . .?« fragte Adolphe. »Kann man denn mit euch Frauen nicht scherzen oder sich aussprechen? Was willst du tun . . .?« – »Das geht Sie nichts an . . .!«

»Pardon, Madame, ganz im Gegenteil. Die Würde, die Ehre . . .«

»Oh . . . was das betrifft, da können Sie unbesorgt sein, Monsieur . . . Um Ihretwillen noch mehr als um meinetwillen werde ich das tiefste Geheimnis zu wahren wissen.«

»Na, dann sag es doch! Los, Caroline, liebste Caroline, was willst du tun . . .?«

Caroline bedenkt Adolphe mit einem Giftschlangenblick; er zuckt zurück und geht auf und ab.

»Was also gedenkst du zu tun?« fragt er nach einem sehr viel zu lange ausgedehnten Schweigen.

»Arbeiten werde ich, Monsieur!«

Auf dieses erhabene Wort hin vollführt Adolphe eine Rückzugsbewegung, weil er ein haßerfülltes Außersichsein gewahrt und einen Mistral spürt, wie er in dieser Schärfe noch nicht im ehelichen Schlafzimmer geweht hat.

Vom 18. Brumaire an befolgt die besiegte Caroline eine infernalische Verhaltensweise, und deren Auswirkung ist, daß Sie zu jeglicher Stunde Ihren Sieg bedauern. Sie wird zur Opposition . . .! Noch ein Triumph dieser Art, und Adolphe würde vors Schwurgericht kommen, unter der Anklage, seine Frau zwischen zwei Matratzen erstickt zu haben wie Shakespeares Othello. Caroline schafft sich eine Märtyrerinnenmiene, sie ist von einer mörderischen Unterwürfigkeit. Bei jeder Gelegenheit erdolcht sie Adolphe mit einem: »Ganz wie Sie wollen!«, begleitet von einer furchtbaren Sanftmut. Kein elegischer Dichter könnte mit Caroline kämpfen, die Elegie auf Elegie von sich gibt: Elegie im Tun, Elegie in Worten, Elegie im Lächeln, stumme Elegie mit Federkraft, Elegie in Gesten; von alledem mögen einige Beispiele folgen, in denen alle Ehepaare ihre Eindrücke wiederfinden dürften.

Nach dem Mittagessen. – »Caroline, wir gehen heute abend zu Deschars', große Abendgesellschaft, du weißt ja . . .«

»Ja, Lieber.«

Nach dem Abendessen. – »Na, Caroline, bist du noch nicht angekleidet . . .?« fragt Adolphe, der prächtig angetan aus seinem Schlafzimmer kommt.

Er sieht, daß Caroline ein Kleid wie eine alte Händelsüchtige trägt, schwarzes Moiré, übereinandergefaltetes Oberteil. Blumen, die noch künstlicher als künstlich wirken, machen sich jämmerlich in dem von der Zofe schlecht frisierten Haar. Caroline hat abgetragene Handschuhe an.

»Ich bin fertig, Liebster . . .«

»Und in diesem Kleid . . .?«

»Ich habe kein anderes. Ein neues Abendkleid würde dreihundert Taler gekostet haben!«

»Warum hast du mir nichts gesagt?«

»Ich und dir die Hand entgegenhalten . . . nach dem, was geschehen ist . . .?«

»Dann gehe ich eben allein«, sagt Adolphe, der in Gestalt seiner Frau nicht gedemütigt werden will!

»Ich weiß, daß dir das nur zu recht ist«, sagt Caroline mit leiser Bitterkeit, »das merkt man zur Genüge an der Art und Weise, wie du angezogen bist.«

Im Wohnzimmer sind elf Personen, alle von Adolphe zum Abendessen gebeten; Caroline steht da, als habe ihr Mann sie ebenfalls eingeladen: Sie wartet auf das Auftragen des Essens.

»Monsieur«, sagt der Diener leise zu seinem Herrn, »die Köchin weiß nicht, wo ihr der Kopf steht.«

»Warum denn?«

»Monsieur hat ihr nichts gesagt; sie hat nur zwei Vorgerichte, den Rinderbraten, ein Huhn, einen Salatkopf und Gemüse.«

»Caroline, haben Sie denn keinen Auftrag gegeben ...?«

»Wußte ich denn, daß Sie Gäste haben würden, und kann ich es denn auf mich nehmen, hier zu kommandieren ...? Sie haben mich in dieser Hinsicht jeder Sorge enthoben, und dafür bin ich Gott jeden Tag dankbar.«

Madame de Fischtaminel macht Madame Caroline einen Besuch! Sie trifft sie an, wie sie hüstelnd und mit gebeugtem Rücken an einem Stickrahmen sitzt.

»Sticken Sie die Pantoffeln da für Ihren geliebten Adolphe?«

Adolphe steht vor dem Kamin wie ein Pfau, der sein Rad schlägt.

»Nein, Madame, sie sind für einen Händler, gegen Bezahlung; und wie den Sträflingen im Zuchthaus erlaubt mir meine Arbeit ein paar kleine Erleichterungen.«

Adolphe läuft rot an; er kann seine Frau nicht verprügeln, und Madame de Fischtaminel schaut ihn mit einem Blick an, der zu besagen scheint: »Was soll das bedeuten?«

»Sie husten viel, liebe Kleine ...!« sagt Madame de Fischtaminel.

»Ach!« sagt Caroline, »was liegt mir schon am Leben ...!«

Caroline sitzt mit einer Ihrer Bekannten, an deren guter Meinung Ihnen außerordentlich gelegen ist, auf der Causeuse. Aus der Fensternische, in der Sie ein Gespräch unter Männern führen, hören Sie aus der bloßen Lippenbewegung heraus die Worte:

»Monsieur hat es so gewollt . . .!«, gesprochen mit der Miene einer jungen Römerin, die auf dem Weg zum Zirkus ist[53]. In allen Ihren Eitelkeiten tief gekränkt, wollen Sie dieser Unterhaltung lauschen und dabei Ihren Gästen zuhören; Sie geben also Antworten, die Ihnen ein: »Wo sind Sie eigentlich mit Ihren Gedanken?« eintragen, weil Sie den Gesprächsfaden verloren haben, und Sie trippeln und denken: »Was mag sie über mich gesagt haben?«

Adolphe ist zu Tisch bei Deschars'; es handelt sich um ein Abendessen zu zwölf Personen, und Caroline sitzt neben einem hübschen jungen Mann namens Ferdinand, Adolphes Vetter. Zwischen dem ersten und zweiten Gang wird von ehelichem Glück gesprochen.

»Für eine Frau ist nichts so leicht wie glücklich zu sein«, gibt Caroline einer Dame zur Antwort, die sich beklagt.

»Bitte teilen Sie uns Ihr Geheimnis mit, Madame«, sagte Monsieur Fischtaminel liebenswürdig.

»Eine Frau braucht sich nur in nichts hineinzumischen, sich als den ersten Dienstboten des Hauses zu betrachten oder wie eine Sklavin, die der Herr betreut, sie darf keinen Willen haben, sich keine Bemerkung erlauben: Dann geht alles glatt.«

Das wird in bitterem Tonfall und mit Tränen in den Augen vorgebracht, und es entsetzt Adolphe, der seine Frau anstarrt.

»Sie vergessen, Madame, das Glück, über sein Glück reden zu dürfen«, entgegnet er und wirft ihr einen blitzenden Blick zu, der eines Melodrama-Tyrannen würdig gewesen wäre.

Befriedigt, sich als eine Hingemeuchelte bezeigt zu haben oder drauf und dran, es zu werden, wendet Caroline den Kopf, wischt flüchtig eine Träne ab und sagt: »Wenn man glücklich ist, sagt man es nicht.«

Der Zwischenfall, wie man in der Abgeordnetenkammer sagt, hat keine Folgen; aber Ferdinand hat seine Kusine angeschaut wie einen geopferten Engel.

Man spricht über die erschreckende Zahl von Gastritis-Fällen, von unbenannten Krankheiten, an denen die jungen Frauen sterben.

»Die sind nur zu glücklich dran!« sagt Caroline und zieht ein Gesicht, als diktiere sie das Programm ihres Leichenbegängnisses.

Adolphes Schwiegermutter besucht ihre Tochter. Caroline sagt: »Monsieurs Wohnzimmer! – Monsieurs Schlafzimmer!« Alles im Haus gehört Monsieur.

»Na aber, was ist denn mit euch los, Kinder?« fragt die Schwiegermutter. »Man könnte ja meinen, ihr stündet einander mit gezückten Messern gegenüber?«

»Na ja, mein Gott!« sagt Adolphe, »die Sache ist einfach die, daß Caroline die Leitung des Haushalts übernommen hat und nicht damit fertig geworden ist.«

»Hat sie Schulden gemacht ...?«

»Ja, liebe Mama.«

»Hören Sie mal zu, Adolphe«, sagt die Schwiegermutter, nachdem sie gewartet hat, bis die Tochter sie mit ihrem Schwiegersohn allein gelassen hat, »wäre es Ihnen lieber, wenn meine Tochter glänzend gekleidet wäre, wenn alles im Haus wunderbar klappte und es Sie nichts kostete ...?«

Man versuche, sich Adolphes Gesicht vorzustellen, als er diese »Erklärung der Gleichberechtigung der Frau« vernimmt!

Caroline wechselt von einem schäbigen Kleid zu einem hocheleganten über. Sie ist bei Deschars': Alle Welt beglückwünscht sie zu ihrem Geschmack, zu der Kostbarkeit der Stoffe, zu ihren Spitzen, ihrem Schmuck.

»Ach, Sie haben einen reizenden Ehemann ...!« sagt Madame Deschars.

Adolphe räuspert sich und schaut Caroline an.

»Mein Mann, Madame ...? Den koste ich, Gott sei Dank, nicht das mindeste! All dies hat mir meine Mutter geschenkt.«

Adolphe wendet sich jäh ab und fängt ein Gespräch mit Madame de Fischtaminel an.

Nach einem Jahr absoluter Regierungsgewalt fragt die milder gestimmte Caroline eines Morgens:

»Mein Lieber, wieviel hast du eigentlich dieses Jahr gespart ...?«

»Keine Ahnung.«

»Dann mach doch mal eine Aufstellung.«

Adolphe entdeckt, daß er ein Drittel mehr ausgegeben hat als Caroline in ihrem schlechtesten Jahr.

»Und dabei hat dich nicht mal meine Garderobe was gekostet«, sagt sie.

Caroline spielt Melodien von Schubert. Adolphe ist hingerissen, diese wundervoll dargebotene Musik zu hören; er steht auf und will Caroline beglückwünschen; sie bricht in Tränen aus.

»Was hast du denn . . .?«

»Nichts; ich bin nervös.«

»Aber dies Laster kenne ich ja gar nicht an dir.«

»Ach, Adolphe, du willst nichts sehen . . . Da, schau mich doch an: Meine Ringe rutschen mir von den Fingern; du liebst mich nicht mehr, ich bin dir eine Last . . .«

Sie weint, sie will nichts hören, bei jedem Wort Adolphes schluchzt sie von neuem.

»Willst du die Oberherrschaft im Haus wieder übernehmen?«

»Oh!« ruft sie und schnellt hoch wie der Teufel aus einer Vexierschachtel, »jetzt, nun du von deinen Erfahrungen genug hast . . .? Danke! Will ich etwa Geld? Merkwürdige Methode, ein verwundetes Herz zu verbinden . . . Nein, lassen Sie mich . . .«

»Na ja, ganz wie du willst, Caroline.«

Dieses »Ganz wie du willst« ist die erste Bezeigung der Gleichgültigkeit gegenüber der legitimen Frau; und Caroline gewahrt einen Abgrund, dem sie von sich aus entgegengeschritten ist.

Der Feldzug in Frankreich[54]

Die unglücklichen Ereignisse des Jahres 1814 gehen jedermann nahe. Nach den glanzvollen Zeiten, den Eroberungen, den Tagen, da die Gegenwirkungen sich in Triumphe verwandelt hatten, da das geringste Hindernis ein Glück geworden war, kommt ein Augenblick, da die glücklichsten Einfälle sich in Dummheiten wandeln, da Mut zum Untergang führt, da das Befestigungswerk zum Straucheln veranlaßt. Die eheliche Liebe, von der die Schriftsteller aussagen, sie sei ein Sonderfall der Liebe, hat, mehr als alles andere Menschliche, ihren »Feldzug in Frankreich«, ihr Unheil, ihr 1814. Der Teufel liebt es vor allem, seinen Schwanz in die Angelegenheiten der armen, vernachlässigten Frauen zu stecken, und zu denen gehört Caroline.

Caroline ist dabei, über die Mittel und Wege nachzusinnen, wie sie ihren Mann zurückerobern könne! Caroline verlebt daheim viele einsame Stunden, in denen ihre Phantasie am Werk ist. Sie geht, sie kommt, sie steht auf, und oft bleibt sie gedankenversunken an ihrem Fenster stehen, blickt auf die Straße, ohne dort etwas zu sehen, das Gesicht an der Scheibe, und kommt sich inmitten ihrer Vitrinen mit Nippes, ihrer luxuriös möblierten Gemächer vor wie in der Wüste.

Nun aber sind in Paris, sofern man nicht im eigenen Stadtpalais wohnt, das zwischen Hof und Garten gelegen ist, sämtliche Existenzen miteinander verkuppelt. In jedem Stockwerk eines Hauses findet ein Ehepaar im gegenüberliegenden Haus ein anderes Ehepaar. Jedermann taucht nach Belieben seine Blicke in die Wohnung des Nachbarn. Es besteht ein Zwang zu gegenseitiger Beobachtung, ein Anrecht auf öffentliche Besichtigung, dem keiner sich entziehen kann. Zur gegebenen Zeit, am Morgen, steht man früh auf, das Hausmädchen des Nachbarn säubert die Wohnung, läßt die Fenster offen und die Teppiche auf den Fensterbänken: Dann errät man eine Fülle von Dingen, und auf der andern Seite ist es dasselbe. Daher kennt man zur gegebenen Zeit die Lebensgewohnheiten der hübschen, der alten, der jungen, der koketten, der tugendhaften Frau von gegenüber oder die Launen des Stutzers, die Erfindungen des alten Junggesellen, die Farbe der Möbel, den Kater des zweiten oder dritten Stocks. Alles ist Indiz und Stoff für das Ahnungsvermögen. Im vierten Stock merkt eine überraschte Grisette, immer zu spät, gleich der keuschen Susanne, daß das Opernglas eines entzückten alten Beamten mit achtzehnhundert Francs Jahresgehalt auf sie gerichtet ist, der unentgeltlich zum Sünder wird. Zum Ausgleich erscheint ein schöner, neunzehnjähriger Supernumerar einer Betschwester im schlichten Aufzug eines Mannes, der sich rasiert. Die Beobachtung schläft nie, während die Vorsicht ihre Augenblicke der Vergeßlichkeit hat. Nicht immer sind die Vorhänge beizeiten zugezogen worden. Bevor es dunkelt, tritt eine Frau ans Fenster, um eine Nadel einzufädeln, und der Ehemann von gegenüber bewundert dann einen Raffael-Kopf, den er seiner würdig findet, denn er ist ein imponierender Nationalgardist im Schmuck der Waffen. Man gehe über die Place Saint-Georges, und man kann die Geheimnisse dreier hübscher Frauen erwittern, wenn man ein geistvolles Sehvermögen hat. O heiliges Priesterleben, wo bist du? Paris ist eine Stadt, die sich zu jeder Stunde gewissermaßen nackt zeigt, eine Stadt, die ihrem Wesen nach eine Kurtisane und unkeusch ist. Damit sie dort Zucht und Sitte zu bewahren vermöchte, müßte sie über hunderttausend Francs Zinsen verfügen. Die Tugenden sind dort teurer als das Laster.

Caroline, deren Blick manchmal zwischen den schützenden Musselinvorhängen hindurchschlüpft, die ihr Wohnungsinneres den fünf Stockwerken des Hauses gegenüber verbergen, kommt schließlich dahin, ein junges Ehepaar zu beobachten, das in die Freuden des Honigmonds versenkt und erst jüngst in den ersten Stock vor ihren Fenstern gezogen ist. Sie gibt sich den aufregendsten Beobachtungen hin. Die Jalousien werden früh herabgelassen und spät hochgezogen. Eines Tages sieht Caroline, die, nach wie vor ganz zufällig, um acht Uhr aufgestanden ist, wie die Zofe ein Bad bereitet oder eine Morgengewandung rüstet, ein köstliches Déshabillé. Caroline seuft. Sie geht auf den Anstand wie ein Jäger: Sie erblickt eine junge Frau mit glückstrahlendem Gesicht. Schließlich, da sie nicht aufhört, nach diesem reizenden Haushalt hinüberzuspähen, sieht sie, wie Monsieur und Madame das Fenster öffnen und leicht aneinandergelehnt, auf die Fensterbank gestützt, die Abendluft genießen. Caroline bekommt Nervenanfälle, als sie eines Abends, da vergessen worden war, die Jalousien herabzulassen, auf den Vorhängen die Schatten dieser beiden jungen Menschen sieht, die miteinander ringen und erklärliche oder unerklärliche Phantasmagorien abzeichnen. Oft sitzt die junge Frau melancholisch und träumerisch da, wartet auf den abwesenden Gatten, hört das Trappeln eines Pferdes, das Geräusch eines Einspänners vom Ende der Straße her, springt von ihrem Ruhebett auf, und man hört sie förmlich aufschreien: »Er kommt . . .!«

»Wie lieb sie einander haben!« sagt sich Caroline.

Ihres Nervenleidens wegen kommt Caroline dazu, einen über die Maßen klugen Plan zu schmieden: Sie verfällt darauf, sich dieses ehelichen Glücks als eines von außen her wirkenden Heilmittels zur Anreizung Adolphes zu bedienen. Das ist eine ziemlich verderbte Idee, etwa die eines alten Mannes, der ein kleines Mädchen durch eindeutige Kupferstiche oder zweideutige Reden verführen will; aber Carolines Absicht heiligt alles!

»Adolphe«, sagt sie schließlich, »unsere Nachbarin gegenüber ist eine reizende Frau, eine kleine Brünette ...«

»Ja«, erwidert Adolphe, »ich kenne sie. Sie ist eine Freundin der Madame de Fischtaminel, eine Madame Foullepointe, die Frau eines Börsenagenten; übrigens ein netter Mensch, ein guter Kerl, und er liebt seine Frau: Er ist ganz versessen auf sie! Siehst du ... er hat sein Arbeitszimmer, seine Büros, seine Kasse nach der Hofseite zu, und das Zimmer nach der Straße zu ist das seiner Frau. Ich kenne kein glücklicheres Ehepaar. Foullepointe redet überall von seinem Glück, sogar auf der Börse: Er langweilt einen deswegen.«

»Ja, dann mach mir doch die Freude, mich mit Monsieur und Madame Foullepointe bekannt zu machen! Wirklich, ich wäre nur zu froh, zu erfahren, wie man es anfangen muß, so sehr von seinem Mann geliebt zu werden ... Sind sie schon lange verheiratet?«

»Genau wie wir, seit fünf Jahren ...«

»Adolphe, Liebster, ich vergehe vor Neid! Bring uns doch mit den beiden zusammen ... Bin ich ebenso hübsch wie sie?«

»Wahrhaftig ...! Wenn ich euch beiden auf dem Opernball begegnete, und du wärst nicht meine Frau, na ja, dann würde ich schwanken ...«

»Du bist heute aber mal nett. Vergiß nicht, die beiden für nächsten Samstag zum Abendessen zu laden.«

»Das wird heute nachmittag erledigt. Foullepointe und ich, wir treffen einander häufig in der Börse.«

»Endlich«, sagt sich Caroline, »wird diese Frau mir wohl sagen, welche Mittel sie einsetzt.«

Caroline begibt sich wieder auf ihren Beobachtungsposten. Etwa gegen drei blickt sie durch die Blumen in einem Kasten, die ein förmliches Gebüsch vor dem Fenster bilden, und ruft: »Die reinsten Turteltauben!«

Für den nächsten Samstag lädt Caroline Monsieur und Madame Deschars, den würdigen Monsieur Fischtaminel, kurzum die tugendhaftesten Ehepaare ihres Kreises ein. Alles in Carolines Haus ist in Wehr und Waffen: Sie hat das delikateste Abendessen bestellt, sie hat die glänzendsten Dinge aus den Schränken geholt; sie legt Wert darauf, das Musterbild aller Frauen gehörig zu feiern.

»Meine Liebe, Sie werden«, sagt sie zu Madame Deschars in dem Augenblick, da sämtliche Damen einander stumm mustern, »das anbetenswürdigste Ehepaar der Welt erleben, unsere Nachbarn von gegenüber: einen jungen, blonden Herrn von unendlicher Eleganz und Umgangsformen . . . ein Kopf wie Lord Byron, ein wahrer Don Juan, aber treu! Er ist versessen auf seine Frau. Die Frau ist ganz reizend und hat ein Geheimmittel entdeckt, um die Liebe ewig dauern zu lassen, und vielleicht werde ich diesem Beispiel eine Nachlese der Liebe verdanken; wenn Adolphe die beiden sieht, muß er über sein Verhalten erröten, er . . .«

Es wird gemeldet: »Monsieur und Madame Foullepointe.«

Madame Foullepointe, hübsch und bräunlich, die echte Pariserin, eine Frau mit geschweifter Taille, schmal, den funkelnden Blick gedämpft durch lange Wimpern, köstlich gekleidet, setzt sich aufs Sofa. Caroline begrüßt einen dicken Herrn mit recht spärlichem grauem Haar, der dieser Pariser Andalusierin gefolgt ist; sein Gesicht und sein Bauch sind die eines Silens; sein Schädel glänzt wie frische Butter; seine gutmütigen, dicken Lippen umspielt ein scheinheiliges, leichtfertiges Lächeln, kurzum, ein Philosoph! Caroline schaut jenen Herrn mit verwunderter Miene an.

»Dies ist Monsieur Foullepointe, Liebste«, sagt Adolphe, als er ihr diesen würdigen Fünfziger vorstellt.

»Wie reizend, Madame«, sagt Caroline und setzt eine liebenswürdige Miene auf, »daß Sie Ihren Herrn Schwiegervater (tiefe Betroffenheit) mitgebracht haben; aber ich hoffe doch, daß auch Ihr Mann . . .«

»Madame . . .«

Alles lauscht und schaut einander an. Adolphe wird zum Blickpunkt sämtlicher Augen; er ist ganz verstumpft vor Staunen; er möchte Caroline durch eine Versenkung verschwinden lassen, wie auf der Bühne.

»Dies ist doch mein Mann«, sagt Madame Foullepointe.

Caroline wird jetzt scharlachrot, als sie merkt, welchen Schnitzer sie begangen hat, und Adolphe schmettert sie mit einem Blick von der Stärke von sechsunddreißig Gasflammen nieder.

»Sie hatten doch gesagt, er sei jung und blond . . .«, sagt leise Madame Deschars.

Madame Foullepointe als geistvolle Frau schaut kühn zum Gesims hinauf.

Einen Monat später sind Madame Foullepointe und Caroline sehr intim miteinander. Adolphe ist sehr mit Madame de Fischtaminel beschäftigt und beachtet diese gefährliche Freundschaft nicht, die ihre Früchte tragen muß; denn vernehmt:

Grundsatz

DIE FRAUEN HABEN MEHR FRAUEN VERDORBEN, ALS DIE MÄNNER GELIEBT HABEN.

Leichenwagen-Solo

Nach einer Zeit, deren Länge von der Verläßlichkeit von Carolines Prinzipien abhängt, wirkt sie matt und gedrückt; und wenn Adolphe sie auf den Sofas liegen sieht, fragt der um der Schicklichkeit willen besorgte Adolphe sie:

»Was hast du, Beste? Was möchtest du?«

»Tot sein!«

»Ein recht angenehmer und toll lustiger Wunsch . . .«

»Nicht der Tod schreckt mich, sondern das Leiden . . .«

»Das bedeutet, daß ich dir kein glückliches Leben bereite . . .! Das sieht euch Frauen mal wieder ähnlich!«

Adolphe durchmißt das Wohnzimmer und redet mürrisch vor sich hin; aber plötzlich bleibt er stehen, als er sieht, wie Caroline mit ihrem gestickten Taschentuch Tränen stillt, die ziemlich kunstgerecht fließen.

»Fühlst du dich krank?«

»Ich fühle mich nicht wohl. (Pause.) Ich wünsche mir nichts, als zu wissen, ob ich so lange leben werde, bis meine Kleine verheiratet ist; denn jetzt weiß ich, was der Ausdruck bedeutet, den die jungen Frauenwesen so wenig verstehen: *die Gattenwahl!* Geh nur, lauf deinen Freuden nach: Eine Frau, die an die Zukunft denkt, eine Frau, die leidet, ist nicht amüsant; geh und lenke dich ab ...«

»Wo tut es dir denn weh?«

»Lieber, mir tut nichts weh; ich fühle mich wunderbar und brauche nichts! Wirklich, mir ist schon besser ... Gehen Sie, lassen Sie mich allein.«

Dies ist das erstemal, daß Adolphe beinahe bekümmert fortgeht.

Eine Woche vergeht, während der Caroline allen Hausangestellten befiehlt, Monsieur den kläglichen Zustand zu verbergen, in dem sie sich befindet: Sie siecht hin; sie schellt, wenn sie einer Ohnmacht nahe ist; sie verbraucht viel Äther. Schließlich setzt die Dienerschaft Monsieur ins Bild über Carolines ehelichen Heroismus, und Adolphe bleibt eines Abends nach dem Essen daheim und sieht seine Frau seine kleine Marie überschwenglich abküssen.

»Du armes Kind! Einzig du läßt mich meine Zukunft bedauern! O mein Gott, was ist das Leben?«

»Na, aber, mein Kind«, sagt Adolphe, »warum machst du dir das Herz so schwer?«

»Oh, ich mache mir das Herz nicht schwer ...! Der Tod hat für mich keine Schrecken ... ich habe heute morgen einen Leichenzug gesehen, und ich habe gemeint, der Tote sei sehr glücklich! Wie kommt es, daß ich immer nur an den Tod denken muß ...? Bin ich krank ...? Mir ist, ich sterbe von eigener Hand.«

Je mehr Adolphe versucht, Caroline aufzuheitern, desto mehr hüllt Caroline sich in die Trauerflöre unablässiger Tränen. Dieses zweitemal bleibt Adolphe daheim und langweilt sich. Beim dritten Anfall erzwungener Tränen verläßt er das Haus ohne die mindeste Kümmernis. Kurzum, er ist abgestumpft gegen diese ewigen Klagen, dieses Getue, als sterbe sie, diese Krokodilstränen. Und schließlich sagt er: »Wenn du krank bist, Caroline, dann muß ein Arzt kommen . . .«

»Ganz wie du willst! Dann geht es schneller zu Ende, mir soll es recht sein . . . Aber schick wenigstens einen berühmten Arzt her.«

Nach Ablauf eines Monats ist Adolphe es satt, den Trauermarsch anzuhören, den Caroline ihm in allen Tonarten vorspielt, und er bringt einen großen Arzt mit. In Paris sind die Ärzte sämtlich geistvolle Leute und kennen sich in der ehelichen Nosographie wunderbar aus.

»Na aber, Madame«, sagt der große Arzt, »wie kann eine so hübsche Frau sich einbilden, krank zu sein?«

»Ja, Herr Doktor, ich strebe dem Grab zu, gerade wie die Nase des alten Aubry . . .«[55]

Aus Rücksicht auf Adolphe versucht Caroline zu lächeln.

»Gut! Dabei haben Sie lebhafte Augen: Die wünschen schwerlich unsere höllischen Drogen . . .«

»Sehen Sie genau hinein, Herr Doktor, das Fieber verzehrt mich, ein leichtes, unwahrnehmbares, schleichendes Fieber . . .«

Und sie richtet den boshaftesten ihrer Blicke auf den berühmten Arzt, der denkt: »Sind das ein Paar Augen . . .!«

»Gut; wir wollen uns mal die Zunge ansehen!« sagt er laut.

Caroline zeigt ihre Kätzchenzunge zwischen zwei Reihen von Zähnen, die weiß sind wie die eines Hundes.

»Sie ist hinten ein bißchen belegt; aber Sie haben ja gefrühstückt . . .«, bemerkt der große Mediziner und wendet sich Adolphe zu.

»Nichts«, antwortete Caroline, »zwei Tassen Tee . . .«

Adolphe und der berühmte Arzt schauen einander an, denn der Doktor überlegt, wer sich über ihn lustig macht, Madame oder Monsieur.

»Wo fehlt es denn?« fragt der Arzt Caroline ernst.

»Ich kann nicht schlafen.«

»Gut!«

»Ich habe keinen Appetit . . .«

»Gut!«

»Mir tut es weh, hier . . .«

Der Arzt blickt auf die von Caroline gezeigte Stelle.

»Sehr gut, das werden wir gleich sehen ... Weiter ...?«

»Manchmal fröstelt mich ...«

»Gut!«

»Ich habe Schwermutsanfälle, immer denke ich an den Tod, ich habe Selbstmordgedanken.«

»Ach! Tatsächlich?«

»Glut steigt mir ins Gesicht, denken Sie bloß, und immerzu flattern mir die Augenlider ...«[56]

»Sehr gut: Wir nennen das einen *Trismus*.«

Der Arzt verbreitet sich eine Viertelstunde lang über die Natur des Trismus, wobei er sich hochwissenschaftlicher Ausdrücke bedient; es ergibt sich daraus, daß der Trismus der Trismus ist; aber er gibt mit der größten Bescheidenheit zu bedenken, daß die Wissenschaft zwar wisse, ein Trismus sei ein Trismus, aber sie sei in gänzlicher Unkenntnis der Ursache dieser nervösen Bewegung, die komme und gehe, auftrete und wieder verschwinde... »Kind«, sagt er, »wir sind uns darüber einig, daß er rein nervöser Art ist.«

»Ist es sehr gefährlich?« fragt Caroline beunruhigt.

»Nicht die Spur. In welcher Lage schlafen Sie?«

»Zusammengekuschelt.«

»Gut; auf welcher Seite?«

»Auf der linken.«

»Gut; wieviel Matratzen liegen in Ihrem Bett?«

»Drei.«

»Gut; benutzen Sie eine Auflegematratze?«

»Doch, ja ...«

Aus welchem Material?«

»Roßhaar.«

»Gut. Wollen Sie jetzt mal ein paar Schritte gehen ...? Oh, aber natürlich, und als ob wir Ihnen gar nicht zuschauten ...«

Caroline schreitet einher wie die Elssler[57] und macht dabei die andalusischsten Schwenkungen.

»Verspüren Sie nicht eine leichte Schwere in den Knien?«

»Eigentlich nicht ... (Sie setzt sich wieder.) Mein Gott, wenn ich mich ganz genau prüfe, dann ist mir jetzt ... doch ...!«

»Gut. Sind Sie seit einiger Zeit immer daheim geblieben?«

»Ach ja, Herr Doktor, viel zu sehr ... und ganz allein.«

»Gut, das wäre das. Was tragen Sie nachts auf dem Kopf?«

»Ein gesticktes Häubchen, aber manchmal darüber einen Schal . . .«

»Haben Sie dabei Hitzeaufwallungen . . . leichten Schweißausbruch . . .?«

»Wenn ich schlafe, kann ich doch davon nichts merken.«

»Sie könnten aber merken, daß die Bettwäsche feucht ist, da, wo die Stirn gelegen hat, wenn Sie aufwachen?«

»Ja, manchmal.«

»Gut. Geben Sie mal Ihre Hand her.«

Der Arzt zieht seine Taschenuhr.

»Habe ich Ihnen gesagt, daß ich Schwindelanfälle habe?« fragt Caroline.

»Pst . . .!« macht der Doktor; er zählt den Puls. »Abends . . .?«

»Nein, morgens.«

»Aha, zum Teufel, Schwindelanfälle am Morgen«, sagt er und blickt Adolphe an.

»Nun, was halten Sie vom Zustand meiner Frau?« fragt Adolphe.

»Der Herzog von G. ist nicht nach London gereist«, sagt der große Arzt und untersucht Carolines Haut; »im Faubourg Saint-Germain wird viel darüber geredet.«

»Haben Sie dort Patienten?« fragt Caroline.

»Fast ausschließlich dort . . . Ja, mein Gott, heute vormittag muß ich sieben besuchen, und ein paar davon sind in Lebensgefahr . . .!«

Der Doktor steht auf.

»Wie denken Sie über mich, Herr Doktor?« fragt Caroline.

»Madame, Sie bedürfen sorgfältiger Pflege, sehr sorgfältiger; nehmen Sie Linderungsmittel, Eibischwasser, eine milde Diät, weißes Fleisch, sehr viel körperliche Bewegung.«

»Und das kostet mich nun zwanzig Francs«, denkt Adolphe und lächelt in sich hinein.

Der große Arzt nimmt Adolphe beim Arm und führt ihn hinaus, indem er *sich* hinausführen läßt; Caroline folgt den beiden auf den Zehenspitzen.

»Mein Lieber«, sagt der große Mediziner, »ich habe zu Ihrer Frau soeben nur ganz obenhin gesprochen, sie durfte nicht erschreckt werden; die Sache geht *Sie* mehr an, als Sie meinen ... Vernachlässigen Sie Ihre Frau nicht allzusehr; sie hat ein mächtiges Temperament und eine stählerne Gesundheit. All das wirkt auf sie ein. Die Natur hat ihre Gesetze; werden sie verkannt, so setzen sie sich durch. Ihre Frau könnte in einen morbiden Zustand gelangen, der Sie schwer bereuen lassen würde, sie vernachlässigt zu haben ... Wenn Sie sie lieben, dann schlafen Sie mit ihr; wenn Sie sie nicht mehr lieben und Wert darauf legen, Ihren Kindern die Mutter zu erhalten, dann ist der zu fassende Entschluß eine rein hygienische Angelegenheit; aber er kann nur von *Ihnen* kommen ...!«

»Wie er mich verstanden hat ...!« sagt sich Caroline. Sie öffnet die Tür und ruft: »Herr Doktor, Sie haben mir die Dosierung nicht vorgeschrieben ...!«

Der große Arzt lächelt, verabschiedet sich, steckt ein Zwanzig-Francs-Stück in die Tasche und überläßt Adolphe den Händen seiner Frau, die ihn beiseite zieht und fragt: »Wie ist es nun in Wahrheit mit meinem Zustand ...? Muß ich mich darein schikken zu sterben ...?«

»Ach was! Er hat mir gesagt, du seiest allzu gesund!« ruft Adolphe ungeduldig.

Caroline wirft sich schluchzend auf das Ruhebett.

»Was hast du denn ...?«

»Ich fürchte es schon so lange ... Ich bin dir lästig, du liebst mich nicht mehr ... Diesen Arzt will ich nicht wieder konsultieren ... Ich weiß nicht, warum Madame Foullepointe mir geraten hat, ihn zu nehmen; nur Dummheiten hat er mir gesagt ...! Und ich weiß besser als er, was mir not tut ...«

»Was denn ...?«

»Du widerlicher Mensch, das fragst du auch noch?« fragt sie und lehnt den Kopf an Adolphes Schulter.

Der erschreckte Adolphe sagt sich: »Er hat recht, der Arzt, sie kann von einer anspruchsvollen Kränklichkeit werden, und was wird dann aus mir ...? Jetzt habe ich gezwungenermaßen die Wahl zwischen Carolines körperlicher Narrheit oder irgendeinem jungen Vetter.«

Und dann singt Caroline eine Schülermelodie mit der Überspanntheit einer Schwermütigen.

Zweite Vorrede

Wenn Sie dieses Buch haben verstehen können ... (und durch diese Annahme wird Ihnen eine sehr hohe Ehre erwiesen: Der tiefsinnigste Autor versteht nicht immer, und man kann sogar sagen, versteht nie die unterschiedlichen Sinngehalte seines Buchs, noch dessen Tragweite, noch das Gute und das Böse, das er verursacht hat), wenn Sie also diesen kleinen Szenen aus dem Eheleben einige Aufmerksamkeit gezollt haben, dann ist Ihnen vielleicht deren Farbe aufgefallen ...

»Welche Farbe denn?« wird vielleicht ein Krämer fragen. »Bücher haben gelbe, blaue, stiefelstulpenfarbene, blaßgrüne, perlgraue, weiße Umschläge.«

Ach! Die Bücher haben noch eine andere Farbe, sie sind vom Autor getönt worden, und manche Schriftsteller entleihen sogar ihr Kolorit. Manche Bücher färben auf andere ab. Es gibt Besseres. Die Bücher sind blond[58] oder braun, hell kastanienfarben oder rostrot. Und schließlich haben sie auch ein Geschlecht! Wir kennen männliche und weibliche Bücher, aber auch Bücher, die bedauerlicherweise geschlechtslos sind, was, wie wir hoffen, bei diesem hier nicht der Fall ist, immer angenommen, Sie erwiesen dieser Sammlung von nosographischen Themen die Ehre, sie als ein Buch zu bezeichnen.

Bisher sind alle diese Nöte und Mißlichkeiten solche, die einzig und allein durch die Frau dem Mann angetan werden. Sie haben also wiederum nur die männliche Seite des Buches wahrgenommen. Und wenn der Autor tatsächlich den Gehörsinn besitzt, den man ihm zuerkennt, so hat er bereits mehr als einen Ausruf oder eine Schmähung einer aufgebrachten Frau vernommen:

»Es wird uns nur von den Nöten erzählt, die von jenen Herren erlitten worden sind«, wird sie gesagt haben, »als ob wir nicht ebenfalls unsere kleinen Nöte hätten ...!«

O Frauen! Ihr seid erhört worden, denn wenn ihr auch nicht immer verstanden werdet, so macht ihr euch doch stets nur zu verständlich ...!

Somit würde es über die Maßen ungerecht sein, euch allein die

Vorwürfe tragen zu lassen, die jedes unter das Joch (*conjugium*[59]) gezwungene soziale Wesen berechtigt ist, gegen diese notwendige, heilige, nützliche, in hervorragender Weise staatserhaltende Einrichtung zu erheben, die zwar ein klein wenig lästig und schwer oder manchmal auch allzu leicht zu ertragen ist.

Ich will noch weiter gehen! Diese Parteilichkeit würde offenbar Kretinismus sein.

Ein Mann, kein Schriftsteller, denn in einem Schriftsteller stecken mehrere Männer, ein Autor also muß dem Janus ähneln: Er muß vorwärts und rückwärts blicken, Berichterstatter sein, alle Seiten einer Idee wahrnehmen, abwechselnd in die Seele des Alceste und die des Philinte[60] schlüpfen, nicht alles sagen und dennoch alles wissen, niemals langweilen, usw. . . .

Wir wollen dieses Programm unvollendet lassen, denn sonst würden wir alles sagen, und das wäre erschreckend für alle, die über die Bedingungen der Literatur nachdenken.

Überdies würde ein Autor, der mitten in seinem Buch das Wort ergreift, wirken wie der gute Mann in ›*Le tableau parlant*‹[61], wenn er sein Gesicht an die Stelle des gemalten treten läßt. Der Autor vergißt nicht, daß man in der Abgeordnetenkammer nicht das Wort zwischen zwei Abstimmungen ergreift. Also genug!

Jetzt möge also die weibliche Seite des Buches folgen; denn um vollauf der Ehe zu ähneln, muß dieses Buch mehr oder weniger androgyn sein.

Ehemänner im zweiten Monat

Zwei jungvermählte Frauen, Schulkameradinnen, Caroline und Stéphanie, innig befreundet im Pensionat der Mademoiselle Mâchefer, einer der berühmtesten Erziehungsanstalten des Faubourg Saint-Honoré, waren auf einem Ball bei Madame de Fischtaminel, und die folgende Unterhaltung fand in einer Fensternische des Boudoirs statt.

Es war so warm, daß ein Herr schon lange vor den beiden jungen Frauen auf den Gedanken gekommen war, die kühle

Nachtluft zu atmen; er stand in der Ecke des Balkons, und da sich vor dem Fenster viele Blumen befanden, konnten die beiden Freundinnen glauben, sie seien allein. Jener Herr war der beste Freund des Autors.

Die eine der beiden Jungvermählten stand in der Ecke der Fensternische und spielte gewissermaßen den Wachtposten; sie blickte in das Boudoir und die Salons. Die andere hatte Aufstellung in der Nische genommen und schmiegte sich so hinein, daß der Zugwind sie nicht traf, der übrigens durch Musselin- und Seidenvorhänge gemildert wurde.

Das Boudoir war leer, der Tanz hatte gerade begonnen, die Spieltische waren aufgeklappt geblieben; man sah ihre grünen Bezüge und Karten, die sich noch in dem dünnen Etui befanden, das die Regie ihnen vorschreibt. Es wurde gerade der zweite Kontertanz getanzt.

Alle, die Bälle besuchen, kennen diese Phase der großen Abendgesellschaften, wenn noch nicht alle angelangt, aber wenn die Räumlichkeiten schon voll sind, jene Phase, die der Herrin des Hauses einigen Schrecken verursacht. Es ist, obwohl alle Vergleiche hinken, ein Augenblick wie der, der den Gewinn oder Verlust einer Schlacht entscheidet.

Man versteht jetzt wohl, wie das, was ein wohlbehütetes Geheimnis hätte bleiben müssen, heute die Ehre des Erscheinens im Druck haben kann.

»Na, Caroline?«

»Na, Stéphanie?«

»Ja, und?«

»Ja, und?«

Ein zwiefacher Seufzer.

»Weißt du nicht mehr, was wir vereinbart hatten?«

»Doch . . .«

»Warum hast du mich dann nicht besucht?«

»Ich werde nie allein gelassen, wir haben keine Zeit, hier zu plaudern . . .«

»Oh! Wenn mein Adolphe solcherlei Gepflogenheiten hätte!« rief Caroline.

»Du hast Armand und mich ja wohl gesehen, als er mir das machte, was man, ich weiß nicht, warum, den Hof nennt . . .«

»Ja, ich habe ihn bewundert, ich meinte, du seiest sehr glücklich, *du* habest dein Ideal gefunden! Einen schönen Mann, stets so gut gekleidet, mit gelben Handschuhen, gepflegtem Bart, Lackschuhen, weißer Wäsche, von erlesener Sauberkeit, sehr zart und aufmerksam ...«

»Sprich nur weiter.«

»Kurzum, einen Mann, wie er sein muß; seine Redeweise war von weiblicher Milde, ohne die geringste Grobschlächtigkeit. Und Verheißungen von Glück, von Freiheit! Seine Sätze waren mit Palisander furniert. Er umhüllte seine Worte mit Schals und Spitzengespinsten. Man hörte in seinen beiläufigsten Äußerungen Pferde trappeln und Wagen rollen. Dein Hochzeitskorb war von Millionärspracht. Armand machte mir den Eindruck eines Ehemanns in Samt und Seide, eines Umhangs aus Vogelfedern, in die du dich einwickeln würdest.«

»Caroline, mein Mann schnupft Tabak.«

»Na, und meiner raucht ...«

»Aber meiner schnupft ihn, wie ihn Napoleon geschnupft haben soll, und ich verabscheue Tabak; das hat er gewußt, der Unmensch, und er hat sieben Monate lang keinen geschnupft ...«

»Alle Männer haben dergleichen Angewohnheiten; sie müssen unbedingt etwas zu sich nehmen.«

»Du hast keine Vorstellung von den Martern, die ich erdulde. Nachts schrecke ich durch einen Niesanfall auf. Beim Einschlafen habe ich mich umgedreht und bin mit der Nase in die Tabakkrümel geraten, die auf dem Kopfkissen lagen; ich atme sie ein und platze wie eine Sprengmine. Es scheint, daß dieser Schuft von Armand an diese ›Überraschung‹[62] gewöhnt ist; er wacht dabei nicht mal auf. Überall finde ich Tabak, und dabei habe ich doch schließlich nicht die Régie geheiratet.«

»Was bedeutet diese kleine Unzuträglichkeit, liebes Kind, wenn dein Mann ein guter Kerl und ein guter Charakter ist!«

»Ach! Er ist kalt wie Marmor, steifleinen wie ein Greis, gesprächig wie ein Wachtposten, und zudem ist er einer der Männer, die zu allem ›ja‹ sagen, aber immer nur das tun, was sie wollen.«

»Dann sag du doch ›nein‹.«

»Das habe ich versucht.«

»Na, und?«

»Ja, da hat er mir gedroht, er würde mein Haushaltsgeld um den Betrag mindern, der ihm erforderlich sei, sich ohne mich zu behelfen . . .«

»Arme Stéphanie! Das ist kein Mann, das ist ein Scheusal . . .«

»Ein ruhiges, methodisches Scheusal mit einer Perücke, das jeden Abend . . .«

»Jeden Abend . . .?«

»Warte doch ab . . .! Das jeden Abend ein Glas Wasser nimmt und seine falschen Zähne hineinlegt.«

»In was für eine Falle bist du durch deine Eheschließung geraten! Ist Armand wenigstens reich?«

»Wer weiß?«

»O mein Gott! Du machst mir ganz den Eindruck, als würdest du binnen kurzem sehr unglücklich . . . oder sehr glücklich.«

»Und du, Kleines?«

»Ich? Ich habe bis jetzt nur *eine* Nadel in meinem Korsett, die mich sticht; aber die ist unerträglich.«

»Du armes Kind! Du bist dir über dein Glück nicht klar. Also sprich.«

Hier flüsterte die junge Frau der andern so leise etwas ins Ohr, daß es unmöglich war, auch nur ein einziges Wort zu verstehen. Die Unterhaltung begann aufs neue oder endete vielmehr mit einer Art Schlußfolgerung.

»Ist dein Adolphe eifersüchtig?«

»Auf wen denn? Wir sind immerfort beisammen, und ebendas, meine Liebe, ist ein Übelstand. Man hält es nicht aus. Ich wage nicht zu gähnen, ich repräsentiere in einem fort die liebende Frau. Das ist ermüdend.«

»Sag mal, Caroline!«

»Ja, und?«

»Was gedenkst du zu tun, Kleine?«

»Zu resignieren. Und du?«

»Den Kampf gegen die Régie aufzunehmen . . .«

Dieses kleine Übel ist als Beweis dafür geeignet, daß bezüglich persönlicher Enttäuschungen beide Geschlechter miteinander quitt sind.

Getäuschter Ehrgeiz

§ 1: Der berühmte Chodoreille

Ein junger Mann hat seine Heimatstadt tief hinten in irgendeinem Departement verlassen, das Monsieur Charles Dupin mit mehr oder weniger dunkler Farbe gekennzeichnet hat[63]. Seine Berufung war der Ruhm, gleichgültig, auf welchem Gebiet. Man denke an einen Maler, einen Romanautor, einen Journalisten, einen Dichter, einen großen Staatsmann.

Um vollauf verstanden zu werden, wollte der junge Adolphe de Chodoreille von sich reden machen, berühmt werden, etwas sein.

Das Nachfolgende wendet sich also an die Schar der Ehrgeizigen, die durch alle möglichen Vehikel nach Paris geführt werden, geistige oder körperliche, und die sich eines schönen Morgens mit der wassersüchtigen Absicht hineinstürzen, allen Berühmtheiten den Garaus zu machen, sich aus den zu schaffenden Ruinen ein Piedestal zu bauen, bis dann die Ernüchterung erfolgt. Da es darum geht, dieses für unsere Epoche charakteristische, normale Faktum zu formulieren, wollen wir unter all diesen Persönlichkeiten die herausgreifen, die der Autor an anderer Stelle als einen ›Großen Mann aus der Provinz‹ bezeichnet hat[64].

Adolphe hat eingesehen, daß das beste Geschäft dasjenige ist, das darin besteht, bei einem Schreibwarenhändler eine Flasche Tinte, ein Bündel Federn und ein Ries Muschelpapier[65] für zwölf Francs fünfzig Centimes zu kaufen und die zweitausend Blatt, aus denen das Ries besteht, wenn man jede Seite in vier Teile schneidet, so etwa für fünfzigtausend Francs wiederzuverkaufen, nachdem man natürlich auf jedes Blatt fünfzig Zeilen voller Stil und Phantasie geschrieben hat.

Dieses Problem, zwölf Francs fünfzig Centimes in fünfzigtausend Francs zu verwandeln, da jede Zeile fünfundzwanzig Centimes erbringt, regt viele Familien, die ihre Mitglieder nützlich im Schoß der Provinz beschäftigen könnten, dazu an, sie in die Hölle Paris zu schicken.

Der junge Mann, das Objekt dieser Ausfuhr, scheint nach

Meinung seiner ganzen Stadt soviel Phantasie wie die berühmtesten Autoren zu besitzen. Er hat sich immerhin auf der Schule glänzend bewährt, er schreibt recht hübsche Verse, er gilt für einen geistvollen Burschen; schließlich hat er sich oftmals einer reizenden kleinen Novelle schuldig gemacht, die in der Lokalzeitung erschienen und vom ganzen Departement bewundert worden ist.

Diese armen Verwandten werden bis in alle Ewigkeit nicht wissen, was ihr Sohn in Paris mühselig erlernen muß, nämlich daß es schwierig ist, ein Schriftsteller zu sein und die französische Sprache zu kennen, ehe ein Dutzend Jahre voll herkulischer Arbeiten hingegangen ist; – daß man das gesamte soziale Leben durchstöbert haben muß, um ein wahrer Romanautor zu sein, in Anbetracht des Umstands, daß der Roman die Privatgeschichte der Völker ist; – und daß die großen Erzähler (Äsop, Lukian, Boccaccio, Rabelais, Cervantes, Swift, La Fontaine, Alain-René Lesage, Laurence Sterne, Voltaire, Walter Scott, die unbekannten Araber von ›Tausendundeiner Nacht‹) samt und sonders Männer von Genie und Kolosse an Gelehrsamkeit gewesen sind.

Ihr Adolphe macht seine Lehrzeit in der Literatur in mehreren Cafés durch, wird Mitglied des Allgemeinen Schriftstellerverbands, greift ohne Überlegung Leute von Talent an, die seine Artikel nicht lesen, kommt wieder zu milderen Gefühlen, als er die Wirkungslosigkeit seiner Kritiken sieht, trägt Novellen in die Zeitungsredaktionen, die zu ihm zurückkehren wie mit dem Tennisschläger geschnellt; und nach fünf oder sechs Jahren mehr oder weniger erschöpfender Übungen und grausiger Entbehrungen, die für seine Verwandten oder Eltern recht kostspielig sind, gelangt er zu einer gewissen Position.

Mit dieser Position ist es folgendermaßen bestellt. Dank einer Art Versicherung auf Gegenseitigkeit, die die Schwachen untereinander abschließen und die ein recht begabter Schriftsteller »die Kameraderie«[66] genannt hat, sieht Adolphe seinen Namen oft unter den berühmten Namen angeführt, entweder in den Verlegerprospekten oder in den Zeitungsanzeigen, die Neuerscheinungen verheißen. Die Verleger drucken den Titel eines seiner Werke in die lügnerische Spalte: »Im Druck«, die man als die typografische Menagerie der Bären* bezeichnen könnte. Chodoreille wird bisweilen als Hoffnung der jungen Literatur erwähnt.

Adolphe de Chodoreille verbleibt elf Jahre lang in den Reihen der jungen Literatur: Er wird kahl und wahrt dabei seinen Abstand innerhalb der jungen Literatur; aber schließlich erlangt er freien Eintritt in den Theatern, dank obskurer Arbeiten, Schauspielkritiken; er versucht, sich für einen »guten Kerl« nehmen zu lassen; und je mehr er an Illusionen über den Ruhm, über Welt und Gesellschaft und Paris verliert, desto mehr gewinnt er an Schulden und Jahren.

Eine in den letzten Zügen liegende Zeitung verlangt von ihm einen seiner »Bären«, der von seinen Freunden verbessert, geleckt und von Lustrum zu Lustrum abermals geleckt worden ist und der nach modischen Pomaden jeglicher Art und nach Vergessenheit riecht. Dieses Buch wird für Adolphe das, was für den Korporal Trim[68] jene berühmte Mütze ist, die er immer wieder ins Spiel bringt; denn fünf Jahre lang wird ›Alles für eine Frau‹ (endgültiger Titel) eins der reizendsten Werke unserer Zeit sein.

Nach zwölf Jahren heißt es von Chodoreille, er habe achtenswerte Werke veröffentlicht, fünf oder sechs Novellen in katakombischen Zeitschriften, in Frauenjournalen, in Sammlungen, die für das zarteste Kindesalter bestimmt sind.

Kurzum, da er Junggeselle ist, einen Frack und eine Hose aus schwarzem Tuch besitzt, sich, wenn er will, als eleganter Diplomat verkleiden kann, da es ihm nicht an einem gewissen intelligenten Aussehen mangelt, wird er in einigen mehr oder weniger literarischen Salons zugelassen; er steht auf dem Grußfuß mit den fünf oder sechs Mitgliedern der Akademie, die Genie, Einfluß oder Talent haben, er kann zu zwei oder drei unserer großen Dichter gehen; in den Cafés erkühnt er sich, die zwei oder drei in unserer Zeit mit Recht berühmten Frauen mit ihren Vor-

* Als »Bär« wird ein Stück bezeichnet, das von zahlreichen Theatern abgelehnt worden ist und das schließlich aufgeführt wird, wenn irgendein Direktor gerade einen »Bären«[67] braucht. Wie es nicht anders sein konnte, ist der Ausdruck aus der Kulissensprache ins Journalisten-Rotwelsch übergegangen und wird auch auf Romanmanuskripte angewandt, die ein Wanderleben führen. Eigentlich sollte man die des Buchhandels als »Eisbären« und die andern als »braune Bären« bezeichnen. (Anmerkung Balzacs.)

namen zu benennen; überdies steht er sich aufs beste mit den Blaustrümpfen zweiten Ranges, die eigentlich »Socken« genannt werden müßten, und mit den Sternen der Winkelblätter tauscht er Händedrücke und trinkt er Absinth.

Das ist die Geschichte der Mittelmäßigkeiten jeder Art, denen das ermangelt, was die Inhaber eines Amts das Glück nennen. Dieses Glück besteht aus Willenskraft, beständiger Arbeit, Verachtung eines leicht erreichten Namens, einem Übermaß an Bildung und der Geduld, die, nach Buffon, das ganze Genie sein soll, sicherlich aber dessen Hälfte ist.

Sie haben bislang noch keine Spur der kleinen Nöte Carolines bemerkt. Sie glauben, daß diese Geschichte der fünfhundert jungen Menschen, die in diesem Augenblick damit beschäftigt sind, das Pariser Straßenpflaster breit zu treten, nach Art der Ratschläge für die Familien der sechsundachtzig Departements geschrieben worden ist; aber lesen Sie die beiden Briefe, die zwischen zwei auf verschiedene Arten verheirateten Freundinnen gewechselt worden sind, dann werden Sie verstehen, daß sie notwendig war, genauso wie die Erzählung, mit der ehedem jedes gute Melodram begann und die als Vorspiel bezeichnet wird ... Sie werden die klugen Maßnahmen des Pariser Pfaus erraten, der in seiner Heimatstadt das Rad schlägt und dabei in auf Heirat erpichten Hintergedanken die Strahlen eines Ruhms blankputzt, die, wie die Sonnenstrahlen, nur auf große Entfernung hin warm und strahlend sind.

Madame Claire de La Roulandière, geb. Jugault,
an Madame Adolphe de Chodoreille, geb. Heurtaut.
Viviers[69].

Du hast mir noch nicht geschrieben, liebe Caroline, und das ist gar nicht nett von Dir. Käme es nicht der Glücklicheren zu, den Anfang zu machen und die zu trösten, die in der Provinz geblieben ist?

Ich habe nun also seit deiner Abreise nach Paris Monsieur de La Roulandière geheiratet, den Gerichtspräsidenten. Du kennst ihn, und du weißt, ob ich zufrieden sein könnte, da mein Herz ja von unsern Ideen *übersättigt* war. Ich habe genau gewußt, welches Schicksal meiner wartete; ich lebe zusammen mit dem ehemaligen Präsidenten, dem Onkel meines Mannes, und mit meiner Schwiegermutter, die von der alten Parlamentsgerichts-Gesellschaft zu Aix nichts bewahrt hat als die dünkelhafte Zurückhaltung und die Sittenstrenge. Ich bin selten allein; ausgehen tue ich nur in Gesellschaft meiner Schwiegermutter oder meines Mannes. Abends empfangen wir alle einflußreichen Leute der Stadt. Die Herren spielen Whist zu zwei Sous die Spielmarke, und ich höre Gespräche folgender Art an: »Monsieur Vitremont ist gestorben; er hinterläßt ein Vermögen von zweihundertachtzigtausend Francs . . .«, sagt der Substitut, ein junger Herr von siebenundvierzig Jahren, amüsant wie der Mistral. – »Sind Sie dessen ganz sicher . . .?«

»Dessen«, das sind die zweihundertachtzigtausend Francs. Ein kleiner Richter redet breit und hochtrabend einher; er erzählt von Kapitalsanlagen, es wird über Wertpapiere hin und her geredet; und es geht aus der Unterhaltung hervor, daß, wenn es keine zweihundertachtzigtausend Francs sind, so doch fast soviel . . .

Daraufhin erfolgt ein allgemeines Lobeshymnenkonzert auf den Verstorbenen, weil er haushälterisch gewirtschaftet habe, um seine Ersparnisse Sou für Sou anlegen zu können, wahrscheinlich, damit die ganze Stadt und Leute, die Erbschaften zu erhoffen haben, in die Hände klatschen und bewundernd ausrufen sollten: »Er hinterläßt zweihundertachtzigtausend Francs . . .!« Und es hat jedermann kranke Verwandte, von denen gesagt wird: »Ob er wohl ähnlich viel hinterlassen wird?« Und dann wird über den Lebenden geredet, wie über den Toten geredet worden ist.

Man befaßt sich mit nichts als mit Mutmaßungen über Vermögen und Mutmaßungen über freiwerdende Posten und mit Mutmaßungen über die Ernte.

Als wir in unserer Kindheit den niedlichen weißen Mäusen im Fenster des Flickschusters in der Rue Saint-Maclou zuschauten, die den reizenden Käfig sich drehen ließen, in den sie eingesperrt waren, hätte ich da ahnen können, das würde einmal ein getreues Sinnbild meiner Zukunft sein . . .?

Daß ich mich in solch einer Lage befinde, ich, die von uns beiden am meisten die Flügel regte, deren Phantasie am weitesten schweifte! Ich habe mehr als Du gesündigt, ich bin die härter Bestrafte. Ich habe meinen Tränen Lebewohl gesagt; ich bin die mit Höflichkeiten überschüttete Frau Präsidentin, und ich bescheide mich dazu, den Arm vierzig Jahre lang diesem fürchterlichen Teufel von de La Roulandière zu geben, in jeder Hinsicht minder zu leben und zwei dicke Brauen über zwei glasartigen Augen in einem gelben Gesicht zu sehen, das nie wissen wird, was ein Lächeln ist.

Du jedoch, meine liebe Caroline, Du, die, unter uns gesagt, unter den »Großen« war, während ich unter den »Kleinen« umherzappelte, Du, die Du mit Deinen siebenundzwanzig Jahren und zweihunderttausend Francs Vermögen nur durch Hochmut gesündigt hast, Du kaperst Dir einen großen Mann und gewinnst ihn für Dich, einen der geistreichsten Männer von Paris, einen der beiden talentierten Männer, die unsere Stadt hervorgebracht hat ...! Welch ein Glück!

Jetzt befindest Du Dich im glänzendsten Pariser Milieu. Dank den erhabenen Vorrechten des Genies kannst Du in allen Salons des Faubourg Saint-Germain verkehren und dort willkommen sein. Du erfreust Dich erlesener Genüsse in der Gesellschaft der zwei oder drei berühmten Frauen unserer Zeit, bei denen es von Geist nur so sprüht, wie man sagt, wo die Aussprüche gesagt werden, die bis hierher zu uns schnellen wie Raketen à la Congreve[70]. Du verkehrst im Haus des Barons Schinner, von dem Adolphe uns soviel erzählt hat und zu dem alle großen Künstler, alle berühmten Ausländer kommen. Kurzum, in einiger Zeit wirst Du eine der Königinnen von Paris sein, wenn Du willst. Auch Du kannst empfangen, Du wirst in Deinem Haus die Löwinnen und die Löwen der Literatur, der großen Welt und der Finanz sehen, denn Adolphe hat uns von seinen Freundschaften mit Berühmtheiten und seinen Verbindungen zu den Günstlingen der Mode in solchen Ausdrücken erzählt, daß ich Dich gefeiert sehe, indem Du Feste gibst.

Mit Deinen zehntausend Francs Zinsen und der Erbschaft Deiner Tante Carabès, mit den zwanzigtausend Francs, die Dein Mann verdient, werdet Ihr einen eigenen Wagen haben; und da Du freien Eintritt in allen Theatern hast, da die Journalisten die Helden aller Eröffnungen und Einweihungen sind, die alle, die am schwungvollen Pariser Leben teilhaben wollen, so teuer zu stehen kommen; da sie alle Tage zu Abendessen eingeladen werden, lebst Du, als hättest Du sechzigtausend Francs Zinsen . . .! Ach, *Du* bist glücklich, und deswegen vergißt Du mich!

Nun, ich verstehe, daß Du keinen Augenblick für Dich hast. Dein Glück ist die Ursache Deines Schweigens; ich verzeihe es Dir. Laß nur, wenn Du eines Tages so vieler Freuden und der Höhle Deiner Herrlichkeit müde bist und noch an Deine arme Claire denkst, dann schreib mir, dann erzähle mir, was es mit der Ehe mit einem großen Mann auf sich hat . . . schildere mir die großen Pariser Damen, vor allem die, die schreiben . . . oh, ich wüßte so gern, aus welchem Stoff sie bestehen; kurzum, vergiß nichts, wenn Du nicht vergißt, daß Du *dennoch* geliebt wirst von Deiner armen

Claire Jugault.

Madame Adolphe de Chodoreille
an Madame la Présidente de La Roulandière, in Viviers.
Paris.

Ach, meine arme Claire, wenn Du gewußt hättest, wie viele kleine Schmerzen Dein naiver Brief erweckt hat, nein, dann würdest Du ihn mir nicht geschrieben haben. Keine Freundin, und nicht einmal eine Feindin, die bei einer Frau einen Verband auf tausend Mückenstichen erblickt, reißt ihn ab und amüsiert sich damit, sie zu zählen . . .

Ich fange damit an, Dir zu sagen, daß ich für ein siebenundzwanzigjähriges Mädchen mit noch annehmbarem Gesicht, aber einer Figur, die für die schlichte Rolle, die ich spiele, allzusehr à la Zar Nikolaus ist, glücklich bin . . .! Und zwar aus folgendem Grund: Adolphe in seinem Glück über die Enttäuschungen, die auf mich niedergeprasselt sind wie ein Hagelschlag, verbindet die kleinen Wunden meines Selbstgefühls mit so viel Liebe, so viel kleinen Aufmerksamkeiten, so viel reizenden Dingen, daß wahrhaftig die Frauen in ihrer Eigenschaft als Frauen an dem Mann, den sie heiraten, so nützliche Fehler finden möchten; aber nicht alle Literaten (Adolphe ist leider kaum ein Literat), die nicht minder reizbare, nervöse, wandelbare und absonderliche Wesen wie die Frauen sind, besitzen so verläßliche Eigenschaften wie Adolphe, und ich hoffe, daß nicht alle so unglücklich gewesen sind wie er.

Ach, wir lieben einander zur Genüge, so daß ich Dir die Wahrheit sagen kann. Ich habe, meine Liebe, ihn aus einem geschickt getarnten, tiefen Elend gerettet. Weit davon entfernt, jährlich über zwanzigtausend Francs zu verfügen, hat er sie nicht einmal in den fünfzehn Jahren verdient, die er in Paris lebt. Wir bewohnen einen dritten Stock in der Rue Joubert, der uns zwölfhundert Francs kostet, und es bleiben uns von unseren Einkünften etwa achttausendfünfhundert Francs, mit denen ich versuche, uns ein anständiges Leben zu schaffen.

Ich bringe ihm Glück: Adolphe hat seit unserer Heirat die Leitung eines Feuilletons erhalten und verdient bei dieser Beschäftigung, die ihn übrigens wenig Zeit kostet, vierhundert Francs im Monat. Er dankt diese Stellung einer Kapitalsanlage. Wir haben die siebzigtausend Francs der Erbschaft meiner Tante Carabès als Kautionssumme für die Zeitung benutzt; wir bekommen neun Prozent und haben überdies Aktien. Seit diesem Geschäft, das vor zehn Monaten abgeschlossen worden ist, haben unsere Einkünfte sich verdoppelt, der Wohlstand ist eingekehrt. Ich brauche meine Eheschließung nicht mehr zu bedauern, weder als Geld- noch als Herzenssache. Nur mein Selbstgefühl hat gelitten, und meine ehrgeizigen Wünsche sind zunichte geworden. Du sollst als die erste von den kleinen Nöten erfahren, die mir zu schaffen gemacht haben.

Wir hatten gemeint, Adolphe stehe auf sehr gutem Fuß mit der berühmten Baronin Schinner, die in so gutem Ruf steht durch ihren Geist, ihren Einfluß, ihr Vermögen und ihre Verbindungen zu berühmten Leuten; ich habe geglaubt, er werde bei ihr als Freund des Hauses empfangen; mein Mann führt mich dort ein, ich werde recht kühl empfangen. Ich gewahre Räume von erschreckendem Luxus; und anstatt daß Madame Schinner meinen Besuch erwidert, empfange ich eine Visitenkarte, zwanzig Tage später und zu einer unverschämt unpassenden Stunde.

Kurz nach meiner Ankunft in Paris schlendere ich auf den

Boulevards einher, stolz auf meinen anonymen großen Mann; er stößt mich mit dem Ellbogen an, deutet auf einen uns entgegenkommenden kleinen, dicken, ziemlich schäbig gekleideten Mann und sagt: »Das ist der und der!« Er nennt mir eine der sieben oder acht europäischen Berühmtheiten Frankreichs. Ich setze eine bewundernde Miene auf und sehe, wie Adolphe mit einer Art Beglückung den wahren großen Mann grüßt, und der antwortet mit einem knappen, kurzen Nicken, wie man es einem Mann zubilligt, mit dem man innerhalb von zehn Jahren kaum vier Worte gewechselt hat. Adolphe hatte sicherlich auf einen Blick um meinetwillen gerechnet. »Kennt er dich nicht?« fragte ich meinen Mann. – »Doch; aber er wird mich mit jemandem verwechselt haben«, antwortete mir Adolphe.

Ebenso geht es mit den Dichtern, den berühmten Musikern, den Staatsmännern. Aber dafür plaudern wir zehn Minuten lang vor einem Durchgang mit den Herren Armand du Cantal, Georges Beaunoir, Félix Verdoret, von denen Du niemals was gehört hast. Die Damen Constantine Ramachard, Anaïs Crottat und Lucienne Vouillon besuchen uns und bedrohen mich mit ihrer Blaustrumpf-Freundschaft. Die Redakteure in unserer Provinz unbekannter Zeitungen kommen zu uns zum Abendessen. Schließlich widerfährt mir das schmerzliche Glück, zu erleben, daß Adolphe die Einladung zu einer Abendgesellschaft ablehnt, bei der ich nicht zugelassen war.

Ach, Liebste, das Talent ist stets eine seltene Blume, die spontan wächst und die keine Treibhaus-Gärtnerkunst zuwege bringt. Ich sehe völlig klar: Adolphe ist eine bekannte, geeichte Mittelmäßigkeit; es bleibt ihm, wie er sagt, nichts anderes übrig, als sich in die »Nebenrollen« der Literatur einzugliedern. In Viviers hatte er Geist; aber um in Paris als ein geistvoller Mann zu gelten, muß man sämtliche Arten von Geist in Dosen besitzen, die einen zur Verzweiflung treiben.

Ich achte Adolphe hoch; denn nach ein paar kleinen Lügen hat er mir schließlich eingestanden, wie es um ihn bestellt ist, und ohne sich allzusehr zu demütigen, hat er mir das Glück versprochen. Er hofft, wie so viele Durchschnittstalente, auf irgendeine Anstellung, eine Beschäftigung als Unterbibliothekar[71], einen Geschäftsführerposten an einer Zeitung. Wer weiß, ob wir es nicht später dahin bringen, daß er Abgeordneter von Viviers wird?

Wir leben ganz unauffällig; wir haben fünf oder sechs Freunde und Freundinnen, die uns behagen und zu uns passen, und das ist nun also das funkelnde Dasein, das Du mit allem gesellschaftlichen Glanz vergoldet hast.

Von Zeit zu Zeit ertrage ich einen jähen Windstoß, schnappe ich irgendeine boshafte Äußerung auf. So höre ich gestern im Foyer der Oper, wo ich umherging, einen der boshaftesten unter den Männern von Geist, nämlich Léon de Lora, zu einem unserer berühmtesten Kritiker sagen: »Geben Sie zu, daß man Chodoreille sein muß, um am Ufer der Rhône die Caroline-Pappel zu entdecken!« – »Pah!« hat der andere geantwortet, »sie treibt Knospen[73].« Die beiden hatten gehört, wie mein Mann mich mit Vornamen anredete. Und das mir, die ich in Viviers für schön galt, die ich groß, gut gewachsen und noch rundlich genug bin, um Adolphes Glück auszumachen! Auf diese Weise habe ich gelernt, daß es in Paris um die Schönheit der Frauen genauso bestellt ist wie um den Geist der Männer aus der Provinz.

Kurzum, sofern Du das wissen willst, ich bin nichts; aber wenn Du hören willst, wie weit es mit meiner Philosophie gekommen ist, nun, dann vernimm, daß ich glücklich bin, in meinem falschen großen Mann einen schlichten Alltagsmenschen vorgefunden zu haben.

Leb wohl, liebe Freundin, wie Du siehst, bin von uns beiden immer noch ich diejenige, die, trotz den Enttäuschungen und kleinen Nöten des Lebens, den besseren Teil zugemessen erhalten hat; Adolphe ist jung, und er ist ein reizender Mensch.

Caroline Heurtaut.

Claires Antwort enthielt unter anderem diesen Satz: »Ich hoffe, daß das anonyme Glück, dessen Du Dich erfreust, dank Deiner Philosophie andauern wird.« Wie alle intimen Freundinnen rächte Claire sich an ihrem Präsidenten wegen Adolphes Zukunft.

§ 2: Eine Abwandlung desselben Themas

(»Dieser Brief wurde eines Tages in einem Kästchen gefunden, als sie mich lange in ihrem Toilettekabinett warten ließ, während sie versuchte, eine lästige Freundin loszuwerden, die das französische Andeuten im Spiel des Gesichtsausdrucks und der Betonung der Wörter nicht verstand. Ich holte mir dabei einen Schnupfen, aber ich habe den Brief.«)

Diese anmaßende Notiz fand sich auf einem Schriftstück, das die Notarsschreiber für unwichtig hielten, als das Inventar des verstorbenen Monsieur Ferdinand de Bourgarel aufgenommen wurde, den die Politik, die Künste, die Liebesgötter unlängst zu ihrem Schmerz verloren haben; mit ihm hat das große Geschlecht der Borgarelli in der Provence geendet; denn Bourgarel ist bekanntlich eine verderbte Form von Borgarelli, gerade wie der französische Name der Familie Girardin[74] von den florentinischen Gherardini entlehnt worden ist.

Ein intelligenter Leser wird mühelos erkennen, auf welchen Zeitabschnitt im Leben Adolphes und Carolines sich dieser Brief bezieht.

Liebe Freundin,
ich glaubte, glücklich zu werden, als ich einen Künstler heiratete, der ebenso überlegen durch seine Talente wie durch seine persönlichen Mittel, gleichermaßen groß als Charakter wie als Geist war, reich an Kenntnissen, drauf und dran, auf dem öffentlichen Weg weiterzukommen, ohne genötigt zu sein, die gewundenen Pfade der Intrige einzuschlagen; kurzum, Du kennst Adolphe, Du hast ihn geschätzt: Ich werde geliebt, er ist Vater, ich vergöttere unsere Kinder. Adolphe behandelt mich vorbildlich, ich liebe und bewundere ihn; aber, Liebste, in diesem vollkommenen Glück findet sich ein Dorn. Die Rosen, auf die ich gebettet bin, haben mehr als eine unebene Stelle. Im Herzen der Frauen werden solche Stellen rasch zu Wunden. Diese Wunden bluten bald, das Übel wächst, man leidet, und das Leiden erweckt Gedanken, die Gedanken breiten sich aus und wandeln sich in Gefühl. Ach, Liebste, Du wirst es wissen, und es ist bitter, es sich zu sagen, aber wir Frauen leben ebensosehr durch die

Eitelkeit wie durch die Liebe. Um nur durch Liebe zu leben, dürfte man nicht in Paris wohnen. Was würde es uns kümmern, nur ein weißes Perkalkleid zu haben, wenn der Mann, den wir lieben, nicht andere Frauen sähe, die anders gekleidet sind, eleganter als wir, und die Gedanken einflößen durch ihr Gehaben, durch ein Gesamt kleiner Dinge, die große Leidenschaften entstehen lassen? Die Eitelkeit, Liebste, ist bei uns Frauen die Kusine der Eifersucht, jener schönen, noblen Eifersucht, die darin besteht, sich seine Oberherrschaft nicht nehmen zu lassen, die einzige in einer Seele zu sein, unser Leben voller Glück in einem Herzen hinzubringen. Es sei gesagt: Meine Fraueneitelkeit leidet. Wie klein diese Nöte auch sein mögen, ich habe leider gelernt, daß es in der Ehe keine kleinen Nöte gibt. Ja, alles darin wird größer durch die unablässige Berührung mit Gefühlen, Begierden und Ideen. Darin beruht das Geheimnis der Traurigkeit, in der Du mich ertappt hast und die ich nicht hatte erklären wollen. Dieser Punkt ist einer derjenigen, bei denen das Wort zu weit geht und bei denen die Niederschrift dem Denken wenigstens dadurch Einhalt gebietet, daß sie es festlegt. Die geistig sittlichen perspektivischen Auswirkungen dessen, was man sagt, und dessen, was man schreibt, sind so unterschiedlich! Auf dem Papier wirkt alles so feierlich und so ernst! Man begeht keine Unklugheit mehr. Macht nicht gerade *das* einen Schatz aus einem Brief, in dem man sich seinen Gefühlen überläßt? Du mußt mich für unglücklich gehalten haben, dabei bin ich nur verletzt. Du hast mich allein angetroffen, an meinem Kamin, ohne Adolphe. Ich hatte gerade meine Kinder zu Bett gebracht, sie schliefen. Adolphe war zum zehntenmal bei Leuten eingeladen worden, zu denen ich nicht gehe, wo man Adolphe ohne seine Frau will. Es gibt Salons, die er ohne mich aufsucht, wie es eine Fülle von Freudenfesten gibt, zu denen er ohne mich geladen wird. Hieße er Monsieur de Navarreins und wäre ich eine d'Espard, so dächte kein Mensch daran, uns zu trennen; stets würde man uns gemeinsam haben wollen. Er hat nun mal Gewohnheiten; er merkt gar nichts von dieser Demütigung, die mir das Herz bedrückt. Wenn er übrigens diesen kleinen Schmerz, den zu empfinden ich mich schäme, merkte, würde er Welt und Gesellschaft im Stich lassen und noch impertinenter werden, als die Männer oder Frauen es sind, die mich von ihm trennen. Aber das würde sein Weiterkommen hemmen; er würde sich Feinde machen; er würde sich Hindernisse schaffen, wenn er mich Salons aufdrängte, die mir dann unmittelbar tausenderlei Bosheiten antun würden. Ich ziehe also meine Leiden alledem vor, was uns im gegenteiligen Fall zustoßen würde; Adolphe wird vorankommen; er trägt meine Rache in seinem schönen Kopf, der derjenige eines genialen Mannes ist. Eines Tages werden Welt und Gesellschaft mir die angesammelte Schuld so vieler Kränkungen zahlen. Aber wann? Vielleicht erst, wenn ich fünfundvierzig bin. Meine schöne Jugend wird an meinem Kaminfeuer mit dem Gedanken verronnen sein: Adolphe lacht, er amüsiert sich, er sieht schöne Frauen, er trachtet danach, ihnen zu gefallen, und alle diese Freuden kommen nicht von mir.

Vielleicht wird sein Beruf ihn dazu führen, daß er sich von mir löst!

Überdies erleidet niemand ungestraft Mißachtung, und ich fühle mich mißachtet, obgleich ich jung, schön und tugendhaft bin. Kann ich zudem mein Denken daran hindern, seinen Lauf zu nehmen? Kann ich meine Zornesaufwallungen unterdrücken, wenn ich weiß, daß Adolphe außerhalb des Hauses ohne mich zu Abend ißt? Ich habe an seinen Triumphen nicht teil; ich höre nichts von seinen geistreichen oder tiefen Aussprüchen, die er für andere tut! Ich könnte mich jetzt nicht mehr mit den bürgerlichen Zusammenkünften begnügen, aus denen er mich herausgerissen hat, weil er mich sondergeartet, reich, jung, schön und geistvoll gefunden hat. Das ist ein Unglück, und es ist nicht wiedergutzumachen.

Kurzum, es genügt, daß ich aus irgendeinem Grund einen Salon nicht betreten kann, um mich wünschen zu lassen, es dennoch zu tun. Nichts ist den Gewohnheiten des menschlichen Herzens gemäßer. Frühere Zeiten hatten recht mit ihren Frauengemächern. Der Zusammenstoß der Selbstgefühle der Frauen, die deren Zusammenkünfte verursacht haben und der nicht älter als vier Jahrhunderte ist, hat unsere Zeit viel Kümmernisse gekostet und kostet die Gesellschaft recht blutige Kämpfe.

Kurzum, Liebste, Adolphe wird sehr gefeiert, wenn er heimkehrt; aber keine Natur ist stark genug, um jedesmal mit dem gleichen Eifer aufzuwarten. Wie wird der Tag nach einem Abend aussehen, an dem er weniger gut empfangen werden wird!

Siehst Du jetzt ein, was es mit den Unebenheiten auf sich hat, die ich erwähnt habe? Eine Unebenheit des Herzens verbirgt einen Abgrund wie eine Geländefalte in den Alpen: Aus der Entfernung würde man sich nie deren Tiefe und Ausdehnung vorstellen. Ebenso ist es um zwei Menschenwesen bestellt, so befreundet sie auch sein mögen. Man vermutet nie den Ernst des Übels bei seiner Freundin. Das scheint etwas Geringfügiges zu sein, und dennoch wird das Leben in seiner ganzen Tiefe und Länge davon betroffen. Ich habe genau nachgedacht; aber je mehr Vernunfterwägungen ich anstelle, desto mehr beweise ich mir selbst die Ausdehnung dieses kleinen Schmerzes. So lasse ich mich denn im Strom des Leidens treiben.

Zwei Stimmen machen sich das Gelände streitig, wenn ich, was glücklicherweise vorerst noch selten geschieht, allein in meinem Sessel sitze und auf Adolphe warte. Die eine, darauf gehe ich jede Wette ein, entstammt dem ›Faust‹ von Eugène Delacroix[75], der vor mir auf dem Tisch liegt. Mephistopheles redet, der schreckliche Diener, der so gut den Degen zu führen weiß; er hat das gezeichnete Blatt verlassen und sich teuflisch vor mich hingestellt; er lacht durch den Spalt, den der große Maler ihm unter der Nase klaffen läßt, und blickt mich mit den Augen an, aus denen Rubine, Diamanten, Karossen, Metalle, prunkvolle Kleider, karmesinrote Seidenstoffe und tausend Köstlichkeiten fallen, die brennen. »Bist du nicht für Welt und Gesellschaft geschaffen? Du wiegst die schönste der schönsten Herzoginnen auf; deine Stimme ist die einer Sirene. deine Hände heischen Respekt und Liebe! Oh, wie gut würde dein mit Goldreifen überladener Arm sich vom Samt deines Kleides abheben! Deine Haare sind Ketten, die alle Männer umstricken würden; und alle diese Triumphe könntest du Adolphe zu Füßen legen, ihm deine Macht zeigen und sie niemals ausnützen! Dann würde er dort Angst haben, wo er in beleidigender Sicherheit lebt! Vorwärts, komm! Schlucke ein paar Mundvoll Verachtung, du wirst Wolken von Weihrauch atmen. Wage zu herrschen! Bist du an deinem Kamin nicht etwas Alltägliches? Früher oder später wird die hübsche Gattin, die geliebte Frau sterben, wenn du so weiterlebst in deinem Hauskleid. Komm, und du wirst deine Herrschaft durch den Einsatz der Koketterie verewigen! Zeig dich in den Salons, und dein hübscher Fuß wird über die Liebe deiner Rivalinnen hinwegschreiten.«

Die andere Stimme kommt aus meiner Kaminumrahmung, die aus weißem Marmor ist und wallt wie ein Gewand. Ich glaube eine göttliche, mit weißen Rosen gekränzte Jungfrau zu sehen, die einen grünen Palmzweig in der Hand trägt. Zwei blaue Augen lächeln mir zu. Diese so schlichte Tugend sagt zu mir: »Bleibe! Sei stets gut, mache diesen Mann glücklich, darin beruht deine Lebensaufgabe. Die Milde der Engel triumphiert über jeden Schmerz. Der Glaube an sich hat die Märtyrer Honig auf den Scheiterhaufen ihrer Qualen sammeln lassen. Leide für kurze Zeit! du wirst glücklich sein.«

Manchmal kommt Adolphe in diesem Augenblick herein, und ich bin glücklich. Aber, Liebste, ich habe nicht soviel Geduld wie Liebe; es überkommt mich das Verlangen, die Frauen in Stücke zu schlagen, die überall hingehen dürfen und deren Dabeisein von den Männern wie von den Frauen gewünscht wird. Wie tiefsinnig ist Molières Vers

»Die Welt, geliebtes Kind, ist doch ein seltsam Ding!«

Du kennst diese kleine Not nicht, glückliche Mathilde; Du bist eine Frau aus gutem Hause! Du könntest viel für mich tun. Denk daran! Ich kann Dir schreiben, was Dir zu sagen ich nicht wage. Deine Besuche tun mir sehr wohl; komm oft zu deiner armen

Caroline.

»Nun?« habe ich den Schreiber gefragt, »wissen Sie, was dieser Brief für den seligen Bourgarel gewesen ist?«

»Nein.«

»Ein Wechsel.«

Weder der Schreiber noch der Chef haben verstanden. Ob *Sie* verstehen?

»Ja, meine Liebe, es werden Ihnen im Stand der Ehe Dinge zustoßen, auf die Sie sehr wenig gefaßt sind; aber es werden Ihnen auch andere zustoßen, auf die Sie noch viel weniger gefaßt sind. Also ...«

Der Autor (darf man ihn findig nennen?), *qui castigat ridendo mores*[76] und der die ›Kleinen Nöte des Ehelebens‹ zu schreiben unternommen hat, braucht schwerlich zu bemerken, daß er hier aus Vorsicht eine *»femme comme il faut«*[77] hat sprechen lassen, und er übernimmt nicht die redaktionelle Verantwortung, wobei er indessen die aufrichtigste Bewunderung für die bezaubernde Dame bekennt, der er das Wissen um diesen kleinen Mißstand dankt. »Also ...«, hat sie gesagt.

Indessen verspürt er die Notwendigkeit zu gestehen, daß jene Dame weder Madame Foullepointe noch Madame de Fischtaminel noch Madame Deschars ist.

Madame Deschars ist zu steifleinen, Madame Foullepointe allzu selbstherrlich in ihrer Ehe; das weiß sie übrigens, was wüßte sie nicht? Sie ist liebenswert, sie sieht bessere Leute bei sich, sie legt Wert auf alles Bessere; man läßt ihr die Lebhaftigkeit ihrer Geistesblitze hingehen wie unter Ludwig XIV. der Madame Cornuel[78] ihre Wortspiele. Man läßt ihr viele Dinge hingehen: Es gibt Frauen, die die Hätschelkinder der öffentlichen Meinung sind.

Was nun Madame de Fischtaminel betrifft, die übrigens mit im Spiel ist, wie man gleich sehen wird, so ist sie unfähig, sich der leisesten Gegenbeschuldigung auszusetzen, bringt aber in Wirklichkeit stets Gegenbeschuldigungen vor und enthält sich der mündlichen Äußerung.

Wir lassen jedermann die Freiheit zu glauben, jene Gesprächspartnerin sei Caroline, nicht die nichtige Caroline der ersten Jahre, sondern die zur Frau von dreißig Jahren gewordene Caroline. »Also werden Sie, so Gott will, Kinder haben ...«

»Madame«, sagte ich zu ihr, »wir wollen nicht Gott dareinmischen, sofern dies nicht eine Anspielung sein soll ...«

»Sie sind unausstehlich«, sagte sie zu mir, »man unterbricht keine Frau ...«

»Wenn sie sich mit Kindern befaßt, ich weiß es; aber man darf mit der Unschuld junger Mädchen keinen Mißbrauch treiben. Mademoiselle will heiraten, und wenn sie sich auf das Eingreifen des Allerhöchsten verließe, würde sie sich in einem tiefen Irrtum befinden. Wir dürfen die Jugend nicht hinters Licht führen. Mademoiselle ist über das Alter hinaus, da man den jungen Mädchen sagt, das Brüderchen sei unter einem Kohlkopf gefunden worden.«

»Sie wollen mich dahin bringen, daß ich Dummheiten sage«, entgegnete sie lächelnd und zeigte dabei die schönsten Zähne der Welt, »ich bin nicht intelligent genug, um gegen Sie anzukämpfen; bitte lassen Sie mich mit Joséphine weiterreden. Was hatte ich dir gerade gesagt?«

»Daß, wenn ich heiratete, ich Kinder bekommen würde«, sagte die junge Dame.

»Nun, ich will dir die Dinge nicht schwarzmalen, aber es ist sehr gut möglich, daß jedes Kind dich einen Zahn kosten wird. Ich habe bei jedem Kind einen Zahn verloren.«

»Glücklicherweise«, sagte ich, »ist bei Ihnen dieser kleine Mißstand mehr als klein gewesen, nämlich winzig (die verlorenen Zähne hatten an der Seite gestanden.) Aber beachten Sie, Mademoiselle, daß dieses kleine Mißgeschick nichts Normales ist. Das Übel hängt vom Zustand des Zahnes ab. Wenn Ihr Kind die Ursache vom Ausfallen eines Zahnes ist, eines kariösen Zahns, dann haben Sie das Glück, ein Kind mehr und einen schlechten Zahn weniger zu haben. Wir wollen die glücklichen Zufälle nicht mit den Nöten verwechseln. Ach ja, wenn Sie einen Ihrer schönen Schneidezähne verlören ... Aber gäbe es nicht mehr als eine Frau, die die herrlichsten Schmucksachen gegen einen lieben, dicken Buben eintauschte?«

»Nun«, fuhr sie lebhafter fort, »auf die Gefahr hin, dich deiner Illusionen zu berauben, armes Kind, will ich dir eine kleine Mißlichkeit darlegen, eine große! Oh, es ist abscheulich! Ich komme nicht aus dem schlechten Zeug heraus, auf das der Herr da uns hinweist ...«

Ich protestierte durch eine Geste.

»Ich war seit eben zwei Jahren verheiratet«, fuhr sie fort, »und ich liebte meinen Mann; ich habe meinen Irrtum aufgegeben und mich um seines und meines Glücks willen anders verhalten; ich kann mich rühmen, eine der glücklichsten Ehen von ganz Paris zu führen. Kurz und gut, Liebste, ich liebte den Unmenschen; ich sah in der Gesellschaft nur ihn. Schon mehrmals hatte mein Mann mir gesagt: ›Liebe Kleine, junge Frauen verstehen sich nicht allzugut darauf, sich anzuziehen; deine Mutter beliebte aus dir eine Vogelscheuche zu machen, sie hatte ihre Gründe dafür. Glaub mir bitte, du solltest dir Madame de Fischtaminel als Vorbild nehmen; sie hat einen guten Geschmack.‹ Ich armes Schäfchen des lieben Gottes hörte aus alledem keine Bosheit heraus. Eines Tages auf der Heimfahrt von einer Abendgesellschaft sagte er zu mir: ›Hast du gesehen, wie Madame de Fischtaminel angezogen war?‹ – ›Ja, nicht übel.‹ Im Innern sagte ich mir: ›Er redet in einem fort von Madame de Fischtaminel; ich muß mich unbedingt kleiden wie sie.‹ Ich hatte mir den Stoff, den Schnitt des Kleides und die Anbringung auch des geringsten Zubehörs gemerkt. Ich war vollauf glücklich, trabte, lief umher, setzte alles in Bewegung, um mir dieselben Stoffe zu verschaffen. Ich ließ dieselbe Schneiderin kommen. ›Sie arbeiten für Madame de Fischtaminel?‹ fragte ich sie. – ›Ja, Madame.‹ – ›Gut; ich mache Sie zu meiner Schneiderin, aber unter einer Bedingung: Wie Sie sehen, ist es mir gelungen, den Stoff ihres Kleides aufzutreiben; ich will, daß Sie das meine völlig dem ihren gleich anfertigen.‹ Nun muß ich zugeben, daß ich zunächst dem listigen Lächeln der Schneiderin keine Beachtung schenkte; aber ich sah es, und später habe ich es mir erklärt. ›Völlig gleich‹, habe ich zu ihr gesagt, ›zum Verwechseln!‹«

»Oh!« unterbrach sich die Gesprächspartnerin und schaute mich an, »ihr Männer lehrt uns zu sein wie die Spinne mitten in ihrem Netz, alles zu sehen, ohne dabei zu wirken, als habe man etwas gesehen, nach dem Sinn aller Dinge zu suchen, die Worte, die Blicke, die Gesten genau zu beobachten! Ihr sagt immer: ›Die Frauen sind raffiniert!‹ Sagt doch lieber: ›Die Männer sind arg falsch!‹

Was für eine Sorgfalt hat es mich gekostet, was für Schritte und Verhaltensmaßnahmen, um es fertigzubringen, die Doppelgängerin der Madame de Fischtaminel zu werden … Nun, darin bestehen aber die Schlachten von uns Frauen, Kleine«, fuhr sie fort und wandte sich dabei Mademoiselle Joséphine zu. »Ich konnte einen gewissen kleinen, gestickten Halsschal nicht auftreiben, ein wahres Wunderwerk! Endlich bekam ich heraus, daß er eigens angefertigt worden sei. Ich mache die Stickerin ausfindig und bestelle bei ihr den gleichen Schal, wie Madame de Fischtaminel ihn hatte. Er kostete bloß eine Kleinigkeit: hundertfünfzig Francs! Er war von einem Herrn bestellt worden, der ihn Madame de Fischtaminel hatte schenken wollen. Meine Ersparnisse gingen dabei drauf. Wir Pariserinnen werden in bezug auf Toiletteartikel äußerst kurzgehalten. Es gibt keinen Mann mit hunderttausend Francs Zinsen, den der Whist nicht zehntausend Francs den Winter kostet und der seine Frau nicht verschwenderisch fände und ihre Ausgaben für Kleider nicht scheute! ›Meine Ersparnisse, sei's drum!‹ sagte ich mir. Ich besaß den gewissen Stolz einer liebenden Frau; ich wollte ihm von diesem Kleid nichts sagen, es sollte für ihn eine Überraschung sein, ich Gänschen, das ich damals war! Oh, wie versteht ihr Männer euch darauf, uns unsere fromme Albernheit zu nehmen ...!«

Das wurde abermals zu mir gesagt, der ich jener Dame nichts genommen hatte, weder einen Zahn noch eins der nennbaren und unnennbaren Dinge, die man einer Frau nehmen kann.

»Ja, Liebste, und jetzt muß ich dir sagen, daß er mich zu Madame de Fischtaminel führte, wo ich ziemlich häufig zu Abend aß. Ich hörte jene Frau sagen: ›Sie sieht wirklich gut aus, Ihre Frau!‹ Sie schlug mir gegenüber immer einen etwas gönnerhaften Ton an, den ich hinnahm; mein Mann wünschte, ich hätte den Geist dieser Frau und ihr Übergewicht in der Gesellschaft. Kurz und gut, dieser Phönix unter den Frauen war mein Vorbild; ich beobachtete sie genau, ich gab mir grausige Mühe, nicht ich selber zu sein ... Oh, das ist eine Dichtung, die nur von uns Frauen verstanden werden kann! Kurzum, der Tag meines Triumphs rückt heran. Tatsächlich, mir klopfte das Herz vor Freude; ich war wie ein Kind! Ganz so, wie man mit Zweiundzwanzig eben ist. Mein Mann hatte mich zu einem Spaziergang im Tuileriengarten abholen wollen; er kommt herein, ich blicke ihn fröhlich an, er merkt nichts ... Nun, heute kann ich es eingestehen, es war eine seiner schlimmen Niederlagen ... Nein, weiter sage ich nichts darüber, der hier anwesende Herr würde spotten.«

Ich protestierte wiederum.

»Es war«, fuhr sie fort (eine Frau verzichtet niemals darauf, nicht alles zu sagen), »als erlebe man den Einsturz eines von einer Fee errichteten Bauwerks. Nicht die mindeste Überraschung. Wir steigen in den Wagen. Adolphe sieht, daß ich bekümmert bin, und fragt mich, was ich hätte; ich antworte ihm, wie wir halt antworten, wenn uns das Herz durch solcherlei kleine Nöte beklommen ist: »Nichts!« Und er nimmt sein Lorgnon und schaut sich die Passanten längs der Champs-Elysées an; wir hatten über die Champs-Elysées fahren müssen, ehe wir im Tuileriengarten spazierengingen. Schließlich packt mich die Ungeduld, ich hatte eine kleine Fieberaufwallung, und bei der Heimkehr nehme ich mich zusammen und lächle. ›Du sagst mir gar nichts über mein Kleid?‹ – ›Richtig, ja, du hast fast dasselbe Kleid wie Madame de Fischtaminel an.‹ Er macht kehrt und geht. Am nächsten Tag habe ich ein bißchen geschmollt, wie Sie sich wohl denken können. Da kommt, gerade als wir mit dem Frühstück am Kamin meines Schlafzimmers fertig sind, ich werde es nie vergessen – da kommt die Stickerin und will das Geld für den kleinen Halsschal holen; sie begrüßt meinen Mann, als kenne sie ihn. Ich laufe ihr nach und schütze dabei vor, sie müsse ihre Rechnung quittieren, und sage zu ihr: ›Sie haben ihn den Schal für Madame de Fischtaminel weniger teuer bezahlen lassen.‹ – ›Ich schwöre Ihnen, Madame, es ist derselbe Preis, Monsieur hat nicht mit mir gehandelt.‹ Ich bin wieder in mein Schlafzimmer gegangen, und da hat mein Mann gesessen, dumm wie . . .«

Sie hielt inne und fuhr fort: »Wie ein Müller, den man grade zum Bischof ernannt hat. ›Ich sehe ein, mein Lieber, daß ich immer nur *fast* so wie Madame de Fischtaminel gekleidet sein werde.‹ – ›Ich merke, was du mir wegen des Schals sagen willst. Gut denn, ja, ich habe ihn ihr zum Namenstag geschenkt. Dagegen ist nichts zu sagen. Wir sind früher eng befreundet gewesen.‹ – ›Ach so, ihr seid früher noch enger befreundet gewesen als heute?‹ Ohne darauf zu antworten, sagt er zu mir: ›Aber ganz und gar geistig-seelisch.‹ Er nimmt seinen Hut, geht und läßt mich mit dieser Erklärung der Männerrechte allein. Er erscheint nicht zum Abendessen und kommt erst sehr spät heim. Ich schwöre es Ihnen, ich bin in meinem Schlafzimmer am Kamin sitzen geblieben und habe geweint wie eine büßende Magdalena. Sie dürfen sich getrost über mich lustig machen«, sagte sie und blickte mich an, »aber ich habe meinen Illusionen als Jungvermählte nachgeweint; ich habe vor Enttäuschung geweint, für ein Närrchen gehalten worden zu sein. Das Lächeln der Schneiderin fiel mir ein! Ach, dieses Lächeln erinnerte mich an die Lächelblicke sehr vieler Frauen, die gelacht hatten, wenn sie mich als dummes kleines Mädchen im Haus der Madame de Fischtaminel sahen; ich habe ehrlich geweint. Bislang hatte ich an vielerlei Dinge glauben können, die es bei meinem Mann nicht mehr gab, aber die zu vermuten junge Frauen sich versteifen. Wie viele große Nöte in dieser kleinen Not! Wie plump ihr Männer doch seid! Jede Frau geht in ihrem Zartgefühl so weit, daß sie die hübschesten Lügen auf den Schleier stickt, mit dem sie euch ihre Vergangenheit verhüllt, während ihr Männer ... Aber ich habe mich gerächt.«

»Madame«, sagte ich zu ihr, »Sie gehen bei Mademoiselles Aufklärung zu weit.«

»Stimmt«, sagte sie, »ich werde Ihnen den Schluß ein andermal erzählen.«

»Auf diese Weise, Mademoiselle, Sie sehen es ja«, sagte ich, »glauben Sie einen Schal zu kaufen, und dann haben Sie eine kleine Mißlichkeit auf dem Halse; wenn Sie ihn sich dagegen schenken lassen ...«

»Dann ist es eine große«, sagte die *femme comme il faut.* »Lassen wir es dabei sein Bewenden haben.«

Die Moral dieser Fabel ist, daß man seinen Schal tragen muß, ohne sich allzuviel Gedanken darüber zu machen. Die alten Propheten haben bereits die Erde ein Jammertal genannt. Nun aber hatten die Orientalen zu jener Zeit mit Genehmigung der eingesetzten Behörden neben ihren Frauen hübsche Sklavinnen! Wie erst werden wir das Seine-Tal zwischen dem Kalvarienberg[79] und Charenton bezeichnen, wo das Gesetz nur eine einzige legitime Frau erlaubt!

Man findet es wohl verständlich, daß ich anfing, am Griff meines Spazierstocks herumzuknabbern, fragend zum Deckensims hinaufzuschauen, ins Kaminfeuer zu starren und Carolines Fuß zu betrachten, und ich hielt leidlich durch, bis die heiratsfähige junge Dame weggegangen war.

»Sie müssen entschuldigen«, sagte ich zu Caroline, »daß ich, vielleicht wider Ihren Willen, bei Ihnen verblieben bin; aber Ihre Rache verlöre, wenn sie erst später erzählt würde, und wenn sie für Ihren Gatten eine kleine Mißlichkeit dargestellt hat, besteht für mich das größte Interesse, davon zu hören, und Sie dürften wissen, warum ...«

»Ach ja!« sagte sie, »jene Äußerung: ›Es war ganz und gar geistig-seelisch‹, die als Entschuldigung getan worden war, hatte mich bis ins Tiefste getroffen. Ein schöner Trost, zu wissen, daß ich in seinem Hausstand ein Möbelstück war, ein Ding; daß ich zwischen den Utensilien der Küche, der Toilette und den Arztrezepten thronte; daß die eheliche Liebe den Verdauungspillen, dem Kalbslungensirup, dem weißen Senf angeglichen wurde; daß Madame de Fischtaminel die Seele meines Mannes für sich hatte, von ihm bewundert wurde und ihn geistig entzückte, während ich eine Art rein physischer Notwendigkeit war! Was denken Sie von einer Frau, die so weit erniedrigt wird, daß sie zu etwas wie die Suppe oder das eingekochte Fleisch wird, ohne Petersilie, wohlverstanden? Oh, an jenem Abend habe ich eine katilinarische Rede gehalten ...«

»Sagen Sie lieber: eine Philippika.«

»Ich werde alles sagen, was Sie wollen; ich war nämlich wütend, und ich weiß nicht mehr, was alles ich in die leere Öde meines Schlafzimmers hinausgeschrien habe. Ob Sie wohl glauben, daß die Meinung, die die Ehemänner über ihre Frau haben, daß die Rolle, die sie uns zuweisen, für uns eine seltsame Not bildet? Unsere kleinen, persönlichen Nöte gehen stets schwanger mit einer großen Not. Kurzum, es mußte meinem Adolphe eine Lehre erteilt werden. Sie kennen den Vicomte de Lustrac, diesen frenetischen Liebhaber der Frauen und der Musik, diesen Feinschmecker; es ist einer der Ex-Beaus des Kaiserreichs, die von ihren Lenz-Erfolgen leben und die sich mit übertriebener Sorgfalt pflegen, damit sie zu einer Nachernte gelangen.«

»Ja«, antwortete ich ihr, »einer der Leute, die mit Sechzig geschniegelt und gebügelt, kraftprotzend und in ein Korsett gezwängt einherschreiten, die einen schlanken Wuchs vortäuschen und imstande sind, damit junge Dandys auszustechen.«

»Monsieur de Lustrac«, fuhr sie fort, »ist egoistisch wie ein König; aber galant und anspruchsvoll, trotz seiner pechschwarzen Perücke.«

»Er färbt sich auch den Backenbart.«

»Abends sucht er zehn Salons auf; er flattert umher.«

»Er gibt vortreffliche Abendessen, Konzerte und begönnert Sängerinnen, die noch jung sind . . .«

»Er hält die Abwechslung für die Freude.«

»Ja, aber er flattert eilig davon, sobald irgendwo etwas Mißliches zum Vorschein kommt. Ist man in Trauer, geht er einem aus dem Wege. Ist man niedergekommen, wartet er mit seinem Besuch, bis man wieder aufgestanden ist; er ist von einer mondänen Freiheit, einer gesellschaftlichen Unerschrockenheit, die Bewunderung verdienen.«

»Aber gehört denn nicht Mut dazu, zu sein, was man ist?« fragte ich sie.

»Nun«, fuhr sie nach dem Austausch unserer Bemerkungen fort, »dieser jugendliche Greis, dieser Omnibus-Amadis, wie wir den Chevalier ›Kleiner-Mann-lebt-noch‹[80] unter uns Frauen genannt haben, ist der Gegenstand meiner Bewunderung geworden.«

»Nicht ohne Grund! Er ist einer, der sich ganz allein sein Aussehen und seine Erfolge geschaffen hat!«

»Ich bezeigte ihm einiges von dem Entgegenkommen, das eine Frau niemals bloßstellt; ich sagte ihm, wie geschmackvoll seine letzten Westen seien, seine Spazierstöcke, und er fand mich denkbar liebenswürdig. Ich selber fand meinen Kavalier von letzter Jugendlichkeit; er kam mich besuchen; ich zierte mich, gab vor, ich sei in meiner Ehe nicht glücklich und habe Kümmernisse. Sie wissen ja, was eine Frau sagen will, wenn sie von ihren Kümmernissen spricht und dabei tut, als sei sie unverstanden. Dieser alte Affe gab mir sehr viel bessere Antworten als ein junger Mann; es kostete mich große Mühe, beim Zuhören nicht aufzulachen. ›Ach, so sind nun mal die Ehemänner; sie wenden die schlechteste Politik an, sie respektieren ihre Frau, und jede Frau wird früher oder später wütend, wenn sie merkt, daß sie respektiert wird, und wittert die geheime Dressur, auf die sie ein Anrecht hat. Wenn Sie nun schon mal verheiratet sind, dürfen Sie nicht leben wie ein Schulmädchen usw.‹ Er drehte und wendete sich, er bewegte sich zu mir hin, er war gräßlich; er wirkte wie eine Nürnberger Holzpuppe, er reckte das Kinn vor, rückte seinen Stuhl vor, streckte die Hand aus ... Kurz und gut, nach mancherlei Märschen und Rückmärschen, nach seraphischen Erklärungen ...« – »Pah!«

»Ja, ›Kleiner-Mann-lebt-noch‹ hatte den Klassizismus seiner Jugend um der modernen Romantik willen aufgegeben; er redete von Seele, von Engel, von Anbetung, von Unterwürfigkeit; er wurde sozusagen dunkelblau ätherisch. Er führte mich in die Oper und machte mit mir Wagenfahrten. Dieser alte Jüngling ging dorthin, wohin ich ging; er verdoppelte seinen Aufwand mit Westen, er schnürte sich den Bauch ein; er trieb sein Pferd zu scharfem Galopp an, um im Bois meinen Wagen einzuholen und zu begleiten; er kompromittierte mich mit Primaneranmut; er galt als toll in mich verschossen; ich verhielt mich frostig, duldete aber seinen Arm und seine Blumengeschenke. Wir kamen ins Gerede. Ich war entzückt! Bald gelangte ich dahin, mich von meinem Mann überraschen zu lassen, in meinem Boudoir; der Kavalier saß auf meinem Sofa, hielt meine Hände und lauschte mir mit einer Art deutlich zur Schau getragenen Entzückens. Es ist unerhört, was alles die Begier nach Rache uns hinunterschlukken läßt! Ich tat verärgert, als ich meinen Mann heimkommen sah; als der Vicomte gegangen war, machte er mir eine Szene. ›Ich versichere Ihnen, Monsieur‹, sagte ich zu ihm, nachdem ich mir seine Vorwürfe angehört hatte, ›daß es ganz und gar geistigseelisch ist.‹ Mein Mann verstand und ging fortan nicht mehr zu Madame de Fischtaminel. Und ich empfing Monsieur de Lustrac nicht länger.«

»Aber«, sagte ich, »Lustrac, den Sie, wie viele Leute, für einen Junggesellen halten, ist Witwer und kinderlos.«

»Pah!«

»Kein Mann hat seine Frau tiefer eingescharrt; Gott wird sie beim Jüngsten Gericht schwerlich wiederfinden. Er hat vor der Revolution geheiratet, und Ihr ›ganz und gar geistig-seelisch‹ erinnert mich an eine seiner Äußerungen, die Ihnen zu wiederholen ich mich nicht enthalten kann. Napoleon hatte Lustrac mit wichtigen Funktionen in einem eroberten Land betraut; Madame de Lustrac, die des Verwaltungsdienstes wegen allein gelassen worden war, nahm, obwohl rein geistig-seelisch, für ihre persönlichen Angelegenheiten einen Privatsekretär; aber sie beging dabei das Unrecht, ihn auszuwählen, ohne ihren Mann davon zu benachrichtigen. Lustrac traf diesen Sekretär zu einer übertrieben morgendlichen Stunde und sehr erregt, denn es handelte sich um eine ziemlich bewegte Auseinandersetzung, im Schlafzimmer seiner Frau an. Die Stadt wünschte sich nichts Besseres, als über ihren Gouverneur zu lachen, und dieses Abenteuer machte einen solchen Lärm, daß Lustrac selber den Kaiser um seine Rückberufung bat. Napoleon legte großen Wert auf die Moral seiner Vertreter, und seiner Meinung nach mußte die Dummheit einen Mann herabsetzen. Sie wissen, daß der Kaiser zwischen all seinen unseligen Leidenschaften die besessen hat, seinen Hof und seine Regierung moralisieren zu wollen. Lustracs Gesuch wurde also stattgegeben, aber ohne Berufung auf einen anderen Posten. Nach seiner Rückkehr nach Paris erschien er wieder in seinem Stadtpalais, zusammen mit seiner Frau; er führte sie wieder in die Gesellschaft, was sicherlich den erlesensten aristokratischen Gepflogenheiten entspricht; aber es gibt ja immer Neugierige. Er wurde nach dem Grund dieses ritterlichen Verhaltens gefragt. ›Sie und Ihre Frau haben sich also ausgesöhnt‹, wurde ihm im Foyer des Theaters der Kaiserin gesagt. ›Sie haben ihr alles verziehen. Da haben Sie recht getan.‹ – ›Oh‹, antwortete er mit zufriedener Miene, ›ich habe die Gewißheit erlangt . . .‹ – ›Ach so, die Gewißheit ihrer Unschuld; dann ist ja alles in Ordnung.‹ – ›Nein, ich bin sicher, daß es rein körperlich gewesen ist.‹«

Caroline lächelte.

»Die Auffassung Ihres Verehrers reduziert diesen großen Übelstand dazu, daß er in diesem Fall wie in dem Ihrigen zu einem ganz kleinen geworden ist.«

»Ein kleiner Übelstand!« rief sie. »Und wie bewerten Sie den Verdruß, mit einem Monsieur de Lustrac zu kokettieren, zumal da ich ihn mir zum Feinde gemacht habe? Lassen Sie es gut sein, oftmals bezahlen die Frauen die Blumen, die ihnen geschenkt, und die Aufmerksamkeiten, die an sie verschwendet werden, recht teuer. Monsieur de Lustrac hat über mich zu Monsieur de Bourgarel* gesagt: ›Ich rate dir ab, dieser Frau den Hof zu machen; sie ist zu teuer . . .‹«

Ohne Beruf

Paris, 183 .

Du fragst mich, liebe Mama, ob ich mit meinem Mann glücklich sei. Ganz sicher war Monsieur de Fischtaminel nicht der von mir Erträumte. Ich habe mich, wie Du weißt, Deinem Willen gefügt. Übrigens haben die Gelddinge, dieser am schwersten wiegende Grund, ziemlich laut mitgesprochen. Nichts Unwürdiges zu tun, den Grafen de Fischtaminel zu heiraten, der dreißigtausend Francs Zinsen hat, in Paris zu bleiben, mit alledem besaßest Du mannigfache Streitkräfte gegen Deine arme Tochter. Für einen Mann von sechsunddreißig Jahren sieht Fischtaminel recht gut aus; er ist von Napoleon auf dem Schlachtfeld der Ehrenlegion ausgezeichnet worden; er ist Oberst a. D., und ohne die Restauration, die ihn auf Halbsold gesetzt hat, würde er General sein; das sind mildernde Umstände.

Viele Frauen meinen, ich hätte eine gute Partie gemacht, und ich muß zugeben, daß meiner Ehe aller Augenschein des Glücks innewohnt . . . für die Gesellschaft. Aber bitte gesteh: Wenn Du von der Rückkehr meines Onkels Cyrus und seiner Absicht, mir sein Vermögen zu vermachen, gewußt hättest, dann würdest Du mir das Recht der Wahl gelassen haben.

Ich habe nichts gegen meinen Mann vorzubringen; er ist kein Spieler, die Frauen sind ihm gleichgültig; er hat keine kostspieligen Launen; er besitzt, wie Du einmal gesagt hast, alle negati-

* Der vorerwähnte Ferdinand de Bourgarel, den die Politik, die Künste und die Liebe unlängst haben betrauern müssen, gemäß der Rede, die Adolphe an seinem Grab gehalten hat. (Anmerkung Balzacs.)

ven Eigenschaften, die die Ehemänner passabel machen; also was ist mit ihm? Nun, liebe Mama, er ist unbeschäftigt. Den lieben langen Tag sind wir beisammen ... Würdest Du wohl glauben, daß ich bei Nacht, wenn wir am engsten vereinigt sind, am wenigsten bei ihm bin? Nur sein Schlummer ist meine Zuflucht; meine Freiheit beginnt, wenn er schläft. Wirklich, diese Geplagtheit wird mich noch krank machen. Nie bin ich allein. Wäre mein Mann eifersüchtig, so gäbe es ein Trostmittel. Dann wäre es ein Kampf, eine kleine Komödie; aber wie hätte die Giftpflanze der Eifersucht je in seiner Seele aufsprießen können? Seit unserer Hochzeit ist er nicht von meiner Seite gewichen. Er empfindet keinerlei Scham, sich auf einem Ruhebett auszustrecken, und da bleibt er stundenlang liegen.

Zwei an die gleiche Kette geschmiedete Sträflinge langweilen sich nicht; sie können über ihr Entweichen nachdenken; wir jedoch haben kein Gesprächsthema; wir haben einander alles gesagt. Vor einiger Zeit war er genötigt, über Politisches zu sprechen. Das Thema Politik ist erschöpft, denn bekanntlich ist Napoleon zu meinem Unglück auf Sankt Helena gestorben.

Mein Mann verabscheut das Lesen. Wenn er sieht, daß ich lese, kommt er und fragt mich innerhalb einer halben Stunde zehnmal: »Linda, *ma belle,* bist du bald fertig?«

Ich habe diesen unschuldigen Quäler überreden wollen, täglich spazierenzureiten, und ich habe das stärkste Bedenken der Männer um die Vierzig ins Feld geführt, seine Gesundheit! Aber er hat mir geantwortet, er habe zwölf Jahre lang immerfort im Sattel gesessen; jetzt empfinde er das Bedürfnis nach Ruhe.

Mein Gatte, liebe Mama, ist ein Mann, der einen absorbiert; er verzehrt das Lebensfluidum des lieben Nächsten; er hat die Langeweile des Vielfraßes: Er will von unsern Besuchern amüsiert werden, und nach fünfjähriger Ehe kommt niemand mehr zu uns; es kommen nur Leute her, deren Absichten offenbar seiner Ehre zuwiderlaufen und die erfolglos versuchen, ihn zu amüsieren, um sich das Recht zu erwerben, seine Frau zu langweilen.

Mein Mann, liebe Mama, macht stündlich fünf- oder sechsmal die Tür meines Schlafzimmers oder des Raums auf, in den ich mich flüchte, kommt mit verstörter Miene zu mir herein und fragt mich: »Ja, was tust und treibst du denn, *ma belle*?« (die

Ausdrucksweise des Kaiserreichs), ohne sich der ewigen Wiederholung dieser Frage bewußt zu werden, die für mich wie die Wassermenge ist, die ehemals der Henker bei der Wasserfolter hinzugoß.

Eine weitere Marter! Wir können nicht mehr spazierengehen. Ein Spaziergang ohne ein Gespräch, ohne irgendwelche Interessen ist etwas Unmögliches. Mein Mann geht nur lediglich, um spazierenzugehen, wie wenn er allein wäre. Man hat davon das Ermüdende, nicht aber die Freude.

Vom Aufstehen bis zum Mittagessen wird die Zeit ausgefüllt durch meine Toilette und die Sorge für den Haushalt, also kann ich diesen Teil des Tages noch ertragen; aber vom Mittag- bis zum Abendessen ist es wie das Beackern von Ödland, wie das Durchqueren einer Wüste. Die Beschäftigungslosigkeit meines Mannes läßt mir keinen ruhigen Augenblick; er bringt mich um durch seine Überflüssigkeit; seine Untätigkeit zerbricht mich. Seine beiden mich immerfort anstarrenden Augen zwingen mich, die meinen gesenkt zu halten. Und dann noch seine eintönigen Fragen:

»Wie spät ist es, *ma belle*? – Was machst du da? – Woran denkst du? – Was gedenkst du zu tun? – Wo gehen wir heute abend hin? – Gibt's was Neues? – Ach, dies Wetter! – Ich fühle mich nicht wohl« usw. usw. Alle diese Abwandlungen derselben Sache (das Fragezeichen), aus denen das Repertoire Fischtaminels besteht, werden mich noch verrückt machen.

Füge diesen unablässig abgeschossenen Bleipfeilen noch einen letzten Zug hinzu, der Dir mein Glück vollends ausmalen wird; dann verstehst Du wohl mein Leben.

Mein Mann, der 1809 mit achtzehn Jahren als Unterleutnant ins Feld gerückt ist, hat keinerlei Erziehung als die, die er der soldatischen Disziplin und der Ehre des Adligen und des Offiziers verdankt; zwar hat er Takt, Sinn für Redlichkeit und Unterordnung; aber er ist von einer krassen Unbildung; er weiß absolut nichts und verabscheut das Lernen, was es auch sei. Ach, liebe Mama, welch einen vollendeten Hauswart würde dieser Oberst abgegeben haben, wenn er bitter arm gewesen wäre! Seine Tapferkeit kann ich ihm nicht anrechnen; er hat weder gegen die Russen noch gegen die Österreicher noch gegen die Preußen gekämpft, sondern immer nur gegen die Langeweile. Wenn der Rittmeister Fischtaminel sich auf den Feind stürzte, dann aus dem Verlangen heraus, sich selbst zu entfliehen. Er hat aus Mangel an Beschäftigung geheiratet.

Eine weitere kleine Unzuträglichkeit: Monsieur schikaniert die Dienerschaft so arg, daß wir sie alle Halbjahr wechseln müssen.

Mich verlangt so sehr, liebe Mama, eine anständige Frau zu sein, daß ich versuchen will, jährlich sechs Monate auf Reisen zu sein. Den Winter über will ich jeden Abend ins Théâtre des Italiens, in die Oper, in die Gesellschaft gehen; aber ist unser Vermögen ansehnlich genug, um für solcherlei Ausgaben herhalten zu können? Mein Onkel de Cyrus müßte nach Paris kommen; ich würde auf ihn achtgeben wie auf eine Erbschaft.

Wenn Du ein Heilmittel gegen meine Leiden ausfindig machst, dann sag es Deiner Tochter, die Dich ebenso liebhat, wie sie unglücklich ist, und die nur zu gern anders hieße als

Nina Fischtaminel.

Abgesehen von der Notwendigkeit, dieses kleine Übel zu schildern, das richtig nur von der Hand einer Frau hat ausgemalt werden können, und welcher Frau!, war es erforderlich, Sie mit dieser Frau bekannt zu machen, die Sie bislang im ersten Teil dieses Buches nur im Profil erblickt haben – die Königin der besonderen Gesellschaftsschicht, in der Caroline lebt, die beneidete, die gewandte Frau, die sich beizeiten darauf verstanden hat, das, was sie der Gesellschaft schuldet, mit den Forderungen des Herzens zu versöhnen. Dieser Brief ist ihre Absolution.

Die Taktlosigkeiten

Frauen sind entweder keusch – oder lächerlich eitel – oder ganz einfach hochmütig. – Also können sie alle von dem nachfolgenden kleinen Übel betroffen werden:

Manche Ehemänner sind so entzückt, eine Frau für sich allein zu haben, welchen Glückszufall sie einzig und allein der Legalität verdanken, daß sie Angst vor einem Irrtum seitens der Öffentlichkeit haben und sich beeilen, ihrer Frau ein Brandmal aufzudrücken, wie die Holzhändler die Stämme mit einem Brandstempel versehen oder die Grundbesitzer des Berry ihre Hammel. Vor allen Leuten überhäufen sie ihre Frauen nach römischer Art (*columbella*)[81] mit Kosenamen aus dem Tierreich und nennen sie: mein Hühnchen – mein Kätzchen – mein Mäuschen – mein Kaninchen; oder wenn sie ins Pflanzenreich überwechseln, bezeichnen sie sie als *mon chou*[82] – meine Feige (nur in der Provence gebräuchlich) – meine Pflaume (nur im Elsaß gebräuchlich).

Aber niemals: Mein Blümchen! Man bemerke diese Diskretion.

Oder die Sache wird noch schlimmer: Schätzchen – Mutter – mein Kind – Frau – Alte! (wenn die Frau sehr jung ist).

Manche erkühnen sich zu Kosenamen von zweifelhafter Dezenz, wie etwa: mein Schäfchen – mein Nestchen – mein Stümpfchen!

Wir haben gehört, wie einer unserer Politiker, der um seiner Häßlichkeit willen berühmt ist, zu seiner Frau sagte: »*Moumoulle* . . .!«[83]

»Mir wäre es lieber«, sagte diese Unglückliche zu ihrer Nachbarin, »er gäbe mir eine Ohrfeige.«

»Die arme kleine Frau, sie ist recht übel dran!« fuhr die Nachbarin fort und blickte mich dabei an, als Moumoulle gegangen war, wenn sie mit ihrem Mann in der Gesellschaft beisammen ist, sitzt sie wie auf Kohlen und meidet ihn. Eines Abends hat er sie tatsächlich beim Hals gepackt und zu ihr gesagt: »Na, komm her, Dicke!«

Es wird behauptet, die Ursache einer sehr berühmten Vergiftung eines Ehemannes durch Arsenik[84] habe in den beständigen Taktlosigkeiten beruht, die die Frau in der Gesellschaft zu erdulden hatte. Jener Ehemann versetzte seiner durch die Schärfe des Gesetzes eroberten Frau kleine Klapse auf die Schultern, er gab ihr unversehens einen knallenden Kuß, er entehrte sie durch eine vor aller Augen erwiesene Zärtlichkeit, die mit jenen plumpen Albernheiten gewürzt wurde, deren Geheimnis jenen Barbaren Frankreichs gehört, die in der Tiefe ländlicher Gegenden hausen und deren Sitten trotz der Bemühungen der Naturforscher unter den Romanschriftstellern noch wenig bekannt sind.

Es heißt, diese empörenden Gegebenheiten, die von einsichtigen Geschworenen vollauf gewürdigt worden seien, hätten der Angeklagten unter Einräumung mildernder Umstände ein mildes Urteil eingetragen.

Die Geschworenen sagten sich:

»Solcherlei eheliche Delikte mit dem Tode bestrafen hieße ein bißchen zu weit gehen; eine Frau ist durchaus entschuldbar, wenn sie auf diese Weise geplagt wird . . .!«

Im Interesse der eleganten Sitten bedauern wir unendlich, daß die Begründungen nicht allgemein anerkannt werden. Daher wolle Gott, daß unser Buch einen gewaltigen Erfolg davontrage; dann nämlich würden die Frauen den Gewinn davontragen, behandelt zu werden, wie sie es verdienen, als Königinnen.

Was dies betrifft, so ist die Liebe der Ehe sehr überlegen; sie ist stolz auf Taktlosigkeiten; manche Frauen bitten darum, sie bahnen sie an, und wehe dem Mann, der sich nicht einige herausnimmt!

Welch eine Liebe liegt in einem in der Verwirrung geäußerten »du«!

Ich habe gehört, es war in der Provinz, wie ein Ehemann seine Frau »Mein Kutschwagen« nannte . . . Sie war darob glücklich, sie erblickte darin nichts Lächerliches; sie nannte ihn – ihr Jungchen . . .! Auf diese Weise hatte dieses köstliche Paar keine Ahnung davon, daß es kleine Nöte gibt.

Beim Beobachten dieser glücklichen Ehe ist dem Autor folgender Grundsatz eingefallen.

Grundsatz

DAMIT EINE GLÜCKLICHE EHE ZUSTANDE KOMMT, MUSS ENTWEDER EIN MANN VON GENIE MIT EINER ZÄRTLICHEN, GEISTVOLLEN FRAU VERHEIRATET SEIN, ODER EIN ZUFALL, DER NICHT SO HÄUFIG IST, WIE MAN ES MEINEN SOLLTE, MÜSSTE ES FÜGEN, DASS BEIDE GATTEN ÜBER DIE MASSEN DUMM SIND.

Die ein bißchen gar zu berühmte Geschichte der Heilung einer gekränkten Eigenliebe durch Arsenik beweist, daß es für die Frau im Eheleben keine kleinen Nöte im eigentlichen Sinn gibt.

Grundsatz

DORT, WO DER MANN DURCH DIE TAT LEBT, LEBT DIE FRAU DURCH DAS GEFÜHL.

Nun aber kann das Gefühl jeden Augenblick aus einer kleinen Not entweder ein großes Unglück oder ein zerbrochenes Leben oder ein ewiges Mißgeschick machen.

Wenn Caroline aus Unkenntnis von Leben und Gesellschaft beginnt, durch ihre Dummheit ihrem Mann kleine Nöte zu bereiten (siehe das Kapitel ›Die Entdeckungen‹), hat Adolphe, wie alle Männer, Ausgleiche im gesellschaftlichen Hin und Her: Er kommt, er geht, er macht Geschäfte. Aber für Caroline handelt es sich in allen Dingen darum, zu lieben oder nicht zu lieben, geliebt zu werden oder nicht geliebt zu werden.

Taktlosigkeiten entsprechen den Charakteren, den Zeitumständen und den Örtlichkeiten. Dafür genügen zwei Beispiele.

Hier das erste. Ein Mann ist von Natur schmutzig und häßlich; er sieht unangenehm, abstoßend aus. Es gibt Männer, und häufig sogar reiche Leute, die durch eine gewisse Achtlosigkeit ihre neuen Anzüge innerhalb von vierundzwanzig Stunden beschmutzen. Sie sind von Geburt an ekelerregend. Schließlich ist es für eine Frau so entehrend, nicht einzig und allein die Gattin dieser Art Adolphe zu sein, daß eine gewisse Caroline seit langem die Unterdrückung der modernen Duzerei und aller Insignien der Würde der Gattinnen verlangt hatte. Die Welt hatte sich seit fünf oder sechs Jahren an diese Haltung gewöhnt und glaubte, Monsieur und Madame lebten genauso selbstverständlich getrennt, wie sie die Thronbesteigung eines Ferdinands II.[85] bemerkt hatte.

Eines Abends sagt Monsieur im Dabeisein von zehn Personen zu seiner Frau: »Caroline, reich mir mal die Feuerzange.« Das ist nichts und alles. Es wurde zu einer häuslichen Revolution.

Monsieur de Lustrac, der Omnibus-Amadis, lief zu Madame de Fischtaminel, tischte diese kleine Szene so geistreich auf, wie er nur konnte, und Madame de Fischtaminel verzog den Mund wie Célimène und sagte: »Die arme Frau! In welcher Notlage befindet sie sich!«

»Pah! Innerhalb eines Monats werden wir die Lösung dieses Rätsels wissen«, antwortete eine alte Dame, deren einziges Vergnügen darin bestand, Bosheiten zu sagen.

Über Carolines Verwirrung braucht nichts gesagt zu werden; man kann sie sich denken.

Hier das zweite Beispiel. Man stelle sich die schauerliche Lage vor, in der eine zarte Frau sich befunden hat, die angenehm und harmlos plaudernd in ihrem Landhaus in der Nähe von Paris inmitten eines Kreises von zwölf oder fünfzehn Leuten stand, als der Diener ihres Mannes zu ihr trat und ihr zuflüsterte: »Eben ist Monsieur heimgekommen, Madame.«

»Gut, Benoît.«

Jedermann hatte das Rollen des Wagens gehört. Alle wußten, daß Monsieur seit Montag in Paris sei, und diese Szene spielte sich am Samstagnachmittag um vier ab.

»Er hat Madame etwas Dringliches zu sagen«, fuhr Benoît fort.

Obgleich dieser Dialog halblaut vonstatten ging, wurde er um so eher verstanden, als die Herrin des Hauses von der Farbe der Bengal-Rosen zum Hochrot des Klatschmohns überwechselte. Sie nickte, setzte die Unterhaltung fort und verließ die Gesellschaft unter dem Vorwand, sie wolle sich erkundigen, ob ihr Mann bei einem wichtigen Unternehmen Erfolg gehabt habe; aber sie wirkte offensichtlich verstimmt über den Mangel an Rücksichtnahme seitens ihres Adolphe gegenüber den Leuten, die sie bei sich hatte.

Während ihrer Jugend wollen die Frauen als Gottheiten betrachtet werden; sie schwärmen für das Ideale; sie ertragen den Gedanken nicht, zu sein, was die Natur will, daß sie es seien.

Manche Ehemänner handeln, wenn sie aufs Land zurückkehren, noch schlimmer: Sie begrüßen die Gesellschaft, legen ihrer Frau den Arm um die Taille, beginnen, mit ihr auf und ab zu gehen, scheinen vertraulich mit ihr zu plaudern, verschwinden im Gebüsch, verlaufen sich und kehren erst nach einer halben Stunde wieder.

Dies, meine Damen, sind die wahren kleinen Nöte für die jungen Frauen; aber für diejenigen unter Ihnen, die die Vierzig überschritten haben, sind dergleichen Taktlosigkeiten so begehrt, daß sich auch die Prüdesten dadurch geschmeichelt fühlen, denn ...

In ihrer zweiten Jugend wollen die Frauen als sterbliche Wesen behandelt werden und lieben das Tatsächliche: Der Gedanke, nur noch das zu sein, was die Natur gewollt hat, daß sie es seien, ist ihnen unerträglich.

Grundsatz

DIE SCHAM IST EINE RELATIVE TUGEND: ES GIBT DIE DER ZWANZIGJÄHRIGEN, DIE DER DREISSIGJÄHRIGEN UND DIE DER FÜNFUNDVIERZIGJÄHRIGEN.

Daher hat der Autor einer Frau, die ihn fragte, für wie alt er sie halte, geantwortet: »Madame, Sie sind im Alter der Taktlosigkeiten.«

Diese reizende junge, neununddreißigjährige Dame tat allzusehr groß mit einem Ferdinand, während ihre Tochter versuchte, ihren Ferdinand I. zu verbergen.

Brutale Enthüllungen

Erste Art. Caroline vergöttert Adolphe; sie findet ihn schön – sie findet, er sehe prächtig aus, vor allem als Nationalgardist. – Sie erbebt, wenn ein Wachtposten vor ihm das Gewehr präsentiert – sie meint, er könne als Musterbild dienen – sie hält ihn für hochintelligent – alles, was er tut, ist gut – niemand hat mehr Geschmack als Adolphe – kurzum, sie ist toll verliebt in Adolphe.

Es ist die alte Mythe von der blindmachenden Binde der Liebe, die alle zehn Jahre weißgewaschen wird und die die Sitten neu besticken, die aber seit den Tagen der alten Griechen immer die gleiche ist.

Caroline besucht einen Ball, sie plaudert mit einer ihrer Freundinnen. Ein seiner Unumwundenheit wegen bekannter Herr, den sie später kennenlernen wird, aber den sie jetzt zum erstenmal sieht, Monsieur Foullepointe, ist hinzugetreten und spricht mit Carolines Freundin. Wie in der Gesellschaft üblich, hört Caroline dieser Unterhaltung zu, ohne sich daran zu beteiligen.

»Sagen Sie mir doch bitte, Madame«, fragt Monsieur Fouillepointe, »wer der komische Herr da ist, der im Dabeisein von Monsieur Soundso, dessen Freispruch soviel Aufsehen erregte, über das Schwurgericht geredet hat und der, wie der Ochs im Gemüsegarten, durch jedermanns kritische Situation hindurchtrappt. Madame Soundso hat Tränen vergossen, weil er in ihrem Dabeisein vom Tod eines kleinen Kindes geredet hat, und sie hat doch vor zwei Monaten eins verloren.«

»Wen meinen Sie denn?«

»Den Dicken da, der wie ein Cafékellner gekleidet und wie ein Friseurlehrling gelockt ist ..., sehen Sie nur, den, der versucht, Madame de Fischtaminel gegenüber den Liebenswürdigen zu spielen.«

»Seien Sie doch still«, sagt leise die erschrockene Dame, »es ist der Gatte der kleinen Dame, die neben mir steht!«

»Ihr Herr Gemahl ist es?« sagt Monsieur de Foullepointe; »das freut mich aber mal, Madame; er ist ganz reizend, er hat Schwung, Heiterkeit, Geist; ich muß ihn schleunigst kennenlernen.«

Und Monsieur Foullepointe bewerkstelligt einen Rückzug und hinterläßt in Carolines Innerem einen vergifteten Argwohn über die Frage, *ob ihr Mann so vollkommen ist, wie sie es glaubt.*

Zweite Art. Caroline ist verdrossen über den Ruf der Baronin Schinner, der briefschreiberische Talente nachgesagt werden; sie wird als die »Sévigné des kurzen Briefs« gewertet; sie ist auch verdrossen über Madame de Fischtaminel, die sich erlaubt hat, ein Duodezbändchen über die Erziehung der jungen Mädchen zu schreiben, in dem sie wacker Fénélon nachgedruckt hat, bis auf den Stil. Caroline arbeitet ein halbes Jahr lang an einer Novelle weit unterhalb des Niveaus von Berquin[86], von Übelkeit erregender Moral und gespreiztem Stil.

Nach mancherlei Ränken, wie die Frauen sie anzuzetteln verstehen, wenn es um die Eigenliebe geht, und deren Zähigkeit und Vollkommenheit glauben zu lassen vermöchten, sie hätten ein drittes Geschlecht im Kopf, erscheint jene Novelle, betitelt ›Der Steinklee‹, in drei Fortsetzungen in einer großen Tageszeitung. Unterzeichnet ist sie: Samuel Crux.

Als Adolphe sich beim Frühstück die Zeitung vornimmt, klopft Caroline das Herz bis in den Hals hinauf; sie wird rot und blaß, wendet die Augen ab und schaut zum Sims hinauf. Sobald Adolphes Blicke sich auf das Feuilleton senken, kann sie es nicht länger aushalten; sie steht auf, verschwindet, kommt wieder herein und hat, wer weiß wo, Mut gefaßt.

»Steht heute morgen was im Feuilleton?« fragt sie mit einer Miene, von der sie glaubt, sie sei gleichgültig; dabei würde sie einen noch auf seine Frau eifersüchtigen Mann verstören.

»Ja, was von einem Anfänger namens Samuel Crux. Natürlich ist das ein Pseudonym; diese Novelle ist von einer Plattheit, daß die Wanzen darüber in Verzweiflung geraten würden, wenn sie lesen könnten ... und von einer Alltäglichkeit ...! Sie ist kitschig, aber es ist ...«

Caroline atmet auf. »Es ist ...?« fragt sie.

»Es ist unbegreiflich«, fährt Adolphe fort. »Es müssen an Chodoreille fünf- bis sechshundert Francs gezahlt worden sein, damit er so was druckt ... oder es ist das Werk eines Blaustrumpfs aus der großen Welt, der Madame Chodoreille versprochen hat, sie werde sie empfangen, oder vielleicht ist es auch das Werk einer Frau, für die sich der Verleger interessiert ... eine andere Erklärung gibt es für solchen Blödsinn nicht ... Stell dir vor, Caroline, es handelt sich um ein Blümchen, das bei einem sentimentalen Spaziergang am Waldrand gepflückt worden ist, und das ein Mann à la Werther aufzubewahren geschworen hatte, das er einrahmen läßt und das elf Jahre später von ihm zurückverlangt wird ... (er muß inzwischen dreimal umgezogen sein, der Unselige). Es ist von einer Orginalität, die aus der Zeit Sternes[87] und Geßners[88] stammt. Was mich glauben läßt, daß dahinter eine Frau steckt, ist der Umstand, daß deren erste literarische Idee stets darin besteht, sich an jemandem zu rächen.«

Adolphe könnte mit der Zerfetzung von ›Der Steinklee‹ fortfahren; Caroline hat Ohrensausen; sie ist in der Lage einer Frau, die sich vom Pont des Arts hinabgestürzt hat und nun ihren Weg zehn Fuß unterhalb des Wasserspiegels der Seine sucht.

Weitere Art. Endlich hat Caroline in ihren Anfällen von Eifersucht ein Versteck entdeckt, in dem Adolphe, der seiner Frau mißtraut und weiß, daß sie seine Briefe aufmacht, vor den langen Fingern der Ehepolizei seinen Briefwechsel mit Hector hat bewahren wollen.

Hector ist ein Schulfreund, der verheiratet im Département Loire-Inférieure wohnt.

Adolphe hebt die Decke seines Schreibtischs hoch, deren Kante von Caroline gestickt worden ist; die Decke selber besteht aus blauem, schwarzem oder rotem Plüsch; die Farbe ist, wie man sehen wird, völlig gleichgültig; er schiebt seine Briefe an Madame de Fischtaminel und an seinen Kameraden Hector zwischen Tisch und Decke.

Die Dicke eines Papierblatts ist nur gering, und Plüsch ist ein sich weich anfühlender, sehr diskreter Stoff. Nun, diese Vorsichtsmaßnahmen sind unnütz. Auf jeden männlichen Teufel kommt ein weiblicher; die Hölle verfügt über allerlei Arten davon. Caroline hat für sich Mephistopheles, jenen Teufel, der Feuer aus allen Tischen hervorschießen lassen kann und der mit seinem von Ironie geladenen Finger auf das Versteck der Schlüssel hindeutet, auf das tiefste aller Geheimnisse.

Caroline hat die Dicke eines Briefblatts zwischen jenem Plüsch und der Tischplatte wahrgenommen; sie stößt auf einen Brief an Hector statt einen an Madame de Fischtaminel gerichteten, die gegenwärtig eine Badekur in Plombières macht, und sie liest das Folgende.

Mein lieber Hector,
Du tust mir leid, aber Du handelst klug, daß Du mir die Schwierigkeiten anvertraust, in die Du Dich absichtlich gestürzt hast. Du hast es nicht verstanden, den Unterschied zu erkennen, der die Frau der Provinz von der Pariserin abhebt. In der Provinz, mein Lieber, steht Ihr Euern Frauen stets von Angesicht zu Angesicht gegenüber, und aus der Langeweile heraus, die Euch hart verfolgt, stürzt Ihr Euch Hals über Kopf ins Glück. Das ist ein großer Fehler: Das Glück ist ein Abgrund, man geht aus ihm nicht als Ehepaar wieder hervor, wenn man dessen Tiefe berührt hat.

Du sollst sehen, warum; laß mich, Deiner Frau wegen, den kürzesten Weg einschlagen, den der Parabel.

Ich erinnere mich, eine Coucou-Fahrt von Paris nach Ville-Parisis[89] gemacht zu haben: Die Entfernung beträgt sieben Meilen; der Wagen ist sehr schwerfällig, das Pferd lahmt; der Kutscher ist ein elfjähriger Junge. Ich saß in dieser zugigen Kiste zusammen mit einem alten Soldaten. Nichts macht mir mehr Spaß, als einen jeden abzuzapfen, und zwar mit Hilfe jener Mördergrube, genannt Verhör, und mittels einer aufmerksamen, jubilierenden Miene die Fülle von Unterrichtung, von Anekdoten, von Wissen zu erhalten, die jedermann loszuwerden wünscht; und jedermann hat seine Fülle, der Bauer wie der Bankier, der Korporal wie der Marschall von Frankreich.

Es ist mir aufgefallen, wie geneigt diese Tonnen voller Geist sind, sich zu entleeren, wenn sie durch Postkutschen oder »Coucou« befördert werden, durch sämtliche Fuhrwerke, die von Pferden gezogen werden; denn in der Eisenbahn pflegt niemand zu plaudern.

Durch die Art und Weise, wie man aus Paris herauskam, mußten wir sieben Stunden unterwegs sein; also brachte ich jenen Korporal zum Reden, um ein bißchen Zerstreuung zu haben. Er konnte weder lesen noch schreiben; alles war frisch und neu. Wirklich, die Fahrt ist mir kurz vorgekommen. Der Korporal hatte alle Feldzüge mitgemacht; er erzählte mir unerhörte Geschehnisse, solche, mit denen die Historiker sich nie befassen.

O mein lieber Hector, wie weit ist doch die Praxis der Theorie überlegen! Unter anderem sagte er mir auf eine meiner Fragen bezüglich der armen Infanterie, deren Mut sehr viel mehr im Marschieren als im Kämpfen besteht, das Nachfolgende, das ich dir ohne allen Umschweif unterbreite:

»Monsieur, wenn man mir in unserm 45. Regiment, dem Napoleon den Beinamen ›das Schreckliche‹ gegeben hatte (ich spreche von den ersten Zeiten des Kaisers, als die Infanterie stählerne Beine hatte, und die brauchte sie auch), Pariser zuteilte, hatte ich eine ganz bestimmte Methode, diejenigen herauszufinden, die im 45. bleiben würden . . . Die nämlich marschierten ohne die mindeste Hast, sie machten wohl so ihre kleinen sechs Meilen den Tag, nicht mehr und nicht weniger, und wenn sie dann in die Unterkunft kamen, waren sie bereit, am nächsten Tag wieder von vorn anzufangen. Die Tollköpfe, die zehn Meilen machten, die im Laufschritt dem Sieg entgegeneilen wollten, blieben auf halbem Weg im Lazarett liegen.«

Dieser wackere Korporal sprach von der Ehe und meinte dabei, vom Krieg zu sprechen, und Du wirst Dich auf halbem Weg zum Lazarett befinden, lieber Hector.

Erinnere Dich der Klagen der Madame de Sévigné, als sie Monsieur de Grignon hunderttausend Taler aufzahlte, um ihn zu veranlassen, eines der hübschesten Mädchen von ganz Frankreich zu heiraten! »Aber«, so sagte sie sich, »er wird sie doch tagtäglich heiraten, solange er lebt! Ganz entschieden sind hunderttausend Taler da nicht zuviel!« Nun, ist das nicht, um den Beherztesten erbeben zu lassen?

Lieber Kamerad, das eheliche Glück ist wie das der Völker auf der Unwissenheit gegründet. Es ist eine Glückseligkeit voll negativer Vorbedingungen.

Wenn ich mit meiner kleinen Caroline glücklich bin, so nur durch die strikteste Befolgung dieses heilsamen Prinzips, auf das die ›Physiologie der Ehe‹ so großes Gewicht gelegt hat. Ich habe beschlossen, meine Frau auf in den Schnee gebahnten Wegen zu führen bis zu dem glücklichen Tag, da die Untreue etwas sehr Schwieriges geworden ist.

In der Lage, darein Du Dich begeben hast und die derjenigen Duprez'[90] ähnelt, als er es sich bei seinem ersten Auftreten in Paris hat einfallen lassen, mit voller Lungenkraft zu singen, anstatt zu tun wie Nourrit[91], der von seiner Kopfstimme immer nur gerade soviel gab, wie es nötig war, sein Publikum zu entzücken, ist, wie ich glaube, das einzuhaltende Marschtempo . . .

Hier hörte der Brief auf; Caroline legt ihn wieder an seinen Ort und denkt, daß sie ihren lieben Adolphe für die gehorsame Befolgung der abscheulichen Vorschriften der ›Physiologie der Ehe‹ büßen lassen werde.

Dieses Übel soll recht häufig und auf recht verschiedene Weise im Dasein verheirateter Frauen vorkommen, so daß dieses persönliche Faktum zum Typus der Gattung wird.

Die Caroline, von der hier gesprochen wird, ist sehr fromm; sie hat ihren Gatten sehr lieb; der Gatte behauptet sogar, er würde von ihr viel zu sehr geliebt; aber das ist eine eheliche Aufschneiderei, sofern es nicht eine Provokation ist: Er beklagt sich nur gegenüber den jungen Freundinnen seiner Frau.

Wenn das katholische Gewissen im Spiel ist, wird alles über die Maßen ernst. Madame de *** hat zu ihrer jungen Freundin Madame de Fischtaminel gesagt, sie sei gezwungen gewesen, ihrem Beichtvater eine ungewöhnliche Beichte abzulegen und Bußübungen zu vollziehen, da ihr Beichtiger entschieden habe, sie habe sich im Stand der Todsünde befunden. Jene Dame, die allmorgendlich zur Messe geht, ist eine Frau von sechsunddreißig Jahren, mager und leicht finnig. Sie hat große, schwarze, samtene Augen und eine bräunliche Oberlippe; dennoch hat sie eine sanfte Stimme, sanfte Umgangsformen, einen noblen Gang; sie ist eine Frau von Rang und Wert.

Madame de Fischtaminel, die Madame de *** sich zur Freundin erkoren hat (fast alle frommen Frauen begönnern eine Frau, von der es heißt, sie sei leichtsinnig, und geben dadurch dieser Freundschaft den Vorwand einer zu vollziehenden Bekehrung), Madame de Fischtaminel also behauptet, daß diese Vorzüge bei jener Caroline von der Gattung »fromm« ein Sieg der Religion über einen von Natur ziemlich ungebärdigen Charakter seien.

Diese Einzelheiten sind notwendig, um das kleine Übel in all seiner Schrecklichkeit hinzustellen.

Adolphe war genötigt gewesen, seine Frau für zwei Monate zu verlassen, im April, und ausgerechnet nach den vierzig Tagen Fasten, die Caroline gewissenhaft einhält. In den ersten Junitagen erwartete Madame also Monsieur; sie erwartete ihn von Tag zu Tag. Sie fiel von einer Hoffnung in die andere,

»Allmorgendlich gefaßt, allabendlich enttäuscht«,

bis zum Sonntag, dem Tag, da die bis zum Paroxysmus gesteigerte Ahnung sie glauben ließ, der herbeigewünschte Mann werde zu früher Stunde kommen.

Wenn eine fromme Frau ihren Gatten erwartet, wenn dieser Gatte dem Haushalt seit fast vier Monaten fehlt, kleidet sie sich unendlich viel sorgfältiger als ein junges Mädchen, das ihren ersten Verlobten erwartet.

Jene tugendhafte Caroline wurde so gänzlich von diesen rein persönlichen Vorbereitungen beansprucht, daß sie vergaß, um acht Uhr zur Messe zu gehen. Sie hatte sich vorgenommen, eine stille Messe zu hören, aber sie zitterte davor, die Entzückungen des ersten Blicks einzubüßen, wenn ihr geliebter Adolphe am frühen Morgen einträfe. Ihre Zofe, die respektvoll Madame in ihrem Toilettekabinett allein ließ, in das fromme, finnige Frauen niemanden hineinlassen, nicht einmal ihren Ehemann, vor allem, wenn sie mager sind, ihre Zofe hat sie mehr als dreimal rufen hören: »Wenn Monsieur kommt, dann benachrichtigen Sie mich.«

Das Geräusch eines Wagens läßt die Möbel erzittern; Caroline schlägt einen sanften Ton an, um die Heftigkeit ihrer legitimen Erregung zu tarnen.

»Oh! Er ist es! Laufen Sie, Justine! Sagen Sie ihm, ich erwarte ihn hier.« Caroline läßt sich auf eine Bergère fallen; die Knie zittern ihr allzusehr.

Es war der Wagen des Metzgers.

Es geschah in diesen Ängsten, daß die Acht-Uhr-Messe entschlüpfte wie ein Aal im Schlamm. Madames Toilette wird wieder aufgenommen, denn Madame war beim Ankleiden. Der Zofe war bereits aus dem Toilettekabinett ein einfaches Hemd aus herrlichem Batist an den Kopf geworfen worden, eins mit schlichtem Saum, wie sie es seit drei Monaten gereicht hatte.

»Was fällt Ihnen ein, Justine? Ich hatte Ihnen gesagt, Sie sollten eins der Hemden ohne Nummer nehmen.«

Von den Hemden ohne Nummer waren nur sieben oder acht vorhanden, wie in den prächtigsten Aussteuern. Es sind Hemden von erlesener Köstlichkeit, reich bestickt; man muß eine Königin, eine junge Königin sein, um ein volles Dutzend davon zu besitzen. Jedes von denen, die Madame hatte, war unten mit Valencienne-Spitze besetzt und oben noch weit koketter verziert. Diese Einzelheit unserer Sitten wird vielleicht dazu dienen, die

Männerwelt das intime Drama ahnen zu lassen, das dieses Ausnahmehemd enthüllt.

Caroline hatte Strümpfe aus Fil d'Ecosse und kleine, pflaumenblaue Kothurnschuhe angezogen, und ihr trüglichstes Korsett. Sie ließ sich so frisieren, wie es ihr am besten stand, und setzte ein Häubchen von letzter Eleganz auf. Es erübrigt sich, von dem Morgenkleid zu sprechen. Eine fromme, in Paris wohnende Frau, die ihren Mann liebt, weiß genauso gut wie eine Kokette die hübschen, gestreiften Stoffe auszuwählen, die gehrockartig geschnitten sind und mit Laschen an Knöpfen festgehalten werden, die eine Frau zwingen, sie zwei- oder dreimal im Verlauf einer Stunde wieder zuzuknöpfen, und zwar auf mehr oder weniger bestrickende Weise.

Die Neun-Uhr-Messe, die Zehn-Uhr-Messe, sämtliche Messen sind über diesen Vorbereitungen hingegangen, die für liebende Frauen eine ihrer zwölf Arbeiten des Herkules sind.

Fromme Frauen begeben sich selten im Wagen zur Kirche; sie haben recht. Ausgenommen den Fall, daß es in Strömen regnet, daß unerträglich schlechtes Wetter ist, darf man sich dort nicht hoffärtig bezeigen, wo es gilt, sich zu demütigen. Caroline fürchtete also, die zarte Anmut ihrer Toilette, ihre unbenutzten Strümpfe und Schuhe zu gefährden. Ach, diese Vorwände verbargen einen Grund!

»Bin ich bei Adolphes Ankunft in der Kirche, dann büße ich alle Vorteile seines ersten Blickes ein; er wird denken, daß ich ihm das Hochamt vorziehe ...«

Sie brachte ihrem Mann dieses Opfer in der Absicht, ihm zu gefallen, was ein grausig weltlicher Eigennutz war: Es hieß, das Geschöpf dem Schöpfer vorziehen, einen Ehemann Gott! Man gehe und höre sich eine Predigt an; dann weiß man, was solch eine Sünde kostet.

»Schließlich«, sagt sich Madame, den Worten ihres Beichtvaters entsprechend, »beruht die Gesellschaft auf der Ehe, und die hat die Kirche unter die Zahl der Sakramente aufgenommen.«

Und auf solcherlei Weise umgeht man die Lehren der Kirche zum Nutzen einer blinden, obwohl legitimen Liebe. Madame lehnte das Mittagessen ab und befahl, das Essen stets bereitzuhalten, wie sie selber sich stets bereit hielt, den abwesenden Vielgeliebten zu empfangen.

Alle diese kleinen Dinge können zum Lachen reizen; aber erstens kommen sie bei allen Leuten vor, die einander vergöttern oder bei denen der eine den anderen vergöttert; und zweitens überstiegen bei einer so haltungsvollen, so zurückhaltenden, so würdevollen Frau wie jener Dame jene Geständnisse der Zärtlichkeit alle Grenzen, die ihren Gefühlen durch die hohe Selbstachtung gesetzt werden, die wahre Frömmigkeit verleiht. Als Madame de Fischtaminel diese kleine Szene aus einem gottergebenen Leben erzählte und sie dabei mit komischen Einzelheiten ausschmückte und sie mimisch veranschaulichte, wie Frauen von Welt ihre Anekdoten mimisch zu veranschaulichen verstehen, nahm ich mir die Freiheit, ihr zu sagen, dies sei das in die Tat umgesetzte Hohelied.

»Wenn nun Monsieur nicht kommt«, sagte Justine zum Koch, »was soll dann mit uns werden . . .? Madame hat mir schon ihr Hemd ins Gesicht geworfen.«

Endlich hörte Madame das Peitschengeknall eines Postillons, das so bekannte Rollen eines Reisewagens, das Geräusch, das die Hufe von Postpferden hervorrufen, die Schellen . . .! Oh, jetzt zweifelt sie an nichts mehr, die Schellen bringen sie außer sich.

»Die Tür! Machen Sie doch die Tür auf! Monsieur kommt . . .! Sie machen die Tür nicht auf . . .!« Und die fromme Frau stampft mit dem Fuß auf und reißt ihre Klingelschnur ab.

»Aber Madame«, sagte Justine mit der Lebhaftigkeit einer Bediensteten, die ihre Pflicht tut, »es fahren doch bloß Leute weg.«

»Ganz bestimmt«, sagt sich die beschämte Caroline, »lasse ich Adolphe nie wieder verreisen, ohne daß ich ihn begleite . . .«

Ein Marseiller Dichter (man weiß nicht, ob es Méry[92] oder Barthélemy[92] war) hat bekannt, daß, wenn zur Stunde des Abendessens sein bester Freund nicht pünktlich komme, er geduldig fünf Minuten zu warten pflege; nach der zehnten Minute fühle er sich gedrängt, ihm die Serviette an den Kopf zu werfen; nach der zwölften wünsche er ihm ein großes Unglück; nach der fünfzehnten sei er nicht mehr Herr über sich, um ihn nicht mit mehreren Messerstichen zu erdolchen.

Alle wartenden Frauen sind Marseiller Dichter, sofern man

überhaupt das vulgäre Bauchgrimmen des Hungers mit dem erhabenen Hohenlied einer katholischen Gattin vergleichen kann, die sich die Köstlichkeiten des ersten Blicks eines seit drei Monaten abwesenden Ehemanns erhofft. Alle, die einander lieben und sich nach einem tausendmal verfluchten Fernsein wiedergesehen haben, mögen sich ihres ersten Blicks erinnern: Er sagt von so vielerlei Dingen aus, daß man häufig, wenn lästige Zeugen dabei sind, die Augen niederschlägt . . .! Beide Teile überkommt Furcht, so sehr lodern dann die Augen! Dies Gedicht, in dem jeder Mann so groß ist wie Homer, in dem er der liebenden Frau wie ein Gott vorkommt, ist für eine fromme, magere, finnige Frau um so ungeheuerlicher, als sie nicht, wie Madame de Fischtaminel, das Hilfsmittel hat, es in mehreren Exemplaren abzuziehen. Für sie ist ihr Mann alles!

Daher darf man sich nicht wundern zu vernehmen, daß Caroline sämtliche Messen versäumte und nicht zu Mittag aß. Der Hunger, Adolphe wiederzusehen, die Hoffnung darauf zogen ihr den Magen heftig zusammen. Kein einziges Mal dachte sie zur Zeit der Messen an Gott, und auch nicht zur Zeit der Nachmittagsgottesdienste. Sie fühlte sich nicht recht wohl, sie empfand eine Schwäche in den Beinen; Justine riet ihr, sich zu Bett zu legen. Die besiegte Caroline ging tatsächlich zwischen fünf und halb sechs zu Bett; vorher nahm sie eine leichte Suppe zu sich; aber sie ordnete an, es solle auf zehn Uhr abends eine gute kleine Mahlzeit bereitgehalten werden.

»Wahrscheinlich werde ich mit Monsieur zur Nacht essen«, sagte sie.

Dieser Satz war der Abschluß der furchtbaren, innerlich gedonnerten katilinarischen Reden; sie war bereits bei den mehrfachen Messerstichen des Marseiller Dichters; deswegen wurde jener Satz mit furchterregender Betonung ausgesprochen. Um drei Uhr morgens lag Caroline im tiefsten Schlummer, als Adolphe anlangte, ohne daß sie den Wagen, das Pferdegetrappel, die Schellen noch das Öffnen der Tür gehört hätte.

Adolphe, der empfohlen hatte, Madame keinesfalls zu wekken, übernachtete im Fremdenzimmer. Als Caroline am Morgen die Rückkehr ihres Adolphe erfuhr, rannen ihr zwei Tränen aus den Augen; ohne vorbereitende Toilette eilte sie ins Fremdenzimmer; an der Tür sagte ihr ein bösartiger Diener, Monsieur, der zweihundert Meilen und zwei schlaflose Nächte hinter sich gebracht hatte, habe gebeten, ihn nicht zu wecken; er sei über die Maßen erschöpft.

Caroline als fromme Frau riß die Tür auf, brachte es aber nicht fertig, den einzigen Gatten, den der Himmel ihr geschenkt hatte, wachzukriegen; dann lief sie zur Kirche und hörte eine Dankesmesse.

Da Madame drei Tage lang sichtlich übelgelaunt war, antwortete Justine gelegentlich eines ungerechten Vorwurfs mit der Gewitztheit einer Zofe: »Aber Madame, Monsieur ist doch wiedergekommen!«

»Vorerst ist er nur nach Paris zurückgekommen«, sagte die fromme Caroline.

Vergebliche Aufmerksamkeiten

Man versetze sich in die Lage einer armen Frau von anfechtbarer Schönheit – die der Gewichtigkeit ihrer Mitgift einen seit langem erwarteten Mann dankt – die sich unendliche Mühe gibt und viel Geld daran wendet, vorteilhaft auszusehen und der Mode zu folgen – die sich förmlich aufopfert, um einen ziemlich schwer zu leitenden Haushalt üppig und zugleich äußerst sparsam zu führen – die aus religiösen Gründen und vielleicht aus Notwendigkeit nur ihren Ehemann liebt – die nichts anderes im Sinn hat als das Glück jenes kostbaren Mannes – die, um alles auf eine Formel zu bringen, das Muttergefühl *dem Bewußtsein ihrer Pflichten* zugesellt. Diese kursiv gedruckte Behauptung ist die Umschreibung des Wortes Liebe in der Sprache der Prüden.

Ist man im Bilde? Nun, dieser allzu sehr geliebte Ehemann hat einmal ganz zufällig geäußert, als er bei seinem Freunde Fischtaminel zu Abend aß, er esse für sein Leben gern Pilze *à l'italienne*.

Wenn man ein wenig die weibliche Natur in dem beobachtet hat, was sie an Gutem, Schönem und Großem birgt, weiß man, daß es für eine liebende Frau keine größere kleine Freude gibt als mitanzusehen, wie das geliebte Wesen sich die Gerichte schmecken läßt, die ihm die liebsten sind. Das hängt mit dem Grundgedanken zusammen, auf dem die Liebe der Frauen beruht: die Quelle aller Lustempfindungen des geliebten Wesens zu sein, der großen wie der kleinen. Die Liebe belebt alles im Leben, und zumal die eheliche Liebe hat das Recht, bis zu den geringsten Kleinigkeiten hinabzusteigen.

Caroline bedarf zwei oder drei Tage der Nachforschungen, ehe sie weiß, wie die Italiener Pilze zubereiten. Sie macht durch einen korsischen Abbé ausfindig, daß sie bei Biffi[93] in der Rue Richelieu nicht nur erfahren wird, wie Pilze *à l'italienne* zubereitet werden, sondern daß sie dort sogar Mailänder Pilze bekommen könne. Unsere fromme Caroline dankt dem Abbé Serpolini und nimmt sich vor, ihm als besonderes Zeichen der Dankbarkeit ein Brevier zu schicken.

Carolines Koch geht zu Biffi, kommt von Biffi zurück und zeigt der Frau Gräfin Pilze, die so groß sind wie die Ohren des Kutschers.

»Ja, gut«, sagt sie. »Hat er Ihnen auch gut erklärt, wie sie zubereitet werden müssen?«

»Das ist eine Kleinigkeit für unsereinen!« hat der Koch geantwortet.

Allgemeine Regel: Köche wissen alles, was mit der Küche zusammenhängt, ausgenommen, wie ein Koch stehlen könne.

Am Abend, beim zweiten Gang, zittern Carolines sämtliche Fibern vor Freude, als sie sieht, daß der Diener ein gewisses gebauchtes Pastetenbehältnis aufträgt. Sie hat nämlich tatsächlich auf dieses Abendessen gewartet, wie sie auf Monsieur gewartet hatte.

Aber zwischen dem ungewissen Warten und dem Warten auf eine unbedingt eintretende Freude besteht für auserlesene Seelen, und alle Physiologen haben unter den auserlesenen Seelen Verständnis für eine Frau, die ihren Mann anbetet, besteht für auserlesene Seelen der gleiche Unterschied wie zwischen einer schönen Nacht und einem schönen Tag.

Dem lieben Adolphe wird das Pastetenbehältnis gereicht, er taucht unbekümmert den Löffel hinein und bedient sich, ohne Carolines äußerste Spannung wahrzunehmen, mit ein paar von jenen fetten, quabbeligen Scheibchen, aus denen die nach Mailand kommenden Touristen geraume Zeit hindurch nicht klug werden und die sie für irgendwelche Mollusken halten.

»Na, Adolphe?«

»Was denn, Liebste?«

»Erkennst du sie nicht?«

»Wieso?«

»Deine Pilze *à l'italienne.*«

»Pilze sind das? Ich hatte gemeint ... Richtig, ja, wahrhaftig, es sind Pilze ...«

»À l'italienne!«

»Das? Das sind alte, getrocknete Pilze *à la milanaise* ... scheußliches Zeug.«

»Was für welche sind denn die, die du so gern magst?«

»Funghi trifolati«[95].

Bemerkt sei zur Schmach einer Epoche, die alles numeriert, die die ganze Schöpfung in Einmachgläser steckt, die in diesem Augenblick hundertfünfzigtausend Insektenarten klassifiziert und sie mit einem *»us«* benennt, damit in allen Ländern ein »Silbermanus«[96] dasselbe Einzelwesen für alle Gelehrten ist, die mit Zangen versehene Insektenfüße zusammenkrümmen oder auseinanderklauben, daß es uns an einer Nomenklatur für die kulinarische Chemie gebricht, die es allen Köchen der Erde ermöglichen würde, ihre Gerichte auf ein und dieselbe Weise zu bereiten. Man müßte auf diplomatischem Wege übereinkommen, daß die französische Sprache als die Küchensprache zu gelten habe, wie die Gelehrten das Lateinische für die Botanik und die Entomologie übernommen haben, sofern man sie nicht völlig nachahmen und tatsächlich auf einem Küchenlatein bestehen will.

»Haha, Liebste«, fährt Adolphe fort, als er sieht, wie das Gesicht seiner keuschen Gattin gelb und immer länger wird, »in Frankreich nennen wir dies Gericht Pilze *à l'italienne, à la provençale, à la bordelaise.* Die Pilze werden kleingeschnitten und in Öl mit ein paar Zutaten gebraten, die ich vergessen habe. Ich glaube, es wird auch ein bißchen Knoblauch daran getan ...«

Da spricht man von Katastrophen, von kleinen Nöten ...! Diese hier, wie man sieht, ist für ein Frauenherz das gleiche wie für ein achtjähriges Kind der Schmerz beim Zahnziehen. *Ab uno disce omnes*[97], was besagen will: Das wäre das eine! Nach den andern suche man in seinen Erinnerungen; denn wir haben diese kulinarische Schilderung als Prototyp derjenigen genommen, die liebende Frauen, die nicht genug geliebt werden, zur Verzweiflung treiben.

Rauch ohne Feuer

Die gläubige Frau in der liebenden ist ein Phantasieprodukt der Romanschriftsteller. Diese weibliche Gestalt existiert genausowenig wie die reiche Mitgift. Die Braut ist geblieben; aber die Mitgiften haben es gemacht wie die Könige. Das Vertrauen der Frau schimmert vielleicht in der Morgenröte der Liebe für ein paar Augenblicke auf und erlischt sogleich wieder wie eine Sternschnuppe.

Für jede Frau, die nicht Holländerin, Engländerin oder Belgierin ist und die aus keinem Sumpfland stammt, ist die Liebe ein Vorwand zu Schmerzen, ein Einsatz der überschwenglichen Kräfte ihrer Einbildungskraft und ihrer Nerven.

Daher ist der zweite Gedanke, der eine glückliche, eine geliebte Frau überkommt, die Furcht, ihr Glück einzubüßen; denn man muß ihr die Gerechtigkeit zuteil werden lassen und sagen, der erste Gedanke sei, ihr Glück zu genießen. Alle Besitzer von Schätzen fürchten Diebe; aber sie leihen nicht, wie die Frau, den Goldstücken Füße und Flügel.

Das blaue Blümchen der vollkommenen Glückseligkeit ist nicht so verbreitet, daß der gottgesegnete Mann, der es in der Hand hält, so dumm ist, es loszulassen.

Grundsatz

KEINE FRAU WIRD OHNE GRUND VERLASSEN.

Dieser Grundsatz steht auf dem Herzensgrund jeder Frau geschrieben, und daher rührt die Wut der verlassenen Frau.

Wir wollen nicht den kleinen Nöten der Liebe zu Leibe gehen; wir leben in einem rechnerischen Zeitalter, in dem nur wenige Frauen verlassen werden, was sie auch angestellt haben mögen;

denn heutzutage ist von allen Frauen die legitime (ohne Wortspiel) die am wenigsten kostspielige. Nun aber ist jede geliebte Frau durch das kleine Übel des Argwohns hindurchgegangen. Dieser Argwohn, ob berechtigt oder falsch, erzeugt eine Fülle häuslicher Verdrießlichkeiten, und hier folge die größte von allen.

Eines Tages bemerkt Caroline schließlich, daß der geliebte Adolphe sie gar zu häufig eines Geschäfts wegen allein läßt; es handelt sich um die ewige Angelegenheit Chaumontel, die kein Ende nehmen will.

Grundsatz

ALLE EHEN HABEN IHRE ANGELEGENHEIT CHAUMONTEL.

(SIEHE DAS KAPITEL ›NOT IN NÖTEN‹.)

Zunächst glaubt die Frau genausowenig an geschäftliche Angelegenheiten, wie die Theaterdirektoren und die Verleger an das Kranksein von Schauspielerinnen und Autoren glauben.

Sobald ein geliebter Mann häufiger dem Hause fernbleibt, bildet jede Frau, und hätte sie ihn nur allzu glücklich gemacht, sich ein, er laufe einem willfährigen Glück nach.

In dieser Hinsicht schreiben die Frauen den Männern übermenschliche Fähigkeiten zu. Die Furcht vergrößert alles; sie erweitert die Augen und das Herz: Sie bringt eine Frau von Sinnen.

»Wohin geht Monsieur? – Was tut und treibt Monsieur? – Warum läßt er mich allein? – Warum nimmt er mich nicht mit?«

Diese vier Fragen sind die vier Kardinalpunkte auf der Windrose der Verdächtigungen; sie beherrschen das gewittrige Meer der Selbstgespräche. Das Ergebnis von solcherlei grausigen Stürmen, die die Frauen durchtoben, ist ein niedriger, unwürdiger Entschluß, den jede Frau, die Herzogin wie die Bourgeoise, die Baronin wie die Frau des Börsenmaklers, der Engel wie die Megäre, die Sorglose wie die Leidenschaftliche, sogleich durchführt. Alle ahmen sie die Regierung nach; sie spionieren. Was der Staat im Interesse aller erfindet, finden sie legitim, legal und erlaubt im Interesse ihrer Liebe. Diese fatale Neugier der Frau versetzt sie in die Notwendigkeit, sich Agenten zu verschaffen, und der Agent jeder Frau, die noch Selbstachtung in dieser Lage besitzt, in der die Eifersucht sie nichts beachten läßt,

weder Ihre Schatulle – noch Ihre Kleidung – noch Ihre Schubfächer im Kassenschrank oder im Schreibtisch, im Tisch oder der Kommode – noch die Geheimfächer Ihrer Brieftasche – noch Ihre Papiere – noch Ihr Reisenecessaire – noch Ihre Toilette (eine Frau entdeckt bei dieser Gelegenheit, daß ihr Mann, als er Junggeselle war, sich den Schnurrbart färbte, daß er die Briefe einer früheren, außerordentlich gefährlichen Geliebten aufbewahrt hat und sie auf diese Weise in der »Furcht des Herrn« hält usw. usw.) – noch Ihre Schlankheitsgürtel;

also, ihr Agent, der einzige, dem eine Frau sich anvertraut, ist ihre Zofe, denn ihre Zofe versteht sie, entschuldigt sie und billigt ihr Verhalten.

Im Paroxysmus der Neugier, der Leidenschaft, der entfachten Eifersucht berechnet eine Frau nichts und gewahrt nichts, *sie will alles wissen.*

Und Justine ist entzückt; sie sieht, daß ihre Herrin sich mit ihr bloßstellt; sie macht mit erschreckender Freundschaftlichkeit deren Leidenschaft, Schrecknisse und Ängste zu ihren eigenen. Justine und Caroline halten Winkelkonzile ab und führen heimliche Gespräche. Jede Spionage schließt dergleichen Beziehungen ein. In solch einer Lage wird die Zofe die Herrin des Schicksals zweier Gatten. Beispiel: Lord Byron.

»Madame«, sagt Justine eines Tages, »Monsieur sucht tatsächlich eine Frau auf ...«

Caroline erbleicht.

»Aber Madame kann ganz beruhigt sein; es ist eine alte Frau ...«

»Ach, Justine, für manche Männer gibt es keine alten Frauen; die Männer sind undurchschaubar.«

»Aber Madame ist keine Dame, bloß eine Frau, eine aus dem Volke.«

»Ach, Justine! Lord Byron hat in Venedig ein Marktweib[98] geliebt; die kleine Madame de Fischtaminel hat es mir erzählt.«

Und Caroline zerschmilzt in Tränen.

»Ich habe Benoît zum Ausplaudern gebracht.«

»Und was denkt Benoît ... ?«

»Benoît meint, die Frau sei eine Kupplerin, denn Monsieur versteckt sich vor jedermann, sogar vor Benoît.«

Acht Tage lang lebt Caroline in der Hölle; alle ihre Ersparnisse gehen drauf bei der Besoldung von Spitzeln und zur Bezahlung von Auskünften.

Schließlich sucht Justine jene Frau auf; sie heißt Madame Mahuchet[99]; Justine besticht sie und erfährt am Ende, daß Monsieur von seinen Jugendeseleien einen Zeugen übrigbehalten hat, eine Frucht, einen reizenden kleinen Jungen, der ihm ähnlich sieht und dessen Amme und rührende Adoptivmutter jene Frau ist; sie sorgt für den kleinen Frédéric, bezahlt das vierteljährliche Schulgeld; durch ihre Hände gehen die zwölfhundert Francs, die zweitausend Francs, die Monsieur jährlich beim Spiel verliert.

»Und die Mutter?« ruft Caroline.

Kurzum, die geschickte Justine, Madames Vorsehung, beweist ihr, daß Mademoiselle Suzanne Beauminet, eine ehemalige Grisette, aus der Madame Sainte-Suzanne geworden ist, in der Salpêtrière gestorben ist oder ihr Glück gemacht und in der Provinz geheiratet hat oder in der Gesellschaft so tief gesunken ist, daß Madame unmöglich mit ihr zusammenkommen kann.

Caroline atmet auf, der Dolch steckt nicht mehr in ihrem Herzen, sie ist glücklich; aber wenn sie nur Töchter hat, wünscht sie sich einen Sohn. Dies kleine Drama des ungerechten Argwohns, die Komödie aller Vermutungen, zu denen die Mutter Mahuchet Anlaß gibt, diese Phasen der ins Falsche tappenden Eifersucht werden hier angeführt als der Typus dieser Situation, deren Abwandlungen unendlich sind wie die Charaktere, wie die Rangstufen, wie die Gattungen.

Die Quelle dieses kleinen Notstands wird hier angeführt, damit alle Frauen, die an diesem Gestade sitzen, von dort aus den Verlauf ihres Ehelebens betrachten, ihm aufwärts oder abwärts folgen, darin ihre geheimen Abenteuer wiederfinden, ihre unbekannt gebliebenen Mißgeschicke, das Absonderliche, das ihre Irrtümer verursachte, und die besonderen Schicksalsfügungen, die sie einem Augenblick der Wut, einer unnützen Verzweiflung und Leiden verdanken, die sie sich hätten ersparen können, samt und sonders glücklich, sich geirrt zu haben . . . !

Dieses kleine Übel hat als Zusatz das folgende, sehr viel schlimmere und oft unheilbare, vor allem, wenn es seine Ursache in Lastern anderer Art hat, solchen, die nicht zu unserem Thema gehören; denn in diesem Werk wird die Frau stets für tugendhaft gehalten ... bis zur Enthüllung.

Der Haustyrann

»Liebe Caroline«, fragt Adolphe eines Tages seine Frau, »bist du mit Justine zufrieden?«

»Natürlich, Lieber.«

»Findest du nicht, daß sie auf eine Weise mit dir redet, die durchaus unangebracht ist?«

»Beachte ich etwa eine Zofe? Mir ist, als hätten *Sie* ein Auge auf sie geworfen?«

»Wie bitte ...?« fragt Adolphe mit einer unwilligen Miene, wie sie die Frauen stets entzückt.

Justine ist nämlich eine wahre Schauspielerinnen-Zofe, dreißig Jahre alt, von den Blattern mit tausend Grübchen begabt, in denen sich keine Amoretten tummeln, braun wie Opium, viel Beine und wenig Körper, triefäugig und von einer alledem entsprechenden Körperhaltung. Sie hätte sich gern von Benoît heiraten lassen, sie hat zehntausend Francs; aber bei dieser unerwarteten Attacke hat Benoît gekündigt. So ist das Bildnis des Haustyrannen beschaffen, den Carolines Eifersucht eingesetzt hat.

Justine trinkt ihren Kaffee morgens im Bett und sorgt dafür, daß er ebensogut ist wie der Madames, um nicht zu sagen besser. Justine geht manchmal aus, ohne um Erlaubnis zu bitten; dabei ist sie dann angezogen wie die Gattin eines Bankiers zweiten Grades. Sie trägt ein rosa Bibi[100], ein umgearbeitetes Kleid von Madame, einen schönen Schal, Goldkäferschuhe und Schmuck unbekannter Herkunft.

Justine ist manchmal schlechter Laune und läßt ihre Herrin spüren, daß auch sie Frau ist, ohne verheiratet zu sein. Sie hat ihre trüben Gedanken, ihre Launen, ihre Anfälle von Kümmernis. Kurzum, sie nimmt sich heraus, Nerven zu haben ...! Sie gibt barsche Antworten, sie ist der übrigen Dienerschaft gegenüber unerträglich, und schließlich ist ihr Gehalt beträchtlich erhöht worden.

»Liebste, dies Mädchen wird von Tag zu Tag unerträglicher«, sagt Adolphe eines Tages zu seiner Frau, als er gemerkt hat, daß Justine an den Türen horcht; »und wenn Sie sie nicht an die Luft setzen, dann tue *ich* es . . .!«

Die erschrockene Caroline ist genötigt, während Monsieur außerhalb des Hauses weilt, Justine ins Gebet zu nehmen.

»Justine, Sie mißbrauchen meine Güte Ihnen gegenüber. Sie haben hier ein ausgezeichnetes Gehalt, Sie haben Nebeneinnahmen und bekommen Geschenke. Versuchen Sie hierzubleiben; Monsieur will Ihnen nämlich kündigen.«

Die Zofe demütigt sich, sie schluchzt; sie hängt doch so sehr an Madame! Ach, sie würde für sie durchs Feuer gehen oder sich in Stücke hacken lassen; sie ist zu allem bereit.

»Wenn Sie etwas zu verbergen hätten, Madame, würde ich es auf meine Kappe nehmen.«

»Schon gut, Justine; schon gut, mein Mädchen«, sagt die erschrockene Caroline. »Darum handelt es sich nicht; seien Sie lediglich darauf bedacht, sich Ihre Stellung zu bewahren.«

»Aha!« denkt Justine, »Monsieur will mich 'rauswerfen . . . Na warte, dir werde ich das Leben sauer machen, du komischer Vogel!«

Als Justine acht Tage danach ihre Herrin frisiert, schaut sie in den Spiegel, um sicherzugehen, daß Madame alle Grimassen sehen kann, die sie schneidet; daher fragt Caroline nur zu bald: »Was hast du eigentlich, Justine?«

»Ich würde Madame schon sagen, was ich habe; aber Madame ist Monsieur gegenüber so schwach . . .«

»Na, was ist los? Sprich nur.«

»Ich weiß nur zu gut, Madame, warum Monsieur mich von sich aus vor die Tür setzen will; Monsieur hat nur noch Vertrauen zu Benoît, und Benoît spielt mir gegenüber den Geheimnisvollen . . .«

»Na, und? Was gibt es? Ist irgendwas entdeckt worden?«

»Ich bin überzeugt, daß die beiden irgendwas gegen Madame ins Werk setzen«, antwortet die Zofe mit Nachdruck.

Caroline, die Justine im Spiegel beobachtet, ist blaß geworden; alle Qualen des zuvor behandelten kleinen Übels kehren wieder, und Justine erkennt, daß sie ebenso notwendig geworden ist, wie die Spitzel es für die Regierung sind, wenn eine Verschwörung entdeckt wird. Inzwischen ist es Carolines Freundinnen unerklärlich geworden, warum sie ein so unangenehmes Mädchen bei sich behält, eine, die ein Herrinnengebaren angenommen hat, die einen Hut trägt, die die Impertinente spielt ...

Es wird über diese blöde Oberherrschaft bei Madame Deschars gesprochen, bei Madame de Fischtaminel, und es werden Witze darüber gemacht. Einige Frauen gewahren ungeheuerliche Gründe dafür, die Carolines Ehre ins Spiel bringen.

Grundsatz

IN DER GESELLSCHAFT WEISS MAN ALLEN WAHRHEITEN EIN MÄNTELCHEN UMZUHÄNGEN, SOGAR DEN HÜBSCHESTEN.

Schließlich wird die *aria della calunnia*[101] so vollkommen ausgeführt, wie wenn Bartolo sie sänge.

Es erweist sich als wahr, daß Caroline ihrer Zofe nicht kündigen kann.

Die Gesellschaft ist eifrig darauf erpicht, die Lösung dieses Rätsels zu finden. Madame de Fischtaminel macht sich über Adolphe lustig; Adolphe kommt wütend heim, macht Caroline eine Szene und setzt Justine an die Luft.

Das hat eine solche Wirkung auf Justine, daß Justine krank wird und sich ins Bett legt. Caroline gibt ihrem Mann zu bedenken, daß es schwierig sei, ein Mädchen auf die Straße zu setzen, das sich in Justines Zustand befindet, und noch dazu ein Mädchen, das sehr an ihnen hängt und das seit ihrer Hochzeit bei ihnen ist.

»Sobald sie wieder hergestellt ist, soll sie machen, daß sie wegkommt!« sagt Adolphe.

Caroline, die über Adolphe beruhigt und auf unwürdige Weise von Justine ausgebeutet worden ist, gelangt dahin, sie ihrerseits loswerden zu wollen; sie legt auf diese Wunde ein starkes Heilpflaster und entschließt sich, durch das Kaudinische Joch eines andern kleinen Übels hindurchzugehen, nämlich des folgenden:

Die Geständnisse

Eines Morgens wird Adolphe über die Maßen geliebkost. Der allzu glückliche Ehemann forscht nach den Gründen dieser verdoppelten Zärtlichkeit und hört, wie Caroline mit schmeichlerischer Stimme fragt: »Adolphe?«

»Was denn?« antwortet er, erschrocken über das innerliche Zittern, das in Carolines Stimme mitschwingt.

»Versprich mir, nicht böse zu werden.«

»Ja.«

»Mir nicht zu zürnen ...«

»Nie! Sprich.«

»Mir zu verzeihen und nie wieder darauf zurückzukommen ...«

»Aber so sprich doch ... !«

»Übrigens liegt alles Unrecht auf deiner Seite ...«

»Nun los ... ! Oder ich gehe meines Weges ...«

»Nur du kannst mich aus der Verlegenheit lösen, in der ich mich befinde ... und zwar deinetwegen ... !«

»Aber hör mal ...«

»Es handelt sich um ...«

»Um?«

»Um Justine.«

»Rede mir nicht von der; sie ist gekündigt worden, ich will sie nicht mehr sehen, ihr Verhalten setzt Ihren Ruf aufs Spiel ...«

»Was könnte man denn geredet haben? Was hat man gesagt?«

Das Bühnenbild wechselt; es erfolgt eine andeutende Erklärung, die Caroline erröten läßt, sobald sie sich der Tragweite der Mutmaßungen ihrer besten Freundinnen bewußt wird, die sämtlich entzückt sind, so absonderliche Gründe gegen ihre Tugend gefunden zu haben.

»Na ja, Adolphe, und das alles hast *du* mir eingetragen! Warum hast du mir nichts von Frédéric gesagt ...«

»Dem Großen? Dem König von Preußen?«

»So seid ihr Männer ... ! Du Tartüff, willst du mich etwa glauben machen, du habest binnen so kurzer Zeit deinen Sohn vergessen, den Sohn der Mademoiselle Suzanne Beauminet?«

»Du weißt ...«

»Alles ...! Und die Mutter Mahuchet, und deine Ausgänge, um mit dem Kleinen zu Abend zu essen, wenn er frei hat.«

Manchmal ist die Angelegenheit Chaumontel ein uneheliches Kind; das ist noch die harmloseste unter den Angelegenheiten Chaumontel.

»Was für Maulwurfswege versteht ihr zu graben, ihr Betschwestern!« ruft der erschrockene Adolphe.

»Justine hat alles herausbekommen.«

»Aha! Jetzt weiß ich, weshalb sie so unverschämt ist ...«

»Ach, glaub es nur, Lieber, deine Caroline ist sehr unglücklich gewesen, und diese Spitzelei, deren Grund meine wahnsinnige Liebe zu dir ist, denn ich liebe dich ... zum Verrücktwerden ... Nein, wenn du mich betrögest, würde ich bis ans Ende der Welt fliehen ... Ja, diese falsch angebrachte Eifersucht hat mich unter die Herrschaft Justines gebracht ... Also mach mich davon frei, mein Katerchen!«

»Mögest du daraus lernen, mein Engel, dich niemals deiner Bediensteten zu bedienen, wenn du willst, daß sie dir dienen. Das ist die niedrigste aller Tyranneien. Von seinen Hausbediensteten abhängig zu sein!«[102]

Adolphe nimmt diese Gelegenheit wahr, Caroline zu erschrekken, denn er denkt an seine künftigen »Angelegenheiten Chaumontel« und möchte nicht abermals bespitzelt werden.

Justine wird vorgeladen. Adolphe setzt sie auf der Stelle an die Luft, ohne zuzulassen, daß sie Erklärungen abgibt. Caroline glaubt, mit ihrer kleinen Not sei es nun aus. Sie nimmt eine andere Zofe.

Justine, der ihre zwölf- oder fünfzehntausend Francs die Aufmerksamkeiten eines Wasserträgers eingetragen haben, wird Madame Chavagnac und macht einen Obstladen auf. Zehn Monate später wird in Adolphes Abwesenheit Caroline durch einen Dienstmann ein Brief überbracht; er ist auf eine Schulheftseite geschrieben worden und hat Grundstriche, denen drei Monate Orthopädie guttun würden; er lautet folgendermaßen:

Madame!

Sie werden unwürdig hintergangen durch Monsieur mit Madame de Fischtaminel, er geht alle Abende hin, und Sie halten das für harmlos; Ihnen wird bloß zuteil, was Sie verdienen, das freut mich, ich habe die Ehre, Sie zu grüßen.

Caroline springt auf wie eine Löwin, die eine Bremse gestochen hat; sie setzt sich von selbst auf den Feuerrost des Argwohns, sie beginnt ihren Kampf mit dem Unbekannten von neuem.

Als sie gerade die Ungerechtigkeit ihrer Mutmaßungen erkannt hat, kommt ein neuer Brief, der ihr Auskünfte über eine »Angelegenheit Chaumontel« anbietet, die Justine ausgeweidet hat.

Das kleine Übel der Geständnisse, vergessen Sie das bitte nicht, meine Damen, ist oft ernster als dieses hier.

Demütigungen

Es gereicht den Frauen zur Ehre, daß sie noch an ihren Ehemännern hängen, wenn ihre Ehemänner schon längst nicht mehr an ihnen hängen, nicht nur, weil, gesellschaftlich gesprochen, mehr Bande zwischen einer verheirateten Frau und einem Mann bestehen als zwischen jenem Mann und seiner Frau; sondern auch, weil die Frau mehr Zartgefühl und Ehre als der Mann besitzt, wohlverstanden jenseits der ehelichen Hauptfrage.

Grundsatz

IN EINEM EHEMANN STECKT NUR EIN MANN; IN EINER VERHEIRATETEN FRAU STECKEN EIN MANN, EIN VATER, EINE MUTTER UND EINE FRAU.

Eine verheiratete Frau hat Empfindlichkeit für vier oder, wenn man richtig hinschaut, sogar für fünf.

Nun aber ist es nicht unnütz, an dieser Stelle darauf hinzuweisen, daß für die Frauen die Liebe eine allgemeine Absolution ist: Der wahrhaft liebende Mann kann Verbrechen begehen; er ist stets weiß wie Schnee in den Augen der liebenden Frau, wenn er wahrhaft liebt. Was die verheiratete Frau betrifft, möge sie geliebt werden oder nicht, so fühlt sie so gut, daß die Ehre, die

Geltung ihres Mannes das Vermögen ihrer Kinder darstellen, daß sie handelt wie die liebende Frau, so heftig ist der soziale Eigennutz.

Dieses tiefe Gefühl erzeugt für manche Carolinen kleine Nöte, die, zum Unglück für dieses Buch, eine betrübliche Seite haben.

Adolphe hat sich kompromittiert. Wir wollen nicht alle Arten, wie man sich kompromittiert, aufzählen; das würde heißen, in die näheren Lebensumstände der Person geraten. Wir wollen als Beispiel nur dasjenige unter allen sozialen Vergehen herausgreifen, das unsere Epoche entschuldigt, zuläßt, versteht und am häufigsten begeht, nämlich den Diebstahl in Ehren, die gut getarnte Veruntreuung öffentlicher Gelder, ein entschuldbarer Betrug, wenn er gelungen ist, wie etwa derjenige, sich rechtens mit jemandem zu verständigen, um seinen Grundbesitz so teuer wie möglich an eine Stadt, ein Departement usw. zu verkaufen.

So hat Adolphe bei einem Konkurs, um sich zu *decken* (das heißt um seine Schuldforderung einzutreiben), die Hand bei ungesetzlichen Handlungen im Spiel gehabt, die einen Mann zur Aussage vors Schwurgericht bringen können. Man weiß nicht einmal, ob der kühne Gläubiger nicht als Mitschuldiger betrachtet werden wird.

Man beachte, daß bei sämtlichen Konkursen auch für die anständigsten Firmen das *Sichdecken* als die heiligste der Pflichten betrachtet wird; aber es geht darum, nicht allzu sehr, wie im prüden England, die schlechte Seite der *Decke* sehen zu lassen.

Der in Verlegenheit geratene Adolphe, denn sein Rechtsberater hat ihm gesagt, er solle in nichts in Erscheinung treten, hat Rückhalt an Caroline; er klärt sie auf, er weiht sie ein, er lehrt sie die Gesetze, er wacht über ihre Toilette, er takelt sie auf wie eine Brigg, die an einer Regatta teilnehmen soll, und schickt sie zu einem Richter, zu einem Konkursverwalter. Der Richter ist ein dem Augenschein nach strenger Mann, in dem ein lockerer Zeisig steckt; er bewahrt seinen Ernst, als er eine hübsche Frau eintreten sieht, und sagt äußerst bittere Dinge über Adolphe.

»Sie tun mir leid, Madame, Sie gehören einem Mann an, der Ihnen bedenkliche Unannehmlichkeiten aufladen kann; noch ein paar derartige Geschäfte, und er hat alle Achtung eingebüßt. Haben Sie Kinder? Verzeihen Sie bitte diese Frage; Sie sind so jung, daß es ganz natürlich ist...« Und der Richter rückt so nah wie möglich an Caroline heran.

»Ja.«

»Ach, du lieber Gott! Welche Zukunft steht Ihnen bevor! Mein erster Gedanke galt der Frau; jetzt aber bedaure ich Sie doppelt, ich mache mir Gedanken über die Mutter ... Ach, was müssen Sie auf dem Weg hierher gelitten haben ... Die armen, armen Frauen!«

»Oh, Monsieur, Sie nehmen Anteil an mir, nicht wahr ... ?«

»Ach, was kann ich tun?« sagt der Richter und sondiert Caroline mit einem Schrägblick. »Was Sie von mir erbitten, ist eine Verletzung der Amtspflicht; ich bin erst Richter und dann erst Mensch und Mann ...«

»O Monsieur, seien Sie doch lediglich Mann ...«

»Wissen Sie, was Sie da sagen, schöne Dame ...«

Hier langt der Handelsrichter zitternd nach Carolines Hand.

Caroline erwägt, daß es sich um die Ehre ihres Mannes und ihrer Kinder handelt, und sagt sich, bei dieser Gelegenheit dürfe man nicht die Prüde spielen; sie überläßt ihre Hand, sie widerstrebt nur so wenig, daß der galante Greis (glücklicherweise ist es ein alter Mann) darin eine Gunstbezeigung erblickt.

»Na, aber, na aber! Weinen Sie doch nicht, schöne Dame«, entgegnet der Richter, »ich würde in Verzweiflung geraten, wenn ich bei einer so hübschen Person die Tränen zum Fließen brächte; wir wollen sehen; kommen Sie morgen abend und erklären Sie mir den Fall; es müssen alle Akten durchgesehen werden, wir wollen sie gemeinsam durchblättern ...«

»Monsieur ...«

»Es muß eben sein ...«

»Monsieur ...«

»Haben Sie keine Angst, schöne Dame, ein Richter kann wissen, wie sich in Übereinstimmung bringen läßt, was man dem Recht schuldet, und ... (er setzt eine Miene von leichter Durchtriebenheit auf) was der Schönheit.«

»Aber, Monsieur ...«

»Seien Sie ganz ruhig«, sagt er, hält ihre Hände und drückt sie, »und wir werden dieses schwere Delikt in eine kleine Sünde verwandeln.« Und er geleitet die ob eines auf diese Weise vorgeschlagenen Rendezvous zu Boden geschmetterte Caroline hinaus.

Der Konkursverwalter ist ein munterer junger Mann; er empfängt Madame Adolphe lächelnd. Er lächelt über alles, und er faßt sie lächelnd um die Taille, mit der Geschicklichkeit eines Verführers, die Caroline gar nicht erlaubt, empört zu sein, zumal da sie sich überdies noch sagt: »Adolphe hat mir sehr nahegelegt, den Konkursverwalter nicht zu verstimmen.«

Dennoch macht Caroline, und sei es nur im Interesse des Konkursverwalters, sich frei und sagt zu ihm das »Monsieur . . .!«, das sie dem Richter dreimal wiederholt hat.

»Zürnen Sie mir nicht, Sie sind unwiderstehlich, Sie sind ein Engel, und Ihr Mann ist ein Scheusal; denn in welcher Absicht schickt er eine Sirene zu einem jungen Mann, von dem er weiß, wie leicht entflammbar er ist?«

»Monsieur, mein Mann hat nicht selber kommen können; er liegt zu Bett, er hat Schmerzen, und Sie haben ihn auf eine so schreckliche Art bedroht, daß die Dringlichkeit . . .«

»Hat er denn keinen Anwalt, keinen Bevollmächtigten . . . ?«

Caroline erschrickt über diese Bemerkung, die enthüllt, was für ein abgefeimter Schurke Adolphe ist.

»Er hat gemeint, Monsieur, Sie würden Rücksicht nehmen auf eine Mutter, auf Kinder . . .«

»Ta, ta, ta«, antwortet der Konkursverwalter. »Sie sind hergekommen, um einen Anschlag gegen meine Unabhängigkeit, mein Gewissen zu verüben; Sie wollen, daß ich Ihnen die Gläubiger ausliefere; gut, ich tue noch mehr, ich liefere Ihnen mein Herz, mein Vermögen aus; Ihr Mann will seine Ehre retten; ich überantworte Ihnen die meine . . .«

»Monsieur«, sagt sie und versucht, den Konkursverwalter, der sich ihr zu Füßen geworfen hat, zum Aufstehen zu bewegen, »Sie erschrecken mich!«

Sie spielt die erschrockene Frau und gewinnt die Tür; sie entzieht sich dieser heiklen Situation, wie eben Frauen sich ihr zu entziehen verstehen, das heißt, ohne irgend etwas aufs Spiel zu setzen.

»Ich werde wiederkommen«, sagt sie lächelnd, »wenn Sie vernünftiger geworden sind.«

»So also gehen Sie von mir . . . hüten Sie sich! Ihr Mann kann sehr wohl auf die Bänke des Schwurgerichts zu sitzen kommen; er ist in einen betrügerischen Bankrott verwickelt, und wir wissen mancherlei Dinge von ihm, die nicht eben ehrenhaft sind. Es ist nicht sein erster übler Streich; er hat leidlich schmutzige Geschäfte gemacht, unwürdige Börsenschwindeleien; Sie gehen behutsam mit der Ehre eines Mannes um, der auf seine Ehre pfeift wie auf die Ihrige.«

Die ob dieser Worte entsetzte Caroline läßt die Tür los, schließt sie und kommt zurück.

»Was soll das heißen, Monsieur?« erwidert sie wütend auf diese brutale Breitseite.

»Na ja, die Angelegenheit . . .«

»Chaumontel?«

»Nein, die Spekulation mit den Häusern, die er durch zahlungsunfähige Leute hat bauen lassen.«

Caroline erinnert sich des Geschäfts, das Adolphe unternommen hat (siehe das Kapitel ›Weiblicher Jesuitismus‹), um seine Einkünfte zu verdoppeln, sie zuckt zusammen. Der Konkursverwalter hat die Neugier auf seiner Seite.

»Setzen Sie sich mal dorthin. Sehen Sie, bei dieser Entfernung muß ich vernünftig sein, aber ich kann Sie anschauen.«

Und er legt des langen und breiten den Plan dar, der von dem Bankier Du Tillet stammt; er unterbricht sich dabei und sagt: »Oh, solch ein niedlicher, kleiner, zierlicher Fuß . . . Einzig Madame[103] hat einen so kleinen . . . Du Tillet hat also den Vergleich . . . Und was für ein Ohr . . . ist Ihnen je gesagt worden, daß Sie köstliche Ohren haben? – Und Du Tillet hatte recht, denn es gab ja bereits ein Urteil. – Ich habe eine Schwäche für kleine Ohren . . . Erlauben Sie mir, das Ihrige abformen zu lassen, und ich tue alles, was Sie wollen . . . Du Tillet hat das ausgenutzt, um alles auf Ihr Rindvieh von Mann abzuschieben . . . Oh, der hübsche Stoff, Sie sind göttlich gekleidet . . .«

»Wo waren wir stehengeblieben, Monsieur . . .?«

»Wie kann ich wissen, was ich sage, wenn ich einen raffaelischen Kopf wie den Ihren bewundere?«

Beim siebenundzwanzigsten Lob findet Caroline den Konkursverwalter geistvoll; sie macht ihm ein Kompliment und geht, ohne die Geschichte dieses Unternehmens bis ins letzte kennengelernt zu haben, das seinerzeit dreihunderttausend Francs verschlungen hat.

Dieses kleine Übel hat eine Unzahl von Varianten.

Beispiel: Adolphe ist wacker und reizbar; er lustwandelt auf den Champs-Elysées, es herrscht dort Gedränge, und in dieser Menschenmasse erlauben sich gewisse taktlose junge Leute Scherze à la Panurge[104]: Caroline läßt sie über sich ergehen und tut, als bemerke sie sie nicht, um ihrem Mann ein Duell zu ersparen.

Anderes Beispiel: Ein Kind von der Gattung der alles ausplaudernden sagt im Dabeisein anderer Leute:

»Mama, würdest du Justine erlauben, mich zu ohrfeigen?«

»Nein, bestimmt nicht.«

»Warum willst du das wissen?« fragt Madame Foullepointe.

»Weil sie gerade Papa, der doch viel stärker als ich ist, eine furchtbare Ohrfeige gegeben hat.«

Madame Foullepointe fängt an zu lachen, und Adolphe, der geplant hatte, Madame Foullepointe den Hof zu machen, erlebt es, daß er grausam von ihr verspottet wird, nachdem er (siehe ›Der letzte Streit‹) einen ersten »letzten Streit« mit Caroline gehabt hat.

Der letzte Streit

In allen Ehen hören Gatten und Gattinnen die verhängnisvolle Stunde schlagen. Es ist ein wahres Totengeläut, ein Geläut für den Tod der Eifersucht, einer großen, einer noblen, einer bezaubernden Leidenschaft, des einzigen wahren Symptoms der Liebe, jedenfalls, wenn es sich nicht um deren »Double« handelt. Ist eine Frau nicht mehr eifersüchtig auf ihren Mann, dann ist alles gesagt, dann liebt sie ihn nicht mehr. Daher erlischt die eheliche Liebe im letzten Streit, den eine Frau veranstaltet.

Grundsatz

SOBALD EINE FRAU NICHT MEHR MIT IHREM MANN STREITET, SITZT DER MINOTAURUS IN EINEM SESSEL AM KAMIN DES SCHLAFZIMMERS UND STOCHERT MIT DER SPITZE SEINES SPAZIERSTOCKS AN SEINEN LACKSCHUHEN HERUM.

Alle Frauen müssen sich ihres letzten Streits erinnern, dieses höchsten kleinen Übels, das oft um eines Nichts willen hereinbricht, oder noch öfter bei Gelegenheit eines brutalen Umstands, eines entscheidenden Zeugnisses. Dieser grausame Abschied vom Glauben, von den Kindereien der Liebe und sogar von der Tugend ist irgendwie launisch wie das Leben. Wie das Leben, ist er in keiner Ehe derselbe.

An dieser Stelle müßte der Autor vielleicht noch nach allen Spielarten der Streite suchen, wenn er genau sein will.

So wird etwa Caroline entdeckt haben, daß die Richterrobe des Konkursverwalters bei der Angelegenheit Chaumontel eine Gewandung von sehr viel weniger rauhem Stoff von angenehmer, seidiger Farbe verbirgt; und schließlich sogar, daß Chaumontel blondes Haar und blaue Augen hat.

Oder auch Caroline, die vor Adolphe aufgestanden ist, hat seinen Mantel gesehen, der mit der Innenseite nach außen über einen Sessel geworfen worden ist, und der Rand eines kleinen duftenden Briefs, der aus der Seitentasche hervorlugt, hat sie durch seine Weiße betroffen gemacht wie ein Sonnenstrahl, der durch seinen Fensterspalt in ein gut verdunkeltes Schlafzimmer dringt; – oder sie hat jenes Briefchen knistern hören, als sie Adolphe in die Arme schloß und jene Fracktasche betastete; – oder sie ist gewissermaßen durch das fremde Parfüm unterrichtet worden, das sie seit einiger Zeit an Adolphe geschnuppert hat, und sie hat folgende Zeilen gelesen:

»Du Undankbarer, weiß ich, was Du von Hippolyte hast sagen wollen, komm, und dann wirst Du sehen, ob ich ihn liebe.«

Oder:

»Gestern, Liebster, haben Sie auf sich warten lassen; was wird erst morgen sein?«

Oder:

»Die Frauen, die Sie lieben, Bester, sind sehr unglücklich dran, Sie so sehr zu hassen, wenn Sie nicht bei ihnen sind; hüten Sie sich, der Haß, der während Ihres Fernseins andauert, könnte sich auf die Augenblicke erstrecken, da man Sie bei sich sieht.«

Oder:

»Du Schuft von Chodoreille, was hast Du gestern auf dem Boulevard mit einer Frau am Arm getrieben? Wenn es Deine

Frau ist, dann herzliches Beileid über alle ihre fehlenden Reize; sicherlich hat sie sie aufs Leihhaus getragen; aber der Pfandschein ist verlorengegangen.«

Vier Briefe von seiten der Grisette, der Dame, der eingebildeten Bürgersfrau oder der Schauspielerin, unter denen Adolphe seine »Schöne« (nach Fischtaminels Vokabular) ausgewählt hat.

Oder Caroline, die von Ferdinand verschleiert zum Ranelagh[105] geführt worden ist, hat mit eigenen Augen gesehen, wie Adolphe sich wütend der Polka hingab und in seinen Armen eine der Ehrendamen der Königin Pomaré[106] hielt; – oder Adolphe hat sich zum siebtenmal beim Namen geirrt und morgens beim Aufwachen seine Frau mit Juliette, Charlotte oder Lisa angeredet; – oder ein Delikatessen-Händler oder ein Restaurateur schickt in Monsieurs Abwesenheit anklägerische Rechnungen, die Caroline in die Hände fallen.

Aktenstücke zur Angelegenheit Chaumontel

Für heimliche Lustpartie schuldet Monsieur Adolphe an Perrault[107]

Geliefert an Mme Schontz, den 6. Januar 18 . . .

Eine Gänseleberpastete	22 fr. 50 c
Sechs Flaschen diverse Weine	70 fr. –
Geliefert ins Hôtel du Congrès, den 11. Februar, Zimmer 21 ein feines Mittagessen, fester Preis	100 fr. –
Summa	192 fr. 50 c

Caroline überprüft die Daten, und es fallen ihr die Zusammenkünfte im Zusammenhang mit der Angelegenheit Chaumontel ein; Adolphe hatte den Dreikönigstag für eine Besprechung angegeben, da endlich die Anteilssumme an der Angelegenheit Chaumontel einkassiert werden sollte. Am 11. Februar hatte eine Zusammenkunft beim Notar erfolgen sollen, zwecks Unterzeichnung einer Quittung in der Angelegenheit Chaumontel.

Oder auch . . . Aber sämtliche Zufälle formulieren zu wollen, das wäre ein Wahnsinns-Unterfangen.

Jede Frau dürfte sich erinnern, auf welche Weise die Binde,

die sie vor den Augen hatte, gefallen ist; wie sie nach mancherlei Zweifeln und mancherlei Herzzerreißen dahin gelangt ist, einen Streit nur anzubahnen, um damit den Roman zuzuklappen, um ein Lesezeichen in das Buch zu legen, ihre Unabhängigkeit zu erklären oder ein neues Leben zu beginnen.

Manche Frauen sind so glücklich, einen Vorsprung gewonnen zu haben; sie führen jenen Streit in Gestalt einer Rechtfertigung.

Nervöse Frauen platzen los und lassen sich zu Gewalttaten hinreißen.

Sanfte Frauen schlagen einen leisen, entschlossenen Ton an, der die unerschrockensten Ehemänner erbeben läßt. Diejenigen Frauen, die noch keine Rache bereithalten, weinen heftig.

Die ihre Männer lieben, verzeihen. Ach, sie begreifen so gut, wie die »mein Kutschwagen« genannte Frau, daß ihr Adolphe von andern Frauen geliebt wird, daß sie froh sind, auf legale Weise einen Mann zu besitzen, auf den sämtliche Frauen versessen sind.

Gewisse Frauen, deren Lippen geschlossen sind wie Geldschränke, die einen verdorbenen Teint und magere Arme haben, machen sich ein boshaftes Vergnügen daraus, ihren Adolphe im Schlamm der Lügen und der Widersprüche waten zu lassen; sie fragen ihn aus (siehe das Kapitel ›Not in Nöten‹), wie ein Richter den Verbrecher verhört, und behalten sich den galligen Genuß vor, seine Ableugnungen durch direkte Weise im entscheidenden Moment zunichte zu machen. Im allgemeinen spielt bei dieser Hauptszene des Ehelebens das schöne Geschlecht dort den Henker, wo im gegenteiligen Fall der Mann zum Mörder wird.

Und zwar auf folgende Weise: Jener letzte Streit (man wird gleich erfahren, warum der Autor ihn als den »letzten« bezeichnet hat) endet stets mit einem feierlichen, geheiligten Versprechen, das die zarten, noblen oder auch bloß geistvollen Frauen, also sämtliche Frauen, ablegen und das wir in seiner schönsten Gestalt wiedergeben.

»Genug, Adolphe! Wir lieben einander nicht mehr; du hast mich betrogen, und das werde ich nie vergessen. Verzeihen kann man, aber vergessen ist unmöglich.«

Die Frauen bezeigen sich nur als unversöhnlich, um ihre Verzeihung bezaubernd zu machen: Sie haben Gott erraten.

»Wir werden fortan wie zwei Freunde leben«, fährt Caroline fort. »Gut, wir leben also wie Geschwister, wie zwei Kameraden. Ich will dir das Leben nicht unerträglich machen; ich werde nie wieder auf das Geschehene zu sprechen kommen . . .«

Adolphe reicht Caroline die Hand hin; sie nimmt sie und drückt sie ihm auf englische Weise. Adolphe dankt Caroline und erblickt einen Glücksschimmer: Er hat sich aus seiner Frau eine Schwester gemacht und glaubt, wieder Junggeselle zu werden.

Am folgenden Tag gestattet sich Caroline eine sehr geistvolle Anspielung (Adolphe kann nicht umhin, darüber zu lachen) auf die Angelegenheit Chaumontel. In der Gesellschaft äußert sie allgemeine Bemerkungen über diesen letzten Streit, die zu besonderen werden.

Nach etwa zwei Wochen geht kein Tag hin, an dem Caroline nicht an den letzten Streit erinnerte und etwa sagt: »Das war an dem Tag, da ich in deiner Tasche die Rechnung betreffend Chaumontel gefunden habe«; oder: »Das war kurz nach unserem letzten Streit . . .«; oder: »Das war an dem Tag, da ich mir klar über das Leben geworden bin«, usw. Sie versetzt Adolphe Dolchstöße, sie martert ihn! In der Gesellschaft sagt sie schreckliche Dinge.

»Wir sind an dem Tag glücklich, meine Liebe, da wir nicht mehr lieben. Dann nämlich verstehen wir uns darauf, uns lieben zu lassen . . .« Und sie blickt Ferdinand an.

»Ach, auch Sie haben Ihre Angelegenheit Chaumontel«, sagt sie zu Madame Foullepointe.

Kurzum, der letzte Streit nimmt nie ein Ende; daraus ergibt sich folgender Grundsatz:

Sich gegenüber seiner legitimen Frau ins Unrecht setzen heißt das Perpetuum mobile erfinden.

Durchfallen

Die Frauen, und zumal die verheirateten Frauen, rammen sich geradeso Ideen in ihre Hirnhaut, wie sie Stecknadeln in ihr Nadelkissen stecken; und der Teufel, vernimmt man es? würde sie nicht herausziehen können; einzig sie selber behalten sich das

Recht vor, sie hineinzustecken, sie herauszunehmen und sie abermals hineinzustecken.

Eines Abends fährt Caroline von Madame Foullepointes Haus in einem Zustand heftiger Eifersucht und heftigen Ehrgeizes heim.

Madame Foullepointe, die *Löwin* ... Dieses Wort bedarf einer Erklärung. Es ist ein modischer Neologismus; es entspricht gewissen Vorstellungen, übrigens sehr armseligen, der gegenwärtigen Gesellschaft: Man muß sich seiner bedienen, um sich verständlich zu machen, wenn man sagen will »eine moderne Frau«. Jene Löwin nun also steigt täglich zu Pferde, und Caroline hat sich in den Kopf gesetzt, reiten zu lernen.

Man beachte, daß in dieser ehelichen Phase Adolphe und Caroline sich in der Jahreszeit befinden, die wir als den »18. Brumaire des Ehelebens« bezeichnet haben, oder daß sie einander bereits zwei oder drei »Letzte Streite« lieferten.

»Adolphe«, fragt sie, »willst du mir eine Freude machen?«

»Jederzeit ...«

»Du wirst doch nicht nein sagen?«

»Wenn, was du von mir erbittest, möglich ist, bin ich bereit ...«

»Da haben wir's ... Das sieht so recht nach Ehemann aus ... *wenn* ...«

»Also?«

»Ich möchte reiten lernen.«

»Aber Caroline, ist das möglich?«

Caroline blickt durch den Kutschfenstervorhang und versucht, sich eine trockene Träne abzuwischen.

»Hör mal zu«, fährt Adolphe fort. »Kann ich dich allein zur Reitbahn gehen lassen? Kann ich dich inmitten der Plackereien hinbegleiten, die mir die Geschäfte augenblicklich machen? Was hast du denn? Mir scheint, ich warte dir mit gewichtigen Gründen auf.«

Adolphe wird sich darüber klar, daß er einen Stall mieten, ein Pony kaufen, einen Groom und ein Dienerpferd nehmen müsse, samt und sonders Verdrießlichkeiten des weiblichen Löwinnen-Spiels.

Wenn man einer Frau mit Gründen aufwartet, statt ihr das zu

geben, was sie will, haben nur wenige Männer gewagt, bis auf den Grund dieses kleinen Schlundes, genannt Herz, hinabzusteigen, um die Kraft des Sturms zu ermessen, der darin jäh entsteht.

»Gründe! Ja, wenn Sie welche wollen, dann hören Sie sich die folgenden an«, ruft Caroline aus. »Ich bin Ihre Frau: Sie geben sich keinerlei Mühe mehr, mir zu gefallen. Und die Kosten? Was die betrifft, so irren Sie sich, mein Freund!«

Die Frauen verfügen über so viele Betonungen beim Aussprechen der Worte: »Mein Freund«, wie die Italiener deren ausfindig gemacht haben, um zu sagen *Amico;* ich habe neunundzwanzig gezählt, und die drücken noch nicht mal die verschiedenen Grade des Hasses aus.

»Ha, du wirst schon sehen«, fährt Caroline fort. »Ich werde krank, und Sie bezahlen dem Apotheker und dem Arzt, was Sie das Pferd gekostet haben würde. Ich werde im eigenen Haus eingekerkert sein, und weiter wollen Sie ja nichts. Darauf war ich gefaßt. Ich habe Sie um diese Erlaubnis gebeten, weil ich einer Ablehnung sicher war: Ich wollte lediglich wissen, wie Sie sich dabei benehmen würden.«

»Aber . . . Caroline.«

»Mich allein zur Reitbahn gehen lassen!« fährt sie fort, ohne zugehört zu haben. »Ist das ein Grund? Kann ich nicht zusammen mit Madame de Fischtaminel hingehen? Madame de Fischtaminel lernt nämlich reiten, und ich glaube nicht, daß ihr Mann sie begleitet.«

»Aber . . . Caroline.«

»Ich bin entzückt über Ihre Fürsorglichkeit; wahrhaftig, Sie legen auf mich allzu großen Wert. Monsieur de Fischtaminel setzt mehr Vertrauen in seine Frau als Sie in die Ihre! *Der* begleitet sie nicht hin. Vielleicht wollen Sie mich gerade dieses Vertrauens wegen nicht in der Reitbahn sehen, wo ich Zeugin Ihrer Vertrautheit mit der Fischtaminel sein könnte.«

Adolphe versucht, den Ärger zu verbergen, den ihm dieser Sturzbach von Worten schafft; er setzt auf halbem Weg zu seinem Haus ein und findet kein Meer, um sich darein zu ergießen. Als Caroline in ihrem Schlafzimmer ist, redet sie immer weiter:

»Du siehst, daß, wenn Gründe mir die Gesundheit wiedergeben und mich daran hindern könnten, eine Körperübung zu wünschen, auf die die Natur mich hinweist, ich nicht verfehlen würde, diesen Grund zu prüfen, daß ich alle Gründe kenne, die angeführt werden könnten, und daß ich sie mir selbst vorgelegt habe, ehe ich mit dir darüber sprach.«

Dies, meine Damen, kann um so eher als der Prolog des Ehedramas bezeichnet werden, als es auf erfindliche Weise vorgetragen wird, kommentiert durch Gesten, geschmückt mit Blicken und andern Vignetten, mit denen ihr dieses Meisterwerk ausschmückt.

Caroline, nun sie einmal in Adolphes Herz die Furcht vor einer Szene mit unaufhörlichen Bitten gesät hat, hat gespürt, daß sein oppositioneller Haß gegen ihre Regierung doppelt so stark gewesen ist. Madame schmollt, und sie schmollt so barbarisch, daß Adolphe nicht umhinkann, es zu merken, bei Strafe der Minotaurisierung; denn man muß wissen, daß alles aus ist zwischen zwei durch das Standesamt oder auch nur in Gretna Green[109] getrauten Menschen, wenn einer der beiden nicht mehr merkt, daß der andere schmollt.

Grundsatz

EIN VERDRÄNGTES SCHMOLLEN IST EIN TÖDLICHES GIFT.

Eigens um diesen Selbstmord der Liebe zu vermeiden, hat unser erfindungsreiches Frankreich das Boudoir, den Schmollwinkel, erfunden. Bei der Art unserer modernen Behausungen können die Frauen nicht die Weiden Vergils[110] haben. Nach der Abschaffung der Betzimmer sind diese kleinen Stätten Boudoirs geworden.

Jenes Ehedrama hat drei Akte. Der Akt mit dem Prolog ist bereits gespielt worden. Jetzt kommt der Akt der falschen Koketterie: Das ist einer derjenigen, in denen die Französinnen den größten Erfolg haben.

Adolphe wankt durchs Schlafzimmer und zieht sich aus; und sich ausziehen heißt für einen Mann, über die Maßen schwach werden.

Sicherlich wird jedem Mann von vierzig Jahren der folgende Grundsatz als von tiefer Richtigkeit erscheinen:

Grundsatz

DIE GEDANKEN EINES MANNES, DER KEINE HOSENTRÄGER UND STIEFEL MEHR ANHAT, SIND NICHT MEHR DIEJENIGEN EINES MANNES, DER DIESE BEIDEN TYRANNEN UNSERES GEISTES TRÄGT.

Man beachte, daß dieser Grundsatz einzig im Eheleben gilt. In der Moral bezeichnen wir dergleichen als ein relatives Theorem.

Caroline ermißt, wie ein Jockei auf der Rennbahn, den Augenblick, da sie ihren Gegner überrunden kann. Sie richtet sich so her, daß sie für Adolphe von unwiderstehlicher Verführungskraft ist.

Die Frauen besitzen eine Mimik der Scham, ein Wissen um das Voltigieren, um die Geheimnisse der erschreckten Taube, ein besonderes Register, um wie Isabelle im vierten Akt von ›Robert der Teufel‹[111] zu singen: »Gnade für dich! Gnade für mich!«, die alle Pferdetrainer tausend Pikenlängen unter ihnen lassen. Wie stets zieht der Teufel den kürzeren. Nichts zu machen. Es ist die ewige Geschichte, das große katholische Mysterium von der zertretenen Schlange, von der befreiten Frau, die die große soziale Kraft wird, wie die Anhänger Fouriers[112] sagen. Zumal darin besteht der Unterschied zwischen der orientalischen Sklavin und der Gattin des Okzidents.

Der zweite Akt endet auf dem ehelichen Kopfkissen in Lautmalereien, die ganz friedlich sind. Gerade wie Kinder angesichts einer Torte hat Adolphe alles versprochen, was Caroline wollte.

Dritter Akt. (Beim Aufgehen des Vorhangs stellt die Bühne ein völlig in Unordnung befindliches eheliches Schlafzimmer dar. Adolphe, der schon seinen Schlafrock anhat, versucht hinauszugelangen und verschwindet auf den Zehenspitzen, ohne Caroline zu wecken, die tief schlummert.)

Caroline, über die Maßen glücklich, steht auf, blickt in den Spiegel und kümmert sich um das Frühstück. Eine Stunde später, wenn sie fertig ist, wird ihr gemeldet, das Frühstück sei aufgetragen.

»Sagen Sie Monsieur Bescheid!«

»Madame, Monsieur ist im kleinen Salon.«

»Du bist aber gar nicht nett, mein Männlein«, sagt sie, geht auf Adolphe zu und bedient sich wieder der schmeichlerischen Kindersprache der Flitterwochen.

»Und warum?«

»Na, weil du nicht erlaubt hast, daß dein Lilinchen aufs Hottapferd steigt ...«

Bemerkung. Während des Honigmonds bedienen sich manche sehr junge Gatten einer Sprache, die im klassischen Altertum Aristoteles bereits klassifiziert und definiert hatte (siehe seine ›Pädagogik‹). Man spricht also, wie die Mütter und Ammen mit den Kindern reden. Das ist also einer der geheimen, von den Deutschen in dicken Foliobänden diskutierten und anerkannten Gründe, die die Kabiren, die Schöpfer der griechischen Mythologie, dazu bestimmt haben, Amor als Kind darzustellen. Es gibt auch andere, den Frauen bekannte Gründe, und ihrer Meinung nach ist der Hauptgrund, daß bei den Männern die Liebe immer klein ist.

»Wo hast du denn das hergenommen, Liebste? Unter deinem Häubchen?«

»Wieso denn ...?«

Caroline steht auf beiden Beinen starr da; sie reißt die Augen auf, die vor Überraschung ganz groß geworden sind. Im Innern rast sie, aber sie sagt kein weiteres Wort: Sie blickt Adolphe an. Unter dem satanischen Feuer dieses Blicks vollführt Adolphe eine Viertelwendung nach dem Eßzimmer hin; aber er überlegt, ob er nicht Caroline eine Reitstunde nehmen lassen soll, wobei dem Reitlehrer nahegelegt werden muß, ihr das Reiten durch die Härte des Unterrichts zu verekeln.

Nichts ist für eine Schauspielerin, die mit einem Erfolg rechnet, schrecklicher als durchzufallen.

Im Kulissenrotwelsch heißt »durchfallen«: niemanden im Zuschauerraum zu sehen und keinen Beifall zu bekommen; sich umsonst bemüht zu haben, der Höhepunkt des Mißerfolgs.

Dieses kleine Übel (es ist sehr klein) vollzieht sich im Eheleben auf tausenderlei Weise, wenn der Honigmond vorüber ist und wenn die Frauen kein eigenes Vermögen haben.

Trotz des Widerwillens des Autors, Anekdoten in ein völlig aphoristisches Werk einzufügen, dessen Gefüge nur aus mehr oder weniger klugen und sehr heiklen Bemerkungen besteht, zumindest durch das Thema, scheint es ihm unerläßlich, diese Seite durch ein Geschehnis zu schmücken, das er übrigens einem unserer Ärzte verdankt. Diese Wiederholung des Themas schließt übrigens eine Verhaltensvorschrift ein, die von dem Pariser Arzt befolgt wird.

Ein Ehemann befand sich in der Lage unseres Adolphe. Seine Caroline hatte zum erstenmal einen Durchfall erlebt und sich in den Kopf gesetzt zu triumphieren; denn Caroline triumphiert oftmals! Diese nun spielte die Komödie der Herzleidenden (siehe ›Physiologie der Ehe‹, Bemerkung XXVI, Paragraph ›Über Nervenkrankheiten‹). Seit zwei Monaten lag sie auf ihrem Ruhebett, stand gegen Mittag auf und verzichtete auf alle Pariser Genüsse. Nicht ins Theater ... Oh, die Stickluft, die Lichter! Vor allem die Lichter ...! Der Lärm, das Hinausgehen, das Hineingehen, die Musik ... all das ist schauerlich! Schrecklich angreifend!

Keine Landpartien ... Oh, das ist ihr Wunsch gewesen, aber dazu hätte sie *(desiderata)* einen eigenen Wagen, eigene Pferde haben müssen ... Monsieur hat ihr keinen Wagen schenken wollen. Und im Mietwagen fahren, in einer Droschke ... allein schon der Gedanke daran verursachte ihr Übelkeit!

Nichts vom Kochen hören und sehen ... der Dampf der Fleischgerichte drehte Madame den Magen um. Madame hatte tausenderlei Tränklein getrunken, aber die Zofe hatte nie gesehen, daß sie es tat.

Kurz und gut, ein schauerlicher Aufwand an Effekten, an Entbehrungen, an Posen, an perlweißer Schminke, um totenblaß auszusehen, an Maschinerien, völlig wie wenn eine Theaterleitung das Gerücht von einer phantastischen Inszenierung verbreitet.

Man war bereits soweit zu glauben, kaum eine Badereise nach Ems, Homburg oder Karlsbad vermöge Madame noch zu heilen; aber sie wollte sich nicht auf den Weg machen, ohne im eigenen Wagen zu fahren. Immer und ewig der Wagen!

Dieser Adolphe hielt sich gut und gab nicht nach.

Diese Caroline als über die Maßen geistvolle Frau gab ihrem Mann recht.

»Adolphe ist der Vernünftige«, sagte sie zu ihren Freundinnen; »und ich bin die Verrückte. Er kann und darf vorerst keinen Wagen anschaffen; die Männer wissen besser als wir, wie es um ihre Geschäfte steht . . .«

Manchmal packte diesen Adolphe die Wut! Die Frauen haben eine Art und Weise, die nur in der Hölle gerechtfertigt wäre. Schließlich begegnet er nach einem knappen Vierteljahr einem Schulfreund, der Unterleutnant im Sanitätskorps ist, harmlos wie jeder junge Doktor, der erst seit gestern seine Schulterstücke trägt und »Feuer!« kommandieren darf.

»Junger Frau geziemt junger Arzt«, sagt sich unser Adolphe.

Und er schlägt dem künftigen Bianchon[113] vor, zu ihm zu kommen und ihm die Wahrheit über Carolines Zustand zu sagen.

»Liebste, es ist an der Zeit, Ihnen einen Arzt zuzuführen«, sagt Adolphe am Abend zu seiner Gattin, »und hier kommt der beste für eine hübsche Frau.«

Der Neuling untersucht gewissenhaft, läßt Madame alles sagen, betastet sie taktvoll, unterrichtet sich über die leichtesten Symptome und läßt schließlich im Weiterplaudern ganz unwillkürlich ein Lächeln über seine Lippen hingleiten, das seinen Augen entspricht, ein Lächeln, einen ungemein zweiflerischen, um nicht zu sagen ironischen Ausdruck. Er verordnet eine bedeutungslose Medizin, auf deren Wichtigkeit er pocht, und verspricht wiederzukommen, um sich von der Wirkung zu überzeugen. Als er sich im Flur mit seinem Schulfreund allein glaubt, zuckt er auf unaussprechliche Weise die Achseln.

»Deine Frau hat nicht das mindeste, mein Lieber«, sagt er; »sie macht sich über dich und mich lustig.«

»Das habe ich mir gleich gedacht . . .«

»Aber wenn sie solcherlei Scherze auch weiterhin treibt, wird sie sich schließlich krank machen: Ich bin allzu sehr dein Freund, um diese Spekulation zu machen; ich will nämlich, daß bei mir unter dem Arzt ein anständiger Mensch verbleibt . . .«

»Meine Frau will einen Wagen.«

Wie im »Leichenwagen-Solo« hat auch diese Caroline an der Tür gehorcht.

Sogar heute noch muß der junge Arzt seinen Weg von den Steinen der Verleumdungen säubern, die diese liebreizende Frau alle paar Augenblicke darauf wirft; und um Frieden zu haben, ist er genötigt gewesen, sich dieser kleinen Jugendsünde zu zeihen und den Namen seiner Feindin zu nennen, um sie zum Schweigen zu bringen.

Die Kastanien im Feuer

Man weiß nicht, wie viele Nuancen im Unglück es gibt; das hängt von den Charakteren, der Kraft der Phantasie und der Stärke der Nerven ab. Wenn es auch unmöglich ist, diese so variablen Nuancen zu erfassen, so kann man doch wenigstens die einzelnen Farben unterscheiden, die hauptsächlichen Vorkommnisse. Die Liebe hat also dies kleine Übel als das letzte aufbewahrt; denn es ist das einzige, das im Unglück komisch wirkt.

Der Autor hofft, die Hauptnöte erschöpft zu haben. Werden daher die Frauen, die im Hafen angelangt sind, im glücklichen Alter von vierzig Jahren, der Zeit, da sie der üblen Nachrede, den Verleumdungen, den Verdächtigungen nicht mehr ausgesetzt sind, da ihre Freiheit beginnt – werden jene Frauen gerecht sein und sagen, in diesem Buch seien alle kritischen Situationen einer Ehe angedeutet oder dargestellt worden?

Caroline hat ihre »Angelegenheit Chaumontel«. Sie versteht sich darauf, ihren Mann zu unvorhergesehenen Ausgängen anzustiften; sie ist schließlich dahin gelangt, sich mit Madame de Fischtaminel zu verständigen.

In allen Ehen werden zur gegebenen Zeit die Madames de Fischtaminel zur Vorsehung der Carolinen.

Caroline umschmeichelt Madame de Fischtaminel mit der gleichen Sorge, mit der die Afrika-Armee Abd-el-Kader[114] verhätschelt; sie bezeigt ihr die gleiche Fürsorglichkeit, die ein Arzt daran wendet, einen reichen, eingebildet Kranken nicht zu heilen. Zu zweit ersinnen Caroline und Madame de Fischtaminel Betätigungen für den lieben Adolphe, wenn weder Madame de Fischtaminel noch Caroline diesen Halbgott in ihren Penaten[115] haben wollen. Madame de Fischtaminel und Caroline, die durch die Bemühungen der Madame Foullepointe die besten Feindinnen der Welt geworden sind, haben schließlich die weibliche Freimaurerei kennen- und anwenden gelernt, deren Riten man sich durch keine Einweihung aneignen kann.

Wenn Caroline an Madame de Fischtaminel folgendes Briefchen schreibt:

»Mein Engel,
wahrscheinlich werden Sie morgen Adolphe sehen, behalten Sie ihn bitte nicht gar zu lange bei sich, denn ich gedenke mit ihm um vier in den Bois zu fahren; aber wenn Sie großen Wert darauf legen sollten, ihn selber dorthin zu führen, werde ich ihn dort abholen. Sie sollten mich Ihre Geheimmittel lehren, auf solcherlei Weise gelangweilte Leute zu amüsieren«

– dann sagt sich Madame de Fischtaminel: »Na schön, dann werde ich diesen Burschen von zwölf bis fünf Uhr auf dem Hals haben.«

Grundsatz

MÄNNER ERRATEN NICHT IMMER, WAS BEI EINER FRAU EINE POSITIVE BITTE BEDEUTET, WÄHREND EINE FRAU SICH DABEI NIEMALS IRRT: SIE TUT DAS GEGENTEIL.

Jene kleinen Wesen, zumal die Pariserinnen, sind die hübschesten Spielzeuge, die die soziale Industrie erfunden hat: Denen, die sie nicht vergöttern, die nicht ein beständiges Frohlocken empfinden, wenn sie sie ihre Fallen stellen sehen wie wenn sie sich die Zöpfe ordneten, wie sie Geheimsprachen erfinden, wie sie mit ihren gebrechlichen Fingern Maschinen konstruieren, die die mächtigsten Vermögen zerstampfen können – denen fehlt ein Sinn.

Eines Tages hat Caroline die genauesten Vorsichtsmaßnahmen getroffen; am Vorabend hat sie Madame Foullepointe geschrieben, sie solle doch mit Adolphe nach Saint-Maur fahren, um irgendeinen Landbesitz zu besichtigen, der zu verkaufen ist; Adolphe werde zum Mittagessen zu ihr kommen. Sie hilft Adolphe beim Ankleiden, sie neckt ihn der Sorgfalt wegen, die er seiner Toilette angedeihen läßt, und stellt ihm ungereimte Fragen über Madame Foullepointe.

»Sie ist nett, und ich glaube, sie ist Charles' gründlich überdrüssig; du wirst sie schließlich noch in dein Register eintragen, du alter Don Juan; aber jetzt brauchst du keine ›Angelegenheit Chaumontel‹ mehr; ich bin nicht länger eifersüchtig, du hast deinen Freipaß, ist dir das lieber, als angebetet zu werden ... ? Du Unmensch! Sieh nur, wie nett ich bin ...«

Sobald Monsier aus dem Hause ist, legt Caroline, die tags zuvor Ferdinand schriftlich zum Mittagessen eingeladen hat, jene Toilette an, die in dem bezaubernden achtzehnten Jahrhundert, das von den Republikanern, den Verfechtern des Wohls der Menschheit und den Dummen so arg verleumdet wird, die Frauen von Rang ihre »Kriegsrüstung« nannten.

Caroline hat alles vorhergesehen. Amor ist der beste Diener der Welt; daher ist der Tisch mit teuflischer Koketterie gedeckt worden. Weißes Damasttischtuch, das blaue Geschirr, silbervergoldete Bestecke, das Milchtöpfchen mit dem plastischen Schmuck, überall Blumen!

Wenn die Sache im Winter stattfindet, hat sie Trauben aufgetrieben; sie hat den Keller nach erlesenen alten Weinen durchstöbert. Die Brötchen stammen vom berühmtesten Bäcker. Die schmackhaften Speisen, die Gänseleberpastete, das gesamte elegante Speisengehäuf hätte Grimod de la Reynière[116] wiehern, einen Bankier lächeln lassen und würde sogar einem Professor der alten Universität gesagt haben, um was es sich handelte.

Alles ist bereit. Caroline selber ist schon seit dem Vortage bereit: Sie betrachtet ihr Werk. Justine seufzt und rückt die Möbel zurecht. Caroline zupft ein paar vergilbte Blätter von den Blumen der Jardinièren ab. Eine Frau verbirgt dann stets das, was man als das Trappeln des Herzens auf der Stelle bezeichnen muß, durch nichtige Betätigungen, bei denen die Finger die Kraft von Zangen haben, bei denen die rosa Fingernägel brennen und bei denen der stumme Aufschrei »Er kommt nicht ... !« die Kehle rauh macht.

Welch ein Dolchstich ist Justines Ausspruch: »Madame, ein Brief!«

Ein Brief statt eines Ferdinand! Wie ihn aufreißen? Welche

Lebensjahrhunderte gehen beim Entfalten hin! Die Frauen wissen das! Was die Männer betrifft, wenn ihnen solch ein Wutanfall widerfährt, so morden sie ihre Hemdkrausen.

»Justine, Monsieur Ferdinand ist krank. . . !« ruft Caroline. »Lassen Sie einen Wagen holen.«

Gerade als Caroline die Treppe hinabsteigt, steigt Adolphe sie hinauf.

»Die arme Madame!« denkt Justine. »Jetzt braucht sie sicher keinen Wagen mehr.«

»Nanu? Wo kommst du denn her?« ruft Caroline aus, als sie sieht, daß Adolphe angesichts dieses quasi wollüstigen Mittagstisches in Ekstase gerät.

Adolphe, dem seine Frau schon seit langem nicht mehr ein so kokettes Festmahl vorsetzt, gibt keine Antwort. Er errät, um was es sich handelt, da er auf das Tischtuch die reizenden Gedanken niedergeschrieben findet, die sich ihm, sei es im Zusammenhang mit Madame de Fischtaminel, sei es im Zusammenhang mit dem Konkursverwalter der Angelegenheit Chaumontel, auf anderen, nicht minder eleganten Tischen abgezeichnet hatten.

»Wen erwartest du denn?« fragt er seinerseits.

»Ja, wen denn? Es kann doch nur Ferdinand sein«, antwortet Caroline.

»Und er läßt auf sich warten . . .«

»Krank ist er, der arme Kerl.«

Ein tolldreister Gedanke schießt Adolphe durch den Kopf, und er antwortet lediglich mit einem Augenzwinkern: »Ich habe ihn gerade gesehen.«

»Wo denn?«

»Vor dem Café de Paris[117], mit Bekannten . . .«

»Aber weshalb kommst du eigentlich heim?« antwortet Caroline, die eine mörderische Wut tarnen will.

»Madame Foullepointe, von der du sagtest, sie sei Charles' überdrüssig, ist seit gestern morgen mit ihm in Ville-d'Avray.«

»Und ihr Mann?«

»Der macht eine kleine Vergnügungsreise, einer neuen Angelegenheit Chaumontel, einer hübschen kleinen . . . Schwierigkeit wegen, die ihm dazwischengekommen ist; aber er wird schon damit fertig werden.«

Adolphe hat Platz genommen und dabei gesagt: »Das trifft sich gut; ich habe einen Bärenhunger ...«

Caroline setzt sich gleichfalls und mustert Adolphe verstohlen: Innerlich weint sie; aber sie fragt schleunigst mit einer Stimme, die sie gleichgültig hat machen können: »Mit wem ist denn Ferdinand beisammen gewesen?«

»Mit Leuten, die ihn in schlechte Gesellschaft bringen werden. Dieser junge Mensch macht sich kaputt: Er verkehrt bei Madame Schontz, bei Loretten; eigentlich müßtest du deinem Onkel mal schreiben. Sicher hat es sich um ein Essen gehandelt, das das Ergebnis einer Wette bei Mademoiselle Malaga[118] gewesen ist ...« Er blickt Caroline tückisch an; sie senkt die Augen, um ihre Tränen zu verbergen. »Wie hübsch du dich heute morgen gemacht hast«, fährt Adolphe fort. »Haha, du entsprichst vollauf deinem Mittagessen ... Schwerlich wird Ferdinand so gut wissen wie ich ...« usw.

Adolphe wartet mit seinen Scherzen so gut auf, daß er seiner Frau den Gedanken eingibt, Ferdinand zu bestrafen. Adolphe tut, als habe er Appetit für zwei, und läßt Caroline vergessen, daß für sie vor der Haustür eine Droschke steht.

Gegen zwei kommt Ferdinands Portiersfrau, als Adolphe auf einem Sofa schläft. Diese Götterbotin der Junggesellen bestellt Caroline, Monsieur Ferdinand bedürfe dringend Hilfe.

»Ist er betrunken?« fragt Caroline wütend.

»Er hat heute morgen ein Duell gehabt, Madame.«

Caroline wird ohnmächtig, rafft sich zusammen, eilt zu Ferdinand und weiht Adolphe den Gottheiten der Hölle.

Wenn die Frauen das Opfer von kleinen Schwindeleien werden, die genauso geistvoll wie die ihrigen sind, dann rufen sie: »Die Männer sind grauenhafte Scheusäler!«

Ultima ratio

Jetzt kommt unsere letzte Bemerkung. Ohnehin beginnt diese Schrift Ihnen langweilig vorzukommen, gerade wie ihr Thema an sich, sofern Sie verheiratet sind.

Dieses Werk, das, wie der Autor meint, sich zur ›Physiologie der Ehe‹ verhält wie die Historie zur Philosophie, die Praxis zur Theorie, hat seine ganz bestimmte Logik gehabt, gerade wie das Leben, als Ganzes betrachtet, die seine hat.

Und hier möge folgen, worin jene fatale, schreckliche Logik besteht. In dem Augenblick, da der erste Teil dieses Buchs, der erfüllt von ernsthaften Scherzen ist, endet, ist Adolphe, wie man gemerkt haben dürfte, in Sachen Ehe zu einer völligen Gleichgültigkeit gelangt.

Er hat Romane gelesen, deren Autoren den unbequemen Ehemännern bald raten, sich ins Jenseits einzuschiffen, bald, sich gut mit den Vätern ihrer Kinder zu stellen, sie zu verhätscheln, sie zu vergöttern; denn wenn die Literatur das Abbild der Sitten ist, müßte zugegeben werden, daß die Sitten die Fehler anerkennen, auf die die ›Physiologie der Ehe‹ in dieser Grundsituation hingewiesen hat. Mehr als nur *ein* großes Talent hat furchtbare Schläge gegen diese soziale Basis geführt, ohne sie ins Wanken zu bringen.

Vor allem aber hat Adolphe sich zu eingehend mit seiner Frau beschäftigt, und er tarnt seine Gleichgültigkeit mit dem tiefen Wort: Nachsicht. Er ist gegenüber Caroline nachsichtig; er sieht in ihr nur noch die Mutter seiner Kinder, einen guten Gefährten, einen verläßlichen Freund, einen Bruder.

In dem Augenblick, da hier die kleinen Nöte der Frau enden, ist Caroline, die sehr viel geschicktere, dahin gelangt, diese nutzbringende Nachsicht zu praktizieren; aber auf ihren lieben Adolphe verzichten – das tut sie nicht. Es liegt in der Natur der Frau, keins ihrer Rechte preiszugeben. *»Gott und mein Recht – das eheliche!«* ist bekanntlich der Wappenspruch Englands, zumal heutzutage.

Die Frauen haben ein so starkes Verlangen nach Herrschaft, daß wir in diesem Zusammenhang eine Anekdote erzählen wollen, die noch keine zehn Jahre alt ist. Es ist eine sehr jugendliche Anekdote.

Einer der Großwürdenträger der Pairskammer hatte eine Caroline, die leichtfertig war wie nahezu alle Carolinen. Dieser Name bringt den Frauen Glück. Jener Würdenträger, der damals bereits sehr alt war, saß an der einen Seite des Kamins und Caroline an der andern. Caroline war in das Lustrum gelangt währenddessen die Frauen nicht mehr sagen, wie alt sie sind. Ein Bekannter erzählt ihnen von der Eheschließung eines Generals, der früher zu den Freunden des Hauses der beiden gezählt hatte.

Caroline gerät in Verzweiflung und weint echte Tränen; sie stößt laute Schreie aus, sie macht dem Großwürdenträger den Kopf so wirr, daß er versucht, sie zu trösten. Mitten in seinen Redereien vergißt der Graf sich so weit, daß er zu seiner Frau sagt: »Ja, was wollen Sie eigentlich, meine Liebe? Schließlich konnte er doch nicht Sie heiraten!«

Und das war einer der höchsten Staatsbeamten, aber ein Freund Ludwigs XVIII., und notwendigerweise ein wenig Stil Pompadour.

Der ganze Unterschied zwischen der Lage Adolphes und derjenigen Carolines besteht also in folgendem: Wenn Madame sich nicht mehr um Monsieur kümmert, bewahrt sie sich das Recht, sich um Monsieur zu kümmern.

Jetzt wollen wir dem lauschen, was als das »Was wird man dazu sagen?« bezeichnet wird; es bildet das abschließende Thema dieses Werkes.

Kommentar, darin die Felicità[119] des Finales[120] erklärt wird

Wer hätte in seinem Leben nicht irgendeine italienische Oper gehört ...? Dabei hat einem der musikalische Mißbrauch auffallen müssen, der mit dem Wort *felicità* vom Dichter und den Chören in dem Augenblick getrieben wird, da alle Welt aus der Loge oder dem Parkett hinauseilt.

Abscheuliches Abbild des Lebens! Man verläßt es in dem Augenblick, da man von *felicità* hört.

Hat man je über die tiefe Wahrheit nachgesonnen, die dieses *finale* beherrscht, wenn der Sänger seinen letzten Ton, der Autor seinen letzten Vers herausschmettert, wenn das Orchester seinen letzten Bogenstrich tut, den letzten Atem in sein Instrument bläst; wenn die Solisten sich sagen: »Jetzt geht's zum Nachtessen!«; wenn die Choristen sich sagen: »Zum Glück regnet es nicht ...!« Na schön, in allen Lebenslagen widerfährt einem ein Augenblick, da der Scherz ein Ende hat, da der Weg vollbracht ist, da man seinen Entschluß fassen kann, da jeder auf eigene Faust die *felicità* singt. Nachdem man sämtliche Duette, Solostücke, Stretten, Coden, Ensemblestücke, Duettini, Nocturnes und damit die Phasen durchlaufen hat, die diese paar aus dem Ozean des Ehelebens herausgegriffenen Szenen andeuten und die die Themen sind, deren Abwandlungsmöglichkeiten gleichermaßen von geistvollen Leuten wie von Nullen (geht es um Leiden, sind wir alle gleich) erraten worden sein dürften, gelangen die meisten Pariser Ehen zur gegebenen Zeit beim Schlußchor an, und der lautet folgendermaßen:

Die Gattin (zu einer jungen Frau im Spätsommer des Ehelebens). »Liebste, ich bin die glücklichste Frau auf Erden. Adolphe ist sicherlich ein Mustergatte, gütig, nicht zänkisch, entgegenkommend und nachsichtig. Nicht wahr, Ferdinand?«

(Caroline wendet sich an Adolphes Vetter, einen jungen Herrn mit hübscher Halsbinde, schimmerndem Haar, Lackschuhen, elegant geschnittenem Frack, Chapeau claque, Glacéhandschuhen, erlesener Weste, mit allem, was man sich an Schnurrbart, Backenbart oder »Fliege« à la Mazarin nur wünschen kann, und zudem begabt mit einer tiefen, stummen, geflissentlichen Bewunderung für Caroline.)

Der betreffende Ferdinand. »Wie glücklich ist Adolphe dran, eine Frau wie Sie zu haben. Was mangelt ihm? Nichts.«

Die Gattin. »Anfangs haben wir einander immerfort in den Haaren gelegen; jetzt jedoch verstehen wir uns wunderbar. Adolphe tut nur noch, was ihm Spaß macht, er legt sich keinerlei Hemmungen auf; ich frage ihn nicht mehr, wohin er geht und was er erlebt hat. Die Nachsicht, Liebste, darin beruht das große Geheimnis des Glücks. *Sie* befinden sich noch in der Phase der kleinen Zänkereien, der irrigen Eifersüchteleien, der Zwiste, der Nadelstiche. Wozu das alles? Unser Frauenleben ist so kurz! Was bleibt uns denn? Zehn schöne Jahre! Warum sie mit Verdruß und Langeweile erfüllen? Ich war wie Sie; aber eines schönen

Tages habe ich Madame Foullepointe kennengelernt, eine bezaubernde Frau, und die hat mich aufgeklärt und mir die Art und Weise beigebracht, wie man einen Mann glücklich macht ... Seither hat Adolphe sich von Grund auf gewandelt: Er ist ganz entzückend geworden. Er ist der erste, der mich beunruhigt, sogar voller Angst fragt, wenn ich ins Theater will und wir um sieben Uhr noch allein sitzen: ›Ferdinand wird dich doch abholen, nicht wahr?‹ Ist es nicht so, Ferdinand?«

Der betreffende Ferdinand. »Wir sind die besten Vettern der Welt.«

Die junge Betrübte. »Ob ich je dahin gelange?«

Der betreffende Ferdinand. »Ach, Sie sind wunderschön, nichts wird Ihnen leichterfallen.«

Die Gattin (gereizt). »Also, *adieu,* Kleine. (Die junge Betrübte ab.) Ferdinand, diese Äußerung sollen Sie mir teuer bezahlen.«

Der Gatte (auf dem Boulevard Italien). »Mein Lieber (er hält Monsieur de Fischtaminel am Mantelknopf fest), Sie glauben nach wie vor, die Ehe gründe sich auf Liebe. Die Frauen können notfalls einen einzigen Mann lieben; aber wir Männer ...? Mein Gott, die Gesellschaft kann die Natur nicht zähmen. Wissen Sie, das Beste in der Ehe ist, einander völlige Nachsicht zu bezeigen, vorausgesetzt, daß der Schein gewahrt wird. Ich bin der glücklichste Ehemann der Welt. Caroline ist eine getreue Freundin; sie würde mir alles opfern, notfalls sogar meinen Vetter Ferdinand ..., ja, wenn Sie auch lachen, sie ist imstande, alles für mich zu tun. Sie sind noch in die haarsträubenden Vorstellungen von Würde, Ehre, Tugend und Gesellschaftsvertrag verstrickt. Man hat nur ein einziges Leben, und das muß man mit Liebesfreuden erfüllen. Seit zwei Jahren ist zwischen Caroline und mir auch nicht das geringste bittere Wort mehr gefallen. Ich habe in Caroline einen Kameraden, dem ich alles sagen kann und der mich in schwierigen Lagen zu trösten vermag. Zwischen uns gibt es keinerlei Täuschungsversuche; wir wissen, woran wir uns zu halten haben. Unsere Wiederannäherungen sind Racheakte, verstehen Sie? Auf diese Weise haben wir unsere Pflichten in Liebesfreuden verwandelt. Wir sind jetzt häufiger glücklicher als in jener faden Jahreszeit, genannt Honigmond. Bisweilen sagt sie zu mir: ›Ich bin heute brummig, laß mich allein, geh weg.‹ Das Gewitter entlädt sich über meinen Vetter. Caroline tut nicht länger, als sei sie ein armes Opfer; im ganzen Universum redet sie nur Gutes über mich. Kurzum, sie ist froh über meine Liebesabenteuer. Und da sie eine durch und durch anständige Frau ist, läßt sie den größten Takt bei der Verwendung unseres Vermögens walten. Mein Haus wird gut geführt. Meine Frau läßt mich ohne Kontrolle über mein eingebrachtes Gut frei verfügen. So liegen die Dinge. *Wir* haben unser Getriebe geölt; ihr dagegen werft Kieselsteine hinein, mein lieber Fischtaminel. Es gibt nur die Wahl zwischen zwei Dingen: dem Messer des Mohren von Venedig oder der Zimmermannsaxt Josephs. Das Kostüm Othellos, mein Lieber, steht einem sehr schlecht; es ist nur noch ein Karnevalskostüm; ich als guter Katholik bin Zimmermann.«

Chor (in einem Salon auf dem Höhepunkt eines Balls). »Madame, Caroline ist eine bezaubernde Frau.«

Eine Dame mit Turban. »Ja, voller Wohlanständigkeit und Würde.«

Eine Dame mit sieben Kindern. »Ach, sie hat ihren Mann zu nehmen verstanden.«

Ein Freund Ferdinands. »Und sie liebt ihren Mann sehr. Adolphe ist übrigens ein vollauf vornehmer Mann von großer Erfahrung.«

Eine Freundin der Madame de Fischtaminel. »Er vergöttert seine Frau. In deren Haus ist man ungehemmt; dort amüsiert sich jedermann.«

Monsieur Foullepointe. »Ja, ein sehr angenehmes Haus.«

Eine Dame, der sehr viel Übles nachgeredet wird. »Caroline ist gut und zuvorkommend; niemandem sagt sie Übles nach.«

Eine Tanzende (die auf ihren Platz zurückkehrt). »Wissen Sie noch, wie langweilig sie in den Zeiten war, da sie mit dem Ehepaar Deschars verkehrte?«

Madame Fischtaminel. »Oh! Sie und ihr Mann waren damals die reinsten Dornenbündel ... in einem fort Streitereien.« (Madame Fischtaminel ab.)

Ein Künstler. »Und der edle Deschars wird liederlich; er verkehrt hinter den Kulissen; es scheint, seine Frau hat ihm letztlich ihre Tugend zu teuer verkauft.«

Eine Bourgeoise (ihrer Tochter wegen erschrocken über die Wendung, die die Unterhaltung nimmt). »Madame de Fischtaminel ist heute abend ganz reizend.«

Eine Frau von vierzig Jahren (die gerade keinen Liebhaber hat). »Monsieur Adolphe wirkt genauso glücklich wie seine Frau.«

Das junge Mädchen. »Was für ein hübscher junger Herr Monsieur Ferdinand doch ist! (Die Mutter versetzt ihr rasch einen kleinen Fußtritt.) – Was ist denn los, Mama?«

Die Mutter (blickt ihre Tochter starr an). »So was, liebes Kind, sagt man nur von seinem Verlobten; Monsieur Ferdinand ist nicht zum Heiraten geeignet.«

Eine sehr dekolletierte Dame (zu einer andern, nicht minder dekolletierten. *Sotto voce*[121]). »Hören Sie, Liebste, die Moral von alledem ist doch, daß es glückliche Ehen nur zu viert gibt.«

Ein Bekannter (den der Autor unklugerweise um Rat gefragt hat). »Diese letzte Äußerung ist falsch.«

Der Autor. »Ach nein! Glauben Sie wirklich?«

Der Bekannte (der gerade geheiratet hat). »Ihr alle verbraucht eure Tinte dazu unter dem Vorwand, uns aufzuklären, das gemeinschaftliche Leben herabzuwürdigen . . .! Ach, mein Lieber, es gibt Ehen, die hundertmal, tausendmal glücklicher sind als diese sogenannten Ehen zu viert.«

Der Autor. »Na, dann muß ich also die Heiratswilligen täuschen und die Äußerung ausstreichen?«

Der Bekannte. »Nicht nötig; sie wird als die Pointe eines Vaudeville-Couplets aufgefaßt werden.«

Der Autor. »Auch das ist eine Art, Wahrheiten vorübergleiten zu lassen.«

Der Bekannte (der bei seiner Meinung bleibt). »Wahrheiten, deren Schicksal es ist, vergänglich zu sein.«

Der Autor (will das letzte Wort haben). »Was ist denn nicht vergänglich? Wenn deine Frau zwanzig Jahre älter ist, wollen wir dieses Gespräch wieder aufgreifen. Vielleicht werdet ihr bloß zu dritt glücklich.«

Der Bekannte. »Ihr Schriftsteller rächt euch sehr hart dafür, daß ihr nicht die Geschichte glücklicher Ehen schreiben könnt.«

Anmerkungen

Die kleinen Nöte des Ehelebens

1 Volkstümlich gewordene Bezeichnung eines tückischen Streichs. Guy Chabot, Graf de Jarnac, ein Edelmann am Hof Heinrichs II., tötete 1547 seinen Gegner La Châtaignerie im Duell durch einen Hieb in die Kniekehle. Er kam 1568 in einem andern Duell um.

2 Die Gemahlin des 1821 ermordeten Thronfolgers, deren Sohn nach dem Tod seines Vaters zur Welt kam.

3 Der Herzog von Bordeaux, der spätere Graf de Chambord, wurde von seinen Parteigängern Heinrich V. genannt.

4 Über diesen von Balzac geprägten Ausdruck möge man in der ›Physiologie der Ehe‹ nachlesen.

5 Kartenspiele um Geld.

6 Abbé Jacques Delille (1738–1813), didaktischer Lyriker, Übersetzer von Vergils ›Georgika‹ und Miltons ›Verlorenem Paradies‹, Vertreter der »klassischen« Schule, die den Gebrauch vulgärer Wörter verwarf und sich statt ihrer der Umschreibung bediente.

7 Frz.: männlich, auch gesunder, kräftiger Mann.

8 Napoléon Musard (1789–1853), Orchesterleiter der Opernbälle, Gründer der ›Concerts Musard‹ in der Rue Vivienne, später in den Champs-Elysées. Er besaß ein besonderes Talent, die Musik anderer (es gab damals kein Urheberschutzgesetz), sogar religiöse Musik, in zügellose Tanzweisen (Galopps) umzugestalten.

9 Alter Pariser Miet- oder Postkutschenwagen, ausführlich geschildert in Balzacs Novelle ›Ein Lebensbeginn‹.

10 Gericht aus verschiedenen Flußfischen mit pikanter Sauce.

11 Siehe die ›Biographischen Notizen über die Romangestalten‹.

12 Ein Conclusum (Beschluß) ist eine schriftlich fixierte Entscheidung, die von gewissen Versammlungen getroffen wird.

13 Zum »Salon«, der großen alljährlichen Gemälde-Ausstellung, die damals im Louvre stattfand.

14 Nach der Edition Conard ist »Vorort« die Bezeichnung des die Regierung bildenden Staatsrats des Helvetischen Bundes (der Schweiz) vor der Verfassung von 1848.

15 Die Londoner Konferenz (4. November 1830 bis 8. Juni 1839) hatte den Zweck, die Fragen zu regeln, die sich bei der Loslösung Belgiens von Holland ergeben hatten. Es waren in ihr Österreich, Frankreich, Großbritannien, Preußen und Rußland vertreten.

16 Pierre La Ramée, genannt Ramus (1515–1572), französischer Grammatiker, Vorläufer Descartes'.

17 Etienne Bonnot, Abbé de Condillac (1715–1760), Philosoph, befreundet mit allen Enzyklopädisten.

18 Gaunerpaar in einer Komödie, die Frédérick Lemaître, der große Schauspieler der Romantik, aus einem Verbrechermelodram ›L'Auberge des Adrets‹ gestaltete, die am 2. Juli 1823 im »Ambigu« durchgefallen war und die durch seine Umarbeitung ein Erfolgsstück wurde. Ein matter Nachklang ist eine Posse mit Gesang ›Robert und Bertram‹, die bis 1914 auch auf deutschen Bühnen ein beliebtes Volksstück war.

19 Ital.: Ausweg, Zwischenlösung.

20 Ironische Anspielung auf die berühmten »Ordonnanzen« Karls X., die zum Ausbruch der Juli-Revolution von 1830 führten.

21 Der Sohn Napoleons und der Marie-Louise.

22 Antoine Dubois (1756–1837), Arzt, Geburtshelfer der Kaiserin Marie-Louise. Gründer des Pariser Krankenhauses »Maison Dubois«.

23 Der erst einige Monate nach der Ermordung ihres Mannes, des Thronfolgers, geborene Sohn der Herzogin von Berry, der später unter dem Namen eines Grafen von Chambord als Thronprätendent in Österreich lebte.

24 Charles-François de Riffardeau, Marquis, später Herzog von Rivière (1763–1828), nahm unter dem Kaiserreich an Cadoudals Verschwörung teil und versuchte nach der Rückkehr Napoleons von Elba den Süden gegen den Kaiser aufzuwiegeln. 1816 wurde er Gesandter in Konstantinopel, aber 1820 auf Betreiben der französischen Kaufleute abberufen; sie warfen ihm vor, er habe ihre Interessen nicht genügend wahrgenommen.

25 Nicolas-Jean-Baptiste Tripier (1765–1840), Advokat und Stadtrat, wurde während der Hundert Tage Abgeordneter, desgleichen von 1822 bis 1824, dann Rat am Kassationsgericht (1831) und 1832 Pair von Frankreich.

26 Philippe-Antoine, Graf Merlin (1754–1838), ehemaliger Abgeordneter in der Gesetzgebenden Versammlung, wo seine juristischen Kenntnisse ihn sehr nützlich machten, dann Mitglied des Konvents, danach Mitglied des Wohlfahrtsausschusses, dann Justizminister und schließlich, nach dem 18. Fructidor, einer der Direktoren, wurden 1801 zum Generalstaatsanwalt am Kassationsgericht ernannt, in welchem Amt er sich bis zur Restauration

hielt. Die Restauration setzte ihn ab und schickte ihn ins Exil, aus dem er erst 1830 zurückkehrte.

27 Balzac war 1838 von einem Genuesen übers Ohr gehauen worden, als es um die Ausbeutung der verlassenen römischen Silberbergwerke auf Sardinien ging.

28 Das soll bedeuten, daß es nichts Vortreffliches gibt, dessen man nicht überdrüssig wird. Es handelt sich um eine Anspielung auf die XI. Erzählung des IV. Buchs der ›Contes‹ von La Fontaine, wo erzählt wird, daß ein mit einer sehr schönen Frau verheirateter Mann diese um der Frau seines Dieners willen vernachlässigt, die bei weitem wertloser ist. Als der Diener sich darüber wundert, läßt der Herr ihm statt jeder Antwort morgens und abends eine köstliche Aalpastete servieren. Nach acht Tagen bittet der Diener um Gnade.

29 Henri-Bonaventure Monnier (1799–1877), Zeichner, Schriftsteller, Schauspieler, der Schöpfer des »Môssieur Prudhomme«, war mit Balzac eng befreundet. In der Zeit, da Balzac eine Schriftgießerei leitete, entwarf er für ihn zahlreiche Vignetten, so den kreuztragenden Christus, der das Titelblatt der Erstausgabe des Romans ›Der Landarzt‹ ziert. Die Szene mit der Krankenschwester, auf die Balzac anspielt, findet sich in Monniers ›Scènes populaires‹, die 1835–39 in vier Bänden erschienen.

30 Nach verschiedenen Methoden den Standort des Schiffs zu bestimmen.

31 Jährliche Veröffentlichung des Längenbüros, enthaltend eine Sammlung astronomischer Tafeln, die Tag für Tag die Stellung des Mondes, der Sonne und aller Gestirne angeben, die den Astronomen und den Seefahrer interessieren. Der erste Band erschien 1679 und wurde von dem Abbé Picard veröffentlicht, dem Gründer des Pariser Observatoriums.

32 Ein russisches, von Balzac umgeformtes Wort, das Schaben oder Kakerlaken bedeutet.

33 Moxa, Baumwoll- oder Moosbausch, der auf die Haut gelegt und angezündet wurde, um Krankheiten (Entzündungen, Gicht, Rheumatismus) abzuleiten.

34 Dies 1779 gegründete Theater hatte seine große Zeit unter Napoleon III., als dort Offenbachs Operetten aufgeführt wurden. Es liegt am Boulevard Montmartre; das Haus wurde 1807 von Célerier erbaut; es werden dort Possen und Operetten gespielt.

35 Berühmtes, von Borrel geleitetes Restaurant, damals in der Rue

Montorgueil gelegen. Balzac und seine Freunde haben dort verkehrt.

36 Das Café Véry, berühmt in den Annalen der Pariser Gastronomie, 1805 gegründet, war bis 1843 im Besitz der Familie Véry. Es lag im Palais-Royal, Galerie Beaujolais.

37 ›Guillaume Tell‹, große Oper von Rossini, Text von Bis und de Jouy, wurde am 3. August 1829 uraufgeführt.

38 Im Kindertheater: eine dicke Frau, unter deren Röcken sehr viele Kinder hervorkriechen.

39 Edme Champion (1764–1852), ein Waisenknabe, erwarb sich ein großes Vermögen als Juwelenhändler und widmete sich in den letzten Regierungsjahren Karls X. der Wohltätigkeit. Morgens ging er in einem kurzen blauen Mantel durch die Straßen und verteilte selber Almosen, Suppen und Kleider an die Bedürftigen, die ihn gut kannten. Seine Guttaten waren vor allem schöne Gesten; sie verschafften ihm 1848 nicht den erhofften Lohn: Das allgemeine Wahlrecht verhinderte seine Wahl in die Nationalversammlung.

40 Das Adjektiv »jaune« bedeutet im Französischen nicht nur gelb, sondern auch, u. a., falsch, gezwungen, widerwillig in Verbindung mit Lachen oder Lächeln, wie in der Überschrift des folgenden Kapitels.

41 Diese Worte soll Karl I. von England auf dem Schafott zu einem Zuschauer gesagt haben, der an der Axt des Henkers herumfingerte. Ursprünglich hat Balzac jene Worte zum Titel seines Romans ›Die Herzogin von Langeais‹ machen wollen.

42 Krankheitsbeschreibung.

43 Bekanntlich hat Balzac von Juli 1838 bis Herbst 1840 zu Ville d'Avray die Villa Les Jardies bewohnt. (Siehe den ersten Band dieser Ausgabe.)

44 Wasserlos.

45 Delikatessenhändler im Palais-Royal, Galerie de Chartres, mehrfacher Hoflieferant. Balzac zählte zu seinen Kunden.

46 Berühmter Innenausstatter, der auch für César Birotteau gearbeitet hatte. Siehe die ›Biographischen Notizen über die Romangestalten‹.

47 Ital.: Schwanz, angehängter Schlußsatz eines Tonstücks, meist in raschem Tempo.

48 Am 18. Brumaire des Jahres VIII (10. November 1799) drang Bonaparte in den Sitzungssaal des »Rats der Fünfhundert« in

St. Cloud ein, sprengte die Versammlung und machte sich zum Ersten Konsul.

49 Berückende, mit Zauberkräften begabte Frauengestalt in Tassos ›Befreitem Jerusalem‹, die Rinaldo durch ihre Liebe in ihren Gärten festhält, so daß er dem Kreuzfahrerheer fernbleibt.

50 Stadt am Golf von Mexiko, Ausfuhrhafen für Edelhölzer.

51 Siehe Anmerkung 48.

52 Anspielung auf die Marseillaise: »Liberté, liberté chérie ...«

53 Das heißt: mit der Miene einer jungen römischen Christin, die im Zirkus den wilden Tieren vorgeworfen werden soll.

54 Der nach der Schlacht bei Leipzig während des Jahres 1814 auf französischem Boden geführte Feldzug stellt Napoleons genialste strategische Leistung dar, obwohl er unterlag.

55 Anspielung auf einen Satz in Chateaubriands ›Atala‹, der sich freilich nur in der ersten Auflage findet. Er wurde nach einer sehr bissigen Kritik des Abbé Morellet gestrichen.

56 Balzac selber litt während der Niederschrift der ›Petites misères‹ an einem Flattern der Augenlider. Vgl. seinen Brief an Mme Hanska vom 7. März 1844.

57 Die Tänzerin Fanny Elssler (1810–1884), deren berühmteste Darbietung die Cachucha in dem Ballett ›Der hinkende Teufel‹ war. Ihr Vater war der Kopist Haydns. Auch ihre Schwester Therese war eine berühmte Tänzerin und in morganatischer Ehe mit dem Prinzen Adalbert von Preußen vermählt; sie wurde zur Freifrau von Barnim erhoben.

58 Balzac als getreuer Schüler Lavaters legte dem Physischen große Wichtigkeit bei. Im besonderen schien ihm die Haarfarbe bedeutungsvoll zu sein.

59 Balzac schreibt fälschlich *»conjungium«*.

60 Gestalten aus Molières ›Misanthrope‹.

61 Verskomödie in einem Akt mit eingestreuten Liedern, Text von Anseaume, Musik von Grétry, Uraufführung in der Comédie Italienne am 20. September 1769.

62 Anspielung auf Haydns ›Symphonie mit dem Paukenschlag‹, die im Französischen ›La Surprise‹ heißt.

63 Anspielung auf die Landkarte von Frankreich, die der Baron Charles Dupin 1843 veröffentlichte; es waren darauf durch besondere Farben die Departements gekennzeichnet, die Weinbau oder Zuckerrübenbau betrieben.

64 ›Ein großer Mann aus der Provinz in Paris‹ ist der zweite Teil des Romanwerks ›Verlorene Illusionen‹.

65 Großformatiges Schreibpapier mit Muschelwasserzeichen.

66 Anspielung auf einen berühmten Artikel von Latouche im ›Figaro‹ über die literarische Kameraderie in Frankreich. Latouche hatte das Thema bereits 1818 in einer Komödie behandelt; später wurde es von Casimir Delavigne und Scribe aufgegriffen.

67 In ›Der Bär und der Pascha‹, einem einaktigen Vaudeville von Scribe und Xavier, aufgeführt in Les Variétés am 10. Februar 1820, will Marescot, der Ratgeber des Paschas Schahabahan, Ersatz für den Eisbären schaffen, der seinem Herrn vor kurzem eingegangen ist. Laringeole bietet ihm einen andern an, der ganz genauso aussehe, nur daß er braun sei. Marescot möchte auch, um seinen Herrn zu zerstreuen, irgendeinen seltenen Fisch. Der andere schlägt ihm vor: »Nehmen Sie doch meinen Bären.« Vielleicht rührt daher die Redensart: »Einen Bären aufbinden.«

68 Eine der Hauptgestalten in Sternes Roman ›Tristram Shandy‹.

69 Ehemalige Hauptstadt des Vivarais (Ardèche), in der Nähe der Rhône, malerische alte Stadt.

70 Eine besondere Raketenart, erfunden 1804 von einem englischen Offizier Sir William Congreve (nicht zu verwechseln mit dem Komödiendichter gleichen Namens, der 1669–1721 lebte).

71 Es sind in Frankreich häufig angesehene und bedürftige Schriftsteller mit Posten als Bibliothekare bedacht worden: Nodier an der Bibliothèque de l'Arsénal, Sainte-Beuve an der Mazarine, Musset an den Bibliotheken des Innenministeriums und des Ministeriums für öffentlichen Unterricht. Auf diese Weise schuf der Staat Sinekuren, ohne die damit Bedachten zu demütigen, die eine leidlich besoldete, aber sie wenig beanspruchende Tätigkeit ausübten und ihrem literarischen Schaffen obliegen konnten.

72 Eine nordamerikanische Pappelart, häufig im Staat Carolina, die hier zu einem Wortwitz mit dem Vornamen Caroline herhalten muß.

73 »Bourgeonner« bedeutet gleichzeitig: Knospen treiben und Finnen im Gesicht bekommen.

74 Anspielung auf den mächtigen Zeitungsmann Emile de Girardin (1806–1881).

75 Eine Folge von siebzehn Lithographien, die 1828 für die Übersetzung von Goethes Faust von Albert Stapfer erschien und die zumeist wenig beachtet wurde, während sie heute sehr hoch be-

wertet wird. Goethe selber hat sie so wenig geschätzt wie Berlioz' erste Komposition von Teilstücken des Faust, aus denen später die großartige ›Damnation de Faust‹ wurde.

76 Lat.: der lachend die Sitten geißelt.

77 Die Frau, wie sie sein soll, die tadellose, elegante Dame. Balzac hat sie ausführlich in der ›Zweiten Frauenstudie‹ geschildert.

78 Marie-Anne Bigot, Dame de Cornuel (1614–1694), hielt in der zweiten Hälfte des 17. Jahrhunderts einen Salon, der von den Schöngeistern sehr geschätzt wurde; sogar Mme de Sévigné verkehrte dort.

79 Es handelt sich um den Kalvarienberg, der damals den Mont-Valérien beherrschte; er wurde abgetragen und auf dem Friedhof der Kirche Saint-Pierre auf dem Montmartre wiedererrichtet, wo er sich noch heute befindet.

80 Kinderspiel, bei dem ein brennender Span bis zum Erlöschen weitergereicht wird. Hier sicherlich mit einem erotischen Untersinn.

81 Lat.: Täubchen.

82 Frz.: mein Kohlkopf. Unübersetzbar, da sicherlich aus »mon bijou« entstanden.

83 Unübersetzbar; abzuleiten etwa von mou = weich und mouton = Schaf.

84 Es handelt sich um den Giftmordprozeß gegen Mme Marie Lafarge, die 1840 in den Verdacht geraten war, ihren tölpelhaften Mann beseitigt zu haben. Entgegen Balzacs Behauptung wurde Mme. Lafarge hingerichtet. Näheres im Nachwort (S. 549) zu Flauberts ›Madame Bovary‹, Urfassung (Goldmanns GELBE Taschenbücher 2496/2498).

85 Unklar, da es mehrere Herrscher dieses Namens gibt. Wahrscheinlich ist Ferdinand II., König beider Sizilien, gemeint, der 1830 den Thron bestiegen hatte.

86 Armand Berquin (1749–1791), Jugendschriftsteller.

87 Laurence Sterne (1713–1768), der Autor des ›Tristram Shandy‹, eines der Lieblingsbücher Balzacs.

88 Salomon Geßner (1730–1788), Dichter, Landschaftsmaler und Radierer, berühmt seiner ›Idyllen‹ wegen.

89 Jene Fahrt war Balzac wohlbekannt; er hat sie mehrfach gemacht, als er um 1820 bei seinen Eltern in Ville-Parisis wohnte. Über die »Coucou« (Kuckuck) genannten Gefährte wolle man in Bal-

zacs Novelle ›Ein Lebensbeginn‹ nachlesen, die eine ausführliche Schilderung jener Beförderungsmittel enthält.

90 Gilbert-Louis Duprez (1806–1896), trat 1825 ohne Erfolg im Odéon auf. Drei Jahre lang bildete er darauf seine Stimme weiter aus und wurde einer der erstaunlichsten Tenöre seines Jahrhunderts. Er ist auch als Komponist hervorgetreten.

91 Louis Nourrit (1780–1831), Sänger an der Großen Oper. Er war der Vorgänger Duprez'.

92 Joseph Méry (1798–1866) aus Les Aygalades und Auguste Barthélemy (1796–1867) aus Marseille verfaßten während der Restauration und der Juli-Monarchie bissige Pamphlete und gereimte politische Satiren über die Machthaber ihrer Zeit.

93 Berühmtes Restaurant, in dem auch Balzac verkehrte.

94 Balzac hielt große Ohren für ein Merkmal niederer Abstammung; er war auf seine verhältnismäßig kleinen Ohren sehr stolz.

95 Funghi (Balzac schreibt: Fungi) ital.: Pilze. Was das Adjektiv trifolati (dreiblättrig) in diesem Zusammenhang bedeutet, hat nicht enträtselt werden können. Nach der Edition Conard handelt es sich einfach um in Butter gedünstete Pilze.

96 Heinrich Gustav Rudolf Silbermann, geb. 1801, Drucker und Insektenforscher in Straßburg, mit Balzac befreundet.

97 Lernt aus einem einzelnen alle andern kennen (Vergil, Äneis II. 65).

98 Margarita Cogni, die Frau eines Bäckers, die wunderbar schön, völlig ungebildet und besonders ungestüm war.

99 Siehe die ›Biographischen Notizen über die Romangestalten‹.

100 Hütchen.

101 Ital.: Verleumdungsarie (Balzac schreibt fälschlich: *calumnia).* Die berühmte Arie des Doktor Bartolo in Rossinis Oper ›Der Barbier von Sevilla‹.

102 In diesen Dingen kannte Balzac sich aus. Seine Haushälterin (und nebenbei seine Geliebte) Mme Brugnolle hatte ihm ein Päckchen Liebesbriefe der Mme Hanska entwendet und ihn erpreßt.

103 Hoftitel der Herzogin von Berry, der Schwiegertochter Karls X.

104 Eine der Hauptgestalten in Rabelais' Roman ›Pantagruel‹.

105 Pariser Vergnügungsetablissement jener Zeit.

106 Nicht die berühmte Königin von Madagaskar, sondern einer der Stars des Bal Mabille in der Avenue Montaigne.

107 Weinhändler in der Rue de Bourgogne.

108 Früher in der Rue de Rivoli.

109 Der Friedensrichter von Gretna Green, einem Dorf auf schottischem Boden nahe der englischen Grenze, der Legende nach ein Schmied, hatte bis 1857 das Recht, gültige Ehen zu schließen, welcher Umstand von der englischen Aristokratie und andern weidlich ausgenutzt wurde.

110 Vergil, III. Ekloge, Vers 64 und 65.

111 Oper von Giacomo Meyerbeer, Text von Scribe und Delavigne, Uraufführung an der Pariser Oper am 21. November 1831.

112 Charles Fourier (1772–1837), Philosoph und Soziologe, Erfinder eines sozialistischen Systems, das sich auf Arbeitsgemeinschaften (Phalanstere) gründet.

113 Von Balzac erfundene Arztgestalt, die in beinahe allen Romanen der ›Menschlichen Komödie‹ auftritt. Siehe die ›Biographischen Notizen‹.

114 Berühmter arabischer Emir (um 1807–1883), führte 1832 bis 1847 Krieg gegen die Franzosen, erlangte von General Bugeaud den vorteilhaften Vertrag von Tafna (auf den Balzac anspielt) und versuchte, ein arabisches Reich zu begründen. Nach der Eroberung seiner »fliegenden Stadt« *(smala)* durch den Herzog von Aumale (1843) und der Niederlage seiner marokkanischen Verbündeten bei Isly (1844) mußte er sich 1847 dem General de Lamoricière ergeben, wurde erst in Toulon, dann in Paris und schließlich in Amboise interniert und 1853 freigelassen. Er war fortan ein getreuer Freund der Franzosen und starb in Syrien.

115 Allgemeine Bezeichnung der römischen Hausgötter; im übertragenen Sinn: der heimische Herd.

116 Laurent Grimod de la Reynière (1758–1831), Gastronom und Literat, Sohn eines Steuerpächters, ohne Hände geboren, geistvoller Zyniker, Herausgeber des *›Almanach des gourmands‹*.

117 An der Ecke der Rue Taitbout und des Boulevard des Italiens, berühmt seiner guten Küche wegen und von den Dandys um 1830 besucht. Der Diplomat und Historiker Louis le Vieil-Castel (1800 bis 1887) wettete, er werde dort ganz allein ein Diner zu 500 Francs verzehren; er hat die Wette gewonnen.

118 Siehe die ›Biographischen Notizen‹.

119 Ital.: Glück. Balzac schreibt fälschlich: *»felichitta«*.

120 Ital.: Schluß; Aktschluß der Oper.

121 Ital.: leise.

Biographische Notizen über die Romangestalten

Die kleinen Nöte des Ehelebens

BIANCHON, Horace, war im Sommer 1821 Lieblingsschüler Despleins am Hôtel-Dieu (›Die Messe des Gottesleugners‹) und wurde später einer der größten Ärzte seiner Zeit. Seine Intelligenz, sein Geist, sein Charakter und seine Güte machten ihn volkstümlich und trugen ihm Patienten aus allen Gesellschaftsschichten ein. Die Kranken, die er betreute, lassen sich kaum aufzählen. 1819 behandelte er Vautrin (›Verlorene Illusionen‹) und Vater Goriot (im Roman dieses Titels), 1844 Mme Graslin (›Der Landpfarrer‹). Er blieb der Freund Rastignacs (›Frauenstudie‹), der versuchte, sich Bianchons Einflusses auf seinen Onkel Popinot zugunsten der Mme d'Espard zu bedienen (›Die Entmündigung‹).

BRASCHON, berühmter Tapezierer im Faubourg Saint-Antoine, Lieferant Birotteaus (›César Birotteau‹; ›Glanz und Elend der Kurtisanen‹).

CROTTAT, Anaïs, Tochter des Dekorationsmalers Lourdois, Frau des Notars Alexandre Crottat. Ihr Vorname wird nur in den ›Kleinen Nöten‹ angegeben. Ihr Mann spielt eine Rolle in mehreren Romanen der ›Menschlichen Komödie‹ (›César Birotteau‹; ›Oberst Chabert‹; ›Ein Lebensbeginn‹; ›Die Frau von dreißig Jahren‹; ›Vetter Pons‹); sein Vater kommt im ›Haus zum ballspielenden Kater‹ und in ›César Birotteau‹ vor.

DU TILLET, Ferdinand, geboren 1793, ein Findelkind, erzogen vom Pfarrer von le Tillet in der Normandie. Er war zunächst Lehrling bei dem Parfümhändler César Birotteau, den er bestahl und dessen Frau er zu verführen versuchte. Obwohl ihm verziehen wurde, verließ er seinen Chef, wurde Bankier und beteiligte sich mit dem Notar Roguin und dem Betrüger Claparon an den Spekulationen um die bei der Madeleine gelegenen Grundstücke. Das führte den Untergang Birotteaus herbei und bedeutete den Beginn seines eigenen Vermögens (›César Birotteau‹; ›Die Kleinbürger‹), das er während der Restauration durch Beteiligung an den Geschäften des Bankiers Nucingen ständig vergrößerte (›Das Bankhaus Nucingen‹; ›Die ‚Fischerin im Trüben'‹; ›Glanz und Elend der Kurtisanen‹). Bei der Affäre mit den Madeleine-Grundstücken hatte er den Notar Roguin zur Flucht veranlaßt und war der Liebhaber von dessen Frau geblieben (›César Birotteau‹; ›Pierrette‹). Um 1831 heiratete er Marie-Eugénie de Granville, die zweite Tochter des Pairs von

Frankreich, die er sehr unglücklich machte; seine Geliebte hatte er beibehalten (›Eine Evastochter‹). Bis zum Ende der Regierungszeit Louis-Philippes verkehrte er in der eleganten Welt (›Tante Bette‹; ›Die Komödianten wider ihr Wissen‹).

ESPARD, Jeanne-Clémentine-Athenaïs, Marquise d', geboren 1795, konnte die Entmündigung ihres Mannes nicht durchsetzen (›Die Entmündigung‹; ›Glanz und Elend der Kurtisanen‹). Während der ganzen Restauration war sie die Freundin und Rivalin der Herzogin von Maufrigneuse, der sie das Zepter der Mode streitig machte (›Modeste Mignon‹); sie war prüde und streng, tugendhaft nur der Dürrheit ihres Herzens wegen. 1821 spannte sie Mme de Bargeton den jungen Lucien de Rubempré aus (›Verlorene Illusionen‹); wandte Béatrix de Rochefide den Rücken, als diese die Geliebte Calystes du Guénic geworden war (›Béatrix‹), und versuchte aus Eifersucht, Mme Félix de Vandenesse dem Schriftsteller Raoul Nathan in die Arme zu treiben (›Eine Evastochter‹). Sie verleumdete ausgiebig die Fürstin von Cadignan (die frühere Herzogin von Maufrigneuse), die »beste Freundin«, in die Daniel d'Arthez sich verliebt hatte (›Die Geheimnisse der Fürstin von Cadignan‹). Ihr Salon war nahezu der einzige, der unter der Juli-Monarchie weiterbestand (›Zweite Frauenstudie‹).

JUSTINE, Zofe, früher im Dienst der Gräfin Foedora (›Das Chagrinleder‹).

LORA, Léon de, geboren 1806, ehemaliger Schüler Schinners, begleitete 1820 seinen Kameraden Joseph Bridau nach Presles, wo dieser das Schloß des Grafen de Sérisy ausmalen sollte. Seine klugen, witzigen Äußerungen nahmen den Minister Ludwigs XVIII. für ihn ein (›Ein Lebensbeginn‹). Als er berühmt geworden war, begönnerte er seinen talentlosen Kollegen Pierre Grassou (in der Novelle dieses Titels) und begleitete 1836 Claude Vignon und Félicité Des Touches auf deren Italien-Reise. In Genua hört er Maurice d'Hostal die unglückliche Geschichte der Ehe des Grafen de Bauvain erzählen (›Honorine‹). Als er auf dem Höhepunkt des Ruhms und der Ehrungen stand, blieb er doch ein treuer Freund, befreite auf seine Kosten 1838 den Bildhauer Wenceslas Steinbock aus dem Schuldgefängnis und wohnte dessen Hochzeit mit Hortense Hulot bei (›Tante Bette‹).

MAHUCHET, Frau eines Damenschuhmachers, hatte ein loses Mundwerk und war Mutter von sieben Kindern.

MALAGA, siehe Turquot, Marguerite.

NAVARREINS, Herzog von, geboren 1767, führte bis zur Juli-

Monarchie sein Dasein als großer Herr fort (›Die ‚Fischerin im Trüben‘‹; ›Oberst Chabert‹; ›Die Muse des Departements‹; ›Das Antiquitätenkabinett‹; ›Die Bauern‹; ›Glanz und Elend der Kurtisanen‹ usw.).

SCHINNER, Baronin, Frau des berühmten Malers Hippolyte Schinner, der aus Liebe zu Beginn der Restauration Adélaïde de Rouville geheiratet hatte, die schöne, tugendhafte Schutzbefohlene des Admirals de Kergarouët (›Die Börse‹). Er war ein Schüler Gros' und Kamerad Bridaus (›Die ‚Fischerin im Trüben‘‹), Freund und Berater Grassous (›Pierre Grassou‹) und Rabourdins (›Die Beamten‹), zeichnete Vignetten für die Werke Canalis' (›Modeste Mignon‹), malte die Decken im Stadtpalais des Grafen Adam Laginski (›Die falsche Geliebte‹) und schuf bedeutende dekorative Malereien im Schloß des Grafen de Sérisy zu Presles (›Ein Lebensbeginn‹).

SCHONTZ, Josephine Schiltz, genannt Schontz, geboren 1805, Tochter eines Obersts des Kaiserreichs, erzogen in Saint-Denis, blieb zunächst dort als Hilfslehrerin und wandte sich dann dem »galanten Leben« zu. Ihr wichtigster Gönner unter Louis-Philippe war Arthur de Rochefide, den seine Frau verlassen hatte, um mit dem Musiker Conti die Welt zu durchschweifen. Mme Schontz verließ ihn, als sich ihr die Möglichkeit eröffnete, Fabien du Ronceret zu heiraten (›Béatrix‹). Gegen die Mitte der Juli-Monarchie war sie die Geliebte des Goldschmieds und Plastikers Stidmann und verkehrte bei der Sängerin Josépha Mirah (›Tante Bette‹). Sie endete als »die Frau Präsidentin Du Ronceret«.

TURQUOT, Marguerite, genannt Malaga, geboren um 1816, beberühmte Kunstreiterin des Cirque-Olympique, wurde von Tadeusz Paz als vorgebliche Geliebte genommen, um seine Liebe zur Gräfin Laginska zu tarnen (›Die falsche Geliebte‹). Später wurde sie die Geliebte des Notars Cardot (›Die Muse des Departements‹; ›Tante Bette‹).

Register der deutschen Titel der ›Menschlichen Komödie‹

Die römischen Ziffern bezeichnen den Band, die arabischen die Seiten eines Bandes.

Register der französischen Titel der ›Menschlichen Komödie‹

Die römischen Ziffern bezeichnen den Band, die arabischen die Seiten eines Bandes.

Verzeichnis
der in der ›Menschlichen Komödie‹ auftretenden Personen

Die römischen Ziffern bezeichnen den Band, die arabischen die erste Seite des Romans oder der Novelle, in denen die Personen auftreten. *Kursiv* gesetzte Seitenzahlen verweisen auf eine biographische Notiz.

C

D

G

H

L

M

N

O

P

U

V